Inhalt

Taschenbücher von JASON DARK
im BASTEI-LÜBBE-Programm:

JASON DARK

EINFACH MÖRDERISCH

Acht
knallharte
Action-
Romane

**BASTEI
LÜBBE**

BASTEI-LÜBBE-TASCHENBUCH
Band 13 787

Erste Auflage
August 1996

Titelbild: Joe DiVito
Lektorat: Rainer Delfs
Umschlaggestaltung:
Quadro Grafik, Bensberg
Satz: KCS GmbH,
Buchholz/Hamburg
Druck und Verarbeitung:
Cox & Wyman Ltd.
Printed in Grat Britain
ISBN 3-404-13787-6

Der Preis dieses Bandes
versteht sich einschließlich der
gesetzlichen Mehrwertsteuer

Todespoker in Beirut

aus der Serie
John Cameron

Wie ein dunkelblauer Schatten lag die Nacht über der Wüste.

Mit letzter Kraft quälte sich Maureen Carter durch den immer noch heißen Wüstensand.

»Ich muß es schaffen«, keuchte sie. »Ich muß es einfach!«

Immer wieder wallten rote Nebel vor ihren Augen. Das einst so hübsche Gesicht war verklebt. Sand und Schweiß hatten tiefe Furchen gegraben. Die Haare waren verfilzt, die Kleidung war zerrissen. Doch am schlimmsten war der Durst. Maureens Körper war ausgetrocknet, die Zunge klebte am Gaumen. Ihre spröden Lippen konnten das Wort Wasser kaum noch aussprechen.

Stück für Stück schleppte sich die Frau dahin. Und plötzlich verließen sie die Kräfte.

Maureen sackte in den heißen Sand. Tränen der Erschöpfung rannen über ihre Wangen und hinterließen helle Spuren.

Irgendwie schlief Maureen Carter ein. Deshalb bemerkte sie auch nicht die beiden Männer, die in einem Jeep neben ihr hielten.

»Ist sie das?« fragte der Mann am Steuer.

Der Mann neben ihm nickte. Gleichzeitig zog er eine Pistole.

»Soll ich?« wandte er sich mit schmierigem Grinsen an den Fahrer.

»Natürlich.«

Der Mann hob die Pistole und visierte die schlafende Maureen an. Er schoß zweimal. Das Echo der Schüsse verlor sich in der Wüstennacht …

Gestochen scharf waren die Polizeifotos. Maureen Carter, zweiundzwanzig Jahre jung, getötet durch zwei Schüsse aus einer italienischen Beretta.

Das Bild lag auf Johns Schreibtisch.

John Cameron blickte mit leeren Augen auf das Foto. Maureen Carter, Johns ehemalige Zweitsekretärin, erschossen, brutal ermordet. Sie wollte in Beirut ihren Urlaub verbringen – und nun?

Zwei Schüsse. Sie hatten gereicht, um ein junges Leben auszulöschen.

John merkte nicht, daß jemand unangemeldet sein Büro betrat. Erst als sich eine Hand auf seine Schulter legte, schrak er zusammen. Dieser Jemand war sein Freund Sonny.

»Sorry, Sonny, ich habe dein Klopfen überhört. Ich kann es immer noch nicht glauben, daß Maureen ...«

»Maureen? Wer ist das? Ein flottes Teil?« Sonny pflanzte sich in den Besuchersessel.

John erklärte es ihm. Er erhob sich, holte aus dem eingebauten Wandschrank eine Flasche zwölf Jahre alten Whisky, zwei Gläser und schenkte ein.

Sie prosteten sich zu. Wie Feuer rann die goldgelbe Flüssigkeit durch die Kehlen.

Über den Glasrand sah John seinen Freund an. »Die Sache muß geklärt werden, das bin ich Maureen schuldig.«

Sonny nickte. »Wenn du mich brauchst, Anruf genügt!«

John nahm sein Glas und trat ans Fester. Von hier oben hatte man einen herrlichen Ausblick über New York. Der brodelnde Verkehrslärm in den Straßen drang nur als Summen herauf. Ein herrlicher Maihimmel lag über der Stadt. Sonnenstrahlen zauberten Lichtreflexe auf die blankgeputzten Scheiben. Ein Wetter zum Träumen.

John schlug die Hände vor sein Gesicht. Maureen hatte auch geträumt, sie wollte etwas von der Welt sehen, sie war jung, lebenslustig, tanzte gern und dann ... Zwei Kugeln aus einer Beretta. Ein Leben war zerstört.

Hart stellte John das inzwischen leere Glas auf die Fensterbank. Er schwor sich, den oder die Mörder zu finden. Koste es, was es wolle ...

Das Reisebüro, in dem Maureen Carter gebucht hatte, lag in einer Nebenstraße der Fifth Avenue.

Orient Touring verkündete ein poppiges Plakat über einer Schaufensterscheibe, die auch schon saubere Zeiten erlebt hatte. Die Eingangstür, bestehend aus Glas und Holz, stand halb offen. John betrat den Laden und pfiff unwillkürlich durch die Zähne.

Hinter dem Tresen, der mit Prospekten überladen war, stand eine Frau, die selbst bei einem Eskimo noch Hitzewellen erzeugt hätte. Ihre lackschwarzen Haare fielen bis auf die Schultern und umrahmten ein Gesicht wie aus Ebenholz geschnitten. Was sich unter dem knallroten Pulli abhob, wäre sogar für einen eingefleischten Puritaner eine Versuchung gewesen.

Tiefblaue Augen sahen ihn an, und ein Lächeln umspielte die sinnlichen Lippen, als das Goldstück ihn mit einer etwas rauhen Stimme fragte: »Sie wünschen, Mister?«

Erst jetzt bemerkte John auf dem Tresen ein kleines Metallschild mit dem Namen Chantal Dubois. Anzunehmen, das dieses Mädchen darauf hörte.

John holte noch einmal tief Luft, anschließend seinen ganzen Charme aus der Kiste und antwortete lächelnd: »Ich möchte eine Reise buchen. Nach Beirut, genauer gesagt. Ist das noch zu machen?«

Das weibliche Naturwunder sah ihn an. »Sie haben Glück, Mister. Sie können morgen früh um neun Uhr dreißig fliegen. Kennedy Airport, Direktflug nach Beirut. Und welche Hotelpreisklasse bevorzugen Sie, Mister?« John kannte inzwischen den Namen des Hotels, in dem Maureen gewohnt hatte.

»Ich würde gern das Metropolitan nehmen, wenn das möglich ist.«

»Einen Augenblick, Mister. Ich muß erst nachsehen.«

Chantal Dubois verschwand durch eine Hintertür. Endlich konnte John auch ihre Beine bewundern, die sonst durch den Tresen verdeckt waren. Ihre wunderbar geformten Gehwerkzeuge endeten in Hot pants. Quittengelb und von einem Stoff, der bei jeder Bewegung zu knistern schien.

Nach wenigen Augenblicken war sie wieder da.

»Glück gehabt, Mister.« Chantal lächelte, als hätte sie soeben in der Lotterie gewonnen. »Es sind noch einige Zimmer frei. Darf ich um Ihren Namen bitten?«

»Ich heiße John Cameron.«

Die Schönheit zuckte mit keiner Wimper, als John seinen Namen preisgab. Entweder sie wußte nichts mit Cameron anzufangen, oder sie war eine ausgezeichnete Schauspielerin.

Chantal Dubois übertrug die persönlichen Daten in ein

11

Antragsfomular, nahm eine Anzahlung in Empfang und teilte John mit, daß er sein Flugticket morgen am Schalter der Orient Touring im Kennedy Airport abholen könne.

»Ich wünsche Ihnen einen angenehmen Aufenthalt in Beirut, und erholen Sie sich gut«, wünschte Chantal Dubois, während sie John zur Tür begleitete.

»Vielen Dank, Miss Dubois.« John reichte ihr die Hand. »Vielleicht sehen wir uns einmal wieder. Good bye.«

Harper's Inn nannte sich die Pinte dem Reisebüro schräg gegenüber.

Seit über zwei Stunden saß Eddy Slater, ein Zuhälter übelster Sorte, in dem Lokal.

Eddy zuckte zusammen, als er John in das Reisebüro gehen sah. Er sprang auf, zahlte seinen Whisky, klemmte sich in seinen alten Ford und fuhr zum nächsten Postamt.

Eddy sprach mit einem Beamten und meldete ein Ferngespräch nach Beirut an. Die Verbindung kam relativ schnell zustande. Eddy redete nur ein paar Minuten. Als er das Postamt wieder verließ, lag ein zufriedenes Lächeln auf seinem Gesicht.

Wie ein Stück Glut brannte die Sonne vom wolkenlosen Firmament, als die Boeing 707 in Beirut landete.

John klemmte seine Sonnenbrille vors Gesicht, lockerte den Krawattenknoten und wartete auf die Zollformalitäten. Wider Erwarten wurde er schnell abgefertigt. Seine Waffe hatte er in einem Geheimfach des Koffers versteckt.

Als er die riesige Schwingtür der Flugplatzhalle passierte, traf ihn die Hitze abermals wie ein Schlag. John war deshalb froh, schnell ein Taxi zu finden.

»Wohin, Sir?« fragte ihn der dunkelhäutige Driver mit berufsmäßigem Grinsen.

»Ins Metropolitan, aber schnell. Ich kenne mich hier aus.«

Das war zwar gelogen, aber John wußte, daß die Fahrer bei Fremden gern einige Umwege fuhren, um ihre Kasse zu füllen.

Das Grinsen des Fahrers wurde noch breiter. »Wie Sie wünschen, Sir«, antwortete er in holprigem Englisch.

Der Driver gab Gas. Der Wagen, ein alter Mercedes, stöhnte aus allen Schweißstellen, als er wild durch die Kurven gerissen wurde.

An einer Ampel mußten sie stoppen. Plötzlich wurden die beiden Seitentüren aufgerissen. Ehe John sich versah, war er von zwei Arabern flankiert. Beide drückten ihm ein Messer an die Nieren.

»Schnauze halten, sonst wirst du gleich in der Hölle sein«, zischte der Knabe an seiner rechten Seite. Er stank aus allen Knopflöchern nach Knoblauch.

Zur Bestätigung seiner Worte drückte er die Messerspitze ein wenig tiefer. John atmete ganz ruhig aus. Behalt die Nerven, Junge, schärfte er sich ein.

Der Driver wußte wohl von diesem kleinen Intermezzo, denn er verließ ohne zu fragen die Innenstadt und bog auf eine Schnellstraße ein, die in die Wüste führte.

»Wo soll die Fahrt hingehen, wenn ich fragen darf?« wandte John sich an den Fahrer.

»Das wirst du schon sehen«, antwortete an seiner Stelle der rechts neben ihm sitzende Messerheld. Sein Kumpan auf der linken Seite war wohl als Taubstummer auf die Welt gekommen. Er kaute nur an seinen Schnurrbartenden.

Nach einer Viertelstunde Fahrt verließ der Driver die Schnellstraße und bog in einen unbefestigten Feldweg ein. Der Wagen holperte über Geröll, und der Fahrer hatte Mühe, ihn in der Fahrspur zu halten.

Der rechte Messerheld zischte dem Driver einige Worte zu. Leider verstand John kein Arabisch. Der Sinn der Worte wurde ihm jedoch schnell klar.

Der Mercedes wurde in einer Kurve gezogen und stoppte hinter einem mannsgroßen Felsblock. Mit leisem Stottern erstarb der Motor. Eine fast tödliche Stille breitete sich aus.

»Raus!« kommandierte der rechte Nebenmann.

John quälte sich aus dem Wagen.

Kaum stand er draußen, riß ihm der Taubstumme die Sonnenbrille von den Augen. Wie flüssiges Feuer stach die

Sonne in Johns Gehirn. Er wurde geblendet. Jemand drehte ihm brutal die Arme auf den Rücken.

Dann traf ihn der erste Hieb. Glashart – unter der Gürtellinie.

John klappte zusammen wie ein Taschenmesser. Brechreiz wallte vom Magen hoch.

Der zweite Schlag explodierte an seiner Kinnspitze und riß ihn wieder hoch. John wurde von oben bis unten durchgeschüttelt.

Seine Beine wurden schwer wie Blei.

Plötzlich ließ ihn der Taubstumme los. Und im Fallen kassierte John den dritten Hieb. Genau ins Genick.

Er merkte nicht mehr, wie er auf den Boden fiel, denn eine wohltuende Ohnmacht hielt ihn umfangen.

Das Erwachen war furchtbar. John hatte einen Kopf wie ein mit Heißluft gefüllter Ballon. Die Zunge lag pelzig im Rachen. Augen und Gesicht waren von einer Mischung aus Sand und Schweiß verklebt. John blieb ruhig liegen und atmete ein paarmal die heiße Luft ein. Langsam ging es ihm besser.

John öffnete die Augen einen Spalt und sah den Felsblock dicht an seiner rechten Seite. Mühsam zog er sich daran hoch, immer Verschnaufpausen einlegend.

Endlich stand er. Mit wackeligen Knien und keuchendem Atem. Vorsichtig peilte John an sich hinab. Von seinem Anzug war nicht mehr viel übriggeblieben. Die Hose hing in Fetzen, und ein paar aufgeschürfte Stellen Haut schimmerten durch.

Langsam drehte er sich um. Sein Koffer lag im Wüstenstaub. Unversehrt, wie es schien. Unter dem Kofferriemen entdeckte er ein Stück Papier.

John taumelte auf das Gepäckstück zu, griff nach dem Stück Papier und sah die Zeilen.

Mühsam entzifferte er die Worte: *Flieg sofort zurück!*

John knüllte den Zettel zusammen und steckte ihn in die Jackentasche. Dabei streifte er an seiner linken Brustseite vorbei. Überrascht hielt er inne. Sogar die Brieftasche hatten die Ganoven ihm gelassen. Desgleichen Feuerzeug und Zigaretten.

John blickte auf sein Chronometer. Seine ungefähre Rechnung ergab, daß er höchstens eine halbe Stunde bewußtlos gewesen war.

Immer noch leicht schwindelig, griff er den Koffer. Er mußte unbedingt die Schnellstraße erreichen, koste es, was es wolle. Irgendwann erreichte John die Straße. Er sah die Autos wie glitzernde Schatten an sich vorüberziehen.

Und dann hielt ein Taxi. Ein echtes Taxi. Erschöpft ließ John sich auf den Rücksitz fallen.

»Zum Metropolitan, bitte.«

Der Fahrer brachte ihn ins Hotel. John bezahlte und gab ihm die gleiche Menge noch einmal an Trinkgeld.

Dafür trug der Fahrer ihm auch den Koffer nach oben. Den Zimmerschlüssel holte sich John beim Portier ab. Dieser sah ihn an wie einen Geist. John war das egal.

In seinem Zimmer angelangt, warf er die Kleider in die Ecke und stellte sich unter die Brause. Nach dieser Erfrischung fiel er wie tot auf das breite französische Bett und war im Nu eingeschlafen.

Ein Pfeffersteak, mit Kognak flambiert, dazu Pommes frites, grüne Mandeln und als Gaumenkitzel einen herrlichen Burgunder brachten John wieder auf Vordermann.

Er ließ sich dieses Essen auf dem Zimmer servieren, war schon umgezogen, um sich anschließend mit der Hotelbar zu beschäftigen.

Der Chronometer zeigte zweiundzwanzig Uhr. Gerade die Zeit, in der das Leben hier richtig beginnt.

Seinen Cobra Colt hatte John in einer Gürtelhalfter verstaut.

Der Lift brachte ihn in die Hotelbar. Sie kam ihm vor wie ein Märchen aus Tausendundeiner Nacht.

Die Wände, bespannt mit roten Seidentapeten, wurden indirekt angeleuchtet. Als Sitzgelegenheit dienten perlenverzierte Kissen, die sich aufgelockert um niedrige Glastische gruppierten.

Nur die Bar fiel aus dem Rahmen. Sie war ein chromglänzendes Etwas nach amerikanischem Vorbild. Zum Glück hatte man sie durch einen von der Decke bis zum Boden reichenden Perlenvorhang von dem übrigen Raum getrennt.

Das Publikum war gemischt. Touristen, Luxusdirnen, ein paar schräge Typen und internationaler Jet-Set bevölkerten die Bar.

John inspizierte zuerst die Bar. Ein lederüberzogener Schalenhocker bot ihm Platz. Zwei Mixer, dem Aussehen nach Zwillinge, hantierten mit Flaschen und Gläsern. Einer wieselte sofort heran und fragte nach Johns Wünschen.

»Was haben Sie denn Schönes im Ofen?« fragte John zurück.

»Spezialität des Hauses: Grand Hotel Vienna!«

»Und woraus besteht dieser Seligmacher?«

»Er besteht aus einem Drittel Apricot, einem Dritten Marine Dry, einem Schuß Angostura. Das Ganze aufgefüllt mit prickelndem Sekt. Ein Genuß, sage ich Ihnen!« Mit einem »Voilà!« setzte er John das Getränk vor die Nase.

Das Zeug schmeckte wirklich gut. Als John das Glas absetzte, sagte plötzlich eine Stimme neben ihm: »Grand Hotel Vienna. Sie haben Geschmack. Gratuliere.«

John Cameron wandte sich um und blickte in die graublauen Augen eines fünfunddreißigjährigen Mannes im weißen Dinnerjackett, messerscharf gebügelter Hose, elegantem Smokinghemd und weinroter Fliege. Am rechten kleinen Finger blitzte ein hochkarätiger Brillant.

»Gestatten Sie, daß ich mich zu Ihnen setze, Mister?«

»Bitte sehr. Ich habe nichts dagegen.«

Der Mann winkte den Mixer herbei. »Noch mal das gleiche, Garçon«, und zu John gewandt, »Sie trinken noch einen Drink mit?«

»Gern, Mister.«

Während der Mixer sich mit den Drinks beschäftigte, stellte der Mann sich vor.

»Mein Name ist Grant«, sagte er. »James Grant. Ich bin Engländer. Und Sie sind neu hier, Mister?«

»Ja«, gab John zurück. »Ich verbringe hier meinen Urlaub.« Der Mixer brachte die Drinks.

»Cheerio, Mister ...« Grant zog das Mister wie Kaugummi.

»Cameron. John Cameron!«

»Nochmals, cheerio, Mr. Cameron.«

»Cheerio, Mr. Grant.«

So kamen sie ins Gespräch. James Grant wohnte eine Etage über John. Wie er berichtete, lebte er vom Vermögen seines Vaters, der irgendwo einige Ölquellen besaß. Man muß die Jahre auskosten, lautete seine Moral. Arbeiten kann man immer noch früh genug.

Ein Playboy also.

Nach dem vierten Glas beugte sich Grant vertrauensvoll vor.

»Hören Sie, Cameron, wenn Sie Frauen brauchen oder ein Spielchen machen wollen, ganz egal. James besorgt Ihnen alles.«

»Kein Interesse«, John winkte ab. »Aber vielleicht können Sie mir doch helfen.«

John beschloß, aufs Ganze zu gehen und zog Maureens Foto aus der Tasche.

»Kennen Sie dieses Mädchen?«

Grant nahm die Aufnahme. John beobachtete ihn scharf. Grants Gesicht schien sich einen Moment lang zu spannen. Dann gab er das Foto zurück.

»Nein«, er lächelte, »nie gesehen. Eine Bekannte von Ihnen? Hübsch, wirklich. Sollte ich sie denn kennen?«

John hielt James Grant für einen Lügner.

»Nein«, erwiderte er. »Kennen nicht unbedingt. Aber das Mädchen hat hier im Hotel gewohnt. Und da nahm ich an ...«

»Ich lebe erst seit drei Tagen hier«, sagte Grant. »Aber ich mache Ihnen einen Vorschlag. Kommen sie doch in einer Stunde zum Fondueessen in den Hotelgarten. Dort treffen Sie bestimmt jemanden, der Ihre Bekannte gesehen hat.« Er blickte auf seine Uhr. »Schon viel zu spät für mich. Ich muß mich ja noch umziehen.«

Er sprang vom Hocker, winkte den Mixer herbei und zahlte.

»Geht alles auf meine Rechnung, Cameron. Bis später.«

James Grant nickte John noch einmal zu und verschwand.

Ehe der Mixer sich verdrücken konnte, zeigte John ihm ebenfalls das Foto und stellte ihm die gleiche Frage.

Der Mann wurde, wie John schien, unter der braunen Haut blaß.

Als Cameron noch einen Schein neben die Aufnahme legte, flüsterte er: »Man sollte dieses Mädchen vergessen. Es ist nicht gut, verstehen Sie?« Dabei führte er seine Hand an den Hals und rollte mit den Augen.

»Schon gut«, sagte John, steckte das Foto ein und verließ ebenfalls die Bar.

In der protzigen Empfangshalle des Metropolitan wandte sich John an den Portier. »Ich hätte gern eine Auskunft. Seit wann wohnt Mr. Grant bei Ihnen?« Der Schein, den John ihm zuschob, verschwand blitzschnell.

»Mr. Grant?« Der Portier blätterte in seinem Buch nach. »Mr. Grant wohnt seit drei Wochen bei uns, Sir.«

John bedankte sich und ging in den Garten. Bunte Lampions und Girlanden hingen zwischen den Palmen und gaben dem Fondueessen einen stimmungsvollen Rahmen.

Rund um den Swimming-pool hatte man Grills aufgebaut. Champagnerkorken knallten, und gutgelaunte Menschen pickten mit ihren Fonduebestecken das Fleisch aus den Töpfen.

John hatte sich soeben ein zartes Filet in den Mund geschoben, als sein Name gerufen wurde.

Er wandte sich um und erkannte James Grant. Am Arm ein blondes Etwas.

»Kommen Sie rüber, John!« rief James Grant.

»Okay.«

Die beiden saßen in zwei Korbstühlen unter einer Palme. Das rote Licht eines Lampions ließ ihre Gesichter unwirklich erscheinen.

James Grant stand auf.

»Darf ich bekannt machen, Miss Gloria Evans – Mr. John Cameron!«

»Angenehm«, sagte die Blonde mit einer glockenhellen Stimme.

»Es ist mir wirklich eine Freude«, konnte John nur räus-

18

pern, immer noch beeindruckt von der Schönheit der Frau.

Gloria Evans war eine Göttin. Langes, bis auf die Schultern fallendes Haar umrahmte ein klassisch schönes Gesicht. Die Figur kam in dem auf Taille gearbeiteten hellroten Cocktailkleid bestens zur Geltung. Gloria Evans brauchte wirklich nichts zu verstecken. Manche Hollywooddiva hätte sich von ihrem Aussehen eine Scheibe abschneiden können.

Ein Page brachte drei Sektschalen mit Champagner. Die drei prosteten sich zu.

»Auf einen erholsamen Urlaub«, wünschte Gloria Evans.

»Für Sie das gleiche doppelt, Miss Evans«, gab John lächelnd zurück.

»Hello, James, Darling!« kreischte jemand. Plötzlich hatte James Grant eine nicht mehr ganz nüchterne Rothaarige am Arm hängen. »James, du hast mir versprochen, mir den Mond zu zeigen. Und was versprochen ist, muß man halten«, beharrte sie mit der Eindringlichkeit einer Betrunkenen.

»Sicher, sicher, Peggy«, knurrte Grant, und zu John und Gloria gewandt: »Ihr seht ja, die Pflicht ruft.«

Grant faßte Peggy unter die Arme. »Diesen Mond, den ich dir zeigen werde, wirst du nie vergessen.«

»Herrlich, James. Ich freue mich darauf«, quiekte Peggy.

»Dieser Schürzenjäger«, sagte Gloria Evans lachend. »Kommen Sie, Mr. Cameron. Gehen wir ein wenig spazieren.«

»Einverstanden.«

Gloria hakte sich bei John ein.

Die Nacht war wirklich ein Gedicht. Für Romantiker wie geschaffen. Ein leichter Wind rauschte durch die Palmen. Schwerer Blütenduft brachte einen Hauch von Erotik. Das Rauschen des Meeres und das Lachen der Menschen klangen nur noch gedämpft zu den beiden herüber.

»Ist es nicht herrlich?« Gloria Evans breitete die Arme aus und lehnte sich mit dem Rücken an eine Palme. »Ich fühle mich frei, Mr. Cameron, wirklich frei. Erzählen Sie mir etwas von sich. Wo kommen Sie her? Was machen Sie beruflich?«

»Da gibt es wirklich nicht viel zu erzählen, Miss Evans.

Ich bin von Beruf Techniker. Ich mache einfach nur Urlaub. Entspanne mich wie Sie, Gloria. Ich darf doch Gloria sagen, nicht wahr?«

»Sicher dürfen Sie das, Mr. Cameron. Nein, John heißen Sie doch.«

»Sie haben meinen Namen gut behalten, Gloria.«

»Weil Sie mir sympathisch sind«, sie lächelte. »Schade, nur noch eine Woche, dann ist mein Urlaub vorbei.«

»Wo kommen Sie her?« fragte John.

»Aus London. Bin bei einer Reederei beschäftigt. Diese Reise habe ich durch ein Preisausschreiben gewonnen. Von meinem Stenotypistinnengehalt hätte ich sie mir gar nicht leisten können.«

Gloria Evans wurde auf einmal ernst. Sie blickte John prüfend an.

»Sie gehören doch nicht zu dieser Clique, John?«

»Wie meinen Sie das?«

»Nun, das kann man schlecht sagen. Sie sind nicht so wie diese aufgeblasenen Playboys, die denken, sie könnten sich mit ihrem Geld alles kaufen. Sie sind der Typ, der seinen Urlaub auch woanders verbringen kann und dabei glücklich wird. Stimmt's?«

John nickte.

»Sie haben recht, Gloria. Ich würde auch woanders meinen Urlaub verbringen. Aber man muß ja alles mal gesehen haben.«

»Ich glaube Ihnen nicht, John. Nennen Sie es meinetwegen weibliche Intuition. Aber ich finde noch heraus, was Sie wirklich vorhaben.« Gloria drohte John scherzhaft mit dem Finger.

»Versuchen Sie es, Gloria«, sagte John. »Wissen Sie zum Beispiel, was ich jetzt vorhabe?«

»Ja.«

»Was denn?«

»Sie würden mich gerne küssen.«

John lachte und nahm Gloria in die Arme.

Nach einer kurzen Zeit bog Gloria ihren Kopf zurück.

»Laß uns gehen, John. Ich habe Durst.«

»Wie du willst. Komm.«

John faßte Gloria um die Schultern, und sie schlenderten zu dem Trubel zurück. Mit einem Glas Champagner begossen sie ihren ersten Kuß.

Schade, daß ich nicht privat hier bin, dachte John. So mußte er trotz der angenehmen Stunden immer noch an seine Aufgabe denken.

Sie leerten noch zwei Gläser Sekt. Die Fünf-Mann-Combo spielte einen Blues. Gloria wollte tanzen.

Die Tanzfläche, bestehend aus Glasbausteinen, wurde von unten blaurot angestrahlt.

Gloria schmiegte sich eng an John. Ihr warmer Körper wiegte sich im Rhythmus der Musik. John spürte den Druck ihrer Brüste. Gloria trug keinen BH. Leichte Schauer rieselten über Johns Rücken.

»John.« Das Wort war nur ein Hauch.

»Was gibt es, Kleines?«

»Ich habe Angst, John«, flüsterte Gloria, »schreckliche Angst.«

»Wovor denn?«

»Die beiden Männer dort. Am Rande der Tanzfläche. Ich habe das Gefühl, sie beobachten mich schon einige Tage. Ich werde sie dir zeigen. Der eine trägt einen Schnurrbart. Seinen Nebenmann erkennst du an der dunklen Brille.«

Sie drehten sich langsam um. John sah die beiden an. Plötzlich durchfuhr es ihn wie ein Blitz. Den mit dem Schnurrbart kannte er.

Es war der Taubstumme aus dem Taxi. Verdammt, jetzt konnte es gefährlich werden.

»Beruhige dich«, sagte John leise, »das ist bestimmt ein Irrtum.«

»Nein, John, nein.« Gloria schüttelte den Kopf. »Ich habe immer das Gefühl, die beiden möchten mich verkaufen. An Mädchenhändler.«

John schluckte unwillkürlich. Gloria ahnte ja nicht, wie nahe sie vielleicht der Wahrheit war.

»Laß uns gehen«, bat Gloria.

»Gut, ich bringe dich in dein Zimmer.«

Als sie die Tanzfläche verließen, waren die beiden Männer nicht mehr zu sehen. John entdeckte James Grant als Mittelpunkt einer Gruppe kichernder Mädchen. Er schien sich köstlich zu amüsieren.

Gloria wohnte eine Etage höher als John. Vor ihrer Zimmertür blieben sie stehen.

Gloria sah ihn an.

»Komm, wir trinken bei mir noch einen Kognak.«

John nahm ihren Zimmerschlüssel und schloß auf. Gloria ging vor. Als John das Licht anknipste, entdeckte er sie; die beiden von der Tanzfläche. Sie saßen in zwei Sesseln. Der mit der Sonnenbrille hielt das Duplikat des Zimmerschlüssels in der linken Hand. In der rechten lag ein Smith and Wesson. Sein Kumpan, der Taubstumme, war mit der gleichen Waffe ausgerüstet. Beide Mündungen waren auf John und Gloria gerichtet.

Gloria stieß einen Schrei aus. Sie drehte sich um und wollte zur Tür rennen.

»Stehenbleiben!« zischte der mit der dunklen Brille.

Gloria hörte nicht. Im letzten Augenblick konnte John ihren Arm packen und sie herumreißen. Aufschluchzend fiel sie an seine Brust.

»Ausgezeichnet«, lobte der Kerl John.

»Und wie soll es weitergehen?« fragte John.

Sonnenbrille sagte etwas auf arabisch zu seinem Kumpan. Dieser antwortete krächzend. Aha, der Taubstumme konnte also reden.

Aus der Hosentasche holte Sonnenbrille einen Schalldämpfer hervor. Seelenruhig schraubte er ihn auf den Lauf.

»Wie es weitergehen soll, Cameron?« Der Gangster grinste dreckig. »Osmin wird dich umlegen. Du hast unsere Warnung nicht befolgt. Die Puppe nehmen wir mit. Die bringt gutes Geld.«

Während dieser Worte hatte er sich John genähert.

Gloria, die immer noch zitternd in seinen Armen hing, schrie auf.

»Nein, bitte nicht! Hilf mir doch, John!«

Auch Osmin war aufgestanden. Er hob seine Waffe ein

wenig an. John sah, wie er seinen rechten Zeigefinger leicht krümmte.

John war innerlich gespannt wie eine Stahlfeder. Er mußte einfach handeln. Was nun geschah, spielte sich innerhalb von Sekunden ab. Mit einem Ruck warf John Gloria auf den Teppich. Gleichzeitig hechtete er zur rechten Seite. Sein linkes Bein schoß vor, und aus der Drehung heraus knallte seine Fußspitze gegen Sonnenbrilles Revolverhand. Die Waffe segelte durch die Luft. Sonnenbrille schrie auf.

Im selben Moment hörte John ein ›Plopp!‹. Osmin hatte geschossen. Die Kugel klatschte in die Wand. Verputz rieselte in Johns Genick.

John Cameron drehte sich auf den Rücken und fischte seinen Cobra Colt unter der Jacke hervor. Er sah, wie Osmin seine Waffe herumschwenkte und auf ihn zielte.

John drückte ab. Die Kugel bohrte sich in Osmins Schulter. Der Gangster wurde von der Wucht des Geschosses herumgewirbelt und knallte auf den Teppich. Sein Smith and Wesson fiel ihm aus der Hand.

John richtete sich auf. Inzwischen hatte Sonnenbrille den Karatetritt verdaut. Er suchte seinen Revolver.

John hechtete vor und schlug ihm die Handkanten in die Kniekehlen. Aufschreiend sackte der Schießer zusammen. Aus den Augenwinkeln nahm John wahr, daß Gloria die Tür aufriß und nach draußen verschwand. Das war gut so, denn jetzt brauchte er keine Rücksicht zu nehmen.

Noch war nichts gewonnen. Sonnenbrille war ein verdammt harter Brocken. Ein schwerer Aschenbecher segelte auf John zu. Er sah das Geschoß zu spät und konnte nur knapp ausweichen. Das schwere Ding streifte ihn an der Schläfe.

John sah Sterne und trat für einen Moment geistig weg. Das reichte seinen Gegnern. Als er wieder klar denken konnte, waren sie verschwunden.

John erhob sich schwankend und steckte seinen Schießprügel weg.

Im Gang waren aufgeregte Stimmen zu hören.

Ein Mann im schwarzen Smoking trat durch die halb offenstehende Tür.

»Mister«, hechelte er, »ich hörte, es ist geschossen worden.« Während seiner Worte zuckte er immer mit dem rechten Augenlid.

John winkte ab. »Sie haben sich verhört. Es waren nur Sektkorken, die geknallt haben.«

Der Knabe war richtig erleichtert. »Wie Sie meinen, Mister«, sagte er, »nur keinen Skandal. Dann ist alles in Ordnung. Ich darf Ihnen noch eine gute Nacht wünschen.«

»Sie dürfen.«

Er vollführte einen Bückling und verschwand. Geglaubt hatte er bestimmt kein Wort.

Siedend heiß fiel John das Girl ein. Er riß die Tür auf und sprang auf den Flur. Immer noch standen Gaffer herum.

»Gloria!«

Keine Antwort.

»Gloria!«

»Hier!« klang es kläglich zurück.

John ging dem Ruf nach und landete am Ende des Ganges an einer Tür mit der Aufschrift: ›Personal.‹

Das Öffnen der Tür wurde John abgenommen. Gloria kam heraus, verschwitzt und ängstlich.

John nahm sie in die Arme.

»Es ist ja alles vorbei. Komm, ich bringe dich in dein Zimmer.«

Er legte Gloria auf ihr Bett.

»Was wollen die von mir, John?« flüsterte sie.

»Die wollen nichts von dir, sondern von mir«, beruhigte er sie.

»Und warum, John? Was hast du ihnen getan?«

»Das, mein Schatz, erzähle ich dir morgen. Du mußt jetzt schlafen.«

»Nein, John, ich will nicht. Nicht jetzt.«

»Doch, warte einen Moment.«

John schnappte sich den Etagenkellner. Dieser brachte ihm einen Orangensaft und zwei Schlaftabletten. John löste die Tabletten schon vorher auf und kehrte mit dem Getränk zu Gloria zurück. Es kostete ihn einige Mühe, bevor Gloria den Saft trank. Danach war sie innerhalb kurzer Zeit eingeschlafen.

John schloß die Tür ab und ging auf sein Zimmer. Er glaubte nicht daran, daß die Gangster noch einmal zurückkehren würden. Diese Niederlage hatte sie geschockt.

John genehmigte sich noch einen Whisky, und dann ging auch für ihn dieser Tag zu Ende.

Der König der Beiruter Unterwelt hieß Achmed Naida. Er kontrollierte den Rauschgifthandel, verschob Waffen, saß dick im Glücksspielgeschäft und war der Chef des größten Mädchenhändlerringes im Nahen Osten.

Seine versteuerten Einnahmen bezog Achmed aus drei großen Nachtclubs, die den sensationslüsternen Touristen vom normalen Striptease bis zum Gruppensex auf der Bühne alles boten. Die Getränkepreise waren natürlich dementsprechend.

In dieser Nacht saß Naida in seinem protzigen Sessel im Hinterzimmer seiner exklusiven Bar Fatima.

Vor ihm standen wie zwei arme Sünder Osmin, der Taubstumme, und der Mann mit der Sonnenbrille. Er hörte auf den Namen Kerak. Die beiden hatten soeben von ihrem Mißgeschick berichtet. Naida sprang auf. Mit ein paar Schritten stand er vor ihnen. »Ihr Idioten«, zischte er, »ihr hundsgemeinen Versager! Da, da!«

Naida hob die Hand und schlug zu. Mehrmals. Hart und brutal. Die Schläge, mit dem Handrücken ausgeführt, brannten wie Feuer auf den Wangen der beiden Gangster. Aber kein Laut des Schmerzes drang über ihre Lippen. Ihre Haltung wurde eher noch demütiger als vorher.

»Man sollte euch die Ohren abschneiden und die Zunge herausreißen lassen!« schrie Naida. »Aber«, seine Stimme wurde wieder normal, »ich werde noch einmal Gnade vor Recht gehen lassen. Ihr könnt euch bald wieder bewähren. Jetzt verschwindet.«

»Danke, Boß, danke«, murmelten die beiden wie aus einem Mund.

Als Naida allein war, zündete er sich eine Zigarette an. Er lehnte sich zurück und konzentrierte sich voll auf den Rauchgenuß. Bald muß ich mich etwas aus dem Geschäft zurückziehen, dachte Achmed. Die Polizei war ihm schon ein paarmal dicht auf die Pelle gerückt.

Achmed war knapp fünfzig Jahre alt. Für einen Orientalen war er ein bißchen zu groß geraten, doch das war für ihn ein Vorteil. Achmed war das, was man im allgemeinen als Frauentyp bezeichnet. Er hatte blauschwarzes, leicht gewelltes Haar, einen sehr dunklen Teint und ein hartes Gesicht. Bis auf die Augen. Sie blickten falsch und verschlagen. Man konnte sie mit denen eines Fuchses vergleichen.

Achmed Naida drückte seine Zigarette aus und betätigte einen Knopf unter der Schreibtischplatte. Sein Schreibtisch war das Prunkstück. Außerdem stand nur noch ein Sessel in dem Raum. Dieser Schreibtisch barg noch einige Überraschungen.

Wenige Augenblicke später wurde die Tür geöffnet. Ein Kerl erschien, der bestimmt zwei Meter groß und an die zweihundertfünfzig Pfund auf die Waage brachte. Dieser Mann war Ali, Naidas Leibwächter. Er trug nur rotschimmernde Pumphosen. Seinen freien Oberkörper hatte er mit einer glänzenden Fettschicht eingerieben, die einen bestialischen Gestank verbreitete. Alis Gesicht sah aus wie eine Mischung aus Frankenstein und Dracula. Außerdem hatte er einen kahlgeschorenen Kopf.

Naida hatte diesen Mann in einem persischen Bergdorf aufgegriffen, ihn in gewissen Kampfarten ausbilden lassen und dann zu seinem Leibwächter gemacht.

Ali verbeugte sich. »Sidi.«

»Hol das Mädchen, Ali!« befahl Achmed. »Die beiden anderen schaffen es nicht. Ich vertraue dir ganz.«

»Gut, Sidi. Und wann?«

»Ich gebe dir noch Bescheid. Halte dich nur zu meiner Verfügung.«

»Sehr wohl, Sidi.« Ali verbeugte sich noch einmal und verschwand ebenso leise, wie er gekommen war.

Als Achmed Naida wieder allein war, nahm er das Telefon vom Schreibtisch, setzte es sich auf den Schoß und wählte eine Nummer, die in keinem Telefonbuch der Stadt zu finden war.

»Sag deinem Chef, am Freitag im Turm kann er die Ware

26

haben«, waren Naidas Worte, als sich der Teilnehmer am anderen Ende der Leitung gemeldet hatte. Achmed legte den Hörer wieder auf die Gabel. Entspannt lehnte er sich zurück. In seinem Gesicht spiegelte sich vollste Zufriedenheit wider.

Noch vor dem Frühstück telefonierte John mit New York, genauer gesagt, mit seinem Freund und Kampfgefährten Sonny. Er bat ihn, Erkundigungen über James Grant einzuholen.

John Cameron hatte sein Frühstück beendet und sich gerade die Verdauungszigarette angezündet, als James Grant erschien. Er wirkte frisch, ausgeruht und irgendwie unternehmungslustig. Zu einem weißen Hemd trug er hellblaue Sporthosen. Um den Hals hatte er sich einen Schal gebunden. Seine Füße steckten in Wildledersandalen. John konnte sich schlecht vorstellen, daß er gestern abend sehr viel getrunken hatte, dafür wirkte er zu agil.

»Hallo, Mr. Cameron«, rief er jovial und im selben Atemzug: »Darf ich mich setzen?«

»Von mir aus gern, Mr. Grant.«

James Grant pflanzte sich in den Korbstuhl und streckte die Beine von sich.

»Mein Gott, war das eine Nacht«, stöhnte er und reckte sich, daß die Glieder knackten. »Die Frauen waren wieder besonders scharf.«

Er blinzelte zu John hinüber.

»Sie verstehen doch, nicht wahr?«

»Sicher verstehe ich das«, erwiderte John. »Aber ehrlich gesagt, Mr. Grant, für einen Mann, der in der Nacht den Frauen und dem Alkohol heftig zugesprochen hat, sehen Sie mir zu gut aus. Warum übertreiben Sie?«

James Grant setzte sich gerade hin.

»Wie meinen Sie das?«

»So wie ich es gesagt habe. Sie spielen mir was vor. Sie behaupten zum Beispiel, Sie wohnten erst seit drei Tagen hier im Metropolitan, doch jemand, der es genau wissen muß, hat mir verraten, daß Sie das Hotel schon seit drei

Wochen mit Ihrer Gegenwart beehren. Wie erklären Sie sich den Widerspruch?«

Grants Augen zogen sich zusammen. »Was erlauben Sie sich eigentlich, Cameron? Wer gibt Ihnen überhaupt das Recht, hinter mir herzuschnüffeln?«

John lächelte.

»Das Recht gibt mir Ihr Benehmen, Grant. Wer sich so jovial anzubiedern versucht, muß damit rechnen, daß ihm Mißtrauen begegnet. Vor allen Dingen dann, wenn sich dieses Mißtrauen hinterher als berechtigt erweist. Sie wohnen hier ungefähr drei Wochen. Akzeptiert. Sie behaupten aber dann, die Dame, deren Bild ich Ihnen gezeigt habe, nicht zu kennen. Und das bei Ihrem Mädchenverschleiß«, fügte John ironisch hinzu. »Welche Komödie spielen Sie hier, Grant? Raus mit der Sprache.«

Grant lachte leise auf.

»Sie haben recht, Cameron. Ich bin nicht der Mann, der nur vom Geld seines Vaters lebt. Das sollte Ihnen genügen, denn Sie spielen mir auch eine Komödie vor. Wer sich abends in Hotelzimmern mit obskuren Gestalten herumschießt, ist auch nicht eben harmlos.«

Das saß. Dieser Grant war verdammt gut informiert.

Einer vorläufigen Antwort wurde er enthoben, denn in diesem Augenblick betrat ein Hotelboy das Frühstückszimmer. Er ging auf John zu.

»Telefon, Sir.«

»Wo?«

»In der Halle, Sir.«

»Danke.«

John stand auf.

»Warten Sie bitte, Mr. Grant«, sagte er.

Das Gespräch kam aus New York. Sonny war an der Leitung.

»Hör zu, alter Schwerenöter!« rief er. »Dieser Grant ist gar kein übler Bursche. Privatdetektiv mit blütenreiner Weste. Hat außerdem schon mal für die Geheimdienste gearbeitet. CIA und Secret Service.«

Ehe Sonne sich noch weiter ergehen konnte, war das Gespräch unterbrochen.

James Grant sah John gespannt entgegen.

»Nun, großer Meister, was haben Sie sich überlegt?«

John sah nicht ein, jetzt noch mit versteckten Karten zu spielen. Zwei Männer waren immer stärker als einer.

»Ich meine, wir könnten ein Team bilden«, sagte John.

Grants Gesicht war sehenswert. »Wieso denn das?«

John klärte ihn mit kurzen Worten über den Grund seines Besuches in Beirut auf.

»Ja, wenn das so ist, John, hier meine Hand.«

»Okay.«

»Und nun Karten auf den Tisch, James. Was treibt Sie genau hierher?«

»Die Tochter meiner Klientin ist verschwunden. Sie kehrte von einer Urlaubsreise nicht mehr zurück. Wahrscheinlich steckt sie jetzt in irgendeinem Zelt eines Wüstenscheichs. Und da soll ich sie nun herausholen.«

»Haben Sie schon Fortschritte erzielt, James?« wollte John wissen.

»Kaum. Ich weiß nur – oder vielmehr ich vermute, daß der Chef dieser Bande ein gewisser Naida ist. Er spielt in der Unterwelt die erste Geige.«

»Und Gloria Evans, James? Gehört sie zu Ihnen?«

»Nein, aber ich habe das Gefühl, die Gangster haben Gloria als nächstes Opfer ausgesucht. Wir sollten sie nicht aus den Augen lassen. Die gestrige Schießerei beweist ja genug.«

Ein Hotelpage erschien und unterbrach ihr Gespräch.

Er brachte John einen Brief, unfrankiert. Ein Junge hatte ihm ihn in die Hand gedrückt.

John bedankte sich mit einem Trinkgeld und riß den Umschlag auf. Auf weißem Papier standen folgende Worte:

Kommen Sie um 19 Uhr ins Fatima. A. Naida

James Grant hatte den Brief mitgelesen.

»Aha. Es geht los«, sagte er.

»Achmed Naida hat angebissen. Er lädt Sie ein, in die Höhle des Löwen zu kommen. Gehen Sie hin?«

»Sicher, ich bin gespannt, diesen Salzknaben kennenzulernen.«

»Passen Sie auf, John. Naida ist ein Satan. Soll ich nicht besser mitgehen?«

»Auf keinen Fall. Achten Sie auf Gloria.«

»Trotzdem, John. Die Sache gefällt mir nicht. Irgend etwas bezweckt dieser Naida. Wir müssen höllisch auf der Hut sein.«

In diesem Augenblick betrat Gloria Evans den Frühstücksraum. Sie nahm bei den Männern Platz.

Nach dem Frühstück gingen John und Gloria baden. Es war ein herrliches Gefühl, durch das Meer zu schwimmen. Man konnte seine Sorgen fast vergessen. Auch Gloria schien wieder in Ordnung zu sein. Mit keinem Wort erwähnte sie das gestrige Abenteuer. Es wurde für sie wirklich ein wundervoller Tag. Nur gut, daß Gloria Evans nicht in die Zukunft sehen konnte, denn für das Mädchen sollte bald die Hölle beginnen ...

Die Bar Fatima lag in einer Gegend, in der sich Europa und Asien die Hand gaben. Der breite Boulevard, an dem der Eingang der Bar lag, konnte ohne weiteres mit den Repräsentationsalleen europäischer Hauptstädte konkurrieren.

Doch hinter den eleganten Fassaden begann die Altstadt, die Kasbah, mit einem Gewirr unzähliger Straßen und Gassen. Händler saßen an den Hausmauern und boten den Touristen ihre angeblich echten Waren an.

Doch diese Altstadt war gefährlich. Gerade hier in Beirut hat sie als Schlupfwinkel für Verbrecher und Partisanen einen ›guten‹ Ruf.

Einen guten Ruf in gewissen Kreisen hatte auch das Fatima. Es galt als eines der schärfsten Lokale in Beirut. Für gutes Geld bekam man hier alles; angefangen vom Rauschgift bis zum Mädchen für ein paar Stunden.

Die Bar war auch schon um neunzehn Uhr fast besetzt. Ein Ober in schwarzen Frack und rotem Fes auf dem Kopf empfing John. Anscheinend hatte sich schon herumgesprochen, wer die Bar betreten hatte, denn man empfing ihn mit Namen.

Der Ober geleitete ihn in eine Nische.

»Bitte, hier Platz zu nehmen, Sir«, sagte er in tadellosem

Englisch. »Was Sie verzehren, geht natürlich auf Rechnung des Hauses.«

»Nein, danke«, John winkte ab. »Ich bezahle lieber selbst.«

»Ich würde es Ihnen nicht raten, Sir. Man beleidigt Achmed Naida nicht.«

John wurde ärgerlich.

»Bringen Sie mir einen Whisky, und lassen Sie mich in Ruhe.«

»Wie Sie wünschen, Sir.«

Der Ober rauschte beleidigt ab.

John sah sich um. Das Lokal war halbmondförmig angelegt. Die Einrichtungen der Nischen bestanden aus Rundcouches, einem niedrigen Tisch und zwei Cocktailsesseln. Die gesamte Mitte des Raumes wurde wohl als Tanzfläche und Bühne benutzt. Rote Beleuchtung sorgte für eine schwüle Atmosphäre.

Die lange, mit rotem Leder bespannte Theke war belagert. Hinter ihr sorgten vier offenherzige Damen für einen guten Getränkeumsatz. Aus versteckt angebrachten Lautsprechern erklang leise Musik.

Den Whisky brachte eine Puppe mit hochgetürmter Perücke und Superausschnitt, aus dem die beiden prallen Brüste wie Melonen hervorquollen.

»So allein, Kleiner?« versuchte sie sich in der üblichen Tour der Animiermädchen anzubiedern.

»Ja, ich bin allein und möchte es auch gern bleiben. Verschwinde, und trink deinen gefärbten Tee mit anderen«, gab John eiskalt zurück. Sie zog einen Schmollmund, sagte »Spinner!« und rauschte beleidigt ab.

John nippte an seinem Whisky. Er war gespannt, wann dieser Achmed Naida auftauchen würde.

Doch zuerst erschienen seine alten Bekannten. Osmin, der Taubstumme, und Kerak, der Sonnenbrillenknabe. Osmin trug seinen Arm in einer Schlinge.

Die beiden pflanzten sich in die Sessel.

»Je früher der Abend, desto mieser die Gäste«, sagte John trocken. »Hat euer Boß Angst, oder warum schickt er seine beiden Weihnachtsmänner vor?«

»Deine dreckigen Bemerkungen werden dir noch vergehen«, zischte Kerak, »wenn wir dich ungespitzt in den Boden stampfen.«

»Haltet euch nicht mit der Vorrede auf, sondern bringt mich zum Boß«, raunzte John die beiden an.

»Versuch's doch mal«, antwortete Kerak und hatte blitzschnell eine Waffe in der Hand. »Und nun paß auf, Cameron.«

Kerak bückte sich und fummelte an einem Tischbein herum. Ehe John etwas unternehmen konnte, begann sich die Nische um hundertachtzig Grad zu drehen.

Zwei Sekunden später saß er in einem anderen Raum. Neben sich immer noch die beiden Gangster. Vorn war ein wuchtiger Schreibtisch, und hinter diesem thronte ein etwa 50jähriger Orientale mit einem Raubvogelgesicht.

»Willkommen in meinem bescheidenen Haus, Mr. Cameron«, sagte er und zeigte ein Gebiß, an dem die Zahnärzte bestimmt Freude gehabt hätten.

»Bitte, entschuldigen Sie die etwas ungewöhnliche Art des Empfangs, aber ich bin ein Liebhaber technischer Spielereien.«

»Geschenkt«, gab John zurück. »Kommen Sie bitte zur Sache. Warum haben Sie mich hergebeten?«

Naida lächelte süffisant.

»Warum? Ich wollte mir den Mann einmal genau ansehen, der es wagt, mir zu trotzen.«

Naida gab sich überheblich und siegessicher.

»Gut, jetzt haben Sie mich kennengelernt. Da Sie anscheinend alles wissen, müßten Sie auch darüber informiert sein, daß ich nicht ohne Rückendeckung in Ihre Bar gekommen bin.« Naida machte eine wegwerfende Handbewegung.

»Das glauben Sie doch selbst nicht. Wir haben Sie natürlich den ganzen Tag beobachten lassen, und Ihr neuer Freund, dieser James Grant, wird Ihnen auch kaum helfen. Ich habe Ali, meinen besten Mann, geschickt.«

Naida sah auf seine Uhr.

»Grant wird Sie bestimmt im Augenblick aus dem Jenseits grüßen. Zufrieden?«

John zuckte zusammen. Verdammt, das konnte ja heiter werden.

»Und Gloria Evans?« fragte er heiser.

»Wird uns fünfzigtausend Dollar bringen. Ein Scheich ist hinter ihr her. Sie, Cameron, sehen sie jedoch nicht mehr wieder«, sagte Achmed Naida eiskalt.

Ein Schauer lief John über den Rücken. Seine Hände bohrten sich in das Polster der Couch.

»Sie Schwein«, zischte er. »Aber ich werde Ihnen das Handwerk legen.«

Naida wurde kalkweiß.

»Kerak!« blaffte er.

Kerak, der neben John saß, hob seine Waffe. John sah es aus den Augenwinkeln. Ihm war alles egal. Ein Handkantenschlag fegte gegen Keraks Unterarm. Man hörte es trocken knacken. Der Gangster schrie auf.

John packte den Kerl, drehte sich um die eigene Achse und schleuderte ihn über den Schreibtisch. Voll prallte diese menschliche Ladung gegen Naida. Aufschreiend gingen beide zu Boden.

Aber auch Osmin war inzwischen aktiv geworden. Ein mörderischer Schlag traf John in die Nieren. Er wurde nach vorn geknickt wie ein Gummiball. Ein höllischer Schmerz zuckte durch seinen Körper.

Naida schrie Osmin einen Befehl zu. John sah, wie der Kerl nach seiner Waffe fingerte. Doch John war schneller. Auf dem Boden liegend schoß er. Zum Zielen blieb keine Zeit.

Die Kugel traf Osmin in den Hals. Gurgelnd brach er zusammen. Ein Blutstrom schoß über den Teppich.

Ehe sich John mit den anderen beschäftigen konnte, wurde die Tür des Raumes aufgerissen. Vier muskelbepackte Schläger stürmten herein.

Naida schrie sie an. Sie stürzten sich auf Cameron. Ohne Taktik und Kampfstil.

Den ersten legte John mit einem glasharten Magenhaken flach. Nummer zwei sprang ihn von hinten an. John duckte sich, packte den Hals des Schlägers und schleuderte ihn seinem dritten Kumpan vor die Brust. Schläger Nummer vier war vorsichtiger geworden. Er tänzelte heran wie ein Hampelmann. Dadurch war John gezwungen, anzugreifen.

Er hechtete nach vorn – und übersah Naidas Bein. Dieser Bursche brachte ihn ins Straucheln. John fiel in einem gewaltigen Haken des Ganoven Nummer vier.

Viele Hunde sind des Hasens Tod. Sie machten John fertig.

Als er wieder klar denken konnte, saß er in einem der Sessel.

Naida stand vor John. Haß sprühte aus seinen Augen.

»Ich hatte vor, dich mit einer Kugel ins Jenseits zu schicken, doch nachdem das passiert ist, wirst du vor deinem Tod sämtliche Qualen der Hölle erleben!« keifte der Kerl. Speichel rann aus seinem Mund.

»Wer hat Maureen Carter erschossen, Naida?« keuchte Cameron.

»Irgend jemand vom Turm. Ich weiß es nicht, Cameron. Ist ja auch nicht wichtig.«

»Und ob es wichtig ist, Naida«, flüsterte John, »bei der Endabrechnung hole ich dich persönlich. Wenn es sein muß, mitten aus der Hölle.«

»Immer noch nicht genug, Cameron?« fragte Naida lauernd. Dann befahl er seinen Leuten: »Los, schafft ihn in den Keller! In zwei Stunden werde ich mir den Helden mal ansehen.«

Dunkelheit umfing John.

Er lag auf dem feuchten Boden. Jeder Knochen tat ihm einzeln weh. Die Halunken hatte ihn einfach durch eine Falltür in dieses stockfinstere Verlies geworfen. Zum Glück war er nicht gefesselt. Dieses Gefängnis war ihnen wohl sicher genug. Wer weiß, was sie noch mit dir vorhaben, dachte John. Dabei mußte er an Naidas letzte Worte denken. In zwei Stunden wollte er ihn ja bekanntlich besuchen.

Ächzend richtete John sich auf. Er schaffte es erst im zweiten Anlauf, aufrecht zu stehen. Dreimal tief durchgeatmet. Okay, es ging wieder.

John tastete sich ab. Außer seinem Cobra Colt hatten ihm die Kerle nichts abgenommen. Ihr Pech. So kramte er sein Gasfeuerzeug hervor, stellte die Flamme so groß ein, wie es ging, und leuchte die bescheidene Umgebung ab.

Was er sah, versetzte ihn nicht eben in einen Freudentaumel.

Im flackernden Lichtschein erkannte er die ungefähre Größe seines Gefängnisses. Fast zwei Quadratmeter. Die Höhe schätzte er im ungewissen Licht der Flamme auf drei Meter. Unmöglich für ihn, die Falltür zu erreichen.

Vorsichtig tastete John die Wände ab. Sie bestanden aus Lehm, feuchtem Lehm, so wie alles hier feucht war. Von der Luft angefangen.

Was mochte hinter der Wand liegen: Vielleicht ein Raum, ein Gang; oder war dieses Verlies eine Fallgrube, aus der es kein Entrinnen gab?

Seine Chance steckte in der linken Hosentasche. Ein Taschenmesser. Klein, aber sehr stabil. Hergestellt in Germany. Und die Deutschen sollen bekanntlich auf diesem Gebiet Experten sein.

John klappte das Messer auf und begann vorsichtig, damit an der feuchten Lehmwand zu kratzen. Das Feuerzeug hielt er dabei in der Linken. Die Flamme reichte aus, um zu zeigen, das der Lehm Stückchen für Stückchen abbröckelte. Eigentlich hatte er genug gesehen.

John löschte die Flamme und ging mit beiden Händen an die Arbeit. Mit dem Messer bohrte er kleine Löcher aus der Wand. John schuftete wie ein Berserker. Der Schweiß rann ihm am Körper hinab. Staub setzte sich in seinen Hals. Er mußte husten.

Immer weiter bohrte er. Die Klinge hielt. Die Hersteller hatten nicht zuviel versprochen.

Und plötzlich spürte seine Hand keinen Widerstand mehr. Er hatte es geschafft. Ein kühler Luftzug fuhr ihm über seinen Handrücken. Es war ihm völlig egal, wo er landen würde. Hauptsache raus hier.

Neue Energie spornte John an. Er zerrte mit beiden Händen an der Öffnung. Lehmbrocken flogen ihm entgegen.

John peilte durch das Loch. Nichts. Auch hinter dieser Wand nur Dunkelheit.

John ackerte weiter. Ab und zu sah er im Schein des Feuerzeuges, wie weit er gekommen war. Nicht mehr lange, dann konnte er seinen Oberkörper durch die Öffnung stecken.

Endlich war es geschafft. Das Loch war groß genug. Mit den Füßen zuerst kroch er hinein.

Plötzlich hörte er über sich das Rumoren. Verdammt, das konnten nur seine ›Freunde‹ sein.

Jetzt schob John sich mit Gewalt vorwärts. Mit den Händen stieß er sich vom Boden ab.

Da wurde die Falltür geöffnet. Der Schein einer Taschenlampe leuchtete in das Verlies, erfaßte ihn.

»Da ist das Schwein!« Es war Kerak, der so schrie.

»Los, schießt doch! Schießt den Hund ab!«

Für John wurde es mulmig. So schnell wie möglich zog er den Kopf ein. Sein Glück, denn eine Kugel klatschte trocken in die Lehmwand. Sie hätte bestimmt seinen edelsten Körperteil in Mitleidenschaft gezogen.

»Schneidet ihm den Weg ab!« hörte er Kerak brüllen. Und dann: »Keine Angst, Cameron, wir kriegen dich schon!«

»Denkste«, knurrte John erbittert.

Trotzdem war klar, daß es einen Wettlauf mit dem Tod geben würde.

»Ich habe Angst, James«, flüsterte Gloria Evans. »Irgend etwas wird geschehen. Ich spüre es.«

Das Girl zog fröstelnd die Schultern hoch.

»Machen Sie sich keine Sorgen, Gloria«, beruhigte James Grant das Mädchen und nahm einen Schluck aus seinem Whiskyglas.

Die beiden saßen in Glorias Zimmer. Es brannte nur eine Stehlampe. Das gedämpfte Licht gab dem Raum einen gemütlichen Schein.

»Was John wohl macht?« fragte Gloria.

»Er wird sich schon melden. John Cameron ist ein Mann, der auf sich achtet«, gab James Grant ruhig zurück.

Tatsache war, daß er sich ebenfalls große Sorgen um Cameron machte, denn dieser war schon überfällig. Das Hotel verlassen konnte James Grant nicht, denn er mußte auf Gloria achten.

Es klopfte.

»Wer ist da?« rief James Grant. Gleichzeitig zog er seine Waffe und legte sie neben sich auf die Couch.

»Der Zimmerkellner, Sir. Ich bringe Ihnen die bestellte Flasche Lemon.«

»Gut, kommen Sie rein.«

Die Tür wurde geöffnet. Es war tatsächlich der Zimmerkellner, der hereinkam. Doch hinter ihm stürzten blitzschnell zwei Kerle in den Raum.

Noch ehe James Grant reagieren konnte, war der eine von ihnen – ein riesiger Muskelberg – schon bei dem Girl, schlang den Arm um ihren Hals und drückte ihr die Spitze eines Messers auf die Brust.

»Keine Bewegung!« zischte er. »Sonst ist die Puppe eine Leiche!«

James Grant hatte die Waffe schon in der Hand. Als er Glorias angsterfüllte Augen sah, warf er sie resignierend auf den Teppich.

»Schon gut«, murmelte er.

Der andere Gangster hatte inzwischen den Kellner mit dem Knauf seiner Pistole, einer Beretta, bewußtlos geschlagen. Er kam auf James Grant zu, die Waffe im Anschlag.

»Aufstehen und umdrehen!« kommandierte er.

Grant gehorchte. Und dann spürte er nur noch, wie ein Hammerschlag sein Genick traf, bevor eine Ohnmacht ihn umfing.

Lange konnte James nicht bewußtlos gewesen sein, denn als er erwachte, lag der Kellner immer noch in tiefer Ohnmacht.

»Oh, verflucht«, knurrte James, »mein Schädel.«

Torkelnd kam er auf die Beine und schnappte sich die Whiskyflasche. Er setzte sie einfach an den Hals. Nach einem tiefen Schluck ging es ihm besser.

Gloria Evans war verschwunden. Auch der Teppich war weg. Wahrscheinlich hatten sie das Girl darin eingewickelt.

»Ich Esel habe versagt«, erging sich James in Selbstvorwürfen. Doch dann begann er zu überlegen. Seine alte Sicherheit gewann wieder die Oberhand. »Zuerst ins Fatima«, murmelte James vor sich hin. »Dort treffe ich John und vielleicht auch Gloria.«

James schnappte sich seinen Schießprügel, überprüfte ihn und sprintete zum Lift. An der Rezeption meldete er den Vorfall, damit sie den Kellner abholen konnten.

Grant klemmte sich in seinen Wagen, einen Fiat Spider, und schoß mit quietschenden Reifen davon.

Vor der Bar fand er keinen Parkplatz. Den Wagen stellte er verschlossen in einer Nebenstraße ab.

Gerade als James die Wagenschlüssel in die Tasche stecken wollte, hörte er, wie jemand etwas auf arabisch rief. Aus den Worten hörte er heraus, daß ein Mann gesucht wurde. Und zwar ein Fremder. Wer das war, konnte sich James lebhaft vorstellen. Ihm blieb nichts anderes übrig, als sich an die Fersen des Kerls zu heften, der geschrien hatte.

Auf dieser Seite des Gefängnisses war es keinen Deut heller.

John knipste zur Orientierung kurz sein Feuerzeug an.

Er befand sich in einem schmalen Gang. Etwa zwei Meter links erkannte er die Umrisse einer Holztür. John sprintete auf die Tür zu und rüttelte an der Klinke. Verschlossen.

Er leuchtete die Tür ab. Oben entdeckte er einen Riegel. John schlug ein paarmal mit der Handkante dagegen. Kratzend schob er sich zur Seite. Die Tür war offen.

Jetzt huschte er nach draußen. Warme Nachtluft umfächerte John. Mit dem Jackettärmel wischte er sich den Schweiß aus dem Gesicht. Dann peilte er die Lage.

John stand in einer Gasse. Vor sich die weißgetünchten eingeschossigen Lehmhäuser der Beiruter Altstadt. Die dunklen Türöffnungen schienen ihn drohend anzustarren. Er hatte den Eindruck, als würden ihn tausend Augen beobachten. Eine Gänsehaut zog sich über seinen Rücken.

Wohin soll ich mich wenden? überlegte John. Nach seinem Gefühl mußte er sich rechts halten, um auf die Hauptstraße zu gelangen. Er setzte sich in Bewegung. Plötzlich hörte er Geschrei. In etwa zwanzig Metern Entfernung lief ihm eine Horde Männer entgegen.

John warf sich herum und rannte los, daß die Hacken qualmten. Immer tiefer in die Kasbah hinein.

Das Geschrei in seinem Rücken wurde stärker. Jetzt tauchten auch in den Hauseingängen weiße Gestalten auf. Arme reckten sich ihm drohend entgegen.

Und John rannte. Mit keuchenden Lungen. Der Abstand zu seinen Verfolgern hatte sich vergrößert. Etwas Hoffnung keimte in ihm auf.

Doch dann war die Gasse zu Ende. Eine etwa zwei Meter hohe Mauer bildete den Abschluß.

Gehetzt blickte sich John um. Weitere Gestalten lösten sich aus den Schatten der Häuserfassaden.

Jemand warf einen Stein. Er prallte dicht neben Johns Kopf gegen die Mauer.

John durfte nicht mehr zögern. Ein Klimmzug brachte ihn auf den Mauerrand. Er sah kurz zurück, doch von seinen eigentlichen Verfolgern konnte er nichts erblicken. Unten stand nur wütendes Volk. Sollten die Kerle aufgegeben haben? John glaubte es nicht. Er hatte eher das Gefühl, daß sie ihm eine Falle stellen wollten.

Die Gasse, in der er landete, glich der anderen aufs Haar. Nur war diese überdacht. Rundbögen zogen sich von Haus zu Haus. John begann wieder zu rennen. Seine Schritte klangen hohl durch die Nacht. Sonst war nichts zu hören. Es war still, zu still. John blieb stehen, dicht an eine Hauswand gepreßt. Sein keuchender Atem war das einzige Geräusch.

Von nun an schlich er weiter. Achtete auf jeden Laut.

Plötzlich rannte aus einem Hauseingang ein Mann auf ihn zu. Das Messer in der Hand schwang er wie einen Säbel. Der Knilch hechtete auf ihn zu. John glitt zur Seite und machte kurzen Prozeß. Seine Linke traf den Kerl mitten im Sprung. Es schien, als würde der Mann in der Luft gestoppt. Er stöhnte noch einmal kurz auf und sackte bewußtlos zusammen. Das Messer steckte John ein.

Dann machte er sich wieder auf die Strümpfe, war jetzt noch wachsamer. Die Gasse verbreiterte sich zu einer Straße. Doch dann entpuppte sie sich als Sackgasse. Sie mündete in einen Platz, an dessen Seiten nur Häuser standen, die wiederum durch Rundbögen verbunden waren.

Die perfekte Falle!

Das schienen auch Johns Gegner zu wissen. Mit einemmal waren sie da. Er zählte acht – nein, mit Kerak, dem Anführer, neun Männer. Sie waren wie Schemen aus den Hauseingängen erschienen.

Im Nu hatten sie John eingekreist. Trotzdem blieb noch eine winzige Chance.

John brach blitzschnell aus und stellte sich mit dem Rücken breitbeinig gegen die Wand. Wenn er hier schon untergehen sollte, dann wollte er wenigstens einige mitnehmen.

Die Verfolger hielten Messer in den Händen. Die Klingen blitzten ab und zu hell auf. Nur Kerak trug eine Schußwaffe.

»Ich habe es dir gesagt, Cameron«, meinte er hämisch, »wir kriegen dich.«

»Noch habt ihr mich nicht«, gab John eiskalt zurück. »Fünf Stück von euch nehme ich bestimmt mit auf die große Reise.«

»Das wollen wir mal sehen!« keifte Kerak.

Dann schrie er seinen Leuten einen Befehl zu.

Vier Mann stürzten sich auf John. Ihm blieb nur eine Möglichkeit. Er ließ sich auf den Boden fallen und rollte sich gegen die Beine der Angreifer. Damit brachte er sie aus dem Gleichgewicht.

Doch dann waren die anderen da. Nach Knoblauch riechende Gestalten drückten ihn auf den Boden. Das Messer wurde ihm aus der Hand gerissen.

Wieder schrie Kerak einen Befehl.

Die Kerle ließen von John ab. Er lag mit dem Rücken auf dem Boden. Verschwitzt, verdreckt, ausgelaugt.

Zwei Mann stellten sich auf seine Handgelenke und zwei auf die Füße. Stechender Schmerz zuckte durch seine Muskeln. Die Messerklingen blitzten.

Kerak trat John in die Rippen. Sein dreckiges Lachen tat fast körperlich weh. Er hob den Colt. Zielte genau …

»Jetzt ist es aus, Cameron!« zischte er haßerfüllt.

In diesem Moment sah John hinter Kerak eine Bewegung. Die Handkante eines Mannes im weißen Burnus knallte wie ein Brett auf Keraks Unterarm. Der Gangster schrie auf. Der Colt wurde ihm aus den Fingern geschleudert. Und hinter ihm hörte John James Grants vertraute Stimme: »Achtung, Kameraden. Jetzt gibt's Zunder!«

James Grant fuhr wie ein Berserker in die Reihen der verdutzten Schläger. Innerhalb von fünf Sekunden lagen zwei Männer auf dem Boden. Dann fegte Grant den Kerl von den Füßen, der auf Johns rechtem Handgelenk stand.

Damit wurde John auch wieder aktiv. Mit einem Ruck stand er auf den Beinen.

James wütete weiter. Mittlerweile lagen schon vier Kerle am Boden. Nun mischte John auch mit. Einer wollte ihm sein Messer in den Bauch rammen. John setzte ihm den Fuß dahin, wo es weh tut. Der Kerl krümmte sich gerade richtig für einen Uppercut. Jetzt waren fünf Mann ausgeschaltet.

Die übriggebliebenen verschwanden wie ein Blitz. Auch Kerak war weg. Den Colt hatte er liegengelassen. John steckte ihn ein.

»Wie hast du mich gefunden, James?« fragte John keuchend. Nach dem Kampf war er zum vertrauten Du übergegangen.

Grant erzählte von Glorias Entführung und wie er zufällig vor der Bar die Rufe gehört hatte.

»Der Rest war einfach.« Er grinste verzerrt. »Ich schnappte mir einen von den Halunken und zog einen Burnus über. Zum Glück haben die anderen nichts bemerkt.«

Ihre Unterhaltung hatte noch nicht mal eine Minute gedauert.

»Weißt du, wie wir hier rauskommen, James?«

»Klar, ich habe mir den Weg gemerkt.«

James Grant führte John durch einige Häuser, schreckte ein paar Schlafende auf, und schließlich landeten sie wieder auf der Hauptstraße.

Sie stürzten ins Fatima. Der Laden war brechend voll. Als sie in ihrem Aufzug erschienen, James im zerfetzten Burnus und John in seinem zerrissenen Anzug, kreuzten zwei Rausschmeißer ihren Weg. John und James waren noch richtig in Form.

Ehe die beiden ›Ah‹ sagen konnten, küßten sie den Fußboden.

»Wo ist Naida?« herrschte John die Barelfe an.

Sie mußte wohl in Johns Augen gelesen haben, daß es ihm bitterernst war.

»Weg«, antwortete sie hastig.

John glaubte ihr sogar.

»Wo geht's ins Hinterzimmer?«

Sie deutete auf eine Tür hinter der Theke.

»Danke.«

Sie fanden niemanden. Weder Achmed Naida noch Gloria Evans. Die Polizei benachrichtigen wollten sie vorerst nicht. Sie war Ausländern gegenüber mehr als mißtrauisch.

Zerschlagen kehrten sie ins Hotel zurück. An diesem Tag war wirklich alles schiefgegangen.

»Los, da hinein!« befahl Achmed Naida und stieß Gloria Evans brutal vor sich her.

Mehr fallend als gehend taumelte sie in ein Verlies, in dem aus zwei kleinen Öffnungen fahles Tageslicht in den Raum sickerte.

»Leg dich auf die Matratze dort und schlaf, damit du nachher in Form bist, wenn man dich braucht«, sagte Naida.

Gloria wollte noch etwas fragen, doch der Gangster schlug mit einem Ruck die Holztür zu. Ein Riegel fuhr ratschend in die Halterung. Dann war Stille.

Gloria sah sich um. Außer ihr befanden sich noch zwei andere Frauen in dem Raum. Die beiden lagen ebenfalls auf alten, stinkenden Matratzen. Gleichmäßige Atemzüge verrieten, daß die Frauen schliefen.

Gloria war am Ende. Körperlich und seelisch. Sie sah an sich hinab. Ihr Kleid war zerrissen und gab mehr frei, als es verdeckte. Einige blaue Flecken an ihrem Körper zeugten davon, daß man sie nicht gerade sanft behandelt hatte. Gloria kam alles wie ein böser Traum vor. Erst die Entführung, anschließend die Fahrt mit einem klapprigen Lastwagen hierher, und dann dieses dreckige Gefängnis, in dem es auch noch vierbeinige Lebewesen gab, Wanzen und anderes Getier.

»Nett ist es nicht hier, aber man gewöhnt sich daran«, sagte plötzlich eine von Glorias Leidensgenossinnen. Sie sprach englisch.

Gloria drehte sich um. Die Frau hatte sich aufgerichtet.

»Wieso? Wie meinen Sie das? Was heißt gewöhnen?«

Das Lachen der Gefangenen klang bitter.

»Mach dir keine Illusionen, Kind, hier kommst du nicht mehr weg. Ich dachte auch im Anfang, es ginge alles gut. Doch dann ...«

»Bitte, erzählen Sie.«

»Gut, mein Kind, wenn du willst. Ich stamme auch aus Old England, wie du.«

»Woher wissen Sie, daß ich aus England bin?«

»Unsere Bewacher haben mir erzählt, daß neues Fleisch aus England kommt. Und das konnten nur Sie oder auch du sein, ist ja egal.«

Die Frau wühlte unter ihrer Matratze herum und kramte eine Zigarette hervor. Streichhölzer besaß sie auch.

»Auch eine?« wandte sie sich an Gloria.

»Nein, danke.«

»Gut. Also, weiter im Text. Mich haben die Halunken vor einem halben Jahr geschnappt. Ich war mit meiner Freundin, die hier neben mir liegt, auf einer Orientreise. Erst eine Woche in Paris, dann vierzehn Tage Beirut und Umgebung. Uns hat man in einem Lokal kirre gemacht, hierhergeschleppt und an einen Scheich verkauft. Der ließ uns jedoch nach zwei Wochen wieder laufen, als er die Nase voll hatte. Jetzt sind wir nur noch als Betthasen unserer Bewacher da. Eine Schachtel Zigaretten, das ist der Lohn.«

»Nein«, keuchte Gloria, »das darf nicht wahr sein. Sagen Sie, daß es nicht wahr ist!« Glorias Stimme hatte sich gesteigert, bei den letzten Worten überschlug sie sich fast.

»Ruhe!« brüllte die andere Frau, die noch geschlafen hatte.

»Ist ja schon gut, Edda«, beruhigte sie ihre Kollegin.

Erklärend wandte sie sich an Gloria.

»Edda hat eine schwere Nacht hinter sich. Sie mußte für zwei Schachteln Zigaretten alles tun. Du verstehst?«

Gloria nickte.

»Ach ja, ich heiße übrigens Madge. Und du?«

»Gloria.«

»Ein schöner Name«, sagte Madge leise. »Er wird dem Scheich gefallen!«

Gloria fuhr hoch.

»Welchem Scheich?«

»Der dich gekauft hat. Er will dich heute noch abholen.«

Das war zuviel für das junge Girl. Mit einem Weinkrampf brach Gloria zusammen.

Madge verließ ihre Matratze und setzte sich neben Gloria.

»Diese verdammten Schweine«, flüsterte sie, »einmal bekommen auch sie ihren Lohn.«

Eine erfrischende Dusche wirkte oft Wunder. John hatte das Gefühl, als würden die Strapazen der vergangenen Stunden durch das Wasser abgespült.

Nach der Dusche schlüpfte er in andere Kleidung.

Anschließend fuhr er in die Hotelbar. Es war schon kurz nach Mitternacht, als er dort ankam. Trotzdem war es hier proppenvoll. Die Musiker schwitzten auf der Tanzfläche um die Wette.

James Grant, mit dem John verabredet war, stand an der Bar.

Cameron schob sich neben ihn.

»Los, John, wir haben keine Zeit«, drängte James und leerte den Rest Pernod aus dem Glas.

James Grant wollte zu einem Bekannten, der anscheinend mehr über Naida und sein Geschäft wußte als die Polizei.

Als sie das Hotel verließen, empfing sie der immerwährende Verkehr der Beiruter Großstadt. Chromblitzende Limousinen zogen schnurrend über den breiten Boulevard, elegantes Publikum flanierte, Mädchen in superkurzen Minis und Hot pants lachten und flirteten.

James hatte seinen Spider in der Hotelgarage geparkt. Aufheulend schoß er davon. Die Fahrt führte in die Altstadt. Den Wagen ließen sie am Rande der Kasbah stehen und gingen den Rest zu Fuß.

Hier war der Trubel noch schlimmer als auf den Hauptstraßen. Menschen schoben sich schwitzend durch die engen Gassen. Es roch nach Garküchen und tranigem Fleisch. Händler saßen vor ihren Häusern und versuchten, allerlei Zeug zu verkaufen.

John zündete sich eine Zigarette an, um gegen den Geruch anzukämpfen. Es half.

»Und du glaubst, daß dein Bekannter uns helfen wird?« fragte er.

James nickte. »Ich habe ihm vor Jahren einmal das Leben gerettet. Ein Orientale vergißt so etwas nicht.«

»Hoffentlich.«

Vor einem schmalbrüstigen Haus blieben sie stehen. Vor dem Eingang bewegte sich ein Perlenvorhang.

»So, da wären wir«, stellte James fest.

Mit gemischten Gefühlen betrat John hinter James das Haus. Es wurde dunkel. Der Lärm von außen war auf einmal wie abgeschnitten.

Plötzlich erfaßte sie der Schein einer Taschenlampe. Automatisch zuckte Johns Hand zur Waffe.

»Ruhe!« zischte James.

Jemand sprach sie auf arabisch an. James antwortete. Die Lampe wurde ausgeschaltet.

»Komm mit«, flüsterte Grant und zog John am Arm. Sie gingen um ein paar Ecken und gelangten schließlich in einen Raum, in dem eine Petroleumlampe brannte. Die Lampe stand auf einem kleinen Tisch. In ihrem flackernden Schein waren noch einige Sitzkissen, die sich um den Tisch gruppierten, zu erkennen.

Auf einem der Kissen hockte ein alter Mann. Soviel John erkennen konnte, trug er einen hellen Burnus und einen Turban auf dem Kopf.

»Salem aleikum«, sagte er feierlich und sprach weiter in gebrochenem Englisch: »Der Freund meines Freundes ist auch mir willkommen.«

Er machte eine einladende Handbewegung. Die beiden Männer setzten sich.

Dann klatschte der Alte in die Hände. Ein junger Mann erschien mit einer Kanne Mokka und hauchdünnen Tassen. Er schenkte ein. Das Mokkatrinken ist im Orient eine feierliche Zeremonie, und diese wird mit keinem Wort unterbrochen.

Das Zeug schmeckte süß wie Sirup. John schluckte ihn mit Todesverachtung. Der Alte schien sich über den Besuch zu

freuen. Nach dem Mokka servierte man gebratene Hammel-
keulen. Sie schmeckten wesentlich besser. Als Abschluß gab
es Weintrauben.

»Yakir läßt sich nicht lumpen«, flüsterte James.

Als Yakirs Wasserpfeife und die Zigaretten qualmten, kam
James endlich zur Sache.

Er erzählte Yakir von der Auseinandersetzung mit Naida
und fragte zum Schluß, ob er wisse, wo sich Naida eventuell
aufhalten könnte.

Yakir zog an seiner Wasserpfeife und sah die beiden Männer lange an. Dann begann er, langsam zu sprechen.

»Es gibt im Nordosten, zwischen Beirut und Tripolis, ein
altes Wüstenfort mit einem hohen Turm. Es halten Karawa-
nen an, denn es gibt dort Wasser. In diesem Fort kann Naida
sich versteckt halten. Es ist seine Schmugglerburg, und da
werden auch die Mädchen weitergegeben. Die Karwanen
nehmen sie mit für die Scheiche.«

John schluckte. So etwas Ähnliches hatte er sich gedacht.

»Und welche Straße führt dorthin?« fragte er.

Yakir lächelte.

»Es gibt keine Straße. Nur Sand und Steine. Der Weg ist
schwer, die Sonne brennt den ganzen Tag. Allah möge euch
schützen, wenn ihr dorthin wollt.«

»Wie viele Männer bewachen das Fort?« wollte James wissen.

Der Alte zuckte mit den Schultern.

»Niemand weiß es. Aber die Festung soll uneinnehmbar
sein.«

Das waren ja herrliche Aussichten.

Yakir sah sie an.

»Wann wollt ihr fahren?«

»So schnell wie möglich«, antwortete John.

Der Alte winkte ab.

»Nicht so schnell. Wartet noch zwei Tage. Ich gebe euch
vier von meinen Leuten mit.«

»Es geht nicht, Yakir, wirklich nicht.«

»Gut, dann versuche ich euch anders zu helfen.«

Er klatschte in die Hände. Wieder erschien der junge
Mann. Yakir sprach ein paar Worte mit ihm. Der Junge

nickte. Er verschwand und kam kurz darauf wieder. Im Arm hielt er zwei Maschinenpistolen. Marke UZI. Er verteilte die Waffen. John sah sich die UZI an. Sie war ausgezeichnet gepflegt. Sie erhielten auch noch zwei Kartons, in denen sie die Waffen verstecken konnten, und Munition. Dann verabschiedeten sich John Cameron und James Grant von dem Alten.

Gloria Evans schreckte aus dem leichten Schlaf hoch, als sie das harte Zuschlagen der Tür hörte.

Einer der Aufpasser hatte das Verlies betreten. Er faßte Gloria roh an der Schulter.

»Los, aufstehen!« schnauzte er.

Das Mädchen wich zurück.

»Was soll ich? Was wollen Sie von mir?« flüsterte sie schlaftrunken.

»Mitkommen. Oder soll ich dir Beine machen?«

Der Kerl, der aussah wie ein Schakal mit Schnauzbart, zog ein Messer hervor. Die Klinge tanzte dicht vor Glorias Gesicht.

»Tu, was er sagt, Kind«, hörte sie die Stimme von Madge, »du wirst noch genug Ärger bekommen.«

»Halt die Klappe, sonst stopfe ich sie dir!« brüllte der Kerl, trat auf Madge zu und schlug ihr die flache Hand ins Gesicht. Madge sah ihn an und spuckte auf den Boden.

Dann ging der Kerl zu Gloria, stieß ihr die Hand in den Rücken und befahl: »Vorwärts!«

Von der Wucht des Stoßes taumelte Gloria durch die Türöffnung in einen Gang. Ihr Bewacher dirigierte sie nach links auf eine halbzerfallene Treppe zu, die nach unten führte. Mehr fallend als gehend taumelte das Mädchen die Stufen hinunter.

Die Treppe endete am Eingang eines Saales. Und dann glaubte Gloria ihren Augen nicht zu trauen. Vor ihr lag ein prachtvoll ausgestatteter Raum, ähnlich wie das Lustzimmer eines orientalischen Fürsten.

Ein etwa drei mal zwei Meter großer blaugekachelter Swimming-pool bildetet das Kernstück. Um das Becken herum lockerten kleine Mosaiktische das Bild auf. Sitzkissen luden zum Ausruhen ein. An der Stirnseite des Saales stand ein himmelblaues französisches Bett, dessen Seiten durch dunkelrote Vorhänge abgeschirmt waren. Buntbemalte Säulen hielten eine ebenfalls blaugetönte Decke, und Seidentapeten mit Mustern aus der orientalischen Märchenwelt ergänzten sich wunderbar zu den echten Teppichen, die auf dem Boden lagen. Mit Stoff bespannte Lampen spendeten romantisches Licht.

»Na, gefällt es Ihnen?« hörte Gloria hinter sich eine Stimme.

Erschreckt wandte sie sich um und sah in Achmed Naidas Gesicht. »Wissen Sie«, plauderte Naida wie ein Moderator beim Fernsehen, »hier verbringt der Scheich immer seine erste Nacht mit der neuen Frau. Heute abend sind Sie die Glückliche.«

Naida lachte gemein.

»Und weiterhin«, fuhr er fort, »möchte der Scheich, daß seine Auserwählte hübsche Kleider trägt. Ali wird dir die Sachen bringen. Doch vorher solltest du dich waschen. Der Scheich hat es gern und ich auch.«

»Mr. Naida. Bitte, lassen Sie mich hier raus. Ich flehe Sie an«, schluchzte Gloria.

Naida lachte belustigt auf.

»Du bist gut, Mädchen. Dein Typ bringt mir fünfzigtausend Dollar ein. So, und nun zieh dich aus.«

»Nein!« schrie Gloria. »Niemals, Sie widerlicher Kerl!«

Tränen rannen über ihr Gesicht.

In diesem Augenblick eilte Ali die Treppe hinunter. Über dem Arm die Kleidungsstücke.

»Wirf den Plunder aufs Bett«, befahl Naida, »und pack dir das Mädchen. Sie will nicht.«

Ali grinste wölfisch. Braune Zahnstummel erschienen dabei.

Mit einem Sprung, dem man seinem Körpergewicht gar nicht zugetraut hätte, stand er vor Gloria. Sie wollte ausweichen. Zu spät. Alis Hände packten wie Schraubstöcke zu.

Das Mädchen schrie verzweifelt. Niemand hörte sie, und wenn schon, helfen konnte ihr doch keiner.

Ali drückte Gloria gegen eine Säule, holte Stricke aus der Hosentasche und band die Gelenke des Mädchens hinter der Säule zusammen.

»Die Peitsche!« befahl Naida.

Mit angstgeweiteten Augen sah Gloria, wie Ali eine Peitsche aus dem Hosenbund holte und sie seinem Herrn zuwarf. Dieser ließ die Schnur langsam durch die Finger gleiten. In seinen Augen lag ein gieriges Funkeln, als er Gloria in ihrem zerfetzten Kleid betrachtete. Er trat auf sie zu und strich mit den Fingerspitzen über ihr Kinn.

»Du wolltest dich doch nicht allein ausziehen«, sagte er lächelnd. »Paß gut auf. Ich ziehe dich mit der Peitsche aus.«

Gloria gab keine Antwort. Mit schreckensstarren Augen blickte sie ihren Peiniger an.

Naida trat zwei Meter zurück. Er hob die Peitsche, ließ die Schnur ein paarmal kreisen und schlug zu. Der Riemen pfiff durch die Luft und fetzte den letzten Träger des Kleides ab. Gloria trug jetzt nur noch BH und Slip. Ihre Haut war nicht mal angeritzt.

Naida ließ die Peitsche fallen und ging auf Gloria zu.

»Nein«, keuchte er, »diese beiden Teile nehme ich dir selbst ab.« Sein Atem ging stoßweise, als er den Verschluß des BH öffnete. Dann zog er ein Messer aus der Tasche und zerschnitt die Fesseln. Völlig apathisch sackte Gloria zusammen. Sie war an einem Punkt angelangt, an dem ihr alles egal war.

Naida hob das Mädchen auf und trug es zu dem französischen Bett. Er legte Gloria auf den Rücken und betrachtete ihren herrlichen Körper. Langsam strichen seine Finger über die samtweiche Haut. Mit einer Handbewegung scheuchte er Ali und den anderen Mann hinaus.

»Jetzt sind wir allein«, flüsterte Naida. »Bevor dich der Scheich nimmt, will ich dich auch haben.«

Gloria lag noch immer wie tot. In ihrem Innern war eine völlige Leere. Sie wußte, daß jetzt etwas Schreckliches geschehen würde, und sie wußte auch, daß sie nichts daran ändern konnte.

In diesem Moment erschien Ali wieder auf der Treppe. Er rief Naida etwas zu. Dieser zuckte zusammen.

»Verdammt«, fluchte er, »der Scheich ist schon da.«

Wütend nahm er die Kleider und warf sie auf das halbnackte Mädchen.

»Da hast du noch mal Glück gehabt«, murmelte er, steckte sich eine Zigarette an und verließ den Saal.

Morgenstund' hat Pech im Mund, dachte John Cameron, als er die Hotelhalle betrat. James Grant hatte über Nacht plötzlich Fieber bekommen und mußte nun für eine Woche streng das Bett hüten.

Was aber tun?

Sonny mußte her!

John meldete ein Gespräch nach New York an. Danach rief er den Polizeichef an, erklärte die Lage und bat den Mann um Unterstützung für die geplante Aktion.

Der Polizeichef versprach Hilfe.

Kaum hatte John aufgelegt, da kam auch schon sein Gespräch aus New York.

»Hier Fitzpatrick!«

»Hallo, Sonny, altes Haus. John am Apparat!«

»Na, du alter Schlüpferstürmer. Soll ich dir dein Bett schicken?« fragte Sonny.

»Nicht nötig. Ich habe noch eine Luftmatratze. Aber Spaß beiseite. Du mußt herkommen.«

»Wo brennt es denn?«

»Nicht am Telefon. Nimm die nächste Maschine!«

»Na, gut. Stell was zu trinken kalt. Ich komme bald.«

Reimt sich sogar, dachte John und legte auf.

Auch ein gutes Frühstück verscheuchte Johns trübe Gedanken nicht, denn James Grant wollte sich um die Ausrüstung kümmern.

Nach einem Glas Orangensaft ging John auf sein Zimmer und vertrieb sich die Zeit mit der Reinigung des Cobra Colts. Anschließend legte er sich noch etwas hin. Schlafen konnte er nicht, denn der Fall rotierte in seinem Kopf wie ein Mühlrad. Immer mußte er daran denken, wie man ihn auf dem Flugplatz empfangen hatte. Es gab nur eine Folgerung. Er war bereits angekündigt worden. Aber von wem? Es kam eigentlich nur die rassige Chantal Dubois in dem Reisebüro in Frage. Auf jeden Fall wollte John sich die Kleine nach seiner Rückkehr noch einmal genau ansehen.

Das Klingeln des Telefons riß ihn aus seinen Gedanken. Der Empfangschef war an der Strippe.

»Ein Herr von der Polizei möchte Sie sprechen, Sir«, brabbelte er aufgeregt. »Bitte, vermeiden Sie Aufsehen. Sie wissen ja, unser …«

»Ja, ich weiß«, unterbrach ihn John und legte auf. Egal, in welchem Erdteil man sich befindet, immer das gleiche Gerede der Hotelknaben.

Der Herr von der Polizei erwartete John an der Rezeption. Er steckte in einer schmucken Uniform, war höchstens fünfundzwanzig, trug einen dünnen Schnäuzer, auf Hochglanz polierte Schuhe, einen .45er Army Colt und stellte sich als Lieutenant Ibn Basra vor.

»Mr. Cameron«, begann er in tadellosem Englisch, »mein Chef hat mich hergebeten, um …«

»Aber, aber«, sagte John, »nicht so laut und nicht hier. Kommen Sie, wir gehen in den Aufenthaltsraum. Dort sind wir ungestörter. Einen Schluck trinken werden Sie doch wohl auch.«

»Einverstanden.«

John bestellte bei dem Ober zwei Karaffen Orangensaft.

Im Aufenthaltsraum saßen wirklich nur drei Gäste. Sie lasen Zeitung. Der Ober brachte den Saft und ging.

»Mr. Cameron«, begann Lieutenant Ibn Basra das Gespräch, »ich bin gekommen, um Ihnen eine unangenehme Nachricht zu überbringen.«

»Und die wäre?«

»Wir können Sie nicht unterstützen.«

»Warum nicht?«

Lieutenant Basra zuckte mit den Schultern.

»Wir haben selbst nicht genügend Männer. Sehen Sie, Mr. Cameron, nach dem Krieg mit Israel ist unser Land ein Eldorado für Partisanen geworden. Wir haben genügend zu tun, um die Bevölkerung vor ihren Anschlägen zu schützen. Meinem Chef ist wirklich an einer Zusammenarbeit mit Ihnen gelegen, aber unter diesen Umständen …«

»Schon gut«, John winkte ab. »Aber sagen Sie, ist Ihnen Achmed Naida ein Begriff? Wissen Sie von seinen verbrecherischen Umtrieben?«

Lieutenant Basra rutschte unruhig auf seinem Stuhl hin und her.

»Natürlich. Achmed Naida ist uns gut bekannt. Aber beweisen Sie ihm etwas.«

»Und gerade das können wir doch jetzt. Sein Spiel ist aus. Wir haben Ihnen doch den Weg geebnet. Lassen Sie sich diese Chance nicht entgehen.«

Lieutenant Basra sah John an. In seinen Augen lag Härte, aber auch Resignation. Man merkte förmlich, wie es in seinem Kopf arbeitete. Er bat um eine Zigarette.

John gab sie ihm.

Der junge Lieutenant rauchte mit Genuß. Drei, vier Züge. Dann legte er die Zigarette in den Ascher.

»Mr. Cameron«, flüsterte er, »wir sind allein, und was ich Ihnen jetzt sage, bleibt unter uns. Kein Dritter darf davon erfahren. Versprechen Sie mir das?«

»Ich verspreche es.«

»Gut, hören Sie zu. Mein Chef und Achmed Naida sind Klubmitglieder in einem Wohltätigkeitsverein. Achmed Naida spendet sehr viel Geld. Verstehen Sie nun?«

John nickte.

»Aber auf welcher Seite stehen Sie?« fragte er.

»Auf der Seite des Rechts, Mr. Cameron. Passen Sie auf. Ich habe ein paar Männer, die genauso denken wie ich. Falls Sie mit Naida zusammenstoßen, benachrichtigen Sie mich. Hier ...« Lieutenant Basra zog ein kleines Sprechfunkgerät aus der Hosentasche. Es war flach wie ein Zigarettenetui. »Dieses Gerät ist auf eine Frequenz eingestellt, auf der Sie uns immer erreichen können. Ich hoffe, daß ich dann meinen Chef zu einer gezielten Aktion überreden kann.«

John nahm das Gerät an sich. »Vielen Dank, Lieutenant.«

»Bedanken können Sie sich hinterher, wenn es Ihnen Nutzen gebracht hat. Haben Sie sonst Fragen?«

»Sicher. Wie kommen wir am besten zu dem alten Turm in der Wüste? Dort soll sich Naida ja versteckt halten.«

Lieutenant Basra kaute auf seiner Unterlippe.

»Das ist schwierig, Cameron. Am besten natürlich mit einem Flugzeug oder Hubschrauber.«

»Das ist nicht drin. Wir müssen einen Jeep nehmen.«

»Wer – wir?«

»Ein Freund von mir fährt mit«, beruhigte ihn John.

»Der Turm liegt etwa hundert Meilen nordöstlich von hier. Wenn Sie mit dem Jeep fahren, brauchen Sie bestimmt acht Stunden. Aber etwa zwanzig Meilen vor dem Turm gibt es eine kleine Oase. Kezar heißt sie. Bis dort könnte Sie ein Freund von mir bringen. Er besitzt einen Hubschrauber.«

»Und der Jeep?«

Lieutenant Basra lächelte.

»Wir haben einen Spezialhubschrauber. Er transportiert das Fahrzeug mit. Wir haben das schon oft gemacht.«

John atmete erleichtert auf. »Ja, wenn das klappen würde.«

Basra winkte ab. »Keine Angst. Ich rufe ihn gleich einmal an.«

Gesagt, getan. Als er zurückkehrte, strahlte der Lieutenant über das ganze Gesicht.

»Geschafft!« freute er sich. »In vier Stunden am Flugplatz. Auf einem Nebenfeld. Dort starten die Privatmaschinen. Fragen Sie nach Mustafa. Und ich darf mich jetzt verabschieden. Ich wünsche Ihnen alles Gute. Und denken Sie an das Funkgerät.«

John bedankte sich nochmals herzlich bei dem sympathischen Lieutenant.

Er wäre längst nicht so froh gewesen, wenn er gewußt hätte, daß Lieutenant Basras Telefongespräch von jemandem mitgehört worden war, der für Naida Zubringerdienste leistete ...

Achmed Naida ließ es sich nicht nehmen, den Scheich Yussuf Hasahn mit orientalischer Würde zu begrüßen.

Die beiden saßen in Naidas Arbeitszimmer und tranken süßen starken Mokka. Erst nachdem diese Zeremonie beendet war und die Wasserpfeifen brannten, kamen sie ins Gespräch.

»Diese Reise war, so hoffe ich, angenehm für Sie«, sagte Naida und nahm einen tiefen Zug aus der Wasserpfeife.

Der Scheich sah ihn an. Er war ein Mann, der sein bestes Alter schon hinter sich hatte. Durch sein Eulengesicht liefen Falten, und unter den Augen hingen dicke Tränensäcke. Man sah ihm an, daß er das Leben reichlich genossen hatte. Yussuf Hasahn trug einen von einem europäischen Modeschöpfer geschnittenen Anzug, der seinen Bauchansatz fast vergessen ließ.

»Um auf Ihre Frage zurückzukommen, Naida«, erwiderte der Scheich mit einer tiefen Stimme, »die Reise war angenehm. Dank meines Privatflugzeuges und des guten Piloten. Außerdem beschützen mich fünf Mann meiner Leibwache. Ich hoffe, die Männer sind zufriedenstellend untergebracht?«

»Selbstverständlich.«

»Gut. Dann zum Geschäftlichen. Der Preis, den Sie für das Mädchen fordern, erscheint mir zu hoch, Naida.«

»Aber ich bitte Sie, Scheich Yussuf. Abgemacht ist abgemacht. Ich habe ja das Wort eines Ehrenmannes.« Naidas Stimme klang ölig bei den letzten Worten.

Das merkte wohl auch der Scheich.

»Sie sind ein Schakal«, stellte der Scheich fest.

Naida zuckte in gespielter Verzweiflung mit den Schultern.

»Man muß ja schließlich auch leben. Außerdem, sehen Sie sich dieses Versteck an. Was war dieser Turm noch vor wenigen Monaten? Zerschossen durch die Artillerie des Krieges. Kein Wasser. Nichts. Höchstens ein paar Skorpione. Ich habe einen Brunnen bohren lassen, Licht angelegt, Zimmer eingerichtet. All dies hat Geld gekostet. Viel Geld.«

»Hören Sie auf«, unterbrach ihn der Scheich. »Sie kassieren auch Geld von den Partisanen, damit die hier ab und zu unterschlüpfen können.«

Naida winkte ab. »Dieses Geld ist kaum der Rede wert. Ich habe es mehr aus Patriotismus getan.«

Der Scheich sah ihn an. Um seine wulstigen Lippen legte sich ein belustigtes Lächeln.

»Machen Sie sich bitte nicht lächerlich. Wir wissen beide,

was wir voneinander zu halten haben. Beenden wir das Thema. Wo ist das Mädchen? Sieht es wirklich so gut aus?«

Achmed Naida geriet ins Schwärmen.

»Sie werden begeistert sein, Scheich. Das Mädchen ist eine Göttin. Ein Wunder auf dieser Welt. Langes blondes Haar und eine Figur! Keine Haremsdame im Morgenland ist so schön wie sie.«

Bei Naidas Worten hatten Yussufs Augen einen lüsternen Glanz angenommen.

»Wenn das so ist, dann holen Sie sie her. Worauf warten Sie noch?«

Naida hob beide Hände. »Beruhigen Sie sich doch, Scheich Yussuf. Dieses Mädchen macht sich schön für Sie. Sie wird sich baden, mit Salben und Ölen einreiben, beste Kleider anziehen und dann für Sie bereit sein.«

»Und wann?« fragte der Scheich gierig.

»Nachdem Sie mir die sechzigtausend Dollar gezahlt haben«, antwortete Naida knallhart.

Der Scheich sprang auf.

»Fünfzigtausend waren vereinbart. Und keinen Dollar mehr. Da wagen sie von sechzigtausend zu sprechen.«

»Ich kann nicht anders«, gab Naida zurück. »Ich hatte Schwierigkeiten.«

»Wieso?«

Der Scheich saß wieder auf dem Kissen.

Naida ließ sich mit der Antwort Zeit. Er zog erst genüßlich an seiner Wasserpfeife.

»Tja, wissen Sie, es gab zwei Männer. Einen reichen Playboy und einen Privatdetektiv.«

»Na und?« fuhr ihm der Scheich in die Parade. »Sie sagten, ›es gab‹, folglich sind sie doch tot.«

Naida wand sich wie ein Wurm.

»Tot sind sie nicht. Sie scheinen die sieben Leben einer Katze zu haben. Aber wir haben sie abgehängt, verlassen Sie sich darauf.«

Der Scheich schüttelte den Kopf.

»Nein, darauf verlasse ich mich nicht. Ich werde …«

Er sprach diesen Satz nicht mehr aus, denn es wurde an der Tür geklopft.

Einer von Naidas Leuten trat ein. Er entschuldigte sich blumenreich und bat seinen Chef ans Telefon.

Nach etwa fünf Minuten kehrte Naida zurück. Er sah blaß aus. Der Scheich merkte dies auch.

»Was ist los?« fragte er scharf.

Naida wurde verlegen.

»Nun, es ist nichts Schlimmes. Ich habe Ihnen doch von den zwei Männern berichtet, diesem Playboy und dem Privatdetektiv …«

»Los, los, sprechen Sie weiter«, forderte Yussuf ihn auf.

»Der eine wird bald bei uns sein, berichtete mir ein Mittelsmann, das heißt, zuerst in Kezar, der Oase.«

Yussuf sah Naida spöttisch an.

»Jetzt flattert Ihnen wohl die Hose, was? Keine Angst. Der Schnüffler wird ausradiert. Wie viele Männer haben Sie hier?«

»Mit mir sind es fünf.«

»Gut, ich habe auch noch einmal fünf. Drei von meinen Leuten und zwei von Ihnen werden es wohl mit ihm aufnehmen können.«

Man hörte den Stein förmlich poltern, der Achmed Naida vom Herzen fiel.

»Ausgezeichnet.« Naida rieb sich die Hände.

»Dann werde ich gleich die entsprechenden Befehle geben.«

»Halt!« rief der Scheich. »Ich habe noch eine Bedingung. Es bleibt bei fünfzigtausend Dollar. Einverstanden?«

»Einverstanden«, erwiderte Naida zähneknirschend.

Die Boeing der PanAm landete pünktlich auf dem Beiruter Flughafen. Sonny saß direkt am Ausgang der Maschine. Er verließ sie als erster, um John im Hotel aufzusuchen.

Unter den Passagieren befanden sich auch zwei Personen, die nicht mit der Absicht gekommen waren, einen vergnügten Urlaub zu verbringen. Es waren Chantal Dubois und Eddy Slater, der Zuhälter. Die Zollformalitäten klappten reibungslos. Chantal in ihrem orangefarbenen Hosenanzug lenkte die Blicke der Zöllner mehr auf sich als auf die Gepäckstücke.

Für die beiden waren im Metropolitan zwei Einzelzimmer reserviert.

Nachdem sie sich erfrischt hatten, trafen sie sich an der Hotelbar. Chantal trug jetzt eine weiße, fast durchsichtige Bluse, unter der man die gutgewachsenen Brüste erkennen konnte. Chantal hielt nämlich nichts von sperrigen Büstenhaltern.

»Diesem verdammten Naida werden wir gehörig auf die Finger klopfen«, sagte Chantal völlig undamenhaft und schlürfte an ihrem Pernod.

Eddy krauste die Stirn.

»Sei dir da nicht so sicher. Naida kennt sich hier gut aus. Er ist schließlich der Chef der Unterwelt.«

»Trotzdem, Eddy. Zehntausend für jede Puppe ist zuwenig. Wer weiß, wieviel dieser Lump einsackt. Ich weiß, daß sich irgendein Scheich heute angesagt hat. Und bei den Verhandlungen möchte ich dabei sein. Außerdem kenne ich Naidas Versteck. Und meinen Flugschein habe ich auch.«

»Ich weiß nicht … Ich habe so ein komisches Gefühl. Du vergißt diesen Cameron.« Eddy wiegte zweifelnd den Kopf.

»Quatsch. Wir werden die Sache schon schaukeln. Und was diesen Cameron angeht, der pokert bestimmt schon mit dem Teufel. Aber wenn du feige bist, Eddy, ich schaukle die Sache auch allein.«

»Haha«, lachte Eddy, »feige bin ich nicht. Nur vorsichtig.«

»Na, also. Machst du nun mit oder nicht?«

»Sicher, mein Schatz.«

»Gut, dann los! Besorgen wir uns eine Maschine.«

Mit gemischten Gefühlen verließ Eddy Slater neben Chantal Dubois die Bar.

James Grant war wirklich ein Meister der Organisation, sogar vom Bett aus. Er hatte telefonisch bei dem Autoverleiher einen amerikanischen Jeep besorgt, zwei Reservekanister mit Benzin, einen Tank mit Trinkwasser und Tropenkleidung. Dies alles hatte ihm der Autoverleiher, der sich nebenbei noch als Hehler betätigte, beschafft und ins Hotel bringen lassen.

Gleichzeitig mit der Ausrüstung trudelte Sonny ein. John klärte ihn kurz über die Lage auf. Dann zischten er und Sonny ab zum Flughafen.

Mustafa ließ nicht lange auf sich warten. Er brauste mit einem leichten Motorrad heran, drehte vor den beiden eine elegante Schleife und stoppte hart.

Mustafa entpuppte sich als kleiner, aber quirliger Mann mit einer übergroßen Hakennase. Er trug schon die Fliegerkombination und war von Yakir eingeweiht worden.

Mustafa begrüßte sie wie zwei alte Bekannte. Er war John sofort sympathisch.

»Wo steht denn Ihre Mühle?« fragte John Cameron und grinste.

»Mühle?« gab Mustafa staunend zurück. »Na, wartet. Ihr werdet euch wundern. Folgt mir!«

Mustafa sprang wieder auf seine Maschine, und ab ging die Post. John hielt sich mit dem Jeep hinter ihm.

Bald tauchte vor ihnen ein mittelgroßer Hangar auf. Die beiden großen Flügeltüren standen offen.

Sie fuhren in die Flugzeughalle und begannen zu staunen.

Mustafas Mühle entpuppte sich als mittelgroßer amerikanischer Transporthubschrauber, dem man ohne weiteres zutrauen konnte, einen Lastwagen zu heben.

»Haha«, lachte Mustafa, »von wegen Mühle.«

»Ich nehme alles zurück und behaupte das Gegenteil«, sagte John Cameron. »Und ich schließe mich den Worten meines Vorredners an«, gab Sonny seinen Senf dazu.

Mustafa schien vor Stolz fast zwei Zentimeter zu wachsen.

»Aber wie wollen Sie den Hubschrauber aus der Halle bekommen?« fragte John ihn.

»Kein Problem«, erwiderte Mustafa.

Er ging zu einer Schalttafel und zog einen Hebel nach unten. Die Luft war plötzlich erfüllt von einem Summen. Wie auf ein geheimes Kommando teilte sich das Dach des Hangars in zwei Hälften und glitt anschließend in die an den Seiten dafür angebrachten Vorrichtungen.

John und Sonny starrten in die Höhe.

»Alle Achtung«, gestand John Mustafa neidlos zu. »Eine tolle Konstruktion.« Auch Sonny klopfte ihm anerkennend auf die Schulter.

»Ach, halb so schlimm«, wehrte Mustafa bescheiden ab.

Anschließend machten sie sich an die Arbeit. Sie befestigten den Jeep mittels zweier starker Stahltrossen, die unter dem Vorder- und Hinterteil des Wagens herliefen, an einem Haken unter dem Hubschrauber. Es war keine leichte Arbeit. Doch schließlich hatten sie es geschafft.

»Von mir aus kann's losgehen«, sagte Mustafa.

»Stop. Erst noch eine Zigarettenpause.« Diesen Vorschlag machte Sonny. Dankbar nahmen sie die Stäbchen an, die er ihnen anbot.

Jeder hing für ein paar Minuten seinen Gedanken nach. John fragte sich, ob sie nicht zu spät kommen würden. Er fühlte nach seinem Cobra Colt. Der Revolver steckte in einer Seitentasche der Hose. Außerdem hatte er noch eine kleine Bernadellipistole, Kaliber 6.35, an der Innenseite seines rechten Oberschenkels mit Heftpflaster befestigt.

Noch einen letzten Zug, dann traten sie die Kippen aus.

Sonny klatschte in die Hände. »Auf geht's! Im Himmel ist Kirmes.«

Sie enterten die Maschine. Mustafa flog. John nahm auf dem Beifahrersitz Platz, und Sonny hatte es sich mit dem Gepäck hinten bequem gemacht. Brüllend sprangen die Motoren an. Mustafa ließ die Maschine erst ein wenig warmlaufen, grinste John dabei an und zog langsam hoch.

Die Wände des Hangars verschwanden, und bald darauf schwebten sie schon über der Wüste.

Am Höhenmesser konnte man ablesen, daß sie tausend Fuß hoch flogen.

John sah nach unten. Die Wüste lag dort wie ein graubrauner Teppich, ab und zu unterbrochen von Felsbrocken, die wie kleine Finger aus dem Sand ragten. Das Band einer Straße konnte er nicht erkennen. Wie gut, daß wir den Hubschrauber haben, dachte John.

»Ungefähr noch eine Stunde, dann sind wir da!« schrie Mustafa durch den Motorenlärm.

John hob die Hand zum Zeichen, daß er verstanden habe.

Er wandte sich um. Sonny lag halb über den Gepäckstücken und machte ein Nickerchen. Die MPi hatte er neben sich gelegt, und der Kanister mit Trinkwasser diente als Kopfkissen. Nerven hatte der Bursche.

Die Zeit verging buchstäblich wie im Flug. Bald kam die Oase Kezar in Sicht.

John weckte Sonny und ließ sich ein Fernglas geben, das sie vorsichtshalber mitgenommen hatten. John erkannte von oben ein paar triste Lehmhäuser, einige Palmen und zwei Jeeps. Er reichte das Glas wieder nach hinten.

»Mist, was?« schrie Sonny.

»Was hattest du denn gedacht?«

»Vielleicht einen Harem.«

Mustafa hatte mitgehört.

»Einen Harem haben heute nur noch wenige Scheiche. Die Polizei ist strenger geworden. Und die Frauen eigenwilliger. Sie wollen sich ihren Mann selbst aussuchen.« Er lachte.

Wenig später landeten sie in der Nähe der Oase. Sie lösten den Jeep, der den Flug ohne Schaden überstanden hatte, aus der Halterung und verabschiedeten sich von Mustafa. John hatte ihm Geld geboten, während sie ihre Sachen aus dem Hubschrauber holten, doch der Mann hatte entrüstet abgewehrt.

Der Motor des Jeeps sprang an, ohne zu stottern. Sie fuhren die letzten paar Yards zur Oase. Sie sah wirklich trostlos aus. Die Lehmbuden, die John schon von oben gesehen hatte, wirkten hier unten noch öder. Risse zogen sich durch die Wände, und die Wellblechdächer schienen die Hitze förmlich aufzusaugen.

Mittelpunkt der Oase bildete ein Brunnen. Neben diesem Brunnen stand das größte der Häuser. ›Bar‹ hatte jemand mit roter Farbe auf die Vorderwand geschmiert.

Sonny leckte sich die Lippen, als er das las.

»Ein kleiner Schluck kann nicht schaden«, meinte er grinsend.

»Natürlich nur Wasser«, lenkte er ein, als er Johns vorwurfsvollen Blick bemerkte.

»In Ordnung, du Schluckspecht.«

Sie stoppten. Die Maschinenpistolen legten sie auf den Rücksitz und bedeckten sie mit einem alten Sack, den sie in dem Jeep gefunden hatten.

In der Kneipe war es überraschend kühl. Es herrschte ein dämmriges Halbdunkel. Als sich ihre Augen daran gewöhnt hatten, erkannten sie die Einrichtung. Sie bestand praktisch nur aus einem Tresen. Und dafür dienten jeweils zwei übereinandergestellte Ölfässer, die man mit einem Brett verbunden hatte. Hinter dem Tresen standen einige Kisten, aus denen Flaschenhälse lugten. Stühle und Tische waren überhaupt nicht vorhanden.

»Ich habe schon komfortabler getrunken«, brummte Sonny und schrie dann: »He, Wirt, wo bleibst du, du lahme Ente?«

Keine Antwort. Sonny schrie abermals.

Dann hörten sie endlich ein wütendes Schimpfen und schlurfende Geräusche. Schließlich tauchte im Eingang eine fast zwei Meter große, dürre Gestalt auf. Der Wirt dieser Spelunke.

Erst mal gähnte der Knabe ausgiebig. Dann fragte er auf französisch: »Was wollen Sie?«

»Trinken«, gab Sonny bissig zurück. »Aber schnell.«

Der Wirt sah ihn aus seinen Geieraugen an, spuckte auf den Boden und schlurfte hinter den Tresen.

John wollte sich, bevor er etwas trank, ein wenig waschen. Er fragte den Wirt nach einer Gelegenheit. Zu seiner Verwunderung gab es hier anscheinend so etwas wie einen Waschraum.

»Um die Ecke im nächsten Haus«, knurrte der Wirt.

John bedankte sich.

Sonny hatte das Gespräch mitbekommen. »Laß dich nur nicht von den Wanzen anknabbern«, meinte er grinsend.

»Keine Angst. Und betrink dich nicht.«

»Witzbold!«

Den Waschraum fand John in einem flachen, barackenähnlichen Bau neben der Kneipe. John mußte sich bücken, um durch die Öffnung, die als Eingang diente, zu treten.

Der Waschraum war relativ groß. Durch eine Öffnung in der Wand drang Licht in den Raum. John erkannte einige

Spinnweben, die von der Decke hingen, und einen Trog, gefüllt mit brackigem, abgestandenem Wasser. Auf der Oberfläche schwammen Tiere. Angeekelt wandte sich John ab. Hier konnte sich der Wirt allein waschen.

In diesem Augenblick verdunkelte sich der Eingang. Ein Mann stand in der Öffnung, barfuß und nur mit einer zerschlissenen Hose bekleidet. Das wäre alles nicht so schlimm gewesen, doch in der Hand hielt der Kerl einen Kris, einen orientalischen Krummdolch.

John schwante nichts Gutes.

Der Kerl fletschte die Zähne. Sein Gebiß war klasse, das mußte man zugeben.

»Was soll der Quatsch?« fuhr John ihn hart an.

Der Mann schien ihn nicht zu hören. Im Gegenteil, er ging jetzt weiter auf John zu. Sein Kris geriet in beängstigende Nähe.

Natürlich hätte John seine Waffe ziehen können, aber noch hoffte er, den Mann umzustimmen.

Doch diese Illusion verging ihm in der nächsten Sekunde.

Mit einem Kampfschrei schnellte der Mann auf ihn zu. Sein Kris beschrieb eine kreisende Bewegung. John unterlief den Kerl und setzte ihm die Faust in die Magengrube. Der Kerl sackte etwas zusammen. Darauf hatte John gewartet. Er stieß seinen Kopf gedankenschnell hoch und damit unter das Kinn des Kerls. Es gab ein knackendes Geräusch.

Doch der Mann war längst nicht ausgeschaltet. Anscheinend geriet er jetzt erst richtig in Form.

John paßte einen Moment nicht auf und erhielt gleich darauf die Quittung. Ein gemeiner Rundschlag traf ihn am linken Ohr. Ein höllischer Schmerz schoß durch seinen Kopf. John konnte für Sekunden keinen klaren Gedanken fassen.

Ein Karatetritt in die Kniekehlen fegte Cameron endgültig von den Beinen. Wuchtig prallte er gegen die Wand.

Wie durch einen Schleier sah John den Kerl auf sich zustampfen. Den Kris hielt er stoßbereit in der rechten Hand.

Da griff John Cameron zum letzten Mittel. Sein rechtes Bein schoß gedankenschnell vor. Der gekrümmte Fuß traf den Mann in Höhe der Kniescheibe.

Aufbrüllend sackte Johns Gegner zusammen. Er fiel auf

die Seite, verlor seine mörderische Waffe und hielt sich mit beiden Händen das linke Bein.

»Das war eine gelungene Vorstellung, Cameron«, sagte plötzlich jemand von der Tür her.

Gedankenschnell fuhr John herum und sah in die Mündung einer Maschinenpistole. Die Waffe lag in der Hand von Kerak, seines speziellen Freundes. Hinter ihm erkannte John noch zwei Männer, ebenfalls bewaffnet.

Kerak winkte mit der Maschinenpistole.

»Komm schon, Cameron. Dein Freund wartet auf dich.«

Also hatten sie Sonny auch geschnappt.

Kerak trat einen Schritt näher und dirigierte John aus der Baracke.

Das grelle Licht blendete einen Moment, doch dann erkannte John seinen Freund, der gefesselt auf dem Rücksitz ihres Jeeps lag. Ein Auge war angeschwollen.

Sonny grinste ihn kläglich an.

»Noch sind wir nicht am Ende«, sagte John mit Galgenhumor.

Hinter ihm lachte Kerak hämisch auf.

»Denkst du, Cameron. Für euch haben wir uns einen besonders schönen Tod ausgedacht.«

»Und der wäre?«

»Wirst du schon noch merken.« Dann befahl er seinen Männern: »Fesselt ihn.«

John wurde an Händen und Füßen mit Nylonstricken verschnürt. Anschließend warf man ihn in einen zweiten Jeep. Die Wagen, die John vom Hubschrauber aus gesehen hatte, gehörten demnach den Gangstern. Er hätte sich aber auch denken können, daß diese Oase eine Falle war.

Die Fahrt führte in die Wüste. Der von den Rädern des Jeeps aufgewühlte Staub legte sich beklemmend auf die Atemwege. Hustenreiz überkam John Cameron.

Kerak, der mit im Wagen saß, grinste.

»Was habt ihr mit uns vor?« fragte John.

»Einen ganz besonderen Tod, wie versprochen«, Kerak lachte gemein. »Im zweiten Wagen haben wir leere Ölfässer mitgenommen. Jeder von euch findet in einem Faß Platz. Anschließend werden die Fäßchen verschlossen und in der

Wüste liegengelassen. Wer kümmert sich schon um leere Ölfässer?«

Sie fuhren noch etwa fünf Kilometer, bevor die Kerle anhielten. Die Kolonne befand sich, so sah es wenigstens aus, an einem der ödesten Flecken der Erde. So weit das Auge reichte, Sand, Dünen und von der Sonne ausgebleichte Felsbrocken.

Kerak jumpte aus dem Jeep. »Alles aussteigen! Antreten zum Sterben!« kommandierte er. Der Gangster schien sich dabei wohl sehr witzig vorzukommen. Einer seiner Helfer riß die Tür auf und warf John aus dem Wagen.

Mit dem Gesicht zuerst landete John im Sand. Sofort hatte er das feinkörnige Zeug zwischen den Zähnen. John mußte spucken. Jemand lachte schadenfroh.

»Ein bißchen sanfter, wenn ich bitten darf«, hörte John Sonny schimpfen. »Schließlich bin ich ein Gentleman.«

»Der in einer Stunde in der Hölle schmort«, fuhr Kerak dazwischen. Dieser Gangster wünschte wirklich nichts sehnlicher. Aus der Froschperspektive peilte John nach oben. Schräg vor sich sah er die beiden anderen Jeeps. Aus einem luden zwei Halunken soeben die beiden Ölfässer. Sie waren hellblau gestrichen.

Kerak ging auf John zu und trat ihm in die Hüfte.

»Sieh sie dir genau an, Cameron. Mal was anderes als ein Holzsarg, was?«

John schwieg. Er wollte die Gangster nicht noch mehr reizen.

Kerak bückte sich und zog ihm den Cobra Colt aus der Halfter.

»Dafür hast du doch keine Verwendung mehr.«

Dann rief er seinen Leuten ein paar Worte zu. Einer riß John hoch. Er packte ihn unter den Achseln und schleifte ihn zu dem einen Faß. Mit Sonny geschah das gleiche.

John sah sich das Faß genau an. Es bestand aus Blech. Um den oberen Rand lief ein Metallring, der mit Hilfe eines Hebels strammgezogen werden konnte. Ring und Hebel waren leicht angerostet.

John peilte zu dem Jeep hinüber. Die Gangster hatten die beiden MPis auf dem Rücksitz noch nicht entdeckt. Auch das kleine Sprechfunkgerät in Johns linker Brusttasche war ihnen entgangen. Leider waren Johns Hände auf dem Rücken gefesselt, so daß es ihm unmöglich war, an das Walkie-talkie heranzukommen.

Ein zweiter Mann packte John an den Beinen. Dann hievten sie ihn hoch. Mit den Füßen zuerst wurde er in das Faß gesteckt. Zwei Yards weiter stand das andere Ölfaß. In diesem steckte Sonny.

»Mach's gut, Junge«, krächzte er. »Und Kopf hoch. Die Engel sind auch ganz nett.«

»Schnauze!« brüllte Kerak dazwischen. »Los, runter mit euch!« Als John nicht sofort gehorchte, schlug ihm einer der Männer mit der flachen Hand auf den Kopf.

John ließ sich auf die Knie fallen. Gar nicht so einfach, bei dem Durchmesser des Fasses. Er schrammte mit den Knien an der Innenseite der Faßwand entlang.

John Cameron drehte den Kopf und peilte nach oben. Er sah die Sonne, die ihre brennenden Strahlen auf das Land schickte und die sie in diesem Ölfaß neben einem Erstickungstod noch qualvoll rösten sollte.

Dann sah er Kerak. Der grinste wie ein Wolf. In seinen Augen stand Triumph.

»So geht es allen dreckigen Schnüfflern, die sich in unsere Angelegenheiten mischen wollen«, sagte er haßerfüllt.

Jemand gab ihm den Deckel. Der Kerl ließ es sich nicht nehmen, das Faß selbst zu verschließen.

Noch einmal atmete John tief durch. Dann wurde es dunkel.

Im ersten Moment glaubte John, keine Luft mehr zu bekommen. Er saß in dem Faß wie ein Hering in der Büchse. Das Atmen wurde zur Qual. Stickige, nach Öl riechende Luft quälte sich in seine Lungen. Ein paar Minuten konnte er die Luft vielleicht noch atmen, dann war es vorbei.

Panik drohte ihn zu befallen. Behalt die Nerven, hämmerte er sich ein. Nur die Nerven behalten.

Dann hörte er Automotoren. Die Gangster fuhren weg. John vernahm noch ein paar Stimmen, danach war es still.

John lief der Schweiß in Strömen über den Körper. Die ölige Luft verursachte in seinem Magen einen Brechreiz. John schluckte Luft. Der Brechreiz verschwand wieder. Es wurde Zeit, etwas zu unternehmen. Es hatte keinen Sinn, auf den Tod zu warten.

John mußte zuerst versuchen, auf die Knie zu gelangen. Langsam drückte er sich mit dem Rücken an der runden Wand hoch. Dabei versuchte er, sich mit den gefesselten Händen abzustützen, um nicht wieder hinunterzurutschen.

Es ging unendlich langsam. Schweiß rann ihm über die Augen. Die Luft wurde knapper. Aber er durfte nicht aufgeben. Verbissen arbeitete er sich weiter hoch. Dann stieß sein Kopf gegen den Deckel.

Nun begann der schwierigste Teil der Befreiung. John mußte versuchen den Deckel hochzudrücken. Er zog einen Buckel wie eine Katze. Dann stemmte er sich ab.

Schmerzhaft drückte sein Rücken gegen den Deckel. Er mußte es einfach schaffen. Schließlich waren Ring und Deckel leicht angerostet.

John preßte noch stärker. Ohne Erfolg. Der Deckel rührte sich nicht. John kriegte kaum noch Luft, Tränen der Wut traten ihm in die Augen. Sollte dieser Kerak recht behalten?

Das Atmen wurde jetzt praktisch unmöglich. John mußte einen Augenblick pausieren.

Noch einmal konzentrierte er sich. Dann drückte er mit letzter zur Verfügung stehender Kraft. Sein Rücken schmerzte höllisch. Doch plötzlich knackte etwas. Noch einmal preßte er wie verrückt. Das Wunder geschah. Mit einem lauten Knall platzte der Deckel weg. Heiße Luft strömte in Johns Lungen. Zwei, drei Sekunden verschnaufte er. Dann ließ er sich mitsamt der Tonne zur Seite fallen.

Sonny, schoß es ihm durch den Kopf. Mein Gott, er steckte ja auch in einem Faß.

Hastig robbte John auf das andere Faß zu.

»Halt aus, Sonny!« keuchte er.

Auf dem Rücken liegend, stieß John mit den Füßen gegen das Faß. Beim dritten Stoß fiel es um. John robbte ein Stück weiter, und es gelang ihm, sich so an den Hebel zu legen, daß er ihn mit gefesselten Händen berühren konnte.

John schaffte es, den Deckel zu lösen. Dieser Versuch kostete ihn einen Fingernagel.

Sonny fiel ihm entgegen. Er war bewußtlos. John legte sich neben ihn. Ausgepumpt und völlig groggy. Er durfte nur nicht einschlafen, die Sonne hätte ihn sonst ausgedörrt.

Wenn nur diese verdammten Fesseln nicht gewesen wären.

»Wußte gar nicht, daß es im Himmel so heiß ist«, krächzte Sonny plötzlich. »Ich nahm an, nur in der Hölle.«

John stieß erleichtert die Luft aus. Gott sei Dank, Sonny war wieder da.

»Optimist«, sagte er.

»Wieso?«

»Dachtest du im Ernst, du wärst in den Himmel gekommen? So einer wie du ist doch für den Teufel ein Festessen.«

Sie flachsten noch ein wenig herum, um die Spannung der letzten Minuten abklingen zu lassen. Anschließend legten sie sich Rücken an Rücken. John versuchte, Sonnys Fesseln zu lösen. Es war eine Quälerei. Doch schließlich schafften sie auch das. Der Rest wurde ein Kinderspiel.

Die Zeiger standen mittlerweile auf halb vier nachmittags.

Und bis zu dem Turm waren es bestimmt noch fünfzehn Meilen. Unmöglich, es bis zum Abend zu schaffen. Den Jeep hatten die Gangster mitgenommen. Sie freuten sich jetzt bestimmt über die darin liegenden Maschinenpistolen.

»Da steh' ich nun, ich armer Tor, und bin so klug als wie zuvor«, zitierte Sonny. »Was schlägst du vor, John?«

John überlegte kurz. »Zurück zur Oase. Der Wirt hat doch bestimmt noch einen Wagen. Außerdem können wir uns gleich für seine freundliche Mithilfe bedanken.«

»Einverstanden. Aber weißt du die Richtung? Der Kompaß lag im Jeep.«

»Die werden wir schon finden. Der Wagen hat ja Spuren hinterlassen, und es ist windstill. Die Abdrücke müßten noch zu sehen sein.«

Sonny zuckte mit den Schultern. »Wie Sie meinen, großer Meister. Aber wollen wir nicht doch den Lieutenant anpeilen?«

John schüttelte den Kopf. »Noch zu früh. Warten wir es

ab. Komm, die paar Meilen haben wir in zwei Stunden geschafft.«

»Dann angenehmen Fußmarsch«, knurrte Sonny und setzte sich in Bewegung.

Sie schafften die Strecke tatsächlich in zwei Stunden. Doch als sie die Oase erreichten, konnten sie ihre Beine kaum noch anheben.

»Schlage vor, wir schleichen uns von zwei Seiten an die Kneipe ran«, schlug Sonny vor.

»In Ordnung, du rechts, ich links«, erwiderte John heiser.

Sie trennten sich schon vor der Oase in Deckung einer Sanddüne. Die Hinterfront der Kneipe war schnell erreicht. Vorher mußte sich John jedoch durch einen Haufen Unrat quälen, den der Wirt wohl in Ermangelung einer Abfalltonne kurzerhand nach draußen geworfen hatte.

Langsam schlich John weiter vor, bis er die Rückseite des Baus erreicht hatte. Von hier aus war es nur ein Katzensprung bis zu der verlausten Waschbaracke. John nahm sich die Zeit und warf einen Blick hinein.

Was er sah, ließ ihn trocken schlucken. Der Mann, der ihn mit einem Kris hatte umbringen wollen, war von seinen eigenen Kumpanen brutal ermordet worden. Man hatte ihm die Kehle durchgeschnitten. Eine große Blutlache breitete sich um seinen Kopf aus.

John wandte sich ab. Diese verdammten Bestien.

Sonny winkte von der anderen Seite. John Cameron nickte. Dann griff er in die Hosentasche und holte seine Bernadelli hervor, die er unterwegs schon vom Oberschenkel gelöst hatte.

Von beiden Seiten schlichen die Freunde auf den Eingang zu. Sie wollten den Wirt überraschen. Das war gar nicht nötig, denn in diesem Augenblick trat er vor die Tür. Die linke Hand zum Schutz gegen die Sonne vor die Stirn gelegt und in der rechten – John bemerkte es mit einem blitzschnellen Blick – eine ihrer Maschinenpistolen.

John handelte gedankenschnell. Ehe der Wirt etwas merkte und reagieren konnte, traf ein Handkantenschlag sein Gelenk. Die UZI fiel auf den Boden. Sofort war Sonny da und hob sie auf. Die Mündung zeigte auf den Wirt.

Der Kerl starrte die beiden an wie ein Weltwunder. Seine dürre Gestalt schien noch klappriger zu werden, und seine Augen waren wie magisch auf den MPi-Lauf gerichtet. »Nicht schießen«, bibberte er. »Nicht schießen!«

Sonny hob die Waffe etwas an. »Warum nicht? Hattest du Mitleid, als wir umgebracht werden sollten?«

»Und wer hat den Mann im Waschraum ermordet?« fuhr John ihn an. Der Wirt befand sich wirklich in der Klemme. Sein Adamsapfel hüpfte vor Angst auf und ab.

»Ich«, würgte er, »ich ...«

»Was ist ich? Raus mit der Sprache«, zischte Sonny.

»Ja, ja. Ich will alles sagen. Bestimmt.« Der Wirt sprach jetzt fast so schnell, wie ein Maschinengewehr schießt.

»Die Waffen und den Jeep habe ich gekauft. Für gutes Geld. Und der Mann im Waschraum, es war einer von Keraks Leuten, der ihn erstochen hat. Ich kann so was nicht.«

John glaubte ihm sogar. Er mochte zwar ein gerissener Schurke sein, aber Mord? Das traute er ihm nicht zu.

»Was machen wir mit ihm?« fragte Sonny.

»Kleine Narkose geben und fesseln!«

»Gut.«

»Dreh dich um, du Feigling!« schrie Sonny den Wirt an.

Zitternd vor Angst gehorchte er. Sonny holte aus und gab ihm einen dosierten Schlag mit der UZI. Seufzend legte sich der Wirt schlafen. Sonny zog ihm den Hosengürtel aus den Schlaufen und fesselte ihn damit. Dann trugen sie den Wirt gemeinsam in die Kneipe und legten ihn in eine Ecke.

»Ei, ei, wen haben wir denn da?« rief Sonny, ging zu dem Brett, das als Tresen diente, und nahm die andere UZI in die Hand.

»Fehlt nur noch der Jeep«, bemerkte John Cameron, »dann wären wir wieder vollständig.«

Den Wagen fanden sie in einem Wellblechbau am Rande der Oase. Sogar die Reservekanister mit Benzin waren noch da.

»Der Kerl muß wohl für die Gangster sehr wertvoll sein«,

meinte Sonny, »daß sie ihm sogar den Jeep und die Waffen zurückgelassen haben.«

»Die Lage der Oase ist ja auch außerordentlich günstig. Naida wäre dumm, wenn er sich diesen Stützpunkt entgehen lassen würde. Außerdem, Sonny, jeder Besucher aus dem Süden muß zwangsläufig hier vorbei. Der Wirt wird bestimmt lange Ohren haben. Als Zuträger wie geschaffen!«

Sonny gab keine Antwort. Er hatte inzwischen den Jeep in Augenschein genommen. Er fummelte unter der Kühlerhaube herum und rief nach kurzer Zeit: »Alles okay. Der Wagen ist startklar.«

John hatte sich inzwischen das Funkgerät aus der Innentasche geholt und eingeschaltet. Erst hörte er nur ein Rauschen und Knacken, doch dann meldete sich Lieutenant Basra.

»Cameron hier.«

»Alles klar?« quäkte es aus dem Gerät.

»Wie man's nimmt, Lieutenant. Hören Sie zu.«

John berichtete über die bisherigen Erlebnisse. Als er geendet hatte, waren einen Augenblick lang nur die Äthergeräusche zu hören. Doch dann erklang Basras Stimme wieder.

»Hören Sie mich noch, Mr. Cameron?«

»Fast klar.«

»Gut, passen Sie auf. Nach Ihrem Bericht zu urteilen glaube ich, eine Großaktion verantworten zu können. Meine Männer, die schon in Alarmbereitschaft stehen, können in, sagen wir, zwei- bis zweieinhalb Stunden am Turm sein. Reicht Ihnen das?«

»Und ob, Lieutenant. Wir fahren jetzt sofort los und peilen die Lage. Wir werden natürlich versuchen, in den Turm einzudringen, und, wenn es eben möglich ist, Gloria Evans zu befreien. Bei einer Polizeiaktion könnte Naida in Panik geraten und das Mädchen umbringen.«

»Habe verstanden, Cameron. Wir bleiben in Funkverbindung. Und passen Sie auf sich auf.«

»Wird schon schiefgehen. Ende.«

John schaltete das Gerät aus und wandte sich an Sonny, der inzwischen zwei Flaschen Sodawasser aus der Kneipe aufgetrieben hatte. Das Zeug schmeckte wie eingeschlafene

Füße, aber es erfrischte wenigstens. Danach warfen sie die Flaschen weg, checkten noch einmal die Maschinenpistolen durch, pflanzten sich in den Jeep und starteten zur letzten Runde.

Chantal Dubois hatte es verstanden, gegen Kaution natürlich, eine zweimotorige Cessna aufzutreiben.

Im Augenblick saß sie am Steuerknüppel der Maschine und flog nach Nordosten. Neben ihr hockte wie ein kranker Pavian Eddy Slater. Er konnte nun mal das Fliegen nicht vertragen.

»Wir werden Naida, diesen alten Geier, schon rupfen!« schrie Chantal Eddy Slater an. Eine normale Verständigung war bei dem Krach der Motoren nicht möglich.

Eddy winkte ab.

»Sei nicht so voreilig. Naida ist nicht allein. Gegen eine halbe Streitmacht kannst du auch nichts ausrichten.«

»Hab dich nicht so. Du tust gerade so, als könnten dir diese Wüstenknilche Angst einflößen.«

»Von wegen Wüstenknilche. Bekannte aus Algier haben mir einiges erzählt.«

»Na, wenn schon«, entgegnete Chantal. »Sieh lieber noch einmal unsere Waffen durch.«

Das Waffenarsenal der beiden bestand aus zwei Pistolen, Marke Luger, und zwei Handgranaten. Auf Maschinenpistolen hatten sie verzichtet. Man bekam diese Dinger nur schwer durch den Zoll. Eddy checkte die Waffen noch einmal durch. Dann reichte er eine Luger Chantal, die sie in ihrer Halfter am Hosengürtel verstaute.

Chantal Dubois trug eine khakifarbene Fliegerkombination. Auch diese Kleidung konnte ihre aufregenden Formen nicht verbergen. Und die überdimensionale Sonnenbrille ließ die Frau noch interessanter erscheinen.

»Wie weit ist es noch?« schrie Eddy gegen den Lärm der Motoren an. Chantal sah auf die Uhr und dann auf die Karte, die sie auf den Knien liegen hatte. Sie rechnete kurz.

»Noch etwa zwanzig Minuten«, sagte sie. »Ein Glück.«

Eddy sah nach unten. Nichts als braungraue Einöde.

Trotzdem setzte er aus purer Langeweile den Feldstecher an die Augen. Plötzlich bemerkte er einen Punkt, der sich langsam fortbewegte. Genau in die Richtung, in die sie auch flogen. Ob Pkw oder Lkw, konnte Eddy nicht genau feststellen.

Er stieß Chantal an.

»Was ist denn, Eddy?«

»Da unten, ein Fahrzeug. Es fährt in die gleiche Richtung, in der wir fliegen.«

»Na und? Denkst du, es juckt mich? Laß das Fahrzeug sausen und stör mich nicht immer.«

»Ich meine ja nur.«

»Schon gut.«

Eddy Slater, der Zuhälter, war in den Händen dieser Frau wie Wachs. Er, dem es sonst nichts ausmachte, Mädchen und Frauen zu foltern, ließ sich von Chantal behandeln wie ein Sklave. Er hatte sich auf ihr Geheiß das einst braune Haar schwarz färben und lang wachsen lassen. Eddy trug einen leichten Tropenanzug, ein besticktes Seidenhemd und handgearbeitete Mokassins.

Chantal deutete mit der Hand nach vorn. »Da ist es, Eddy!« rief sie.

Eddy peilte durch die Kunststoffverglasung der Kanzel. »Tatsächlich«, murmelte er.

Schräg unter ihnen konnte man deutlich mit bloßem Auge einen Turm erkennen.

Chantal ging mit der Höhe herunter und legte die Cessna in eine sanft abfallende Kurve. Sie waren schon bemerkt worden, denn plötzlich quollen einige Männer aus dem Eingang des Turms und verteilten sich.

Chantal reagierte gelassen. Kein Muskel zuckte, als sie das Flugzeug zur Landung ansetzte.

Die Maschine rollte aus. Zwar etwas holprig, doch es klappte. Chantal Dubois stieg als erste aus. Eddy folgte. Sofort waren die beiden von fünf Männern umringt. Unter ihnen Achmed Naida. Als er Chantal erkannte, bekam er Stielaugen.

»Sie? Was wollen Sie denn hier?« fragte er ungläubig.

»Da staunen Sie, was, Naida?«

Als die Männer merkten, daß sich die beiden kannten, ließen sie ihre Waffen sinken.

Chantal warf mit einem Ruck ihre schwarze Mähne zurück.

»Wollen Sie uns nicht ins Haus führen, Naida?« fragte sie kokett.

»Aber natürlich«, beeilte er sich zu versichern. »Kommen Sie.«

Trotz der höflichen Gesten sah man Naida an, daß ihm dieser Besuch verdammt unangenehm war.

»Komm, Eddy. Ich bin gespannt, welche Überraschungen uns Naida zu bieten hat.«

Um den Turm herum zog sich eine etwa mannshohe Sandsteinmauer. Naida hatte sie zum Schutz gegen unangenehme Überraschungen bauen lassen. Ein Gittertor, jetzt allerdings geöffnet, versperrte normalerweise den Eingang.

Zwischen der Mauer und dem Turmeingang bestand eine Differenz von fast fünf Metern.

»Bleibt hier!« befahl Naida seinen Männern. Und zu Chantal Dubois gewandt: »Folgen Sie mir mit Ihrem Begleiter in mein Büro.«

»Wie aufregend. Ein Büro haben Sie auch«, spottete die Französin.

Naida gab keine Antwort.

Das Büro entpuppte sich als zweckmäßig eingerichteter Raum mit einem Schreibtisch, einer Couchgarnitur und einem Palettentisch.

Naida bot Plätze an. Chantal setzte sich, doch Eddy blieb stehen. Achmed Naida quittierte dies mit einem spöttischen Lächeln.

»Wollen Sie was trinken?« fragte der Gangsterchef.

»Nein.« Chantal schüttelte den Kopf. »Wir sind nicht zu einer Teestunde hier, sondern um mit Ihnen zu reden.«

»Bitte.« Naida versteifte sich unmerklich.

»Um sofort zur Sache zu kommen«, sagte Chantal Dubois scharf. »Wieviel bekommen Sie für ein Mädchen?«

»Wie meinen Sie das?« Naida tat erstaunt.

»Spielen Sie nicht den Ahnungslosen. Wieviel also?«

»Das wissen Sie doch. Zwanzigtausend. Und zehntausend

Dollar werden Ihnen jedesmal auf Ihr Schweizer Nummern-konto überwiesen.«

»Sie sind einer der besten Lügner, der mir je unter die Augen gekommen ist. Aber für mich nicht gut genug.« Chantal beugte sich ein wenig vor. Ihre Stimme hörte sich an wie der Klang von sprödem Metall. »Sie wollen mir doch nicht im Ernst weismachen, Ihre Kunden zahlen nur zwanzigtausend Dollar. Diese reichen Geldsäcke lassen doch wesentlich mehr springen. Wieviel also?«

»Das war eine sehr lange Rede, Mademoiselle Dubois.« Naida lehnte sich zurück und lächelte. »Natürlich kassiere ich mehr, aber das brauche ich Ihnen ja nicht auf die Nase zu binden. Außerdem befinden Sie sich hier in meinem Haus, genießen das Gastrecht und haben es durch Ihr unmögliches Benehmen zerstört.«

»Sie Schwätzer«, sagte Chantal nur.

Naida ließ sich nicht beirren. »Wissen Sie, was man im Orient mit Menschen macht, die das Gastrecht verletzen?«

»Wollen Sie mir drohen?« Chantal wurde wütend.

Eddy Slater wußte, gleich würde die Explosion folgen. Vorsichtig tastete sich seine Hand zu der Luger.

Die Situation stand auf des Messers Schneide.

In diesem Augenblick wurde die Tür aufgerissen. Im Raum stand Yussuf Hasahn. Neben ihm Ali.

»Was soll das bedeuten?« fuhr der Scheich Achmed Naida an. »Wer sind diese Leute? Woher kommen sie?«

»Langsam, langsam«, sagte Naida. »Diese Frau hier«, er deutete auf Chantal Dubois, »war meine Partnerin. Sie besorgte die Mädchen.«

»Wieso war?«

»Jetzt ist sie meine Gefangene.«

Diese Worte waren zuviel für Eddy Slater. Mit einem Wut-schrei zog er die Luger und stürzte sich auf Naida.

Doch Eddy rechnete nicht mit Ali. Dieser erfaßte die Situation gedankenschnell und knallte Slater die Fußspitzen in die Hüfte. Eddy knickte zusammen. Ali war sofort bei ihm und holte zu einem vernichtenden Handkantenschlag aus. Doch er hatte nicht mit der Zähigkeit dieses Unterweltgano-ven gerechnet. Ehe sich Ali versah, bohrten sich zwei gespreizte Finger unterhalb der Gürtellinie in seinen Bauch. Der Getroffene schrie auf.

Von dem Lärm des Kampfes aufgeschreckt, waren inzwischen fünf weitere Männer in den Raum eingedrungen. Naida schrie einen Befehl. Seine Gehilfen warfen sich auf Eddy Slater und Chantal Dubois und erstickten jeden Widerstand in Sekundenschnelle. Die beiden wurden jeweils von zwei Leuten festgehalten. Chantals hübsches Gesicht hatte sich verzerrt. Es war jetzt fast eine Fratze des Hasses. Mit einer wilden Bewegung warf sie ihre pechschwarzen Haare zurück.

»Sie dreckiger Bastard!« fluchte sie haßerfüllt. »Das werden Sie bereuen, Sie …«

Naida holte kurz aus und schlug ihr zweimal die flache Hand ins Gesicht. »Ich hoffe, das reicht«, sagte er eiskalt.

Dann wandte sich der Gangsterchef an den Scheich.

»Wollen Sie diese Frau haben, Yussuf?«

Yussuf Hasahn trat näher an Chantal heran. In seinen Eulenaugen stand wieder das gierige Glitzern. Mit der rechten Hand hob er Chantals Kopf an. »Nicht schlecht«, flüsterte er. Und dann zu Naida gewandt: »Wieviel?«

»Ich schenke sie Ihnen, Scheich.«

»Abgelehnt. Zehntausend Dollar zahle ich schon. Aber was geschieht mit Ihrem Begleiter?«

»Die Wüste ist groß.«

»Einen Moment noch«, sagte Chantal Dubois plötzlich, »so einfach ist das nicht.«

Wie an einer Schnur gezogen, ruckten die Köpfe der Männer in ihre Richtung.

»Was gibt's? Haben Sie Angst?« fragte Naida höhnisch.

Chantal lächelte kalt.

»Es ist Ihnen doch wohl klar, meine Herren, daß ich nicht ohne Rückendeckung hierhergeflogen bin? Wenn ich mich bis zu einer gewissen Zeit nicht bei meinem Rechtsanwalt gemeldet habe, werden sämtliche Unterlagen unserer Geschäftsbeziehungen an die Polizei weitergeleitet. Wie gefällt Ihnen das, Naida?«

»Bluff!«

»Lassen Sie es darauf ankommen«, erwiderte Chantal.

In dem kleinen Raum war es einen Augenblick totenstill. Doch plötzlich erhellte sich Naidas Gesicht.

»Wir werden uns bestimmt einigen«, sagte er. »Sie geben mir die Nummer des Rechtsanwaltes, daß ich mich informieren kann, ob Ihre Angaben auch stimmen, und dafür lassen wir Ihren Beschützer leben.«

Chantal Dubois sah Naida in die Augen. »Abgemacht.«

Erschrocken zuckte Gloria Evans zusammen, als ihr jemand auf die Schulter tippte.

»Leise«, flüsterte eine Stimme.

Gloria ruckte hoch und erkannte Madge, ihre Leidensgenossin.

»Was ist los?« hauchte Gloria. »Ich bin wohl eingeschlafen, nachdem dieser Kerl versucht hat …«

»Ich kann mir denken, was er von dir wollte«, unterbrach Madge sie, »aber jetzt geht es um etwas anderes. Die Gelegenheit zur Flucht ist günstig. Komm, ich helfe dir.«

»Flucht? Wieso? Wie kommen wir hier weg?«

»Laß das nur meine Sorge sein.« Madge sprach beruhigend auf die nervöse und ängstliche Gloria ein. Gleichzeitig zog sie ihr ein langes Kleid aus hellblauer Seide über. Als Kleidung für eine solche abenteuerliche Flucht und Strapaze zwar ungeeignet, aber besser, als im Evaskostüm zu fliehen.

»Wie hast du dir das vorgestellt, Madge?« Glorias Stimme zitterte wie Espenlaub.

»Ich habe draußen einen Jeep entdeckt, in dem der Zündschlüssel steckt. Autofahren kann ich seit frühester Jugend. Vielleicht treffen wir unterwegs deinen Freund.«

»Das gebe Gott. Aber wo ist deine Kollegin? Wollte die nicht mitkommen?«

Madges Gesicht verfinsterte sich.

»Edda hat sich die Pulsadern aufgeschnitten, und während man sie abholte, konnte ich aus dem Gefängnis verschwinden. Bis jetzt hat noch niemand meine Flucht bemerkt. Bist du fertig, Gloria?«

»Ja, ja. Ich komme schon.«

Gloria Evans warf noch einen letzten Blick auf das französische Bett, in dem sie mit dem Scheich hätte schlafen sollen. Allein nur der Gedanke daran verursachte ihr ein Ekelgefühl.

Madge war schon ein Stück vorgegangen und hatte die unterste Treppenstufe erreicht. Sie winkte Gloria zu.

In diesem Augenblick hörten die beiden Frauen von oben ein Geräusch. Ihre Augen weiteten sich entsetzt. Wie ein Koloß stand Ali, Naidas Leibwächter, auf den Stufen. Um seine Lippen zog sich ein widerliches Grinsen, und in seinen Augen stand Mord.

Stufe für Stufe rückte er näher. Ängstlich wichen die beiden Frauen zurück.

Madge schrie etwas, was Gloria nicht verstand. Ali schüttelte nur den Kopf.

Immer näher kam er. Seine Hände, groß wie Kohlenschaufeln, öffneten und schlossen sich krampfhaft.

Jetzt hatte Ali die beiden Frauen erreicht. Gloria stand wie gelähmt.

Madge wollte nach rechts ausweichen. Zu spät. Alis Faust erwischte sie. Wie Stahlklammern legten sich seine Finger um ihren Nacken. Madge versuchte zu schreien. Doch nur ein trockenes Würgen drang aus ihrer Kehle.

Und dann sah Gloria etwas, was sie ihr Leben lang nicht mehr vergessen würde. Ali nahm Madge hoch und schmetterte sie ein paarmal auf den Boden, bis kein Leben mehr in ihr war. Dann warf er den leblosen Körper wie ein Stück Abfall in den Swimmingpool.

Nein, schrie es in Gloria. Das gibt es doch nicht. Ich werde wahnsinnig. Ich habe das nur geträumt. Lieber Gott, gib, daß ich das nur geträumt habe.

Doch es war kein Traum. Es war brutale Wirklichkeit. Das merkte Gloria, als Ali sie packte.

Jetzt ist es aus, dachte sie. Sie spürte, wie Ali sie hochhob.

»Du kommst mit«, sagte er. »Der Scheich will dich haben. Er wartet schon.«

Langsam quälte sich der Jeep durch die heiße Wüste. Immer nach Norden, dem Ziel entgegen.

Sonny steuerte. John Cameron hockte auf dem Beifahrersitz, naßgeschwitzt und mit Hungergefühl im Magen. Niemand sprach ein Wort. Es wäre schon fast zuviel Anstrengung gewesen, eine Unterhaltung zu führen.

Motorengeräusch aus der Luft ließ sie hochblicken. Eine zweimotorige Cessna flog in niedriger Höhe auf ihrem Kurs.

»Hoffentlich erhält Naida keine Verstärkung«, knurrte John. »Wir haben mit seinem Haufen jetzt schon genug zu tun.«

Weiter ging es. Meile um Meile gelangten sie dem Ziel näher. Die Gegend wurde hügeliger. Sanddünen wurden zu unberechenbaren Hindernissen. Doch der brave Jeep schaffte auch sie.

Und dann war es soweit. Plötzlich sahen sie den Turm. In der flimmernden Sonnenglut lag er etwa einen Kilometer vor ihnen. Sie sahen eine Mauer, die sich um den Turm zog, und in ihrem Schatten zwei Cessnas. Na, dachte John, da wird Naida doch Besuch bekommen haben.

Sonny hatte den Wagen auf einer kleinen Anhöhe gestoppt.

»Was schlägst du vor, John?«

John überlegte einen Moment. »Am besten scheint mir, wir schleichen uns an den Turm ran. Nein, doch nicht.«

John hatte soeben zwei Männer bemerkt, die aus einem Tor traten und damit begannen, in verschiedenen Richtungen Runden um die Mauer zu laufen. Diese Wachen würden sie immer bemerken. Sie mußten anders vorgehen.

»Frechheit siegt«, sagte John zu Sonny. »Fahren wir doch kurzerhand hinüber. Wenn die Wachen uns anhalten, können wir sie vielleicht überwältigen.«

»Du bist wie immer der Größte«, Sonny grinste. »Auf in den Kampf!«

»Nicht ohne Rückendeckung!«

»Wieso?«

»Ich setze mich mit Lieutenant Basra in Verbindung. Er soll so schnell wie möglich starten.«

John hatte den Polizeioffizier sofort an der Strippe,

erklärte ihm die Situation und schlug vor, mit der Aktion zu beginnen. Basra erklärte sich einverstanden. Von nun an rollte sein Einsatz.

Sonny ließ den Wagen an. In langsamer Fahrt fuhren sie auf den Turm zu.

»Wenn ich huste, schnappen wir uns jeder einen«, sagte John.

»Okay.«

Jetzt hatten die Wachen etwas bemerkt. John erkannte, daß sie Maschinenpistolen trugen, die sie nun in Hüftanschlag brachten. Die Waffen der beiden Freunde lagen unter dem Beifahrersitz. Sonny stoppte. Die Wachen postierten sich zu beiden Seiten des Jeeps. Die MPis hielten sie locker in den Fäusten. Zu locker!

Einer schrie Sonny was zu.

Als Antwort hustete John. Das Signal.

Wie von der Tarantel gebissen, fuhr John hoch, packte den Lauf der Waffe, drehte ihn herum und riß dem Kerl die Knarre aus den Fingern. Durch den eigenen Schwung wurde dieser gegen den Jeep geschleudert und landete in einer knallharten Rechten Camerons. Ein anschließender wohldosierter Handkantenschlag legte ihn vollends schlafen.

»Das war's wohl«, meinte Sonny trocken und blickte auf den leblosen Posten vor seinen Füßen nieder.

Bis jetzt hatte niemand etwas von dem Kampf bemerkt. Sie knebelten die beiden mit schmutzigen Taschentüchern und fesselten sie mit einem Stück Draht, das sie im Jeep gefunden hatten. Dann legten sie die Wachen in den Schatten der Mauer, packten die MPis und schlüpften durch die schmale Öffnung, die sich anstelle eines Tores in der Mauer befand. Ein schneller Blick zeigte ihnen, daß der Raum zwischen Mauer und Turm frei war.

Ein Eisentor, zur Sicherung des Turmeinganges, stand offen. Quietschend schwang es hin und her.

»Glück muß man haben«, flüsterte Sonny, während seine Augen hin und her huschten, um die Umgebung abzusuchen.

»Hoffentlich kommt das dicke Ende nicht noch nach«, gab John pessimistisch zurück.

John ging ein Stück vor Sonny und peilte durch den Eingang. Im Innern des Turmes herrschte ein dämmriges Halbdunkel. Es dauerte einen Augenblick, bis sich die Augen daran gewöhnt hatten. Dann erkannte John gegenüber eine schmale Wendeltreppe, die nach oben führte. Rechts entdeckte John einen Gang, in dem sich zwei Türen befanden. Hinter einer Tür vernahm er Stimmengemurmel.

John schlich ein Stück in den Gang hinein. Sonny folgte auf sein Handzeichen. Er drückte ihm noch die Maschinenpistole des einen Wächters in die Hand. John hängte sich die Reservewaffe um den Hals. Die andere MPi lag entsichert in seiner Rechten.

Der Gang endete an einer Treppe, die nach unten führte.

Plötzlich erklang von dieser Treppe her ein Geräusch. Auch Sonny hatte es gehört. Beide preßten sich eng an die Wand. Das Geräusch wurde lauter. Man konnte hören, wie jemand die Treppe hinaufschlich. John packte die UZI fester. Sonny atmete leiser aus.

Mit einemmal stand ein Mann da. In dem Halbdunkel erschien er John wie ein Berg. Und dieser Kerl hielt ein Mädchen auf den Armen, das John sehr gut kannte.

Gloria Evans.

Die Überraschung hielt nur kurz an. John ließ die MPi genauso schnell sinken, wie er sie hochgerissen hatte. Schießen konnte er nicht, er würde unweigerlich auch Gloria treffen.

Hinten stöhnte Sonny: »Verdammte Eulenkacke.«

Der Mann, es war Ali, wie John später erfuhr, drückte Gloria noch enger an sich. Sein Mund öffnete sich zu einem Schrei.

Dann ging alles in Sekundenschnelle. Ehe John sich versah, rannte Ali an ihm vorbei auf die Wendeltreppe zu.

Währenddessen schrie er irgendeine Warnung.

Eine Tür wurde aufgerissen. John jagte eine Kugelsalve gegen die Füllung.

»Bleib du hier!« rief er Sonny zu und setzte dem Kerl nach.

John nahm drei Stufen auf einmal. Ein paar Meter über sich hörte er das Trampeln des Gangsters.

Dann vernahm er auch Glorias Stimme. Vorhin, als sie in Alis Armen lag, war sie wohl ohnmächtig gewesen.

»Gloria, halt aus! Ich komme!« schrie John verzweifelt.

»John!«

Verdammt, wie lang war die Treppe noch?

Endlich wurde es heller. Das Ende der Treppe schien in Sicht zu sein.

Noch einmal riß John sich zusammen. Er wurde schneller und stand endlich auf einem freien Podest. Von hier aus führte eine Treppe zur Spitze des Turmes.

Die letzten Stufen nahm John in zwei Sprüngen. Dann stand er oben.

Im ersten Augenblick blendete ihn die Helligkeit. Als sich seine Augen daran gewöhnt hatten, sah er, daß er sich auf einer Art Plattform befand. Eine hüfthohe Mauer sicherte vor allzu schnellem Sturz.

Gloria Evans lag auf dem heißen Boden. Ali hatte sich über sie gebeugt und drückte ihr die Spitze eines Messers gegen die Kehle.

Um Alis Lippen lag ein diabolisches Grinsen. Er nickte John zu. Cameron wußte, was der Kerl damit bezweckte. John ließ die beiden Maschinenpistolen fallen. Auch Ali steckte sein Messer weg.

John sah Ali an. Der mit Fett eingeriebene Körper glänzte im Sonnenlicht. Ali stand auf und ging auf John zu.

Langsam und bedächtig. In seinen Augen stand die blanke Mordlust. John wußte, daß ihm ein Kampf auf Leben und Tod bevorstand.

John Cameron ließ Ali bis auf zwei Schritte heran. Dann tänzelte er zur Seite, lockte damit den Muskelberg aus Glorias Umgebung.

Ali folgte John wie ein Roboter. Mit hocherhobenen Fäusten. Er grunzte irgend etwas vor sich hin.

»Gloria!« schrie John nochmals. »Lauf. Bring dich in Sicherheit! Unten wartet Sonny auf dich!«

Die Worte hatten John einen Moment abgelenkt. Ali nutzte dies sofort aus. Mit hocherhobenen Armen warf er sich John entgegen. John konnte nicht mehr ausweichen. Wie ein Felsblock prallte der Koloß auf ihn.

Sie knallten beide auf den Boden. John lag unten. Ali saß auf seinem Brustkorb. Seine dicken Wurstfinger tasteten nach seiner Kehle und drückten zu, unbarmherzig und gnadenlos.

Zuerst spürte John ein Würgen. Heiß stieg es vom Magen hoch. Dann wurde ihm die Luft knapp. Rote Schleier kreisten vor seinen Augen.

Verzweifelt wehrte er sich, versuchte die kleinen Finger seines Gegners zu packen, sie nach außen zu drücken. Vergebens. Der Kerl schien die Kraft von zehn Bullen zu haben.

Ali drückte noch fester zu. John sah seine irren Augen und den halbgeöffneten Mund direkt vor sich.

Johns Bewegungen wurden fahrig. Seine Hände tasteten unkontrolliert auf dem Boden – und stießen plötzlich gegen eine von den Maschinenpistolen.

Noch einmal mobilisierte John Cameron alle Kräfte. Seine rechte Hand packte die Waffe, und dann drosch John die schwere UZI seitlich gegen Alis Kopf.

Es gab einen dumpfen Laut. Danach ein gräßliches Stöhnen, und schließlich kippte Alis schwerer Körper zur Seite.

Apathisch blieb John liegen und schnappte nach Luft. Nur langsam ging es ihm besser. Er stemmte sich hoch. Aus den Augenwinkeln sah er, daß Ali bereits aus seiner Bewußtlosigkeit erwacht war. Er kam wieder auf die Beine.

Mit seinem blutigen Kopf sah er aus wie eine Figur aus einem Gruselfilm. Ali keuchte. Aus seinem halboffenen Mund lugten gelbe Zahnstummel. Speichel lief über sein Kinn. John mußte handeln, ehe der Kerl sich erholte.

John hechtete vor. Seine Faust grub sich in Alis Magengrube. Der Kerl röhrte auf und wankte. John setzte sofort nach. Gnadenlos schlug er zu. Links, rechts. Dubletten. Gegen das Kinn, den Körper. Immer wieder. Doch Ali fiel nicht. Im Gegenteil. Er konterte.

Sein rechter Fuß traf John genau in die Magengrube. John knickte zusammen wie ein Strohhalm.

Alis Faust schoß heran. Im letzten Augenblick konnte John den Kopf ein wenig zur Seite drehen. Alis Faust streifte nur seinen Kopf. Nur ist leicht gesagt, denn hinter diesem Schlag lag noch so viel Wucht, daß John wie von der Sehne geschnellt zurückgeschleudert wurde.

Wieder knallte er auf den Rücken. Ali hechtete vor. Doch diesmal paßte John auf. Blitzschnell zog er die Beine an, stemmte die Füße in Alis Magen und katapultierte den Koloß über sich hinweg.

Ein gräßlicher Schrei ertönte. John stützte sich auf. Von Ali war nichts mehr zu sehen. Er war über die Mauer nach unten gestürzt.

Taumelnd stand John auf. Er hatte das Gefühl, als wären seine Beine aus Pudding. Tief atmete er die heiße Luft in die Lungen. Das war noch einmal gutgegangen.

Aber wo steckte Gloria? Hier oben konnte John sie nicht mehr entdecken. Sie war wohl doch nach unten gerannt.

John Cameron schnappte sich die MPi und wollte Sonny zu Hilfe eilen. Zufällig warf er einen Blick über die Mauer nach unten. Vor Schreck setzte fast sein Herz aus. John erkannte vier Personen. Ein Mann hatte Gloria gepackt und rannte mit ihr auf ein Flugzeug zu. Neben ihm lief eine Frau. Ein Stück dahinter hetzte Achmed Naida.

Aber wo war Sonny? Was war überhaupt geschehen?

Sonny handelte blitzschnell. Kaum war John verschwunden, flitzte er durch den Gang auf die Treppe zu, die nach unten führte. Ehe die Gangster in dem Zimmer überhaupt reagieren konnten, lag er in Deckung der Stufen. Der Lauf seiner UZI zeigte genau in Richtung Tür, die John schon mit einer Garbe zerfetzt hatte. Die zweite Maschinenpistole legte Sonny entsichert neben sich.

Zuerst geschah nichts. Die Gangster berieten wohl ihre nächsten Schritte.

Plötzlich wurde die Tür einen Spaltbreit geöffnet. Etwas Dunkles, Eiförmiges flog in den Gang, rollte hin und her und begann zu zischen.

Eine Tränengasgranate.

In Sekundenschnelle war der Gang in einen milchigen Nebel gehüllt. In dem herrschenden Durchzug wurden die

Schwaden durch den Wind genau in Richtung Treppe getrieben, hinter der Sonny in Deckung lag. Er begann zu husten. Schon liefen dicke Tränensturzbäche über sein Gesicht. Sonny konnte kaum noch sehen.

Du mußt hier weg, hämmerte es in seinem Gehirn.

Sonny hetzte hoch. Die zweite Maschinenpistole vergaß er. Taumelnd schoß er durch den Gang auf die Eingangstür zu. Die Waffe hielt er mit einer Hand immer noch im Hüftanschlag, mit der anderen wischte er sich verzweifelt und ohne Erfolg die Tränen aus dem Gesicht.

Was nun geschah, dauerte nur Bruchteile von Sekunden.

Die bewußte Tür wurde aufgerissen. Sonny sah es trotz des dicken Schleiers, der auf seinen Augen lag.

Er handelte instinktiv, warf sich herum und feuerte.

Sonny hörte einen Schrei, sah, daß er getroffen hatte, und erkannte schemenhaft drei weitere Männer, die aus dem Raum stürzten. Sonny ließ sich gedankenschnell auf den Boden fallen, rollte sich um die eigene Achse und riß die UZI hoch. Die Waffe sang ihre tödliche Melodie.

Aber auch die Gangster schossen wild um sich. Ihre Bleihummeln zischten dicht über Sonnys Kopf hinweg und fraßen sich in die Wand. Dreck spritzte herum. Jemand schrie einen Befehl. Sonny sah einen Schatten, der blitzschnell über ihn hinweghuschte.

Er ist in deinem Rücken, dachte er noch, während er sich blitzschnell kniete und abzog. Er oder ich. »Und wenn schon, dann er«, keuchte Sonny.

Seine Geschosse klatschten dumpf in den Körper des Mannes. Ein gräßlicher Schrei war die Reaktion. Der Mann ließ seine Maschinenpistole fallen, als wäre sie glühendes Eisen. Die Hände hielt er vor seinen Bauch gepreßt. Zwischen seinen Fingern lief Blut. Wie eine Marionette taumelte er auf Sonny zu. Es war Kerak. Und dann verspürte Sonny einen harten Schlag an seiner linken Schulter.

»Verdammt, es hat mich erwischt!« keuchte er.

Sonny wurde von einer unsichtbaren Gewalt nach vorn gerissen und prallte gegen die Beine des noch immer stehenden Kerak.

Das war zuviel für den Schwerverletzten. Mit der ganzen

Wucht seinen Körpers fiel er auf Sonny. Dadurch wurden die Kugeln, die Sonny zugedacht waren, von seinem Körper aufgefangen.

Immer noch lagen Gasschwaden in dem Raum. Doch Sonny konnte jetzt schon wieder besser sehen.

Es gelang ihm, Kerak wegzudrücken und nochmals seine MPi zu packen.

Vor sich sah er zwei Männer. Beide hielten großkalibrige Revolver in den Händen.

Sonny zog noch einmal voll durch. Seine Kugeln trafen die Körper der beiden. Aufschreiend gingen sie zu Boden. Ihr leises Wimmern erstarb.

Eine merkwürdige Stille breitete sich aus. Totenstille.

Sonny warf die leergeschossene Waffe weg und kam ächzend auf die Beine. Sein linker Arm hing wie leblos am Körper herab. Der Hemdsärmel war blutgetränkt. Sonny fühlte sich miserabel.

Da seine eigene MPi leergeschossen war, wollte er sich nach Keraks Waffe bücken. Er hatte vor, das Zimmer, aus dem die Gangster gekommen waren, gründlich zu inspizieren. Denn noch fehlte der Chef, Achmed Naida. Von Chantal Dubois und Eddy Slater hatte Sonny ja keine Ahnung.

Doch dann geschah etwas, was seine Pläne ganz über den Haufen warf.

Sonny hörte hastige Schritte die Wendeltreppe herunterpoltern.

Ein Mädchen geriet in sein Blickfeld.

Gloria.

»Bitte, helfen Sie mir!« rief sie. Aufschluchzend warf sie sich an Sonnys Brust. »Ich kann nicht mehr!« schluchzte sie. »Ich kann nicht mehr!«

Sonny wußte aus Johns Erzählungen, wer dieses Mädchen war.

»Beruhigen Sie sich, Gloria. Es wird alles wieder gut. Reißen Sie sich noch einmal zusammen. Wir müssen hier raus. Ich werde Sie verstecken, bis die Polizei kommt.«

»Sie könnten beide in einem Liebesfilm auftreten«, sagte plötzlich eine kalte Stimme hinter ihnen.

Sonny wirbelte herum. Gloria hielt er dabei fest.

Er sah in die Mündungen zweier Revolver und einer Maschinenpistole.

Einer der beiden Revolver lag in der Hand einer ihm unbekannten Frau. Neben ihr stand ein Mann mit einer Maschinenpistole. An ihrer linken Seite grinste Achmed Naida tückisch. Er richtete die Mündung des zweiten Revolvers auf Sonny.

Die Frau hatte vorhin gesprochen. Sie war es auch, die jetzt befahl: »Schicken Sie das Mädchen zu mir!«

»Nein, nein, ich will nicht.« Gloria klammerte sich mit dem Mut der Verzweiflung an Sonny.

»Wird's bald?«

Die Frau hob den Revolver ein wenig an und setzte eine Kugel direkt vor Sonnys Füße.

»Tun Sie, was man Ihnen sagt, Gloria.« Sonny schob das Mädchen sacht von sich.

Achmed Naida war es wohl zu langsam. Er ging ein paar Schritte vor und riß Gloria Evans brutal an sich.

»Sie Schwein, Sie dreckiges«, keuchte Sonny.

Naida wollte sich auf ihn stürzen.

»Zurück!« schrie die Frau. »Willst du dir unbedingt noch einen einfangen? Wir verschwinden jetzt. Die Puppe nehmen wir als Geisel mit.«

»Sollten wir nicht noch auf diesen Cameron warten?« warf Naida ein.

»Unsinn!« zischte Chantal Dubois. »Du hast doch gehört, die Polizei ist bald hier. Außerdem wird Ali ihn längst ins Jenseits befördert haben.«

Naida nickte eifrig. »Und was machen wir mit dem da?« Er deutete auf Sonny.

»Umlegen natürlich!«

»Überlassen Sie das mir«, bettelte Naida.

Chantal sah Eddy an. Der nickte. »Soll er doch.«

Sonny wurde es langsam mulmig. Die Verbrecher meinten es ernst. Wenn doch nur John auftauchen würde, dachte er. Er versuchte die Sache hinauszuzögern.

»Mit wem habe ich denn die Ehre?« fragte er. »Man darf doch schließlich noch wissen, wer bei der Hinrichtung dabei war.«

Chantal zog die Augenbrauen hoch. »Uninteressant für Sie. Kommt jetzt!«

»Lassen Sie doch bitte das Mädchen hier«, versuchte es Sonny noch einmal.

Die Frau antwortete nicht. Sie gab Eddy ein Zeichen. Er packte sich Gloria, die wohl gar nicht mehr richtig begriff, was um sie herum vorging.

Sonny wollte noch protestieren, sich auf die Gangster werfen, doch da drückte Naida eiskalt ab.

Die Kugel traf Sonny mitten in die Brust. Wie im Zeitlupentempo sackte er zu Boden.

Sonny fiel auf den Bauch. Er hörte noch das höhnische Lachen der Gangster. Dann versank die Welt für ihn in einem blutroten Rausch.

Mehr stolpernd als laufend nahm John die Treppe.

Unten angelangt, hatte er ein paar blaue Flecken mehr.

Dann sah er das Grauen. Vier Männer lagen auf dem Boden, unter ihnen Sonny Fitzpatrick.

Siedend heiß schoß es in John hoch, als er sich neben seinen Freund kniete.

John bemerkte das Blut, das eine dunkelrote Lache um Sonnys Körper gebildet hatte. Mein Gott, es durfte doch nicht wahr sein, daß dieser Mann unter den Kugeln der Verbrecher sein Leben ausgehaucht hatte!

Vorsichtig fühlte er nach Sonnys Puls. Er schlug. Ganz schwach. Sonny brauchte unbedingt ärztliche Hilfe. Es war fraglich, ob er überhaupt den Transport in ein Krankenhaus überstehen würde.

Johns Augen begannen zu tränen. Das lag an dem dünnen Tränengasschwaden, die immer noch in der Luft schwebten.

Cameron sah sich nach den drei anderen um. Sie waren alle tot. Auch Kerak. John durfte sich nicht länger hier aufhalten, sondern mußte versuchen, die anderen zu stoppen, um Gloria aus ihren Händen zu befreien. Er rannte nach draußen. Verdammt, er konnte sie nicht einholen. Ihr Vorsprung war schon zu groß. Zu schießen wagte John nicht, aus Angst, Gloria zu treffen.

Die vier Personen rannten auf eine Cessna zu. John blieb nur noch die Möglichkeit, den Jeep zu nehmen. Leider hatte er falsch gerechnet. Die Reifen des Wagens waren zerstochen. Die Gangster hatten wohl mit einer eventuellen Verfolgung gerechnet. Aber warum sie den Wagen nicht genommen hatten, blieb John rätselhaft.

Trotzdem nahm er zu Fuß die Verfolgung aus. Er holte sogar auf. Doch dann folgten Minuten, die er sein Leben lang nicht vergessen würde.

Die Gruppe hatte die Cessna fast erreicht. Der Mann, der Gloria hinter sich herzog, blieb plötzlich stehen. Er warf das Mädchen seiner Begleiterin in die Arme, drehte sich um, hob seine MPi und drückte ab.

Die Garbe traf Achmed Naida, der hinter ihnen lief, voll. John hörte den gräßlichen Todesschrei.

Er biß sich vor Wut auf die Lippen. Jetzt erkannte er auch die Frau, die außer Gloria noch dabei war. Chantal Dubois, Chefin der Orient Touring.

Wieder riß der Mann Gloria an sich und hetzte weiter. John hatte den Abstand zu ihnen ein bißchen verringert. Doch inzwischen hatten die Gangster mit Gloria das Flugzeug erreicht. Chantal kletterte als erste in die Kanzel. Anschließend hob der Mann Gloria hoch. Sofort wurde auch sie in das Flugzeug gezogen.

Und plötzlich fiel bei John der Groschen. Dieser Kerl war Eddy Slater, eine ganz miese Type.

Eddy stand nur noch allein vor dem Flugzeug. Cameron konnte schießen. Doch als hätte Eddy die Gedanken erahnt, schickte er eine Salve in Johns Richtung.

John mußte in Deckung gehen. Zeit genug für den Ganoven, die Cessna zu entern.

Chantal Dubois hatte die Motoren schnell angelassen. In kürzester Zeit rollte die Cessna an und hob ab.

Im Tiefflug zog sie eine Schleife auf die andere Maschine zu. Warum, wurde gleich klar. Aus dem Seitenfenster zuckten Mündungsblitze. Die Kugeln der MPi klatschten in die zweite Maschine.

Doch noch etwas anderes war zu sehen. Zwei Punkte in der Luft, die sich rasch vergrößerten.

Polizeihubschrauber! Und sie nahmen die geflüchtete Gangstermaschine unter Beschuß, in der auch Gloria saß.

John hatte schreckliche Angst um das Mädchen. Er wünschte förmlich, daß die Kugeln danebengingen.

Chantal war eine ausgezeichnete Pilotin. Sie zog ihre Cessna hoch und entkam den Hubschraubern.

Langsam ging John auf Achmed Naida zu und kniete sich neben ihn. Naida lebte noch. Doch auch ein Laie konnte erkennen, daß der Tod bald zupacken würde. Blutiger Schaum stand vor Naidas Mund, und in seinen Augen lag bereits der stumpfe Glanz des Todes.

Naida erkannte John.

»Cameron«, formten seine Lippen, »Sie haben gewonnen.«

»Bleiben Sie ruhig, Naida, gleich kommt ein Arzt.«

»Er kann mir auch nicht mehr helfen. Allah holt mich zu sich.« Das Sprechen bereitete ihm immer mehr Mühe. Trotzdem, John mußte ihn noch etwas fragen.

»Wer hat Maureen Carter erschossen? Wer war es, Naida?«

»Kerak«, hauchte er. Dann fiel sein Körper zurück. Achmed Naida war tot.

Müde stand John auf. Die Hubschrauber waren inzwischen gelandet. Lieutenant Basra lief auf ihn zu.

»Wie sieht es aus, Mr. Cameron?« rief er.

John hob resignierend die Arme. »Naida ist tot. Doch Gloria Evans ist entführt worden.«

»Von wem?« Basra sah John scharf an. »Saß sie in der Maschine?«

»Sicher.«

»Bei Allah. Gut, daß wir nicht voll getroffen haben.«

»Noch etwas, Lieutenant, Mr. Fitzpatrick muß schnellstens in ein Krankenhaus. Er liegt schwer verletzt im Vorraum des Turmes.«

»Gut, ich werde es in die Wege leiten. Und nun entschuldigen Sie mich einen Moment.«

»Okay.«

John steckte sich eine Zigarette an. Sie schmeckte ihm nicht. Zuviel war in der letzten Stunde auf ihn eingestürmt.

Dann ging er zu den beiden Wachen, die sie als erste überwältigt hatten.

Einem der Männer war es gelungen, den rechten Arm zu befreien und sein Messer zu ziehen. In seinem blinden Haß hatte er die Reifen zerstochen. Doch anschließend war er wieder ohnmächtig geworden.

Die Polizisten sammelten die Toten ein. Sonny war schon in dem zweiten Hubschrauber unterwegs in ein Krankenhaus.

Auch Scheich Yussuf Hasahn steckte in Handschellen. Seine Leute ergaben sich ohne Widerstand. Den Scheich selbst würde man wohl abschieben. Aber das interessierte nicht.

Viel wichtiger war es, Gloria zu befreien. Wo mochte sie stecken?

Lieutenant Basras Leute hatten in dem Turm noch die Leichen zweier Mädchen gefunden. Wie sich später ergab, waren es Madge und Edda.

Den Lieutenant selbst traf John bei dem Hubschrauber. Ehe er ihn ansprechen konnte, rief ihm der Pilot, der gleichzeitig an dem Funkgerät saß, etwas zu. Der Lieutenant nickte. Dann wandte er sich an John.

»Wir haben Glück. Mr. Cameron. Die Cessna ist doch getroffen worden. Unsere Radarüberwachung, die wir alarmiert hatten, funkte uns soeben, das Flugzeug sei gelandet. Eine Notlandung vermutlich.«

»Und wo ungefähr?« fragte John gespannt.

»Nicht weit von der Oase entfernt. Dort könnten wir sie packen. Ich habe schon eine Idee.« Der Polizeioffizier lächelte schmal.

»Verdammt noch mal, fast hätte ich diesen Cameron erwischt«, fluchte Eddy Slater unbeherrscht, als er in die Cessna kletterte.

»Deine eigene Dämlichkeit«, entgegnete Chantal Dubois, die die Maschine bereits startete. »Paß lieber auf, da vorn kommen zwei Hubschrauber mit Bullen.«

»Tatsächlich.«

Eddy klappte die Scheibe herunter. Der Luftzug riß ihm die Wortfetzen vom Mund.

»Aber wartet nur, eine Cessna habe ich bereits erledigt.« Eddy spielte dabei auf das Flugzeug des Scheichs an, das er manövrierunfähig geschossen hatte.

Die Maschinenpistole des Gangsters spuckte Feuer. Die Kugeln durchschlugen das Blech des Hubschraubers. Doch auch die Polizeibeamten waren nicht faul. Sie zahlten mit gleicher Münze zurück.

»Kannst du nicht näher rangehen?« schrie Eddy Chantal zu.

»Wohl wahnsinnig geworden. Ich bin froh, wenn ich aus diesem Schlamassel herauskomme.«

In diesem Augenblick geschah es. Die Kugeln der Polizisten fanden ihr Ziel. Ein Motor begann zu stottern.

Chantal handelte sofort. Sie zog die Maschine hoch. Noch gehorchte sie.

Eddy hatte von den Einschlägen nichts bemerkt.

»Was ist? Warum drehst du ab? Hast du Angst?«

»Mach die Klappe zu und setz dich hin. Wir haben einen Motorschaden.«

»Scheiße!« fluchte Eddy. »Gerade jetzt.«

Der Gangster warf sich auf den Sitz. »Und nun?« fragte er.

»Ich will versuchen, bis Beirut durchzukommen«, sagte Chantal kurz. »Dann müssen wir weitersehen. Zum Glück haben wir ja eine Geisel.«

Mit der Geisel war Gloria gemeint. Die beiden hatten sie kurzerhand hinter den Sitzen auf den Boden geworfen. Trotz der Hitze, die in der Maschine herrschte, fror Gloria. Ab und zu bekam sie Schüttelfrost. Zeichen eines nahenden Fiebers oder einer Lungenentzündung. Plötzlich setzte der getroffene Motor aus. Die Cessna verlor augenblicklich an Höhe.

»Wir müssen runter!« schrie Chantal.

»Schaffen wir es denn wirklich nicht?« Eddy wurde nervös.

»Nein. Sieh dort.« Chantal deutete mit dem Finger auf die linke Tragfläche. Kleine Flämmchen züngelten hoch.

»Den Feuerlöscher!« brüllte Eddy.

»Unsinn. Durch den Luftzug würde der Schaum nur weggeblasen. Und reiß dich gefälligst zusammen. Jetzt kannst du zeigen, was in dir steckt. Die Nachtbars von New York sind nur was für Weichlinge und Möchtergernganoven.«

Die Nerven der Frau waren wirklich wie Drahtseile.

Chantal Dubois ging tiefer. Sie sah nach unten. Eine Ansammlung von Hütten schob sich in ihr Blickfeld. Die Oase Kezar.

Die Lippen der Frau verzogen sich zu einem Lächeln.

»Eine gute Ausgangsbasis«, sagte sie. Und zu Eddy Slater gewandt: »Paß auf. Wir landen in der nächsten Minute. Ich kann nicht garantieren, daß es eine weiche Landung wird. Dafür ist der Boden zu uneben.«

Eddy nickte nur.

Chantal hatte die Erde bald erreicht. Sie sah, wie wellig der Boden war.

Trotzdem wagte sie es. Sie versuchte, die Cessna so sacht wie eben möglich aufzusetzen. Die ersten Meter ging es gut. Doch dann kam eine Art Querrinne. Die Räder knickten weg wie Streichhölzer. Die Maschine drehte sich wie ein Kreisel. die drei Menschen in der Kanzel wurden hin und her geschleudert.

Dann endlich stand das Flugzeug.

Gloria Evans hatte sich instinktiv an der Rückenlehne des Vordersitzes festgekrallt. Ihr war nicht viel passiert. Auch Chantal Dubois nicht. Nur Eddy blutete aus einer Kopfwunde.

Das Knistern der Flammen hörten die drei fast gleichzeitig. Das Feuer griff schnell um sich. Jeden Augenblick konnte die Maschine explodieren.

»Los! Raus hier!« schrie Chantal.

»Laß die Puppe doch verbrennen!« keuchte Eddy, während er sich gegen die Tür warf.

»Idiot! So etwas kann nur dir einfallen«, gab Chantal zurück. »Pack dir die Kleine.«

»Okay.«

Chantal Dubois stand als erste draußen. Durch den Staub, den die Cessna bei der Landung aufgewirbelt hatte, konnte sie Eddy kaum erkennen, der sich aus dem Flugzeug quälte. Gloria hatte er sich auf den Rücken gepackt.

»Das kann sie gar nicht bezahlen, daß wir ihr das Leben gerettet haben«, keuchte Eddy, als er mit seiner Last bei Chantal anlangte.

»Halt keine Volksreden, sondern komm, ehe die Cessna in die Luft fliegt. Außerdem wird die Puppe hinterher verkauft.«

Chantal lief vor. Eddy keuchte hinterher. In der Linken hielt er die MPi, und mit der Rechten zog er Gloria durch den Sand.

»Steh endlich auf!« brüllte der Zuhälter. »Markier nicht die Halbtote.« Es gelang Gloria mit letzter Kraft, sich zu erheben. Mühsam stolperte sie neben dem Gangster her.

»Na bitte«, sagte er, »es geht doch.«

In diesem Augenblick explodierte die Cessna. Glühende Wrackteile zischten durch die Luft.

Die drei hatten sich sofort in den heißen Sand geworfen. Wie durch ein Wunder wurde niemand verletzt. Chantal richtete sich als erste auf, als sich der Explosionsdonner und der Staub gelegt hatten. Von ihrer ehemaligen Schönheit war nicht mehr viel übriggeblieben. Das Haar war verdreckt und die Schminke durch den Schweiß verschmiert.

Chantal war es auch, die als erste die Oase sah.

Die Französin trieb Eddy zur Eile an.

Die Ansiedlung bestand aus einigen Palmen, drei Hütten und einem Brunnen, der das lebenswichtige Wasser lieferte.

Eddy Slater hatte die Führung übernommen und sicherte mit der Maschinenpistole.

»Bleibt ihr in Deckung. Ich werde mich mal umsehen«, sagte er.

Chantal war einverstanden.

Als Eddy zurückkehrte, lag ein Grinsen auf seinem Gesicht.

»Alles klar. Bis auf einen gefesselten Kneipenwirt ist niemand in dem Laden.«

»Warum ist er gefesselt?« wollte Chantal wissen.

»Keine Ahnung. Ich habe ihn noch nicht gefragt. Das kannst du ja tun.«

Zehn Minuten später standen die drei in der Bude, die den hochtrabenden Namen Bar trug.

Der Wirt lag gefesselt in der Ecke und zitterte am ganzen Körper. Chantal lächelte spöttisch, als sie es bemerkte. »Nimm ihm die Fesseln ab, Eddy!« befahl sie.

Der Gangster gehorchte. »Übrigens, im Waschraum liegt eine Leiche«, meinte er so nebenbei. »Wir wollen doch den Wirt mal fragen, wer das ist.«

»Wieso ein Waschraum? Wieso eine Leiche?« wunderte sich Chantal.

Der Wirt, der bis dahin auf dem Boden gekauert hatte, versuchte auf die Füße zu gelangen, was ihm wegen der gestauten Blutzirkulation nicht gelang.

»Ich habe ihn nicht umgebracht«, stotterte er. »Es waren andere Männer.« Der Wirt sprach ein holpriges Französisch.

»Wer?« Eddy Slater hob die Maschinenpistole.

»Nicht schießen!« flehte der Mann. »Bitte, nicht schießen! Es war Achmed Naida mit seinen Leuten.«

»Wieso? Naida war hier?«

»Nein. Nicht er selbst, sondern seine Leute. Ich konnte nichts machen. Sie hätten mich sonst auch umgebracht.«

Chantal Dubois ging auf den Wirt zu. »Sag mal, gibt es hier ein Telefon oder ein Auto?« Der Mann schüttelte den Kopf. »Nichts. Nur ein altes Motorrad?«

»Und wem gehört es?«

»Mir.«

»Fährt das Motorrad auch?«

»Gut sogar.«

»Schön«, sagte Chantal, »dann habe ich eine Aufgabe für dich. Hör gut zu. Du nimmst dir das Motorrad und fährst zu dem Turm. Du weißt doch, wo er ist?«

Der Wirt nickte.

»Dort meldest du dich bei einem gewissen John Cameron und sagst ihm folgendes: bis zum Morgengrauen soll er einen Hubschrauber oder eine Sportmaschine besorgen. Außerdem soll man uns drei Plätze in der Maschine nach Kairo reservieren. Wenn nicht, stirbt das Mädchen. Hast du verstanden?«

Der Wirt nickte.

»In Ordnung. Dann nimm dein Motorrad und fahr los. Und sage ihnen, keine Tricks, sonst stirbt das Mädchen.«

Fünf Minuten später war der Wirt verschwunden.

Chantal steckte sich eine Zigarette zwischen die Lippen. Eddy sprang hinzu und gab ihr Feuer. »Eins verstehe ich nicht«, meinte er. »Warum hast du drei Flugkarten nach Kairo bestellen lassen?«

»Das ist ja eben der Trick. Laß die Bullen ruhig denken, wir würden nach Beirut fliegen und von dort aus weiter nach Kairo. In Wirklichkeit steht Jordanien auf meinem Programm. Diese Strecke schaffen wir auch mit einer Sportmaschine.«

»Raffiniert.« Eddy lachte, holte sich eine Schnapsflasche und genehmigte sich einen tiefen Schluck.

»Was für eine Idee?« fragte John Cameron den Lieutenant.

Der Polizeioffizier lächelte.

»Wir haben hier im Libanon eine Wüstenpolizei. Diese Leute sind beritten. Momentan liegen sie nicht weit von hier entfernt. Gewissermaßen als eiserne Reserve. Und diese Reserve werde ich einsetzen. Die Leute sollen ihre Uniformen mit einheimischer Kleidung vertauschen und zur Oase reiten. Es ist dort ganz natürlich, daß dort ab und zu eine Karawane rastet, um sich mit Wasser und Proviant zu versorgen.«

»Ich beginne zu verstehen«, sagte John. »Aber ich komme ebenfalls mit.«

»Sicher, Mr. Cameron. Aber sind Sie schon mal auf einem Kamel geritten?«

»Nein.«

»Dazu werden Sie dann Gelegenheit haben.«

»Ich hoffe, ich überstehe das, Lieutenant. Doch eine andere Frage. Hat die Karawane überhaupt eine Ausrüstung?«

»Keine Angst. Unsere Leute sind versorgt. Die Gangster werden schon nicht mißtrauisch werden. Außerdem ist es bis dahin dunkel geworden. Nun entschuldigen Sie mich, Mr. Cameron. Ich werde mich mit den Männern in Verbindung setzen.«

John zündete sich eine Zigarette an. Er dachte an Gloria.

Wie mochte es ihr gehen? Lebte sie überhaupt noch? Vielleicht hatten die Männer sie in einer Panikreaktion umgebracht? Man mußte mit allem rechnen.

John dachte auch an Sonny. Hoffentlich überstand er die Verletzung.

Johns Gedanken wurden jäh unterbrochen, als hinter einem Hügel ein Motorrad auftauchte. Im Sattel saß der Wirt aus der Oase. Er stoppte neben John.

»Sind Sie Mr. Cameron?«

»Ja.«

»Ich habe Ihnen etwas auszurichten. Von einer Frau.«

Der Wirt sprach hastig. John merkte, daß er Angst hatte. Er war ohne sein Dazutun zwischen zwei Fronten geraten.

Als er mit seinem Bericht fertig war, gab John ihm eine Zigarette. Dann winkte er Lieutenant Basra herbei. »Diesem Mann werden Sie die Geschichte noch einmal erzählen, mein Freund«, wandte er sich an den Wirt.

Lieutenant Basra war auch ein guter Zuhörer. Dann sagte er: »Wir müssen den Wirt zu seiner eigenen und zu unserer Sicherheit natürlich hierbehalten. Sonst bleibt es bei dem besprochenen Plan. Die Gruppe wird in ungefähr einer Stunde hiersein. Zufrieden, Mr. Cameron?«

»Sehr.«

Fast ohne Übergang senkte sich die Nacht über das Land. Ein sternenklarer Himmel lag über der Wüste. Der Sand strahlte seine letzte Wärme ab, und der Wind raunte zwischen den Dünen. In der Ferne heulten Schakale.

Nur um den Turm herum herrschte reges Treiben. Die Wüstenpatrouille hatte Wort gehalten und war pünktlich.

John zählte fünf Männer. Ausgerüstet mit tragbaren Sprechfunkgeräten, Gewehren, Maschinenpistolen und Proviant. Als Fortbewegungsmittel dienten Kamele. Zur Zeit lagerten die Tiere und erhielten ihr Fressen.

Lieutenant Basra instruierte die Männer. Ihr Anführer, ein bärtiger Araber, hörte aufmerksam zu. Dann gab er seine Befehle.

Lieutenant Basra kam zu John.

»Die Männer werden jetzt Zivilkleidung über ihre Uniformen ziehen.« Er sah auf die Uhr. »In einer Viertelstunde brechen wir auf. »Wollen Sie sich nicht auch verkleiden, Mr. Cameron?«

John schüttelte den Kopf.

»Nein, danke. Ich setze mich sowieso vorher ab und versuche die Gangster von hinten zu packen.«

»Ganz wie Sie wollen. Doch eins hätte ich doch gern gewußt, Mr. Cameron. Wie sind Sie überhaupt der Bande auf die Spur gekommen?«

John lächelte.

»Ganz einfach, Lieutenant. Meine Zweitsekretärin, Maureen Carter, wurde hier in Ihrem Land erschossen. Wie ich von dem sterbenden Naida erfuhr, war es Kerak, der sie umgebracht hat. Ich kam einem Reisebüro auf die Spur, deren Chefin Chantal Dubois ist. Gleichzeitig besorgte sie Achmed Naida die Mädchen. Sie schickte alleinreisende Damen in ein gewisses Hotel, in diesem Fall das Metropolitan, und den Rest besorgte der Gangsterchef. Das ist eigentlich alles.«

Lieutenant Basra nickte.

»Leider gibt es hier im Orient noch viel zu viele Mädchenhändlersyndikate. Doch solange noch Wüstenfürsten da sind, die für blonde Mädchen ein Vermögen zahlen, können wir das Geschäft kaum stören. Ich hoffe nur, daß wir Ihre Bekannte noch lebend befreien können.«

»Sie sprechen mir aus der Seele, Lieutenant.«

Die Männer der Wüstenpolizei waren soweit fertig. Basras Leute blieben zur Bewachung der Gefangenen hier.

John zündete sich noch eine letzte Zigarette an. Er hatte sie kaum aufgeraucht, als der Lieutenant mit einem Kamel auftauchte.

»Steigen Sie auf, Cameron«, sagte er. »Wir beide teilen uns ein Tier.«

John beäugte mißtrauisch das Kamel, daß sich niedergelassen hatte.

»Hoffentlich wirft es mich nicht runter«, argwöhnte er.

»Keine Angst. Die Tiere sind viel gewöhnt«, gab Basra etwas zweideutig zurück.

»Natürlich beziehe ich das nicht auf mich.« John grinste und stieg vorsichtig in den Sattel. Basra schwang sich hinter ihn. Mit einem Stock schlug er dem Kamel auf die Hinterhand. Das Tier ging hinten hoch. John mußte sich am Sattel festklammern, sonst wäre er nach vorn gefallen.

Dann fiel er nach hinten gegen Lieutenant Basra, als sich das Kamel auf die Vorderbeine stellte.

An Waffen besaß John eine Maschinenpistole und seinen Colt Cobra. Er hatte ihn dem sterbenden Naida abgenommen. Außerdem als Reserve die Bernadelli.

»Alles klar, Mr. Cameron?« fragte der Lieutenant.

»Klar wie Kloßbrühe.« Mit einer Handbewegung gab Basra das Zeichen zum Aufbruch.

»Verdammter Mist«, fluchte Eddy Slater, während er nervös durch den Raum tigerte. Fünf Schritte hin, fünf Schritte zurück.

»Was hast du?« fragte Chantal, die auf einem Schemel saß, den sie hinter dem primitiven Tresen gefunden hatte. Die Frau rauchte, sie schien Nerven wie Drahtseile zu haben.

»Was ich habe?« giftete Eddy. Er blieb vor Chantal stehen und vollführte eine kreisende Handbewegung.

»Mich macht alles nervös. Die verdammte Ungewißheit, die verkommene Oase, die Dunkelheit, ach, eben alles.«

Chantal Dubois lächelte spöttisch.

»Dein dickes Fell möchte ich haben«, sagte Eddy. »Kannst du dir vorstellen, daß dieser Cameron überhaupt nicht auf unsere Bedingungen eingeht? Wenn er zum Beispiel …«

»Wenn, wenn!« unterbrach ihn die Frau. »Dieses Risiko müssen wir in Kauf nehmen. Aber glaube mir eins, der wird sich eher einen Finger abhacken, als sein Goldstück im Stich zu lassen. Er hat ja nicht deine Mentalität.«

Eddy lachte auf. »Von dir sprichst du wohl gar nicht, was? Ist ja auch egal. Ich verschwinde nach draußen. Werde Wache halten. Ich habe so ein komisches Gefühl.«

Eddy packte seine MPi, die er an die Wand gestellt hatte, und verzog sich.

»Feigling!« zischte Chantal. »Warte nur, bis wir wieder zu Hause sind.«

Chantal steckte sich wieder einen Glimmstengel zwischen die Lippen. Sie stand auf und ging zu Gloria Evans, die völlig apathisch auf dem nackten Lehmboden lag. Chantal stieß sie mit dem Fuß an.

»Komm, markier nicht. Wach auf!«

Gloria öffnete die Augen einen Spaltbreit. Sie sah zu Chantal hoch, die genüßlich an ihrer Zigarette sog.

»Auch eine?« fragte sie.

Gloria schüttelte den Kopf.

»Dann eben nicht.«

Chantal holte den Hocker und stellte ihn vor Gloria hin.

»Hier, setz dich.«

Gloria gehorchte.

»Was meinst du, was mit dir geschieht?« fragte Chantal Dubois.

Gloria zuckte mit den Schultern. »Ich weiß nicht«, flüsterte sie, »aber tun Sie mir bitte einen Gefallen. Lassen Sie mich laufen. Ich flehe Sie an. Bitte!«

Die Gaunerin lachte hell auf. »Laufenlassen? Wie stellst du dir das vor? Du bist unsere Sicherheit. Ohne dich würde man uns abknallen wie Hasen. Nein, nein, mein Schätzchen, du bleibst hier bei uns. Und später, wenn wir in Sicherheit sind, wirst du uns noch Geld bringen. Was Naida kann, können wir schon lange.«

Das war zuviel für Gloria. Aufschluchzend barg sie ihr Gesicht in den Händen. Im ersten Augenblick dachte sie daran, einfach wegzulaufen, doch dann besann sie sich und ließ es bleiben.

Chantal Dubois nahm eine Flasche und trank einen Schluck. Sie hatte kaum abgesetzt, als Eddy hereinstürmte. »Jetzt haben wir den Salat!« keuchte er. »Fünf Männer sind im Anmarsch!«

»Polizei?« fragte Chantal knapp.

Eddy schüttelte den Kopf. »Ich konnte keine Uniformen erkennen.«

»Das ist gut. Es wird bestimmt eine Karawane sein.«

»Aber nur fünf Männer«, gab Eddy zu bedenken.

»Vielleicht ein Vorposten. Vergiß nicht, wir sind hier in einer Oase. Schnapp du dir das Mädchen und verzieh dich ins Nebenhaus. Ich werde sie schon aufhalten.«

»Gut.«

Eddy zog Gloria brutal hoch. »Komm schon, Süße. Wir werden es uns gemütlich machen. Und wehe, deine Freunde haben einen Trick vor, dann pumpe ich dich so mit Blei voll, daß es dich von allein in die Erde zieht.«

Der Ritt verlief schweigend. Die einzigen Geräusche waren das monotone Schaben der Kamelhufe im Wüstensand und das leise Klirren der Waffen.

Ein fahler Mond stand am Himmel. Er tauchte mit seinem Schimmer die Wüste in ein Spiel aus Schatten und diffusem Licht.

Lieutenant Basra und John ritten an der Spitze. John hatte sich leidlich an den Kamelrücken gewöhnt. »Es ist bald soweit«, sagte der Lieutenant leise. »Nach etwa einer Meile erreichen wir eine Hügelkette, und dahinter liegt die Oase. Es bleibt also alles wie besprochen?«

»Ja.«

Die Hügelkette war schnell erreicht. John begann zu schnuppern. Leichter Brandgeruch wehte ihm entgegen. Auch der Lieutenant hatte es bemerkt.

»Das Flugzeug«, sagte John heiser. »Es muß explodiert sein. Hoffentlich haben sich alle Passagiere retten können. Nicht, daß der Wirt uns einen Bären aufgebunden hat.«

»Glaube ich nicht, Mr. Cameron.«

Schließlich hob der Polizeioffizier die Hand. Augenblicklich hielten die Reiter die Tiere an. Für John das Zeichen zum Aufbruch.

Er sprang von seinem Kamel. Lieutenant Basra gab ihm die Hand. »Hals- und Beinbruch«, wünschte er.

»Danke, gleichfalls!«

Dann tigerte John los. In der rechten Hand hielt er die Maschinenpistole.

Bis zu den Knöcheln sank er bei jedem Schritt in den warmen Sand. Jemand hatte einmal gesagt, ein Gang durch die

Wüste sei genauso schlimm wie ein Lauf durch kniehohes Wasser. Er hatte recht.

Von den Beamten der Wüstenpolizei war schon nicht mehr viel zu sehen. Die Dunkelheit hatte sie verschluckt.

Nach einigem Zurückrutschen hatte John die Kuppe der Hügel vor sich. Er ging in die Hocke und peilte die Lage.

Etwa fünfzig Meter vor sich erkannte er die Umrisse der Oase. Licht konnte er nirgendwo entdecken. Auch die Wüstenpolizisten nicht.

Der Brandgeruch war stärker geworden. Ganz in der Nähe mußte das Wrack der Cessna liegen.

Mit dem Hinterteil zuerst rutschte John den Hügel hinunter. Die MPi hielt er dabei über den Kopf, damit kein Sand in die Mechanik geriet.

Unten angelangt, ruhte er sich einen Augenblick aus. Dann hängte er seine Waffe um den Hals und schlich auf allen vieren weiter. Plötzlich quäkte das Funkgerät in seiner Brusttasche.

»Mr. Cameron?« hörte er Lieutenant Basras Stimme.

»Alles klar«, gab er leise zurück. »Und bei Ihnen?«

»Auch. Wir haben die Oase erreicht. Wir werden jetzt der Kneipe einen Besuch abstatten. Alles andere liegt bei Ihnen.

»Gut. Handeln Sie genau nach meinem Plan, Lieutenant. Greifen Sie erst ein, wenn ich Ihnen das Zeichen gebe. Wir dürfen das Mädchen nicht gefährden, Ende.«

John schaltete das Gerät ab und verstaute es wieder in der Hemdtasche. Mit dem Ärmel wischte er sich den kalten Schweiß von der Stirn.

Jetzt begann der schwierigste Teil seiner Aufgabe. John mußte Gloria finden und natürlich befreien. Um die Gangster abzulenken, waren Lieutenant Basra und seine Leute da.

Den Rest der Strecke robbte John wie ein Rekrut. Die Maschinenpistole lag dabei auf seinem Unterarm.

John erreichte die ersten Palmen. Die Lage der drei Baracken hatte er sich eingeprägt. Dabei wußte er auch, daß die dunkle Mauer vorn zu der Waschbaracke gehörte. John befand sich genau an der Rückseite.

Vorsichtig richtete er sich auf. Er preßte sein Ohr gegen die rissige Lehmwand und lauschte. Nichts.

Etwa in Kopfhöhe entdeckte er einen Spalt, der ein wenig breiter als die Risse in der Wand war. John konnte in den Raum sehen, jedoch in der Dunkelheit nichts erkennen.

Und dann hörte er ein leises Wimmern.

Gloria!

»Halt die Schnauze!« zischte jemand.

Eddy Slater.

Von Chantal Dubois hörte John nichts.

Wie konnte er nur an Gloria herankommen? Er mußte erst mal zum Eingang, dort konnte er dann weitersehen.

Stimme klangen aus der Kneipe zu John herüber. Eine Frau lachte auf. Chantal Dubois. Dann hörte er Lieutenant Basra sprechen.

Die Vorderseite der Baracke hatte er schon erreicht, da hörte er den Schrei: »Vorsicht, Eddy! Die Bullen sind hier!«

Dann fiel ein Schuß.

Chantal Dubois hatte eine alte Petroleumlampe gefunden und angezündet. Ihr warmer Schein erhellte den kahlen Raum. Die Gangsterchefin hörte die Reiter kommen. Ein knapper Befehl klang auf. Wenig später betraten die Männer die Bar.

Chantal Dubois stand mitten im Raum und lächelte. Die drei obersten Knöpfe der Fliegerbluse hatte sie geöffnet. Ihre vollen Brustansätze schauten provozierend hervor. Die Frau wußte genau, wie man Männer reizt.

»Hallo«, sagte sie mit einer Stimme, die an Schlafzimmer mit roter Beleuchtung erinnerte.

Der Anführer der Männer, Lieutenant Basra, nickte ihr zu. Die drei hinter ihm stehenden Beamten konnten ihre Augen nicht von Chantals Ausschnitt nehmen. Lieutenant Basra hatte zwei Männer draußen bei den Kamelen als Bewachung gelassen.

»Haben Sie Feuer?« Chantal ging mit wiegenden Hüften auf den Lieutenant zu.

Sie erhielt ihr Feuer von Lieutenant Basra.

»Danke«, hauchte sie und blies ihm den Rauch ins Gesicht. Dann warf sie mit einer schwungvollen Bewegung ihre schwarze Mähne zurück und lehnte sich gegen die Wand.

»Wohin wollen Sie, Monsieur? Und wer sind Sie?« wollte Chantal wissen.

»Sie sind sehr neugierig«, gab Basra zurück. »Sagen Sie zuerst, was Sie hier tun. Schließlich sind Sie eine Fremde in diesem Land.«

Chantal lächelte. »Ich hatte Pech. Mein Flugzeug stürzte ab. Doch glücklicherweise konnte ich mich retten.«

»Dann sind Sie also allein hier?«

»Sie haben es erfaßt. Doch jetzt sind Sie ja da. Schicken Sie Ihre Leute weg. Wir werden es uns gemütlich machen. Wer weiß, wann ich hier wegkomme. Oder sind Sie etwa Mädchenhändler?« Chantal lachte auf.

Der Lieutenant überlegte. Der Vorschlag der Frau war nicht schlecht. So hatte er sie wenigstens im Auge, wenn er auch keine festen Absichten bei ihr verfolgte. Sie durfte auf keinen Fall die Bar verlassen. Zu leicht hätte sie Cameron entdecken können.

»Wie heißen Sie denn?« fragte Lieutenant Basra.

»Nennen Sie mich Chantal. Und Sie?«

»Namen sind wie Schall und Rauch, Chantal. Finden Sie nicht auch?«

»Da haben Sie recht.«

Mit einer Handbewegung scheuchte der Lieutenant die Männer aus dem Raum. Grinsend gingen sie nach draußen. Sie beneideten ihren Vorgesetzten.

Chantal trat auf den Lieutenant zu. »Gedulden Sie sich noch einen Augenblick«, flüsterte sie. »Ich möchte mich nur ein wenig in dem Nebenhaus frischmachen.«

Das konnte Lieutenant Basra auf keinen Fall zulassen.

»Bleiben Sie, Madame«, versuchte er sie zu überreden.

»Nein.«

»Doch.« Die Stimme des Lieutenants klang jetzt scharf wie ein Rasiermesser.

Chantal wich einen Schritt zurück. In ihren Augen leuchtete ein kalter Glanz.

Lieutenant Basras Hand tastete nach der Pistole. Dabei wurde ein Stück seiner Uniform sichtbar.

Chantal schaltete gedankenschnell. »Vorsicht, Eddy, die Bullen sind hier!« schrie sie.

Doch da hatte Lieutenant Basra auch schon seine Waffe in der Hand. Er schoß nur einmal. Die Kugel traf Chantal Dubois mitten ins Herz. Ihre eigene Waffe, die sie schon halb in der Hand hielt, fiel zu Boden.

Chantal versuchte verzweifelt, auf den Beinen zu bleiben. Sie wollte noch etwas sagen, doch der Tod war schneller. Als würden ihr die Beine weggezogen, fiel sie zusammen.

Chantal Dubois starb auf dem dreckigen Boden der Wüstenkaschemme.

Die nächsten Szenen spielten sich in Sekundenschnelle ab. Kaum war das Echo des Schusses verklungen, da tauchte Eddy Slater in der Türöffnung auf, die MPi im Anschlag. Wie ein Irrer feuerte er durch die Gegend.

John Cameron hörte Schreie. Eddys Geschosse mußten wohl getroffen haben. Ein Kamel riß sich los und galoppierte in die Dunkelheit. So schnell, wie Eddy Slater aufgetaucht war, so schnell verschwand er auch wieder.

Bei den ersten Schüssen des Gangsters hatte sich John Cameron sofort hinter der Hausecke in Deckung gebracht. So konnte er nicht entdeckt werden. Die Polizisten schrien wild durcheinander. Jemand schoß auf das Haus.

»Nicht schießen!« schrie Lieutenant Basra. »Ihr gefährdet das Mädchen.«

»Sehr richtig!« brüllte Eddy Slater hysterisch dazwischen. »Noch einen Schuß, und die Puppe ist eine Leiche. Ich komme jetzt raus. Euer Liebling dient mir als Kugelfang. Ich werde mit ihr verschwinden. Keine Verfolgung. Richtet Euch danach!«

Nach seinen Worten entstand eine kurze Pause.

Dann schrie Lieutenant Basra: »Wir haben verstanden. Ihnen wird nichts geschehen.«

John hatte sich platt auf den Boden gelegt. Vorsichtig peilte er um die Hausecke.

Soeben verließ Eddy die Baracke. Er hielt Gloria wie ein Schild vor sich. Mehr konnte man wegen der Dunkelheit nicht erkennen. John sah jedoch das metallische Glänzen eines MPi-Laufes.

Er hörte, wie Eddy zischte: »Geh langsam vor, mein Täubchen! Denk immer daran, ich habe dich vor dem Lauf.«

John lief vor Wut bald die Galle über, als sich Eddy mit dem Mädchen in Bewegung setzte.

Sicher hätte er den Mann erschießen können, doch wer gab ihm die Gewähr, daß er nicht doch noch im Todeskampf den Abzugshahn seiner Waffe durchzog?

Die beiden wandten sich nach links. Keine drei Schritte entfernt gingen sie vorbei. Schon hatten sie die ersten Palmen erreicht. Eddy wandte sich noch einmal um. Wenn er genau hinsah, mußte er John entdecken. Doch nichts geschah.

Als John aufblickte, waren die beiden verschwunden.

Lieutenant Basra rannte auf ihn zu.

»Was war los, Lieutenant?« fragte John.

»Ich mußte die Frau erschießen«, keuchte er außer Atem. »Es ging nicht anders«, fügte er entschuldigend hinzu.

»Schon gut. Passen Sie auf, Lieutenant. Ich werde die beiden allein verfolgen. Kommen Sie in einer Viertelstunde nach. Falls bis dahin alles erledigt sein sollte, gebe ich Ihnen durch das Sprechfunkgerät Bescheid.«

»Einverstanden. Seien Sie vorsichtig, Mr. Cameron. Dieser Mann ist wahnsinnig. Er hat in der Wüste keine Chance. Es muß ihm doch klar sein, daß man ihn stellen wird.«

»Wem sagen Sie das, Lieutenant. Dann bis gleich.«

John packte die Waffe fester und schlich los. Vorsichtig und jede Deckung nutzend, ließ er die Oase hinter sich.

Dann sah er die beiden. Eddy Slater versuchte Gloria einen Hügel hinaufzutreiben. Vergebens. Das Mädchen rutschte immer wieder ab. Gloria Evans konnte einfach nicht mehr.

»Steh endlich auf, verdammtes Miststück!« schrie Eddy. »Sonst mache ich dir Beine.«

»Ich kann nicht mehr«, wimmerte Gloria. »Schießen Sie, tun Sie, was Sie wollen. Mir ist alles egal.«

Inzwischen hatte John einen kleinen Bogen geschlagen. Er befand sich nun mit den beiden auf gleicher Höhe.

»Dann werde ich dich eben den Hügel hinaufschleifen«, hörte John Eddy Slater keuchen. »Aber hinterher wirst du laufen. Wenn nicht, knipse ich dich ab.«

Die Gelegenheit war günstig. Mit ein paar Sprüngen hatte John den Hügel geschafft, tauchte auf der anderen Seite in Deckung und schlich ein paar Schritte zurück, um eine günstigere Ausgangsposition zu erreichen.

Schon hörte er Eddy fluchen und keuchen.

John saß in der Hocke. Die Waffe in der Rechten. Seine Nerven waren bis zum Zerreißen gespannt. Er wußte, das Überraschungsmoment lag auf seiner Seite.

»So, das hätten wir ge…«

Das Wort blieb Eddy Slater im Halse stecken, als er Cameron sah.

Er wollte die MPi hochreißen. Zu spät. Ein Karatetritt fegte sie ihm aus der Hand. Eine Staubfahne hinter sich herziehend, rollte die Waffe den Abhang hinunter.

John hob seine Maschinenpistole. »Hände hoch, Eddy!«

Aus den Augenwinkeln sah er, daß Gloria Evans die Szene mit ungläubigen Augen verfolgt hatte.

»Nein, Cameron. Du schießt nicht«, flüsterte Eddy heiser. »Ich bin ja unbewaffnet.«

Er ging einen Schritt vor.

»Bleib stehen, Eddy!«

Der Gangster schüttelte den Kopf.

Statt einer Antwort stürzte er auf John zu.

John hatte seinen Angriff erwartet, warf die MPi weg, ließ sich fallen, zog die Beine an und schleuderte Eddy über seinen Kopf hinweg nach hinten. Es gab ein dumpfes Geräusch, als Slater in den Sand fiel.

Fast gleichzeitig waren sie auf den Beinen. Diesmal griff John an.

Sein linker Haken traf Eddys Herzgrube. Der Gangster wurde wie ein Ball zurückgeschleudert. John stieß sofort nach. Zwei-, dreimal traf er, zerschlug Eddys Deckung wie eine Seifenblase. Der Gangster fiel zusammen. Stöhnend krümmte er sich am Boden.

»Hast du nun genug, Slater?« keuchte John.

»Nein!« heulte Eddy, riß den Arm hoch und schleuderte

eine Handvoll Sand direkt in Johns Gesicht. Zum Glück hatte er nicht voll getroffen. John bekam das meiste in den Mund. Und doch war er abgelenkt.

Eddy nutzte die Gelegenheit aus. So schnell es ihm eben möglich war, sprang er auf die Beine. Doch hatte zuviel einstecken müssen. Außerdem war er kein großer Faustkämpfer.

Eddy Slater mußte an Cameron vorbei. John hatte sogar noch Zeit, Maß zu nehmen.

Er traf Slater genau auf den Punkt. Wie ein Mehlsack fiel der Gangster zu Boden. Er würde wohl für die nächste halbe Stunde genug haben.

»Bravo!« sagte plötzlich jemand hinter Cameron.

John wandte sich um und blickte in Lieutenant Basras lachendes Gesicht.

»Das wär's« sagte John Cameron grinsend.

Dann ging er zu Gloria. Sie wurde von zwei Beamten gestützt. John nahm das Mädchen in die Arme.

»John«, flüsterte Gloria. »Jetzt ist alles vorbei, nicht wahr?«

John streichelte ihr Haar. »Sicher, Gloria. Alles ist vorbei. Du brauchst keine Angst mehr zu haben.«

Drei Wochen später ging es wieder in Richtung Heimat.

Gloria Evans, John Cameron und Sonny verabschiedeten sich auf dem Flughafen von Lieutenant Basra.

Sonny hatte seine schwere Verletzung gut überstanden und war fast wieder hundertprozentig in Form.

»Alle Wüstenscheiche antreten zum Segelfliegen!« rief er enthusiastisch. Und als sie hinterher in der Maschine saßen, meinte er: »Den nächsten Urlaub verbringe ich in der Wüste. Aber mit zehn Haremsdamen und fünf Kasten Bier. Okay, Freunde?«

ENDE DER ERSTEN STORY

Susan und der schräge Vogel

Aus der Serie
Cliff Corner

»Hallo, Sonnyboy«, hauchte mich eine rauchige Whisky-stimme an. Ich peilte hoch und sah in einen Ausschnitt, der von einem Superbusen mehr als gut gefüllt wurde. Meine Augen wanderten weiter und blickten in ein Gesicht, das auch schon bessere Zeiten erlebt hatte.

Ich war wirklich nicht in der Stimmung, mich von einem leichten Mädchen anquatschen zu lassen, und gab deshalb ziemlich grob zurück: »Zieh Leine!«

Ihr Gesicht verzog sich. »Mistkerl!« zischte sie böse.

Sie wandte sich ab und schaukelte hüftschwenkend zur Kneipentheke. Dort flüsterte sie kurz mit zwei Dandys, wahrscheinlich Zuhälter, und nickte in meine Richtung.

Ihre Beschützer setzten sich in Marsch. Das hatte mir noch gefehlt. Dabei wollte ich nur in dieser Bumskneipe, in Nähe der Stock Yards, auf Leo Spaski warten. Ein Spitzel hatte mir den Tip gegeben, daß er hier auftauchen würde.

Spaski war von Geburt Tscheche. Als Beruf gab er Nach-richtenhändler an. Seine Nachrichten dienten allerdings nicht gerade als Information für die Öffentlichkeit, sondern waren nur für die Geheimdienste interessant. Für wen Spa-ski gerade arbeitete, war für ihn nur zweitrangig. Haupt-sache, er verdiente genug Geld. Er hatte uns vor einem Monat höllisch reingelegt, und deshalb wollte ich ihm die Rechnung präsentieren.

Die Kneipe, in der ich schon seit fast zwei Stunden bei der dritten Dose Bier wartete, war ein Treffpunkt der Chicagoer Halbwelt. Dirnen, Zuhälter und anderes lichtscheues Gesin-del gaben sich hier ein Stelldichein.

Diese Gedanken schossen mir durch den Kopf, während die beiden Zuhälter auf mich zukamen.

»Du hast die Dame beleidigt«, sagte einer, ein schwarz-haariger Typ mit Popanzug und Phantasiekrawatte. Sein Kumpan, der ihm in puncto Kleidung in nichts nachstand, nickte bestätigend.

»Welche Dame?« tat ich unwissend.

»Sieh an, er weiß es nicht«, gluckste der Wortführer. »Ich glaube, wir müssen ihm Manieren beibringen, Tom.«

Der mit Tom Angesprochene griff in die Tasche und zog eine Stahlrute hervor.

»Sicher, Jack«, sagte er, »sicher.«

Die anderen Gäste in dem Lokal wurden aufmerksam. Sie freuten sich direkte auf die Prügel, die ich ihrer Meinung nach beziehen würde.

Ich saß in einer Nische mit dem Rücken zur Wand. Mich und die beiden Schläger trennte nur ein billiger runder Kunststofftisch.

Ich konnte mich auf keine Schlägerei einlassen, denn die Begegnung mit Spaski würde auch nicht eben freundschaftlich verlaufen.

Tom holte mit der Stahlrute aus. Ich wippte mit dem Stuhl zurück gegen die Wand und riß meinen Fuß hoch. Der leichte Tisch wurde in die Höhe geschleudert und kollidierte mit dem herabsausenden Arm.

Der Bursche stieß einen Schrei aus und ließ die Stahlrute fallen. Ehe sein Kumpan auch nur daran denken konnte, in den Kampf einzugreifen, war ich hoch und schickte ihn mit einem genau gezielten Handkantenschlag ins Reich der Träume.

Vorbei an den wie erstarrt sitzenden Gästen jagte ich zum Ausgang. Es war besser, daß ich von hier verschwand, denn gegen die Meute würde ich doch den kürzeren ziehen.

Als Türersatz diente für diese Kaschemme nur ein zerschlissener Vorhang.

Ich riß ihn zur Seite ... und prallte im nächsten Augenblick mit einem Mann zusammen. Wie ein Blitz zuckte es durch mein Gehirn.

Leo Spaski.

Doch auch er hatte mich erkannt.

»Corner, verdammt!« schrie er, sprang zwei Schritte zurück und riß einen Revolver aus der Manteltasche.

Ich hatte immer noch Schwung und nutzte ihn zu einer Rolle vorwärts. Mit den Füßen zuerst stieß ich gegen Spaskis Beine. Er verlor den Halt und knallte auf das Pflaster.

So schnell es ging, war ich wieder auf den Beinen und riß meinen .38er hervor. Auch Spaski hatte seine Waffe nicht verloren. Wie angeklebt lag sie in seiner Hand.

Hinter mir kreischten Bremsen. Menschen schrien. Ich hörte nicht hin, konzentrierte mich voll auf Spaski.

»Zum Teufel mit dir, Corner!« geiferte er.

Sein Revolver ruckte hoch.

Ich mußte abdrücken. Genau zielen konnte ich nicht mehr.

Die Schüsse fielen fast gleichzeitig.

Und doch war ich einen Sekundenbruchteil schneller.

Meine Kugel fuhr ihm in die Brust. Ich merkte, wie sein Geschoß gefährlich nahe an mir vorbeistrich und irgendwo in eine Wand klatschte.

Ich brauchte kein zweites Mal zu schießen.

Leo Spaski lag auf dem Rücken. In Höhe des Herzens färbte sich sein Hemd rot. Der Revolver war ihm aus der Hand gerutscht. Er lag wie ein drohendes Mahnmal auf der schmutzigen Straße.

Neugierige näherten sich. Ich wurde begafft. Mißtrauisch, feindselig.

Ich steckte meine Waffe wieder ein.

Dann kniete ich mich neben Spaski. Er lebte noch, doch über seine Augen zog sich bereits der Schleier des Todes. Seine aufgesprungenen Lippen formten Worte. Ich spürte, er wollte mir etwas sagen.

Ich beugte mich noch tiefer.

»Projekt L«, röchelte er. »Projekt L. Vorsicht! Gefahr! Es geht um ... Ich ...«

Sein Gestammel brach ab. Noch ein letzter Atemzug, dann war Leo Spaski tot.

In der Ferne hörte ich Sirenengeheul. Jemand mußte die Polizei alarmiert haben.

Ich stand langsam auf. In meinem Mund breitete sich ein pelziger Geschmack aus. Es ist kein gutes Gefühl, wenn man soeben am Tod eines Menschen schuldig geworden ist.

Ich sah auf meine Uhr. Es war genau zwei Stunden vor Mitternacht.

»Ich kann mich also fest auf dich verlassen, Rico?« sagte Sergio da Costa und sah sein Gegenüber scharf an.

Rico Valetta nickte eifrig. »Sicher, Sergio. Es geht alles in Ordnung. Die Männer stehen bereit. Sie warten nur auf unsere Befehle.«

Die beiden Männer saßen in einer Cafeteria im Italo-Viertel von Chicago. Hier, zwischen ihren Landsleuten, konnten sie sich ungestört unterhalten. Und das war entscheidend. Nur nicht auffallen.

Vorbei an lachenden und schwatzenden Menschen mogelte sich der Wirt und brachte zwei Cappuccino. Die beiden Männer nickten sich zu und tranken.

»So, und nun gehen wir den Plan noch einmal durch«, sagte Sergio da Costa.

Da Costa stammte aus Sizilien. Hinter ihm lag eine harte Jugend. Während dieser Zeit schloß er sich auch der Mafia an. Dort erkannte man sehr schnell seine überdurchschnittliche Intelligenz, schickte ihn auf Schulen, und heute, mit zweiunddreißig Jahren, war er die rechte Hand des Capos, der einen Großteil der schmutzigen Geschäfte in Südeuropa kontrollierte. Sergio hatte bereits vier Menschen getötet, ohne daß ihm ein Gericht etwas hätte beweisen können.

Rico Valettas Lebenslauf zeigte viele Parallelen, nur war er ein paar Jahre jünger als Sergio und mußte sich erst noch bewähren. Beide Männer sahen gut aus, kleideten sich stets nach neuester Mode und hatten ein Faible für Blondinen.

»Das Gas liegt auf Lager. Die Segelflugzeuge sind ebenfalls durchgecheckt«, dozierte Rico Valetta. »Die Wagen für den Abtransport werden von Tonio kontrolliert, ebenso die Gasmasken.«

»Wie lautet die Wettervorhersage?« wollte Sergio wissen.

»Wunderbar. Besser konnten wir es überhaupt nicht treffen. Es wird in den nächsten Tagen so gut wie keinen Wind geben. Das Gas bleibt also in Bodennähe.«

»Windstille ist schlecht für die Segler, Rico.«

»Das will ich nicht sagen. In einer gewissen Höhe herrschen immer Turbulenzen. Sonst ist alles so geblieben, wie wir es besprochen haben. Nur die Flugtickets müssen noch besorgt werden.«

»Kleinigkeit. Ich erledige es persönlich.« Sergio da Costa nippte an seinem Cappuccino. »Big Carlo wird zufrieden sein, wenn er von deinen Leistungen erfährt, Rico. Ich selbst werde es ihm sagen.« Er beugte sich etwas vor und flüsterte: »Wenn dieses Unternehmen geklappt hat, können wir verlangen, was wir wollen. Alles. Die Mafia kann dann bestimmen und dieses Amerika in den Abgrund treiben.«

In diesem Augenblick wurde die Tür der Cafeteria aufgerissen. Ein Mann stolperte herein. Rücksichtslos drängte er sich zwischen den Tischreihen zu den beiden Mafiosi durch.

»Was gibt's, Marco?« fragte da Costa.

»Soeben ist Leo Spaski erschossen worden«, keuchte der Mann.

Sergio sprang auf.

»Was?« schrie er.

»Si. Jemand hat ihn umgebracht.«

»Wer?«

»Ich weiß es nicht. Ein Bekannter hat es mir gesagt. Ich habe sofort ein Taxi genommen und bin zu euch gefahren.«

»Verdammt.« Sergio ließ sich wieder auf einen Sitz fallen. Er stützte den Kopf in beide Hände und überlegte. Dann wandte er sich an Rico Valetta. »Hat Leo alle Zeichnungen abgegeben?«

»Si. Er hatte nichts in seinem Besitz, was ihn hätte verraten können. Die Bullen werden schön sauer sein.«

Da Costa überlegte. »Trotzdem, wir ziehen die Sache vor. Ich will kein Risiko eingehen. Du, Marco, alarmierst die anderen. Startbeginn: morgen abend, einundzwanzig Uhr. Verstanden?«

»Si, Sergio.«

Marco verschwand.

Da Costa nickte Rico Valetta zu. »Komm, wir gehen auch. Ab jetzt läuft der Countdown.«

Der Sergeant der herbeigerufenen Streife kannte mich von meiner FBI-Zeit her. Er stellte auch keine langen Fragen, sondern alarmierte die Mordkommission. Sie nahmen den Tatbestand auf, und ich gab meine Aussage zu Protokoll. Zeugen fand ich keine, die meine Angaben bestätigten. Kein Wunder, in dieser Gegend wollte niemand etwas mit der Polizei zu tun haben. Spaskis letzte Worte verschwieg ich dem Chef der Mordkommission. Ich wollte dieser Sache selbst nachgehen.

Noch bevor die Leiche abtransportiert wurde, verdrückte ich mich, mußte jedoch versichern, mich in den nächsten Tagen auf dem zuständigen Revier zu melden, um das Protokoll zu unterschreiben.

Mein Mustang parkte zwei Straßen weiter. Ich klemmte mich hinters Steuer und fuhr los.

Spaski besaß, das wußte ich von früher, in der Nähe des Lincoln Park eine Wohnung. Dort hatte er mir schon einmal Informationen verkauft, die, wie sich später herausstellte, völlig falsch waren. Deshalb wollte ich ihm ja auch heute auf den Zahn fühlen. In seiner Wohnung selbst hatte ich ihn zweimal nicht angetroffen.

Eine Frage ging mir nicht aus dem Sinn. Warum wollte Spaski mich erschießen? Er war einfach nicht der Typ, der gleich zum Revolver griff. Er mußte schon in einer großen Sache mitmischen, wenn er so kopflos reagierte.

Vor dem Haus fand ich einen Parkplatz. Die Wohnung lag im fünften Stock. Ein Fahrstuhl brachte mich hinauf.

Ich blieb vor Spaskis Tür stehen ... und stutzte. Aus der Wohnung klang Musik.

Ich lockerte meine Waffe und schellte. Die Musik verstummte, Sicherheitshalber trat ich etwas zur Seite.

Die Tür wurde aufgezogen, und vor mir stand ein Girl.

Es dauerte einen Moment, bis ich mich von meiner Überraschung erholt hatte, denn die Puppe hielt wohl nicht viel von Textilien. Sie trug nur einen Bettbikini, der zeigte, daß ihre Proportionen auch bei einer Misswahl konkurrenzfähig gewesen wären.

»Was wollen Sie, und wer sind Sie?« fragte sie kurz. Während ihrer Worte schlug mir eine Whiskyfahne entgegen.

»Ich möchte Leo sprechen. Mein Name ist Corner.«

»Bulle?«

»Nein.«

»Okay. Kommen Sie rein. Leo ist im Moment nicht da. Sie können warten.«

Das Girl gab den Weg frei.

Während ich ihr ins Wohnzimmer folgte und die gutgewachsenen Beine bewunderte, überlegte ich, ob ich ihr jetzt sagen sollte, was mit Spaski passiert war. Ich entschied mich jedoch, das auf später zu verschieben.

»Setzen Sie sich, Mister. Ich heiße übrigens Jill. Wollen Sie einen Whisky?«

»Da sage ich nicht nein.«

Während sie ein Glas holte und einschenkte, sah ich mir ihr Gesicht genauer an. Ich schätzte sie auf Anfang Zwanzig, doch die Ränder unter den Augen und die harten Falten um ihre Mundwinkel ließen erkennen, daß sie ihr Geld meistens nachts verdiente.

»Setzen Sie sich«, plapperte Jill. »Sie haben Glück gehabt, mich hier anzutreffen. Normalerweise arbeite ich um diese Zeit, doch heute ist mein freier Tag.«

»Wo verdienen Sie denn Ihre Brötchen?«

»Ich?« Jill lachte auf. »In einem Nachtklub. Ich sorge für guten Umsatz. Prost.«

Wir tranken uns zu. Der Whisky war mittelprächtig.

»Stört Sie übrigens mein Aufzug?« fragte Jill.

Ich grinste. »Im Gegenteil.«

»Ihr Männer seid doch alle gleich«, bemerkte sie. »Am liebsten würden Sie jetzt mit mir schlafen, was?«

»Das hatte ich nicht vor, obwohl der Gedanke sehr verlockend ist.«

»Sondern?«

Ich bot erst mal Zigaretten an. Während ich Feuer gab, fragte ich: »Wie lange kennen Sie Leo schon?«

Jill sah mich an und blies den Rauch durch die Nase. »Ungefähr eine Woche. Leo hatte Geld und bot mir an, hier bei ihm zu wohnen. Außerdem ist er ein guter Liebhaber, nicht so wie die fetten Geldsäcke in unserer Bar.«

»Arbeitet Leo denn?«

Jill sah mich an. »Ich dachte, Sie wären ein Bekannter von ihm. Oder sind Sie doch 'n Bulle?«

»Nein, nein«, wehrte ich ab. »Ich kenne Leo von früher her. »Wir haben zusammen ...« Ich druckste etwas herum.

»...im Knast gesessen«, vollendete sie. »Komisch. Leo hat mir nie davon erzählt. Ist ja auch egal. Zur Zeit jedenfalls arbeitet er als Bote.«

»Wo denn?« erkundigte ich mich möglichst unbefangen. »Vielleicht kann mir Leo dort auch eine Stelle besorgen.«

»Lassen Sie mich überlegen. Bei irgendeiner Firma mit elektronischen Sachen. Wissen Sie, ich habe keine Ahnung von diesem Kram.« Jill drückte die Zigarette aus und dachte angestrengt nach. »Ich hab's!« rief sie plötzlich. »Bei der LEC.«

Mich riß es fast vom Sessel. LEC ist die Abkürzung für Laser Electronic Company. Diese Firma arbeitet fast nur für die Regierung. Die LEC hat ihren Sitz in einem Chicagoer Vorort. Ich fühlte direkt, daß ich einer großen Sache auf der Spur war.

»Was ist?« fragte Jill. »Kennen Sie den Verein?«

»Nie gehört«, log ich.

Jill sah mich an und verzog den Mund. »Was Leo allerdings sonst noch macht, weiß ich nicht. Darüber müssen Sie selbst mit ihm reden.«

Ich entschloß mich, ihr reinen Wein einzuschenken.

»Das geht nicht mehr, Jill«, sagte ich.

»Was soll das heißen, Mister?«

»Ich kann nicht mit Leo reden. Er ist tot. Er wurde vor einer Stunde erschossen.«

Jill reagierte überhaupt nicht. Sie sah mich nur lange an. Dann flüsterte sie plötzlich: »Geben Sie mir noch eine Zigarette.«

Tief sog sie den Rauch ein. Die Augen hielt sie dabei geschlossen. Dann, nach drei, vier Zügen, drückte sie den Glimmstengel aus, stand auf, holte einen Koffer aus dem Schrank und begann zu packen.

»Was soll ich noch hier«, sagte sie. »Er ist tot. Kismet. Immer wenn ich denke, du bist aus dem Dreck raus, passiert so was, verdammt.«

Jill war wirklich abgebrüht. Spaskis Tod schien ihr nicht sehr nahezugehen.

Ich durchsuchte noch kurz die Wohnung, fand jedoch nichts Verwertbares. Ich versuchte von Jill mehr über Leo zu erfahren, doch ohne Erfolg. Entweder wußte sie wirklich nichts, oder sie wollte nichts sagen.

Ich wies sie noch darauf hin, daß die Polizei bald erscheinen würde, und verabschiedete mich.

Tief sog ich draußen die kühle Luft in meine Lungen. Es war inzwischen schon Mitternacht. Ich sehnte mich nach meinem Bett. Doch vorher mußte ich noch Myers anrufen.

Ich fand eine Telefonzelle und wählte eine Nummer, die in keinem Telefonbuch steht. Myers war sogar noch in seinem Büro. Ich berichtete ihm über den Fall.

»Warten Sie weitere Anordnungen ab«, erwiderte er und unterbrach die Verbindung. Typisch Myers.

Ich zündete mir noch eine Zigarette an, klemmte mich in den Mustang und fuhr nach Hause.

Ich kratzte mir soeben meine letzten Bartstoppeln aus dem Gesicht, als Susan in mein Apartment platzte.

»Morgen, Großer!« rief sie übermütig und balancierte ein Tablett vor sich her, das mit einem königlichen Frühstück ausstaffiert war.

»Morgen, Susan«, gab ich etwas brummig zurück und blies meinen Rasierapparat aus.

Susan zog verwundert ihre feingeschwungenen Augenbrauen hoch. »Schlecht geschlafen oder in schlechter Gesellschaft gewesen?« fragte sie und stellte das Tablett auf den Wohnzimmertisch. »Die Dame war wohl sehr anstrengend, was, mein Lieber?«

Da die Tür vom Bad zum Wohnzimmer offenstand, konnte ich durch den Badezimmerspiegel meine Partnerin genau beobachten. Susan sah heute wieder zum Anbeißen aus.

Sie steckte in einem lachsfarbenen, gestrickten Hosenanzug, der ihre Figur wie eine zweite Haut umschloß. Die Haare hatte sie diesmal zu einem Pferdeschwanz gebunden. An den Ohren blitzten goldene Ringe.

»Beeil dich, Cliff. Der Kaffee wird kalt.«

»Bin schon unterwegs.«

Ich band mir nur noch meine Krawatte und setzte mich zu ihr.

»Du hast mir meine Frage noch nicht beantwortet«, sagte Susan spitz.

»Welche Frage?«

»Wo du dich in der vergangenen Nacht herumgetrieben hast?«

»Ach so …«

Innerlich grinste ich. Mir machte es Spaß, Susan auf die Folter zu spannen. Deshalb strich ich mir erst eine Scheibe Toast und nahm einen Schluck Kaffee.

»Cliff«, drohte sie.

»Schon gut«, sagte ich und berichtete, was vorgefallen war. Ich hatte kaum zu Ende erzählt, da klingelte das Telefon.

Ich nahm ab. Myers war am Apparat.

»Ich erwarte Sie und Miss Taylor sofort in Ihrem Büro, Ende.«

Drei Minuten später waren wir zur Stelle. Aus der Diele hatte Susan vorher noch ihre Handtasche geholt, die diesmal aussah wie ein roter Igel aus Wildleder. Susans neueste Errungenschaft.

Myers' war nicht allein. Sein einäugiger Assistent Boris war bei ihm. Wie immer hatte er für Susan ein Kompliment parat.

»Unten steht ein Wagen. Wir fahren gemeinsam«, sagte Myers knapp.

Er hat eine Art zu reden, die mich immer an einen Feldwebel während meiner Rekrutenzeit erinnert.

»Wohin geht denn die Reise?« wandte ich mich an Myers, als wir aus dem Lift stiegen.

»Zur Laser Electronic Company.«

Die Laser Electronic Company war erst vor acht Jahren gegründet worden. Ihr zehn Stockwerke hohes Verwaltungsgebäude, in Fertigbauweise errichtet, ragte wie eine Dolchspitze aus der flachen Landschaft hervor. Um dieses Gebäude gruppierten sich Betonbungalows, die die Laborräume der Firma beherbergten. Das Werkgelände selbst wurde nachts von einem unter Hochspannung stehenden Zaun gesichert. Außerdem gingen noch Männer des Werkschutzes ihre Runden.

Die LEC selbst liegt zwischen Chicago und dem kleinen Ort Bensonville. Ein gut ausgebauter Highway sichert die direkte Verbindung zu der Großstadt im Südwesten.

Unser Wagen, ein Cadillac, mußte vor einer herabgelassenen rot-weiß gestrichenen Schranke stoppen. Ein Portier trat aus einem Glashäuschen auf uns zu. Myers sprach einige Worte mit ihm.

Der Pförtner tippte an seine Mütze, ging zurück und telefonierte. Dann kam er wieder, gab jedem von uns eine Plastikmarke, die wir an der Kleidung befestigen mußten, und drückte auf einen Knopf.

Lautlos hob sich die Schranke.

Wir fuhren bis kurz vor das Verwaltungsgebäude, vor dem die Wagen der Angestellten parkten.

Wir stiegen aus. Boris mußte im Wagen warten.

Vor der gläsernen Eingangstür wartete ein Mann auf uns.

»Morrisson«, stellte er sich vor. »Darf ich Sie bitten.« Er hielt uns galant die Tür auf.

In der sterilen Vorhalle machte uns Myers mit ihm bekannt. Bei Susans Anblick versteifte sich Morrisson unmerklich, und in seine Augen trat ein gieriges Funkeln.

»Morrisson ist hier Direktor«, raunte mir Myers zu.

Wir wurden in einen kleinen Raum gebeten. Ein junges Mädchen brachte Erfrischungsgetränke.

»Sie müssen sich noch einen Augenblick gedulden«, sagte Morrisson. »Dr. Evans wird bestimmt bald hiersein.«

»Oh, das kommt mir sogar sehr gelegen, Mr. Morrisson«, erwiderte ich. »Ich möchte Sie gern noch nach einem Ihrer Angestellten fragen. Er hieß Leo Spaski.«

Irrte ich mich, oder zuckte der Direktor tatsächlich zusammen? Er war mir sowieso unsympathisch. Irgendwie wirkte er schleimig, mit seinem etwas aufgedunsenen Gesicht, den kleinen, wieselflinken Augen, denen keine Bewegung entging, und den beiden protzigen Ringen an seinen Fingern.

»Wissen Sie, Mr. Corner, erst nachdem Ihr Chef bei uns angerufen hat, hörte ich diesen Namen. Ich habe mich natürlich umgehend erkundigt, doch nach Aussagen des Personalchefs mußte Spaski gute Zeugnisse vorgelegt haben, so daß einer Einstellung nichts im Wege stand.«

Gut gefälschte Zeugnisse fügte ich in Gedanken hinzu.

In diesem Augenblick betrat ein Mann den Raum. Ich schätzte ihn auf Anfang Vierzig. Er hatte dunkelblondes, links gescheiteltes Haar, ein rundes Gesicht, eine Menge Sommersprossen auf der Nase und ein paar Lachfältchen an den Augenwinkeln. Der Mann selbst steckte in einem viel zu groß geratenen Kittel, aus dessen Brusttasche ein Rechenschieber lugte.

Ehe er sich vorstellen konnte, sagte Morrisson: »Dr. Evans.«

Wir begrüßten uns.

»Kommen wir doch sofort zur Sache«, schlug der Wissenschaftler vor. »Ihre Institution, Mr. Myers, hat mich bereits informiert, um was es überhaupt geht. Doch am besten ist, wir gehen in mein Labor.«

»Dann will ich nicht länger stören«, sagte Morrisson und verabschiedete sich.

»Ein widerlicher Kerl«, flüsterte mir Susan zu.

»Stimmt genau.«

Dr. Evans führte uns zu einem Bungalow an der Westseite des Geländes. Wir betraten eine komplett eingerichtete Wohnung.

»Da staunen Sie, was?« sagte der Wissenschaftler. »Aber als Junggeselle kann ich an meinem Arbeitsplatz wohnen.«

Dann ging er in der Diele auf eine Schrankwand zu und drückte auf einen versteckt angebrachten Knopf. Lautlos schob sich der Schrank ineinander und gab eine Öffnung frei. Dr. Evans machte Licht. Eine Eisentreppe führte in die unteren Räume.

»Bitte schön«, sagte der Doc und vollführte eine einladende Handbewegung.

Die Treppe endete in einem Raum, der fast die Grundmaße des Bungalows hatte. Die Einrichtung bestand aus drei Stahlschränken, physikalischen Meßgeräten und Konsolen.

»Gefällt es Ihnen hier?« fragte Dr. Evans, der uns gefolgt war.

»Ein wenig ungewohnt«, antwortete Susan und betrachtete neugierig einen grauen Kasten, der in der Mitte des Raumes auf einem roten Kunststofftisch stand.

Der Kasten hatte an der Vorderseite ein fingergroßes Loch. Einen halben Yard vor dieser Öffnung stand auf gleicher Höhe ein Stativ, in dem ein centgroßes Stück Metall befestigt war.

»Was bedeutet dieser Kasten?« wandte sich meine Partnerin an Dr. Evans.

»Einen Augenblick noch«, mischte sich Myers ein. Er sah Susan und mich prüfend an. »Was Sie jetzt hier sehen, vergessen Sie schnell wieder. Es ist mit das geheimste Projekt der Vereinigten Staaten. Niemand von den Angestellten der LEC ahnt auch nur, was hier geschieht. Selbst der Direktor weiß nicht genau, um was es geht. Sie haben beide einen Eid geleistet. Sie müssen schweigen. Und nun beginnen Sie, Dr. Evans.«

Susan und ich sahen uns an. Solch eine lange Rede hatte Myers noch nie gehalten. Es mußte wirklich schon etwas Bedeutendes dahinterstecken, wenn er sich dazu aufraffte.

»Sie haben mich soeben gefragt, Miss Taylor, was dieser graue Kasten bedeutet. Ich will es Ihnen mit Hilfe eines Experimentes zeigen. Doch vorher setzen Sie das bitte auf.«

Dr. Evans reichte jedem von uns eine Schutzbrille. Die Gläser waren schwarz gefärbt.

»Achten Sie auf das kleine Stück Metall, das in dem Stativ eingespannt ist.«

Ich hörte, wie Dr. Evans hinter mir einige Apparate einschaltete.

Plötzlich, wie von Geisterhand, schoß aus der Öffnung dieses grauen Kastens ein Strahl. Er prallte gegen das Stückchen Metall, es blitzte auf, zischte, und dann war nichts mehr.

»Sie können die Brillen wieder absetzen«, sagte Dr. Evans.

Als ich die Brille abnahm und über meine Stirn strich, merkte ich, daß sie schweißnaß war. Sosehr hatte mich das Schauspiel mitgenommen.

»Cliff«, rief Susan plötzlich, »das Metallstück! Es ist weg. Einfach verschwunden.«

Ich sah zu dem Stativ. Tatsächlich. Susan hatte recht. Das Stück war nicht mehr da, und sogar Teile der Stativhalterung fehlten. Ich spürte, wie mir ein Schauer über den Rücken lief.

»Was war das?« fragte ich fassungslos.

»Laser«, antwortete Dr. Evans. »Mehr nicht.«

Der Wissenschaftler trat an den grauen Kasten und blickte uns an.

»Hören Sie zu. Ich will versuchen, es Ihnen so einfach wie möglich zu erklären. Laser kennen wir erst seit dem Jahre 1960. Von einem Physiker namens Maiman wurde der Rubinlaser erfunden. Laser ist eine Abkürzung und bedeutet nichts anderes als Light Amplifier by Stimulated Emission of Radiation. Man kann sagen: Lichtverstärker durch angeregte Emission von Strahlung. Die Laserstrahlung ist extrem monochromatisch. Sie kann durch eine geeignete optische Anordnung stark gebündelt werden und hat aufgrund dieser starken Bündelung eine sehr hohe Energiedichte. Diese optische Anordnung befindet sich bereits in diesem grauen Metallkasten.«

Dr. Evans legte eine kurze Pause ein und wischte mit einem Taschentuch über seine Stirn.

Er fuhr fort. »Treffen nun diese Strahlen auf ein Objekt, zum Beispiel dieses Metallstück, das Sie sahen, so findet ein Energieaustausch statt. Dieser stark gebündelte Strahl bringt nicht nur den Gegenstand zum Schmelzen, sondern zum Verdampfen. Die festen Moleküle des Metallstücks nehmen die stark gebündelte Energie des Strahles auf und werden verdampft. Sie können ein ähnliches Phänomen überall im täglichen Leben beobachten. Legen Sie einen Gegenstand in die Sonne, so wird er heiß. Er hat also die Wärme in sich aufgesogen. So ähnlich ist es auch bei unserem Laser, nur daß der Gegenstand eben durch die viel größere Energie verdampft.«

Nach Dr. Evans' Ausführungen war einen Moment Totenstille. Susan faßte sich als erste. »Dann kann es durchaus möglich sein, Dr. Evans, daß dieser Strahl auch weitaus größere Gegenstände zum Verdampfen bringt. Zum Beispiel Autos oder Flugzeuge?«

Dr. Evans sah uns ernst an. »Ja«, sagte er leise. »Damit beschäftige ich mich. Es ist mir gelungen, mit so großen Anregungsenergien zu arbeiten, daß ich in der Lage bin, größere Gegenstände einfach – nun – verschwinden zu lassen.

Welche Energien dazu benötigt werden, sage ich natürlich nicht. Es wäre zu gefährlich. Aus dem gleichen Grund arbeite ich auch allein.«

»Dann gibt es doch die Todesstrahlen«, sagte Susan.

»Wenn Sie es so nennen wollen, bitte, Miss Taylor.« Dr. Evans lächelte.

Mir lief ein Schauer über den Rücken, wenn ich daran dachte, daß dieser Mann in die Hand von Gangstern fallen könnte.

»Dr. Evans.« Zum erstenmal mischte sich Myers ein. »Sie werden verstehen, daß wir unter den gegebenen Umständen die Sicherheitsmaßnahmen verstärken müssen. Sie werden morgen das Gelände der LEC verlassen und woanders arbeiten. So lange wird Ihnen Miss Taylor Gesellschaft leisten.«

Susan zog erstaunt die Augenbrauen hoch. »Ich? Aber ich muß doch noch Sachen holen. Ich kann doch nicht …«

»Natürlich können Sie«, unterbrach Myers sie. »Für eine Nacht wird es schon reichen. Wir dürfen uns dann verabschieden, Dr. Evans.«

Dieser nickte uns zu.

Als wir wieder in der Wohnung standen, sagte Myers zu mir: »Kümmern Sie sich um Spaski. Suchen Sie nach einer Verbindung zu irgendwelchen Kreisen.«

Ich konnte nur nicken.

Ich sah Susan an. Sie hob bedauernd die Schultern.

»Nimm's leicht, Wonnemaus«, sagte ich grinsend. »Ich komme auch mal eine Nacht ohne dich aus.«

»Ekel«, zischte sie.

Leider konnte ich nicht in die Zukunft sehen. Denn unser Wiedersehen sollte ganz anders ausfallen, als wir es uns jemals hätten träumen lassen …

Die beiden Männer hatten die Segelflugzeuge gut versteckt. Sie lagen in einer halbverfallenen Scheune. Es hatte unsägliche Mühe gekostet, die Einzelteile aus Europa in die Staaten zu schmuggeln. Dank der gut eingespielten Organisation war aber alles glatt verlaufen.

Die beiden Männer fuhren einen grünen VW. Sie erreichten die Scheune im Zwielicht der Dämmerung.

»Versteck du den Wagen, Luigi. Ich kümmere mich um unsere Spielzeuge.«

»Klar, Marco.« Luigi grinste und zeigte eine Reihe perlweißer Zähne.

Marco stieg aus und ging in die Scheune. Mit zwei, drei Handgriffen zog er die Planen von den beiden Flugzeugen.

Behutsam strich Marco mit der Hand über die Tragflächen. Diese beiden Segler waren wirklich Wunderwerke der Technik. Sie waren hinter dem Rumpf mit zwei Wankelmotoren zu je dreißig PS ausgerüstet. Diese trieben zwei Rotoren an, die sehr leise liefen.

Luigi betrat die Scheune. Unter den Armen trug er zwei mittelgroße Gasbomben. Aufatmend setzte er sie ab.

»Verdammt schwer, diese Dinger«, knurrte er.

»Keine Müdigkeit vortäuschen!« sagte Marco. »Wir müssen fertig werden.«

Die beiden Männer packten die Gasbomben und befestigten sie unter dem Flugzeug an einem Gestell, das extra dafür angebracht worden war. In Höhe des Ventils hatten die Männer eine Sprühvorrichtung eingebaut, die elektronisch vom Flugzeug aus betätigt werden konnte.

Luigi checkte noch einmal die Segler durch, während Marco sich um die letzten Wettermeldungen kümmerte, voraussichtliche Flugbahn, Geschwindigkeit und Höhe berechnete. Dann verglich er die Daten.

»Ausgezeichnet«, murmelte er.

»Die Maschinen sind okay«, ließ sich Luigi vernehmen. »Ich hole die Masken.«

Inzwischen war die Dunkelheit hereingebrochen. Der Himmel spannte sich wie ein dunkelblauer Teppich über das Land. Millionen von Sternen blitzten. Ein ganz leichter Wind war aufgekommen. Ideales Flugwetter. Luigi brachte die Masken. Sie steckten sie in die Gürtel ihrer Fliegerkombinationen. Dann schoben die beiden Männer die Flugzeuge aus der Scheune und kletterten in die Kanzel. Mit einem dumpfen Laut schlossen sich die durchsichtigen Kunststoffhauben.

Wenig später gab Marco das Handzeichen zum Start.

Ein schwerer Lincoln Continental näherte sich dem Gelände der Laser Electronic Company.

Im Fahrzeug saßen drei Männer. Hinter dem Steuer hockte Sergio da Costa. Neben ihm saß, nervös auf einem Kaugummi kauend, Rico Valetta. Im Fond des Wagens hatte Edward Morrisson, Direktor der LEC, Platz genommen. Nervös saugte er an seiner Zigarette.

»Wird denn alles glattgehen? Und wann erhalte ich mein Geld?« fragte er nervös.

»Schnauze!« knurrte da Costa. »Du kriegst deine Mücken schon.«

Auf dem Highway herrschte kaum Verkehr. Erst einem Truck waren sie begegnet.

Da Costa lenkte den Lincoln an den Straßenrand und schaltete den Motor aus.

»Warum halten wir hier?« wollte Morrisson wissen.

»Wir warten auf den zweiten Wagen. Anschließend zahlen wir dich aus.«

»Hoffentlich.«

Morrisson drehte sich um und sah durch die Rückscheibe. In der Ferne tauchten die Lichter eines zweiten Autos auf.

»Ist er das?«

Da Costa wandte sich um. »Kann schon sein.«

Er war es tatsächlich. Fünf Minuten später stoppte er hinter dem Lincoln.

Sergio da Costa stieg aus. »Alles glattgegangen, Livio?«

Livio stieg aus dem Ford Mustang. »Alles klar, Chef.«

»Schön. Du bleibst ein Stück hinter uns. Sieh nur zu, daß du Marco und Luigi schnell genug von hier wegbringst. Ihr könnt ja zu dritt in dem Wagen sitzen.«

Sergio ging zu dem Lincoln zurück und klopfte an die Scheibe des Beifahrersitzes. Rico Valetta, der sich mit den Lageplänen der LEC beschäftigt hatte, sah auf. Sergio nickte ihm zu. Rico grinste. Dann kletterte er aus dem Wagen und öffnete die Tür zum Fond.

»Aussteigen, Morrisson!« befahl er.

»Ja, aber … Ich … Warum denn?« stotterte der Direktor.

»Quatsch keine Opern und steig aus!« Rico riß ihn am Arm zu sich heran.

»Schon gut. Ich komme ja.«

Morrisson quälte sich aus dem Fond.

»Sie wollten doch Ihre Bezahlung, Mister. Hier ist sie.« Blitzschnell riß Rico Valetta ein Messer aus dem Gürtel.

»Sie sind wahnsinnig!« schrie Morrisson. »Das können Sie doch nicht ...«

Mit mir machen, wollte er noch sagen. Zu spät. Das Messer fuhr blitzend durch die Luft. Mit einem dumpfen Laut bohrte es sich durch Morrissons Kehle. Gurgelnd brach der Direktor der LEC zusammen. Er war schon tot, bevor er den Boden berührte.

»Trotz der Dunkelheit gut getroffen«, lobte Sergio da Costa seinen Kumpan.

»Man muß in Übung bleiben«, gab Rico grinsend zurück.

Dann griff er dem Toten unter die Achseln und warf ihn in den Straßengraben. Anschließend wischte er sein Messer an einem Grasbüschel sauber.

»Das wäre erledigt.« Er nickte Sergio da Costa zu. »Meinetwegen können wir weiterfahren.«

Da Costa grinste. »Bringen wir es hinter uns.«

Wie große Vögel segelten die beiden Flugzeuge durch die Dunkelheit. Sie flogen etwa dreihundert Yards hoch über das Land. Der Himmel war klar, und der Wind stand günstig.

Marco hatte die Spitze übernommen. Schräg versetzt hinter ihm flog Luigi. Beide hatten sie ihre Motoren ausgeschaltet.

Im Norden konnte man eine helle Lichterkette erkennen. Chicago. Doch so weit wollten sie gar nicht. Ihr Ziel war die Laser Electronic Company.

Marco wackelte zweimal mit den Tragflächen. Zeichen für eine Kurskorrektur. Er betätigte das Seitenruder und hielt sich weiter westlich.

Nun war es nicht mehr weit. Schon konnten sie die drei großen Neonbuchstaben auf dem Dach des Verwaltungsgebäudes erkennen. LEC. Ihr Schein reichte einige Meilen ins Land hinein.

Marco ging tiefer. Er wollte unbedingt vermeiden, von einem Radarstrahl erfaßt zu werden. Luigi folgte ihm.

Nur noch wenige Meilen trennten sie von der LEC. Marco schaute auf seine Uhr. Noch zehn Minuten bis zum Angriff.

Sie lauerten in einem kleinen Seitenweg vor dem Werkgelände. Ihre brennenden Zigaretten waren die einzigen Lichtpunkte in der tintigen Dunkelheit.

Sie waren nervös. Auch Sergio da Costa. Es war schließlich sein erster großer Coup im Ausland. Er durfte auf keinen Fall das Vertrauen, das der Capo in ihn gesetzt hatte, enttäuschen.

»Noch über eine Viertelstunde«, murmelte Rico Valetta. »Die verdammte Warterei macht mich noch wahnsinnig.«

Sergio wandte sich ihm zu. »Sei ruhig. Hol schon die Masken.«

Rico stieg aus, öffnete den Deckel des Kofferraumes und hielt vier Gasmasken in der Hand.

Eine warf er Livio zu, der an seinem Mustang lehnte.

»Aufsetzen!« befahl da Costa.

Als die Riemen fest um ihre Kinnbacken saßen, sahen sie aus wie Menschen von einem anderen Stern.

Ein kurzer Uhrenvergleich. Keine zehn Minuten mehr.

Sergio da Costa winkte Livio zu. Dann drehte er den Zündschlüssel herum.

Auch die beiden Männer in den Segelflugzeugen hatten inzwischen die Masken aufgesetzt. In wenigen Minuten mußten sie das Gebäude der LEC erreichen.

Sie verloren noch mehr an Höhe. Schon ragte das Verwaltungsgebäude wie ein großer Schatten vor ihnen auf.

»Wenn nur die Wärter nichts bemerken«, murmelte Marco, während er eine letzte Schleife zog.

Luigi drehte seinen Vogel entgegengesetzt. Sie hielten nun von zwei Seiten auf die Gebäude zu.

Wie mit dem Lineal gezirkelt, segelten sie aufeinander zu. Schon waren sie über dem Werkgelände. Gleichzeitig setzten sie die Sprühvorrichtung für die Gasbomben in Tätigkeit. Im selben Moment lösten sich auch die Bomben aus der Halterung.

Sofort zogen die beiden Flugzeuge wieder hoch. Nun hieß es abwarten.

Zehn Minuten später landeten sie auf den Parkplätzen der Laser Electronic Company.

Sie sprangen aus der Kanzel. Das Gas, schwerer als Luft, lag wie ein weißer Nebel über dem Boden.

Neben einer Bombe lag einer der Wärter. Er war bewußtlos. Dem anderen wird es auch nicht besser ergangen sein, dachte Marco.

Dann gab er seinem Kumpan ein Zeichen. Luigi rannte in das Pförtnerhäuschen und schaltete die Alarmanlagen aus. Der Pförtner selbst lag auf dem Boden. Luigi stieß ihn mit dem Fuß an. Keine Reaktion. Er nahm dem Portier das Schlüsselbund weg und lief zum Tor.

Die beiden Wagen warteten schon. Es dauerte eine Weile, bis Luigi den passenden Schlüssel gefunden hatte. Doch dann war der Weg für die Gangster frei …

Susan Taylor und Dr. Evans hatten es sich in dem Bungalow bequem gemacht. Der Wissenschaftler freute sich, eine gute Zuhörerin gefunden zu haben, und versuchte nun, Susan in die Geheimnisse der Physik einzuweihen.

»Hören Sie auf, Doc«, sagte Susan schließlich lachend und nippte an ihrem Martini. »Das ist mir viel zu schwierig.«

»Aber nicht doch, Miss Taylor. Es ist ganz einfach. Passen Sie auf.«

Susan räusperte sich.

Dr. Evans verstand das Signal. »Schon gut«, sagte er. »Ich werde mich bremsen. Am besten ist, ich bereite Ihnen Ihr Nachtlager vor. Warten Sie, ich hole nur noch das Bettzeug.«

Susan lächelte. Ein komischer Kauz, dieser Dr. Evans. Obwohl er lange mit ihr allein gewesen ist, hatte er nicht einen einzigen Annäherungsversuch unternommen.

»So, hier sind die Sachen«, sagte Dr. Evans und warf das

Bettzeug auf die Couch. »Legen Sie sich hin, Miss Taylor. Ich habe noch zu arbeiten. Gute Nacht.«

Susan wollte den Gruß erwidern, doch die Worte blieben ihr im Hals stecken. Ihr schien es, als hätte sie draußen ein dumpfes Geräusch gehört.

»Moment noch, Doc«, flüsterte Susan und trat ans Fenster. Behutsam zog sie die Vorhänge weg.

Was sie sah, ließ ihr vor Schreck fast das Herz stehenbleiben. Einer der Wärter taumelte über den Platz, griff haltsuchend mit den Armen in der Luft herum und fiel schließlich zu Boden.

»Schnell, Doc. Verständigen Sie die Polizei!« rief Susan, packte ihre Handtasche und zog ihren Revolver hervor.

»Ja, aber … warum denn?« stotterte der Wissenschaftler.

»Stellen Sie keine Fragen. Beeilen Sie sich. Überfall.«

Das Wort Überfall brachte Leben in den Doc. Er rannte zum Telefon.

Im selben Augenblick klirrte die Fensterscheibe zum Wohnzimmer, ein Stein flog in den Raum.

Susan wirbelte herum. Riß den Revolver hoch …

Doch plötzlich hatte sie das Gefühl, als würden ihr die Beine weggezogen. Sie fiel auf die Knie. Übelkeit erfaßte sie.

Susan nahm noch wahr, wie Dr. Evans ebenfalls zu Boden ging, dann wurde sie bewußtlos.

Marco und Luigi schlugen den Rest der Fensterscheibe ein und kletterten ins Zimmer.

Marco lief zur Haustür. Der Schlüssel steckte von innen. Er schloß auf.

Als erster betrat Sergio da Costa den Bungalow. Unter seiner Maske nickte er Marco zu. Marco hob die rechte Hand. Es hieß soviel wie: Alles in Ordnung.

Rico Valetta, der Sergio gefolgt war, hielt als einziger eine Waffe in der Hand. Mit der Mündung deutete er auf die am Boden liegenden Susan. Sein linker Zeigefinger vollführte die Bewegungen des Abdrückens. Doch da Costa schüttelte den Kopf.

Er ging auf Susan zu, faßte sie unter den Achseln, hob sie ein Stück hoch und warf sie sich über die Schulter.

Marco und Luigi schnappten sich den Doc.

Zwei Minuten später waren die Gangster verschwunden. Fast lautlos, wie sie erschienen waren. Nur die beiden Segelflugzeuge ließen sie zurück.

Die Verteilung auf die beiden Wagen lief reibungslos. Marco und Luigi klemmten sich in den Ford Mustang. Rico Valetta übernahm das Steuer des Lincoln. Neben ihm saß da Costa. Susan und den Doc hatte er auf den Rücksitz gelegt.

Aufatmend rissen die Gangster ihre Masken ab. Dann setzten sich die beiden Wagen in Bewegung. Der Lincoln übernahm die Spitze.

»Warum durfte ich sie nicht umlegen?« wandte sich Rico an Sergio.

»Weil der Boß scharf auf Puppen ist, deshalb. Nebenbei bemerkt: Sie ist für uns kein Hindernis.«

»Du mußt es wissen«, brummte Valetta.

Der Mafioso hielt sich genau an die vorgeschriebene Geschwindigkeitsbegrenzung. Sie durften nicht riskieren, wegen einer Lappalie ihren gesamten Plan zu gefährden.

Rico Valetta fuhr nach Chicago. An einer Straßenecke stieg noch ein anderer Komplize zu.

»Dann wären wir ja vollzählig«, sagte da Costa zufrieden. »Jetzt ab zum Lager.«

Unter dem Lager verstanden die Gangster einen verfallenen Wellblechschuppen am Hafen.

Rico mußte über einige Gleise steuern, um zu dem Schuppen zu gelangen.

Er hielt den Wagen an und löschte die Scheinwerfer. Eine halbe Minute später traf auch der Mustang ein.

»Ausladen!« befahl da Costa.

Susan und Doc Evans wurden gepackt und in den Schuppen geschleift. Dort stand schon eine große Kiste bereit. Davor lagen zwei Sauerstoffatemgeräte.

»Gut, daß wir noch eins in Reserve hatten«, sagte Rico und legte mit flinken Bewegungen die beiden Atemgeräte den Gefangenen an. »Das hätten wir. Marco, faß mal mit an.«

Die beiden Männer hievten Susan und den Doc in die

Kiste. Anschließend nagelten sie den Deckel fest. Er war schon vorher mit den nötigen Aufschriften versehen worden. Angeblich befand sich in der Kiste Corned beef auf dem Weg von Chicago nach Italien.

»Ich hole den Wagen«, sagte Livio und verschwand.

Eine Minute später stand ein Truck vor dem Schuppen. Es war ein älteres Modell. Doch die Gangster hatten es billig erworben.

Zwei Männer hievten die Kiste auf die Ladefläche. Anschließend klemmten sie sich neben dem Fahrer ins Führerhaus.

»Treffpunkt Airport!« rief da Costa, ehe sie abfuhren.

Er selbst stieg mit Rico Valetta und Marco, der noch übriggeblieben war, in den Lincoln.

Rico Valetta sah auf die Uhr und grinste. »In einer Stunde ist der Jumbo bereits in der Luft. Und morgen sind wir in der Heimat.«

Zwanzig Minuten später waren die Gangster am Flughafen. Der O'Hare Airport, einer der größten der Welt, war auch in der Nacht ein brodelnder Ameisenhaufen.

Rico Valetta fuhr den Wagen auf einen der Parkplätze. Die Männer, die bei all ihren Unternehmungen nur Handschuhe getragen hatten, stiegen aus. Mochte die Polizei doch den Lincoln und auch den Mustang, der ja am Hafen stand, finden. Es brachte sie nicht weiter.

Fünfzehn Minuten später trafen sie auch die anderen am verabredeten Punkt.

»Alles glattgelaufen?« wollte da Costa wissen.

»Wunderbar«, sagte Sergio grinsend. »Die Kiste ist schon im Jumbo.«

»Gut. Dann nichts wie weg.«

»Und das Gas hält wirklich zwölf Stunden vor?« vergewisserte sich Rico Valetta, als sie in dem kleinen Zubringerbus saßen.

»Hundertprozentig.«

Zehn Minuten danach hatten die Gangster ihre Plätze in der Economy Class eingenommen.

Als erster entdeckte der Portier der Morgenschicht den Überfall. Sekunden später alarmierte er den FBI. Die G-men wiederum setzten sich mit den nötigen Stellen der Geheimdienste in Verbindung. Eine Stunde später war alles vertreten. Auch ich.

Ich stand neben Myers und Mr. Grant, dem FBI-Chef von Chicago. »Glatter Fall von Kidnapping. Was glauben Sie, wer dahintersteckt, Cliff?« fragte er.

Ich zuckte mit den Schultern. »Es muß einer der ganz ›Großen‹ gewesen sein. Vielleicht können die Wärter, wenn sie wieder zu sich kommen, konkretere Angaben machen. Meine größte Sorge gilt allerdings Susan Taylor. Was ist mit ihr geschehen?«

Wir befanden uns in Doc Evans' Bungalow. Ich deutete auf Susans Handtasche, die auf der Couch neben dem Bettzeug lag. »Es muß alles sehr schnell gegangen sein. Sogar ihre Tasche mußte sie hierlassen.«

Ein Abwehrmann betrat den Bungalow. »Alle Flughäfen, Bahnhöfe und auch die Privatflugplätze werden kontrolliert. Nach menschlichem Ermessen kann keine Maus entkommen. Soeben haben wir die Fernschreiben an die Coast Guard abgeschickt.«

»Übertreiben Sie nicht«, sagte Myers. »Die Gangster werden wohl kaum noch in den Staaten sein. Wo ist übrigens Morrisson?«

»Keine Ahnung. Wir haben versucht, ihn anzurufen. Es meldete sich niemand.«

»Schicken Sie einen Wagen hin.«

»In Ordnung, Sir.«

Langsam trudelten die ersten Untersuchungsergebnisse ein. Das Gas war bekannt. Eine schnelle Analyse brachte uns den Namen.

»In Italien hergestellt. Für die NATO«, sagte Myers.

Ich wurde hellhörig. »Italien?«

»Sie denken an die Mafia, Cliff?« fragte Mr. Grant.

»Ja.«

»Doch genausogut kann es eine feindliche Agententruppe gewesen sein.«

Ein FBI-Techniker brachte uns die zweite Überraschung.

Nach eingehender Untersuchung der Segelflugzeuge stellte man fest, daß es sich um ein italienisches Fabrikat handelte. Ein paar Steinchen von dem Mosaik hielten wir in der Hand.

»Ich glaube doch an die Mafia, Chef«, wandte ich mich an Myers.

»Zu auffällig. Das können sich die Bosse selbst hier nicht erlauben.«

»Wir werden ihnen sofort auf den Zahn fühlen«, sagte Mr. Grant. Er verabschiedete sich.

Ich sah mich in dem Bungalow um. Vergebens. Ich konnte keine Spur entdecken.

Draußen hatte man das Gelände inzwischen abgeriegelt. Die ersten Posten standen, so erfuhr ich, sogar im Umkreis von fünf Meilen, um neugierige Reporter abzuhalten.

Ich zündete mir eine Zigarette an. Sie schmeckte nicht. Ich mußte immerzu an Susan denken. Hoffentlich hatte man sie nicht umgebracht In Gedanken ließ ich die großen Mafiabosse Revue passieren. Wer kam für solch einen Überfall in Frage? Eigentlich kannte ich nur einen, Carlo Carrazzo. Doch ihn hatten wir vor drei Jahren abgeschoben. Er lebte in Italien.

In der Pförtnerloge traf ich meinen alten Freund Tom Harris. Er war damit beschäftigt, die Aussagen des Pförtners zu notieren.

Wenig später fand ein Trupp, der das Außengelände in Augenschein genommen hatte, die Leiche des Direktors Morrisson. Damit schloß sich der Kreis. Wir wußten jetzt, daß er einer der Verbindungsmänner zu den Gangstern gewesen war. Der zweite Mann mußte Spaski gewesen sein.

Für uns gab es hier nichts mehr zu tun. Boris fuhr Myers und mich zurück. Meinen Mustang hatte ich in der Garage gelassen.

Unterwegs läutete das Autotelefon. Myers hob ab. Er hörte einige Minuten zu. Ich sah, wie er blaß wurde. Eine seltene Reaktion bei meinem Chef. Dann sagte er nur: »Okay!«

Er blieb einen Augenblick steif sitzen.

»Das Pentagon hat angerufen. Sie haben eben eine Nachricht aus Italien erhalten. Von Carlo Carrazzo. Seine Bande hat Doc Evans und Susan gekidnappt. Sie verlangen zehn Millionen Dollar Lösegeld.«

»Verdammt«, flüsterte ich. Zehn Millionen Dollar! »Bis wann haben wir Zeit, Chef?«

»Heute in einer Woche soll das Geld auf einem Schweizer Nummernkonto liegen. Falls es nicht der Fall ist, wird Doc Evans an eine andere Macht verkauft.«

»Und was ist mit Susan?«

»Von ihr war nicht die Rede.«

»Natürlich«, gab ich hitzig zurück. »Für die Schreibtischhengste im Pentagon zählen nur Menschen, die für sie von Wert sind. Alles andere ist …«

»Mäßigen Sie sich«, stoppte Myers meinen Redeschwall.

»Pardon, Chef. Mir gingen die Nerven durch.«

»Schon gut. Wir haben auch eine Woche Zeit, um Dr. Evans zu befreien. Susan natürlich auch. Carlo Carrazzo hat seine neues Domizil in Neapel aufgeschlagen. Sie werden hinfliegen. Versuchen Sie Ihr Bestes. Falls es eben nicht anders geht, müssen wir zahlen.«

Inzwischen waren wir vor unserem Wolkenkratzer in Chicago angelangt.

»Ich schicke Ihnen die Unterlagen, die sie brauchen«, sagte Myers zum Abschied. »Und noch etwas. Holen Sie Susan raus.«

Mit einem Taschentuch wischte ich mir den Schweiß von der Stirn. Ich wußte, daß ich mich auf ein Himmelfahrtskommando eingelassen hatte …

Zuerst spürte sie eine würgende Übelkeit. Dann kamen die Kopfschmerzen. Hart, stechend.

Susan lag auf dem Rücken und atmete tief durch. Langsam ebbte der Brechreiz ab, doch die Kopfschmerzen blieben.

Susan Taylor öffnete die Augen um einen winzigen Spalt. Über sich erkannte sie einen verschwommenen weißen Fleck. Er kristallisierte sich bald zu einer Zimmerdecke heraus.

Meine Partnerin stützte sich auf ihren rechten Arm. Wieder brandete eine Welle der Übelkeit in ihr hoch.

»Mein Gott, ist mir schlecht«, stöhnte sie.

Wankend schraubte sich Susan in die Höhe, taumelte ein paar Schritte vor und lehnte sich mit dem Rücken gegen eine Wand. Diese Anstrengung hatte sie ins Schwitzen gebracht. Ihr wurde schwindelig. Susan schloß die Augen und wartete, bis sich ihr Kreislauf wieder beruhigt hatte. Dann sah sie sich um.

Sie befand sich in einem Raum, der außer einem kleinen Fenster, durch das Sonnenlicht sickerte, kahl war. Die Mauern erinnerten sie an getünchte Kellerwände.

Susan biß sich auf die Lippen. »Wo bin ich hier?« murmelte sie. »Was ist überhaupt geschehen?«

Susan dachte nach, so stark, daß die Kopfschmerzen zurückkehrten. Sie legte eine Pause ein.

Dann erinnerte sie sich plötzlich. Sie war mit Dr. Evans in dem Bungalow. Plötzlich tauchten die Männer auf. Sie wollte noch die Polizei anrufen, doch dann wurde sie ohnmächtig.

Aber wo befand sie sich jetzt? Wo war Doc Evans? Und ihre Handtasche? Komisch, daß sie in diesem Augenblick daran denken mußte.

Susan ging zum Fenster. Sie mußte sich auf die Zehenspitzen stellen, um hindurchzusehen. Aber sie erblickte nur Sonne und einen azurblauen Himmel.

Doch plötzlich vernahm sie ein monotones Rauschen. Ein Gedanke durchzuckte sie. Du bist in der Nähe des Meeres. Aber wo? Vielleicht an der Westküste der Staaten, oder an der Ostküste. Wie lange war ich überhaupt ohnmächtig? dachte Susan.

An der Schmalseite des Raumes befand sich eine graue Eisentür. Susan probierte die Klinke. Langsam schwang die Tür auf. Verblüfft hielt Susan inne. Was hatte das nun wieder zu bedeuten? War sie überhaupt keine Gefangene, oder wollte man ihr nur beweisen, daß auch bei geöffneten Türen ein Fluchtversuch sinnlos wäre?

Egal, sie mußte die Gelegenheit nutzen.

Hinter der Eisentür lag ein Gang, an dem sich eine Treppe nach oben anschloß. Die Treppe endete vor einer Holztür.

Susan hatte kaum die ersten Stufen betreten, als die Holztür mit einem Ruck aufgerissen wurde. Ein Mann stand in der Öffnung. Grinsend sah er auf Susan herab.

»Ausgeschlafen, Gnädigste?« meinte er spöttisch.

»Was geht Sie das an?« gab Susan kalt zurück. »Ich will auf der Stelle hier raus. Sie halten mich gegen meinen Willen fest. Das ist Kidnapping.«

Der Mann hörte einen Moment erstaunt zu. Doch dann lachte er. Es schallte durch den Kellerraum.

»Kidnapping«, prustete er. »Verflixt, unser Täubchen wird frech.« Und dann in einem ganz anderen Tonfall: »Komm nur rauf, Süße, dir wird deine freche Schnauze schon vergehen.«

»Glauben Sie, vor Ihnen hätte ich Angst?« sagte Susan und stieg langsam die Stufen hoch. »Außerdem verbiete ich Ihnen, mich zu duzen.«

Der Mann verzog sein Gesicht. Hoffentlich bist du nicht zu weit gegangen, dachte Susan. Aber ihr war dieser Typ zuwider. Außerdem sprach er mit einem starken südländischen Akzent. Susan dachte an Italien oder Spanien.

Dem Mann ging Susan wohl zu langsam. Er sprang plötzlich vor und riß sie mit einem Ruck die letzten Stufen hoch. Ihre Schienbeine knallten schmerzhaft gegen die Stufenkanten.

»Warum nicht gleich so schnell?« höhnte der Mann.

»Darum nicht«, entgegnete Susan, wirbelte herum und jagte dem überraschten Mann die Karatefaust ans Kinn. Er klappte zusammen wie ein Pappsoldat.

Susan erfaßte schnell die neue Situation. Sie befand sich in einer großen Diele mit schmalen, hohen Fenstern. Kostbare Barockmöbel gaben dem Raum eine freundliche Note. Dicke Teppiche dämpften den Schritt. An der Decke hing ein Kristallüster.

Susan warf einen Blick auf ihren Gegner. Er hatte den Schlag noch nicht verdaut.

Wohin jetzt? überlegte Susan. Meine Partnerin suchte einen Ausgang.

Da, eine Schiebetür. Sie nahm fast die Hälfte einer Wand ein. Wohin mochte sie führen?

Doch das Gesetz des Handelns wurde Susan aus der Hand genommen.

Die Tür glitt lautlos auseinander, und ein Mann betrat die

Diele. Er steckte in einem dunkelblauen Blazer, einer hellen Hose und beigen Mokassins. Das hellblaue Hemd paßte gut zu seiner Jacke, ebenso der Seidenschal. Sein schwarzes, länger geschnittenes Haar fiel leicht in die Stirn, und um seine Mundwinkel spielte ein ironisches Lächeln. In der Hand hielt er eine Pistole. Die Mündung zeigte genau auf meine Partnerin.

Lächelnd trat er näher. »Gratuliere, Miss. Sie sind die erste Frau, die Rico geschafft hat.«

»Und auch die letzte«, ächzte Rico. »Ich werde ihr schon noch die Flötentöne beibringen.«

»Später, Rico«, sagte der Mann mit der Pistole. »Doch jetzt hau ab!«

Rico nickte gehorsam und verschwand nach unten in den Keller.

»Mein Name ist Sergio da Costa«, sagte der Pistolenmann. »Sie werden mit dem Namen kaum etwas anfangen können, doch mein Chef wird Ihnen bekannt sein, Signorina. Darf ich bitten?«

Er machte eine einladende Bewegung mit der Pistole. Eine Beretta, registrierte Susan.

Da Costa dirigierte meine Partnerin durch die Schiebetür. Sie betraten ein Arbeitszimmer. Ein riesiger Palisanderschreibtisch nahm fast die Hälfte des Raumes ein. Und hinter dem Schreibtisch saß ein Mann, den Susan noch in guter Erinnerung hatte: Carlo Carrazzo, genannt Big Carlo.

»Sieh an«, Big Carlo grinste, »meine alte Freundin Susan Taylor. So sieht man sich wieder.«

»Was soll das?« fragte Susan scharf. »Was wollen Sie von mir? Wo ist Dr. Evans?«

»Langsam, langsam.« Big Carlo erhob sich.

Susan musterte ihn unauffällig. Der ehemalige König der Chicagoer Mafia war noch fetter geworden. Am auffallendsten war die schwarze Augenklappe, die er über dem linken Auge trug. Seine Arme hingen wie Fleischwürste aus den kurzen Ärmeln des Polohemdes. An den dicken Fingern blitzten mehrere Ringe.

»Sie müssen wissen, Miss Taylor, hier bestimme ich. Sie sind meine Gefangene. Merken Sie sich diese Sätze gut.

Meine Leute haben den Fehler begangen, Sie mitzunehmen. Denn wo Sie sind, ist Ihr Freund Corner auch nicht weit.«

Ich hoffte, es wäre so, dachte Susan.

»Doch das ist alles nicht tragisch.« Carrazzo ruderte mit der Hand durch die Luft und ging auf Susan zu. Er starrte sie mit dem einen Auge an. »Wir befinden uns nicht mehr in Amerika, sondern in Italien, genauer: in Neapel.« Er lachte hämisch.

Susan zuckte zusammen. Das durfte nicht wahr sein. Man hatte sie nach Italien verschleppt. Ihr Mut sank.

»Da staunen Sie, was«? Der Gangster lachte. Er war dicht an Susan herangetreten. »Schön bist du immer noch«, flüsterte er und strich über Susans Schultern.

Meine Partnerin hob blitzschnell den Arm. Doch mit einem Ruck wurde er ihr herumgerissen.

»Das tut man doch nicht«, zischte Sergio da Costa und hielt sie eisern fest. Susan krümmte sich vor Schmerz, doch kein Ton drang über ihre Lippen.

Carrazzo zog ihren Kopf an den Haaren hoch. »Wir werden noch Spaß miteinander haben. Erst ich, dann die Jungens. Anschließend wirst du Fischfutter.« Er lachte auf. »Los, Sergio, schaff sie zum Doc. Ich hole sie mir später wieder. Und noch eins!« Carrazzo ging zu seinem Schreibtisch und kramte einen vergilbten Zeitungsausschnitt hervor. »Das ist ein Bild von Corner. Versuche es möglichst gut zu vervielfältigen und verteile es an unsere Leute. Sie sollen Corner nach seiner Ankunft beobachten und zu mir bringen.«

Sergio nahm das Bild in die linke Hand und steckte es in die Tasche. Mit der rechten hielt er immer noch Susan fest. Dann stieß er sie von sich. Nichts war mehr von seiner verbindlichen Höflichkeit übriggeblieben. Sein wahres Gesicht, die Fratze eines Gangsters, war zum Vorschein gekommen.

»So, Puppe, du kannst dich jetzt bei einem einsamen Wissenschaftler ausweinen. Natürlich nur so lange, bis man dich braucht.«

»So, das wäre erledigt«, sagte Sergio da Costa und lächelte. »Was nun, Big Carlo?«

Carlo Carrazzo füllte zwei Schwenker mit edlem Kognak und reichte einen seinem Leibwächter.

»Wir werden aufpassen müssen, Sergio. Die Amis schlafen nicht. Wahrscheinlich schicken sie diesen Corner. Er will bestimmt die Puppe wiederhaben.«

»Na und?« Da Costa zuckte mit den Schultern. »Wer ist schon Corner? Ein mieser Bulle.«

»Bulle stimmt. Doch ein verdammt gefährlicher dazu. Ich habe vor Jahren mit ihm in Chicago zu tun gehabt. Beinahe hätte er es geschafft, mich zu erwischen.«

»Nur – Napoli ist nicht Chicago«, warf Sergio ein.

»Richtig. Deshalb werden wir ihn auch hier packen.« Carlo Carrazzo hob seinen Kognakschwenker. »Salute, Sergio. Auf unseren Plan.«

Die beiden Männer tranken sich zu. Sie leerten auch noch ein zweites Glas.

Anschließend kam Big Carlo zur Sache. »Hör zu, Sergio. Die beiden Japaner haben sich für morgen angemeldet. Bis dahin müssen wir was erreicht haben.«

»Wieso?«

Carrazzo lächelte tückisch. Sein rechtes Auge funkelte. »Wir werden Evans weichkochen. Ihr nehmt ihn so lange in die Mangel, bis er seine Formeln ausspuckt. Was für die Gelben oder für die Amis recht ist, kann für uns nur billig sein. Dieser Evans wird nicht viel Standvermögen haben.«

»Ich verstehe«, sagte da Costa. »Wir sahnen doppelt ab.«

»Nicht nur doppelt, Sergio. Wenn es stimmt, was dieser Morrisson gesagt hat, daß Evans an einer Art Laserkanone arbeitet, und wenn wir über dieses Wissen selbst verfügen, haben wir die ganze Welt in der Hand. Wir werden die Großmächte erpressen. Sie müssen vor uns zittern.«

Da Costa rann ein Schauer über den Rücken, als er die Worte seines Capos vernahm. Langsam nickte er. »Sicher, so machen wir es. Doch was wird mit der Puppe?«

Carrazzo lachte auf. »Diese Taylor kann dabei sein, wenn ihr euch mit dem Eierkopf beschäftigt. Hinterher gehört sie mir. Ich will sehen, ob sie nicht im Bett kleinzukriegen ist.«

»Und danach?«

»Dann schenke ich sie euch, Sergio.«

»Willkommen, Miss Taylor«, sagte Doc Evans und lächelte gequält, als er Susan sah. »Leider kann ich Ihnen nichts anbieten. Noch nicht mal einen Platz.«

»Ich sehe schon, Doc. Mit Komfort wollen uns die Halunken nicht verwöhnen.«

Der Raum, in dem sich die beiden befanden, glich Susans Gefängnis von vorher aufs Haar. Er lag ebenfalls in dem düsteren Keller des Hauses.

»Wie hat man uns eigentlich hierhergebracht, Doc?«

Der Wissenschaftler zuckte mit den Schultern. »Keine Ahnung. Einer der Entführer erzählte mir, daß sie uns in einer Kiste über den großen Teich geflogen haben. Gemerkt habe ich nichts, das Betäubungsgas hielt zu lange vor. Ich bin erst hier in diesem Raum aufgewacht. Wissen Sie denn, wer dahintersteckt, Miss Taylor?«

Susan nickte. »Ein schräger Vogel aus Chicago namens Carlo Carrazzo.«

»Nie gehört.«

»Das glaube ich Ihnen, Doc. Mit solchen Kreisen hat auch kein Normalbürger zu tun. Und doch sind Sie für diese Leute interessant.«

»Ich verstehe, Miss Taylor. Meine Forschungen auf dem Gebiet der Lasertechnik. Aber diese Halunken sollen sich verrechnet haben. Ich werde kein Wort sagen.«

Susan lächelte verloren. »Ich möchte es Ihnen gern glauben. Aber es gibt Methoden, denen auch Sie nicht standhalten.«

»Abwarten, Miss Taylor. Ich weiß, welche Verantwortung ich durch meine Erfindung auf mich geladen habe. Eher bringe ich mich um, als daß ich mein Wissen aus der Hand gebe. Doch warum hat man Sie entführt?«

»Vielleicht ein Versehen. Die Gangster konnten annehmen, ich sei Ihre Assistentin. Das würde darauf hindeuten, daß man Sie und mich ins Ausland verkaufen will. Oder die andere Möglichkeit.«

142

»Welche?«

Susan sah Doc Evans ernst an. »Carlo Carrazzo ist ein Weiberheld. Jedenfalls bildet er sich das ein. Er wird bestimmt mit mir schlafen wollen.«

Doc Evans wurde blaß. »Nein.«

»Doch. Aber das werde ich diesem Vogel versalzen, Doc. Verlassen Sie sich darauf.«

»Und wie, Miss Taylor?«

»Das ergibt die Situation.«

In diesem Augenblick hörten die beiden Schritte. Ein Schlüssel ratschte im Schloß, und dann wurde die Tür aufgerissen. Rico Valetta und ein Susan unbekannter Mann standen in der Öffnung Beide hielten einen Revolver in der Hand.

»Mitkommen!« schnarrte Valetta. »Alle beide.«

»Und wohin, wenn ich fragen darf?« sagte Susan scharf.

Valetta verzog die Mundwinkel und lachte. »Zur Hinrichtung.«

Neapel. Das Tor zu Italiens Süden. Stadt der Gegensätze. Prunkvolle Paläste wechseln ab mit dunklen Slums, in denen das Verbrechen blüht. Eine Stadt, die vom Tourismus lebt und von der Mafia beherrscht wird.

Unsere Maschine, von Rom aus kommend, verlor an Höhe. Wir würden in zehn Minuten landen. In der Ferne erkannte ich im dunstigen Licht die Spitze des Vesuvs.

Mein Gepäck bestand aus einem Koffer mit den notwendigsten Kleidungsstücken und einem Papier, das mich auswies, mit Carlo Carrazzo offiziell über die Freilassung Doc Evans' Verhandlungen zu führen. In Wirklichkeit ging es uns nur darum, den Wissenschaftler und auch Susan, ohne zu bezahlen, aus dem Land zu schaffen. Die italienische Polizei war vorerst nicht in Kenntnis gesetzt worden. Nur unser Verbindungsmann in Neapel, Jack Garland, wußte von meinem Kommen. Die Landung verlief ohne Zwischenfälle. Ebenso die Zollformalitäten.

In der Flughafenhalle ging es zu wie in einem Taubenschlag. Menschen liefen wild gestikulierend umher, graziöse

Stewardessen flanierten zu den Schaltern ihrer Fluggesellschaften, und Souvenirhändler schrien sich die Kehle heiser.

Deshalb fiel es mir nicht auf, daß sich vier Männer in meiner Nähe postierten. Erst als sie fast einen Kreis um mich gebildet hatten, wurde ich wach. Doch leider zu spät.

Etwas Hartes bohrte sich in meinen Rücken. Eine Stimme zischte in holprigem Englisch: »Beweg dich, Corner! Zu den Waschräumen!«

Aus den Augenwinkeln peilte ich zur Seite.

Zwei hatten mich in die Zange genommen. Ihre Hände hielten sie in den Sakkotaschen. Deutlich zeichneten sich die Konturen ihrer Waffen ab.

Einer übernahm die Führung.

Wo Jack Garland nur bleibt? dachte ich wütend. Er sollte mich schließlich abholen.

Wir marschierten in den ruhigeren Teil der Halle. Hier gab es nur Snackbars und die Büros der Fluggesellschaften.

Eine Rolltreppe führte in den unteren Teil des Flughafens. Der Mann hinter mir dirigierte mich darauf zu.

Wir erreichten einen mit grauen Fliesen ausgelegten Gang. Er wurde von kaltem Neonlicht erhellt. Auf der linken Seite befanden sich die Herrentoiletten, rechts die der Damen.

Wir stoppten an der letzten. Mein Vordermann öffnete die weißlackierte Tür. Er winkte einladend. Dadurch wurde ich abgelenkt.

Der Schlag traf meinen Nacken. Ich wurde nach vorn geworfen und knallte auf die schwarz-weißen Fliesen. Die Fliesen, wohl frisch gereinigt, waren noch naß. Ich schlitterte wie auf dem Eis ein paar Yards in den Raum hinein. Unbewußt hielt ich meinen Koffer fest.

Ich hörte, wie hinter mir die Tür zugeknallt wurde. Ich wälzte mich auf den Rücken.

Wie durch einen milchigen Schleier sah ich drei der Männer auf mich zurücken. Der vierte hielt wohl draußen Wache.

Langsam ließ der Schmerz in meinen Nacken nach. Ich sah, wie die drei sich Schlagringe über die Hände streiften. In mir kroch die kalte Wut hoch. Sollten sie doch, ich würde mich nicht ergeben.

Der Mann, der vorhin hinter mir gegangen war, trat auf mich zu. In seinen Augen las ich ein grausames Funkeln.

Ich konzentrierte mich, mobilisierte alle Kräfte.

Jetzt hatte der Schläger mich erreicht.

Es mußte mir gelingen, ihn mit einem Schlag auszuschalten. Der Filmheld schafft das immer, aber die Wirklichkeit sieht anders aus.

»Das soll dieser berühmte Schnüffler sein?« spottete er.

Der Kerl zog mich mit der linken Hand hoch. Mit der rechten holte er aus. Der Schlagring funkelte matt.

Ich reagierte eiskalt. Mein linker Arm beschrieb einen Bogen. Der nicht allzu schwere Koffer wurde hochgewirbelt, nahm Fahrt auf und knallte dem Gangster gegen den Hinterkopf.

Mit einem Schrei fiel er vornüber und blieb liegen.

Ich war sofort hoch. Schon rannte der zweite auf mich zu. Er schwang wild seine Arme.

Ich machte kurzen Prozeß, packte ihn und hebelte ihn mit einem Judogriff über mich hinweg.

Schläger Nummer drei blieb nicht untätig. Er öffnete die Tür und holte Verstärkung.

Ehe sich die beiden jedoch versahen, war ich bei ihnen. Dem ersten pflanzte ich die Faust in die Magengrube. Er ging Parterre. Doch dann mußte ich zwei Schwinger einstecken, die nicht von schlechten Eltern waren. Ich wurde ein wenig in die Defensive gedrängt, erholte mich jedoch rasch, packte die schlagringbewehrte Hand, nahm den Kerl in den Polizeigriff und schickte ihn mit einem Handkantenschlag ins Reich der Träume.

Ich wirbelte herum. Früh genug, um zu sehen, wie sich Schläger Nummer eins an einem Waschbecken hochzog.

Seine Verfassung war nicht die beste, doch die Beretta in seiner Hand machte ihn gefährlich.

Die Mündung schwenkte in meine Richtung.

Mit einem Hechtsprung warf ich mich auf den Boden.

Keine Sekunde zu spät.

Der Krach des Schusses ließ meine Trommelfelle zittern. Die Kugel zischte über mich hinweg und jaulte als Querschläger durch den Raum.

Ehe der Ganove ein zweites Mal abdrücken konnte, schlug ich ihm meine Faust in die Kniekehlen. Noch während er fiel, kickte ich ihm die Beretta aus der Hand.

Dann griff ich mir blitzschnell meinen Koffer und sah zu, daß ich von hier verschwand. Der Schuß mußte gehört worden sein. Jeden Augenblick konnten Passanten oder die Polizei hereinschneien.

Und richtig. Auf dem Gang begegneten mir schon zwei Carabinieri. Sie sahen mich zwar mißtrauisch an, hielten mich jedoch nicht auf.

Vor dem Flughafen schnappte ich mir ein Taxi.

Ein Zimmer war durch den SGS im Hotel Esplanade für mich reserviert worden. Unser Verein, für den Susan und ich ja tätig sind, sorgt immer für optimale Bedingungen. Nur die Kastanien müssen wir aus dem Feuer holen.

Die Fahrt durch den morgendlichen Verkehr dauerte fast eine halbe Stunde. Ab und zu mußten wir sogar Eselkarren ausweichen.

Ich hoffte, Jack Garland würde im Hotel auf mich warten. Er war schließlich der Mann, der mir einiges über Big Carlos' Tätigkeit in Neapel berichten konnte.

Das Hotel war ein Laden für gehobene Ansprüche. Ich erhielt das Zimmer Nummer fünfundzwanzig.

Ich trug meinen Namen in das Gästebuch ein und erkundigte mich beiläufig: »Hat jemand nach mir gefragt?«

Der Portier schüttelte den Kopf. »Nein, Signor. Kann ich Ihnen sonst irgendwie behilflich sein?«

»Nein, danke.«

Mein Zimmer lag in der vierten Etage.

Ich öffnete die Tür … und blieb wie erstarrt stehen.

Ich blickte genau in die Mündungen zweier Maschinenpistolen. Die beiden Waffen lagen in den Händen von Leuten, die ich noch nie in meinem Leben gesehen hatte. Mit den Schlägern vom Flugplatz waren sie nicht identisch. Sie sahen mir auch eine Klasse besser aus.

»Dann wollen wir mal«, sagte der Mann, der links vor mir stand. Er ging ein paar Schritte auf mich zu, liftete die MPi ein wenig und befahl: »Pfoten hoch!« Er sprach englisch.

Ich gehorchte.

Geschickt tastete er mich nach Waffen ab. Er fand nichts. Mein .38er lag noch im Koffer. »Sauber«, sagte er grinsend. »Jetzt dreh dich um und schließ die Tür!«

Während der Drehung zog ich unwillkürlich den Kopf ein. Trotzdem traf mich der Schlag mit verheerender Wucht. In meinem Schädel explodierten tausend Sonnen. Dann wurde ich bewußtlos.

Nach einer Viertelstunde brachen sie ihm den linken Arm.

Doc Evans schrie markerschütternd. Dann wurde er ohnmächtig.

Carlo Carrazzo fluchte. »Hol einen Eimer Wasser!« befahl er Rico Valetta.

Susan Taylor saß, auf einem Stuhl gefesselt, ebenfalls in der Folterkammer. In ihren Augen stand das Grauen. Was diese Verbrecher bisher mit Doc Evans angestellt hatten, überstieg das Fassungsvermögen eines normal denkenden Menschen. Vor allem dieser Kerl, der sich Rico nannte, war ein Sadist. Sergio da Costa und Carlo Carrazzo hatten fast nur zugesehen.

Big Carlo zündete sich seine Zigarre wieder an. Zweimal schon hatte die Glutspitze Doc Evans' Brust verbrannt. Doch der Wissenschaftler hatte geschwiegen.

Carrazzo stellte sich vor die gefesselte Susan. »Gefiel dir wohl nicht, die Methode, wie?« Er grinste zynisch.

Susan sah ihn an. »Sie sind ein Schwein, Carrazzo, ein widerliches ...«

»Genug!« schrie der Gangster.

Hastig zog er an einer Zigarre. Sein Gesicht verzog sich zu einer Fratze des Hasses. Er holte aus. Sein Handrücken klatschte in Susans Gesicht.

Der Schmerz durchzuckte meine Partnerin wie ein Blitz. Aber kein Laut drang über ihre Lippen. Sie sah Carazzo nur verächtlich an.

Der Mafiaboß schaffte es nicht, diesem Blick standzuhalten. Seine Mundwinkel zuckten. »Bist wohl auch so hart wie dieser Eierkopf, was? Aber täuscht euch nicht. Wir kriegen euch noch weich.«

In diesem Augenblick brachte Rico das Wasser.

»Weck ihn wieder auf!« befahl der Capo.

Mit einem Schwung leerte Rico den Wassereimer. Das kühle Naß brachte Doc Evans wieder in die Wirklichkeit zurück. Verwirrt öffnete er die Augen.

Sergio da Costa, der bis dahin untätig gewesen war, schlug ihm ins Gesicht.

»Beeil dich, Freundchen. Wir wollen weitermachen.«

Jetzt erst begriff Doc Evans die Situation, spürte die Schmerzen, die von seinem linken Arm ausgingen, erblickte die gefesselte Susan, und ihn überfiel eine nie gekannte Angst.

Rico näherte sich ihm.

Der Wissenschaftler zuckte zusammen. Er wußte, was ihn erwartete. »Nein!« schrie er. »Hört auf! Ich kann nicht mehr!«

Rico lächelte satanisch. »Dann sag uns, was du weißt. Erzähle von deinem kleinen Geheimnis.«

Verzweifelt schüttelte Doc Evans den Kopf. »Es geht nicht. Ich kann es nicht. Lieber sterbe ich. Aber bitte, macht es schnell.«

Rico Valetta lachte. Er holte ein Messer aus seinem Gürtel. Ganz leicht drückte er die Spitze gegen Doc Evans' Hals. Ein Blutstropfen quoll hervor.

Susan ruckte verzweifelt auf ihrem Stuhl hin und her. Vergeblich versuchte sie, die Fesseln zu lösen. Die Nylonschnüre schnitten nur noch tiefer in ihr Fleisch.

In dieser Sekunde schwor sich Susan Taylor: Komme ich je aus diesem Folterkeller raus, werde ich die Gangster bis ans Ende der Welt jagen.

Wieder bäumte sich der Wissenschaftler auf. »Rede endlich!« stieß Rico zwischen zusammengebissenen Zähnen hervor.

Ein Schmerzensschrei war die Antwort.

»Stop!« sagte Big Carlo. »Ich weiß etwas Besseres.«

Rico ruckte herum. »Was denn, Capo?«

Carrazzo deutete auf Susan. »Ich bin gespannt, ob sie genauso hart ist wie der Eierkopf.«

In Susan vereiste etwas.

In Valettas Augen leuchtete es auf. »Soll ich?«

»Nein. Das erledige ich selber, Rico. Gib mir das Messer!«

Geschickt fing Carrazzo das Messer auf, das Rico ihm zuwarf. Er stellte sich vor Susan. Die Messerspitze zeigte auf ihren Hals.

»So, mein Täubchen«, Big Carlo lachte hämisch, »dann wollen wir mal.«

Mit einem Ruck drehte er Susan so herum, daß der Wissenschaftler sie genau sehen mußte.

Susan trug immer noch ihren lachsfarbenen gestrickten Hosenanzug, den sie in Chicago angehabt hatte. Das Oberteil wurde von fünf weißen Knöpfen verschlossen.

»Das werden Sie büßen«, sagte Susan leise. »Wenn Sie uns umbringen, wird man Sie hetzen …«

»Schnauze!« unterbrach Big Carlo sie grob.

Dann setzte er das Messer an. Mit einem Ruck flog der erste Knopf zur Seite.

»Sehen Sie genau her, Doc«, zischte der Capo.

Susan schloß die Augen. In ihr war auf einmal eine völlige Leere.

Der zweite Knopf ging verloren. Schon war Susans Brustansatz zu erkennen. Ganz leicht strich Carrazzo mit den Fingern darüber.

»Herrlich«, flüsterte er rauh. »Wir werden noch viel Spaß miteinander haben.«

»Hören Sie auf!« schrie der Doc plötzlich. »Die Frau hat damit nichts zu tun. Ich bin doch der Mann, den Sie brauchen.«

»Dann sagen Sie uns die Formeln«, gab Carrazzo hart zurück.

Doc Evans überlegte.

»Wird's bald?« Carrazzo schnitt mit einem Ruck den dritten Knopf ab.

Der Wissenschaftler atmete tief durch. »Okay. Sie haben gewonnen. Lassen Sie die Frau in Ruhe.«

»Nein, Doc. Tun Sie es nicht!« schrie Susan. »Sie brauchen auf mich keine Rücksicht zu nehmen.«

»Oho, die Kleine wird wütend.« Big Carlo lachte. Verlangend schielte er in Susans Ausschnitt. »Dich hebe ich mir für den Nachtisch auf. Sergio, bring sie auf mein Zimmer.«

Sergio nickte. Mit einem Ruck schnitt er Susans Fesseln durch.

Mechanisch massierte meine Partnerin ihre Gelenke.

Sergio da Costa stieß Susan einen Revolverlauf in den Rücken. »Hoch mit dir!«

In diesem Augenblick wurde die Tür des Folterkellers aufgerissen. Ein Mann stürmte herein.

»Livio und Luigi haben ihn geschnappt!« rief er.

Carrazzo zog die Stirn kraus. »Wen?«

»Den Superschnüffler. Diesen Corner.«

Die Männer hatten mich in einen Teppich gerollt. Mit dröhnenden Kopfschmerzen war ich unterwegs wach geworden.

Dann hörte ich Stimmen. Der Teppich wurde auseinandergerollt. Als erstes sah ich eine schmutzige Decke, an der eine trübe Funzel baumelte.

Meine Augen wanderten weiter, erblickten Doc Evans, der apathisch auf einem Stuhl hing, dann zwei Männer, die ich nicht kannte, sah Carrazzos triumphierendes Grinsen und als letztes Susan Taylor, deren hilfloser Blick die Wut in mir hochtrieb.

Die beiden Gangster, die mich hergebracht hatten, zogen mich brutal hoch. Unter ihren Griffen schwankte ich wie ein Schilfrohr im Wind.

Big Carlo schob sich in mein Blickfeld. Er trat näher und schlug zu. Dreimal traf er mich unterhalb der Gürtellinie. Der Magen schien mir in den Hals zu wandern. Zusammenklappen konnte ich nicht, denn immer noch hielten mich die beiden Männer fest.

»Der erste Schlag war zur Begrüßung«, sagte Carrazzo, »die beiden anderen für den Ärger, den du mir bereitet hast.«

»Du wirst noch mehr Ärger bekommen«, würgte ich hervor.

Ein weiterer Hieb war seine Antwort.

»Cliff!« schrie Susan gellend.

»Mach dir keine Sorgen, Darling. Wir werden es schon schaffen«, keuchte ich.

Carrazzo lachte auf. »Deine große Klappe hast du immer

noch nicht verloren, Corner. Doch diesmal bin ich an der Reihe. In Chicago hättest du mich bald erwischt. Aber in Napoli herrschen andere Gesetze. Mir gehört die Stadt. Ich bin hier der König.«

»Gut, Carlo. Du hast gewonnen«, sagte ich. »Gib uns Doc Evans, und wir zahlen.«

»Ach …?« Erstaunt zog der Capo die Augenbrauen hoch. »Man hat dich als Geldbriefträger geschickt. Für wie dämlich hältst du mich eigentlich? Du bist doch nur hier, um diese Puppe rauszuholen. Einen billigen FBI-Schnüffler betraut man doch nicht mit solchen Aufgaben.«

Carrazzo glaubte immer noch, ich würde für den FBI arbeiten. Er war schon zu lange aus den Staaten weg. Von unserer Tätigkeit beim SGS konnte er keine Ahnung haben.

Ich atmete tief durch. Langsam überwand ich die Schläge. Mein Gehirn arbeitete wieder auf vollen Touren. Wenn Carrazzo mir nicht glaubte, war unser Plan für die Katz.

»Es stimmt aber«, sagte ich beschwörend. »Fahren Sie mit zu meinem Hotelzimmer. Ich habe dort die Vollmachten in meinem Koffer.«

Der Capo schüttelte den Kopf. »Du lügst, daß sich die Balken biegen. Aber ich kann dich verstehen. In deiner Situation versucht jeder, seinen Kopf zu retten. Etwas hast du erreicht.« Big Carlo machte eine kurze Pause. »Euren Eierkopf seht ihr nicht wieder. Es sei denn für zwanzig Millionen Dollar. Noch heute werde ich mich mit den zuständigen Stellen in Verbindung setzen.«

Ich schluckte. Das war ein Tiefschlag. Myers würde uns für unfähig erklären.

»Das hat dir wohl die Sprache verschlagen, wie?« zischte der Capo. »Und für deinen Tod habe ich mir was Besonderes ausgedacht. Von dir wird nur noch Asche übrigbleiben. Und die schicken wir in einer Urne an den FBI.«

Ein Schauer rann mir über den Rücken. »Laß wenigstens meine Partnerin laufen«, bat ich.

»Bist du verrückt? An ihr wird noch mancher Araber seine Freude haben.«

Ich sah, wie Susan zusammenzuckte. In ihren Augen

erkannte ich die ganze Hoffnungslosigkeit unserer Situation. Die Wut kochte in mir über.

Ich spannte die Muskeln. Mit einem Ruck riß ich mich von meinen beiden Bewachern los, wirbelte herum auf die offene Tür zu.

Der Schuß dröhnte wie ein Kanonenschlag. Die Kugel versengte meine Haare und fuhr neben mir in die Wand.

Resigniert blieb ich stehen.

Der Mann hinter Susan hatte geschossen. Schon zeigte die Mündung seiner Waffe wieder auf Susans Hals.

»Noch einmal solch eine Dummheit, und Sergio drückt ab«, bellte Big Carlo. Dann nickte er. »Rico, Livio und Luigi, fesselt ihn und schafft ihn weg! Ihr wißt ja Bescheid.« Und zu mir gewandt: »Genieße die letzte halbe Stunde in deinem Leben, Corner. Auf Wiedersehen im Jenseits!«

Unter den Achselhöhlen gepackt, schleiften sie mich zum Wagen. Meine Hacken zeichneten lange Streifen in die gepflegten Kieswege.

Sie hatten mir die Handgelenke und Beine mit feinen, aber festen Nylonstricken gefesselt. Ich hatte kaum Bewegungsfreiheit und fühlte jetzt schon, wie meine gefesselten Glieder langsam taub wurden.

Der Kiesweg hatte Gefälle. Ich erkannte aus meiner Rückenperspektive die protzige Villa des Mafiakönigs. Wenn ich nach rechts schielte, sah ich das blaue Wasser des Golfs von Neapel. Eine Marmortreppe führte von der Villa zum Strand.

Die heiße Septembersonne brannte vom Himmel. Klebriger Schweiß lief mir ätzend in die Augen. Meinen ›Freunden‹, die mich zogen, schien es nicht besser zu ergehen, denn ihre Flüche hörten sich nicht gerade salonfähig an.

Ich wurde in einen Seitenweg gezogen. Es wurde kühler. Palmen spendeten Schatten. Es roch nach Jasmin und Rosen.

Ein Fleckchen Erde zum Verlieben, aber nicht zum Sterben, dachte ich mit Galgenhumor.

Die beiden Männer ließen mich plötzlich fallen. Ich stieß

mit dem Hinterkopf auf Asphalt. Mein lädierter Schädel nahm das übel, und ich wurde wieder ohnmächtig.

Als ich erwachte, lag ich im Fond des Wagens. Es war ein Fiat. Mühsam schob ich mich an dem Rücksitz hoch. Die Rücken zweier meiner Henker gerieten in mein Blickfeld. Der dritte Mann war nicht da. Daraus konnte ich auch kein Kapital schlagen, denn nach wie vor saßen meine Fesseln sehr fest.

Der Mann auf dem Beifahrersitz wandte den Kopf. »Wieder da, Corner?«

»Wie Sie sehen«, krächzte ich und ließ mich endlich auf den Hintersitz fallen. »Wohin geht denn die Reise?« wollte ich wissen.

»Sag's ihm, Livio«, meinte der Fahrer.

Livio zeigte weiterhin sein makelloses Gebiß. »Ins Krematorium, Schnüffler.«

»Und was soll ich dort?« tat ich unbefangen.

Livio lachte auf. »Hast du das gehört, Luigi?« Er schlug dem Fahrer auf die Schulter. »Der Schnüffler weiß nicht, was er dort soll. Das ist gut. Wirklich gut.« Livio lachte immer noch.

Ich sah aus dem Fenster. Wir fuhren auf einer Küstenstraße. Es herrschte kaum Gegenverkehr.

Ein Gedanke schoß mir durch den Kopf. Ich mußte versuchen, die Tür zu öffnen und mich dann nach draußen fallen zu lassen.

Unmerklich rutschte ich zur rechten Wagentür. Diese Seite war für mein Vorhaben am besten geeignet, denn neben der Straße befand sich nur ein kleiner Graben und dahinter ein Abhang.

Noch ein paar Inch und ich hatte es geschafft. Meine vorn gefesselten Hände tasteten zur Türsicherung. Zufällig blickte ich in den Innenspiegel des Fiat – und sah das grinsende Gesicht des Fahrers.

»Zwecklos, Schnüffler«, sagte er. »Die Tür ist verriegelt. Doch keine Angst, wir sind bald da.«

Resigniert ließ ich die Arme sinken. Auch diese Chance war vertan.

Luigi bog von der Küstenstraße ab. Wir fuhren durch

einige malerische Nebenstraßen und landeten schließlich in einem gepflegten Hain, wo wir vor einem Marmorhaus stoppten. »Aussteigen!« befahl Livio.

Er schwang sich aus dem Wagen, holte einen Schlüssel aus der Tasche und schloß die Fondtür auf.

Mühsam quälte ich meine Beine aus dem Auto.

»Wo sind wir hier?« fragte ich den Gangster.

»Auf dem Prominentenfriedhof von Neapel«, gab er zynisch zurück.

Der Schreck fuhr mir siedend heiß durch die Glieder. Was hatte mir Big Carlo versprochen? Von dir wird nur noch Asche übrigbleiben!

Inzwischen hatte auch Luigi den Wagen verlassen. Gemeinsam schleppten sie mich zu dem Marmorhaus. Mit einer Hand öffnete Luigi die prunkvolle Eichentür und schaltete Licht an. Ein blauer gedämpfter Schimmer legte sich über den Raum.

Ich wurde gegen eine Wand gestellt.

Ich sah mich um. Die Wände waren mit Malereien aus längst vergangenen Zeiten bemalt. An der gegenüberliegenden Seite erkannte ich zwei Fenster, deren Verzierungen nur gedämpftes Tageslicht hereinließen. Unter dem Fenster stand ein Schaltpult, ähnlich wie auf einer vollautomatischen Bowlingbahn. Neben dem Schaltpult begann eine Schiene, die bis zur Rückwand des Hauses führte. Solch eine Vorrichtung hatte ich schon mehrmals gesehen. Ich befand mich in einem Krematorium.

Livio trat an das Pult und drückte auf einen Knopf. Orgelmusik erfüllte den Raum.

Dann betätigte er einen zweiten Knopf.

Wie von Geisterhand bewegt, schob sich die Rückwand des Krematoriums in die Höhe. Ein dunkles Loch gähnte mir entgegen.

»Paß auf, Corner!« rief Livio, die Orgelmusik übertönend.

Er zog einen kleinen Hebel nach unten.

Und dann rollte aus der Öffnung auf der Schiene ein Sarg in den Raum.

Ein eisiger Schauer rann mir über den Rücken. Ich wußte, diese Totenkiste war für mich bestimmt.

Livio stellte die Orgelmusik ab. Mit einem höhnischen Grinsen im Gesicht trat er auf mich zu.

»Ein sehr schöner Sarg, nicht wahr, Schnüffler?«

»Eigentlich ist er mehr für euch gedacht. Ich für meinen Teil möchte lieber im Bett sterben«, gab ich zurück.

Livio lachte auf. »Das glaube ich. Doch dafür wirst du bei unserer Methode zu Asche. Die Urne schicken wir an deinen Chef. Und nun Schluß mit dem Gerede. Luigi, faß mit an.«

Gemeinsam hoben mich die beiden Gangster hoch. Ich brauchte mich nicht zu wehren. Es wäre unnötige Kraftverschwendung gewesen.

Der Sarg war mit rotem Samt gepolstert. Ich paßte soeben hinein. Die Hände, die durch den Blutstau schon fast das Aussehen eines Toten angenommen hatten, legte man mir auf den Bauch.

Den schweren Sargdeckel hatten die beiden Gangster vorher hochgewuchtet. Noch lag er auf der Erde.

Über mir sah ich die grinsenden Gesichter.

»Napoli sehen und sterben«, sagte Livio. Dann wandte er sich an seinen Kumpan. »Los, bringen wir es hinter uns.«

Die zwei bückten sich. Ich wußte, jetzt würden sie den Deckel hochheben.

Richtig. Zuerst sah ich nur einen Schatten, und dann senkte sich der Sargdeckel wie das personifizierte Unheil über mich.

Mit einem satten Geräusch schlug der Deckel zu.

Völlige Dunkelheit umfing mich.

Dann setzte die Angst ein. Todesangst. Der Schweiß brach mir aus. Ich wollte schreien, doch meine Stimme versagte. Ich zog die Beine an. Verzweifelt trat ich gegen die Sargwände. Sie waren aus Eiche und hielten meinen Tritten stand.

Ich höre die Gangster lachen. Sie amüsierten sich über meine Bemühungen.

Ich dachte an Susan, an Myers, an den FBI, an meinen damaligen Chef Mr. Grant und an meinen Freund Tom. Ihre Gesichter zogen wie Bilder an meinen Augen vorüber. Langsam lösten sie sich auf, wurden verschwommen, waren ganz weg.

Ich fühlte es naß an meinen Wangen herunterlaufen. Tränen der Wut, der Hilflosigkeit oder der Angst.

Plötzlich war die Orgelmusik wieder da. Jetzt ging es dem Ende zu. Ich spürte, wie der Sarg vibrierte. Dann setzte er sich in Bewegung ...

Zuerst begann die Atemnot. Ich hatte plötzlich das Gefühl, zu ersticken. Wild warf ich mich in meinem Gefängnis hin und her. Immer wieder trat ich mit den Beinen gegen die Innenwände des Sargs. Doch das Holz hielt meinen Bemühungen stand.

Salziger Schweiß rann mir von der Stirn in die Augen. Es brannte wie Feuer. Plötzlich blieb der Sarg stehen. Ich war in der Verbrennungskammer. Gleich würde das Feuer den Sarg umhüllen.

Gebannt hielt ich den Atem an. Narrten mich meine Sinne, oder knisterte das Holz schon?

Ich hatte mich nicht getäuscht. Ich spürte, wie sich das Holz zusammenzog.

Ich bäumte mich auf und schrie. Ja, schrie aus Leibeskräften, aus Todesangst.

Doch dann, was war das? Der Sarg nahm plötzlich Fahrt auf. In die entgegengesetzte Richtung. Weg aus der Feuerkammer. Warum? Wollten mich die Gangster noch unnötig quälen?

Der Sarg stoppte. Ich hörte, wie jemand von außen an ihm herumwerkelte. Dann erklang ein amerikanischer Fluch. Kurz darauf zwei gedämpfte Schüsse.

Schließlich wurde der Deckel angehoben. Mit einem dumpfen Knall fiel er auf den Boden.

Durch meine mit Schweiß verklebten Lider sah ich in das grinsende Gesicht eines blonden Mannes. Ich kannte diesen Mann, hatte ihn schon auf Fotos gesehen. Es war niemand anderes als Jack Garland, unser Verbindungsmann in Neapel.

»Sie machen Sachen«, sagte er spöttisch. »Ohne vorher ein Bad im Golf genommen zu haben, sich schon verbrennen zu lassen.«

Während dieser Worte zog er ein Messer aus der Tasche und schnitt die Fesseln durch.

»Danke«, krächzte ich.

»Schon gut. Versuchen Sie, sich allein aufzurichten. Ich muß mich noch um die beiden Kerle kümmern, die Sie ins Jenseits befördern wollten. Vorhin konnte ich sie mir gerade noch mit zwei Schüssen vom Leib halten. Ich werde versuchen, sie von dem Krematorium wegzulocken. Machen Sie inzwischen ihre Freiübungen.«

»Passen Sie auf. Die beiden sind gefährlich, Jack«, warnte ich ihn.

Garland winkte grinsend ab. »Unkraut vergeht nicht. Das sieht man ja an Ihnen.«

Geduckt huschte der Agent zur Tür, öffnete sie einen Spalt, peilte hinaus und war verschwunden.

Mühsam setzte ich mich auf. In meinen Armen und Beinen schienen tausend Ameisen zu krabbeln. Ein paar Minuten lang massierte ich die Gelenke. Langsam wurde die Durchblutung wieder normal.

Wie ein Kind aus seinem Bett, stieg ich aus dem Sarg. Mit Gummiknien stand ich schließlich auf dem Boden und sah mir die Totenkiste genauer an.

Das Holz zeigte schon angesengte Stellen, aus denen Rauch emporstieg, der meine Nase kitzelte. Ich mußte niesen.

Die Luft in dem Krematorium war zwar auch nicht die beste, doch in diesem Augenblick kam sie mir vor wie reiner Sauerstoff. Ich fühlte direkt, wie meine Lungen durchspült wurden.

Wo Jack Garland nur blieb? Langsam wurde ich unruhig.

Plötzlich hörte ich Schüsse. Ich unterschied zwei verschiedene Waffen.

Eine Fensterscheibe zersplitterte, und jaulend schoß eine Kugel in den Raum.

Ich warf mich auf den Boden. Rechtzeitig genug, denn der Querschläger surrte in meiner Umgebung herum.

Hastig robbte ich zu dem zerschossenen Fenster. Ich mußte mich auf die Zehenspitzen stellen, um hindurchsehen zu können.

Mein Blick erfaßte erst nur Büsche und gepflegte Kieswege.

Doch dann sah ich Livio. Wieselflink huschte er durch die Büsche, sprang über einen Weg und war aus meinem Blickwinkel verschwunden.

Ich zog mich ein wenig vom Fenster zurück und lauschte. Leichte Schritte erreichten mein Ohr. Unter dem Fenster stoppten die Schritte plötzlich.

Ich preßte mich gegen die Wand und peilte nach oben. Zwei Hände umklammerten die Brüstung. Dann sah ich einen Teil von Livios Gesicht. Ich machte mich noch dünner. Dem Gesicht folgte der Hals, der Oberkörper, und dann sprang Livio in die Halle.

Er war kaum auf dem Boden, als ihn mein Schlag mit voller Wucht traf.

Livio fiel zurück und krachte mit dem Oberkörper gegen das Schaltpult. Dabei mußte er wohl einige Hebel in Bewegung gesetzt haben, denn Orgelmusik und Choralgesang erklangen gleichzeitig.

Livio war aber nicht groggy. Wahrscheinlich hatte der Schlag mich mehr mitgenommen als ihn.

»Du Hund!« schrie der Mafiosi mich an und riß eine Beretta aus der Tasche.

Mein Hechtsprung war zirkusreif. Ich landete kurz vor meinem Gegner, rollte mich ab und zog Livio mit einem Ruck die Beine weg.

Sein Schrei erstickte das dumpfe Geräusch, mit dem sein Hinterkopf auf den Boden knallte.

»Kompliment, Corner. Wieder voll da?« hörte ich hinter mir die Stimme Jack Garlands.

»Man tut, was man kann«, gab ich verzerrt grinsend zurück und stellte die Orgelmusik ab. Anschließend nahm ich dem Mafioso seine Beretta weg.

»Was ist mit dem zweiten?« wandte ich mich an Garland.

Der Agent zuckte mit den Schultern. »Tot. Ich konnte nicht anders. Es war Notwehr.«

»Und wo bringen wir ihn hier hin?«

Garland dachte nach. »Zur Polizei. Wir müssen Farbe bekennen. Ich schlage vor, wir setzen uns mit dem italienischen Geheimdienst in Verbindung. Ich kenne dort einige Leute, die uns bestimmt weiterhelfen.«

»Einverstanden.«

Ich konnte jetzt wirklich keinen Alleingang mehr wagen. Die Situation hatte sich gefährlich zugespitzt. Was ich aber zuerst brauchte, waren ein frischer Anzug, ein reines Hemd und frische Unterwäsche.

Jack Garland ging zu Livio und packte ihn an den Schultern. Er legte ihn auf den Rücken, um ihn auf weitere Waffen zu untersuchen.

In diesem Moment geriet Leben in den angeblich Bewußtlosen.

Blitzschnell federte Livio zur Seite hoch, warf sich herum ... und hatte plötzlich ein Messer in der Hand. Die Spitze wippte zwischen seinen Fingerspitzen.

Ehe Jack Garland reagieren konnte, holte Livio aus. Er mußte meinen Kollegen unweigerlich treffen ...

Ich hielt immer noch Livios Beretta in der Hand. Hochreißen, zielen und abdrücken war eins.

Meine Kugel war um den Bruchteil einer Sekunde schneller als das Messer. Sie traf Livio, der sich im letzten Augenblick noch bewegt hatte, in die Brust. Das Messer fiel ihm aus der Hand. Mit seltsam steifen Bewegungen ging er zu Boden.

Ich kniete mich neben ihn. Nein, diesem Mann konnte ich nicht mehr helfen. Er war tot.

Jack Garland legte mir die Hand auf die Schulter. »Danke«, sagte er heiser.

»Schon gut«, murmelte ich. »Es war die Revanche von vorhin. Wie haben Sie mich eigentlich gefunden?«

»Am Flugplatz habe ich Sie verpaßt. Doch dann sah ich vor Ihrem Hotel die beiden Männer warten. Die Gesichter kannte ich. Als sie dann ins Hotel gingen und anschließend mit dem aufgerollten Teppich wieder auftauchten, konnte ich mir meinen Teil denken. Von dort an blieb ich Ihnen auf den Fersen.«

Ich drückte Livio die Augen zu. Mehr konnte ich für ihn nicht tun.

Anschließend fuhren wir zur nächsten Telefonzelle und alarmierten die Mordkommission.

In meinem Hotel konnte ich mich endlich umziehen, waschen und meinen .38er einstecken.

Wenig später meldeten wir uns bei dem italienischen Geheimdienst, SIFA genannt.

Der Sektionsleiter des SIFA für den süditalienischen Raum hieß Mario Riggi.

Mit wenigen Worten setzte ich ihn ins Bild. Verständlicherweise war er nicht gerade über unsere Aktionen begeistert, sah aber zum Schluß ein, daß ein Alleingang von unserer Seite versucht werden mußte.

Ich bat ihn um eine Blitzverbindung mit Chicago. Signor Riggi führte mich in die Telefonzentrale und gab entsprechende Anweisungen.

Die Wartezeit verkürzte ich mir mit einer Zigarette. Was ich weiter vorhatte, konnte ich nicht auf meine eigene Kappe nehmen. Ich mußte mich bei Myers rückversichern. In Chicago war es jetzt Nacht, doch darauf durfte ich keine Rücksicht nehmen.

Schneller als erwartet kam die Verbindung zustande. Trotz Äthergeräuschen klang Myers' Stimme wie ausgeschlafen.

Ich erklärte ihm mit kurzen Worten die Lage und vergaß auch nicht, über Carrazzos neue Forderung von zwanzig Millionen Dollar zu sprechen.

Myers hörte geduldig zu und sagte dann: »Warten Sie.«

Nervös zündete ich mir die nächste Zigarette an. Wahrscheinlich holte sich mein Chef in Washington Rückendeckung.

»Corner«, schnarrte er aus ein paar tausend Meilen Entfernung. »Bringen Sie den SIFA auf Trab. Verhaften Sie Carrazzo, und hauen Sie Miss Taylor und Dr. Evans heraus. Wir werden nicht zahlen. Zwanzig Millionen sind zuviel.«

»Aber Susan!« schrie ich in den Apparat. »Carrazzo wird sie umbringen!«

»Agentenrisiko, Corner. Viel Glück.«

Damit war die Verbindung unterbrochen.

Resigniert legte ich den Hörer auf. In meinem Magen bildete sich ein Klumpen.

Signor Riggi trat neben mich. »Nun, Signor Corner? Neue Instruktionen?«

Ich nickte. »Mein Chef wünscht Carrazzos Festnahme und die Befreiung meiner beiden Landsleute.«

Riggi sah mich an. »Wir sollen das übernehmen?«

»Ja.«

»Wer trägt die Verantwortung?«

»In diesem Fall der amerikanische Geheimdienst. Setzen Sie sich mit dem NATO-Hauptquartier in Verbindung. Dort läuft die Order ein.«

Signor Riggi straffte sich. »Gut. In zwei Stunden geht es los. Übrigens, die Sache mit den beiden erschossenen Mafiosi habe ich schon mit der Mordkommission geregelt, Signor Corner.«

»Danke.«

Mario Riggi nickte mir zu und verschwand.

Jack Garland legte mir die Hand auf die Schulter. »Kommen Sie, Cliff, in der Kantine gibt es guten Whisky. Wir könnten beide einen vertragen.«

Bei einem Bourbon weihte ich ihn in unser Vorhaben ein.

Jack Garland wiegte den Kopf. »Riskante Sache.«

»Sicher. Doch ich persönlich hatte ja die gleiche Idee. Ich sehe keine andere Möglichkeit.«

Über Lautsprecher erfolgten Einsatzbefehle. Die Kantine, bis jetzt gut besucht, war auf einmal fast leer.

»Riggi bringt seine Leute auf Trab«, meinte Jack Garland. »Carrazzo wird sich wundern.«

»Oder wir uns«, gab ich zurück. »Er hat immer noch zwei Druckmittel in der Hand. Und ehrlich gesagt ist mir Susan Taylor mehr wert als alle Eierköpfe der Staaten zusammen.«

Garland grinste. »Verliebt?«

»Kann sein«, wich ich aus.

Wenn Carrazzo es wagte, Susan umzubringen, würde meine letzte Aufgabe darin bestehen, ihn zu jagen.

Während beim italienischen Geheimdienst Alarmstufe eins herrschte, stand ein Mann dieser Organisation zwei Minuten Fußweg von der Zentrale entfernt in einer Telefonzelle und wählte eine bestimmte Nummer.

Big Carlo tobte.

Soeben hatte er von einem Spitzel die Nachricht von unserer Aktion gegen ihn erhalten.

Wie ein gereizter Stier lief er in seinem Arbeitszimmer auf und ab.

»Ist dieses Schwein von Corner denn nicht totzukriegen?« fuhr er Sergio da Costa an, der wie ein begossener Pudel neben ihm stand. »Meine gesamten Pläne sind für die Katz gewesen. Ich muß umdisponieren. Wir müssen von hier verschwinden.«

»Und dieser Evans?« fragte Rico Valetta, der gerade den Raum betrat.

»Den nehmen wir natürlich mit, du Idiot!« schrie er Valetta an.

Plötzlich, ohne Übergang, war Big Carlo wieder ruhig. Er überlegte. Die beiden Männer wagten nicht, ihn zu stören.

Dann, nach ein paar Minuten, grinste Carrazzo. Er wandte sich an Rico Valetta. »Du, Rico, fährst zum Flughafen und holst die Japaner ab.«

»Und wohin mit ihnen, Capo?«

»Warte es ab. Du, Sergio, organisierst alles für unsere Abreise. In einer halben Stunde muß die Jacht fertig sein. Wir fahren zur Insel.«

»Ich verstehe«, meldete sich Rico. »Ich schicke die Japaner dorthin.«

»Genau. Du hältst hier die Stellung in Napoli. Informiere mich über alles, was geschieht.«

»Verstanden.«

Rico grüßte und verschwand.

»Bliebe nur noch diese Taylor«, murmelte Carrazzo. »Ich hätte sie ja noch gerne vernascht, aber unter diesem Umständen …?« Schleimig grinsend wandte er sich an seinen Adjutanten. »Sergio, du legst die Taylor um. Oben in dem Zimmer. Ich will, daß Corner seine Lektion erhält. Danach verschwinden wir.«

»Gut.« Sergio nickte gleichmütig. Ihm machte es nichts aus, einen Menschen umzubringen. »Aber ist es nicht zu riskant, Capo, wenn man sie hier findet?«

Big Carlo winkte ab. »Quatsch. Sie würden mich so oder so lebenslang einsperren. Ich war den Behörden schon immer ein Dorn im Auge. Einmal sahnen wir noch ab, und dann verschwinden wir.«

»Wer weiß alles von der Insel?« fragte Sergio.

»Nur Rico, du und ich«, antwortete Carrazzo. »Wir werden aber noch zwei Männer zur Sicherheit mitnehmen. An der Insel wartet startbereit ein Wasserflugzeug. Wenn wir das Geld haben, kann uns keiner mehr.«

Carrazzo blickte auf seine Uhr.

»Beeil dich jetzt und sieh zu, daß die Jacht startbereit ist. Ich muß noch einiges erledigen.«

Da Costa nickte und verließ den Raum.

Auf dem Weg zu Big Carlos Schlafzimmer sah da Costa seine Waffe nach. Seine Mundwinkel zuckten freudig, als er sah, wie gut sie in Schuß war. Susan lag in Carrazzos Schlafzimmer. Gefesselt wälzte sie sich unruhig auf dem breiten Bett hin und her. Wirre Gedanken schossen ihr durch den Kopf. Sie dachte mehr an mich als an ihr eigenes Schicksal.

»Cliff soll tot sein«, flüsterte sie immer wieder tränenerstickt. »Ich kann es einfach nicht glauben.«

Wieder riß sie an ihren Fesseln. Und wieder vergebens. Von den Nylonstricken würde sie sich nie im Leben befreien können.

Plötzlich hörte Susan Schritte. Die verzierte Schlafzimmertür wurde mit einem Ruck aufgerissen.

Jetzt ist es soweit, dachte Susan. Aber dieser lüsterne Kerl soll sein blaues Wunder erleben!

Doch nicht Big Carlo stand in der Tür, sondern da Costa. In der Hand hielt er eine Beretta. Um seine Mundwinkel lag ein grausames Lächeln.

»Was wollen Sie?« fragte Susan leise.

Da Costa näherte sich dem Bett. »Dich umlegen«, erwiderte er gleichmütig.

Wie eine feurige Lohe schoß die Angst in Susan hoch. »Nein«, flüsterte sie, »tun Sie es nicht, bitte.«

Sergio da Costa schüttelte den Kopf. »Ich muß. Aber es geht sehr schnell. Du wirst nicht viel spüren.«

Susan sah in die Augen des Mannes. Sie waren kalt und

grausam. Sie erkannte, daß sie keine Gnade zu erwarten hatte.

Das ist nun das Ende, dachte meine Partnerin. Plötzlich wurde sie kalt wie ein Eisblock. Sie wußte selbst nicht, woher sie die Nerven nahm. Ähnlich hatte sie sich ihren Tod immer vorgestellt. Sie wußte, Agenten sterben selten auf normale Weise.

Da Costa hob die Pistole.

Susan wandte ihren Blick nicht von seinem Gesicht.

Ein wenig wurde da Costa nervös. Er stand etwa drei Yards von Susan entfernt. Seine Beretta zitterte leicht.

»Sergio!« schrie Big Carlo von draußen. »Beeil dich!«

»Auf was warten Sie noch?« sagte Susan.

Da Costa nickte und zog durch.

Susan hörte den Knall, spürte einen Schlag gegen die rechte Schläfe und versank in einen blutroten Tunnel …

Zwei Pkw und zwei Mannschaftswagen, besetzt mit schwerbewaffneten Carabinieris, rasten durch Neapel.

Ich saß mit Mario Riggi, Jack Garland und zwei weiteren Beamten im ersten Wagen.

Mit heulenden Sirenen ging die Fahrt über Prachtstraßen, durch winklige Altstadtkurven und elegante Vororte.

Etwa eine Meile vor Carrazzos Villa stellten wir die Sirenen ab. Der Capo brauchte nicht zu früh gewarnt zu werden.

Wir hatten sein Grundstück schnell erreicht. Das eigentliche Haus war von einem gutgepflegten und bewachsenen Vorgarten verdeckt.

Das schmiedeeiserne Tor stand offen. Leicht schwang es im schwachen Wind hin und her.

Wir stiegen aus.

Verwundert wandte ich mich an Signor Riggi. »Läßt Big Carlo sein Tor immer offen?«

»Mir ist es auch unerklärlich«, erwiderte Riggi.

Hinter uns lachte Jack Garland auf. »Mir scheint, der Vogel ist ausgeflogen.«

»Was nicht zu wünschen wäre«, knurrte ich.

Riggi, Garland und ich marschierten über den Kiesweg,

mit dem ich ja schon Bekanntschaft gemacht hatte, auf das Haus zu.

Jetzt konnte ich es mir genauer ansehen. Es war ein weißer zweigeschossiger Prachtbau mit hohen Fenstern und festem Gestein.

Ein älterer Mann kam uns entgegen. »Carlos' Hausfaktotum«, sagte Riggi.

»Wo ist der Capo?« rief ihm Riggi zu.

»Ich weiß nicht. Sie sind alle weg. Alle. Nur ich bin hiergeblieben. Ich werde auf das Haus aufpassen.«

Riggi fluchte auf italienisch.

Der Alte stellte sich vor die holzgetäfelte Eingangstür und breitete beide Arme aus.

»Laß uns rein!« forderte Riggi.

»Nein, der Capo hat …«

»Der Capo hat gar nicht«, unterbrach ihn der Geheimdienstmann. »Und übrigens …«, er griff in die Tasche und zog ein Papier hervor, »… das ist der Durchsuchungsbefehl. Zufrieden?«

Der Alte gab den Weg frei.

Ich hatte ein merkwürdiges Gefühl in der Magengegend. Immerzu mußte ich an Susan denken.

Riggi sprach einige Worte in ein Walkie-talkie. Wie auf Kommando verließen die Carabinieri ihre Deckungen.

»Das Haus durchsuchen!« befahl der SIFA-Chef.

In der Villa selbst empfing uns eine Einrichtung, die einem venezianischen Dogen zur Ehre gereicht hätte.

Antike Möbelstücke, echte Teppiche und wertvolle Statuen wechselten einander in bunter Reihenfolge ab.

Wir durchstreiften die untere Etage. »Leergefegt«, knurrte Jack Garland.

Hinter einem Bild entdeckten wir den Safe. Er war offen und leer.

Danach nahmen wir uns den Keller vor. Hier fanden wir den Raum, in dem uns die Gangster in die Mangel genommen hatten.

»Wo sind denn Big Carlos' Leute?« wandte ich mich an Mario Riggi. »Ich kann mir nicht vorstellen, daß man keine Spuren entdeckt.«

Riggi kaute auf seiner Unterlippe. »Carrazzo hatte immer den Vorsatz, mit einem Minimum an Leuten ein Maximum zu erreichen. Hier in seinem Haus hielten sich nur seine Leibwächter auf. Die Fußtruppen und Spitzel befinden sich in Neapel. Die Spitzel sogar bei uns, denn woher sollte Carrazzo von unserer Aktion erfahren haben?« Seine letzten Worte klangen bitter.

»Auch bei uns gibt es korrupte Beamte«, tröstete ich ihn. »Wenn ich nur wüßte, wo meine Partnerin steckt!« Die Sorge um Susan fraß mich langsam auf.

Aus der oberen Etage rief ein Beamter Riggis Namen.

Zwei Stufen auf einmal nehmend, flitzten wir die geschwungene Treppe hoch.

»Ich habe eine Leiche entdeckt«, empfing uns der SIFA-Agent. »Eine Frauenleiche«, fügte er noch hinzu.

Susan, schoß es mir durch den Kopf.

»Wo?« fuhr ich ihn an.

»Die zweite Tür rechts, Signor.«

Ich rannte los, stieß die halbgeöffnete Tür vollends auf – und prallte wie vor eine Wand gelaufen zurück.

Auf einem breiten Bett lag Susan Taylor. Gefesselt, ihre Haare waren blutverklebt.

Zitternd ging ich auf sie zu.

»Susan«, flüsterten meine Lippen. Und immer wieder: »Susan.« Meine Augen füllten sich mit Tränen. Ich konnte in diesem Augenblick nicht denken. Eine Welt brach für mich zusammen.

Ganz sacht strich ich über ihr Gesicht, über ihren Hals. Und da, ihre Ader, sie zuckte. Zuckte …! Wie ein Blitz drang die Tatsache in mein Gehirn. Weggewischt war die Verzweiflung.

Ich fühlte ihren Puls. Er schlug schwach, aber regelmäßig. Ich riß mein Taschenmesser aus dem Jackett. Während ich ihr die Fesseln durchtrennte, schrie ich: »Sie lebt, mein Gott, sie lebt!«

Jemand legte mir die Hand auf die Schulter. Es war Jack Garland. »Glück gehabt«, sagte er und drückte mir die Hand.

Mario Riggi, der ebenfalls im Zimmer war, gab seine

Anweisungen. »Der Krankenwagen wird sofort hiersein«, sagte er.

In diesem Augenblick schlug Susan die Augen auf.

»Wo bin ich?« hauchte sie. »Was ist geschehen? Da Costa … Er – er … hat auf mich geschossen. Wo ist er?« Susan versuchte sich aufzurichten. »Oh, mein Kopf«, stöhnte sie.

Ich drückte sie sachte zurück. »Ruhig liegenbleiben, Susan«, beruhigte ich sie. »Es ist alles in Ordnung.«

»Cliff.« Ein glückliches Lächeln huschte über das Gesicht meiner Partnerin. »Ich muß dir etwas sagen, Cliff.«

»Das hat Zeit«, wehrte ich ab.

»Nein, Cliff. Es hat keine Zeit. Ihr müßt sie finden.«

»Wen müssen wir finden?«

»Die Japaner. Sie wollen Doc Evans haben. Sie werden erwartet. Flugplatz.« Mehr sagte meine Partnerin nicht. Sie schloß die Augen.

»Die Signorina schläft«, sagte eine Stimme hinter mir. Ich wandte den Kopf und sah einen Mann im weißen Kittel. Der Arzt. Neben ihm standen zwei Träger mit einer Trage.

Ich erhob mich und gab ihnen den Weg frei. Mit einem Taschentuch wischte ich mir den Schweiß von der Stirn.

»Sie haben die Worte meiner Partnerin gehört?« wandte ich mich an Mario Riggi.

Er nickte. »Wir fahren sofort zum Flughafen«, versicherte er. Dann gab er einige Anweisungen. Seine Beamten würden das Haus von oben bis unten durchsuchen. Vielleicht gab es doch noch Überraschungen.

»Kommen Sie, Cliff!« drängte Jack Garland.

»Sicher.«

Während die Träger Susan aus dem Zimmer brachten, ging ich zu dem Beamten, der sie gefunden hatte.

»Beim nächstenmal überzeugen Sie sich vorher, ob die betreffende Person auch wirklich tot ist. Sie können sonst anderen Menschen einen gehörigen Schrecken einjagen.«

Er kriegte einen roten Kopf und nickte.

Zwei Minuten später waren wir auf dem Weg zum Flughafen.

Rico Valetta kitzelte mit dem rechten Fuß das Gaspedal seines Ferrari. Mit einem Auge peilte er auf die Uhr am holzgetäfelten Armaturenbrett.

Verdammt, er mußte sich beeilen, wenn er pünktlich am Flughafen sein wollte.

Rico Valetta kümmerte sich einen Dreck um die Verkehrsregeln. Trotz Überholverbots zog er wie ein Blitz an zwei Lastwagen vorbei. Auf der Gegenfahrbahn mußte ein Fahrer fast in den Straßengraben kurven, um einen Zusammenstoß zu vermeiden.

Rico hatte die Ausfallstraße erreicht, die zum Flughafen führte. Schon konnte er die zur Landung ansetzenden Maschinen sehen. Noch fünf Minuten, und er hatte es geschafft.

Mit viel Glück fand er einen Parkplatz in Nähe der Eingangshalle. Rico Valetta schwang sich aus dem Wagen, schloß ihn ab und flitzte in das Flughafenrestaurant, dem vereinbarten Treffpunkt.

Er wußte, die Japaner erschienen zu viert.

Rico Valetta hatte sich kaum einen Martini bestellt, als er sie auch schon sah.

Die vier Asiaten fielen auf in ihren dunklen Anzügen und den dezenten Krawatten.

Ihr Anführer, ein schmächtiger Bursche mit einer Nickelbrille, sah sich suchend um. Seine drei Begleiter, die aussahen wie Ringkämpfer, schirmten ihn gut ab.

Rico winkte. Der Japaner sah sein Zeichen und steuerte den Tisch an.

»Signor Hoto?« fragte Rico leise.

Der Japaner nickte.

»Mein Chef hat mich geschickt«, sagte Valetta. »Bitte, setzen Sie sich einen Augenblick.«

»Das war nicht abgemacht. Wir wollen keinen längeren Aufenthalt in diesem Restaurant.« Hoto sprach italienisch.

»Es dauert auch nur einen Moment«, beruhigte ihn Rico. »Wir mußten umdisponieren.«

Der Ober brachte den Martini. Hoto bestellte nichts. Auch seine drei Begleiter, die sich ebenfalls gesetzt hatten, schauten in die Röhre. Rico Valetta zahlte sofort.

»Was heißt das, umdisponieren?« wollte Hoto wissen.

»Meine Auftraggeber schätzen es nicht, wenn man sie hinters Licht führen will.«

»Es will Sie niemand hinters Licht führen, Signor Hoto. Aber Sie können Doc Evans nicht hier in Neapel in Empfang nehmen.«

Hoto versteifte sich. »Dann zahle ich auch keine zehn Millionen Dollar.«

»Das müssen Sie mit dem Capo aushandeln«, sagte Rico Valetta. »Doch hören Sie mir einen Moment zu.«

Rico griff in die Brusttasche und holte eine Seekarte hervor. Sie zeigte einen Teil des Golfes von Neapel. Zahlreiche Inseln hoben sich als braune Flecken aus dem blaugedruckten Meer hervor.

Rico deutete auf eine der Inseln. »Das ist La Bacoli, ein kleines Eiland, das der Capo gekauft hat. Niemand weiß, daß die Insel ihm gehört. Dort wartet er mit Doc Evans auf ihre Ankunft.«

»Und wie kommen wir dorthin?«

Rico atmete tief aus. »Sie müssen sich ein Motorboot mieten. Ich kann Ihnen …«

Der Japaner ließ den Mafiosi gar nicht erst ausreden. »Warum bringt man uns nicht hin?« fuhr er ihn an.

Rico wand sich wie ein Aal. »Gewisse Schwierigkeiten mit der Policia«, räumte er ein.

»Man weiß also schon, daß Doc Evans entführt worden ist?« stellte der Japaner fest. »Nun, das war klar. Aber ist auch bekannt, wer ihn geschnappt hat?«

Rico nickte.

»Und die Geheimpolizei ist euch auf den Fersen?« drängte der Japaner.

»Gewesen, Signor Hoto, gewesen. Der Capo hat sich abgesetzt. Und wie ich schon sagte, niemand weiß von dieser Insel.«

Der Asiate dachte nach.

»Gut«, meinte er schließlich, »wir nehmen das Risiko auf uns.«

Rico Valetta fiel ein Stein vom Herzen.

»Aber nur unter der Bedingung eines Preisnachlasses«,

fuhr der Japaner fort. »So, jetzt zeigen Sie uns den genauen Weg. Einer meiner Begleiter kann Motorboot fahren.«

Rico trug mit einem Kugelschreiber die Fahrtroute auf der Karte ein. Dann gab er sie Hoto.

»Sie können zu Pirandelli gehen und sich ein Boot mieten. Er führt die neuesten Modelle.«

»Einverstanden«, sagte der Japaner. »Eine Frage hätte ich aber noch. Wie lange wird die Fahrt dauern?«

»Zu lange, um heute noch fahren zu können«, antwortete Rico. »Nehmen Sie sich für eine Nacht ein Hotelzimmer.«

Der Asiate schluckte seinen Ärger herunter. »Auch das werden wir in Kauf nehmen«, sagte er leise. »Ich hoffe nur, daß wir unseren Mann bekommen, sonst wird Ihr Boß es bedauern, uns hereingelegt zu haben.«

Wir hatten die Flughafenpolizei schon über Funk verständigt und gebeten, besonders auf Japaner zu achten. Die Antwort hätten wir uns eigentlich denken können. In diesem Menschengewirr war es auch für die routinierten Beamten fast unmöglich, bestimmte Personen zu finden, von denen sie noch nicht mal eine genaue Beschreibung hatten.

Der Leiter der Flughafenpolizei empfing uns selbst.

»Tut mir leid, meine Herren«, sagte er, »die Maschine aus Tokio ist zwar vor einer Stunde gelandet, doch zu der Zeit hatten wir Ihre Nachricht nicht erhalten.«

Ich bat um die Passagierliste.

»Ich habe sie vorsorglich mitgebracht«, sagte der Beamte.

Riggi, Jack Garland und ich überflogen die Namen. Jeder der Passagiere konnte es gewesen sein. Fast hinter jedem Namen stand als Beruf Geschäftsmann.

»Da ist nicht viel mit anzufangen«, murmelte Jack Garland.

Ich gab die Liste zurück. »Fragen wir die Taxifahrer«, schlug ich vor.

Am Taxistand herrschte ein Kommen und Gehen wie in einem Ameisenbau.

Mario Riggi ging auf einen Taxifahrer zu und sprach ein

paar Worte mit ihm. Ich sah, wie der Fahrer zu seinem Funktelefon griff.

Es dauerte fast eine Viertelstunde, bis Mario wieder zu uns kam. In seinem Gesicht las ich Triumph.

»Einen Teilerfolg können wir verbuchen«, berichtete er. »Es sind heute mehrere Japaner mit Taxis gefahren, doch die Fahrer können sich nicht erinnern, wohin. Einer sah jedoch, wie vier Japaner zu einem Mietwagenverleih gingen. Hier, direkt gegenüber.«

Riggi deutete mit der Hand auf ein Betongebäude, dessen untere Etage von Hertz-Rent-a-Car eingenommen wurde.

»Fragen kostet nichts«, schlug ich vor.

Wir machten uns auf den Weg.

Ein Angestellter erinnerte sich noch gut an die Japaner.

»Sie haben sich einen Mercedes geliehen«, erklärte er. Dann gab er uns die Nummer des Wagens.

»Haben die Männer irgendwelche Andeutungen gemacht, wohin sie fahren?« wollte ich wissen.

Der Angestellte schüttelte den Kopf. »Nein. Stimmt etwas nicht mit den Japanern?« fragte er neugierig.

»Eine routinemäßige Überprüfung«, wich ich aus.

Wir bedankten uns und gingen zu unserem Wagen, den wir auf dem Privatparkplatz der Schutzpolizei abgestellt hatten. »Haben wir die Japaner, kriegen wir auch Carrazzo«, bemerkte Jack Garland, als wir uns in das Verkehrsgewühl schlängelten.

»Eins steht für mich fest«, sagte ich. »Die Japaner müssen am Flughafen abgeholt worden sein. Wie sollten sie sonst Carrazzos Aufenthaltsort erfahren haben?«

Jack Garland und Mario Riggi stimmten mir zu.

Die Fahrt führte uns zum Polizeipräsidium. Wir wollten eine Großfahndung nach dem Mercedes anlaufen lassen. Auch sollten alle Hotels überprüft werden. Eine Heidenarbeit in einer Nacht.

Direkt neben dem Präsidium lag ein kleines Hospital. Dorthin hatte man Susan gebracht. Vor ihrem Zimmer saß ein Wachtposten.

»Hallo, Großer.« Susan lächelte schon wieder, als ich das Zimmer betrat.

Ich war überrascht. Meine Partnerin saß quietschfidel in ihrem Bett und strahlte mich an. Sie hatte ihr Haar im Nacken zusammengebunden, und nur ein breites Pflaster zeugte von ihrer Verletzung.

»Bist du denn wahnsinnig, Susan?« schimpfte ich. »Du brauchst doch Ruhe. Leg dich sofort wieder hin!«

Ich setzte mich auf die Bettkante und drückte meine Partnerin sachte zurück.

»He«, protestierte sie, »so einfach geht das nicht. Ich fühle mich munter wie ein Fisch im Wasser. Der kleine Streifschuß wirft mich nicht um.«

»Von wegen kleiner Streifschuß«, entgegnete ich. »Der Arzt hat dir sicher Ruhe verordnet.«

»Weißt du, was der Arzt mir verordnet hat?« flüsterte Susan und nahm meinen Kopf zwischen ihre Hände.

Freunde, wenn Susan mich so etwas fragt, werde ich schwach. Wir beide folgten der angeblichen Verordnung des Docs.

Nach einer Weile hauchte Susan: »Cliff?«

»Was ist denn?«

»Darf ich dich um einen Gefallen bitten?«

Ich kenne Susan lange genug. Wenn sie mir so kommt, will sie immer etwas, womit ich vorher nicht einverstanden bin.

»Welchen Gefallen?« fragte ich mißtrauisch.

»Bitte, Cliff, gib der Krankenschwester etwas Geld. Hier in Neapel haben die Geschäfte noch bis in die Nacht auf. Ich möchte was zum Anziehen haben.«

»Und dann?«

»Dann werde ich hier verschwinden, Großer.«

Ich lachte. »Kommt gar nicht in Frage, Susan, du bleibst hier.«

»Cliff!« mehr sagte sie nicht.

Was soll ich lange erzählen? Ich gab Susan das Geld und erhielt dafür einen Abschiedskuß.

»In ein paar Stunden bin ich wieder bei euch!« rief Susan, als ich das Zimmer verließ.

»Untersteh dich!«

»Wetten doch?«

»Lieber nicht«, erwiderte ich und schloß die Tür.

Wie gemalt lag der Hafen von Neapel im Licht der untergehenden Septembersonne.

Kleine, bunt angestrichene Fischerboote dümpelten an den Landungsstegen im ruhigen Wasser. Händler liefen umher und kauften den Fischern ihre Beute, die sie tagsüber aus dem Meer geholt hatten, ab. Menschen rannten durcheinander, schwatzten, lachten und kauften. Dieses bunte Treiben lockte Touristen an, die sich, mit Kameras bewaffnet, in das Gewühl stürzten, um ein wenig Atmosphäre einzufangen.

Die vier Japaner in ihrem Mercedes hatten für dieses Treiben keinen Blick. Der Fahrer fluchte lauthals vor sich hin, da er immer wieder klapprigen Autos und Eselgespannen ausweichen mußte.

Einmal hielt er den Mercedes an. Hoto erkundigte sich bei einem kleinen Jungen nach Pirandellis Bootsverleih. Er erhielt die Auskunft und ließ sie sich hundert Lire kosten.

Der Fahrer mußte den Wagen noch durch mehrere Gassen und über holprige Kopfsteinpflaster steuern, bis er vor dem Bootsverleih stoppte.

Der Besitzer selbst saß vor dem alten Steinhaus auf einem Schaukelstuhl und rauchte Pfeife. Er war ein mageres Männchen mit pfiffigen Augen und einem überdimensionalen Schnurrbart.

»Signor Valetta hat Sie bereits angemeldet«, begrüßte er die Japaner.

Hoto nickte. »Dann wissen Sie ja sicher, was wir wollen.«

»Folgen Sie mir«, sagte Pirandelli und stand auf.

Sie umrundeten das Haus, quetschten sich an einigen stinkenden Mülltonnen vorbei und gelangten schließlich über einen ausgetretenen Trampelpfad ans Wasser.

Vier rotlackierte Motorboote glänzten im letzten Sonnenlicht.

»Wählen Sie, Signori«, forderte der Bootsverleiher die Japaner auf.

Hoto schaute sich die Boote an. Dann winkte er einem seiner Gorillas. »Sieh dir das größte Boot genau an. Ist es in Ordnung, nehmen wir es.« Hoto redete in seiner Landessprache.

Der Mann nahm eine gründliche Inspektion vor. Dann nickte er zufrieden. »Wir können dabei bleiben.«

Hoto wandte sich an Pirandelli. »Wieviel?«

»Bis morgen zehntausend Lire Gebühr und Benzin extra«, forderte der Bootsverleiher.

»Halsabschneider«, knurrte Hoto. »Aber wir nehmen es. Laß volltanken. Und vergiß auch nicht, die Reservekanister zu füllen.«

Pirandelli steckte zwei Finger in den Mund und pfiff. Ein Halbwüchsiger tauchte auf.

Pirandelli gab ein paar Anordnungen. Der Junge nickte und flitzte davon.

»In einer Viertelstunde ist alles erledigt, meine Herren«, dienerte der Bootsverleiher. »Darf ich nun um das Geld bitten.«

Hoto blätterte die Scheine hin. Ein paar legte er noch für Benzin dazu. Pirandelli zählte nach und verbeugte sich dann. »Das Boot steht zu Ihrer Verfügung.«

Eine halbe Stunde später tuckerten sie los. Den Mercedes hatten sie in einer Gasse stehenlassen.

»Wir übernachten draußen«, befahl Hoto. Und zu dem Fahrer gewandt: »Laß die Dreimeilenzone hinter dir, das ist sicherer.«

»Warum bleiben wir auf See?« wurde Hoto gefragt.

»Dort sucht uns die Polizei nicht«, war seine Antwort.

Man hatte uns im Polizeipräsidium einen Raum zur Verfügung gestellt. Seit zwei Stunden schon warteten Jack Garland und ich auf eine Erfolgsmeldung. Bisher vergebens.

Fast alle Beamten der neapolitanischen Polizei waren auf den Beinen. Systematisch durchkämmten sie die Hotels und Pensionen nach den vier Japanern. Es wurden zwar einige Japaner festgenommen, doch nach Feststellung ihrer Personalien mußten wir sie wieder laufenlassen.

Es war wie verhext. Selbst die Polizeispitzel in der Unterwelt wußten von nichts oder wollten nichts wissen. Einen Teilerfolg konnten wir verbuchen. Als einige kleinere Bandenmitglieder erfuhren, daß es ihrem Capo an den Kragen ging, packten sie aus. Dadurch konnte die Polizei den Rauschgiftverteilerring in Neapel lahmlegen.

»Verdammter Mist«, fluchte Jack Garland und bot Zigaretten an. Ich wollte gerade Feuer geben, als das Telefon auf dem nüchternen Schreibtisch klingelte.

Ich saß näher am Apparat und hob ab.

Mario Riggi war am anderen Ende der Leitung. »Wir haben den Mercedes gefunden«, sagte er aufgeregt.

»Wo?«

»In der Hafengegend. Ich erwarte Sie unten vorm Eingang.«

»Sind schon unterwegs.«

Im Fahrstuhl erklärte ich Jack Garland, um was es ging.

»Endlich.« Damit sprach er aus, was alle dachten.

Wir klemmten uns in den Polizeiwagen, und ab ging die Post. Inzwischen war es schon dunkel geworden, und der Fahrer mußte das Licht einschalten.

»Der Wagen steht vor einem Bootsverleih«, erklärte Mario Riggi. »Ein Streifenpolizist hat ihn gefunden. Er hat auch inzwischen herausgefunden, daß sich die Japaner ein Boot gemietet haben. Von einem gewissen Pirandelli. Kein Unbekannter mehr für die Polizei.«

Als wir dort eintrafen, saß Pirandelli angstschlotternd auf einem harten Holzstuhl in seinem Wohnraum. Vor ihm stand wie ein Denkmal ein breitschultriger Polizist.

»Das ist er«, sagte der Beamte, als wir eintraten.

»Signori«, schrie Pirandelli, »ich habe nichts Schlimmes getan! Nur ein Boot verliehen.«

»An wen?« fragte ich.

»An Ausländer. Ich glaube Japaner.«

»Wann?«

»Vor vielleicht … Lassen Sie mich nachdenken, Signor.« Er legte seine Stirn in Falten. »Vor zwei Stunden etwa.«

»Das kann stimmen«, raunte mir Riggi zu.

Ich verlangte die Beschreibung des Bootes. Pirandelli gab sie mir. Sogar den Mietpreis verriet er mir. »Wenn ich gewußt hätte, was für Schwierigkeiten es geben würde, hätte ich Signor Valetta nicht den Gefal …«

Pirandelli hörte mitten im Satz auf.

Doch ich hatte genug gehört. »Wem?« fragte ich.

»Niemandem, Signor«, versicherte er. »Ich habe nichts gesagt.«

Mario Riggi mischte sich ein. »Pirandelli«, sagte er leise, »du weißt, daß wir dich auf der Abschußliste haben. Du kannst wählen. Entweder, du spuckst alles aus, oder wir machen deinen Laden dicht und lochen dich ein.«

Der Bootsverleiher wand sich wie ein Aal. »Signor«, flehte er, »ich kenne Sie nicht. Sie sind nicht von der Polizei. Können Sie mich schützen?«

»Ich bin vom SIFA«, erklärte Riggi Mario.

Pirandelli wurde weiß. Nervös kaute er auf seinem Schnurrbart.

»Wird's bald?« forderte Riggi.

»Er hat mich angerufen«, gab der Bootsverleiher zu.

»Wer?«

»Rico Valetta. Ich sollte vier Japanern ein Boot vermieten.«

»Weißt du, wo die Japaner hin wollten?«

Pirandelli schüttelte den Kopf. »Auf Ehre nicht, Signor. Sie haben mir nichts gesagt. Aber es war mein größtes Boot. Sie werden gewiß lange reisen. Sie haben viel Benzin mitgenommen.«

Riggi sah mich an. »Was meinen Sie, Signor Corner?«

»Ich glaube ihm.«

Jack Garland mischte sich ein. »Jetzt haben wir auch den Mann, der den Kontakt zwischen Big Carlo und den Japanern hergestellt hat. Valetta muß sich noch in Neapel befinden.«

»Wir werden eine Großfahndung nach ihm ankurbeln«, schlug Riggi vor. »Außerdem mobilisieren wir die Marine. Sie sollen im Golf ihre Augen offenhalten.« Dann wandte er sich an Pirandelli und ließ sich die Beschreibung des Bootes geben.

Ich ging nach draußen. Die Dunkelheit hatte inzwischen den Tag verdrängt. Ein leichter Wind wehte von See her. Es roch nach Fisch und Meer.

Vermutungen schossen wie wirr in meinem Kopf herum. Doch irgendwie blieben alle an einem Punkt hängen. Ich wurde das Gefühl nicht los, daß Big Carlo Doc Evans auf eine der zahlreichen Inseln im Golf von Neapel gebracht hatte.

Rico Valetta hatte es eilig. Eine Woche war er nicht bei seiner Freundin Mirella gewesen. Big Carlo hatte ihn immer auf Trab gehalten. Jetzt wollte er sich seine Entspannung holen.

Mirella wohnte in einem Apartmenthaus in der Neustadt. Die Mieten waren zwar sündhaft hoch, aber Rico bezahlte alles.

Valetta achtete nicht auf die Geschwindigkeitsbegrenzungen, sondern trat das Gaspedal durch. Der Ferrari zischte ab wie eine Rakete.

Vergnügt schaltete Valetta das Autoradio ein. Rita Pavone sang ihren neuesten Hit. Gut gelaunt pfiff der Mafiosi die Melodie mit.

Plötzlich hörte Rico hinter sich das Heulen einer Polizeisirene. Unwillkürlich drosselte er die Geschwindigkeit.

Das Heulen näherte sich.

Valetta peilte aus dem Fenster. Jetzt war der Wagen neben ihm. Rico zählte zwei Beamte. Der Mann auf dem Beifahrersitz hielt eine Kelle aus dem Fenster. Das Stoppzeichen für Rico.

»Scheiße!« fluchte er.

Der Polizeiwagen setzte sich vor ihn. Der Mafiosi trat auf die Bremse. Schlitternd blieb der Ferrari stehen.

Ein Polizist stieg aus und ging auf den Mafiosi zu.

Rico hatte ein ungutes Gefühl. Er tastete nach seiner Pistole und legte sie auf den Nebensitz.

Im kalten Licht der Peitschenlampen glänzte das Koppel des Carabinieri wie eine Herausforderung.

Valetta kurbelte das Seitenfenster herunter.

Der Beamte grüßte.

»Ihre Papiere«, verlangte er. »Außerdem haben Sie die Geschwindigkeitsbegrenzung fast um das Doppelte überschritten. Das wird Sie einiges kosten, Signor.«

Rico beugte sich zum Handschuhfach. Seine Beretta deckte er mit dem Körper ab. Plötzlich sah er, wie der Beamte stutzte.

Und jetzt beging der Polizist einen Fehler.

»Sie sind Rico Valetta«, sagte er. »Ich habe Sie erkannt. Ich muß Sie verhaften.« Schon fingerte der Carabinieri an seiner Pistolentasche herum.

Der Beamte hatte die Worte noch nicht ganz ausgesprochen, als Rico handelte.

Blitzschnell riß er die Pistole hoch und drückte zweimal ab.

Eine Kugel fuhr dem Beamten in den Hals, die zweite in die Stirn.

Blutüberströmt brach er vor dem Wagen zusammen.

Der Motor des Ferrari lief noch. Rico trat die Kupplung, jagte den ersten Gang rein und startete.

Mit einem waghalsigen Manöver fädelte er sich in den laufenden Verkehr ein.

Er sah noch die erschrockenen Augen des zweiten Beamten, der im Wagen saß, dann war Rico in der Dunkelheit verschwunden.

Doch der Fahrer des Polizeiwagens handelte rasch und richtig. Er sprang aus dem Wagen, sah, was mit seinem Kollegen passiert war, hetzte zurück und griff zum Funkgerät.

In zwei Sätzen schilderte er das Geschehen, gab den Wagentyp und die Autonummer durch.

Dann kümmerte er sich um seinen Kollegen. Diesem war nicht mehr zu helfen. Die beiden Geschosse hatten ihm fast den Kopf weggerissen.

»Dieses Schwein kriegen wir«, flüsterte der Polizist mit erstickter Stimme.

Er blickte hoch. Auf der Via Conzole lief nach wie vor der Abendverkehr. Niemand hatte von dem Mord an dem Polizeibeamten etwas gemerkt.

Rico Valetta wußte, daß man ihn jetzt jagen würde.

Zuerst mußte er seinen auffälligen Ferrari loswerden. Er konnte ihn unmöglich vor Mirellas Apartmenthaus parken.

Er nahm die nächste Abfahrt von der Schnellstraße und stellte den Sportwagen vor einem Lebensmittelgeschäft ab.

Dann schnappte er sich ein Taxi. Es brachte ihn in die Via Laudatia, wo Mirella wohnte.

Vor ihrem Haus stand eine Telefonzelle.

Vielleicht sollte ich sie erst mal anrufen, dachte Rico.

Gedacht – getan. Valetta wählte die Nummer. Niemand meldete sich. Er wählte noch einmal. Wieder ohne Erfolg.

Fluchend hängte der Gangster den Hörer ein.

Er steckte sich eine Zigarette an.

Vorsichtig sah er sich auf der Straße nach eventuellen Beschattungen um. Doch er konnte nichts Auffälliges feststellen. Es herrschte der gewohnte abendliche Betrieb.

Rico besaß einen Schlüssel zu Mirellas Wohnung. Kurz entschlossen betrat er das Haus und fuhr mit dem Fahrstuhl in die vierte Etage.

Vor der Wohnungstür zögerte er einen Moment. Niemand von den Hausbewohnern beobachtete ihn.

Rico schloß auf und betrat das Apartment.

In der Wohnung hing noch Mirellas süßlicher Parfümgeruch.

Rico Valetta ging zum Barschrank, schenkte sich einen dreifachen Kognak ein und pflanzte sich auf die helle Wildledercouch.

»Hoffentlich kommt sie bald«, brummte der Mafioso vor sich hin und genoß den weichen Kognak.

Valetta schloß die Augen und entspannte sich. Daß er vor kurzer Zeit noch einen Mord begangen hatte, störte ihn überhaupt nicht. Er schlief sogar kurz ein.

Erst die grelle Klingel der Wohnungstür riß ihn hoch.

Mirella hat doch einen Schlüssel, dachte Rico mißtrauisch. Oder hat sie ihn vergessen? Aber sie wußte ja gar nicht, daß er hier war. Die Sache stank.

Es klingelte zum zweitenmal.

Rico packte seine Beretta, stand auf und ging zur Tür …

Noch als wir bei Pirandelli waren, erfuhren wir über Funk von Rico Valettas Mord an dem Polizeibeamten.

»Jetzt kriegen wir ihn«, schwor Mario Riggi.

Die Fahndung wurde noch intensiviert. Schon auf der

Fahrt zum Präsidium erreichte uns die Meldung daß der Ferrari gefunden worden war. Leer natürlich. Der Wagen wurde bereits untersucht.

Im Präsidium wurden wir schon erwartet. Von einer Frau.

»Sie hat einige Angaben zu dem Fall Valetta zu machen«, klärte uns der Beamte auf, der sie in Empfang genommen hatte.

Die Frau sah aus wie Gina Nationale. Ihr großer Busen wurde von einem knappen karminroten Pulli gebändigt. Ein grüner Minirock gab zwei klassisch geformte Beine frei. Das rabenschwarze Haar hatte sie hochgesteckt.

»Ich bin Mirella Scampi«, stellte sie sich mit einer zu schrillen Stimme vor. »Ich möchte eine Aussage machen.«

»Bitte schön«, erwiderte Mario Riggi.

»Sie suchen doch Valetta?«

»Woher wissen Sie das?«

»Das spricht sich 'rum. Ich arbeite in einer Cafeteria als Serviererin, und da habe ich es gehört. Ich kann Ihnen vielleicht sagen, wo Sie Valetta finden. Ich bin seine Freundin.«

Ich zuckte wie elektrisiert zusammen. »Wo?« Doch gleichzeitig wurde ich mißtrauisch. »Wenn Sie seine Freundin sind, warum wollen Sie ihn verraten?«

Mirella Scampi lachte bitter auf. »Er hat mich einmal betrogen. Das habe ich nie vergessen. Ich wohne in der Via Laudatia, Nummer hundertzwanzig, Apartment 14. Rico hat von meiner Wohnung einen Schlüssel. Für ihn ist es im Augenblick der sicherste Schlupfwinkel. So, und jetzt geben Sie mir was zu trinken.«

Ich atmete tief aus. Die Spur war heiß. Faßten wir Valetta, waren wir der Lösung des Falles schon ein großes Stück näher.

Mirella Scampi wurde in die Kantine gebracht, wo sie sich noch zu unserer Verfügung halten sollte.

Mario Riggi, Jack Garland und ich arbeiteten einen Plan aus. Nur wir drei wollten fahren. Ohne großes Polizeiaufgebot.

Während wir unsere Waffen überprüften, platzte Susan herein. Neu eingekleidet und quietschfidel.

»Hallo, Großer!« rief sie munter. »Ich bin wieder startbereit.«

Ich sah meine Partnerin an. Sie hatte die Zeit genutzt und sich einen himbeerfarbenen Hosenanzug gekauft, und dazu eine Handtasche, die aussah wie ein Briefkasten. Die Haare fielen ihr auf die Schultern und verdeckten fast das Pflaster an ihrer Schläfe. Ich erklärte Susan kurz die Lage.

»Ich komme mit«, sagte sie lakonisch.

»Nein. Du mußt dich noch ausruhen.«

Es gab ein Hin und Her. Schließlich konnten wir Susan gemeinsam davon überzeugen, daß sie sich aus diesem Fall heraushielt.

Danach war mir wohler.

Wenig später standen wir vor dem Apartmenthaus in der Via Laudatia.

»Ich gehe nach oben«, erklärte ich. »Bewacht ihr beide die Hinterseite des Hauses.«

»Ich halte es für besser, hier unten zu bleiben«, schlug Jack Garland vor.

Wir stimmten zu.

Der Portier, an dem ich vorbeiging, kümmerte sich nicht um mich.

Apartment 14 lag in der vierten Etage.

Ich fuhr mit dem Lift hoch und lockerte den .38er in meiner Halfter.

Mirella Scampis Apartment lag dem Lift schräg gegenüber.

Ich atmete noch einmal tief durch und drückte auf den weißlackierten Klingelknopf.

Die Glocke tönte ziemlich laut.

Keine Reaktion.

Ich klingelte zum zweitenmal.

Ich hörte leichte Schritte.

Und dann wurde die Tür aufgezogen …

Rico Valetta stand vor mir. Eine Pistole in der Hand.

Ich handelte gedankenschnell. Mein rechter Fuß schoß hoch und traf Ricos Unterarm. Die Waffe wurde ihm aus den

Fingern geprellt und landete auf dem Boden. Ehe sich der Mafiosi danach bücken konnte, kickte ich sie mit dem Fuß weg.

Doch Valetta war zäh. Er überwand seine Überraschung sofort. Er schnellte vor, und sein Kopf bohrte sich in meine Magengrube.

Ich wurde mit dem Rücken gegen den Türpfosten geschleudert. Ein irrsinniger Schmerz zuckte von der Wirbelsäule hoch.

Der Gangster sah seine Chance. Mit einem Wutschrei grub er die Rechte in meine Magengrube. Übelkeit schoß in mir hoch.

»Dich Schwein mache ich fertig«, keuchte Valetta und holte abermals aus.

Doch diesmal hatte ich aufgepaßt. Mein rechtes Knie schoß hoch und kollidierte mit Valettas Faust. Gleichzeitig drückte ich mich von der Wand ab und pflanzte meine Linke in Ricos Magengrube.

Gurgelnd taumelte er zurück.

Ich setzte nach.

Mehrmals jagte ich ihm einige Doubletten an den Kopf, die einen weitaus stabileren Burschen auf die Bretter geschickt hätte. Nicht so Rico Valetta. Er war zwar wacklig auf den Beinen, doch immerhin war er noch so clever, meinen letzten Schwinger zu unterlaufen.

Ich schoß vor wie eine Rakete. Und im selben Moment knallte mir der Mafioso seine Handkante in den Nacken.

Der Schlag reichte aus, um mich Parterre gehen zu lassen.

Valetta nutzte seine Chance und rannte aus der Wohnung.

So schnell es ging, stemmte ich mich hoch, stolperte zur Wohnungstür und sah gerade noch, wie sich die Türen des gegenüberliegenden Fahrstuhls vor Rico öffneten.

Ich handelte automatisch. Zwei Sprünge brachten mich in Reichweite des Fahrstuhls. Mit einem Spagatschritt klemmte ich einen Schuh zwischen die Schiebetür. Der Kontakt wurde unterbrochen. Automatisch glitt die Tür wieder auf.

Ein letzter Sprung brachte mich in den Lift.

Rico Valetta empfing mich mit einem gemeinen Tiefschlag.

Ich wehrte seine Attacke ab, und rammte ihm die Faust ans Kinn.

In diesem Augenblick setzte sich der Lift in Bewegung. Nach unten.

Beide gerieten wir aus dem Gleichgewicht.

»Gib auf«, keuchte ich, während ich mich mit der Hand an den Haltegriff klammerte.

Valetta bleckte die Zähne wie ein Wolf. In seinen Augen las ich tödlichen Haß.

»Niemals!« schrie er und riß ein Schnappmesser aus der Hosentasche.

Plötzlich stoppte der Fahrstuhl. Wahrscheinlich im Erdgeschoß.

Valetta sprang vor und schlug mit der Hand gegen die Schalttafel. Ruhig schwebte der Fahrstuhl wieder nach oben.

Valetta stand gebückt vor mir. Die Spitze des Schnappmessers in seiner Rechten zeigte nach oben.

»Komm schon, Corner«, flüsterte er. »Ich werde dir die Eingeweide aus dem Balg schneiden.«

Ich grinste. »Laß die dummen Drohungen, Rico«, provozierte ich ihn.

Und wieder stoppte der Lift.

Valetta wollte die Chance nutzen und stieß mit dem Messer nach mir.

Ich wich im letzten Augenblick aus. Sein Stoß ging ins Leere. Während dieser Aktion fuhr der Fahrstuhl wieder los.

Ich war darauf eingestellt, fing die plötzliche Bewegung mit meinem Körper ab, verlieh ihm den nötigen Schwung, packte Ricos Messerarm und drehte ihn mit einem Ruck herum.

Der Mafioso schrie auf. Das Messer fiel auf den Boden.

»Und nun ist Sense«, sagte ich, während ich meinen Gegner im Polizeigriff hielt.

»Fahr zum Teufel!« geiferte Valetta. Dann folgte eine Litanei italienischer Schimpfworte, die ich nicht kannte.

Ich drückte mit der freien Hand auf den Stoppknopf.

Wenig später hielt der Lift.

Die Türen schwangen auseinander.

Ich wußte nicht, in welchem Stockwerk wir uns befanden,

doch unser Kampf mußte die Mieter des Hauses aufgescheucht haben. Ich sah in ängstliche und neugierige Gesichter.

Valetta spuckte auf den Boden, als er die Menschen sah.

»Gehen Sie wieder in Ihre Wohnungen«, sagte ich, »es gibt nichts mehr zu sehen.«

Widerwillig folgten sie.

»Beschissene Spießer«, knurrte Rico.

»Besser als Typen deiner Sorte«, gab ich zurück.

Ich zog meinen Revolver, ließ Rico los und drückte ihm die Mündung ins Kreuz.

»Vorwärts!« befahl ich. »Zum Apartment deiner Freundin.«

»Hat die Nutte mich verpfiffen?« giftete er.

»Ja.«

»Dieses alte Dreckstück.«

Ich stieß Valetta den Lauf ins Kreuz. »Halt jetzt deinen Mund und tu, was ich dir gesagt habe.«

Rico Valetta gehorchte, aber anders, als ich es gedacht hatte.

Er rannte plötzlich los, den Gang entlang auf den Lichthof der Etage zu.

»Halt! Stehenbleiben!« schrie ich und setzte mich in Bewegung. Ich hätte schießen können, doch mir widerstrebt es, einen Menschen, egal, was er verbrochen hat, in den Rücken zu schießen.

Das Folgende spielte sich in Sekundenschnelle ab.

Ich sah noch, wie sich Valetta auf das Treppengeländer schwang. Dann ließ er sich fallen.

Sein Schrei war grauenhaft. Ich hörte den Knall, wie der Gangster im Erdgeschoß aufschlug.

Als ich dort anlangte, hatte sich schon eine Menschenmenge um den Toten versammelt. Unter ihnen Jack Garland. Ich drängte mich zu ihm vor.

Garland zuckte mit den Schultern. »Exitus.«

Ich wischte mir den Schweiß von der Stirn und steckte meinen .38er ein.

»Dann war alles umsonst«, resignierte ich.

Jack Garland schüttelte den Kopf. »Nicht ganz, Cliff.

Bevor Valetta starb, hat er noch ein paar Worte gesprochen.«

»Welche?«

»Er sagte immer nur: La Bacoli.«

»La Bacoli? Was ist das?«

»Wenn mich nicht alles täuscht, ist es der Name einer kleinen Insel. Aber fragen wir doch Mario Riggi. Er kommt gerade an.«

Riggi ließ sich das Geschehen von mir erklären. Als ich den Namen La Bacoli erwähnte, zuckte er plötzlich zusammen.

»Natürlich kenne ich La Bacoli«, versicherte er eifrig. »Es ist eine kleine Insel im Golf.«

»Gehört die Insel zu Italien?« fragte ich.

»Früher mal. Aber dann wurde sie verkauft.« Riggi überlegte. »Wartet einen Augenblick. Ich will nur eben telefonieren«, sagte er hastig.

Ein Telefon gab es in der Halle.

Nach einer Zigarettenlänge war Riggi wieder da.

»Ich hab's«, verkündete er strahlend. »Die Insel wurde damals an einen gewissen Carlo Carrazzo verkauft.«

Ich pfiff durch die Zähne. »Dann wissen wir ja wohl auch, wo sich Doc Evans mit fast hundertprozentiger Sicherheit befindet. Also, auf zur letzten Runde.«

In Riggis Büro brüteten wir unseren Plan aus. Susan, Jack Garland, Mario Riggi und ich.

Es ging schon auf Mitternacht zu. Heißer Kaffee hielt uns wach.

Vor uns auf dem Tisch lag eine Spezialseekarte. Die Insel La Bacoli befand sich etwa vierzig Seemeilen südlich von Neapel.

Mario Riggi sah auf die Uhr. »Wir müßten die Aufnahmen eigentlich bald bekommen«, meinte er nachdenklich. »Unsere Luftwaffe wird ja wohl nicht schlafen.«

Der SIFA-Mann hatte aufgrund seiner Vollmachten die italienische Luftwaffe mobilisiert. Sie versprachen, einen Düsenjäger loszuschicken, der die Insel überfliegen sollte, um gleichzeitig mit einer Infrarotkamera Aufnahmen von dem Eiland zu machen.

Das Telefon schlug an.

Riggi hob ab, hörte einen Moment zu und sagte dann: »Soll sofort hochkommen.«

»Die Aufnahmen«, sagte er. »Und dabei heißt es immer, wir wären langweilig.«

Eine Minute später erschien ein Bote und brachte ein Kuvert.

Mit einem Brieföffner schlitzte Riggi die Klappe auf. Den Inhalt, er bestand aus fünf Schwarzweißaufnahmen, verteilte er auf seinem Schreibtisch.

Ich nahm eine Aufnahme in die Hand. »Seht euch das an«, rief ich, »die Kerle besitzen sogar ein Wasserflugzeug.«

Es war deutlich zu erkennen. In einer kleinen, durch Felsen geschützten Bucht lag das Flugzeug.

Auch die anderen Aufnahmen zeigten die Insel in verschiedenen Positionen. Deutlich war ein flaches Haus an der Nordseite zu erkennen.

Wir prägten uns alle Details genau ein. Jetzt war nur noch die Frage offen, wie wir es anstellen sollten, Doc Evans zu befreien.

Ich schnitt das Problem an.

»Irgendwelche Vorschläge?«

»Wir starten eine groß angelegte Aktion«, meinte Mario Riggi.

»Davon halte ich nichts.« Zum erstenmal mischte sich Susan in unser Gespräch ein. »Erstens gefährden wir Doc Evans, und zweitens würden wir mit den Japanern in einen Konflikt geraten.«

»Susan hat recht«, stimmte ich ihr zu. »Wir befinden uns ja nicht innerhalb der Dreimeilenzone. Außerdem können wir den Japanern bis dato keine ungesetzliche Handlung nachweisen.«

»Haben Sie einen anderen Vorschlag?« fragte Jack Garland.

Ich nickte. »Den habe ich, Jack.«

Ich steckte mir eine Zigarette an.

»Dieser Job ist ein Ein-Mann-Job.«

»Nehmen Sie sich da nicht zuviel vor?« meinte Jack skeptisch.

»Keineswegs. Hören Sie zu. Ich schlage vor, wir lassen Dr. Evans von den Japanern kaufen. Anschließend werden Sie, Jack, mit Signor Riggis Hilfe das Boot der Japaner stoppen. Sie werden Ihnen erklären, daß Doc Evans entführt worden ist.«

»Das wußten sie doch vorher schon, Cliff.«

»Gewiß. Doch sie werden das Gegenteil behaupten. Durch Sie wissen die Japaner offiziell davon. Sollten die Burschen dann nicht freiwillig nachgeben, müssen Sie eben Gewalt anwenden.«

»Leichter gesagt, als getan. Die Japaner werden auch nicht zimperlich sein.«

»Sicher, Jack. Aber Sie haben Rückendeckung.« Ich wandte mich an Mario Riggi. »Schaffen Sie es, die Marine zu bewegen, einige Kanonenboote einzusetzen?«

»Ich denke schon.«

»Ausgezeichnet.«

»Und welche Rolle spielst du in dem Drama?« fragte Susan. Sie lächelte spöttisch und sah mich mit hochgezogenen Augenbrauen an. Ich ahnte, was sie vorhatte. »Ich werde versuchen, auf die Insel zu gelangen«, erwiderte ich.

»Allein?«

»Natürlich.«

Susan schüttelte den Kopf. »Kommt gar nicht in Frage. Weißt du, wie viele Männer auf der Insel sind? Wenn sie dich schnappen, können wir dich aus dem Golf fischen. Ich werde dich begleiten.«

»Du mit deiner Verletzung! Unmöglich«, protestierte ich.

»Von dem Kratzer spüre ich nichts mehr. Solch ein Streifschuß wirft mich so leicht nicht um.«

Mario Riggi mischte sich in unseren kleinen Disput ein. »Ich bin auch dagegen, Signor Corner. Es ist viel zu gefährlich.«

»Im Gegenteil, Signor Riggi. Ich habe den Überraschungseffekt auf meiner Seite. Sollte ich jedoch feststellen, daß die Übermacht zu groß ist, ziehe ich mich zurück. Auf jeden Fall versuche ich, das Flugzeug unbrauchbar zu machen.«

»Sollten wir die Insel nicht direkt angreifen?« meinte Jack Garland.

»Das gäbe unnötiges Blutvergießen«, erwiderte ich. »Es bleibt dabei, ich versuche, es allein zu schaffen.«

Susan sah mich an, sagte aber nichts. Es kam mir komisch vor. So ganz traute ich dem Frieden nicht.

»Ich werde mich mit der Marine in Verbindung setzen«, sagte Mario Riggi und verließ den Raum.

Zu dritt diskutierten wir meine Vorschläge noch einmal durch. Ich schaffte es schließlich, noch vorhandene Bedenken auszuräumen.

Nach zehn Minuten kehrte Riggi zurück. »Alles in Ordnung«, sagte er. »Die Marine setzt ein Schnellboot und drei Kanonenboote mit jeweils fünf Mann Besatzung ein. In einer Stunde fahren wir los. Wir drei werden mit auf dem Schnellboot an der Spitze sein. Wir setzen Sie dann etwa eine Meile vor der Insel ab, Signor Corner. Sie steigen in ein kleines Schlauchboot, mit einem Elektromotor angetrieben. Das verursacht kaum Geräusche. Wir ziehen uns dann mit den Kanonenbooten zurück und warten das Weitere ab.«

»Die Idee ist gut, Signor Riggi«, stimmte ich zu. »Wie sieht es mit entsprechender Kleidung und Bewaffnung aus?«

»Finden Sie alles auf dem Boot.«

»Und ich? Was wird aus mir?« fragte Susan plötzlich. »Denken Sie, ich bleibe hier? Nein, ich werde auf dem Schlauchboot mitfahren.«

Wir versuchten, Susan ihren Plan auszureden. Vergeblich.

»Letztlich bin ich eine vollwertige Agentin«, sagte sie wütend. »Was ist nun, ja oder nein?«

»Meinetwegen«, stimmte ich zu, »aber keine Extratouren. Denk an den Streifschuß.«

»Pah«, äußerte Susan nur und blies sich eine Strähne ihres wunderbaren Haares aus der Stirn. Heute kann ich nur sagen, wie gut, daß wir Susan Taylor mitgenommen hatten. Denn ohne sie wäre der Fall für mich ... Aber was rede ich? Lesen Sie selbst ...

»Hals- und Beinbruch«, wünschte mir Mario Riggi, als die Männer mich mitsamt Schlauchboot über Bord hievten.

Wie eine Feder schwamm das Boot auf der wogenden See.

Mit einem Knopfdruck brachte ich den Elektromotor zum Laufen. Summend setzte sich das Schlauchboot in Bewegung. Der Kompaß an meinem Handgelenk zeigte mir die Richtung.

Die Nacht war sternenklar. Bald hatte ich das Schnellboot, das mich bis hierher gebracht hatte, aus den Augen verloren. Ich sah nur noch das weite Meer und über mir die unzähligen Sterne.

Im Boot lag meine Maschinenpistole. Außerdem besaß ich noch den .38er, ein Klappmesser und ein Walkie-talkie.

Ich selbst steckte in einem schwarzen Rollkragenpullover, dunkler enger Hose, einer enganliegenden Lederjacke und leichten Schuhen. So gerüstet, hoffte ich, die Insel stürmen zu können.

Es ging auf die zweite Morgenstunde zu. Bis die Dämmerung eintrat, hatte ich noch genug Zeit, meine Aufgabe zu erledigen.

Der kleine E-Motor erwies sich als leistungsfähiger, als ich vorher angenommen hatte. Ich brauchte nicht ein einziges Mal mit dem Paddel, das ebenfalls im Boot lag, den Kurs zu korrigieren.

Das Funkgerät meldete sich.

»Alles in Ordnung bei Ihnen, Signor Corner?« quäkte Riggis Stimme.

»Alles klar«, beruhigte ich ihn. »Der Motor läuft gut, und das Meer ist glatt.«

»Wann melden Sie sich wieder?«

»Wenn ich die Insel erreicht habe. Ende.«

»Ende.«

Ein leichter Wind kam auf. Ich hatte Mühe, mit der Nußschale nicht zu kentern. Immer wieder wurde ich zurückgeworfen. Zum Glück hielt ich die Richtung bei.

Ich war etwa drei bis vier Meilen vor der Insel in das Schlauchboot umgestiegen. Nach meiner Schätzung konnte es nicht mehr lange dauern, bis ich mein Ziel erreicht hatte.

Tatsächlich. Etwa eine Stunde nach meinem Start schälte sich das Eiland wie ein breiter Klotz aus dem Dunkel.

Jetzt stellte ich den Motor ab. Aus den Aufnahmen wußte ich, daß Big Carlos Haus an der Nordseite der Insel lag. Da ich von Norden kam und ich ihm nicht unbedingt in die Arme laufen wollte, mußte ich um die Insel herum.

Das war leichter gesagt als getan. Denn in Ufernähe ragten Klippen wie Stacheln aus dem Wasser.

Vorsichtig versuchte ich, diese Felsen zu umgehen. Das war nicht so einfach, doch mit viel Glück gelang es mir, an das Westufer der Insel zu gelangen.

Ich mußte damit rechnen, daß Big Carlo Wachen aufgestellt hatte.

Mit aller gebotenen Vorsicht näherte ich mich dem Strand. Das letzte Stück watete ich im Schutz der Felsen durch das Wasser und betrat das Ufer erst, als ich sicher war, von niemandem gesehen worden zu sein.

Ich spürte Sand unter meinen Füßen. Doch nach ein paar Yards wurde der Boden felsig. Das Gelände stieg auch leicht an. Ich sah mich nach einem geeigneten Versteck für mein Schlauchboot um. Schließlich entdeckte ich einen vorspringenden Felsen, der mir geeignet erschien.

Ich öffnete das Ventil. Zischend entwich die Luft aus dem Boot. Ich faltete es zusammen und deponierte es unter dem Felsen.

Dann packte ich meine Maschinenpistole und machte mich auf die Strümpfe. Die natürliche Bucht, in der das Wasserflugzeug der Gangster dümpelte, befand sich an der Nordwestseite der Insel. Ich brauchte nur ein Stück zurückzugehen, um mein Ziel zu erreichen.

Ich hielt mich immer in Nähe der Felsen. Sie gaben mir eine vorzügliche Deckung.

Irgendwann hörte ich einen Schrei oder lautes Lachen. Ich mußte schon in Nähe des Hauses sein.

Und dann war ich da. Der Strand, auf dem ich ging, endete plötzlich. Rechter Hand schob sich wie ein Keil eine kleine Bucht in die Insel. Und in dieser Bucht schaukelte träge wie ein großer Vogel das Wasserflugzeug. Es wurde von den Felsen gut gegen Entdeckung abgeschirmt.

Um an das Flugzeug zu gelangen, mußte ich klettern.

Vorsichtig hielt ich nach Wachen Ausschau. Aber auch hier konnte ich niemanden bemerken. Die Gangster schienen sich sehr sicher zu fühlen.

Ich hängte mir die Maschinenpistole um den Hals und begann mit dem Abstieg. Die Distanz zu dem Flugzeug betrug etwa drei Yards. In dem rissigen Felsgestein fand ich guten Halt. Schnell befand ich mich auf Höhe des Flugzeuges. Ein gezielter Sprung brachte mich auf die Tragfläche. Durch den Stoß schaukelte das Wasserflugzeug hin und her. Es war schwierig, die Balance zu halten.

Vorsichtig glitt ich an den großen Propeller. Ich packte die MPi, klemmte den Lauf zwischen die Flügel und bog ihn herum. Knirschend verbog sich der Propeller. Anschließend kletterte ich über die Pilotenkanzel und vollbrachte an der anderen Seite das gleiche.

Ich lächelte schadenfroh, als ich mein Werk betrachtete.

Denselben Weg kletterte ich wieder zurück. Während ich mich noch an den Felsen hochzog, passierte mir ein Mißgeschick. Durch das Hinundherschwingen rutschte mir das Walkie-talkie aus der Hosentasche. Klatschend landete es im Wasser.

Ich fluchte wie ein alter Pirat. Nur leiser. Jetzt nahm Riggi wahrscheinlich an, mir wäre etwas passiert. Hoffentlich ließ er sich nicht zu voreiligen Handlungen hinreißen.

Ich konnte im Moment nichts anderes tun als warten.

»Corner meldet sich nicht«, sagte Mario Riggi und preßte das Walkie-talkie gegen sein Ohr.

Jack Garland, der in dem kleinen Kommandoraum des Schnellbootes neben dem Geheimdienstmann stand, wurde blaß.

»Was sagen Sie da, Mario?«

»Hören Sie selbst, Jack«, sagte Mario und übergab dem Amerikaner sein Sprechfunkgerät.

Jack drückte auf die Taste. Vergeblich.

In diesem Augenblick betrat Susan Taylor die Zentrale. Sie sah sofort, daß etwas nicht stimmte.

»Was ist los?« fragte sie argwöhnisch.

»Nichts Besonderes.« Jack Garland grinste unglücklich.

Susan runzelte die Stirn. »Machen Sie mir nichts vor, Jack. Es ist doch was passiert. Geht es um Cliff? Raus mit der Sprache!«

»Es ist so, Signorina Taylor. Ihr Partner Cliff Corner meldet sich nicht mehr.«

Susan wurde bleich. »Was? Und das sagen Sie erst jetzt?«

»Wir wissen es auch noch nicht lange, Susan«, stellte Jack Garland richtig. »Außerdem ist noch gar nicht erwiesen, daß man Cliff geschnappt hat. Das Walkie-talkie kann auch defekt sein.«

»Kann, kann«, regte sich Susan auf. »Das sind alles Vermutungen. Wir müssen etwas unternehmen. Und zwar sofort.«

»Der Meinung bin ich auch«, antwortete Mario Rigg. »Doch können wir wegen Signor Corner unsere besprochenen Aktionen nicht ändern. Er selbst würde an meiner Stelle auch so handeln. Signor Garland und ich werden hier gebraucht.«

Susan Taylor lächelte hinterlistig. »Da gebe ich Ihnen völlig recht, Signor Riggi. Sie beide müssen hier die Stellung halten. Doch ich habe freie Hand.«

»Sie?« staunte Riggi. »Ihre Tatkraft in allen Ehren, Signorina Taylor, doch ich wüßte nicht, was Sie unternehmen könnten.«

»Ganz einfach«, meinte meine Partnerin. »Besorgen Sie mir ein Boot, und ich fahre zur Insel 'rüber.«

»Auf keinen Fall.«

»Dann schwimme ich eben.«

Die drei redeten noch einige Zeit hin und her. Schließlich setzte Susan ihren Willen durch.

»Aber passen Sie auf, daß man Sie nicht schnappt. Es wird bald hell«, warnte Jack Garland sie zum Abschied.

»Keine Bange, Jack. Man hat mich hier einmal reingelegt. Ein zweites Mal nicht mehr, das sage ich Ihnen. Und nun lassen Sie mich in das Boot.«

»Ein Teufelsmädchen«, murmelte Jack Garland.

Doch da war Susan Taylor schon im Dunst der heraufziehenden Dämmerung verschwunden.

»Sie kommen!« schrie Marco, der mit einem Fernglas an den Klippen stand und das Meer beobachtete.

Big Carlo erhob sich ächzend von seiner Liege. »Sieh nach, Sergio«, befahl er, »und hilf Marco, die Japaner einzuweisen.«

Sergio da Costa gehorchte.

Big Carlo klaubte sich eine Zigarre aus seinem Etui und setzte sie in Brand. Grinsend sah er zu Doc Evans hinunter, der in einer Ecke lag und leise vor sich hin wimmerte.

»Bald sind wir dich los«, sagte Carrazzo und spuckte einen Tabakkrümel aus.

»Ich brauche einen Arzt«, stöhnte der Wissenschaftler.

»Den kriegst du in Japan. Und stell dich nicht so an, wenn die Männer gleich hier sind. An einem gebrochenen Arm ist noch niemand gestorben.«

Doc Evans stützte sich mit seinem gesunden Arm hoch und starrte dem Mafiaboß in die Augen. »Sie sind ein Schwein, Carrazzo«, keuchte er, »ein widerliches ...«

»Ach, halten Sie die Schnauze«, fuhr ihm Big Carlo in die Parade. »Mich können nur Menschen beleidigen, nicht solche Kreaturen wie Sie.«

Carrazzo ging zum Fenster und sah hinaus. Er konnte ein Stück des Meeres sehen, doch der kleine natürliche Hafen, in den die Japaner gelotst werden sollten, lag nicht in seinem Blickwinkel.

Carrazzo sog an seiner Zigarre. Bald sind wir weg, dachte er. Ich bin es aber auch leid. In diesem verdammten Haus ist es ja nicht zum Haushalten. Dauernd tritt man sich gegenseitig in dem einen Raum auf die Füße. Dazu noch das ewige Jammern von diesem Eierkopf. All dies zerrt an den Nerven. Sergio werde ich mitnehmen, die anderen beiden müssen vorher erledigt werden, überlegte Big Carlo.

Er wandte sich um. Sein Blick fiel auf den wackligen Tisch, die drei Korbstühle, zwei Liegen, die sie mitgebracht hatten, und auf den schmutzigen Fußboden, der mit ausgetretenen Zigaretten- und Zigarrenstummeln übersät war. Komfortabel ist es hier nicht, aber sicher, dachte Carrazzo. Und mehrere Stürme hatte das Notquartier auch schon überstanden.

Von draußen hörte der Capo Kommandorufe. Kurz danach erklangen Schritte mehrerer Personen.

Carrazzo ging auf Doc Evans zu, hob ihn hoch und setzte ihn in einen Korbstuhl. »Damit die Schlitzaugen nicht denken, wir hätten dich schlecht behandelt«, sagte er zynisch.

Mit einem Ruck wurde die Tür aufgestoßen. Sergio und Marco betraten mit den vier Asiaten den Raum.

Ein kleiner, schmächtiger Mann mit einer Nickelbrille gab einige Anweisungen in seiner Heimatsprache. Seine drei Begleiter zogen ihre Waffen und verteilten sich blitzschnell im Raum.

Big Carlo grinste verzerrt. »Was soll das?«

»Nur eine kleine Vorsichtsmaßnahme«, sagte der Japaner. »Sind noch mehr Leute auf der Insel?«

Big Carlo druckste herum. Ihm paßte es nicht, daß der schmächtige Mann das Handeln übernommen hatte. Seine beiden eigenen Leute standen ziemlich verdattert da und sahen sich ratlos an.

»Ich habe Sie etwas gefragt, Signor Carrazzo!« Der Japaner sprach fast akzentfreies Italienisch.

»Einer meiner Leute ist noch draußen«, bequemte sich der Capo endlich zu sagen.

»Dann rufen Sie ihn herein.«

Carrazzo wandte sich an da Costa. »Hol Pietro!« befahl er.

Der Japaner schüttelte den Kopf. »Nein. Niemand verläßt das Haus. Sie können ihn rufen. So groß ist die Insel schließlich nicht.«

Da Costa zuckte mit den Schultern und gehorchte.

Drei Minuten später war Pietro da.

»So, dann wollen wir zur Sache kommen«, meinte der Japaner, »doch vorher möchte ich mich vorstellen. Ich heiße Hoto. Das genügt für Sie.« Dann deutete er mit einer Hand auf Doc Evans. »Ist er das?«

»Si, Signor Hoto.«

Hoto ging langsam auf den Wissenschaftler zu. Doc Evans blickte ihn mit fiebrigglänzenden Augen an.

Der Japaner ruckte herum. »Was haben Sie mit ihm gemacht, Signor Carrazzo? Was ist mit dem Arm des Mannes?«

»Nun, wir mußten ihn ein wenig in die Mangel nehmen.«

»Warum? Sie brauchten ihn nur zu entführen.«

Fieberhaft suchte Big Carlo nach einer Ausrede. Er konnte doch nicht sagen, daß er selbst an der Erfindung interessiert gewesen war.

»Er wollte flüchten. Wir haben ihn aber geschnappt und ihm weitere Fluchtgedanken ausgeredet«, sagte er schließlich.

Doc Evans, der gut Italienisch verstand, schrie auf. »Nein«, rief er, »so war es nicht! Ich sollte diesem Mann mein Projekt, mein Lebenswerk verraten. Aber ich habe dichtgehalten. Ich werde auch nicht für Sie arbeiten, niemals!«

Der Japaner hob die Hand. »So ist das also«, sagte er leise. »Sie wollten Ihre eigene Suppe kochen, Signor Carrazzo. Aber nicht mit uns. Erst drehen Sie den Wissenschaftler durch die Mangel, bekommen, wie mir einer Ihrer Leute gesagt hat, mit der Polizei Ärger und muten uns noch zu, Sie auf dieser Insel zu besuchen. Nein, Signor Carrazzo, so war das nicht vereinbart.«

»Moment«, widersprach Big Carlo. »Sie wollten doch Evans haben. Auch über den Preis waren wir uns einig.«

»Sicher«, stellte Hoto fest, »aber nicht unter diesen Umständen. Wir finden hier einen Mann vor, der gar nicht in der Lage ist, in den nächsten Wochen für uns zu arbeiten. Und all diese Unannehmlichkeiten, von denen ich vorhin sprach, sind längst keine zehn Millionen Dollar wert, noch nicht mal die Hälfte.«

Hotos Worte trafen Carrazzo wie Tiefschläge. Er wurde weiß wie ein Bettlaken. Doch dann schoß wie eine feurige Lohe die Wut in ihm hoch.

»Sagen Sie das noch mal!« schrie er und machte Anstalten, sich auf Hoto zu stürzen.

Doch Big Carlo hatte die Leibwächter vergessen. Die drei schossen gleichzeitig. Es klang wie ein Schuß. Carrazzo spürte direkt den Luftzug der Kugeln, so nahe zischten sie an seinem Kopf vorbei.

Der Japaner lächelte ihn an. »Warum so stürmisch, lieber Freund? So kommen wir nie zum Ziel. Jetzt nur noch zwei Millionen Dollar.«

Nur mit äußerster Anstrengung unterdrückte Carrazzo seinen Ärger. Er sah seine Leute an, die wie Puppen dabeistanden und sich nicht zu rühren wagten.

»Zwei Millionen Dollar«, hörte er Hotos Stimme wie aus weiter Ferne. »Sie haben genau zehn Sekunden zum Nachdenken. Gehen Sie nicht auf unser Angebot ein, nehmen wir Doc Evans so mit. Außerdem würden wir Sie und Ihre Männer umbringen.« Hoto sah auf seine Uhr. »Ab jetzt läuft der Zeiger.«

Kalter Schweiß legte sich Big Carlo wie eine zweite Haut auf den Körper. Er, der mächtigste Mann Neapels, mußte vor diesen Japanern kuschen. Das wollte einfach nicht in sein Gehirn. »Noch fünf Sekunden«, drang Hotos Stimme an sein Ohr. Big Carlo sah auf die Zigarre, die zwischen seinen Fingern verqualmte. Mit einem Ruck warf er sie auf den Boden und trat die Glut aus.

»Sie haben gewonnen«, sagte er heiser. »Ich nehme die zwei Millionen.«

Der Japaner lächelte. »Ich freue mich, daß Sie zur Einsicht gelangt sind. Regeln wir endlich das Geschäftliche. Wir werden gemeinsam mit Doc Evans zu unserem Boot gehen. Dort übergebe ich Ihnen das Geld.«

Hoto gab einen knappen Befehl. Einer seiner Gorillas trat vor und hob den Wissenschaftler hoch. Dieser hatte sich mit dem Schicksal abgefunden. Er sehnte sich nur nach einem Arzt. Alles andere war ihm im Augenblick egal.

Das Boot der Japaner dümpelte neben Big Carlos gutgetarnter Jacht. Die Gangster hatten über das Boot eine Plane gedeckt, die sie vor jeglicher Sicht von außen abschirmte.

Hoto übergab Carlo Carrazzo einen weißen Briefumschlag. »Zwei Millionen Dollar«, sagte er. »Natürlich als Scheck. Sie können ihn auf einer Schweizer Bank einlösen. Der Name steht auf einem Zettel in dem Umschlag.«

Dann sprangen die Japaner in ihr Boot. Doc Evans legten sie auf eine Bank. Einer der Leibwächter drehte den Zündschlüssel. Knatternd sprang der Motor an. Die beiden anderen Gorillas standen immer noch mit ihren Waffen in der Hand an der Reling, als das Boot rückwärts aus der kleinen Bucht tuckerte.

»Scheiße«, fluchte Big Carlo, »reingelegt haben sie uns. Wie die ersten Menschen.«

Wütend steckte er eine neue Zigarre an.

»Pietro!« befahl er. »Mach das Wasserflugzeug klar. In einer halben Stunde sind wir hier verschwunden.«

»Das Objekt setzt sich in Bewegung«, meldete der Mann am Radargerät.

Mario Riggi sah auf den grünlich schimmernden Schirm. Bei jeder Umdrehung des Sweeps blitzte ein Punkt auf, der sich von der Insel in südöstlicher Richtung entfernte.

Der Abwehrmann setzte sich an das Funkgerät und stöpselte eine Verbindung zu den beiden Schnellbooten. »Alarmstufe eins«, befahl er, »beide Boote volle Kraft voraus.« Es folgten die genauen Positionen und Kursangaben.

Riggi verließ den kleinen Funkraum und ging zu Garland, der auf Deck an der Reling lehnte und mit einem Marineglas das Meer beobachtete.

»In einer halben Stunde haben wir sie«, sagte Riggi und klärte den Amerikaner über die neue Situation auf.

In diesem Augenblick begannen die Motoren des Schnellbootes aufzuheulen. Das Schiff hob sich wie ein Pfeil aus dem Wasser, um dann mit voller Kraft den neuen Kurs anzusteuern.

Gischt spritzte vom Bug hoch und durchnäßte die Hosenbeine der beiden Männer.

»Die Japaner haben keine Chance!« schrie Jack Garland. »Hoffentlich wissen sie es und ergeben sich.«

Mario Riggi zuckte mit den Achseln. Er hatte keine Lust, gegen das Wind- und Motorengeräusch anzuschreien.

Nach etwa zwanzig Minuten sichteten sie die Jacht der Japaner.

Die Motoren wurden danach auf halbe Kraft gesetzt. Riggi wollte den Kanonenbooten Zeit lassen, die Gangster in die Zange zu nehmen.

Eine minimale Kursänderung ließ sie jetzt parallel zu der Jacht laufen.

Die beiden Männer begaben sich nach unten in den Funkraum. Auf dem Radarschirm war zu erkennen, wie die beiden Kanonenboote im spitzen Winkel auf die Jacht zuliefen. Die Entfernung betrug noch etwa zwei Seemeilen.

Riggi befahl einen neuen Kurs.

»Wir halten genau auf das Boot zu«, klärte er Jack Garland auf.

Dann befahl er der Besatzung des Schnellbootes, unter Deck zu bleiben, bis sie einen entsprechenden anderen Befehl erhielt. Die beiden Männer schnappten sich zwei Maschinenpistolen und kletterten über eine steile Eisentreppe nach oben.

Jack Garland verzog das Gesicht. »Ich habe ein komisches Gefühl«, meinte er. »Ich spüre ein verdammtes Ziehen im linken Knie.«

Riggi lachte auf. »Und was hat das mit Ihrem Gefühl zu tun?«

»Immer wenn ich das Ziehen verspüre, gibt es Ärger.«

»Denken Sie, die Japaner sind so idiotisch und legen sich mit drei Gegnern an?«

»Sie kennen die Mentalität dieser Leute nicht, Mario. Ich hatte schon zweimal in Japan zu tun.«

Immer deutlicher schälte sich die Jacht aus dem leichten Morgendunst. Bald würde selbst dieser milchige Schleier von der Sonne vertrieben worden sein.

Deutlich waren schon zwei Männer auf der Jacht zu erkennen. Mario Riggi griff zu einem Megaphon, das neben ihm stand. Bevor er sprach, überzeugte er sich mit einem Blick, daß die beiden Kanonenboote in der Nähe waren.

Jack Garland, der durch sein Fernglas peilte, stieß Riggi plötzlich an. »Sie bringen den Eierkopf an Deck«, sagte er. »Die haben Lunte gerochen.«

»Können Sie erkennen, ob sie bewaffnet sind?« fragte Riggi.

»Nein, momentan nicht.«

Mario Riggi riß die Flüstertüte hoch. Während das Schnellboot langsam auf die Jacht zusteuerte, schrie er auf englisch: »Stoppen Sie sofort die Motoren! Wir müssen Sie bitten, uns für eine Durchsuchung auf Ihr Boot zu lassen.«

Riggi setzte das Megaphon ab und beobachtete mit

zusammengekniffnen Augen die Reaktion auf seine Worte. Was niemand für möglich gehalten hatte, trat ein. Die Jacht drehte bei.

»Sie mit Ihrem Gefühl«, spottete der Geheimdienstmann.

»Abwarten«, antwortete Jack Garland.

Fünf Minuten später lagen die Schiffe nebeneinander. Die zwei Schnellboote sicherten in kurzer Entfernung.

Mario Riggi und Jack Garland sprangen auf die Jacht. Die Maschinenpistolen hielten sie in der linken Hand.

Ein schmächtiger Japaner mit einer Nickelbrille trat ihnen entgegen. »Sie wünschen, bitte?« fragte er auf englisch. »Mein Name ist Hoto. Und mit wem habe ich die Ehre?«

»Mario Riggi vom italienischen Geheimdienst. Ich muß Sie mitnehmen. Sie stehen unter dem Verdacht, einen amerikanischen Staatsbürger entführt zu haben.«

Jack Garland hörte die Worte kaum. Er stand ein wenig abseits und beobachtete das Deck. Hinter einer Taurolle sah er kurz den Kopf eines zweiten Mannes auftauchen. Wie unabsichtlich nahm Jack die MPi in beide Hände. Langsam drehte er den Sicherungshebel zurück.

Hoto rief etwas auf japanisch.

Riggi nickte Jack zu. »Sie bringen ihn her«, sagte er.

Aus der Kajüte, von der eine Holztreppe an Deck führte, traten zwei Japaner. Zwischen den beiden hing, mehr taumelnd als gehend, Doc Evans. Sein Gesicht war weiß wie ein Leinentuch.

»Hier ist er«, hörte Jack Garland Hoto sagen. Doch im selben Augenblick sah er zweierlei Dinge auf einmal.

Der Mann hinter der Taurolle verließ mit einem Sprung seine Deckung. In der Hand hielt er eine Waffe. Die beiden anderen Männer, die Dr. Evans festhielten, sprangen zur Seite. Der Wissenschaftler kippte auf die Decksplanken. Und jetzt sah Jack auch den Dolchgriff, der aus Doc Evans' Rücken ragte.

Jack riß seine MPi hoch, schrie Riggi eine Warnung zu und warf sich flach auf den Boden. Noch im Fallen feuerte er. Der Mann an der Taurolle wurde von den Kugeln wie ein Stück Papier zur Seite gefegt.

Garland warf sich herum. Er sah Mario Riggi, der am

Boden kniete. Aus seiner linken Schulter lief ein dünner Blutstrom. Die MPi war ihm aus der Hand gerutscht. Verzweifelt tastete der SIFA-Mann nach seiner Pistole. Hoto stand vor ihm und hob sein Messer.

Jack Garland handelte. Er zog den Abzugsbügel durch. Die Kugeln bohrten sich in den Körper des Japaners. Wie ein Strohhalm knickte er zusammen.

Jack sah sich nach den beiden anderen Männern um. Gerade noch rechtzeitig, um zu bemerken, daß jemand nach ihm feuerte. Mit einem Sprung ging er hinter der Kajüte in Deckung. Dann hörte er den Schuß von Marios Beretta. Ein langgezogener Schrei folgte. Danach Stille.

Jack peilte aufs Meer. Er sah, daß sich die beiden Kanonenboote mit Kurs auf die Jacht in Bewegung gesetzt hatten.

»Es ist alles vorbei«, hörte er Mario Riggis Stimme.

Vorsichtig tauchte Jack aus seiner Deckung auf. Er dachte an den noch fehlenden dritten Mann. Doch dieser lag vor der Kajüte auf dem Boden. In seinem Bauch steckte ein sichelförmiges Messer. Die Hände hatte der Mann fest um den Griff gekrallt. In seinen Augen lag bereits die Starre des Todes.

»Harakiri«, sagte Mario leise und schüttelte sich. Er selbst lehnte an der Reling und hielt sich mit schmerverzerrtem Gesicht seine linke Schulter.

Die Auseinandersetzung war so schnell verlaufen, daß die übrige Besatzung des Schnellbootes nicht einzugreifen brauchte. Dennoch sprangen die Männer mit entsicherten Waffen auf die Jacht.

»Kümmert euch um die Japaner«, befahl Jack Garland. Dann kniete er sich neben Doc Evans. Der Wissenschaftler lag auf dem Bauch. In seinem Rücken steckte immer noch das Messer.

Behutsam drehte Jack den Mann auf die Seite. Vielleicht lebte der Doc. Doch dann sah Jack, daß hier jegliche Hilfe zu spät kam. Doc Evans war tot.

Jack Garland richtete sich auf.

Mario Riggi sah ihn fragend an. »Ist er …?«

»Ja. Er ist tot.«

»Ich verstehe das alles nicht«, flüsterte Riggi schmerzverzerrt. »Warum?«

Jack zuckte mit den Schultern. »Japanische Mentalität. Sie wußten, daß sie verloren hatten. Aus Rache brachten sie den Mann um.«

Die vier Japaner waren ebenfalls tot. Zwei von ihnen hatte Jack erschossen, einen Mario Riggi, und einer der Gangster hatte Harakiri begangen. Eine wahrlich traurige Bilanz.

Inzwischen waren auch die beiden Kanonenboote eingetroffen. Sie nahmen die Leichen an Bord und die Jacht in Schlepp.

Mario Riggi wurde auf eine Trage gelegt, notdürftig verbunden und in den Funkraum des Schnellbootes gebracht.

»Ich mache mir Sorgen um Susan Taylor und Cliff Corner«, quetschte er mühsam hervor.

»Wir fahren 'rüber«, schlug Jack Garland vor.

Mario winkte ab. »Nein. Susan wollte uns Nachricht geben, wenn sie auf der Insel ist. Sie hat ja Ihren Sender.«

Wie auf ein geheimes Kommando rief der Funker plötzlich: »Nachricht von Signorina Taylor. Sie ist auf der Insel. Wir sollen vorerst noch nicht eingreifen.«

»Wir werden warten«, sagte Mario Riggi mit schwacher Stimme. Dann fiel er in einen tiefen Schlaf.

Fast hautnah ging der Mann an mir vorbei.

Ich war hinter einem Felsen in Deckung gegangen und ließ den Kerl passieren. Er sprang über ein paar kleine Felsen, wich einem Bachlauf aus und war dann aus meiner Sicht verschwunden.

Ich mußte mir den Mann schnappen, denn er lief in Richtung des Wasserflugzeuges. Eine vorzeitige Entdeckung meiner Sabotage konnte ich im Augenblick wirklich nicht brauchen.

Mit ein paar Sätzen war ich wieder hinter dem Unbekannten. Das Gelände wurde abschüssig. Ich mußte aufpassen, mich nicht durch Übereifer zu verraten.

Ein paar Steine kollerten unter meinen Sohlen weg. Das Geräusch schien mir laut wie das Donnern eines Gewitters.

Ich ging in Deckung.

Doch der Unbekannte hatte nichts gehört, oder aber ihm

war das Geräusch völlig egal. Er fühlte sich auf dieser Insel sicher.

Doch das sollte anders werden.

Ich tauchte aus meiner Deckung hervor und schlug einen Bogen. Ich mußte mich beeilen, denn ich hatte etwa das Doppelte an Weg zurückzulegen wie mein Gegner.

Der natürliche Fußweg zu dem Wasserflugzeug glich einer kleinen Schlucht. Links und rechts ragten die felsigen Wände etwa zwei Yards hoch.

Ich hatte vor kurzem noch auf einer dieser Wände gestanden und war von dort aus auf das Wasserflugzeug gesprungen. Diesen Weg jedoch kannte ich nicht, ich war ja vorher aus einer anderen Richtung gekommen.

Langsam vertrieb die Sonne den morgendlichen Frühnebel. Es wurde warm.

Die Schlucht lief zu einem kleinen Kiesstrand aus, von dem man bequem zu dem Flugzeug waten konnte.

Ich erwartete meinen Mann hinter einer vorspringenden Felsnase verborgen, am Anfang der Schlucht. Schon hörte ich seine Schritte.

Ich packte die MPi fester und spannte die Muskeln.

Ahnungslos kam mir der Mann entgegen.

Die Maschinenpistole in Anschlag, sprang ich vor.

»Hand's up!« rief ich.

Dieser Ausdruck ist auch für einen nicht englisch Sprechenden verständlich.

Dem Mann fuhr der Schreck wie ein Blitz in die Glieder.

Mit zwei Schritten war ich bei ihm und tastete ihn nach Waffen ab. Ein Revolver fiel mir in die Finger. Ich warf ihn ins Meer. Langsam erholte sich der Mann von seinem Schrecken. Er riß den Mund zu einem Schrei auf.

Ich handelte automatisch. Meine Rechte schoß vor und traf den gewissen Punkt am Kinn.

Wie ein Mehlsack fiel der Mann auf den Boden. Er war geistig weggetreten.

Mit seinem Hosenriemen fesselte ich ihm die Hände. Dann wartete ich.

Drei Minuten später kam er wieder zu sich. Verwirrt blinzelte er umher. Als der Mann mich erkannte und merkte, daß

202

er gefesselt war, trat ein ängstlicher Ausdruck in seine Augen.

»Was wollen Sie von mir, Signor?« stammelte er.

Ich liftete die MPi und befahl ihm: »Steh auf.«

Es erwies sich für ihn als etwas kompliziert, mit gefesselten Händen aufzustehen, doch schließlich schaffte er es.

»Wie heißt du?« fuhr ich ihn an.

»Pietro«, gab er ängstlich zurück.

»Wie viele Männer sind hier auf der Insel?«

Pietro zögerte mit der Antwort.

»Wird's bald!« Ich trat ganz dicht an ihn heran.

»Vier Männer, Signor.«

»Sind alle vier im Haus?«

»Nein, nur drei. Ich bin ja jetzt hier.«

»Nenn mir die Namen.«

»Es sind Big Carlo, Sergio und Marco.«

Ich nickte. »Wunderbar, Pietro. Was wolltest du an dem Flugzeug?«

»Ich wollte es startklar machen. Wir wollen bald fliegen, Signor.«

»Daraus wird nichts«, sagte ich grinsend. »Tut mir leid, aber ich muß dir noch eine Narkose geben.«

Mit einem ungefährlichen, aber wirkungsvollen Karateschlag schickte ich ihn ins Reich der Träume.

Ich versteckte Pietro hinter einem Felsen.

Ich mußte mich beeilen. Die Gangster würden bestimmt schon mit Ungeduld Pietros Rückkehr erwarten.

Die Lage des Hauses hatte ich noch von dem Funkbild in guter Erinnerung. Ich wußte, es lag auf einer Anhöhe, direkt am Strand.

Ich näherte mich dem Haus von der Hinterseite. Ein paar verkrüppelte Kiefern boten mir leidlich Schutz. Im Schutz eines Baumes checkte ich meine MPi und den .38er durch.

Geduckt näherte ich mich dem Haus. Ich preßte mein linkes Ohr gegen die Holzwand und vernahm Stimmen. Wenn mich mein Gehör nicht täuschte, waren die drei Gangster, von denen Pietro gesprochen hatte, versammelt. Eine günstige Situation.

Leise umrundete ich das Haus und schlich zur Eingangstür. Sie stand einen Spaltbreit offen.

Ich peilte ins Innere.

Ich erkannte aus meinem Blickwinkel einen Tisch, drei Korbstühle und den Teil einer Liege.

Die drei Männer saßen in den Stühlen und rauchten.

»Wo dieser verdammte Pietro nur bleibt!« fluchte Carrazzo. »Dem werde ich die Flötentöne beibringen, wenn er zurück ist.«

»Soll ich mal nachsehen?« fragte der Mann, der Big Carlo gegenübersaß.

Es mußte Marco sein, der die Frage gestellt hatte, denn Carrazzo und da Costa kannte ich.

»Meinetwegen«, knurrte der Capo. »Aber komm bald wieder zurück.«

Marco erhob sich.

Jetzt, wo ich sie noch alle im Visier hatte, mußte ich handeln. Mit einem Fuß stieß ich die Tür auf und sprang in den Raum.

»Keine Bewegung!« peitschte meine Stimme. Dabei lag die MPi wie festgeleimt in meinen Händen.

Die drei Männer ruckten wie Marionetten herum. Ihre überraschten Gesichter hätten gut in einen Lachfilm gepaßt.

Big Carlo faßte sich als erster. »Corner«, fluchte er böse, »du verdammtes Schwein. Wie hast du uns gefunden?«

»Das spielt im Augenblick keine Rolle«, sagte ich. »Zuerst dreht euch um. Dann reden wir weiter.«

Vorsichtig dirigierte ich die Männer an die Holzwand. Ich wollte sie zuerst mal entwaffnen.

Doch dann passierte mir ein Mißgeschick.

Ich übersah den Tisch, blieb mit einem Bein an dem Tischbein hängen und geriet ins Straucheln. Die Maschinenpistole geriet zwangsläufig aus ihrer ursprünglichen Richtung.

Die Gangster reagierten sofort.

Ehe ich mich besinnen konnte, flog ein Schatten auf mich zu. Ein brettharter Schlag schleuderte mir die MPi aus den Händen. Anschließend steckte ich einen Schwinger ein, der mich zurückwarf.

Ehe ich jedoch die Übersicht wiedergewonnen hatte,

stand Big Carlo vor mir. In seinen Händen lag meine MPi. Die Mündung zeigte auf meine Brust.

In Carrazzos Augen las ich unbändigen Haß, gepaart mit Triumph. Seine Stimme vibrierte leicht, als er sagte: »Wetten, daß du sterben mußt?«

Ich grinste gequält und stützte mich auf einen Korbstuhl.

»Sicher, Carlo, muß ich sterben, aber dann bist du auch dran. Draußen warten genug Carabinieri, um dich hochgehen zu lassen«, log ich.

Ich erhoffte mir mit diesem Manöver eine Galgenfrist, die ich eventuell zu meinem Vorteil ausnutzen konnte.

Carrazzo sah mich prüfend an. Ich hielt seinem Blick stand. Dann befahl der Capo: »Marco, sieh nach, ob er gelogen hat.«

Marco verschwand.

Ich spannte die Muskeln. Doch die Gangster schienen Gedanken lesen zu können.

Wie ein Blitz war plötzlich da Costa hinter mir und bohrte mir den Lauf einer Waffe in den Rücken.

»Halt dich ruhig, Corner«, flüsterte er.

Ich zuckte ergeben mit den Schultern.

Marco kehrte zurück. »Niemand zu sehen, Capo«, meldete er. »Das Schwein hat geblufft.«

Big Carlo grinste wölfisch. »Ein letzter Versuch, Corner, wie. Aber darauf fallen wir nicht herein. Wir sind also ganz unter uns. Herrlich, nicht wahr? Soll ich dich sofort umlegen? Oder wünschst du, von Sergio ins Jenseits geschickt zu werden?« höhnte er.

Verdammt, mir wurde es mulmig. Hätte ich Esel doch nur besser auf mein Funkgerät aufgepaßt. Ich konnte nur noch eins versuchen: Zeit zu schinden.

»Okay, du hast gewonnen, Carlo«, sagte ich, scheinbar resignierend.

Carrazzo sonnte sich in seinem Triumph. »Gut, daß du es einsiehst.«

»Machen wir endlich Schluß«, forderte Sergio und verstärkte den Druck seiner Waffe.

»Darf ich noch eine Zigarette rauchen?«

»Genehmigt«, Big Carlo nickte gnädig.

Ich griff in die Jackentasche und holte meine Zigaretten hervor. Dabei achtete ich darauf, daß meine Lederjacke nicht zu weit verrutschte. Denn noch hatten die Gangster mich nicht abgetastet, folglich auch meinen .38er, den ich in einem Gürtelholster trug, noch nicht gefunden.

Ich durfte mich sogar setzen.

»Wo ist Doc Evans, Big Carlo?« fragte ich.

»Wir haben ihn verkauft, Corner. Du siehst, unser Unternehmen hat doch noch geklappt.«

»Und warum das alles? Weshalb diese Vorbereitungen, die ja ein Vermögen gekostet haben?«

Carrazzos Gesicht verzog sich. »Ihr habt mich aus den Staaten geworfen. Ich wollte mich rächen. Ich hab' mich gerächt.«

»Doch auf Kosten deiner Gang«, entgegnete ich kalt. »Die Leute in Neapel sind kassiert worden und sitzen in einer soliden Zelle.«

»Auch dafür werde ich mich rächen«, zischte Big Carlo böse. Er setzte sich in den Stuhl mir gegenüber. Die Mündung der MPi zeigte jetzt auf meinen Bauch.

»Dein Verbindungsmann in Chicago war Leo Spaski«, wechselte ich das Thema.

»Genau. Wer hat ihn erschossen?« fragte er lauernd.

»Ich.«

»Dacht' ich es mir doch, Corner. Wie bist du auf Spaski gekommen?«

Ich tippte die Asche meiner Zigarette auf den Boden und grinste. »Durch Zufall, Carlo. Spaski hatte auf mehreren Hochzeiten getanzt. Ich wollte ihn wegen einer anderen Sache sprechen. Doch er griff sofort, als er mich sah, zur Waffe. Ich war schneller und erschoß ihn. Seine letzten Worte waren ein Hinweis auf dein Unternehmen.«

Carrazzo nickte. »Noch drei Minuten, Corner. Dann empfängst du die Quittung. Auch für Spaski.«

Ich sog an meiner Zigarette. Jetzt beschloß ich, mein schärfstes Geschütz aufzufahren. »Wie willst du denn die Insel verlassen, Carlo?«

»Mit einem Wasserflugzeug. Einfach was, Corner?«
Carrazzo warf sich stolz in die Brust.

Ich schüttelte den Kopf. »Das geht nicht.«

»Wieso?«

»Weil ich deine Kiste fluguntauglich gemacht habe. Rate
mal, wo dein Mann ist, der nach dem Flugzeug sehen sollte.«

Big Carlo sprang auf. »Sergio!« brüllte er. »Leg dieses
Schwein um! Sofort!« Carrazzos Gesicht war von Haß gerö-
tet.

Ich war gespannt wie eine Stahlfeder. Es mußte mir gelingen, meine Waffe wieder an mich zu bringen.

Doch dann traf mich ein Schlag auf den Hinterkopf. Heißer Schmerz schoß mir in den Schädel. Ich war für einen
Augenblick benommen.

Als ich wieder klar sehen konnte, stand da Costa vor mir.
Diesmal hielt er meine MPi in der Hand. Carrazzo lief schon
in Richtung Ausgang.

»Jag dem verdammten Schnüffler den Balg voll Blei!«
brüllte der Capo.

Ich hockte noch immer in dem alten Korbsessel.

Da Costa klemmte den Finger um den Abzug. Gleich
würde es soweit sein …

Und dann überstürzten sich die Ereignisse.

»Weg mit den Waffen!« gellte eine helle Stimme von der
Tür her.

Susan!

Schon beim ersten Wort ließ ich mich mitsamt dem Stuhl
nach hinten fallen.

Sergio schoß.

Ein tödlicher Bleihagel jagte über mich hinweg.

Jemand schrie auf.

Ich vernahm Susans Stimme. »Stehenbleiben!« schrie sie.

Dann lag der .38er in meiner Hand.

Ich wälzte mich zur Seite, von dem Stuhl weg, hatte freies
Schußfeld und sah Sergio da Costa.

Seine MPi, die er an der Hüfte hielt, spuckte Blei.

Ich nahm an, daß die tödlichen Geschosse für meine Partnerin bestimmt waren, denn sie jaulten weit an mir vorbei.

Ich drückte ab.

Die Kugel hackte in die Schulter da Costas.

Wie ein glühendes Stück Eisen ließ er die Maschinenpistole fallen.

Dann brach der Gangster wimmernd zusammen.

Ich schnappte mir die MPi und kreiselte herum.

Doch es bestand keine Gefahr mehr.

Marco lag auf dem Boden. Er war tot. Aus mehreren Wunden quoll Blut.

»Er lief genau in da Costas MPi-Garbe hinein«, erklärte mir Susan. Zum Glück war sie unverletzt.

Jetzt erst konnte ich sie mir ansehen.

Meine Partnerin sah aus wie ein Flintengirl aus einem Superkrimi. Sie steckte in einem schwarzen Trikot und halbhohen dunklen Stiefeln. Sogar der Patronengurt für die Reservemunition fehlte nicht. Ihr Haar hatte sie zu einem Pferdeschwanz zusammengebunden.

»Rettung in letzter Sekunde«, sagte sie lächelnd.

»Ich werde mich später bedanken. Sogar mit einer Handtasche«, versprach ich. »Doch vorher muß ich mich um Carrazzo kümmern. Wie ich sehe, ist er entwischt. Alarmiere du inzwischen die anderen.«

»Paß auf dich auf!« rief Susan mir nach.

Big Carlo hatte wohl nicht mehr die Nerven, mir draußen noch aufzulauern.

Als ich vorsichtig durch die Türöffnung peilte, sah ich ihn rennen.

Ich hätte ihn in den Rücken schießen können, doch auch bei meinem schlimmsten Feind brächte ich das nicht fertig.

Ich nahm die Verfolgung auf.

Carrazzo rannte in Richtung Strand. Trotz seiner Körperfülle sprang er behende über kleinere Felsbrocken, die im Weg lagen. Hin und wieder blickte er sich gehetzt um. Als er mich bemerkte, legte er noch mehr Tempo vor.

Und nun erkannte ich auch sein Ziel.

Es war eine kleine Jacht, die in einem natürlichen Hafen ankerte. Das Oberteil des Bootes war mit einer Plane abgedeckt. Was wollte Big Carlo dort?

Fliehen konnte er schlecht, denn bis er die Jacht startklar hatte, war ich längst bei ihm. Es mußte einen anderen Grund geben.

Ich legte noch mehr Tempo zu. Zwischen uns lagen vielleicht hundert Yards.

Carrazzo watete schon durch das Wasser. Es ging ihm bis zu den Knien. Dann stand er neben dem Boot. Mit einem Ruck zog er sich an einer kleinen Bordleiter hoch.

Ich war inzwischen nahe genug.

»Halt, Carrazzo!« schrie ich. »Nimm die Hände hoch!«

Als Warnung jagte ich eine kurze MPi-Garbe in die Luft.

Seine Antwort war ein höhnisches Lachen.

Fieberhaft zerrte Big Carlo an einer Seite die Plane weg. Seine Hand tastete über die Planken. Er suchte etwas. Ich hörte ihn bis zu mir fluchen.

Die ersten Wellen spielten bereits um meine Füße, als ich stehenblieb.

Ich hob die MPi.

Carrazzo hockte auf der Leiter wie ein Pavian. Mit der rechten Hand krallte er sich fest, die linke fummelte immer noch hinter der Bordwand herum.

»Kommst du freiwillig, oder soll ich dich holen?« schrie ich den Mafiaboß an.

»Hol mich doch, Corner! Dann hast du wenigstens was zu tun!« brüllte er zurück. Danach folgte ein höhnisches Lachen.

Ich setzte mich in Bewegung. Vorsichtig und immer darauf bedacht, Carrazzo im Auge zu behalten.

Und doch paßte ich einmal nicht auf.

Aus den Augenwinkeln sah ich die blitzschnelle Bewegung seiner linken Hand, brüniertes Metall schimmerte auf ... Eine Maschinenpistole! Das also hatte er die ganze Zeit gesucht.

Mit einem Schrei ließ sich Big Carlo von der Leiter fallen. Noch während dieser Aktion schoß er.

Ich konnte mich nur noch zur Seite fallen lassen. Ich spürte einen brennenden Schmerz an der Schulter, dann klatschte ich ins Wasser, das mir gerade bis zu den Knien ging.

Trotz dieser mißlichen Situation hielt ich krampfhaft die MPi über der Oberfläche.

Als ich wieder den Kopf hob, sah ich, daß es Carrazzo auch nicht besser ergangen war. Im Gegenteil. Seine Waffe lag auf dem Grund. Er selbst stand wie ein Häufchen Elend bis zur Brust im kühlen Naß.

Ich kam auf die Beine und winkte mit der MPi. »Dein Spiel ist aus, Big Carlo.«

Müde watete Big Carlo auf mich zu.

Auch ich fühlte mich zerschlagen. Das Brennen an meiner Schulter wollte nicht aufhören. Es stammte von einem Streifschuß, den mir der Capo verpaßt hatte.

Carrazzo schüttelte sich wie ein nasser Hund, als er auf dem Trockenen stand. Ich stieß ihn leicht mit der MPi an. »Geh ins Haus!«

Big Carlo sah mich an. »Bestechen hat wohl keinen Zweck, wie?«

Ich schüttelte den Kopf.

»Dacht' ich es mir doch, Corner. Wissen Sie«, fuhr der Mafiaboß fort, er war plötzlich wieder zum Sie übergegangen, »bei uns in Sizilien ist man mit dem Messer groß geworden. Und jeder Capo, der besiegt worden ist, möchte durch das Messer sterben.«

Ich wurde mißtrauisch.

»Was soll das?«

»Werden Sie gleich sehen, Corner.«

Noch beim letzten Wort griff er unter die Achsel und zog ein Messer hervor.

Ich packte die MPi fester. »Keine Dummheiten«, warnte ich.

Carrazzo präsentierte mir das Messer in der offenen Hand. Die spitze Klinge glänzte im Sonnenlicht.

»Nehmen Sie es, Corner. Und töten Sie mich!« Big Carlos Stimme war nur ein heiseres Flüstern.

»Lassen Sie den Quatsch, Carrazzo!« antwortete ich. »Sie gehören vor einen Richter.«

Der Capo lachte auf. »Vor einen Richter? Niemand ist gut genug, über mich zu richten. Es sei denn … mein Bezwinger. Und das sind Sie, Corner.«

Mir riß langsam der Geduldsfaden. Außerdem fror ich, trotz der Sonnenstrahlen, die meine Kleidung schnell trockneten.

»Wenn Sie sich nicht gleich in Bewegung setzen, mache ich Ihnen Beine, Carrazzo!« sagte ich hart. »Lassen Sie das Messer fallen!« Scheinbar resignierend senkte Big Carlo den Kopf.

Doch dann zuckte er herum, seine Hand schoß vor …

Ich warf mich zur Seite und drückte ab.

Wie ein silberner Blitz zischte das Messer an mir vorbei und landete klatschend im Wasser.

Ich blieb ein paar Atemzüge lang in meiner Stellung hocken. Dabei fiel mein Blick auf Carrazzo.

Er stand wie eine Marionette. Drei Kugeln hatten ihn in die Brust getroffen. Aus seinem Mund sickerte ein dünner Blutfaden.

Dann fiel Carrazzo plötzlich um. Wie ein gefällter Baum. Er blieb auf dem Bauch liegen, die Arme vorgestreckt. Kleine Wellen leckten um seine Hände.

Ich erhob mich und blickte aufs Meer. Die Sonnenstrahlen zauberten ein buntes Farbenprisma auf das Wasser. Ein friedliches Bild. Nichts erinnerte daran, daß ein Mensch gestorben war.

Trotz meines Sieges verspürte ich keinen Triumph. Eher Bitterkeit.

Draußen auf dem Meer konnte ich schon die beiden Schnellboote erkennen.

Langsam drehte ich mich um und ging zu dem Holzhaus zurück. Ich wollte mit Susan ein paar Minuten allein sein.

Eine halbe Stunde später wimmelte es in dem Haus von Beamten. Die beiden Toten, Carrazzo und Marco, waren bereits auf dem Kanonenboot. Sergio da Costa hatten wir provisorisch verbunden. Er saß lethargisch in einem Stuhl und hielt die Augen geschlossen. Pietro, den anderen Gangster, hatten die Carabinieri abgeholt und mit Handschellen versehen.

Jack Garland berichtete mir von Doc Evans' Tod. Für mich

war es ein Tiefschlag. Auch Susan hatte die Nachricht geschockt.

»Dann war alles umsonst«, sagte sie leise.

Ich zuckte mit den Schultern. »Nicht alles, Susan. Wir haben die Mafia in Neapel zerschlagen. Oder wenigstens einen Teil davon. Auch ein Erfolg.«

»Doch unsere Aufgabe im Endeffekt nicht erfüllt«, spann Susan den Faden weiter.

»Damit muß sich Myers herumschlagen, Susan. Wir haben getan, was in unseren Kräften stand.«

»Machen Sie sich nur keine Vorwürfe«, mischte sich Jack Garland ein. »Übermenschen sind wir alle nicht.«

Ich glaube, damit hatte er recht.

Am frühen Nachmittag legten wir wieder in Neapel an. Die japanische Botschaft wurde verständigt, damit sie sich um ihre toten Landsleute kümmern konnte.

Mario Riggi ging es schon wieder besser. Für ihn gab es noch einen Berg voll Kleinarbeit.

Doch bevor ich einen Kurzbericht nach Chicago durchtelefonierte, tat ich noch etwas anderes. Ich kaufte Susan die versprochene Handtasche. Es war ein Prachtstück. Aus marineblauem Segeltuch, mit weißen Streifen. Der letzte Schrei, hatte mir die Verkäuferin gesagt.

Susan war begeistert, als sie die Tasche sah.

Und die Belohnung, die ich dafür erhielt, hätte mancher von Ihnen auch gerne angenommen. Wetten?

ENDE DER ZWEITEN STORY

Der Würger von Coney Island

aus der Serie
Jerry Cotton

»Hereinspaziert!« brüllte der Mann in das Mikrofon. »Hier lernen Sie den Schrecken kennen! Sämtliche Monster der Gruselgeschichte geben sich bei uns ein Stelldichein! Für nur einen halben Dollar sind Sie dabei!«

Ellen Doering lächelte. Sie liebte die Rummelplatz-Atmosphäre, die überlaute Musik, den Duft von Popcorn und gebratenen Hamburgern.

Ellen stand eingekeilt von einer Menschenmenge vor dem kleinen Kartenhäuschen der Geisterbahn. Sie kaufte sich ihre Karte. Auf der Schiene rollte ein freier Wagen an. Das Girl schwang sich auf den roten Kunstledersitz.

Dann war Ellen Doering in einer anderen Welt. Lichtblitze zuckten über ihr Gesicht. Ein grinsender Totenschädel starrte sie höhnisch an. Teuflisches Gelächter gellte in ihren Ohren. Ein Skelett tauchte grünlich leuchtend vor ihr auf. Hinter dem Skelett lauerte der Mörder!

Der Wagen rumpelte durch eine leichte Kurve. Ellen wurde ein wenig zur Seite gedrückt.

Wieder blitzte ein Licht auf.

In diesem Moment warf der Mörder die Seidenschlinge.

Ellen Doering konnte nicht mal mehr einen Schrei ausstoßen.

Der Mörder zerrte die Tote aus dem Wagen und versteckte sie hinter einer Kiste. Wenig später war er im Gewühl des Rummelplatzes untergetaucht …

»Das vierte Opfer«, sagte Detective Lieutenant Sandford von der Mordkommission Brooklyn South düster. »Es ist einfach zum Verzweifeln.«

Ted Burger, sein Assistent, schüttelte den Kopf. »Falsch getippt, Chef.«

»Wieso?«

»Diese Ellen Doering stammte aus Kansas. Ich habe die Papiere in ihrer Handtasche gefunden.«

Sandford kratzte sich im Nacken. »Demnach ein FBI-Fall.«

»Genau, Chef.«

»Die G-men werden sich freuen.«

Es war vier Uhr morgens. Ein Elektriker hatte bei seinem

Inspektionsgang Ellen Doerings Leiche entdeckt. Er hatte natürlich sofort die Mordkommission alarmiert, und die war schon seit einer Stunde bei der Arbeit. Zeugen hatte es keine gegeben, und die Angestellten der Geisterbahn wußten auch nichts.

»Ich sage ja, die Cops sind auch nicht mehr das, was sie einmal waren«, ertönte hinter den beiden Beamten plötzlich eine unangenehm kratzige Stimme.

Lieutenant Sandford wandte sich langsam um. »Sie haben uns gerade noch gefehlt, Burton.«

»Wieso? Die Öffentlichkeit hat ein Recht ...«

»Sparen Sie sich den Quatsch. Schreiben Sie in Ihrem Käseblatt, daß der FBI den Fall übernehmen wird.«

Billy Burton bekam einen Schluckauf. Das war selbst für ihn eine Überraschung.

Burton war eine miese Type. Er war klein, mager und hatte fuchsrote Haare. Aus seinem fast kalkweißen Gesicht stach eine lange, spitze Nase hervor. Sie war typisch für diesen Schnüffler. Burton arbeitete als Sensationsreporter beim ›Town Observer‹, einem billigen Schmierblatt, das nur von Skandalen existierte und laufend auf die Polizei schimpfte.

Billy Burton klemmte sich eine schon krumme Zigarette zwischen die Lippen und knurrte: »Das ist ja ein Ding.«

»Das ist schon der vierte Mord«, sagte fast im selben Augenblick wie Lieutenant Sandford ein gewisser Santini zu Slim Lennox, einem Rockerfürsten.

Die beiden Männer hockten in Santinis Wohnwagen.

Marco Santini galt als der ungekrönte König von Coney Island.

Niemand auf dem Rummelplatz konnte auch nur einen Dollar verdienen, ohne Santini Prozente davon zu zahlen. Ein paar hatten es mal versucht. Ihr Grab wurde dann der East River.

Slim Lennox, in eingeweihten Kreisen nur der Schlitzer genannt, grinste schmal. »Der Killer verdirbt uns das Geschäft.«

Santini schlug mit der Faust auf den Tisch. »Genau. Nachher schieben die Cops uns noch die Morde in die Schuhe.«

»Und das wäre zumindest unangenehm.« Slim Lennox stand auf. »Ich hau' ab. Boß. Muß mich mal bei meinen Jungens blicken lassen.«

Santini nickte nur. Er zündete sich eine Zigarette an und verließ seinen komfortablen Wohnwagen einige Minuten später.

Der Rummelplatz wirkte um diese Zeit fast wie ein Friedhof. Langsam wurde es hell. Jetzt, im Juli, ging die Sonne noch früh auf. Santini näherte sich der Geisterbahn von der Seite. Er versteckte sich hinter einem Eisstand und beobachtete die Polizisten. Nach etwa zwanzig Minuten zogen die Beamten ab.

Santini atmete auf, bis er hinter sich ein Kichern hörte.

Der Gangster fragte nicht lange, sondern schlug aus der Drehung zu.

Sein Schlag knallte seitlich gegen Billy Burtons Hals und ließ den kleinen Reporter wie ein Blatt im Wind zurücksegeln.

»Ich kann Typen nicht leiden, die mich erschrecken wollen«, sagte Santini sanft.

Burton rappelte sich knurrend auf und rieb sich die getroffene Stelle. Er setzte dreimal an, ehe er sprechen konnte.

»Wußte nicht, daß du so schreckhaft bist, Santini.«

»Das ist meine Lebensversicherung. Los, raus mit der Sprache, Burton. Was willst du?«

Billy Burton hatte sich wieder gefangen. Er grinste schmierig.

»Ich will dich nur warnen, Santini. Die G-men werden sich um den Würger kümmern.«

Santinis Augen wurden schmal. »Okay, und was geht mich das an? Ich bin nicht der Würger.«

»Das nicht, Santini. Aber ich kann mir vorstellen, daß dir die FBI-Knilche auch mal ganz gerne auf die Finger klopfen.«

Santini starrte Burton nur an. Dann sagte er: »Einmal bringt dich noch einer wegen deiner großen Schnauze um die Ecke! Und ich würde dir noch nicht mal einen Kranz stiften.«

Als Phil und ich im Office eintrafen, hatten wir noch strahlende Laune. Doch das änderte sich, als mir ein Kollege das druckfeuchte Extrablatt des *Town Observer* in die Hand drückte.

Der Würger hat wieder zugeschlagen!
Schon das vierte Opfer!

Schläft die Polizei?

Ich überflog den Artikel nur kurz. Phil, der mir über die Schulter blickte, sagte: »Dieser Burton ist ein Schmierfink.«

Ich legte die Zeitung auf den Schreibtisch und zog die Jacke aus.

In diesem Augenblick läutete das Telefon.

Ich nahm ab. Helen, Mr. Highs Sekretärin, war am Apparat. »Sie und Phil möchten doch bitte sofort zum Chef kommen«, sagte sie.

»Wenn Sie uns Ihren berühmten Kaffee servieren, fliegen wir, Helen«, erwiderte ich.

»Ich werde es mir überlegen.«

Wenig später saßen wir im Büro von Mr. High. Der Chef wirkte auch an diesem heißen Sommertag frisch wie immer.

Helen brachte den Kaffee. Sie schenkte Phil und mir ein Lächeln.

Dann zeigte uns Mr. High die Aufnahmen. Es waren Polizeifotos. Gestochen scharf.

»Die Tote heißt Ellen Doering«, klärte uns Mr. High auf. »Sie ist gestern nacht, etwa gegen dreiundzwanzig Uhr, auf dem Rummelplatz erwürgt worden.«

»Ich habe den *Town Observer* gelesen«, sagte ich. »Man hat sie in der Geisterbahn umgebracht.«

»Richtig, Jerry.«

»Aber was haben wir damit zu tun? Ich meine, der FBI?« fragte Phil. »Bis jetzt war es doch Sache der City Police.«

»Ellen Doering stammte aus Kansas, Phil.« Mr. Highs Stimme klang sehr ernst, als er sagte: »Sie beide werden den Fall übernehmen. Finden Sie diese Bestie. Sie haben völlig freie Hand. Schon jetzt breitet sich in der Öffentlichkeit eine gewisse Panik aus.«

»Gut, Chef. Wir werden unser möglichstes tun.«

Wir standen auf. Die Unterlagen über die ungeklärten Mordfälle nahmen wir mit in unser Büro. Dort studierten wir sie genau, und dann fragte mich Phil zwei Stunden später: »Hast du schon eine Idee, Jerry?«

»Offiziell können wir auf Coney Island nicht herumschnüffeln. Das ist klar.«

»Du denkst an Santini«, warf Phil ein.

»Ja.«

Natürlich wußten auch wir, daß Santini der ungekrönte König von Coney Island war. Nur beweisen konnten wir ihm bisher nichts.

»Wir werden uns maskieren müssen, Phil. Und uns dann auf Coney Island einen Job suchen.« Phil zog die Nase kraus. »Nicht gerade mein Geschmack.«

Kurz vor Mittag meldete uns der Portier einen unangenehmen Besucher.

Billy Burton!

»Schicken Sie ihn hoch«, knurrte ich.

Wenig später stürmte Billy Burton in unser Office. Das erste, was er sagte, war: »Habt ihr nichts zu trinken?«

»Ja«, erwiderte Phil. »Aber nur für angenehme Gäste.«

»Hä, hä«, lachte Burton meckernd und ließ sich auf den Besucherstuhl fallen. »Mein Artikel liegt euch wohl im Magen, wie?«

»So was«, ich deutete dabei auf das Extrablatt, »kostet uns noch nicht mal ein müdes Lächeln. Und jetzt sagen Sie, was Sie wollen, Burton.«

»Informationen.«

»Worüber?«

»In der Würgersache. Die Presse und die Öffentlichkeit haben ein Recht …«

»Stop.« Ich unterbrach sein Gefasel mit einer Handbewegung. »Wie kommen Sie überhaupt zu der Annahme, daß der FBI den Fall bearbeitet, Burton?«

»Das ist keine Annahme. Ich weiß es.«

»Und von wem?« wollte Phil wissen.

Burton zeigte gelbe Zahnstummel. »Das verrate ich Ihnen natürlich nicht, G-men.« Gelassen steckte er sich eine Zigarette an. »Wer von euch bearbeitet nun den Fall? Cotton oder Decker?«

»Das, Mr. Burton, verraten wir nun wieder nicht«, erwiderte Phil grinsend. »Aber damit Sie ruhig schlafen können, keiner von uns hat mit dieser Sache etwas zu tun.«

»Aber die Fotos auf dem Schreibtisch. Das sind doch Aufnahmen der Opfer.«

Teufel, der Bursche war verdammt gerissen.

»Diese Akten hat jeder von uns bekommen, Burton. Zufrieden?«

»Nicht ganz, Mr. Cotton. Aber ich bleibe am Ball, wie man so schön sagt. Wir sehen uns bestimmt noch.«

Burton stand auf und verzog sich.

»Ein widerlicher Kerl«, sagte Phil.

»Du sprichst mir aus der Seele.«

Das Mittagessen nahmen wir in der FBI-Kantine ein. Danach gingen wir in den kleinen Sitzungssaal. Mr. High hatte dort eine Konferenz einberufen.

Ich fasse das Ergebnis zusammen. Die offizielle Leitung des Falles sollten Steve Dillaggio und Zeerookah übernehmen. Phil und ich würden im Hintergrund arbeiten.

Nach dieser Konferenz gingen wir zum Maskenbildner. Windermere freute sich, daß er etwas zu tun bekam. Er nahm mich eine Stunde in die Mangel. Hinterher sah ich aus, wie sich Lieschen Müller einen Buhmann verstellt.

Lange, bis zum Kinn reichende Koteletten, einen buschigen Schnäuzer und eine sichelförmige Narbe auf der Stirn.

Phil wollte sich halb totlachen.

Später lachte ich. Über ihn. Phil erinnerte mich an einen Hamster. Paraffinspritzen hatten seine Wangen aufgeplustert, und ein Paar buschiger, angeklebter Augenbrauen veränderte sein Gesicht noch mehr.

»Du siehst aus wie einer aus der tiefsten Provinz«, spottete ich.

»Nur kein Neid, mein lieber Jerry. Du erinnerst mich lebhaft an einen Zuhälter.«

Dann lachten wir beide.

An diesem Tag wurde auch Marco Santini aktiv. Das heißt, nicht er selbst, sondern Slim Lennox, der Schlitzer.

Lennox graste mit der Hälfte seiner Leute sämtliche Karussellbesitzer ab und verlangte höhere Schutzgebühren. Einer wollte nicht zahlen.

Slim Lennox selbst nahm ihn in die Mangel. Nach zwei Minuten gab der Mann seinen Widerstand auf.

Lennox fuhr anschließend zu Santini und erstattete ihm Bericht.

Der Gangsterchef hörte aufmerksam zu und nickte befriedigt. Dann sagte er: »Das ist mir immer noch zu wenig, Schlitzer. Ab heute bezahlen auch sämtliche Angestellten und Arbeiter hier auf Coney Island fünf Dollar in der Woche. Mach ihnen das klar.«

Über Lennox' Gesicht flog ein Leuchten. Der Auftrag war so ganz nach seinem Geschmack.

»Geht in Ordnung, Boß. Die Burschen werden zahlen, darauf können Sie sich verlassen.«

»Schon gut, Schlitzer. Hau jetzt ab. Du kriegst morgen eine Sonderprämie.«

»Danke, Boß.«

Als Lennox verschwunden war, spuckte Santini verächtlich aus dem Fenster. »Diese miese Ratte«, murmelte er. »Sonderprämie, daß ich nicht lache. Wenn's mal brenzlig werden sollte, kriegt er eine Kugel.«

»Was willst du denn hier?« raunzte mich ein bärtiger Bursche an.

Ich schlich auf dem großen Platz herum, auf dem eine Anzahl Wohnwagen abgestellt waren.

Ich vergrub die Hände noch tiefer in meinen Hosentaschen und zuckte mit den Schultern. »Ich such' 'nen Job.«

Der Bärtige musterte mich von oben bis unten. Schließlich sagte er: »Muskeln hast du ja. Und gebrauchen könnte ich auch einen. Wie heißt du überhaupt?«

»Jerry Cornell.«

Diesen Namen hatte ich mir für die Dauer des Auftrages zugelegt. Er stand auch in meinen zerfledderten Papieren.

»Okay, Jerry. Kannst bei mir anfangen. Komm mit rein.«

Wir betraten einen der vielen Wohnwagen. Ich mußte leicht den Kopf einziehen, als wir durch die Tür gingen.

Das Innere des Wagens war zweckmäßig eingerichtet. Zwei übereinanderliegende Schlafkojen, ein Tisch, einige Stühle und eine durch einen Vorhang abgetrennte Küche.

»Ich heiße Jack Zebrowski«, stellte sich mein neuer Arbeitgeber vor, »kannst aber Jack zu mir sagen.«

»Mach ich, Jack.«

»So, und jetzt wollen wir mal einen zur Brust nehmen.«

Whiskyflasche und Gläser standen unter dem Bett.

»Ich habe mir gestern abend schon einen gegönnt«, sagte Jack grinsend und schüttete zwei Doppelstöckige ein.

Der Whisky zählte zur mittelprächtigen Sorte.

»Was hast du denn früher gemacht?« wollte Jack wissen.

Ich zuckte mit den Achseln. »Mal dieses, mal jenes.«

»Was heißt das?«

»Mal im Hafen gearbeitet. Dann in den Lagerhallen, mal …«

»Das reicht.« Zebrowski winkte ab. »Warst du auch schon mal im Knast?«

Ich druckste ein wenig herum. Dann sagte ich: »Ein halbes Jahr. War aber ein Versehen von den Cops. Ich hatte mit der ganzen Sache nichts zu tun.«

»Geschenkt, Cornell. Bei mir machst du keine Zicken, verstanden?«

»Natürlich.«

Wir nahmen noch einen Schluck.

»Was habe ich überhaupt bei dir zu tun, Jack?«

Zebrowski fuhr sich durch seinen Bart. »Ich besitze einen großen Autoskooter. Du kannst da den Kassierer spielen. Und mußt für die Musik sorgen.«

»Der Job gefällt mir«, sagte ich.

»Warte es ab.«

Ich sah mir Zebrowski genauer an und bemerkte die Angst in seinen Augen.

Ich wollte gerade eine Frage stellen, da flog plötzlich mit einem Knall die Tür des Wohnwagens auf.

Drei Rocker drängten sich herein.

Sie trugen mit allerlei Orden behängte Lederwesten. Auf ihre Hemden waren Totenköpfe gedruckt. In den Hosengürteln der Jeans hingen Fahrradketten.

Ich warf einen Blick auf Jack Zebrowski. Er saß am Tisch, hatte die Hände zu Fäusten geballt und sagte nichts. Auf seiner Stirn glänzte ein dicker Schweißfilm.

Einer der Rocker nahm eine leere Whiskyflasche und warf sie durch das kleine geschlossene Fenster des Wohnwagens.

Klirrend zerbrach die Scheibe.

Die Rocker grölten.

Jack Zebrowski sagte noch immer nichts. Mein Gott, was mußte dieser Mann für eine Angst haben!

Die Rocker beruhigten sich nur langsam.

Dann setzte sich der Anführer mit seiner dreckigen Hose auf den Tisch. Sein nikotingelber Finger tippte gegen Zebrowskis Brust. »Hör zu, Jack«, sagte der Rocker sanft. »Die Zeiten sind schlechter geworden, das verstehst du doch. Alles wird teurer, und da hat sich der Boß folgendes gedacht. Du mußt jetzt hundert Dollar in der Woche zahlen.«

Erst jetzt reagierte Jack Zebrowski. Er sprang plötzlich auf. »Das kann ich nicht, verdammt.«

Der Rocker drückte ihm seine flache Hand gegen die Brust. »Doch, Jack, du kannst.«

Apathisch fiel Zebrowski auf den Stuhl zurück. »Ich kann's wirklich nicht. Gerade heute habe ich einen neuen Mann eingestellt.«

»Den da?« Der Rocker zeigte auf mich.

»Ja.«

Erst jetzt wandten sich die drei mir zu. Sie musterten mich kurz und spöttisch.

Plötzlich begann der Anführer dreckig zu lachen. »Das ist sogar gut, Jack. Dann können wir direkt hier anfangen.«

»Wieso?« wunderte sich Zebrowski.

»Auch jeder Arbeiter muß zahlen. Mindestens fünf Mäuse die Woche. Und bei diesem Knilch machen wir den Anfang. Wie heißt er überhaupt?«

»Jerry Cornell«, antwortete Jack Zebrowski an meiner Stelle.

»Schön, Jerry«, sagte der Rocker. »Dann rück mal die fünf Mäuse raus.«

Ich fand, daß es an der Zeit war, das Spielchen zu beenden. Deshalb sagte ich schroff: »Bestell deinem Boß, er kann mich mal.«

Dem Rocker fiel fast die Kinnlade auf die Zehen, als er das hörte. Auch Jack Zebrowski guckte wie ein Mondkalb.

Der Anführer der Rocker wandte sich an seine beiden Kumpane. »Habt ihr das gehört?«

»Ich glaube, da ist einer lebensmüde, Buddy.«

Buddy grinste. »Sag das doch noch mal, Cornell.«

Ich tat es.

Daraufhin zogen die beiden anderen Rocker ihre Fahrradketten aus den Gürteln.

»Mensch, Cornell, sei doch nicht verrückt!« schrie Zebrowski. »Die fünf Dollar strecke ich dir vor, zum Teufel.«

Ich schüttelte den Kopf. »Darum geht es nicht, Jack. Ich werde an diese Schmierfinken keinen einzigen Cent zahlen. Die haben damals im Hafen schon nichts von mir gekriegt.«

»Du machst dich unglücklich«, jammerte Jack Zebrowski. »Jerry, zahl das Geld! Zahl das Doppelte, vielleicht lassen sie dich dann in Ruhe.«

»Nein, Jack«, erwiderte ich hart.

Die Wohnwagentür stand offen. Die Rocker standen nun auf der kleinen Holztreppe, die zum Wagen führte. »Sollen wir dich holen, Cornell?«

Ich ging drei Schritte bis zur Tür.

Buddy sah mir grinsend entgegen. Seine beiden Kumpane hatten sich rechts und links der Holztreppe aufgebaut. Ihre Hände hielten fest die Fahrradketten umklammert. In Buddys Hand lag ein Totschläger.

Meine Füße berührten die erste Stufe.

Und jetzt beging Buddy einen Fehler. Er, der tiefer als ich stand, schlug mit dem Totschläger von unten zu, wollte meinen Magen treffen.

Meine Rechte traf Buddy.

Der Rocker segelte die restlichen Stufen hinunter.

Seine Kumpane begriffen gar nicht so schnell.

Wie ein Tornado war ich über ihnen. Dem ersten pflanzte ich die Faust in sein wildes Bartgestrüpp.

Nummer zwei kam gar nicht erst zum Schlag. Ein Haken auf den Punkt schickte ihn ins Reich der Träume.

Leider war Buddy noch nicht ganz ausgeschaltet. Er versuchte zu retten, was noch zu retten war.

Das feststehende Messer in der Hand, rannte er auf mich zu.

Ich wich einige Schritt zurück – und stolperte über die erste Stufe der Holztreppe.

Buddy stieß ein Triumphgeheul aus und hechtete vorwärts.

Ich sah die Klinge dicht vor meinen Augen blitzen und warf mich im letzten Moment zur Seite.

Buddy rammte das Messer in die Holztreppe. Singend brach die Klinge ab.

Ich war blitzschnell wieder auf den Beinen. Gerade rechtzeitig, denn Buddy fummelte noch im Liegen nach seiner Fahrradkette.

An den Aufschlägen der Lederjacke zog ich ihn hoch. Dann stieß ich ihn einfach weg.

Manchmal ist es schwer, G-man zu sein. Wenn man weiß, wieviel Elend diese Rockertypen über normale friedliche Bürger gebracht haben, wie sie Menschen ohne Grund brutal zusammengeschlagen, Frauen und Mädchen vergewaltigt haben. Ich durfte gar nicht daran denken.

Ich sah, wie in seinen Augen die Angst flackerte. Nichts war mehr von dem großmäuligen Schreier geblieben. Er war nur noch ein jämmerlicher Waschlappen. Und plötzlich ekelte er mich an.

»Hau ab!« schrie ich ihn an. »Sammle deine beiden Kumpane auf und verschwinde.«

Wie ein geprügelter Hund schlich der Rocker weg. Seine beiden Kumpane hinter ihm her.

Ich wandte mich um. Jack Zebrowski stand auf der Treppe.

»Mensch«, sagte er, und dann wieder: »Mensch. Das habe ich noch nie gesehen.« Zebrowskis Gesicht verdüsterte sich. »Aber jetzt wird es Ärger geben, Jerry. Du wirst keine ruhige

Minute mehr haben. Ich mache dir einen Vorschlag. Hau ab. Sofort.«

»Moment mal, Jack. Ich dachte, du könntest Leute brauchen.«

»Sicher.«

»Na, also. Was ich einmal gesagt habe, dazu stehe ich auch.«

»Mann, Jerry. Was bist du nur für ein Typ.«

Ich grinste. »Das, mein lieber Jack, verrate ich dir später mal.«

Slim Lennox hörte Buddy zu, ohne ihn einmal zu unterbrechen. Auch die anderen Rocker schwiegen andächtig. Selbst ihre Miezen, die auf den Rücksitzen der schweren Motorräder hockten, hielten den Mund.

Schließlich sagte Slim Lennox: »Ihr seid doch die jämmerlichsten Waschlappen, die ich kenne. Von einem einzigen Typ laßt ihr euch zusammenschlagen. Daß ich nicht lache.«

»Slim – wir …«, stotterte Buddy.

»Ach, halt die Schnauze. Ich will deine Quasseleien nicht hören. Wo, sagst du, arbeitet der Typ?«

»Bei Jack Zebrowski.«

»Ausgerechnet zu Zebrowski bin ich nicht selbst hingegangen. Ich dachte, den könnt ihr euch vornehmen. Mist, verdammter.« Lennox spuckte das Streichholz aus, auf dem er die ganze Zeit gekaut hatte.

»Was machen wir mit diesem Cornell?« fragte Buddy leise.

»Hä, hä.« Lennox lachte dreckig. »Den werden wir uns mal gemeinsam vornehmen.«

Die anderen Rocker stimmten johlend zu.

»Heute abend noch.« Lennox spielte mit seinem Messer.

»Willst du ihn umlegen, Slim?«

Der Schlitzer hob die Schultern. »Mal sehen. Vielleicht wird er auch vernünftig.«

Buddy schüttelte entschieden den Kopf. »Der nicht.«

Lennox grinste wölfisch. »Dann kann er sich schon mal einen Sarg kaufen …«

Phil Decker, mein Freund und Kollege, hatte bis jetzt noch keinen Job angenommen. Und das aus einem ganz bestimmten Grund. Er wollte versuchen, bei Marco Santini einzusteigen. Er wußte, daß dies riskant war, doch Phil vertraute auf sein Glück.

Phil Deckers Ziel war die größte Boxbude auf Coney Island. Sie war nachmittags noch geschlossen. Erst um 20 Uhr wurde sie geöffnet.

Phil schob sich durch die Menschenmassen. Auf Coney Island war immer was los. Um diese Zeit wurde der Rummelplatz fast nur von Familien mit ihren Kindern bevölkert.

›King Kong – der Killer aus Chicago‹ verkündete ein unübersehbares Plakat vor dem geschlossenen Eingang der Boxbude.

King Kong war seit Wochen die Attraktion auf Coney Island. Bisher war es noch niemandem gelungen, diesen Koloß zu schlagen. Die Wetten standen inzwischen auf tausend Dollar. Die Boxbude gehörte Santini. Sie war jeden Abend gerammelt voll, und der Gangsterboß machte das Geschäft seines Lebens.

Phil Decker ging um die Boxbude herum. Von hinten sah sie aus wie der Hühnerstall eines Farmers in Oklahoma. Phil sah einen älteren Mann auf einem Hocker sitzen und Schuhe putzen.

»He, Alter. Wo finde ich denn King Kong?«

Der Mann blickte kaum auf. Er zeigte mit dem Daumen auf eine schmale Holztür.

Phil bedankte sich mit einem Kopfnicken und öffnete die Tür. Er gelangte in einen engen Gang, in dem es nach säuerlichem Schweiß roch.

Phil entdeckte eine Tür, auf der mit weißer Farbe ›King Kong‹ gemalt war.

Phil klopfte.

Das ›Come in‹ hörte sich an wie das Grollen eines Donners.

Phil betrat einen handtuchgroßen Raum. King Kong lag auf einer Holzpritsche und trank Cola.

Als er Phil sah, hob er ein wenig den Kopf. »Was willste?«

»Dich sprechen.«

»Hau ab.«

»Es ist wichtig.«

Erst jetzt richtete sich King Kong auf.

Phil bekam leichtes Knieschlottern, als er diesen Koloß ansah. Auf einem riesigen, unförmigen Körper saß ein kleiner Kopf. King Kong hatte eine Glatze und eine plattgeschlagene Nase. Seine kleinen Augen wurden von den Fettpolstern fast überdeckt. Die Hände erinnerten Phil an Kohlenschaufeln.

»Ich soll dir Grüße bestellen«, sagte Phil.

»Wenn du mich verarschen willst …«, knurrte King Kong.

»Nein, nein. Ich soll dir wirklich Grüße bestellen. Von Willie.«

»Willie …?«

»Ja, Willie aus Chicago.«

Dieser gewisse Willie hatte mit King Kong in einer Zelle gesessen. Das heißt, Willie saß jetzt noch. Wegen Totschlags.

Endlich schien King Kong ein Licht aufzugehen. Seine wulstigen Lippen verzogen sich zu einem breiten Grinsen. »Ja, Willie. Was macht er denn?«

»Wartet, daß er rauskommt. Und mir hat er gesagt, wenn ich mal 'nen Job brauche, soll ich mich an King Kong wenden.«

»Das ist okay«, sagte King Kong stolz.

»Hast du denn 'nen Job für mich?« fragte Phil.

King Kong schüttelte seinen Kugelkopf. »Ich nicht.«

Phil spielte den Zerknirschten. »Verdammt, dann war alles umsonst.«

»Nun sei nicht gleich beleidigt. Ich kann ja mal Marco fragen.«

»Wer ist das denn?«

King Kong riß seinen Mund auf. Vier Stummelzähne wurden sichtbar. »Du kennst Marco nicht? Marco Santini?«

»Nee. Ich bin ja nicht von hier.«

»Ach so.«

King Kong stand auf. Er überragte Phil um mindestens zwei Köpfe.

»Ich werde Marco mal anrufen. Wie heißt du eigentlich?«

»Phil.«

»Und wie weiter?«

»Davies. Phil Davies.«

»Aha. Werd' sehen, was ich für dich tun kann. Ich bin nämlich Marcos rechte Hand, weißt du?«

King Kong kniff Phil vertraulich ein Auge zu. Mein Freund mußte sich das Lachen verbeißen.

King Kong kehrte nach zehn Minuten zurück. Sein Gesicht strahlte. »Ich habe ihn angerufen. Wir sollen hinkommen. Marco hat gesagt, meine Freunde sind auch seine Freunde oder so ähnlich. Marco ist Klasse, was?«

Phil stimmte dem etwas kleingeistigen King Kong natürlich zu.

Die beiden gingen zu Santinis Wohnwagen. Die Menschen wichen ihnen respektvoll aus. King Kong war eben bekannt.

Santini war allein in seinem Luxuswohnwagen.

»Das ist er, Boß«, sagte King Kong und setzte sich auf eine Couch, die fast unter seinem Gewicht zusammenbrach.

Santini trug einen hellen Leinenanzug und ein fliederfarbenes, am Hals offenstehendes Hemd. Seine eleganten Schuhe verrieten italienische Handarbeit.

Marco Santini fixierte Phil mit seinem kalten Blick. Ziemlich lange. Phil hielt dieser Musterung stand.

Dann sagte Santini plötzlich: »Du suchst also einen Job.«

Phil nickte.

»Was kannst du?«

»Alles.«

»Genauer.«

Phil zählte seinen gut auswendig gelernten Lebenslauf auf. Auch seine Schieß- und Karatekenntnisse vergaß er nicht.

Lächelnd hörte sich der Gangsterboß Phils Story an. Dann stand er auf und schlenkerte mit dem Arm.

Aus einer Schlaufe am Handgelenk fuhr ein Messer.

Phil zog die Augenbrauen zusammen.

»Nun?« Santini lächelte. Mit geschmeidigen Bewegungen ging er auf Phil zu.

Phil wich einen halben Schritt zurück.

King Kong betrachtete grinsend die Szene.

Santinis Messerhand schoß plötzlich vor.

Phil wich blitzschnell zur Seite. Das Messer wischte an ihm vorbei. Phil packte die zurückschnellende Messerhand und hebelte Santinis Arm herum.

»Okay«, sagte der Gangsterboß gepreßt. »Prüfung bestanden.«

Phil ließ los.

King Kong lachte rostig. »Prima Mann, den ich dir empfohlen habe, was, Boß?«

»Das werden wir später sehen.«

Santini wandte sich wieder an Phil.

»Ich sehe, du bist kein Schaumacher. Du kannst bei mir anfangen. Zuerst tausend im Monat. Wohnen kannst du bei King Kong, hinten in der Boxhalle.«

»Danke, Boß«, sagte Phil.

King Kong stand auf. »Muß gehen, Boß.«

Santini nickte. »Okay, Phil bleibt bei mir. Habe noch einiges mit ihm zu besprechen.«

King Kong zog ab.

Santini holte eine Flasche Whisky heraus. Gegen dreiundzwanzig Uhr kam King Kong zurück. Er strahlte über das ganze Gesicht.

»Wieder jeden Kampf gewonnen.«

»Das will ich auch meinen«, knurrte Santini. »Kannst einen Schluck mittrinken.«

Sie saßen noch zwei Stunden zusammen. Phil und King Kong wollten gerade gehen, da klopfte es gegen die Tür.

»Mr. Santini, Mr. Santini!« rief draußen eine aufgeregte Stimme.

Phil öffnete die Tür.

Ein Liliputaner stürzte in den Wohnwagen.

»Mr. Santini. Mr. Santi...«

»Was ist denn los, verdammt noch mal.«

»Die Rocker«, keuchte der Liliputaner. »Sie – sie ... wollen einen totschlagen ...«

Abends geht es erst richtig rund auf Coney Island. Dann kommen die Vergnügungssüchtigen, die für ein paar Dollar ihren Spaß haben wollen. Der Abend ist aber auch die Zeit der Taschendiebe und Rockerbanden. Schon manche Bandenfehde wurde auf Coney Island ausgetragen.

Ich fühlte mich in dem Kassiererhäuschen wie der Affe im Käfig. Ich saß hinter einem billigen Holztisch. Auf dem Tisch lagen die gelben Chips, fünfzig Cent das Stück. Die Stahlkassette für die Einnahmen stand auch noch da.

Rocker hatte ich bis jetzt noch keine gesehen. Sie hielten sich verdächtig friedlich. Und das paßte mir gar nicht. Wer weiß, was die Burschen da ausheckten.

»Einen Chip, bitte.«

Ich wollte schon automatisch das Verlangte hinüberschieben, als ich stutzte. Vielleicht war es die Stimme, vielleicht waren es auch die grünlackierten Fingernägel – ich weiß es nicht. Auf jeden Fall hob ich meinen Blick.

Das Girl war einfach Klasse. Wenigstens auf den ersten Blick. Es trug ein hautenges gelbes Kleid, das die üppigen Formen noch mehr herausstellte. Eine lange blonde Haarmähne fiel bis auf den Rücken, und das Puppengesicht mit den kirschrot geschminkten Lippen starrte mich herausfordernd an.

»Krieg' ich nun den Chip oder nicht?«

»Selbstverständlich.«

»Ich bezahle aber nachher.«

Ehe ich etwas erwidern konnte, hatte das Girl schon einen Wagen geentert.

Ich zuckte ergeben mit den Schultern. Dann gab ich wieder den Strom für die nächste Fahrt.

Außer mir arbeiteten noch zwei Kollegen. Sie waren jedoch auf der Fahrfläche beschäftigt. Sie sprachen kaum mit mir. Wahrscheinlich aus Respekt, denn meine Schlägerei mit den Rockern hatte sich schnell herumgesprochen.

Die Blonde kam wieder.

»Noch einen Chip.«

Diesmal bezahlte sie auch nicht.

Abermals drehte die Blonde ihre Runde.

Dann erschien sie das drittemal.

Ich lächelte sie entwaffnend an. »Ehe Sie jetzt noch einen Chip verlangen, Miss, bezahlen Sie erst mal die beiden anderen Fahrten.«

Ich sah, wie es in ihren hellblauen Augen aufblitzte.

Ich schenkte diesem Zeichen jedoch keine weitere Bedeutung, sondern bediente vorher noch drei kichernde Girls.

Dann war wieder die Blonde an der Reihe. »Wie ist das, Puppe?«

Ich hoffte, ich hatte den richtigen Ton gefunden.

»Ich heiße Ginny«, sagte das Girl plötzlich.

»Davon wird meine Kasse auch nicht voller.«

»Das war der zweite Minuspunkt«, sagte Ginny leise.

»Wie bitte?«

»Nichts, gar nichts.«

Ich schaltete inzwischen schon mal den Strom ein und wechselte eine Platte.

Als ich mich wieder umwandte, hatte sich Ginny mit der Hälfte ihres Oberkörpers in mein Kassiererhäuschen gebeugt.

Dadurch hatte ich sehr tiefe Einblicke.

Ginny bemerkte das wohl. Sie lächelte herausfordernd. »Ich warte auf dich«, sagte sie und verschwand.

»Aber … ich …«

Verdammt, das hatte mir noch gefehlt. Bis zum Feierabend war aber noch Zeit. Vielleicht hatte sie bis dahin längst einen anderen gefunden.

Die letzten zwei Stunden gingen noch langsamer herum. Ich hatte das Gefühl, die Zeit wäre stehengeblieben.

Gegen ein Uhr tauchte Jack Zebrowski auf.

»Schluß, Jerry«, sagte er.

»Ein Glück.« Ich gab ihm die Kasse.

Mit steifen Gliedern verließ ich das Kassenhäuschen. Überall auf dem Rummelplatz wurden die Lichter ausgeschaltet. Bald würde Coney Island wie ein Friedhof wirken.

Ich atmete tief die kühle Nachtluft ein.

»He, Jerry«, hörte ich plötzlich eine Stimme.

Ginny! Sie hatte tatsächlich auf mich gewartet. Wenn ich ehrlich sein soll, paßte mir das nicht besonders in den Kram.

Ginny stand im Schatten eines großen Generators. Jetzt kam sie auf mich zu.

»Woher wissen Sie meinen Namen?« fragte ich. »Beziehungen«, erwiderte Ginny mit Verschwörerstimme. »Du gefällst mir, Jerry. Komm, wir gehen noch irgendwo was trinken.«

Ich zögerte.

»Sei kein Frosch, Jerry.«

Ginny drängte sich an mich. Mit allem, was sie hatte.

Okay, ich ging mit. Das gehörte schließlich zu meiner Rolle.

Ginny hängte sich bei mir ein. Wir spazierten über den Rummelplatz. Das Girl plapperte ununterbrochen.

Langsam näherten wir uns dem Ausgang.

»Ich kenne hier in der Nähe noch einen duften Schuppen. Der hat die ganze Nacht geöffnet«, sagte Ginny.

Wir waren kurz vor dem Ausgang, als es passierte.

Ich hörte Stimmen, sah plötzlich Schatten, spürte die drohende Gefahr.

Zu spät.

Gleißende Lichtfinger erhellten die Nacht. Sie kamen von allen Seiten, konzentrierten sich auf einen Punkt.

Auf mich!

Ginny riß sich los, verschwand in der Dunkelheit.

Ich hörte ein hämisches Lachen und dann eine eiskalte Stimme: »Bleib stehen, Cornell! Sonst legen wir dich um!«

Ich gehorchte.

Die Rocker standen neben ihren aufgebockten Maschinen. Die schwarzen Lederjacken glänzten. Die Fahrradketten klirrten leise. Es waren mindestens zwanzig Rocker, die mich eingekreist hatten. Und Ginny hatte mich in die Falle gelockt. Verdammt!

Ein breitschultriger Typ mit langen verfilzten Haaren löste sich aus der Gruppe. Er näherte sich mit wiegendem Gang. Einen Schritt vor mir blieb er stehen. Zwischen seinen Lippen steckte ein Streichholz.

»Du bist also Cornell?« sagte er.

»Was dagegen?« erwiderte ich schroff.

»Nein. Eigentlich nicht. Nur daß du mit meiner Puppe gehst, paßt mir nicht.«

Daher wehte also der Wind. Raffiniert eingefädelt, mußte ich zugeben. »Ich konnte nicht wissen, daß das deine Puppe ist«, gab ich im gleichen Slang zurück.

Der Rocker spuckte sein Streichholz aus. »Jeder hier weiß das.«

Ich zuckte mit den Schultern.

»Du wirst verstehen, Cornell, daß ich mir so etwas nicht gefallen lassen kann. Ich heiße übrigens Lennox, und man nennt mich hier den Schlitzer.«

»Ich sterbe bald vor Angst.«

So frech, wie ich mich gab, war ich in Wirklichkeit gar nicht. Ich wußte sehr wohl, daß ich kaum eine Chance hatte. Aber oft ist Forschheit besser, als Feigheit zu zeigen.

Ich steckte mir erst mal eine Zigarette zwischen die Lippen.

»Sag mal, Lennox, warum hast du eigentlich deine Horde mitgebracht? Du bist doch angeblich der große Mann hier. Versuche es mal allein.«

»Laß dich auf nichts ein, Slim!« schrie einer der Rocker aus dem Hintergrund.

Ich erkannte Buddys Stimme.

»Dein Freund hat wohl immer noch nicht genug«, sagte ich.

»Cornell, wir hätten dir noch eine Chance gegeben. Aber deine große Schnauze werden wir dir jetzt stopfen. Und zwar für immer.« Lennox stieß die Worte haßerfüllt hervor.

Seine Hand fuhr in den Gürtel.

Ich ließ mich auf nichts mehr ein. Mein Schlag krachte Lennox gegen die Brust.

Der Rockerhäuptling war so überrascht, daß er wie ein Sack umfiel.

Auch die anderen der Bande reagierten einen Moment nicht.

Ich spuckte die Zigarette aus und sah meine Chance.

Mit Riesenschritten überwand ich die Distanz und hetzte aus dem Kreis, den die Rocker um mich geschlossen hatten.

Im letzten Moment stellte mir jemand ein Bein.

Ich knallte der Länge nach hin. Wie ein Fisch auf dem Trockenen rutschte ich über den Schotter.

Für einen Augenblick war ich nicht voll da.

Etwas pfiff durch die Luft. Die Fahrradkette traf mich

hart. Ein wahnwitziger, stechender Schmerz durchzuckte meinen Körper. Ich wollte mich herumdrehen, da riß mir der zweite Schlag das Hemd auf. Und dann drang Lennox' Stimme in mein Bewußtsein.

»Stop! Laßt ihn jetzt! Ich will auch noch was haben!«

Brutal rissen sie mich hoch. Hilflos pendelte mein Kopf hin und her.

Meine Rippen schmerzten. Ich versuchte tief durchzuatmen. Es ging. Zum Glück war nichts gebrochen.

Langsam verschwanden die roten Kreise vor meinen Augen. Ich konnte wieder relativ klar sehen. Ich spürte, wie es warm an meinem Rücken herunterlief.

Blut.

Ich sah Lennox, den Schlitzer.

Ein Stilett blitzte in seiner Rechten.

Der Rocker hinter mir ließ meinen Kopf los. Jetzt hielten nur noch zwei meine Arme fest.

Lennox bewegte seine Messerhand. Auf seinem Gesicht lag ein diabolisches Grinsen. Er ging noch einen Schritt vor.

Da riß ich den Fuß hoch.

Ich traf den Schlitzer an einer empfindlichen Stelle.

Lennox brüllte auf.

Im nächsten Augenblick riß ich mich mit aller Kraft, die noch in mir steckte, los.

Die beiden Rocker, die mich festgehalten hatten, waren zu überrascht.

Ich stieß sie mit den Ellenbogen zur Seite.

Die Rocker fielen zu Boden.

Ich wirbelte herum, sah eine Fahrradkette auf mich zusausen und zog im letzten Moment den Kopf ein.

Die Kette pfiff an mir vorbei, und der Rocker, der geschlagen hatte, taumelte in meinen Uppercut.

Ich weiß nicht, wie der Kampf ausgegangen wäre oder wie lange ich mich noch hätte halten können, wenn nicht plötzlich ein Schuß aufgepeitscht wäre.

»Wenn sich noch einer bewegt, bekommt er eine Kugel!« Die Stimme, die diese Worte sagte, klang hart wie Metall.

Die Rocker gehorchten. Ich konnte mich auf einmal wieder frei bewegen.

Der Strahl einer Taschenlampe blieb auf meinem Gesicht haften.

»Wer ist das?« hörte ich wieder die Stimme.

»Das ist Cornell«, erwiderte Lennox gepreßt.

Ein unförmiger Schatten tauchte vor mir auf. Später erfuhr ich, daß es King Kong war.

Wie eine Puppe hob er mich hoch und brachte mich zu seinem Boß.

Zu Marco Santini.

Ich kannte ihn von den Fahndungsfotos. Santini spielte ganz den überlegenen Gangsterboß.

In der Linken hielt er eine Taschenlampe und in der Rechten einen Revolver.

Aber noch einen Mann sah ich. Er stand neben Santini. Kein Muskel zuckte in seinem Gesicht.

Der Mann war Phil Decker, mein Freund und Kollege.

Santini lachte blechern. »Man hat es dir ganz schön gegeben, mein Junge.«

»Die anderen sehen auch nicht besser aus«, erwiderte ich trotzig.

»Mut hast du, Cornell.«

Ich blickte Phil an. Nichts in seinem Gesicht verriet, daß er mich kannte.

»Lennox!« peitschte plötzlich Santinis Stimme.

Der Schlitzer kam angekrochen. Er ging noch gekrümmt.

Santini lächelte amüsiert.

»Der Bursche ist doch besser, als du dachtest, was?«

»Er hat Glück gehabt, Boß. Einfach Glück!« stieß Lennox hervor.

Wieder lachte Santini. »Oder er ist zu gut für dich, Schlitzer.«

Lennox schwieg. Doch seine Blicke sprühten tödlichen Haß.

Blitzschnell wechselte Santini das Thema. »Was schuldet uns Cornell?«

»Fünf Dollar«, krächzte Lennox.

Santini wandte sich an mich. »Hast du gehört, Cornell? Fünf Dollar.«

»Bin ja nicht taub.« Für diese Antwort schlug mir King

Kong, der hinter mir stand, einen mittelschweren Haken in die Rippen.

Ich fiel auf die Knie. Vor mir sah ich Santinis elegante Schuhe.

Mein Blick wanderte weiter nach oben. Ich sah, wie Phil die Zähne zusammenbiß.

Spöttisch blickte der Gangsterboß auf mich herab. Auch die anderen Rocker amüsierten sich über meine Hilflosigkeit. Hämische Bemerkungen wurden laut.

Mit einer Handbewegung verschaffte sich Santini Ruhe.

»Cornell«, sagte er mit tödlich sanfter Stimme. »Du hast mir verdammt viel Ärger bereitet. Ab heute zahlst du zehn Dollar in der Woche, verstanden?«

Ich wollte es nicht auf die Spitze treiben. »Ja«, krächzte ich.

Santini lächelte.

»Laßt ihn in Ruhe«, sagte er dann zu den Rockern.

Santini ging. Phil und King Kong schlossen sich ihm an. Die Rocker klemmten sich auf ihre Feuerstühle. Fauchend jagten sie davon.

Nur ich lag noch immer im Dreck. Zerbrochen? Das dachte Santini. Aber er würde sich täuschen. Ganz bestimmt …

Ich fühlte mich hundeelend.

Mein Rücken schmerzte höllisch. Im Mund spürte ich unangenehmen Blutgeschmack. Mein Hemd war zerfetzt, und im Körper konnte ich jeden Knochen einzeln zählen.

Mühsam rappelte ich mich auf.

Ich tat einige schwankende Schritte. Im selben Augenblick spürte ich eine Bewegung neben mir, roch süßliches Parfüm.

Ginny. Sie waren nicht mit den Rockern gefahren.

»Jerry«, sagte sie leise. »Was haben sie nur mit dir gemacht?«

»Gar nichts«, gab ich heiser zurück und blieb stehen. »Daß man mich zusammengeschlagen hat, bin ich gewohnt, und daß mich ein Girl in die Falle …«

»Jerry. Ich dachte, es wäre ein Scherz. Wie konnte ich ahnen …«

Ich lachte hart.

»Warum glaubst du mir nicht?« fragte sie, und ihre Stimme vibrierte. »Wir können doch zusammen weggehen. Irgendwohin. Wo uns niemand kennt.« Ich packte Ginny an den Schultern. »Wir gehen auch. Aber getrennt. Ich fahre nach Hause, und du gehst zu deinen Rockern. Okay?«

»Du verdammter dickköpfiger Idiot!« schrie Ginny mich an. Dann rannte sie weg.

Ich ließ sie laufen. Daß ich damit einen der schwersten Fehler in meiner Laufbahn als FBI-Beamter beging, konnte ich damals nicht ahnen.

Aber wer kann schon in die Zukunft sehen? Auch ein G-man nicht.

Es dauerte eine Weile, bis ich ein Taxi fand. Da ich in meinem Zustand wenig vertrauenerweckend aussah, mußte ich dem Driver fünf Dollar extra geben, damit er mich fuhr.

Was ich jetzt brauchte, waren eine Dusche und mein Bett.

Der Mond stand als fahle Scheibe am Himmel. Unruhe hatte den Würger gepackt. Er hielt es einfach nicht in seiner Wohnung aus. Er mußte raus. Dorthin, wo Menschen waren.

Der Würger sah auf die Uhr. Mitternacht war schon vorbei.

Der Würger verließ hastig seine Wohnung. Sein Wagen, ein unscheinbarer grauer Ford, parkte unten vor dem Haus.

Der Würger glitt hinter das Steuer. Seine Finger zitterten, als er den Zündschlüssel ins Schloß steckte.

Der Würger wohnte in Brooklyn. Bis Coney Island war es höchstens eine Viertelstunde Fahrzeit, wenn die Straßen leer waren. Der Würger steuerte den Wagen auf die Stilwell Avenue, die schnurstracks zu dem Vergnügungspark führte.

Die Scheinwerfer des Ford fraßen sich durch die Dunkelheit.

Der Würger parkte seinen Wagen in einer stillen Seitenstraße. Jetzt ging er zu Fuß. Lautlos wie ein Raubtier schlich er durch die Nacht.

Der Würger erreichte den Eingang des Rummelplatzes. Er wurde noch vorsichtiger.

Wie ein Schemen glitt er zwischen Buden, Wohnwagen und Karussells hindurch. Eine offenstehende Tür quietschte in den Angeln.

Der Würger zuckte erschrocken zusammen. Blitzschnell verschwand er hinter einem Stand.

Von irgendwo hörte er Stimmen. Grelles Frauenlachen drang an sein Ohr.

Eine Frau!

Wie unter Zwang öffneten und schlossen sich die Hände des Würgers. Sein Atem wurde lauter. Schweiß glitzerte auf seiner Stirn.

Wieder schnitt ein Frauenlachen wie ein Messer durch seine Brust.

Die rechte Hand des Würgers fuhr in die Innentasche seiner Jacke. Er holte sein Mordinstrument hervor.

Eine Seidenschlinge.

Der Würger löste sich aus seiner Deckung. Aufgeregt glitt seine Zungenspitze über die spröden Lippen.

Dann schlich er weiter, suchte sein Opfer wie in Trance.

Ganz plötzlich drang das Schluchzen einer Frau an sein Ohr.

Der Würger blieb stocksteif stehen, konzentrierte seine Sinne.

Kein Zweifeln, das Schluchzen war ganz in der Nähe.

Ein diabolisches Grinsen legte sich auf seine Lippen.

Lautlos huschte der Würger in die bewußte Richtung.

Die Frau saß auf einer Treppe, die zum Kassenhaus des Riesenrads führte. Sie hielt ihr Gesicht in den Händen verborgen, achtete nicht auf die Umgebung. Das lange blonde Haar fiel wie ein Vlies um ihren Kopf.

Der Würger umspannte die Griffe der Seidenschnur mit beiden Händen.

Lautlos duckte sich der Würger unter dem Eisengeländer des Riesenrads hinweg.

Die Frau merkte nichts. Noch zwei Yards war der Tod von ihr entfernt.

Der Würger verlagerte sein Gewicht auf die Zehenspitzen. Noch einen Schritt.

Plötzlich knackte eine Holzdiele unter seinem Gewicht.

Auch die Frau hatte das Geräusch gehört. Erschrocken fuhr sie herum.

Zu spät.

Der Würger nutzte die Schrecksekunde seines Opfers aus. Die Seidenschlinge legte sich um die Kehle der Frau.

Das Opfer kam noch nicht mal dazu, einen Schrei auszustoßen.

Keuchend ließ der Würger von seinem Opfer ab.

Mit einer automatisch wirkenden Bewegung steckte er die Seidenschlinge wieder ein. Dann packte er die tote Frau und legte sie hinter das Kassenhäuschen.

Der Würger kicherte. Wieder einmal würde die Polizei vor einem Rätsel stehen. Er war nicht zu fassen – ein Phantom.

Mit zitternden Händen steckte sich der Würger eine Zigarette an. Er bemerkte nicht, daß ein kleiner Zettel aus seiner Tasche fiel, als er die Zigarettenschachtel herausholte. Der Zettel fiel dicht neben der Leiche zu Boden.

So lautlos, wie er sich angeschlichen hatte, verschwand der Würger auch wieder.

Er wirkte in diesem Moment so normal wie Millionen anderer Bürger.

Nicht im entferntesten dachte er mehr an sein Opfer. An das Mädchen mit den langen blonden Haaren, das auf den Namen Ginny gehört hatte.

Ein Telefonanruf unserer Zentrale scheuchte mich aus dem Bett. Wie ein Dampfhammer traf mich die Nachricht, daß wieder eine Leiche eines Mädchens auf Coney Island gefunden worden war.

Ich stieg unter die Brause, duschte ein paarmal heiß und kalt und rief mir dann ein Taxi.

Die Schmerzen in meinem Rücken waren wesentlich zurückgegangen. Ich fühlte mich wieder fit.

Das letzte Stück zum Rummelplatz ging ich zu Fuß. Schon von weitem sah ich den großen Kastenwagen unserer Mordkommission. Er parkte neben den anderen Dienstlimousinen.

Ich erkannte meine Kollegen. Steve Dillaggio, Zeerookah, Joe Brandenburg und Doc Baker.

Gerade wurde die Leiche weggetragen und in eine Kunststoffwanne gelegt.

Als ich das Gesicht des Mädchens sah, krampfte sich mein Magen zusammen.

Ein dicker Kloß schien plötzlich in meinem Hals zu sitzen. Ginny! Du bist mitschuldig an ihrem Tod, hämmerte es in meinem Schädel. Du hast es in der Hand gehabt, sie zu retten.

Meine Hände zitterten, als ich mir eine Zigarette ansteckte. In dieser Sekunde schwor ich, den Würger zu fassen. Koste es, was es wolle.

Ein dichter Kordon von Neugierigen hatte sich mittlerweile um den Tatort versammelt. Ich erkannte Santini. Neben ihm stand Phil Decker. Er nickte mir unmerklich zu.

Mit heftigen Armbewegungen schob sich ein Mann durch die Neugierigen. Billy Burton, der Reporter.

Verdammt, was suchte der denn schon wieder hier?

Seine wieselflinken Augen glitten über die Menschen. Er schoß ein paar Aufnahmen.

»Jetzt muß auch der FBI passen!« blaffte er mit seiner unangenehmen Stimme. »Dachte immer, die G-men wären die Elite des Landes.« Burtons Stimme troff vor Hohn.

Noch etwa zehn Minuten dauerte seine Hetzrede auf die Polizei. Dann verzog er sich. Es war auch besser so.

Ich schlich mich näher an meine Kollegen heran, wollte ein paar Worte auffangen.

»Nichts. Keine Spuren«, sagte Joe Brandenburg in diesem Augenblick und kniff mir kurz ein Auge zu.

Ich wußte, was das Zeichen zu bedeuten hatte. Unbemerkt zog ich mich zurück.

Plötzlich klang hinter mir eine Stimme auf. »Hallo, Cornell.«

Betont lässig wandte ich mich um.

Marco Santinis kalte Augen starrten mich an.

»Ich habe mit dir zu reden, Cornell.«

»Ich aber nicht mit dir.«

Santini schluckte. Sein Gesicht wurde rot vor Wut. Phil,

der neben ihm stand, konnte sich ein leichtes Grinsen nicht verkneifen.

»Komm lieber mit«, sagte Santini gefährlich leise.

Ich wollte mir seine Sympathien nicht ganz verscherzen und gehorchte.

Wir gingen zu seinem Luxuswohnwagen. Dort warteten schon King Kong und Slim Lennox. Der Schlitzer entfernte mit seinem Messer den Dreck unter seinen Fingernägeln.

Ein unbehagliches Gefühl beschlich mich. Ich suchte Phils Blick. Er zuckte nur unmerklich mit den Schultern. Anscheinend wußte mein Freund selbst nicht, welcher Film laufen sollte.

»Setz dich, Cornell«, sagte Santini.

Auch das tat ich.

Der Wohnwagen hatte relativ große Scheiben. Von meinem Platz aus konnte ich bequem hinaussehen. Unsere Mordkommission fuhr gerade wieder ab. Santini zündete sich ein Zigarillo an. Eine Weile rauchte er schweigend.

Dann, ganz plötzlich, zischte er: »Was hast du hier zu suchen, Cornell?«

Ich versuchte, möglichst unbeteiligt auszusehen. »Ich suchte 'nen Job, und den habe ich jetzt.«

Santini spuckte einen Tabakkrümel aus. »Das glaube ich dir nicht, Cornell.«

»Daran kann ich nichts ändern.«

Santini grinste. »Ich will dir mal was sagen, Cornell. Du bist mir in der letzten Nacht verdammt unangenehm aufgefallen. Hast dich mit den Rockern herumgeprügelt und verloren. So etwas schreit nach Rache. Und Ginny war das Girl von Slim.«

»Ja, Boß. Er ist das verfluchte Schwein, das Ginny umgebracht hat. Er ist der Würger!« schrie Slim Lennox plötzlich.

»Du bist ja verrückt!« brüllte ich zurück.

Der Schlitzer wollte nicht hören.

Mit einem gewaltigen Satz sprang er von seinem Sessel hoch, hechtete mit dem vorgestreckten Messer in der Hand auf mich zu ...

Phils Handkantenschlag knallte dazwischen. Platt wie eine Flunder fiel Lennox auf den Boden.

»Der Boß hatte dir nichts befohlen«, sagte Phil kalt.

King Kong kicherte nur.

Mühsam rappelte sich Lennox hoch. Ein haßerfüllter Blick traf meinen Freund.

Santini reagierte gelassener. »Setz dich wieder hin, Schlitzer!« befahl er kalt. »Nun zu dir, Cornell«, sagte Santini weiter, »der Würger stört mein Geschäft. Die meisten Leute haben Angst. Sie wollen hier weg. Das bedeutet für mich weniger Einnahmen. Ich werde den FBI-Agenten einen Würger präsentieren.« Santini machte eine kleine Kunstpause. »Und zwar dich, Cornell.«

Das hatte ich mir fast gedacht. Dieser dreckige Gangsterboß machte es sich verdammt einfach.

Ich versuchte ein Grinsen. »Ich bin es doch gar nicht.«

»Vielleicht, vielleicht auch nicht. Aber die Leute werden vorerst beruhigt sein.«

»Und wenn der wirkliche Würger wieder zuschlägt?«

Santini lächelte überheblich. »Das wird kaum passieren. Ab heute wird Slim Lennox mit seinen Rockern jede Nacht unterwegs sein. Sie werden den Rummelplatz von hinten bis vorne abgrasen.«

Nur ein Idiot konnte meiner Meinung nach auf solche Gedanken kommen. Für mich war die Situation jedoch mehr als dumm.

Phil war es, der die Lage rettete. »Boß, ich habe eine bessere Idee«, sagte er. »Cornell kann ja mitmachen. Ich meine, bei der Suche nach dem Würger. Cornell ist ein guter Mann, das haben wir alle gesehen.«

»Ich bin dagegen!« kreischte Lennox, der seine Felle wegschwimmen sah.

»Halt's Maul!« knurrte Santini.

Dann dachte er einige Minuten nach. Schließlich nickte der Gangsterboß. »Okay, Cornell. Ich gebe dir eine Chance.«

Ich atmete innerlich auf.

Ich hatte heimlich im Distriktgebäude angerufen. Sichere Spuren, die auf den Würger hinzielten, gab es keine. Allerdings hatten meine Kollegen am Tatort einen Zettel gefunden. Jemand hatte darauf ›FBI mischt mit‹ geschrieben. Der Zettel befand sich noch im Labor.

Phil und ich versahen weiterhin unseren Dienst bei Santini. Wie Rekruten hielten wir nachts Wache. Nichts geschah. Das ging drei Nächte lang gut. In der vierten Nacht bot sich mir eine Chance.

Bevor wir unsere Runden begannen, holte uns Santini zu sich. Das heißt: Phil, King Kong, Slim Lennox und mich.

»Ich bin in dieser Nacht nicht da«, sagte Santini. »Deshalb paßt doppelt gut auf.«

Wir nickten.

Eine Stunde später begann unsere Arbeit. Ich hatte mir inzwischen einen Plan ausgedacht. In kurzen Worten teilte ich ihn Phil mit.

»Mensch, wenn das nur gutgeht, Jerry«, sagte mein Freund besorgt.

»Keine Angst, Phil.«

»Okay, ich drücke dir die Daumen. Sieh zu, daß du früh genug wieder hier bist.«

»Mach' ich , Phil.«

Marco Santini besaß einen giftgrünen Lincoln Continental. Dieser Superschlitten hatte natürlich einen großen Kofferraum. Und der interessierte mich.

Der Lincoln parkte neben dem eleganten Wohnwagen.

Vorsichtig schlich ich mich an. Ich hatte mir schon vorher eine Haarnadel zurechtgebogen, um das Kofferraumschloß zu öffnen. Es klappte. Ich schwang mich in den Kofferraum.

Ich wartete geschlagene zwanzig Minuten. Dann stieg endlich jemand ein. Ich hoffe inbrünstig, daß es auch wirklich Marco Santini war.

Der Motor wurde gestartet. Der Lincoln dampfte ab. Da der Wagen gut gefedert war, lag ich in meinem Versteck relativ ruhig.

Plötzlich horchte ich auf. Santini unterhielt sich mit jemandem. Wer war noch bei ihm? Ich hatte nicht bemerkt, daß zwei Personen in dem Wagen saßen.

Ich hatte plötzlich ein ungutes Gefühl.

Quatsch, Jerry, sagte ich mir selbst und schüttelte die trüben Gedanken ab.

Ab und zu hob ich die Kofferraumklappe ein wenig an. Soviel ich erkennen konnte, fuhren wir auf dem Shore Parkway in Richtung Osten. Einmal sah ich die Lichterkette des Floyd Bennet Airport leuchten.

Nach etwa zwanzig Minuten Fahrt fuhr der Lincoln rechts ab. Jetzt befanden wir uns auf dem Cross Belt Boulevard, wie ich mit einigen Blicken feststellen konnte.

Wollte Santini auf eine der Inseln?

Richtig. Schon bald schäumte unter uns die Jamaica Bay. Und dann waren wir auf Goose Island.

Der Lincoln bog in einen Feldweg ein. Ich wußte genau, auf dieser Insel gab es nur Sumpf und einige Fischerhütten.

Die Fahrt wurde ungemütlicher. Der Wagen schaukelte wie ein alter Dampfer.

Plötzlich hielten wir an.

Ich atmete auf.

Wagentüren klappten.

Ich riskierte wieder einen Blick.

Verdammt, ich konnte nicht erkennen, wer Santinis Beifahrer gewesen war.

Schritte entfernten sich.

Ich klappte den Kofferraumdeckel höher. Ein Ford Mustang geriet in mein Blickfeld. Dann ein Cadillac, ein Mercedes.

Was bedeutete diese Ansammlung von Wagen?

Sollte etwa ein Gangstertreffen stattfinden? Behutsam schwang ich mich aus dem Kofferraum.

Ich ging erst mal wieder hinter dem rechten Kotflügel des Lincoln in Deckung. Wartete einen Moment, konzentrierte mich.

Auf allen vieren schlich ich weiter. Immer bemüht, im Schatten der Wagen zu bleiben.

Die Umrisse einer Blockhütte tauchten auf. Ich zählte zwei erleuchtete Fenster.

Ich schlug einen Bogen, um an die Hütte heranzukommen.

Neben dem Fenster richtete ich mich auf. Mit einem Auge peilte ich durch die Scheibe.

Da sah ich sie. Guilio Sabata und Alf Lucas. Zwei

Mafiafürsten aus New York. Die beiden saßen auf einer bequemen Couch und rauchten. Vor ihnen auf dem niedrigen Tisch standen gutgefüllte Whiskygläser. Marco Santini hatte sich in einen Sessel geflegelt Ein dritter Mann geriet in mein Blickfeld. Skip Mason. Rauschgiftkönig der Westside. Na, wenn das keine Versammlung war!

Mein Herz klopfte unbewußt schneller. Hier hatte ich die augenblicklichen Gangstergrößen Ney Yorks vor meinen Augen. Und ich besaß noch nicht mal einen Revolver. Es war zum Heulen.

Die Blockhütte bestand nur aus einem großen Raum. Ich konnte bis zu den anderen Fenstern hindurchsehen.

Ich preßte mein Ohr gegen das Holz. Ich verstand so gut wie gar nichts. Nur ab und zu einige Worte, aus denen ich mir aber nichts zusammenreimen konnte.

Ich mußte in das Haus gelangen. Aber wie?

Durch die Eingangstür ging es nicht. Vielleicht gab es eine Hintertür.

Ich bewegte mich wieder auf allen vieren, wollte unter dem Fenster herkriechen …

Den unförmigen Schatten sah ich, als es zu spät war.

Ein mörderischer Tritt traf meine Hüfte. Ich wurde leicht angehoben und knallte mit dem Rücken gegen die rauhe Wand der Blockhütte.

»Du dreckiger Schnüffler«, krächzte eine Stimme.

Ich hob meinen Blick. Vor mir stand King Kong. Er war demnach der bewußte Beifahrer gewesen.

Mein Grinsen fiel verdammt kläglicher aus, als ich sagte: »Was soll das, King Kong?«

Der Riese schüttelte nur seinen Kopf und zog mich hoch. »Gut, daß ich mal pinkeln mußte«, knurrte er. »Bin gespannt, was der Boß zu meinem Fang sagt.«

King Kong schob mich wie eine Puppe vor sich her. Die ersten zwei Yards ließ ich mir das gefallen, dann wirbelte ich blitzschnell herum und drosch dem Riesen die geballte Rechte auf die Leber.

King Kong pfiff wie ein Meerschweinchen. Ich schien ihn doch empfindlich getroffen zu haben. Er knickte leicht in den Knien ein.

Ich zog einen Uppercut aus der Hüfte hoch.

King Kong schüttelte jedoch nur den Kopf. Eine andere Wirkung zeigte er nicht.

Mir blieb keine Zeit mehr, mich darüber zu wundern. Sein Schlag traf mich in die Magengrube. Ich machte einen halben Salto und flog in ein Gebüsch. Mein Hinterkopf knallte gegen irgend etwas.

Da schrie King Kong schon Alarm.

Santini bekam Stielaugen, als er mich sah.

»Er wollte schnüffeln«, meldete King Kong.

Santinis Gesicht verzog sich zu einem zynischen Grinsen. »Bin gespannt, was du für eine Erklärung hast, Cornell!«

»Du kennst den Mann?« fragte Guilio Sabata.

»Sicher. Das ist einer meiner Leute.«

»Wie hieß er noch, Marco?« Alf Lucas war es, der dies wissen wollte.

»Cornell. Jerry Cornell.«

Lucas grinste nur spöttisch. Er erhob sich von seiner Couch und trat auf mich zu. Dicht vor mir blieb er stehen.

Seine Stimme klang wie spröder Stahl, als er sagte: »Das ist nicht Jerry Cornell. Dieser Mann heißt Jerry Cotton und ist G-man beim FBI New York …«

Phil Decker sorgte sich. Vor allen Dingen, als er sah, daß außer Santini noch King Kong in den Lincoln einstieg.

Phil überlegte nicht lange.

Auf Coney Island gab es mehrere Telefonzellen. Phil enterte die am nächsten gelegene.

Er warf einen Dime in den Schlitz und wählte die Nummer des Distriktsgebäudes.

Eine etwas müde Nachtstimme meldete sich.

»Decker hier«, sagte Phil. »Verbinden Sie mich bitte mit dem Bereitschaftsleiter.«

Les Bedell hatte in dieser Nacht die Funktion. Es knackte zweimal in der Leitung, und dann hörte Phil die Stimme unseres Kollegen.

»Hör zu, Les«, sagte Phil Decker schnell. »Marco Santini ist soeben mit einem seiner Gorillas weggefahren. Und Jerry sitzt im Kofferraum. Santini fährt einen Lincoln. Folgendes Kennzeichen: NY-845 ...«

Mein Freund spürte hinter sich einen kühlen Luftzug. Automatisch wandte er sich um.

Slim Lennox, der Schlitzer, grinste ihn höhnisch an.

»Phil! Phil! Was ist? Warum meldest du dich nicht!« quäkte Les Bedells Stimme aus dem Hörer.

Der Grund war simpel.

Slim Lennox hielt eine Bernadello in der Hand. Und die dunkle Mündung zeigte auf Phils Bauchnabel.

»Häng ein«, sagte Lennox gefährlich leise.

Phil zuckte mit den Schultern und gehorchte. Er konnte nur hoffen, daß seine spärlichen Angaben gereicht hatten.

»Rauskommen!« befahl Lennox.

Lennox tat Phil nicht den Gefallen, zu nahe aufzurücken. Der Schlitzer hielt immer einen gewissen Sicherheitsabstand.

»Ein dreckiges Schnüfflerschwein bist du also!« zischte Lennox böse. »Hatte mir gleich gedacht, daß mit dir etwas nicht stimmt. Ich habe genug gehört. Und dieser Cornell ist wohl auch von deinem Verein, wie?«

Der Schlitzer leckte sich die wulstigen Lippen. Er sonnte sich in dem Gefühl, endlich einen dieser verhaßten Polizisten vor der Mündung zu haben.

Phil steckte sich gelassen eine Zigarette an.

»Nerven hast du, G-man«, sagte Lennox. »Es wird deine letzte Zigarette sein. Wo willst du umgelegt werden? Hier? Oder in der Geisterbahn?« Lennox hielt sich wohl für sehr witzig. Er wieherte über seinen angeblichen Witz wie ein Pferd.

Phil trat einen halben Schritt vor. Jetzt hatte er eine gute Distanz.

»Das ist mir eigentlich egal«, beantwortete er Lennox' Frage. »Am liebsten jedoch ...«

Was mein Freund noch weiter sagen wollte, erfuhr Lennox nie. Phil schlug zweimal mit der Handkante zu, und der Rocker ging zu Boden. Slim Lennox krümmte zwar noch instinktiv den Zeigefinger, doch die Kugel pfiff nur in den Nachthimmel.

Phil war schon in der Dunkelheit verschwunden.

Ein gellender Pfiff ertönte. Lennox alarmierte seine Mannen. Das war vorauszusehen. Jetzt würden sie eine Jagd auf Phil veranstalten.

Die schweren Maschinen der Motorräder heulten auf. Scheinwerfer wurden eingeschaltet. Wie riesige Geisterfinger glitten sie durch die Nacht, rissen Buden, Karussells und kleinere Stände aus der Dunkelheit.

Phil Decker hockte hinter zwei nebeneinanderstehenden großen Kabelrollen in guter Deckung.

Kommandos gellten durch die Nacht. Phil erkannte Lennox' Stimme. Er versuchte, in seinen Rockerhaufen Ordnung zu bringen.

Mein Freund konnte sich ein Grinsen nicht verkneifen.

Phil sah, daß die Motorräder auf einen Punkt zufuhren. Die Rocker wollten sich wohl erst noch mal sammeln und eine Lagebesprechung abhalten.

Phil hörte, wie Lennox seine Befehle schrie.

Er teilte die Rocker in Zweier- und Dreiergruppen ein. Systematisch würden sie den Rummelplatz absuchen.

Es war praktisch unmöglich, einen einzelnen Mann zu finden. Dafür gab es zu viele Versteckmöglichkeiten.

Doch Phil hatte etwas ganz anderes im Sinn.

Er wollte sich Slim Lennox schnappen.

Der Rockerpulk löste sich auf. Im Schrittempo fuhren die Maschinen sternförmig auseinander. Die starken Strahlen der Scheinwerfer rissen die Dunkelheit auf.

Phil ärgerte sich, daß er keine Waffe bei sich hatte. Aus Tarnungsgründen hatte er es für besser gehalten, auf dem Rummelplatz ohne Dienstrevolver herumzulaufen.

Einer der hellen Lichtfinger näherte sich Phils Deckung.

»Da ist er!« kreischte eine sich überschlagende Stimme.

Im Zickzack hetzte Phil los. Doch die Rocker hatten aufgepaßt. Gnadenlos nagelten ihn die Scheinwerfer fest.

Schüsse peitschten plötzlich auf.

Phil fühlte die Kugeln sengend heiß an seinem Kopf vorbeistreichen. Mit einem Riesensatz hechtete Phil zu Boden, überschlug sich, sprang auf die Füße, hetzte weiter …

Hinter ihm rissen die Geschosse die staubige Erde des Rummelplatzes auf.

Eine der vielen Buden tauchte vor Phil auf. Mein Freund huschte in eine schmale Gasse.

»Da ist er rein!« brüllte eine Stimme.

Phil rannte durch die Gasse. Da sah er die kleine Tür. Sie gehörte zu der Bude links neben ihm.

Mein Freund warf sich gegen die Tür. Sie gab nach.

Phil flog in die Dunkelheit. Für Sekunden nur ruhte er sich aus. Hier drin war es fast totenstill. Nur sein keuchender Atem war zu hören.

Phil wischte sich mit dem Handrücken über die schweiß-nasse Stirn. Teufel, die Hetzjagd hatte ihn geschlaucht.

Phil, der bisher in der Hocke gesessen hatte, rappelte sich auf die Füße.

Draußen lärmten die Rocker. Und dann schrie einer: »Hier ist eine Tür offen!«

»Buddy, Porky und ich, wir gehen mal nachsehen, ob der Schnüffler da drin ist!« Das war Slim Lennox' Stimme.

Phil wich in die äußerste Ecke zurück.

Für einen Moment war es totenstill in der Blockhütte. Dann sprang Santini auf. Er stieß Lucas zur Seite und wollte mir die Faust ins Gesicht rammen.

Ich zog gedankenschnell den Kopf ein.

Der Schlag wischte an mir vorbei und traf meinen Hinter-mann, den dicken King Kong.

Der grunzte jedoch nur.

Ich sah eine Chance, aus der Hütte zu entwischen, denn noch hielt niemand der Männer eine Waffe in der Hand.

Doch da legten sich schon zwei bärenstarke Arme wie Schraubstöcke um meinen Körper.

»Cotton, du Dreckstück!« preßte Santini hervor und holte noch einmal aus.

»Stop!« Lucas' Stimme klang schneidend. »Wir wollen uns an einem miesen Schnüffler nicht die Finger dreckig machen. Ich weiß was viel Besseres.«

»Was denn?« keuchte Santini, immer noch rasend vor Wut.

»Wart's ab.« Lucas grinste wölfisch.

250

Ich verspürte ein unangenehmes Ziehen in der Magengrube. Ich konnte mir gut vorstellen, was diese Verbrecher mit mir vorhatten.

Lucas gab King Kong, der mich immer noch festhielt, ein Zeichen. »Wirf ihn auf die Couch.«

King Kong nahm den Befehl wörtlich.

Er hob mich hoch, und dann segelte ich durch die Luft, krachte zu meinem Glück jedoch wirklich auf die Couch.

Allerdings konnte sich Skip Mason nicht verkneifen, seine Faust in meine Flugrichtung zu halten. Der Schlag traf mich am Ohr. Es tat höllisch weh.

Mühsam setzte ich mich.

Skip Mason hing neben mir. Santini und Lucas saßen in den Sesseln. Sie rauchten.

»G-man Jerry Cotton«, sagte Lucas grinsend. »Wer hätte gedacht, daß uns dieser Oberschnüffler mal freiwillig in die Falle laufen würde?« In Lucas' Stimme klang echte Begeisterung mit. »Cotton«, fuhr er fort, »du kannst dir deine Todesart selbst aussuchen. Wenn du redest, wirst du leicht sterben. Wenn nicht, werden dich King Kong und meine Jungens etwas unter ihre Fittiche nehmen. Und wie du danach aussehen wirst, kannst du dir noch nicht mal in deiner glühendsten Phantasie vorstellen.«

»Rede doch nicht so lange, Alf«, zischte Santini. »Bring ihn um.«

»Du bist zu voreilig«, kritisierte Lucas seinen Kumpan. »Mr. Cotton wird bestimmt interessante Neuigkeiten für uns haben. Nicht wahr?«

Ich grinste dem Gangster frech ins Gesicht. »Sie haben recht, Lucas. Neuigkeiten gibt es tatsächlich.«

»Und die wären?«

»Daß meine Kollegen genau wissen, wo ich mich befinde, Lucas. Sie müßten bald eintreffen, wenn sie nicht schon hier sind.«

Alf Lucas war der Mann mit den besten Nerven. Mit über fünfzig Jahren hatte er in seiner langen Verbrecherlaufbahn genügend Erfahrungen gesammelt und eine gewisse Bauernschläue entwickelt.

»Cotton blufft«, sagte er lakonisch.

Die beiden anderen sahen ihn zweifelnd an.

»Woher willst du das so genau wissen?« erkundigte sich Santini.

Lucas zeigte sein Gebiß. »Wenn wirklich FBI-Agenten da wären, hätten sie längst eingegriffen, als wir Cotton geschnappt haben. Außerdem laufen unsere Jungens draußen immer noch frei herum. Sein ganzes Gerede war nichts als Bluff.«

Skip Mason wiegte den Kopf. »Du kannst recht haben, Alf.«

»Wie bist du dann hierhergekommen, Cotton?« brüllte Santini.

»Du warst so freundlich, mich mitzunehmen?«

»Ich?«

»Ja. In deinem Kofferraum.«

»Verdammt.«

»Paß nächstens besser auf«, mahnte Lucas. »Wieso ist Cotton überhaupt hinter dir her?«

»An allem ist dieser verdammte Würger schuld! Wahrscheinlich um ihn zu fangen, hat sich Cotton bei mir eingeschlichen. Außerdem hatte er Maske gemacht, und so habe ich ihn nicht erkannt.«

»Du mußt noch viel lernen«, sagte Lucas.

Santini ballte die Fäuste. Dieser Vorwurf ging ihm schwer an die Nieren.

»Stimmt das, was Santini gesagt hat, Cotton?« wandte sich Lucas an mich.

»So ungefähr.«

»Was heißt das?«

»Sicher wollte ich den Würger fangen. Aber Santini natürlich auch. Seine Methoden sind uns schon lange ein Dorn im Auge. Er wäre sowieso in nächster Zeit reif gewesen. Andere Kollegen haben sich schon um ihn gekümmert.«

Ich sagte dies bewußt, wollte einen Keil zwischen die Gangster treiben.

Lucas sprang darauf an. »Erzähl weiter, Cotton.«

»Hör nicht auf ihn, Alf!« schrie Marco Santini. »Merkst du denn nicht, daß er sich um seinen …?«

»Schnauze!« klirrte Lucas' Stimme.

Santini schwieg erschrocken. Ich konnte mir ein leichtes Grinsen nicht verkneifen.

»Weiter, Cotton.«

»Aber mit dem größten Vergnügen«, erwiderte ich. »Wir haben Marco Santini schon so gut wie sicher. Deshalb läuft er noch frei herum. Wir wollten an sich erst den Würger fangen. Aber wenn wir Santini gehabt hätten, wäre der Weg zu euch selbstverständlich auch nicht weit gewesen. Santini ist ein Typ, der schnell redet.«

»Lüge! Verdammte Lüge!« kreischte Santini mit sich überschlagender Stimme und wollte sich auf mich stürzen.

»Willst du noch vor Cotton sterben?« fragte Alf Lucas sanft. Er hielt plötzlich eine Pistole in der Hand.

»Mist, Alf. Dieser verfluchte G-man will uns doch nur gegeneinander aufhetzen.«

»Ich meine, Marco hat recht«, mischte sich Skip Mason in den Streit ein.

Mason war auch schon jahrelang im Geschäft. Er hatte von ganz unten angefangen und sich mit Brutalität zum Rauschgiftkönig der Westside emporgearbeitet.

Alf Lucas überlegte. Er blickte von einem zum anderen. Dann sah er auf seine Uhr.

»Okay. Skip, du hast recht. Nur ein toter Cotton ist ein guter Cotton.«

Santini atmete auf. »Endlich hast du es eingesehen, Alf.«

»Wir sind noch längst nicht fertig, Marco«, erwiderte Lucas. »Du wirst mir einiges erzählen müssen.« Dann wandte er sich an King Kong, der noch immer hinter mir stand. »Nimm Steve Rankin mit und legt Cotton um. Unten am Strand.«

»Okay«, grunzte King Kong.

Les Bedell hatte nach Phils Anruf geschaltet wie ein Computer. Über Funk wurden die ersten drei Kennzeichen von Santinis Wagen durchgegeben. Jeder Streifenwagen im New Yorker Raum hatte jetzt die Nummer.

Les Bedell konnte nichts anderes mehr tun als warten.

Nach genau zwölf Minuten kam die erste Meldung. Der

Lincoln war auf dem Cross Belt Boulevard gesichtet worden. Ein Streifenwagen hängte sich in sicherer Entfernung an.

Laufend trafen die Meldungen im FBI Headquarters ein. Schließlich war klar, daß der Wagen nach Goose Island wollte.

Jetzt durfte Les Bedell kein Fehler unterlaufen. Er ließ sich eine genaue Karte der Insel geben. Auch die Verbindungswege zum Festland waren darauf eingezeichnet.

Vier FBI-Beamte studierten die Karte. Während dies geschah, lief parallel ein weiterer Alarm. Vierzig G-men wurden aus den Betten getrommelt. Das Ziel war Coney Island. Les Bedell nahm an, daß Phil irgend etwas passiert sein mußte.

Während die G-men ihre Waffen in Empfang nahmen, blickte Les seine drei Kollegen an.

»Sieht schlecht aus«, sagte der blondhaarige Walter Stein. »Wir kommen nicht an die Insel ran.«

Les kratzte sich am Hinterkopf. Er blickte die anderen Kollegen an. »Habt ihr eine Idee?«

Jeff Ziegler nickte. »Wir hatten in Baltimore schon mal ein ähnliches Problem.«

»Und wie habt ihr es gelöst?«

»Mit Hubschraubern, Les. Mit Hubschraubern ...«

Phil ließ sich einfach nach vorn fallen.

Zwei, drei Schüsse peitschten.

»Wir haben ihn!« brüllte Lennox und schoß noch einmal. Wieder daneben.

Phil hetzte hoch. Hastige Schritte klangen in seinem Rücken auf. Phil rannte durch einen schmalen Gang.

Wieder feuerten die Rocker. Hautnah strich eine Kugel an Phils Kopf vorbei.

Da sah Phil die Tür. Knarrend schwang sie in ihren Angeln.

Phil hechtete nach vorn. Noch im Fallen riß er die Tür ganz auf.

Phil Decker rollte in ein Spiegelkabinett. Helle Leuchtstoffröhren brannten von der Decke.

Überall standen Spiegel. An den Wänden, im Raum selbst, in verschiedenen Winkeln zueinander. Und alles waren Zerrspiegel.

Phil mußte unwillkürlich grinsen, als er sich in den Spiegeln sah. Mal sah er aus wie eine Tonne, dann wieder dürr wie ein Bleistift.

Phil huschte hinter dem nächstbesten Spiegel in Deckung.

Lennox, Buddy und Porky quollen in den Raum. Phil konnte erkennen, daß alle drei bewaffnet waren. Lennox und Buddy hielten schwere Pistolen in den Händen. Porky ein Messer.

Vorsichtig schlichen die drei Rocker tiefer in das Spiegelkabinett. Sie hielten sich geduckt wie anschleichende Raubtiere.

Phil brauchte seinen Spiegel nur ein wenig zu drehen, um Buddy sehen zu können.

Aber Buddy sah Phil auch.

Ganz plötzlich riß er seine Pistole hoch und schoß.

Mit einem berstenden Knall fuhr die Kugel in einen der zahlreichen Spiegel. Ein Splitterregen prasselte auf den Boden.

»Bist du wahnsinnig?« schrie Lennox aus irgendeiner Ecke.

»Aber ich habe ihn doch genau gesehen!« heulte Buddy.

»Ja, in einem Zerrspiegel! Mensch, was bist du blöde.«

Phil nutzte die Gelegenheit und huschte ein Stück weiter. Er klebte jetzt dicht neben der Wand, hinter sich einen Spiegel, der einen Menschen wie ein Gummiband in die Breite zog.

»Wir kreisen den Kerl ein!« befahl Lennox.

»Soll ich Verstärkung holen?« erkundigte sich eine Stimme, die Phil noch nicht kannte. Das mußte Porky sein.

»Nein. Den schaffen wir hier drin allein.«

Phil zog ein Feuerzeug aus der Tasche, warf es in hohem Bogen einige Yards weg.

Das Feuerzeug rutschte über den Holzboden.

Buddy fiel auf diesen Trick herein. Er sprang vor, wollte dort, wo das Feuerzeug gefallen war, den vermeintlichen Phil packen ...

Doch Phil stand in seinem Rücken.

Ein bretthartter Handkantenschlag schickte Buddy auf die Bretter.

Phil fing den Bewußtlosen vorsichtig auf und zog ihn in eine Ecke. Doch Lennox hatte das Manöver durch einen der vielen Spiegel bemerkt.

Er schoß.

Dicht neben Phil zerklirrte ein Spiegel. Einige Scherben ritzten ihm die Wange ein.

Mein Freund fluchte unterdrückt.

Im selben Moment stieß Lennox ein Triumphgeheul aus.

»Porky, leg ihn um!« befahl er.

Porky benahm sich wie der berühmte Elefant im Porzellanladen. Mit seinem Stilett in der Hand stürmte er blindlings los.

»Hier bin ich«, zischte Phil.

Porky wirbelte herum. Die Augen in seinem Schweinsgesicht waren schreckgeweitet.

Phils Karatehieb traf Porkys Handgelenk. Wie ein silberner Blitz wirbelte das Messer durch die Luft. Ehe Porky noch etwas sagen konnte, traf ihn Phils Faust genau auf den Punkt.

Porky legte sich schlafen.

»Hast du ihn erledigt?« erkundigte sich Lennox mit geifernder Stimme.

Phil schnappte sich inzwischen Buddys Waffe. Er wartete noch einen Moment mit der Antwort.

»Was ist?«

»Du bist allein, Lennox!« rief Phil. »Deine beiden Kumpane sind für die nächste Zeit ausgeschaltet. Wie gefällt dir das, Schlitzer?«

Ein wüster Fluch ertönte.

Phil wechselte seinen Standort. Wie ein Schemen huschte er zwischen den Spiegeln hindurch.

Dann Schritte. Lauernd.

Plötzlich sah Phil Slim Lennox. Er hatte ihm die Seite zugewandt und lud gerade seine Pistole nach.

»Laß fallen«, sagte Phil nicht mal laut.

Lennox erstarrte.

Gleich darauf klang draußen eine Stimme auf. Durch Lautsprecher mehrfach verstärkt.

»Hier spricht der FBI. Werfen Sie die Waffen weg. Jeder Widerstand ist zwecklos.«

Geschrei brandete auf.

»Das wär's wohl, Lennox«, sagte Phil grinsend.

Die Augen des Schlitzers irrten unstet umher. Er wußte, daß er verloren hatte. Aber dennoch versuchte er es.

»Komm doch, G-man!« keuchte er heiser. »Komm doch!«

Wie ein Ballettänzer umschlich Lennox meinen Freund. Das Stilett hielt er mit der Schneide nach oben.

In seinen Augen stand unbeschreiblicher Haß. Ja. Lennox haßte alles, was irgendwie nach Recht und Ordnung aussah. Er war kein verführter Jugendlicher mehr. Lennox war ein eiskalter, berechnender Verbrecher.

Phil blieb ganz ruhig. Er wußte, daß Lennox ein Künstler mit dem Messer war, daß er diesen Mann nicht unterschätzen durfte. Eine winzige Unachtsamkeit, und die Kollegen konnten einen Kranz bestellen.

Lennox griff an. Das Messer zischte wie ein blitzender Pfeil durch die Luft. Lennox hatte die Klinge von unten nach oben gezogen.

Phil wich instinktiv zurück, wollte eine Armschere ansetzen ....

Da drehte Lennox das Messer im Stoß. Die Klinge zuckte von oben nach unten auf meinen Freund zu.

Phil reagierte in Bruchteilen von Sekunden. Mit geballter Kraft hechtete er vor. Sein Kopf dröhnte in Lennox' Magengrube.

Hinter meinem Freund pfiff das Messer durch die Luft, schlitzte das Jackett auf.

Durch den Anprall taumelte Lennox zurück. Sein Gesicht hatte sich grün verfärbt.

Phil setzte nach. Ein rechter Schwinger schleuderte den Schlitzer in einen Spiegel.

Krachend ging der Spiegel entzwei.

Wie ein nasser Sack kippte Lennox nach hinten und blieb bewußtlos liegen.

Phil massierte sich seine Handknöchel. Dann packte er

Lennox am Kragen seiner Lederjacke und schleifte ihn nach draußen.

Grelle Scheinwerfer blendeten meinen Freund. Phil kniff blinzelnd die Augen zu. Bis er Floyd Bennets Stimme hörte: »Da kommt ja unser verlorener Sohn und hat uns gleich ein Geschenk mitgebracht.«

»So bin ich zu euch«, sagte Phil grinsend.

Kollegen nahmen ihm Lennox ab. »Da drinnen liegen noch zwei.«

»Hattest wohl heute deinen starken Tag?« frotzelte Bennet.

»Es geht. Aber wo ist Jerry?«

»Wir wissen es nicht, Phil. Wenigstens nicht genau.« Floyd Bennet informierte meinen Freund in knappen Worten von den beiden Einsätzen.

»Könnt ihr nicht über Funk nachfragen?«

»Mal sehen, ob es klappt.«

Phil zündete sich eine Zigarette an. Er sah die Rocker, die zusammengedrängt dastanden und von FBI-Beamten überwacht wurden. Nicht alle von den jungen Leuten waren Verbrecher. Es würden bestimmt viele von ihnen auf den richtigen Weg zurückfinden.

Phil warf seine Zigarette auf die Erde. Sie schmeckte ihm nicht mehr. Immer wieder mußte er an seinen Freund Jerry denken.

Phil sah, wie Floyd Bennet auf sie zulief.

»Hast du Jerry erreicht?«

»Nein, Phil. Aber eine andere Meldung ist gekommen.«

»Und?«

»Ein Patrolcar hat wieder den grünen Lincoln entdeckt. Es sitzt nur ein Mann am Steuer.«

»Santini«, zischte Phil.

Floyd Bennet nickte. »Noch etwas, Phil. Santini fährt in Richtung Coney Island ...«

King Kong holte Steve Rankin herein.

Ich kannte Rankin. Er war ein eiskalter Berufsverbrecher. Ein Killer, wie er im Buche steht.

Rankin hatte lackschwarzes Haar und einen braunen Teint. Das rechte Ohr fehlte ihm fast ganz.

Rankins schmallippiger Mund verzog sich zu einem zynischen Grinsen. »Hallo, Cotton«, sagte Rankin. »Du wirst zur Hölle fahren.«

»Noch ist es nicht soweit«, erwiderte ich optimistisch.

Rankin lachte trocken und zog seine Waffe. Es war eine belgische FN-Pistole.

Marco Santini, Guilio Sabata, Alf Lucas und Skip Mason verzogen sich. Santini warf mir noch einen haßerfüllten Blick zu.

Ich hörte, wie draußen die Wagenmotoren ansprangen. Noch ein paar Minuten, dann war Stille.

Rankin rieb sich mit der linken Hand sein kantiges Kinn, während er mit der rechten die Pistole auf mich gerichtet hatte. King Kong hatte keine Waffe. Er verließ sich auf seine Körperkraft.

Ich dachte über meine Chancen nach. Sie standen, optimistisch betrachtet, gar nicht so schlecht. Vielleicht ergab sich draußen eine Gelegenheit, Rankin zu überwältigen. Wenn ich erst mal die Pistole hatte … Aber das waren alles nur Theorien.

»Geh raus, Cotton!« befahl Rankin. »Aber hübsch langsam!«

Ich gehorchte. Rankin ging hinter mir her. Er hielt immer den nötigen Sicherheitsabstand. King Kong wartete schon vor der Blockhütte. Seine Arme baumelten wirklich wie die eines Gorillas zu beiden Seiten des Körpers herunter.

»Am liebsten würde ich dir die Knochen brechen«, grunzte King Kong.

»Sei ruhig«, sagte Rankin. »Eine Kugel ist sicherer.« Er stieß mir plötzlich die Waffe ins Kreuz. »Los, zum Strand, Cotton.«

Ich ging.

Nach drei, vier Schritten packte King Kong meinen rechten Arm und nahm ihn in den Polizeigriff.

Ich stöhnte.

King Kong lachte. »Das hättest du nicht gedacht, G-man. Was?«

Ich preßte verbissen die Zähne zusammen. Der Boden unter uns wurde sandig. Strandhafer wuchs in dichten Büschen. Dann fiel das Gelände ab.

King Kong ließ mich los.

Ich riskierte einen Blick nach hinten. Die Mündung von Rankins Pistole war für eine Sekunde nicht mehr auf mich gerichtet. Der Killer hatte bei dem unebenen Boden Schwierigkeiten, das Gleichgewicht zu halten.

Meine Chance!

Ich knickte leicht in den Knien ein und wirbelte mit gestreckter Handkante herum.

Mein Schlag traf Rankin bretthart. Der Killer gurgelte auf, fiel nach vorn …

Genau in meinen Uppercut. Der Schmerz fuhr mir bis in den Oberarm, als meine Faust an Rankins Kinn explodierte.

Das alles hatte nur Sekunden gedauert. Sekunden, in denen King Kong noch nicht geschaltet hatte.

Doch dann wurde er aktiv. Mit einem röhrenden Schrei hechtete er auf mich zu.

Ich wollte mir gerade Rankins Waffe packen, als ich den unförmigen Schatten sah.

Ich warf mich in den Sand.

Keinen Augenblick zu spät.

Wo ich eben noch gewesen war, dröhnte King Kong auf den Boden. Er brüllte wie Tarzan in seiner besten Zeit.

King Kong, von Beruf Catcher, war relativ langsam. Ehe er sich mal auf Hände und Füße gequält hatte, war ich schon auf den Beinen. Mein Schlag traf seinen Specknacken.

King Kong grunzte nur und stemmte sich weiter hoch.

Ich erschrak höllisch. Mein Hieb hätte nämlich, wie man so schön sagt, einen Ochsen fällen können. Aber nicht King Kong.

Der Catcher stand tapsig auf und drehte sich wie ein Kreisel.

»Komm, du Dreckskerl!« röhrte er.

Den Gefallen tat ich ihm. Jedoch nicht so, wie er es sich vorgestellt hatte. Mit beiden Füßen zuerst sprang ich ihn an.

King Kong rutschte auf dem sandigen Boden aus und kippte nach hinten.

Eine Atempause, die mir ausreichte. Ich riß dem bewußtlosen Rankin die FN aus der Hand und kreiselte herum.

»Stop, King Kong!« peitschte meine Stimme.

In diesem Augenblick schob sich der Mond hinter einer Wolke hervor. Sein fahler Schein beleuchtete die Insel.

King Kong stand schwankend im Sand und stierte mich aus blutunterlaufenen Augen an. Dann setzte er sich in Bewegung. Tapsig. Wie ein Bär.

»Stop!« schrie ich ihn noch mal an.

King Kong ignorierte die FN in meiner Hand einfach. Er stolperte weiter auf mich zu, rückte immer näher.

Verflixt, ich habe noch nie in meinem Leben auf einen waffenlosen Mann geschossen.

Ich ging zwei Schritte zurück.

King Kong wertete das wohl als Erfolg, er wurde schneller.

Und dann hatte ich eine Idee.

Ich wechselte blitzschnell die Pistole in die linke Hand, bückte mich, nahm die rechte Hand voll Sand und warf ihn King Kong ins Gesicht.

King Kong heulte auf. Seine riesigen Pranken fuhren zum Gesicht. Er rieb sich die Augen wie ein Baby, das gerade aus dem Schlaf erwacht ist.

King Kong war praktisch wehrlos.

Ich näherte mich ihm von der Seite, faßte die FN am Lauf und holte aus.

Zweimal mußte ich hart zuschlagen. Erst dann sackte King Kong in die Knie.

Ächzend fiel er auf den Boden. Mit ausgestreckten Armen und Beinen blieb er bewußtlos liegen.

Das war geschafft.

»Kompliment, Cotton!« hörte ich plötzlich Rankins Stimme in meinem Rücken. Und im nächsten Moment: »Fahr zur Hölle!«

Ich weiß heute noch nicht, wie ich es schaffte, diese Situation heil zu überstehen. Es muß ein Instinkt gewesen sein, ein Reflex.

Rankin hatte kaum zu Ende gesprochen, da lag ich schon auf dem Boden.

Hart peitschte der Schuß. Die Kugel pfiff über mich hinweg.

Doch dann war ich soweit.

Die Waffe drehen, zielen, abdrücken war eins.

Ich traf. Das schwere Geschoß riß Rankin um die eigene Achse. Er versuchte noch, einen zweiten Schuß anzubringen, doch dazu fehlte ihm schon die Kraft.

Steif wie eine Marionette fiel Rankin in den Sand.

Ich atmete aus. Erst jetzt bemerkte ich, wie sehr meine Hände zitterten.

Ich ging zu dem bewußtlosen King Kong und fesselte ihm die Hände mit seinem eigenen Hosengürtel.

Dann sah ich nach Steve Rankin. Der Killer war ohnmächtig. Aus seinem Oberarm sickerte etwas Blut. Er konnte nicht schwer verletzt sein.

Da hörte ich den Hubschrauber. Er näherte sich von Norden. Sein gleißender Lichtstrahl schnitt über die Wasserfläche der Jamaica Bay.

Der Hubschrauber flog die Insel an. Plötzlich stand ich selbst im Scheinwerferlicht.

Ich winkte.

Der Hubschrauber setzte zur Landung an. Sand wurde hochgewirbelt. Ich mußte meine Augen mit dem Jackenärmel abdecken.

Schließlich drehten sich die Rotorblätter nur noch im Leerlauf, dann standen sie ganz still.

Bewaffnete G-men quollen ins Freie. Ich erkannte Les Bedell und Jeff Ziegler.

Les war als erster bei mir. »Mensch, Jerry«, sagte er nur.

Ich grinste etwas verunglückt. »Habe noch mal Glück gehabt, Les«, erwiderte ich kratzig.

Die Kollegen kümmerten sich um Rankin und King Kong. Der Hubschrauber war groß genug für uns alle.

Ich berichtete in knappen Sätzen. Während der Riesenvogel wieder in den Nachthimmel stieg, wurde schon die Fahndung nach den vier Bossen eingeleitet.

Die G-men auf Coney Island arbeiteten fieberhaft. Die Rocker wurden in die mitgebrachten Gefangenentransporter gesperrt und die Wagen hinter die große Achterbahn gefahren.

Als Santini mit seinem Lincoln auf Coney Island eintraf, lag der Rummelplatz scheinbar leer und verlassen da.

Marco Santini fuhr sofort zu seinem Wohnwagen. Er war wütend und hatte Angst. Wütend, weil er reingelegt worden war, und Angst vor den Bossen, weil er versagt hatte.

Santini warf die Wagentür zu. Er mußte mit Slim Lennox sprechen. Doch vorher brauchte er einen Kognak.

Santini schloß die Wohnungstür auf, griff zum Lichtschalter – und erstarrte.

In einem Sessel saß Phil Decker. Die Waffe in seiner rechten Hand zeigte auf Marco Santini.

»Wie – wie ... kommst du denn hier rein?« stotterte Santini überrascht.

Phil lächelte. »Durch die Tür.«

Langsam begann Santini zu kochen. »Was heißt das, durch die Tür? Und was soll die Knarre, Davies?«

Phil lächelte immer noch, als er sagte: »Irrtum, Santini. Ich heiße nicht Davies. Meine Name ist Phil Decker, Special Agent beim FBI.«

»Auch ein G-man«, stöhnte Santini. Dann verzerrte sich sein Gesicht vor Wut. »Aber eins sage ich dir, Decker, dein Kumpan, dieser Cotton, schmort schon in der Hölle.«

»Wieder danebengetippt, Santini«, entgegnete Phil. »Jerry Cotton hat Ihre beiden Leute überwältigt.«

Santini schluckte.

Phil holte mit der freien Hand Handschellen aus seiner Jackentasche.

»Hände auf den Rücken, Santini!«

Als Santini das klirrende Geräusch der Stahlfesseln hörte, knallte bei ihm eine Sicherung durch. Noch bevor Phil ihm die Handschellen anlegen konnte, hob er die Fäuste hoch und wirbelte herum.

Sofort riß Phil die flache Hand hoch. Sie klatschte unter Santinis Kinn.

Ächzend brach Santini zusammen.

Jetzt endlich konnte ihm Phil die Hände fesseln. Dann ging er nach draußen und holte die Kollegen herbei.

Wenig später saßen sie alle in dem großen Einsatzwagen und fuhren in Richtung Manhattan, 69. Straße, zum FBI Building.

Dreißig Beamte waren direkt von Coney Island weg zu einem anderen Einsatz befohlen worden.

Und nun wurden über Funk die ersten Meldungen durchgegeben. Und die waren erfolgreich.

FBI und City Police hatte im gemeinsamen Einsatz Alf Lucas, Skip Mason und Guilio Sabata verhaften können. Es war alles ohne Schießerei vor sich gegangen. Die Gangster waren viel zu überrascht gewesen.

»Na, wenn das kein Erfolg ist«, freute sich Floyd Bennet.

»Ich weiß nicht so recht«, sagte Phil.

»Wieso, was ist?«

»Wir haben ein großes Syndikat zerschlagen, aber den Würger von Coney Island haben wir noch immer nicht. Du kannst sagen, was du willst, Floyd, ich habe das Gefühl, daß diese Bestie uns noch viel Ärger bereiten wird.«

Und mit dieser Prognose sollte mein Freund Phil Decker recht behalten …

Den nächsten Vormittag verschlief ich. Gewissermaßen auf dienstlichen Befehl. Mr. High hatte es angeordnet.

Mittags fuhr ich dann ins Büro. Mein Freund und Kollege war schon da.

»Immer die Langschläfer aus der Provinz«, zog er mich auf und gähnte selbst herzhaft.

»Du weißt ja«, sagte ich, »wer in dem berühmten Glashaus sitzt …«

»… sollte sich an die eigene Nase fassen«, kehrte mein Freund das Sprichwort um. Dann lachten wir beide.

Natürlich klingelte mal wieder das Telefon.

Helen, das Girl, das den besten Kaffee kocht, bat uns zum Chef.

Wenig später saßen wir Mr. High in seinem Büro gegenüber. Der Chef sah uns prüfend an. »Sind Sie wieder fit?«

»So einigermaßen«, erwiderten Phil und ich wie aus einem Mund.

Mr. High lächelte. Dann faßte er noch mal den gesamten Fall, an dem wir arbeiteten, zusammen. Zum Schluß sagte er: »Sie beide, Jerry und Phil, arbeiten weiter an der Würgersache. Die anderen Fälle übernehmen Ihre Kollegen. Sie werden auch die Verhöre der festgenommenen Gangster durchführen.«

Damit waren wir eigentlich einverstanden.

Auf Mr. Highs Schreibtisch lag ein kleiner Zettel. Der Chef hob ihn auf und reichte ihn uns herüber. »Diesen Zettel«, so erklärte er, »hat man bei dem letzten Opfer des Würgers gefunden.«

Ich sah den Chef gespannt an. »Ist bei der Untersuchung etwas herausgekommen? Etwas Positives, meine ich.«

»Kaum, Jerry. Unsere Experten haben festgestellt, daß das Papier unbedrucktes Zeitungspapier ist. Die Worte sind mit einem normalen Kugelschreiber darauf geschrieben worden.«

Phil und ich sahen uns den Zettel genauer an. ›FBI mischt mit‹ stand darauf.

Ich runzelte die Augenbrauen. Irgendwie klickten diese Worte in meinem Gehirn nach. Brachten eine Verbindung zu einer gewissen Sache. Ich wußte jedoch nicht, welcher.

»Ist irgend etwas, Jerry?« fragte mich Mr. High.

»Nein, nein, Chef. Schon gut. Mir geht da was im Kopf herum. Allerdings noch nicht spruchreif.« Ich gab den Zettel wieder zurück.

»Wir müssen dem Würger eine Falle stellen«, sagte Phil.

Mr. High nickte. »Genau das hatte ich vor. Einen Augenblick, bitte.«

Der Chef griff zur Sprechanlage und bat Helen, Miss Peggy Martin Bescheid zu geben.

Phil und ich warfen uns einen vielsagenden Blick zu. Wir beiden mochten Peggy sehr. Sie war eine unsere FBI-Agentinnen im Bezirk New York.

Peggy rauschte in Mr. Highs Büro wie ein frischer Frühlingswind. Sie war Mitte Zwanzig, hatte ein apartes, bildhübsches Gesicht und trug das blonde Haar in einem Pagenschnitt. Ihre Figur war erstklassig, man hätte in Peggy eher einen Filmstar vermuten können als eine FBI-Agentin.

Mr. High bot der Kollegin einen Stuhl an.

Peggy setzte sich. Dabei rutschte ihr Rock naturgemäß etwas höher. Was dabei an Bein zu sehen war, war Extraklasse.

Dann erklärte Mr. High die Sachlage. Als Peggy hörte, daß ihr die Aufgabe eines Lockvogels zugeteilt werden sollte, nickte sie entschlossen.

»Es wird endlich Zeit, daß man dieser Bestie das Handwerk legt«, sagte sie.

Mr. High dämpfte ihren Optimismus ein wenig. »Moment, Miss Martin. Diese Aufgabe ist sehr gefährlich.«

»Ich weiß«, erwiderte Peggy ernst. »Aber ich bin ja nicht allein.«

»Das nicht«, mischte ich mich in die Unterhaltung ein. »Phil und ich werden immer in deiner Nähe sein. Unauffällig natürlich.«

»Völlig klar, Jerry. Wann soll es losgehen?« wandte sich Peggy an Mr. High.

»Schon heute nacht, Miss Martin. Sie werden ab zwanzig Uhr auf dem Rummelplatz sein. Sich auffällig unauffällig benehmen, Sie verstehen?«

»Sicher, Mr. High.«

Wir besprachen noch genaue Einzelheiten. Peggy sollte außer einer kleinen Pistole auch noch ein Walkie-talkie mit sich tragen. Natürlich nicht offen, sondern versteckt in ihrer Handtasche. Eine hundertprozentige Sicherheit war das nicht, jedoch immerhin eine Möglichkeit.

Wir saßen noch eine Stunde in Mr. Highs Büro zusammen. Dann hatten wir alles besprochen.

Draußen auf dem Gang sagte Phil: »Jetzt gehe ich erst einmal zu Mittag essen. Kommst du mit, Peggy?«

»Danke, Phil. Ich muß auf meine Linie achten.«

Ich grinste schadenfroh, als ich Phils Gesicht sah.

»Dann muß ich dich eben fragen, Jerry«, sagte mein Freund.

Ich gab Phil keinen Korb. Außerdem hatte ich einen Bärenhunger. Wir gingen in ein italienisches Restaurant. Und dort bestellte ich mir eine riesige Pizza.

»Du erinnerst mich irgendwie an einen Vielfraß«, sagte Phil.

»Nur keinen Neid«, sagte ich kauend. »Schließlich kann ich mir noch ein gutes Essen leisten, während du schon auf deinen Bauch achten mußt.«

Wie ein dunkles Tuch legte sich die Dunkelheit über New York. Wieder begann auf Coney Island das abendliche Treiben. Tausende von vergnügungssüchtigen Menschen strömten auf den Rummelplatz. Auf den Karussells herrschte Hochbetrieb. An der überdimensionalen Achterbahn und am Riesenrad standen Menschen ebenfalls Schlange. Der Geruch von gebratenen Hamburgern schwängerte die Luft. Die Menschen schienen irgendwie gelöster. Die großen Zeitungsartikel über die Zerschlagung des Rummelplatz-Rackets hatten Erfolg gehabt. Man atmete wieder auf. Und man vergaß den Würger.

Er lauerte in einer dunklen Ecke, wo ihn keine Lichtreklame erreichte. Hier, neben dem Wagen mit den Toiletten, fühlte er sich sicher.

Der Würger rauchte seine Zigarette in der hohlen Hand. Ab und zu spähte er nach vorn und beobachtete die Personen, die die Toilette betraten.

Da sah er die Blonde. Die Augen des Würgers leuchteten auf. Langes blondes Haar, ein knapper Pullover, sehr kurzer Rock. Die Handtasche baumelte lässig in der rechten Armbeuge. Fast wie bei Dana, die ihn mit einem Rummelplatzarbeiter, einem gewissenlosen Herumtreiber, betrogen hatte.

Die Blonde betrat die Toilette.

Lautlos huschte der Würger aus seiner Deckung, sah sich kurz um, fand die Luft rein, und betrat hinter der Blonden den Wagen.

Hoffentlich bemerkte ihn niemand, denn das Schild vorne zeigte eindeutig das Wort ›Ladies‹.

Der Würger befand sich in einem engen Gang. Rechts und links zweigten die Toilettentüren ab, und am Ende des Ganges befand sich eine Tür mit der Aufschrift ›Lavatory‹. Hier war also der Waschraum.

Wo war die Blonde?

Zwei kichernde Girls kamen auf den Wagen zu.

Der Würger handelte blitzschnell. Er warf ein Zehncentstück in den Schlitz der nächsten Tür und huschte in die Kabine.

Die Girls gingen vorbei.

Der Würger drückte sich eng gegen die Wand. Kalter Schweiß lag auf seiner Stirn.

Eine Tür klappte.

Schritte stöckelten auf dem Gang. War das die Blonde?

Der Würger wartete, bis die Schritte an seiner Tür vorbei waren. Dann zog er sie vorsichtig auf.

Es war die Blonde. Soeben erreichte sie den Ausgang.

Den Würger hielt nichts mehr in der Kabine.

Lautlos huschte er auf die Frau zu. Die Seidenschlinge hielt er längst in der Hand.

Die Blonde nahm drei Stufen der Treppe, die nach unten zum Boden führte. Noch hatte sie ihn nicht bemerkt, war vollkommen ahnungslos.

Dachte der Würger.

Doch die Blonde war niemand anderes als unsere Kollegin Peggy Martin. Sie hatte sich für diesen Einsatz extra eine Langhaarperücke aufgesetzt, um dadurch mehr aufzufallen. Sie hatte den Mann bereits gesehen. Vorhin schon, als sie hereingekommen war, hatte sich seine Gestalt im Lack der Toilettentüren gespiegelt.

Peggy hielt diesen Mann jedoch für harmlos, höchstens für einen miesen Voyeur und Spanner.

Peggy Martin blieb stehen und holte eine Zigarette aus der Schachtel.

»Darf ich Ihnen Feuer geben?« hörte sie neben sich eine gehetzt klingende Stimme.

Peggy wandte sich halb um. Sie sah den Mann von vorhin, der ihr nachgestiegen war. Er hielt ein Feuerzeug in der rechten Hand.

»Bitte«, sagte sie lächelnd.

Der Mann ließ das Feuerzeug aufschnappen. Für einen Moment sah Peggy im Licht der Flamme die fiebrig glänzenden Augen des Mannes.

Ein unangenehmes Gefühl beschlich sie.

»Gehen wir noch zusammen irgendwohin?« fragte der Mann rauh.

Der Würger faßte Peggys Arm. Hier war das westliche Ende des Rummelplatzes. Bis zu den vielen Karussells hatte man ein ganzes Stück zu laufen.

»Ich weiß eine Abkürzung«, sagte der Würger.

Vorsicht, Peggy! warnte ihre innere Stimme. Paß auf jetzt!

Peggy öffnete unauffällig ihre Handtasche. Mit der Linken tastete sie nach dem Walkie-talkie. Ihre Hand fuhr über die Verkleidung des Gerätes, suchte den Einschaltknopf ... Da passierte es.

Der Würger warf die Seidenschlinge. Blitzschnell und mit unheimlicher Präzision.

Die Schnur preßte Peggy im Nu die Kehle zusammen. Sofort war die Luft weg. Peggys Finger ließen das Walkie-talkie los, fuhren an den Hals.

Der Würger hing in ihrem Rücken, umklammerte sein teuflisches Mordinstrument.

»Für Dana«, keuchte er. »Nur für Dana, du verdammte Hure.«

Peggy wollte schreien, irgend etwas tun, doch nicht einmal ein Krächzen entrang sich ihrer Kehle.

Peggy Martin fiel auf den Boden.

Breitbeinig stand der Würger über ihr, riß die beiden Griffenden der Seidenschlinge über Kreuz, zog sie noch fester zusammen. Noch immer murmelte er wirres Zeug.

Peggy schwanden die Kräfte. Sie konnte schon nicht mehr klar denken, die Zunge lag ihr bereits wie ein dicker Schwamm im Mund.

Das ist das Ende! schoß es ihr durch den Kopf.

Peggy bäumte sich noch einmal auf, so, als hätten diese Gedanken ihre letzten Kräfte mobilisiert.

Sie warf sich auf die Seite, schleuderte in einer letzten verzweifelten Reaktion ihre Handtasche schräg nach oben.

Es gab ein dumpfes Geräusch, als die schwere Tasche mit dem Walkie-talkie und der Pistole darin den Kopf des Würgers traf.

Wie aus weiter Ferne hörte Peggy einen erstickten Aufschrei, einen Fall ...

Der Druck um ihren Hals lockerte sich, war plötzlich ganz weg.

Peggy warf sich auf den Bauch, riß die Augen weit auf, während frische Nachtluft in ihre Lungen drang.

Etwa einen Yard vor ihr hockte der Würger. Die rechte Hand hatte er gegen den Kopf gepreßt. Peggy konnte erkennen, daß er verzweifelt gegen eine Bewußtlosigkeit ankämpfte. Die Chance war greifbar nahe, diesen Unhold zu fassen. Doch Peggy Martin war zu schwach. Sie brachte kaum ihren Arm hoch, mußte tatenlos zusehen, wie sich der Würger aufraffte und taumelnd zwischen den ausrangierten Wohnwagen verschwand.

Tränen der Wut und der Enttäuschung traten in Peggys Augen. Sie hatte versagt.

Da sah sie die Seidenschlinge. Der Würger hatte sie in seiner Hast vergessen. Fast übergroß sah Peggy die beiden Griffstücke. Sie waren aus Holz. Und auf dem Holz konnte man auch Fingerabdrücke erkennen ...

An der Wand eines Wohnwagens zog sie sich hoch, holte das Walkie-talkie aus der Tasche, schaltete es ein.

Peggy mußte dreimal ansetzen, ehe sie sprechen konnte.

Ich ließ Peggy erst gar nicht ausreden, sondern rief: »Wir sind sofort bei dir!«

Zum Glück hatte uns Peggy Martin ihren Standort gut beschrieben. Innerhalb einer Minute waren wir da.

Peggy berichtete. In knappen kurzen Zügen. Ihre Stimme klang rauh, heiser.

»Kannst du den Mann beschreiben?« fragte ich.

»Sicher, Jerry. Ich würde ihn unter Hunderten wiedererkennen.«

»Das ist wunderbar.«

Phil hatte inzwischen die Seidenschlinge sichergestellt. Er hielt sie an der Schnur umfaßt und steckte das Mordinstrument, so gut es ging, in eine Plastiktüte, die wir für solche Fälle immer mit uns führen.

Wir hasteten sofort zu meinem Jaguar. Peggy setzte sich neben mich, Phil mußte den Notsitz nehmen.

Phil und ich hatten uns inzwischen wieder in normale G-men zurückverwandelt. Wir fühlten uns bedeutend wohler.

Ich schaltete Rotlicht und Sirene ein. Im Siebzigmeilentempo bahnte sich der Jaguar einen Weg nach Manhattan in die 69. Straße.

Von nun an waren die Stunden des Würgers gezählt.

Jim Keever war zweiundvierzig Jahre alt. Seit einiger Zeit besaß er die einzige Tankstelle in Standville, Arizona. Die Tankstelle lag am Ortsausgang und war nur ein Einmannbetrieb.

Standville war ein kleiner Ort. Eine Anzahl von Häusern, ein paar Kneipen, ein paar Geschäfte, zwei Hotels. Und ein Sheriff.

Als Jim Keever an diesem Morgen seine Tankstelle öffnete, wußte er noch nicht, welche Aufregungen der kommende Tag für ihn bringen würde.

Es fing damit an, daß ein staubbedeckter roter Chrysler vorfuhr.

New Yorker Kennzeichen, stellte Jim mit sicherem Blick fest.

Der Wagen hielt an den Zapfsäulen. Ächzend schwang sich der Fahrer aus dem Chrysler.

»Was soll's denn sein, Sir?« fragte Jim geschäftstüchtig.

»Volltanken.«

»Okay, Sir.«

»Wo kann man sich hier waschen, Mister?«

Jim deutete auf das kleine Steinhaus neben der Tankstelle. »Dort finden Sie alles, Sir.«

Der Fahrer knurrte einen Dank und ging in die gezeigte Richtung.

Jim Keever zuckte mit den Schultern, holte den Benzinschlauch aus der Halterung, öffnete den Tankverschluß und ließ den Sprit laufen.

Während dieser Arbeit schweiften seine Augen durch den Wagen. Eine Zeitung fiel ihm auf. Sie war aus New York und lag auf dem Beifahrersitz.

Jim kniff die Augen zusammen, um die Schlagzeilen besser lesen zu können.

Der Würger hat wieder zugeschlagen!
Schon das vierte Opfer!
Schläft die Polizei?

Scheint ja rund zu gehen in New York, dachte Jim Keever. Dann konzentrierte er sich wieder auf seine Arbeit.

Als der Tank voll war, kehrte auch der Fahrer zurück. Jim säuberte noch die Scheiben des Chryslers und prüfte auch die Luft.

»Was habe ich zu zahlen?« fragte der Fremde.

Jim nannte den Preis.

Der Mann zahlte und gab noch ein ordentliches Trinkgeld.

»Sir?« fragte Jim etwas unsicher.

»Ja?«

»Kann ich wohl die Zeitung haben, Sir? Wissen Sie, hier ist es verdammt einsam, und man ist froh, wenn …«

Der Fahrer lachte. »Aber sicher doch. Hier.« Er reichte Jim die Zeitung.

»Vielen Dank und gute Fahrt, Sir.«

Der Mann winkte noch und brauste davon.

Jim Keever ging in sein Tankhäuschen, packte sein Sandwich aus und zog sich im Automaten eine Büchse Cola. Er wollte erst mal frühstücken.

Während Jim aß, las er die Zeitung. Der Artikel über den Würger interessierte ihn besonders. Sein Gesicht wurde immer gespannter. Dann, als er fertig gelesen hatte, schlug er mit der Faust auf den Tisch. »Das gibt es doch nicht«, flüsterte Jim. Er war plötzlich ganz aufgeregt.

Jim Keever frühstückte erst gar nicht zu Ende. Er steckte sich die Zeitung in die Tasche seines Overalls, hängte das Schild ›Geschlossen‹ an die Tür seines Häuschens und ging in den Ort.

Er wollte zum Sheriff.

Der Sheriff hieß Ed Murdock und hatte sein Office neben der kleinen Post.

Jim hatte Glück und fand den Sheriff hinter seinem Schreibtisch.

»Was willst du denn so früh hier?« knurrte ihn Murdock an.

»Dich aus dem Schlaf holen«, gab Keever bissig zurück. Er holte die Zeitung aus der Tasche und knallte sie auf den wurmstichigen Schreibtisch.

»Was soll ich damit, Jim?«

»Lesen.«

Ed Murdock setzte sich umständlich seine Brille auf und las. Als er fertig war, fragte er nur: »Na und?«

»Na und. Na und. Fällt dir nichts auf?«

»Nein, Jim. Bin nur froh, daß ich nicht in New York lebe.«

»Ach, was bist du dämlich. Jetzt hör mir mal genau zu! Denk fünf Jahre zurück. An Dana, die auch erwürgt wurde.«

»Sicher, Jim. Aber was hat das mit diesem Fall in New York zu tun?«

Jim Keever schlug mit der flachen Hand auf die Zeitung. »Es ist die gleiche Methode, Ed. Wie damals bei Dana. Man hat den Täter doch nie gefaßt. Aber wir wissen, wer es war.«

»Vielleicht war«, verbesserte ihn der Sheriff. »Daß es ihr Mann gewesen ist, ist nicht bewiesen.«

»Gut«, lenkte Jim Keever ein. »Aber du hast doch noch die Fingerabdrücke.«

»Ich?« Ed Murdock lachte. »Die haben die Kollegen in Tucson.«

»Mist«, sagte Jim Keever laut und deutlich.

Ed Murdoch stand auf und schnallte seinen Colt um den dicken Bauch.

»Du sollst deinen Willen haben, Jim. Wir werden jetzt rüber zur Post gehen und ein Fernschreiben nach Tucson aufsetzen. Die sollen sich dann weiter um die Sache kümmern.«

Die beiden Männer gingen hinaus.

»Was ist eigentlich aus Danas Mann geworden?« wollte Jim Keever wissen.

»Keine Ahnung. Er war plötzlich verschwunden, nachdem man ihm nichts beweisen konnte. War auch besser für ihn. Hier hätte er keinen Blumentopf mehr gewinnen können.«

Jim Keever und der Sheriff betraten die Post.

»Ich brauche mal den Fernschreiber«, sagte Ed Murdock zu dem einzigen Angestellten, einem spindeldürren Kerl, der kurz vor der Pensionierung stand. »Im Nebenraum, Ed.«

Dann standen die beiden Männer vor dem Fernschreiber, der schon Staub angesetzt hatte.

Der Sheriff begann zu schreiben.

»Wie hieß noch mal unser Freund, Jim?« wollte Murdock wissen.

Jim Keever kannte den Namen. Es war ein Name, der in New York in den letzten Jahren in gewissen Kreisen ein Begriff geworden war, den viele kannten.

Auch wir. Allerdings hatten wir zu diesem Zeitpunkt noch keine Ahnung, daß sich dahinter der Würger von Coney Island verbarg ...

Im Distriktgebäude herrschte Hochbetrieb.

Phil gab die Mordwaffe des Würgers sofort ins Labor. Hier wurde sie auf Fingerabdrücke untersucht.

Peiker, unser Zeichner, wurde in unser Office geholt.

Peggy Martin hatte den Schock gut überstanden. Jetzt, nach einer Tasse Kaffee, ging es ihr noch besser.

Ich sah auf die Uhr. Vier Minuten vor zehn. Ich hatte plötzlich das Gefühl, daß wir den Würger noch in dieser Nacht schnappen würden.

Peiker kam zehn Minuten später.

»Einen alten Mann so zu erschrecken«, begrüßte er uns. »Um was geht es denn?«

Ich erklärte die Situation.

Peiker pfiff durch die Zähne. »Dann will ich nichts gesagt haben«, murmelte er.

Gemeinsam gingen wir in sein Büro. Phil besorgte noch eine Kanne Kaffee.

Peiker hörte sich Peggys Angaben ruhig an. Er zeichnete eine ungefähre Skizze und arbeitete dann nur noch mit Schablonen.

»Die Stirn ist noch etwas zu flach«, sagte Peggy.

Peiker setzte eine andere Schablone auf.

»Ja, so geht's.«

»Die Nase, Miss Martin. Ist die so richtig?« fragte Peiker.

Peggy überlegte. »Ein wenig zu breit. Spitzer, wenn mich nicht alles täuscht.«

»Werden wir gleich haben.« Peiker kramte in seinem Nasensortiment herum. »So vielleicht?«

Peggy runzelte die Stirn. »Ja, so geht's.«

»Wunderbar. Langsam kommen wir der Sache näher.«

Die beiden arbeiteten noch eine halbe Stunde. Phil und ich sahen gespannt zu.

Plötzlich stieß mich mein Freund an. »Den Mann kenne ich«, flüsterte er aufgeregt.

»Ich auch«, gab ich heiser zurück. »Aber, verdammt, ich weiß nicht, woher!«

Ich blickte wieder das Bild an, konzentrierte mich. Vergebens, mir fiel der Name nicht ein. Phil ging es nicht besser. Er zuckte verzweifelt mit den Schultern.

»Haben Sie ihn schon mal gesehen, Peggy?« fragte ich. »Ich meine nicht heute abend, sondern vor Tagen, vor Wochen oder Monaten?«

»Tut mir leid, Jerry. Da muß ich passen«, erwiderte unsere Kollegin.

Ich ärgerte mich. Wir standen so dicht vor dem Ziel, brauchten praktisch nur noch zuzufassen, und ausgerechnet jetzt streikte unser Gedächtnis.

»Ich lasse das Bild vervielfältigen«, sagte Peiker. »Danach zeige ich es den Kollegen. Vielleicht können die sich erinnern.«

»Hoffentlich«, erwiderte ich grimmig.

In diesem Moment schrillte das Telefon. Mr. High, der wußte, wo wir uns aufhielten, war an der Strippe.

»Bitte, kommen Sie mit Miss Martin und Phil doch in mein Büro, Jerry. Es geht um die Fingerabdrücke auf der Schlinge.«

»Sind schon unterwegs, Chef!« rief ich.

Zwei Minute später saßen wir bei Mr. High. Vor ihm auf dem Schreibtisch lag die Formel der Fingerprints.

»Es war gar keine leichte Arbeit«, erklärte uns der Chef. »Die Leute vom Labor haben sich sehr schwergetan. Dadurch, daß die Griffstücke der Schlinge auf der Oberseite geriffelt waren, konnten die Experten dort keinen vernünftigen Abdruck nehmen. Allerdings ist die Unterseite der Holzstücke glatt. Und hier haben unser Leute dann zwei Prints entdeckt. Je einmal vom linken und rechten Daumen.«

»Sind die Prints registriert?« fragte ich gespannt.

Mr. High schüttelte den Kopf. »Bei uns leider nicht, Jerry. Der Mann, dem diese Abdrücke gehören, ist im New Yorker Raum noch nicht mit dem Gesetz in Konflikt geraten. Wir müssen natürlich abwarten, was die Zentralkartei in Washington sagt.«

»Und das dauert«, sagte Phil.

»Ja«, erwiderte Mr High. »Ich habe jedoch selbst mit dem Leiter der Abteilung gesprochen, Sie werden ihr möglichstes tun.«

»Wann können wir ungefähr mit einem Ergebnis rechnen.«

»In vier bis fünf Stunden, Jerry.«

Das Telefon auf Mr. Highs Schreibtisch klingelte. Der Chef hob ab und hörte einige Sekunden zu. Als er den Hörer wieder auflegte, hatte sein Gesicht einen nachdenklichen Ausdruck angenommen.

»Aus dem Computerraum wurde soeben angerufen. Da ist ein Fernschreiben aus Tucson, Arizona eingegangen. Es steht dort irgend etwas von einem Würger. Jerry und Phil, kümmern Sie sich bitte um die Sache. Wir müssen jeder Spur nachgehen.«

»Okay, Chef.«

Phil und ich standen auf.

»Miss Martin, bleiben Sie bitte hier«, sagte unser Chef lächelnd. »Ich habe noch etwas mit Ihnen zu besprechen.«

Wir verließen das Büro, fuhren mit dem Fahrstuhl in das Kellergeschoß.

»Was ist eigentlich jetzt auf Coney Island los?« fragte Phil. »Sind unsere Kollegen noch unterwegs?«

»Soviel ich weiß, sind noch fünf Leute da. Weshalb fragst du?«

»Habe so ein merkwürdiges Gefühl. Überlege mal, Jerry. Einen Fehlschlag hat der Würger erlitten. Und den wird er doch so schnell wie möglich wieder wettmachen wollen.«

»Das kann durchaus sein«, erwiderte ich düster. Dann betraten wir den Computerraum.

Walt Brennan, der Nachtdienstsleiter, trat auf uns zu. In der rechten Hand schwenkte er ein Fernschreiben, in der anderen ein Foto.

»Aus Tucson!« rief er. Er drückte mir das Fernschreiben in die Hand. »Auf dem Wisch steht alles, was du wissen mußt, Jerry. Und hier haben die Kollegen in Arizona über Bildfunk Fingerprints durchgegeben. Nimm beides mit in die Daktyloskopie.«

Ich bedankte mich. Auf dem Weg nach oben lasen Phil und ich das Fernschreiben gemeinsam. Es war ziemlich lang, und so kam es, daß wir nicht mal die Hälfte davon gelesen hatten, als der Lift stoppte.

Wir gingen sofort in die Daktyloskopie.

Der Kollege sah mich skeptisch an, als ich ihm das Bild auf den Tisch legte.

»Und was soll ich damit, Mr. Cotton?«

»Wieso? Was meinen Sie? Das sind Fingerprints. Nachsehen, ob …«

»Das weiß ich alles, Mr. Cotton«, unterbrach mich der Kollege. »Es ist doch bereits eine Anfrage nach Washington unterwegs.«

Ich atmete tief durch und sah Phil an. Auch er stand ratlos da.

»Das sind neue Fingerprints, Mr. Snyder«, sagte ich. »Sie sind uns soeben aus Tucson, Arizona, übermittelt worden.«

Mein Kollege lächelte milde. Dann sagte er: »Kommen Sie doch mal her, Mr. Cotton. Und auch Sie, Mr. Decker.«

Ich war gespannt, was jetzt folgen würde. Das Fernschreiben nahm ich mit.

Snyder führte uns zu einem kleinen Nebentisch, auf dem einige Karten mit Prints lagen.

»Das sind alles die gleichen Prints«, erklärte uns Snyder. »Und nun nehmen Sie sich eine Karte, Mr. Cotton, und vergleichen Sie sie genau mit dem Bild, das aus Arizona herübergefunkt wurde.«

Einige Minuten starrten Phil und ich abwechselnd auf die Karte und auf das Bild.

Bis mein Freund sagte: »Die sind ja tatsächlich identisch.«

Synder lächelte. »Das habe ich sofort gesehen.«

»Moment mal!« rief ich. Jetzt gab es kein Halten mehr. Schnell überflog ich das gesamte Fernschreiben. Es wurde von dem Mord an einer gewissen Dana berichtet, und ganz unten stand der Name des mutmaßlichen Mörders, dem man jedoch nie etwas hatte nachweisen können.

»Was ist, Jerry?« Phils Stimme holte mich wieder in die Wirklichkeit zurück.

»Phil, ich weiß, wer der Würger von Coney Island ist.«

Phil starrte mich an. »Und?«

»Du kennst ihn. Der Mann heißt Billy Burton ...«

Der Würger hatte Angst. Höllische Angst. Er war noch mal soeben an einer Katastrophe vorbeigeschlittert.

Am gesamten Körper zitternd, saß er hinter dem Steuer seines Ford. Seine Stirn schmerzte, dort, wo ihn die Tasche getroffen hatte.

Er hatte versagt, und was noch schlimmer war, er hatte seine Mordwaffe verloren.

Der Würger startete den Wagen, verließ den großen Parkplatz des Rummelplatzes und fuhr in Richtung Manhattan. Dort, in der Downtown, lag seine Wohnung. Dort bewahrte er noch eine zweite Schlinge auf.

Er mußte sie haben. Er mußte den Fehlschlag wettmachen. Er brauchte ein neues Opfer, sofort.

Hart trat er das Gaspedal durch. Der Motor des Wagens heulte gequält auf.

Kurz vor der Brooklyn Bridge hielten ihn die Cops an.

Verkehrskontrolle!

Der Würger kurbelte hastig die Scheibe herunter. Er war schweißgebadet. Hatte man ihn schon entdeckt?

Ein breitschultriger Cop beugte seinen Kopf in den Wagen.

»Ihre Papiere, bitte.«

Der Würger kramte im Handschuhfach. Seine Finger zitterten. Würde der Cop etwas merken?

Nein, ihn interessierten nur die Papiere. Dann ging der Beamte um den Wagen herum.

Der Würger drehte den Kopf in den Nacken. Was hatte der Cop vor?

Zwei Minuten später hatte der Würger seine Papiere wieder.

»Sie können fahren, Mr. Burton«, sagte der Cop, »und wechseln Sie bei Gelegenheit mal die Reifen. Sie sind bald fällig.«

»Mach' ich«, erwiderte Burton krächzend.

Dann gab er wieder Gas. Glück gehabt. Zugleich triumphierte er innerlich. Was wollte man eigentlich von ihm? Niemand konnte ihm etwas nachweisen. Und wer sollte ihm schon auf die Spur kommen? Etwa die Hohlköpfe vom FBI? Er lachte böse.

Der Würger geriet in Euphorie. Als er zu Hause ankam, rannte er sofort ins Schlafzimmer. In dem Wäscheschrank hinter den Oberhemden lag sie.

Die Seidenschlinge!

Wahnsinn spiegelte sich in den Augen des Würgers, als er die Schlinge in die Hand nahm. Ja, er würde es ihnen zeigen. Allen würde er es zeigen.

Billy Burton war der Würger!

Ich war wie vor den Kopf geschlagen. Wie war das möglich? Diese Antwort mußten die Psychiater finden, nicht ich. Ich informierte sofort Mr. High.

»Versuchen Sie um jeden Preis, Burton zu schnappen«, sagte der Chef. »Wie viele Leute brauchen Sie, Jerry?«

»Vorerst noch keinen, Chef. Phil und ich werden es allein versuchen.«

»Viel Glück, Jerry.«

»Danke, Chef.«

Als nächstes suchten wir aus dem Telefonbuch Burtons Adresse heraus.

Wir hatten Glück. In dem dicken Wälzer von Manhattan fanden wir ihn auf Anhieb.

Burton wohnte in der Downtown, in einer kleinen Straße im südlichen Teil von Greenwich Village.

Phil und ich jagten los. Mit Rotlicht und Sirene. Es war nicht allzuweit vom Distriktgebäude bis in die Downtown. Als wir Greenwich Village erreichten, schaltete ich die Sirene aus.

Ich stellte den Jaguar auf einem kleinen Parkplatz ab.

»Schließ ihn gut ab«, sagte Phil grinsend.

»Worauf du dich verlassen kannst.«

Es war nicht mehr weit bis zu Burtons Bleibe. Etwa zehn Minuten Fußweg.

Das Haus war noch relativ neu. An der Eingangstür gab es ein Namensregister.

Burton wohnte im dritten Stock.

Zum Glück stand die Haustür offen.

Es gab zwar einen Lift, doch wir nahmen die Treppen. Es begegnete uns niemand.

Das Flurlicht gab zwar nur einen trüben Schein ab, reichte aber trotzdem aus, um das Pappschild mit dem Namen Burton an der Tür erkennen zu können.

Phil und ich blickten uns um.

Beide zogen wir die Waffen, stellten uns rechts und links neben der Tür auf.

Ich klingelte.

Das Geräusch hätte Tote aufwecken können – doch nichts geschah.

Ich versuchte mein Glück noch einmal. Wieder ohne Erfolg.

Das Kichern hinter uns hörten wir beide. Wir ließen blitzschnell unsere Waffen verschwinden und wandten uns um.

In der offenen Tür gegenüber stand eine alte Frau. Sie sah aus wie des Teufels Großmutter und hielt ihren rechten mageren Zeigefinger auf den Knopf des Flurlichts gepreßt.

»Burton ist nicht hier. Er ist fast nie hier in der Nacht«, krächzte sie. »Das ist bestimmt ein Gangster. Ich glaube …«

Ich gab Phil ein Zeichen.

»Sie haben uns sehr geholfen, Madam«, sagten wir höflich.

»Aber ich. Hören Sie doch, Sie …«

Es folgten einige Schimpfworte, doch da waren wir schon unten im Treppenhaus.

Wir hatten es jetzt verdammt eilig. Billy Burton konnte nur auf dem Rummelplatz sein. Es gab keine andere Möglichkeit.

Im Laufschritt rannten wir zu meinem Jaguar.

Wir sahen die fünf Gammler, als wir auf den Parkplatz einbogen. Drei von ihnen lümmelten sich auf der langen Kühlerschnauze meines Jaguars herum. Die beiden anderen waren dabei, die Tür zu knacken.

»Das gibt Ärger!« knurrte Phil. »Und ausgerechnet jetzt, wo wir's eilig haben. Verdammt noch mal.«

Wir hatten keine Zeit, uns auf eine lange Schlägerei einzulassen.

Ich sagte nur: »Phil!«

Schon zuckten unsere Hände unter die Jacketts, hatten in Sekundenschnelle die Dienstwaffen schußbereit in der Hand liegen.

Phil hielt die drei Kühlerfiguren in Schach, ich die beiden vor mir.

»Entweder ihr verzieht euch sofort, oder es gibt ein Feuerwerk«, sagte ich so ruhig wie möglich.

Auf einmal bekamen sie das große Hosenflattern. Der Kerl vor mir gab seinen Kumpanen einen Wink. Ohne ein Wort zu verlieren, verließen sie den Parkplatz und verschwanden im Gewühl von Greenwich Village.

Wir setzten uns sofort in den Jaguar. Während ich fuhr, ließ sich Phil mit der Zentrale verbinden.

»Cotton und Decker auf dem Weg nach Coney Island«, sagte Phil ruhig. »Falls wir Verstärkung brauchen, melden wir uns. Ende.«

Mein Freund hängte das Mikrofon in die Halterung.

»Hoffentlich kommen wir nicht zu spät«, murmelte er …

23 Uhr 20!

Der Würger war wieder in seinem Element. Soeben hatte er den Rummelplatz betreten. Die Seidenschlinge brannte förmlich in seiner Tasche.

Auf Schleichwegen gelangte der Würger bis an die Buden und Karussells.

Seine Augen huschten hin und her.

Dann sah er die G-men. Der Würger kannte sie nur vom Ansehen, hatte sie aber schon oft im FBI Building gesehen.

Einem Instinkt folgend, huschte er in den Schatten einer kleinen Glücksspielbude.

Die beiden G-men näherten sich, blieben dicht vor dem Würger stehen und zündeten sich eine Zigarette an.

»Meinst du, daß wir Burton erwischen, Clem?« fragte einer und zog an seiner Zigarette.

»Ich glaub' nicht daran, Jeff. Der ist doch nicht so blöd und läßt sich hier noch einmal blicken. Na ja, uns soll's egal sein. Ich wäre übrigens froh, wenn ich diese Bestie zwischen die Finger bekäme.«

»Du spricht mir aus der Seele.«

Die beiden gingen weiter.

Burtons Stirn war schweißnaß. Sie sind dir bereits auf der Spur! schrie es in ihm. Sie wissen schon deinen Namen. Jetzt ist alles verloren.

Der Würger schlug die Hände vors Gesicht. Er schluchzte. Aus Angst, aus Verzweiflung.

Seine Hände flatterten, als er zur Zigarettenschachtel griff. Dreimal brach ihm ein Streichholz ab, bevor er endlich den Glimmstengel in Brand hatte.

Langsam wurde er ruhiger. Eiskalte Überlegung wich der Panik.

Einmal würde er es ihnen noch zeigen. Und dann gab es keinen Billy Burton mehr. Er würde untertauchen, irgendwo. Vielleicht auf dem Land. Oder im Ausland. Es würde sich schon alles ergeben. Die G-men würden ihn jedenfalls nicht fassen. Der Würger kicherte hohl. Seine schweißnassen Hände putzte er an seinem Taschentuch ab. Mit dem Absatz trat er die Zigarettenkippe aus.

Der Betrieb auf Coney Island war längst nicht mehr so stark wie vor ein paar Stunden.

»Die letzte Fahrt mit dem Riesenrad!« schrie die Karten-verkäuferin in der Kasse ins Mikrofon. »Die letzte Fahrt heute abend für nur fünfzig Cent! Hereinspaziert, steigen Sie ein! Wir fahren sofort ab!«

Der Würger grinste. Diese Sätze kannte er auswendig. Da sah er die Frau. Hellblondes lockiges Haar. Schwarzer Lack-ledermantel, der bei jedem Schritt vorne aufklaffte und lange, wohlgeformte Beine sehen ließ.

Die Frau ging zu dem Kartenhäuschen.

Der Würger stand schon hinter ihr.

Auch er kaufte sich eine Karte.

Hintereinander gingen die beiden durch die Sperre.

Noch mußten sie warten. Die Gondel vor ihnen war schon von zwei Liebespärchen besetzt.

Die letzte Gondel rutschte ein Stück vor. Die nächste schwang heran.

Sie war leer.

Die Blonde stieg ein.

»Darf ich mich zu Ihnen setzen?« fragte der Würger lächelnd.

»Sicher, warum nicht.« Sie sah ihn flüchtig an.

»Danke.«

Der Würger stieg ein, nahm der Blonden gegenüber Platz.

Das Riesenrad setzte sich in Bewegung. Für einen Augenblick mußte sich der Würger mit der rechten Hand an dem Haltegriff festhalten.

Immer höher stieg die Gondel.

Dem Würger wurde leicht schwindelig. War es die Erregung? War es Angst?

Der Würger starrte die Blonde an.

Sie hatte sich zurückgelehnt. Ihre Arme lagen zu beiden Seiten auf den runden Haltestangen. Das lange Haar flatterte im Wind. Der schwarze Mantel war vorne auseinandergeklafft, der kurze Rock noch höher gerutscht. Der Würger sah lange, makellose Schenkel.

Die Blonde bemerkte seinen Blick, lächelte ….

Der Würger dachte an Dana. Auch sie hatte gelächelt. Trotzdem war sie eine Hure gewesen.

Der Würger wischte sich über die Stirn. Sie war schweißnaß. Die Gondel fuhr wieder abwärts. Schnell. Zu schnell für den Würger. Ein leeres Gefühl breitete sich in seinem Magen aus.

Das Kassenhäuschen flitzte vorbei.

Dann ging es wieder hoch.

»Ist Ihnen nicht gut?« erkundigte sich die Blonde.

Der Würger zuckte zusammen. Was wollte sie überhaupt? Warum sprach sie ihn an? Mußte er sich das gefallen lassen?

»Warum antworten Sie mir denn nicht, Mister? Wenn man eine Fahrt nicht vertragen kann, sollte man es bleibenlassen.«

Der Würger lächelte gequält. »Danke, es geht schon.«

Die Blonde zuckte mit den Schultern, lehnte sich weiter zurück, noch provozierender.

Der Würger umkrallte seine Seidenschlinge.

Ja, er mußte es tun. Es ging nicht mehr anders.

Wieder fuhr die Gondel abwärts.

»Eine Runde noch, dann haben Sie es überstanden«, sagte die Blonde.

Der Würger zog die Schlinge aus der Tasche. Noch lag sie zusammengelegt in seiner Hand.

Die Augen des Würgers starrten die Blonde an, versuchten jede Linie ihres Gesichts zu erkennen.

Die Frau lachte. »Gefalle ich Ihnen?«

»Ja«, preßte der Würger hervor.

»Dreißig Dollar.«

»Wofür?«

»Dämliche Frage.«

»Ach so, ja.«

In diesem Augenblick stoppte das Riesenrad. Unten stiegen die ersten aus.

»Was willst du denn?« fragte die Blonde. »Wir sind doch noch oben.«

»Was ich will?« keuchte der Würger. »Ich will ...«

»He, he, nicht so stürmisch. Hier in der Gondel mach' ich's nicht.«

Ruckweise ging es jetzt voran. Jedesmal stoppte eine Gondel vor dem Kassenhäuschen, um die Menschen aussteigen zu lassen.

Noch zwei Gondeln, noch eine, dann waren sie an der Reihe.

Erregung hatte den Würger gepackt. Er hätte die Blonde schon in der Gondel umbringen sollen. Jetzt war es zu spät.

Der Würger entriegelte die kniehohe Tür der Gondel. Er ließ der Blonden den Vortritt. Blitzschnell suchten seine Augen die nähere Umgebung ab. Die Luft war rein. Auch von den beiden G-men war nichts zu sehen.

Der Würger lächelte grausam.

»Wohin geht's denn?« fragte die Blonde.

»Mal sehen. Wir können zu meinem Wagengehen.«

»Wo steht der denn?«

»Nicht weit von hier. Auf einem der Parkplätze.«

»Okay. Aber bezahlt wird vorher.«

»Ja, ja.«

Die beiden gingen los.

»Ich weiß eine Abkürzung«, sagte der Würger wieder. »Ist allerdings ziemlich dunkel.«

»Denkst du, ich hab' Angst, Kleiner?«

Der Würger zuckte zusammen. Kleiner, hatte sie gesagt. Das würde sie büßen.

Der Würger führte die Blonde zwischen zwei Buden hindurch. Niemand begegnete ihnen. Es war fast stockdunkel.

»Laß uns schneller gehen«, sagte die Blonde. »Ich will heute nacht noch mehr Dollars verdienen.«

»Ganz wie du willst«, erwiderte der Würger.

Er ließ die Blonde einen Schritt vorgehen. Mit einer tausendmal geübten Bewegung holte er die Schlinge aus der Tasche.

»He, wo bleibst du …«

Die restlichen Worte der Blonden erstickten in einem Gurgeln. Blitzschnell hatte ihr der Würger die Schlinge um den Hals geworfen.

Phil und ich hatten uns getrennt. Wir hatten den Rummelplatz gewissermaßen in zwei Hälften aufgeteilt.

Ich versuchte mich in die Lage des Würgers zu versetzen. Er würde belebte Flecken meiden. Würde sich mehr in den dunklen Ecken aufhalten.

Genau das tat ich.

Ich schlich zwischen den Wohnwagen umher, quetschte mich durch enge Gänge und mußte einmal einem Randalierer mit den Fäusten die Meinung sagen.

Ich legte gerade eine kurze Pause ein, um mein weiteres Vorgehen zu überlegen, da hörte ich Stimmen.

»Laß uns schneller gehen«, sagte eine Frau.

Sekunden später antwortete der Mann.

Mich durchzuckte es wie ein Blitzschlag. Die Männerstimme gehörte Billy Burton, dem Würger.

Plötzlich ein dumpfes Gurgeln.

Ich rannte los. In die Richtung, aus der ich die Stimmen gehört hatte. Ich schaltete meine kleine Taschenlampe an, befand mich plötzlich zwischen zwei Buden in einem schmalen Gang, stieß mir irgendwo den Kopf, hörte noch mal dieses schreckliche Röcheln, riß den Arm mit der Lampe hoch.. und erstarrte.

In dem schmalen Lichtkegel sah ich Billy Burton. Er kniete auf dem Boden. Eine blonde Frau lag vor ihm, die mörderische Seidenschlinge um den Hals.

Als der Strahl der Lampe den Würger traf, schrie er auf. Wie ein Wiesel hetzte er hoch, ließ die Frau liegen.

»Stehenbleiben, Burton!« brüllte ich.

Der Würger hörte nicht. Er rannte weiter.

Mit zwei Sätzen war ich neben der Frau.

Sie lebte. Gott sei Dank.

Dann rannte ich los. Vor mir hörte ich die hastigen Schritte des Würgers.

Ich mußte diese Bestie fangen. Lebend fangen. Koste es, was es wolle ...

Die Panik sprang Billy Burton an wie ein wildes Tier.

Aus! schrie es in ihm. Alles verloren! Dieser verdammte Cotton war doch schlauer!

Billy Burton rannte. Nur weg von diesem höllischen Ort. Er hetzte einfach los. Ihm war es egal, wohin.

Billy Burton verlor die Orientierung.

Erst als er die dunklen Ecken von Coney Island verlassen hatte, konnte er wieder einigermaßen klar denken.

Billy Burton blieb stehen. Er keuchte, zitterte am ganzen Körper. Seine Augen irrten umher, suchten nach einem Ausweg. Der Würger sah nicht, daß ihn die Menschen anstarrten wie einen Geist.

Die letzten bunten Lichtreklamen warfen ihre Reflexe auf sein bleiches, verschwitztes Gesicht.

Trampelnde Schritte ließen Burton herumfahren.

Da war er wieder, dieser verdammte Cotton! Er ließ sich einfach nicht abschütteln!

Wieder hetzte der Würger los. Irgendwohin. Menschen, die sich ihm in den Weg stellten, rannte er brutal um. Seine Lungen arbeiteten wie Blasebälge.

Wie lange konnte er dieses höllisches Tempo noch durchhalten?

Die riesige Achterbahn tauchte vor ihm auf. Hier kannte sich der Würger aus, war dort oft genug nachts herumgeschlichen. Verstecke boten sich an. Verstecke, wo ihn der G-man bestimmt nicht finden würde.

Die Achterbahn hatte ihren Betrieb schon eingestellt. Wie ein Wiesel huschte Burton durch die Absperrung. Geschickt schwang er sich über einen querstehenden Holzbalken, der den Zugang zu den abgestellten Wagen versperrte.

Jetzt nur noch ein sicheres Versteck, dachte der Würger.

Sein Blick fiel auf die vielen Wagen, die hintereinandergereiht auf dem toten Gleis standen. Die Wagen waren zwar nicht sehr groß, doch ein Mann konnte sich gut darin verstecken.

Gelenkig sprang Billy Burton in einen der Wagen. Bevor er sich ganz abduckte, warf er noch einen Blick nach draußen.

Da sah er den Schatten!

Der Würger dachte in diesem Augenblick, ihm müsse das Herz stehenbleiben.

Der Schatten näherte sich vorsichtig seinem Versteck.

Der Würger erkannte, daß es ein Mann war, der eine Waffe in der Hand hielt.

Der Würger duckte sich tiefer.

Der Mann kam noch näher, drehte sich um die eigene Achse, so, als wolle er auf keinen Fall überrascht werden.

Der Mann benahm sich wie ein Profi.

Das kann nur Cotton sein! dachte der Würger.

Als die trübe Beleuchtung für einen Augenblick das Gesicht seines Verfolgers streifte, hatte er Gewißheit.

Noch gute vier Schritte, dann mußte dieser verhaßte Schnüffler sein Versteck erreicht haben. Mußte ihn, wenn er in den Wagen blickte, zwangsläufig sehen.

Der Würger duckte sich tiefer. Immer noch hielt er das Messer in der Hand.

Direkt neben dem Wagen blieb sein Verfolger stehen.

Dem Würger stockte fast der Atem, als er sah, daß der G-man ihm den Rücken zuwandte!

Das war die Gelegenheit!

Unhörbar schob der Würger sich höher. Sein Gesicht verkrampfte sich zu einer Fratze. Das Messer hielt er in der rechten Hand. Langsam holte er aus. Dann stieß der Würger zu ...

Ich weiß nicht, was mich warnte. Vielleicht war es der jahrelange Instinkt oder das winzige Geräusch. Ich kann es heute nicht mehr sagen.

Ich glitt plötzlich einen Schritt zur Seite, sah den Schatten neben mir auftauchen, etwas blitzte, und dann fuhr mir ein glühendheißer Schmerz durch die Seite.

Ich taumelte zurück, ging in die Knie, merkte, wie es warm an meiner rechten Hüfte herabfloß, und warf mich instinktiv abermals zur Seite.

Das Messer verfehlte mich nur um Haaresbreite.

Ich hörte einen gepreßten Fluch, als der Würger über mich stolperte.

Ich wollte mich erheben, da traf ein höllischer Tritt meinen rechten Arm.

Mein Revolver wurde mir aus der Hand geprellt, schlitterte über den Boden bis unter einen der Wagen.

Ich fiel wieder auf die Knie.

Der Würger starrte der Waffe nach, verlor wichtige Sekunden. Ich hechtete vor.

Der Würger torkelte zurück, prallte gegen einen der Wagen, wollte sich festhalten, öffnete die Hand mit dem Stilett ... Das Messer rutschte ihm aus den Fingern.

Trotz des Schmerzes in meiner Hüfte war ich wieder auf den Beinen, wankte auf den Würger zu ...

Billy Burton reagierte schnell. Er stieß sich von dem Achterbahnwagen ab, floh. Gewandt wie ein Affe turnte er über zwei andere Wagen und sprang auf die Schienen.

Ich hinterher.

Verdammt, diese Bestie sollte mir nicht noch im letzten Moment entwischen.

Als ich von dem letzten Wagen auf die Schienen sprang, durchzuckte wieder dieser brandheiße Schmerz meine verletzte Hüfte. Ich knickte ein.

Etwa zehn, zwanzig Yards vor mir lief der Würger.

Die Schienen führten steil nach oben. Wir kamen beide nur langsam voran. Ich wurde durch die verdammte Verletzung daran gehindert. Trotzdem holte ich langsam auf, hatte die wesentlich bessere Kondition trotz des Messerstichs.

Einmal blickte sich der Würger kurz um. Sein bleiches Gesicht leuchtete in der Dunkelheit.

Am Ende der Steigung war ein kleiner Tunnel, durch den die Wagen fuhren, ein Stück bergab schossen und dann wieder emporschnellten.

Der Würger erreichte den Tunnel etwa zehn Yards vor mir. Hatte er noch eine Waffe? Würde er mich in dem Tunnel erwarten?

Dann hatte ich den Tunnel erreicht. Vorsichtig peilte ich hindurch.

Der Würger war auf den Schienen weitergelaufen, die jetzt steil abwärts führten.

Ich sah, wie Burton den Halt verlor, wie er fiel, sich überschlug …

Er stürzte nicht ab. Irgendwie gelang es ihm, wieder auf die Füße zu kommen.

Ich war gewarnt, ging langsamer.

Der Vorsprung des Würgers vergrößerte sich wieder.

Die blanken Schienen waren durch die einsetzende Nachtfeuchtigkeit rutschig geworden. Ich mußte höllisch aufpassen, um nicht die Balance zu verlieren.

Wie tief ging es links und rechts in die Tiefe? Dreißig Yards? Vierzig Yards? Ich wagte gar nicht, daran zu denken. Wieder ging es aufwärts.

In diesem Augenblick flammten gleißend die Lichter der Achterbahn auf. Für Augenblicke war ich geblendet.

Unten hörte ich jemanden schreien: »Jerry! Komm herunter! Wir kriegen Burton auch so!«

Es war Phil, der mich rief. Er mußte den Hauptschalter betätigt haben.

Mir ging es wirklich nicht gut, aber verdammt, ich konnte den Würger nicht laufenlassen. Nicht, wo ich mich so nahe am Ziel wähnte.

Meine rechte Seite hatte aufgehört zu bluten, während der Schmerz jedoch nach wie vor darin pochte.

Der Würger kroch jetzt auf allen vieren die Schienen hoch. Auch er schien nicht mehr viel Kraft zu haben.

Ich lachte bitter, setzte mich wieder in Bewegung.

Auch ich kroch jetzt auf allen vieren, zog mich regelrecht an den Schwellen hoch.

Langsam gewöhnte ich mich an den Rhythmus. Kam dadurch schneller voran.

Der Vorsprung zu dem Würger schmolz zusehends zusammen.

Der Wind zerrte an meinen Haaren, kühlte das erhitzte Gesicht. Schon hörte ich vor mir das Keuchen des Würgers, sah seine Absätze.

Ich streckte meinen linken Arm aus, versuchte seinen Knöchel zu packen.

Ich griff daneben. Hatte mich verschätzt.

Wertvolle Sekunden gingen verloren.

Ich kämpfte mich weiter hoch. Stück für Stück.

Dann hatte der Würger das Ende der Steigung erreicht. Er richtete sich auf, stützte sich an einem Eisenträger ab, an dem die eine Schiene am Ende der Steigung festgenietet war, bevor sie in eine Rechtskurve überging.

Das Gesicht des Würgers war nur eine Grimasse.

Er hob den Fuß, um mir die Sohle ins Gesicht zu stoßen.

Ich richtete mich mit einer ungeheuren Anstrengung auf und stand plötzlich neben ihm.

»Gib auf, Burton!« keuchte ich und hielt ihn an den Aufschlägen seiner Jacke gepackt.

»Cotton, du Schweinehund«, japste er.

»Warum hast du das getan, Burton?« schrie ich.

»Wegen Dana, verdammt! Sie sind alle Huren. Alle! Alle!«
Seine Stimme überschlug sich, gellte durch die Nacht.

Plötzlich sackte Burton zusammen. Er weinte wie ein

Kind. Noch immer hielten seine Hände den grüngestrichenen Eisenträger umklammert.

Ich riskierte einen schnellen Blick nach unten. Feuerwehrwagen mit langen ausfahrbaren Leitern jagten heran. Ich war erleichtert. Bald würde man uns von hier oben runterholen.

Burton heulte noch immer.

Ob ich Mitleid empfand? Nein, eigentlich nicht. Vielleicht war er für seine Taten nicht verantwortlich, doch das mußten die Psychiater entscheiden.

Burton hob plötzlich den Kopf.

Ich ahnte, was er vorhatte, und war trotzdem nicht schnell genug.

Burton ließ plötzlich die Stange los, rollte sich zur Seite, wollte sich kurzerhand in die Tiefe stürzen.

Ich erwischte ihn gerade noch am linken Arm.

»Laß mich los, Cotton!« geiferte er. »Laß mich los, du Hund!«

»Nein!« schrie ich.

Burton strampelte und zappelte wie ein Fisch auf dem Trockenen. Er verfluchte mich mit den übelsten Schimpfworten.

Ich hatte ihn am Oberarm gepackt, spürte jetzt, wie meine Finger an dem Ärmelstoff abglitten.

»Loslassen, Cotton!« brüllte Burton wieder.

Ich antwortete ihm nicht.

Wieder rutschten meine Finger ein Stück ab.

Unter mir zappelte Burton immer noch. Dadurch wurde auch ich ein Stück weiter vorgezogen, hing schon mit den Schultern über der Schiene …

Salzig rann mir der Schweiß in die Augen. Durch das Ziehen riß die Wunde an meiner Hüfte wieder auf. Warmes Blut quoll heraus.

Ich ließ nicht los.

Wieder rutschte ich ein Stück weiter ab, hielt Burton jetzt nur noch am Ellenbogen fest.

Der Würger ließ sich etwas anderes einfallen. Er hörte auf zu zappeln. Statt dessen versuchte er, mir die Fingernägel seiner freien Hand in meine Hand zu drücken.

Er schaffte es nicht ganz, denn in diesem Augenblick sackte er ein Stück tiefer.

Wie lange konnte ich das noch aushalten? Ich hatte schon kein Gefühl mehr in meinem rechten Arm.

Ein Quietschen drang an meine Ohren.

Die Leiter! Sie fuhren sie aus, waren schon auf halber Höhe.

»Halt aus, Jerry!« erklang Phils Stimme.

Ich biß mir die Lippen blutig.

Burton unter mir wurde plötzlich unsagbar schwer.

»Cotton!« flehte er.

»Ja«, krächzte ich.

»Ich halt' das nicht mehr aus, Cotton. Zieh mich hoch. Schnell, beil dich.«

»Okay, Burton«, preßte ich hervor. »Ich tue, was ich kann.«

Das Quietschen der Leiter wurde lauter. Immer näher schob sie sich heran.

»Warte noch, Burton!« rief ich. »Die Leiter ist gleich da.«

»Nein!« heulte Burton. »Ich kann nicht mehr. Du willst mich hier verrecken lassen. Ich … Zieh mich hoch, Cotton.«

Wieder zappelte er wie ein Verrückter.

Meine Hand hielt jetzt nur noch Burtons Gelenk umklammert.

Die Leiter! Verdammt, wie weit war sie denn noch weg!

Viel zu weit.

Ich konnte nicht mehr.

Burton schwang jetzt wie ein Pendel hin und her.

Ich beugte mich über die Schiene, sah Burtons Augen, den triumphierenden Ausdruck …

Der hat dich reingelegt! schoß es mir durch den Kopf.

Und was dann folgte, ich kann es gar nicht mehr so genau schildern. Burton riß seine freie Hand plötzlich hoch, krallte sich damit noch an meinem Arm fest, zog nur eine Winzigkeit …

Ich verlor das Gleichgewicht.

Burton ließ mich los.

»Jerry!« gellte Phils Stimme.

Ich kippte. Fiel der bodenlosen Tiefe entgegen.

Ein gräßlicher Schrei drang noch an meine Ohren. Instinktiv wollte ich mich irgendwo festhalten, griff ins Leere.

Das Ende! dachte ich …

Und dann gab es einen ungeheuren Ruck. Ich hatte das Gefühl, mir würden die Arme ausgekugelt.

Ich hörte Phils Stimme: »Vorsicht. Aufpassen.«

Ich öffnete die Augen, sah Phils Gesicht und lächelte.

»Alles okay, alter Junge«, sagte mein Freund.

Von da an wußte ich nichts mehr.

»Der ist nicht totzukriegen«, hörte ich eine Stimme.

Verwirrt blinzelnd öffnete ich die Augen. Drei lachende Gesichter sahen mich an.

Am strahlendsten lächelte Peggy Martin. Sie hielt einen riesigen Blumenstrauß in der Hand, aus dessen Spitze der Hals einer Whiskyflasche lugte. Phil grinste wie immer wie ein Honigkuchenpferd, und Jack Zebrowski, mein ehemaliger Arbeitgeber, strahlte mich auch an.

Wo ich lag?

In einem Krankenhaus. Ich roch es direkt.

»Wie bin ich denn hier gelandet?« fragte ich krächzend und mußte mich dreimal räuspern, ehe der Frosch aus meinem Hals verschwand.

»Das ist eine lange Geschichte«, erwiderte Phil. »Ich erzähle sie dir später mal.«

»Ist gut«, lenkte ich ein. Die letzten Ereignisse, die ich bewußt erlebt hatten, fielen mir wieder ein. »Was ist aus dem Würger geworden, Phil?«

»Tot. Er hat sich das Genick gebrochen.«

Ich hätte es mir denken können. Hatte Burton es doch wahrhaftig noch geschafft, sich der irdischen Gerechtigkeit zu entziehen.

»Einen schönen Gruß von Mr. High soll ich dir bestellen, Jerry«, sagte Peggy Martin lächelnd. »Er will dich vor der nächsten Woche nicht in seinem Büro sehen.«

Ich verzog das Gesicht. »Welchen Tag haben wir denn heute?«

»Mittwoch«, antwortete Peggy lächelnd.

»Das geht ja noch.« Dann wandte ich mich an Phil. »Sag mal, wie sind denn hier die Krankenschwestern?«

Phil verdrehte die Augen. »So gut, daß ich fast mit dir tauschen möchte.«

»Er ist unverbesserlich«, wandte ich mich an Peggy.

Ich kniff ihr ein Auge zu. Dann sah ich Jack Zebrowski an, der verlegen von einem Fuß auf den anderen trat.

»Hallo, Jack. Was machen deine Skooter?«

»Ich … wollte nur sagen … Mr. Cotton …«, stotterte er.

Ich hob die Hand. »Moment mal, Jack, nur nicht so förmlich.«

Jetzt wurde der gute Mann wirklich rot. Er holte noch mal tief Luft und sagte dann: »Ich bin im Namen aller Kollegen hier, Jerry. Wir möchten uns nochmals bei dir bedanken. Und auch bei den andern G-men.«

Ich war gerührt von seiner Rede.

»Und noch was«, fuhr Jack Zebrowski fort, »ab heute hast du auf Coney Island überall freien Eintritt, Jerry.«

Na, wenn das keine Belohnung war!

Ich gab Jack die linke Hand. Der rechte Arm schmerzte immer noch zu stark.

»Ich freue mich wirklich, Jack, über dieses Angebot. Aber weißt du was?«

»Nein.«

»Ich bin nicht schwindelfrei.«

ENDE DER DRITTEN STORY

Ein neuer Job
für Messer-Jim

aus der Serie
Cliff Corner

Dem ersten Schlag konnte er noch ausweichen, doch der zweite traf ihn unterhalb der Gürtellinie. Er klappte zusammen wie ein Schilfrohr, das man mit einem Messerhieb zerteilt hat.

Doch seine drei Peiniger kannten keine Gnade. Sie zogen ihn wieder hoch, und das grausame Spiel begann von neuem, so lange, bis der Mann, blutüberströmt und bewußtlos am Boden lag.

Der Anführer der Folterknechte, ein riesiger und rothaariger Bursche namens Jim O'Neill, wischte sich den Schweiß von der Stirn.

»Zigarettenpause, Freunde«, knurrte er und klemmte sich einen Glimmstengel zwischen die Lippen.

Die beiden anderen Schläger folgten seiner Aufforderung wie zwei Automaten. Sie waren nichts anderes gewohnt, sie führten nur Befehle aus. Mit Denken hatten sie noch nie Zeit verschwendet.

Der Rothaarige trat mit einer entschlossenen Bewegung die Zigarettenkippe aus. Dann schlug er die geballte Rechte in seine linke offene Handfläche.

Als ob dieses klatschende Geräusch für den Verletzten ein Startschuß gewesen wäre, begann er sich wieder zu regen.

Der Rothaarige nickte. »Auf zur zweiten Runde.«

Langsam, fast gelangweilt, holte er ein Messer aus seiner Jackentasche hervor ...

Myers, unser Chef, sah Susan und mich aus seinen stahlharten Augen prüfend an.

»Liegt etwas Besonderes in Ihrer Detektei an?« fragte er knapp.

»Nein«, gab Susan schnell zurück. »Nur in der La Salle Street wird heute nachmittag ein neues Handtaschengeschäft eröffnet. Ich bin als Ehrengast eingeladen worden.«

Myers gestattete sich ein kleines Lächeln. Dann schüttelte er fast bedauernd den Kopf. »Heute nicht, vielleicht ein andermal.«

Während dieser Worte öffnete er die Schreibtischschublade. Er reichte mir die Aufnahmen.

Es waren Bilder, wie sie nur die Mordkommission schießen konnte, gestochen scharf, brutal.

»Sehen Sie sie sich gut an. Der Mann, der ermordet wurde, war einmal unser Kollege Jack Person. – Sie, Miss Taylor, möchte ich bitten, nicht hinzuschauen.«

Ersparen Sie mir eine Beschreibung. Unser ehemaliger Kollege sah schrecklich aus. Man mußte ihn zu Tode gefoltert haben. Ich merkte, wie mir das Blut in den Kopf schoß und von meinem Magen ein Brechreiz hochstieg. Eine heiße Wut auf diese Verbrecher erfüllte mich.

Ich reichte Myers die Aufnahmen umgedreht zurück, damit Susan sie nicht sehen konnte. Unser Chef hatte schon recht. Es war wirklich besser für sie.

Ich bemerkte, daß Susan mich von der Seite her prüfend ansah. Sie stellte jedoch keine Fragen.

Myers räusperte sich, legte die Fotos wieder in die Schreibtischschublade und öffnete einen grünen Hefter.

»In diesem Hefter finden Sie alles, was Sie über den Fall wissen müssen. Doch eine kurze Einführung will ich Ihnen zuvor geben. Vor zwei Wochen wurden in der Nähe von New Orleans aus einem bewachten Militärdepot zwei Bomben mit biologischen Kampfmitteln, also Bakterien, gestohlen. Das Depot war nicht gewaltsam geöffnet worden. Die Posten wurden durch ein Gas betäubt. Jack Person wurde auf diesen Fall angesetzt. Er fand noch kurz vor seinem Tod heraus, daß hinter diesem Diebstahl die Organisation S stand. S ist die Abkürzung für Snake, Schlange. Jack Person wurde auf einem Müllabladeplatz von spielenden Kindern gefunden. Die nächste Maschine nach New Orleans geht in drei Stunden. Flugkarten liegen bereit. Viel Glück.«

Ich klemmte mir den Hefter unter den linken Arm. Dann verabschiedeten wir uns.

Manny, Myers' rechte Hand, überreichte uns die Tickets nach New Orleans. Sie drückte uns die Hand und wünschte ebenfalls viel Glück.

Boris, der hagere, einäugige Leibwächter unseres Chefs, brachte uns bis zu dem kahlen Betongang, der zu unserem Detektivbüro führt. Auf dem Weg dorthin sprach niemand von uns beiden ein Wort. Erst als ich vor meinem Schreibtisch saß und mir eine Zigarette angezündet hatte, fragte Susan leise: »War es sehr schlimm?«

Sie spielte dabei auf die Fotografien an.

Ich nickte langsam. »Ja, Susan, sehr. Ich glaube, wir haben einen der gefährlichsten Jobs vor uns, den wir je auszuführen hatten.«

Die gesamte Kasernenanlage nebst Waffendepot nannte sich Camp 5. Das Depot selbst, aus dem die Bomben gestohlen worden waren, lag etwas abseits des eigentlichen Kasernengeländes in einem lichten Mischwald. Man hatte bei der Planung diese natürliche Tarnung für gut genug befunden, doch das Gegenteil war eingetreten.

Susan und ich saßen Colonel Cummings, dem Kommander des Camps, gegenüber. Er war von Myers in den Fall eingeweiht worden.

Das hellgrüne Minikostüm meiner Partnerin paßte in diese triste Kasernenbude wie eine Nachtigall an den Nordpol.

Cummings war ein Mann, der die fünfzig schon überschritten hatte. Trotzdem konnte er dem Aussehen nach glatt für zehn Jahre jünger durchgehen, wahrscheinlich hielt er sich mit Sport fit.

Nach den üblichen Begrüßungsfloskeln kamen wir zur Sache. »Wie ich aus den vorliegenden Akten erkennen konnte, wurde die Stahltür des Depots nicht gewaltsam geöffnet«, begann ich. »Wie ist es dann zu erklären, daß die Täter in den Besitz eines Schlüssels gelangen konnten?«

Statt einer Antwort erhob sich Colonel Cummings und ging auf die Stirnseite des Raumes zu, an dessen Wand eine maßstabverkleinerte Karte des gesamten Kasernengeländes hing.

Interessiert traten wir näher.

Colonel Cummings setzte sich eine dunkle Hornbrille auf und erklärte wie ein Schullehrer: »Das eigentliche Gelände, auf dem sich unser Depot befindet, nimmt eine Fläche von etwa drei Quadratmeilen ein. Dieses Gelände ist zusätzlich mit einem elektrischen Zaun gesichert. Außerdem patrouillieren vier Streifen à zwei Mann um das Depot. Die Bomben mit den biologischen Kampfmitteln befinden sich sicherheitshalber in einem Extraraum unterhalb des Depots. Dieser Raum ist noch einmal mit einer optischen Alarmanlage gesichert.«

»Also nach theoretischem Ermessen unmöglich, hineinzugelangen«, warf Susan ein.

»Der Meinung waren wir bis jetzt auch«, meinte Colonel Cummings, etwas säuerlich grinsend.

Ich sah mir die Karte genauer an. Und plötzlich schoß mir ein Gedanke durch den Kopf.

»Ich glaube, ich wüßte, Colonel, wie ich ohne Schwierigkeiten das Gelände betreten könnte.«

Colonel Cummings betrachtete mich ein wenig mitleidig. »So?«

»Genau.«

Ich wies mit dem linken Zeigefinger auf die Karte.

»Wie Sie schon erwähnten, ist dieses Depot in einem Mischwald angelegt worden, aus Tarnungsgründen.«

»Richtig«, pflichtete mir der Colonel bei.

»Und genau diese Sache hat sich als Bumerang erwiesen.« Meine Stimme war unwillkürlich schärfer geworden. »Für einen einigermaßen trainierten Burschen wäre es ein leichtes, von einem Baumast aus über den Zaun zu springen.«

Colonel Cummings schüttelte den Kopf. »Nein, Mr. Corner. So leicht haben wir es unseren Feinden auch nicht gemacht. Die Bäume in der Nähe des Zaunes sind abgeholzt worden.«

»Aber trotzdem sind die Gangster hier eingedrungen, und es ist ihnen sogar gelungen, die Wachen mit einem Betäubungsgas für eine Zeitlang außer Gefecht zu setzen«, meinte Susan Taylor nachdenklich. »Ich glaube, Cliff, wir müssen den Fall von einer anderen Seite anfassen.«

Susan wandte sich an den Colonel.

»Wer besaß die oder den Schlüssel zu dem Depot?«

»Es existieren zwei Schlüssel, Miss Taylor. Einen davon besitzt der Offizier Holbrock. Er ist jedoch laut Dienstvorschrift dazu verpflichtet, den Schlüssel jeden Abend bei mir persönlich abzugeben. Ich schließe ihn dann in einen Safe ein. Den zweiten Schlüssel besitzt unser Divisionskommandeur, General Clyde. Aber er wird kaum die Bomben gestohlen haben.«

»Nun, Colonel«, sagte ich. »Theoretisch könnten Sie oder Captain Holbrock als Täter in Frage kommen. General Clyde ist natürlich nicht ausgeschlossen.«

»Da gebe ich Ihnen sogar recht«, gab Cummings zu, »aber an diese Möglichkeit hat auch schon Ihr Vorgänger gedacht. Glauben Sie mir, ich bin genug durchleuchtet worden. Außerdem bin ich Junggeselle und habe keine kostspieligen Leidenschaften, die ein fremder Agentenring hätte ausnutzen können, es sei denn, Sie zählen das Schachspielen dazu.«

Ich lächelte. »Sorry, Colonel. So war es nicht gemeint.«

Cummings nickte. »Okay.«

Susan Taylor, die während unseres letzten Gesprächs in den Akten geblättert hatte, fragte plötzlich: »Colonel, wie weit waren Sie eigentlich über die Arbeit unseres Vorgängers informiert?«

»Da muß ich Sie leider enttäuschen, Miss Taylor. Ich weiß soviel wie gar nichts. Jack Person ließ sich nie in die Karten sehen. Ich wußte noch nicht mal, in welchem Hotel er abgestiegen war. Aber anscheinend muß er Fortschritte erzielt haben, sonst … Na ja, Sie wissen schon.«

Susan nickte mir zu. Ich wußte, was es bedeutete. Schluß mit der Unterhaltung.

»Tja, Colonel«, sagte ich, »das wär's. Ach, eine Frage hätte ich noch. Können Sie uns die Adresse von Captain Holbrock geben?«

Er ging zu seinem Schreibtisch und kramte eine Personalliste hervor. »Hier steht's. Captain Fred Holbrock. New Orleans, Division Street 4.«

Ich bedankte mich. Während wir uns verabschiedeten, sagte der Colonel noch: »Finden Sie diese Gangster. Mit den Bomben sind sie in der Lage, eine Millionenstadt wie New Orleans vollständig zu verseuchen. Noch weiß die Presse nichts davon. Sie sind nicht die einzigen, die ermitteln, aber aus irgendeinem Grund glaube ich, daß Sie es schaffen könnten. Sie müssen es schaffen!«

Ich nickte ihm beruhigend zu. »Wir werden unser Bestes tun.«

Als wir wieder in unserem Taxi saßen, meinte Susan: »Arbeitsteilung. Ich sehe mir mal Captain Holbrock an.«

Ich war einverstanden. »Gut, Susan. Fahren wir bis zur Stadt. Von dort aus kannst du dir ein anderes Taxi nehmen.« Ich sah auf die Uhr. »Wir treffen uns um achtzehn Uhr im Hotel.«

»Okay«, sagte Susan nur und begann aus einem undefinierbaren Etwas, das ich nach näherem Hinsehen als Handtasche identifizierte, einen Lippenstift hervorzukramen.

Ich mußte unwillkürlich grinsen. »Kußecht?«

»Du kannst es ja erst ausprobieren«, erwiderte Susan schnippisch.

Ich hob drohend den Zeigefinger. »Denk daran, Mädchen, wir sind im Dienst. Vielleicht nach Feierabend.«

Susan sah mich an. Dann fragte sie leicht ironisch: »Hatten wir denn überhaupt schon mal Feierabend?«

»Division Street 4«, sagte der Taxifahrer und stoppte seinen Wagen. »Macht genau drei Dollar.«

Susan suchte in ihrer Handtasche nach dem Geld. Wie unabsichtlich blickte sie zu dem Haus hinüber, in dem Captain Holbrock wohnte. Plötzlich sah sie, wie die Tür geöffnet wurde und ein Mann nach draußen trat, den Susan noch in sehr guter Erinnerung aus Chicago hatte. Der Mann hieß Jim O'Neill und war ein riesiger rothaariger Kerl. Sein Spitzname lautete Messer-Jim. Seine Spezialität war das lautlose Morden. Er hatte früher in Chicago für die Mafia Killeraufträge ausgeführt, war aber nach der Verhaftung des obersten Mafiabosses verschwunden. Was hatte Messer-Jim hier bei Captain Holbrock zu suchen?

Susan war eine Frau schneller Entschlüsse. Sie sah, daß der Mann zu einem türkisfarbenen Chevy ging und in Richtung Innenstadt losfuhr.

»Folgen Sie unauffällig dem Wagen, Mister«, sagte Susan zu dem Taxifahrer.

Dieser drehte sich erstaunt um.

»Aber, Miss, was haben Sie denn an dem gefressen?«

Susan hatte keine Lust, sich auf eine lange Diskussion einzulassen, denn inzwischen hatte der Bursche schon einen Vorsprung.

»Fahren Sie schon!« Susans Ton war um eine Nuance schärfer geworden.

»Okay.« Der Fahrer grinste und kitzelte das Gaspedal.

Während der Verfolgungsfahrt ließ Susans Aufmerksamkeit um keinen Deut nach. Aber Jim machte es ihnen auch leicht. Er überschritt nie die zugelassene Höchstgeschwindigkeit.

Ob er mich auch gesehen hat? fragte sich Susan. Wiedererkennen würde er sie auf jeden Fall. Schließlich hatte sie damals als Reporterin einen Artikel über die Mafia geschrieben und auch den Namen Jim O'Neill nicht weggelassen. Er hatte sogar einmal einen Überfall auf sie arrangiert.

»Was ist denn mit dem Knaben los?«

Die Worte des Taxifahrers schreckten Susan aus ihren Gedanken.

»Ach, nichts Besonderes«, antwortete sie. »Eine Scheidungsangelegenheit.«

Der Fahrer schielte zu Susan hinüber. »Glaube ich nicht, aber das ist nicht mein Bier.«

Langsam wurde die Gegend schmutziger. Sie näherten sich den Elendsvierteln, den Slums. Hier hatten die Häuserfassaden, die wie Streichholzschachteln nebeneinandergeklemmt waren, nur eine Farbe, ein stumpfes, fast hoffnungsloses Grau. Grau wie der Alltag der Menschen, die in den Häusern lebten.

Der Taxifahrer mußte jetzt mehr Abstand halten, da der Verkehr nicht mehr so dicht war.

Doch plötzlich hielt der Chevrolet. Auch Susans Fahrer trat auf die Bremse. Der Abstand zwischen den beiden Wagen betrug fast siebzig Yards.

Jim O'Neill stieg aus seinem Fahrzeug und verschwand in einem Hauseingang. Für Susan gab es nur eine Möglichkeit, die sie für richtig hielt. Dem Mann zu folgen. An die Gefahren dachte sie dabei nicht. Trotzdem wollte sie nicht ohne

Rückendeckung losziehen. Sie bat den Taxifahrer zu warten. Für zehn Dollar war er dazu bereit.

Susan schlenderte langsam auf das Haus zu, in dem Jim O'Neill verschwunden war.

Schmutzige Kinder stellten sich ihr in den Weg und baten um einige Cent. Um sie loszuwerden, gab Susan ihnen einen halben Dollar. Schlampige Frauen blickten sie neidisch und haßerfüllt an. Zwei Betrunkene machten ihr ein eindeutiges Angebot.

Susan Taylor war froh, als sie das Haus erreicht hatte. Es entpuppte sich als Hotel oder, besser gesagt, als Absteige dritten Grades.

Bis zur Eingangstür führten sechs abgetretene Steinstufen hinauf. Die Tür selbst, ein Holzgestell, hing nur noch an einer Angel. Man mußte Angst haben, daß sie einem jeden Moment auf den Kopf fiel.

Nachdem sich Susan durch dieses morsche Gestell gemogelt hatte, befand sie sich in einer Art Vorhalle. Es gab sogar eine Rezeption. Doch anstelle eines Anmeldebuchs standen hier eine halbleere Flasche Whisky und drei schmutzige Gläser. Der Besitzer oder der Portier war nicht zu sehen. Susan hatte im Augenblick auch keine Lust, danach zu fragen.

Eine altersschwache, von Holzwürmern zerfressene Treppe führte in die oberen Etagen.

Susan Taylor blickte sich vorsichtig um, öffnete ihre Handtasche, um schneller ihre Waffe parat zu haben, und stieg die Treppe hinauf. Die Stiege ächzte unter ihren Tritten wie ein Möbelpacker nach sieben Stunden Schwerstarbeit.

Irgendwo rief eine Stimme: »Leiser, verdammt!«

Susan nahm an, daß diese Aufforderung ihr galt, da sonst keinerlei weitere Geräusche zu hören waren. Es war zu still.

Ein unerklärliches Gefühl beschlich Susan. War es Angst? Sie spielte mit dem Gedanken, wieder umzukehren, doch dann siegte wie immer ihre Neugier.

Mittlerweile hatte sie die erste Etage erreicht. Ein düsterer Flur breitete sich vor ihr aus. Plötzlich kamen ihr Zweifel. War es überhaupt richtig gewesen, ohne Anhaltspunkte nach Jim O'Neill zu suchen? Aber eine Frage bei dem Besitzer des Hotels hätte ihn unter Umständen warnen können.

Susan ging ein paar Schritte in den Korridor hinein. Wo sollte sie anfangen?

Plötzlich bemerkte sie neben sich einen riesigen Schatten. Sie wollte zurückspringen, weglaufen, doch es war zu spät. Eine harte Pranke riß ihr den Arm auf den Rücken und zwang sie in die Knie. Susan hob blitzschnell das rechte Bein und trat nach hinten. Ihr spitzer Absatz prallte gegen ein Schienbein.

»Verdammte Katze!« fluchte jemand. »Na, warte, dir werde ich's zeigen.«

Susans Gegner drückte noch fester zu. Der Griff wurde unerträglich. Tränen traten ihr in die Augen. Susan gab ihren Widerstand auf.

»So ist es gut«, hörte sie eine heisere Stimme. Dann ertönten zwei kurze Pfiffe.

Eine Tür wurde geöffnet, und Susan sah im Dämmerlicht des Korridors einen Mann heraustreten.

»Hier haben wir die Puppe, Mac«, kläffte der Kerl hinter ihr.

»Okay«, grunzte Mac nur.

Susan wurde brutal in das Zimmer gestoßen. Ihre Handtasche, die sie immer noch festhielt, riß Mac ihr aus den Fingern. Er knipste das Licht an.

Susan wurde mit einem Ruck auf eine zersessene Couch gestoßen. Jetzt, im Schein der Lampe, erkannte sie ihren Gegner. Es war, wie nicht anders zu erwarten, Jim O'Neill. Aber auch er erkannte Susan. Seine Augen wurden fast so groß wie Untertassen.

»Ach nein«, sagte er höhnisch grinsend, während er langsam auf Susan zuging. »Meine ganz spezielle Freundin Susan Dingsbums – äh – Taylor.«

»Was ist?« brummte Max. »Kennst du sie?«

»Und ob ich die kenne. Nicht wahr, Susan? Damals, in Chicago, als du versuchtest, mich reinzulegen. Ich mußte abhauen, aber jetzt gibt's die Quittung.« Messer-Jim klemmte sich einen verknautschten Glimmstengel zwischen die Lippen und sagte nur: »Feuer.«

Mac sprang sofort.

Susan hatte bei dieser Aktion das Gefühl, als wolle Jim O'Neill den großen Boß spielen, um ihr zu imponieren.

Mac hatte inzwischen einen Revolver gezogen und richtete die Mündung auf Susan.

Messer-Jim flegelte sich in einen nicht ganz sauberen Sessel, schlug die Beine übereinander und sagte höhnisch: »So, Täubchen. Erzähl mal.«

Susan hatte nicht vor, die Eingeschüchterte zu spielen. Frechheit siegt, dachte sie.

»Kann ich mal eine Zigarette haben?« fragte sie unbekümmert.

Mac mußte vor Schreck husten und über soviel Courage. Doch Jim O'Neill verstand keinen Spaß.

»Sing deinen Song, Puppe, und nichts weiter, sonst verpaßt Mac dir statt einer Zigarette eine Kugel. Was wolltest du bei Holbrock?«

Susans Gedanken zuckten wie Blitze durch den Kopf. Sie mußte von ganz anderen Voraussetzungen ausgehen, da der Gangster sie schon bei dem Captain bemerkt hatte.

»Wird's bald?«

»Also, gut«, Susan seufzte scheinbar niedergeschlagen. »Ich arbeite an einer Reportage über die Angehörigen unserer Army, und da habe ich Sie gesehen. Das Weitere wissen Sie ja.«

Messer-Jim kniff die Augen zusammen. »Das glaube ich dir nicht. Die Geschichte ist zu einfach.«

»Sie ist aber wahr«, erwiderte Susan.

Messer-Jim überlegte einige Zeit. Dann stand er auf und nickte Mac zu.

»Komm, Max, wahrscheinlich weiß sie wirklich nichts. Aber trotzdem ist sie ein Gefahrenpunkt, und du weißt, daß der Boß so was nicht leiden kann.«

»Umlegen?« fragte Mac nahezu gierig und hob seinen Revolver ein wenig.

Jim O'Neill schüttelte den Kopf. »Nein, ich weiß etwas Besseres. Komm, Puppe, steh auf.«

Doch Susan wollte sich nicht kampflos ergeben. O'Neill war etwas in die Schußlinie seines Kumpans geraten. Sie federte blitzschnell hoch und knallte ihre gestreckte Handkante gegen O'Neills Hüfte.

Der Kerl knickte zusammen und fiel über die Couch.

Doch dann war Mac da. Ehe sich Susan versah, schlug ihr Mac den Lauf seiner Waffe gegen den Kopf. Susan trat für einige Minuten ab.

Als sie wieder erwachte, war sie an Händen und Füßen gefesselt. Sie lag auf der Couch.

»So, du wirst nie mehr Artikel schreiben«, knurrte Jim O'Neill und ging zu einer alten Gasleitung, die an der Wand entlanglief. Mit einem Ruck drehte er den Hahn auf. »Es hat alles seine Richtigkeit«, sagte er noch. »Sogar der Hausmeister wird angeblich völlig überrascht sein, wenn er dich sieht.«

Er prüfte noch einmal Susans Fesseln und nickte zufrieden.

Während er die Tür öffnete, sagte er grinsend: »Schreien hat keinen Zweck, es wird dich doch niemand hören. Und sich auch niemand darum kümmern.«

Dann knallte Messer-Jim die Tür mit einem Ruck hinter sich zu. Susan hörte, wie er sie abschloß. Die Falle war wirklich perfekt. Bis man sie fand, waren die Gangster längst verschwunden.

Das einzige Geräusch, das jetzt noch in dem Raum zu hören war, war das leise Zischen des herausströmenden Gases ...

Susan und ich hatten uns zwei Zimmer im Hotel Missouri reservieren lassen. Das Hotel selbst lag in der City von New Orleans und erinnerte noch an die französische Epoche dieser Stadt. Hinter dem Hotel hatte man einen herrlichen Tropengarten angelegt. Den Hoteleingang überspannte ein riesiger Baldachin, unter dem stets einige Pagen bereitstanden, um das Gepäck der Gäste in Empfang zu nehmen.

Als ich das Hotel betrat, war es etwa siebzehn Uhr. Ich wollte auf mein Zimmer gehen, mich duschen und umziehen, um anschließend auf Susan zu warten.

Als ich jedoch an der Rezeption meinen Namen nannte, sagte der Hotelportier, ein Mann, der aussah wie Aristoteles Onassis: »Sie werden bereits von drei Herren erwartet, Mr. Corner.«

»Wo?« fragte ich verdutzt. »Und wer sind diese Herren?«

Der Portier hob dauernd die Achseln. »Ich kenne ihre Namen nicht, Mr. Corner. Sie warten in der Hotelbar.«

Er schnippte kurz mit den Fingern, und sofort war ein Page da.

»Führe den Herrn in die Bar.«

Die Bar des Hotels war ein Wunderwerk aus Glas und Stahl. Sie war weit in den Garten des Hauses hineingebaut und gab dem Besucher das Gefühl, seinen Drink mitten im Dschungel schlürfen zu können. Selbst die Theke war eine Stahl-Glas-Kombination.

Die Bar war zu dieser Stunde mäßig besucht. Man sah es dem Mixer hinter der Theke direkt an, daß er sich langweilte.

Die drei Herren, von denen der Portier gesprochen hatte, saßen an einem ovalen Palettentisch, dicht an der Eingangstür.

Ich gab dem Pagen einen halben Dollar, den er stirnrunzelnd entgegennahm. Anscheinend war er bessere Trinkgelder gewohnt.

Von den drei Männern, die mich erwarteten, kannte ich einen von einer Fotografie her. Es war Benny Buster, As des CIC, des militärischen Abwehrdienstes der USA.

Benny war groß, hatte strohblondes Haar und hellblaue Augen. Um seinen Mund lag stets ein etwas ironisches Lächeln. Er war mit allen Wassern gewaschen.

»Hallo, Cliff, da sind Sie ja«, sagte er und reichte mir die Hand. »Darf ich bekannt machen, Mr. James P. Caldwell und Mr. Nick Forster. Mr. Caldwell ist stellvertretender Gouverneur des Staates Louisiana, und Mr. Forster bekleidet das Amt des District Attorney in dieser Stadt.«

Während ich mein ›Freut mich sehr‹ murmelte, sah ich mir die beiden Männer genauer an.

James P. Caldwell hatte die fünfzig bestimmt schon erreicht. Er war groß und hager, und die Form seines Gesichtes erinnerte mich an einen Habicht. Er trug einen dunkelblauen Anzug und dazu eine rot-weiß gepunktete Fliege.

Nick Forster war der Typ eines Geschäftsmannes. Er war fast so groß wie Caldwell, aber doppelt so breit. Er paffte laufend an einer dicken Brasilzigarre.

»Kommen wir zur Sache«, sagte James P. Caldwell mit einer Stimme, die entweder vom vielen Whiskykonsum oder von seinen Wahlreden rauh geworden war. »Was haben Sie bisher erreicht, Mr. Corner?«

Ich muß wohl ziemlich verdutzt ausgesehen haben, denn Benny begann zu grinsen.

»Mr. Caldwell«, antwortete ich, ich bin noch nicht mal vierundzwanzig Stunden in New Orleans und habe bisher kaum Anhaltspunkte erhalten. Was mein Kollege, der bestimmt nicht schlechter war als ich, in zehn Tagen nicht erreicht hat, kann ich nicht in drei bis vier Stunden nachholen. Bitte, erwarten Sie von mir keine Wunderdinge. Außerdem ist meine Partnerin, Miss Taylor, bereits einer Spur nachgegangen.«

Caldwell sah mich an, als wolle er mich jeden Moment auffressen.

»Wissen Sie überhaupt, auf welche Aufgabe Sie sich eingelassen haben?« fragte er mich. »Ich …«

»Langsam, James, beruhigen Sie sich«, mischte sich Nick Forster ein. »Mr. Corner tut wirklich sein Bestes.« Mit einer entschuldigenden Geste wandte er sich an mich. »Wissen Sie, Mr. Caldwell ist nämlich der Prügelknabe in unserem Staat. An ihm bleibt letzten Endes alles hängen. Wir sind nicht hergekommen, um über Erfolge und Mißerfolge zu diskutieren, sondern um gemeinsam zu beratschlagen, was wir unternehmen können, um die Bomben wieder in unseren Besitz zu bringen. Wie weit sind Sie bisher, Benny?«

Benny Buster nahm einen Schluck von seinem Manhattan und sagte: »Bisher werden sämtliche Staaten überwacht. Das gleiche geschieht mit den Bahnhöfen.«

»Hat das überhaupt Sinn?« fragte ich.

»Diese Frage ist berechtigt«, gab Benny zurück. »Aber das sind Aufgaben, die der FBI und die örtliche Polizei übernommen haben. Wir werden die Überwachung auch höchstens noch zwei Tage aufrechterhalten. Viel wichtiger ist es, an die Bande selbst heranzukommen. Wir wissen zwar, daß die Organisation ›Snake‹ hinter dem Raub steckt, aber die Mitglieder selbst oder einer der Chefs der Bande sind uns nicht bekannt.«

309

»Haben Sie noch einmal nachgeforscht, ob Jack Person nicht doch Anhaltspunkte hinterlassen hat, Mr. Buster?« wollte District Attorney Forster wissen.

Benny schüttelte den Kopf. »Glauben Sie mir, Attorney, wir haben sämtliche Aufzeichnungen Persons wiederholt durchgesehen. Entweder haben seine Mörder sämtliche belastende Anhaltspunkte verschwinden lassen, oder aber«, Benny machte eine kleine Kunstpause, »Jack Person hatte alles in seinem Kopf aufbewahrt.«

»Und diese Leute befassen sich nur mit Waffenschmuggel?« fragte ich.

Benny Buster überlegte einen Augenblick. »Sehen Sie mal, Cliff. Der CIC schläft natürlich auch nicht. Wir wissen von der Existenz dieser Bande. Wir wissen sogar durch die Aussage von Fischern, auf deren Booten wir Razzien durchgeführt haben, daß die Organisation Snake den gesamten karibischen Raum illegal mit Waffen beliefert. Bei den Fischern haben wir aber höchstens ein paar alte Karabiner gefunden. Die Hauptmenge muß auf anderem Weg außer Landes gebracht werden. Und deshalb bin ich auch fast hundertprozentig sicher, daß die gestohlenen Bomben mit den Bakterien nicht mehr in den Vereinigten Staaten sind.«

»Außerdem haben diese Verbrecher auch internationale Kontakte«, stellte der Attorney fest, »denn aus den uns vorliegenden Laborberichten geht einwandfrei hervor, daß das Gas, mit dem die Wachen überwältigt wurden, aus einem südosteuropäischen Staat stammt.«

Inzwischen hatte der Ober auch mir einen Manhattan gebracht. Ich trank einen Schluck.

»Ich nehme stark an, diese Leute werden die Bakterien verkaufen«, fuhr der Attorney fort.

»Und deshalb haben sämtliche Kontaktleute im mittel- und südamerikanischen Raum Order, die Augen aufzuhalten«, vollendete Benny Buster den Satz.

»Gut«, sagte der District Attorney und erhob sich. »Das wäre wohl vorläufig alles. Oder haben Sie noch Fragen, Mr. Caldwell?«

James P. Caldwell schüttelte den Kopf.

Forster reichte mir die Hand. »Es hat mich gefreut, Sie

kennenzulernen, Mr. Corner. Halten Sie mich doch bitte auf dem laufenden.«

»Natürlich«, erwiderte ich.

Mein Abschied von James P. Caldwell fiel ein wenig frostig aus. Manche Menschen sind eben komisch.

Benny Buster sagte nur: »Bis bald«, und leise fügte er hinzu. »Stellen Sie 'ne anständige Flasche kalt, wenn wir die Nuß geknackt haben!«

Ich blinzelte ihm zu.

Die drei zogen ab.

Ich trank mein Glas leer und blickte auf die Armbanduhr. Es war inzwischen achtzehn Uhr geworden. Es wurde Zeit, daß Susan auftauchte.

Ich beschloß erst mal, mein Zimmer aufzusuchen und das nachzuholen, wozu ich vorhin nicht gekommen war.

Susans Lage war, gelinde ausgedrückt, miserabel. Was hatte Messer-Jim gesagt? »Schreien hat keinen Zweck, es wird dich doch niemand hören.« Susan glaubte ihm aufs Wort.

Auf ihrer Stirn glitzerten dicke Schweißperlen. Sie wälzte sich unruhig hin und her.

Susan atmete langsam und fast nur durch die Nase, aber auch dieses Atmen bereitete ihr Qualen. Die Luft im Zimmer war von dem ausströmenden Gas schon so verseucht, daß es ihr schwerfiel, einen klaren Gedanken zu fassen.

Susans Augen durchstreiften zum beinahe hundertstenmal den Raum. Sie sah das Fenster, und es schien ihr, als würden die alten Scheiben sie schadenfroh anlachen. In einer Ecke des Zimmers stand ein Blumentopf mit einem Gummibaum, der etwa einen halben Yard hoch war.

Susan registrierte diesen Gegenstand zwar, aber plötzlich zuckte sie zusammen. Dieser Gummibaum hatte sie auf eine Idee gebracht. Durch diese Idee beflügelt, kehrte ihre alte Energie zurück.

Susan Taylor ließ sich von der Couch fallen. Sie landete mit der Schulter hart auf dem alten Holzboden. Ein stechender Schmerz zog durch ihren Arm. Doch Susan ignorierte dieses Gefühl und rollte sich in die Nähe des Blumentopfs.

311

Durch diese Bewegungen begannen feurige Kreise vor ihren Augen zu tanzen. Das Gas wirkte immer stärker auf sie ein.

Susan Taylor hielt einen Augenblick inne, um neue Kräfte zu sammeln. Der Blumentopf stand jetzt neben ihrer Hüfte. Susan stemmte sich mit den Schuhabsätzen fest gegen den Boden und führte ein paar ruckartige Bewegungen aus. Nur gut, daß die Schuhe flache und stabile Absätze hatten. Die neue Mode hatte eben doch etwas für sich. Sie rutschte immer weiter nach hinten, und der Blumentopf stand bald neben ihren Füßen.

Die Gangster hatten Susan zwar die Beine gefesselt, jedoch lagen die Stricke in Höhe der Waden. Dadurch konnte sie ihre Füße relativ gut bewegen.

Susan Taylor streifte ihre Schuhe ab. Sie rutschte noch ein Stück und klammerte dann ihre Füße um den Blumentopf. Wieder rutschte sie vor. Der Schweiß lief ihr die Stirn hinab, perlte in die Augen und rief ein unangenehmes Brennen und Tränen hervor.

Susan hob die Beine ein wenig an und drehte sich zum Fenster. Die Entfernung betrug etwa zwei Yards. Das Fenster lag nicht sehr hoch über dem Boden, sogar ein Kind hätte bequem hindurchschauen können.

In Susans Magen begann ein entsetzlicher Brechreiz zu rumoren. Auch hier tat das Gas seine Wirkung.

Du mußt schnellstens handeln, schoß es ihr durch den Kopf. Sonst ist es aus!

Ihre Füße krallten sich, so fest es ging, um den Blumentopf. Langsam, unendlich langsam hob sie die Beine. Die Bauchmuskeln drohten ihr durch diese ungewohnte Anstrengung zu zerspringen. Doch Susan hielt durch.

Immer höher hob sie die Beine. Ihre Wadenmuskeln begannen zu zittern. Die gefesselten Hände lagen hinter ihrem Rücken. Das Körpergewicht drückte auf ihnen.

Endlich hatten die Beine die gewünschte Höhe erreicht. In der Turnstunde nannte man diese Figur Kerze. Susans Beine pendelten ein paarmal hin und her, einen Moment höchster Konzentration, und dann ließ Susan den Blumentopf los.

Durch den Schwung des Pendelns segelte der Blumentopf

auf das Fenster zu. Die Scheibe zerbarst mit einem klirrenden Geräusch.

Susan sagte mir hinterher, dieses Klirren sei die schönste Musik in ihrem Leben gewesen.

Frische und feuchtkühle Herbstluft strömte in den Raum. Susan wagte es, wieder tiefer zu atmen. Natürlich war ihr klar, daß der Blumentopf jemanden hätte treffen können, aber dieses Risiko mußte sie eingehen, außerdem führte das Fenster nicht zur Straße hinaus. Wahrscheinlich in einen schmutzigen Hinterhof.

Es war ungefähr eine Viertelstunde vergangen, als Susan vor der Tür Stimmen hörte. Sie unterschied zwei Personen. Eine Stimme gehörte dem Taxifahrer, der sie hergebracht hatte. Dann wurde ein Schlüssel ins Schloß gesteckt, und wenig später sprang die Tür auf.

Herein stolperte ein Mann, der aussah wie ein Karnickel. Seine Hängebacken waren ununterbrochen in zuckender Bewegung. In seinen kleinen Schlitzaugen flackerte Angst.

Diesem Knaben folgte der Driver, der Susan hergefahren hatte. In seiner Rechten hielt er einen soliden Schlagstock, der den Dicken wohl beflügelt hatte, die Tür aufzuschließen.

Der Driver erfaßte sofort die Lage. Mit einem Ruck drehte er den Gashahn zu. Dann öffnete er beide Fensterflügel. Anschließend zückte er sein Taschenmesser und durchschnitt Susans Fesseln.

»Danke, Mister …«, sagte Susan, etwas verzerrt lächelnd, während sie ihre Handgelenke massierte.

»Donovan, Clem Donovan«, stellte sich der Mann vor.

Susan nannte auch ihren Namen. »Aber sagen Sie mir, Mr. Donovan, was hat Sie veranlaßt, mich hier zu suchen?«

Clem Donovan lächelte etwas verunglückt. »Ich sah Sie hier in dieser Kaschemme verschwinden, und kurz darauf kamen zwei Kerle heraus. Der eine von ihnen saß ja schon in dem Chevy. Die beiden klemmten sich also in ihre Kiste und zischten ab. Ich habe danach noch ein paar Minuten gewartet und traf auf diesen Salzknaben.« Donovan deutete mit dem Schlagstock in Richtung des ›Karnickels‹.

Susan Taylor ging auf den Mann zu. »Wie heißen Sie?«

»Äh, ich, äh … Ich bin der Besitzer des Hotels. Mein

Name ist Casey Shubble. Ich weiß von nichts, wirklich nicht, ich …«, stotterte er.

»Soll ich deinem Gedächtnis noch mal nachhelfen?« drohte Clem Donovan und hob den Schlagstock.

Casey Shubble begann zu zittern.

»Lassen Sie das«, wandte sich Susan an den Driver. »Keine Nötigung.«

»Schade«, knurrte Clem. »Aber solche Halsabschneider wie ihn sollte man quer durch den Mississippi ziehen.«

Clem Donovan setzte sich auf einen Stuhl und ließ den Besitzer dieser Absteige nicht aus den Augen.

Susan aber wußte eins. Dieser Mann hatte Angst. Sie würde aus dem Kerl sicher einiges herausholen können.

»Mr. Shubble«, begann sie mit freundlicher Stimme, »Sie sind doch im Grunde ein ehrenwerter Mann, nicht wahr?«

Shubble nickte.

Clem Donovan begann laut zu lachen.

»Und deshalb«, fuhr Susan fort, »werde ich keine Anzeige erstatten.«

Shubbles Augen leuchteten auf.

»Aber nur unter der Bedingung, wenn Sie mir die Namen der beiden Männer verraten und vor allen Dingen ihren Wohnort.« Susans Stimme war bei den letzten Worten scharf geworden.

Shubble zuckte wie unter einem Peitschenhieb zusammen. Seine Unterlippe begann zu zittern, und seine Hände fuhren nervös an den speckigen Hosenbeinen auf und ab.

»Ich warte«, sagte Susan.

»Das – das kann ich nicht!« krächzte Shubble. »Sie werden mich umbringen. Verstehen Sie doch.«

»Widerliche Kreatur«, knurrte Clem Donovan.

»Schön, Mr. Shubble«, sagte Susan hart. »Dann eben nicht. Clem, passen Sie auf ihn auf. Ich rufe die Polizei an. Beihilfe zum Kidnapping gibt mindestens zehn Jahre.«

Eine frisch gekalkte Wand hätte in diesem Augenblick nicht weißer sein können als das Gesicht dieses Gauners.

»Warten Sie, Miss!« kreischte Shubble. »Ich hab's mir überlegt.«

»Nun?« Susans Stimme klang eiskalt.

»Der Rothaarige heißt Jim O'Neill und der andere Mac Alder. Sie wohnen beide in einem Hausboot auf dem River«, erwiderte Shubble mit tonloser Stimme. »Aber bitte, verraten Sie mich nicht, Miss.«

Susan schüttelte den Kopf. »Keine Angst, ich halte mein Wort, nur …«, sie machte eine kleine Pause, »wenn Sie die beiden warnen, werden bestimmt noch ein paar Jahre Zuchthaus mehr herausspringen. Verstanden?«

»Okay«, flüsterte Shubble.

Susan winkte Clem Donovan zu. »Kommen Sie, Clem, fahren Sie mich zu meinem Hotel.«

Donovan nickte. Als er an dem Hotelbesitzer vorbeiging, flüsterte er: »Hoffentlich hast du dir alles gemerkt, Sonnyboy. Wenn nicht, wird der Vater ungemütlich.«

Dann knallte er mit einem Ruck die Tür zu.

Mein Hotelzimmer war wirklich ausgezeichnet eingerichtet. Ein Fenster, das fast die Hälfte der Wand einnahm, reichte bis zum Boden. Rechts neben der Tür befand sich eine große Schlafcouch, und davor stand eine Klubgarnitur aus echtem Leder. Aus dem großen Wandschrank leuchtete wie ein stumpfes Auge die Mattscheibe eines eingebauten Fernsehapparates.

Ich hatte mich gerade frisch rasiert und ein neues Hemd übergestreift, als es klopfte.

»Herein!« rief ich automatisch.

Ein Kellner im weißen Dinnerjackett trat ein.

»Nein, ganz und gar nicht«, antwortete ich erstaunt. »Ich habe nicht geläutet.«

Der Kellner lächelte etwas.

Mir kam die Sache spanisch vor, ich schöpfte aber noch keinen Verdacht.

»Sie können gehen.«

»Das Vergnügen kann ich Ihnen leider nicht machen, Sir«, erwiderte er. »Wenn ich gehe, dann nach Ihnen.« Er zauberte blitzschnell eine Luftpistole aus seiner Jackettasche und richtete sie auf meinen Bauch.

»Was soll der Unsinn?« fragte ich scharf. »Wenn Sie mit

einer Luftpistole nach Spatzen schießen wollen, sind Sie hier an der falschen Adresse.«

Der Kellner trat einen Schritt vor. Sein Gesicht nahm einen verschlagenen Ausdruck an. »Dies ist kein Spaß, Bulle. Du wirst deine Nase nie mehr in anderer Leute Angelegenheiten stecken können. Ich werde dich mit dieser Luftpistole töten. Der Bolzen wurde von mir mit Curare vergiftet. Ein kleiner Ritz, und du kannst mit den Engeln pokern.«

Mir wurde langsam der Kragen meines frisch gewaschenen Hemdes eng. Ich mußte mir verdammt schnell etwas einfallen lassen. An meine Waffe konnte ich nicht heran. Sie hing mitsamt dem Jackett im Badezimmer.

»Angst, Schnüffler?« höhnte der angebliche Kellner.

»Vor Ihnen kein bißchen«, sagte ich frech und ging einen Schritt auf den dicken Ledersessel zu.

»Bleib stehen, Schnüffler!« schrie der Kerl.

Ich blieb abrupt stehen und entspannte mich. Ich war immerhin nur noch gut einen halben Yard von dem Sessel entfernt. Ich sah, wie sich die Augen des Gangsters langsam zu Schlitzen verengten und er den Finger um den Abzug der Pistole legte.

Ich wartete genau den Zeitpunkt ab, bis der Druckpunkt erreicht war. Ich mußte dieses Risiko eingehen. Dann hechtete ich blitzschnell seitlich hinter den Sessel.

Mit einem leisen ›Plopp‹ verließ das Geschoß den Lauf und landete in der Rückenlehne des Ledersessels. Ein zweitesmal konnte der Kerl nicht schießen, da die Luftpistole nur jeweils ein Geschoß aufnimmt.

Der Kellner war völlig perplex. Er blieb für einen Augenblick wie gebannt auf der Stelle stehen, dann warf er sich herum und rannte auf die Tür zu.

Doch ich war auch nicht faul, sprang hinter meinem Sessel hervor und zog mit einem Ruck an der knallroten Teppichbrücke, die ein Verbindungsstück zwischen der Tür und dem Mittelteil des Zimmers darstellte.

Die Wirkung war frappierend. Dem ›Kellner‹, der gerade die Klinke fassen wollte, wurden mit einem Ruck die Beine weggezogen. Er knallte mit dem Kinn gegen die solide Holztür.

Ich packte den Kerl am Jackettkragen und zog ihn hoch, aber mit einem blitzschnellen Judotritt säbelte er mir die Beine weg. Wir landeten beide auf dem Boden.

Mein Gegner war verdammt wendig. Immer wieder versuchte er einen seiner schmutzigen Tricks anzubringen. Aber ich bin auch kein Anfänger.

Schließlich hatte ich ihn gepackt. Mir war es durch einen Hebelgriff gelungen, seinen Arm so zu drehen, daß er auf dem Bauch lag und praktisch wehrlos war.

»So, mein Freundchen«, keuchte ich. »Spuck aus, wer hat dich geschickt?«

In diesem Augenblick ging hinter uns die Tür auf. Ich wandte sofort meinen Kopf und sah einen riesigen rothaarigen Kerl mit einer Pistole in der Hand, die einen Schalldämpfer trug. Er mußte wohl meine Frage gehört haben, denn er sagte nur: »Ich.«

Dann machte es: »Plopp!« Mir war, als hätte jemand auf meinem Kopf mit einem glühenden Messer einen Scheitel gezogen. Ich sah bunte Kreise und dann nichts mehr.

»Du bist ein Idiot!« fluchte Messer-Jim, während er mit einem heftigen Ruck die Tür seines Chevy zuschlug.

»Aber ich wollte doch nur ganz sichergehen, bevor ich den Kerl zur Hölle schickte«, verteidigte sich Mac Alder. Denn niemand anders als er war es, der den falschen Kellner gespielt hatte.

»Quatsch keine Operetten, sondern halt's Maul«, entgegnete O'Neill hart und fädelte sich in den flüssigen Straßenverkehr ein. »Wie oft habe ich dir gesagt, du sollst dich nicht auf lange Diskussionen einlassen, sondern sofort schießen.«

Mac Alder sagte gar nichts. Nervös zündete er sich eine Zigarette an.

Auch Jim O'Neill hatte sich abgeregt. Er mußte zu sehr auf den Straßenverkehr achten. Jim O'Neill fuhr nach Osten, zum River hinunter. Die Gegend wurde langsam trister. Zwischen die grauen Wohnhäuser klemmten sich schon jetzt einige Holzbaracken, die als Lagerschuppen für irgendwelche Firmen dienten. Es roch nach brackigem Wasser und morschem, faulendem Holz.

An einem verfallenen Backsteinhaus hielt Jim O'Neill an. Er öffnete das Handschuhfach des Wagens und schaltete ein Gerät ein, das aussah wie ein Kofferradio. Dann sah er auf seine Uhr. Noch fünf Minuten, dann würde der Chef anrufen.

»Noch eins, Mac«, sagte O'Neill leise, »du bist eine Null. Und Nullen werden bei uns ausradiert. Verstanden? Diesmal habe ich die Sache ja noch ausbügeln können. Ich werde dem Boß nichts von deinem Versagen erzählen, doch beim nächstenmal ...«

»Danke, Jim«, hauchte Alder.

»Schon gut«, O'Neill grinste. Er verschwieg Alders Versagen ja nicht aus Menschenfreundlichkeit, sondern er brauchte jemanden, der ihm blindlings gehorchte. Jim O'Neill hatte noch Pläne, große Pläne sogar. Warum sollte immer der Boß den Rahm abschöpfen? Außerdem kannte niemand von der Bande den Chef. Sie mußten immer die Drecksarbeit tun. Aber das würde sich ändern. Noch war es jedoch nicht soweit.

Die kleine Sendeanlage im Handschuhfach begann zu quäken. O'Neill nahm ein Mikrofon und meldete sich mit einem Decknamen.

»O'Neill«, tönte es zurück, »alles okay? Ist der Schnüffler liquidiert?«

»Alles klar, Boß«, erwiderte O'Neill. »Mac hat ganze Arbeit geleistet.« O'Neill kniff seinem Kumpan ein Auge zu.

»Gut. Haltet euch solange auf der ›Snake‹ auf. Heute abend gibt es einen neuen Job. Ende.«

Messer-Jim lehnte sich aufatmend zurück. Sie sollten zur ›Snake‹ fahren. ›Snake‹ war die Bezeichnung eines kleinen Hausbootes auf dem Mississippi und der ständige Wohnsitz der beiden Gangster.

»So, dann wollen wir mal«, sagte Messer-Jim und drehte den Zündschlüssel herum. Während der Fahrt zum Ufer pfiff er vergnügt vor sich hin.

Er wußte jetzt, wie er den Boß übers Ohr hauen konnte ...

Das erste, was ich erkannte, als ich wieder zu mir kam, waren die besorgten Augen meiner Partnerin Susan Taylor. Dann hielt sie mir eine Flasche an den Mund. Es war echter, guter Whisky. Das scharfe Getränk rann wie Feuer durch meine Kehle, und eine wohltuende Wärme breitete sich in meinem Magen aus. Trotzdem konnte der scharfe Alkohol die Kopfschmerzen, die ich hatte, nicht vertreiben.

»Geht's wieder, Cliff?« fragte Susan besorgt.

»Wie man's nimmt«, krächzte ich zurück und versuchte mich von meiner Schlafcouch, auf der ich lag, zu erheben.

»Bleiben Sie ruhig liegen, Mr. Corner«, sagte eine energische Stimme.

Ich schielte aus meiner Perspektive schräg nach oben und erkannte einen grauhaarigen, etwa 50jährigen Mann, der eine Ampulle in der Hand hielt.

»Dr. Perth«, stellte er sich vor. »Ich bin der Hotelarzt. Miss Taylor hat mich gerufen. Sie haben Glück gehabt, Mr. Corner. Die Kugel hat Sie nur gestreift. Ein wenig tiefer, und ich müßte jetzt einen Totenschein für Sie ausstellen.«

»Vielen Dank, Doc, daß Sie so freundlich waren«, sagte ich und versuchte ein Grinsen. »Aber Unkraut vergeht nicht. Susan, wir werden uns die Burschen kaufen.«

»Nichts werden Sie!« unterbrach mich der Doc. »Ich werde Ihnen für drei Tage Bettruhe verordnen. Mit dieser Wunde ist nicht zu spaßen.«

Ich schüttelte den Kopf, bereute es aber im selben Moment, denn eine feurige Lohe schoß durch meinen Schädel.

Unwillkürlich stöhnte ich auf.

»Sehen Sie, Mr. Corner. Es lohnt sich nicht. Ich werde Ihnen eine Spritze geben. Danach können Sie fast einen Tag lang schlafen.«

»Kommt gar nicht in Frage, Doc. Lassen Sie mir ein paar Kopfschmerztabletten hier, und damit hat sich die Sache.«

Dr. Perth schien in seiner Berufsehre gekränkt zu sein. Er zog ein Gesicht wie ein verschnupfter Snob. Trotzdem unternahm er noch einen letzten Versuch.

»Was sagen denn Sie dazu, Miss Taylor?«

»Glauben Sie mir, Doc«, erwiderte Susan lächelnd. »Lassen Sie ihm seinen Willen. Ich kenne ihn besser als Sie.«

»Gut«, antwortete Dr. Perth, griff in seine Tasche und knallte ein Röhrchen mit Tabletten auf den Tisch. »Aber eins sage ich Ihnen, die Verantwortung übernehme ich nicht.«

Sprach's und war verschwunden.

Vorsichtig tastete ich an meinen Hinterkopf. Meine Finger berührten ein dickes Pflaster.

Susan Taylor lächelte spöttisch. »Du hast schon mal besser ausgesehen.«

»Und ich hab' auch schon bessere Witze gehört«, gab ich zurück. »Nun erzähl mal, wie es dir ergangen ist. Hast du etwas bei diesem Captain Holbrock erreicht?«

»Ich war gar nicht bei Holbrock«, sagte Susan. Dann berichtete sie mir, was sie erlebt hatte. Als sie den Namen Jim O'Neill erwähnte, pfiff ich leicht durch die Zähne, denn jetzt wußte ich auch, wem ich mein Andenken am Hinterkopf zu verdanken hatte. Na, ich würde ihm schon die Rechnung präsentieren.

»Als ich mich umgezogen hatte und immer noch nichts von dir hörte, beschloß ich, in deinem Zimmer nachzusehen, wo du wie tot auf dem Teppich lagst. Ich alarmierte sofort den Hotelarzt. Er stellte fest, daß du nur einen Streifschuß hattest«, schloß Susan ihren Bericht.

Anschließend berichtete ich. Als ich den angeblichen Kellner beschrieb, nickte Susan.

»Den kenne ich«, sagte sie. »Er heißt Mac Alder, ist ein Schläger und hat das Gehirn eines Spatzen.«

Ich fand, daß es an der Zeit war, mich zu erheben. Es ging wider Erwarten gut. In meinem Kopf brummte es zwar wie in einem Bienenhaus, jedoch verspürte ich keinen Brechreiz. Ich ging ins Badezimmer, nahm ein paar Sachen mit und zog mich zum zweitenmal um. Anschließend schluckte ich zwei Tabletten. Susan hatte inzwischen zwei Gläser Whisky eingeschenkt.

Während ich das Getränk genießerisch schlürfte, fragte ich meine Partnerin: »Wie hieß eigentlich dieses Boot, von dem der komische Hotelbesitzer gesprochen hatte?«

Susan zuckte mit ihren hübsch gerundeten Schultern. »Keine Ahnung, Cliff. Er sprach nur von einem Hausboot auf dem Mississippi.«

Ich sah auf meine Uhr. »Bei der Hafenbehörde anzurufen hat wohl kaum Zweck. Die haben schon Feierabend. Und sollte noch jemand dasein, ein Privatmann würde doch keine Antwort erhalten.«

Ich überlegte einen Moment. Es mußte doch eine Möglichkeit geben, den Namen des Bootes zu erfahren. Plötzlich fiel mir Benny Buster ein. Er konnte offiziell in Erscheinung treten.

»Vielleicht weiß Holbrock etwas«, folgerte Susan.

»Möglich«, entgegnete ich. »Aber ich werde zuerst Benny anrufen. Holbrock läuft uns nicht weg.«

»Wer ist Benny Buster?« wollte Susan wissen.

»Ein CIC-Agent, auf den du dich hundertprozentig verlassen kannst.« Ich trank mein Glas leer und zog das Jackett über. »Ich gehe telefonieren, Susan.«

Ich hatte Glück und erwischte Benny. Er versprach mir, sich um die Sache zu kümmern. Er wollte mich im Hotel anrufen.

Als ich durch die Hotelhalle zum Lift ging, kam mir District Attorney Forster entgegen. Er trug einen nachtblauen Smoking, ein blütenweißes Hemd und eine weinrote Fliege. Doch genauso elegant wie er sah seine Begleiterin aus. Es war eine Frau, bei deren Anblick Männer schneller atmen. Sie mochte so zwischen fünfundzwanzig und dreißig Jahre alt sein, hatte blauschwarzes, hochtoupiertes Haar und eine Figur, bei der mancher Filmstar vor Neid erblaßt wäre. Sie trug ein perlenbesetztes goldfarbenes Abendkleid und um die Schultern eine Nerzstola. Ihr Gesicht war schön und interessant. Ihre bernsteinfarbenen Augen wurden von langen, seidigen Wimpern umschattet. Der zartrosa geschminkte Mund ließ zwei Reihen makellos weißer Zähne sehen. Die etwas hochstehenden Wangenknochen verrieten den slawischen Typ.

»Hallo, Mr. Corner. Immer noch bei der Arbeit?« rief Attorney Forster jovial und deutete auf meinen verpflasterten Kopf.

»Man hat's nicht leicht«, erwiderte ich. »Für Sie ist Feierabend, für mich jedoch nicht.«

Forster lachte etwas gezwungen. »Aber darf ich Ihnen Miss Elaine Curzon vorstellen?«

Elaine Curzon reichte mir ihre tadellos gepflegte Hand und hauchte: »Hallo!«

Ihre Stimme erinnerte mich an eine schwedische Sängerin, die in Germany während der dreißiger Jahre Karriere gemacht hatte. Ich hätte mich gern noch ein wenig länger mit der Dame unterhalten, doch Forster hatte es eilig.

»Bis später dann!« rief er mir noch zu, als wir uns verabschiedet hatten.

Ich klemmte mich in den Lift und fuhr zu meinem Zimmer hoch. Wie gern würde ich jetzt auch mit Susan zu einer Party gehen, doch wir hatten wieder einmal einen verdammten Job am Hals. Während sich andere Leute amüsierten, jagten wir hinter Verbrechern, Mördern und Spionen her.

Als ich die Tür zu meinem Zimmer öffnete, klingelte das Telefon.

Benny war am Apparat.

»Hör gut zu, Cliff«, sagte er. »Ich glaube, deine Nase war richtig. Ich habe die Jungs von der Hafenbehörde mobilisiert, und sie haben mir die Namen sämtlicher von ihnen erfaßten Hausboote gegeben. In dem Vorort St. Just, an einem Seitenarm des Mississippi liegt ein Hausboot mit dem Namen ›Snake‹. Der Besitzer ist ein gewisser Jim Patrick. Von Jim Patrick bis Jim O'Neill ist es kein weiter Weg.«

»Eben«, sagte ich.

»Okay, Cliff. Hast du alles notiert?«

»Habe ich, Benny.«

Wir waren mittlerweile zum Du übergegangen. Schließlich waren wir ja aufeinander angewiesen.

»Wie ich dich kenne, wirst du es dir nicht nehmen lassen, dem Boot einen Besuch abzustatten«, sagte Benny.

»Richtig.«

»Soll ich dir Rückendeckung geben?«

»Das wird nicht nötig sein«, wehrte ich ab. »Außerdem ist Susan ja dabei. Vielleicht wird es auch ein Reinfall, und du hättest dich vor deinen Leuten nur blamiert. Es wird schon schiefgehen.«

»Hoffentlich, Cliff. Gute Nacht, oder vielmehr – viel Glück.«

»Okay, Benny, bis bald.«

Ich legte langsam den Hörer auf die Gabel. Susan war nicht im Zimmer. Wahrscheinlich zog sie sich wieder einmal um und holte sich eine neue Handtasche.

Jetzt endlich hatte ich Zeit, zwei wichtige Beweisstücke zu sammeln. Ich holte mein Taschenmesser aus der Jacke und schnitt vorsichtig den Giftbolzen aus der Rückenlehne des Ledersessels heraus. Ich wickelte ihn in ein Kleenex-Tuch und legte ihn auf den Tisch.

Den heißen Bleigruß, den man mir nachgesandt hatte, fand ich in der Wand dicht neben dem Fenster. Das Geschoß stammte aus einer Remington Automatik.

Ich verstaute beide Beweisstücke in einer Plastiktüte und beschloß, sie am nächsten Tag Benny Buster zur Untersuchung mitzugeben.

Ich hatte mir soeben eine Zigarette angezündet, als Susan ins Zimmer trat. Sie hatte tatsächlich beides gemacht, sich umgezogen und mit einer neuen Handtasche ausstaffiert.

»Gefalle ich dir?« fragte sie keck.

»Prächtig!«

Susan sah aber auch wirklich zum Anbeißen aus. Sie trug ein hautenges giftgrünes Kleid, das knapp eine Handbreit unter dem Po endete. Mikro-Look nennt man so etwas. Über dem Arm hatte sie eine zu dem Kleid passende Jacke hängen. In der linken Hand jedoch schlenkerte sie ein Teil, das aussah wie ein angefressener Langhaardackel. Es mußte wohl, so kombinierte ich, ihre neueste Handtasche sein.

»Du willst doch nicht etwa in diesem Aufzug mit zu dem Hausboot fahren?« bemerkte ich.

Susan schüttelte den Kopf und setzte sich auf die Sessellehne.

»Wie recht du hast, Partner«, erwiderte sie. »Ich werde nämlich meinen Besuch bei Captain Holbrock nachholen. Einen alten Kahn wirst du schließlich allein untersuchen können.«

Ich gab Susan recht. Letzten Endes saß uns die Zeit im Nacken.

»Aber irgendwie muß der Boß der Organisation in Erfahrung gebracht haben, daß wir beide zusammenarbeiten, Cliff. Wie hätte er sonst so schnell seine Killer herschicken können? Wahrscheinlich ist er mit ihnen nach dem Mordanschlag auf mich in Verbindung getreten«, folgerte Susan.

»Und damit ist unsere Anonymität hin«, stellte ich fest.

»Vielleicht sind wir ihm schon zu sehr auf die Zehen getreten, Cliff. Denk nur an Holbrock.«

»Richtig, Susan. Holbrock ist ein schwacher Punkt in der Rechnung des Chefs.«

In diesem Augenblick klingelte das Telefon. Ich war näher am Apparat und meldete mich. Die Telefonelfe unten in der Vermittlung stöpselte durch, und dann hörte ich Benny Busters Stimme: »Gut, daß ich dich noch erreiche, Cliff. Komm sofort in die Division Street. Captain Holbrock hat Selbstmord begangen.«

Der Chef der Organisation ›Snake‹ beschäftigte drei Männer, die er die Henker nannte. Auf diese drei Leute konnte er sich verlassen. Ihre Namen waren Phil Dark, Greg Sealer und Gino da Costa. Diese drei Männer hatten schon etliche Morde auf dem Gewissen, waren aber noch nie gefaßt worden, und somit waren ihre Prints auch nicht im Zentralarchiv in Washington verewigt.

Phil Dark war der Anführer dieser drei Mörder. Er war fast vierzig Jahre, hatte blondes, kurzgeschnittenes Haar und einen durchtrainierten, muskullösen Körper. Sein Gesicht wirkte wie aus Stein gehauen, kantig und ohne Ausdruck. Er trug mit Vorliebe schwarze Kleidung. Diese Farbe entsprach haargenau seiner Seele.

Den zweiten im Bunde, Greg Sealer, hätte man beim ersten Kennenlernen für einen Handelsvertreter halten können. An ihm war überhaupt nichts Auffälliges, es sei denn, man konzentrierte sich auf sein Gesicht. Dann meinte man, in seinen Augen so etwas wie Sadismus erkennen zu können. Er und Phil Dark waren Asse im Umgang mit Handfeuerwaffen.

Der dritte war Gino da Costa. Woher er kam, wußte er selbst nicht. Er nahm an, irgendwo aus Mexiko. Gino war im Vergleich zu Phil Dark ein Hänfling. Er war nur durchschnittlich groß, und sein Kreuz konnte man nicht gerade mit einem Kleiderschrank vergleichen. Gino sah eher wie ein ängstlicher Typ aus, doch hinter dieser Fassade verbarg sich ein eiskalter Verbrecher. Vier Menschen hatte er bereits im Auftrag des Bosses getötet.

Diese drei saßen an diesem Abend im Lagerraum einer Holzfabrik, die schon vor einem Jahr stillgelegt worden war. Die drei waren vor einer Entdeckung relativ sicher. Außerdem lag diese Holzfabrik in einer Gegend, in der sich Hasen und Füchse gute Nacht sagten.

Die Einrichtung des Zimmers bestand aus vier billigen Feldbetten, der gleichen Anzahl roh zusammengezimmerter Stühle und einem Tisch. Auf diesem Tisch stand das Prunkstück des Raumes, ein Telefon. An der Decke baumelte eine trübe Glühbirne, die, der Leuchtkraft nach zu urteilen, bald ihr Leben aushauchen mußte.

Natürlich lebten diese drei Männer nicht immer hier. Nur wenn sie Bereitschaft hatten. Und diese Zeit vertrieben sie sich dann meistens mit Pokern.

»Flush«, sagte Phil Dark und warf seine Karten auf den Tisch.

»Okay, dein Pott«, murmelte Sealer.

Gleichgültig strich Phil Dark das Geld ein. Es waren fast zweihundert Dollar. Bei jeder anderen Pokerpartie hätten die Mitspieler geflucht, aber nicht hier. Man hatte sich eben zu sehr in der Gewalt. Unbeherrschtheit ist der erste Weg zur Gaskammer, pflegte der Boß immer zu sagen.

»Du gibst«, sagte Sealer und deutete auf Gino da Costa.

Doch Costa nahm noch einen Schluck von seinem Orangensaft und begann zu mischen. Auch dies war bei den Gangstern Sitte: Keinen Alkohol während der Bereitschaft.

Bevor Gino jedoch die Karten austeilen konnte, schrillte das Telefon. Dark nahm den Hörer ab.

»Hallo«, meldete er sich.

»Dark«, rauschte ihm die Stimme des Chefs entgegen, »hör genau zu. Messer-Jim und Alder haben versagt. Ich hatte sie damit beauftragt, einen Schnüffler auszuschalten. Gebt ihnen die Quittung und verwischt die Spuren. Ich erwarte in zwei Stunden Vollzugsmeldung. Ende.«

Dark legte den Hörer auf die Gabel und zündete sich eine

Zigarette an. Er sog den Rauch tief in die Lungen und sah in die gespannten Gesichter seiner beiden Kumpane.

»Messer-Jim und Alder sollen umgelegt werden. Befehl vom Boß.«

»Wann?« fragte Sealer.

»Sofort«, antwortete Dark knapp.

Sealer stand auf, zog sein Jackett an, ging zu seinem Feldbett und holte unter seiner Matratze eine Maschinenpistole hervor. Während er sie durchlud, meinte er zynisch: »Abendstund' hat Blei im Mund.«

Dieser Satz war wohl charakteristisch für die drei Mörder. Sie kannten kein Gefühl, keine Ehrfurcht vor dem menschlichen Leben. Für genügend Geld hätten sie sich bestimmt auch gegenseitig umgebracht ...

Wir ließen uns ein Taxi kommen und zur Division Street bringen. Leider hatte ich noch nicht die Zeit gefunden, mir einen Wagen zu mieten. Ich beschloß, es am nächsten Tag nachzuholen. Mein eigener Mustang stand wohlbehütet in meiner Chicagoer Garage.

Die Division Street lag in einer Gegend, in der mittlere Angestellte und Beamte wohnen. Jeder Bewohner besaß sein kleines schmuckes Reihenhaus mit einem Garten und Garage. Ein typisch ruhiges Vorstadtbild.

Doch an diesem Abend war von Ruhe nichts zu spüren. Vor Captain Holbrocks Haus hatte sich eine Menschenmenge angesammelt. Dazwischen standen einige Polizeiwagen.

Ich bezahlte das Taxi und wollte zu Captain Holbrocks Haus. Doch Susan und ich gelangten noch nicht mal bis zum Vorgartenzaun. Ein hünenhafter Cop fuhr uns barsch an.

»Was haben Sie hier zu suchen? Wie oft soll ich denn noch wiederholen, daß wir keine Neugierigen brauchen können!«

Ehe ich ihm eine Antwort geben konnte, entdeckte ich Benny Buster. Er stand vor der Haustür und zündete sich soeben eine Zigarette an.

»Benny!« rief ich.

Er hob die Hand und gab dem Cop ein Zeichen, uns durchzulassen. Wir gingen über einen mit Steinplatten belegten Weg auf Benny zu. Als der CIC-Agent Susan Taylor sah, erlitt er einen Hustenanfall.

»Sie sollten das Rauchen einstellen«, sagte Susan spöttisch.

Ich mußte grinsen, denn meine Partnerin hatte immer gleich die richtige Antwort zur Hand.

»Teufel, Cliff«, hustete Benny. »Solch eine Partnerin hätte ich auch gern. Wenn ich da an unsere Büropalmen denke.« Er schüttelte in gespieltem Widerwillen den Kopf, doch dann lächelte Benny. »Entschuldigen Sie, Miss, mein Name ist Benny Buster.«

Die beiden schüttelten sich die Hand.

Nach diesem kleinen Intermezzo wurden wir jedoch wieder ernst.

»War es wirklich Selbstmord?« fragte ich skeptisch.

Benny schüttelte den Kopf. »Nein, es war Mord«, sagte er hart. »Ich werde euch gleich zeigen, wie wir es herausgefunden haben. Im Augenblick sind die Spezialisten des CIC und der örtlichen Mordkommission noch bei der Arbeit.«

»Wer hat ihn denn gefunden?« wollte Susan wissen.

»Die Putzfrau, die jeden Tag kommt, um die Wohnung in Ordnung zu halten.«

»Und Holbrocks Frau?«

»Ist seit drei Wochen auf einem Europatrip.«

»Ist sie schon benachrichtigt worden?«

»Noch nicht«, entgegnete Benny. »Wir wissen momentan nicht mal ihren Aufenthaltsort.«

»Hat man ihn denn erschossen?« fragte ich.

»Nein«, antwortete Benny. »Seine Mörder haben ihn aufgehängt. An einem Heizungsrohr, dicht unter der Zimmerdecke. Ihr werdet das gleich sehen. Aber etwas anderes bereitet mir Sorgen«, sagte Benny düster und fuhr sich mit der Hand über die Stirn. »Wir haben Captain Holbrock genau durchleuchtet, trotzdem hatte er Verbindung zu den Gangstern. Wer noch, Cliff?«

»Du denkst an höhere Militärs«, vermutete ich.

»Richtig.« Benny überlegte angestrengt.

»Hatte er Kinder?« fragte Susan.

»Ja, einen sechsjährigen Sohn. Er befindet sich in einem Internat. Es gehört der Army.«

»Aber irgendwo müssen wir doch einhaken können«, sagte ich ärgerlich. »Ich habe bei diesem Fall bis jetzt das Gefühl, als hätte ich einen Faden in der Hand, der dauernd abgeschnitten wird.«

In diesem Augenblick verließen die Leute der Mordkommission das Haus. Zwei Männer trugen eine graue Zinkwanne mit dem Toten. Wie oft hatte ich dieses Bild schon gesehen, doch immer wieder gibt es mir einen Stich. Ein Menschenleben war vernichtet worden, sinnlos vernichtet.

Der Chef der Mordkommission gesellte sich zu uns. Er stellte sich als Detective Lieutenant Albers vor. Albers war ein Mann, der die Pensionsgrenze bald erreicht haben mußte. Er war klein und untersetzt. In seinem linken Mundwinkel klebte eine Zigarette. Am Geruch des Rauchs erkannte ich die französische Marke. Diesen Mann konnte nichts mehr erschüttern, er machte sich keine Illusionen.

»Ihr könnt reingehen«, sagte er. Zu Benny gewandt fuhr er fort: »Ich schicke Ihnen einen detaillierten Bericht ins Office.«

Er tippte an die Hutkrempe und ging zu seinen Leuten.

»Sein Beruf hat ihn hart gemacht«, sagte Benny Buster.

Wir sahen uns in dem Haus um. Es bestand aus zwei Etagen. Im Erdgeschoß lagen das Wohnzimmer, die Küche und die Toilette. Eine mit einem dicken Teppich ausgelegte Holztreppe führte in die obere Etage. Hier oben waren das Schlaf- und Kinderzimmer. Ein weiterer Raum diente als Abstellkammer. Die gesamte Wohnung war peinlich korrekt aufgeräumt.

Captain Holbrock war von seinem Mördern im Schlafzimmer aufgehängt worden.

Benny deutete auf das Heizungsrohr, das dicht unter der Decke entlanglief.

»Hier ungefähr hat das Seil gehangen«, sagte er.

»Und wie haben sie nun auf Mord geschlossen?« fragte Susan.

Benny Buster lächelte ein wenig. Er ging auf eine kleine Kommode zu, die dicht neben dem breiten Doppelbett stand.

»Auf dieser Kommode fanden wir ein Glas, in dem sich noch der Rest von Orangensaft befand. Bei unserem Expertenteam befanden sich aber auch ein Chemiker und ein Arzt. Außerdem ist unser Wagen mit einem kleinen, aber modern eingerichteten Laboratorium ausgerüstet. Unser Chemiker stellte fest, daß in dem Rest des Orangensaftes ein starkes Narkotikum aufgelöst war. Daraus folgerten wir, daß Captain Holbrock schon ohnmächtig gewesen sein mußte, bevor man ihn erhängt hat. Unser Arzt bestätigte nach kurzer Untersuchung der Leiche unsere Vermutungen.«

»Warum das alles?« fragte ich.

Benny zuckte mit den Schultern. »Wenn wir das wüßten, hätten wir wahrscheinlich den Fall gelöst.«

Ich wanderte ziellos durch das Zimmer und blieb vor der Frisierkommode stehen. Mir war eine Flasche Parfüm ins Auge gefallen. Es war französisches Parfüm, sehr stark und vor allen Dingen sehr teuer.

Ich wandte mich an Benny Buster. »Wieviel verdiente Captain Holbrock eigentlich im Monat?«

»Weiß ich nicht genau, Cliff. Warum fragst du?«

»Weil ich hier eine Flasche Parfüm gefunden habe, die unter Brüdern ihre fünfzig Dollar wert ist. Es ist Importware aus Frankreich. Ich glaube nicht, daß Captain Holbrocks Frau dieses Parfüm benutzt hat, und wenn, hätte sie es bestimmt mitgenommen.«

Benny pfiff durch die Zähne. »Und du meinst«, folgerte er, »Holbrock hatte ein Verhältnis mit einer anderen Frau.«

»Es wäre immerhin eine Möglichkeit«, gab ich zu.

»Wahrscheinlich haben unsere Gegenspieler Holbrocks Verhältnis zu dieser unbekannten Frau ausgenutzt und ihn erpreßt«, überlegte der CIC-Agent weiter.

»Oder aber er hat freiwillig mitgemacht, Benny. Ich halte diese Lösung sogar für die wahrscheinlichste.«

Ich holte ein Taschentuch aus der Innentasche meines Jacketts, legte es um die Parfümflasche und reichte sie Benny.

»Laß sie bei euren Hexenmeistern im Labor auf Fingerabdrücke untersuchen, außerdem habe ich hier noch zwei hübsche Sachen.« Ich zog aus der rechten Jackentasche die Plastiktüte mit den beiden Geschossen. Ich hatte die Indizien vorher noch schnell eingesteckt. »Hier sind die Dinge, mit denen man mir das Lebenslicht ausblasen wollte. Nimm sie auch mit.«

»Ich komm' mir bald vor wie ein Packesel«, sagte Benny grinsend. »Aber wie geht's weiter, Cliff? Wolltest du nicht zu dem alten Hausboot runter?«

Ich nickte. »Ja, Susan sollte eigentlich hierherfahren, um ihren Besuch nachzuholen, aber wo steckt sie denn?«

Ich drehte mich um, konnte aber meine Partnerin nirgends entdecken. Sie mußte sich während unserer Unterhaltung davongestohlen haben.

»Susan!« rief ich.

»Hier, Cliff. In der Abstellkammer«, ertönte es dumpf.

Ich mußte grinsen, als ich mir das Bild vorstellte. Susan Taylor in der Abstellkammer. Ehe ich mir jedoch diese Szene in natura ansehen konnte, war sie schon zurück. In der Hand hielt sie triumphierend ein kleines Streichholzheftchen.

»Wer sucht, der findet«, sagte sie und pustete sich etwas Staub von den Jackenärmeln. »Ich fand es zwischen den Borsten eines Besens in der Abstellkammer. Es ist ein Reklameheftchen. ›Golden Seven‹ steht darauf. Kennt jemand diesen Namen?«

»Ich«, sagte Benny. »Das ›Golden Seven‹ ist ein exklusiver Nachtklub hier in New Orleans. Es verkehrt dort nur die Prominenz, entsprechend sind auch die Preise.«

»Schön«, Susan lächelte. »Ich wollte schon immer mal einen Nachtclub besuchen. Da Cliff mich ja sowieso nicht mithaben wollte, fahre ich allein hin, nicht wahr?«

»Okay«, sagte ich. »Aber sei vorsichtig.«

Wir besprachen noch kurz die Lage. Ich erzählte Susan von dem Parfüm, und Buster zeigte ihr die Flasche. Susan kannte es. Sie bat Buster, sie einmal kurz riechen zu lassen, und nickte dann.

»Das Teuerste, was es zur Zeit zu kaufen gibt«, sagte sie.

Dann verließen wir das Haus.

Benny schlug mir vor, seinen Wagen zu nehmen, während er und Susan sich ein Taxi rufen wollten.

Ich verabschiedete mich von den beiden und brauste los.

»Verdammter Mist«, knurrte Mac Alder und versuchte bereits zum drittenmal, eine Konservendose mit Cornedbeef zu öffnen. Alder wurde wütend. Mit einem Fluch, der nicht druckreif ist, schleuderte er die Dose gegen die Wand der kleinen Kajüte, von wo aus sie langsam unter eine roh zusammengezimmerte Sitzbank rollte.

»Wenn du noch einmal das Maul aufmachst, drehe ich dir den Hals um«, drohte sein Kumpan Jim O'Neill. »Wenn du die billige Dose noch nicht mal aufkriegst, dann geh raus und stopf dir einige Algen in den Hals.«

Mac Alder schwieg. Zur Beruhigung zündete er sich eine Zigarette an.

Der rothaarige Jim O'Neill saß an einem billigen Holztisch und hatte eine Karte vor sich liegen. Auf dieser Karte war mit blauer Tinte der Grundriß eines Hauses aufgezeichnet. Denken war nicht gerade O'Neills Stärke. Er hatte schon vor Anstrengung Schweißperlen auf der Stirn.

»Komm her, Mac!« befal er seinem Komplizen.

Mac Alder erhob sich ächzend von seinem Stuhl, der schon bald Museumsreife erlangt hatte, und beugte sich gespannt über die Skizze.

»In diesem Haus«, erklärte ihm Messer-Jim, sind die Bomben versteckt. Ich muß nur noch eine Möglichkeit finden, hineinzukommen. Über den Zaun klettern hat keinen Zweck, der steht unter Spannung, aber …«

»Wie wär's mit einem kleinen Tunnel?« warf Mac Alder ein. Messer-Jim tippte sich mit dem Finger gegen die Stirn. »Idiot«, knurrte er. »Du willst mich wohl auf den Arm nehmen? Nein, es muß eine Möglichkeit geben, ungesehen in diesen Bau zu gelangen. Der Boß ist schließlich nicht allmächtig.«

Seine Stimme sank zu einem Flüstern herab.

»Du machst doch mit, Max, nicht wahr? Denk nur an den Bullen, den ich für dich erledigt habe.«

Mac Alder nickte verkrampft.

»Schließlich soll der Boß nicht allein den Rahm abschöpfen. Wenn wir erst die Bomben haben«, O'Neills Gesicht verzog sich zu einem häßlichen Grinsen, »können wir damit einige Millionen Dollar herausschlagen.«

Diese Summe erzeugte bei Mac Alder einen trockenen Gaumen. »Wie du meinst, Jim«, sagte er heiser. Doch allzu wohl war ihm bei der ganzen Angelegenheit nicht.

»Warum macht ihr euch eigentlich soviel Gedanken über die Zukunft?« fragte plötzlich jemand hinter ihnen.

Die beiden Ganoven fuhren herum wie zwei Spielkreisel. Ihre Hände zuckten zu den Schulterhalftern. Doch diese Bewegungen waren vergebens.

In der kleinen Kajüte standen plötzlich drei Männer. Es waren Phil Dark, Greg Sealer und Gino da Costa. Alle drei trugen schwarze Trenchcoats und Hüte von der gleichen Farbe. Es war eine Art Berufskleidung bei ihnen.

Greg Sealer und Gino da Costa standen rechts und links neben der Tür. Sie hatten beide Maschinenpistolen in der Hand. Phil Dark befand sich etwas hinter ihnen, direkt in der Türöffnung. Er trug keine Waffe.

»Verdammt, die Henker!« preßte O'Neill heiser hervor. Mac Alder brachte vor Angst keinen Ton heraus. Mit bleichem Gesicht starrte er in die Münder der Maschinenpistolen.

»Ihr habt versagt«, stellte Phil Dark fest. »Und was mit Versagern bei uns geschieht, ist euch ja bekannt.«

»Wieso haben wir versagt?« schrie Jim O'Neill. »Was haben wir falsch gemacht?«

Phil Dark kniff die Augen zusammen. »Der Schnüffler lebt. Du Idiot hast nicht richtig getroffen.«

Jim O'Neills Gesicht nahm einen käsigen Schimmer an. »Das ist nicht wahr«, flüsterte er tonlos, »du lügst.« Sein Atem ging stoßweise. »Sag, daß es nicht wahr ist!« schrie er Phil Dark an.

»Ihr habt keine Chance mehr«, gab Dark nur zurück.

»Aber – aber wir können doch die Sache wieder ausbügeln«, versuchte Mac Alder zu retten, was noch zu retten war.

»Keinen Zweck. Außerdem habe ich euer Gespräch vorhin mit angehört. Sehr aufschlußreich, finde ich.«

»Aber das war doch nur Spaß.« Jim O'Neill grinste verzerrt.

»Was jetzt kommt, ist auch nur Spaß«, entgegnete Phil Dark. Er schnippte einmal kurz mit den Fingern.

»Hunde!« schrie Jim O'Neill und riß seine Waffe hervor.

Doch er war viel zu langsam. Sealer und da Costa konnten sogar noch warten, bis er den Revolver hervorgeholt hatte. Dann drückten sie ab.

Benny Busters grauen Ford Fairlane konnte ich zwar nicht mit meinem Mustang vergleichen, jedoch war dieser Wagen besser als gar keiner.

Um den Vorort St. Just zu erreichen, mußte ich quer durch New Orleans. Ich orientierte mich anhand eines Stadtplans, den ich im Handschuhfach des Wagens gefunden hatte.

Es war zirka dreiundzwanzig Uhr, doch in dieser Stadt am Rand des Mississippi-Deltas schien das Leben erst jetzt zu beginnen. Über die breiten Hauptstraßen schoben sich endlose Wagenkolonnen. Auf den Bürgersteigen flanierten Menschen aller Hautfarben. Französisch gehörte hier ebenso zur Umgangssprache wie das breite Südstaatenenglisch. New Orleans ist eine internationale Stadt.

Doch als ich die Innenstadt verlassen hatte, veränderte sich schlagartig das Bild. Statt leuchtender Neonröhren blinzelten nur noch ab und zu einige alte Gaslaternen durch die samtschwarze Nacht. In den Hauseingängen und Toreinfahrten der noch aus der Kolonialzeit stammenden Häuser lungerten düstere Gestalten. Es war eine Gegend, in die sich wirklich kein Tourist verlaufen sollte.

Ich kurbelte das Seitenfenster hinunter. Frische Nachtluft strömte durch den Wagen und umschmeichelte mein erhitztes Gesicht.

Um an das Ufer des Stroms zu gelangen, mußte ich auf einen holprigen Feldweg einbiegen. Das Fahren war wirklich kein Vergnügen für die Federung des Wagens. Der Feldweg mündete nach etwa einer halben Meile auf eine etwas bessere Straße, die parallel zum Mississippi lief. Rechts von mir wälzten sich die schmutzigbraunen Fluten des Stroms zum Meer hin, auf der linken Straßenseite gruppierten sich einige verfallene Fischerhütten.

Plötzlich erfaßten die Scheinwerfer meines Wagens einen

Mann, der auf einer alten Kiste saß und eine Gitarre in den Armen hielt.

Ich stoppte, schaltete das Standlicht ein und faltete mich aus dem Fairlane.

Der Alte schien mich überhaupt nicht zu bemerken. Er starrte in eine andere Richtung, klimperte auf seinem Instrument und summte den Song vom ›Ol' Man River‹.

»Guten Abend«, sagte ich freundlich.

Der Mann drehte sich um und sah mich an. Er sah aus wie Fuzzy Jones in seinen besten Tagen. Sein Mund war unter dem dichten Bartgestrüpp nicht zu erkennen. Ich mußte mich nur an die Richtung halten, aus der die Schnapsfahne wehte, dann lag ich richtig.

»Was wollen Sie?« brummte er.

»Nur eine Auskunft«, entgegnete ich und bot ihm eine Zigarette an.

Er sah auf die Packung und klaubte sich zwei Stäbchen heraus. Doch dann geschah etwas Komisches. Er wickelte das Zigarettenpapier ab und schob sich die Tabakkrümel in den Mund. Diese Art zu rauchen hatte ich wirklich noch nicht gesehen.

»Was für eine Auskunft?«

»Ich möchte gern wissen, wo ich die ›Snake‹ finden kann.«

»Was wollen Sie denn da?« nuschelte er.

»Einen Bekannten besuchen.«

Der Alte sah mich spöttisch an und grinste. Dann stand er gemächlich auf, lehnte die Gitarre an die Kiste, hob die rechte Hand und deutete nach vorn.

»Fahr'n Sie hier auf der Straße weiter. Nach ungefähr einer Meile macht die Straße einen Knick. Dort liegen vier Boote. Das erste Boot, von hier aus gesehen, ist die ›Snake‹.«

»Vielen Dank«, sagte ich. »Ach, eine Frage hätte ich noch. Sie wissen nicht zufällig, ob die anderen Boote bewohnt sind?«

»Sie haben Glück, Mister. Die Boote stehen seit einigen Wochen leer.«

Ich bedanke mich noch einmal, gab dem Alten fünf Dollar, klemmte mich wieder in den Wagen und fuhr los.

Der Alte hatte mich nicht belogen. Nach kurzer Zeit tauchte im Licht der Scheinwerfer die bewußte Kurve auf. Aber noch etwas anderes sah ich. Direkt am Ufer parkte ein dunkler Wagen. Ich verringerte das Tempo und fuhr bis etwa 50 Yards den Wagen heran.

Vorsichtig öffnete ich die Tür. Ich wollte gerade die Beine aus dem Ford schwingen, als es geschah. Die Stille der Nacht wurde plötzlich von dem Rattern einer MPi-Garbe durchbrochen. Der Richtung nach zu urteilen, mußten die Schüsse auf der ›Snake‹ abgegeben worden sein.

Ich war blitzschnell aus dem Fairlane, zog meinen .38er und hastete gebückt auf das Boot zu. Ich sah, daß die Kajütentür halb offenstand und ein breiter Lichtschein auf die Planken fiel. Dadurch erkannte ich die drei Männer, die sich anschickten, das Boot zu verlassen.

Leider hatte ich vergessen, die Scheinwerfer abzuschalten, so daß mich ihr Lichtkegel noch soeben erfaßte. Durch diesen Umstand entdeckten mich die drei Männer.

Einer riß seine Tommy Gun hoch und drückte ab. Ich vollführte einen riesigen Hechtsprung und landete im fauligen Uferschlamm. Die Geschosse zischten über mich hinweg und fraßen sich knirschend in das Blech des Ford.

»Hast du den Kerl erwischt, Greg?« hörte ich eine Stimme.

»Ich weiß nicht.«

»Dann gib noch mal Zunder!«

Ich machte mich so klein wie möglich und preßte mich in den stinkenden Schlamm.

Der MPi-Schütze legte los. Die Bleihummeln zischten durch die Gegend, rissen den Boden auf und fetzten durch das Schilf. Zu meinem Glück lagen die Garben nicht besonders nahe. Ja, ich konnte mir sogar erlauben, den Kopf ein wenig zu heben.

Der Mann, der mir die freundlichen Grüße nachschickte, lehnte am hinteren Kotflügel des Gangsterwagens. Da die Scheinwerfer meines Ford von der Schießerei bisher verschont geblieben waren, konnte ich sein Gesicht gut erkennen. Ich prägte es mir genau ein.

Natürlich hätte ich schießen können, vielleicht auch getroffen, aber dann wäre mein Standort verraten gewesen, und die Gangster hätten auf mich eine Hasenjagd veranstalten können. Ich beschloß, die Abrechnung auf später zu verschieben.

Der Gangster hatte das Schießen eingestellt. Seine Komplizen saßen bereits in ihrem Auto, einem Buick. Die Nummer konnte ich leider nicht erkennen.

»Komm rein, Greg!« rief jemand. »Der Salzknabe wird bestimmt im River gelandet sein.«

Greg hob noch einmal seine Waffe und zog durch. Unglücklicherweise trafen die Kugeln den Benzintank meines Wagens. Im Nu stand der Ford in Flammen. Das konnte gefährlich werden. Wenn der Wagen explodierte – ich lag nicht allzu weit weg ...

Die drei Gangster fuhren davon. Ihr Wagen war schnell aus meinem Blickfeld verschwunden.

Ich sprang auf und rannte auf das Boot zu. Ich wollte gerade den Steg betreten, der das Boot mit dem Ufer verband, als der Fairlane explodierte. Der Druck warf mich nach vorn. Gott sei Dank landete ich nicht im Wasser, sondern auf den Planken des Hausbootes.

Ich war jedoch schnell wieder auf den Beinen und sprang in die Kajüte.

Das Bild, das sich mir bot, war grauenhaft. Jim O'Neill und Mac Alder lagen in seltsam verkrampfter Haltung auf dem schmutzigen Boden. Die Kugeln hatten ihnen die Brust aufgerissen. Ich mußte mit Gewalt eine aufsteigende Übelkeit unterdrücken.

Ich ging an einem umgestürzten Stuhl vorbei und beugte mich über Jim O'Neill. Ich nahm seine Hand und fühlte nach dem Puls. Ein kaum wahrnehmbares Pochen elektrisierte mich. Messer-Jim lebte noch. Er stöhnte, seine Augenwimpern begannen zu flattern, und ein Erkennen zog über sein Gesicht.

»Corner«, flüsterte er kaum hörbar.

»Ruhe, O'Neill«, sagte ich. »Nicht sprechen, ich besorge einen Krankenwagen.«

»Nein, nein«, seine Hand tastete sich nach meinem Arm. »Es hat keinen Zweck ... Es ... es geht mit mir zu Ende. Ich ...« Er versuchte sich aufzurichten.

Ich legte meine Hand unter seinen Hinterkopf und drückte Jim O'Neill zurück.

»Wer war es, Jim?« fragte ich.

»Ich … Die Skizze …«, hauchte er.

»Im Keller … Die Bomben … Verkaufen … Morgen. Ich …« Jim O'Neill bäumte sich noch einmal auf. Sein Gesicht war schmerzverzerrt. Er tat noch einen letzten Atemzug und sank zurück. Jim O'Neill war tot.

Ich stand auf und suchte nach der Skizze, von der O'Neill gesprochen hatte. Doch vorher sah ich nach Mac Alder. Er war ebenfalls tot. Das Blatt Papier mit der Skizze fand ich in einer Ecke der Kajüte. Es war ein schnell hingeworfener Grundriß. Noch konnte ich damit nichts anfangen. Ich steckte das Blatt Papier ein und wollte mich nach draußen begeben, um O'Neills Wagen zu suchen, damit ich die Polizei alarmieren konnte, als hinter mir eine eiskalte Stimme ertönte: »Hände hoch, oder es knallt!«

Die planmäßige Maschine der South American Airways landete um dreiundzwanzig Uhr auf dem Flugplatz von New Orleans. Sie kam aus Rio, war unterwegs jedoch noch in einem mittelamerikanischen Staat zwischengelandet, um neuen Treibstoff aufzunehmen. Während dieser Zwischenlandung waren zwei Männer zugestiegen, die sich Kaufleute nannten. Sie waren zwar Kaufleute, doch sie handelten mit einer Ware, für die sich der Zoll eines jeden Staates brennend interessieren würde. Kurzum, diese beiden Männer waren die Abnehmer für die gestohlenen Bakterienbomben.

Die Zollformalitäten in New Orleans gingen reibungslos vonstatten. Die beiden Männer begaben sich in das Flughafenrestaurant, erklommen zwei Barhocker und bestellten zweimal Cuba libre. Ihr Platz war so ausgesucht, daß sie in dem Spiegel, der sich hinter der Bar befand, die Eingangstür im Auge behalten konnten.

Sie hatten sich gerade Zigaretten angezündet, als ein großer, schwarzhaariger braungebrannter Mann das Flughafenrestaurant betrat. Er sah sich kurz um und ging dann mit sicheren Schritten auf die beiden Männer an der Bar zu.

»Senores?« fragte er nur.

Die beiden wandten sich um und nickten. Dann flüsterte einer: »Name? Kennwort?«

Der Braungebrannte antwortete: »Sartana, Raoul Sartana, Kennwort: Summertime.«

Die beiden nickten. Sie tranken ihre Gläser leer und rutschten von ihren Hockern. Bezahlt hatten sie schon. Der Mixer räumte die Gläser weg und wandte sich wieder seiner Arbeit zu. Es hatte alles ganz harmlos ausgesehen. Wer sollte auch schon Verdacht schöpfen?

Das ›Golden Seven‹ war kein Nachtlokal im üblichen Sinn. Es lag etwas außerhalb von New Orleans, umgeben von einem künstlich angelegten Park. Um den Park herum zog sich ein sehr hohes schmiedeeisernes Gitter, dessen Anfertigung bestimmt mehr gekostet hatte, als ein mittlerer Angestellter in zehn Jahren verdient.

Das Lokal selbst lag ein wenig erhöht. Es war im Bungalowstil gebaut und hatte die Form einer großen Sieben. Beton gab es wenigstens nach vorn heraus kaum, sondern nur eine Glas-Stahl-Konstruktion.

Susans Taxi fuhr durch das offenstehende Eingangstor über eine mit Kies bedeckte Auffahrt bis dicht vor den Bungalow.

Susan entlohnte den Fahrer und stieg aus. Ihre Füße hatten kaum den Boden berührt, als ein dezent gekleideter Portier auf sie zu trat. Sogar bei der Kleidung des Türstehers wich man vom üblichen Rahmen ab.

»Sind Sie Mitglied, Madam?« fragte der Portier etwas hochnäsig.

Susan setzte ihr charmantestes Lächeln auf. »Nein.«

»Dann darf ich Sie leider nicht einlassen, Madam. Es tut mir leid.«

Das hat mir gerade noch gefehlt, dachte meine Partnerin. Sie überlegte krampfhaft, wie sie den Mann überlisten konnte.

Susan trat dicht an den Portier heran und setzte eine Verschwörermiene auf. Dann sagte sie leise: »Es ist so, Mister, ich bin zwar kein Mitglied, jedoch mit jemandem verabredet.«

»Den Namen, Madam.«

Susan tat entrüstet. »Hören Sie, dieser Mann ist verheiratet. Ich habe ihn vor nicht allzu langer Zeit auf einer Party kennengelernt. Den Namen darf ich Ihnen nicht nennen.« Susan kniff ein Auge zu. »Sie verstehen schon, nicht? Außerdem ist dieser Herr nicht unbekannt in dieser Stadt.«

Der Portier begann zu grinsen. Anscheinend war er solche Sachen gewohnt.

Er räusperte sich diskret und sagte: »Bitte schön, Madam.«

Susan nickte ihm noch einmal hoheitsvoll zu und betrat das Lokal. Sie gelangte in eine mit dicken Teppichen ausgelegte Diele, an deren rechter Seite sich eine Garderobe befand. Ein kostbarer Kristalleuchter spendete funkelndes Licht.

Die linke Seite der Diele wurde von einem Vorhang eingenommen, hinter dem gedämpfte Musik erklang. Susan nahm an, daß sich vorn das eigentliche Lokal befand.

Sie schlug den Vorhang zurück und blieb einen Augenblick wie blind stehen, ehe sich ihre Augen an das dunkle rote Licht gewöhnt hatten.

Als erstes fiel ihr die funkelnde Bar in Form einer riesigen Sieben auf, die fast die Hälfte des Lokals einnahm. Dort bemühten sich drei Mixer und fünf Bardamen, den Durst der Gäste zu stillen. Hinter der Bar führte eine Treppe zu einer kleinen Galerie hinauf, auf der eine Combo gerade einen Melodiereigen aus dem Musical ›South Pacific‹ spielte. Getanzt wurde jedoch nicht.

Um an die Bar zu gelangen, mußte Susan den anderen Teil des Lokals durchqueren, in dem sich die Tische befanden. Auf jedem Tisch stand ein grünes Telefon, das farblich genau zu den modernen Sesseln paßte.

Susan gelang es, einen mit imitiertem Tigerfell bekleideten Barhocker zu ergattern. Sie hatte Durst. Darum bestellte sie beim Mixer ein Glas Champagner mit einem Schuß Blutorangensaft. Susan nahm einen Schluck und ließ den Champagner langsam durch die Kehle perlen. Es war ein herrliches Gefühl. Anschließend sah sie sich um.

Die Bar war relativ gut besetzt. Die Herren trugen durchweg Abendanzüge. Entsprechend war auch die Garderobe ihrer Begleiterinnen. Man unterhielt sich nur im leisen, diskreten Tonfall. Was Susan nicht gefiel, waren einige Typen, die zwar in Smokings steckten, jedoch ein geschultes Auge nicht darüber hinwegtäuschen konnten, daß sie eher zu den unteren Zehntausend gehörten. Sie schienen an allen strategisch wichtigen Punkten des Lokals verteilt zu sein.

Zwei von ihnen waren soeben dabei, in der Mitte des Raumes einige Tisch beiseite zu räumen. Die Combo spielte einen Tusch, und plötzlich erhob sich aus dem Boden etwa einen halben Yard hoch eine drehbare kreisrunde Tanzfläche. Sie wurde durch Scheinwerfer von unten angestrahlt.

Plötzlich begann auch hinter der Bar ein versteckt angebrachter Scheinwerfer zu strahlen. Sein Kegel richtete sich hoch auf die Galerie und erfaßte einen schwarzhaarigen, gut aussehenden Mann im weinroten Smoking. Der Mann hob die rechte Hand und bat um Ruhe.

»Ladies und Gentlemen«, begann er mit einer etwas zu weichen Stimme. »Ich habe die Ehre, Ihnen heute abend die beiden Stars der amerikanischen Südküste anzukündigen. Sie werden uns mit einem original spanischen Flamenco begeistern. Applaus bitte für Livio und Elena.«

Der Scheinwerferstrahl schwenkte zur Seite und erfaßte die beiden Künstler. Applaus brandete auf. Die beiden verbeugten sich und liefen leichtfüßig auf die kleine Tanzfläche. Hier wurden sie von einem grünen Scheinwerferstrahl erfaßt, der mit Hilfe der buntbeleuchteten Tanzfläche ein wahres Farbenkaleidoskop hervorrief. Und dann begann eine künstlerische Darbietung, wie sie Susan selten gesehen hatte. Es war, als wenn sich das Feuer dieses Flamencos auf die anwesenden Gäste übertragen würde, denn fast wie von selbst begannen sie den Takt mitzuschlagen.

»Sind sie nicht wundervoll«, flüsterte eine dunkle Frauenstimme neben Susan.

Meine Partnerin wandte sich ziemlich ärgerlich über diese Störung um und sah in ein Frauengesicht, das eine gewisse Ähnlichkeit mit Jaqueline Kennedy hatte. Susan wollte dieser Dame zunächst keine weitere Beachtung schenken, doch dann zuckte sie wie elektrisiert zusammen. Diese Frau benutzte ein Parfüm, das sehr selten war, das Cliff aber bei einem Mann entdeckt hatte, der nicht mehr unter den Lebenden weilte. Im Schlafzimmer von Captain Holbrock.

»Ja, sie sind wirklich phantastisch«, antwortete Susan und bemühte sich, einen besonders hingerissenen Tonfall nachzuahmen.

Die Frau nahm eine Zigarette aus einem echt goldenen Etui. Ein Mixer war sofort zur Stelle und reichte ihr Feuer. Die Frau bedankte sich mit einem leichten Kopfnicken, inhalierte den Rauch tief und blies ihn langsam durch die leicht gespitzten Lippen aus. Dabei hielt sie die Augen geschlossen.

Susan Taylor, die die Frau natürlich genau beobachtet hatte, begann plötzlich zu schnuppern. Ein süßlicher Duft breitete sich in der Umgebung aus. Susan kannte diesen Duft. Kein Zweifel, die Frau rauchte Marihuana. Diese Person wurde für Susan Taylor immer interessanter.

Die beiden Flamenco-Tänzer beendeten ihren Auftritt unter tosendem Beifall. Eine Zugabe gaben sie nicht. Wahrscheinlich würden sie im Laufe des Abends noch einmal auftreten.

Wie auf ein geheimes Kommando wurde das Licht in dem Lokal wieder eingeschaltet, und die Combo bat zum Tanz. Susan Taylor trank ihr Glas leer und bestellte noch zweimal das gleiche.

»Sie trinken doch sicherlich auch ein Glas mit?« wandte sich Susan an die Frau neben ihr.

»Sehr gern«, antwortete diese und nahm einen tiefen Zug aus ihrer Zigarette.

Ein blondgelockter Jüngling tänzelte heran und forderte Susan zu einem Tanz auf, den sie aber ablehnte. Beleidigt zog sich der Knabe zurück.

Der Mixer brachte die Getränke, und die beiden Frauen prosteten sich zu. Meine Partnerin war gespannt darauf, den Namen der Unbekannten zu erfahren.

»Mein Name ist Susan Taylor«, stellte sie sich vor.

Die Frau lächelte ihr zu. »Ich heiße Elaine Curzon.«

Mit diesem Namen konnte Susan leider nichts anfangen.

Sie wollte Elaine Curzon gerade in ein Gespräch verwickeln, als neben ihr ein Mann auftauchte. Es war der Ansager von vorhin. Mit einem harten Griff umfaßte er Elaines Arm. Sie stieß einen Schmerzenslaut aus.

»Du Miststück«, zischte der Mann. »Wie oft habe ich dir gesagt, du sollst hier keine Reefers qualmen.« Der Mann zog sie brutal vom Hocker.

»Laß mich los, Raoul.« Elaine Curzon versuchte sich mit Gewalt loszureißen.

Susan Taylor sah ihre Felle wegschwimmen. Ausgerechnet jetzt mußte dieser Kerl auftauchen und Theater machen.

»Was erlauben Sie sich einer Dame gegenüber!« mischte sich Susan ein.

Der Mann, es war niemand anders als Raoul Sartana, drehte sich um und sah Susan aus eiskalten Augen an. »Trinken Sie Ihren Champagner, und halten Sie sich heraus, sonst könnte es für Sie noch Ärger geben!« drohte er.

Dann wandte er sich wieder Elaine Curzon zu und zog sie mit sich fort. Von den übrigen Gästen schien niemand bemerkt zu haben, was sich abgespielt hatte, vielleicht wollte auch niemand etwas bemerken.

Susan legte einen Geldschein auf den Bartisch, klemmte ihre Handtasche unter den Arm und folgte den beiden.

Raoul verschwand mit Elaine Curzon hinter dem Vorhang, der zur Diele führte.

Susan blickte sich kurz um und sah gerade noch, wie der Kerl mit Elaine hinter einer Tür verschwand, auf der mit Messingbuchstaben das Wort ›Privat‹ stand.

Susan schlich zu der Tür und legte ihr Ohr gegen die Füllung. Sie hörte jedoch nur undeutliches Gemurmel. Trotzdem erkannte sie, daß mindestens drei Personen anwesend sein mußten. Dann schlug eine Tür, und plötzlich war Stille. Susan nahm an, daß die Personen durch einen zweiten Ausgang das Zimmer verlassen haben mußten.

Sie tastete nach der Türklinke und drückte sie vorsichtig hinunter. Die Tür schwang einen Spalt auf. Susan lugte ins Zimmer und erkannte einen Schreibtisch sowie zwei einfache Bürostühle. Von Raoul und Elaine Curzon war nichts mehr zu sehen.

Vorsichtig stieß Susan die Tür ganz auf. Sie ging einen Schritt in den Raum hinein und holte ihre Minoxkamera aus der Tasche. Sie hatte vor, den Schreibtisch zu durchsuchen und eventuell belastendes Material zu fotografieren.

Der Schreibtisch war peinlich korrekt aufgeräumt. Susan zog eine Schublade auf. Eine abgegriffene Mappe fiel ihr in die Hand. Darin fand sie jedoch nur alte Rechnungen über Spirituosen und Konserven, wie sie in jedem Restaurant im Lokal üblich sind.

Plötzlich bemerkte Susan Taylor einen leichten Luftzug. Sie fuhr hoch, wollte ihren kleinen Revolver aus der Handtasche holen, doch es war zu spät. In der Tür stand Raoul Sartana. In der rechten Hand hielt er eine automatische Schnellfeuerpistole. Seine Lippen hatten sich zu einem geringschätzigen Lächeln verzogen.

»Hereingefallen, Miss«, sagte er schadenfroh. »Ich schlage vor, Sie nehmen Ihre Hände hoch.«

Susan gehorchte.

Sartana trat näher und hob die Pistole. Ehe Susan noch irgendeine Abwehrbewegung ausführen konnte, knallte der Lauf hart gegen ihre Schläfe. Mit einem Aufschrei stürzte sie zu Boden. Susan war sofort bewußtlos.

In diesem Moment betrat der Boß der Organisation ›Snake‹ das Zimmer. Er deutete auf die am Boden liegende Susan.

»Das hast du ausgezeichnet erledigt, Raoul«, sagte er. »Diese Person ist niemand anders als Susan Taylor, die Partnerin eines gewissen Cliff Corner.«

Raoul Sartana stieß ein hartes Lachen aus. »Wunderbar, dann können wir direkt zwei Fliegen mit einer Klappe schlagen«, sagte er.

»Genau«, der Boß nickte und zündete sich einen langen, dünnen Zigarillo an. »Wie ich Corner kenne, wird er alles riskieren, um seine Puppe hier rauszuholen. Und die Suppe werden wir ihm versalzen.«

Es war schon immer eine alte Angewohnheit von mir gewesen, einer Aufforderung, die so bestimmt ausgesprochen wurde, zu folgen. Ich hob die Hände etwa in Schulterhöhe und drehte mich langsam um. Vor mir stand ein Mann in der Uniform der New Orleans City Police. Sein Gesicht hatte durch die Szene, die sich ihm bot, eine weiße Färbung angenommen, genauso weiß wie die Fingerknöchel, die sich um den Hahn seiner Waffe spannten. Seine Augen blickten mich gnadenlos an.

»Sie hätten es wirklich nicht anders verdient, als ebenso abgeknallt zu werden wie diese beiden«, sagte er mit einer rauhen Stimme. Offenbar hielt er mich für den Mörder.

»Lassen Sie sich doch erklären«, warf ich ein. »Ich bin …«

»Interessiert mich nicht!« schnauzte er. »Sie gehen jetzt langsam vor zum Streifenwagen, und glauben Sie mir, eine falsche Bewegung, und ich werde schießen.«

Ich glaubte es ihm aufs Wort. Wahrscheinlich hätte ich genauso gehandelt.

Immer darauf bedacht, keinen Fehler zu begehen, verließ ich das Hausboot. Der Cop folgte mir in etwa drei Schritten Abstand.

Vor dem Boot parkte mit abgeblendeten Scheinwerfern ein Patrolcar. Am vorderen Kotflügel des Wagens lehnte noch ein zweiter Cop, der bei meinem Erscheinen ebenfalls seine Waffe zog.

»Der Mörder wurde uns gleich mitgeliefert«, bemerkte der Cop, der mich in dem Boot überrascht hatte. »Bill, paß gut auf, ich will ihn nur kurz filzen.«

Der Cop durchsuchte mich fachmännisch. Als er meinen .38er fand, lachte er befriedigt auf. Er roch kurz an der Mündung. »Geschossen wurde damit«, stellte er fest.

»Darf ich auch mal etwas zu meiner Verteidigung sagen?« fragte ich.

»Okay.«

»Ich glaube, Sie machen einen Fehler, wenn Sie mich verhaften wollen. Ich habe wirklich keine Zeit. Sehen Sie sich die Leichen der beiden an. Anhand der Kugeln werden Sie feststellen, daß die Männer durch Maschinenpistolen getötet worden sind. Ich möchte Sie nochmals bitten, sich zu überzeugen.«

Nach einigem Hin und Her fand sich der Cop endlich bereit, nachzusehen. Als er zurückkehrte, meinte er nur:

»Bill, der Bursche hat recht. Die Kugeln stammen wirklich aus einer MPi. Was hatten Sie hier zu suchen?«

»Darf ich erst mal die Hände 'runternehmen?« fragte ich freundlich.

Der Cop gab nach einigem Zögern seine Einwilligung.

Ich konnte ihm natürlich nicht die Wahrheit sagen, erklärte ihm jedoch, ich arbeite für die Regierung, sagte ihm meinen Namen und gab ihm Bennys Telefonnummer, damit er sich von meinen Angaben überzeugen konnte.

Sein Kollege hatte inzwischen die Mordkommission angerufen.

Als der Cop zurückkam, hatte sein Gesicht einen zerknirschten Ausdruck angenommen. »Ich muß mich entschuldigen, Sir, aber wir konnten nicht wissen …«

»Schon gut«, unterbrach ich ihn. »Rauchen wir eine Friedenszigarette.«

Ich fragte die beiden, wie sie überhaupt hierhergekommen seien.

»Das war nicht schwer, Sir«, erhielt ich zur Antwort. »Diese Gegend ist ziemlich verrufen, darum fahren wir hier oft Streife. Na, wir hörten Schüsse, kurz danach die Explosion, und den Rest kennen Sie ja.«

Ich hatte keine große Lust, auf das Eintreffen der Mordkommission zu warten. Ich gab den Cops meine Adresse und bat sie, da ich ja noch das Protokoll unterschreiben mußte, bei mir anzurufen. Sie versprachen es mir.

Aus Susans Erzählungen wußte ich, daß Jim O'Neill einen türkisfarbenen Chevrolet gefahren hatte. Ich machte mich auf die Suche nach dem Wagen und fand ihn unter einer Trauerweide. O'Neill hatte den Wagen noch nicht mal abgeschlossen. Ich schloß die Zündung kurz und fuhr auf dem schnellsten Weg zu unserem Hotel. Ich war wirklich auf Susans Bericht gespannt.

Doch nicht Susan erwartete mich, sondern Benny Buster. Er eilte mir schon in der Hotelhalle entgegen.

»Gut, daß du da bist, Cliff!« rief er. »Ich habe hier die Laborberichte. Ein Ergebnis wird dich besonders interessieren. Wir haben auf der Parfümflasche Fingerabdrücke entdeckt. Sie gehören zu einer Frau, die wegen eines Vergehens gegen das Rauschgiftmittelgesetz schon einmal aufgefallen ist. Vielleicht kannst du etwas mit dem Namen anfangen.« Benny zog eine Karte aus der Tasche, wie sie zu Tausenden in dem FBI-Archiv verewigt sind. Am linken oberen Rand der Karte befand sich ein Paßfoto.

»Kennst du die Lady?« fragte mich Benny.

Und ob ich die Lady kannte. Nur sah sie auf dem Foto nicht so hübsch aus wie in natura. Es war niemand anders als District Attorney Forsters Begleiterin, eine gewisse Elaine Curzon ...

»Verdammt!« sagte ich nur.

Ich schaute auf meine Uhr. Es war kurz vor Mitternacht. Zwar keine günstige Zeit für einen Anruf, trotzdem mußte ich versuchen, District Attorney Forster zu erreichen. Wahrscheinlich wußte er gar nicht, welches Pflänzchen er sich da an Land gezogen hatte.

»Wo willst du denn hin?« rief mir Benny nach, als ich auf die Telefonzelle zulief. »Erklär' ich dir später!« rief ich zurück, während ich schon die Tür aufzog.

Forsters Nummer fand ich im Telefonbuch. Verständlicherweise dauerte es etwas länger, bis jemand an den Apparat kam.

»Hier bei Forster«, meldete sich eine verschlafene Frauenstimme.

Ich entschuldigte mich wegen der späten Störung und fragte, ob der District Attorney zu sprechen sei.

»Sorry, Sir«, antwortete die Frau, wahrscheinlich das Dienstmädchen. »Aber der gnädige Herr ist leider nicht anwesend. Kann ich ihm irgend etwas ausrichten?«

»Nein, danke«, antwortete ich, »und entschuldigen Sie bitte noch mal die Störung. Gute Nacht.«

»Einen Augenblick, bitte!« rief das Dienstmädchen. »Mr. Forster betritt soeben das Haus.«

Ich wartete einen Moment, hörte ein paar Geräusche, die entstehen, wenn jemand eine Tür aufschließt, und dann Forsters energische Stimme: »Forster.«

Ich entschuldigte mich bereits zum drittenmal innerhalb

kurzer Zeit wegen der Störung und berichtete dem Staatsanwalt von unserer Entdeckung.

Forster muß wohl ziemlich überrascht gewesen sein, denn es dauerte fast eine volle Minute, ehe er antwortete. Doch dann klang seine Stimme hart und rauh.

»Das habe ich wirklich nicht gewußt, Corner. Nun, ich lernte Elaine auf einem Galaempfang kennen, und seitdem bin ich ein paarmal mit ihr ausgegangen. Ich habe sie heute abend noch gegen zweiundzwanzig Uhr vor dem ›Golden Seven‹ abgesetzt und habe mich anschließend mit einem Freund getroffen. Aber hören Sie, Mr. Corner«, jetzt klang seine Stimme sehr erregt, »hängen Sie die Sache bitte nicht an die große Glocke. Ich komme morgen früh sowieso bei Ihnen vorbei. In Ordnung?«

Ich beruhigte den District Attorney und wünschte ihm eine gute Nacht.

Als ich die Telefonzelle verließ, hatte ich ein komisches Gefühl im Magen. Ich wußte genau, wenn wir diese Elaine Curzon faßten, war es kein weiter Weg mehr bis zum Boß der Organisation, ›Snake‹. Was hatte Forster gesagt? ›Golden Seven‹ – Susan hielt sich zwar in diesem Lokal auf, aber sie hatte bis jetzt noch nichts von sich hören lassen, und das bereitete mir Sorgen.

Ich beschloß, noch in dieser Nacht dem Lokal einen Besuch abzustatten.

Benny Buster stand immer noch in der Hotelhalle wie bestellt und nicht abgeholt. Er hielt eine Zigarette in der Hand und sah aus wie jemand, der eine Woche nicht geschlafen hat.

Ich erklärte ihm mit ein paar Worten die Lage und erwähnte, daß ich noch zum ›Golden Seven‹ fahren wollte.

»Aber nicht mehr mit einem CIC-Fahrzeug«, brummte Benny Buster.

»Keine Angst.« Ich grinste, winkte einen Pagen heran und gab ihm den Auftrag, mir einen Leihwagen zu besorgen.

Ich wollte mir eben eine Zigarette anzünden, als ich einen Pagen durch die Hotelhalle gehen sah, der ein Schild in der Hand trug, auf dem zu lesen stand: »Mr. Corner bitte zur Rezeption. Telefon.«

Ich nickte Benny Buster kurz zu und ging hinüber. Ich rechnete mit einem Anruf von District Attorney Forster oder Susan Taylor. Der Nachtportier hatte mir kaum den Hörer gereicht, als ich eine rauhe und verzerrt klingende Stimme vernahm.

»Corner, kommen Sie sofort zum ›Golden Seven‹, falls Sie Ihre Partnerin lebend wiedersehen möchten.«

Aus dem Kofferradio auf dem Schreibtisch erklang das Lied ›Somewhere my Love‹, gesungen von Al Martino. Mit gleichgültigen Gesichtern lauschten die drei Gangster der Melodie. Raoul Sartana lehnte an der Wand. Eine Zigarette hing schief zwischen seinen Lippen. Seine besten Gorillas, Ed Bromsky und Nic Feathfull, hockten mit stumpfen Gesichtern auf der Schreibtischkante. Sie alle betrachteten jedoch verstohlen die Frau, die gefesselt auf einem Stuhl saß: Susan Taylor.

Susan hielt die Augen halb geschlossen. Ihr Atem ging stoßweise. Der rechte Ärmel ihres Kleides war zerrissen. Diese Bestien waren nicht davor zurückgeschreckt, Susan zu foltern.

»Nun, Miss Taylor?« sagte Raoul Sartana schleimig, stieß sich von der Wand ab und schaltete das Radio aus. »Wollen Sie uns wirklich nicht erzählen, was Sie hier zu suchen hatten?«

»Nein«, preßte Susan verächtlich hervor.

»Schade, Miss Taylor.« Sartana blieb dicht vor Susan stehen und sah ihr in die Augen. Susan las in den Augen des Gangsters eine gnadenlose Brutalität. Er nahm die Zigarette mit der linken Hand aus dem Mundwinkel und hielt die Spitze dicht vor Susans Gesicht.

»Angst?« höhnte er.

Natürlich hatte Susan Angst, sogar Angst wie selten zuvor. Aber das konnte sie nicht zugeben.

»Vor Ihnen kein bißchen«, antwortete sie heiser.

Sartana zog spöttisch die Augenbrauen hoch. »Sieh mal an.« Er lächelte gemein. »Unsere kleine Miss wird mutig. Tapfer, tapfer. Nur schade, daß Ihnen das nichts nutzen wird.

Sie haben vorhin gehört, wie ich Ihren Freund Corner angerufen habe.«

Und ob Susan das gehört hatte. Leider konnte sie mir keine Warnung zurufen, denn einer der Gorillas hatte mit einer entsicherten Pistole hinter ihr gestanden.

»Und dieser Corner wird bestimmt kommen«, fuhr der Gangster fort. »Ich bin auch sicher, daß er uns mehr verraten wird als Sie, denn bei Ihrem Verhör waren wir noch human.« Susan fuhr ein eisiger Schreck durch die Glieder. »Sie Dreckskerl«, stieß sie nicht gerade damenhaft hervor. Aber wer würde sich schon in dieser Situation damenhaft benehmen?

Sartana lachte hart auf. Er klopfte sich eine neue Zigarette aus der Packung und zündete sie am Rand der alten an. »Sie, Miss Taylor, sind für uns eine unerwünschte Person, und unerwünschte Personen pflegen wir, wie es so schön heißt, im allgemeinen zu liquidieren.«

»Mit anderen Worten, ich werde umgebracht«, stellte Susan fest.

»Richtig, so können Sie es auch nennen, denn Sie haben uns schon genug Unannehmlichkeiten bereitet. Diese Aufgabe wird Gino da Costa übernehmen. Gino ist einer der Spezialisten unserer Organisation.«

»Hat er auch Jack Person umgebracht?« fragte Susan eiskalt.

»Das sollte Ihnen gleichgültig sein«, zischte Sartana. »Aber damit es Sie beruhigt, ich persönlich habe ihn umgelegt.«

»Dafür werden Sie verurteilt werden, Raoul Sartana.«

»Halt die Klappe!« schrie der Verbrecher plötzlich. Anscheinend war ihm das Thema nicht gerade angenehm.

In diesem Augenblick betrat Gino da Costa das Zimmer. Er trug einen beigen Anzug, ein hellrotes Hemd und um den Hals einen blauen Seidenschal. Seine Füße steckten in braunen Wildlederschuhen. Sein öliges schwarzes Haar kräuselte sich im Nacken und hing ihm über dem Anzugkragen. Da Costa wirkte eher wie ein schmieriger Vorstadtganove als ein professioneller Mörder.

Sartana nickte seinen Gorillas zu. »Knebeln.«

Einer der Ganoven riß ein dreckiges Tuch aus der Tasche, trat auf Susan zu und schob es ihr fest in den Mund.

Da Costa schien sein Opfer überhaupt nicht zu beachten. Er hatte sich eine Zigarette angesteckt und unterhielt sich flüsternd mit Sartana.

Die beiden Gorillas packten Susan und trugen sie durch einen engen Flur zu einem mausgrauen Buick, der am Hinterausgang des ›Golden Seven‹ parkte. Sie warfen Susan in den Fond des Wagens.

Wenig später folgte auch da Costa. Er klemmte sich hinter das Steuer und ließ den Motor an. Dann wandte er sich um und grinste Susan an, sagte aber keinen Ton. Da Costa steuerte den Wagen um das Lokal herum, fuhr auf den Hauptweg und dann wie ein Gast aus dem Eingangsportal.

Susan Taylor wußte genau, wenn sie sich während der Autofahrt nicht befreite, würde sie es nie schaffen. Sie versuchte verzweifelt, ihre Handfesseln zu lockern. Vergebens, sie saßen genauso straff wie die Fußfesseln.

Da Costa fuhr ruhig, als ginge es zu einer Party. Die Schnellstraße war zu dieser Zeit wenig befahren, nur einmal kam ihnen ein Wagen entgegen. In diesem Wagen saß ich, aber das konnte Susan natürlich nicht wissen.

Trotzdem hatte dieser Wagen meine Partnerin auf eine Idee gebracht. Vielleicht konnte sie ein entgegenkommendes Fahrzeug auf sich aufmerksam machen. In ihrer Lage mußte sie eben alles versuchen.

Vorsichtig und jedes Geräusch vermeidend, rutschte Susan in eine sitzende Stellung. Das war gar nicht so einfach bei der Fesselung. Doch Susan schaffte es.

Und dann hatte sie Glück. In der Ferne tauchten die Scheinwerfer eines Wagens auf. Wie es bei Autofahrern so Sitte ist, blendeten beide Fahrer ab.

Als die beiden Wagen fast nebeneinander waren, handelte Susan. Sie zog, so gut es ging, die Knie an und stieß sie blitzschnell gegen die Rückenlehne des Fahrersitzes.

Da Costa war völlig überrascht. Er wurde nach vorn geschleudert und achtete nicht mehr auf die Fahrbahn. Der Buick geriet von der Straße ab, auf ein lehmiges Ackerfeld. Er schlingerte.

Doch jetzt zeigte sich, daß da Costa ein Profi war. Er trat auf die Bremse, gab Gas, steuerte gegen und war wieder auf der Straße. Er fuhr noch etwa zweihundert Yards und brachte den Buick dann zum Stehen. Von dem anderen Wagen sah Susan nichts mehr.

Gino da Costa beugte sich zurück und sah Susan an. Dann schlug er zweimal mit dem Handrücken zu.

»Mach das nicht noch mal, Puppe«, zischte er.

Susan Taylor traten vor Wut und Enttäuschung die Tränen in die Augen. Sollte es diesmal wirklich zu Ende gehen?

Da Costa startete wieder. Er fuhr jetzt zügiger. Plötzlich bog er rechts ab, auf einen holprigen Feldweg. Susan wurde durchgeschüttelt wie auf einer Achterbahn. Sie setzte sich etwas auf und sah aus dem Fenster.

Der Weg führte durch unwegsames Gelände. Susan erkannte in der Dunkelheit die gespenstischen Konturen von Erlen und Trauerweiden. Sie schloß daraus, daß sie sich im Sumpfgelände des Deltas befanden.

Da Costa fuhr jetzt im Schrittempo. Anscheinend mußte er höllisch auf den Weg aufpassen. Er wollte schließlich nicht im Sumpf landen.

Plötzlich hielt er den Wagen an. Er stieg aus und öffnete die hintere Tür. »Komm raus, Puppe, die Fahrt ist zu Ende!«

Susan schob sich ruckweise aus dem Buick. Bevor sie jedoch auf den Boden fallen konnte, hielt da Costa sie fest. Er zog ein Messer aus der Jackentasche und schnitt Susans Fußfesseln durch. Dann ließ er sie los.

Susan fiel auf den Boden, sie hatte kein Gefühl mehr in den Beinen. Die lange Fesselung tat ihre Wirkung.

Susan roch nicht die faulige Nässe des Bodens, sie hörte nicht das nervtötende Geschrei der Sumpfvögel, sah auch nicht den samtschwarzen Himmel mit den funkelnden Sternen, sie dachte nur an den Tod.

»Komm hoch!« befahl der Mörder kalt.

Susan quälte sich, mit dem Rücken am Wagen hochschiebend, in die Senkrechte.

Da Costa griff unter die Achsel und zog einen Revolver hervor. Er tippte mit dem Lauf gegen Susans Hüfte. »Geh ein paar Yards vor!«

Susan torkelte los. Die beiden auf Abblendlicht geschalteten Scheinwerfer des Buick blickten sie an wie stumpfe Augen. Das Atmen bereitete meiner Partnerin Mühe. Der Knebel drohte sie fast zu ersticken.

Gino da Costa ging dicht hinter ihr. Der Weg wurde glitschiger, morastiger. Links und rechts gluckerte es verdächtig. In der Ferne sah Susan einen hellen Punkt, ein Irrlicht …

»Stehenbleiben«, befahl da Costa.

Susan gehorchte. Verzweiflung packte sie. Sie dachte an mich, an unseren gemeinsamen Freund Tom Harris, der jetzt in Chicago mit einem steifen Bein hinter dem Schreibtisch hockte, dachte an die fröhlichen Stunden, die wir gemeinsam verlebt hatten. Bilder tauchten vor ihrem Auge auf, ihre Mutter, ihr Vater, fast wie im Film zog ihre Jugend vorüber …

»Umdrehen!« Die harte Stimme des Gangsters riß Susan in die Wirklichkeit zurück.

Automatisch folgte sie dem Befehl.

Da Costa stand vor ihr, die Waffe im Anschlag. Susan konnte sein Gesicht nur undeutlich erkennen, aber ihr war, als blicke sie in die Fratze des Teufels.

Dann hob da Costa langsam den Revolver …

Der Hotelpage besorgte mir innerhalb der nächsten zwanzig Minuten einen stratosilbernen Porsche. Ich faltete mich in den Schalensitz und zischte ab. Den Weg zum ›Golden Seven‹ hatte ich mir vorher auf der Karte genau angesehen. Benny Buster wollte mir in kurzer Entfernung vorsichtig folgen. Er hatte sogar mehrere CIC-Agenten alarmiert, die notfalls eingreifen konnten.

Der Porsche lag wie ein Brett auf dem breiten Highway.

Einmal fuhr mir ein Wagen entgegen. Ich erkannte einen dunklen Buick. Unwillkürlich dachte ich an den Gangsterwagen am Hausboot. Hinterher verwarf ich den Gedanken wieder, es wäre zu unwahrscheinlich gewesen …

Das ›Golden Seven‹ lag, von mir aus gesehen, auf der rechten Straßenseite. Ein offenstehendes Portal lud zur Durchfahrt ein. Für meinen Geschmack sah es mir mehr nach einer Falle aus.

Ich schaltete in den ersten Gang zurück, ließ den Porsche ungefähr hundert Yards weiterrollen und parkte ihn dann. Ich überprüfte nochmals Sitz und Mechanismus von meinem .38er, quetschte mich aus dem Porsche und tigerte los.

Das Grundstück, das zum ›Golden Seven‹ gehörte, wurde von einem schmiedeeisernen Gitter umgeben. In der Dunkelheit sah es schier unüberwindlich aus. Doch auch solch ein Hindernis hatte ich einkalkuliert.

Ich holte ein dünnes, aber starkes Nylonseil aus der Jackentasche, das an einem Ende schon zu einer Lassoschlinge geknüpft war, streifte ein Paar Handschuhe über und versuchte die Schlinge über einen Gitterstab zu werfen. Es gelang mir erst beim vierten Versuch, doch dann saß die Leine fest. Mit großer Mühe hangelte ich mich hoch, Inch für Inch. Am oberen Rand des Gitters angelangt, ließ ich mich fallen. Noch im Fallen drehte ich mich und landete wohlbehalten auf beiden Beinen. Das Nylonseil ließ ich hängen, wo es war, ich würde es wohl für den Rückweg kaum gebrauchen.

Ich ging in die Hocke und horchte auf verdächtige Geräusche, doch nichts war zu hören, nur das leichte Raunen des Windes, der durch die Blätter der Bäume strich.

Trotz des relativ kühlen Wetters schwitzte ich. Mein schwarzer Rollkragenpullover wurde mir plötzlich am Hals zu eng. Meine Stirn war feucht. Ich atmete ein paarmal tief durch und schlich geduckt weiter. Ich wagte nicht, meine Kugelschreiberlampe einzuschalten, denn auch der kleinste Lichtschein war bei der herrschenden Dunkelheit weit zu sehen.

Mein Vorwärtsschleichen glich mehr einem Tasten. Ich mußte Bäumen ausweichen und landete schließlich in einem Gebüsch. Ich hatte mich verlaufen, doch von meinem eigentlichen Ziel, dem ›Golden Seven‹, hatte ich nicht einmal etwas entdeckt. Ich war in diesem Augenblick verdammt sauer.

Doch dann half mir der Zufall. Ich hörte plötzlich schleichende Schritte. Wahrscheinlich einer der Wächter, die durch den Park patrouillierten. Ich machte mich so klein wie möglich und atmete nur durch den Mund. Die Schritte rückten immer näher. Vielleicht noch ein paar Yards, dann mußte mich der Bursche erreicht haben.

Und ob er mich erreichte. Er war mit einemmal da. Wahrscheinlich hatte ich mich wegen der herrschenden Dunkelheit in der Entfernung geirrt.

Doch der Kerl war noch überraschter als ich. Als er mit seiner Fußspitze gegen meine Hüfte stieß, zog ich blitzschnell an seinem Bein. Der Kerl stieß einen überraschten Schrei aus und krachte in einen Strauch. Mir schien, als könne man das Geräusch meilenweit hören.

Ich verlor keine Zeit, ging in die Hocke und hechtete ihm entgegen. Ich hatte Glück und landete auf ihm Ich preßte ihm die flache Hand auf den Mund. Mit der Rechten zog ich den .38er aus der Halfter und schlug zu.

Mein Gegner stöhnte auf und befand sich im Reich der Träume.

Ich erhob mich, keuchend und nach Atem ringend.

Langsam beruhigten sich meine Nerven, und mein Atem war schnell wieder normal. Ich beugte mich zu dem Unbekannten nieder, holte ein Taschentuch aus seiner Hosentasche und knebelte ihn. Anschließend fesselte ich ihm mit seinem eigenen Hosengürtel die Hände. Einen Revolver fand ich auch bei ihm. Es war ein kleiner Cobra-Colt. Ich verstaute die Waffe in meiner Jackentasche und machte mich wieder auf die Socken.

Zum Glück schien niemand unseren Kampf bemerkt zu haben, denn es blieb ruhig. Doch wie trügerisch diese Ruhe sein konnte, hatte ich vorhin am eigenen Leib erfahren.

Meine größte Sorge galt natürlich Susan. Sie befand sich in den Händen der Gangster, daran zweifelte ich nicht einen Augenblick. Aber bestand nicht auch die Möglichkeit, daß diese Verbrecher Susan bereits umgebracht hatten? Bei Jack Person hatten sie auch nicht lange gezögert.

Dieser Gedanke beflügelte unwillkürlich meine Schritte. Ich schlich jetzt in die Richtung, aus der der Gangster erschienen war. Und tatsächlich, ich fand einen kaum mannsbreiten Pfad, der sich durch den Park schlängelte.

Vorsichtig ging ich weiter.

Doch Menschen haben leider nicht die Augen von Katzen. Ich sah den Stolperdraht nicht, sondern spürte nur seine Wirkung. Eine mit Draht verbundene Magnesiumbombe explodierte dicht vor meinen Füßen und tauchte die Umgebung in ein grellweißes Licht.

Ich hatte nicht schnell genug die Augen schließen können, aber mein Reaktionsvermögen hatte nicht gelitten. Mit einem Riesensatz hechtete ich in ein nahes Rhododendrongebüsch. Hier lag ich einigermaßen im Schatten. Doch meine Gegner hatten nicht geschlafen. Jemand schrie: »Da ist er!«

Und dann hackten die Maschinenpistolen los. Es mußten mindestens zwei sein. Die Gegend, in der die Explosion stattgefunden hatte, wurde systematisch durchgekämmt. Dreck spritzte auf, ganze Baumzweige und kleinere Äste wurden von den Geschossen hinweggefetzt.

Und ich lag in einem Rhododendronbusch, umklammerte meine Waffe und hoffte auf ein Wunder. Bis jetzt hatten die Kugeln nur das Gebüsch in knapp einem Yard Höhe zerfetzt.

Das Wunder geschah – oder vielmehr gab es natürlich eine simple Erklärung. Die Magnesiumbombe brannte nämlich nicht ewig. Langsam wie ein Ballon, dem man die Luft ausläßt, sank die Flamme in sich zusammen. Dunkelheit breitete sich wieder aus. Die natürlichen Chancen standen wie vorher.

Auf allen vieren kroch ich hinter meinem Gebüsch hervor. Sehen konnte ich meine Gegner nicht, dafür aber hören. Sie schrien sich gegenseitig Befehle zu und begannen systematisch den Park durchzukämmen. Starke Taschenlampen schnitten wie helle Finger durch die Dunkelheit.

Natürlich hätte ich auf die Lampen schießen können, aber dadurch hätte ich meinen Standort verraten. Mir schien es augenblicklich sicherer, in der Defensive zu bleiben.

Die hellen Lampen immer im Auge behaltend, schlich ich im großen Bogen auf das ›Golden Seven‹ zu.

Es gelang mir, ungesehen das Gebäude zu erreichen, doch dann machten mir die Kollegen vom CIC einen Strich durch die Rechnung. Sie mußten auf der Fahrt wohl die Schüsse gehört haben, denn plötzlich waren sie da und fackelten nicht lange.

Bremsen kreischten, starke Scheinwerfer blitzten auf, Waffen glänzten matt, Befehle wurden geschrien, und es begann ein Kampf auf Leben und Tod. Die Gangster wollten sich nicht kampflos ergeben.

Ich kümmerte mich nicht darum, sondern versuchte, so schnell wie möglich ins Haus zu gelangen. Jetzt riskierte ich es, die kleine Taschenlampe, die ich bei mir hatte, einzuschalten. In ihrem dünnen Lichtfinger erkannte ich, daß ich mich an der Rückseite des Gebäudes befand. Aber noch mehr entdeckte ich: eine Tür, die lautlos hin und her schwang.

Diese Tür lud direkt dazu ein, das Haus zu betreten. Ich knipste die Lampen wieder aus und schlich vorsichtig auf das Gebäude zu. Ich preßte mich eng gegen die matte Hauswand. Der .38er lag schußbereit in meiner Rechten.

Plötzlich hörte ich dicht hinter der Tür ein kratzendes Geräusch. Es war immerhin so laut, daß es sogar die Schießerei, die noch andauerte, übertönte. Und dann wurde die Tür aufgerissen. Eine dunkelgekleidete Gestalt sprang ins Freie.

Ich reagierte instinktiv. Mein Bein schoß vor und traf die Gestalt. Jemand fluchte dumpf und knallte auf den Boden.

Ich knipste sofort die Lampe an und rief: »Hände hoch!«

Doch der Bursche dachte nicht daran, meinen Befehl auszuführen. Im Gegenteil, er schleuderte einen kleinen Gegenstand nach mir. Ich wich aus, der Gegenstand zerplatzte an der Hauswand, und dicker weißer Qualm breitete sich aus. Sofort mußte ich husten, meine Augen begannen zu tränen. Tränengas, dachte ich, und dann sah ich zu, daß ich aus dem Gefahrenbereich verschwand.

Ich sah den Mann wie einen Schemen in der Dunkelheit verschwinden. Sofort spurtete ich hinterher. Doch der Unbekannte kannte die Gegend besser als ich. Er schlug Haken wie ein Hase und gewann immer mehr an Boden.

Doch ich hatte Glück. Der Mann geriet in die gleiche Falle wie ich, in einen Stolperdraht. Plötzlich zuckte eine Lichtfülle auf.

Er blieb wie gebannt stehen und riß die Arme vors Gesicht. Ich war zwar auch geblendet, doch war die Wirkung bei mir nicht so stark, da ich weiter von der Magnesiumbombe entfernt war.

Ehe sich der Mann von seinem Schreck erholen konnte, war ich bei ihm.

Mein rechter Haken landete knochentrocken an seinem Kinn. Der Mann fiel um wie ein nasser Sack. Ich kniete mich neben ihn und zog ihn am Revers hoch. Im letzten Schein der verlöschenden Magnesiumbombe sah sein Gesicht bleich aus. Seine Augen waren zu Schlitzen zusammengekniffen. Doch auf seinen Lippen lag ein kaltes Grinsen.

»Wo ist Susan Taylor, Mann?« zischte ich.

Er stieß ein heiseres Lachen aus.

»Wo ist sie? Los, reden Sie!« Meine Stimme war hart wie Stahl.

Der Gangster lachte weiter. Doch plötzlich brach er abrupt ab.

»In der Hölle, Schnüffler!« kreischte er. »In der Hölle …«

Der Schuß hörte sich für Susan nicht besonders laut an, eher wie das Knallen eines Sektkorkens. Sie hatte die Augen geschlossen, als hätte sie vor dem Unabänderlichen Angst.

Doch nichts geschah. Sie spürte nicht den Einschlag der Kugel, sie spürte überhaupt nichts.

Susan riß die Augen auf und sah, wie da Costa auf dem Boden lag und sich den rechten Oberarm hielt. Aber noch mehr sah sie. Über ihm stand der CIC-Agent Benny Buster. Der Lauf seiner Waffe zeigte auf da Costas Brust.

»Das war in letzter Sekunde, Susan.« Benny grinste ein wenig verzerrt, während er auf sie zutrat und mit einem Taschenmesser die Fesseln durchschnitt. Bei dieser Tätigkeit behielt er da Costa jedoch immer im Auge.

Den Knebel riß sich Susan selbst aus dem Mund. Mit einem befreienden Atemzug saugte sie die kühle Nachtluft in ihre Lungen.

Taumelnd erholte sich meine Partnerin. Es dauerte eine Zeitlang, bis ihr Blutkreislauf wieder in Ordnung war.

Benny war inzwischen wieder zu Gino da Costa gegangen.

»Steh auf, du Ratte!« fuhr er den Gangster an. »Glaub nur nicht, daß ich meine Kanone zur Zierde in der Hand halte.«

Unter wehleidigem Stöhnen quälte sich da Costa hoch. So schlimm, wie er tat, war die Wunde gar nicht. Bennys Kugel hatte nur seinen Arm gestreift.

»Mir ist schlecht«, stöhnte da Costa gequält und kippte etwas zur Seite. Benny ging einen Schritt vor und wollte ihn stützen. Darauf hatte der Killer nur gewartet.

Seine Handkante fuhr blitzschnell von unten nach oben und knallte gegen Bennys Unterarm. Der CIC-Agent hatte das Gefühl, als wäre sein Arm in zwei Hälften geteilt worden. Der Revolver wirbelte durch die Luft und landete irgendwo im Morast.

Da Costa setzte sofort nach. Diesmal landete seine Faust in Bennys Magengrube. Benny Buster klappte zusammen und fiel stöhnend auf den Boden. Sein Magen schien überhaupt nicht mehr vorhanden zu sein.

»Jetzt mach' ich dich fertig!« heulte da Costa auf und zauberte ein langes Stilett aus der Tasche seines Jacketts. Er hielt das Mordinstrument mit Daumen und Zeigefinger an der Spitze gefaßt und wollte es Benny in den Körper schleudern.

Doch der Killer hatte Susan Taylor vergessen.

Susan hechtete heran. Ihre Faust grub sich in da Costas Achselhöhle. Der Verbrecher stieß einen Schrei aus und landete auf dem Boden.

Susan selbst, noch in voller Aktion, knallte auf ihn. Und diesmal zeigte sie Kunststückchen aus ihrem Judorepertoire.

Mit einem gewandten Griff rollte sie da Costa auf den Bauch, klemmte mit ihrem Knie seine Beine fest und nahm seinen Arm in den Polizeigriff. Sein Stilett hatte da Costa längst verloren. Es steckte in dem sumpfigen Boden.

»Lassen Sie, Susan. Den Rest übernehme ich«, hörte sie Benny Buster sagen. Er kniete sich neben sie, nahm auch den anderen Arm da Costas und klickte ein Paar Handschellen um seine Gelenke.

Doch plötzlich, wie auf Kommando, stutzten beide. Da Costa hatte sich, nachdem er von Susan überwältigt worden war, überhaupt nicht mehr gerührt. In beiden keimte der gleiche Gedanke auf. Mit einem Ruck drehten sie den Gangster auf den Rücken.

Starre, glanzlose Augen blickten sie an. Der Mund war halb geöffnet, und ein leichter Bittermandelgeruch strömte heraus.

Gino da Costa war tot. Er hatte sich selbst vergiftet.

»Verdammt«, knirschte Benny Buster. »Ein Zeuge weniger.«

»Zyankali«, stellte Susan sachlich fest. »Er muß die Kapsel schon im Mund gehabt haben, denn während des Kampfes war er nicht dazu gekommen, eine Kapsel in den Mund zu schieben.«

Benny Buster griff in die Tasche und holte ein Päckchen Zigaretten hervor.

»Schätze, Susan, die haben wir beide nötig.«

Die Zigarette schmeckte Susan ausgezeichnet. Man konnte es verstehen, denn war sie nicht gerade dem Tod von der Schippe gesprungen?

»Aber sagen Sie, Benny, wie haben Sie mich gefunden?« fragte Susan.

Benny grinste verschmitzt. »Es war Instinkt und Glück. Sie fuhren mir mit dem Buick entgegen, und als ich automatisch in den Rückspiegel blickte, sah ich, daß der Wagen schleuderte, daß Costa anhielt und kurz danach weiterfuhr. Etwas mußte passiert sein.«

»Er hat mich geschlagen«, sagte Susan düster.

Von ihrem Angriff auf da Costa erwähnte sie nichts.

»Die Quittung hat er erhalten«, antwortete Benny. »Das Weitere war Zufall, oder nennen Sie es Instinkt. Ich folgte dem Buick und …«, Benny wurde ein wenig verlegen, »… kam gerade noch zur rechten Zeit.«

»Wie kann ich das nur wiedergutmachen, Benny?« fragte Susan.

Benny druckste ein wenig herum. »Ich wüßte schon, wie.«

»Nun?« fragte meine Partnerin lächelnd.

»Indem Sie und Cliff nach Lösung des Falles groß mit mir ausgehen.«

Susan stieß ein perlendes Lachen aus. Dann drückte sie Benny die Hand. »Und ob wir das tun, Benny. Wir werden New Orleans unsicher machen.«

»Ich nehm' Sie beim Wort«, sagte der CIC-Agent lächelnd.

Dann machten sich die beiden an die Arbeit. Susan sammelte die Revolver auf, Bennys .38er und da Costas .45er.

»Und was jetzt?« fragte Susan, während sie Benny seine Waffe zurückgab.

Benny verstaute den Revolver und meinte nur: »Wenn Sie sich im Spiegel sehen würden, Susan, wäre für Sie eine Badewanne das beste. Also, nichts wie zurück ins Hotel. Aber vorher müssen wir noch die Polizei anrufen, und ich muß meine Dienststelle informieren.«

Die Szene erinnerte eher an einen Film als an die rauhe Wirklichkeit. Wir hatten sie alle kassiert. Sämtliche Insassen des ›Golden Seven‹ standen mit Handschellen gefesselt im Park. CIC-Agenten bewachten sie im Schein ihrer Taschenlampen.

Die Bande hatte einen Toten zu beklagen und vier Verletzte. Auf unserer Seite gab es nur zwei Verletzte. Krankenwagen waren bereits unterwegs und natürlich auch die Mordkommission und die Männer von der Spurensicherung.

Uns waren unter anderem zwei komische Vögel ins Netz gegangen. Laut ihren Pässen stammten sie aus Südamerika. Sie waren jedoch zu keiner Aussage zu bewegen, sondern beriefen sich nur auf ihr Ausländerrecht.

Ebenfalls nicht zu irgendeiner Aussage zu bewegen war mein spezieller Freund Raoul Sartana. Er hockte auf dem Boden und brütete dumpf vor sich hin. Er war der Mann, der klammheimlich verschwinden wollte und mir in die Arme gelaufen war. Seinen Namen hatte er genannt und als Berufsbezeichnung Geschäftsführer angegeben. Ich versuchte es noch einmal.

»Los, Sartana, reden Sie. Was ist mit Susan Taylor?« Die Sorge um Susan machte mich fast wahnsinnig.

Sartana schielte mich von unten herauf spöttisch an. »Kein Kommentar, Bulle. Du wirst ihren Sarg noch früh genug aussuchen können.«

Stände ich nicht im Dienst des Gesetzes, weiß Gott, ich hätte mich vielleicht vergessen, hätte diesem schmierigen Gangstertyp die Rechte zwischen die Zähne gesetzt, so aber ballte ich nur die Fäuste und atmete tief durch.

»Glauben Sie mir, Sartana«, sagte ich leise, »Sie werden reden. Wir werden Sie verhören, bis Sie auspacken. Wir werden Sie vor jeder Vernehmung von einem Arzt untersuchen lassen, damit Sie uns hinterher keine Vorwürfe machen können, Sie wären nicht in bester Verfassung gewesen. Sie werden …«

»Mr. Corner«, unterbrach mich die Stimme eines CIC-Agenten. »Telefon für Sie. Hier im Einsatzwagen.«

Ich ließ Sartana sitzen und lief mit schnellen Schritten zum Apparat.

»Cliff, bist du's?« hörte ich Benny Busters Stimme.

»Natürlich. Zum Teufel, Benny. Wo steckst du?«

»Immer langsam, Cliff«, antwortete Benny. »Ich berichte dir alles später. Wir sehen uns im CIC-Headquarter. Sagen wir – in fünf Stunden. Dann kannst du noch 'ne Mütze voll Schlaf nehmen. Und noch etwas: Susan ist bei mir.«

»Was?« schrie ich. »Wo?«

»Erkläre ich dir alles später. Ich habe Susan ins Hotel gebracht. Sie kann sich vor Müdigkeit kaum noch auf den Beinen halten. Übrigens, man kann dir wirklich zu deiner Partnerin gratulieren.«

Sprach's und legte auf.

Ich war wirklich perplex, andererseits fiel mir ein Stein vom Herzen. Susan war in Sicherheit. Jetzt hatte Sartana seinen Trumpf verloren. Sie konnte gegen ihn aussagen.

Langsam ging ich zu dem Gangster zurück.

»Na, Schnüffler, unangenehme Nachrichten?«

Ich blieb dicht vor ihm stehen und lächelte. »Im Gegenteil, Sartana. Es ist aus. Susan Taylor lebt.«

Ich beobachtete seine Reaktion genau. Mir schien es, als leuchte das Gesicht des Gangsters in der Dunkelheit noch bleicher. Er öffnete die Lippen und spuckte auf den Boden.

»Du kannst mich nicht bluffen, Schnüffler, du nicht«, zischte er, doch nicht mehr so überzeugt wie vorher.

»Wir werden sehen, Sartana«, erwiderte ich.

Pünktlich um acht Uhr morgens klingelte bei mir der Reisewecker. Ich befand mich in einem Zustand, der bei einem Normalbürger die Basis für schlechte Laune ist. Daran änderten auch zwei Tassen Kaffee nicht viel.

Susan Taylor wirkte frisch wie immer. Sie trug ein herbstbraunes Kostüm, einen kecken Hut und eine Handtasche, die man mit einem riesigen Tannenzapfen verwechseln konnte. Wo sie die wieder aufgetrieben hatte, konnte ich auch nicht sagen.

Nach den üblichen Sticheleien über meinen Zustand klemmten wir uns in den Porsche und fuhren zum CIC-Building. Den Weg hatte ich mir wie immer vorher auf dem Stadtplan angesehen. Während der Fahrt berichtete mir Susan ihre Erlebnisse. Mir lief es noch nachträglich heiß und kalt den Rücken hinunter, als ich ihre Story verarbeitet hatte.

Von einem CIC-Gebäude war an sich nichts zu sehen. Das Büro des militärischen Abwehrdienstes befand sich zwar in einem Hochhaus, aber das war auch alles. Jedoch konnten wir nicht wissen, daß all die Firmen, die in diesem Betonklotz ihren Sitz hatten, irgendwie mit dem CIC zu tun hatten. Benny hat es uns später berichtet.

Ein Lift brachte uns zum vierten Stock hoch, in dem Benny Buster sein Office hatte. Außer ihm befand sich noch Colonel Cummings im Raum.

»Aha, die beiden Langschläfer«, begrüßte uns Benny grinsend.

Ich gab keine Antwort, sondern schaute ihn nur vernichtend an. Colonel Cummings begrüßte uns militärisch knapp.

»Setzen wir uns doch«, meinte Benny und deutete auf eine Sesselgruppe. »Bevor wir den Fall noch einmal durchgehen«, fuhr Benny fort, »möchte ich euch und Ihnen, Colonel, etwas zeigen.«

Benny erhob sich und drückte auf einen Knopf, der sich unter dem Schreibtisch befand. Automatisch senkten sich dunkle Rolläden vor den Fenstern.

»Einen Moment noch!« rief Benny und verschwand nach draußen.

Als er nach etwa einer Minute zurückkehrte, wurde die Dunkelheit plötzlich von einem Lichtstrahl zerschnitten, der auf die gegenüberliegende weiße Wand ein Diabild projizierte. Das Bild stellte ein Schriftstück dar.

»Dieses Schriftstück«, erklärte Benny, »hat Miss Taylor bei ihrem Besuch im ›Golden Seven‹ mit Hilfe ihrer Minox fotografiert. Unser Expertenteam hat bei der Durchsuchung der Räume Kamera und Handtasche Miss Taylors gefunden.

Dieses Schriftstück ist bei weitem das wichtigste. Es ist an einen gewissen Senor Pablo Verez gerichtet. Dieser Verez ist einer der Südamerikaner, die wir festgenommen haben. Das wichtigste jedoch daran ist die Unterschrift, und zwar hat der Chef persönlich unterschrieben. Aber lesen Sie selbst.«

Ich will den Inhalt nicht wörtlich wiedergeben, nur soviel sei gesagt: Es handelte sich bei diesem Schriftstück um eine Art Kostenvoranschlag über den Verkauf der Bakterienbomben. Und zwar wollte ein fremder Staat für die Bomben zwei Millionen Dollar zahlen. Unterschrieben war dieser Brief mit ›Snake‹.

»Der große Unbekannte persönlich«, meinte Susan.

»Richtig«, stimmte ihr Benny Buster bei. »Unsere Graphologen haben in der kurzen Zeit festgestellt, daß es sich um einen intelligenten Typ handeln muß. Fingerabdrücke haben wir keine gefunden, es sei denn, Sie zählen Miss Taylors Abdrücke zu den unbekannten.«

Langsam bekam ich Respekt vor der gewaltigen Organisation des CIC. Benny Buster knipste das Licht wieder an. Ich wandte mich um und erkannte erst jetzt, daß sich in der Wand hinter mir ein kleines viereckiges Loch befand, hinter dem der Projektor stehen mußte.

»Zwei Millionen Dollar«, sagte Susan leise. »Zwei Millionen Dollar für Tod und Verderben.«

»Haben Sie denn wenigstens eine Spur?« fragte mich Colonel Cummings. Seine Stimme klang ziemlich nervös.

Ich zuckte mit den Schultern. »Eine Spur?« wiederholte ich. »Sämtliche Spuren endeten bisher im Sand. Wir haben natürlich einen Teilerfolg errungen«, schränkte ich ein. »Die Hauptmacht der Bande sitzt hinter Schloß und Riegel, aber die führenden Leute sind uns wohl durch die Lappen gegangen.«

Colonel Cummings räusperte sich. »Eins kann ich mir schlecht vorstellen. Warum hat Captain Holbrock Selbstmord begangen?«

»Selbstmord«, ich lächelte. »Nein, Colonel. Captain Holbrock wurde ermordet – genauer gesagt, vergiftet.«

Das mußte der gute Mann erst mal verdauen. »Aber warum?« fragte er. »Warum? Er war so ein guter und zuverlässiger Offizier.«

»Warum, Colonel?« sagte ich leise. »Wegen einer Frau. Wegen einer Frau namens Elaine Curzon.«

Colonel Cummings zuckte hoch. »Was sagen Sie? Elaine Curzon?«

»Kennen Sie die Lady?« mischte sich Susan ein, während sie das Wort Lady besonders betonte.

»Und ob ich die kenne«, der Colonel nickte. »Sie war schließlich zwei Jahre lang bis zu ihrer Hochzeit bei uns als Sekretärin beschäftigt.«

Jetzt waren wir an der Reihe, zu staunen.

»Und wen heiratete sie?« wollte Susan wissen.

»Einen gewissen Raoul Sartana«, erwiderte der Colonel.

»Verdammt!« sagte Benny nur.

Aber auch ich war perplex. Elaine Curzon die Frau von Raoul Sartana? Aber warum hatte sie ihren Mädchennamen behalten?

»Komm, Benny, wir müssen sofort zu Sartana!« rief ich dem CIC-Agenten zu.

»Okay«, meinte Benny nur.

In diesem Moment riß jemand ziemlich ungestüm die Tür auf. Herein stürmte District Attorney Forster. »Eine neue Hiobsbotschaft«, sprudelte er hervor. »Raoul Sartana hat soeben im Untersuchungsgefängnis Selbstmord begangen.«

»Das ist eine verdammte Schweinerei!« fluchte Detective Lieutenant Al Bisby, stellvertretender Polizeioffizier im Headquarter der New Orleans City Police. »Ein Gefangener kann sich doch nicht erschießen. Wir haben ihn genau nach Waffen untersucht. Und ich selbst war bei der Untersuchung dabei.«

»Er hat sich aber erschossen«, sagte Benny Buster trocken. »So, und nun führen Sie uns bitte zu Sartanas Zelle.«

Wir, das heißt Susan Taylor, Attorney Forster, Benny Buster und ich, folgten dem Lieutenant durch einen halbdunklen, muffig riechenden Gang zu Sartanas Zelle. Die Zellentür stand auf, vor ihr hielt ein Cop Wache. Als wir kamen, nahm er Haltung an und salutierte.

Das Mobiliar der Zelle bestand aus einem alten Holztisch,

einem klapprigen Stuhl und einer Pritsche. Durch ein schmales, vergittertes Fenster fiel fahles Tageslicht.

Raoul Sartana lag auf dem Rücken. Sein Mund stand halb auf, und die Augen waren weit aufgerissen. Ich hatte das Gefühl, als habe er sich kurz vor seinem Tod über etwas gewundert. Das Einschußloch lag dicht über dem Herzen. Es war talergroß und hatte am Rand eine rostbraune Färbung.

Raoul Sartana hatte sich mit einer Nullacht erschossen. Die Nullacht ist eine relativ große Waffe, die Frage war, wo hatte Sartana sie versteckt gehabt? Augenblicklich befand sie sich in seiner rechten Hand.

»Die Lage des Toten ist nicht verändert worden?« wandte ich mich an Lieutenant Bisby.

»Nein, nur der Doc hat ihn kurz untersucht und seinen Tod festgestellt.«

»Ich begreife immer noch nicht, woher Sartana die Waffe hatte«, schnarrte District Attorney Forster.

»Vielleicht hat ihm jemand die Waffe zugesteckt«, meinte Susan Taylor.

»Unmöglich, Miss Taylor«, antwortete Forster. »Außerdem, warum sollte er sich dann erschießen? Er hätte sie doch besser verwenden können.«

»Warten wir's ab«, mischte ich mich in den kleinen Disput der beiden ein.

Ich zog ein Taschentuch hervor und kniete mich zu dem Toten nieder. Vorsichtig löste ich ihm die Nullacht aus der Hand, stets darauf achtend, daß ich keine Fingerabdrücke hinterließ. Anschließend wickelte ich die Waffe in mein Taschentuch. Ich drückte auf den Magazinverschluß und ließ das Magazin herausgleiten. Es war geladen. Ich drückte die restlichen Geschosse heraus und zählte sieben Stück. Die übriggebliebene Kugel saß demnach in Sartanas Körper.

Doch irgendwie kam mir die ganze Sache nicht geheuer vor. Vielleicht war es eine Eingebung oder der berühmte Zufall – nennen Sie es, wie Sie wollen, auf jeden Fall roch ich an der Mündung der Waffe. Und in diesem Augenblick durchfuhr es mich wie ein Blitz. Die Mündung roch nach Waffenöl, aber nicht nach Pulverschleim, der zwangsläufig bei einem Schuß entsteht.

Ich richtete mich langsam auf. Die vier hatten meinem Treiben etwas gespannt und verwundert zugesehen.

»Susan Taylor hatte recht«, sagte ich leise. »Aus dieser Waffe ist nicht geschossen worden. Folglich hat Sartana auch nicht Selbstmord begangen. Er ist ermordet worden, doch mit dieser Waffe bestimmt nicht, dafür lege ich meine Hand ins Feuer. Außerdem wird eine genaue ballistische Untersuchung meine Theorie bestätigen.«

Nach meinen Worten war es einen Moment totenstill. Dann fragte Benny plötzlich: »Wer hat Sartana gefunden?«

»Zwei Cops«, erklärte Lieutenant Bisby. »Sie wollten ihn zum Verhör abholen. Sartana hatte angedeutet, er würde auspacken und auch den Namen des Bosses sagen, der ihm angeblich nur allein bekannt war.«

»Und wer wollte Sartana verhören?« Susans Frage klang ziemlich aggressiv, anscheinend fühlte sie sich übergangen.

»Ich«, antwortete District Attorney Forster. »Ich hätte Sie natürlich vorher benachrichtigt«, lenkte er ein. Er mußte wohl Susans Unterton herausgehört haben.

»Hat man Sie denn angerufen, Attorney, daß Sartana aussagen wollte?« wandte ich mich an den Staatsanwalt.

»Nein, Mr. Corner, ich hielt mich wegen einer dienstlichen Angelegenheit hier im Headquarter auf.«

Ehe wir uns jedoch weiter mit dem Mord befassen konnten, geschah etwas, das dem gesamten Fall eine Wende geben sollte.

Auf dem Gang ertönten schnelle Schritte. Ein Cop eilte herbei und fragte nach Attorney Forster. Er überreichte ihm einen blauen Briefumschlag. Ich konnte nur das Wort ›Eilt‹ lesen, das mit dicken Buchstaben quer über den Umschlag geschrieben worden war.

Forster riß den Umschlag auf und zog ein Stück Papier in Postkartengröße hervor. Er las einen Augenblick. Ich sah, wie sein Gesicht weiß wurde.

»Hier, lesen Sie selbst«, sagte er zu mir.

Er reichte mir den Wisch. Darauf stand wörtlich:

Ich verlange innerhalb der nächsten vierundzwanzig Stunden zwei Millionen Dollar. Wenn nicht, werde ich das gesamte Trinkwasser dieser Stadt mit Bakterien vergiften. Weitere Anordnungen folgen später.

Snake

Eine halbe Stunde später saßen Susan und ich wieder in dem geliehenen Porsche. Wir wollten zu unserem Hotel fahren, um die Sachen zu packen, denn wir hatten in Anbetracht der auf uns zukommenden Dinge vor, ins CIC-Building umzusiedeln.

Der Erpresserbrief war natürlich sofort auf Fingerabdrücke untersucht worden. Es wurden nur Attorney Forsters und meine gefunden. Auf dem Umschlag selbst fanden wir die Abdrücke des Cops. Der Beamte hatte den Brief auf seinem Schreibtisch gefunden. Wie er dorthin gelangt war, konnte er sich nicht erklären.

Wir hatten uns natürlich entschlossen zu zahlen, denn schließlich stand das Leben einiger Millionen Menschen auf dem Spiel. Auch kleine umliegende Orte waren mit der zentralen Wasserversorgungsanlage von New Orleans gekoppelt. Ich hatte schon mit Myers telefoniert. Er gab mir freie Hand. Welchen Schritt wir als nächsten unternehmen würden, stand noch nicht fest. Wir mußten erst weitere Forderungen des Erpressers abwarten.

Aber wer war der Erpresser und gleichzeitiger Chef der Organisation ›Snake‹? Und vor allen Dingen: Wer arbeitete noch für die Organisation? Fragen über Fragen, die sehr kompliziert erschienen – dennoch formte sich in meinem Gehirn eine Idee. Es war wie das berühmte Mosaikbild – ich setzte in Gedanken Steinchen für Steinchen beieinander –, und plötzlich wußte ich, wer der Boß war. Es war zwar unwahrscheinlich, doch es gab keine andere Möglichkeit.

»Paß doch auf!« rief Susan, die auf dem Beifahrersitz hockte. »Bald hättest du einen Truck gerammt. Wo bist du eigentlich mit deinen Gedanken?«

»Beim Boß, Susan«, antwortete ich. »Ich glaube, ich weiß jetzt, wer sich hinter dem Namen ›Snake‹ verbirgt.«

»Was?« schrie Susan und riß ihre hübschen Augen so weit auf, daß ich schon Angst hatte, sie würden ihr aus dem Gesicht fallen. »Du kennst den Boß?«

»Ja, aber ich sage dir seinen Namen nicht. Bis jetzt ist alles Theorie«, sagte ich bestimmt.

Susan Taylor konnte zwar viel Wirbel veranstalten, aber sie wußte auch, wann sie nicht weiter in mich dringen durfte. Und das war jetzt der Fall. Sie spielte zwar die Beleidigte, aber mich kümmerte es herzlich wenig.

Wir näherten uns dem Hotel. Ich konnte schon die Eingangstür sehen, als mir plötzlich etwas auffiel. Unter dem großen Baldachin stand eine elegant gekleidete Lady. Ich kannte sie. Es war Elaine Curzon alias Elaine Sartana.

Ich stieß meine Partnerin an. »Da, Susan, unter dem Baldachin. Elaine Curzon. Versuch herauszufinden, wo sie hingeht. Okay?«

»Okay, Cliff«, antwortete Susan knapp, öffnete die Tür und schwang sich blitzschnell aus dem Porsche.

Elaine Curzon schien von diesem Manöver nichts bemerkt zu haben. Sie überquerte zielsicher die Straße. Susan hinterher. Dann waren beide aus meinem Blickfeld verschwunden.

Ich fuhr den Porsche auf den Hotelparkplatz und betrat danach das imposante Gebäude. Von der Rezeption winkte mir der Portier zu.

»Mr. Corner, eine junge Dame hat soeben einen Brief für Sie abgegeben.«

»Geben sie her«, sagte ich und sah mir das Kuvert an. Es war, soweit ich das feststellen konnte, das gleiche wie bei dem ersten Brief, den uns der Erpresser geschickt hatte.

Ich holte wieder einen Wisch von der gleichen Größe hervor. Die Zeilen, die auf dem Papier standen, waren mit einer Schreibmaschine geschrieben worden, genau wie beim erstenmal. Nur teilte diesmal der Erpresser mit, daß ich als Überbringer des Geldes fungieren sollte. Ich sollte das Geld möglichst in kleinen Scheinen und nicht fortlaufend numeriert heute abend um einundzwanzig Uhr in einem Bootshaus am Lake Ponchartrain abliefern. Das Haus gehörte dem Millionär Clive Stenton, erfuhr ich später. Man warnte mich natürlich davor, die Polizei einzuschalten.

Ich zog meine Brieftasche aus der Anzugjacke und ließ den Wisch hineingleiten. In einem Bootshaus erwartete man mich also. Das konnte bedeuten, daß der Empfänger des Geldes entweder von der Wasser- oder Landseite kommen konnte. Es würde schwierig werden, eine unsichtbare und vor allen Dingen lückenlose Überwachung des Hauses zu bewerkstelligen.

Ich rief sofort Benny Buster an. Er ärgerte sich natürlich auch über den Treffpunkt, hatte aber keine weiteren Neuigkeiten. Auch in da Costas Wagen und bei ihm selbst war keine Spur entdeckt worden, berichtete mir Benny.

Ich versprach dem CIC-Agenten, so schnell wie möglich meine Sachen zu packen und zu kommen. Wir konnten dann bei ihm alles Weitere besprechen.

Plötzlich fiel mir ein, daß laut Aussage des Portiers eine Dame den Brief abgegeben hatte. Ich war sicher, daß diese Frau Elaine Curzon gewesen war. Und Susan Taylor verfolgte sie. Ich merkte, wie meine Stirn feucht wurde. Ich hatte auf einmal Angst um Susan ...

Es war für Susan nicht schwer, Elaine Curzon auf den Fersen zu bleiben, denn sie trug einen knallroten Mantel, der zwangsläufig von der Garderobe der anderen Personen abstach.

Elaine Curzon schien es nicht eilig zu haben. Sie schlenderte gemächlich über den Bürgersteig und blieb ab und zu vor kleinen Modeboutiquen stehen, um sich die Kollektionen anzusehen.

Susan Taylor hielt natürlich immer einen gewissen Sicherheitsabstand, ja, sie wechselte sogar, als Elaine Curzon sich überraschend umwandte, einmal die Straßenseite.

Langsam näherten sie sich dem eigentlichen Geschäftszentrum von New Orleans. Riesige Kaufhäuser reckten sich gegen den trüben Himmel. Elaine Curzon verschwand in einem der Betonklötze.

Für Susan sah die Sache jetzt schon schwieriger aus. Eine Person in einem gefüllten Kaufhaus zu verfolgen ist fast genauso schwer, wie jemanden auf einem Touristenbadestrand zu suchen.

Susan mußte zwangsläufig den Abstand etwas verkürzen. Sie befand sich oft nur zwei bis drei Yards hinter Elaine Curzon.

Elaine fuhr die Rolltreppe zum ersten Stock hinauf. Susan jedoch nahm die Treppe, die sich direkt neben der Rolltreppe befand.

Elaine Curzon sah sich in der oberen Abteilung kurz um und ging dann zielsicher auf einen Stand zu, an dem es nur spezifisch weibliche Sachen zu kaufen gab. Nachdem sie ihren Einkauf erledigt hatte, fuhr sie wieder ins Erdgeschoß und von dort aus ins Kellergeschoß.

Hier hatte man einen riesigen Schnellimbiß eingerichtet.

Elaine Curzon ging zum Büfett und kaufte sich eine Tasse Kaffee. Damit stellte sie sich an einen fast brusthohen Tisch und zündete sich eine Zigarette an. Susan Taylor hatte sich zwei Tische weiter postiert, ebenfalls mit einer Tasse Kaffee.

Nach etwa fünf Minuten drückte Elaine Curzon ihre Zigarette aus und verschwand in einer der vier Telefonzellen, die direkt neben einem chromglitzernden Hähnchengrill standen.

Susan hätte wer weiß was darum gegeben, wenn sie erfahren könnte, mit wem Elaine Curzon momentan sprach.

Das Gespäch war nur kurz. Es dauerte nicht mal dreißig Sekunden. Von der Telefonzelle aus steuerte Elaine Curzon direkt die Rolltreppe an. Sie hielt sich auch nicht länger im Erdgeschoß auf, sondern verschwand aus dem Kaufhaus.

Draußen beschleunigte sie ihre Schritte. Susan hatte Mühe ihr zu folgen.

Elaine Curzon bog in eine enge Seitenstraße ein und steuerte einen Drugstore an. Sie rief dem Mann hinter dem Tresen irgend etwas zu und verschwand hinter einer Tür mit der Aufschrift ›Ladies‹.

Susan Taylor betrat ebenfalls den Drugstore, doch im Gegensatz zu Elaine Curzon bestellte sie sich einen Grapefruitsaft.

Susan setzte sich auf einen Barhocker und zündete sich eine Zigarette an.

Es war fast totenstill in dem Laden. Nur das monotone Summen eines Ventilaters war zu hören. Es waren außer ihr und dem Verkäufer nur noch zwei Männer im Laden. Die beiden lehnten am anderen Ende der Theke und sahen aus, als hätten sie sich zwei Jahre nicht gewaschen.

Meine Partnerin hatte plötzlich das Gefühl, in einer Falle zu sitzen.

Der Wirt, ein dicker, aufgeschwemmter Kerl, sah Susan aus kleinen Fischaugen heimtückisch an. Auf seinen dicken feuchten Lippen lag ein schleimiges Grinsen.

»Ich hatte einen Grapefruitsaft bestellt«, erinnerte Susan ihn höflich.

»Ich weiß, Miss«, sagte der Dicke und grinste weiter.

»Na und?« fragte Susan.

»Du kriegst aber keinen, Puppe. Du brauchst keinen mehr, denn du kommst hier nicht mehr raus.«

Jetzt wußte Susan, wie der Hase lief. Natürlich, Elaine. Sie mußte also ihre Verfolgung bemerkt haben.

Susan handelte sofort. Sie glitt blitzschnell vom Hocker und lief auf die Tür zu. Doch ehe sie die Tür erreicht hatte, gab es ein rasselndes Geräusch. Ein Gitter versperrte den Ausgang. Susan hetzte herum. Gerade noch rechtzeitig. Einer der Kerle vom anderen Ende des Tresens hechtete auf sie zu.

Susan glitt elegant zur Seite und schlug dem Burschen die gestreckte Handkante in den Nacken. Er ging ohne Kommentar zu Boden.

Sein Kumpan wollte es wohl schlauer anstellen. Er umkreiste Susan wie ein Puma seine Beute.

»Warte, Puppe, dir bringe ich die Flötentöne bei«, grunzte er.

»Nicht so eilig«, rief Susan und griff an.

Ihre beiden Hände schnellten vor und umfaßten blitzschnell das rechte Handgelenk des Penners. Susan riß den Arm nach vorn, trat einen Schritt zur Seite und riß den Arm wieder nach hinten. Gleichzeitig schlug sie dem Kerl mit einem gekonnten Fußtritt die Beine weg.

Es gab einen dumpfen Laut, als er auf den Boden fiel. Er war für eine Weile außer Gefecht.

Doch meine Partnerin hatte den Wirt vergessen. Sie hörte plötzlich hinter sich ein Geräusch, und noch ehe sie herumwirbeln konnte, krachte ein harter Gegenstand auf ihren Kopf. Susan Taylor verlor sofort das Bewußtsein.

Der Lake Ponchartrain grenzt mit seiner Südseite an den nordöstlichen Stadtrand von New Orleans. Es ist nur ein kleines Stück und das einzig zivilisierte Gebiet um den See. Sonst besteht das gesamte Gestade weit bis ins Hinterland hinein aus Sumpf.

Benny Buster, Peter Rowsen, Einsatzleiter beim CIC, und ich saßen um eine riesige Generalstabskarte, die den gesamten Schreibtisch bedeckte und nur einen Ausschnitt des südlichen Teils von Louisiana zeigte. Versteht sich, daß der Lake Ponchartrain den Mittelpunkt der Karte bildete.

In Bennys Büro war fast der gesamte Sauerstoff in der letzten Zeit durch Zigarettenqualm ersetzt worden.

Ein CIC-Agent war unterwegs, um die zwei Millionen Dollar von der New Orleans National Bank zu holen. Nicht einmal der Bankdirektor war eingeweiht worden, worum es ging. Er hatte nur von staatlicher Stelle die Anweisung erhalten, das Geld herauszugeben.

Wir hatten natürlich schon einen Einsatzplan ausgearbeitet. Es war achtzehn Uhr, und ich hatte fast noch drei Stunden Zeit bis zu dem Treffen mit dem oder den Erpressern.

Ich lehnte mich zurück und sagte: »Fassen wir noch einmal alles zusammen. Ich soll um Punkt einundzwanzig Uhr das Geld in dem Bootshaus an die Gangster überbringen. Da es um den gesamten See nur ein Bootshaus gibt, wissen wir auch, welches. Es gehört dem Millionär Clive Stenton. Stenton befindet sich laut deinen Auskünften, Benny, überhaupt nicht in New Orleans, sondern auf einer Tagung in Tokio. Das Bootshaus scheint also unbenutzt zu sein. Außerdem liegt es verhältnismäßig abgelegen. Als Zufahrt, so wissen wir, gibt es nur einen ausgefahrenen Feldweg. Da das Gelände von der Landseite her wegen der natürlichen Deckungsmöglichkeiten auch für eine großangelegte Überwachung geeignet ist, bleibt als schwacher Punkt nur noch die Wasserseite selbst. Mit kreuzenden Motorbooten ist also nicht viel zu erreichen. Wir könnten höchstens in größerer

Entfernung einige Schutzboote der Wasserpolizei kreuzen lassen. Stimmt's, Mr. Rowsen?« wandte ich mich an den CIC-Agenten.

Dieser nickte. »Ja, leider. Damit wäre uns auch nicht gedient, denn eine Verfolgung der Gangster würde unweigerlich auffallen. Die Folgen wären nicht auszudenken.«

»Bliebe nur noch eine Möglichkeit«, sagte Benny Buster.

Rowsen nickte. »Radar«, meinte er. »Wir postieren um den See herum ein Dutzend Radarwagen unserer Infanterie. Außerdem werden wir versuchen, unauffällig an strategisch wichtigen Punkten des Sees drei Radarboote der Marine zu postieren. Sie dorthin zu beordern wird keine großen Schwierigkeiten machen, da der Lake Ponchartrain einen Zufluß zum Mississippi hat. Außerdem befinden sich etwa ein Dutzend Patrolcars in ständiger Funkverbindung mit den Radarschiffen und -wagen.«

Ich drückte meine Zigarette in einem Metallaschenbecher aus und ging zum Fenster. Ich öffnete beide Flügel. Feucht riechende Herbstluft strömte in den Raum. Einige Nebelfetzen vermischten sich mit dem Zigarettenqualm zu interessanten Gebilden. Längst war die Dunkelheit hereingebrochen. Die meisten Menschen hatten Feierabend, gingen nach Hause, saßen vor ihrem Fernseher oder sahen sich einen Film an, gingen anschließend schlafen, und am anderen Morgen begann für sie wieder ein Tag wie jeder andere. Manchmal wünschte ich mir auch solch ein Leben.

Ich trat vom Fenster weg und sah auf meine Uhr. Dann wandte ich mich an die beiden CIC-Agenten. »Ich werde mich jetzt noch anderthalb Stunden aufs Ohr hauen. Sollte Susan sich melden, weckt mich.« Bei den letzten Worten hatte meine Stimme verdammt heiser geklungen. Die Sorge um Susan machte mich halb wahnsinnig.

Benny nickte. »Geht in Ordnung, Cliff. Ich werde dich pünktlich wecken.«

In diesem Augenblick klopfte es. Ein Mann trat ins Office und stellte einen großen Lederkoffer auf den Boden.

»Das Geld«, sagte er. »Genau zwei Millionen Dollar.«

»Danke, George«, erwiderte Benny.

George nickte uns zu und verschwand.

Benny Buster tippte mir auf die Schulter. »Komm mal mit, Cliff«, forderte er mich auf, »ich möchte dir etwas geben.«

Verwundert folgte ich ihm in einen Nebenraum. Benny kramte einen Schlüssel aus der Tasche und schloß damit einen Stahlschrank auf. Ich sah dort einige elektrische Geräte, Tonbänder und Mikrofone.

Benny bückte sich und wühlte in der untersten Ecke des Schrankes herum. Er murmelte unverständliches Zeug und stöhnte dann: »Na, endlich!«

Als er sich wieder in die Senkrechte schob, hielt er eine helle, durchsichtige Weste in der Hand.

»Schußsicheres Material, Cliff«, sagte er. »Äußerst leicht und bequem. Eine neue Erfindung unserer Chemiker. Zieh sie über, Cliff, es ist besser.«

Ich sah Benny skeptisch an. »Wirklich schußsicher, Benny?«

»Du kannst dich darauf verlassen. Die Army hat sie bereits überprüft.«

»Gut.« Ich klemmte mir die Weste unter den Arm und verabschiedete mich für anderthalb Stunden von Benny. Ich ging eine Etage tiefer in den Bereitschaftsraum und legte mich auf ein Feldbett. Die Natur forderte ihr Recht. Kurz darauf war ich eingeschlafen.

Bereits zwei Stunden später fuhr ich mit meinem geliehenen Porsche und ausgestattet mit meinem .38er, einem Walkie-talkie und der schußsicheren Weste auf den Lake Ponchar-train zu.

Der große Koffer mit den zwei Millionen Dollar lag auf dem Nebensitz.

Die Überwachungswagen der Polizei hatten längst ihre Positionen bezogen. Durch mein Walkie-talkie stand ich mit ihnen in ständiger Verbindung.

Benny Buster wartete mit einem Hubschrauber der Army an der Ostseite des Sees.

Die Dunkelheit hatte sich wie ein riesiges samtschwarzes Tuch über das Land gesenkt. Ich hatte bereits den Stadtrand von New Orleans erreicht, und die Scheinwerfer fraßen sich durch die tintige Schwärze, rissen für einen kurzen Augenblick eine kleine Ortschaft aus der Dunkelheit und beleuchteten dann wieder die Ausfallstraße, die sich wie mit dem Lineal gezeichnet durch die verlassene Landschaft zog.

Ich klopfte mir ein Stäbchen aus der Packung und zündete es mir mit einem Feuerzeug, das Susan mir erst vor wenigen Tagen geschenkt hatte, an.

Und dieses Feuerzeug erinnerte mich plötzlich wieder an meine Partnerin. Was war mit ihr geschehen? Wir hatten noch keine Nachricht von ihr, weder eine positive noch negative. Für mich stand fest, daß die Organisation ›Snake‹ Susan gefangenhielt, sozusagen als letzten Trumpf. Es bestand aber auch die Möglichkeit, daß man Susan als lästige Mitwisserin aus dem Weg geräumt hatte. Allein der Gedanke brachte mich ins Schwitzen.

Ich kurbelte das Seitenfenster ein wenig herab und ließ die frischfeuchte Luft in den Wagen strömen. Die Luft, gemischt mit dem Zigarettenrauch, formte sich zu kreiselnden Spiralen, die dann langsam, aber stetig aus dem Seitenfenster strömten.

Laut Karte mußte ich bald den alten Leuchtturm erreicht haben, hinter dem nach etwa zwei Meilen ein Feldweg zum Bootshaus hin abzweigte.

Das Walkie-talkie, das ich auf den Koffer gelegt hatte, begann zu knarren. Ich ging etwas mit der Geschwindigkeit herunter und nahm es in die Hand.

Bennys Stimme quäkte mir entgegen. »Cliff, soeben hat Attorney Forster angerufen. Er wollte wissen, ob die Geldübergabe schon stattgefunden habe. James P. Caldwell, der stellvertretende Gouverneur, sitzt ihm im Nacken. Er tut so, als stamme das Geld aus seinem Privatvermögen.«

Ich mußte unwillkürlich lachen. Ich konnte mir den hageren Caldwell vorstellen, wie nervös er war. Würde es uns nicht gelingen, die Verbrecher zu fassen, konnte er freiwillig abdanken.

Ich sah auf meine Uhr. »Bestell Attorney Forster, daß ich bis zum vereinbarten Treffen noch ungefähr fünfundzwanzig Minuten Zeit habe. Ich werde mich schon wieder melden«, antwortete ich Benny.

»Gut, Cliff. Das war's wohl. Nochmals Hals- und Beinbruch.«

»Thanks, Benny.«

Ich schaltete das Walkie-talkie wieder aus und legte es auf
seinen Platz.

Plötzlich tauchte aus dem Dunkel vor mir ein Leuchtturm
auf. Er war wegen Reparaturarbeiten schon für einige
Wochen außer Betrieb, sonst hätte ich ihn natürlich schon
wesentlich früher bemerkt.

Ich verringerte das Tempo auf nunmehr zwanzig Meilen
und achtete besonders auf den rechten Straßenrand.

Dann sah ich den Feldweg im Licht meiner Scheinwerfer.
Ich riß das Steuer nach rechts und tauchte mit meinem Porsche in den dunklen Schlund.

Der Weg wurde an beiden Seiten von dichten Erlen und
Trauerweiden umsäumt. Ich hatte das Gefühl, als würden
die Büsche hinter mir zuwachsen. Ich hatte das Abblendlicht
eingeschaltet und fuhr nur noch im Schrittempo. Zwischen
den Gebüschen hingen dichte Nebelschwaden und ließen
die Nähe des Sees ahnen.

Der Feldweg machte jetzt einen scharfen Knick und
weitete sich zu einer Lichtung aus. Am Ende der Lichtung
erkannte ich ein dunkles Gebäude, das Bootshaus. Ich hatte
mein Ziel erreicht, und zwar zehn Minuten früher, wie ich
mit einem Blick auf meine Uhr feststellte.

Ich schaltete den Motor aus und löschte das Licht. Dann
griff ich ins Handschuhfach und holte eine Taschenlampe
hervor. Ich überprüfte noch einmal meine Waffe, dann den
Sitz der schußsicheren Weste, nahm den Koffer und öffnete
die Tür.

Der Wind hatte zugenommen. Mein Haar wurde kräftig
durcheinandergewirbelt. Ich stellte den Koffer auf den
Boden und sah mich um.

Ich stand auf einem ungepflegten Rasenboden, der
schwammig und feucht war. Das untere Ende meiner Hosenbeine war sofort naß. Die Lichtung selbst wurde umschlos-
sen von dichtem Gebüsch. Ab und zu sah ich vor mir durch
die Zweige die blaugraue Fläche des Lake Ponchartrain
schimmern. Die Luft war erfüllt von dem kreischenden

Geräusch der Sumpfvögel. Es erschien mir irgendwie ärgerlich, vielleicht hatte ich sie aufgeschreckt.

Ein fahler Halbmond schimmerte ab und zu durch die vom Nordwind vorangepeitschten Wolkenberge. Alles in allem eine recht unheimliche Atmosphäre.

Ich nahm meinen Koffer und ging auf das Bootshaus zu. Es sah, soweit ich im Schein der eben eingeschalteten Taschenlampe feststellen konnte, recht verfallen aus. Die Farbe war abgeblättert, und das feuchte Klima hatte sein übriges getan.

Ich ging um das Haus herum und fand an der Ostseite eine Tür, zu der eine Holztreppe hinaufführte.

Ich sah mich noch einmal kurz um und betrat die Treppe. Das nasse Holz bog sich unter meinen Füßen. Mit der linken Hand drückte ich auf die Türklinke. Knarrend schwang die Holztür auf. Ich wartete noch einen Augenblick lang auf der obersten Treppenstufe und betrat dann vorsichtig das Bootshaus. Die Taschenlampe hatte ich gelöscht.

Meine Nerven waren zum Zerreißen gespannt. Warteten die Gangster bereits auf mich? Wollte man mich mit einem Schuß aus dem Hinterhalt töten und mir anschließend den Koffer abnehmen? Ich mußte jede Möglichkeit einkalkulieren.

Doch nichts geschah. Niemand schoß auf mich, und niemand griff mich an.

Ich wagte es wieder, meine Lampe anzuknipsen. Ich befand mich in einer Art Küche. Der Strahl der Lampe wanderte über moderne Hängeschränke, erfaßte einen Kühlschrank, einen Elektroherd, eine mit rotem Kunstleder überzogene Eckbank und blieb schließlich auf einem Küchentisch haften. Mitten auf dem Tisch war mit einer durchsichtigen Klebefolie ein Zettel angeheftet worden. Ich ging näher an den Tisch heran und sah, daß auf dem Zettel folgender Satz stand:

Gehen Sie vor das Blockhaus.

Vor das Blockhaus sollte ich also gehen. Aber was hatte das zu bedeuten? Wollte man mich abknallen, oder kamen die Gangster mit einem Motorboot? Es wäre natürlich gut gewesen, denn unser Plan war ja darauf eingestellt.

Eigentlich bereute ich es, daß ich mein Walkie-talkie im Wagen gelassen hatte, aber sicher ist sicher, das Risiko war zu groß, es stand zuviel auf dem Spiel. Und Benny konnte ich, so hoffte ich jedenfalls, auch noch nach der Geldübergabe Bescheid geben,

An der gegenüberliegenden Seite des Raumes erkannte ich eine Tür. Durch sie gelangte ich in eine Art Diele. Und von hier führte wiederum eine Tür zur Vorderseite des Bootshauses.

Ich mußte abermals eine Treppe in Kauf nehmen und gelangte auf einen schmalen Anlegesteg, der sich etwa zwanzig Yards in den See hineinzog. Zwischen der Vorderseite des Bootshauses und dem See gab es kein Stück trockenen Boden. Die Verbindung von einem Boot zum Haus hin war nur der Anlegesteg.

Mittlerweile war es einundzwanzig Uhr geworden. Von dem oder den Abholern des Geldes hatte ich noch nichts gesehen. Ich stand nach wie vor mutterseelenallein auf dem Anlegesteg und starrte auf die bleigraue Fläche des Lake Ponchartrain.

Die Minuten tropften wie zähflüssiger Sirup dahin. Langsam begann ich zu frieren. Der Wind pfiff durch meinen Anzug, und auch der dunkle Rollkragenpullover konnte mir nicht die richtige Wärme geben.

Würden die Gangster überhaupt kommen, oder wollten sie mich versetzen? Aber dagegen sprach der Zettel, den ich auf dem Tisch gefunden hatte.

Und ob sie kamen. Plötzlich waren sie da. Es waren zwei Mann. Sie erschienen nicht mit einem Motorboot, sondern stiegen wie zwei fremde Lebewesen aus den Fluten des Lake Ponchartrain.

Ich war wirklich überrascht. Die beiden erklommen fast gleichzeitig den Anlegesteg. Ihre grauen Taucheranzüge glänzten matt. Einer der beiden war mit einer Harpune bewaffnet, die er drohend auf mich richtete. Ich blickte genau in die Spitze des höllisch scharfen Pfeils.

Plötzlich riß einer der beiden seine Tauchermaske vor dem Gesicht weg. Es war derjenige, der die Harpune in der Hand hielt. Ich konnte sein Gesicht nicht genau erkennen, aber trotzdem war ich fast sicher, daß ich diesen Mann noch nie in meinem Leben gesehen hatte.

»Corner?« fragte er mit einer heiseren Stimme.

Ich nickte bestätigend.

Der Mann deutete mit seiner freien Hand auf den Koffer. »Ist da das Geld drin?«

»Wie vereinbart. Zwei Millionen Dollar«, antwortete ich.

»Gut, Schnüffler. Gib her.« Der Mann trat einen Schritt vor.

»Stop!« sagte ich scharf, ging zurück und hob die Hand. »Und wo finde ich die Bomben mit den Bakterien?«

»Das wird dir der Boß selber sagen. Er ruft an«, war die Antwort. »Und nun her mit dem Koffer.«

Verdammt, das konnte ins Auge gehen. Gab ich den Koffer jetzt ab, würden die Gangster wahrscheinlich auf Nimmerwiedersehen verschwinden, und ich hatte das Nachsehen, konnte keinen greifbaren Erfolg aufweisen.

»Ich mache euch einen Vorschlag«, sagte ich. »Ihr sagt mir, wer der Chef ist, und ich gebe euch das Geld.«

Der Mann lachte höhnisch. »Du bist ein Vollidiot. Denkst du, ich verrate dir den Namen des Chefs? Ich werde dir …«

»Gut, dann werde ich ihn selber sagen«, unterbrach ich ihn. »Es ist …« Ich machte eine kleine Kunstpause und nannte einen Namen. An der Reaktion des Gangsters erkannte ich, daß ich richtig getippt hatte.

»Du Dreckskerl«, zischte er, »du hast richtig geraten, aber das wird dir auch nicht mehr viel nutzen. Los, her mit dem Koffer.«

Ich gab ihm das Ding. Der Mann reichte den Koffer seinem Kumpan, der immer noch in voller Taucherausrüstung stand. Doch jetzt nahm auch er seine Brille ab.

»Ich geh' schon zum Wagen, Greg«, sagte er, nahm den Koffer und quetschte sich an mir vorbei.

»Okay, Phil, ich muß nur noch etwas erledigen«, war die Antwort.

Was dieser Greg unter erledigen verstand, hieß mit anderen Worten, mich töten. Ich war mir ja der Gefahr bewußt gewesen, der ich mich ausgesetzt hatte, nur war ich mit dem Ergebnis nicht zufrieden, die Gangster hatten mich zu sehr überrumpelt. Doch noch war Polen nicht verloren.

Der mit Phil angesprochene war inzwischen längst im Bootshaus verschwunden. Ich stand mit leicht gespreizten Beinen auf dem schmalen Steg. So hatte ich einen besseren Halt.

»Angst, Schnüffler?« fragte Greg und stieß ein glucksendes Lachen aus.

»Vor Kindern und Schwachsinnigen habe ich noch nie Angst gehabt«, gab ich ironisch zurück.

Greg handelte sofort. Er drückte ab. Wie ein silberner Blitz schoß der Pfeil aus der Harpune und bohrte sich in meine Brust. Der Aufprall war so stark, daß ich wie von einer Riesenfaust gepackt nach hinten gestoßen wurde. Zum Glück landete ich auf den Holzbohlen des Stegs. Trotzdem, die Weste hatte gehalten.

Greg war sich seiner Sache anscheinend völlig sicher. Er sah nur, wie ich auf dem Boden lag, den Pfeil in der Brust, und das genügte ihm.

Er hastete, so schnell es seine Schwimmflossen erlaubten, an mir vorbei.

Ich stand auf. Ich war zwar noch etwas wacklig, aber es ging. Greg hatte das Bootshaus fast erreicht, als ich ihn anrief.

Er wirbelte herum. Ich war mit zwei Sprüngen bei ihm und hieb ihm die Faust gegen die Rippen. Greg heulte auf. Doch er konterte blitzschnell.

Sein unerwarteter Rundschlag fegte mir gegen das Kinn. Ich wurde wie ein welkes Blatt zurückgeworfen und rollte über den Steg, verlor den Halt und klatschte in das schmutzige Wasser. Doch das vertrieb meine Benommenheit. Ich dachte nicht mehr an den Schlag, den ich hatte einstecken müssen, sondern nur noch an die zwei Millionen, zog mich mit einem Klimmzug an dem Steg hoch und rannte auf das Haus zu, in dem Greg längst verschwunden war.

Ich flitzte auf der Rückseite wieder hinaus und rannte zu meinem Porsche. Ich hatte soeben die Tür des Wagens aufgerissen, als in der Nähe ein Motor aufheulte. Das mußte der Wagen der beiden Gangster sein.

Ein Porsche ist zwar ein schneller Wagen, doch auch ziemlich eng.

Ich wollte mich gerade hineinklemmen, als ich bemerkte, daß immer noch der Pfeil in meiner Brust steckte. Mit einem entschlossenen Ruck riß ich ihn raus und warf ihn hinter mir ins Gebüsch.

Ich saß kaum, als ich schon zum Walkie-talkie griff. Benny meldete sich sofort.

»Hör zu, Benny«, sagte ich hastig. »Zwei Mann haben das Geld abgeholt. Sie wollen mit einem Wagen verschwinden. Ich nehme die Verfolgung auf. Sobald ich den Typ erkannt habe, melde ich mich wieder.«

Ich wartete Bennys Antwort gar nicht erst ab, sondern setzte den Motor in Gang. Es mußte doch mit dem Teufel zugehen, wenn ich nicht herausfand, wohin meine beiden Freunde fuhren …

Susans Erwachen glich einem langsamen Herausschälen aus einer schier endlosen Dunkelheit. Durch ihren Kopf schossen die Schmerzen wie Stromstöße, und jedes einzelne Glied ihres Körpers schien bleischwer zu sein. Trotzdem öffnete sie die Augen einen Spaltbreit. Sie schloß sie jedoch sofort wieder, denn grelles, kaltes Neonlicht verdoppelte die Schmerzen in ihrem Gehirn.

Susans Verstand arbeitete jedoch einwandfrei. Sie fühlte, daß sie auf dem Rücken lag, beide Hände lagen auf dem Bauch. Sie waren genau wie die Füße mit Handschellen gefesselt.

»Nun markieren Sie mal nicht die Tote«, hörte Susan eine dunkle Frauenstimme, »sonst gibt es Mittel und Wege, Sie schneller wach zu bekommen, und das könnte unangenehm werden.«

Susan wandte ihren Kopf etwas zur Seite und linste aus halbgeöffneten Augen in die Richtung, aus der sie die Stimme vernommen hatte. Susan erkannte Elaine Curzon. Sie saß auf einem mit rotem Kunststoff überzogenen Stuhl und rauchte eine Zigarette aus einer langen Spitze. Sie hatte die Beine übereinandergeschlagen und nahm eine betont legere Haltung an. Trotzdem konnte sie nicht verbergen, daß sie mit Spannung auf Susans Erwachen wartete.

Susan erkannte aber auch noch mehr. Sie sah, soweit sie das aus ihrem Blickwinkel feststellen konnte, daß sie sich in einem fast leeren Raum aus Beton befand, an dessen Breitseite sich der Ausgang beziehungsweise Eingang, eine eisenbeschlagene Tür, befand. Sie selbst lag an der Längswand des Raumes auf einer Holzpritsche.

»Wo bin ich hier?« fragte Susan Taylor leise.

Elaine Curzon lachte hart auf. »Wo Sie sind, meine Liebe?« Sie stand langsam auf und näherte sich Susans Pritsche. »Sie befinden sich im Hauptquartier von ›Snake‹.«

»Das hatte ich mir fast gedacht«, sagte Susan und schaute Elaine Curzon von unten herauf in die Augen. Sie sah, daß die Augen dieser Frau glänzten, ein Zeichen, daß sie unter Rauschgift stand. »Dann habe ich ja endlich mein Ziel erreicht«, fügte Susan hinzu.

»Ob Sie Ihr Ziel erreicht haben, wage ich zu bezweifeln, Miss Taylor«, gab Elaine Curzon zurück. »Sie werden dieses Haus nur als Tote verlassen.«

Susan schluckte.

»Sind Sie sich dessen absolut sicher, Miss Curzon?«

Elaine Curzon nahm die fast aufgerauchte Zigarette aus der Spitze, ließ die Kippe auf den Betonboden fallen und trat sie aus.

»Ja, Miss Taylor. Ich bin mir sicher. Doch bevor Sie sterben, sollen Sie noch den Boß kennenlernen. Damit wird sozusagen Ihr letzter Wunsch erfüllt. Und bauen Sie nur nicht auf Ihren Partner. Er ist bestimmt inzwischen seine zwei Millionen losgeworden und hadert mit seinem Schicksal, falls er nicht in der Hölle gelandet ist, denn Phil Dark und Greg Sealer machen in solchen Dingen immer kurzen Prozeß.«

Elaine Curzon setzte sich jetzt neben Susan auf die Pritsche.

»Wenn wir das Geld haben«, fuhr sie fort, »kann uns nichts mehr daran hindern zu verschwinden, oder wir werden noch einmal zwei Millionen Dollar verlangen oder noch mehr, wer weiß. Wir werden bald zu den mächtigsten Menschen der Welt gehören. Bis jetzt hat noch niemand die Organisation ›Snake‹ besiegt.« Bei den letzten Worten glühten ihre Augen fanatisch auf.

»Sie sind wahnsinnig«, stellte Susan trocken fest.

Elaine Curzon sprang auf. Ihr eigentlich apartes Gesicht verzerrte sich zu einer häßlichen Grimasse. »Niemand darf mich ungestraft beleidigen.«

Sie legte ihren Daumen unter Zeige- und Mittelfinger, beugte sich über Susan und stieß zu.

Dieser Stoß kann, wenn er richtig ausgeführt wird, tödlich sein. Das wußte auch Susan.

Sie riß blitzschnell die beiden gefesselten Hände hoch und fing den Stoß mit den Handtellern ab. Elaine Curzon schrie auf, und auch Susan hatte das Gefühl, als befände sich ein Loch in ihrer Hand. Doch meine Partnerin war härter als Elaine Curzon. Sie ergriff gedankenschnell das Handgelenk ihrer Gegnerin und legte einen blitzsauberen Judogriff hin.

Elaine Curzon stöhnte auf und wand sich wie eine Schlange. Vergebens. Susan ließ nicht locker.

»Lassen Sie mich los!« schrie die Curzon. Sie war inzwischen auf die Knie gefallen. Und Susan hatte es mit einem Schwung geschafft, sich hinzusetzen.

»Das könnte Ihnen so passen«, keuchte meine Partnerin, denn auch sie hatte der Kampf angestrengt. »Erst will ich den Schlüssel zu den Handschellen haben. Wo ist er? Los, raus mit der Sprache.«

»Ich habe ihn nicht«, stöhnte Elaine Curzon. »Den Schlüssel hat der Boß.«

»Sie lügen.«

»Nein, ich lüge nicht!« schrie Elaine Curzon zurück. »Ich habe ihn wirklich nicht.«

Susan befand sich in einer Zwickmühle. Elaine Curzon konnte recht haben, sie konnte Susan aber auch einen Bären aufgebunden haben.

Doch ehe Susan irgendeine Entscheidung treffen konnte, wurde ihr der Lauf der Dinge aus der Hand genommen.

Sie sah, wie sich die Eisentür automatisch zur Seite schob. Herein kamen die beiden Penner, die sie in dem kleinen Drugstore überwältigt hatten. Doch jetzt waren sie gewaschen und trugen modern geschnittene Anzüge.

Doch etwas anderes versetzte Susan in ein grenzenloses Erstaunen. Zwischen den beiden stand ein Mann. Er trug einen dunkelbraunen Anzug, eine dezente Krawatte und ein blütenweißes Hemd. Über sein Gesicht hatte er einen Damenstrumpf gestreift, der ein Erkennen auf größere Entfernung fast unmöglich machte. Trotzdem hatte Susan das Gefühl, diesen Mann schon gesehen zu haben.

»Lassen Sie die Frau los!« befahl er Susan mit verstellter Stimme.

Susan gehorchte.

Elaine Curzon fiel auf den Boden.

Der Mann, den Susan für den Boß der Bande hielt, trat näher. Er trug genau wie seine beiden Leibwächter keine sichtbare Waffe.

»Stell dich nicht an wie eine Memme, sondern steh auf«, herrschte er Elaine Curzon an.

Elaine Curzon kam taumelnd auf die Beine.

Inzwischen stand der Boß der Organisation ›Snake‹ dicht vor Susan.

»Und nun zu Ihnen, Miss Taylor.« Er hatte noch immer seine Stimme verstellt.

Er griff an das obere Ende des Strumpfes und zog ihn ganz langsam vom Kopf.

Susans Erstaunen wandelte sich in ein Erschrecken, als sie erkannte, wer sich hinter dem Namen ›Snake‹ verbarg.

»Sie sind es«, staunte meine Partnerin.

»Genau, Miss Taylor. Ich bin es«, sagte er und lächelte.

Doch sein Lächeln erzeugte in Susan einen Ekelanfall. Sie wußte, daß sich hinter dieser Fassade der Tod verbarg …

Der Wagen der Gangster, ich konnte soeben noch die beiden Rücklichter erkennen, fuhr mit mäßiger Geschwindigkeit. Anscheinend fühlten sie sich sehr sicher, oder aber sie wollten um keinen Preis auffallen. Den Typ des Wagens hatte ich immer noch nicht erkannt. Ich wollte es nicht riskieren, zu dicht aufzufahren.

Natürlich ärgerte ich mich, daß uns diese Bande reingelegt hatte. Der Coup mußte sehr gut vorbereitet worden sein. Wahrscheinlich hatten die beiden ein Schlauchboot auf dem Lake Ponchartrain als Ausgangsbasis benutzt. Den

Trumpf in der Hinterhand, ihren Wagen, hatten sie auf jeden Fall vorzüglich getarnt, denn auch ich hatte ihn nicht entdeckt.

Bis jetzt hatten wir auf dem vierspurigen Highway kaum Gegenverkehr gehabt, doch nun wurde die Asphaltbahn belebter.

Ich griff zum Walkie-talkie. »Ich fahr' dichter auf, Benny«, sagte ich.

Ein knappes ›Okay‹ tönte zurück.

Ich gab etwas mehr Gas und setzte mich jetzt etwa dreißig Yards hinter den Gangsterwagen. Da der Highway durch große Peitschenlampen erhellt wurde, war es nicht schwer, den Wagentyp zu erkennen. Es war ein Chrysler.

Ich ließ mich wieder etwas zurückfallen und gab Benny Buster meine Beobachtung durch. Leider hatte ich das Nummernschild nicht erkennen können.

Der Verkehr wurde immer dichter. Zwischen den Chrysler und mich hatten sich zwei Wagen geschoben. Ich mußte jetzt höllisch achtgeben.

Kurz vor einem großen Kreuzungskleeblatt bog der Chrysler rechts ab. Ich sah es im letzten Augenblick. Mit einem gewagten Schlenker riß ich das Lenkrad herum. Der Porsche gehorchte einwandfrei. Er nahm die Kurve mit einer kaum nachzuahmenden Eleganz. Ich hatte den Straßennamen leider nicht lesen können. Ich gab aber sofort Benny meine Position durch.

»Du befindest dich auf der Bahama Avenue«, belehrte er mich. »Sie durchkreuzt die vornehme Villengegend von New Orleans.

»Danke, Benny«, antwortete ich. »Langsam verdichtet sich mein Verdacht. Schätze, wir werden es nicht mehr allzuweit bis zum Hauptquartier der Bande haben.«

Ich schaltete das Gerät wieder aus und konzentrierte mich auf die Verfolgung. Der Chrysler war langsamer geworden. Immer wieder auftauchende Seitenstraßen mahnten zur Vorsicht, denn hier herrschte rechts vor links.

Plötzlich bog der Chrysler in eine der Seitenstraßen ein. Ich nahm sofort etwas Gas weg, schaltete das Standlicht ein und fuhr langsam in die Seitenstraße. Ich konnte mir diese

Fahrweise erlauben, ohne dabei groß aufzufallen, denn es herrschte hier kaum Verkehr.

Ich sah, gerade noch, wie der Chrysler eine kleine Auffahrt hinauffuhr und dann durch ein Tor verschwand. Ich merkte mir die Stelle genau. Den Porsche parkte ich auf dem Bürgersteig, überprüfte noch einmal den .38er und machte mich auf den Weg in die Höhle des Löwen.

Das Tor, durch das der Wagen verschwunden war, stand zu meiner Verwunderung halb offen. Sollten es die Gangster vergessen haben zu schließen? Oder war dies eine Falle?

Ich entschloß mich, alles auf eine Karte zu setzen. Mit ein paar Sprüngen war ich auf dem Grundstück. Den .38er hielt ich in der Rechten.

Ich blieb stehen und sah mich vorsichtig um. Ich befand mich, soweit ich erkennen konnte, inmitten eines wundervoll angelegten Ziergartens. Ich hätte gern die Taschenlampe bei mir gehabt, aber die lag auf dem Grund des Lake Ponchartrain.

Plötzlich wußte ich, daß ich nicht allein war. Ich sah niemanden, spürte jedoch die Gefahr.

Ich duckte mich ein wenig und atmete nur noch durch den halbgeöffneten Mund. Ich hörte ein leises Tappen, und dann sprang etwas Dunkles, Schweres auf mich zu. Ein Hund. Mir blieb keine Zeit mehr, mich zur Seite zu werfen.

Ich riß blitzschnell beide Arme hoch. Die Hände zu Fäusten geballt. Sie trafen etwas Weiches. Ich sprang sofort zwei Schritte zurück. Vor mir kauerte der Bluthund wie ein sprungbereiter Tiger. Seine breite Zunge hing weit aus dem Hals heraus, und in seinen Augen stand ein gelbliches Funkeln. Meine Waffe hatte ich vorhin bei der Abwehrbewegung verloren. Sie lag dicht neben mir auf dem Boden. Ich wagte nicht, mich danach zu bücken.

Der Hund griff an. Blitzschnell sprang ich zur Seite. Doch der Bluthund war gefährlich. Noch im Sprung warf er sich herum, und seine scharfen Zähne hackten in meinen Jackenärmel. Er biß sich regelrecht darin fest.

Der Ärmel riß für den Hund plötzlich und unerwartet. Er fiel auf den Boden. Das war meine Chance.

Ich ging leicht in die Knie, hob meinen rechten Arm

spannte die trainierte Handkante und schlug hart zu. Glauben Sie mir, es war wirklich die einzige Möglichkeit. Ich traf genau. Der Bluthund jaulte noch einmal auf und fiel zusammen. Ich wischte mir mit der Linken den Schweiß von der Stirn. Geschafft, dachte ich. Doch ich freute mich zu früh.

Ein Pistolenlauf bohrte sich verdammt schmerzhaft in meinen Rücken, und eine harte Stimme befahl: »Hoch mit den Pfoten!«

Ich war gerade so schön in Fahrt, winkelte gedankenverloren die Arme an, wirbelte herum, fegte den Pistolenlauf mit dem rechten Ellenbogen zur Seite, zog gleichzeitig aus der Drehung heraus die Linke hoch und schmetterte sie meinem Gegner gegen die Wange.

Er wurde wie vom Katapult erfaßt zurückgeschleudert und landete in einem Strauch.

Doch auch diesmal hatte ich zu früh aufgeatmet. Plötzlich saß mir ein anderer im Nacken. Seine Arme umklammerten mich wie Stahlseile.

Ich ging ein wenig in die Knie und drehte mich, so schnell es ging, im Kreis herum. Bei dem Kerl wirkte die Fliehkraft. Er hing fast waagerecht in der Luft. Plötzlich ließ er los. Auch sein Abgang glich einem Katapultstart. Nur krachte er gegen einen Baumstamm.

Gegner Nummer eins begann gerade wieder aus seinem Schlaf zu erwachen. Ich war mit ein paar Schritten bei ihm und zog ihn am Jackettkragen hoch.

»Raus mit der Sprache«, zischte ich. »Wer befindet sich noch alles im Haus?«

Der Mann sah mich angstvoll an. »Phil Dark, Greg Sealer, der Boß und die Frau«, flüsterte er.

»Welche Frau?«

»Diese – äh – Taylor.«

»Lebt sie?« Meine Stimme klang heiser.

Der Gangster nickte verbissen.

»Ist der Eingang bewacht?«

Er schüttelte den Kopf.

»Abgeschlossen?«

Erneutes Kopfschütteln.

»Wo sind deine Komplizen?«

»Im Keller.«

Ich hatte genug gehört. Ich knebelte den Gangster mit seinem eigenen Taschentuch und band ihm mit seinem Hosengürtel die Hände fest. Das würde erst einmal reichen. Der andere war bewußtlos.

Ich holte meine Waffe und machte mich auf den Weg.

Der Weg endete vor einem eleganten Bungalow. Die Eingangstür war tatsächlich nicht abgeschlossen. Im Haus herrschte ein schummriges Halbdunkel. Licht wagte ich nicht anzuknipsen. Vorsichtig tastete ich mich an der Wand entlang, in der Hoffnung, irgendeine Tür zu erreichen oder sogar den Zugang zum besagten Keller zu finden.

Doch dazu sollte es nicht kommen. Plötzlich war unter mir kein Boden mehr. Ich mußte irgendeinen verborgenen Mechanismus ausgelöst haben.

Eine Falltür! dachte ich noch, während ich vergeblich versuchte, mich am Rand der Falltür festzuklammern.

Ich fiel vielleicht noch nicht mal eine Sekunde, doch der Aufprall war hart. Er ging mir durch sämtliche Glieder, aber instinktiv rollte ich mich zusammen.

Als ich wieder einigermaßen klar sah, erstarrte ich. Ich sah die Mündungen von drei Pistolen. Eine davon hielt der Boß der Organisation ›Snake‹ in der Hand. Er war es auch, der mich begrüßte. »Willkommen in der Hölle, Mr. Corner.«

»Danke für die freundliche Einladung, District Attorney Forster«, gab ich heiser zurück, denn niemand anders als dieser nach außen hin ehrenwerte Gentleman war der Boß der Organisation ›Snake‹.

»Sie haben es mir wirklich leichtgemacht«, sagte Forster lächelnd. »Ihr Eindringen in mein Haus war sehenswert. Doch konnten Sie nicht wissen, daß ich mit Fernsehkameras und einigen Alarmanlagen das Grundstück abgesichert habe. Außerdem leistet mir Ihre wirklich reizende Freundin schon etwas länger Gesellschaft.«

Ich stand auf und sah mich um, Susan entdeckte ich sofort. Sie saß, mit Handschellen gefesselt, auf einer alten Pritsche. Neben ihr saß Elaine Curzon und preßte ihr einen

Revolver gegen die Schläfe. Susan hatte schmerzhaft das Gesicht verzogen – trotzdem blinzelte sie mir zu.

Ich merkte, wie eine kalte Wut in mir hochstieg. Am liebsten hätte ich mich auf Forster gestürzt und ihm die geballte Rechte in das schmierig grinsende Gesicht geschlagen.

»Sehen Sie für sich und Ihre Partnerin noch eine Chance, Corner?«

Ich sah die drei Männer an. »Im Augenblick nicht, Forster«, antwortete ich. »Aber glauben Sie im Ernst, ich hätte keine Sicherheitsvorkehrungen getroffen?«

Forster zog die Mundwinkel verächtlich nach unten. »Für wie dumm halten Sie mich eigentlich? Schließlich war ich doch dabei, als der Einsatz geplant wurde. Ich habe sogar noch selbst Vorschläge gemacht.«

Ich muß wohl ziemlich dumm ausgesehen haben, denn Forster lachte hämisch auf. Aber er hatte ja recht, daran hatte ich nicht gedacht.

»Aber eins verspreche ich Ihnen, Corner«, sagte Forster. »Sie sollen, bevor Sie und Ihre Partnerin sterben, noch die ganze Wahrheit hören. Einverstanden?«

Forster sonnte sich direkt im Gefühl seines Triumphes.

Ich nickte. »Sicher, Forster, sicher. Doch ich möchte gern die Story erzählen.«

»Ganz wie Sie wünschen«, gab der Boß jovial zurück. »Vorher geben Sie mir aber bitte Ihre Waffe.«

Ich griff unter die Achsel und holte meinen .38er hervor. Jetzt zu schießen wäre Selbstmord gewesen. Ich mußte auf eine günstigere Gelegenheit warten.

»Ich sehe, Sie sind vernünftig, Corner«, sagte der Boß und steckte meinen .38er in die Jackentasche.

Dann gab er einem seiner Gorillas einen Wink.

»Hol noch einen Stuhl, eine Flasche Whisky und zwei Gläser, Greg. Es plaudert sich besser bei einem guten Schluck. Nicht wahr, Mr. Corner?«

Hol's der Teufel, aber dieser Zynismus des Burschen fiel mir auf den Wecker.

»Aber sicher, Mr. Forster.« Ich lächelte zurück. »Sie haben recht. Und ein kleiner Schluck vor dem Jenseits kann nie schaden.«

Jetzt war ich es, der ihn aus der Fassung brachte. »Es freut mich, daß Sie noch nicht den Humor verloren haben«, sagte er kehlig.

Greg ging inzwischen auf eine Eisentür zu, die wohl den einzigen Ausgang aus diesem Betonraum darstellte. Er schob die Tür kurz zur Seite und verschwand in einem dunklen Raum. Als er nach etwa einer Minute wiederkam, hielt er die besagten Dinge in der Hand.

Greg entkorkte die Flasche und schenkte ein. Gluckernd glitt das goldbraune Getränk in die geschliffenen Gläser.

Forster nahm ihm die beiden Gläser aus der Hand und gab mir eins. Seine Pistole hatte er dabei in einer Schulterhalfter verschwinden lassen.

Forster nickte mir zu. »Cheerio, Mr. Corner.«

»Cheerio«, antwortete ich.

Bei einer anderen Gelegenheit hätte mir der Whisky vorzüglich geschmeckt, doch jetzt hatte ich das Gefühl, Essig zu trinken.

»Setzen wir uns doch«, sagte Forster und deutete auf den Stuhl, den Greg gebracht hatte. Er selbst setzte sich auf einen Stuhl, der schon vorher im Raum gestanden hatte.

Während ich Platz nahm, warf ich einen Blick zu Susan hinüber. Sie saß noch immer an derselben Stelle und verfolgte das Geschehen mit weit aufgerissenen Augen. Und noch immer preßte die Curzon den Revolverlauf gegen ihre Schläfe.

»Können Sie Ihrer Freundin nicht sagen, Sie soll den Revolver wegnehmen?« wandte ich mich an Forster. »Miss Taylor ist sowieso nicht in der Lage, irgend etwas zu unternehmen.«

Forster warf mir einen nachdenklichen Blick zu und nickte dann.

»Okay, Elaine. Nimm das Ding weg, aber paß höllisch auf.«

Elaine Curzon gehorchte.

»So, Corner, nun zu uns beiden. Wie sind Sie auf mich gekommen? Oder haben Sie überhaupt erst jetzt erkannt, wer sich hinter dem geheimnisvollen Boß verbirgt? Wissen Sie, ich möchte erfahren, welchen Fehler ich eventuell gemacht habe?«

»Ich wußte schon vorher, Forster, daß Sie der Boß waren, aber lassen Sie mich von vorn beginnen.«

»Bitte schön.«

Ich muß ehrlich gestehen, mir erschien die ganze Sache lächerlich. Doch eins wußte ich, diese Lächerlichkeit konnte leicht tödlich enden. Forster war so eitel, daß er im Gefühl der Sicherheit alles ausplauderte. Ich mußte Zeit gewinnen.

»Fangen wir mit dem Raub der Bomben an, Forster«, sagte ich. »Sie als Boß eines großen Waffenschmugglerringes hatten natürlich den Ehrgeiz, ein riesiges Ding zu starten. Es kam Ihnen dabei gelegen, daß Elaine Curzon, bevor sie Raoul Sartana heiratete, in dem gewußten Camp als Sekretärin gearbeitet hatte. Ich persönlich nehme an, daß ihre Heirat eine Art Ablenkungsmanöver war. Sie mußte ja einen Grund haben, auszuscheiden.«

»Richtig.« Forster nickte und lächelte amüsiert.

»Während ihrer Arbeit lernte sie Captain Holbrock kennen. Ihr gelang es, ihn zu umgarnen, und Holbrock wurde ihr Geliebter. Damit war schon die Basis für eine Erpressung gelegt, denn Holbrock war verheiratet. Ja, Elaine Curzon gelang es sogar, mit seiner Hilfe Wachsabdrücke von den Schlüsseln anzufertigen, mit denen es Ihnen gelang, in das Camp einzudringen und den Raub durchzuführen.«

Ich machte eine kleine Pause und zündete mir eine Zigarette an. Bei dieser Handlung wurde ich genau von den beiden Leibwächtern ins Auge genommen. Ihre Waffen zeigten dabei auf meinen Magen. Ich ignorierte die Waffenmündungen einfach und fuhr fort.

»Mein Kollege Jack Person wurde damit beauftragt, den Raub aufzuklären. Er wurde jedoch umgebracht.«

»Genau«, unterbrach mich Forster. »Er hatte gesehen, wie ich mich mit Elaine Curzon und Phil Dark traf. Phil Dark ist mein bester Mann. Er steht rechts neben mir.«

Ich brauchte ihn mir nicht anzusehen. Ich kannte diese Typen.

»Doch dann wurden meine Partnerin und ich auf Ihre Spur gesetzt. Susan hatte Glück und erkannte einen Gangster aus Chicago namens O'Neill, Messer-Jim, den Sie später von Ihren Männern umbringen ließen. Gleichzeitig wurde aber auch, um die letzte Spur zu verwischen, Captain Holbrock ermordet. Es sollte nach Selbstmord aussehen, doch seine Geliebte vergaß im Schlafzimmer ihre Parfümflasche, auf der wir ihre Fingerabdrücke fanden. Und da Elaine Curzon schon wegen Rauschgiftbesitzes vorbestraft war, war es nicht schwer, ihre Identität zu lüften.«

Ich drückte meine Zigarette aus und sprach weiter.

»Als ich Sie, Forster, mit Elaine Curzon in der Hotelhalle gesehen hatte, schöpfte ich noch keinen Verdacht. Ja, ich warnte Sie sogar noch vor dieser Frau.«

Forster lachte auf. »Stimmt, Corner. Ich habe mich köstlich amüsiert. Aber reden Sie nur weiter.«

»Der sterbende Messer-Jim brachte mich auf die Spur des Lokals ›Golden Seven‹. Dort wurde meine Partnerin gekidnappt, konnte anschließend ihrem Entführer namens da Costa entkommen. Doch da Costa wurde leider von dem Agenten Benny Buster erschossen. Bei einer plötzlichen Razzia im ›Golden Seven‹ fiel uns die Streitmacht Ihrer Bande in die Hand, außerdem zwei Südamerikaner, die als Aufkäufer für die Bomben galten, und Ihr Geschäftsführer Raoul Sartana. Dieser Raoul Sartana wollte auspacken. Doch Sie verhinderten es, und das war gleichzeitig Ihr Fehler.«

»Wieso?« fragte Forster verdutzt.

»Er wußte, daß Sie der Boß waren. Sie konnten ihn ja ohne weiteres besuchen, denn als Staatsanwalt hatten Sie überall Zutritt. Sie erschossen ihn mit Ihrer Nullacht, nahmen eine Patrone aus seiner Pistole und legten Sartana so hin, daß es wie Selbstmord aussah. Selbstverständlich gebrauchten Sie bei dem Mord einen Schalldämpfer. Dann entschlossen Sie sich zu einer letzten Verzweiflungstat. Sie schrieben selbst den Brief von der angeblichen Erpressung. Habe ich recht, Mr. Forster?«

»Es stimmt, Corner. Doch nun genug damit. Kommen wir zum Finale.« Forster stand auf. Er zog seine Waffe und befahl: »Hoch mit Ihnen.«

Ich gehorchte.

Seine beiden Leibwächter traten neben mich und stießen mir ihre Pistole in die Seite. Sie zielten dabei auf meinen Bauch.

Forster ging zu Elaine Curzon und Susan Taylor. Er riß meine Partnerin brutal hoch. Von seiner gespielten Liebenswürdigkeit war nichts mehr zu spüren. Jetzt zeigte sich sein wahres Gesicht. Es war die Fratze einer Bestie.

Er stieß Susan in meine Nähe. Ich mußte mich eisern beherrschen, um nicht zu explodieren. Aber noch sah ich keine Chance. Die Fußfesseln hatte man Susan inzwischen abgenommen.

Forster trat auf mich zu und bleckte die Zähne. »Wissen Sie was, Corner?« sagte er grinsend. »Sie haben mir viel Ärger bereitet, und dafür wird Ihre Partnerin Sie erschießen.«

»Was?« keuchte ich.

»Sie haben richtig gehört, Corner. Ihre Puppe wird Sie erschießen«, wiederholte Forster.

»Niemals!« schrie Susan Taylor.

»Halt's Maul«, drohte Phil Dark. Er trat drohend auf meine Partnerin zu.

»Sei ruhig, Susan«, sagte ich heiser.

»Schluß jetzt«, tönte Forsters Stimme dazwischen. Er winkte mit seiner Waffe. »Los, Corner, an die Wand!«

Ich gehorchte und stellte mich mit dem Rücken gegen die kahle Betonwand. Schräg über mir erkannte ich die Falltür. Sie pendelte leicht hin und her. Dort oben, nicht mal drei Yards entfernt, waren wir in Sicherheit, aber dieser Weg war für uns unerreichbar.

Phil Dark hatte Susan inzwischen die Handfesseln abgenommen. Sie stand mir genau gegenüber in vielleicht fünf Yards Entfernung, eine sichere Sache für einen Schuß.

Forster zog meinen .38er aus der Jackettasche und drückte sie Susan in die Hand, nicht ohne sich vorher davon überzeugt zu haben, daß sie auch geladen war.

»Schießen Sie, Miss Taylor. Schießen Sie auf Ihren Freund. Es bleibt Ihnen keine andere Wahl. Falls Sie sich anders entscheiden und die Waffe auf einen von uns richten, werden Sie innerhalb weniger Sekunden tot sein. Führen Sie jedoch meinen Befehl aus, werde ich Sie wahrscheinlich am Leben lassen.«

»Auf das Wort eines Verbrechers lege ich keinen Wert«,

sagte Susan verächtlich. Ich merkte, daß ihre Stimme zitterte.

Wie würde sich meine Partnerin entscheiden? Nein, da gab es überhaupt nichts zu überlegen. Susan würde niemals auf mich schießen. Ich hätte im umgekehrten Fall auch nicht auf sie geschossen.

Langsam hob Susan meinen .38er.

»Feuer frei!« schrie Forster.

In diesem Augenblick rief Greg Sealer plötzlich »Stop!«

Sofort ließ Susan die Waffe sinken. Sie richtete sie unmerklich gegen den ihr am nächsten stehenden Gegner, Phil Dark. Dieser und auch die anderen waren durch Sealers unerwarteten Schrei so abgelenkt, daß sie im Moment nicht auf meine Partnerin achteten.

»Was ist denn, verdammt noch mal?« fuhr Forster den Gangster an.

»Dieser Schnüffler hat bestimmt eine schußsichere Weste an. Am Lake Ponchartrain, da …«

Weiter ließ ich Greg Sealer nicht reden. Ich reagierte blitzschnell. Mit zwei, drei Sätzen hechtete ich auf den Gangster zu und schmetterte ihm noch im Fallen die Rechte knochentrocken gegen den Unterkiefer. Meine Faust wirkte wie ein Vorschlaghammer.

Greg Sealer trat eine Luftreise an, die damit endete, daß er die beiden Stühle mitriß.

Ich hatte meinen Fall gedankenschnell in eine Rolle verwandelt und hechtete auf die Pistole zu, die Greg Sealer hatte fallen lassen.

Doch Phil Dark bemerkte meine Absicht. Plötzlich fuhr mir das glühendheiße Blei über den Nacken. Ich rollte mich zusammen wie ein Igel. Trotzdem schnappte ich mir die Waffe.

Aber Phil Dark kam nicht mehr zum zweiten Schuß. Susan zog durch. Dark stieß einen Fluch aus und griff sich an die rechte Schulter. Sein Gesicht verzog sich zu einer haßerfüllten Grimasse, während er langsam dem Boden entgegentaumelte. Seine Waffe war ihm aus den Fingern gerutscht.

Ich sah mich suchend um. Susan Taylor hatte schon wieder die Situation erfaßt und hielt Elaine Curzon in Schach. Aber wo war Forster? Er war wie vom Erdboden verschwunden.

Aber dann sah ich die Tür, aus der Greg Sealer vorhin den Whisky geholt hatte. Die Tür stand einen Spaltbreit offen.

»Paß auf Elaine Curzon auf!« rief ich Susan zu, während ich schon auf die Tür zuhastete.

Vor mir befand sich ein dunkler Gang. Ich tastete mit der Hand an der Wand entlang und entdeckte tatsächlich einen Lichtschalter.

Ich spannte meine Finger noch fester um die von Greg Sealer erbeutete Pistole und knipste das Licht an. Gleichzeitig warf ich mich zur Seite.

Doch nichts geschah. Niemand schoß auf mich, niemand schlug mich nieder. Der Gang war jetzt in ein kaltes Neonlicht getaucht. Ich erkannte, daß er sich nach etwa zehn Yards verbreiterte und zwar zu einem großen Raum, der mit Kisten und Fässern vollgepackt war. Die Kistenstapel reichten bis zur Decke.

Wo steckte Forster? Da ich keinen zweiten Ausgang entdecken konnte, nahm ich an, daß er sich irgendwo zwischen den Kisten verbarg.

Ich paßte auf wie ein Luchs, als ich mich, dicht an der Wand gepreßt, weiterbewegte.

Ich hörte ein scharrendes Geräusch und sah mit einemmal etwas auf mich zurollen. Eine Eierhandgranate! Deckung war keine vorhanden.

Ich entschied mich innerhalb einer Sekunde. Ich bückte mich blitzschnell, hob die Eierhandgranate auf und schleuderte sie weit in den Raum hinein.

Noch im Fliegen explodierte sie. Es gab einen ohrenbetäubenden Krach. Ich hatte das Gefühl, als würde mein Trommelfell in tausend Stücke zerrissen.

Während noch der Nachhall der Explosion im Raum stand, hetzte ich schon dahin, von wo die Eierhandgrante geworfen worden war.

Forster und ich sahen uns fast gleichzeitig. Er stand in einem schmalen Gang zwischen zwei Regalen und nestelte gerade am Sicherheitsbügel der zweiten Eierhandgranate herum.

»Geben Sie auf, Forster! Es hat keinen Zweck!« schrie ich ihn an und hob die Waffe.

Forster dachte überhaupt nicht daran, aufzugeben. »Wir fahren zusammen in die Hölle!« schrie er und holte zum Wurf aus. Ich war zu weit entfernt, um eingreifen zu können. Ich konnte nur eins tun: schießen.

Ich zog durch. Die Kugel traf Forsters Arm. Die Granate fiel dumpf auf den Boden.

Was nun geschah, kann man nicht mehr beschreiben. Es ging alles unglaublich schnell.

Das gefährliche Ei explodierte. Ich lag zusammengekrümmt auf dem Boden und hatte den Kopf in den Armen vergraben.

Es war ein Inferno. Es müssen noch eine ganze Anzahl Eierhandgranaten hochgegangen sein. Doch ich merkte nichts mehr davon. Ich sah nur noch, wie die Regale schwankten, wie sie auf mich zufielen. Ich wollte noch aufspringen, weglaufen, zu spät. Etwas traf mich am Kopf, und es wurde dunkel.

Der Whisky, der durch meine Kehle rann, war ein Gedicht. Ich schlug die Augen auf und blinzelte verstört durch die Gegend. Ich erkannte zwei lachende Gesichter. Susan Taylor und Benny Buster. »Du hast jetzt schon lange genug geschlafen«, sagte Susan spitz, und doch hörte ich eine gewisse Erleichterung aus ihrer Stimme.

»Wo bin ich überhaupt?« krächzte ich und faßte nach meinem Kopf, auf dem eine Beule gewachsen war.

»Bei den Engeln nicht«, erwiderte Susan.

»Das glaub' ich gern, sonst wärst du ja nicht hier«, gab ich zurück.

»Aha, der Kleine wird schon wieder frech«, schimpfte Susan. »Eigentlich sollte man dir ja für drei Wochen den Whisky entziehen, aber wir sind ja nicht so.«

Susan reichte mir die Flasche, und ich nahm einen kräftigen Schluck. Ich fühlte mich gleich besser.

»Jetzt mal im Ernst«, wandte ich mich an die beiden. »Wo bin ich wirklich, und was ist eigentlich geschehen? Ich hatte plötzlich eine Art Sendepause.«

»Das haben wir gemerkt«, sagte Benny Buster. »Als wir dich unter dem Regal hervorzogen, sahst du verflucht übel aus. Du liegst aber nur eine Etage höher. Auf der Schlafcouch des ehemaligen District Attorney.«

»Forster? Was ist mit ihm?« wollte ich wissen.

»Er ist tot«, antwortete Benny. »Fast neben ihm ist eine Kiste mit sechs Eierhandgranaten explodiert. Du hattest Glück, Cliff. Ein Regal hat dich vor dem gleichen Schicksal bewahrt.«

»Und die anderen Gangster?«

»Atmen schon gesiebte Luft im Untersuchungsgefängnis. Du warst immerhin über zwei Stunden bewußtlos.«

Benny zündete zwei Zigaretten an und steckte mir eine in den Mund.

»Wir haben das Lager inzwischen geräumt. In den Kisten fanden wir Waffen und Munition. Sei froh, daß die nicht auch mit hochgegangen sind.«

Ich schluckte. »Wie seid ihr überhaupt hergekommen, Benny?«

Benny sah mich eine Weile an, ehe er antwortete. »Es war eine reine Kombinationssache. Du hattest es ja nicht für nötig befunden, dich abzumelden. Aber da du schon immer solch komische Andeutungen während der Fahrt gemacht hattest, hielten wir es für richtig, einmal hier nachzusehen.«

»Und die zwei Millionen Dollar?« fragte ich. »Außerdem, wo sind denn die Bomben?«

»Beide Dinge sind in Sicherheit.«

»Tja«, ich lächelte und setzte mich vorsichtig hin, »dann wäre dieser Fall ja abgeschlossen.«

»Nein, Cliff, noch nicht ganz«, sagte Benny ernst.

»So, was ist denn noch?«

»Deine Partnerin hat mir was versprochen. »Stimmt's, Susan?«

Susan nickte.

»Und das wäre?« fragte ich argwöhnisch.

Benny stellte sich in Positur und sagte schadenfroh:

»Cliff, du hast das Vergnügen, uns zu einem Bummel durch New Orleans einzuladen. Aber da du dich ja im Augenblick nicht wohl fühlst, müssen Susan und ich allein gehen.«

»Das hättet ihr wohl gern«, entgegnete ich. »Und wenn ich auf allen vieren krieche, ich gehe mit. Das ist doch selbstverständlich.

Oder hätten Sie etwas anderes geantwortet?

ENDE DER VIERTEN STORY

Kämpf um dein Leben, Lassiter!

aus der Serie
Lassiter

Drei Yaquis lagen schon tot zwischen den Felsen. Vier weitere waren schwer verletzt.

Doch jetzt hatte sich Lassiter verschossen. Keine Kugel steckte mehr in seinem Colt und der Winchester. Als einzige Waffe besaß er noch sein Bowiemesser.

Die heiße Sonne Mexikos brannte gnadenlos vom Himmel, zog die letzten Schweißtropfen aus seinem Körper. Lassiter lag hinter einem Felsen und wartete. Wartete auf die restlichen Yaquis.

Lassiter schätzte sie auf zehn Mann. Wenn nicht noch mehr. Noch wußten sie nicht, daß der Gringo sich verschossen hatte. An Flucht war gar nicht zu denken. Die Kerle hatten Lassiter das Pferd unter dem Hintern weggeschossen.

Ein kaum wahrnehmbares Geräusch schreckte Lassiter hoch. Der große Mann rollte sich instinktiv zur Seite. Es gab einen dumpfem Laut, als sich die Lanze dicht neben seiner Hüfte in den sandigen Boden bohrte.

Lassiter handelte.

Der Yaqui, der die Lanze geworfen hatte, kam nicht mehr dazu, ein zweitesmal anzugreifen. Lassiters Messer drang ihm bis ans Heft in die Brust.

Der Yaqui röchelte und fiel in den Staub.

Lassiter holte sich sein Messer wieder. An dem Lendenschurz des Indianers wischte er es sauber.

Dann sah er sie.

Es waren fünf Männer. Bewaffnet mit Lanzen, Pfeil und Bogen, und einer trug einen altertümlichen Vorderlader. Sie rückten im Halbkreis auf ihn zu.

Lassiter sprang zurück. Bis zu dem Felsen, hinter dem er gelegen hatte.

Er preßte sich mit dem Rücken gegen das heiße Gestein. Sein Messer hielt er in der rechten Hand.

Verdammt, kampflos würden ihn die Kerle nicht bekommen.

Lassiter packte die Lanze des toten Yaquis. So gerüstet, hoffte er, einige von ihnen auf die lange Reise mitnehmen zu können.

Ein Keuchen hinter seinem Rücken ließ Lassiter zusammenzucken.

Der große Mann wirbelte herum.

Der Yaqui hockte auf dem Felsen, in der rechten Hand ein Messer.

Lassiter riß die Lanze hoch.

Der Yaqui wurde förmlich aufgespießt.

Dieser kurze Kampf hatte den anderen gereicht.

Wild fielen sie über Lassiter her.

Der große Mann kämpfte. Kämpfte wie ein Tiger.

Er rammte dem ersten das Knie zwischen die Beine. Gleichzeitig stieß er mit dem Messer zu.

Schreie zeigten ihm, daß er getroffen hatte.

Zwei Yaquis warfen sich gegen seine Beine.

Lassiter knallte auf den Boden.

Eine Messerhand zischte auf ihn nieder.

Lassiters eigene Faust fuhr hoch, kollidierte mit dem Messerarm, ein dumpfes Geräusch, und aufschreiend fiel der Yaqui zurück.

Im selben Moment senkte sich die Spitze einer Lanze gegen Lassiters Kehle.

Zwei Yaquis rissen ihm plötzlich die Arme herum. Das Messer wurde ihm aus der Hand getreten.

Lassiter wartete auf den tödlichen Stoß …

Er sah das breitflächige, mit Fett eingeriebene, grinsende Gesicht des Yaquis über sich, als plötzlich eine kehlige Stimme ertönte, die einen Befehl rief, den Lassiter nicht verstand.

Die Lanze verschwand von seinem Hals. Blut tropfte auf seine Brust.

Der große Mann kniff die Augen zusammen.

Er sah den Anführer der Yaquis auf sich zugehen.

Plötzlich verschwand der Druck von seinen Armen.

Lassiter rappelte sich keuchend auf, lehnte sich gegen den Felsen und wartete ab.

Die Yaquis standen kreisförmig um ihn herum. Jetzt traten sie zur Seite, um ihrem Anführer Platz zu machen.

Der Mann blieb dicht vor Lassiter stehen. Er trug eine lange Hose und einen dreckigen Poncho um seinen Oberkörper. Sein Haar hatte er mit ranzigem Fett eingerieben. Es roch ekelhaft.

Lassiter gab sich keinen Illusionen hin. Diese Wilden hatten ihn sicher nicht aus Menschenfreundlichkeit am Leben gelassen. O nein, sie hatten bestimmt etwas mit ihm vor.

Das breitflächige Gesicht des Anführers verzog sich zu einer haßerfüllten Grimasse.

»Du getötet!« stieß er hervor. »Viele gute Männer mußten sterben. Dafür du wirst auch sterben. Langsam, qualvoll. Schneller Tod wäre zu schade für dich. Weg.«

Der Anführer oder Häuptling wandte sich ab.

Lassiter wurde gepackt.

Brutal rissen sie ihm die Arme auf den Rücken, fesselten seine Handgelenke mit dünnen, aber festen Hanfschnüren. Dann warfen sie ihn auf den Boden und banden ihm auch die Fußgelenke fest. Als sie damit fertig waren, bespuckten sie ihn. Lassiter ekelte sich.

O verdammt. Es war schon eine höllische Situation, in der sich der große Mann befand.

Ein Yaqui blieb als Wache zurück. Ein Zeichen, daß sie immer noch Respekt vor Lassiter hatten.

Die anderen holten die Pferde. Die Toten wurden eingesammelt.

Lassiter wunderte sich, daß die Yaquis Pferde hatten, denn normalerweise sind die Gebirgsindianer die besten Läufer. Lassiter nahm an, daß die Tiere von einem Raubzug stammten.

Vier Yaquis packten ihn und warfen ihn über einen Pferderücken.

Dann ritten sie los.

Lassiter hatte das Gefühl, sein Magen würde ihm in die Kehle gepreßt. Diese unbequeme Lage kam schon einer Folterung gleich.

Lassiter verfluchte die Situation mehr als einmal.

Wells Fargo. Die Menschenjäger dieser verdammten Gesellschaft hatten ihm dies alles eingebrockt. Sie hatten ihn quer durch Arizona gejagt, so daß Lassiter nach Mexiko fliehen mußte. Und hier, im wilden Bergland der Sierra Madre, war er den Yaquis in die Arme gelaufen.

Der höllische Ritt dauerte Stunden. Die Gegend wurde immer unwegsamer, die Luft kühler, rauher. Es ging hoch in die Berge.

Dann, kurz vor Sonnenuntergang, erreichten sie das Dorf.

Lassiter wurde rücksichtslos vom Pferd gezogen. Völlig erledigt prallte er auf den Boden.

Weiber und Kinder beschimpften ihn, traten ihm in die Seite oder spuckten ihn an.

Lassiter wußte, das war nur das Vorspiel zu einer schlimmen Folterung. Ja, diese Yaquis konnten sehr grausam sein.

Die ersten Feuer leuchteten auf.

Lassiter wurde an den Beinen zuerst in ein stinkendes Zelt geschleift.

Dort ließ man ihn liegen.

Durst quälte den großen Mann. Die Handfesseln schnitten ihm wie Messer in sein Fleisch. Kriechtiere krabbelten über seinen Körper.

Trommeln klangen auf. Der Rhythmus war wild, ungezügelt. Die Yaquis würden ein Fest feiern, und als Höhepunkt würde er sterben müssen.

Lassiter drehte sich auf die andere Seite. Er rutschte ein wenig vor.

Durch einen Spalt in der Zeltwand konnte er nach draußen blicken.

Hoch loderten jetzt die Lagerfeuer auf. Die Yaquis tanzten. Es war ein Totentanz, soviel konnte Lassiter erkennen.

Stunden rannen dahin.

Das Trommeln wurde lauter, hektischer, zerrte an Lassiters Nerven.

Wann würden sie ihn holen?

Zwei Yaquis betraten das Zelt. Schon leicht angetrunken. Grunzend überprüften sie Lassiters Fesseln. Dann verschwanden sie wieder.

Plötzlich verstummte draußen das Geschrei. Der Trommelwirbel verklang.

Was war geschehen?

War das der Anfang vom Ende? Kalter Schweiß legte sich wie ein Film auf Lassiters Stirn.

Jetzt war es die unheimliche Ruhe, die an seinen Nerven zerrte.

Lassiter lauschte mit angehaltenem Atem.

Schritte vor dem Zelt.

Der Vorhang wurde zur Seite gezogen.

Ein Mann betrat das Zelt.

Lassiter kniff die Augen zusammen. Er mußte sich beherrschen, um vor Überraschung nicht laut aufzuschreien.

Der Mann war ein Weißer.

»Überrascht?« fragte der Mann grinsend.

Lassiter wartete einen Moment mit der Antwort. »Ja«, gab er schließlich zu.

Der Mann trat näher. Er hielt eine Schale in der Hand.

»Wasser«, sagte er grinsend, »gutes, kühles Wasser. Trink.«

Er setzte Lassiter die Schale an den Mund.

Belebend rann das Wasser durch Lassiters verdorrte Kehle. Er spürte förmlich, wie die Kraft in seinen Körper zurückkehrte.

Der Mann setzte die Schale ab, holte Tabak und Papier aus der linken Tasche seiner abgewetzten Kordjacke und drehte eine Zigarette.

Er steckte sie Lassiter in den Mund. Das Zündholz rieb er an seiner Schuhsohle an.

Lassiter rauchte in tiefen Zügen. Er sah den Fremden an. Irgendwie kam ihm dieses Gesicht bekannt vor, wenn es auch durch einen dichten Vollbart verändert war.

»Hilf mir auf die Sprünge«, sagte Lassiter rauh. »Wie heißt du?«

Der Mann setzte sich auf den Boden. »Murphy«, sagte er grinsend. »Jock Murphy.« Jetzt wußte Lassiter, wen er vor sich hatte.

Jock Murphy war einer der berüchtigtsten Bankräuber des Westens. Er hatte unzählige Banken überfallen und unzählige Menschenleben auf dem Gewissen. US-Marshals und Sheriffs hatten ihn gehetzt, doch Murphy war ihnen immer entwischt. Sollte er sich hier zur Ruhe gesetzt haben? Lassiter konnte es kaum glauben.

»Na, dämmert's?« fragte Murphy lauernd.

»Ja. Und ich weiß auch, daß meine Chancen immer noch schlecht stehen«, gab Lassiter zurück. »Von dir kann ich nichts erwarten.«

Murphy hob den Arm. »Das darfst du nicht sagen.«

»Wieso?«

»Der Zufall hat dich mir in die Hände gespielt. Wir könnten Partner werden.«

»Nein. Bei deinen Geschäften bin ich nicht dabei.«

Murphy schüttelte in gespielter Verzweiflung den Kopf. »Sei doch nicht so voreilig. Da, horch mal nach draußen. Sie bereiten schon alles vor. Bald werden sie dich rösten. Ich würde es mir an deiner Stelle überlegen.«

»Wie kommst du überhaupt hierher?« wechselte Lassiter das Thema.

»Ich hatte die Staaten satt. Der Boden wurde mir zu heiß. Also setzte ich mich nach Mexiko ab. Ich rettete zufällig diesem Yaqui-Häuptling das Leben. Seitdem ist er mein Freund, und ich kann bei seinem Stamm aus und ein gehen.«

»Da steckt doch noch was anderes dahinter?« forschte Lassiter.

Murphy lachte dreckig.

»Ich sehe schon, du kennst mich. Ich habe vor, hier in Mexiko den größten Fischzug meines Lebens zu landen.«

»Hier? Daß ich nicht lache.«

»Doch, Lassiter. Es geht um zehn Millionen in Gold. Du und die Yaquis werden mir dabei helfen, das Geld zu bekommen.«

Lassiter räusperte sich. »Sag mal, spinnst du?«

Jock Murphy beugte sich noch mehr vor. »Hätte das ein anderer zu mir gesagt, wäre er schon tot. Aber ich halte es deiner Unkenntnis zugute. Merke dir für die Zukunft eins, falls es noch eine Zukunft für dich gibt: Jock Murphy schneidet nicht auf. Das hat er nicht nötig. Okay?«

»Ja, ja«, erwiderte Lassiter. »Aber nimm mir endlich diese verdammten Fesseln ab.«

»Erst muß ich wissen, ob du mitmachst.«

»Ja.«

»Gut.«

Murphy zog ein Messer aus dem Stiefelschaft und befreite Lassiter von den Fesseln.

»Spuck's schon aus«, sagte Lassiter, während er sich die Gelenke massierte.

»Hör zu«, begann Murphy. »Du kennst doch El Borga.«

»Die Festung?«

»Genau die.« Der Bandit lächelte. »Dort liegt das Gold.«

»Da kommst du nie dran«, sagte Lassiter.

»Das denkst du. Aber ich habe einen Plan. Hatte ja Zeit genug, ihn auszuklügeln.«

»Das Gold ist, soviel ich weiß, der Staatsschatz der mexikanischen Regierung. In der Festung sind unzählige Soldaten. Außerdem sind die Mauern so gut wie uneinnehmbar. Ich sehe keine Chance, Murphy.«

»Aber ich. Wozu habe ich denn die Yaquis?«

»Deine Yaquis werden abgeschossen wie die Hasen.«

»Nicht, wenn man es geschickt anstellt. Und schließlich bist du ja auch dabei. Außerdem gibt es da ein tolles Weib auf der Festung. Übrigens die Frau des Kommandanten. Wie ich gehört habe, ist sie verdammt scharf. Na, wär das nichts für dich? Und dazu noch so viel Gold, daß du für dein weiteres Leben ausgesorgt hast.«

»Oder eine Kugel«, sagte Lassiter.

»Du mußt mir schon vertrauen.« Murphy grinste breit.

Lassiter blickte den Verbrecher an. Dann sagte er schließlich: »Laß deinen Plan hören.«

»Wußte ja, daß du ein einsichtiger Mensch bist«, sagte Murphy zufrieden. »Der Plan hat Zeit. Wir saufen erst mal.«

Murphy zog Lassiter aus dem Zelt. Sofort wurden sie von Yaquis umringt.

Murphy hob den Arm. »Dieser Mann gehört jetzt zu uns!« rief er. »Er wird uns helfen.«

Der Häuptling trat vor. Er blickte Lassiter lange in die Augen. »Ich bin Chuta«, sagte er in holprigem Spanisch.

Damit war Lassiter frei.

Sie setzten sich um ein Feuer. Murphy schrie nach Pulque.

Zwei Frauen brachten Tonkrüge mit diesem scharfen Schnaps.

»Sauf!« forderte Murphy Lassiter auf.

Er selbst goß sich das Zeug wie Wasser in die Kehle.

Lassiter trank langsam.

»Ich brauche Wasser«, sagte er.

»Kriegst du alles«, erwiderte Murphy rülpsend.

»Wie ist das mit dem Plan?« wollte Lassiter nach einer halben Stunde wissen, als Murphy noch einigermaßen nüchtern war.

»Erkläre ich dir später. Laß mich endlich in Ruhe.«

Weitere zwei Stunden später waren fast alle Yaquis betrunken. Murphy hatte sich mit zwei Frauen in ein Zelt verzogen.

Lassiter dachte an Flucht.

Aber wie weit würde er in diesem unwegsamen Bergland kommen? Nein, es würde sich später sicher eine bessere Gelegenheit bieten.

Lassiter stand auf und ging zu seinem Zelt.

Dort wartete schon eine Frau auf ihn. Sie lag auf einer Bastmatte.

»Was soll das?« fragte Lassiter.

»Nimm mich«, sagte sie auf Spanisch. »Ich gehöre jetzt dir.«

Lassiter schloß die Eingangsklappe.

Wenig später, als sich seine Augen an die Dunkelheit gewöhnt hatten, sah er, daß die Frau nur eine Decke über sich gelegt hatte.

Lassiter zog die Decke weg.

Die Yaquisquaw reckte sich. Ihre Augen glänzten.

Lassiter zog sich aus.

Verdammt, er spürte, wie sehr ihn diese Frau erregte. Ja, er brauchte es wieder.

Lassiter legte sich neben sie.

Sie fuhr mit ihren Händen über seinen nackten Oberkörper. Teufel, sie wußte genau Bescheid.

Lassiter wälzte sich auf sie.

Wild umklammerte er ihre Schultern, spürte das Verlangen …

Die Squaw unter ihm bewegte sich, glitt zur Seite …

Etwas blitzte auf.

Ein Messer!

Das Weib mußte es irgendwo versteckt haben.

Lassiter handelte instinktiv.

Seine flache Hand knallte gegen den Messerarm. Hinter dem Schlag saß so viel Wucht, daß das Mädchen zurückgeschleudert wurde. Das Messer rutschte ihr dabei aus den Fingern.

»Verdammtes Biest«, zischte Lassiter und drückte die Squaw auf den Boden.

»Warum hast du das getan?«

»Du hast ihn umgebracht. Meinen Mann. Er hatte mitgekämpft. Und dafür solltest du sterben. Jetzt kannst du mich töten.« Die Frau stieß die Worte haßerfüllt hervor.

Lassiter packte das Messer und stand auf.

»Verschwinde«, knurrte er.

Die Squaw sah ihn noch einmal an, raffte die Decke vor ihren Körper und huschte aus dem Zelt.

Lassiter legte sich hin und schlief sofort ein.

Sie ritten zwei Tage. Achtundvierzig Stunden über sonnendurchglühte, ausgetrocknete Ebenen, über Bergkuppen und durch tiefe Canyons.

Dann endlich lag sie vor ihnen.

Die Festung El Borga.

Auf einem Plateau zügelten sie ihre erschöpften Pferde.

Jock Murphy hob den Arm. »Dort warten Millionen auf uns.«

Lassiter erwiderte nichts. Aus schmalen Augen blickte er zu der Festung hinüber.

El Borga schien wirklich uneinnehmbar zu sein. Das Bollwerk bestand aus dicken Steinen und war auf Felsen errichtet worden. Wie eine Drohung wirkte El Borga in dieser kahlen Landschaft.

Ein schmaler Weg, kaum breiter als ein Planwagen, führte hinauf.

»Reiten wir«, sagte Murphy. »Der Capitán soll guten Wein haben.«

Nur widerwillig ließen sich die Pferde in Bewegung setzen. Murphy ritt vor. Siegessicher.

Ihr Kommen war schon bemerkt worden.

Das breite, eisenbeschlagene Tor wurde geöffnet.

Murphy zog seinen schmierigen Hut. »Buenos dias«, begrüßte er die Soldaten, die mit schußbereiten Gewehren auf sie warteten. »Ich hoffe, Sie geben zwei müden Männern eine Unterkunft für die Nacht.«

Der Wachoffizier, inzwischen aufmerksam geworden, sagte nur: »Kommen Sie.«

Die beiden Männer ritten in den Innenhof der Festung. Ein Rekrut nahm ihnen die Pferde ab.

Lassiter sah sich um.

Flache Mannschaftsunterkünfte klebten wie Fliegendreck an den wuchtigen Mauern. Vier Wachttürme sorgten für Sicherheit. Doch das Prunkstück dieses Innenhofs war ein riesiger hölzerner Wasserturm. Neben dem Turm stand das Haus des Capitán. Es war aus Adobeziegeln gebaut und stach in dieser tristen Umgebung direkt ab. Von den Dächern der Mannschaftsunterkünfte führten lange Leitern bis zu den wuchtigen Brustwehren der Festung.

Der Wachoffizier brachte die Männer zu einer der Unterkünfte. »Hier können Sie sich waschen.«

In einem Steintrog schwappte lauwarmes Wasser.

Lassiter steckte sofort den Oberkörper in die Brühe. Murphy tat es ihm nach.

»Na«, prustete er, »habe ich zuviel versprochen? Es ist kinderleicht, in die Festung zu gelangen. Merk dir alles gut, Lassiter. Wir werden es hinterher brauchen können.«

Lassiter nickte, während er sein Hemd auswrang. Dann zog er das nasse Kleidungsstück wieder über.

Auf einmal stand der Wachoffizier in der Unterkunft. »Der Capitán will Sie sprechen«, meldete er.

»Wird uns eine Ehre sein«, erwiderte Murphy grinsend. »Gibt's da auch was zu saufen?«

»Ja«, erwiderte der Offizier knapp.

Eine Ordonnanz brachte sie zu dem Adobehaus.

Lassiter fühlte sich wie in einer anderen Welt.

Dicke Teppiche bedeckten den Boden, und schwere Möbelstücke, bestimmt aus Europa importiert, gaben dem Haus eine exklusive Note.

Murphy kratzte sich am Kopf. »Verdammt nobel, der Greaser«, murmelte er.

»Ja, der Mann hat Kultur«, erwiderte Lassiter. »Im Gegensatz zu dir.«

»Sag nur nicht, daß du etwas davon verstehst«, knurrte Jock Murphy, »ich möchte wetten ...«

Er wurde von einem Mann unterbrochen, der in diesem Augenblick das Zimmer betrat.

»Ich bin Capitán Esteban Bayonne«, erklärte der Mann und streckte die Hand aus.

Bayonne war ein hochgewachsener schwarzhaariger Mann mit tiefbraunem Teint, einer Hakennase und messerscharfen Lippen. Er trug eine mit Orden und Ehrenzeichen übersäte Uniform, und an seiner rechten Seite hing ein Degen.

Lassiter und Murphy stellten sich vor.

»Aber setzen wir uns doch, Señores.« Der Capitán lächelte und deutete auf einige schwere Ledersessel in einer Ecke des Zimmers.

Eine Ordonnanz brachte Wein, kaltes Geflügel, Mais und Brot.

»Sie werden Hunger haben«, sagte Bayonne.

»Und wie«, sagte Murphy.

Murphy fraß wie ein Scheunendrescher. Er mißachtete sämtliche Tischregeln.

Lassiter, der wesentlich genußvoller aß, beobachtete ihn. Er warf aber auch ab und zu einen Blick auf Bayonne, der Murphys Eßgewohnheiten mit zusammengekniffenen Augen verfolgte.

Lassiter lehnte sich schließlich zurück, dankte mit einem Kopfnicken dem Gastgeber und nahm sich ein Zigarillo aus dem Lederetui, das geöffnet auf dem Marmortisch stand.

Capitán Bayonne lehnte sich behaglich zurück. »Weshalb sind Sie hier, Señores?« fragte er.

»Rein zufällig«, erwiderte Murphy. »Wirklich, wir wollen weiter nach Süden.«

Bayonne lächelte blinzelnd. »Sie lügen.«

»Was?« schrie Murphy und sprang auf.

»Bleiben Sie sitzen, Señor«, sagte der Capitán ruhig. »Ich kann meine Worte beweisen.«

»Da bin ich aber gespannt.«

Lassiter blieb ruhig. Er hatte Bayonne richtig eingeschätzt. Dieser Mann war eiskalt. Ihm konnte man so leicht nichts vormachen.

»Wissen Sie, Señores, ich war lange genug in den Staaten«, begann Bayonne leise. »Sie sind dort berühmt. Beide. Nicht wahr, Señor Lassiter?«

Lassiter grinste. »Sicher.«

»Sehen Sie«, fuhr der Capitán fort. »Auf Ihren Kopf, Señor Lassiter, sind zur Zeit dreißigtausend Dollar ausgesetzt, und bei Jock Murphy verhält es sich nicht anders.«

Murphy wurde blaß. Seine rechte Hand krallte sich um den Colt.

Bayonne lächelte spöttisch.

»Ehe Sie gezogen haben, sind sie schon dreimal tot.«

»Er hat recht«, sagte Lassiter. »Laß es. Sieh gegenüber zur Wand. Dort sind Schießscharten. Die Gewehrmündungen zeigen schon seit einigen Minuten auf uns.«

Murphys Blick irrte umher. »Verdammt«, knirschte er und ließ sich wieder zurücksinken.

»Wir wollen uns doch wie erwachsene Männer unterhalten«, fuhr Bayonne fort. »Versetzen Sie sich mal in meine Lage. Sie beide sind, grob geschätzt, fünfzigtausend amerikanische Dollar wert. Soll ich das Geld sausen lassen?«

»Ich würde es Ihnen raten«, sagte Lassiter hart.

Der Capitán lachte. »Sie scherzen, Amigo.«

»Aber was ist denn hier los?« hörte Lassiter plötzlich eine Frauenstimme.

Auf einer Treppe, die in die obere Etage führte, stand eine Frau. Und was für eine.

Blondes Haar umrahmte ein Gesicht, das von einem Maler geschaffen schien. Die Frau trug Reitkleidung. Eine enge grüne Hose, weiße Stiefel und eine am Hals weit offenstehende bunte Bluse.

Bayonne ruckte herum.

»Verschwinde, Jane«, zischte er. »Misch dich nicht ein.«

»Ich will mich aber einmischen«, gab Jane hart zurück und ging langsam die Treppe hinunter.

Lassiter und Murphy erhoben sich.

Die Frau sah sie an. Auf Lassiter blieb ihr Blick etwas länger haften. Sie öffnete ein wenig den Mund und fuhr ganz leicht mit der Zungenspitze über die Lippen. Ihre Augen nahmen dabei einen seltsamen Glanz an.

Teufel, muß die Frau scharf sein, dachte Lassiter. Er nahm sich vor, es bei Gelegenheit auszuprobieren. Falls es je dazu kommen sollte.

Brutal faßte Bayonne Jane am Arm.

»Du tust mir weh!« schrie sie.

»Verschwinde endlich«, zischte Bayonne. »Diese zwei dreckigen Typen gehen dich überhaupt nichts an. Verstanden?«

»Gut, Esteban«, preßte sie hervor. »Ich gehe. Aber wir sprechen uns noch. Verlaß dich drauf.«

Jane drehte sich abrupt um und lief hinaus.

»Ihre Gemahlin?« Lassiter grinste spöttisch.

»Das geht Sie einen feuchten Dreck an«, erwiderte Bayonne. »Wache!«

Sechs Soldaten tauchten auf.

»Sperrt sie ein!«

Die Männer rammten Lassiter und Murphy ihre Gewehrmündungen in den Rücken.

Capitán Bayonne lachte. »Danke für die Abwechslung, Señores. Wir werden Sie ausliefern. Morgen schon. Ich kann immer Geld brauchen.«

»Das wird dieses Schwein büßen«, knurrte Jock Murphy, als man sie über den Innenhof auf ein kleines Steinhaus zutrieb. Dort wurden sie auch entwaffnet.

Lassiter hatte das Gefühl, vom Regen in die Traufe geraten zu sein.

Die Eskorte bestand aus zehn schwerbewaffneten Soldaten.

Capitán Bayonne höchstpersönlich überwachte den Abtransport der Gefangenen. Er sah noch mal die Fesseln der beiden Männer nach und ließ dann aufsitzen.

Die Sonne brannte schon vom Himmel, als sie aus der Festung ritten.

Lassiter wandte sich kurz um.

An einem Fenster stand Jane. Sie winkte ihm zu.

Lassiter grinste.

Jock Murphy hatte den Blick und das Zeichen ebenfalls bemerkt. »Die Alte ist scharf«, meinte er.

»Stimmt«, raunte Lassiter.

Der Schlag mit dem Gewehrkolben ließ ihn nach vorn auf den Hals des Pferdes fallen.

»Hier wird nicht geredet!« schrie der Bewacher.

Lassiter setzte sich wieder aufrecht hin und preßte die Lippen aufeinander.

Der Ritt wurde zur Hölle.

Durst quälte Lassiter. Während sich die Soldaten Wasser in die Kehlen fließen ließen, klebte ihm die Zunge wie ein dicker Klumpen im Hals.

Nur Murphy grinste. Siegessicher. So, als würde ihm das alles nichts ausmachen.

Es wurde Nachmittag.

Die Soldaten begannen zu murren. Sie wollten eine Rast einlegen.

Der Führer der Gruppe, Teniente – Lieutenant – Ramirez, wurde wütend.

»Wir halten erst am Abend an, ihr Schlappschwänze. Verstanden?«

Die Soldaten nickten schweigend. Doch ihre Augen sahen den Teniente haßerfüllt an.

Sie verließen die Berge und ritten auf eine Ebene zu, die bis zum Rio Grande, dem Grenzfluß zwischen den Staaten und Mexiko, reichte.

»Anhalten!« befahl der Teniente inmitten einer Felsgruppe.

Aufatmend zügelten die Soldaten ihre Pferde. Auch Lassiter und Murphy waren heilfroh, von den Gäulen zu kommen, die keine Sättel trugen.

Der Teniente selbst stieß Lassiter kurzerhand vom Pferd.

Der große Mann fing den Sturz ab und verwandelte ihn in eine Rolle.

Ramirez lachte. Er trat auf Lassiter zu.

»Der Capitán hat mir viel von Ihnen erzählt. Aber so gefährlich, wie er Sie geschildert hat, scheinen Sie gar nicht zu sein«, schnarrte der Teniente.

»Lassen Sie es nicht darauf ankommen«, erwiderte Lassiter.

Ramirez faßte nach seinem Revolver. »Am liebsten würde ich Sie erschießen«, spuckte er haßerfüllt hervor.

»Dann wird sich Capitán Bayonne aber freuen«, sagte Lassiter grinsend.

Der Teniente stampfte wütend auf den Boden. »Das Schwein kriegt nichts zu trinken!« schrie er.

»Ich auch nicht?« erkundigte sich Murphy spöttisch.

Ramirez fühlte sich auf den Arm genommen.

»Nein!« brüllte er.

Die Soldaten hatten es sich inzwischen bequem gemacht. Vier Männer hielten Wache, die anderen aßen und tranken.

Murphy rollte sich zu Lassiter.

»Bald haben wir's geschafft«, flüsterte er.

»Du hoffst auf die Yaquis, wie?«

»Aber ja doch. Sie werden uns bestimmt nicht im Stich lassen.«

Lassiter legte sich ein wenig bequemer hin. »Na, hoffentlich hast du recht.«

Fast ohne Übergang brach die Nacht herein.

Einer der Soldaten hatte eine Flasche Tequila mitgenommen. Immer, wenn der Teniente nicht hinsah, nahmen die Männer einen Schluck.

Bei der ersten Wachablösung konnte man schon die Folgen sehen. Manche mußten sich auf ihr Gewehr stützen.

»Fehlt nur noch, daß sie singen«, sagte Lassiter.

»Um so besser für meine Freunde«, erwiderte Murphy.

Der Teniente wickelte sich als erster in eine Decke. Vorher überprüfte er noch mal die Handfesseln der beiden Gefangenen. Er war zufrieden. Dann fesselte er Lassiter und Murphy die Beine.

»Damit ihr nicht weglauft.«

Lassiter schloß die Augen, ohne jedoch zu schlafen. Er konzentrierte sich, achtete auf jedes Geräusch. Das Schnarchen der Männer überhörte er. Nur ab und zu drangen die Stimmen der Wächter zu ihm herüber.

Es war eine mondhelle Nacht. Als Lassiter die Augen kurz öffnete, sah er deutlich die Konturen der schlafenden Männer.

Plötzlich zuckte der große Mann zusammen.

Ein Pumaschrei hatte ihn aufgeschreckt.

Murphy, der ebenfalls nicht geschlafen hatte, stieß Lassiter in die Seite.

»Sie sind da«, hauchte er.

Das Gefühl hatte Lassiter auch. Der Pumaschrei klang zwar wie echt, aber Lassiter hatte lange genug in der Wildnis gelebt, um zu erkennen, daß er von einem Menschen ausgestoßen worden war.

Lassiter war gespannt wie eine Stahlfeder. Angestrengt horchte er in die Nacht.

Ein dumpfes Gurgeln. Ein halb erstickter Schrei, dann Stille.

Die Yaquis mußten die Wächter erledigt haben.

Von den schlafenden Soldaten hatte niemand was gehört.

Minuten rannen dahin.

Schatten huschten zwischen den Felsen. Lautlos.

Plötzlich waren sie da. Die Yaquis.

Ihre mit Fett eingeriebenen Körper glänzten im Mondlicht.

Messer zuckten durch die Luft …

Sekunden später lebten die restlichen Soldaten auch nicht mehr.

Chuta, der Häuptling, glitt zu Lassiter. Seine Augen blitzten, als er ihm die Fesseln aufschnitt.

»Wunderbar, Amigos!« rief Murphy. »Das war genau zur richtigen Zeit. Wußte ja, daß ihr uns nicht im Stich lassen würdet.«

Murphy wandte sich an Chuta.

»Jetzt an die Arbeit. Zieht den Soldaten die Uniformen aus. Aber schnell.«

Die Yaquis gehorchten.

Der große Mann wandte sich ab. Es widerte ihn an.

»Jetzt stehst du in meiner Schuld«, sagte Murphy, »und zwar zweifach. Ich habe dir schon wieder das Leben gerettet. Ich hoffe, du weißt das zu würdigen.«

»Werde daran denken«, knurrte Lassiter.

Murphy sah ihn mit einem langen Blick an. »Spiel nur nicht falsch. Sollte ich etwas merken, dann … ssst!« Murphy fuhr sich mit der Hand an der Kehle entlang.

»Das wirst du nicht erleben«, sagte Lassiter ruhig. »Denn dann bist du schon tot.«

Murphy lachte gekünstelt. »Schon gut, Amigo Lassiter.

Du bist ein Spaßvogel. Komm, trinken wir einen Schluck. Die Bastarde haben bestimmt genug Tequila in den Satteltaschen.«

Murphy behielt recht. Es blieb sogar noch etwas für die Yaquis übrig.

Die Soldaten waren inzwischen von den Yaquis ausgezogen worden. Die Kleidungsstücke lagen verstreut herum.

»Sammelt sie ein«, befahl Murphy.

Er zog Lassiter am Arm.

Dann sagte er: »Los, Amigo, wir holen uns jetzt Waffen.«

Die beiden suchten sich die besten Teile aus. Lassiter nahm zwei Revolver und ein Gewehr. Außerdem noch ein Messer, das er in den Stiefelschaft steckte.

Die Indianer hatten inzwischen die Uniformen zusammengepackt und auf ein Pferd gebunden.

Jock Murphy sprach kurz mit dem Häuptling.

Wenig später brachen sie auf.

Murphy ritt neben Lassiter.

»Was geschieht mit den Soldaten?« fragte der große Mann.

»Die Geier sollen sie fressen.«

»Du bist ein Hurensohn, Murphy«, sagte Lassiter.

Murphy bleckte die Zähne und warf sich im Sattel herum.

»Amigo, bald geht's los. Teil zwei meines Planes.«

Wild stieß er seinem Pferd die Sporen in die Weichen und galoppierte an die Spitze.

In diesem Augenblick verfluchte Lassiter zum erstenmal die Sache, in die er sich notgedrungen eingelassen hatte.

»Dieser Lassiter gefällt dir wohl, was?« fragte Bayonne lauernd.

»Ja«, erwiderte Jane spitz.

Bayonne sah sie aus schmalen Augen an. »Denk immer daran, du bist mit mir verheiratet.«

»Leider.«

»Was soll das heißen?«

»Daß mir dieses Mistleben nicht gefällt!« schrie Jane plötzlich. »Fast zwei Jahre muß ich schon unter diesen dreckigen Soldaten hausen ...«

»Ich weiß gar nicht, was du hast«, unterbrach Esteban Bayonne sie schroff. »Du hast hier alles, was du willst: Geld, Kleider und mich.«

»Daß ich nicht lache. Dich. Was bist du denn schon? Ein billiger Capitán, den man abgeschoben hat. Sitzt auf Millionen und kannst nicht ran. Lächerlich. Außerdem, was nutzen mir die besten und teuersten Kleider, wenn wir nicht ausgehen? Und bis die Sachen hier sind, hat längst die Mode gewechselt. Nein, Esteban, ich halte das nicht länger aus.«

»Ach nein, die gnädige Frau hält es nicht länger aus. Wo kommst du überhaupt her? Denk mal an die Zeiten in Laredo, wo du in miesen Saloons herumgehurt hat. Und wer hat dich da rausgeholt? Ich, Esteban Bayonne. Du solltest mir dankbar sein.«

»Dankbar?« Jane stemmte die Fäuste in die Hüften. Sie hatte sich in Wut geredet. Das Haar hing ihr wirr in die Stirn, und ihre Brüste drohten unter den heftigen Atemzügen den Ausschnitt des Kleides zu sprengen. »Die miesen Kuhtreiber haben mich wenigstens als Frau behandelt. Aber du? Du schaffst ja nichts mehr. Du Schlappschwanz.«

Esteban Bayonne sah rot. Er holte aus und schlug seiner Frau die flache Hand ins Gesicht. »Da hast du dein Fett«, zischte er haßerfüllt.

Jane rührte sich nicht. Fast gelassen nahm sie den Schlag hin. Sie blickte ihren Mann an, der schwer atmend vor ihr stand.

»Das hast du nicht umsonst getan. Dafür werde ich dich umbringen. Oder wenn ich es nicht tue, erledigt das ein anderer, du Bastard!«

Esteban Bayonne atmete tief ein. »Pardon, Jane. Ich habe mich vergessen«, sagte er auf einmal erstaunlich ruhig. »Verzeih mir. Ich sehe ein, du hast recht. Dieses Leben ist nichts für eine Frau wie dich. Wir werden sehen, daß wir hier wegkommen.«

»Und die Millionen bleiben hier«, spottete die Frau.

»Erst einmal.«

»Was soll das heißen?«

Bayonne grinste verschlagen. »Ich kenne die Festung gut

genug. Vielleicht finde ich später einmal eine Möglichkeit, mit einigen beherzten Burschen das Geld zu holen.«

»Später, später«, Jane winkte ab. »Immer später. Etwas anderes habe ich noch nie gehört. Du hattest noch nie viel Geld und wirst auch nie viel besitzen. Das ist meine Meinung.«

»Du vergißt Lassiter und Murphy. Die beiden sind zigtausend Dollar wert.«

Jane schüttelte den Kopf. »Wie dumm du doch bist. Glaubst du denn im Ernst, die Amerikaner würden dir das Geld geben? Ein Dankschreiben wäre das höchste der Gefühle.«

Bayonne straffte sich. »Das wollen wir doch mal sehen«, schnarrte er.

Der Capitán drehte sich um und verließ das Zimmer.

Jane sah ihm aus schmalen Augen nach. Ein spöttisches Lächeln kräuselte sich um ihre Lippen. Sie hatte erreicht, was sie wollte.

Der Ort hieß San Azura.

Er bestand aus einigen Häusern, einer Kirche und zwei Bodegas.

In einer ging es hoch her.

Eine Anzahl rauher Männer war eingetroffen. Männer, die Verpflegung brachten. Für die Soldaten auf El Borga.

»Und nun lassen wir erst mal die Puppen tanzen«, grölte Carlos Blake, ein schwergewichtiger Muskelprotz mit dichtem Schnauzbart und überdimensionalem Sombrero. Carlos Blake war der Sohn einer Mexikanerin und eines Amerikaners. Ein Typ, der zuerst schoß und dann fragte.

Zwei gekreuzte Patronengurte über der Brust sorgten dafür, daß ihm nie die Munition ausging.

Carlos Blake flegelte sich auf eine der Bänke an der Wand und grölte: »Besorg Weiber, du Wurm.«

Der mickrige Wirt, der sich angesprochen fühlte, zuckte zusammen. »Wir haben keine Frauen, Señor. Trinken können Sie, aber das andere nicht.«

Carlos Blake stand auf. »Habt ihr das gehört, Compadres?« schrie er. »Sie haben keine Weiber hier. Dann zaubere uns welche. Los.«

Mit einer lässigen Bewegung wischte er den kleinen Wirt quer durch den Raum.

Seine Kumpane grölten.

»Ich hol' Schnaps!« brüllte einer.

Er räumte kurzerhand die Flaschen aus dem wackligen Regal hinter dem primitiven Tresen.

Der Tequila wurde ihm fast aus der Hand gerissen.

»Ja, das ist richtig«, schmatzte Carlos Blake und zog den Korken mit den Zähnen heraus.

Gluckernd ließ er sich das Zeug in die Kehle rinnen.

»Ah, das tat gut«, prustete er und rülpste.

Dann entdeckte er den Wirt, der noch immer auf dem Boden lag.

»Hau ab, du Scheißkerl, und bring die Weiber!«

Er unterstrich seine Aufforderung mit ein paar Kugeln, die er kurz vor den Stiefelspitzen des bedauernswerten Mannes in den festgestampften Lehmboden jagte.

Der Wirt sprang hoch wie ein Stehaufmännchen und flitzte nach draußen.

Die Männer wollten sich ausschütten vor Lachen.

»Und wenn er wirklich keine auftreibt?« erkundigte sich Miguel, ein Mestize, lauernd.

»Dann nehmen wir uns seine Alte vor!« röhrte Carlos Blake.

»Das ist gut!« Miguel lachte und schlug sich auf die dürren Schenkel.

»Wer kriegt sie denn zuerst?« erkundigte sich ein anderer.

»Wenn sie gut ist, ich natürlich, du Ziegenbock.«

Carlos Blake warf die leere Flasche gegen die Wand.

»Eine neue!«

Einer seiner Kumpane sprang auf und holte ihm das Gewünschte.

Wieder soff der Mann wie ein Stier.

»Wo ist denn dieser verdammte Wirt?« schrie er plötzlich.

»Der scheißt sich vor Angst in die Hose«, Miguel kicherte.

Schwankend stand Carlos Blake auf und ging in Richtung Tür.

In diesem Augenblick kehrte der Wirt zurück.

»Señor«, flehte er händeringend. »Wie ich Ihnen schon gesagt habe, wir haben keine Mädchen. Bitte, glauben Sie mir.«

Blake bleckte die Zähne. »Gut, du winselnder Köter. Ich habe heute meinen guten Tag. Wir sind auch mit einer zufrieden. Los, hol deine Frau.«

Dem Wirt schien das Herz stehenzubleiben. »Aber, Señor«, bettelte er, »bitte nicht. Machen Sie mit mir, was Sie wollen. Erschießen Sie mich. Aber lassen Sie meine Frau zufrieden. Bitte.«

Carlos Blake holte aus und trat den Mann in den Rücken. »Lauf, du Wicht, und hol dein Weib her. Wir wollen unseren Spaß haben. Wenn nicht, stecken wir euer Dorf an. Verstanden?«

Der Wirt nickte zitternd. Dann verschwand er durch eine schmale Öffnung im Hintergrund des Raumes.

»Auf die bin ich gespannt«, sagte Blake grinsend. »Die sieht bestimmt aus wie eine Eidechse. Dann schenke ich sie euch.«

Wieder grölten die anderen vor Begeisterung.

Zwei Minuten später grölten sie nicht mehr. Da staunten sie fast Bauklötze.

Der Wirt war mit seiner Frau zurückgekommen.

Und was für ein Weib.

Nicht mehr ganz jung. Auch nicht sehr schlank. Aber genau das, was Carlos Blake liebte.

Er leckte sich schon in lüsterner Vorfreude die Lippen.

»Nee, Amigos. Die ist nicht für euch. Die vernasche ich ganz allein.«

Tapsend ging Carlos Blake auf die Frau zu.

Der Wirt hatte sich angstschlotternd in eine Ecke gekauert.

Die Frau sah Blake furchtlos in die Augen. »Sie sind also das Schwein, von dem mir mein Mann erzählt hat«, sagte sie und schlug zu.

Sie traf Blake mitten ins Gesicht.

Der Mann war völlig perplex. Die Schnapsflasche klirrte auf den Boden.

»Sie kommen sich wohl sehr stark vor mit Ihren fünf Männern als Schutzengel.« Die Stimme der Frau zitterte. Man spürte, daß sie sich nur mühsam beherrschte.

Carlos Blake erholte sich nur langsam von seiner Überraschung. Doch dann lief er puterrot an.

»Du Dreckstück!« schrie er.

Seine Pranke schoß vor. Mit einem heftigen Ruck riß er die Frau zu sich heran.

»Dir werd' ich's zeigen. Warte nur.«

Gierig suchten seine dicken Lippen den Mund der Frau. Gleichzeitig riß er ihr mit der linken Hand das Kleid auseinander.

Seine Kumpane brüllten, als sie das sahen.

Der Wirt verlor die Nerven.

Aufschreiend sprang er Carlos Blake an.

Miguel zog seinen Colt. Er schoß dem Mann in den Rücken.

Mit einem Wehlaut brach der Wirt zusammen.

Seine Frau schrie auf. Verzweifelt wand sie sich unter dem brutalen Griff des bärenstarken Mannes.

Ohne Erfolg. Ihre Kräfte reichten nicht aus, um sich aus dieser Umklammerung zu befreien.

Mit einem Ruck schleuderte Carlos Blake die Frau gegen die Wand. Triumphierend hielt er das Oberteil ihres Kleides in der Hand.

»Das andere hol' ich mir auch noch!« brüllte er und warf das Kleidungsstück seinen Kumpanen vor die Füße.

»Ich glaube, dazu wird es nicht kommen!« sagte eine scharfe Stimme vom Eingang der Bodega her …

Lassiter stand plötzlich im Raum. Zwei Colts in den Fäusten. Schräg neben ihm lehnte Jock Murphy lässig an der Wand. Ebenfalls die Waffen im Anschlag.

Die Kerle standen wie vom Blitz getroffen. Überraschung zeichnete ihre Gesichter.

Carlos Blake erholte sich als erster.

Wütend stampfte er mit dem Fuß auf.

Dann drehte er sich langsam um.

Die Frau huschte aus seiner Reichweite. Sie kniete sich neben ihren Mann.

»Ihr seid wohl wahnsinnig, was?« knurrte Carlos Blake und legte seine Hand auf den Coltkolben.

Lassiter blieb ganz ruhig. Fast gemütlich sagte er: »Ihr habt euren Spaß gehabt. Jetzt sind wir an der Reihe. Schlage vor, ihr laßt erst mal fallen.«

Carlos Blake lachte. »Habt ihr das gehört, Muchachos? Diese beiden stinkenden Coyoten wollen uns Befehle geben. Verschwindet! Ich gebe euch den guten Rat.«

Gleichzeitig schoben sich seine Männer auseinander. Sie standen in einem Halbkreis Lassiter und Murphy gegenüber.

Miguel konnte es nicht lassen.

Seine Hand zuckte zur Hüfte.

Lassiter feuerte.

Miguel wurde voll getroffen. Ohne einen Laut brach er zusammen.

»So geht das«, sagte Murphy grinsend. »Mein Freund ist sehr empfindlich.«

Carlos Blake verzog die Augen zu Schlitzen.

»Ich warte nicht länger«, sagte Lassiter.

»Okay.« Blake nickte und griff nach der Schnalle seines Patronengurtes.

Doch gleichzeitig warf er sich zur Seite, stieß einen heiseren Schrei aus und zog.

Dieser Schrei war das Signal für seine Kumpane. Ihre Hände rasten ebenfalls zu den Waffen.

Das war der Anfang einer regelrechten Revolverschlacht.

Lassiter hatte sich auf die Knie fallen lassen. Noch im Fallen spuckten seine Colts Feuer.

Und die Kugeln trafen.

Carlos Blake und zwei seiner Kumpane wurden von den Geschossen zurückgeworfen und brachen zusammen.

Neben Lassiter feuerte Murphy. Mit verzerrtem Gesicht lag er auf dem Boden, den Colt vorgestreckt.

Die Kugeln der anderen fauchten über die beiden hinweg und klatschten in die Adobewand der Bodega.

An diesem Nachmittag hielt der Tod blutige Ernte in San Azura.

Und dann war es plötzlich vorbei. Nur das Stöhnen der Verletzten unterbrach die Stille.

Die Wirtin weinte. Langsam stand Lassiter auf und steckte die Colts in die Halfter. Mit dem Ärmel wischte er sich den Schweiß von der Stirn.

»War doch ein herrlicher Spaß«, sagte Murphy gefühlskalt.

»Tut mir leid«, erwiderte Lassiter rauh. »Ich verstehe unter Spaß etwas anderes.«

Murphy lachte widerlich. Er deutete auf die am Boden hockende Frau. »Es ist das Recht des Siegers, sich das zu nehmen, was ihm zusteht.«

»Wenn du das tust, schlage ich dich tot«, sagte Lassiter düster.

Murphy sah den großen Mann an. »Das glaube ich dir sogar. Wirklich. Aber dazu gehören zwei. Einer, der schlägt, und einer, der sich schlagen läßt. Noch sind wir aufeinander angewiesen.«

»Stehe dir jederzeit zur Verfügung«, meinte Lassiter achselzuckend.

Dann kümmerte er sich um die am Boden liegenden Männer. Drei von ihnen waren tot. Weitere schwer verletzt.

Lassiter wandte sich an die Wirtin. »Diese Leute brauchen einen Arzt. Habt ihr einen in San Azura?«

»Nein, Señor. Ich brauche auch einen Arzt. Für Pepe, meinen Mann. Er ist nicht tot. Aber wir haben eine alte Frau, die etwas von Wunden versteht.«

Lassiter nickte. »Hol sie her.«

Jock Murphy hatte die Bodega verlassen. Lassiter fand ihn bei den Proviantwagen.

Lassiter lud seine Waffen nach und setzte sich auf eine Deichsel.

»Wann kommen deine Yaquis?« erkundigte er sich.

»Ich habe ihnen gesagt, bis spätestens Sonnenuntergang. Lange wird's nicht mehr dauern.«

Lassiter zündete sich einen Zigarillo an.

»Teil zwei meines Planes ist auch gelungen«, sagte Murphy stolz. »Wenn das so weitergeht, sind wir bald stinkreich.«

Lassiter sagte nichts. Er sah zu den Bergen hinüber, die schwach am Horizont zu erkennen waren. Dort hinten lag die Festung El Borga. Bis jetzt hatte alles reibungslos geklappt. Aber verdammt, Lassiter hatte ein ungutes Gefühl. Am liebsten wäre er ausgestiegen. Doch er hatte sein Wort gegeben. Aber wenn sich Murphy als skrupelloser Killer erweisen würde, war er fällig.

»Die Yaquis kommen«, bemerkte Lassiter und warf den Zigarillostummel in den Staub.

Murphy richtete sich auf und blickte in die Ebene hinaus, die sich vor dem Ort ausbreitete.

»Pünktlich.« Er grinste. »Dann können wir uns bald an die Arbeit machen.«

Eine halbe Stunde später waren die Indianer da.

Chuta, der Häuptling, gesellte sich zu den Weißen. Jock Murphy hielt noch einmal eine Rede.

»Ihr wißt, was zu tun ist«, sagte er. »Besorgt euch die Kleider der Weißen, spannt die Pferde vor den Wagen und dann ab. Denkt immer daran: In der Festung warten Waffen. Viele Gewehre und auch Feuerwasser. Ihr werdet stark werden, sehr stark.«

Es war klar, daß die Indianer seine Worte überhaupt nicht verstanden. Doch Chuta, der Häuptling, würde es ihnen schon beibringen. Er hatte schließlich eine Missionsschule besucht und beherrschte die Sprache der Weißen einigermaßen.

Die Einwohner des Dorfes hatten sich um die Männer versammelt. Ängstlich und scheu blickten sie die Yaquis an.

Der Jefe von San Azura trat vor. In demütiger Haltung stand er vor Lassiter und Murphy.

»Was willst du?« fragte Lassiter freundlich.

»Bitte um Vergebung, Señor. Aber wir möchten Ihnen danken. Sie haben uns einen großen Dienst erwiesen. Seien Sie unsere Gäste. Wir werden Ihnen geben, was wir können. Ich danke Ihnen nochmals, Señores.«

Jock Murphy klopfte dem Mann wohlwollend auf die Schulter. »Wir nehmen dein Angebot an. Wir brechen erst morgen früh auf. Was meinst du, Lassiter?«

Der große Mann zuckte mit den Schultern. »Mir egal.«

»Aber hast du auch Frauen?« erkundigte sich Murphy lauernd.

Der Jefe zuckte zusammen.

»Señor, bitte.«

»Hast du Weiber?« schrie Murphy wie von Sinnen.

Da schlug Lassiter zu. Seine Faust dröhnte wie ein Dampfhammer gegen Murphys Kiefer.

Jock Murphy wurde um die eigene Achse gewirbelt und prallte gegen das Rad eines Proviantwagens. Instinktiv zuckte seine Hand zum Colt.

»Tu's lieber nicht«, warnte ihn Lassiter.

Er ließ Murphy in die Mündung seiner Waffe blicken.

Jock Murphy wischte sich über den Mund. Ächzend rappelte er sich hoch.

»Du hättest schon tot sein können, Lassiter«, keuchte er. »Ein Wort zu den Yaquis nur.«

»Ich weiß«, erwiderte Lassiter und schob den Colt in die Halfter. »Aber du brauchst mich noch, Murphy.«

Der Bandit spuckte aus. »Leider.«

Dann wandte er sich an die Yaquis.

»Los, spannt an! Wir brechen noch heute auf!«

Lassiter grinste.

Er ging wieder in die Bodega. Dort hatte man die Toten und Verletzten inzwischen weggeschafft. Ein Halbwüchsiger fegte den Raum.

»Wo hat man die Männer hingebracht?« erkundigte sich Lassiter.

Ihm ging es um die Kleidung der Männer. Die Yaquis würden sie überziehen. Ein Teil von ihnen hatte ja schon Uniformen an. Diese ganze Maskerade gehörte zu Murphys Plan.

Der Halbwüchsige zeigte Lassiter das Haus.

Der große Mann bedankte sich.

Dann holte er sich einige Yaquis und ging zu der bezeichneten Stelle.

Glutrot stand die Sonne auf. Ihre Strahlen ließen den Tau der Nacht im Nu verdampfen.

Meile für Meile zog der seltsame Wagenzug durch die weite Ebene. Langsam rückten die Berge näher.

Lassiter und Murphy ritten an der Spitze. Die beiden Männer sprachen kaum ein Wort. Jeder hing seinen Gedanken nach.

Seit dem Zwischenfall in San Azura hatte sich die Spannung zwischen ihnen noch erhöht. Lassiter wußte genau: Wenn die Sache gelaufen war, würde Murphy mit Hilfe der Yaquis versuchen, ihn abzuknallen. Die Chancen standen schlecht für den großen Mann.

Chuta sprengte heran. Er trug die Uniform des Teniente. Ein nagelneues Gewehr hing über seiner Schulter, und in den Halftern steckten zwei Colts.

Chuta deutete mit der Hand nach vorn. »Bald sind wir da«, radebrechte er. »Männer wollen kämpfen. Heute noch.«

Jock Murphy grinste. »Mir soll's recht sein.«

Chuta nickte und galoppierte davon.

Murphy wandte sich an Lassiter. »Sie sind scharf auf einen Kampf. So ist das richtig. Von den Männern auf El Borga wird nicht viel übrigbleiben.«

Lassiter gab keinen Kommentar.

Nach zwei Stunden wurde der Weg schwieriger. Die Pferde hatten große Mühe, den Wagen durch das unwegsame Berggelände zu ziehen.

Irgendwann mußten sie eine Rast einlegen. Die Tiere würden sonst zusammenbrechen.

Mittags hielten sie an.

Lassiter ließ sich steif aus dem Sattel rutschen. Er brauchte Bewegung.

Der große Mann kletterte auf ein kleines Felsplateau und sah sich um.

Leichter Dunst lag über der Landschaft. Trotzdem erspähten Lassiters scharfe Augen die Reiter. Sie kamen aus Richtung El Borga.

»Murphy!«

Der Bandit ruckte herum. »Was ist?«

»Ich brauche ein Fernrohr.«

Lassiter wußte, daß Murphy solch ein Ding in den Satteltaschen trug.

Jock Murphy brachte es dem großen Mann persönlich.

Lassiter zog das Fernrohr auseinander und hielt es sich ans Auge.

Er hatte mit seiner Vermutung recht behalten. Die Reiter waren Soldaten aus El Borga. Es sah so aus, als suchten sie etwas. Sicher die Patrouille, sie war längst überfällig.

»Was gibt's denn?« fragte Murphy nervös.

Lassiter reichte ihm das Glas.

Jock Murphy preßte es sich gegen das Auge. Er sah eine Weile hindurch und fluchte dann: »Verdammt!«

Lassiter grinste spöttisch. »Scheint doch nicht so astrein zu sein, dein Plan.«

Murphy spuckte aus. »Wenn es nicht klappt, bist du auch tot.«

Lassiter ging nicht weiter darauf ein. »Wir müssen umdenken«, bemerkte er. »Wir dürfen auf keinen Fall der Patrouille in die Arme laufen. Ein Kampf wäre unser Verhängnis. Die Männer in der Festung wären gewarnt.«

»Weiß ich selbst«, knurrte Murphy. »Komm jetzt, wir ziehen weiter.«

Wenig später brachen sie wieder auf. Lassiter und Murphy ritten dem Treck immer ein Stück voraus, dabei die Patrouille im Auge behaltend.

»Schätze, sie werden noch vor Anbruch der Dunkelheit in ihre Festung zurückkreiten«, sagte Lassiter.

Er sollte recht behalten.

Nach etwa zwei Stunden, als El Borga schon mit bloßem Auge zu erkennen war, sahen die Männer, daß die Patrouille ihre Suche aufgab.

Jock Murphy rieb sich die Hände. »Jetzt ist alles klar.«

Er riß sein Pferd herum und ritt zu dem Wagenzug zurück.

Noch einmal sammelten sie sich. Murphy verteilte letzte Instruktionen. Sie durften jetzt keinen Fehler mehr begehen.

Sie ritten geradewegs auf die Festung zu. Lassiter und Murphy hatten ihre Hüte tief in die Stirn gezogen, damit man sie nicht sofort erkennen konnte.

Ein Trompetensignal zeigte, daß ihre Ankunft bemerkt worden war. Das große Tor der Festung wurde aufgezogen. Niemand schien Verdacht zu schöpfen. Die Uniformen der Yaquis wirkten wie ein Freibrief.

Schon rumpelten die ersten Wagen über den schmalen Weg, der zur Festung führte.

Lassiter tastete unter sein Hemd. Dort hatte er Dynamitstangen verborgen.

Die beiden Weißen hielten sich etwas zurück. So war es eingeplant.

Eine fast greifbare Spannung erfaßte den großen Mann. In wenigen Minuten würde sich alles entscheiden.

Der erste Wagen fuhr in die Festung. Soldaten bildeten eine Gasse.

Der zweite Wagen.

Murphy hob die Hand.

Noch hatte niemand Verdacht geschöpft.

Lassiter und Murphy blickten sich an.

Das Zeichen!

Jock Murphy stieß einen schrillen Schrei aus und sprengte los. Vorbei an den überraschten Soldaten, die gar nicht dazu kamen, ihre Waffen hochzureißen, denn Murphys Schrei war gleichzeitig das Zeichen für die Yaquis gewesen.

Die Indianer rissen ihre Gewehre aus den Scabbards und feuerten.

Die Soldaten wurden von dem Kugelhagel überrascht.

Staub wallte auf. Stimmen schrien Befehle. Und die Yaquis schossen weiter. Immer mehr Soldaten starben.

Es war die Hölle.

Lassiter und Murphy hatten den riesigen Wasserturm erreicht.

Eingehüllt in eine Staubwolke sprangen sie von den Pferden. Murphy riß die Dynamitstange unter seinem Hemd hervor. Er riß blitzschnell ein Schwefelholz an und hielt es an die Lunte. Dann legte er das Dynamit an den Stützpfeiler des Wasserturms.

Noch immer tobte der Kampf. Die Soldaten schossen jetzt gezielter zurück. Lassiter sah schattenhaft, wie mehrere Yaquis aus den Sätteln fielen.

Der große Mann hetzte zu einem Pferd. Seins war davongaloppiert. Im selben Augenblick, als er die Zügel greifen wollte, wurde das Tier von einer Kugel getroffen.

Aufwiehernd brach es zusammen.

Das alles hatte sich in Sekunden abgespielt. Lassiter hatte keine Zeit mehr, sich ein anderes Pferd zu suchen, denn jeden Augenblick mußte das Dynamit hochgehen.

Flucht, das war Lassiters einziger Gedanke. Und sich dann Murphy vorknöpfen, diesen mörderischen Hundesohn!

Der große Mann hastete auf den Adobebau des Capitán zu. Er hatte kaum die Hälfte der Strecke überwunden, da überraschte ihn die Explosion.

Es war ein Inferno.

Lassiter hörte noch, wie die großen Holzpfeiler brachen, dann erfaßte ihn die Druckwelle.

Der große Mann wurde durch die Luft gewirbelt, überschlug sich und prallte gegen eine Mauer.

Benommen blieb er liegen.

Und dann kam das Wasser.

Wie eine Sintflut ergossen sich die Wassermengen über den Innenhof der Festung, spülten weg, was nicht niet- und nagelfest war.

Pferde gingen durch, Menschen schrien, und noch immer peitschten die Schüsse der Yaquis.

Lassiter hetzte mit keuchenden Lungen hoch. Halb blind vor Staub und Dreck, tastete er sich an der Wand entlang, fand eine Öffnung und huschte hinein.

Gleichzeitig schäumte fußhoch das Wasser in den Raum. Es würde nicht weiter steigen. Lassiter wußte es. Der Innenhof der Festung war zu groß.

Er befand sich in Bayonnes Haus. Zum Glück war der Capitán nirgends zu sehen.

Lassiter sah sich um.

Das Schießen draußen hatte aufgehört. Jetzt schrien nur noch die Soldaten wild durcheinander. Dazwischen erklang das Stöhnen der Verwundeten.

Lassiters Lage sah nicht rosig aus. Er wußte genau, er konnte hier nicht raus. Man würde ihn abknallen wie einen

Präriehasen. Murphys teuflischer Plan war geglückt, aber Lassiter saß in der Falle.

Lassiter wollte weiterschleichen, als auf der Treppe, die nach oben führte, Schritte ertönten.

Der große Mann duckte sich hinter eine Kommode. Zum Glück war einer seiner Colts noch da. Den anderen hatte er verloren.

Jane Bayonne polterte hastig die Treppe hinunter.

Lassiter grinste, als er seine Deckung verließ.

Jane blieb abrupt stehen. Erschreckt preßte sie die Faust gegen den Mund.

Lassiter zog den Colt. »Bleiben Sie ruhig«, sagte er kalt.

»Was – was … wollen Sie?« hauchte Jane.

»Mit Ihnen schlafen.« Lassiter grinste die Frau breit an.

Jock Murphy hatte es geschafft, dem Inferno zu entkommen. Er hatte sich gerade noch ein Pferd greifen können und war aus der Festung geprescht.

Jock Murphy grinste teuflisch, als er sah, wie der Wasserturm zusammenbrach.

Das war das Ende für El Borga.

Die Soldaten würden verdursten, wenn sie nicht schon vorher aufgaben. Der Weg zu dem Gold war frei.

Jeder, der aus der Festung fliehen wollte, mußte an den Yaquis vorbei. Und daß die Indianer schießen konnten, hatten sie bewiesen.

Zufrieden steckte sich Jock Murphy ein Zigarillo an. Er dachte kurz an Lassiter. Wahrscheinlich hatte ihn der Teufel geholt. Ihm konnte es nur recht sein.

Die Yaquis galoppierten heran. Chuta hielt sein Pferd neben Murphy.

»Viele meiner Brüder sind tot«, sagte der Indianer. »Es war nicht gut.«

Jock Murphy schlug ihm jovial auf die Schulter. »Es sind aber noch mehr Soldaten gestorben, Chuta.«

Der Häuptling sah ihn lange an. »Wo ist Lassiter?«

Murphy grinste. »Hoffentlich tot. Wir brauchen ihn nicht mehr.«

»Er war ein guter Mann«, erwiderte Chuta. »Ihr Weißen seid schlecht. Reiten wir. Sie werden uns verfolgen. Wir müssen Falle stellen.«

Chuta sammelte seine Krieger und sprengte los.

Jock Murphy warf noch einen Blick auf die Festung. Der Staub hatte sich inzwischen gesetzt. Viele tote Männer lagen auf dem Innenhof. Weiße und Yaquis. Aber schon sammelten sich die ersten, um die Verfolgung aufzunehmen.

Die werden sich wundern, dachte Murphy. Sein Plan war geglückt. Das Gold lag in greifbarer Nähe.

Jock Murphy lachte irr auf und riß sein Pferd herum.

»Sofort satteln!« klang draußen der Befehl auf. »Wir verfolgen die Hunde!«

Die Stimme gehörte dem Capitán.

Schnelle Schritte näherten sich dem Haus.

Lassiters Gesicht wurde hart. Seine Hand legte sich um den Kolben des Colts.

»Nach oben, rasch«, flüsterte Jane.

Lassiter ließ sich nicht lange bitten. Mit zwei, drei Sprüngen hetzte er die Treppe hoch. Dort preßte er sich gegen die Wand. Er konnte jedes Wort, das unten gesprochen wurde, verstehen. Bayonne stampfte in das Haus. »Verdammt noch mal!« fluchte er. »Überall das Wasser. Aber wir werden es den Schweinen schon zeigen. Verlaß dich drauf, Jane. Das haben wir nur diesem verfluchten Lassiter zu verdanken. Zur Hölle werde ich ihn schicken.«

Lassiter hörte, wie der Capitán unruhig im Raum hin und her ging. Bei jedem seiner Schritte platschte das Wasser unter den Füßen.

»Sorge dafür, daß das Zimmer wieder trocken ist, wenn ich zurück bin«, knurrte Bayonne.

»Ja«, erwiderte Jane.

Lassiter hörte ihn draußen Befehle schreien. Wenig später sprengten die Soldaten aus der Festung. Aber noch immer waren genug zurückgeblieben, um El Borga verteidigen zu können. Murphy und die Yaquis hätten im offenen Kampf keine Chance gehabt.

Jane Bayonne sprang leichtfüßig die Treppe hoch. Lassiter kam ihr auf halbem Weg entgegen.

Janes Augen blitzten, als sie den großen Mann ansah.

»Du bist ein Teufelskerl«, stellte sie bewundernd fest.

Lassiter grinste. »… und der jetzt ein Teufelsweib braucht.«

Jane schaffte es sogar, ein wenig rot zu werden. »Komm mit«, flüsterte sie und faßte seinen Arm.

Lassiter ließ sich willig führen. Er drückte seinen Ellenbogen gegen die Brust der Frau. Jane erwiderte mit ihrem Körper den Druck.

Janes Schlafzimmer war ein Traum.

Lassiter hätte nie gedacht, in so einer gottverlassenen Festung so etwas vorzufinden. Ein riesiges Himmelbett war das Prunkstück des Zimmers.

Ein kleiner Durchgang führte in ein Nebenzimmer. Es war als Bad eingerichtet.

Zu Lassiters Erstaunen war der rotlackierte Holzbottich mit duftendem Wasser gefüllt.

»Ich wollte gerade ein Bad nehmen, als es passierte«, erklärte Jane.

Lassiter ließ sich nicht lange nötigen. Ruhig entkleidete er sich. Es war ihm egal, daß die Frau zusah.

Lassiter stieg in den Bottich. Das mit Badesalzen angereicherte Wasser entspannte und erregte ihn gleichermaßen.

Jane sah lächelnd zu, wie Lassiter sich wohlig streckte.

Dann verschwand sie mit verheißungsvollem Blick ins Schlafzimmer.

Fünf Minuten später hatte sich Lassiter abgetrocknet.

Jane Bayonne lag auf dem Bett. Sie trug nichts außer einem Amulett.

»Komm«, hauchte sie.

Während in der Festung die Männer mit den Aufräumungsarbeiten beschäftigt waren, nahm Lassiter die Frau.

Nach einer halben Stunde sanken beide erschöpft zur Seite.

»Du – du … du bist ein Kerl«, keuchte Jane. »Ich will bei dir bleiben. Immer. Sag ja.«

Lassiter drehte sich auf den Rücken. »So einfach ist das nicht«, sagte er.

»Wieso?«

»Ich habe noch eine Aufgabe zu erledigen.«

»Welche?«

»Ich will das Gold.«

Jane zuckte zusammen. »Bist du wahnsinnig? Das schaffst du nie!«

»Und warum nicht?«

»Weil es unmöglich ist, da heranzukommen.«

Jetzt lachte Lassiter. »Unmöglich ist gar nichts. Denk nur an den Trick mit dem Wasserturm. Wir können euch verdursten lassen. Weißt du, wie schlimm Durst sein kann? Erst spürt man es kaum, aber nach und nach lechzt der Körper nach Wasser. Man wird wahnsinnig, man …«

»Hör auf!« schrie Jane. »Bitte hör auf!«

»Glaubst du immer noch, daß es unmöglich ist, diese Festung zu nehmen?«

»Nein«, erwiderte Jane Bayonne.

Sie sprang plötzlich aus dem Bett, rannte zu einer kleinen Kommode, zog die Schublade auf, und als sie herumwirbelte, hielt sie einen Derringer in der Hand..

»Aber du wirst nicht das Gold nehmen, Lassiter. Dafür sorge ich«, zischte sie.

Lassiter hob erstaunt die Augenbrauen. Er hatte schon zu oft in die Mündung einer Waffe gesehen, um große Angst zu verspüren. Er wälzte sich auf dem Bett.

»Bleib liegen!«

»Ganz wie du willst.« Lassiter grinste. »Darf man fragen, warum ich mir das Gold nicht nehmen soll?«

»Nein!«

Lassiter zuckte mit den Schultern. »Ich kann es mir aber vorstellen.«

»So?«

»Ja. Du und dein Mann. Ihr seid scharf auf das Gold. Habe ich recht?«

Jane preßte die Lippen zusammen. Lassiter spürte, wie sie nach einer Ausrede suchte. Dann nickte sie entschlossen. »Ja, du hast richtig geraten. Wir sind scharf auf das Gold. Du bist bisher der einzige, der es weiß. Und deshalb muß ich dich erschießen.«

»Moment, Moment«, Lassiter winkte ab. »Es gibt noch eine andere Möglichkeit.«

»Hast du jetzt Angst?«

»Keineswegs. Nur, wir könnten uns zusammentun.«

Jane schüttelte entschieden den Kopf. »Das könnte dir so passen.«

»Sei doch vernünftig«, sagte Lassiter ärgerlich. »Wie willst du jemals das Gold hier wegschaffen?«

Jane überlegte. Die Frage hatte sie überrascht. »Damit wird sich mein Mann beschäftigen«, erwiderte sie dann schließlich.

»Dein Mann?« Lassiter lachte auf. »Glaubst du im Ernst, daß er mit dir teilen wird? So, wie ich ihn kenne, holt er sich den Krempel ganz allein und läßt dich irgendwo in der Wüste zurück. So sieht die Sache aus, Kindchen.«

Jane überlegte. Nervös kaute sie auf ihrer Unterlippe. Lassiter amüsierte sich über das Bild. Eine nackte Frau mit einem Derringer in der Hand war mal etwas ganz Neues.

Jane ließ die Waffe sinken. »Du hast mich teilweise überzeugt«, erklärte sie. »Esteban, mein Mann, ist wirklich ein Schwein. Er kennt nur seinen eigenen Vorteil. Deshalb hat er sich auch hierher versetzen lassen.«

»Schön, daß du vernünftig bist«, lobte Lassiter sie und stieg aus dem Bett.

Er zog sich wieder an.

»Was hast du vor?« fragte Jane.

»Zuerst muß ich von hier verschwinden«, erklärte Lassiter. »Gibt es einen geheimen Ausgang?«

»Warum willst du weg?«

»Ich möchte einem alten Freund ›Guten Tag‹ sagen. Ich brauche nämlich seine Hilfe.«

»Wenn das so ist«, sagte Jane enttäuscht .

»Keine Angst, Mädchen. Ich komme zurück. Aber du hast mir meine Frage noch nicht beantwortet. Gibt es hier einen geheimen Ausgang?«

»Nein.«

»Verdammt«, fluchte Lassiter. »Dann muß ich mir etwas anderes einfallen lassen.«

»Und das wäre?«

»Sage ich dir später, mein Schatz. Erst warten wir mal die Dunkelheit ab.«

Kurz vor Einbruch der Dämmerung kehrte Capitán Bayonne mit seiner geschlagenen Truppe zurück.

Lassiter hielt sich oben versteckt.

Unten im Raum tobte Bayonne wie ein Wilder. »Diese verdammten Schweine haben uns in einen Hinterhalt gelockt. Die Hälfte der Soldaten ist draufgegangen.«

Jane versuchte ihn zu beruhigen. Vergebens.

Lassiter schlich in Janes Schlafzimmer. Bayonne würde hier kaum reinkommen, denn das Ehepaar hatte getrennte Schlafzimmer.

Ein mannshohes Fenster, mit einem dicken roten Vorhang zugedeckt, wies nach draußen.

Lassiter zog den Vorhang ein Stück zur Seite.

Vor sich erkannte er die Außenmauern der Festung. War man erst auf der Mauer, war es ein leichtes, in das Schlafzimmer zu gelangen. Lassiter merkte sich die Stelle genau.

Wieder verging die Zeit.

Endlich, es kam Lassiter wie eine halbe Ewigkeit vor, bequemte sich Bayonne, schlafen zu gehen.

Wuchtig polterten seine schweren Stiefel die Treppe herauf.

Lassiter preßte sich in eine Ecke des Schlafzimmers. Vorsichtshalber zog er den Colt.

Doch Bayonne suchte schnurstracks sein Zimmer auf.

Lassiter stieß erleichtert die Luft aus. Er wartete noch einige Minuten. Im anderen Zimmer zog sich Bayonne geräuschvoll aus und warf sich dann auf sein Bett.

Lassiter zog die Stiefel aus und huschte zur Tür.

Er öffnete sie einen Spalt, gerade so weit, daß er hindurchschlüpfen konnte.

Am äußersten Rand der Treppenstufen schlich Lassiter nach unten.

Jane erwartete ihn. In der Dunkelheit leuchtete ihr Gesicht wie ein heller Fleck.

»Hoffentlich geht alles gut«, flüsterte sie ängstlich.

Lassiter legte ihr beruhigend beide Hände auf die Schultern.

»Keine Angst. Ich schaffe es schon.«

Dann zog er die Stiefel wieder an.

Jane war schon zur Tür vorgegangen. Sie steckte vorsichtig ihren Kopf ins Freie.

»Die meisten schlafen. Jetzt kannst du es versuchen«, wisperte sie.

Dann preßte sie sich plötzlich in einem Anfall von Leidenschaft gegen Lassiter und küßte ihn wild.

Sachte schob sie der große Mann von sich, nickte ihr nochmals zu, peilte kurz nach draußen und huschte ins Freie.

Die Dunkelheit lag wie Watte über der Festung. Der große Mann verschmolz mit der Hauswand.

Er lauschte.

Monoton klangen die Schritte der Wachen durch die Nacht. Sie waren das einzige Geräusch.

Lassiter huschte weiter. In Richtung Tor. Dort mußte er Wachen ausschalten. Lautlos.

Auf allen vieren schlich Lassiter weiter.

Er duckte sich hinter einen noch gefüllten Wassertrog.

Der große Mann lauschte, konzentrierte sich ganz auf seine Aufgabe. Bis zu dem großen Tor war es nur ein Katzensprung. Aber vor Lassiter lag eine freie Fläche.

Der große Mann glitt schlangengleich über den Boden. Er behielt das Tor immer im Blickwinkel.

Da sah er die Wachen.

Es waren nur zwei Soldaten.

Lassiter blieb still liegen, beobachtete die Männer, die jetzt zusammenstanden und leise miteinander sprachen.

Günstig für Lassiter, daß die Soldaten abgelenkt waren.

Er setzte sich wieder in Bewegung, gelangte ungesehen in den Rücken der Wachen, kam hoch, zog mit einer fließenden Bewegung den Colt und schlug dem einen Mann den Griff über den Schädel.

Mit einem erstickten Laut sackte er zusammen.

Ehe sein Kamerad begriff, was los war, drückte ihm Lassiter schon die Mündung seines Revolvers in die Nieren.

»Wenn du das Maul aufmachst, schieße ich«, drohte der große Mann.

Der Wächter zitterte wie Espenlaub. Er dachte gar nicht an Gegenwehr.

»Was – was … wollen Sie?« stammelte er erschreckt.

Lassiter drückte die Coltmündung tiefer ins Fleisch. »Du wirst das Tor öffnen«, zischte er. »Verstanden?«

Der Soldat nickte krampfhaft.

»Los!« forderte Lassiter.

Langsam und mit staksigen Schritten setzte sich der Mann in Bewegung. Lassiter drückte ihm weiterhin seine Waffe in den Rücken. Ab und zu sah sich der große Mann um, ob irgendein anderer Posten aufmerksam geworden war. Doch niemand hatte etwas bemerkt.

Das Tor wurde von einem stabilen Querbalken gesichert.

»Kipp ihn hoch!« befahl Lassiter leise.

Der Mann gehorchte.

Das Ganze ging natürlich nicht ohne Geräusche ab.

»He, Juan. Was ist?« schrie jemand.

»Los, beeil dich«, forderte Lassiter.

»Juan, verdammt! Warum antwortest du nicht?«

Schritte.

Jetzt wurden auch andere Männer aufmerksam.

»Da ist etwas passiert!« brüllte eine Stimme.

Der Posten arbeitete im Schweiße seines Angesichtes. Endlich hatte er den Balken hochgewuchtet.

Da fielen die ersten Schüsse.

Mündungsblitze zuckten durch die Dunkelheit. Lassiter hörte das Blei an seinem Kopf vorbeizischen, zog das schwere Tor mit aller Kraft ein Stück auf, duckte sich und huschte nach draußen.

Hinter ihm dröhnten die Schüsse, und plötzlich schrie ein Mann auf. Es mußte wohl der Mann gewesen sein, der Lassiter das Tor geöffnet hatte. Seine eigenen Leute hatten ihn getroffen.

In der Festung wurden Befehle geschrien.

Aber das kümmerte Lassiter nicht. Er mußte zusehen, von hier zu verschwinden.

Ein Königreich für ein Pferd, dachte der große Mann.

438

Lassiter rannte mit Riesenschritten den schmalen Weg hinunter. Schüsse peitschten auf. Eine Kugel pfiff nur haarscharf an seinem Kopf vorbei.

Pferde wieherten.

Die Soldaten nahmen die Verfolgung auf.

Noch befand sich Lassiter auf dem schmalen Weg. Hier würden sie ihn leicht einholen.

Plötzlich stoppte Lassiter. Er wußte, was zu tun war.

Der große Mann kniete sich auf den Boden, zog seine Waffe …

Das Stampfen der Pferde schwoll an. Der Boden schien zu vibrieren.

Lassiter zog durch. Bis die Trommel leer war.

Der gewünschte Erfolg stellte sich sofort ein. Lassiter hatte absichtlich tief gehalten, und er hatte getroffen.

Vier Pferde brachen unter seinen Kugeln zusammen. Laut aufwiehernd gingen sie zu Boden, versperrten den Weg für die Nachfolgenden.

Männer wurden aus den Sätteln geschleudert und blieben stöhnend liegen. Niemand dachte mehr daran, zu schießen.

Lassiter grinste und verschwand endgültig in der Dunkelheit.

Meile für Meile marschierte er durch die Nacht. Dann graute schließlich der Morgen.

Als es hell geworden war, sah sich der große Mann um. Lassiter befand sich in einem schmalen Canyon, den er noch nie zuvor gesehen hatte.

»Verdammt«, murmelte er. »Habe ich mich verlaufen?«

Lassiter ging weiter, verließ den Canyon und erklomm ein kleines Plateau.

In der Ferne erkannte er die Festung. Dann wandte er sich um und zuckte zusammen.

Ein Lichtblitz war an sein Auge gedrungen. Irgendwo mußte ein Mann mit einem Gewehr liegen. Die Sonne hatte sich auf dem Metall der Waffe gespiegelt.

Der große Mann duckte sich und sprang hinter einem kleinen Felsen in Deckung.

Vorerst geschah nichts. Dann hörte Lassiter Hufschlag. Dem Klang nach mußten es zwei Pferde sein.

Lassiter duckte sich tiefer hinter den Felsen.

Dann sah er den Yaqui. Er ritt fast auf Lassiters Deckung zu und führte ein reiterloses Pferd am Zügel.

Lassiter atmete auf. Er machte sich bemerkbar, und der Yaqui grinste.

Lassiter schwang sich auf den nackten Pferderücken.

Der Yaqui führte ihn durch ein Felsengewirr bis zu ihrem Lagerplatz.

Dort wurden sie schon von Jock Murphy erwartet.

»Das ist aber eine freudige Überraschung«, grölte der Bandit. »Hat dich der Teufel wieder ausgespuckt, Lassiter?«

»Ja«, knurrte Lassiter und schwang sich vom Pferd. »Mit mir allein konnte er nichts anfangen. Du sollst ebenfalls in der Hölle braten.«

Der Bandit lachte, daß ihm die Tränen kamen. »Immer noch ein Scherzbold, Lassiter, was? Aber jetzt erzähl.«

Lassiter übergab das Pferd einem Yaqui und hockte sich mit Murphy neben einem Felsen auf den Boden.

Der große Mann zündete sich ein Zigarillo an.

Jock Murphy rutschte ungeduldig hin und her. »Los, fang schon an«, forderte er. »Wie bist du den Hunden entkommen?«

Lassiter erzählte. Zum Schluß meinte er: »Pech, Murphy, nicht wahr?«

»Wieso?«

»Du hattest mich ja schon zum Teufel gewünscht.«

Der Bandit zog eine Grimasse. »Eigentlich ja. Du hast gewissermaßen deine Schuldigkeit getan. Aber wenn ich es genauer überlege, kannst du uns immer noch nützlich sein.«

»Wie edel«, spottete Lassiter.

Murphy sah ihn schräg an. »Das hat mit Edelmut nichts zu tun. Lassiter, ich weiß, du bist ein Hundesohn. Ein Satan. Du schießt praktisch noch aus dem Grab. Und deshalb brauche ich dich. Du ersetzt zehn Yaquis. Die Halunken werden uns die Festung bestimmt nicht kampflos überlassen. Glaub mir. Nur deshalb lasse ich dich noch am Leben.«

Lassiter nickte. »Sicher, wenn ich die Yaquis als Rückendeckung hätte, könnte ich auch solch eine Lippe riskieren. Doch eins verspreche ich dir, Murphy. Es wird der Tag kommen, an dem wir uns allein gegenüberstehen. Und dann sprich dein letztes Gebet.«

Lassiter stand auf.

Er besorgte sich Munition und lud seinen Colt nach. Anschließend holte er sich noch ein Gewehr.

Der große Mann dachte an Jane Bayonne. Wie würde sie reagieren? Konnte er sich hundertprozentig auf die Frau verlassen? Lassiter traute ihr nicht. Er hatte schon zu schlechte Erfahrungen mit Frauen gemacht. Und dann war da noch Esteban Bayonne, ihr Mann. Auch er war hinter dem Gold her. Gold im Wert von zehn Millionen Dollar. Der Staatsschatz der mexikanischen Regierung. Bei dieser Summe wurden ganz andere schwach.

Lassiter überlegte die Sache noch ein paarmal. Je mehr er sich damit befaßte, um so größer wurde die Gewißheit, daß etwas faul an dem ganzen Vorhaben war. Verdammt faul sogar.

Lassiter warf sein Zigarillo fort. Er trat die Glut mit dem Absatz aus.

Als er sich umwandte, kam Chuta heran. Der Häuptling grinste. »Du guter Kämpfer«, sagte er. »Sehr gut sogar. Ich froh, daß du da bist.«

Wenigstens einer, der sich freut, dachte Lassiter.

Er klopfte dem Häuptling freundschaftlich auf die Schulter und suchte sich einen Platz für die Nacht.

Während er sich den Hut über die Augen schob, dachte er: So schlecht stehen deine Chancen doch gar nicht, alter Junge.

Esteban Bayonne glich einem Vulkan kurz vor dem Ausbruch. Jeden Moment konnte er hochgehen.

Er hatte seinen Stellvertreter Teniente Molina zu sich befohlen. Molina sollte Bericht erstatten.

»Zwölf Tote und achtzehn Schwerverletzte, von denen bestimmt noch drei sterben werden«, berichtete der Teniente. »Es sieht böse aus, Capitán.«

»Das weiß ich selbst, verdammt«, fluchte Bayonne. »Aber etwas ist noch schlimmer. Wir haben kein Wasser, Teniente. Und ohne Wasser sind wir aufgeschmissen. Wir krepieren elendig. Dann können diese Schweine ohne Schwierigkeiten an das Gold.«

Teniente Molina stand betreten vor seinem Vorgesetzten. Er zuckte hilflos mit den Schultern. »Aber was hätten wir tun sollen?«

Bayonne schwoll an wie ein Puter. »Was Sie hätten tun sollen?« brüllte er. »Die paar Leute wie räudige Hunde zusammenschießen. Das hätten Sie tun sollen. Die Wachen lassen sich überrumpeln wie Anfänger. Das sage ich Ihnen, Teniente Molina. Diese Geschichte wird noch ein Nachspiel haben. Darauf können Sie Gift nehmen.«

Capitán Bayonne machte auf dem Absatz kehrt und ließ einen völlig demoralisierten Molina zurück.

Bayonne hatte so seine eigenen Ideen. Er rannte geradewegs in das Schlafzimmer seiner Frau.

Jane lag im Bett.

Als ihr Mann wie ein Irrer ins Zimmer stürmte, richtete sie sich erschreckt auf.

»Was hat das zu bedeuten?« fragte sie schrill.

Bayonne riß ihr mit einem Ruck die Decke weg, setzte sich an den Bettrand und faßte seine Frau hart an den Schultern.

»Jetzt hör mir genau zu«, preßte er hervor. »War dieser Mann Lassiter?«

»Woher soll ich denn das wissen?« erwiderte Jane erstaunt. »Ich weiß von keinem Mann. Ich bin durch die Schießerei wach geworden. Außerdem tust du mir weh.«

»Ich werde dir gleich noch mehr weh tun«, zischte Bayonne. »Rede.«

»Ich weiß es nicht.«

Bayonne schlug zu. Zweimal.

Jane stöhnte auf. »Du Schwein.«

»War der Mann Lassiter?«

Jane preßte die Lippen zusammen.

Wieder schlug Bayonne zu. »Diese Behandlung kennst du doch«, höhnte er, »aus deiner Hurenzeit, nicht wahr? Ich frage dich jetzt zum letztenmal. Sagst du dann nicht die Wahrheit, bring' ich dich um.«

Jane kannte ihren Mann. Sie wußte, daß seine Worte keine leeren Drohungen waren. Sie wußte auch, wann sie nachzugeben hatte.

»Ja, es war Lassiter.«

»Na, also«, Bayonne grinste, »warum nicht gleich so.«

Er ließ seine Frau los.

»Erzähl alles.«

Jane berichtete, Lassiter hätte sich hier im Haus versteckt. Die ganze Zeit über.

»Hast du mit ihm geschlafen?« wollte Bayonne wissen.

Jane antwortete nicht.

Bayonne hob den Arm.

»Ja, ich habe mit ihm geschlafen«, sagte seine Frau. »Und ob du es glaubst oder nicht, es hat mir sogar Spaß gemacht.«

»Das kann ich mir denken«, sagte Bayonne zynisch. »Du bist immer die Hure geblieben. Aber halten wir uns nicht mit Kleinigkeiten auf. Was hatte Lassiter vor?«

»Er will das Gold.«

»Weiß ich selbst. Wie will er dran kommen?«

Und jetzt log Jane Bayonne. Sie erzählte ihrem Mann nicht, was sie mit Lassiter verabredet hatte, nachdem sie miteinander geschlafen hatten.

»Keine Ahnung«, antwortete sie statt dessen.

Und Bayonne glaubte ihr sogar.

Er stand auf und wanderte im Zimmer umher. »Seinen Plan wird dir Lassiter bestimmt nicht verraten haben. Auch wenn er mit dir geschlafen hat.«

Bei diesen Worten lächelte Jane spöttisch.

Plötzlich drehte sich Bayonne um. »Du bist doch auch scharf auf das Gold, oder?«

»Natürlich.«

»Gut.« Bayonne grinste plötzlich. »Ich mache dir einen Vorschlag. Ich werde bestimmt leichter an das Gold kommen als Lassiter. Und du hilfst mir dabei.«

Jane überlegte blitzschnell. Sie mußte jetzt ja sagen. Sie mußte praktisch auf zwei Hochzeiten tanzen. Also mußte sie auch zum Schein auf Bayonnes Angebot eingehen.

»Ich helfe dir, Esteban«, erwiderte sie entschlossen. »Was geht mich dieser Lassiter an?«

Bayonne grinste. »Habe ich mir doch gleich gedacht. Du bist noch genauso geldgierig wie früher.«

»Aber was hast du vor?« fragte Jane schnell.

»Das binde ich dir nicht auf die Nase«, antwortete der Mann. »Soweit geht die Liebe doch nicht.«

»Ich dachte, wir wären verheiratet.«

Bayonne blickte seine Frau spöttisch an. »Nun mach dich nur nicht lächerlich«, knurrte er. »Wir wissen beide, was wir voneinander zu halten haben.«

Bayonne nickte Jane noch einmal zu und ging nach unten. Auf seinem Gesicht lag ein gespannter Ausdruck, als er sich sein Pferd holte, das wie immer gesattelt im Stall stand. Es war ein gutes, ausdauerndes Tier.

Esteban Bayonne führte das Pferd auf den Innenhof. Überall patrouillierten Wachen. Es waren jeweils Doppelstreifen. Noch einmal würden sie sich nicht hereinlegen lassen.

»Öffnen!« herrschte Capitán Bayonne die Posten am Tor an.

Die Männer standen einen Augenblick stramm und gehorchten. Natürlich wunderten sie sich über den Befehl, aber keiner wagte etwas zu fragen.

Bayonne schwang sich in den Sattel.

Langsam ritt er aus der Festung in die stockdunkle Nacht. Ein zynisches Grinsen legte sich um seine Lippen, als er an seinen Plan dachte.

Sie würden sich wundern. Alle.

Genau sieben Tage vergingen.

Sieben Tage, in denen die Yaquis die Festung beobachteten. Sie hatten El Borga eingekreist. Zweimal hatten Soldaten versucht, das Fort zu verlassen.

Lassiter hatte sich in der Zeit ausgeruht. Auch das mußte mal sein.

Am Abend des siebten Tages hielt Jock Murphy es nicht länger aus.

»Wir greifen an«, sagte er.

Lassiter verzog das Gesicht. »Die Soldaten werden noch kämpfen. Es hat schon genug Tote gegeben. Warte noch.«

»Nein!« Murphy stampfte mit dem Fuß auf. »Wir reiten.«

»Ich habe dich gewarnt«, sagte Lassiter nur.

Zwei Stunden später ritten sie los. Bis dicht an die Mauern der Festung, jedoch noch so weit weg, daß sie von den Wachen nicht gesehen werden konnten.

Fast ohne Übergang legte sich die Dunkelheit über das Land. Lassiter und Jock Murphy hockten in einer kleinen Mulde.

»Wir warten bis Mitternacht«, sagte Lassiter.

Murphy nickte. Er winkte Chuta herbei, der ein paar Yards neben den beiden Männern auf dem Boden lag.

Noch einmal wurde alles besprochen.

Die Zeit zog sich wie Kaugummi.

Dann wurde es Mitternacht.

Lassiter und Chuta übernahmen die Spitze. Einige Yaquis hatten inzwischen die Festung umrundet, um sie von der entgegengesetzten Seite zu stürmen.

Die Männer verursachten so gut wie keine Geräusche. Dann hatten sie die Mauern des Forts erreicht. Sie wandten sich noch ein Stück nach Osten, um genau an der Stelle den Angriff zu versuchen, die Lassiter mit Jane vereinbart hatte.

Die Yaquis hielten Lassos wurfbereit, an deren Enden sich Haken befanden, die sich in dem rissigen Gestein verfingen.

Lassiter gab das Zeichen .

Chuta warf das erste Lasso.

Der Häuptling verstand etwas von seinem Fach.

Es klirrte leicht, als der Haken gegen das Gestein prallte.

Das Geräusch zerrte an Lassiters Nerven.

Schritte oben auf der Mauer.

Das Klirren war gehört worden.

Aber schon packte Chuta das Lasso und hangelte sich hoch.

Die Schritte verstummten.

Dafür Frauenlachen.

Jane hatte geschaltet. Lassiter wischte sich den Schweiß von der Stirn.

Ab heute nacht, so war es besprochen, sollte sie sich jedesmal bei offenem Schlafzimmerfenster ausziehen. Damit die Wachen abgelenkt wurden.

Chuta war schon verschwunden.

Als nächster kletterte Lassiter.

Jock Murphy hielt sich zurück. Er befand sich mit der anderen Gruppe an der entgegengesetzten Seite der Festung. Murphy würde erst auf ein bestimmtes Signal hin eingreifen.

Das rauhe Lasso schnitt in Lassiters Handteller. Doch der große Mann zog sich weiter hoch. Ohne Pause.

Endlich hatte er es geschafft.

Auf der Mauerkrone blieb Lassiter erst einmal liegen. Nur langsam beruhigte sich sein Atem.

Lassiter versuchte die Dunkelheit zu durchdringen.

Er grinste, als er den hell erleuchteten Fleck sah.

Janes Schlafzimmer. Die Frau sprach mit den Wachen.

Lassiter glitt von der Mauer auf einen ziemlich breiten Sims. Hier standen die Soldaten, um die Festung zu verteidigen. Hier patrouillierten auch die Wachen. Oder sollten sie jedenfalls. Leitern führten von diesem Sims zum Erdboden im Innenhof der Festung.

Lassiter glitt vorwärts.

Das erleuchtete Fenster wurde größer. Schon konnte Lassiter Janes Umrisse erkennen.

Die Soldaten scharrten unruhig mit den Füßen.

Lassiter sah, daß Jane ihnen einen Striptease vorzauberte, den sie wohl noch nie gesehen hatten.

Unwillkürlich blieb der große Mann stehen. Gebannt starrte er zu der blonden Frau hinüber.

Jane wiegte ihren Körper wie im Takt einer unhörbaren Musik. Ihre Hüften kreisten, die blonden Haare umschmeichelten wie ein Vlies ihre nackten Schultern, und als sie jetzt den Büstenhalter abnahm, stöhnten die Soldaten auf.

Einer wollte in das Schlafzimmer stürzen.

Zwei seiner Kameraden rissen ihn zurück.

»Gleich, Pablo, gleich«, keuchten sie.

Wie spielerisch ließ Jane das Oberteil um die Finger gleiten. Sie streckte ihren Körper, und die schweren, prallen Brüste raubten den Soldaten fast den Verstand.

Leise auflachend warf Jane ihren Büstenhalter den Männern zu. Wie Wölfe stürzten sie sich auf das Stück Stoff.

Jane amüsierte sich köstlich, während sie gleichzeitig ihre beiden Daumen in den Bund der Spitzenunterhose hakte.

Auch Lassiter spürte, wie ihn die Erregung übermannte. Verdammt, immer wenn er sich in einer gefährlichen Situation befand, packte ihn dieses wilde Verlangen.

Wie hypnotisiert starrte er auf Jane Bayonne.

Ein Zischen ließ den großen Mann herumfahren.

Chuta, der Yaqui-Häuptling, grinste ihn an. Lassiter hatte ihn gar nicht kommen hören.

Du wirst alt, dachte er.

»Wir jetzt machen«, wisperte Chuta.

Lassiter nickte.

Hinter sich hörte Lassiter plötzlich Geräusche. Er wandte sich um und sah, daß auch andere Yaquis den Aufstieg geschafft hatten.

Geschmeidig erhob sich Lassiter.

Als Jane gerade die Unterhose vom Körper ziehen wollte, griffen sie an.

Wie ein Rammbock war Lassiter zwischen den überraschten Soldaten.

Seine Fäuste und sein Colt arbeiteten präzise. Aufstöhnend gingen drei Männer zu Boden.

Die Yaquis waren grausamer.

Ihre Messer töteten lautlos.

Jane schrie auf, als sie das sah.

Einem der Soldaten gelang es, zu fliehen.

Wild schreiend rannte er den Sims entlang. Lassiter hechtete hinterher.

Er bekam das rechte Bein des Mannes zu fassen.

Der Soldat knallte hin und verlor das Bewußtsein.

Natürlich waren die Schreie gehört worden.

Befehle klangen durch die Nacht.

Lassiter schoß dreimal in die Luft. Das Zeichen für Jock Murphy.

Dann hetzte der große Mann zurück, sprang über die am Boden liegenden Soldaten und glitt in Janes Schlafzimmer.

Die Frau stand mit aufgerissenen Augen in einer Ecke.

»Zieh dir was an«, sagte Lassiter heftig.

»Ja, aber …«

»Kein Aber. Mach schon!« schrie Lassiter, rannte durch das Zimmer, riß die Tür auf und lief die Treppe hinunter.

Im selben Augenblick sahen ihn zwei Soldaten, die unten Wache hielten.

Blitzschnell rissen sie ihre Gewehre hoch.

Lassiter blieb keine Wahl. Er feuerte im Laufen.

Unter den Kugeln seines Colts brachen die Leute zusammen.

Lassiter packte ihre Revolver und ein Gewehr.

Draußen auf dem Innenhof war die Hölle los.

Lassiter wischte sich den Schweiß aus der Stirn.

»Ergebt euch, ihr Schweine!« Das war Jock Murphys Stimme.

Die Soldaten dachten nicht daran. Sie kämpften weiter diesen sinnlosen Kampf. Sie starben für nichts.

Jane kam die Treppe herunter.

»Wo ist dein Mann?« fragte Lassiter.

»Ich weiß es nicht. Er ist schon seit einer Woche verschwunden«, erwiderte Jane.

»Verdammt!« fluchte Lassiter.

Auf einmal hörte das Schießen auf. Nur noch das Stöhnen der Verletzten war zu hören.

Lassiter atmete tief durch und betrat den Innenhof.

Ihm bot sich ein Bild des Grauens.

Das bleiche, geisterhafte Mondlicht fiel auf Tote und Verletzte. Nicht nur Soldaten, sondern auch Yaquis lagen im Staub.

Lassiter schluckte. Und das alles nur wegen dieses verdammten Metalls.

Gold.

Lassiter verfluchte den Tag, an dem er sich mit Murphy eingelassen hatte.

Der große Mann sah Murphy nicht, er hörte ihn.

Lassiter ging dem Klang der Stimme nach und entdeckte den Banditen neben einem leeren Wassertrog.

Jock Murphy lachte, als er Lassiter sah. »Na, was sagst du nun. War mein Plan nicht Klasse?«

»Nein«, erwiderte Lassiter hart. »Es hat Tote gegeben. Und das ist niemals gut.

Jock Murphy tippte sich gegen die Stirn. »Wegen dieser dreckigen Kreaturen machst du dir Gedanken?«

»Es sind Menschen«, sagte Lassiter.

»Das werden wir schnell rauskriegen.« Murphy grinste und setzte sich in Bewegung. »Deine Bettziege, diese Jane, muß es wissen.«

Mit einem harten Griff riß Lassiter Jock Murphy zurück. »Wenn du die Frau anfaßt, blase ich dir eine Kugel durch dein Gehirn.«

Wie unabsichtlich hatte Lassiter die Mündung des Gewehrs auf Murphy gerichtet.

»Okay, okay«, beschwichtigte Murphy den großen Mann. »Frage sie von mir aus selbst. Aber ich bin dabei.«

»Gut«, gab Lassiter sein Einverständnis.

Die beiden Männer gingen in das Haus zurück.

Jane Bayonne war wieder nach oben gegangen.

Als Jock Murphy die Frau sah, kriegte er Stielaugen. »Teufel, von der möchte ich auch mal gepflegt werden.«

»Ich aber nicht von Ihnen«, sagte Jane. »Lassiter, ist das dieser Jock Murphy?«

»In Lebensgröße, Madam«, Murphy grinste schleimig. »Und nun sagen Sie uns, wo das Gold ist.«

Jane Bayonne sah Lassiter an. »Muß das sein?«

Lassiter nickte.

»Gut.« Jane, die sich inzwischen wieder angezogen hatte, ging in Richtung Treppe. »Wir müssen nach unten.«

Die beiden Männer folgten ihr. Sie belauerten sich gegenseitig.

Jane Bayonne deutete auf einen kleinen Teppich. »Wenn Sie den zur Seite ziehen, finden Sie eine Falltür.«

Hastig ging Jock Murphy an die Arbeit. Er konnte es kaum erwarten. Die Sucht nach dem Gold hatte ihn wie ein Fieber gepackt.

Der Bandit hatte den Teppich weggezogen. Die Falltür lag vor ihnen.

Ächzend zog sie Murphy an einem eisernen Ring hoch. An der Rückseite der Falltür war eine Holzleiter befestigt.

Mit dem Messer löste Jock Murphy die Schrauben. Er packte die Leiter und schob sie nach unten.

Triumphierend sah er Lassiter an. »Der Weg zu dem Gold ist frei!«

»Dort unten sind Fackeln«, sagte Jane.

Murphy nickte und begann den Abstieg.

Lassiter warf Jane noch einen Blick zu und folgte ihm dann.

Unten riß er ein Zündholz an.

In dem flackernden Schein erkannte er Pechfackeln, die in Eisenhaltern an der Mauer steckten.

Bald brannten zwei Fackeln.

Lassiter sah sich um.

Die beiden Männer befanden sich in einem engen Gang, der sich nach einigen Yards zu einer Höhle ausbreitete.

Murphy rannte vor. Gepackt von einer irren Goldgier.

Lassiter folgte ihm langsam. Er hatte so seine eigenen Gedanken. Er wußte, die Entscheidung würde folgen.

Ein Schrei ließ den großen Mann zusammenzucken.

Lassiter beschleunigte seine Schritte.

Dann sah er Murphy.

Der Bandit hatte die Fackel gegen eine Wand gelehnt und packte mit beiden Händen die Goldbarren, die säuberlich gestapelt die Höhle ausfüllten.

»Wir haben es!« brüllte Murphy wie verrückt. »Wir haben es! Gold! Gold! Gold!«

Lassiter verzog sein Gesicht. Nein, dieser Mann war nicht mehr normal.

Er nahm einen Goldbarren, wog ihn in der Hand, runzelte die Stirn …

In diesem Augenblick wirbelte Jock Murphy herum. In seiner Rechten lag ein Colt. Die Mündung zeigte auf Lassiter.

Murphys Gesicht hatte nichts Menschliches mehr an sich. »Und jetzt leg' ich dich um!« schrie er.

Seine Stimme überschlug sich und hallte schaurig in der Halle wider.

Lassiter behielt die Nerven.

»Stop, Murphy!« brüllte er. »Einen Augenblick noch!«

Der Bandit zögerte.

Lassiter hielt den Goldbarren hoch. »Reingelegt haben sie uns. Einfach reingelegt.«

Jock Murphy sah mit flackernden Augen Lassiter an und dann den Goldbarren. Sein Gesicht verzerrte sich.

»Der große Lassiter hat Angst vor dem Tod«, höhnte er. »Suchst wohl deshalb nach billigen Ausreden.«

»Quatsch, Murphy. Ich habe es nicht nötig, nach Ausreden zu suchen. Man hat uns wirklich reingelegt.«

Der große Mann warf den Goldbarren vor Jock Murphys Füße. »Los, heb ihn auf, dann merkst du es.«

Murphy nagte zweifelnd an der Unterlippe. Langsam ging er in die Knie. Sein Revolver blieb dabei unverwandt auf Lassiter gerichtet.

Murphy packte den Barren.

Lassiter sah ihm spöttisch zu.

»Sieh dir den Barren genau an«, dröhnte Lassiters Stimme durch die Höhle.

Murphy peilte auf das Gold. »Ich kann nichts erkennen.«

»Dann will ich es dir sagen.« Lassiter streckte den rechten Arm aus und deutete auf den Barren.

»Das Gold, das du hier siehst, Murphy, ist nichts anderes als Blei. Billiges Blei, das man mit einer Goldbronze angestrichen hat. Verstehst du mich nun, Murphy?«

Der Bandit ließ den Barren wie ein heißes Stück Eisen fallen. Lassiter hob ihn wieder auf. Er trat dicht vor Murphy. »Und wenn du jetzt genauer hinsiehst, wirst du feststellen, daß ein Teil der Bronze abgeblättert ist.«

Jock Murphy stierte auf den Bleiklumpen.

»Der Schatz – der mexikanische Schatz …«, flüsterte er.

»War alles nur ein Bluff«, vollendete Lassiter den Satz.

Jock Murphy steckte mit einer marionettenhaften Bewegung den Colt in die Halfter. Seine Augen blickten ins Leere. Das war ein Schlag, den er erst verdauen mußte.

Müde sank Murphy neben dem Bleistapel zusammen.

Lassiter zündete sich ein Zigarillo an. Und dafür haben so viele Männer sterben müssen! dachte er bitter.

Lassiter ging durch die riesige Höhle. Die Barren glänzten in dem Licht der Fackel wie Gold.

Der große Mann grinste bei dem Gedanken.

Lassiter ging wieder zurück. Jock Murphy hatte sich noch immer nicht erholt.

Lassiter stieß den Banditen mit der Stiefelspitze an.

»Los, steh auf.«

Murphy stierte Lassiter aus rotumränderten Augen von unten her ins Gesicht.

»Du – du hast alles gewußt«, zischte er plötzlich.

Lassiter glitt einen Schritt zur Seite. »Nun mach mal einen Punkt, Murphy«, sagte er scharf. »Hätte ich es vorher gewußt, wäre ich wohl nicht auf die idiotische Idee verfallen, mich dir anzuschließen.«

»Dir blieb ja keine Wahl, Lassiter.«

»Wollen wir es gleich ausschießen?« fragte er. Genau das ist es, du Hundesohn! dachte Lassiter.

Murphy quälte sich auf die Beine. »Ich schieße nichts mit dir aus, Lassiter. Meine Yaquis werden dich erledigen.«

Der große Mann zog blitzschnell den Colt.

»Ich glaube, du bist nicht ganz dicht, Murphy. Wenn wir beide jetzt nach oben gehen und ich dir meinen Revolver an den Hals setze, unternimmt kein Yaqui etwas gegen mich. Wir werden wegreiten wie gute Freunde.«

Jock Murphy schluckte. Nervös wischte er sich seine feuchten Hände an der Hose ab.

»Schließen wir Frieden, Lassiter«, lenkte er scheinbar ein.

Lassiter lachte. »Du hast Ideen. Ich traue dir noch nicht einmal von hier bis zur Wand. Nein, Murphy, von nun an bin ich am Drücker.«

In diesem Augenblick hörten die Männer Schüsse. Oben.

Wie auf Kommando wirbelten sie herum.

Jock Murphy rannte in Richtung Leiter.

»Halt!« peitschte Lassiters Stimme.

Murphy hörte nicht, rannte weiter …

Lassiter war mit ein paar riesigen Sätzen bei ihm. Er schlug dem Banditen den Kolben seines Colts auf den Hinterkopf. Röchelnd brach Murphy vor der Leiter zusammen.

Lassiter lief zurück, um seine eine Fackel zu holen. Er leuchtete zur Falltür hinauf.

Jane war nicht zu sehen.

Dafür hatte das Schießen zugenommen. Schreie gellten auf.

Lassiter warf die Fackel in eine Ecke, packte Jock Murphy und hievte ihn auf seine Schulter.

Ächzend kletterte der große Mann mit seiner Last nach oben. Lassiter legte Jock Murphy auf den Boden und sah sich um.

Von Jane keine Spur. Wahrscheinlich hatte sie sich in ihrem Zimmer versteckt.

Der Kampf draußen hatte aufgehört. Es war fast totenstill geworden.

Dann Männerlachen. Rauh, wild.

Lassiters Gesicht wurde kantig. Er packte sein Gewehr, das noch immer auf dem Boden lag.

Im selben Moment stürmten sie in das Haus. Fünf verwegene Gestalten. Und in ihrer Mitte ein Mann, den Lassiter in verdammt schlechter Erinnerung behalten hatte.

Capitán Esteban Bayonne.

»Laß die Finger vom Gewehr, Lassiter!« Bayonnes Stimme klang höhnisch, voller Triumph.

Lassiter blieb einen Moment in seiner gebückten Haltung stehen. Dann richtete er sich langsam auf.

Die Männer standen vor ihm. Es waren durchweg Banditenvisagen, mit kalten, gemeinen Augen, die ihn anstarrten und musterten wie Schlachtvieh.

Ihre Waffen, die sie auf Lassiter gerichtet hatten, glänzten in der Dunkelheit.

»Umgeben Sie sich neuerdings mit dem Abschaum der Grenze?« fragte Lassiter den Capitán.

Bayonne zischte nur durch die Zähne.

Drei Männer sprangen auf den großen Mann zu.

Lassiter wehrte sich verbissen. Doch sie droschen mit Gewehr- und Coltkolben auf ihn ein, bis der große Mann erledigt am Boden lag.

Esteban Bayonne trat Lassiter die Stiefelspitze in die Seite und zog ihm den Colt aus der Halfter.

»Was ist, Lassiter?« höhnte der Capitán. »Wer war zuletzt schlauer? Ich habe mir die Freiheit genommen und eine rauhe Mannschaft zusammengetrommelt, die jetzt das Gold holen wird. Was sagst du nun?«

»Meinetwegen«, knurrte Lassiter. Er wußte ja schließlich, was mit dem Gold los war.

Bayonne schien diese Antwort zu mißfallen. »Mehr hast du nicht zu sagen, du Hund? Warte, mit dir werde ich noch meinen Spaß haben, bevor wir dich endgültig fertigmachen. Hoch mit dir, du Hurensohn!«

Jock Murphy kam zu sich. Lassiter sah es aus den Augenwinkeln. Die anderen Männer und auch Bayonne hatten noch nichts bemerkt.

Jock Murphy blinzelte verständnislos, begriff dann die Situation und griff instinktmäßig zum Colt.

Diese Bewegung sah einer von Bayonnes Männern.

Er hielt das Gewehr noch in der Hand und schoß direkt aus der Hüfte.

Jock Murphy stürzte tot zu Boden.

»Aasgeier«, brummte der Mörder.

Bayonne fuhr herum. Erst jetzt sah er, was geschehen war.

»Dein Freund?« fragte er Lassiter grinsend.

»Nein.«

»Dann eben nicht. Los, packt ihn!«

Dieser Befehl galt seinen Männern. An den Armen zerrten sie den großen Mann nach draußen. Lassiter war erstens zu schwach und zweitens zu klug, um sich zu wehren.

Noch mehr Tote waren hinzugekommen. Diesmal Yaquis. Bayonne hatte mit seiner Meute schrecklich gewütet.

Lassiter zählte noch zwölf Männer, die auf dem Vorhof herumstanden und tranken.

Bayonne ließ sich ein Pferd bringen.

Geschickt schwang er sich in den mit Silberknöpfen verzierten Sattel.

Die Männer ließen Lassiter los.

Capitán Esteban Bayonne riß sein Pferd herum. Mit einer geschmeidigen Bewegung zog er seinen Säbel aus der Scheide.

»Kämpf um dein Leben, Lassiter!« schrie er und ritt an …

Lassiter sah und hörte alles wie durch einen Schleier. Erst das Trommeln der Pferdehufe riß ihn in die Wirklichkeit zurück.

Wie ein riesiger Schatten jagte der Reiter auf Lassiter zu. Kaltes Mondlicht brach sich blitzend auf dem Säbel.

Lassiter reagierte instinktiv.

Er rollte sich im allerletzten Augenblick zur Seite.

Esteban Bayonne preschte an ihm vorbei. Der Stoß mit dem Säbel zerschnitt nur die Luft.

Bayonne fluchte wild. Brutal riß er sein Pferd herum.

Lassiter stand schon wieder. Keuchend und geduckt erwartete er den zweiten Angriff.

Die Männer hatten einen weiten Kreis um die Kämpfenden gebildet. Geschrei feuerte den Capitán an.

Wieder ritt Bayonne an. Kurz vor Lassiter riß er sein Pferd zurück, beugte sich vor und führte einen blitzschnellen Hieb mit dem Säbel.

Lassiter sah die Klinge blitzen und spürte einen Schmerz in der Schulter.

Er taumelte.

Die Menge grölte auf.

»Jetzt mach' ich dich fertig!« schrie Bayonne voller Haß.

Dieser Haß ließ ihn übereilt und unvorsichtig handeln.

Schnell setzte er nach, um Lassiter mit einem letzten Stoß zu durchbohren.

Doch so leicht war der große Mann, der schon durch alle Höllen gegangen war, nicht kleinzukriegen.

Er duckte sich unter dem Hieb weg, konnte Bayonnes Arm fassen und zog den Capitán mit einem gewaltigen Ruck aus dem Sattel.

Schreiend landete Bayonne im Staub. Den Säbel hielt er wie einen Rettungsanker fest. Sein Pferd wieherte erschreckt auf und galoppierte davon.

Lassiter hechtete auf Bayonne zu. Vergessen war der Schmerz in seiner Schulter. Nur der Gedanke beseelte ihn, Bayonne zu besiegen.

Die beiden Männer prallten hart zusammen. Bayonne, der sich halb aufgerichtet hatte, wurde wieder auf den Boden geschleudert. Er schlug mit dem Hinterkopf auf, wurde aber nicht bewußtlos.

Lassiter riß seinen Gegner mit der linken Hand ein Stück hoch. Gleichzeitig schmetterte er ihm die Rechte voll ins Gesicht.

Bayonne gurgelte auf.

Seine Hand fuhr hoch, und der Handballen traf Lassiter unglücklicherweise auf die Nase.

Tränen des Schmerzes schossen dem großen Mann in die Augen.

Bayonne sah Land.

Mit aller zur Verfügung stehenden Kraft rollte er sich herum. Jetzt war es Lassiter, der unten lag.

»Du dreckiger Bastard!« keuchte Bayonne und tastete nach seinem Säbel, den er bei dem kurzen Manöver eben verloren hatte.

Lassiter hatte noch Spielraum. Er zog beide Knie an und stieß sie dem Capitán in den Unterleib.

Bayonne ließ Säbel Säbel sein und warf sich zurück.

Lassiter nutzte die Chance.

Er war erst halb auf den Beinen, als seine Schuhspitze Bayonne die Luft aus den Rippen trieb.

Ächzend kippte der Capitán in den Staub.

Lassiter wollte nachsetzen. Doch da krachte ein Gewehrkolben in seinen Rücken.

Wie ein Stein fiel der große Mann auf die Erde. Er hatte das Gefühl, als seien ihm alle Rippen gebrochen. Er konnte sich so gut wie gar nicht mehr bewegen.

»Du schmieriger Hundesohn«, hörte er eine rauhe Stimme über sich. »Wir werden dich fertigmachen, daß du dir wünschst, nie geboren zu sein. Du Bastard, du.«

Lassiter sah den dreckigen hochhackigen Stiefel dicht vor seinen Augen, sah aber auch das übergroße silberne Sporenrad an dem Stiefel.

Der Mann hob sein Bein, drehte es in die gewünschte Richtung und drückte mit dem Sporenrad zu.

Lassiter wußte nicht, wie lange die Tortur dauerte. Aber kein Ton des Schmerzes drang über seine Lippen.

Irgendwann schrie jemand: »Aufhören!«

Lassiter spürte seinen Körper kaum noch. Zu groß waren die Schmerzen.

Einen Spaltbreit öffnete er die verdreckten Augenlider.

Dann sah er Esteban Bayonne. Er hatte vorhin den Befehl gegeben.

»Zieht ihn hoch.«

Zwei Männer rissen Lassiter in die Senkrechte. Zwei weitere mußten helfen, ihn zu stützen.

Bayonne baute sich vor ihm auf. Großspurig, überlegen lächelnd, trotz des verlorenen Kampfes.

Bayonne zündete sich ein Zigarillo an. Er blies den Rauch Lassiter ins Gesicht.

»Pech für dich, mein Freund!« sagte er hämisch. »Aber man soll seinen Gegner nie unterschätzen. Euer Plan war leicht zu durchschauen. Deshalb konnte ich auch mein Spiel aufziehen.«

Lassiter hörte die Worte wie durch Watte.

»Ich wußte, die Yaquis und die Soldaten würden sich gegenseitig zerfleischen. Und das war meine Chance. Deshalb holte ich mir eine gute Mannschaft zusammen, um den Rest zu erledigen und das Gold endgültig zu kassieren. Eigentlich müßte ich für die Vorarbeit dankbar sein, findest du nicht auch, Lassiter?«

Der große Mann sagte gar nichts. Er wußte schließlich besser, was mit dem Gold los war, hütete sich jedoch, etwas davon verlauten zu lassen.

Bayonne spuckte einen Tabakkrümel aus.

»Ich bin dir sogar dankbar, Lassiter. Ich werde dich nicht erschießen lassen. Nein, zwei meiner Leute werden dich gleich in die Wüste bringen. Es ist eine echte Chance, Amigo. Schaffst du es, bis zur nächsten Stadt zu kommen, bist du gerettet. Schaffst du es nicht, hast du eben Pech gehabt.«

Bayonne lächelte.

»Na, was sagst du dazu?«

»Fahr zur Hölle!« krächzte Lassiter.

»Undankbar ist er auch noch«, höhnte Bayonne.

Lassiter wußte, daß dies keine echte Chance war. Einen Halbtoten in die Wüste legen. Es würde höchstens ein paar Stunden dauern, dann hatte ihn die gnadenlose Sonne umgebracht. Da war eine Kugel fast noch besser. Und Bayonne, dieser Sadist, wußte das genau.

Bayonne nickte den Männern zu. »Bindet ihn auf einem Gaul fest.«

Zwei der Kerle, die Lassiter festhielten, zogen ihn zu einem Pferd. Sie hievten den großen Mann hoch und warfen ihn quer über den Sattel. Dann banden sie Lassiter fest.

Der große Mann war einer Ohnmacht nahe, er spürte es.

Die Männer ritten noch nicht los. Lassiter hatte Zeit, sich mit seinem Schicksal vertraut zu machen.

Als er einmal die Augen öffnete, stockte ihm fast der Atem.

Jane Bayonne stand in seiner Nähe. Sie blickte ihn spöttisch an.

»Jane«, formten Lassiters Lippen den Namen der Frau.

Jane trat näher.

»Bald wirst du tot sein, Lassiter«, stellte sie kalt fest. »Ich bedaure es. Wirklich. Aber ich kann nichts tun. Du mußt wissen, ich bin immer auf der Seite des Stärkeren. Und das ist im Augenblick mein Mann. Er hat das Gold. Schade im dich, Lassiter.«

»Mehr hast du nicht zu sagen?« keuchte der große Mann.

»Nein. Wir sind quitt, Lassiter.«

Jane Bayonne wandte sich um und ging zurück in ihr Haus.

Lassiter hatte keine Zeit mehr, über alles nachzudenken. Die beiden Männer ritten an ihn heran und packten die Zügel seines Pferdes.

Der Ritt wurde für Lassiter zur Hölle. Er spürte jeden Huftritt des Pferdes bis in den letzten Nerv seines Körpers.

Irgendwann hielten sie an.

»Das ist weit genug«, sagte der eine. »Hier kann er meinetwegen verrecken.«

»Sollen wir ihm nicht lieber doch eine Kugel geben?« fragte sein Kumpan.

»Warum? Blei ist teuer. Nein, nein, wir erledigen es so, wie befohlen.«

Sie banden Lassiter los und warfen ihn brutal auf die Erde. Durch diesen Sturz wurde er ohnmächtig. Er sah und hörte nicht, wie die beiden wegritten. Lassiter war schon so gut wie tot …

Jane Bayonne blickte nachdenklich hinter Lassiter und den beiden Reitern her.

Sie hatte ein schlechtes Gewissen. Immer wieder mußte sie an den großen Mann denken, der ihr soviel gegeben hatte. Plötzlich lachte Jane auf und schüttelte ihre trüben Gedanken ab. Pah, was ging dieser Kerl sie an. Die Hauptsache war jetzt das Gold.

Jane Bayonne suchte ihren Mann. Sie fand ihn in seinem Schlafzimmer. Er säuberte sich gerade das Gesicht.

Lächelnd legte ihm Jane beide Arme um den Hals. »Liebster«, flüsterte sie, »ich bin stolz auf dich.«

Bayonne blickte seine Frau spöttisch an. »Du bist wohl mehr stolz auf das Gold, wie ich dich kenne.«

Jane trat zurück. »Wie kannst du nur so etwas sagen«, schmollte sie. »Sicher interessiert mich das Gold. Aber du darfst nicht vergessen, daß ich dich liebe.«

Esteban Bayonne tippte sich gegen die Stirn. »Hör auf mit dem Gesäusel. Es paßt nicht zu dir. Wenn du mich wirklich liebst, warum bist du dann mit diesem Lassiter ins Bett gegangen?«

Jane zuckte mit den Schultern. »Ich kann es dir nicht sagen. Es überkam mich einfach. Und du hast mich zu lange allein gelassen.«

Esteban Bayonne gönnte sich einen Whisky. Er wischte sich den Mund ab und ging in Richtung Tür.

»Wohin willst du?« rief Jane.

»Das geht dich nichts an«, erwiderte Bayonne. »Wir holen jetzt das Gold, damit du beruhigt bist.«

»Fein«, sagte Jane. »Ich warte auf dich.«

Bayonne verzog verächtlich die Mundwinkel. »Du wirst dich noch wundern«, murmelte er.

Die Männer waren bereits in den unteren Räumen versammelt. Sie hatten Fackeln angezündet, und es war fast taghell. Pete Brewster, der Anführer der Halunken, deutete auf die hochgeklappte Falltür.

»Wir wollen anfangen. Die Jungs warten nicht länger.«

»Ich habe nichts dagegen.« Bayonne grinste schmal.

Das ließen sich die Männer natürlich nicht zweimal sagen. Wie Wühlmäuse kletterten sie in den Keller.

Esteban Bayonne setzte sich auf einen Stuhl und wartete. Pete Brewster hatte Schnaps aufgetrieben und gesellte sich zu ihm.

Er sah aus wie ein Bär, wirkte tapsig und unbeholfen. Doch wer Brewster in Aktion gesehen hatte, wußte, daß dieser Mann gefährlich und reaktionsschnell wie kaum ein zweiter war. Er war nicht umsonst der Anführer einer teuflischen Horde.

Brewster trank aus der Flasche. Gluckernd rann das scharfe Getränk in seine Kehle.

»Das tat gut«, ächzte er und wischte sich mit den Händen über seine speckige Jacke. Dann blickte er mit seinen kleinen Schweinsaugen Esteban Bayonne an. »Es bleibt doch bei dem vereinbarten Preis, oder?«

»Sicher«, erwiderte Bayonne ärgerlich. »Was dachtest du denn?«

»Nun«, Pete wiegte den Kopf, »es wäre ja durchaus möglich, daß Sie uns leimen wollen.«

»Quatsch.«

Pete Brewster grinste. »Dann ist es ja gut.«

Inzwischen schufteten die Männer wie Sklaven. Für viele von ihnen war es wohl die erste Arbeit in ihrem Leben. Aber bei dem Lohn hätten auch noch andere Typen geschuftet.

Es dauerte noch eine Stunde, dann war es geschafft. Das Gold war auf eine Anzahl Packesel verteilt. An dem Gewicht hatten die Tiere verdammt schwer zu tragen.

Esteban Bayonne besah sich sein Werk. Er triumphierte. Endlich hatte er es geschafft. Jetzt mußte er nur noch das Zeug verkaufen, und dieses Scheißleben hatte ein Ende. Europa, Südamerika, alles stand ihm offen.

»Ich bin auch fertig, Esteban«, unterbrach Jane seine Gedanken.

Der Capitán ruckte herum. »Wieso?«

»Mit Packen. Es geht doch los.«

»Ach ja, sicher.« Bayonne lachte. »Du hast recht, es geht los. Aber ohne dich.«

»Was sagst du da?« flüsterte Jane und taumelte wie von einem Schlag getroffen ein paar Schritte zurück.

»Hast du mich nicht verstanden? Du bleibst hier«, wiederholte Bayonne seine Worte.

Der Capitán wandte sich um und holte sein Pferd. Die anderen hatten schon gesattelt.

Der Morgen graute bereits, als sie aus dem Tor ritten. Zurück ließen sie eine verwüstete Festung und eine Frau, die plötzlich spürte, was Haß ist. Ja, sie haßte ihren Mann, und sie würde ihn auch umbringen.

Die ersten Geier waren aufgetaucht und zogen ihre Kreise.

Die sengende Morgensonne weckte Lassiter. Heiß brannte sie auf seinen ungeschützten Kopf.

Mühsam öffnete der große Mann die verklebten Augenlider. Mit einer unendlich langsamen Bewegung zog er sein rechtes Bein an. Dadurch wurden zwei Geier, die schon auf Lassiters Tod warteten, aufgeschreckt.

Lassiter fühlte sich völlig zerschlagen. Jeder Muskel in seinem Körper schmerzte höllisch. Die Wunde in seiner Schulter war verkrustet.

Lassiter hob ein wenig den Kopf. Aus schmalen Augenschlitzen tastete er die Umgebung ab.

Soweit er erkennen konnte, hatten ihn die Halunken auf ein Felsplateau gelegt. Schutzlos der gnadenlosen Sonne ausgeliefert. Durst quälte den großen Mann. Er spürte seine Zunge kaum noch. Trotzdem war noch Lebenswille in ihm.

Du mußt hier weg, hämmerte er sich ein. Wenigstens in den Schatten eines Felsens.

Lassiter begann zu kriechen. Wie ein Wurm schob er sich über den steinigen Boden. Durch diese Bewegung platzte die Wunde an seiner Schulter wieder auf.

Lassiter verfluchte Esteban Bayonne, der ihm mit seinem Säbel diese Verletzung beigebracht hatte.

Ein Schwächeanfall packte den großen Mann. Lassiter mußte eine Pause einlegen.

Er wußte nicht, wie lange er gelegen hatte, aber eiserner Wille trieb ihn weiter.

Lassiter glich in diesem Augenblick einem waidwunden

Tier, das einen letzten Schutz sucht oder einen Platz zum Sterben.

Sterben. Dieses Wort drang wie ein Messerstich in Lassiters Gehirn.

»Nein – ich ... will ... nicht sterben«, formten seine aufgerissenen Lippen den Satz.

Mühsam kroch er weiter. Eine Eidechse huschte über seinen Körper und verschwand in einer Felsspalte.

Lassiter merkte zu spät, daß er das Ende des kleinen Plateaus erreicht hatte.

Er verlor plötzlich das Gleichgewicht, rollte einen Abhang hinunter, schlug mit dem Körper ein paarmal gegen scharfe Felsecken und blieb mit seiner Jacke an einem dornigen Strauch hängen. Dann tickte ein kleinerer Stein gegen seinen Kopf. Es reichte, um Lassiter in eine neue Ohnmacht fallen zu lassen.

Lauwarmes Wasser rann über sein Gesicht, in die Mundwinkel ...

Lassiter schluckte.

Wasser! Belebend lief es durch seine Kehle.

Lassiter öffnete die Augen einen Spaltbreit. Er wollte sehen, ob alles nur ein Traum gewesen war.

Es war kein Traum.

Über sich erkannte Lassiter Chutas grinsendes Gesicht. Der Yaqui hielt den Kopf des großen Mannes gestützt und flößte ihm das Wasser ein.

»Du gerettet«, sagte Chuta und grinste breit.

Lassiter stöhnte auf. Er versuchte sich zu bewegen.

»Du liegenbleiben. Schwer verletzt. Ich dir Wunden verbinden. Habe Salbe aus Kräutern genommen.«

Lassiter lächelte. »Danke«, hauchte er.

Dann schlief der große Mann ein.

Als er erwachte, war es Nacht.

Lassiter öffnete die Augen.

Chuta saß neben ihm und grinste wieder. Lassiter lächelte zurück. Er fühlte sich schon viel besser.

Der große Mann erkannte, daß Chuta ihn zwischen Felsen in Sicherheit gebracht hatte.

»Wir bald reiten«, sagte der Yaqui. »Kein Wasser mehr.«

»Okay«, erwiderte Lassiter heiser. »Wir haben ja auch noch etwas zu erledigen.«

Chuta nickte düster. »Hier, für dich. Gewehr.«

Er gab Lassiter die Waffe.

Der große Mann fühlte sich gleich besser. Seine Waffen hatte man ihm in der Festung abgenommen.

»Wir reiten noch einmal nach El Borga zurück«, sagte Lassiter. »Wir müssen von dort die Spur aufnehmen. Außerdem brauche ich noch Revolver und Munition.«

»Wir werden alle töten«, flüsterte Chuta. »So wie sie umgebracht haben meine Brüder. Chuta wird alle rächen.«

Lassiter glaubte dem Yaqui aufs Wort. Dieser Indianer war wohl als einziger übriggeblieben. Er würde in seinem Haß kaum zu bremsen sein. Aber auch Lassiter hatte mit einem gewissen Esteban Bayonne noch ein Wörtchen zu reden. Dieser Bayonne war ein Schwein. Er hatte sich nicht gescheut, seine eigenen Leute brutal ermorden zu lassen.

Lassiter erhob sich. Es ging wider Erwarten gut. Zwar taten ihm fast alle Knochen weh, aber es ließ sich ertragen. Auch die Schulterwunde war dank Chutas Kräuterbehandlung gut verheilt.

Leider hatten die beiden Männer nur ein Pferd zur Verfügung.

»Du reiten und ich laufen«, sagte Chuta.

Lassiter nickte. Er wußte, daß die Yaquis perfekte und ausdauernde Langstreckenläufer waren.

Es war noch tiefe Nacht, als die beiden Männer in Richtung El Borga aufbrachen.

Die ersten Strahlen der Morgensonne blitzten am Himmel, als Lassiter und Chuta die Festung vor sich liegen sahen.

Chuta ging mit steinernem Gesicht neben dem großen Mann. Er fand seine ersten toten Brüder schon auf dem kleinen Weg zur Festung.

Aasgeier stoben, von den beiden Männern aufgeschreckt, wild flatternd in die Lüfte.

Das große Tor stand offen.

Langsam ritt Lassiter in die Festung. Chuta hielt sich ein

wenig zurück. Außer dem Krächzen der Geier war kaum ein Laut zu hören.

Lassiter sprang vom Pferd.

In diesem Augenblick zerriß der peitschende Knall eines Gewehres die Morgenstille. Haarscharf zischte das Projektil an Lassiters Kopf vorbei.

Der große Mann lag mit einem Satz flach. Aus den Augenwinkeln sah er Chuta irgendwo in Deckung huschen.

Lassiter sprang blitzschnell auf und lief im Zickzack auf das Haus des Capitán zu.

In diesem Augenblick trat Jane Bayonne aus der Tür. Das Gewehr im Anschlag.

Lassiter stoppte.

»Ich hätte dich töten können«, sagte Jane.

»Dann würdest du jetzt auch nicht mehr leben«, erwiderte Lassiter.

»Wieso?«

»Hinter dir auf dem Dach sitzt Chuta, ein Freund von mir.«

Wie ein Automat drehte sich Jane um.

Mit zwei Sätzen war Lassiter bei ihr und nutzte ihre Unaufmerksamkeit aus, um ihr das Gewehr aus der Hand zu winden.

»Damit spielt man nicht«, sagte der große Mann.

Chuta hatte wirklich auf dem Dach gesessen. Er war in dem Augenblick hinuntergesprungen, als Jane sich umdrehte. Chuta wartete ab.

Lassiter ließ die Frau los. »Laß uns hineingehen«, sagte er. Jane nickte krampfhaft.

Im Haus war es einigermaßen kühl. Lassiter fand noch eine Flasche Wein.

Er sah Jane Bayonne an. Sie war blaß geworden in den letzten Tagen und hatte sichtlich abgenommen.

»So sieht man sich wieder«, stellte Lassiter fest. »Und du dachtest schon, mich hätten die Geier gefressen.«

Jane schluckte. Sie suchte nach Worten.

»Lassiter«, begann sie stockend. »Ich weiß, es war falsch von mir. Aber was hätte ich tun sollen?«

»Dich auf meine Seite stellen.«

»Um mit dir zu sterben?«

»Ich bin nicht tot.«

»Sicher, aber mir war das Risiko zu groß.«

»Okay, lassen wir das. Du hast deinen Preis bezahlt. Dein ehrenwerter Mann hat dich hier zurückgelassen. Wie hast du dir die Fortsetzung dieses Spiels gedacht?«

Jane Bayonnes Gesicht verzog sich plötzlich. Haß blitzte in ihren Augen auf.

»Ich werde Esteban töten«, zischte sie. »Ich allein!«

Lassiter lächelte spöttisch. »Wie willst du denn von hier wegkommen?«

»Mit euch natürlich.«

»Glaubst du, daß wir dich mitnehmen? Nach allem, was du mir angetan hast?«

»Doch, Lassiter. Du nimmst mich mit. Ich weiß nämlich, wo Bayonne hin will.«

»Dann spuck's aus.«

Jane lächelte spöttisch. »Nein, das sage ich dir erst, wenn wir einige Meilen hinter uns gebracht haben.«

»Luder«, sagte Lassiter.

Jane zuckte mit den Schultern. »Jeder ist sich selbst der Nächste.«

Irgendwie konnte Lassiter die Frau verstehen. Er hätte auch nicht anders gehandelt.

Der große Mann blickte zu Chuta, der an der Wand lehnte. Der Yaqui nickte. Er war also einverstanden.

Lassiter wandte sich wieder an Jane Bayonne. »Kommen wir zu den praktischen Dingen. Wie sieht es mit Pferden aus?«

»Wir haben Glück«, antwortete Jane. »Im Stall sind noch einige. Zwar durch Wassermangel stark geschwächt, aber wir können uns ja die besten aussuchen.«

»Wie lange hast du denn nichts getrunken?« erkundigte sich Lassiter.

»Ich habe mich mit Wein über Wasser gehalten. Paradox, nicht?« erwiderte Jane.

Lassiter nickte. »Du gehörst auch nicht zu der Sorte, die man kleinkriegen kann.«

»Genau wie du, Lassiter. Deshalb passen wir ja so gut zusammen.«

»Ich werde Pferde holen«, sagte Chuta.

»Bringe auch Waffen mit«, erinnerte Lassiter den Yaqui. »Es liegen genug Gewehre und Revolver herum.«

Chuta ging nach draußen.

Jane lehnte sich gegen die Wand. Sie trug eine grüne Bluse und eine hellbraune Reithose. Ihre Füße steckten in Stiefeln. Die Bluse spannte sich vorne verdammt stark. Lassiters Augen sogen sich an Janes Brüsten fest.

Jane bemerkte den Blick und öffnete zwei Knöpfe. »Bist du noch stark genug, Lassiter?« fragte sie mit rauchiger Stimme.

»Man hat mich zwar fertiggemacht. Aber so fertig auch wieder nicht.«

»Dann laß uns nach oben gehen«, lockte Jane.

Lassiter schüttelte den Kopf. »Nein. Hier ist zuviel Blut vergossen worden. Wir sollten an andere Dinge denken. Ich komme später auf dein Angebot zurück.«

»Schade«, murmelte die Frau.

Teufel, ist das Weib abgebrüht, dachte Lassiter. Noch nicht mal die Toten stören sie.

Chuta kehrte zurück. Er schleppte zwei Winchestergewehre, vier Colts und zwei Patronengurte.

»Das wird reichen«, sagte Lassiter.

Er schnallte einen der Gurte um, rückte ihn zurecht, lud zwei Revolver und ließ sie in die Halfter gleiten. Dann nahm er sich eine Winchester.

Draußen scharrten unruhig die Pferde.

Jane, Lassiter und Chuta schwangen sich in die Sättel.

»Ich weine dieser verdammten Festung keine Träne nach«, preßte Jane Bayonne hervor und trieb ihre Hacken dem Pferd hart in die Flanken.

Dann verließen sie die Stätte des Grauens.

Rio Grande.

Grenzfluß zwischen den Vereinigten Staaten von Nordamerika und Mexiko. Fluß der Hoffnung und Fluß des Todes.

Die Männer hatten es geschafft. Endlich. Nach tagelangem Ritt durch ausgedörrte Steppen und karstige Berge lag der Fluß zum Greifen nahe vor ihnen.

Esteban Bayonne lachte. »Noch ein paar Yards und wir haben es geschafft.«

Mit einem Tuch wischte er sich den Schweiß von der Stirn.

Mensch und Tier waren gleichermaßen erledigt. Heller Wüstenstaub lag fingerdick auf den Körpern. Die Stimmung unter den Männern war gereizt.

Pete Brewster spuckte auf den Boden. »Schätze, wir gönnen uns erst mal eine kurze Rast.«

Bayonne war einverstanden. Die Männer führten die Pferde zum Fluß und löschten selbst ihren Durst.

»Nun mal raus mit der Sprache, Bayonne. Wo soll's hingehen, wenn wir drüben sind?«

Bayonne zündete sich ein Zigarillo an. »Das Nest heißt Corida. Nicht weit von El Paso.«

»Kenn' ich«, brummte Brewster. »Was willst du in dem Kaff?«

Bayonne grinste. »Ich kenne dort einen Mann, der ab und zu von El Paso kommt und in Corida Geschäfte abwickelt. Er wird uns das Gold abkaufen.«

Brewster wiegte den Kopf. »Verdammt riskante Sache. Der Kerl will uns bestimmt übers Ohr hauen.«

»Dazu lassen wir es gar nicht erst kommen.«

»Wie meinst du das?« fragte Brewster mit einem merkwürdigen Unterton in der Stimme.

»Ganz einfach.« Bayonne paffte genüßlich an seinem Zigarillo. »Wir schicken ihn zur Hölle, nachdem er uns das Geld für das Gold gegeben hat. Dann nehmen wir ihm das Gold wieder ab.«

»Hä, hä.« Brewster lachte breit. »Das ist gut, das ist sogar sehr gut. Und wie geht's weiter?«

»Kann ich dir genau sagen, Pete. Wir werden das Gold irgendwo verstecken. Und zwar an einem Platz, den nur du und ich kennen. Das Gold wird praktisch unsere Altersversicherung sein. Und das Geld, das wir diesem Rattigan abnehmen, so heißt der Mann übrigens, wird unser Startkapital sein. Wir werden uns die besten Männer kaufen und den gesamten Westen das Fürchten lehren.«

»Dein Plan ist 'ne Wucht«, erklärte Brewster und rieb sich die Hände. »Von so was habe ich schon immer geträumt.«

Esteban Bayonne stand auf. »Los, wir überqueren den Fluß.«

»He, ihr faulen Säcke! Hoch mit den dicken Hintern!« fuhr Brewster seine Leute barsch an. »Es geht wieder an die Arbeit.«

Die Banditen fügten sich murrend.

Die Esel mit der wertvollen Last wurden untereinander mit Stricken verbunden.

Die Männer waren so mit den Vorbereitungen beschäftigt, daß sie vergaßen, auf ihre Umgebung zu achten.

Deshalb wurden sie von den Schüssen völlig überrascht.

Drei der Banditen kippten tot zu Boden.

Doch nun zeigte sich, was die Männer wirklich für rauhe Kerle waren.

»Deckung!« schrie Brewster und hechtete hinter ein vertrocknetes Gebüsch.

Über den Revolverlauf hinweg peilte er in die Richtung, aus der die Schüsse gefallen waren. Brewster sah zwei Mexikaner hinter einer Bodenwelle verschwinden. Ein kurzer Blick zeigte ihm aber auch, daß all seine Männer in relativ guten Deckungen lagen.

Brewster wagte einen alten Trick.

Er deckte seinen Hut über den Coltlauf und schob beides in die Höhe.

Kein Schuß fiel.

Brewster wartete noch einige Minuten und schlängelte sich aus seiner Deckung.

Wieder blieb es still. Niemand schoß auf ihn.

Dann hörte er plötzlich Hufschlag, der sich rasch entfernte.

Wie auf Kommando tauchten die Männer hinter ihren Deckungen auf.

»Wo sind die Schweine?« schrie Skip, ein spindeldürrer Kerl, der unheimlich schnell mit dem Revolver war.

»Was weiß ich?« knurrte Brewster gereizt.

Laut fluchend stolperte Esteban Bayonne heran. »Verdammter Mist. Diese Hundesöhne hätten mich doch bald rasiert. Hast du eine Ahnung, wer es gewesen sein könnte, Pete?«

»Nein.«

»Vielleicht war es Lassiter«, sagte Bayonne.

Brewster tippte sich gegen die Stirn. »Der schmort längst in der Hölle. Das waren bestimmt irgendwelche Hundesöhne, die man hier überall findet.«

Bayonne war auf einmal nachdenklich geworden. »Ich weiß nicht so recht«, sagte er. »Ich hätte diesem verdammten Lassiter doch eine Kugel geben sollen.«

»Das ist dein Bier.« Brewster grinste. »Aber verdammt, laß uns endlich über den Fluß gehen. Los, Männer, ran. Die drei Toten können liegenbleiben. Die Geier sollen schließlich auch nicht hungern.«

Der Rio Grande führte für diese Jahreszeit recht wenig Wasser. Dafür mußte man allerdings mit Strudeln und plötzlich auftretendem Treibsand rechnen. Und das war gefährlich.

Pete Brewster selbst machte den Anfang. An einer Leine zog er die ›Goldesel‹ in das schmutziggraue Wasser. Die Tiere stellten sich zuerst störrisch an, und die Männer mußten ein paarmal hart mit den Stöcken zuschlagen, um sie überhaupt richtig in Gang zu bringen.

Schließlich klappte es.

»Paßt auf, daß kein Esel absäuft!« schrie Brewster von der Spitze des Zuges.

Wild schäumte den Tieren das Wasser um die Bäuche. Noch war die tiefste Stelle nicht erreicht.

Plötzlich wollten die Esel nicht mehr weiter. Wieder traten die Stöcke in Aktion.

»Wenn ihr weiter so lahmarschig seid, kommen wir nie drüben an!« brüllte Brewster.

Und dann passierte es.

Er hatte das letzte Wort kaum ausgesprochen, als sein Pferd plötzlich wegsackte.

Gurgelnd verschwanden Reiter und Tier unter Wasser.

Als sie wieder auftauchten, spuckte Brewster nicht nur brackiges Flußwasser, sondern auch Gift und Galle.

Dazu hatte er allen Grund.

Andere Pferde waren ebenfalls weggesackt, dadurch wurde eine Bresche in die Formation geschlagen, die Esel befanden sich außer Kontrolle, rissen wild an ihren Leinen, und es dauerte nur kurze Zeit, bis eins der Seile riß.

Der Esel wurde sofort von der Strömung erfaßt und trieb flußabwärts.

Esteban Bayonne handelte blitzschnell.

Er, der am Ende des Zuges ritt, riß sein Pferd herum, löste das Lasso vom Sattel, stellte sich in die Steigbügel, ließ die Leine kreisen und warf.

Bayonne war ein Könner. Das mußte man ihm lassen.

Das Lasso wirbelte durch die Luft und legte sich zielsicher um den Hals des Esels.

Es gab einen Ruck, als Bayonne zuzog.

Das Tier schrie erschreckt auf und wurde herumgerissen.

Mit aller Macht stemmte sich Bayonne gegen die Strömung.

Ein zweiter Mann eilte ihm zu Hilfe. Sein Lasso legte sich ebenfalls um den Hals des Tieres.

Zu zweit schafften sie es schließlich, das Tier an das Ufer zu zerren.

Auch die anderen hatten es geschafft.

»Verdammt!« keuchte Bayonne und sprang aus dem Sattel. »Da wäre uns fast was durch die Lappen gegangen.«

Brewster grinste, während er sein Hemd auswrang.

»Wenn's ums Gold geht, wächst du über dich selbst hinaus. Was, Bayonne?«

Die Banditen lachten.

Der Esel, den sie mühsam gerettet hatten, brach plötzlich zusammen. Wie ein Stein sackte er weg. Die Tragekörbe platzten auf. Goldbarren kollerten in den Staub.

Gierig blickten die Männer auf das Metall, auf dem sich die Sonnenstrahlen funkelnd brachen.

Esteban Bayonne legte die Hand auf seinen Colt. »Wagt es nur nicht.«

Pete Brewster hielt bereits ein Messer in der Hand. Sein Colt war naß geworden. Er kannte seine Männer.

Bayonne ging zu dem zusammengebrochenen Esel. »Tot«, stellte er fest. »Verdammt.« Dann nickte er Brewster zu. »Wir müssen umladen, Pete. Wir verteilen das Gold auf unsere Satteltaschen.«

»Das ist unfair!« schrie einer der Banditen und sprang vor. Brewster schleuderte ihm das Messer in die Brust.

»Wenn noch einer was zu meckern hat, soll er es gleich tun.« Eingeschüchtert zogen die Banditen die Köpfe ein.

Bayonne und Brewster luden das Gold gemeinsam um. Plötzlich stutzte Esteban Bayonne.

»Was ist?« fragte Brewster.

Bayonne sah sich nachdenklich die Goldbarren an.

»Sag schon.« Pete Brewster wurde noch mißtrauischer.

»Hier«, flüsterte Bayonne. »Sieh dir mal den Barren an. Aber nicht zu auffällig. Die anderen brauchen nichts zu merken.«

Stirnrunzelnd nahm Brewster das Stück in die Hand. Er betrachtete es von allen Seiten. »Ich seh' nichts.«

»Dann bist du blind.«

»Wieso? Stimmt was nicht mit dem Zeug?«

»Das kann man wohl sagen. Das hier ist kein Gold, sondern überpinseltes Blei.«

»Du bist wahnsinnig!« Brewsters Hand zuckte zum Colt.

»Laß stecken, du Idiot!« zischte Bayonne. »Außerdem ist deine Knarre naß geworden. Hör mir lieber zu. Und paß auf, die anderen dürfen nichts merken.«

Die beiden Männer steckten die Köpfe zusammen.

»Wir werden Rattigan das Zeug andrehen«, flüsterte Bayonne.

»Der fällt doch darauf nicht rein«, entgegnete Brewster.

»Abwarten. Wenn nicht, holen wir uns seine Moneten so.«

»Und unser Plan? Das Gold sollte doch eine Rücklage sein. Wir wollten es Rattigan wieder abnehmen. Alles Mist! Weißt du was, Bayonne. Ich werde das Gefühl nicht los, daß du mich übers Ohr hauen willst.«

»Quatsch!«

»Aber kannst du mir sagen, wo das echte Gold ist?«

»Keine Ahnung.«

Brewster lachte auf. »Du willst mir doch nicht erzählen, daß ihr die ganze Zeit in der Festung nur wertloses Zeug bewacht habt.«

»Es sieht so aus«, preßte Bayonne hervor.

»Und der Grund? Kannst du mir den Grund nennen?«

»Nein.«

Brewster sah Bayonne an.

»Ich sage dir nur eins. Von jetzt ab werde ich dich noch besser im Auge behalten. Ich traue dir nicht. Du kannst mir diesen angeblichen Goldbarren nur unter die Weste gejubelt haben. Wahrscheinlich ist das andere Zeug sogar echt.«

Bayonne sprang auf. Er griff wahllos nach einem anderen Barren.

»Hier, überzeuge dich selbst.«

»Das tue ich auch.«

Brewster zog ein Messer aus der Tasche und ritzte den Barren an. Die Bronzeschicht ließ sich leicht entfernen. Graues Blei kam zum Vorschein.

»Na?« höhnte Bayonne.

»Verdammt«, fluchte Brewster und warf den Barren wütend auf den Boden. »Reingelegt haben uns die Schweine. Aber das werden sie büßen. Alle. Wir werden ganz Mexiko auseinandernehmen. Die sollen sich wundern.«

Esteban Bayonne sagte gar nichts. Er machte sich nur seine Gedanken.

»Zurück!« rief Lassiter und packte Chuta an den Schultern.

Geduckt hasteten die beiden Männer zu den Pferden, die in sicherer Deckung standen.

Jane Bayonne saß auf einem Felsen und sah ihnen gespannt entgegen.

»Ich habe Schüsse gehört. Was hat's gegeben?«

Lassiters Gesicht wurde hart. »Chuta hatte sich nur vergessen. Er hat drei Männer niedergeschossen.«

Denn niemand anders als Lassiter und Chuta waren die beiden Mexikaner, die die Bande beschossen hatten. Das heißt, Lassiter wollte die Leute nur beobachten, aber Chuta konnte seinen Haß nicht bremsen.

Die Kleidung, die die Männer trugen, hatten sie sich unterwegs in einem kleinen Ort besorgt. Sie sahen jetzt fast aus wie Einheimische. Lassiter trug ein verwaschenes graues

Hemd und darüber einen alten, ehemals schwarzen Poncho. Nur Hosen und Stiefel stammten aus seiner früheren Kleidung.

»Hat er Esteban erwischt?« fragte Jane lauernd, und in ihrer Stimme schwang Haß mit.

Lassiter sah sie an. »Nein«, erwiderte er dann knapp.

»Schade«, zischte Jane.

»Wir reiten«, sagte der große Mann nur.

Chuta, der dem Gespräch mit unbeteiligtem Gesicht gefolgt war, stieg als erster in den Sattel.

Lassiter hielt Jane noch zurück. »So, Lady, nun mal raus mit der Sprache. Wo finden wir die Kerle?«

»Das sage ich dir, wenn wir drüben sind.«

Lassiter war einverstanden.

»Wenn ich dann aber keine Antwort bekomme, wirst du deines Lebens nicht mehr froh«, fügte er noch hinzu.

»Pah.«

Chuta war schon vorausgeritten. Sie schlugen die westliche Richtung ein. Lassiter kannte dort eine Stelle, wo man den Fluß ohne große Schwierigkeiten überqueren konnte.

Wieder lag das Land unter der sengenden Sonnenglut. Die Luft schien zu flimmern, und Lassiter zog die Krempe seines Sombreros tief in die Stirn.

Nach fünf Meilen hatten sie die Stelle erreicht.

Der Fluß war hier zwar breiter, dafür aber nicht so tief.

Lassiter gönnte den Pferden erst eine Pause, nahm ihnen die Gebißstangen heraus und ließ sie saufen. Chuta hielt inzwischen Wache.

Dann sprang Lassiter in den Fluß. Ungeniert hatte er sich vor Jane ausgezogen.

Das Wasser erfrischte den großen Mann. Er tauchte ein paarmal unter und schwamm einige Runden.

Er wollte gerade aus dem Wasser steigen, als er Jane sah. Nackt, wie Gott sie geschaffen hatte, sprang sie in den Fluß. Lachend und prustend schwamm sie auf Lassiter zu.

»Komm, großer Mann«, lockte sie und stellte sich hin. Das Wasser reichte ihr nur bis zur Brust. Sie warf den Kopf in den Nacken und streichelte mit den Händen ihren Körper.

Lassiter spürte, wie die Erregung ihn packte. Er warf sich förmlich auf die Frau.

»Ja, ja«, stöhnte Jane immer wieder und wand sich unter ihm in dem Uferschlick.

Erst nach einer halben Stunde hatten beide genug.

Erschöpft lag Jane auf dem Rücken. »Wir müssen zusammenbleiben«, keuchte sie. »Für immer.«

»Das Angebot hast du mir schon mal gemacht«, gab Lassiter zurück und zog sich an.

Jane blieb noch einige Minuten liegen. Dann schlüpfte auch sie in ihre Kleider.

Lassiter stieß einen kurzen Pfiff aus. Das Zeichen für Chuta.

Zehn Minuten später durchquerten sie den Rio Grande. Es ging alles glatt. Da der Fluß hier nicht tief war, konnten sie sogar die Revolver umgeschnallt lassen.

»Wie heißt der Ort?« lautete Lassiters erste Frage, als sie drüben waren.

Jane zügelte ihr Pferd. »Mein Mann hat von einer Stadt namens Corida gesprochen. Er wollte sich dort mit einem Mann treffen, den er von früher kennt. Den Namen weiß ich allerdings nicht.«

»Corida, den Ort kenne ich«, sagte Lassiter. »Er liegt nicht weit von El Paso entfernt. Von hier aus etwa fünfzig Meilen. Das müßte in zwei Tagen zu schaffen sein. Was meinst du, Chuta?«

Der Yaqui nickte düster. Ihn beschäftigten nur Rachegedanken.

»Dann los«, sagte Lassiter und galoppierte an.

Corida war ein wilder Ort inmitten einer wilden Landschaft. Eingekreist von schroffen, rötlich schimmernden Felsen, lag die Ansiedlung in einem Talkessel stets der glühendheißen Sonne ausgesetzt. Dementsprechend trostlos sahen die Häuser aus. Sie waren meist aus Adobeziegeln gebaut, und nur einer der drei Saloons hatte eine buntbemalte Holzfassade. Es gab zwar einen Sheriff in Corida, aber der war schon über sechzig und trug lieber eine Schnapsflasche bei sich als den

Revolver. Kein Wunder also, daß sich manch lichtscheues Gesindel hier angesiedelt hatte. Außerdem war es nicht weit zur Grenze.

Als die Banditen müde und zerschlagen in Corida einritten, war es schon später Nachmittag. Die Hitze hatte etwas nachgelassen, und vor den hellgetünchten Häusern lungerten einige Gestalten herum. Die Ankunft der Bande wurde registriert, und bald wußten es alle in dem Ort, daß zweibeinige Wölfe eingetroffen waren.

Zwei Tage waren die Männer geritten. Sie sehnten sich nach Whisky und Frauen.

Skip, der Revolvermann, entdeckte den Saloon zuerst.

»Den saufen wir leer«, krächzte er mit staubiger Stimme.

Esteban Bayonne wandte sich im Sattel um. »Untersteh dich«, zischte er. »Zuerst wird das Gold in Sicherheit gebracht.«

»Ich will aber saufen!« schrie Skip.

Pete Brewster hielt kurz sein Pferd an, wandte sich um und drosch den Revolvermann mit einem Schlag aus dem Sattel.

»Du hast doch gehört, Skip, was Bayonne gesagt hat.«

Skip stand auf und wischte sich über den Mund. Wütend schwang er sich wieder auf seinen Gaul.

Die anderen lachten.

Bayonne erkundigte sich bei einem Halbwüchsigen nach dem Mietstall.

»Neben dem Saloon, Mister. Beides gehört Mr. Flint.«

Diese Auskunft war Bayonne einen Silberdollar wert.

Der Mietstall sah aus, als ob er jeden Moment zusammenbrechen würde. Außerdem war er zu klein.

Pete Brewster machte kurzen Prozeß. Er jagte die anderen Pferde einfach hinaus.

»Lagebesprechung!« rief Bayonne.

Die Männer schwangen sich von den Gäulen und warteten gespannt.

»Während ich mit Pete Brewster einen Bekannten aufsuche, bewacht ihr das Gold. Und daß mir keiner auf die Idee kommt, in den Saloon zu gehen. Er würde es nicht überleben. Ist das klar?«

Die Männer nickten.

Bayonne nickte Brewster zu. »Okay, dann laß uns gehen.«

Bayonne wußte, daß der Saloon gleichzeitig auch das einzige Hotel im Ort beherbergte. Allerdings konnte man das Hotel durch einen anderen Eingang betreten.

Die miese Rezeption war nicht besetzt.

Brewster schlug wütend mit der Faust auf die Holzplatte.

Aus einem Hotelzimmer erschien ein mickriges Männchen mit spitzer Nase und ehemals weißem Hemd.

»Wo ist Mr. Rattigan?« fragte Bayonne.

Ehe das Männchen antworten konnte, klang hinter den beiden Männern eine Stimme auf.

»Hier bin ich, Esteban!«

Bayonne und Brewster wandten sich um.

Auf der Treppe, die nach oben führte, stand ein Mann. Er war etwa fünfzig Jahre alt, ziemlich hager und trug gute Weidereiterkleidung. An seiner Hüfte baumelte ein schwerer Colt. Rattigan ging langsam die Treppe hinunter und streckte beide Hände aus.

»Freue mich, dich zu sehen, Esteban!« rief er und schlug dem Capitán auf die Schulter.

Bayonne grinste. »Du hast dich gar nicht verändert, Slim.«

»Na, na, na, übertreibe mal nicht. Ein Freund von dir?« fragte Rattigan lauernd und deutete mit dem Kopf auf Brewster.

»Mein Partner. Er heißt Pete Brewster.«

»Freue mich, Sie kennenzulernen, Mr. Brewster.« Slim Rattigan schüttelte Pete die Hand.

Der Bandit brummte nur irgend etwas.

»Und jetzt trinken wir erst mal einen Schluck«, schlug Rattigan vor.

Die drei Männer gingen in einen kleinen Nebenraum, in dem es eine Verbindungstür zum Saloon gab.

Das mickrige Männchen von der Rezeption brachte eine Flasche Whisky und Gläser.

»Hab' ich einen Brand«, stöhnte Pete Brewster und schüttete sich sein Glas randvoll.

Auch die beiden anderen Männer kippten das scharfe Getränk wie Wasser in sich hinein.

»So, nun mal zum Geschäft«, sagte Rattigan, und sein Gesicht wurde plötzlich hart.

Esteban Bayonne schob das leere Glas zur Seite. »Wir haben das Gold«, sagte er leise.

Rattigan zeigte kaum Reaktion. Er hob nur kurz die Augenbrauen. »Gratuliere«, sagte er dann. »Wo ist es?«

»In der Stadt, Slim. Genauer gesagt, im Mietstall. Unsere Leute bewachen es.«

Rattigan lehnte sich zurück. »Okay, Esteban. Wieviel willst du dafür haben? Nenne einen Preis.«

»Zwei Millionen Dollar«, sagte Pete Brewster schnell.

Rattigan lachte laut auf. »Ist der Mann noch normal?«

»Wenn Sie das noch mal sagen, jage ich Ihnen eine Kugel durch den blasierten Schädel!« schrie Brewster.

»Schnauze!« blaffte Bayonne. Er legte Pete die Hand auf die Schulter. »Die Verhandlungen führe ich. So war es ausgemacht.«

»Dein Partner ist nervös«, stellte Rattigan ironisch lächelnd fest. »Er sollte sich vorsehen.«

»Wir haben einen langen Ritt hinter uns. Das mußt du verstehen, Slim.«

»Gut. Aber eins will ich dir sagen, Esteban. Zwei Millionen Dollar? Nein, kommt nicht in Frage.«

»Wieso?« fragte Bayonne erstaunt. »Sag bloß, du hast nicht so viel Geld bei dir?«

Rattigan lächelte. »Bayonne, du bist link. Was ich an Geld hier habe, werde ich dir bestimmt nicht auf die Nase binden. Aber zwei Millionen sind zuviel.«

»Nun mach dich bloß nicht lächerlich, Slim. Du weißt genau, daß das Gold mehr wert ist als läppische zwei Millionen.«

»Das mag schon sein. Nur vergißt du eins. Ich muß das Gold schließlich auch unter Preis weiterverkaufen. Vorschlag von mir, Esteban. Ich gebe dir die Hälfte. Eine Million Dollar. Das ist immer noch mehr als genug.«

Pete Brewster sprang plötzlich auf. »Laß dich von diesem Drecksack doch nicht bescheißen!« schrie er, und seine Hand fuhr zum Colt.

Rattigan blieb gelassen. Er rief nur kurz: »Stop!«

Gleichzeitig peitschten zwei Schüsse auf. Die Kugeln rissen Pete Brewster den Hut vom Kopf.

Der Bandit stand wie eine Statue, den Revolver halb aus dem Leder gezogen. Dann wandte er sich ganz langsam um.

Am Türrahmen lehnten zwei Männer. Die rauchenden Colts noch in den Fäusten.

Rattigan lächelte. »Das sind die Morris-Brüder, falls Ihnen der Name ein Begriff ist. Man sagt, sie seien zur Zeit die besten Schützen an der Grenze. Die beiden stehen auf meiner Lohnliste. Wären Sie nicht Estebans Partner, lägen Sie jetzt flach, Brewster. Ich gebe Ihnen einen guten Rat: Halten Sie sich zurück. Beim nächstenmal sind Sie tot.«

Mit kalkweißem Gesicht ließ sich Brewster wieder auf den Stuhl fallen. Er brauchte einen großen Schluck Whisky.

Bayonne atmete tief aus. »Willst du dir das Gold nicht erst mal ansehen?« fragte er versöhnlich.

»Warum nicht?« Rattigan lächelte noch immer. »Aber du hast doch sicher nichts dagegen, wenn mich die beiden Morris-Brüder begleiten. Oder?«

»Natürlich nicht, Slim«, stimmte Bayonne zähneknirschend zu.

Fast zur selben Zeit erreichten Jane, Lassiter und Chuta den Ort.

Ihre Ankunft jedoch wurde kaum bemerkt. Und das war ganz in Lassiters Sinn.

Sie versteckten ihre Pferde am Ortseingang.

»Du bleibst hier«, wandte sich Lassiter an Jane. »Chuta und ich werden erst mal die Lage peilen.«

»Und dann mit dem Gold verschwinden!« regte sich Jane auf. »Kommt gar nicht in Frage.«

»Doch.«

Als Jane Bayonne in Lassiters Augen sah, gab sie klein bei.

Die beiden Männer gingen über die staubige Main Street. Da sie gekleidet waren wie die meisten Bewohner hier, schenkte ihnen niemand Beachtung.

Der Saloon stach ihnen als erstes ins Auge.

»Hier werden wir erfahren, was wir wissen wollen«, sagte Lassiter und stieß die Schwingtür auf.

Eine Duftmischung aus Schweiß, Leder und verschüttetem Whisky empfing sie.

Der Saloon war gut besucht.

An dem billigen Tresen standen sie fast in Zweierreihen, und an den Tischen hockten Männer und spielten Karten.

Lassiter und Chuta drängten sich an den Tresen und bestellten einen Whisky.

Zufällig stand neben Lassiter der Sheriff von Corida. Er war schon fast so voll wie ein Schnapsfaß. Aus kleinen Säuferaugen blickte er den großen Mann an.

»Fremd hier?« fragte der Sheriff lallend.

»Ja.«

»Hab' ich mir gleich gedacht. Ich kenne nämlich alle hier, weil ich ja der Sheriff bin«, murmelte er vor sich hin. »Gehört ihr vielleicht zu den zweibeinigen Wölfen, die in die Stadt gekommen sind?«

»Wieso?« fragte Lassiter scheinheilig.

»Sie kamen vorhin. Sind nebenan im Mietstall. Sehen gefährlich aus, die Jungs. Na, nicht mein Bier. Ich bin …«

Was der Sheriff noch weiter sagen wollte, erfuhr Lassiter nicht mehr. Denn plötzlich sackte der Kerl auf den mit Sägemehl bestreuten Boden und begann zu schnarchen.

»Der alte Sack ist schon wieder besoffen«, sagte der Keeper, wieselte hinter seinem Tresen hervor und zog den Sheriff an den Füßen nach draußen.

Als der Keeper wieder hinter der Theke stand, zahlte Lassiter die Drinks.

»Jeden Tag das gleiche mit diesem versoffenen Sheriff«, murmelte der Mann.

»Sei froh, daß es so ist«, sagte Lassiter.

Der Keeper guckte verdutzt und grinste dann. »Da hast du recht, Fremder. Wirklich. Komm, ich gebe noch einen aus.«

Der Keeper hatte gerade die Flasche angefaßt, als zwei Schüsse krachten.

»Das war im Hotel!« schrie einer der Gäste.

Alles lauschte, doch niemand traute sich, der Ursache nachzugehen.

Lassiter packte Chuta am Arm und lief mit ihm nach draußen.

Rattigan, Bayonne und Brewster gingen vor. Hinter ihnen, wie zwei Schatten, die Morris-Brüder.

Eine unsichtbare Spannung hielt die Männer in Bann. Es schien, als genüge nur ein Funke, um Tod und Verderben zu bringen.

Vom Hotel zum Mietstall waren es nur ein paar Schritte. Es war fast totenstill. Die Stadt hielt den Atem an.

An der Eingangstür des Mietstalles lehnte Skip, die Zigarette zwischen den Lippen.

»Ich werd' verrückt, die Morris-Brüder«, staunte Skip, und der Glimmstengel fiel ihm vor Schreck fast aus dem Mund. »Na, wenn das kein Tanz wird.«

»Es wird keinen Tanz geben!« schrie Bayonne nervös. »Ihr haltet euch raus. Verstanden?«

»Vernünftig, Bayonne«, lobte Rattigan.

»Man wird ja mal scherzen dürfen«, maulte Skip und verschwand im Innern des Stalles.

Pete Brewster sagte gar nichts. Er erstickte fast an seiner Wut. Wenn es nach ihm gegangen wäre, hätten längst die Revolver gesprochen.

»Geh du zuerst rein«, sagte Slim Rattigan zu Bayonne.

Der Capitán grinste schmal. Mit steifen Schritten betrat er den Mietstall.

Die Banditen sahen ihm lauernd entgegen. Sie hatten die Esel mit der wertvollen Fracht festgebunden. Unruhig scharrten die Tiere mit den Hufen.

Hinter Bayonne glitten Rattigan und Brewster in den Stall. Die beiden Morris-Brüder blieben an der Tür. Ihre Hände schwebten wie Klauen über den schweren Waffen.

»Na, da sind wir ja alle friedlich versammelt«, sagte Rattigan grinsend. »Von mir aus kann's losgehen, Esteban.«

Bayonne nickte. »Binde eines der Tiere los, Skip.«

Skip wandte sich an Brewster. »Soll ich?«

»Mach schon.«

480

Skip zuckte mit den Schultern und begann, den ersten Esel loszubinden. Er führte das Tier zu Bayonne.

Slim Rattigan blickte dem Capitán in die Augen. »Eine Million Dollar«, sagte er.

Im Mietstall entstand Geraune. »Das ist zu wenig«, schimpfte jemand.

Bayonne kümmerte sich nicht darum. »Es bleibt dabei.«

»Gut.« Rattigan lächelte. »Dann öffne mal das Täschchen.«

Esteban Bayonne löste die Schnalle an dem Tragekorb. Fast ruckartig warf er den Deckel zurück.

»Da!«

Rattigans Hand schoß vor. In seinen Augen leuchtete es, als er das Gold sah.

Gierig betrachtete er den Barren.

»Gratuliere, Esteban. Saubere Arbeit. Du gestattest doch, daß ich mir den Barren bei Tageslicht ansehe.«

Bayonne nickte verkrampft. »Habe nichts dagegen.«

»Wunderbar.« Rattigan ging nach draußen.

Pete Brewster war mit zwei Schritten neben Bayonne. »Hoffentlich geht das nicht in die Hose.«

»Unsinn. Rattigan ist doch schon halb verblendet.«

»Ich weiß nicht so recht.«

Brewster warf einen mißtrauischen Blick zu den Morris-Brüdern, die die Unterhaltung der beiden Männer mit verkniffenen Gesichtern verfolgten.

Draußen unterzog Rattigan den Barren einer genaueren Prüfung.

Er zog ein Messer aus dem Stiefelschaft und wollte gerade das Metall anritzen, da ertönte neben ihm eine spöttische Stimme: »Die Mühe können Sie sich sparen, Mister. Der Barren ist falsch. Er ist nur überpinseltes Blei.«

Rattigan zuckte herum. Automatisch glitt seine Hand zum Colt.

»Lassen Sie ihn lieber stecken.«

Jetzt erst sah sich Rattigan den Sprecher an. Er erkannte einen großen muskulösen Mann mit einem Gewehr in der Hand und zwei tiefgeschnallten Colts an den Hüften.

Rattigan zog die Augen zusammen. »Wer sind Sie, Mister? Und was haben Sie mit der Sache zu tun?«

»Mein Name ist Lassiter«, sagte der Mann. »Was ich mit der Sache zu tun habe, ist eine sehr lange Geschichte. Ich glaube, wir haben kaum Zeit …«

»Rattigan!« rief Bayonne im Innern des Stalles.

Lassiter glitt einige Schritte zurück. »Gehen Sie lieber rein, Mister. Und denken Sie daran, was ich Ihnen gesagt habe.

Rattigan atmete tief durch. Sein Gesicht verzerrte sich. Er lockerte den Colt und rief: »Keine Bange, Esteban, ich bin schon auf dem Weg.«

Als Esteban Bayonne Rattigans Gesicht sah, wußte er, daß der Mann die Wahrheit kannte.

Trotzdem fragte er scheinheilig: »Alles in Ordnung, Slim?«

Slim Rattigan lächelte. Aber es war ein böses, heimtückisches Lächeln.

Rattigan hielt den Barren noch immer in der Hand.

Und dann beging er einen Fehler. Er unterschätzte Esteban Bayonne.

Der Capitán wußte, daß er das Spiel verloren hatte. Er sah nur noch eine Möglichkeit. Angriff.

Blitzschnell zuckten seine Hände zu den Colts. Gleichzeitig stieß Bayonne einen Schrei aus und warf sich zur Seite.

Was sich dann abspielte, dauerte nur Sekunden. Jedoch Sekunden, die der Tod diktierte.

Rattigan war wegen des Barrens in seiner Hand gehandikapt; das Blei fuhr ihm in die Brust.

Blutüberströmt brach er zusammen.

Pete Brewster und seine Banditen reagierten nur Sekundenbruchteile später als Bayonne.

Gleichzeitig wurden aber auch die Morris-Brüder aktiv.

Ihr Blei fetzte in die Reihen der Banditen.

Vier Männer brachen zusammen, bevor Kugeln die Brüder gegen den Türrahmen nagelten.

Nach den Schüssen war es totenstill.

Es stank nach Pulverrauch.

Als erster kam Pete Brewster auf die Beine. Er fluchte wild. Eine Kugel hatte ihn am Arm gestreift.

Brewster übersah das Chaos mit einem Blick. Vier seiner Männer waren tot. Zwei weitere leicht angekratzt.

Aber auch Rattigan und die Morris-Brüder lebten nicht mehr.

Zwei Esel hatte es ebenfalls erwischt. Sie lagen auf der Seite. Die Tragekörbe mit dem Gold waren aufgeplatzt. Die Barren lagen auf dem Boden.

Andere Tiere, die nur leicht verletzt waren, rissen unruhig an ihren Leinen.

In diesem Augenblick erhob sich Esteban Bayonne.

Pete Brewster lachte schrill, als er das sah.

Bayonne stützte sich gegen die Wand des Stalles. Mit verzerrtem Gesicht blickte er auf die Toten.

»Jetzt sind wir nur noch vier«, knurrte Brewster. »Du, Skip, Hal und ich. Wir haben doch eigentlich Glück gehabt, nicht?«

Brewster lachte schrill.

»Und die Morris-Brüder sind auch weggeputzt worden«, gab Skip seinen Kommentar.

Mit zitternden Händen steckte Bayonne seine Colts wieder in die Halfter.

»Sicher, Pete, wenn man es so sieht, haben wir Glück gehabt.«

»Irrtum, Bayonne!« sagte in diesem Moment eine Stimme vom Eingang des Mietstalles her.

Die Männer zuckten herum.

In der Tür stand Lassiter …

Der große Mann hielt zwei schwere Colts in den Händen.

»Lassiter, du Hurensohn!« schrie Brewster. »Dich schicken wir auch zur Hölle!«

Im selben Augenblick klirrte dicht neben Esteban Bayonne die Scheibe eines halbblinden Fensters.

Der Lauf eines Gewehrer wurde sichtbar.

Die Banditen fuhren herum.

Lassiter grinste hart.

»Hinter dem Gewehr steht Chuta, Häuptling der Yaquis. Er wartet direkt darauf, euch zur Hölle zu schicken.«

Esteban Bayonne hob beide Hände.

»Willst du aufgeben, du Hund?« brüllte Pete Brewster.

»Nein. Aber vielleicht können wir uns arrangieren, Lassiter. Ich biete dir das Gold.«

Der große Mann lachte. »Meinst du Gold oder Blei?«

Bayonne wurde steif. »Hölle, woher weißt du das?«

»Schon früher als du, Bayonne. Ich war der erste, der euch reingelegt hat. Ich möchte nicht in deiner Haut stecken, Capitán. Denk an die Toten, die auf dein Konto gehen.«

Pete Brewster verlor die Nerven.

»Was redet der Scheißkerl! Da! Da!«

Brewster riß die Waffe, die er immer noch in der Hand hielt, hoch. Auch Skips und Hals Hände rasten zu den Colts.

Lassiter ließ sich auf die Knie fallen.

Seine Waffen dröhnten. Und vom Fenster her hämmerte Chutas Gewehr.

Brewster wurde von dem Blei um die eigene Achse gerissen und fiel gegen einen Esel.

Skip wurde von Chuta niedergeschossen.

Hal starb Sekunden später durch Lassiters Kugeln.

Nur Esteban Bayonne hatte Glück. Seine Position war äußerst günstig.

Seine linke Hand mit dem Colt zuckte hoch.

Die Kugel traf Chuta voll.

Bayonne schwenkte sofort die Waffe herum. In Lassiters Richtung …

Lassiter, noch auf den Knien, sah es aus den Augenwinkeln.

Er feuerte instinktiv.

Doch seine Kugel zupfte nur an Bayonnes Hüfte.

Der Capitán hatte mehr Glück.

Sein Geschoß zog eine blutige Furche über Lassiters Schulter.

Der große Mann wurde von der Wucht nach hinten geschleudert und knallte mit dem Kopf auf den Boden. Er schoß instinktiv weiter, jedoch ohne zu treffen.

Und dann verlor auch Bayonne die Übersicht. Mit verzerrtem Gesicht, in dem sich das Grauen widerspiegelte, hetzte er nach draußen.

Er dachte nicht mehr an den momentan kampfunfähigen Lassiter, sondern für ihn gab es nur eins: Flucht!

Bayonne hetzte auf die Main Street, griff sich das erstbeste Pferd und schwang sich in den Sattel.

Schreie wurden hinter ihm laut.

Bayonne kümmerte sich nicht darum. Er trieb dem Tier die Sporen in die Flanken und jagte dem Ortsausgang entgegen.

Bayonne richtete seinen Blick nur nach vorn und zuckte wie von einem Peitschenschlag zusammen.

Eine Frau rannte plötzlich aus der sicheren Deckung eines der Häuser. Sie hielt ein Gewehr in der Hand.

Bayonne kannte diese Frau. Es war niemand anderes als Jane, seine Frau.

»Stop!« schrie Jane Bayonne und hob das Gewehr.

»Aus dem Weg!« brüllte der Capitán.

»Nein!«

Noch einmal gebrauchte Esteban Bayonne seine Sporen. Das Pferd wieherte schmerzgepeinigt auf und stieg.

In diesem Augenblick schoß Jane. Die Kugel traf das Tier in den Kopf. Aufwiehernd brach es zusammen.

Esteban Bayonne flog aus dem Sattel, krümmte instinktiv den Rücken, prallte hart auf, konnte sich jedoch abrollen. Mit der Hüfte schlug er gegen die Kante des Stepwalks. Der Schmerz zuckte wie ein Messerstich durch seinen Körper.

Betäubt blieb der Mann liegen.

»Steh auf, du Hund!« hörte er hinter sich Janes Stimme.

Esteban wälzte sich herum und zog sich ächzend am Pfosten des Haltebalkens hoch.

Schweiß, Dreck und Angst hatten in seinem Gesicht tiefe Spuren hinterlassen. Seine Hände tasteten zu den Halftern. Die linke Halfter war leer. Er hatte den Colt bei seinem Sturz verloren. Der rechte jedoch steckte an seinem Platz.

»Laß die Finger von deinem Schießeisen!« befahl Jane.

Sie stand etwa fünf Schritte vor ihrem Mann, und die Mündung des Gewehres zeigte auf Bayonnes Magen.

Esteban Bayonne machte ein paar hilflose Bewegungen.

Jane lächelte grausam.

»Ich werde dich erschießen!« sagte sie.

Bayonne schluckte. »Wir – wir könnten uns doch zusammentun. Ich schwöre dir, ich …«

»Deine Schwüre kenne ich, du mieses Stück, du feiger Versager«, preßte Jane hervor. »Ich habe es lange genug mit dir ausgehalten. Einmal ist Schluß. Du hattest deine Chance. Ich wollte mit euch. Aber du hast mich in der Festung mit den Toten zurückgelassen. Nein, Esteban, einmal ist Schluß!«

Bayonne atmete keuchend. »Du mußt mich verstehen, Jane. Ich konnte nicht anders. Man hat mich gezwungen.«

»Gezwungen?« Jane lachte schrill. »Du warst doch der Boß. Nein, Esteban.

»Wie du meinst, Jane. Tu, was du nicht lassen kannst.« Bayonne breitete beide Arme aus. Er stützte sich gegen den Haltebalken, bewegte sich etwas zur Seite, verlagerte sein Gewicht …

Das Gewehr in Janes Hand zitterte.

Die Frau brachte es nicht fertig, ihren eigenen Mann zu erschießen. Sie konnte es einfach nicht.

Doch von all diesen Gefühlen ahnte Bayonne nichts.

Er warf sich plötzlich nach links, riß den Colt aus der Halfter und feuerte noch im Fallen.

Zweimal.

Und er traf.

Jane Bayonnes Gesicht zeigte auf einmal einen erstaunten Ausdruck. Sie schien nicht begreifen zu können, was ihr eigener Mann da getan hatte.

Instinktiv krümmte sie den Zeigefinger. Die Kugel jedoch fetzte nur Holzsplitter aus dem Stepwalk.

Jane Bayonne torkelte noch zwei Schritte. Dann brach sie zusammen.

Esteban hatte das alles mit zusammengebissenen Zähnen beobachtet. Wankend stand er auf. Mit leerem Blick starrte er auf seine tote Frau.

»Ich habe sie erschossen«, flüsterte er heiser.

Bayonne schluckte. Nur keine Gefühlsduselei. Sie hatte es ja schließlich nicht anders gewollt.

Esteban Bayonne bückte sich nach Janes Gewehr. Er lehnte es an den Haltebalken und lud seinen Colt nach. Aus zusammengekniffen Augen blickte er über die Straße.

Die Einwohner des Ortes schauten ängstlich aus den Fenstern der Häuser. Sie wußten, heute hatte sie der Tod besucht.

Bayonne lachte hart auf. Feiges Pack. Obwohl sie in der Übermacht waren, würde niemand wagen, ihn anzugreifen.

Esteban Bayonne packte sein Gewehr. Was er jetzt brauchte, war ein gutes Pferd.

Die Stimme in seinem Rücken war nicht mehr als ein Flüstern. Und trotzdem drang sie Bayonne durch Mark und Bein.

»Sprich dein letztes Gebet, Mörder! Bevor ich dich zur Hölle schicke …!«

Ächzend quälte sich Lassiter auf die Beine. In seinem Kopf schien ein Hornissenschwarm zu kreisen. Seine Schulter brannte von dem Streifschuß wie Feuer.

Lassiter stützte sich an der Tür ab. Er warf noch einen Blick in den Mietstall.

Da sah er ihn liegen.

Chuta, Häuptling der Yaquis.

Er war kopfüber aus dem schmalen Fenster gefallen und lag in verkrampfter Haltung auf dem Boden. Das Gewehr noch im Tod umklammernd.

Lassiter schluckte. Er hatte in diesem Mann einen Freund gefunden. Und nun lag er tot auf dem schmutzigen Boden.

Bayonne!

Wie ein Blitz fraß sich dieser Name in Lassiters Gehirn. Dieses Schwein hatte Chuta auf dem Gewissen.

Lassiters Gesicht wurde kantig. Fast ruckartig lud er seine Waffen nach.

Dann hörte er den Schuß.

Es muß am Ortsende gewesen sein, überlegte Lassiter.

Entschlossen setzte sich der große Mann in Bewegung. Ignorierte einfach die Schmerzen.

Siedend heiß fiel ihm Jane Bayonne ein. Lassiter ging schneller.

Er sah die beiden Personen schon von weitem. Bayonne lag auf dem Boden. Jane hielt ihn mit einem Gewehr in Schach.

Lassiter huschte in eine Gasse.

Die beiden brauchten ihn nicht unbedingt sofort zu sehen. Er wollte Jane nicht zu überstürzten Reaktionen verleiten.

Hinterher machte sich Lassiter die bittersten Vorwürfe.

Als die zwei Schüsse aufdonnerten, befand er sich in einem schmalen Durchgang zwischen den beiden letzten Häusern des Ortes.

Lassiter riß die Waffen aus den Halftern und sprang mit zwei, drei Sätzen vor.

Er erkannte die Situation sofort.

»Sprich dein letztes Gebet, Mörder! Bevor ich dich zur Hölle schicke!«

Esteban Bayonne wirbelte auf dem Absatz herum.

»Lassiter, du verfluchter Hundesohn!« keuchte er.

»Ja«, erwiderte der große Mann und spannte die Hämmer seiner Colts.

Bayonnes Gesicht zuckte. Plötzlich lachte er. Es klang wie das Gekicher eines Irren.

Mit einem Ruck warf er das Gewehr, das er in der Hand hielt, auf den Stepwalk.

»Paß jetzt auf, Lassiter«, flüsterte er.

Mit spitzen Fingern zog Esteban Bayonne seinen Colt aus dem Leder und warf ihn ebenfalls zur Seite.

»Was soll das?« fragte Lassiter scharf.

Bayonne grinste schief. »Ich habe gehört, du schießt nie auf einen unbewaffneten Mann, Lassiter.«

»Bist du dir dessen so sicher?«

»Ja.« Bayonne breitete beide Arme aus. »Bitte. Ich stehe dir zur Verfügung. Bring mich zum Sheriff.«

»Du weißt genau, daß der Sheriff eine Niete ist, Bayonne. Aber du hast recht. Normalerweise schieße ich nicht auf waffenlose Männer. Doch bei einem Gattenmörder, wie du einer bist, könnte ich eine Ausnahme machen.«

Bayonne schluckte. Langsam schwand seine Sicherheit.

»Dreh dich um!« befahl Lassiter.

»Was hast du vor?« fragte Bayonne, während er gehorchte. »Mir in den Rücken schießen?«

»Wäre keine schlechte Idee«, knurrte Lassiter. »Aber ich

werde dich vor den Richter schleppen, Bayonne. Das schwöre ich dir.«

»Vor welchen denn?«

»Laß das meine Sorge sein. Jetzt nimm deine Frau und trag sie in das Sheriff's Office.«

»Was soll sie denn da?«

»Halt's Maul!«

Bayonne setzte sich achselzuckend in Bewegung. Er bückte sich, um die tote Jane aufzuheben. Dabei sah er, daß Lassiter seine Waffe wegsteckte.

Bayonne bückte sich noch tiefer.

Lassiter ging ihm entgegen. In diesem Moment handelte der Capitán.

Er riß den rechten Arm hoch und warf dem großen Mann eine Handvoll Staub und Dreck ins Gesicht.

Bayonne hatte gut getroffen.

Lassiter taumelte halb blind zurück.

Bayonne stieß einen irren Schrei aus.

Mit tausendfach geübtem Griff zog er ein Messer aus dem Stiefelschaft.

Lassiter war gegen die Holzwand eines Hauses getaumelt. Seine Augen tränten.

Wie ein Ungeheuer sah er Bayonne auf sich zustürzen.

Instinktiv hechtete er zur Seite.

Die blitzende Messerklinge wischte nur eine Handbreit an seinem Kopf vorbei.

Bayonne taumelte auf Lassiter zu.

Reaktionsschnell schlug der große Mann seine Faust hoch.

Und traf Bayonne in die Nieren.

Schreiend torkelte der Capitán zurück, knallte gegen den Haltebalken, federte wieder nach vorn.

Da konnte Lassiter wieder besser sehen.

Er sah, wie Bayonne sich fing, und entdeckte das zum tödlichen Wurf erhobene Messer in seiner Hand.

Lassiters Hände rasten zu den Colts.

Feuerlanzen stießen aus den Waffen, während sich der große Mann nach vorn fallen ließ.

Das Messer sirrte wie ein silberner Blitz über ihn hinweg und blieb zitternd in der Hauswand stecken.

Esteban Bayonne aber wurde von Lassiters Geschossen voll getroffen.

Er prallte abermals gegen den Haltebalken, verlor das Gleichgewicht und kippte rückwärts auf die staubige Straße. Dicht neben seiner toten Frau blieb er liegen.

Lassiter atmete tief aus. Automatisch schob er die Colts in die Halfter.

Ihm wurde schwindelig. Erschöpft lehnte er sich gegen die Hauswand.

Drei, vier Minuten vergingen. Eine seltsame Stille hatte sich über die kleine Stadt gelegt.

Es war die Stille des Todes.

Der große Mann gab sich einen Ruck. Langsam schritt er auf die tote Jane zu.

Er nahm die Frau auf die Arme.

Mit schwankenden Schritten ging er die Main Street hinauf.

Ein einsamer Mann mit einer toten Frau auf den Armen.

Hinter den Fenstern ihrer Häuser starrten die Bewohner des Ortes auf dieses makabre Bild. Sie würden diesen Tag nicht so schnell vergessen.

Lassiter ging zum Sheriff's Office.

Mit dem Fuß trat er die Tür auf.

Drei Männer waren in dem kleinen Office. Der Sheriff selbst lag betrunken auf dem Boden und schnarchte.

Die Männer drängten sich ängstlich gegen das Gitter der einzigen Zelle, als sie Lassiter sahen.

Der große Mann legte die tote Frau behutsam auf den Schreibtisch. Er holte ein paar Geldscheine aus der Tasche.

»Für ein gutes Begräbnis«, sagte er rauh und warf die Scheine einem der Männer zu.

Dann ging er hinaus.

Was die mexikanische Regierung mit dem Goldbluff bezweckt hatte, das erfuhr Lassiter nie.

Er dachte nur kurz einmal darüber nach, als er Corida verließ.

Diesen Ort würde er nie vergessen.

Lassiter spornte sein Pferd an. Bald war der große Mann in einer Staubwolke verschwunden.

Die Bewohner sahen ihm noch lange nach. Schließlich sagte einer: »Welch ein Mann.«

Und die anderen nickten zustimmend.

ENDE DER FÜNFTEN STORY

Rache für ein Gangsterliebchen

aus der Serie
Cliff Corner

Armdicke Wasserstrahlen schossen in den Bottich.

Mit einem verzweifelten Sprung versuchte Sheila Hopkins ihnen auszuweichen.

Vergebens.

Ein Strahl traf sie voll und schleuderte sie gegen die dicke Glaswand des Bottichs.

Sheila schrie auf.

Wie ein wildes Tier wollte sie an der Wand emporkriechen, versuchen, den großen Deckel zu erreichen ...

Sheila rutschte ab, fiel auf den Boden, und das Wasser schwappte über ihr zusammen.

Verzweifelt ruderte sie an die Oberfläche. Gierig pumpte sie ihre Lungen voll Luft. Ein Hustenkrampf schüttelte Sheila durch.

»So helft mir doch!« schrie sie. »Bitte!« Tränen der Angst schossen über ihr nasses Gesicht.

Immer noch strömte das Wasser mit unverminderter Geschwindigkeit in den Bottich. Es hatte bereits Sheilas Schultern erreicht.

Dann kam der Punkt, an dem alles vorbei war.

Sheila Hopkins sackte zusammen. Sie spürte nicht mehr, wie die todbringende Flüssigkeit über ihr zusammenschlug. Eine gnädige Ohnmacht hielt sie umfangen.

Ein paar Luftblasen stiegen noch aus Sheilas weitgeöffnetem Mund an die Oberfläche. Dann hörten auch sie auf ...

Jetzt hatte ich den Salat.

»Ein Zuchthäusler bringt einen Wahlhelfer des Präsidenten um. Als Hohn läßt er auch noch seine Fingerabdrücke zurück. Wenn das die Öffentlichkeit erfährt, sind wir blamiert. So etwas darf es nicht geben. Kümmern Sie sich um die Sache. Sie gehen ins Zuchthaus. Ihre Papiere sind bereits fertig. Nehmen Sie sie mit.«

Diese Worte hatte mir Myers vor einer halben Stunde an den Kopf geworfen.

Momentan saß ich an meinem Schreibtisch, hatte die Beine hochgelegt und starrte Löcher in die Luft. Meine neuen Papiere lagen vor mir. Ich, Cliff Corner, war zu zehn

Jahren verurteilt worden, wegen Überfalls auf einen Tankstellenbesitzer. Die letzte Nacht sollte ich in einem Untersuchungsgefängnis verbringen. Dort würde man mich dann abholen. Über meine Rolle wußte nur der Zuchthausdirektor, Mr. Patterson, Bescheid.

Mit gekonntem Schwung wurde die Tür aufgerissen.

»Hallo, Zuchthäusler!« rief Susan Taylor, meine Partnerin, fröhlich, als sie ins Büro schneite.

Susan wirkte wie ein Frühlingstag an diesem trüben Oktobernachmittag. Sie trug ein kornblumenblaues Wildlederkostüm, eine gelbe Bluse und dazu passende Schuhe. Die dunklen Haare hatte sie hochgesteckt. Über ihrer Schulter baumelte die neueste Errungenschaft. Ein ebenfalls blaues Etwas, das ich bei näherem Hinsehen als Handtasche identifizierte.

Susan pflanzte sich auf die Schreibtischkante, streichelte meine Wange und flüsterte: »Es tut mir ja so leid.«

»Haha«, meinte ich sarkastisch, »du hast auch schon bessere Witze gebracht.«

»Der große Cliff ist sauer«, stellte Susan fest, klaubte sich eine Zigarette aus der Packung und steckte sie zwischen die Lippen.

Ich gab ihr Feuer.

»Deine Manieren hast du ja noch behalten. Immerhin ein Fortschritt«, frozelte sie. »Übrigens habe ich es geschafft.«

»Was geschafft?«

»Meinen Urlaub zu bekommen. Vierzehn Tage Acapulco. Morgen mittag fliegt meine Maschine. Myers wollte zwar erst nicht, doch du kennst meine Überredungskünste.«

»Wir hätten ja auch mal zusammen fahren können«, murmelte ich.

Ehrlich gesagt, ich war leicht sauer. Ich sollte mich in einem trostlosen Zuchthaus einsperren lassen, und Susan amüsierte sich mit miesen Playboys. Nein, das ging mir gegen den Strich.

»Mein lieber Cliff«, belehrte mich Susan, »wie du weißt, sprechen sich viele Psychologen für einen getrennten Urlaub aus.«

»Aber wir sind doch gar nicht verheiratet!« wagte ich einzuwerfen.

Susan sah mich strafend an. »Denk mal scharf nach, Großer.«

Jetzt hatte sie mich. »Du hast recht, Darling«, gab ich zu. »Reden wir nicht mehr davon. Ich mache mich jetzt auf die Strümpfe. Paß gut auf dich auf.«

In meiner Kehle breitete sich ein trockenes Gefühl aus, als ich meinen Koffer mit den alten Sachen nahm, der neben meinem Schreibtisch stand.

Susan stand auf einmal vor mir. »Cliff«, hauchte sie ... Okay, Freunde, ich stellte den Koffer wieder ab. Ich ging erst eine halbe Stunde später.

Der Abschied von Charles Lenoire und Julia Hickson fiel kurz aus. Die beiden treuen Seelen wünschten mir ebenfalls Hals- und Beinbruch.

Draußen nieselte es. Erst nach einer Viertelstunde gelang es mir, ein Taxi aufzutreiben.

Auf der Fahrt zum Untersuchungsgefängnis dachte ich an Acapulco. Zum Teufel damit. Immer hatten wir Pech. Noch nie konnten Susan und ich einen Urlaub zusammen verbringen.

Doch etwas hatten wir beide nicht einkalkuliert, den Zufall. Ich sollte Susan bald wiedersehen ...

Das Zuchthaus wurde nur das Loch genannt.

Es war ein alter Bau aus den Anfängen unseres Jahrhunderts. Ich hatte Farbfotos von dem Komplex gesehen und kann nur sagen, das Wort Loch war haargenau der richtige Ausdruck.

Das Zuchthaus selbst liegt inmitten einer Sumpfgegend, nahe der kleinen Stadt Newberry, nördlich des Lake Michigan.

Ich hoffte nur, daß ich meinen Auftrag schnell genug hinter mich bringen konnte. Direktor Patterson würde mich sicher zu Al Astor in die Zelle stecken.

Al Astor. So hieß der Mann, den ich wegen Mordes überführen sollte. Er war ein Killer, ein Typ, der für jeden mordete, der nur genug Geld bot. Vor zwei Jahren wurde er geschnappt. Seitdem saß er hinter Gittern. Lebenslänglich ...

Ich brauchte keine Angst zu haben, daß man mich in dem Zuchthaus erkennen konnte, denn dort saßen alles nur Kunden, mit denen ich nie etwas zu tun gehabt hatte.

Im Augenblick hockte ich, flankiert von zwei Cops, in einem Gefangenentransporter der Chicago State Police. Meine Hände zierten zwei Handschellen.

»Kann ich 'ne Zigarette haben?« fragte ich.

»Bin Nichtraucher«, knurrte der Cop neben mir.

»Im Zuchthaus gibt es sowieso nichts zu rauchen«, gab der andere seinen Senf dazu. »Gewöhn es dir jetzt schon ab.«

»Miese Bullen«, knurrte ich und rückte ein Stück auf der harten Pritsche nach vorn, um wenigstens die Beine auszustrecken.

»Werde nur nicht frech, sonst geht es dir hier schon dreckig«, drohte einer der Cops.

Ich gab keine Antwort. Wir mußten bald da sein. Durch das kleine Fenster an der Seite des Transporters erkannte ich die noch grünen Baumwipfel. In ein paar Wochen würden auch sie ihre Blätter verlieren.

Meine beiden Bewacher schwiegen. Ihnen hing ihr Job bestimmt zum Hals raus. Konnte ich gut verstehen.

Plötzlich stoppte der Wagen.

Das kleine Fenster, das das Führerhaus mit dem Hinterraum verband, öffnete sich. Der Fahrer peilte mich an. »Wir sind da«, sagte er.

»Freut mich. Ich kann eure Gesichter sowieso nicht mehr ausstehen.«

Ein Tor wurde quietschend geöffnet. »Abfahren!« schrie eine Stimme.

Der Fahrer gab Gas. Nach ein paar Yards stoppte er erneut. Die Hintertür des Transporters wurde aufgerissen. Ich erkannte einen Wärter in der grauen Uniform des Zuchthausbeamten.

»Rauskommen!« kommandierte er.

Ich erhob mich ächzend. Von dem lange Sitzen war ich steif geworden.

Ich sprang vom Wagen auf einen mit Kopfsteinen gepflasterten Innenhof.

Mein Blick fiel auf die lange Front des Zuchthauses. Graue

trübe Fenster glotzten wie stumpfe Augen aus dem Einerlei der Betonwand. Das Zuchthaus war in U-Form gebaut. Es wurde durch eine riesige Mauer von der Außenwelt abgeschirmt. Vier Wachtürme sorgten außerdem für die nötige Sicherheit.

»Gefällt es dir hier?« fuhr mich der Wärter an.

»Ich kenne bessere Hotels.«

»Wirst dich eben dran gewöhnen müssen. Zehn Jahre gehen schnell vorbei. Und jetzt komm mit!«

Hinter mir fuhr der Transporter wieder ab. Das letzte, was ich sah, waren die ausdruckslosen Gesichter der Cops.

Es begann zu nieseln. Feiner Regen durchnäßte sofort mein dünnes Jackett.

Der Wärter führte mich in den Seitentrakt des Zuchthauses. Wir gingen durch einen grüngelb gestrichenen Flur, schoben eine Schiebetür zur Seite und gelangten in einen Raum, der ausgefüllt war mit Regalen, in denen sich Wäsche stapelte. In einer Ecke des Raumes, neben einer Eisentür, stand ein Schreibtisch, hinter dem ein dicker schwitzender Beamter saß.

»Name?« schnarrte er.

»Corner.«

Dann fragte er mir Löcher in den Bauch. Aber meinen neuen Lebenslauf hatte ich gut auswendig gelernt.

Zum Schluß lehnte sich der Dicke zurück und sagte: »Ausziehen.«

»Wie bitte?« Ich tat, als ob ich ihn nicht verstanden hätte.

»Du sollst dich ausziehen«, wiederholte er.

Und der Wärter, der mich hergebracht hatte, knurrte: »Wird's bald!«

Langsam schlüpfte ich aus meinen billigen Klamotten.

»Nicht so lahm«, raunzte mich der Schreibtischbulle an.

Schließlich stand ich im Adamskostüm vor ihm. Dann mußte ich auch meine Uhr abgeben.

Der Dicke sah mich an wie ein Stück Schlachtvieh. Er rümpfte die Knollennase. »Geh dich duschen.« Er deutete mit dem Daumen auf die Eisentür. »Da hinein.«

Ich trabte los und gelangte in einen Miniduschraum, der mit rauhen Fliesen ausgelegt war.

Ich drehte den Hahn auf. Der Wasserdruck war auch nicht gerade Spitze. Ich klaubte mir die billige Kernseife aus einem Becken und schrubbte mich ab.

Die Tür wurde geöffnet. Der Dicke steckte seinen Kopf herein und warf mir ein olivgrünes Handtuch zu.

»In zwei Minuten bist du fertig.« Sprach's und knallte die Tür wieder zu.

Ich fluchte. Mir stank dieser Job jetzt schon. Um mich abzulenken, stellte ich mir Myers vor. Was er hier wohl für eine Figur machen würde? Unwillkürlich mußte ich grinsen.

Ich hielt die Zwei-Minuten-Spanne ein. Dann stand ich wieder vor dem Schreibtisch. Ich mußte dem Dicken meine Maße angeben. Als Gegenleistung erhielt ich dunkelgraue Einheitskleidung aus rißfestem Leinen. Die Unterwäsche kratzte jetzt schon.

»Alles okay, Buck«, knurrte der Dicke. »Ihr könnt gehen. Ach so, bald hätte ich's vergessen. Nimm seine Papiere mit.«

Buck nahm die Blätter an sich und befahl: »Komm!«

Und wieder trabten wir los. Zwei Stockwerke höher. Vor einer Tür mit Milchglasscheiben blieben wir stehen. »Patterson, Zuchthausdirektor«, las ich auf einem kleinen Schild.

Buck klopfte.

Nach dem üblichen »Herein« öffneten wir die Tür. Buck machte Meldung. Dann überreichte er dem Zuchthausdirektor die Papiere. Dieser sah mich an. »Sie sind also Corner«, stellte er überflüssigerweise fest. »Verurteilt zu zehn Jahren Zuchthaus. Habe ich recht?«

»Ja«, sagte ich.

»Sehr schön.« Der Direktor lächelte. »Damit Sie wissen, mit wem Sie es zu tun haben, mein Name ist Greaves. Ich bin Mr. Pattersons Stellvertreter. Er selbst fällt für einige Wochen aus.«

Verdammt, das saß. Damit konnte ich nicht rechnen. Ich mußte mich schwer beherrschen, damit man mir meinen Ärger nicht ansah.

Greaves schien doch etwas gemerkt zu haben. »Ist was?« fragte er neugierig.

»Nein, nein, Mr. Greaves. Es ist nichts.«

»Schön, dann können wir ja mit der Belehrung beginnen.«

Es folgte allgemeines Blabla über die Ordnung hier im Zuchthaus, über Disziplin und Pflichten des Gefangenen. Ich hörte nur mit halbem Ohr hin.

Dafür sah ich mir Greaves genauer an. Er war der Typ des angestaubten Beamten. Er hatte ein spitzes Gesicht. Seine wäßrigen Augen peilten durch eine Nickelbrille, und seine dürre Gestalt steckte in einem viel zu weiten grauen Glencheckanzug.

»Haben Sie alles verstanden, Corner?« fragte er zum Schluß.

»Ja, Sir.«

Greaves nickte und winkte mit der Hand. Dann sagte er: »Abführen.«

Der Wächter packte mich am Arm und dirigierte mich nach draußen. Durch einige Flure, Treppen und Gänge gelangten wir in den Teil des Zuchthauses, in dem meine zukünftigen Mitbewohner hausten. Buck schloß eine riesige Gittertür auf. Dahinter lag ein langer Gang. Zu beiden Seiten reihte sich Tür an Tür, aus solidem Holz, mit einer Stahlschiebeklappe als Sichtfenster. Vor Tür Nummer elf blieben wir stehen.

»Dein Apartment.« Buck grinste spöttisch.

Er kramte einen Schlüssel aus der Tasche und schloß auf.

Es war eine Zwei-Mann-Zelle, etwa vier Yards lang und zwei Yards breit. An einer Wand klebten zwei Betten übereinander. An der anderen Wand stand ein wackliger Tisch mit zwei Stühlen. Unter dem vergitterten Fenster, durch das fahles Tageslicht fiel, befand sich die Toilette, sogar mit Wasserspülung. »Gefällt's dir hier?« fragte Buck spöttisch.

»Es gibt schlimmere Zellen«, gab ich zurück.

»Hast wohl schon mehrere kennengelernt, was?«

»Es geht.«

Ich trat ans Fenster, stellte mich auf die Zehenspitzen und peilte nach draußen.

Ich sah nur ein paar Baumwipfel und dunstige Regenschleier.

»Dahinter ist nur Moor«, klärte mich Buck auf.

»Aha, ein Apartment mit Moorblick sozusagen.« Ich grinste. »Fast wie in der Sommerfrische.«

»Humor hast du, Corner«, meinte Buck. Er trat langsam auf mich zu. »Aber den solltest du dir schleunigst abgewöhnen. Es gibt hier einen Mann, der hat so etwas nicht gern. Merk dir das. Morgen früh meldest du dich nach dem Frühstück bei mir zum Dienst. Laß dir von deinem Zellengenossen schon einiges erzählen. Sonst noch Fragen?«

Ich sah ihn an. In seinen Augen erkannte ich ein winziges Funkeln. Ich wußte, diesem Mann machte es Spaß, jemanden zu quälen.

»Keine Fragen mehr«, erwiderte ich.

»Ist gut, Corner.«

Buck verschwand.

Ich war allein. Allein in einer Zuchthauszelle.

Lange Zeit blieb alles ruhig.

Doch urplötzlich begann der Lärm. Trillerpfeifen quietschten, Türen klappten, und Männerkehlen schrien.

Ich hockte mich auf die harte Matratze und wartete.

Ein Schlüssel quietschte im Schloß. Mit einem Ruck wurde die Tür aufgestoßen. Der Wärter ließ einen Mann herein. Meinen Zellengenossen. Dann wurde die Tür mit einem lauten Knall wieder zugeschlagen.

Der Mann baute sich vor mir auf. »Kannst Roffey zu mir sagen«, meinte er. Seine Stimme erinnerte mich an einen Jungen im Stimmbruch.

Ich sah mir Roffey genauer an. Viel brachte er nicht auf die Waage. Die Zuchthauskleidung war ihm zu groß und schlotterte um seinen Körper. Aus seinem käsigen Gesicht stach die Nase wie ein spitzer Pfeil hervor. Der Knabe machte einen harmlosen Eindruck. Doch als ich seine Augen sah, revidierte ich mein Urteil. Sie blickten verschlagen. Es hatte den Anschein, als würde ihnen nichts entgehen. Ich nahm mir vor, auf der Hut zu sein.

Ich wollte ihn erst mal auf die Probe stellen, ihn reizen. Deshalb übersah ich seine dargebotene Hand.

»Für deinen blöden Namen kann ich mir auch nichts kaufen«, fuhr ich ihn an, »erzähl mir lieber, warum wir hier keinen Spülstein haben.«

In Roffeys Gesicht zuckte es. »Du bist wohl ein ganz Rauher, wie? Aber hier haben sie schon andere kleingekriegt, glaub mir das. Den Spülstein hat übrigens dein Vorgänger in einem Wutanfall zertrümmert. Bis jetzt haben wir noch keinen neuen gekriegt.«

»Scheißladen«, fluchte ich.

»Man gewöhnt sich an alles. Willst du mir jetzt deinen Namen sagen?«

»Okay«, beruhigte ich ihn. »Ich heiße Cliff Corner. Zufrieden?«

»Nicht ganz. Wie lange mußt du brummen?«

»Zehn Jährchen.«

»Eine hübsche Summe. Ich brauche nur noch acht. Zwölf sind schon 'rum. Ich habe damals meine Alte vergiftet.«

Reizende Aussichten, mit einem Mörder in einer Zelle zu hocken.

»Und weshalb hat man dich geschnappt?« wollte Roffey wissen.

Ich zuckte mit den Schultern. »War unvorsichtig. Ich hatte einen Tankwart überfallen. Doch einer hat mich dabei beobachtet und sich mein Gesicht gemerkt.«

»Weißt du, wer es war?«

»Sicher.«

»Rechnest du mit ihm ab, wenn du raus bist?«

»Vielleicht. Wann gibt's denn hier Essen?« fragte ich, um Roffey von dem Thema abzulenken.

»Es dauert nicht mehr lange. Dann wirst du gleich unsere Ordnung kennenlernen.«

Wie auf Kommando ertönte ein Pfiff.

»Aufpassen«, zischte Roffey.

Unsere Tür wurde aufgeschlossen.

Es folgte ein zweiter Pfiff.

»Los, raustreten!«

Wir trabten auf den Gang. Ich warf einen kurzen Blick in die Runde. Verschlagene, abgestumpfte und manchmal auch müde Gesichter sahen mir entgegen.

Ein dritter Pfiff.

»Das bedeutet Antreten«, klärte Roffey mich auf.

Es entstand ein Durcheinander, das sich jedoch schnell zu einer Formation klärte.

Wieder schrillte der Pfiff.

»Links um«, flüsterte mir Roffey zu.

Der Haufen drehte sich. Ich kam mir vor wie ein Rekrut.

Noch einmal wurde gepfiffen.

Dann marschierten wir los. Im Gleichschritt in den anderen Teil des Zuchthauses.

Ein riesiger Saal, angefüllt mit langen Holztischen, vor denen billige Schemel standen, diente als Eßraum. An einer Seite, hinter einer hochgezogenen Glasscheibe, hantierten drei Häftlinge mit großen Eßkübeln. Mit einer Kelle knallten sie das Essen auf einfache Blechteller. Ich konnte es schon riechen. Es gab Bohnen. Einheitsfraß.

Wir bildeten eine Schlange. Ich hatte natürlich das Pech, hinten zu stehen, und so waren die Bohnen schon fast kalt, ehe ich meinen Teller erhielt. Mit Mühe und Not ergatterte ich noch einen Sitzplatz.

Während des Essens wurden wir von mehreren Wächtern beobachtet. Trotzdem konnten sie nicht verhindern, daß Nachrichten, in Form von kleinen Zetteln, ausgetauscht wurden.

Einer meckerte über sein Essen. Er wurde am Kragen gepackt, hochgezogen und nach draußen geschleift.

»Der meckert so leicht nicht mehr«, flüsterte mir mein Nachbar, ein Bursche mit Pickelgesicht, zu.

Ich machte mir so meine Gedanken.

Ein Pfiff kündigte das Ende der Mahlzeit an. Löffel und Teller mußten wir liegenlassen. Die Wärter paßten genau auf, daß keiner etwas mitnahm.

Wieder mußten wir die gleiche Prozedur mit den Pfiffen über uns ergehen lassen.

»Geht das immer so?« fragte ich Roffey, als wir wieder in unserer Zelle hockten.

Er nickte. »Zweimal am Tag. Morgens und abends. Mittags gibt es draußen im Sumpf den Fraß. Fast alle müssen da Torf stechen. Du wirst bestimmt auch dabeisein.«

Das hatte mir gerade noch gefehlt.

Plötzlich hörten wir Klopfzeichen. Sie erklangen von der

Nachbarzelle. Roffey legte den Zeigefinger auf die Lippen. Gespannt lauschte er. Als die Klopfzeichen aufhörten, verdüsterte sich sein Gesicht.

»Der Rote Jack kommt durch. Sieh dich vor.«

»Wer ist der Rote Jack?« erkundigte ich mich.

Roffey duckte sich unwillkürlich und winkte mit beiden Händen ab. »Er ist das größte Schwein, das hier als Aufseher herumläuft. Ich sage dir nochmals, reiß dich ja zusammen.«

Aus der Nachbarzelle hörten wir Schreien und Toben.

»Der Rote Jack räumt auf«, erklärte mir Roffey.

Ich schwieg.

Und dann waren wir an der Reihe.

Er stand plötzlich in der Zelle. Massig wie ein Denkmal mit aufgedunsenem Säufergesicht, durch das sich feine Äderchen zogen. Die Arme hatte er in die Hüften gestützt, und unter seiner Schirmmütze quoll borstiges rotes Haar hervor.

Roffey und ich waren aufgesprungen.

»Du bist also Corner«, fuhr er mich mit einer Reibeisenstimme an.

»Ja.«

»Yes, Sir, heißt das!« brüllte er plötzlich los.

»Yes, Sir«, wiederholte ich.

»Schon besser«, knurrte der Rote Jack.

Er musterte mich ziemlich herablassend. »Ich hoffe, du führst dich gut, sonst kriegst du mit mir Ärger. Und was das heißt, kann dir Roffey erzählen.«

Ein Wärter, der an der offenen Zellentür lehnte, grinste hämisch.

Der Rote Jack inspizierte die Zelle und verschwand dann.

»Das hätten wir hinter uns«, stöhnte Roffey auf und wischte sich mit dem Handrücken den Schweiß von der Stirn.

»Was meinte der Rote Jack mit Ärger kriegen?« wollte ich wissen.

»Hiebe, Dunkelheit. Am besten, du fällst nicht auf.«

»Werde mich danach richten.«

In Wirklichkeit schossen mir jedoch andere Gedanken durch den Kopf. Ich mußte mich um Al Astor kümmern. Ich wollte Roffey noch nicht nach ihm fragen. Es erschien mir zu auffällig.

Draußen wurde es dunkel.

Ich legte mich auf die harte Matratze. Roffey erzählte mir noch einige Zuchthausstorys. Dann löschten wir das Licht. Kurz darauf war ich eingeschlafen.

»Ich habe es ja geahnt«, schimpfte Susan Taylor, »zwei Koffer reichen nicht.«

Susan war der Mittelpunkt eines wilden Durcheinanders von Kleidern, Mänteln, Hosenanzügen, Strümpfen und zarten Dessous. Sie wollte nur das Nötigste mitnehmen, den Erfolg konnte sie jetzt sehen.

Seufzend machte sich meine Partnerin daran, einen dritten Koffer zu holen, als das Telefon klingelte.

»Bin nicht zu Hause«, murmelte Susan, nahm aber dann doch den Hörer ab.

Julia Hickson, unsere Mitarbeiterin, war am anderen Ende der Leitung. »Sie haben Besuch, Susan. Eine Mrs. Hopkins möchte Sie sprechen.«

»Sagen Sie ihr, ich bin nicht da, Julia.«

»Davon würde ich abraten«, meinte Julia Hickson in ihrer bedächtigen Art. »Die Frau macht einen verzweifelten Eindruck.«

»Können Sie den Fall denn nicht übernehmen, Julia?«

»Nein, Mrs. Hopkins hat ausdrücklich nach Ihnen verlangt.«

Susan überlegte einen Augenblick. »Gut, Julia. Sagen Sie ihr, daß ich komme.«

Meine Partnerin ließ alles liegen und stehen, sprang in den Lift und fuhr in unser Büro.

Mrs. Hopkins saß in dem Besuchersessel. Susan schätzte ihr Alter auf etwa fünfzig. Die Frau hatte verweinte Augen. Sie trug einen blaugrauen Staubmantel. Das dunkle Haar lag wie angeklebt an ihrem Kopf.

»Mein Name ist Taylor«, stellte sich Susan vor.

Die Frau stand auf, knetete verlegen die Finger und murmelte mit leiser Stimme: »Hopkins.« Susan sah sofort, diese

Frau war mit den Nerven am Ende. Sie tat das einzig Richtige und bestellte bei Julia Hickson zwei Tassen Kaffee. Eine Zigarette lehnte Mrs. Hopkins ab.

»So, und nun erzählen Sie mal, was Sie auf dem Herzen haben«, sagte Susan behutsam, als der Kaffee vor ihnen stand.

Mrs. Hopkins sah Susan an und fragte: »Kennen Sie Sheila?«

Meine Partnerin überlegte. »Müßte ich sie kennen?«

»Sicher. Sheila Hopkins. Sie sind mit ihr zusammen ins College gegangen. Ich bin Sheilas Mutter.«

»Richtig, Mrs. Hopkins, Sheila. Das Mädchen mit den langen blonden Haaren. Natürlich erinnere ich mich. Was ist mit ihr?«

Die Augen der Frau füllten sich mit Tränen. »Sie ist tot«, schluchzte sie. »Sie war meine Stütze, seit mein Mann nicht mehr da ist. Und jetzt ist Sheila tot. Im Moor umgekommen, wie es heißt. Bitte, Miss Taylor, helfen Sie mir.«

Susan ließ der Frau einen Moment Zeit. Dann fragte sie: »Womit kann ich Ihnen helfen? Sheila ist verunglückt. Ich kann es selbst kaum fassen. Es ist …«

Energisch schüttelte Mrs. Hopkins den Kopf. Mit einem Taschentuch wischte sie sich die Tränen ab. »Nein, Miss Taylor. Man hat Sheila umgebracht. Ermordet. Ich weiß es.«

Jetzt wurde Susan neugierig. »Warum?«

Mrs. Hopkins lachte bitter auf. »Warum? Weil sie zuviel wußte. Sheila arbeitete als Fürsorgehelferin im Good Hope House. Das ist ein Heim für schwer erziehbare Mädchen. Es liegt nahe der kleinen Stadt Newberry.«

Klick, klick, machte es in Susans grauen Gehirnzellen.

»Wie hieß die Stadt?« vergewisserte sich Susan noch einmal.

»Newberry. Warum? Ist etwas Besonders damit?«

»Nein, nein, Mrs. Hopkins. Berichten Sie weiter.«

»Sheila wohnte auch in dem Heim. Sie rief jede Woche von dort aus einigemal an. In der letzten Zeit äußerte sie so merkwürdige Sachen. Sie sprach über Verbrechen, und sie würde den Fall schon klären. Es gäbe dann eine Sensation. Dann erzählte sie noch etwas von einem Zuchthaus.«

»Äußerte sie sich näher?« wollte Susan wissen.

»Nein, Miss Taylor. Ich habe sie gebeten, zur Polizei zu gehen, aber dafür reichten angeblich ihre Beweise nicht. Bitte, können Sie mir helfen, Miss Taylor?«

Susan hatte bereits ihren Urlaub abgeschrieben. Sicher würde sie den Fall übernehmen.

Susan lächelte. »Ich helfe Ihnen, Mrs. Hopkins. Haben Sie Ihren Verdacht schon der Polizei mitgeteilt?«

»Sicher. Die Polizei in Newberry hat mich ausgelacht. Das Haus genießt in der Gegend einen guten Ruf.«

Mrs. Hopkins erhob sich. »Was schulde ich Ihnen, Miss Taylor?«

»Gar nichts. Das bin ich Sheila schuldig.«

»Dann darf ich mich verabschieden. Finden Sie Sheilas Mörder, bitte.«

»Ich werde mein Bestes tun, Mrs. Hopkins.«

Susan brachte die Frau zum Lift. Auf dem Rückweg ging sie zu Julia Hickson. »Urlaub gestrichen. Ich habe das Gefühl, einer dicken Sache auf der Spur zu sein«, sagte Susan.

»Mit dem Ergebnis habe ich gerechnet«, Julia lächelte.

Meine Partnerin fuhr in die Wohnung und räumte auf. Anschließend informierte sie Myers. Er gab seine Zustimmung.

Newberry und Zuchthaus. Die beiden Worte zuckten in Susans Kopf herum. Gab es eine Verbindung zwischen dem Zuchthaus und dem Heim?

Wenn ich nur Cliff erreichen könnte, dachte sie.

Doch ich nahm zu dieser Zeit soeben mein erstes Abendessen ein.

Wenn Sheila Hopkins wirklich umgebracht worden ist, werde ich den Mörder finden, schwor sich Susan.

Schnurgerade zog sich der Highway durch die Landschaft. Felder, Wiesen und kleinere Wälder wechselten einander in bunter Reihenfolge ab.

Susan steuerte meinen Mustang sicher über den Asphalt. Sie war schon fast zwei Stunden unterwegs und mußte bald die Ausläufer des Sumpfgebietes erreichen. Von dort war es dann nur noch ein Katzensprung zu dem Heim. Der Verkehr hielt sich in Grenzen, und so konnte Susan voll aufdrehen.

Der Highway gabelte sich. Geradeaus ging es nach Newberry. Susan fuhr langsamer und entdeckte ein verwittertes Holzschild mit der Aufschrift »Good Hope House«. Sie mußte vom Highway ab und auf einer kleinen Straße weiterfahren, deren Asphaltdecke Risse und Spalten aufwies.

Meine Partnerin kam nur noch langsam voran. Die Landschaft wurde urwüchsiger. Faulige Moorluft wehte durch die geöffnete Seitenscheibe des Mustangs. Susan rümpfte die Nase und kurbelte die Scheibe hoch. Erlengebüsche und kahle Bäume, die ihre Äste wie Totenarme vorstreckten, säumten den Weg. Dazwischen grünschillerndes Wasser, bedeckt mit allerlei Pflanzen und Algen. Unzählige Mücken tanzten vor der Windschutzscheibe. Bis in den Wagen hinein vernahm Susan das Quaken der Frösche.

Der Weg wurde breiter und endete kurz danach vor einem Gitter. In dieses Gitter war ein Tor eingelassen.

Susan stieg aus dem Wagen und entdeckte eine Klingel mit Gegensprechanlage.

Meine Partnerin drückte auf die Klingel.

Sie mußte sich einen Augenblick gedulden, ehe eine blecherne Stimme fragte: »Wer ist da?«

»Ich heiße Susan Taylor und bin Reporterin bei der ›Chicago Tribune‹. Ich schreibe momentan an einem Artikel über unsere Jugendheime und möchte Sie deshalb bitten, mich eine Besichtigung durchführen zu lassen.«

»Warten Sie einen Moment.«

Susan hatte zu ihrer altbewährten Notlüge gegriffen. Sie arbeitete längst nicht mehr bei der »Chicago Tribune«. Sollte es jedoch in dieser Richtung Nachfragen geben, so würde ihr ehemaliger Arbeitgeber ohne weiteres Susans Angaben bestätigen.

»Sie können eintreten, Miss Taylor«, quäkte die Stimme wieder. »Den Wagen lassen Sie bitte stehen.«

Es ertönte ein Summton, und Susan drückte das Tor auf.

Meine Partnerin gelangte in einen Garten, dem man die menschliche Pflege ansah.

Nach etwa fünfzig Yards stand Susan vor dem Haus. Es war ein altes Gebäude, aus dicken Steinen errichtet, mit zwei kleinen Türmen an den Seiten.

Vor einer wuchtigen, aus Holz gefertigten Eingangstür stand eine Frau. Sie war Susan sofort unsympathisch.

Die Frau trug ein altmodisches dunkelblaues Kostüm, dessen Rock weit über die Knie reichte. Unter der Jacke erkannte Susan eine weißgestärkte Bluse. Das schwarze Haar hatte die Frau straff zurückgekämmt und zu einem Knoten im Nacken zusammengebunden. In ihrem harten Gesicht fielen die beiden Falten auf, die sich an den Mundwinkeln herabzogen.

»Willkommen in unserem Heim«, sagte die Frau mit einer Stimme, die es gewohnt war, Befehle zu geben. »Ich bin übrigens Miss Martha.«

Susan gestattete sich das übliche Höflichkeitslächeln und sagte: »Hallo, Miss Martha.«

Miss Martha musterte Susan schnell und gründlich. Dann machte sie eine einladende Handbewegung. »Bitte, folgen Sie mir, Miss Taylor.«

Die beiden Frauen betraten eine Vorhalle, in der es vor Sauberkeit blitzte. Trotzdem hatte Susan sofort ein beklemmendes Gefühl, als sie das Haus betrat.

Martha zeigte ihr die Schlaf- und Aufenthaltsräume in der ersten Etage. Dann gingen sie in den Keller. Ein langer Gang führte sie in die Waschküche. Hier stand ein riesiger Glasbottich. Mehrere Rohre führten von dem Bottich aus durch die Wand in einen Nebenraum.

»Was bedeutet dieses Monstrum?« fragte Susan.

»Der Bottich gehört wohl zur Umwälzanlage, aber warten Sie ab, Miss Taylor«, erwiderte Martha.

Die Heimleiterin ging auf eine Steintreppe an der Wand zu, an die sich eine Eisentür anschloß.

Miss Martha öffnete die Tür und hielt sie einladend offen. »Sehen Sie her, Miss Taylor.«

Neugierig trat Susan näher.

Ein moderner Swimming-pool lag vor ihren Augen. Das grelle Neonlicht wurde von der Wasseroberfläche reflektiert und warf blitzende Lichtreflexe gegen die gekachelten

Wände. Der Swimming-pool maß etwa fünfzig Quadrat-yards. An seiner Stirnseite befand sich ein Sprungbrett.

»Donnerwetter«, entfuhr es meiner Partnerin.

»Da staunen Sie, nicht wahr? Wie Sie sehen, tun wir etwas für unsere Mädchen.«

»Gratuliere, Miss Martha. Das hätte ich wirklich nicht erwartet. Ich werde es lobend in meinem Artikel erwähnen.«

Miss Martha redete noch eine ganze Weile von den Vorzü-gen des Heims. Dann gingen die beiden Frauen wieder nach oben. Auf dem Flur begegnete ihnen ein buckliger Mann. »Das ist Tom, unser Hausfaktotum und Mädchen für alles«, klärte Martha Susan auf.

Tom schleppte zwei Milchkannen und sah Susan aus irren Augen an. Fröstelnd zog meine Partnerin ihre Schultern hoch.

»Darf ich denn jetzt mal mit Ihren Zöglingen sprechen?« wollte Susan wissen.

»Das ist im Moment schlecht«, erwiderte Martha, »sie haben gerade lebenskundlichen Unterricht.«

»Wer gibt diesen Unterricht?«

»Der Heimleiter, Mr. Jaroff.«

Susan lächelte. »Ich werde auch ganz bestimmt nicht stö-ren, Miss Martha.«

Die Heimleiterin überlegte. »Gut, Sie sollen Ihren Willen haben«, entschloß sie sich.

Die beiden Frauen gingen den Gang hinunter auf eine grünlackierte Holztür zu. Martha klopfte an.

»Herein«, schnarrte eine Stimme.

Sie betraten ein ganz normales Klassenzimmer. Hinter einigen Tischen saßen etwa zwanzig Girls. Sie trugen eine Art Einheitskleidung, weiße Blusen und dunkle Röcke. Die Girls sahen Susan an. In manchen Augen schien sie so etwas wie unterdrückte Angst zu lesen. Aber vielleicht bilde ich mir das auch nur ein, dachte Susan.

Hinter einem Katheder stand Mr. Jaroff. Er trug einen Mao-Anzug, hatte dunkles, kurzgeschnittenes Haar und eine Haut, die sich wie Pergamentpapier über sein knochiges Gesicht zog.

Miss Martha stellte Susan vor.

Jaroff verließ seinen Platz und reichte Susan die Hand. Sie war kalt und knochig.

Martha erklärte, warum Susan gekommen war.

Jaroff nickte ein paarmal und sah Susan aus seinen kalten Augen an.

»Fragen Sie, Miss Taylor. Die Mädchen stehen zu Ihrer Verfügung.«

Das ließ sich meine Partnerin nicht zweimal sagen. Doch zu ihrem Erstaunen wurden all ihre Fragen glatt und zügig beantwortet. Zu glatt, fand Susan. Die Mädchen konnten sie auch nicht ansehen. Meiner Partnerin schien es, als stünden sie unter Drogeneinfluß.

Langsam wanderte Susan durch die Reihen.

Plötzlich machte eines der Mädchen, eine dralle rothaarige Person, eine kurze Bewegung. Ein kleiner Zettel war in ihrer linken Hand zu sehen.

Susan handelte sofort. Mit geübten Fingern nahm sie dem Girl das Papier aus der Hand. Meine Partnerin war sich jedoch nicht sicher, ob das Heimleiterpaar etwas bemerkt hatte.

»Ich kann nur sagen, ich bin angenehm enttäuscht«, überspielte Susan die Szene. »Ich werde wohl in meinem Bericht nur Positives schreiben können. Dann darf ich mich wohl verabschieden.«

Susan nickte Mr. Jaroff zu und ging mit Miss Martha hinaus.

»Ich bringe Sie noch zur Tür«, sagte die Heimleiterin, »den weiteren Weg finden Sie ja allein.«

Susan war froh, wieder andere Luft atmen zu können, auch wenn es nur faulige Moorluft war.

»Ich wünsche Ihnen weiterhin noch viel Erfolg.« Mit diesen Worten verabschiedete sich Susan von der Heimleiterin.

Langsam ging sie den Weg zurück. Als Susan über die Schulter blickte, merkte sie, wie Miss Martha ihr nachsah.

Wir werden uns bestimmt noch einmal wiedersehen, dachte Susan.

Mrs. Hopkins' Verdacht schien ihr jetzt gerechtfertigt. Susan traute dem Braten nicht. Zum Beispiel, was hatte dieser riesige Bottich mit einer Umwälzanlage zu tun? Wie es auch sei, sie würde der Sache auf den Grund gehen.

Erst in meinem Mustang holte Susan den zerknitterten Zettel aus ihrer Hand.

Susans Augen wurden schmal, als sie las, was mit zitternder Hand auf den Zettel geschrieben worden war.

Heute abend! Dunkelheit! Helfen Sie!

Nach dem Frühstück mußte ich mit Roffey Toiletten und Waschräume reinigen.

»Aber so, daß man davon essen kann«, hatte Buck, der Wärter, gedroht.

Die Gemeinschaftsduschräume lagen am Ende des Ganges. Auch hier war der Boden mit den grauen Fliesen belegt. Fünf Duschen standen zur Auswahl. Einmal in der Woche durfte sich jeder aus unserem Block abschrubben.

»Meistens sind nur zwei Brausen in Ordnung«, meinte Roffey, als man uns die Gummischrubber in die Hand drückte. Dann holte mein Zellengenosse noch zwei Eimer Wasser. Wir kippten die Eimer aus und begannen zu schrubben. Hin und her und her und hin. Es war eine stinklangweilige Arbeit. Beschäftigungstherapie nennt man so etwas. Der Wärter, der uns bei der Arbeit beobachten sollte, hatte sich verzogen. Selbst ihm war das Zusehen zu langweilig.

Ich mußte nun endlich etwas über Al Astor erfahren.

»Wir haben ja einen sehr prominenten Mitgefangenen«, sagte ich beiläufig während einer kurzen Pause.

Roffey, der auf dem Boden saß und döste, zuckte zusammen. »Wieso?«

»Nun, man hört so einiges. Draußen heißt es, Al sei ein Starkiller.«

Roffey winkte ab. »Alles halb so schlimm. Al ist in Ordnung. Er sitzt übrigens in unserer Nachbarzelle. Zusammen mit Bulle.« Da hatte ich Glück gehabt. Al Astor in meiner Nähe. Wunderbar. Nun mußte ich nur an ihn herankommen.

»Wo arbeitet Astor denn?« wollte ich wissen.

Roffey zuckte mit den Schultern. »Mal hier, mal da. Er hat keinen festen Arbeitsplatz. Al ist Spezialist.«

Das glaubte ich ihm gern. »Worin denn?«

»Weiß nicht. Al kann eben alles. Aber sag mal, warum interessiert dich das eigentlich?« Roffey wurde mißtrauisch.

»Ach, nur so. Man will ja schließlich wissen, mit wem man es zu tun hat. Wenigstens in seiner Nachbarschaft.«

Roffey sah mich an. In seinen Augen zuckte es. »Ja, ja, hast schon recht«, meinte er dann.

Ich hatte einen Fehler gemacht. Ich fühlte es. Roffey war mißtrauischer als eine Jungfrau bei ihrem ersten Rendezvous.

Als nächstes nahmen wir uns die Toiletten vor. Auch hier bürsteten und schrubbten wir den Boden wie die Weltmeister. Roffey versuchte mich noch ein paarmal mit Fragen über Al zu locken, doch ich gab nur ausweichende Antworten.

Der Wärter ließ sich auch mal wieder blicken. Aber in Begleitung.

»Bulle wird euch helfen«, sagte er nur.

Das war also der legendäre Bulle. Er trug seinen Namen wirklich zu Recht. Bulle war fast quadratisch. Sein Kreuz glich einem Kinderkleiderschrank, seine Hände waren wie Schaufeln, und die Muskelpakete sprengten fast die Zuchthausjacke. Nur um die Hüften herum hatte er zuviel Fett angesetzt. Am beeindruckendsten war jedoch sein Kopf. Er sah aus wie ein Ei, aus dem kleine Schweinsaugen tückisch hervorlugten. Haare hatte Bulle keine, dafür aber einen herabhängenden Schnurrbart.

Bulle sah mich an. Er überlegte und bohrte mit dem Finger in der Nase. »Du bist also der Neue«, stellte er dann fest.

Ich konnte mir ein Grinsen nicht verkneifen. »Richtig kombiniert.«

»Hä?«

Bulle kannte wohl das Wort kombiniert nicht. Er zog die Luft ein und stellte sich in Positur.

»Ich bin Bulle«, röhrte er, »und ich bestimme.«

Ich winkte ab. »Ist gut, Bulle.« Dabei mußte ich grinsen.

Das gefiel ihm wohl nicht. Knurrend trat er auf mich zu.

»Paß auf. Wenn der dir einen zimmert, biste gesägt«, warnte mich Roffey.

Bulle holte aus. Ich tauchte unter seinem Schlag weg, zog

den Schrubber hoch und pflanzte Bulle den Stiel unter die Achselhöhle.

Sein Gebrüll war zirkusreif.

»Ich verdrück' mich lieber«, meinte Roffey.

Bulle war wild. Mit einem Ruck riß er mir den Schrubber aus der Hand. Er hielt ihn mit dem Stiel nach vorn. Bulle rückte vor, holte aus und wollte mir den Stiel in den Bauch rammen.

Im letzten Moment sprang ich hoch und riß die Beine auseinander. Der Stiel sauste zwischen meinen Beinen durch, knallte gegen die Wand, wo er splitternd zerbrach.

Bulle konnte seinen eigenen Schwung nicht mehr bremsen. Er wurde nach vorn geschleudert, genau in meinen rechten Aufwärtshaken. Es knirschte trocken, als dieser an seinem Kiefer explodierte. Ich hatte das Gefühl, gegen eine Wand geschlagen zu haben.

Bulles Schwung wurde gebremst. Er selbst landete auf den Fliesen.

Mit einem Schritt stand ich neben ihm, bereit, mit einem Karateschlag dem Kampf ein Ende zu bereiten.

Doch mein Gegner war längst nicht geschlagen. Seine Hand schoß vor, krallte sich um meinen Knöchel, dann ein kurzer Ruck, und ich küßte ebenfalls die Fliesen.

Im letzten Moment konnte ich den Fall mit der Hand abfangen, jedoch eine weitere Bewegung gelang mir vorerst nicht mehr.

Bulles Faust traf mich wie ein Dampfhammer auf den Rücken. Pfeifend zischte die Luft aus meinen Lungen. Ich fiel zusammen.

Bulle grunzte böse auf und warf sich über mich. Mit seinem Gewicht nagelte er mich am Boden fest.

»Dich mach' ich fertig«, keuchte er.

Ein gemeiner Schlag traf meinen Nacken. Ich sah Sterne. Ich durfte mich nicht hängenlassen. Der Kerl würde mich sonst totschlagen.

Mit beiden Händen stemmte ich mich ab. Über mir lachte Bulle höhnisch auf.

Lach nur, dachte ich und warf mich mit einem verzweifelten Ruck zur Seite.

Bulle rollte wie ein Schinken von meinem Rücken.

Wütend schrie er auf.

Endlich konnte ich meinen Karateschlag anbringen. ich schlug zu, während mein Gegner hochkam. Ich traf voll. Zwei Sekunden später lag Bulle wie ein dicker Mehlsack auf dem Boden.

Aufatmend wischte ich mir den Schweiß aus der Stirn. In meiner Lunge stachen tausend Nadeln. Ich lehnte mich gegen die Wand und atmete tief durch. Langsam ging es mir besser. Ein Blick auf meinen Gegner zeigte mir, daß dieser immer noch ohnmächtig war.

Auf einmal standen sie in der Tür. Der Rote Jack, Buck und noch ein Wärter, den ich nicht kannte.

Der Rote Jack warf einen Blick auf meinen Gegner. Um seine Mundwinkel zuckte es.

»Du hast ihn also erledigt«, stellte er fest.

»Ja«, sagte ich, immer noch atemlos.

Der Rote Jack lächelte gefährlich. »Schlägereien sind verboten. Deshalb müssen wir ein Protokoll aufnehmen. Mitkommen!«

Der Raum war grün gestrichen und ungefähr zwölf Quadratyards groß.

Sie hatten mich eingekreist, der Rote Jack, Buck und der dritte Wärter, von dem ich jetzt wußte, daß er Slim hieß.

»So etwas wirst du nie wieder machen«, sagte der Rote Jack mit süffisantem Lächeln. »Streit können wir hier nicht leiden.«

»Einen Augenblick mal«, verteidigte ich mich. »Bulle hat ja schließlich angefangen. Ich habe mich nur gewehrt.«

»Zeugen?« fragte Buck.

»Roffey.«

Die drei lachten.

Jetzt wußte ich, was gespielt wurde. Diese drei Wärter hatten ein eigenes Zuchthausgesetz aufgestellt. Ich mußte höllisch auf der Hut sein.

»Roffey kann gar nichts gesehen haben. Er ist nämlich manchmal blind.« Es war Buck, der sprach. »Ich hoffe, du verstehst das, Corner.«

Und ob ich verstand.

Der Rote Jack klaubte sich einen Glimmstengel aus der Packung, zündete ihn an und blies mir den Rauch ins Gesicht. »Wie war das nun, Corner? Wer hat angefangen?«

»Bulle«, platzte es einfach aus mir heraus.

Der Rote Jack bekam schmale Augen. Er nickte kurz den anderen zu. Es war ein Zeichen. Wofür, merkte ich, als mir der erste Hieb in den Nacken knallte. Slim mußte geschlagen haben, denn die anderen beiden hatte ich in meinem Blickfeld.

Ich wurde nach vorn geschleudert. Genau in eine Gerade hinein, die mir der Rote Jack mitgab.

Er holte noch mal aus. Mit einer Reflexbewegung gelang es mir jedoch auszuweichen. Dann trat ich selbst in Aktion. So einfach würde ich es ihnen doch nicht machen.

Ich wollte meinen rechten Fuß vor das Schienbein des Roten Jack.

Er jaulte auf wie ein Straßenköter.

Ein blitzschnell geführter Rundschlag hielt mir die beiden anderen vom Leib.

Doch dann war es auch schon mit meiner Herrlichkeit zu Ende. Der Rote Jack hatte sich viel zu schnell erholt. Seine Gorillaarme klemmten sich um meinen Hals und hielten eisern fest. Mir wurde die Luft knapp.

»Los, Jungs!« schrie er. »Macht ihn fertig.«

Verzweifelt versuchte ich ihn mit einem Hebelgriff über meinen Kopf zu werfen, doch meine Standfestigkeit war nach dem Kampf mit Bulle auch nicht mehr die beste.

Was soll ich weiter berichten? Sie packten mich doch. Sie machten es hart, sehr hart sogar. Sie schlugen so, daß ich nicht ohnmächtig wurde, und das war schlimm.

Zuletzt lag ich auf dem Boden und schnappte nach Luft wie ein Fisch auf dem Trockenen. Mein Magen schien mir schon an der Unterlippe zu sitzen, und durch meine Adern rann glühende Lava.

»Der hat genug«, hörte ich Buck sagen.

»Hoffentlich«, schnarrte der Rote Jack, »wenn nicht, kann er noch eine Ladung haben. Aber dann härter.«

»Der ist sogar noch härter als wir«, wagte Slim einzuwerfen.

»Angst?« fragte Buck.

»Nein. Nur ein verdammt komisches Gefühl. Diesem Corner traue ich nicht. Der benimmt sich zu ehrlich für einen Zuchthäusler. Hoffentlich kommt Al morgen abend gut weg.«

»Du dämlicher Idiot, halt deine Klappe«, zischte der Rote Jack. »Corner kann alles mithören.«

»Der ist doch nicht mehr in der Lage dazu.«

Und ob ich mithörte. Slims Worte prägten sich wie ein Stempel in mein Gehirn. Morgen abend hatten die Brüder also was vor. Ich mußte ihnen die Suppe versalzen. Aber wie?

»Bringt ihn in seine Zelle zurück«, hörte ich den Roten Jack sagen. »Und morgen früh geht er mit in die Sümpfe.«

»Das wird ihn kurieren«, sagte Buck.

Unter den Achseln gepackt, schleiften sie mich in die Zelle.

»Hier hast du deinen Kumpel zurück«, sagte Slim zu Roffey, als er mich auf die Pritsche warf.

Wie durch einen milchigen Schleier sah ich die drei Männer. Dann ließen uns die Wärter allein.

Roffey setzte sich neben mich. »Haben sie dich fertiggemacht?« fragte er.

»Es geht«, stöhnte ich, »aber du bist mir vielleicht ein Kumpel. Haust mich in die Pfanne.«

»Was sollte ich machen«, sagte er weinerlich. »Sie haben mir gedroht. Oder sollte ich mich auch zusammenschlagen lassen?«

»Du hast doch die drei Typen geholt.«

»Nur weil ich es gut mit dir meinte, Cliff. Normalerweise macht Bulle aus jedem Hackfleisch.«

»Ich bin aber nicht jeder. Morgen muß ich in die Sümpfe. Wird's da sehr schlimm?«

»Du mußt malochen, bis du schwarz wirst«, klärte mich Roffey auf. »Einen guten Rat will ich dir noch geben. Leg dich mit niemandem an. Du ziehst den kürzeren. Im Sumpf sind schon viele umgekommen. Niemand weint hinterher eine Träne um dich, Corner. Verstehst du?«

»Es war ja deutlich genug.«

Langsam ging es mir besser. Ich fühlte, wie die alte Kraft zurückkehrte.

»Dein Vorarbeiter ist übrigens Al Astor«, sagte Roffey so ganz nebenbei.

Ich drehte mich auf den Rücken. »Wieso Vorarbeiter?«

»Er nimmt bei uns eine Sonderstellung ein. Al bedient das Transportband. Aber das wirst du ja morgen alles sehen.«

Plötzlich ertönte auf dem Gang ein infernalisches Gebrüll. Roffey sprang hoch, flitzte zur Tür und lauschte.

Das Gebrüll steigerte sich. Eine Gänsehaut lief über meinen Rücken. Dann war nur noch ein leises Wimmern zu hören.

»Jetzt bringen sie ihn weg«, sagte Roffey. Er war kalkweiß im Gesicht.

»Wen bringen sie weg?«

»Ted. Er war ein Spitzel. Hat für den Direktor spioniert. Sie haben ihn fertiggemacht.«

»Zusammengeschlagen?«

»Nein. Er hat Bohnen gegessen, gewürzt mit Reißnägeln. Er fühlte sich auch sehr stark, genau wie du, Corner.«

Ich schluckte.

»Feine Sitten habt ihr hier«, sagte ich erstickt.

Roffey zuckte mit den Schultern. »Was soll's. Er war selbst schuld. Ach so, noch etwas. Nimm dich vor Bulle in acht. Er vergißt keine Niederlage.«

In diesem Augenblick wurde die Zellentür aufgeschlossen. Buck stand auf der Schwelle. »Los, Roffey, rauskommen. Weitermachen. Du kannst dich sogar noch erholen, Corner. Damit du morgen fit bist.«

Die beiden verschwanden.

Ich blieb ruhig liegen und überlegte. Mir gingen Slims Worte nicht aus dem Kopf. Morgen abend, hatte er gesagt. Sollte Al wieder einen Mord begehen? Reizende Aussichten. Ich mußte mir etwas einfallen lassen.

Seit zwei Stunden hockte Susan Taylor hinter einem kleinen Erlengebüsch und beobachtete das Good Hope House.

Sie hatte den Nachmittag in Newberry verbracht, sich ein Hotelzimmer reservieren lassen, dunkle Kleidung gekauft, eine starke Taschenlampe besorgt und einen Dietrich, mit dem sie das Torschloß geöffnet hatte. Der Mustang stand außerhalb des Grundstücks gut getarnt zwischen den Büschen.

Langsam breitete sich die Dunkelheit wie ein tintiger Schleier über das Land. Der Sumpf rings umher erwachte zu neuem nächtlichen Leben. Frösche quakten ihr Konzert, Käuzchen schrieen, und ab und zu schmatzte und gluckerte es im fauligen Wasser.

Susan war vom langen Sitzen schon fast steif geworden. Immer wieder verlagerte sie ihr Gewicht. Hoffentlich hat mir das Mädchen keinen Bären aufgebunden, dachte meine Partnerin.

Das Good Hope House war von Susans Versteck nur als wuchtiger grauer Schatten zu erkennen, aus dem die erleuchteten Fenster wie helle Farbkleckse in die Nacht strahlten.

Susan blickte auf die Uhr. Es ging schon auf 21 Uhr zu. Meine Partnerin nahm sich vor, höchstens noch eine Stunde zu warten. Susan Taylor trug für dieses Unternehmen eine schwarze Hose, einen Pullover von der gleichen Farbe und eine dunkle Jacke. Ihr kleiner Revolver steckte in der Seitentasche, und die Taschenlampe hing am Gürtel.

Plötzlich vernahm Susan ein Geräusch. Sie richtete sich ein wenig auf und lauschte. Tatsächlich, sie hatte sich nicht geirrt. Das Geräusch hörte sich an wie das Brummen eines Automotors. Jetzt sah Susan auch aus der entgegengesetzten Richtung Scheinwerfer aufblitzen.

Da der Wagen von der hinteren Seite kommt, muß es dort auch einen Zugang zu dem Haus geben, folgerte meine Partnerin.

Susan riskierte jetzt mehr.

Sie erhob sich und huschte geduckt auf das Haus zu.

Plötzlich wurde die Eingangstür geöffnet. Gedankenschnell glitt Susan hinter einer Trauerweide in Deckung.

Im Lichtschein, der aus der geöffneten Tür fiel, erkannte Susan Mr. Jaroff. Er wanderte ein paar Schritte hin und her. Dabei zog er nervös an einer Zigarette.

Der Wagen hatte das Haus schon fast erreicht. Susan duckte sich hinter ihrer Deckung, um den Scheinwerfer zu entgehen, die durch das Gelände leuchteten.

Mit einem satten Brummen erstarb der Motor. Eine Tür wurde aufgerissen und wieder zugeschlagen.

»Wird auch verdammt Zeit, daß ihr kommt.« Es war Jaroff, der gesprochen hatte.

»Reg dich nicht auf, Akim«, sagte eine Stimme, »du wirst die Puppen früh genug los.«

Dann verstummten die Stimmen.

Susan peilte hinter dem Stamm hervor und sah gerade noch, wie drei Männer ins Haus gingen. Die Tür ließen sie offen.

Jetzt erkannte Susan auch den Wagen. Es war ein deutscher Typ. Ein VW-Bus.

Susan überlegte, was sie unternehmen sollte. Sie spielte mit dem Gedanken, zum Mustang zu gehen und auf der Hauptstraße zu versuchen, die Leute abzufangen. Doch dann fiel ihr das Girl ein, das sicherlich alle Hoffnungen auf sie gesetzt hatte. Nein, ich muß mit ihr sprechen, dachte Susan.

Doch die Entscheidung wurde ihr abgenommen. Die drei Männer kehrten zurück. In ihrer Begleitung befanden sich außer Martha noch drei Mädchen, die Susan flüchtig in der Klasse kennengelernt hatte. Die Rothaarige war jedoch nicht dabei.

»Los, los, rein in den Wagen!« schrie Martha die Girls an. »Ich habe meine Zeit nicht für euch gepachtet.« Sie unterstrich ihre Worte mit ein paar Faustschlägen.

Susan juckte es in den Fingern, dem Drachen mal zu zeigen, was eine Harke ist. Sie unterdrückte jedoch ihren Zorn. Aufgeschoben ist nicht aufgehoben, dachte sie.

Weinend kletterten die Mädchen in den Wagen. Martha setzte sich hinter sie. Susan sah, wie die Heimleiterin eine Pistole zog und die Girls damit bedrohte.

Akim Jaroff ging zum Haus und schloß die Tür ab. Dann stiegen auch er und die beiden Männer in den VW-Bus.

Der Wagen wendete und fuhr dieselbe Strecke zurück, die er gekommen war. Susan sah noch ein paarmal die Scheinwerfer aufblitzen, dann waren sie verschwunden.

Sie mußte erst mal ins Haus gelangen. Sicher würde das rothaarige Girl ihr einiges zu erzählen haben, unter anderem vielleicht auch, was man mit den Mädchen vorhatte. Außerdem hatte sich Susan die Nummer des Wagens gemerkt.

Susan lief auf die Tür zu und knipste die Taschenlampe an. In ihrem Schein untersuchte sie das Schloß. Wie sie erkannte, würde es ihr keine Schwierigkeiten bereiten, es zu knacken. Sie zog den Dietrich aus der Tasche und machte sich an die Arbeit. Eine Minute später war die Tür offen.

Die Vorhalle sah im Schein der Lampe noch bedrückender aus als am Tage.

Susan deckte den Strahl mit der Handfläche ab und überlegte. Wo sollte sie zuerst suchen? Waren die Mädchen überhaupt noch wach? Oder hatten sie von dem Abtransport ihrer Kolleginnen gar nichts mitbekommen? Wo wartete die Rothaarige?

Meine Partnerin entschloß sich, zuerst im Keller nachzusehen. Den Weg hatte sie noch im Gedächtnis.

Vorsichtig schlich Susan durch die Waschküche. Sie ging an dem riesigen Bottich vorbei und stutzte. Im Schein der Lampe erkannte sie, daß der Fußboden naß war. Im Bottich befand sich Wasser.

Sollte die Umwälzanlage in Betrieb genommen worden sein? Susan war zu mißtrauisch, um das zu glauben. Nein, sie wollte sich genau überzeugen.

Susan schlich auf die Steintreppe zu, an die sich die Tür zum Swimming-pool anschloß. Bis jetzt hatte meine Partnerin mit den Türen Glück gehabt. Sie waren alle offen. So auch diesmal.

Susan schob sich in die kleine Schwimmhalle.

Der Strahl ihrer Lampe glitt über die gekachelten Wände, über das kleine Sprungbrett, warf blitzende Reflexe auf die Wasseroberfläche – und – blieb an einem leblosen Körper haften, der auf dem Wasser trieb.

Susan zuckte zusammen. Sie schaltete die Lampe aus und wieder ein.

Nein, es war kein Spukbild, was sie genarrt hatte. Auf der Wasseroberfläche schwamm wirklich eine Leiche.

Susan schluckte und trat näher an den Beckenrand.

Der oder besser gesagt die Tote war eine Frau. Ein Mädchen, und dazu noch sehr jung. Die langen roten Haare schwammen wie ein Flies auf dem Wasser.

Susan wischte sich über die Stirn. In ihrem Magen breitete sich Übelkeit aus. Was sind das nur für Bestien, dachte meine Partnerin. Sie haben dieses junge Ding umgebracht, vielleicht ertränkt, wie man mit einem Tier verfährt.

Einige Augenblicke lang war Susan ganz in Gedanken versunken. Sie schreckte hoch, als sie ein Geräusch hinter sich hörte. Fast wäre es zu spät gewesen.

Susan wirbelte herum und riß die Taschenlampe hoch.

In ihrem Schein erkannte sie eine bucklige Gestalt. Tom, das Hausfaktotum. Den hatte sie ganz vergessen.

Tom hielt ein Beil in der Hand. Mit beiden Fäusten hatte er es fest umpackt.

In diesem Moment riß er das Beil hoch.

Susan erwachte aus ihrer Erstarrung, löschte die Lampe und warf sich zur Seite.

Keine Sekunde zu spät. Sie hörte, wie das Beil durch die Luft sauste.

Susan hetzte vor. Die Türöffnung war in der Dunkelheit als heller Fleck zu erkennen.

Du mußt hier raus, hämmerte es durch ihr Gehirn.

Sie sah einen Schatten. Im Sprung stieß sie beide Fäuste vor. Sie traf etwas Weiches. Ein Stöhnen und ein unterdrückter Schrei waren die Antwort.

Dann bekam Susan ein Bein zu packen. Ein Drehgriff, und Tom knallte auf die Fliesen. Etwas blitzte. Das Beil.

Susan holte mit der Handkante aus und schlug dorthin, wo sie Toms Arm vermutete.

Sie traf.

Das Beil rutschte über den Boden. Es gab ein schleifendes Geräusch. Susan sprang hoch und rannte auf die Türöffnung zu.

Sie huschte hindurch – und stolperte. Susan hatte nicht mehr an die Treppe gedacht.

Meine Partnerin purzelte die Stufen hinunter. Zum Glück rollte sie sich gut ab, so daß sie mit heilen Knochen auf dem Boden ankam.

Erschöpft blieb sie liegen. Doch Toms Geschrei riß sie wieder hoch.

Plötzlich flammte das Licht auf.

Susan blickte zurück und sah Tom auf der obersten Treppenstufe stehen. Seine Augen waren blutunterlaufen, und sein Gesicht hatte sich zu einer Fratze verzogen.

Meiner Partnerin lief ein Schauer über den Rücken.

Hier gab es nur einen Ausweg für sie. Flucht.

Susan rannte los. Den langen Gang hinunter.

Tom setzte ihr nach. Und er war schnell. Sehr schnell sogar.

Fast hätte er Susan in der Vorhalle eingeholt, doch meine Partnerin konnte sich mit einer blitzschnellen Drehung Raum verschaffen.

Susan hetzte nach draußen. Die feuchte Luft kühlte für einen Moment ihr erhitztes Gesicht.

Sie blickte zurück. Tom war dicht hinter ihr.

Und jetzt beging Susan einen Fehler. Sie lief nicht den Weg zurück, den sie gekommen war. Sondern genau in die entgegengesetzte Richtung.

Zuerst ging alles glatt. Susan holte noch einen guten Vorsprung heraus.

Doch dann merkte sie, daß der Boden unter ihr schlüpfriger wurde – sumpfiger …

Susan achtete nicht weiter darauf, sondern rannte mit keuchenden Lungen weiter. Sie wußte selbst nicht, wohin und in welche Himmelsrichtung. Dornen rissen an ihrer Kleidung, und Zweige schlugen in ihr Gesicht.

Susan spürte von alldem nichts. Sie rannte weiter, weiter …

Dann war auf einmal Schluß.

Meine Partnerin rutschte ab. Bis zu den Knien steckte sie in einem Tümpel.

Susan wollte die Beine hochziehen. Vergebens. Sie rutschte immer tiefer.

Du steckst im Sumpf, schrie es durch ihr Gehirn. Mein Gott.

Susans Hände tasteten wild umher, suchten nach etwas Festem, an dem sie sich hätte festhalten können, doch ohne Erfolg.

Meine Partnerin sank nur noch tiefer.

Die grüngraue Brühe schwappte schon um ihre Hüften.

Panik drohte sie zu überfallen.

Und sie sank immer tiefer ein.

Auf einmal versagten ihre Nerven.

Sie schrie gellend.

»Bleiben Sie ganz ruhig, Lady«, hörte Susan plötzlich eine Stimme.

Meine Partnerin steckte schon fast bis zu den Schultern im Sumpf. Wenn nicht ein Wunder geschah, war sie rettungslos verloren. Und dieses Wunder schien sich anzubahnen.

Susan folgte der Aufforderung und wartete ab.

Der Mond brach hinter einer Wolke hervor. Sein fahler Schein tauchte die Landschaft in ein gespenstisches Licht.

Susan erkannte einen unförmigen Schatten, den sie als Ruderboot identifizierte. In dem Boot saß ein Mann, der mit einem länglichen Gegenstand hantierte. Diesen Gegenstand schob er Susan zu. Es war ein kurzes Paddel.

»Packen Sie fest zu!« sagte der Unbekannte.

Susan streckte ihre Arme vor und krallte die Finger um das Paddel.

»So ist es gut, Lady. Und jetzt machen Sie sich steif wie ein Brett. Es wird in den Schultern weh tun, wenn ich ziehe, aber lassen Sie nicht los.«

Der unbekannte Helfer zog. Langsam, aber stetig.

Susan hielt eisern fest. Sie spürte, wie der Sumpf sie festhalten wollte, doch die Kraft des Menschen war stärker als der tödliche Morast.

Langsam, unendlich langsam glitt Susan aus dem Sumpf. Sie hatte das Gefühl, ihre Arme würden vom Körper getrennt, doch dann war es geschafft. Ein letzter Ruck, ein kurzes Anheben, und meine Partnerin lag in dem Ruderboot.

»Danke«, keuchte sie erstickt, »vielen Dank.«

»Bedanken können Sie sich später«, sagte ihr Retter, »erholen Sie sich erst einmal.«

Susan nahm diesen Vorschlag an. Sie legte sich halb auf die Ruderbank und schloß die Augen. Langsam beruhigten sich ihre Lungen wieder, und die alten Kräfte strömten zurück.

Der Unbekannte saß vor ihr und ruderte.

»Wohin bringen Sie mich?« wollte Susan wissen.

»Zu mir.«

Susan richtete sich auf.

»Sie brauchen keine Angst zu haben, ich tue Ihnen schon nichts. Mein Name ist übrigens Sebastian. Ich wohne hier in der Nähe und bin von Beruf Maler.«

Susan lächelte. »Sie müssen mein Mißtrauen schon entschuldigen, Mr. Sebastian. Ich habe nämlich einiges hinter mir. – Ich heiße Susan Taylor. Ich komme aus Chicago.«

»Da möchte ich nicht leben«, sagte Sebastian nur.

Dann schwieg er.

Nach etwa einer Viertelstunde Fahrt erreichten sie Sebastians Haus. In der Dunkelheit kam es Susan vor wie ein Hexenhaus aus einem deutschen Märchen.

Sebastian legte das Boot an einem provisorisch gebauten Steg an und half Susan beim Aussteigen.

»Kommen Sie, Miss Taylor. Ziehen Sie sich warme Sachen an. Sie holen sich ja sonst den Tod.«

Als Antwort mußte Susan niesen.

Das Haus bestand nur aus einem großen Raum. Er diente gleichzeitig als Küche, Wohn- und Schlafzimmer und als Atelier. An den Wänden hingen eine Unzahl von Bildern. Sie zeigten fast alles nur Landschaftsmotive. Eine Holzstiege ohne Geländer führte von der Mitte des Raumes zum Dach.

Sebastian zündete eine Petroleumlampe an. Ihr schwacher Schein erhellte den Raum und gab ihm einen gemütlichen Anstrich.

»Elektrisches Licht habe ich leider nicht«, entschuldigte sich der Hausherr.

»Ich find's auch so ganz gemütlich«, sagte Susan.

»Das freut mich, Miss Taylor. Aber jetzt gebe ich Ihnen

erst mal trockene Sachen. Sie können sich oben auf dem Boden umziehen.

Sebastian holte aus einem Schrank ein Hemd, eine alte Hose und eine geflickte Jacke.

Mit einem verunglückten Lächeln überreichte er die Sachen. »Sie werden zwar nicht passen, doch für den Notfall reicht's.«

»Vielen Dank, Mr. Sebastian«, sagte Susan herzlich.

Sie kletterte die Stiege hinauf und zog sich um. Die Sachen waren wirklich um etliche Nummern zu groß.

Susan vermißte ihren Revolver. Er mußte ihr wohl aus der Tasche gerutscht sein, während Sebastian sie aus dem Sumpf zog. Zum Glück lagen ihre Papiere im Handschuhfach des Mustang.

Als Susan wieder unten war, dampfte schon Wasser in einem Topf, der auf einem kleinen Spirituskocher stand.

»Ein heißer Grog wird Ihnen bestimmt guttun«, schlug Sebastian vor. »Setzen Sie sich doch solange.«

Susan nahm sein Angebot an und ließ sich auf eine Couch nieder, die schon bessere Zeiten gesehen hatte.

Erst jetzt sah sich Susan ihren Lebensretter genauer an. Sein Alter war schwer zu schätzen. Er konnte vierzig, ebensogut auch fünfzig Jahre sein.

Sein Haar war schon fast weiß und hing ihm lang in den Nacken. Er hatte ein offenes sympathisches Gesicht und einen dunklen Teint.

Sebastian füllte zwei peinlich saubere Gläser mit dem heißen Getränk und stellte sie vor Susan auf einen kleinen Holztisch. Dann setzte er sich neben meiner Partnerin auf die Couch.

Der Grog tat wirklich gut.

Sebastian bot Zigaretten an.

»Nun erzählen Sie mal«, sagte Sebastian, als die Glimmstengel brannten, »wie Sie in diese bedrohliche Lage geraten sind.«

»Ich wurde verfolgt«, antwortete Susan, »von einem buckligen Kerl namens Tom. Kennen Sie ihn?«

»Ja, Miss Taylor. Aber welchen Grund hatte Tom, hinter Ihnen herzulaufen?«

Susan überlegte. Sollte sie ihm die Wahrheit sagen? Sie entschloß sich nur zu einem Teil.

»Ich bin von Beruf Reporterin«, erklärte meine Partnerin, »und schreibe an einem Bericht über unsere Erziehungsanstalten.«

Sebastian lächelte etwas spöttisch. »Und deshalb wurden Sie verfolgt? Entschuldigen Sie, Miss Taylor, das nehme ich Ihnen nicht so ohne weiteres ab.«

Susan sah ihren Retter an. Nach einer kurzen Pause sagte sie: »Schön, Mr. Sebastian. Ich will Ihnen die Wahrheit sagen. Ich bin in Wirklichkeit Privatdetektivin und versuche den Tod einer Schulfreundin aufzuklären, einer gewissen Sheila Hopkins.«

»Sheila Hopkins?« fragte Sebastian überrascht.

»Ja. Kannten Sie das Mädchen?«

»Sicher. Sehr gut sogar. Sie hat oft auf demselben Platz gesessen wie Sie, Miss Taylor. Ich habe allerdings lange nichts mehr von ihr gehört.« Der Mann überlegte. »Aber wieso sagten Sie, Sheila ist tot. Woher wissen Sie das?«

»Ihre Mutter war bei mir. Offiziell heißt es, Sheila sei im Moor umgekommen. Doch ihre Mutter glaubt nicht so recht daran. Ich übrigens auch nicht mehr.«

»Mein Gott«, flüsterte Sebastian und wischte sich über die Augen. »Dann hatte Sheila also doch recht mit ihrem Verdacht. Und ich habe sie noch ausgelacht.«

Susan wurde hellhörig. »Mit welchem Verdacht?«

»Sheila sprach von Call-Girls. Die Mädchen in dem Heim wurden süchtig gemacht und waren dann bereit, alles zu tun.«

»Wissen Sie, wo die Girls hingebracht wurden?« fragte Susan.

»Auf jeden Fall nach Newberry. Sheila sprach mal von einem Lokal. Der Name war, glaube ich, Blue Bar. Es soll dort gewisse Apartments geben.«

»Wissen Sie, wem das Lokal gehört, Mr. Sebastian?«

»Nein.«

Susan drückte ihre Zigarette in einem kleinen Metallascher aus und schüttelte den Kopf. »Eins verstehe ich nicht. Warum haben Sie nichts unternommen, Mr. Sebastian?«

Der Maler schlug die Hände zusammen. »Ich hielt Sheilas Vermutungen für Hirngespinste. Das Good Hope House genießt einen guten Ruf. Akim Jaroff sitzt im Bürgerausschuß von Newberry. Hätte ich es vorher gewußt …«

»Auf jeden Fall ist es nun zu spät«, unterbrach ihn meine Partnerin. »Ich werde versuchen, diesem Jaroff das Handwerk zu legen. Tun Sie mir einen Gefallen, Mr. Sebastian. Bringen Sie mich zu meinem Wagen. Er steht vor dem Heim.«

»In Ordnung, Miss Taylor. Allerdings wird die Fahrt etwas dauern. Wir müssen einen großen Bogen fahren.«

»Nicht schlimm. Hauptsache, ich komme in dieser Nacht noch nach Newberry in mein Hotelzimmer. Dort liegen meine anderen Sachen. Sagen Sie, haben Sie zufällig eine Pistole, die Sie mir leihen können? Ich habe meine verloren.«

»Nein, Miss Taylor. Ich bin ein friedliebender Mensch.«

»Das sind wir alle, Mr. Sebastian. Aber manchmal muß man sich wehren können. Und noch etwas. Erzählen Sie vorerst keinem Menschen über unser Gespräch.«

»Das werde ich bestimmt nicht tun.«

»Dann ist es gut.«

Während der Bootsfahrt schwiegen die beiden. Susan hing ihren Gedanken nach, und Sebastian schien Sheilas Tod doch bedrückt zu haben.

Die Fahrt dauerte wirklich fast eine Stunde. Als sie die Sumpfgegend verließen und trockenen Boden unter den Füßen hatten, fiel Susan noch etwas ein.

»Sagen Sie, Mr. Sebastian. Hat Sheila in dem Zusammenhang nie etwas von dem Zuchthaus hier in der Nähe erwähnt?«

Sebastian dachte nach. Dann hellte sich sein Gesicht auf. »Ja, jetzt, da Sie es sagen, erinnere ich mich. Sheila meinte damals, es gäbe eine Verbindung zwischen dem Zuchthaus und dem Heim. Doch was das bedeuten sollte, weiß ich nicht. Warum fragen Sie?«

»Ach, nur so.«

Susans Gedanken schlugen Purzelbäume. Sollten Cliff und sie etwa unabhängig voneinander an demselben Fall arbeiten oder fast an demselben Fall? Unwahrscheinlich, aber wer weiß.

Wenig später stand Susan wieder vor meinem Mustang. Sie bedankte sich noch mal bei ihrem Lebensretter und versprach, die Kleider wieder zurückzubringen.

Dann setzte sie sich hinters Steuer und brauste ab.

»Los, beeil dich. Ich will wegen dir nicht noch zwei Stunden länger malochen«, schnauzte mich mein Nebenmann an.

»Du kannst mich mal«, gab ich grob zurück und stieß wütend den breiten Spaten in die feuchte Erde.

Eine Stunde lang, genau seit sechs Uhr morgens, arbeiteten wir schon. Wir mußten Torf stechen. Große Quadrate, und sie anschließend auf ein Fließband werfen. Sie wurden dann am Ende des Fließbandes gesammelt und mit einem Truck abtransportiert. Im Normalfall erledigte das Stechen ein Bagger, aber wir als Strafgefangene hatten ja zu büßen.

Inzwischen war es hell geworden. Neblige Schleier legten sich über den Sumpf. Sie erschwerten das Atmen.

Trotz der kühlen Witterung schwitzte ich. Kein Wunder, denn wir wurden rangenommen wie die reinsten Arbeitspferde. Ich hatte jetzt schon Muskelkater und auch Hunger. Frühstück hatte es jedoch schon im Loch gegeben. So mußte ich meinen knurrenden Magen bis zum Mittagessen behalten.

Der Knabe neben mir schmiß plötzlich seinen Spaten hin. »Du malochst mir noch zu langsam!« brüllte er.

Ein Aufseher eilte heran. »Ist was?« fragte er argwöhnisch.

»Nee«, brummte mein Nebenmann, »nur eine interne Auseinandersetzung. Der Neue ist zu lahm.«

Der Aufseher zuckte mit den Schultern. »Ist nicht mein Bier. Sieh zu, daß du ihn auf Trab bringst.« Dann ging er wieder auf seinen Posten.

»Du wirst schon sehen, was du davon hast, Corner«, zischte der Gefangene mir zu. »Ich hole nur den Vorarbeiter.«

»Tu, was du nicht lassen kannst«, blaffte ich ihn an. »Und vergiß auch nicht, dich lobend zu erwähnen.«

Ich nahm wieder meinen Spaten in die Hand und wandte ihm den Rücken zu.

In Wirklichkeit war ich ganz froh, daß er so reagiert hatte, denn der Vorarbeiter war niemand anders als Al Astor.

Wenig später schon tippte mir jemand auf die Schulter. Ich drehte mich betont langsam um und sah in das hagere Gesicht von Al Astor.

Er war ein Typ mit schwarzen buschigen Haaren, die wild in die Stirn fielen. In seinen kalten dunklen Augen konnte ich keinen Funken Gefühl erkennen.

»Ich habe gehört, du bist zu langsam«, fuhr Astor mich an. Er stellte sich breitbeinig hin und stemmte die Hände in die Hüften.

»Ja, ja. Ist er auch«, sagte der Kerl, der mich angeschwärzt hatte.

»Schnauze«, sagte Al nur.

Mein »Freund« schwieg erschrocken.

Einige der Gefangenen hatten ebenfalls aufgehört zu arbeiten und starrten zu uns herüber. Die Aufseher trieben sie jedoch sofort wieder an.

»Denk nur nicht, du kannst dir alles erlauben«, pfiff er mich an, »nur weil du Bulle geschlagen hast.«

»Spiel hier nicht den großen Zampano, Astor«, provozierte ich ihn, »von deiner Sorte verspeise ich zehn vor dem Frühstück.«

Astor wurde blaß. Er nahm eine lauernde Haltung an. »Das hast du nicht umsonst gesagt, Corner«, zischte er, dann holte er blitzschnell aus, um mir die Faust in den Magen zu rammen.

Doch ich hatte aufgepaßt. Meine Hand schoß vor und fing seine Faust ab. Eine kurze Drehung, ein Stoß mit meinem Fuß gegen sein Knie, und Astor legte sich flach.

Ich nahm meinen Spaten in die Hand und tat, als sei nichts gewesen. Die Aufseher hatten die Szene zwar beobachtet, griffen jedoch nicht ein.

Astor rappelte sich hoch. Mit beiden Händen klopfte er seine Kluft ab. »Das wirst du mir büßen«, fauchte er böse und verschwand.

Von nun an ließ man mich in Frieden.

Bis zur Mittagspause schuftete ich meiner Meinung nach wie ein Irrer.

Mit dem Essenwagen traf der Rote Jack ein. Er kontrollierte, wieviel geschafft worden war. Er sprach auch mit Al Astor. Ich beobachtete es aus den Augenwinkeln und sah, daß die beiden oft in meine Richtung blickten.

Dann konnten wir essen. Jeder erhielt einen Kunststoffteller mit Bohnensuppe. Ich lehnte mich mit dem Rücken gegen das momentan stillstehende Fließband und aß. Es schmeckte mir sogar.

Der Rote Jack hockte mit Al Astor zusammen. Ein verdammt merkwürdiges Verhältnis, fand ich. Mich würde wirklich interessieren, was die beiden zu reden hatten.

»Ich muß mal eben irgendwohin«, sagte ich zu einem Wärter, der in meiner Nähe stand.

Er nickte gnädig.

Ich machte mich auf die Socken und suchte mir ein stilles Plätzchen.

Auf dem Rückweg hielt ich mich immer in Deckung des Fließbandes. Ich mußte versuchen, ein paar Gesprächsfetzen zwischen dem Roten Jack und Al Astor aufzufangen.

Es gelang mir, bis auf wenige Yards an sie heranzupirschen. Zwischen uns befand sich nur noch das Antriebsaggregat des Fließbandes.

Ein kurzer Blick zeigte mir, daß auch die anderen nicht auf mich achteten.

»Es bleibt dabei«, sagte der Rote Jack gerade. »Wir geben deinen Kumpels ein Schlafmittel ins Essen, und du kannst losziehen.«

»Muß das heute sein? Ich fühle mich nicht in Form«, murrte Al.

»Ja, es muß sein. Befehl vom Boß.«

Aha, einen Boß gab es auch noch. Ich hatte wirklich unwahrscheinliches Glück gehabt. Ich mußte also heute abend in Aktion treten. Aber wie?

Die beiden sprachen nur noch über belanglose Dinge. Dann ertönte die Trillerpfeife. Die Pause war zu Ende.

Wir gaben die Teller ab und begaben uns wieder an die Arbeit.

Einmal kam der Rote Jack zu mir. »Ich habe von deinem Vorarbeiter was gehört. Es hat mir überhaupt nicht gefallen,

Corner. Du scheinst noch nichts gelernt zu haben. In einer Woche redest du anders. Wetten?«

»Ich halte die Wette«, sagte ich knapp.

Der Rote Jack war irritiert. Das war ihm wohl noch nie passiert.

Er holte tief Luft und sagte dann gefährlich leise: »Treib es nicht zu weit, Corner.« Dann stiefelte er wütend davon.

Du kommst auch noch dran, dachte ich und stieß den Spaten wieder in die Erde ...

Kurz vor Feierabend verknackste ich mir angeblich den Fuß. Dieser Trick gehörte zu dem Plan, den ich mir inzwischen hatte einfallen lassen.

Der Aufseher nahm mir die Geschichte ab. »Du kannst Schluß machen«, sagte er gnädig. »Morgen geht's natürlich weiter.«

»Yes, Sir.«

Ich war froh, daß sich der Bewacher meinen Fuß nicht angesehen hatte, aber da es kurz vor Feierabend war, nahm er wohl an, daß ich mich doch nicht vor der Arbeit drücken wollte.

Kurz darauf ertönte das Signal. Wir wurden zu einer Kolonne zusammengetrieben und marschierten ab. Ich trottete hinkend hinter dem Haufen her.

Der Rote Jack gesellte sich zu mir und grinste blöd. »Bist wohl kein Arbeiten gewöhnt, Corner, wie?« spottete er.

Ich gab keine Antwort.

Der Rote Jack verzog sich.

Im Zuchthaus angelangt, verteilten wir uns wieder auf unsere Zellen.

»Na, wie war's?« fragte Roffey neugierig.

Ich gab etwas Unfeines zurück und setzte mich auf die Bettkante. Dann massierte ich meinen Knochen.

»Ist was?« wollte Roffey wissen.

»Knöchel verknackst.«

Roffey zuckte mit den Schultern. »Pech gehabt. Kommst du wenigstens mit zum Essen?«

»Nein, dazu habe ich keinen Nerv heute. Stopft euch den

Fraß alleine rein.« Ich ließ mich zurückfallen und verschränkte die Arme über dem Kopf.

»Ist es sehr schlimm?« Roffey ging mir mit seiner Fragerei auf den Wecker.

»Ja, es ist sehr schlimm. Ich marschier' gleich in die ewigen Jagdgründe«, schnauzte ich ihn an. »Und jetzt laß mich endlich in Frieden.«

Mein Zellenkumpan setzte sich beleidigt auf seine Pritsche und starrte Löcher in die Luft.

Wenig später wurde die Zellentür aufgerissen, und es ertönten die mir schon bekannten Pfiffe. Ich blieb auf meiner alten Matratze liegen.

Dann stürmte Buck in die Zelle. »Willst du eine extra Einladung?« schrie er mich an.

Ich erklärte ihm die Sache mit meinem Fuß.

Er glaubte mir wohl nicht ganz. »Faules Fieber nennt man das. Ich werde dich morgen schon zurechtstutzen. Los, komm mit zum Essen.«

Ich wußte genau, warum er so besorgt um mich war.

»Habe keinen Hunger«, knurrte ich.

Bucks Augen wurden schmal. Anscheinend war er sich nicht schlüssig, was er tun sollte. Dann hellte sich sein Gesicht auf. »Roffey kann dir das Essen ja mitbringen.«

Ich durfte es nicht noch mehr auf die Spitze treiben. »Einverstanden.«

Buck grinste und verschwand.

Ich grinste ebenfalls und wartete.

Gar nicht lange, hörte ich auf dem Gang das bekannte Trampeln. Kurz darauf wurde Roffey in die Zelle gelassen, in seinen Händen eine Schale mit, na, raten Sie mal? Richtig, mit Bohnen. Ich konnte sie schon nicht mehr sehen.

»Man ist ja direkt besorgt um dich«, wunderte sich Roffey, als er die Schale auf den Tisch stellte.

»Ja, ich bin eben wer«, knurrte ich und humpelte zu meiner Einheitsmahlzeit. Ich packte die Schale, ging zur Toilette und ließ das Gemüse verschwinden.

Anschließend griff ich mir Roffey. »Wenn du was sagst, schlage ich dich zum Krüppel«, drohte ich, packte seine Jacke, drehte sie und zog den Knaben vom Erdboden hoch.

534

»Nein, Cliff, ich halte dicht. Ganz bestimmt«, quiekte er.

Ich ließ ihn fallen. Er verlor das Gleichgewicht und setzte sich auf den Allerwertesten.

Mit ängstlichem Gesicht rappelte sich Roffey wieder hoch. »Keine Angst. Von mir erfährt keiner ein Wort«, versicherte er nochmals.

Slim, der andere Wächter, holte die Schale wieder ab. »Geschmeckt?« fragte er spöttisch.

»Und wie.«

»Dann ist es ja gut.«

Ein Besteck hatte mir Roffey nicht mitgebracht. »Wie hast du denn gegessen?« erkundigte sich Slim.

»Mit den Zähnen«, erwiderte ich bissig.

Slim lachte wie eine Ziege und verschloß die Tür von draußen.

Plötzlich fing Roffey an zu gähnen. »Ich weiß gar nicht, warum ich so müde bin«, sagte er schläfrig. »Habe doch nur die alten Latrinen geputzt.«

»Du bist eben nichts Gutes mehr gewöhnt«, entgegnete ich, »aber hellwach bin ich auch nicht gerade.«

»Ich leg' mich aufs Ohr.« Aufstöhnend ließ sich Roffey auf die Pritsche fallen.

Ein paar Sekunden später war er eingeschlafen.

Teil zwei meines Planes konnte ablaufen.

Nach und nach wurde es in unserem Block ruhig. Es konnte nicht mehr lange dauern, bis der letzte Wärter seine Runde unternahm.

Ich legte mein Ohr an die Tür und lauschte. Noch hatten sie das Licht nicht gelöscht. Ich nahm an, sie würden sich erst überzeugen, ob wir auch alle schliefen.

Ich wechselte die Stellung und lauschte an der Wand. Aus Al Astors Zelle drangen laute Schnarchtöne bis zu mir. Ich tippte auf Bulle.

Dann hörte ich auf dem Gang Schritte. Stimmen flüsterten. Ich unterschied zwei Männer. Sie schlossen die Nachbarzelle auf.

Es ging los.

Jetzt sprach auch Al Astor. Was er sagte, konnte ich nicht verstehen. Dann klapperte etwas.

»Nicht so laut.« Das war der Rote Jack.

Anschließend vernahm ich nur noch Geräusche, die ich nicht deuten konnte.

Schließlich war es still.

Dann wurde die Tür wieder aufgeschlossen.

Nun mußte ich handeln.

Ich flitzte zu Roffeys Pritsche und riß ihn halb herunter. Ich peilte zur Tür. Mein Zellengenosse mußte genau im Blickwinkel des Gucklochs liegen.

Ich legte meine Hände um Roffeys Hals und tat, als würde ich zudrücken.

Wie würde der Wärter reagieren, wenn er diese Szene sah? Weglaufen, Verstärkung holen? Oder die Tür aufschließen, um mich zur Räson zu bringen?

Ich hoffte auf die zweite Möglichkeit. Schritte näherten sich.

Ich gab meinem Gesicht einen entschlossenen Ausdruck.

Ein leises Schaben verriet, daß die Klappe vom Guckloch genommen wurde.

Die Spannung wuchs bei mir ins Unerträgliche. Hatte mein Plan Erfolg? Wenn nicht …

Und dann hörte ich einen lauten Fluch.

Ein Schlüssel wurde ins Schloß gesteckt, und mit tausendmal geübtem Griff flog die Tür auf.

Es war Buck, der auf mich zustürzte. »Du verdammter Hund«, zischte er und riß den Schlagstock aus seinem Koppel. Ich befand mich immer noch in meiner alten Position. Eiskalt ließ ich ihn heran.

Buck holte aus.

Meine Handkante fuhr ihm entgegen. Es knackte, als sie mit Bucks Arm kollidierte. Der Schlagstock wurde hochgewirbelt und landete auf dem Tisch.

Ich rückte blitzschnell hoch und stieß den Kopf unter das Kinn meines Gegners.

Bucks Mund, schon zu einem Schrei geöffnet, klappte zusammen. Seine Augen nahmen einen etwas glasigen Ausdruck an.

Einmal in Fahrt, gab ich ihm den Rest. Dies besorgte nochmals ein Handkantenschlag.

Mit einem Seufzer sackte der Wärter zusammen. Er würde bestimmt vor der nächsten Stunde nicht aufwachen.

Ich holte tief Luft und wischte mir über die Stirn. Das wäre überstanden.

Ich schloß die Tür, die Buck halb offenstehen gelassen hatte, und nahm ihm das Schlüsselbund und eine Taschenlampe ab.

Anschließend schlich ich nach draußen.

Der Gang war leergefegt.

Ein Generalschlüssel, der ebenfalls an dem Bund hing, öffnete mir die Tür zur Nachbarzelle.

Bulle lag auf seiner Pritsche. Er schnarchte wie ein Nilpferd.

Ich ließ ihn schnarchen und durchsuchte die Zelle.

Zuerst klopfte ich den Fußboden ab. Unter dem Tisch klang es hohl.

Ich schob das Möbelstück zur Seite, kniete mich hin und entdeckte eine kleine Öse.

Ich hakte meinen Zeigefinger hinein und zog.

Langsam schwang ein Stück Fußboden in die Höhe. Vorsichtig ließ ich die Klappe auf der anderen Seite zurückgleiten.

Eine dunkle Öffnung starrte mir entgegen. Mit der Taschenlampe leuchtete ich hinein. Eine rostige Eisenleiter geriet in mein Blickfeld.

Ich klemmte mir die Lampe in den Hosenbund und stieg abwärts.

»Bleiben Sie am Ball«, hatte Myers Susan in einem kurzen Telefongespräch zu verstehen gegeben.

Nun hatte meine Partnerin grünes Licht.

Susan war nach der aufregenden Nacht einigermaßen ausgeschlafen und wollte sich die Blue Bar einmal ansehen. Bei dem Hotelportier erkundigte sie sich nach dem Lokal.

»Ein elegantes Restaurant«, schwärmte der Mann, »leider für unsereins zu teuer. Ich schätze, es ist das beste Lokal in Newberry. Die meisten Gäste kommen auch gar nicht von hier. Fast alle Wagen, die dort parken, sind aus Chicago oder Milwaukee.«

Susan lächelte kokett. »Und was erzählt man sich unter der Hand von der Blue Bar?«

Der noch junge Portier kriegte einen roten Kopf. Er druckste herum und wollte nicht so recht mit der Sprache heraus. »Wissen Sie«, sagte er schließlich, »ich möchte mir keinen Ärger einhandeln.«

»Ich werde schon nichts verraten. Ich bin Reporterin und schreibe einen Bericht über Newberry. Und da muß ich mich ja schließlich umgesehen haben. Das sehen Sie doch ein.« Susan wickelte den jungen Mann um den kleinen Finger.

Der Portier dachte nach. »Gut, ich will es Ihnen sagen«, erklärte er dann, »es soll dort für gewisse Herren Vergnügen geben.«

»Vergnügen?« fragte Susan. »Wird gespielt?«

»Nein. Das nicht – äh – in gewisser Weise auch.« Der Portier wurde erneut rot. Er beugte sich vor und flüsterte. »Es soll dort Mädchen geben. Solche, die man kaufen kann. Verstehen Sie?«

»Ach. Wirklich?« tat Susan erstaunt.

»Doch, Miss Taylor. Aber Sie wissen ja …«

»Keine Angst. Ich sage nichts weiter. Wer ist denn der Besitzer der Blue Bar?«

»Die gehört Mr. Jaroff. Doch er ist über jeden Zweifel erhaben. Mr. Jaroff weiß bestimmt nichts davon. Er war schon einmal Bürgermeister. Außerdem leitet er ein Heim für schwer erziehbare Mädchen.«

Susan gestattete sich ein kleines Lächeln. Sie wußte es besser.

»Warum hat man Mr. Jaroff denn nichts von dem Treiben erzählt?« fragte meine Partnerin.

Der Portier winkte ab. »Man kann ja nichts beweisen. Blamieren will sich keiner. Außerdem, wie stünde man da, hier in Newberry.«

»Da haben Sie recht«, sagte Susan. »Nochmals vielen Dank für Ihre Auskünfte.« Dann verabschiedete sie sich.

Anschließend ging Susan in ein Waffengeschäft. Sie kaufte sich einen Cobra-Colt. Eine kleine, aber sehr wirksame Waffe.

Dann aß meine Partnerin in einem Drugstore etwas zu Mittag. Den Nachmittag verbummelte sie in Newberry, sah sich die Geschäfte an, kaufte sich einen beigen Hosenanzug, dazu passende Schuhe, eine hellrote Polobluse und eine Handtasche, die aussah wie ein zusammengedrückter Fußball.

Gegen achtzehn Uhr begab sich Susan zur Blue Bar. Das Lokal lag in der Hauptgeschäftsstraße und sah von außen ziemlich nichtssagend aus. Nicht einmal eine Neonreklame wies auf die Existenz hin.

Das Restaurant hatte eben erst geöffnet und war entsprechend leer. Susan suchte sich einen Platz am Fenster, von dem aus sie das Lokal gut überblicken konnte.

Man hatte bei der Einrichtung die Farbe Blau bevorzugt. Die dicken Polsterstühle waren mit dunkelblauem Kord bezogen, und auf den Tischen lagen Decken in der gleichen Farbe. Die knallgelben Blumenvasen jedoch kontrastierten gut zu der vorherrschenden Farbe. Die Wände des Restaurants waren mit ebenfalls blauen Seidentapeten bespannt. Eine Bar konnte Susan nicht entdecken, dafür aber eine Tür mit der Aufschrift »Privat«.

»Sie wünschen, bitte?« fragte ein Ober und legte die Speisekarte vor.

Susan entschied sich für einen Martini und ein kleines Kalbsteak.

Susan sah, daß der Ober an einen Wandapparat ging und telefonierte. Kurz darauf brachte ein Speisenaufzug den Martini.

»Das Steak kommt sofort«, sagte der Ober, als er das Getränk servierte. Susan fand den Mann unsympathisch. Er hatte ein hohlwangiges Gesicht, eine dürre Gestalt und schütteres blondes Haar. Seine Fingernägel waren schmutzig, was nicht gerade in diese Umgebung paßte.

Nach und nach füllte sich das Restaurant. Susan fiel auf, daß es fast nur alleinstehende Frauen und Mädchen waren, die sich an die Tische setzten.

Susans Kalbsteak wurde gebracht. Es war noch ein wenig rosa und sehr zart. Genau richtig.

Susan ließ es sich schmecken.

»Einen guten Appetit wünsche ich Ihnen«, sagte plötzlich eine Stimme neben ihr.

Meine Partnerin ließ ihr Besteck sinken und wandte sich um. Sie sah in das Gesicht eines etwa 60jährigen Mannes mit einer Halbglatze, einem dicken Bauch und protzigem Brillantring am kleinen Finger.

»Ich bin John Griffith«, stellte er sich vor und setzte sich.

Susan zog verwundert die Augenbrauen zusammen. Der Kerl gefiel ihr nicht. Trotzdem beschloß sie, das Spiel mitzuspielen.

»Essen Sie ruhig weiter, Miss …«

»Taylor, Susan Taylor, Mr. Griffith.«

»Mit einer Susan hatte ich noch nicht das Vergnügen«, sagte der Dicke ölig.

Susan schluckte. Das konnte ja heiter werden.

Griffith bestellte Champagner und zwei Gläser.

Die übliche Tour, dachte Susan.

Sie aß weiter.

Griffith mußte wohl einer von der ganz schnellen Sorte sein, denn schon während des Essens strichen seine Finger über Susans Knie.

Noch spielte meine Partnerin mit.

Mit einem geübten Schwung schüttete der Ober den Champagner in die Gläser.

Griffith wartete, bis Susan mit dem Essen fertig war. Dann sagte er: »Auf Ihr Wohl.«

Sie tranken. Es blieb nicht bei der einen Flasche. Griffith kippte das Zeug nur so in sich hinein. Susan leerte ihre Gläser meistens in den Sektkübel.

Griffith wurde frecher. Seine Hände begannen damit, Susans Anatomie zu erforschen.

Meine Partnerin mußte alle Tricks aufwenden, um sich geschickt aus der Affäre zu ziehen.

»Jetzt gehen wir nach oben«, schlug Griffith nach der dritten Flasche Champagner vor.

»Einverstanden.«

Griffith kicherte in Vorfreude darauf, was ihn erwartete.

Die beiden gingen auf die Tür mit der Aufschrift »Privat« zu. Aus den Augenwinkeln bemerkte Susan, daß sich an den Nebentischen die gleichen Szenen abspielten, wie sie sie eben erlebt hatte.

Hinter der Tür führte eine Treppe, die mit einem blauen Läufer bespannt war, nach oben.

»Ich habe immer Zimmer drei«, sagte Griffith. »Du wirst sehen, Susan, die Drei bringt mir Glück. Ich bin sehr stark.«

Hau nicht so auf den Putz, Junge, dachte Susan. Trotzdem sagte sie leise: »Wunderbar, Johnny.«

Der Türschlüssel steckte von außen.

»Bitte einzutreten die Dame«, dienerte Griffith und vollführte eine Verbeugung.

Das Zimmer hatte fast nur einen Einrichtungsgegenstand. Und das war ein großes französisches Bett. Natürlich in blauer Farbe. Über dem Bett hing ein Spiegel. Das Fenster war mit einem großen Vorhang verdeckt, und an einer Wand stand ein Ständer, aus dem eine Peitsche hervorlugte.

Ein Bordell in Plüsch, dachte Susan.

Griffith, der schon zuviel von dem Champagner getrunken hatte, stolperte unsicher auf den Ständer zu. Er zog die Peitsche heraus und hielt sie wie eine Trophäe vor sich.

»Du mußt heute stark sein.« Er kicherte und rückte auf Susan zu.

»Aber doch nicht so«, sagte Susan und entwand ihm mit einem Judogriff das Instrument.

Griffith' Augen wurden schmal. »Hier bestimme ich, du dreckige Nutte!« schrie er plötzlich. »Ich werde …«

»Gar nichts werden Sie«, sagte eine Stimme scharf.

Susan wirbelte herum.

Im Zimmer stand Akim Jaroff. Er trug immer noch den Mao-Anzug, und um seine Lippen spielte ein bösartiges Lächeln. Die Mündung der Pistole in seinen Händen zeigte genau auf meine Partnerin.

»Sie waren so freundlich, die Tür offenzulassen«, sagte er. »Ja, Miss Taylor, einmal sind Sie uns entwischt. Tom ist sehr böse, glauben Sie mir.« Dann wandte er sich an Griffith. »Und Sie verschwinden.«

»Sicher, Mr. Jaroff.«

»Jetzt fühlen Sie sich wohl sehr stark, wie?« sagte Susan. »Der hochangesehene Akim Jaroff als Gangsterboß. Was meinen Sie, wie die Zeitungen sich darüber freuen.«

»Negativ, Miss Taylor. Die Zeitungen werden überhaupt

nichts davon drucken. Weil nämlich niemand einen Bericht darüber schreibt. Sie müßten doch wissen, Tote schreiben nicht.«

»Sie wollen mich demnach umbringen«, folgerte Susan.

»Erraten.«

»Glauben Sie denn, ich hätte mich nicht abgesichert? Ich bin letzten Endes nicht aus eigener Kraft Ihrem Hausfaktotum entkommen.«

Jaroff zog die Augenbrauen hoch. »Ach, Sie meinen Sebastian, den Maler?« Der Gangster lächelte. »Der liegt seit ein paar Stunden im Moor. Sie werden ihm übrigens bald Gesellschaft leisten. Sie sehen, wir haben an alles gedacht.«

Susan schluckte. Hatten diese Bestien doch einfach eine unbeteiligte Person ermordet. Ich muß Zeit gewinnen, hämmerte es in ihrem Kopf. Vielleicht kann ich ihn überlisten.

Doch Jaroff schien ihre Gedanken erraten zu haben.

Er winkte mit der Pistole. »Drehen Sie sich um!«

Susan gehorchte.

Hinter sich hörte sie Jaroffs Schritte. Sie stellte sich vor, jetzt wird er ausholen. Du mußt dich ducken, zur Seite werfen, und ...

Zu spät.

Der Lauf der Waffe traf meine Partnerin knallhart am Hinterkopf. Susan sah Sterne, und dann raste der Fußboden auf sie zu.

Als Susan Taylor erwachte, lag sie, gefesselt an Händen und Füßen, auf kaltem Steinboden. Sie verspürte Kopfschmerzen, und vom Magen her zog Übelkeit hoch.

Susan zuckte.

»Ah, unsere Reporterin ist wieder da«, hörte meine Partnerin eine hämische Stimme.

Sie öffnete die Augen einen Spalt breit und schloß sie sofort wieder. Grelles Neonlicht stach in ihre Pupillen. Dadurch wurden die Kopfschmerzen stärker.

»Los, Puppe, spiel uns hier kein Theater vor.« Es war wieder dieselbe Stimme, doch diesmal erkannte Susan, wer gesprochen hatte.

Akim Jaroff.

Heißer Schreck zuckte durch Susans Glieder. Augenblicklich setzte die Erinnerung wieder ein. Dieses Lokal – dieser Griffith – das Zimmer – Jaroff – die Pistole – der Schlag auf den Kopf.

Jetzt war ihr alles klar.

Diesmal öffnete Susan die Augen vorsichtiger.

Verschwommen erkannte sie drei Gestalten. Jaroff, Martha und den buckligen Tom. Sie hatten einen Halbkreis um sie gebildet. Sie freuten sich diebisch über Susans Hilflosigkeit.

»Wo wo bin ich hier?« fragte Susan.

»Im Vorhof zur Hölle, du dreckige Schlange«, keifte Martha. Ihre Fußspitze schoß vor und traf Susans Rippen. Gequält stöhnte meine Partnerin auf.

»Laß das«, herrschte Jaroff die Frau an. »Deine Haßgefühle gegen besser aussehende Frauen sind bekannt. Du brauchst sie nicht dauernd unter Beweis zu stellen.«

»Du kannst mich mal«, gab Martha mürrisch zurück.

Jaroff wandte sich an Susan. »Ich will Ihre Frage gern beantworten«, sagte er mit schleimiger Höflichkeit, »wir befinden uns an dem Ort, wo wir uns kennengelernt haben. Im Good Hope House. Nur sind die Umstände ein wenig anders. Ich nehme an, die Rollen sind jetzt besser verteilt.«

»Das sehe ich«, spottete Susan, »schließlich bin ich wehrlos. Sie müssen sehr große Angst vor mir haben.«

»Werd nur nicht pampig!« schrie Martha und machte wieder Anstalten, sich auf die wehrlose Susan zu stürzen. Doch Jaroff hielt sie zurück.

»Angst haben wir nicht vor Ihnen, Miss Taylor. Nur mußten wir sie gut verschnürt transportieren. Deshalb also die Fesselung. Aber auch die werden wir Ihnen gleich abnehmen. Sie würde Sie nur behindern.«

»Behindern? Wobei?«

»Bei Ihren Schwimmversuchen, Miss Taylor.«

»Keine Bange, Mr. Jaroff, ich kann sehr gut schwimmen. Da brauche ich keine großen Versuche.« Susans Ton war sehr forsch. Damit überspielte sie die Angst, die in ihr hochzukriechen begann.

Jaroff lächelte wölfisch. »Sie sind sehr mutig, Miss. Durchaus verständlich, aber wenn ich Ihnen nun erkläre, warum Sie schwimmen müssen, wird der Mut Sie sicherlich verlassen.« Jaroff streckte den Arm zur Seite. »Sehen Sie her, Miss Taylor.«

Susans Augen folgten dem Arm, und nun erst entdeckte sie den riesigen Bottich. Das war es also, was Jaroff meinte. Sie sah sich den Bottich genauer an.

Er bestand aus dickem, bruchsicherem Glas. An seinen Wänden gab es zwei Öffnungen, von denen dicke Schläuche in den Nebenraum führten. Es gab auch noch zwei Rohrverbindungen, die gleichfalls in demselben Raum endeten. Als Verschluß diente ein schwerer Glasdeckel, der mit starken Eisenklammern gehalten wurde. Eine grüngestrichene Eisenleiter führte an der Außenwand des Bottichs hoch.

»Ahnen Sie nun, was wir mit Ihnen vorhaben, Miss Taylor?« fragte Jaroff.

»Ja, ich kann es mir denken«, gab Susan heiser zurück. »Ich werde wohl in den Bottich klettern müssen.«

»Sie haben eine ausgezeichnete Auffassungsgabe, Miss Taylor«, lobte Jaroff. »Habe ich nicht recht, Martha?«

»Quatsch, laß lieber das Wasser rein.«

»Sie ist viel zu nervös«, wandte sich Jaroff an Susan.

Und du redest zuviel, dachte meine Partnerin. Aber solange er redet, habe ich vielleicht noch eine Chance …

»Wie viele Menschen haben Sie denn schon mit dieser satanischen Methode umgebracht?« fragte Susan.

»Da muß ich erst mal nachdenken«, erwiderte Jaroff, »ich glaube, so acht insgesamt. Nein, mit Ihnen werden es natürlich neun.«

Das ging über Susans Verstand. Dieser Typ redete von Mord wie andere von einem Baseballspiel. Der Mann war nicht mehr normal, er konnte es gar nicht mehr sein, genausowenig wie diese Martha und dieser Tom.

Susan empfand auf einmal keine Angst mehr, sondern nur noch Ekel. Ja, es ekelte sie vor diesen Menschen, die eigentlich wie Tiere waren.

»Da staunen Sie, Miss Taylor, was?« Jaroff sonnte sich in seinem makabren Ruhm. »Niemand hat bisher etwas entdeckt, denn der Sumpf verschluckt alles.«

»Aber warum dieses Morden?« schrie meine Partnerin.
»Warum?«

»Warum?« Jaroff lachte auf. Dann wurde er ernst.

Sein Blick glitt über Susans Körper. Als er sprach, klang
seine Stimme monoton.

»Ich hatte einmal eine hübsche Freundin«, sagte er. »Sie
war Klasse, fast so sexy wie Sie. Marion hieß sie. Ich habe sie
geliebt wie keinen anderen Menschen auf der Welt.«

Seine Stimme war immer leiser geworden.

»Man hat sie mir weggenommen«, fuhr er fort, »hat sie
süchtig gemacht, und schließlich starb sie an einer Überdosis
Heroin. Man hat mein Glück zerstört. Und schuld daran war
eine Frau. Eine gemeine, dreckige Frau.«

Susan sah, daß Jaroff die Fäuste geballt hatte. In seinen
Augen stand ein fanatisches Glitzern.

»Aber ich habe Marions Tod gerächt. Ich habe ihre Mörde-
rin zur Hölle geschickt. Und dann kamen die anderen an die
Reihe ...«

»Die hatten doch mit dem Tod Ihrer Freundin nichts zu
tun«, sagte Susan.

Sie wollte nicht nur Zeit gewinnen, sondern sie erhoffte
sich von Jaroff weitere Informationen.

»Warum haben Sie die anderen ermordet? Nur weil sie
Mädchen waren und weil Sie seit dem Tod Ihrer Marion alle
Frauen hassen?«

Jaroff lachte. Es klang wie das Gelächter eines Irren.

»Warum ich sie abserviert habe? Ganz einfach, weil es mir
Spaß bereitet.« Er wurde nachdenklich. Sein Gesicht verzerrte sich plötzlich.

»Und weil man mich hintergehen wollte. Ja, mich. Die
Mädchen wollten nicht mitmachen, verstehen Sie? Sie wollten mich verraten. Aber ich habe es ihnen gezeigt. Genauso,
wie ich es Ihnen gleich zeige. Allen werde ich's zeigen, das
bin ich Marion schuldig!«

»Sie sind ja verrückt«, sagte Susan ganz ruhig.

»Sag das nicht noch einmal!« flüsterte Jaroff heiser. »Sonst
bringe ich dich sofort um.« Er riß plötzlich eine Pistole aus
der Jackentasche.

Zitternd ließ er sich vor meiner Partnerin auf den Boden

fallen. »Was hast du gesagt?« keuchte er. »Wiederhole es nur. Los, sag'sschon!«

Er drückte die kühle Pistolenmündung gegen Susans Schläfe.

Behalte die Nerven, hämmerte sich Susan ein. Wenn er schießt ...

Doch dann erhielt Susan von einer anderen Seite Hilfe.

Martha sprang auf Jaroff zu und riß ihn von meiner Partnerin weg. »Hör auf!« herrschte sie den Mann an. »Reiß dich zusammen.«

»Sie hat gesagt, ich bin verrückt«, wiederholte Jaroff monoton.

»Dafür wird sie auch sterben, Akim. Wir erledigen es schneller.«

Akim Jaroff erhob sich. »Du hast recht, Martha.« Er wechselte die Pistole in die linke Hand und wischte sich mit der rechten über die nasse Stirn. Dann wandte er sich an Tom, der der Szene ausdruckslos zugesehen hatte. »Schneid ihr die Fesseln auf.«

Tom holte ein Messer aus seiner verwaschenen Jacke und schnitt die Stricke durch.

Zuerst kam Susan gar nicht hoch. Die Blutzirkulation hatte noch nicht eingesetzt. Ihre drei Gegner beobachteten gespannt, wie sich meine Partnerin die Gelenke massierte. Langsam normalisierte sich ihr Kreislauf.

Martha dauerte das Spiel wohl zu lange. »Steh auf!« fuhr sie Susan an.

Susan Taylor blickte in die Runde. Sollte sie versuchen zu flüchten? Mit Martha würde sie fertig. Aber Tom. Und Jaroff. Er hielt seine Pistole gesenkt. Eine Chance?

Susan spannte die Muskeln.

Doch Jaroff schien Gedanken lesen zu können. Er hob plötzlich seine Waffe. »Versuchen Sie keine Trick, Miss Taylor.«

Susan ließ den Kopf sinken. Eigentlich ist es doch egal, ob ich ihn jetzt angreife oder nicht. Aber ich bin zu feige, dachte Susan. Richtig feige. Tu's doch! sagte eine innere Stimme. Greif ihn einfach an! Dir kann nichts passieren. Und dann eine andere Stimme. Vielleicht schaffst du's doch noch. Eine kleine Chance besteht immer – eine winzig kleine …

»Beeilung«, forderte Jaroff. »Steig in den Bottich!«

Langsam ging Susan auf die Leiter zu. Tom hatte inzwischen den riesigen Glasdeckel zur Seite geschoben.

Susan sah Martha an. Sie lächelte grausam.

Dann faßte meine Partnerin mit den Händen an die unterste Sprosse.

Langsam stieg sie höher. Sprosse für Sprosse. Ihre Schuhe erzeugten auf der Leiter ein metallisches Geräusch. Es war der einzige Laut in diesem Raum. Sonst war es still. Totenstill …

»Rein mit dir!« schrie Jaroff.

Susan blickte noch einmal zurück und sah die grinsenden Gesichter der beiden. Es schien fast so, als freute sich Martha am meisten.

Dann folgte Susan dem Befehl.

Meine Partnerin rutschte sofort an der glatten Wand hinunter. Da der untere Teil des Bottichs konisch zulief, konnte sie sich einigermaßen gut abrollen.

Als Susan nach oben schaute, verschraubte Tom gerade den Deckel.

Plötzlich setzte die Angst ein. Verzweifelt trommelte sie mit den Fäusten gegen die dicke Glaswand.

»Helft mir doch!« schrie sie. »Bitte, helft mir!«

Aber niemand wollte Susan hören.

Und dann kam das Wasser …

Zweimal rutschte ich an der verdammten Leiter ab, weil einige Sprossen fehlten. Schließlich war ich froh, wieder festen Boden unter den Füßen zu haben.

Ich peilte nach oben. Die Einstiegsluke war noch als helles Viereck zu erkennen. Meiner Schätzung nach mußte ich bestimmt zwanzig Yards zurückgelegt haben.

Ich knipste die Taschenlampe an.

Der Strahl wanderte über rissige Felswände, aus denen das Wasser tropfte. Ich selbst stand auf feuchtem Lehmboden.

Mit der eingeschalteten Lampe in der Rechten pilgerte ich los. Der Weg war beschwerlich. Es ging mal bergauf, mal bergab. Ab und zu mußte ich den Kopf einziehen, um nicht an die Decke zu stoßen. Fette Wasserratten zischten quietschend um meine Beine.

Dann mußte ich sogar auf allen vieren vorwärts kriechen. Zum Glück nur ein kurzes Stück.

Ich war wirklich gespannt, wo meine Reise enden würde. Am meisten ärgerte es mich, keine Waffe bei mir zu haben. Ich fühlte mich direkt nackt.

Der Gang wurde breiter und höher. Ich atmete auf. Meine Zuchthausklamotten klebten mir am Körper. Dadurch kratzte das Zeug noch mehr.

Ich wurde regelrecht sauer. Genau wie die Batterie, die so wirkte, als wolle sie bald ihr Leben aushauchen. Ich knipste die Lampe aus, um Energie zu sparen. Dann tastete ich mich in der Dunkelheit weiter und stieß mir prompt den Kopf. Ein Lexikon an Flüchen reichte kaum aus, um meinen Zorn zu beschreiben.

Ich marschierte weiter. Zur Orientierung schaltete ich ab und zu die Lampe an.

Plötzlich vernahm ich ein Geräusch. Zwar nicht laut, aber in dieser Stille doch vernehmbar.

Ich peilte angestrengt nach vorn und sah einen hellen Punkt hin und her schwanken. Der Punkt vergrößerte sich.

Da kommt jemand auf dich zu, Cliff, schoß es mir durch den Kopf.

Ich mußte mich verstecken. Fieberhaft suchte ich nach einer Deckung. Und das im Dunkeln, denn ich konnte es nicht riskieren, die Lampe einzuschalten, der Unbekannte hätte sofort gewußt, woran er war.

Ich tastete an der rissigen Wand entlang und fand einen kleinen Vorsprung, hinter dem ich mich zur Hälfte quetschen konnte.

Der Unbekannte näherte sich. Lange konnte es nicht mehr dauern, bis er mich erreicht hatte.

Ich wartete gespannt und atmete flach. Die Taschenlampe hielt ich in der Hand.

Ich konnte es mir nicht leisten, die Person passieren zu

lassen. Egal wer es war, dieser Jemand mußte auf jeden Fall zurück in die Zelle, und es bestand die Möglichkeit, daß er den niedergeschlagenen Buck finden würde.

Noch ein paar Yards, dann hatte mich der Unbekannte erreicht. Ich hörte schon sein dumpfes Fluchen. Daran erkannte ich ihn.

Es war der Rote Jack.

Das hatte mir noch zu meinem Glück gefehlt.

Ihn konnte ich erst recht nicht laufenlassen.

Ich hielt den Atem an. Konzentrierte mich. Hob die Lampe, schaltete sie ein und sprang.

Das heißt, ich wollte springen.

Mitten im Sprung riß es mir das Standbein weg. Ich mußte wohl auf einem kleinen Felsstückchen gestanden haben. Auf jeden Fall vollführte ich eine verunglückte Bauchlandung. Dabei verlor ich die Lampe.

Der Rote Jack, kaum überrascht, reagierte blitzschnell.

»Corner!« schrie er und trat mit der Fußspitze gegen meine Schulter. Es tat höllisch weh. Ich wurde ein paarmal um die eigene Achse gewirbelt und landete hart an der Wand.

Der Rote Jack stampfte wild auf mich zu. Die Lampe baumelte vor seiner Brust hin und her.

»Dich mach' ich fertig!« schrie er und warf sich auf mich.

Es gab nur eine Möglichkeit. Ich rutschte zur Seite und zog die Knie an.

Die Kniespitzen trafen meinen Gegner in den Bauch. Er ließ die Luft ab wie eine alte Dampflokomotive. Dann klatschte er wie ein Mehlsack neben mir auf den Boden.

Ich stieß mich von der Wand ab und fuhr hoch. Aber auch der Rote Jack stand schon wieder.

Ich reagierte als erster. Meine Faust landete auf seiner Leber. Mein Gegner jedoch ignorierte den Schlag und griff selber an. Zwei wilden Heumachern konnte ich ausweichen. Dann gelang es mir, bei ihm eine Kopf-Körper-Doublette anzubringen, die ihn ein wenig aus dem Gleichgewicht brachte.

Ich setzte nach. Zwei-, dreimal traf ich ihn hart. Der Rote Jack wankte zurück. Jetzt war ich in Form. Mit genau dosierten Schlägen trieb ich ihn vor mir her. Mein Gegner hielt nur noch instinktiv seine Arme als Deckung hoch. Ich wartete auf den Moment, einen günstigen Schlag anbringen zu können, um ihm den Rest zu geben.

Doch Irren ist menschlich. Ich hatte nicht mit seiner Gemeinheit gerechnet.

Plötzlich knallte mir die Fußspitze des Roten Jack in den Unterleib.

Ich blieb stehen wie vor eine Wand gerannt. Der Schmerz schoß wie tausend Nadeln in mir hoch. Ich krümmte mich zusammen.

Verschwommen sah ich den Roten Jack auf mich zukommen. Der Schein der Lampe, die den Kampf bisher überstanden hatte, wurde immer heller.

Jetzt war ich es, der schrittweise zurückwich.

»Ja, geh nur, du Schwein«, hörte ich seine wutverzerrte Stimme. »Ich krieg' dich doch, und dann schlage ich dich zusammen. Anschließend erhältst du eine Kugel.«

Diese Worte glaubte ich ihm gern. Ich durfte es nicht soweit kommen lassen. Ich mußte mich auf meine Karatekenntnisse konzentrieren.

Meine Beine konnte ich relativ gut bewegen.

Ich wartete den günstigsten Moment ab. Dann schoß mein Fuß vor. Ich traf.

Der Rote Jack heulte auf.

»Du Dreckstück hast mir meine Kniescheibe gebrochen!« brüllte er.

Der Rote Jack knickte zusammen.

Ich ging langsam auf ihn zu. Und das war ein Fehler.

Mein Gegner fummelte an seiner Jacke herum. Wäre es heller gewesen, hätte ich die Bewegung genau erkannt, aber so ...

Ich sah nur etwas schimmern.

Eine Pistole, schoß es mir durch den Kopf. Aber da lag ich schon auf dem Boden.

Der Schuß hallte wie ein Donnerschlag. Die Kugel zirpte über mich hinweg und jaulte als Querschläger durch den Gang.

Der Rote Jack schwenkte die Waffe herum.

Doch ehe er ein zweites Mal schießen konnte, war ich bei ihm. Ein gut gezielter Schlag fegte ihm die Waffe aus der Hand. Ich hob sie auf und steckte sie in den Hosenbund. Es war eine Nullacht. Ich überprüfte kurz das Magazin und zählte noch sieben Schuß.

Der Rote Jack lag auf dem Boden und stöhnte.

»Stell dich nicht so an«, knurrte ich und nahm ihm die Taschenlampe ab.

Der Rote Jack sah mich an. »Wer bist du, Corner?«

»Ein Zuchthäusler.«

»Nein, das nehme ich dir nicht ab. Du bist ein Bulle. Stimmt's?«

Ich entschied mich, die halbe Wahrheit zu sagen.

»So ungefähr«, räumte ich ein.

»Was wolltest du bei uns?«

»Kannst du dir das nicht denken?«

»Wegen Al?«

»Genau. Euer lieber Al hat nämlich einen Fehler gemacht. Er war so dumm, bei einem Mord seine Fingerabdrücke zu hinterlassen. Und dieses Rätsel mußten wir schließlich aufklären.«

»Dieser Idiot«, fluchte der Rote Jack. Dann grinste er mich an. »Und wo willst du hin?«

»Wo du herkommst.«

»Ich wünsche dir viel Vergnügen.« Er sagte es in einem sehr merkwürdiger Ton.

Ich wurde mißtrauisch. »Warum?«

»Nichts«, meinte er, »gar nichts.« Sein Gesicht verzerrte sich wieder. »Los, hau schon ab!« schrie er plötzlich. »Ich kann deine Visage nicht mehr sehen.«

»Danke gleichfalls.«

Anschließend untersuchte ich den Roten Jack. Seine Kniescheibe war wirklich durch meinen Tritt hart in Mitleidenschaft gezogen worden. Er konnte unmöglich Verstärkung holen.

»Hau doch endlich ab«, zischte er haßerfüllt.

Ich tat ihm den Gefallen.

Von nun an konnte ich bequemer gehen. Der Gang verbreiterte sich. Schon nach kurzer Zeit hatte ich das Ende erreicht.

Der Strahl meiner Taschenlampe fiel auf eine Tür. Sie war aus Metall. Ich rüttelte an der Klinke. Zu. Verdammt, ich mußte zurück. Der Rote Jack hatte bestimmt einen Schlüssel.

Ich hatte richtig getippt. Nach einigem Hin und Her konnte ich ihm den Schlüssel abknöpfen. Danach stiefelte ich den Weg zurück.

Der Schlüssel paßte.

Vorsichtig öffnete ich die Tür. Sicherheitshalber hatte ich vorher die Lampe ausgeschaltet. Jetzt knipste ich sie wieder an.

Überrascht hielt ich inne. Der Strahl der Lampe erfaßte den Teil eines Schwimmbeckens.

Wo war ich denn hier gelandet?

Ich schwenkte die Lampe und stellte verwundert fest, daß ich mich in einem kleinen Hallenschwimmbad befand.

Nun wußte ich gar nichts mehr.

An der Schmalseite des Schwimmbades entdeckte ich noch eine Tür. Ich nahm die Nullacht in die Rechte und ging darauf zu.

Ich merkte, wie die Spannung in mir hochkroch.

Behutsam drückte ich die Klinke nach unten. Die Lampe hatte ich ausgeknipst.

Ich zog an der Tür. Langsam schwang sie auf …

Die beiden Wasserstrahlen erfaßten Susan mit elementarer Wucht.

Meine Partnerin wurde hin und her geschleudert, schluckte Wasser und war im Nu völlig durchnäßt.

Das Wasser stieg unheimlich schnell.

Innerhalb von Sekunden hatte es schon Susans Hüften erreicht.

Susan sah durch die dicken Glaswände nach draußen und erkannte zwei Männer, die durch die Tür zum Swimmingpool kamen.

Einer, ein rothaariger Kerl, sprach kurz mit Jaroff. Der andere lief inzwischen nach draußen.

Verzweifelt trommelte Susan gegen die Wände.

»Hilfe!« schrie sie. »Hilfe!«

Der Rothaarige sah kurz zu ihr rüber, grinste und verschwand.

Unaufhörlich stieg das Wasser. Schon umspülte es Susans Schultern.

Meine Partnerin mußte schwimmen.

Das ist das Ende, dachte sie. Hier kommst du nie mehr raus. Und Cliff, mein Gott, was wird er jetzt machen. Wenn er wüßte ...

Panik überfiel sie.

Weinkrämpfe schüttelten ihren Körper. Susan schwamm automatisch weiter.

Und das Wasser stieg.

Susan blickte nach oben. Vielleicht noch einen Yard, dann hatte das Wasser den Deckel erreicht.

Hör doch auf, sagte eine Stimme in Susan. Es hat keinen Zweck. Laß dich fallen. Dann ist es schnell vorbei.

Doch der Selbsterhaltungstrieb war stärker. »Nein!« schrie Susan. »Nein!«

Plötzlich durchzuckte Susan ein Gedanke. Kann die Luft überhaupt entweichen? Wenn nicht, müßte sich ja in dem Bottich eine Luftblase bilden ...

Doch der Hoffnungsfunken wurde zerstört.

Susan, die sich jetzt schon auf den Rücken legen mußte, um Luft zu bekommen, entdeckte das kleine Ventil in der Mitte des Deckels.

In diesem Augenblick schloß die SGS-Agentin Susan Taylor mit ihrem Leben ab ...

Kaltes Neonlicht stach mir in die Augen.

Und dieses Licht erleuchtete eine Szene, wie sie brutaler nicht sein konnte. Ich registrierte alles in Bruchteilen von Sekunden.

Zwei Männer und eine Frau standen vor einem riesigen Bottich. Und in diesem Bottich schwamm eine Frau.

Mir stockte der Atem, als ich genauer hinsah. Die Frau war niemand anderes als meine Partnerin – Susan Taylor.

Ich handelte wie ein Automat.

Mit einem Hechtsprung warf ich mich ganz in den Raum

und schoß. Meine Kugel zischte haarscharf an dem Kopf der Frau vorbei.

Die drei, die mich bis jetzt noch nicht bemerkt hatten, ruckten herum.

Wir ein Blitz war ich zwischen ihnen.

Mit einem Griff packte ich mir den Mann, der mir am nächsten stand, und setzte ihm den Lauf meiner Nullacht an die Schläfe.

»Sagen Sie, man soll das Wasser abdrehen. Los.« Ich drückte fester zu.

Der Mann stöhnte.

»Tu, was er gesagt hat, Martha.«

Die Frau ging auf ein großes Rad zu, das an einem Rohr befestigt war. Mit beiden Händen drehte sie das Rad herum.

Ich riskierte einen Blick zu dem Bottich.

Das Wasser floß ab.

Mir fiel ein Stein vom Herzen.

Ich ließ den Mann los und stieß ihn nach vorn. Dann befahl ich: »Stellen Sie sich alle an die Wand.«

Sie gehorchten.

»Und nun umdrehen.«

Zwei Personen folgten meiner Aufforderung. Nur ein Kerl mit seinem Buckel nicht.

Mit einem Wutschrei hechtete er auf mich zu.

Okay, ich hätte schießen können. Doch es widerstrebt mir, einen Wehrlosen zu töten.

Ich ließ ihn kommen.

Dann schlug ich mit der Nullacht zu. Der Kerl steckte den Schlag ein, ohne mit der Wimper zu zucken. Jetzt griff er sogar an. Sein Magenhaken riß mir die Luft aus dem Körper. Der anschließende Schlag gegen das Schlüsselbein brachte mich zu Fall.

»Tom, mach ihn fertig«, kreischte die Frau. Und dann: »Akim, leg ihn um!«

Aus den Augenwinkeln sah ich, daß der mit Akim Angesprochene einen Revolver zog. Zum Glück hielt ich meine Nullacht noch in der Hand. Mit einem Warnschuß zwang ich ihn in Deckung.

Doch schon war Tom bei mir.

Mit einem Wutschrei warf er sich auf mich. Ich zog die Beine an, packte seine Schultern und katapultierte ihn über mich hinweg.

Tom knallte mit dem Rücken gegen die Wand.

Ich war blitzschnell hoch. Gerade noch rechtzeitig, um zu sehen, wie Akim und Martha verschwanden.

Das mußte ich verhindern.

Aber noch war Tom da, der sich nicht so leicht geschlagen gab.

Mit blutunterlaufenen Augen griff er mich an. Aus seinem Mund rann Speichel. In seiner Rechten lag ein Messer.

Verdammt, es wurde ungemütlich.

Ich ließ Tom erst gar nicht zur Entfaltung kommen, sondern setzte einen Karatetritt an. Das Messer wurde ihm aus der Hand gewirbelt. Ehe er sich von seiner Überraschung erholt hatte, knallte ich ihm den Lauf meiner Nullacht über den Schädel. Diesmal ging Tom endgültig zu Boden. Ich fesselte ihn mit seinem Hosengürtel.

Ein Blick zu dem Bottich zeigte mir, daß das Wasser inzwischen abgelaufen war. Ich stieg an der Außenleiter hoch und löste die Deckelverschraubung. Ich mußte alle Kraft aufbieten, um den Deckel zur Seite zu schieben.

Susan Taylor lag auf dem Grund und rührte sich nicht. Mein Gott, sollte sie etwa doch …

»Susan!« rief ich ängstlich.

Keine Reaktion.

Mein Herz begann wie verrückt zu klopfen.

Ich rief noch einmal.

Endlich bewegte sich meine Partnerin. Sie schlug die Augen auf.

Ich beugte mich tief in den Bottich hinein.

»Cliff«, hauchte Susan. Sie lächelte. Dann wurde sie wieder ohnmächtig.

Freunde, mir fiel ein Stein vom Herzen. In diesem Augenblick hätte ich die ganze Welt umarmen können.

Das Aufheulen eines Automotors riß mich in die Wirklichkeit zurück.

Akim und Martha. Siedend heiß fielen mir die beiden ein.

Ich rutschte die Leiter hinunter. Die Tür, durch die die beiden verschwunden waren, stand noch offen. Ich jagte hindurch, gelangte in einen Kellergang und schließlich nach draußen.

Dunkelheit empfing mich, die aber jetzt durch zwei Autoscheinwerfer aufgerissen wurde.

Der Wagen raste auf mich zu. Jemand schoß aus dem Seitenfenster.

Ich warf mich hinter einem Strauch in Deckung, rollte mich gleichzeitig auf die Seite, hob die Nullacht, zielte kurz und feuerte in Richtung Wagen.

Zweimal schoß ich und hatte Glück.

Eine Kugel traf den Reifen. Er zerplatzte mit lautem Knall.

Der Wagen, in voller Fahrt, begann zu schlingern. Er legte sich quer und prallte gegen einen Baum.

Die Frau kreischte auf. Akim schrie: »Halt's Maul!« Und dann knallte eine Autotür.

Hastige Schritte entfernten sich.

Ich verließ meine Deckung.

Plötzlich sah ich die Flammen. Sie krochen aus der Kühlerhaube des Autos.

Martha, sie mußte noch in dem Wagen sitzen!

Ich sprintete los.

Zu spät. Der Wagen stand bereits in hellen Flammen.

Ich hetzte zurück. Wollte im Haus Deckung suchen.

Doch dann erwischte mich die Explosion. Die Druckwelle warf mich nach vorn. Instinktiv rollte ich mich wie ein Igel zusammen und fing so den Fall gut ab.

Einen Augenblick ruhte ich mich aus. Ich atmete tief durch. Der Sauerstoff tat meinen Lungen gut.

Langsam erhob ich mich. Der Wagen brannte immer noch. Der Frau konnte niemand mehr helfen.

Drei Kugeln hatte ich noch in meinem Magazin. Hoffentlich reichten sie, denn ich mußte unverzüglich diesen gewissen Akim verfolgen …

Die Taschenlampe hatte während meiner letzten Aktion ihren Geist aufgegeben. Auf der einen Seite von Vorteil – man konnte mich nun schlechter mit eingeschalteter Lampe als Zielscheibe benutzen –, andererseits kannte ich mich in dieser stockfinsteren Gegend nicht aus.

Einer alten Eingebung folgend, wandte ich mich nach rechts. Ich hielt mich immer im Schatten des Hauses. Meine Nerven waren zum Zerreißen gespannt. Nur die Nullacht in meinen Händen gab mir ein beruhigendes Gefühl.

Ich schlich geduckt unter den großen dunklen Fenstern her, auf jedes Geräusch achtend. Überall konnte dieser Akim lauern, bestimmt wartete er auf einen günstigen Moment, mir das Lebenslicht auszupusten. Diese Suppe wollte ich ihm versalzen.

Aber nichts geschah.

Unschlüssig blieb ich stehen.

Die Luft roch nach Fäulnis und Verwesung. Man spürte direkt die Nähe des Sumpfes.

Ich starrte in die Dunkelheit. Irrlichter tanzten umher.

Sollte sich der Kerl in den Sumpf gewagt haben? Ich konnte es mir schlecht vorstellen. Andererseits kannte er die Gegend wie seine Westentasche. Wie es auch sei, ich würde nicht in den Sumpf laufen. Erstens war die Gefahr viel zu groß, und zweitens mußte ich an Susan denken, die ohne meine Hilfe den Bottich nicht verlassen konnte. Damals wußte ich allerdings nicht, daß ich mich nicht im Moor, sondern in einem Park befand.

Mein Blick tastete die tintige Umgebung ab und blieb an einem großen Schatten hängen. So sah es jedenfalls in der Dunkelheit aus.

Ich löste mich von der Hauswand und schlich auf den Schatten zu. Er entpuppte sich als baufälliger Schuppen.

Vorsichtig ging ich näher. Eine offenstehende Holztür hing schief in den Angeln.

Sollte sich mein Gegner etwa hier aufhalten?

Langsam setzte ich meinen Fuß in den Schuppen. Jederzeit bereit, meine Nullacht zu gebrauchen.

Ich blieb stehen und lauschte. Konzentrierte mich auf jedes Geräusch.

Nichts.

Hätte ich doch nur wenigstens ein Streichholz gehabt. Aber im Zuchthaus gibt es so etwas offiziell nicht.

Und ging weiter in den Schuppen.

Und plötzlich spürte ich die Gefahr. Sie sprang mich geradezu an.

Ich wollte noch reagieren. Zu spät.

Etwas Kaltes bohrte sich gegen meinen Hals.

»Dies ist der Lauf meiner Maschinenpistole«, flüsterte eine Stimme. »Mach keine Dummheiten. Umdrehen und nach draußen gehen.«

Ich gehorchte.

Noch während ich ging, wurde ich meine Waffe los. Der Mann warf sie einfach weg.

Die Wolkendecke war aufgerissen. Ein fahler Mond tauchte die Szene in geisterhaftes Licht.

Ich mußte mich einige Schritte von dem Schuppen wegstellen und umdrehen. Akim stand etwa zwei Yards vor mir. Seine MPi glänzte matt.

»Sagen Sie mir Ihren Namen«, schnarrte er, »ich möchte gerne wissen, wen ich umlege.«

»Corner, Cliff Corner«, erwiderte ich, »und wie heißen Sie?«

»Für Sie eigentlich uninteressant. Doch damit Sie beruhigt sterben können. Akim Jaroff.«

Freunde, die Chancen standen schlecht für mich. Ich mußte mir was einfallen lassen. Um Jaroff abzulenken, fragte ich: »Warum wollen Sie eigentlich einen Zuchthäusler umlegen? Sie sind doch nicht besser als ich.«

Jaroff lachte hart auf. »Sie ein Zuchthäusler? Vielleicht. Doch zur Gang des Roten Jack gehören Sie nicht. Ich hätte sonst davon erfahren.«

»Warum das alles? Dieser Geheimgang? Was treiben Sie, Jaroff?« wollte ich wissen.

»Das geht Sie nichts an. Für Sie ist jetzt Schluß«, sagte er gefährlich leise.

»Darf ich noch eine Zigarette rauchen?«

»Kommt jetzt der alte Trick?«

»Nein, Jaroff. Sie müßten mir sogar eine geben.«

Er überlegte.

»Okay«, meinte er dann. »Ich bin kein Unmensch.«

Der Kerl hatte wirklich Humor.

Er griff in die Jackentasche und warf mir die Schachtel zu. Die Mündung der MPi wich dabei nicht einen Inch zur Seite.

»Danke!« Dieses Wort mußte ich mir fast aus dem Mund quälen. »Haben Sie denn auch Feuer?«

»Auch das noch!« schrie er plötzlich. »Nichts gibt es. Sense.«

Ich begann zu zittern. Die Zigarettenschachtel fiel auf den Boden. Ehe Jaroff sich versah, hatte ich mich gebückt. Meine Rechte umfaßte das zerknüllte Päckchen und gleichzeitig einige Steine.

»Sie sind wohl wahn …«

Das Wort »sinnig« blieb Jaroff im Hals stecken. Ich schleuderte ihm mit aller Wucht die Steine gegen den Kopf und warf mich gleichzeitig aus meiner gebückten Lage mit einem Hechtsprung gegen seine Beine.

Seine Bleischleuder hustete trocken. Die Geschosse zischten über mich hinweg und rissen Löcher in die Luft.

Jaroff konnte meinen Anprall nicht ausgleichen. Er fiel nach hinten und schlug mit dem Kopf auf den Boden. Gleichzeitig riß er sein linkes Bein hoch, das mich schmerzhaft an der Schulter traf. Ich prallte mit dem Gesicht auf den Boden.

Jaroff stemmte sich hoch. Die schwere Waffe behinderte ihn dabei. Ich sah alles aus den Augenwinkeln.

Meine Handkante säbelte wie ein Schwert durch die Luft und traf Jaroff. Er knickte zusammen wie ein abgeschlagenes Schilfrohr.

Keuchend rappelte ich mich auf.

Jaroff hielt immer noch seine MPi umklammert. Er lag auf dem Rücken. Langsam hob er den Arm mit der Waffe. Ich sprang vor und trat zu. Die MPi wurde ihm aus der Hand geschleudert.

Ich bückte mich und zog Jaroff hoch. Ich beging den Fehler und ließ die Waffe liegen.

»So, nun wollen wir mal deutlich miteinander reden, Jaroff«, sagte ich.

Sein Schlag kam trocken und blitzschnell. Die Faust grub sich in meine Magengrube.

Ich fiel zusammen. Eine glühende Schmerzwelle fraß sich

bis in mein Gehirn, mobilisierte aber gleichzeitig meine letzten Reserven.

Aufbrüllend warf sich Jaroff auf mich. Mit einem Judotrick fing ich ihn ab, drehte mich gedankenschnell, und dann lag er unter mir. Meine Hände drückten seine Schultern fest gegen die Erde.

»Gib auf, Jaroff«, zischte ich.

»Fahr zur Hölle«, gurgelte er.

»Nach dir, mein Freundchen.«

Jaroff versuchte verzweifelt, sich zu befreien. Er wand sich wie ein schlüpfriger Aal unter meinem Griff. Doch ich hielt eisern fest.

Mit einemmal wurde Jaroff schlaff. Unwillkürlich gab ich nach. Er warf sich sofort zur Seite. Ich wurde mitgerissen. Ineinander verkrallt rollten wir über den Boden.

Urplötzlich ließ Jaroff los. Er sprang auf und rannte weg. Genau auf die Hütte zu.

Ich reagierte einen Augenblick zu spät, war dann aber auch auf den Beinen, schnappte mir die Maschinenpistole und flitzte Jaroff nach.

Er war schnell wieder draußen. Über seinen Kopf schwang er einen Spaten, dessen abgeschabtes Blatt silbrig glänzte.

Ich hob die MPi »Laß den Spaten fallen!« schrie ich ihn an.

Jaroff schien mich nicht zu hören. Er griff mich an.

Ich befand mich wieder in einer verdammten Situation. Natürlich hätte ich schießen können, aber drückte ich ab, jagten nicht nur eine, sondern mehrere Kugeln aus dem Lauf. Töten wollte ich Jaroff auf keinen Fall.

Noch einmal warnte ich ihn.

Jaroff ignorierte meine Worte und schlug einfach zu.

Ich packte die MPi mit beiden Händen und riß sie gedankenschnell hoch. Sie knallte gegen Jaroffs Spaten. Durch die Wucht des Zusammenpralls verloren wir beide unsere Waffen.

Jaroff, noch vom eigenen Schwung mitgerissen, taumelte nach vorn. Ich holte aus und legte alle Kraft in einen Uppercut, der Jaroff genau auf den Punkt traf.

Mein Gegner wurde zurückgeschleudert. Er knallte mit

dem Rücken gegen den Schuppen, der unter der Wucht zusammenbrach.

Jaroff wurde von den herabfallenden Holztrümmern begraben. Staub wallte auf.

Ich machte mich schnellstens an die Arbeit und räumte das Holz beiseite.

Jaroff lag auf dem Rücken. Ich kniete mich neben ihn. Seine Augen waren gebrochen. Dieser Mann lebte nicht mehr.

Sollte mein Schlag …

Ich konnte es einfach nicht glauben.

Auch die Holzplatten waren nicht so schwer, daß sie jemanden töten konnten.

Vorsichtig drehte ich Jaroff auf die Seite. Dann sah ich es.

Er war auf ein Brett gefallen, aus dem ein langer rostiger Nagel ragte. Der Nagel war ihm in den Rücken gedrungen.

Müde stand ich auf. Mir war auf einmal schwindelig. Drei Schlägereien kurz hintereinander waren wirklich nicht so leicht zu verdauen.

Ich holte mir die Zigaretten und aus Jaroffs Tasche ein Feuerzeug.

Ich rauchte die Zigarette auf dem Rückweg.

Tom war immer noch ohnmächtig, und Susan saß auch noch in dem Bottich.

»He, Zuchthäusler!« rief sie. »Willst du mich hier vertrocknen lassen?«

Ich mußte grinsen. Das war wieder die alte Susan.

»Einen Augenblick«, sagte ich.

»Beeil dich aber, Großer.«

Ich durchstöberte den Keller und fand sogar ein Seil. Ich prüfte kurz die Reißfestigkeit. Es mußte gehen.

Ich kehrte zu dem Bottich zurück, kletterte die Eisenleiter hoch und ließ das Seil hinunter.

»Halt dich gut fest, Susan.«

»Okay, zieh schon.«

Es klappte ausgezeichnet.

Schließlich stand ich neben der völlig erschöpften und durchnäßten Susan auf dem Boden.

Meine Partnerin sah mich an. Plötzlich entdeckte ich Tränen in ihren Augen.

Na, was ist denn? wollte ich sagen. Aber da lag Susan schon in meinen Armen.

»Oh, Cliff!« Sie weinte und lachte gleichzeitig.

Die nächsten zehn Minuten möchte ich in meinem Bericht übergehen. Sie werden sicher dafür Verständnis haben ...

Anschließend durchsuchte ich das Haus. Ich fand in der ersten Etage Zimmer mit schlafenden Mädchen. Sie alle standen unter Drogeneinfluß. Deshalb hatten sie von den Vorgängen nichts bemerkt. Von Susan erfuhr ich schließlich auch, was in diesem Haus gespielt wurde. Daß Mädchen, die auf den rechten Weg geführt werden sollten, zu Call-Girls ausgebildet wurden. Wirklich, ein feines Haus.

Zum Glück gab es hier Telefon. Ich informierte die Mordkommission Newberry und den FBI Chicago.

Die Mordkommission war zuerst da. Die Beamten holten auch den Roten Jack. Ihm wurden genau wie dem buckligen Tom Handschellen angelegt. Ein Arzt untersuchte seine Kniescheibe. Seine Beurteilung war für den Roten Jack nicht sehr gut.

Das Aufräumen im Zuchthaus selbst wollten wir den G-men überlassen.

Ich konnte mich über diesen Sieg nicht so recht freuen. Gut, wir hatten einen Call-Girl-Ring lahmgelegt, aber meine eigene Aufgabe hatte ich nicht lösen können. Denn Al Astor, um den sich ja alles drehte, war entkommen ...

»Ich sage nichts«, wiederholte der Rote Jack monoton und schüttelte zur Bestätigung seiner Worte den massigen Schädel.

Es war früher Morgen. Der Rote Jack und ich saßen in einem Vernehmungszimmer im FBI Building, das man uns freundlicherweise zur Verfügung gestellt hatte. Die G-men selbst waren noch mit weiteren Untersuchungen im Zuchthaus beschäftigt.

Ich hatte mich zwei Stunden im Bereitschaftsraum aufs Ohr gelegt, mir normale Kleidung aus meiner Wohnung besorgt und fühlte mich trotzdem wie gerädert. Die vergangene Woche hatte deutlich ihre Spuren an mir hinterlassen.

Susan war unterwegs, um bei den zuständigen Behörden dafür zu sorgen, daß die Mädchen aus dem Good Hope House vernünftig untergebracht wurden.

Ich blickte den Roten Jack, der mit bürgerlichem Namen Jack O'Casey hieß, an. »Sie wollen also nicht reden.«

»Was heißt hier reden. Ich weiß nichts«, knurrte er. Ich verzog die Mundwinkel und holte die Zigarettenschachtel aus meiner Jackentasche.

»Auch eine?« fragte ich ihn.

»Damit wollen Sie mich wohl weich kriegen, wie?«

»Nein, O'Casey. Aber ich weiß, wie jemandem zumute ist, der gern eine Zigarette rauchen möchte und nicht kann. Ich war ja selbst im Zuchthaus.«

Der Rote Jack bediente sich. Gierig sog er den Rauch in die Lungen.

Ich ließ ihn gewähren. Der Rote Jack musterte mich mißtrauisch, paffte und sah mich wieder an. Nachdem er den Stummel ausgedrückt hatte, schrie er plötzlich: »Was ist denn? Warum sagen Sie nichts?«

»Möchten Sie noch eine Zigarette?«

»Lassen Sie mich mit den verdammten Sargnägeln in Ruhe. Tun Sie irgendwas. Fragen Sie meinetwegen, aber glotzen Sie mich nicht immer so blöde an. Oder sind Sie schwul?«

Ich mußte lächeln. Endlich hatte ich ihn aus der Reserve gelockt.

»Wissen Sie, was ich nicht verstehe, O'Casey«, sagte ich langsam und jedes Wort betonend, »Sie nehmen alles auf Ihre Kappe. Sie gehen für den Boß ins Zuchthaus, das Sie dann mal aus der anderen Sicht kennenlernen, und er ist fein raus. Sagen Sie nicht, es gäbe keinen Boß. Ich selbst habe ein Gespräch zwischen Ihnen und Al Astor belauscht. Dabei war von einem geheimnisvollen Boß die Rede.«

Der Rote Jack senkte den Kopf. Er schien nachzudenken. Dann zuckte er auf einmal hoch. »Ach, verdammt. Ist ja doch alles egal. Ich pack' aus. Geben Sie mir noch eine Zigarette.«

Ich tat ihm den Gefallen.

»Den Boß kenne ich nicht, Corner! Nur Al weiß, wer er ist. Ich empfing meine Befehle immer per Telefon.«

»Wo rief man Sie an?«

»Im Zuchthaus.«

»Soviel ich weiß, gibt es dort mehrere Apparate. Einmal für den normalen äußeren Telefonverkehr und dann für den internen. Durch welches Telefon erhielten Sie Ihre Befehle?«

»Falsch getippt, Corner.« Der Rote Jack grinste. »Immer von dem Außenapparat.«

Ich ärgerte mich etwas. Ich hatte so einen Verdacht gehabt. Wäre aber auch zu schön gewesen. »Und nun weiter, O'Casey«, forderte ich ihn auf.

»Nichts weiter, Corner. Das ist alles. Das andere kennen Sie schon. Al verschwand durch die Klappe und kehrte auf demselben Weg wieder zurück.«

»Und welche Rolle spielte dieser Jaroff?« wollte ich wissen.

»Den müssen Sie fragen, Corner. Der kennt den Boß auch. Und die Alte, diese Martha, ebenfalls. Die beiden haben alles ausgeklügelt. Mit den Weibern und so.«

»Was ist mit den Weibern?«

Der Rote Jack grinste dreckig. »Wenn wir mal Druck hatten, konnten wir jederzeit umsonst ...«

»Schön, aber das will ich nicht wissen. Übrigens sind Jaroff und Martha tot.«

»Pech gehabt, Corner, wie?« Der Rote Jack war sichtlich froh darüber.

Ich war genauso schlau wie vorher. Ich versuchte noch mit allen Tricks, mehr aus dem Gangster herauszubekommen. Ohne Erfolg. Er blieb bei seiner Behauptung, nichts zu wissen.

Als zwei Wächter ihn wieder in seine Zelle brachten, grinste er mich an. »Corner, an diesem Fall beißt ihr euch die Zähne aus. Der ist zu groß für euch.«

»Abwarten, O'Casey.«

Nachdem der Rote Jack verschwunden war, ging ich in die Fahndungszentrale. Der Kollege aus früheren Zeiten begrüßte mich mit lautem Hallo. Gemeinsam suchten wir Al Astors Akte raus, die natürlich auch mit seinem Konterfei versehen war. Das Bild war zwar schon zwei Jahre alt, doch für unsere Zwecke genügte es.

Wir einigten uns auf eine stille Fahndung. Das heißt, das Bild wurde vervielfältigt und nur an die einzelnen Polizeireviere weitergegeben.

Viel Erfolg versprach ich mir von dieser Fahndung nicht. Aber besser als gar nichts.

Susan war noch nicht wieder zurück, und so entschloß ich mich, Myers anzurufen. Ich wollte ihm kurz Bericht erstatten. Wohl war mir dabei nicht, denn ich kannte seine Art, auf Mißerfolge zu reagieren.

»Da haben Sie sich ja nicht gerade mit Ruhm bekleckert, Corner«, raunzte er mich an. »Washington erwartet schnellste Aufklärung.«

»Ich tu', was ich kann.«

»Das ist zuwenig.«

In mir kochte es. Da rackerte man sich wirklich ab, und dieser vertrocknete Salzknabe machte mich zur Schnecke.

»Yes, Sir«, erwiderte ich artig. »Ich werde noch mehr tun.«

»Hoffentlich.«

Wütend knallte ich den Hörer auf die Gabel, als Susan durch die Telefonzentrale schwebte.

»Welche Laus ist dir denn über die Leber gelaufen?« fragte sie.

»Myers. Er hat sich so über meinen Erfolg gefreut.«

»Ach, der kann uns mal. Komm, wir gehen essen.«

Ich war einverstanden. Trotzdem schmeckte es mir nicht so recht. Immer wieder mußte ich an Al Astor denken. Dieser Mann war ein Killer und hatte einen Auftrag. Wir wußten, daß ein Mensch ermordet werden sollte, konnten es aber nicht verhindern. Verstehen Sie nun, warum mir das Essen nicht schmeckte?

»Das ist die Sensation«, sagte der Privatdetektiv Ken Morley zu sich selbst und schüttete einen doppelstöckigen Whisky in ein Wasserglas.

Normalerweise trank er morgens noch keinen Alkohol. Doch diesmal war es anders. Er hatte eine Entdeckung gemacht, die es sich lohnte zu feiern.

Er sah sich in seiner schäbigen Miniküche um. Bald bist

du fein heraus, Ken, dachte er und leerte das Glas in einem Zug. Anschließend eine Zigarette, und Ken Morley fühlte sich im siebenten Himmel. Er legte die Beine auf den Tisch und genoß das Gefühl, bald ein reicher Mann zu sein.

Das schrille Klingeln der Türglocke schreckte ihn aus seinen Träumen.

»Verdammt noch mal«, fluchte Ken, »welcher Idiot stört mich denn ausgerechnet jetzt.«

Wütend riß er die Tür auf. Ein Unbekannter stand vor ihm.

»Was wollen Sie?« fuhr er den Mann an.

»Ihr Leben, Morley«, sagte dieser und zog blitzschnell eine Pistole. »Los, rein in die Wohnung.«

Morley war viel zu überrascht, um klar denken zu können. Automatisch folgte er dem Befehl.

Mit dem Fuß stieß der Fremde die Tür ins Schloß. Langsam ging er auf Morley zu. Die Waffe lag drohend in seiner Hand.

Ken Morley war kein Feigling, aber dieser hagere schwarzhaarige Mann mit den kalten Augen war ihm unheimlich. Vielleicht sollte ich ihn anspringen, dachte der Privatdetektiv, doch dazu hatte er nicht den Mut.

»Wollen Sie Geld, Mister?« fragte Ken ängstlich.

Der Fremde lächelte kalt. »Ich habe Ihnen doch schon gesagt, was ich will. Gehen Sie vor. In Ihr Wohnzimmer.«

Morley gehorchte.

»Setzen Sie sich auf die Couch!« befahl der Unbekannte.

Ken tat auch dies.

Der Fremde schlich um ihn herum, packte sich ein Kissen und hielt es vor die Mündung der Pistole.

Ken wußte, was die Glocke geschlagen hatte. Er wollte laut schreien.

Zu spät.

Der Killer schoß dreimal.

Alle Kugeln trafen Ken in die Brust. Langsam neigte sich sein Oberkörper zur Seite.

Der Killer ging zu Ken Morley und überzeugte sich, daß der Privatdetektiv tot war. Dann nickte er zufrieden.

Drei Minuten später war er im Verkehrsgewühl verschwunden.

Mit ruhigen Bewegungen wählte Al Astor eine bestimmte Telefonnummer. Es klingelte fünfmal, ehe auf der anderen Seite abgehoben wurde.

»Ich bin's, Al. Es hat alles geklappt, Boß. Der Privatschnüffler ist erledigt.«

»Wie oft habe ich dir gesagt, du sollst nicht so ohne weiteres anrufen«, blaffte eine Stimme am anderen Ende der Leitung. »Damit du im Bilde bist, Al. Gar nichts hat geklappt. Dieser Corner war ein Schnüffler. Er hat Akim und Martha hochgehen lassen. Zum Glück sind beide tot.«

Al Astor war für einen Moment sprachlos. Schnell fing er sich wieder. »Dann muß ich eben diesen Corner auch noch umlegen. Anschließend verschwinde ich nach Kanada.«

»Gar nichts mußt du«, schnarrte der Boß. »Du kommst heute abend um zwanzig Uhr in mein Landhaus. Dann reden wir weiter. Und laß dich nicht schnappen. Vielleicht sind die Bullen schon hinter dir her.«

»Bring mein Geld mit«, sagte Astor noch, doch da hatte der Boß schon aufgelegt.

Wütend verließ Al Astor die Telefonbox in der Chicagoer City. Er stampfte zu seinem dunkelgrünen Buick, der ihm während seiner Aufträge zur Verfügung stand, und warf sich in die Polster.

Der Killer dachte nach. Er mußte den halben Morgen und den Nachmittag rumkriegen, ohne groß aufzufallen. Und wo fiel man am wenigsten auf? In einem Kaufhaus.

Al startete. Das Star-Kaufhaus hatte er in wenigen Minuten erreicht. Er löste eine Karte und lenkte den Wagen in die Tiefgarage. Dort parkte er ihn in einer der vielen Boxen.

Al Astor war sich seiner Sache ziemlich sicher. Deshalb übersah er auch die beiden Streifencops, die ihn aus guter Deckung beobachteten ...

Schon zwei Stunden später wurde Morleys Leiche gefunden. Seine Freundin, die einen Wohnungsschlüssel besaß, wollte Ken mit ihrem Besuch überraschen und fand statt dessen seine Leiche.

Das Girl lief nicht schreiend weg, sondern alarmierte

sofort die Mordkommission. Zur Arbeit der Mordkommission gehört auch das Sicherstellen der Kugeln. Die Ballistiker gingen unverzüglich an die Arbeit. Sie stellten anhand ihrer Karteikarten fest, daß mit dieser Waffe schon mal ein Mord begangen worden war, und zwar an einem Politiker, genauer, an einem Wahlhelfer des Präsidenten.

Innerhalb der nächsten Minuten wußte der FBI Bescheid.

Susan und ich kehrten gerade ins FBI Building zurück, als uns die Nachricht mitgeteilt wurde.

»Wo wohnt dieser Ken Morley?« erkundigte ich mich.

»In der Jackson Street, bei den Stock Yards«, antwortete mir der FBI-Beamte.

»Worauf warten wir noch, nichts wie hin«, schlug Susan vor.

Wir enterten meinen Mustang, der inzwischen auch wieder heil in Chicago gelandet war, und zischten ab.

Susan kuschelte sich in die Schalensitze und schloß die Augen. Ihr quergestreifter Minirock rutschte dabei fast in eine jugendgefährdende Höhe hinauf. Ich mußte mich gewaltsam von dem appetitlichen Anblick losreißen.

»Weißt du, Susan, welche Kurven für einen Autofahrer die gefährlichsten sind?« fragte ich meine Partnerin scheinheilig.

»Nein.«

»Die Kurven, die auf dem Beifahrersitz sitzen.«

»Lüstling«, sagte Susan spitz.

Wir flachsten noch eine Weile herum, dann hatten wir unser Ziel erreicht. Eine Hausnummer hatte uns der G-man nicht gesagt, aber ich sah schon von weitem den großen Wagen der Mordkommission am Straßenrand parken.

Das Haus selbst schien schon in der Steinzeit gestanden zu haben, so alt war es. Innen sah es nicht besser aus.

Morley wohnte im dritten Stock. Die Wohnungstür stand offen. Der Privatdetektiv lag noch so auf der Couch, wie man ihn gefunden hatte.

Wir begrüßten den Leiter der Mordkommission, den ich noch von früher kannte.

»Wo ist das Mädchen?« fragte ich ihn.

»In der Küche.«

»Kann ich mit ihr reden?«

»Sicher. Sie heißt übrigens Eve Bissel.«

Wir bedankten uns und marschierten in die Küche. Susan rümpfte die Nase, als sie das heillose Durcheinander sah.

Am Küchentisch saß Eve Bissel. Sie hatte eine Flasche Gin vor sich stehen und kippte fleißig den Stoff.

Ich schätzte Eve auf dreißig. Langes strähniges Haar umrahmte ein Gesicht, in dem die schlechten Erfahrungen dieser Welt ihren Stempel zurückgelassen hatten.

»Was wollen Sie?« leierte sie mit schwerer Zunge. »Mitsaufen?«

»Wir haben ein paar Fragen, Miss Bissel«, sagte ich freundlich.

»Fragen Sie. Jeder fragt mich heute. Ist ja auch egal.« Sie vollführte eine weite Armbewegung. »Setzen Sie sich irgendwohin. Von mir aus auf den Fußboden. Oder ist Ihre Puppe dafür zu fein?«

Susan wollte schon zu einer Erwiderung ansetzen, doch ich stoppte sie mit einem warnenden Blick.

Ich holte mir einen wackligen Küchenstuhl und setzte mich hin. Susan blieb stehen.

»Miss Bissel«, sagte ich leise, »hatte Ken Morley Feinde?«

»Das haben mich die anderen Bullen auch schon gefragt. Ken hatte Feinde. Stinkreiche Ehemänner, die er mit ihren Flittchen im Bett ertappt hat. Das waren seine Feinde.«

»Kennen Sie Namen, Miss Bissel?«

»Nee.«

Ich sah ein, so kam ich nicht weiter. Ich mußte die Sache anders anpacken.

»Welchen Fall bearbeitete Ken Morley zuletzt? Überlegen Sie genau, Miss Bissel.«

»Da brauch' ich gar nicht lange zu überlegen. Das weiß ich so, Mister …«

»Corner.«

»Gut, von mir aus auch Corner.«

Sie griff wieder zur Ginflasche, setzte sie an den Mund und nahm einen kräftigen Schluck.

»Das tat gut«, stöhnte sie. »Ach so, ja. Sie wollten wissen, woran Ken zuletzt gearbeitet hatte. Das kann ich Ihnen sagen. Er lief sich die Hacken ab für dieses aufgedonnerte Weib. Diese komische Pommeroy. Ja, Jane Pommeroy. Der Name klingt schon nach Geld.«

Der Name kam auch mir bekannt vor.

»Pommeroy ist der Strumpfhosenfabrikant«, sagte Susan.

Sicher, jetzt fiel es mir ein. Der Mann hatte damit ein Vermögen verdient, die angeblich unzerreißbare Strumpfhose herauszubringen. Viele Käufer sind damals drauf reingefallen, bis sie merkten, was wirklich los war. Es kam zu Gerichtsverfahren. Pommeroy hatte geschickte Anwälte, und man konnte ihm nichts unterstellen.

»Was sollte Ken Morley denn für diese Jane Pommeroy tun?« wollte ich wissen.

»Ihren Alten überwachen. Was sonst. Diese Kerle sind doch alle gleich.« Auf diese Antwort mußte Eve Bissel noch einen Schluck nehmen.

Ich fragte weiter. »Hat Ken Unterlagen aufbewahrt? Oder sich über seine Fälle Notizen gemacht?«

»Ach, woher. Der hatte so wenig zu tun. Wenn er mal einen Auftrag erhielt, konnte er alles im Kopf behalten. Meistens lebte er von meinem Geld.«

»Was tun Sie denn beruflich?«

»Ich schrubbe in den Schlachthöfen die Fliesen. Beschissene Arbeit.«

Das konnte ich ihr nachfühlen. Vorgestern hatte ich auch noch Waschräume geschrubbt.

Mehr wußte Eve Bissel nicht zu sagen. Wir verabschiedeten uns.

Im Flur wurde soeben Morleys Leiche in einer Zinkwanne weggeschafft. Ein scheußlicher Anblick. Der Leiter der Mordkommission hatte vor wenigen Minuten die Nachricht erhalten, daß der FBI den Fall übernahm. Darüber war er heilfroh.

Susan und ich verließen die Wohnung.

Draußen mußten wir uns einen Weg durch die Neugierigen bahnen, die sich inzwischen angesammelt hatten.

Wir saßen kaum im Wagen, als das rote Lämpchen aufflackerte. Ich fuhr das versteckt angebrachte Funkgerät aus und meldete mich. Die FBI-Funkzentrale war an der Strippe.

»Zwei Cops haben Al Astor in der Tiefgarage des Star-Kaufhauses gesehen. Er hat dort seinen Wagen abgestellt. Er selbst ist in das Kaufhaus gegangen und sitzt in einem Schnellimbiß.«

Ich überlegte kurz. »Die beiden sollen nichts unternehmen. Ich komme so schnell wie möglich in das Kaufhaus. Sagen Sie ihnen, sie sollen in der Tiefgarage warten. Ende.«

»Verstanden. Ende.«

Susan hatte das Gespräch mitgehört. Sie hatte schon die rechte Hand an der Türöffnung. »Fahr du allein, Cliff. Ich nehme mir ein Taxi, laß mich nach Hause bringen, steige in meinen Sunbeam um und besuche diese Jane Pommeroy.«

Ich war einverstanden. »Viel Glück, Susan.«

»Danke.«

Ich brauste ab. Auf der Fahrt zum Star-Kaufhaus fiel mir etwas ein.

Ich hielt kurz am FBI Building und flitzte in die technische Abteilung, wo mein alter Freund Tom Harris Dienst tut.

Tom freute sich wie ein Schneekönig über meinen Besuch und zauberte sofort eine Whiskyflasche auf den Tisch.

Doch ich wehrte ab. »Keine Zeit, Tom. Ich bin wegen etwas anderem hier.«

Und dann erklärte ich Tom Harris meinen Plan ...

Tom Harris brauchte nur wenige Minuten, um mir die Sachen zu besorgen. Es waren dies ein leistungsstarker Sender und ein entsprechender Empfänger.

Ich wollte Al Astor nicht sofort schnappen. Nein, er sollte mich zu seinem Boß führen. Dazu brauchte ich diese beiden technischen Geräte. Ich wußte genau, die Sache konnte schiefgehen, doch dieses Risiko mußte ich eingehen.

Tom wünschte mir noch viel Erfolg. Dann brauste ich ab.

Ich mußte zwei Meilen durch die Chicagoer City kriechen, um das Star-Kaufhaus zu erreichen.

Ich löste am Kontrollschalter ein Ticket und fuhr in die Tiefgarage.

Hier unten herrschte zur Zeit reger Betrieb. Ich mußte ein paarmal hin und her fahren, um eine leere Box zu erwischen.

Danach begab ich mich auf die Suche nach den Cops. Ich fand nur einen in der Nähe der Einfahrt.

»Mein Kollege beobachtet den Schnellimbiß«, gab er mir zu verstehen.

»Dann ist Astor also noch da«, sagte ich aufatmend. »Wunderbar. Wir können gleich anfangen. Zeigen Sie mir bitte seinen Wagen.«

Der Cop führte mich zu einem dunkelgrünen Buick. Ich holte den Sender aus der Tasche, bückte mich und klemmte ihn unter das Bodenblech des Wagens. Dieser Sender war mit einer Magnethaftung versehen.

»Raffiniert«, sagte der Cop.

»Ideen muß man haben. So, und Sie können sich freuen. Ihre Aufgabe ist beendet«, gab ich ihm zu verstehen. »Zeigen Sie mir nur noch den Schnellimbiß, dann übernehme ich die Beobachtung.«

Der Schnellimbiß befand sich im Erdgeschoß des Kaufhauses.

Ich peilte durch die Glastür und sah Al Astor an einem Tisch sitzen. Er kaute an einem Hamburger. Neben sich hatte er eine Cola stehen.

Ich hatte genug gesehen. Ich entließ die beiden Cops und ging wieder in die Tiefgarage zurück. Wenn Al Astor das Kaufhaus verlassen würde, dann bestimmt nicht ohne seinen Wagen.

Ich hatte sogar noch das Glück des Tüchtigen. Neben seinem Wagen wurde eine Box frei. Ich sprintete zu meinem Mustang zurück und konnte gerade noch die Parkbox vor einer dicken Tante vom Lande besetzen.

Von nun an mußte ich warten.

Die Pommeroys besaßen einen eleganten Bungalow in dem Chicagoer Vorort Elgin.

Susan Taylor parkte ihren Wagen in der ruhigen Villenstraße, schritt durch einen gepflegten Vorgarten und klingelte.

Ein kaffeebraunes Hausmädchen öffnete die Tür. »Sie wünschen, bitte?«

»Ich möchte gern Mrs. Pommeroy sprechen«, sagte Susan.

»In welcher Angelegenheit bitte, und wen darf ich melden?«

»Das möchte ich Mrs. Pommeroy doch lieber selbst sagen«, antwortete Susan.

»Ganz wie Sie wünschen, Madam.«

Das Mädchen gab die Tür frei, führte Susan durch eine mit antiken Gegenständen ausstaffierte Diele und geleitete Susan zu einer Terrasse, auf der eine Hollywoodschaukel, zwei Sessel und ein runder Tisch standen.

»Eine Dame möchte Sie sprechen, Madam.«

Die Hollywoodschaukel, von der Susan nur die Rückenlehne sehen konnte, begann zu schwingen.

Eine etwa 40jährige Frau mit stark geschminktem Gesicht, rotgefärbten Haaren und einem giftgrünen seidenen Hausanzug erhob sich und blickte Susan entgegen.

»Mrs. Pommeroy?« fragte meine Partnerin.

Die Frau nickte.

»Mein Name ist Susan Taylor. Ich möchte gern mit Ihnen sprechen.«

Mit einer Handbewegung scheuchte Jane Pommeroy das Hausmädchen weg. »Bitte«, sagte sie dann, »nehmen Sie Platz. Etwas zu trinken?«

Susan lehnte ab.

Meine Partnerin setzte sich und sah die Frau an, die sich wieder auf der Hollywoodschaukel niedergelassen hatte und scheinbar gedankenverloren ihren Drink umrührte. Doch unter halbgesenkten Wimpern beobachtete sie Susan wie eine Raubkatze ihr Opfer. Es schien, als stünde eine Wand zwischen den beiden Frauen.

»Mrs. Pommeroy«, begann Susan vorsichtig, »ich habe gehört, Sie beschäftigen einen Privatdetektiv.«

Jane Pommeroy zog unmutig die wohlrasierten Augenbrauen hoch. »Was geht Sie das an, wenn ich fragen darf.«

»Eigentlich gar nichts, aber dieser Detektiv ist vor wenigen Stunden ermordet worden.«

Jane Pommeroy wurde unter der Schminkschicht bleich. Sie nahm einen Schluck aus dem Glas und atmete tief durch.

Susan ließ ihr Zeit, sich von der Überraschung zu erholen.

Jane Pommeroy fing sich schnell. In ihre Augen trat ein harter Glanz. »Sind Sie von der Polizei, Miss Taylor?«

»Nein. Ich bin eine Kollegin von Ken Morley.«

Jane Pommeroy lächelte abfällig. »Wollen Sie schmarotzen? Seinen Auftrag haben? Oder was?«

»Keines von beiden.« Susan blieb immer noch freundlich, obwohl es ihr schwerfiel. »Sie werden es nicht glauben, aber ich möchte Ken Morleys Mörder finden.«

Jane Pommeroy lachte hart auf. »Sie«, sagte sie ungläubig, »wollen Morleys Mörder finden. Es tut mir leid, kommen Sie sich dabei nicht selbst lächerlich vor?«

»Keineswegs, Mrs. Pommeroy«, antwortete Susan, »bisher habe ich noch jeden Fall aufgeklärt.«

»Scheinen keine schweren Sachen gewesen zu sein«, gab Jane Pommeroy zurück und verzog ihre Mundwinkel.

Susan ließ sich nicht provozieren, sondern hielt das Gespräch in Gang. »Darf ich fragen, Mrs. Pommeroy, für welche Sache Sie Ken Morley brauchten?«

»Nein, Miss Taylor, das dürfen Sie nicht. Ich habe nicht vor, Ihnen Auskünfte zu erteilen.«

»Aber der Polizei werden Sie diese Auskünfte geben müssen.«

»Wieso Polizei?«

»Genauer gesagt, der FBI bearbeitet den Fall. Die G-men werden sich natürlich für Morleys Kunden interessieren. Da Sie seine letzte Auftraggeberin waren, wird man bei Ihnen anfangen.«

Das saß. Jane Pommeroy verkrampfte sich. Ihre Hand schloß sich wie ein Reif um ihr Glas. Dann griff sie zu einem goldenen Zigarettenetui und zündete sich mit fahrigen Bewegungen einen Glimmstengel an.

»Nun, Mrs. Pommeroy?« sagte Susan.

»Gut, ich werde es Ihnen sagen. Ich hatte Ken Morley beauftragt, meinen Mann zu beschatten. Wissen Sie, er ist in einem Alter, wo man eine 40jährige gern für zwei 20jährige eintauscht. Und da er zweimal in der Woche abends weg war, habe ich diesen Detektiv angeheuert, ihm zu folgen. Das ist alles.«

»Was hatte Mr. Morley herausgefunden?« fragte Susan gespannt.

»Eigentlich gar nichts. Mein Verdacht hat sich nicht bestätigt. Sein Glück. Mir gehört nämlich die Firma. Wenn er sich ...«

»Bitte, Mrs. Pommeroy, bleiben Sie doch beim Thema. Ich möchte gern wissen, was Mr. Morley Ihnen mitgeteilt hat.«

Jane Pommeroy zuckte mit den Schultern. »Ganz wie Sie wünschen, Miss Taylor. Mein Mann trifft sich nur mit Freunden.«

»Wo?«

»Ist das so wichtig?«

»Für die Aufklärung des Falles wahrscheinlich.«

»Aber Sie glauben doch nicht, daß mein Mann etwas mit dem Mord zu tun hat«, entrüstete sich Jane Pommeroy. »In seiner Position. Einfach lächerlich. Die Herren haben sich in einem Landhaus getroffen. Es liegt in der Nähe von Newberry.«

Sieh an, dachte Susan, der Kreis schließt sich. Meine Partnerin ließ sich ihre Überraschung jedoch nicht anmerken, sondern fragte möglichst gleichgültig: »Wissen Sie, worüber die Männer dort geredet haben?«

Jane Pommeroy schürzte die Lippen. »Worüber werden Männer schon reden. Über Politik, Geschäfte und so weiter.«

»Wissen Sie das genau, Mrs. Pommeroy?«

»Nein, natürlich nicht. Aber ich kann es mir denken.«

»Die genaue Adresse des Landhauses können Sie mir nicht mitteilen, oder?«

Jane Pommeroy wurde wieder mißtrauisch. »Das ist doch für Sie völlig bedeutungslos, Miss Taylor. Außerdem kenne ich sie nicht.«

In diesem Augenblick hörte Susan Motorengeräusch. Ein hellblauer Alfa Romeo fuhr auf das Grundstück und hielt vor einer Garage.

»Das ist mein Mann«, sagte Jane Pommeroy, »ich bin wirklich gespannt, wie er auf Ihren Besuch reagiert. Sie bleiben doch noch, Miss Taylor?«

»Glauben Sie, ich habe Angst?« Susan lächelte ironisch.

Susan hörte, wie eine Autotür klappte. Wenig später stand

Mr. Pommeroy auf der Terrasse. Er war ein mittelgroßer Mann mit fleischigem Gesicht, kleinen Knopfaugen, einer Halbglatze und einem eckig vorspringenden Kinn. Seine Zungenspitze fuhr ein paarmal über die Lippen, als er Susan mit gierigen Augen abtastete. So harmlos schien der Mann doch nicht zu sein.

»Das ist Miss Taylor, eine Privatdetektivin, Alvin«, flötete Jane Pommeroy und hängte sich bei ihrem Mann ein.

»Eine Privatdetektivin«, wiederholte der Strumpfhosenfabrikant, »wie kommen wir denn zu der zweifelhaften Ehre?«

»Ich möchte den Mord an einem Kollegen aufklären«, sagte Susan.

»Ach, Sie meinen den schmierigen Schnüffler, den meine Frau mir nachgeschickt hat.«

»Wie kommen Sie denn darauf, Mr. Pommeroy? Ich habe davon nichts erwähnt.«

Pommeroys Augen wurden schmal. Er trat langsam auf Susan zu. »Jetzt hören Sie mal genau zu, Sie Schnüffelweib«, zischte er, »ich habe mit dem Tod dieses Privatdetektivs nichts zu tun. Trotzdem gebe ich Ihnen einen guten Rat. Verschwinden Sie, aber schnell. Sonst lasse ich meine Bluthunde los.«

»Okay, Mr. Pommeroy«, sagte Susan leise. »Momentan haben Sie gewonnen. Aber wir sehen uns wieder, darauf können Sie Gift nehmen. Good bye.«

Das Ehepaar Pommeroy gab keine Antwort.

Wie auf ein geheimes Kommando erschien das Dienstmädchen und brachte Susan zur Tür. Meine Partnerin versuchte über sie noch etwas von den Pommeroys zu erfahren. Vergebens. Das Mädchen hielt den Mund. Wahrscheinlich aus Angst.

Und nun ritt Susan der Teufel.

Sie wartete, bis das Dienstmädchen die Tür geschlossen hatte, und huschte dann um das Haus herum. In Deckung der Büsche erreichte Susan ungesehen die Terrasse. Meine Partnerin war doch gespannt, welche Resonanz ihr Besuch ausgelöst hatte.

»Das alles hast nur du uns eingebrockt!« schrie Alvin Pommeroy gerade. »Mit deinem blöden Eifersuchtsfimmel.«

»Aber, Alvin, ich konnte doch nicht ahnen, daß man Morley umbringen würde«, quengelte Jane Pommeroy, »außerdem hast du mit dem Mord nichts zu tun.«

»Wenn auch. Unangenehm ist es trotzdem.«

Einen Augenblick war Stille. Susan nahm die Gelegenheit wahr und suchte sich eine noch günstigere Stelle aus. Sie hatte nun die Terrasse in ihrem Blickfeld, ohne selbst gesehen zu werden.

Alvin Pommeroy marschierte unruhig hin und her. Nervös zog er an einer Zigarette. Seine Frau saß wie ein Häufchen Elend auf der Hollywoodschaukel und nuckelte an ihrem Drink.

»Übrigens, Jane, ich muß heute noch mal weg«, sagte Pommeroy plötzlich und trat seine Zigarette aus.

»Wohin denn, Alvin?«

»In das Landhaus. Wir haben heute abend wieder eine Zusammenkunft.«

»Ich möchte wissen, was ihr da zu bereden habt«, nörgelte Jane Pommeroy.

»Das geht dich gar nichts an. Aber damit du beruhigt bist, wir diskutieren über die politische Lage. Zufrieden?«

»Das müßt ihr ausgerechnet in einem einsamen Landhaus tun. Lächerlich. Ich traue dir immer noch nicht, Alvin. Du hast diese Taylor mit deinen Blicken ausgezogen. Ich werde am besten mal mitfahren«, schlug Jane Pommeroy vor.

»Gar nichts wirst du!« schrie ihr Mann. »Du wirst hierbleiben. Verstanden?«

»Nein, Alvin. Diesmal nicht.«

Alvin Pommeroy verlor die Nerven. Mit zwei, drei Schritten stand er neben seiner Frau, holte aus und schlug ihr links und rechts mit der flachen Hand ins Gesicht. »So, das mußte mal sein!« schrie er dabei.

Jane Pommeroy fiel in die Hollywoodschaukel, die dadurch wild hin und her schwang.

»Du Weiberheld!« keifte sie böse. »Du mieser, kleiner, billiger Casanova. Wenn ich nicht gewesen wäre …«

Alvin Pommeroy war blind vor Wut. Seine Hand fuhr unter die Achseln und kam mit einer Pistole wieder zum Vorschein.

»Hältst du jetzt dein dreckiges Maul«, brüllte er, »oder ich werde es dir stopfen!« Er fuchtelte mit der Pistole wild herum.

»Ja, schieß doch. Dann wird man dich wenigstens einlochen!« schrie Jane Pommeroy.

Susan hielt es für ratsam, einzugreifen. Dieser Mann war unberechenbar in seiner Wut.

Meine Partnerin hatte längst ihre Waffe in der Hand. Susan erhob sich aus ihrer Deckung und drückte ab. Über Pommeroys Kopf fuhr die Kugel in den blauen Herbsthimmel.

»Werfen Sie die Waffe weg!« befahl Susan und sprang auf die Terrasse.

Vor Schreck gehorchte der Mann. Doch dann verzerrte sich sein Gesicht. »Sie schon wieder«, bellte er und stolperte auf Susan zu.

»Stop!« Meine Partnerin hob die Waffe.

Abrupt blieb Pommeroy stehen. Sein Gesicht wurde weiß vor Wut, und seine Hände verkrampften sich. »Das werden Sie bereuen«, flüsterte er heiser, drehte sich um und rannte ins Haus.

Susan hob Pommeroys Waffe, eine Luger, auf, entlud sie und warf die Pistole Jane Pommeroy, die wie ein Häufchen Elend in der Schaukel hockte, zu.

»Wollen Sie Anzeige erstatten? Ich stehe als Zeugin zur Verfügung«, schlug Susan vor.

Jane Pommeroy schüttelte den Kopf. »Nein, Miss Taylor. Bitte, lassen Sie mich allein.«

»Wie Sie wünschen, Mrs. Pommeroy.«

Susan ging nun endgültig. Sie stieg in ihren Sunbeam, fuhr ein Stück weiter und parkte zwischen zwei Ulmen.

Susan wartete auf Alvin Pommeroy.

Ich lauerte immer noch auf Al Astor. Der Aschenbecher in meinem Mustang faßte schon nicht mehr die Zigarettenkippen.

Einmal hatte mich ein Wächter angesprochen, dem mein Verhalten verdächtig erschien. Ich zeigte ihm meine Detektivlizenz, und er war beruhigt.

Gegen sechzehn Uhr tauchte er endlich auf.

Al Astor sah sich sichernd um, als er zu seinem Wagen ging. Ich machte mich in meinem Mustang so klein wie möglich. Dann klappte in der Box neben mir eine Autotür. Ein Motor wurde angelassen. Ein paar Sekunden später schob sich der Buick aus der Box.

Nun begann automatisch der Sender seine Tätigkeit. Er gab einen Piepton ab, den ich in meinem Empfänger deutlich vernahm.

Ich startete ebenfalls.

Wir verließen die Tiefgarage.

Draußen empfing uns ein strahlender Herbstnachmittag. Ich klemmte mir meine Sonnenbrille auf die Nase.

In der City gestaltete sich die Verfolgung schwierig. Zum Glück arbeitete der Sender einwandfrei.

Zwischen uns beiden lagen etwa dreißig Yards. Al Astor steuerte den North Expressway an, der über Milwaukee zur kanadischen Grenze führt.

Falls er auf dieser Schnellstraße blieb, würden wir auch an Newberry vorbeikommen.

Sollte sich hier das Finale des Falles abspielen?

Susan brauchte nicht lange zu warten.

Schon eine halbe Stunde später fuhr Alvin Pommeroy mit seinem Alfa auf die Straße.

Susan hatte Glück. Sie brauchte nicht zu wenden, sondern konnte direkt die Verfolgung aufnehmen.

Die Fahrt endete schnell.

Pommeroy stoppte den Wagen vor einem umzäunten Gelände. Er drückte kurz auf die Hupe. Aus einem Pförtnerhäuschen erschien ein Mann mit einer Schirmmütze. Er sprach kurz mit Pommeroy, ging in seine Bude zurück, und kurz darauf hob sich die grün-weiß gestrichene Schranke, vor der der Alfa wartete.

Susan, die alles aus guter Deckung beobachtete, stutzte. Was wollte der Strumpfhosenfabrikant hier? Susan stieg aus dem Wagen, ging ein paar Schritte vor und sah sich die Umgebung genauer an.

Der Zaun umschloß ein Gelände, auf dem es außer dem Pförtnerhäuschen noch einen kleinen Steinbungalow und zwei Aluminiumhallen gab. Die Tür einer dieser Hallen wurde soeben von Pommeroy hochgekippt.

Jetzt ahnte Susan auch, was die Hallen beherbergten. Flugzeuge. Sie stand bestimmt vor einem Privatflugplatz.

Meine Partnerin hatte sich nicht getäuscht. Wenig später röhrten Motoren auf, und eine Piper verließ den Hangar.

Der Pförtner gab ein paar Handzeichen, das Flugzeug drehte zwei Schleifen und rollte dann zu einer betonierten Piste.

Wütend kaute Susan auf ihrer Unterlippe. Damit hatte sie nicht gerechnet. Pommeroy machte sich mit einem Flugzeug aus dem Staub. Bis jetzt war alles gutgegangen, er hatte nichts von der Verfolgung gemerkt. Und nun diese Enttäuschung.

Die Piper schraubte sich sanft in die Höhe, drehte eine Kurve über dem Platz und flog in Richtung Norden.

Susan ging zu dem Pförtnerhäuschen. Der Mann mußte sie schon vorher bemerkt haben, denn er ging meiner Partnerin auf halbem Wege entgegen.

Susan stellte sich vor und fragte: »Das war doch eben Mr. Pommeroy, wenn ich richtig gesehen habe.«

Der Aufpasser, ein älterer Mann mit faltigem Gesicht, nickte. »Stimmt, Madam. Es war Mr. Pommeroy. Warum?«

Susan lächelte. »Ich sollte ihm noch etwas von seiner Frau bestellen. Habe ich eben Pech gehabt. Oder können Sie mir sagen, wohin Mr. Pommeroy geflogen ist?«

Der Mann schüttelte den Kopf. »Tut mir leid, Madam. Ich habe auch keine Ahnung.«

Susan bedankte sich für die spärlichen Auskünfte und ging mißmutig zu ihrem Sunbeam zurück.

Plötzlich hatte sie eine Idee. Der FBI mußte ihr helfen. Wozu hatte sie die besten Beziehungen?

Die SGS-Agentin gab ihrem Sunbeam die Sporen und jagte auf Chicago zu.

Vor dem FBI Building in der Clark Street stoppte sie und fuhr sofort zu Mr. Grants Büro hoch.

Der Chicagoer FBI-Chef, der über Akten brütete, freute sich, Susan wiederzusehen.

»Was kann ich für Sie tun, Miss Taylor?« fragte er und bot Susan einen Platz an.

»Mr. Grant«, sagte Susan, immer noch außer Atem, »ich muß Sie um einen Gefallen bitten. Es handelt sich um folgendes.« Susan erkälte ihm den Fall. »Und deshalb dachte ich mir, Sie könnten einmal nachfragen, ob man nicht den Weg der Maschine verfolgen kann.«

Mr. Grant hatte schon den Telefonhörer in der Hand. »Bitte, eine Verbindung zum O'Hare Airport«, sagte er.

Er wartete einen Augenblick und sagte dann: »Geben Sie mir den Leiter der Flugsicherung. Grant, FBI Chicago, am Apparat.«

Die Verbindung würde schnell hergestellt. »Hören Sie, Mr. Wheeler«, sagte der FBI-Chef. »Es handelt sich um folgendes: Ist bei Ihnen eine zweimotorige Piper gemeldet worden, die vor etwa einer halben Stunde von einem Privatflugplatz in Elgin startete?«

Mr. Grant wartete einen Augenblick und wandte sich dann an Susan. »Welches Kennzeichen, Miss Taylor?«

»Ich habe es leider nicht erkennen können.«

»Hören Sie, Mr. Wheeler. Kennzeichen leider unbekannt.« Mr. Grant hörte eine Weile und sagte dann: »Gut, ich warte.«

Er sah Susan an, die nervös an einer Zigarette zog, und lächelte ihr zu. »Keine Angst, Miss Taylor. Wir werden es schon schaffen.«

»Hoffentlich.«

»Hallo, Mr. Grant«, quäkte es aus dem Hörer.

»Ja, bitte?«

Der FBI-Chef hatte jetzt eine Verstärkeranlage eingeschaltet, so daß Susan mithören konnte.

»Wir haben Recherchen angestellt und sind zu einem für Sie erfreulichen Ergebnis gelangt«, meldete der Flugsicherungsleiter. »Die Piper, von der Sie sprachen, haben wir auf dem Schirm. Der Pilot hat sich auch ordnungsgemäß gemeldet und von uns entsprechende Daten erhalten. Er befindet sich im Augenblick nordwestlich von Milwaukee mit Kurs Richtung Norden. In seiner Flugidentifizierung gibt er als Ziel einen kleinen Privatflughafen südlich der Stadt Newberry an. Das ist alles, was wir Ihnen mitteilen können.«

»Vielen Dank, Mr. Wheeler. Sie haben uns sehr geholfen.«

Mr. Grant schaltete die Verstärkeranlage aus und legte den Hörer auf. Dann wandte er sich an Susan. »Nun, Miss Taylor, zufrieden?«

»Das war mehr, als ich erwarten konnte«, sagte Susan, »doch nun zu den Gegenmaßnahmen. Ich muß schnellstens nach Newberry zu diesem Flughafen.«

»Haben Sie genügend Verdachtsmomente?« wollte der FBI-Chef wissen.

Susan zuckte mit den Schultern. »Einen konkreten Verdacht habe ich nicht. Nur ein Gefühl, daß sich etwas zusammenbraut. Verstehen Sie? Dieser Verdacht wird sich erst in Newberry erhärten.«

Mr. Grant lächelte. »Sie möchten einen Hubschrauber. Stimmt's, Miss Taylor?«

Susan wurde ein wenig rot. »Sind Sie Gedankenleser, Mr. Grant?«

»Bei Ihnen schon, Miss Taylor. Wenn ich Sie nicht genau kennen würde, könnte ich diesen Einsatz überhaupt nicht riskieren. Aber in diesem Fall …«

Der FBI-Chef griff nach dem Telefonhörer und gab das Nötige durch. Dann sagte er: »In einer halben Stunde können Sie starten.«

Susan strahlte. »Vielen Dank, Mr. Grant.« Dann verschloß sich ihr Gesicht wieder. »Leider habe ich keine Zeit, mich umzuziehen. Was soll der Pilot denken? Ein Minirock im Hubschrauber.«

»Er wird sich daran gewöhnen müssen, Miss Taylor. Noch etwas. Falls Sie einen größeren FBI-Einsatz für nötig halten, informieren Sie den Piloten. Er wird dann mit den Kollegen in Newberry sprechen und alles in die Wege leiten.«

»Vielen Dank, Mr. Grant.«

»Keine Ursache«, er lächelte, »ach, eine Frage hätte ich noch. Wo ist denn Cliff?«

Susan hob die Schultern. »Keine Ahnung. Soviel ich weiß, wollte er einem gewissen Al Astor auf den Fersen bleiben. Ich habe auf der Fahrt hierher schon versucht, ihn über Funk zu erreichen, doch mein Signal kam nicht durch. Cliff muß sich außerhalb unseres Empfangsbereichs befinden.«

»Arbeiten Sie denn an demselben Fall, Miss Taylor?«

»Das kann man wohl sagen«, erwiderte Susan, »doch wir packen ihn von verschiedenen Seiten an.«

»Na, dann viel Glück!«

»Danke sehr, Mr. Grant.«

»Solch eine hübsche Fracht hat man nicht alle Tage.« Der Hubschrauberpilot grinste breit, und seine blonden Haare flogen im Luftwirbel der Rotoren.

»Danke für die Blumen!« schrie Susan gegen den Lärm und enterte den Helikopter.

Der Pilot, der sich mit Jim Bristol vorstellte, setzte sich an den Steuerknüppel, klemmte sich Helm und Kopfhörer auf, schloß die Tür und startete.

Langsam schraubte sich der Hubschrauber vom Dach des FBI Building in den Himmel.

»Kennen Sie den Platz, an dem wir landen sollen?« rief Susan.

Der Pilot nahm seinen Kopfhörer ab. »Was sagten Sie, Miss Taylor?«

Susan wiederholte die Frage.

»Sicher kenne ich den Flugplatz. Die Flugsicherung am O'Hare Airport hat mich informiert.«

»Wann werden wir denn ungefähr landen?«

Jim Bristol schaute auf sein Chronometer. »Vielleicht in zwei Stunden. Dann wird es schon fast dunkel sein.«

Susan rümpfte die Nase. »Paßt mir gar nicht.«

»Da müssen Sie sich schon eine bessere Jahreszeit aussuchen.« Der Pilot lachte und klemmte sich seinen Kopfhörer wieder auf die Ohren.

Meine Partnerin blickte nach unten. Sie hatten die Chicagoer City bereits hinter sich gelassen und flogen über die Vororte. Hoffentlich erweist sich mein Verdacht nicht als Hirngespinst, dachte sie und schloß für einen Moment die Augen. Doch schlafen konnte Susan nicht. Sie war nervös. Was würde sie wohl in den nächsten drei Stunden erwarten?

Ich hielt als Limit etwa eine Meile Abstand zwischen Al Astor und mir.

Auf dem schnurgeraden Highway herrschte zügiger Verkehr in beiden Richtungen, und so war ich fast sicher, daß Astor mich nicht bemerkt hatte. Der Sender arbeitete einwandfrei.

Einmal stoppte Astor, um zu tanken. Mein Mustang hatte ebenfalls eine Spritfüllung nötig. Den Vorsprung, den der Gangster durch dieses Manöver gewonnen hatte, holte ich schnell wieder auf.

Langsam wurde es dämmrig. Ich schaltete die Scheinwerfer ein und rückte näher an den Buick heran. Noch konnte ich ihn mit bloßem Auge erkennen. Eine halbe Stunde später jedoch mußte ich mich ganz auf meinen Sender verlassen.

Mit einemmal wurden die Signale schwächer. Astor mußte den Highway verlassen haben.

Ich fluchte innerlich, fuhr noch ein Stück weiter und entdeckte die Mündung einer Straße, die vom Highway abzweigte.

Mit einem rasanten Schlenker verließ ich die Schnellstraße. Dann tauchte vor mir eine Kreuzung auf. Meine Scheinwerfer erfaßten ein Hinweisschild. »Newberry! 20 Miles.« Das spitze Ende des Schildes deutete nach rechts.

Ich folgte dem Hinweis, fuhr jetzt parallel zur Schnellstraße, nur in die andere Richtung.

Die Signale, die fast völlig verstummt waren, wurden wieder stärker.

Die Straße, die durch Felder führte, tauchte nun in einem Mischwald unter.

Ich fuhr langsamer. Meine Sinne waren aufs äußerste gespannt. Die Scheinwerfer fraßen sich durch die Dunkelheit – und erfaßten auf der linken Seite einen Feldweg, der in den Wald führte.

Ich stoppte, stieg aus dem Wagen und entdeckte frische Reifenspuren, die in den Weg führten.

Hier war Al Astor mit größter Wahrscheinlichkeit abgebogen.

Ich klemmte mich wieder hinters Steuer und manövrierte den Mustang ein Stück in den Wald hinein.

Dann löschte ich die Scheinwerfer, schloß die Türen ab und machte mich, wie es so schön heißt, auf die Socken. Eine Waffe und eine Taschenlampe gehörten natürlich zu meiner Ausrüstung.

Ich kam mir vor wie ein Indianer auf dem Kriegspfad, als ich quer durch den Wald lief. Ab und zu blieb ich stehen und lauschte. Doch nur das Rauschen des Windes in den Baumkronen war zu hören. Selbst die Tiere des Waldes schienen den Atem anzuhalten, als spürten sie, daß irgend etwas passieren würde.

Dann vernahm ich das Brummen eines Flugzeugs. Das Brummen verstärkte sich, und ich hatte das Gefühl, daß der Metallvogel direkt über mir stehen würde. Sollte das Flugzeug etwa hier in der Nähe landen? Der Flughöhe nach zu urteilen, ja.

Ich legte noch einen Gang zu. Prompt geriet ich ins Schwitzen. Macht nichts, Cliff, redete ich mir ein, ist gut für die Figur.

Der Wald lichtete sich. Und dann hatte ich den Rand erreicht. Geduckt schlich ich durchs Gebüsch, übersprang einen Graben, ging in die Hocke und peilte die Lage.

Es war wirklich sehenswert.

Das Flugzeug, das ich gehört hatte, setzte soeben zur Landung an. Ein Mann gab in der Dunkelheit mit einer großen Lampe Landehilfen. Das alles spielte sich auf einem freien Platz ab. An der Ostseite des Platzes stand ein flaches Haus mit hellerleuchteten Fenstern. Von einer Veranda auf der Vorderseite hörte ich Stimmen, ab und zu ein hartes Männerlachen, und brennende Zigaretten waren als glühende Punkte zu erkennen.

Der Mann, der soeben mit dem Flugzeug gelandet war, gesellte sich zu den anderen. Dann verschwand die ganze Sippschaft im Haus.

Den Mann, der vorhin das Flugzeug eingewiesen hatte, konnte ich nicht mehr entdecken. Bestimmt würde er aber noch in der Nähe sein. Ich mußte also aufpassen. Vielleicht waren noch mehrere Wächter in der Umgebung.

Ich knöpfte mein Jackett auf, lockerte den 38er und schlich los. Geduckt näherte ich mich dem Haus. Einmal wäre ich fast über einen kleinen Zaun gestolpert, konnte jedoch im letzten Moment ausweichen. Ich übersprang ihn mit einem Satz. Wer weiß, eventuell war dieser Zaun mit einer Alarmanlage gekoppelt.

Ich näherte mich langsam dem Haus und sah mich nun öfter um, bereit, jeden Augenblick in Deckung zu gehen.

Aber nichts passierte. Es ging alles glatt. Zu glatt für meinen Geschmack.

Ich hatte das Haus erreicht und enterte die Veranda.

Ich vernahm Stimmen.

Schritt für Schritt schlich ich auf das große Verandafenster zu, hinter dem die Stimmen aufgeklungen waren.

Ich peilte mit einem Auge durch das Fenster und war sauer. Die Kerle hatten die Vorhänge zugezogen.

Was tun, sprach Zeus. Da ich nicht Zeus bin, sondern Cliff Corner, spitzte ich erst mal die Ohren.

Anfangs hörte ich nur Stimmengemurmel. Dann meinte ich, in der Ferne das Brummen eines Flugzeuges oder Hubschraubers zu vernehmen, doch ich konnte mich auch getäuscht haben.

Plötzlich verstummte das Stimmengewirr. Eine Stimme schrie: »Ruhe!«

Ich stutzte. Die Stimme kannte ich irgendwie. Ich hatte sie erst in den letzten Tagen gehört. Aber wo? Mir fiel es nicht ein.

Im Haus wurde es interessant. Stühle scharrten, und der Mann, dessen Stimme ich kannte, begann zu reden.

»Freunde«, sagte er, »wir haben uns hier zusammengefunden, um die Vorbereitungen des letzten Teiles unseres Planes zu besprechen. Zuerst muß ich euch folgendes mitteilen. Unser Freund Al Astor mußte einen miesen Privatschnüffler umlegen, der unseren Plan fast zum Scheitern gebracht hätte. Ich hoffe, ihr seid mit dieser Sache einverstanden.«

Beifall klang auf.

»Doch nun weiter. Wie ihr wißt, startet bald der Wahlkampf. Und hier aktiv einzugreifen ist unser Ziel. Einen Wahlhelfer haben wir schon aus dem Weg geräumt und es werden noch viele folgen. Wenn das geschehen ist, können wir unsere Bedingungen stellen. Wir werden aus diesem verweichlichten Amerika wieder eine Nation von harten, stolzen Männern schaffen, so wie es unsere Vorfahren einst waren.«

Frenetischer Beifall unterbrach die Rede.

Als wieder Ruhe eingetreten war, meldete sich jemand zu Wort. »Mich hat heute eine Privatdetektivin namens Susan Taylor besucht. Sie stellte Recherchen im Fall dieses ermordeten Schnüfflers an. Kann uns diese Person gefährlich werden?«

Ich pfiff leise durch die Zähne. Susan hatte also auch die richtige Spur gefunden. Alle Achtung. Ihre Nase war wieder Superklasse.

»Diese Taylor ist kein Problem. Mit ihrem Ableben werden wir uns morgen beschäftigen. Auch ihr Partner, dieser Corner, wird bald unter der Erde liegen.«

Ich gestattete mir ein Grinsen. Doch statt die Gesichtsmuskeln zu verziehen, hätte ich besser auf meine Umgebung achten sollen.

Als ich das Knarren der Verandabohlen hörte, war es zu spät. Etwas Großes, Rundes bohrte sich in meinen Rücken, und eine Stimme zischte: »Ich habe eine Schrotflinte in der Hand, und diese Flinte ist geladen. Ich hoffe, du hast keine Lust, es auszuprobieren. Sei schön brav, heb die Hände und dreh dich langsam um!«

Ich hatte mich mal wieder wie ein blutiger Anfänger reinlegen lassen.

»Schon gut, Sportsfreund«, antwortete ich, spreizte die Hände ein wenig ab und wirbelte blitzschnell herum.

Mit dem rechten Ellenbogen wuchtete ich den Lauf der Schrotflinte zur Seite. Gleichzeitig schoß meine Fußspitze hoch. Sie knallte gegen den Unterarm des Mannes. Er stieß einen Grunzer aus und ließ die Knarre wie ein Stück heißes Eisen fallen.

Ich setzte sofort nach. Zwei Schläge explodierten an seinem Unterkiefer.

Der Bursche spuckte wütend, zog den Kopf ein und rammte ihn mir vor die Brust.

Ich wurde zurückgeworfen. Mein Rücken schloß schmerzhaft mit der Hauswand Bekanntschaft.

Der Kerl raste wie ein Stier auf mich los. Sein wutentstelltes Gesicht ließ ahnen, was auf mich zukam. Mit einem Schwinger versuchte er mir den Rest zu geben. Gedankenschnell nahm ich den Kopf zur Seite. Seine Faust zischte an mir vorbei und knallte gegen die Hauswand. Der Kerl stieß ein furchtbares Geheul aus. Mich wunderte es, daß die Männer im Haus noch nicht auf unseren Kampf aufmerksam geworden waren.

Der Bursche bot mir seinen Hals geradezu an. Ein genau dosierter Handkantenschlag tat seine Wirkung. Der Schläger seufzte auf und rutschte an der Hauswand herunter.

»Alle Achtung, Corner«, hörte ich plötzlich eine Stimme.

Ich wirbelte herum.

Etwa zwei Yards vor mir stand Al Astor. Lässig hielt er eine Maschinenpistole in seinen Händen. Das brünette Metall schimmerte im fahlen Mondlicht.

»Gelernt ist eben gelernt.« Ich grinste verzerrt.

»Stimmt schon, Corner. Nur werden dir deine Künste nichts mehr nutzen. Für meinen Geschmack hast du ein Leben zuviel. Das werde ich dir auspusten.«

»Stop, Astor.« Ich hob die Hand. »Darf ich noch um einen Gefallen bitten? Wer ist der Boß? Ist es der Mann, der hinter uns so geschwollen redet?«

»Richtig, Corner. Ich gebe dir sogar noch eine Minute länger. Ich möchte auch noch was wissen. Wie bist du mir auf die Spur gekommen?«

»Das ist eine lange Geschichte, Astor.«

»Erzähle!«

Ich spielte mit dem Feuer. »Denk an die eine Minute.«

»Nerven hast du, Corner, das muß man dir lassen«, sagte er anerkennend. »Jetzt laß schon hören. Ich bin verdammt neugierig.«

Ich erzählte von seiner Entdeckung durch die beiden Cops und der Verfolgungsjagd. Während meiner Worte konzentrierte ich mich wie selten. Ich wußte, Astor würde schießen. Er war ein Berufsverbrecher. Kalt und gefühllos …

»Genug geredet«, unterbrach mich Al Astor und hob die Maschinenpistole.

In diesem Augenblick begann sich der von mir niedergeschlagene Mann wieder zu regen.

Al Astors Blick irrte einen Sekundenbruchteil von mir weg.

Mit einem Satz hechtete ich vor.

Zu spät.

Astor reagierte höllisch schnell. Er sprang zwei Schritte zurück und hatte mich wieder vor dem Lauf.

»Wir sind gleich da«, sagte Jim Bristol und ging tiefer.

Susan starrte nach unten. »Wie finden Sie sich in dieser Dunkelheit bloß zurecht?« rief sie. »Ich sehe nur Finsternis und ab und zu ein paar helle Flecken. Können Sie denn hier überhaupt landen?«

»Das lassen Sie mal meine Sorge sein, Miss Taylor. Sie werden sehen.«

Der Hubschrauber verlor immer mehr an Höhe. Susan hatte das Gefühl, ihr Magen würde langsam nach oben steigen.

Doch dann war es geschafft. Die Kufen berührten den Boden. Jim Bristol schaltete den Motor aus. Wenig später standen die Rotoren still.

»Das wär's.« Der Pilot grinste. »Nun sind Sie dran, Miss Taylor. Der bewußte Flugplatz liegt etwa eineinhalb Meilen von hier in nördlicher Richtung. Sollte ich in einer Stunde nichts von Ihnen gehört haben, alarmiere ich über Funk den FBI und die Cops. Viel Glück.« Jim Bristol reichte ihr die Hand.

»Danke, Mr. Bristol. Ich kann es brauchen.«

Susan öffnete die Tür des Hubschraubers und sprang ins Freie.

In nördlicher Richtung, hatte der Mann gesagt. Susan, die die Sternzeichen ebensogut lesen konnte wie ein Buch, orientierte sich. Der richtige Weg war schnell gefunden.

Susan faßte ihre Handtasche fester und marschierte los. Ein kühler Wind strich durch ihre Wildlederjacke. Susan fröstelte.

Sie durchquerte einen schmalen Waldstreifen. Dann stand

sie vor einem halbhohen Zaun. Mit einem Satz flankte sie über dieses Hindernis und sah die Umrisse eines Flugzeuges. Susan schlich näher an den Vogel. Sie erkannte den Typ. Es war eine zweimotorige Piper.

Also bist du an der richtigen Adresse, freute sich meine Partnerin. Susan huschte weiter und stand bald darauf vor einem Haus. Stimmen klangen nach draußen.

Susan entdeckte eine Tür. Sie drehte den Kopf. Verschlossen. Meine Partnerin kehrte um und schlich um das Haus. Vorsichtig peilte sie um die Ecke – und zuckte wie unter einem Stromstoß zusammen.

Sie sah Al Astor, wie er mich mit einer Waffe bedrohte. Obwohl Astor ihr halb den Rücken zuwandte, erkannte Susan doch die MPi in seiner Hand.

Gedankenschnell zog Susan ihre Waffe.

Sie hörte, wie Astor schrie: »Genug geredet!« Dann überstürzten sich die Ereignisse.

Ich hechtete im selben Augenblick nach vorn, als Susan schoß. Aus den Augenwinkeln nahm ich wahr, wie Astor zusammenzuckte, die MPi fallen ließ und aufstöhnend nach seinem Arm griff.

Ich rollte mich von der Veranda. Der Kerl, den ich niedergeschlagen hatte, grapschte nach der Schrotflinte.

Ich lag günstig, hob meinen Fuß und stieß die Flinte zur Seite. Dann warf ich mich vor und verpaßte ihm den zweiten Handkantenschlag an diesem Abend.

»Du wühlst ja hier rum wie eine Made im Speck«, hörte ich eine Stimme.

Ich rappelte mich hoch und sah in das lächelnde Gesicht von Susan Taylor. »Wie kommst du denn hierher?«

»M–m–K«, sagte sie und hielt dabei Al Astor in Schach, der wie ein Häufchen Elend am Boden hockte.

»Was bedeutet das denn schon wieder?«

»M–m–K? Ganz einfach. Es heißt soviel wie Mensch mit Köpfchen.«

»O nein«, stöhnte ich in gespielter Verzweiflung und hob die Maschinenpistole auf.

Mit der Waffe im Anschlag ging ich zu Al Astor. »Das war's wohl, Al«, sagte ich kalt. »Endgültig Schluß. Im Zuchthaus hört das Killen auf.«

Er sah mich wild an. »Du kannst mich mal«, knurrte der Gangster. »Noch hast du nicht gewonnen.«

»Wie viele Personen sind in dem Haus?«

»Zähl sie doch, Corner.«

»Du wirst lachen, Al. Das werde ich auch.«

Mich wunderte es, daß niemand den Schuß gehört hatte. Doch anscheinend lauschten sie so gebannt dem Vortrag ihres Meisters, daß niemand auch nur auf die Idee kam, nach draußen zu sehen, geschweige denn nach draußen zu lauschen.

»Was hast du vor, Cliff?« fragte Susan.

»Wir werden jetzt unseren Freund Al nehmen und mit ihm seinen Kumpanen da drinnen einen Besuch abstatten. Außerdem möchte ich mir den Boß mal ansehen.«

»Ich bleibe hier. Ich bin verletzt«, fauchte Astor.

»Natürlich«, spottete ich. »Immer das gleiche. Bei wehrlosen Gegnern den großen Mann markieren, und wenn es dir selbst an den Kragen geht, bald vor Angst in die Hosen machen.« Ich liftete die MPi. »Steh auf, Freundchen. So schlimm ist deine Verletzung nicht.«

Astor stützte sich mit der gesunden Hand auf und quälte sich auf die Beine. Schwankend stand er vor uns.

»Wunderbar, Al«, lobte ich ihn. »Geh langsam voraus. Du kennst ja den Weg.«

Der Gangster schlurfte vor uns her.

»Glaubst du, wir werden mit denen da drinnen fertig?« flüsterte Susan.

»Ich denke, schon. Ich glaube nicht, daß das Ganoven sind, wie wir sie kennen.«

»Dann bin ich beruhigt.«

Wir gingen um die Hausecke und stoppten vor einer Doppeltür.

»Die ist abgeschlossen«, erklärte Al Astor.

»Dann gib uns den Schlüssel«, sagte ich trocken.

»Den hab' ich nicht«, entrüstete er sich.

»Wie wärst du denn ins Haus gelangt?«

»Ich hätte geklopft.«

Langsam fiel mir der Kerl auf den Wecker. »Hör mal gut zu, Al! Entweder du gibst den Schlüssel, oder ich mache Hackfleisch aus dir!«

Mein Bluff hatte Erfolg. Zähneknirschend holte Astor den Schlüssel aus seiner Jackentasche.

»Warum nicht gleich so?«

Ich warf Susan den Schlüssel zu. Sie mußte ihn zweimal im Schloß herumdrehen, ehe die Tür offen war.

Dann standen wir in einen kleinen holzgetäfelten Vorraum. Das Zimmer, in dem der Boß seine flammende Rede hielt, wurde durch einen dunklen Vorhang von dem Vorraum abgetrennt. Eine trübe Funzel spendete spärliches Licht.

Ich wandte mich an Al Astor. »Im Augenblick bist du überflüssig, Al«, sagte ich und beförderte ihn mit einem ungefährlichen Schlag ins Reich der Träume. Gemeinsam legten wir ihn in eine Ecke.

Dann ging ich zu dem Vorhang und zog ihn eine Idee zur Seite.

Vor mir lag ein großer Raum. Ich zählte etwa dreißig Personen, die auf harten Stühlen saßen und einem Mann zuhörten, den ich kannte.

Der Mann stand auf einem Podest am anderen Ende des Raumes. Er wirkte gar nicht wie ein Gangsterboß, eher wie ein angestaubter Beamter. Und das war er schließlich auch.

Denn niemand anderes als Philip Greaves, stellvertretender Zuchthausdirektor, war der Boß.

Daher war mir die Stimme bekannt erschienen. Den Schrecken mußte ich erst verdauen.

»Ist was?« flüsterte Susan.

»Ich habe nur gerade den Boß gesehen. Es ist der stellvertretende Zuchthausdirektor Philip Greaves.«

»Sieh an«, staunte Susan.

Ich nickte meiner Partnerin zu, packte die Maschinenpistole fester, sah, daß Susan auch ihre Waffe bereithielt, und sagte: »Dann wollen wir mal.«

Mit einem Ruck riß ich den Vorhang auseinander. Einige Köpfe drehten sich erschreckt in meine Richtung. Neben mir tauchte Susan auf.

Ich jagte eine kurze MPi-Garbe gegen die Decke. Das schreckte auch die letzten hoch. Überrascht und angstvoll starrten sie mir entgegen.

»Mr. Greaves«, rief ich schneidend, »darf ich mir Ihren Vortrag auch anhören?«

Wie unter einem Peitschenhieb zuckte der Gangsterboß zusammen. »Corner!« schrie er mit sich überschlagender Stimme. »Sie verdammter Hund.«

Ehe ich reagieren konnte, sprang er von seinem Podest, riß eine Waffe hervor, packte sich den nächstbesten Mann und setzte ihm die Mündung an den Kopf.

»Freien Abzug!« brüllte er. »Oder ich puste ihm ein Loch durch den Schädel.«

Zähneknirschend stimmte ich zu.

Greaves ging langsam rückwärts. Den Mann zog er wie eine steife Puppe mit sich. Er steuerte das Fenster an.

»Kipp die Scheibe hoch!« befahl er einem der Männer.

Dieser gehorchte mit zitternden Fingern.

»So ist es gut«, sagte Greaves.

Mit dem Rücken trat er an die Fensteröffnung. Mit der einen Hand stieß Greaves seine Geisel weg, feuerte zwei Schüsse auf mich ab und ließ sich aus dem Fenster fallen.

Das Blei zischte gefährlich nahe an meinem Kopf vorbei.

Ich warf Susan die Maschinenpistole zu. Ich hatte ja noch meine eigene Waffe. »Halt die Leute in Schach, Susan!« rief ich, wirbelte herum und rannte nach draußen. Dieser Greaves würde mir nicht entwischen.

Im ersten Moment konnte ich nichts erkennen. Meine Augen mußte sich an die Dunkelheit gewöhnen.

Schräg hinter mir hörte ich hastige Schritte. Greaves.

Ich rannte in die gleiche Richtung.

Soeben schob sich der Mond hinter einer Wolke hervor. Und da sah ich meinen Gegner. Er lief über ein freies Feld auf ein Flugzeug zu.

Ich riß meinen 38er heraus und schoß in die Luft.

Greaves stoppte. Er wirbelte herum. Ein Mündungsblitz

flammte aus seiner Waffe. Die Kugel fuhr jedoch weit an mir vorbei.

Greaves rannte weiter und schlug Haken wie ein Hase.

Ich war auch nicht faul und holte auf. Langsam, aber sicher.

Greaves hatte das Flugzeug erreicht. Er tauchte darunter weg.

Ich machte mich sicherheitshalber klein. Mein Gegner lauerte jetzt hinter einer guten Deckung. Mit ein bißchen Glück konnte er mich erwischen.

Doch ich hatte mich verkalkuliert.

Ein Automotor brummte auf.

Ich hatte den Wagen nicht bemerkt. Er mußte im Schatten des Flugzeuges gestanden haben.

Ich wetzte los, jagte an dem Flugzeug vorbei und erkannte die Marke des Wagens. Es war ein VW.

Diesmal hatte ich sogar Glück.

Der VW war so schlecht geparkt, daß Greaves, wollte er losfahren, erst wenden mußte. Mein Vorteil.

Greaves beendete das Wendemanöver in dem Augenblick, als ich den Wagen erreichte. Leider war meine Position ungünstig.

Ich schoß auf einen Hinterreifen und traf nicht.

Greaves gab Gas.

Mir kam eine waghalsige Idee.

Noch ein paar Yards, dann hatte ich den VW erreicht.

Der Käfer nahm Fahrt auf.

Ich rannte seitlich neben ihm her. Ich legte noch einen Zahn zu, jumpte auf die hintere Stoßstange, stieß mich sofort nach vorn ab und krallte mich an der Regenrinne des Wagens fest.

Im Innern des Autos fluchte Greaves.

Er raste aufs Geratewohl los und jagte den VW über eine Wiese, die mit Löchern und Huckeln übersät war.

Ich wurde auf dem Dach durchgeschüttelt wie in einer Schwingmühle. Mal kippte ich zur linken, dann wieder zur rechten Seite. Trotzdem hielt ich eisern fest. Ich habe mal einen Film gesehen, in dem der Leinwandheld die gleiche Szene erlebte wie ich. Nur zog er sich seelenruhig sein

Jackett aus und hielt es dem Fahrer vors Fenster. Wie gesagt, das war im Kino. Ich jedoch traute mich noch nicht mal, eine Hand von der Regenrinne zu lösen, geschweige denn meine Jacke auszuziehen.

Greaves verließ die Wiese und kurvte auf einen Feldweg. Nun drehte er noch mehr auf. Er fuhr Kurven wie ein Betrunkener.

Lange konnte ich mich nicht mehr halten. Meine Hände rutschten schon ab. Langsam, aber sicher glitt ich zurück.

Und dann trat Greaves auf die Bremse.

Ich wurde hochgehoben, nach vorn geschleudert, tickte aufs Autodach, knallte mit dem Bauch auf die Kühlerhaube, schlug einen halben Salto und segelte auf den Feldweg.

Instinktiv duckte ich mich, fing meinen Schwung ab und rollte in einen Graben.

Automatisch tastete ich nach meiner Waffe. Gott sei Dank, sie war noch da.

Greaves startete schon wieder durch. Das Aufheulen des Motors riß mich hoch.

Zielen und schießen war eins.

Diesmal traf ich den Reifen.

Trotzdem jagte Greaves weiter. Sogar noch schneller. Das verträgt kein Auto. Der VW geriet plötzlich aus der Spur, drehte sich und prallte mit dem Hinterteil gegen einen Telegrafenmast. Blech kreischte, der Mast splitterte und senkte sich langsam nach unten. Auf halber Höhe hielten ihn die Hochspannungskabel fest. Zum Glück.

Greaves schien nichts passiert zu sein. Er riß die Tür auf und huschte wie ein Wiesel aus dem Wagen.

»Stehenbleiben!« schrie ich und rannte mit gezogener Waffe auf ihn zu.

Greaves hörte nicht. Er gab Fersengeld.

Ich hetzte hinter ihm her.

Natürlich hätte ich schießen können, doch ich schieße keinem Menschen in den Rücken.

Zwanzig Yards trennten uns noch, da wagte Greaves eine Verzweiflungsaktion. Er blieb urplötzlich stehen, fuhr herum, riß die Waffe hoch und schoß.

Ich handelte wie ein Rekrut. Schon bei seiner ersten Bewegung lag ich auf dem Boden.

Drei Kugeln zischten über mich hinweg, dann hörte ich ein bekanntes Klicken und einen Fluch. Greaves hatte sich verschossen.

Gedankenschnell war ich wieder auf den Beinen. Jetzt hatte ich ihn.

Mit einem Wutschrei warf mir der Gangsterboß seine Waffe entgegen. Ich wich aus und hob meinen 38er. »Stehenbleiben, Greaves«, sagte ich hart. »Diesmal schieße ich sofort.«

»Schon gut«, resignierte er. »Sie haben gewonnen.«

Nun, da alles vorbei war, spürte ich, daß mir sämtliche Knochen weh taten. Die Spannung ließ nach und wich einer großen Müdigkeit.

»Sie sollten doch am besten wissen, daß Verbrechen sich nicht lohnen«, sagte ich, ging auf den Gangsterboß zu und tastete ihn nach weiteren Waffen ab.

Ich fand keine.

»Man versucht es eben immer besser hinzukriegen als die anderen. Beinahe hätte ich es auch geschafft«, sagte Greaves.

»Aber nur beinahe.«

»Wohin bringen Sie mich, Corner? Zurück?«

»Sicher, die Cops werden bald da sein.«

»Corner«, flüsterte er beschwörend, »ich mache Ihnen ein Angebot. Ich habe Geld, viel Geld. Sie können alles haben. Lassen Sie mich frei.«

»Für wie dumm halten Sie mich eigentlich, Greaves? Glauben Sie im Ernst, Sie können mir mit Ihrem Blutgeld imponieren? Im Gegenteil, Sie handeln sich nur noch mehr Minuspunkte ein. Schluß mit dem Gerede. Ab geht die Post.«

»Wie Sie wollen, Corner.«

Ich ließ Greaves vorausgehen. Den 38er hatte ich eingesteckt. Greaves war kein Typ, der mich mit bloßen Fäusten schlagen könnte. Greaves ging voran. Wie zwei Wanderer marschierten wir auf dem staubigen Feldweg durch die Nacht.

Plötzlich knickte Greaves um.

Mit einem Schritt war ich bei ihm. »Was ist?«

»Mein Fuß«, jammerte er, »ich habe mir meinen Knöchel verstaucht.«

»Lassen Sie mal sehen. Aber keine Tricks«, warnte ich ihn.

Greaves hockte sich auf den Boden. Er schob sein Bein vor. »Hier, Corner, sehen Sie«, er deutete auf den linken Knöchel.

Ich bückte mich ein wenig.

Aus den Augenwinkeln sah ich etwas Aufblitzen. Ich wollte mich fallen lassen, da erwischte es mich.

Ein Taschenmesser bohrte sich in mein rechtes Bein. Greaves mußte das Messer schon die ganze Zeit in der Hand gehabt haben.

Ich klappte zusammen. Eine Schmerzwelle zog durch meine rechte Seite.

Meine Hand zuckte zur Waffe.

Da warf sich Greaves auf mich. Sein Gewicht nagelte mich am Boden fest. Mit dem Knie drückte er auf mein verletztes Bein. Er schlug auf mich ein, wild, unkonzentriert.

»Dich mach' ich fertig, du Schwein!« schrie er haßerfüllt.

Seine Hand suchte meinen Revolver.

Doch da hatte ich mich wieder gefangen. Mit einem Schlag gegen seine Nieren beförderte ich ihn zurück auf den Feldweg.

Doch Greaves war schnell. Noch im Fallen riß er mir das Taschenmesser aus der Wunde, fing sich wieder und hechtete vor.

Gedankenschnell rollte ich mich zur Seite. Greaves knallte neben mir auf den Feldweg.

Sofort war er wieder hoch, das blutige Messer in der Hand. Er hob den Arm, wollte das Messer mit tödlicher Wucht auf mich schleudern …

Ich griff zum 38er. »Hör auf, Greaves!« schrie ich ihn an und hob meinen Oberkörper.

Greaves wollte nicht hören. Weit holte er aus …

Ich schoß.

Meine Kugel drang ihm in die Hüfte. Greaves stieß einen Schrei aus, ließ das Messer fallen und drehte sich spiralenförmig zu Boden. Er stützte sich noch einmal auf, sah mich an, dann fiel er um.

Ich kroch zu ihm hin.

Greaves war nicht tot. Sein Herz schlug. Die Gerichte würden sich noch mit dem Mann zu beschäftigen haben.

Ich holte eine zerknitterte Zigarettenpackung aus der Tasche und steckte mir ein Stäbchen zwischen die Lippen. Die Zigarette tat gut.

Ich blieb einfach neben Greaves sitzen.

So fanden uns die Cops.

Der Hubschrauberpilot hatte die Beamten alarmiert. Greaves wurden Handschellen angelegt. Er wehrte sich nicht, ließ alles völlig apathisch über sich ergehen.

Der Messerstich stellte sich bei näherem Hinsehen als Fleischwunde heraus. Ich hatte mein Bein vorhin provisorisch verbunden und humpelte nun mit Hilfe eines Cops zum Wagen.

In dem Landhaus sperrten wir sie alle zusammen. Al Astor tobte und schwor blutige Rache. Seine Sprüche entlockten mir noch nicht mal ein Grinsen.

»Die G-men sind schon unterwegs«, klärte mich Susan auf, nachdem sie sich überzeugt hatten, daß meine Verletzung nichts Ernstes war.

Meine Partnerin besorgte mir einen Stuhl und eine Taschenflasche mit Whisky.

»Die Welt ist wieder in Ordnung«, sagte ich grinsend und sah dem geschäftigen Treiben der Beamten zu. Es war wirklich nur Kleinarbeit, was noch zu erledigen war.

»Warum hat dieser Greaves das alles nur getan?« fragte Susan. »Er hatte doch wirklich eine glänzende Stellung.«

Ich zuckte mit den Schultern. »Greaves war ein Radikaler der rechten Seite. Er wollte Amerika mit Gewalt verändern. Er muß wirklich eine enorme Überzeugungskraft haben, daß er selbst die cleveren Geschäftsleute wie zum Beispiel Pommeroy in seinen Bann ziehen konnte. Sein Fehler war jedoch, daß er sich zu sehr auf Al Astor verlassen mußte. Das hat ihm schließlich das Genick gebrochen.«

»Und dieser Jaroff, Cliff, hatte der Beziehungen zu Greaves?«

598

»Ob er die Mädchen seines Call-Girl-Ringes für Greaves und seine Leute zur Verfügung gestellt hat, werden die Verhöre ergeben.«

Susan schüttelte sich. »Wenn ich an diesen Bottich denke, läuft es mir kalt über den Rücken.«

Ich blickte sie an. »Jaroff war ein Sadist.«

»Ja. Als seine Freundin starb, muß bei ihm eine Sicherung durchgebrannt sein. Er sprach bei mir davon, daß er alle seine Verbrechen begangen habe, um Marions Tod zu rächen.«

»Wenn er noch lebte, hätten sich die Psychiater mit seinem Rachekomplex beschäftigen müssen«, sagte ich. »Mag sein, daß er wirklich zum Mörder wurde, um den Tod seiner Freundin zu rächen. Andererseits glaube ich eher, daß er sich das mit der Rache für seine Freundin nur eingeredet hat. Sein Call-Girl-Ring war nämlich verdammt clever aufgezogen, und er hatte eine Stange Geld damit verdient. Das spricht mehr für einen brutalen, mit allen Wassern gewaschenen Gangster als für einen Mann, der durch den Tod seiner Liebsten in den Wahnsinn getrieben wurde. Aber wie dem auch sei – für uns ist der Fall schließlich erledigt.«

»Für Jaroff auch«, meinte Susan sarkastisch.

Ich mußte grinsen. »Dein Humor ist wieder umwerfend schwarz«, sagte ich. Dann wurde ich wieder ernst. »Von dem buckligen Tom werden wir noch weitere Einzelheiten erfahren. Vor allen Dingen die Stellen im Moor, wo die Leichen liegen.«

Tom war wirklich der einzige, an den wir uns halten konnten. Er hatte übrigens auch das rothaarige Mädchen erwürgt, das Susan im Swimming-pool gefunden hatte. Der Maler Sebastian hatte Susans Rettung mit dem Leben bezahlen müssen.

Ich gönnte mir zwei faule Tage, lag in meiner Wohnung auf der Couch und pumpte Kalorien in mich hinein.

Tagsüber verwöhnten mich Susan und Julia Hickson. Doch nachts verwöhnte mich nur eine. Raten Sie mal, wer …

ENDE DER SECHSTEN STORY

In Nizza fing das Morden an

aus der Serie
John Cameron

Ihr blondes Haar endete am Saum des Minirocks. Zwei Brüste, die wohl nie einen BH gespürt hatten, wölbten den knappen Pulli.

Ganz sacht strichen Le Beaus Fingerspitzen über die langen Schenkel.

»Laß das!« fauchte die Blonde.

Le Beau zog die Hand zurück. »Dann heute abend?«

»Kann sein. Erst das Geschäftliche.«

Die Blonde steckte sich eine Zigarette zwischen die kirschrot geschminkten Lippen.

Le Beau gab ihr Feuer. Sie inhalierte tief. Durch den gespitzten Mund blies sie den Rauch wieder aus.

»Na, wer ist es diesmal?«

Le Beau wiegte den Kopf. »Dieser Mann könnte dir gefährlich werden, Candy.«

Candy Carr verzog ihre Mundwinkel.

»Ach, was du nicht sagst. Wie war es denn mit den beiden anderen?«

»Waren im Gegensatz zu diesem Tauben.«

Candy lachte auf. »Du machst mir Spaß. Komm, sag schon den Namen der ›Taube‹, die ich umlegen soll.«

»Der Mann heißt …« Le Beau legte eine kleine Kunstpause ein und nippte an seinem Drink.

»Na, wie denn?« Candys Stimme klang ärgerlich.

»John Cameron!«

Heiß war der Beat, heiß die Frauen und heiß die Nacht.

Heiß wurde es auch John Cameron unter den Küssen eines Sexygirls.

»Wir werden noch eine lange Nacht haben, Johnny«, stöhnte das Girl.

Wie eine Katze rekelte sie ihren Körper in dem handwarmen Sand. Hier am Strand war es ruhig. Die Partymusik klang eher beruhigend, und das laute Gelächter der Gäste war kaum noch zu hören.

»Sicher, Süße«, flüsterte John und ging zum Angriff über.

»Ich schätze, die andere Hälfte der Nacht wirst du mit einer Karbolmaus im Krankenhaus verbringen, Cameron.«

Erschreckt fuhren die beiden auseinander.

John rollte sich blitzschnell dreimal um die eigene Achse und sprang auf die Füße.

»Huch!« kreischte das Girl. Verzweifelt suchte sie nach dem Bikinioberteil.

»Cameron, jetzt schlag ich dir die Zähne einzeln aus. Damit du es weißt, Mara gehört mir.«

Der Mann, der diese Worte sagte, sah aus wie ein Modellathlet. Er strotzte förmlich vor Kraft. Wahrscheinlich wollte er sich vor Mara ins rechte Licht setzen.

John grinste. »Komm schon, Bubi.«

Und Bubi kam. Fauchend wie eine Lokomotive. Die Fäuste vorgestreckt.

Ein Sidestep genügte.

Der Athlet rannte vorbei.

Johns Fuß schoß und hakte sich zwischen Bubis Beine.

Der Modellathlet vollführte einen halben Salto, stieß einen urigen Laut aus und landete mit seinem Alabasterkörper im Sand.

John sprang vor. Seine Handkante tupfte an eine bestimmte Stelle in Bubis Nacken.

Das Aus für den mutigen Krieger.

»Wunderbar, Johnny!« juchzte Mara, hüpfte auf ihn zu und winkte mit ihrem Bikinioberteil.

John wartete, bis sich ihre Proportionen wieder beruhigt hatten.

Mit dem Finger deutete er auf den Modellathleten. »Kümmere dich um deinen Helden.«

»Aber die Siegesfeier«, murrte Mara.

»Holen wir am dreißigsten Februar nach.«

»Gut, Johnny. Wenn du solange mit mir gehen willst ...« Mara überlegte. Plötzlich kam ihr die Erleuchtung. »Du Schuft!« schrie sie wütend. »Den dreißigsten Februar gibt es ja gar nicht.«

»Tatsächlich«, John grinste. »Dann muß ich glatt meinen Kalender zurückgeben. Dort ist das Datum eingezeichnet.«

»Hau ab«, kreischte Mara.

Sie bückte sich, packte beide Hände voll Sand und warf damit nach John Cameron.

John lachte nur. Gemütlich schlenderte er zurück. Maras Schimpfen hörte er noch lange.

Auf der Strandparty herrschte immer noch Highlife.

Man hatte John schon vermißt. »Na, war Mara anstrengend?« fragte jemand.

»Es ging. Ihr könnt sie übrigens abholen. Zusammen mit ihrem Adonis.«

Johns Worte riefen allgemeines Gelächter hervor.

John Cameron schnappte sich ein Glas Sekt und leerte es auf einen Zug. »Wo ist übrigens Sonny?« erkundigte er sich.

»Landeinwärts. Mit einer Rothaarigen.«

»Dann wird's lange dauern, befürchte ich.« John blickte sich um. »Wißt ihr was, Kameraden. Ich habe keinen Nerv mehr. Bestellt Sonny, ich wäre schon im Hotel.«

»Warum das denn? Es wird doch jetzt erst richtig gemütlich. Und ich bin besser als Mara«, hauchte ihm eine etwas alkoholisierte und gutgewachsene Blondine ins Ohr.

John küßte das Girl auf den Oberarm. »Tut mir leid, Blondie. Vielleicht ein anderes Mal. Für heute bin ich ausgeflippt.«

John Cameron verließ die verrückte Party. Für heute hatte er die Nase wirklich voll. Aber diese Partys gehörten nun mal zum Strandleben von Nizza.

Johns Luxushotel lag direkt am Strand. Ein Fußgängertunnel, unter der Promenade herführend, verband Hotel mit Strand. Eine ideale Lösung.

John Cameron, nur mit Hemd, Hose und Sandaletten bekleidet, ließ sich an der Rezeption seinen Zimmerschlüssel aushändigen.

»Haben Sie noch irgendeinen Wunsch, Monsieur Cameron?« erkundigte sich der Empfangschef. »Vielleicht eine Flasche Champagner – eisgekühlt?«

»Wäre nicht schlecht«, sagte John.

»Gut, Monsieur Cameron. Ich werde dem Garçon Bescheid geben.«

John winkte ab. »Lassen Sie das. Ich nehme die Flasche selbst mit. Das Trinkgeld erhält er später.«

Die Flasche Champagner unter den Arm geklemmt, ging John eine Minute später zum Lift.

Sein Zimmer lag in der zweiten Etage dieser Luxusherberge. Sonny wohnte genau neben ihm.

Auf dem Hotelgang war es ruhig. Dicke Teppiche dämpften seine Schritte.

John warf seinen Zimmerschlüssel ein paarmal hoch, fing ihn geschickt wieder auf und führte ihn mit einer raschen Bewegung ins Schloß.

Gut geölt sprang die Tür auf.

Johns linke Hand tastete zum Lichtschalter. Ein matter Schein erhellte das fürstlich eingerichtete Zimmer.

»Bon soir, Monsieur Cameron«, hörte John plötzlich eine weiche Frauenstimme.

Er wirbelte herum.

In einem mit dickem Brokatstoff überzogenen Sessel saß eine Frau.

Und was für eine.

Gesicht wie ein Engel, Figur wie die Sünde, betont durch das hautenge schwarze Trikot, zu dem das blonde hochgesteckte Haar einen tadellosen Kontrast bildete.

Nur eins paßte nicht zu dem Girl.

Die Schnellfeuerpistole, versehen mit einem langen, unförmigen Schalldämpfer.

Die Mündung deutete genau auf Johns Magen.

»Besuch am Abend, erquickend und labend«, sagte John, nachdem er seine Überraschung überwunden hatte.

»Bestimmt nicht für Sie, Monsieur Cameron«, erwiderte das Girl mit kalter Stimme.

John ging langsam näher.

»Bleiben Sie stehen!« befahl das Girl.

»Warum das? Im Sitzen plaudert es sich besser.«

Das Girl lachte. »Sie kommen gar nicht mehr zum Plaudern. In zwei Minuten sind Sie tot, John Cameron.«

»Reizende Aussichten.« John lächelte ironisch. »Darf ich fragen, warum Sie mich zu meinen Ahnen schicken wollen?«

»Das dürfen Sie nicht.« Mit einer geschmeidigen Bewegung glitt die Frau aus dem Sessel.

John fiel auf, daß sie keinen BH trug.

»Die zwei Minuten sind noch nicht um, Mademoiselle«, sagte John kalt. »Deshalb möchte ich noch etwas fragen.«

Irritiert zog das Girl die Augenbrauen zusammen. »Sie sind wohl ein ganz Abgebrühter, was?«

»Wie man's nimmt. Ich sterbe nun mal nicht gern. Und wenn, dann möchte ich wenigstens den Namen derjenigen Person erfahren, die mich ins Jenseits befördert.«

»Humor haben Sie, Monsieur Cameron. Das gebe ich zu. Damit Sie beruhigt sterben. Ich heiße Candy.«

Während ihrer Worte wich die Mündung der Waffe nicht einen Zoll zur Seite.

»Candy« John nickte. »Hört sich gut an. Eher ein Name für Betthäschen als für Killergirls.«

Candy preßte die Lippen zusammen. Ihre Haut spannte sich um die Schnellfeuerpistole.

»Übrigens«, fuhr John fort, »Ihre Zeit haben Sie schon überschritten.«

Über soviel Abgebrühtheit war Candy wirklich perplex. Einen Augenblick nur paßte sie nicht auf.

John nutzte diese winzige Chance.

Aus dem Handgelenk schleuderte er die Champagnerflasche in Richtung Candy. Gleichzeitig ließ er sich mit einem mächtigen Schwung nach hinten fallen, riß seinen linken Arm hoch und schlug während des Fallens mit dem Handballen gegen den Lichtschalter.

In die Dunkelheit mischte sich Candys Aufschrei. Die Flasche mußte wohl getroffen haben.

Doch nicht genau genug. Das sollte John bald merken.

Schwach blitzte das Mündungsfeuer auf.

John lag längst auf dem teuren Teppich und rollte sich in Deckung. Über ihm bohrte sich das heiße Blei in die Tür. Holzsplitter flogen umher. Einer ritzte Johns Wange.

Ein Sessel gab John Deckung. Er verhielt sich ruhig. Auch von Candy war nichts mehr zu hören.

Wie zwei Raubtiere belauerten sich die beiden ungleichen Gegner.

John übernahm die Initiative. Vorsichtig holte er sein Feuerzeug aus der Hosentasche. Dann warf er es in Richtung Tür.

Candy zeigte keine Reaktion. Der Trick war wirklich zu alt.

Das Girl hat Nerven, dachte John anerkennend. Er überlegte angestrengt, wie er die Sache für sich entscheiden konnte. Ohne Waffe schwierig. Seine lag noch im Koffer.

Mittlerweile gewöhnten sich Johns Augen an die Dunkelheit. Außerdem drang durch den Widerschein der immer laufenden Leuchtreklame etwas Helligkeit ins Zimmer.

Sosehr John seine Augen auch anstrengte, Candy war nicht zu sehen.

Hatte sie sich bereits aus dem Staub gemacht?

Zwar stand das große, bis auf den Boden reichende Fenster offen, aber es war wohl nicht Candys Art, sang- und klanglos zu verschwinden.

Plötzlich flammte Licht auf. Diesmal von einer Stehlampe.

Neben dieser Lampe stand, wie eine sprungbereite Katze, Candy. Ihr Arm mit der Waffe schwenkte herum.

John krümmte sich zusammen.

Hatte Candy ihn entdeckt?

Sie mußte es zwangsläufig. Sein Schatten zeichnete sich auf dem Teppich ab.

»Keine Bange, Cameron. Ich kriege Sie schon«, fauchte Candy.

John sah nur noch eine Möglichkeit, wenn er sich nicht abschießen lassen wollte.

Angriff.

Zum Glück hatte der Sessel Rollen.

»Plopp!« Haarscharf zischte eine Kugel an der Lehne vorbei.

»Das war erst der Anfang, Cameron.«

John handelte.

Mit beiden Händen und voller Kraft stieß er gegen die Rückwand des Sessels.

Das Möbelstück gewann Fahrt und nahm Kurs Richtung Candy.

Das Girl fluchte.

Zwei Kugeln durchschlugen die Sessellehne, blieben aber in der dicken Polsterung stecken.

»Ich krieg Sie doch noch, Cameron!« kreischte Candy.

John, jetzt ohne Deckung, hatte die halboffene Schlafzimmertür im Visier. Er mußte es wagen.

Aus der Hocke hechtete er auf die Tür zu.

Candy reagierte unheimlich schnell. Sie kreiselte herum und zog zweimal durch.

Eine Kugel fegte John den Absatz vom Schuh. Eine andere surrte hautnah an seinem Gesicht vorbei.

John verwandelte den Sprung in eine Rolle vorwärts, stieß sich noch mal ab, prallte gegen die Tür und landete im Schlafzimmer.

Candy verlor die Nerven.

Sie hastete auf das offenstehende Fenster zu, schob die lange Gardine zur Seite und kletterte gewandt über ein kleines, zum Schutz vorgesehenes Eisengitter.

John hörte die Geräusche.

Mit zwei Sätzen durchquerte er das Zimmer. Fast wäre er über die heilgebliebene Champagnerflasche gestolpert.

Dann sah John die Bescherung.

Etwa eineinhalb Yards tiefer zog sich das Dach eines Anbaus hin.

Candy hastete schon auf den Rand des Daches zu.

John zögerte nicht eine Sekunde.

Ein Satz brachte ihn über das Gitter. Er gab seinem Körper die nötige Drehung und landete sicher auf dem Dach.

Von Candy war nichts mehr zu sehen.

Ein Automotor heulte auf.

Mit ein paar Sprüngen war John am Rand des Daches.

Unter ihm, auf dem Hinterhof des Hotels, wurde ein weißer MG gestartet.

Candy!

John sprang.

Auch diesmal landete er sicher.

Aber zu spät.

Der MG nahm Fahrt auf, wurde herumgerissen, zertrümmerte mit der Stoßstange einen Stapel Kisten und jagte mit quietschenden Pneus auf eine schmale Einfahrt zu.

John hinterher.

Candy mußte abbremsen, um die Einfahrt nicht zu verfehlen.

Fast hatte John das Heck des Wagens erreicht, als der MG wieder beschleunigte.

John, im vollen Lauf, prallte gegen eine rissige Mauer. Sein Hemd ging in Fetzen.

Candy hatte das Ende der schmalen Durchfahrt erreicht. Am Heck des MG leuchtete das rechte Blinklicht auf.

John hetzte weiter. Vielleicht hatte er noch eine Chance.

Der MG bog in die breite Hauptstraße ein. Im selben Augenblick erreichte John das Ende der Einfahrt.

Zu spät. Candy jagte schon mit hoher Geschwindigkeit davon.

Johns Augen irrten umher, erfaßten eine Gruppe Jugendlicher, die Motorräder bei sich hatten.

John zögerte nicht.

»Leih mir mal deinen Feuerstuhl!« rief er einem Jungen zu. »Meine Perle ist durchgebrannt.«

Gelächter. »Gut, Monsieur. Kostet hundert Franc.«

»Einverstanden. Wenn ich zurück bin.«

John schwang sich auf den Sitz, gab Gas und brauste ab.

Obwohl Mitternacht schon vorbei war, herrschte immer noch Betrieb.

Wie ein Wiesel umkurvte John mit seiner Maschine die langsam fahrenden Wagen.

Wo war der MG?

John hatte die Hotelzone schnell hinter sich gelassen. Jetzt tauchten Villen am Straßenrand auf.

John erhöhte die Geschwindigkeit.

Der Wind zerrte an seinen Haaren und blies kalt durch sein zerfetztes Hemd.

Das alles kümmerte John nicht. Mit verbissenem Gesicht hockte er weit vorgebeugt auf der Maschine.

Da! Endlich entdeckte er den hellen MG im Strahl seines Scheinwerfers.

John drehte noch mehr auf.

Gegenverkehr herrschte kaum. Hier oben hin verirrten sich keine Touristen, wenigstens nachts nicht.

Candy mußte ihren Verfolger bemerkt haben. Sie wandte sich einmal kurz um. Ihr langes Haar, jetzt offen, flatterte wie eine Fahne im Fahrtwind.

Der Motor des MG röhrte auf. Es ging geradezu ein Ruck durch den Wagen, als er beschleunigte.

Noch war die Strecke gerade. Aber schon tauchten die ersten Warnschilder auf. Gefährliche Kurven wurden angezeigt. John Cameron ließ sich nicht abhängen.

Die erste Kurve.

Die Bremsleuchten des MG flammten kurz auf.

John hielt nichts von einer Bremsung.

Mit voller Geschwindigkeit nahm er die Kurve. Die Fliehkraft drohte ihn aus der Bahn zu werfen – das Hinterrad rutschte weg …

Verzweifelt steuerte John gegen.

Und er schaffte es. Das Motorrad blieb in der Bahn.

Dieses Manöver hatte Candy Vorsprung verschafft.

Wegen der kurvenreichen Gegend konnte John den Wagen jetzt nicht mehr sehen.

John fluchte lautlos und gab wieder Gas.

Bei den nächsten Kurven hatte er schon mehr Routine. Sie bereiteten ihm kaum noch Schwierigkeiten.

John holte auf.

Einmal mußte er einem Lastwagen ausweichen, der ihm wild hupend entgegenfuhr.

Plötzlich tauchte der MG nicht mehr auf.

Nanu? wunderte sich John. Sollte Candy abgebogen sein?

Vorsichtshalber ging er vom Gas.

Mittlerweile waren sie immer höher in das Gebirge vorgedrungen. Links der Straße, nur durch eine schmale Leitplanke gesichert, gähnte der Abgrund. Und tief unten rauschte die Brandung gegen die Klippen.

Ein merkwürdiges Gefühl, bei diesen Bedingungen über eine unbekannte Straße zu jagen. Dazu noch hinter einem Girl, das wie der Teufel fuhr.

Eine besonders scharfe Kurve wurde angekündigt.

John nahm die erste Schleife elegant.

Die zweite Schleife …

Gleißende Helligkeit blendete John Cameron.

Instinktiv riß er eine Hand vor die Augen.

Die schwere Maschine nahm das übel. Sie machte einen Schlenker und raste auf den Abgrund zu.

Abspringen, schrie es in John. Und das bei vierzig Meilen.

Das Weib hat dich geblendet, dachte John, während er sich, wie vom Katapult geschleudert, zur Seite fallen ließ, ein paarmal auf die Straße tickte, sich mehrmals überschlug und schließlich mit der Schulter gegen einen Abhang krachte, der sich an der anderen Straßenseite hochzog.

Ein beißender Schmerz fuhr durch Johns Glieder. Mit aufgerissenen Augen sah er, wie das Motorrad gegen die Leitplanke sauste, sich überschlug und aufröhrend in der Tiefe verschwand. Ein paar Sekunden später explodierte es.

Wie betäubt blieb John liegen. Er war fertig. Die gleißende Helligkeit verursachte Kopfschmerzen.

Du liegst hier wie auf dem Präsentierteller, schoß es John durch den Kopf.

Er hatte kaum den Gedanken zu Ende gedacht, als der Motor des MG aufheulte.

John stemmte sich auf die Knie.

Er spürte mehr die Gefahr, als daß er sie sah.

Das Dröhnen des Motors, das Quietschen der Reifen, Benzingestank, all das addiert war für John Cameron die alles auslöschende Mordmaschine.

Und diese Mordmaschine raste mit tödlicher Genauigkeit auf ihn zu ...

John mobilisierte sämtliche Kraftreserven.

Taumelnd erhob er sich.

Der MG zischte heran. Aufröhrend. Scheinwerfer stießen ihr grelles Licht gegen den Wehrlosen. Reifen radierten über den Asphalt ...

Mit einem letzten verzweifelten Sprung warf sich John zur Seite. Hart fiel er in die dornigen Büsche am Rande des Abhangs.

Fast hautnah raste der Sportwagen an ihm vorbei. John schien es, als hätte er Candys verzerrtes Gesicht hinter dem Steuer gesehen.

Der MG beschleunigte und verschwand hinter der nächsten Kurve.

Er kehrte nicht mehr zurück.

Candy hatte aufgegeben. Vorerst jedenfalls.

Wie ein Toter lag John in dem Gestrüpp. Ausgepumpt, am Ende seiner Kraft. Das Herz dröhnte gegen die Brust, die Lunge schien sich in einen Blasebalg verwandelt zu haben, und sein gesamter Körper bestand fast nur noch aus Prellungen und Hautabschürfungen.

Aber du hast es geschafft. Immer wieder hämmerte sich John diesen Satz ein.

John wußte nicht, wie lange er so gelegen hatte.

Irgendwann quälte er sich auf die Beine. Sein Körper schmerzte zwar noch immer, aber es schien nichts gebrochen zu sein.

»Nun ein kleiner Fußmarsch nach Nizza«, murmelte John bissig. »Es sind ja nur ein paar Meilen.«

John Cameron setzte sich in Bewegung. Staksig wie eine Marionette. Schwindelgefühl packte ihn. Hinter der nächsten Kurve mußte er sich einfach ausruhen. Es war zuviel für ihn gewesen.

Dann, als es ihm besserging, versuchte er sich als Anhalter.

Die meisten Autos fuhren vorbei. Wie er aussah, kein Wunder.

Schließlich stoppte ein klappriger Lastwagen, hoch beladen mit Obst.

John erzählte dem Fahrer etwas von einem Unfall und wurde mitgenommen.

»Wo ist denn Ihr Wagen geblieben?« wunderte sich der Lastwagenfahrer.

»Zwischen den Klippen«, klärte ihn John auf. »Es war übrigens ein Motorrad. Ich habe damit einen unfreiwilligen Salto gemacht.«

Dem guten Mann wäre vor Schreck fast die Zigarette aus dem Mundwinkel gefallen. »Mon Dieu«, flüsterte er, »da haben Sie aber Schwein gehabt. Ja, wenn man die Strecke nicht kennt.«

»Eben.«

Der Rest der Fahrt verlief schweigend.

»Wo soll ich Sie absetzen?« erkundigte sich der Fahrer, als sie den Stadtrand von Nizza erreichten.

John nannte sein Hotel.

Der Fahrer pfiff durch die Zähne. »Verdammt teurer Laden. Na, ja, wenn man's hat.«

Der klapprige Lastwagen stoppte vor dem eleganten Hotelportal.

John fand in seiner Hosentasche noch ein paar Scheine, drückte sie dem Fahrer in die Hand, der sich darauf überschwenglich bedankte und abfuhr.

John wollte gerade das Hotel betreten, als er angerufen wurde.

»He, Monsieur! Was ist mit meinem Feuerstuhl? Erst mit der Sause abhauen und dann mit so einer alten Blechschaukel zurückkommen.«

Aufgeregt lief der junge Mann auf ihn zu.

»Dein Feuerstuhl konnte leider nicht fliegen«, sagte John grinsend, »die Einzelteile liegen zwischen den Klippen.«

»Ich glaub', ich steh' im Wald.« Der Junge nahm eine drohende Haltung an.

»Ich bezahle dir die Maschine«, beruhigte ihn John. »Komm mit ins Hotel.«

Der Junge schlug die linke Faust in die rechte Handfläche. »Wenn das nicht stimmt, nehmen meine Kumpel und ich Sie auseinander.«

John gab keine Antwort. Er betrat die Hotelhalle. Der junge Mann folgte ihm zögernd.

Der Nachtportier machte Augen wie ein Sterngucker, als er John sah.

»Monsieur Cameron, wie sehen Sie denn aus? Was ist passiert?« Händeringend flitzte der Hoteladmiral hinter seinem Tresen hervor.

»Nichts von Bedeutung«, erwiderte John. »Geben Sie dem jungen Mann fünftausend Franc aus dem Hotelsafe, und schreiben Sie das Geld auf meine Rechnung.«

»Jawohl, Monsieur«, versicherte der Portier und beeilte sich, Johns Wunsch zu erfüllen.

Als der langhaarige junge Mann das Geld sah, leuchteten seine Augen. Er stopfte die Scheine schnell in die Tasche, so als hätte er Angst, John würde es sich anders überlegen.

Dann zischte er grußlos ab.

John Cameron wandte sich an den noch immer staunenden Nachtportier. »Ist Monsieur Fitzpatrick schon eingetroffen?«

Der Mann nickte eifrig. »Oui, Monsieur. Vor wenigen Minuten. Er hat bereits nach Ihnen gefragt.«

Wie auf ein Stichwort öffnete sich die Tür des Hotellifts, und Sonny trat heraus.

Als er John entdeckte, verzog sich sein Gesicht zu einem Grinsen. »Was haben sie denn mit dir angestellt? Bist du zwischen ein Rudel Jungfrauen geraten?«

»So ungefähr. Das erzähle ich dir allerdings oben«, antwortete John.

»Ich laß mich überraschen. Dachte schon, der Kranz wäre fällig gewesen. Ein Kugelloch in deiner Zimmertür. Da kann man sich einiges denken.«

Im Hotelzimmer verschwand John erst mal unter der Dusche.

Sonny öffnete inzwischen die Champagnerflasche. Gläser fand er in dem antiken Sideboard.

»Er ist zwar nicht mehr eiskalt, aber auf unsere Rettung gerade das richtige.« Sonny brachte die beiden Gläser in das Badezimmer.

John schob seinen Kopf unter der Dusche hervor und leerte das Glas mit einem Zug. »Das war genau das richtige.«

Fünf Minuten später saß er, eingehüllt in seinen Bademantel, im Sessel. Eine Zigarette beruhigte seine Nerven.

»So, nun mal raus mit der Sprache«, forderte Sonny.

John berichtete.

Nachher schwiegen die beiden Männer.

»Tja«, sagte Sonny nach einer Weile. »Da steckt System hinter.«

»Daran habe ich auch schon gedacht«, gab John zu. »Fassen wir doch mal zusammen. Aus unserem New Yorker Golfklub verschwinden innerhalb von vierzehn Tagen zwei junge Männer. Einmal Jack Melford, Inhaber der Melford Chemical, und dann Fred Perkins, Juniorchef der Perkins Steel Corporation. Genau wie wir erhielten sie Einladungen zur Jet-Set-Party in Nizza.«

»Und du als Chef der Cameron Electronics solltest auch

verschwinden«, bemerkte Sonny trocken. »Überleg mal: Chemie, Stahl und Elektronik. Die drei Hauptkomponenten unserer Forschung und Wirtschaft. Wer diese Firmen in der Hand hat, kann die USA regieren.«

John nickte langsam. »Aber wer steckt dahinter?«

»Das müssen wir herausfinden.«

John überlegte.

»Ich verstehe das einfach nicht. Was haben diese Unbekannten davon, wenn die Chefs der Firmen umgebracht werden?«

»Weißt du das genau?«

»Natürlich nicht. Aber bei mir hat man es wenigstens versucht.«

»Vielleicht erfahren wir auf der Party mehr. Wann findet sie noch mal statt?« fragte Sonny.

»In drei Tagen.«

»Bis dahin kann noch viel geschehen.«

»Zum Beispiel können wir den Fall aufklären, Sonny.«

»Optimist.«

»Aber erst morgen, mon Ami. Ich lege mich aufs Ohr. Für heute hat es mir gereicht.«

Sonny stand auf. »Und laß dich nicht mit blauen Bohnen perforieren«, sagte er und grinste.

»Keine Angst. Und jetzt verschwinde. Sonst bin ich es, der dich perforiert.«

Mit einem Handkantenschlag zertrümmerte Candy Carr drei übereinandergestapelte Ziegelsteine.

Le Beau klatschte in die Hände. »Bravo. Ich sehe, du bist in Form.«

Candy, bekleidet mit einem Judokaanzug, zuckte mit den Schultern. »Man tut, was man kann.«

»Sicher.« Le Beau nickte. »Nur gestern nacht, da hättest du mehr tun sollen.«

»Was heißt mehr tun sollen?« brauste die Blondine auf. »Der Junge hat Glück gehabt. Das ist alles.«

»Leider akzeptieren das unsere Auftraggeber nicht. Für sie zählen nur Erfolge.«

»Ja, ja!« schrie Candy. »Haben wir nicht Erfolge gehabt? Melford und Perkins.«

Le Beau lächelte. »Was regst du dich überhaupt auf? Für diese Leute ist der Cameron-Konzern am wichtigsten. Übrigens habe ich deinen Mißerfolg schon berichtet. Die Organisation schickt deshalb ihren Starkiller. Er wird bald hier eintreffen.«

Candy war einen Moment sprachlos. »Ach, was du nicht sagst. Einen Starkiller wollen sie schicken. Daß ich nicht lache. Ich will dir mal etwas sagen«, die Blondine trat dicht an Le Beau heran, »bis dieser Starkiller kommt, liegt Cameron schon dreimal unter der Erde. Compris?«

»Hoffentlich.«

»Worauf du dich verlassen kannst, Le Beau. Wo sind eigentlich die anderen?«

»Am Pool.«

»Gut. Ich habe auch eine Erfrischung nötig.«

Candy lächelte spöttisch und verließ den Trainingskeller.

Die anderen: Damit meinte Candy Yvonne und Pascale. Zwei Girls ihres Genres. Abgebrüht und in verschiedenen Dingen besser als mancher Mann. Perfekt in Karate, Schießen und anderen diversen Kampfmethoden. Diese drei Killergirls bildeten ein Trio, wie es noch nie dagewesen war.

Oben am Pool lagen Yvonne und Pascale in zwei Liegestühlen. Die warme Vormittagssonne umschmeichelte ihre nackten gebräunten Körper. Die Mädchen blickten kaum auf, als Candy kam. Wie träge Katzen lagen sie in der Sonne.

Candy nahm sich einen Wodka-Orange und warf sich in die Hollywoodschaukel. Ihr Blick schweifte in die Ferne, glitt über die felsige Küste bis hinaus auf das unendlich weite Meer.

»Ärger gehabt, Candy?« wollte Yvonne wissen.

Yvonne war ein rassiger rothaariger Typ mit üppiger Figur, einem sinnlichen Mund, etwas zu großen Brüsten und breiten Hüften. Sie bevorzugte meistens enge Hosenanzüge mit raffinierten Dekolletés, die ihre Proportionen kaum bändigen konnten.

Candy leerte mit einer wütenden Bewegung ihren Drink. »So kann man's nennen.«

»Wieso?« Pascale, die diese Frage stellte, glitt mit einer geschmeidigen Bewegung von ihrem Liegestuhl.

Pascale war ein herber Typ. Ihre hochstehenden Wangenknochen ließen einen slawischen Einschlag vermuten, doch ihre Wiege stand im tiefsten Frankreich. Dunkle, übergroße Augen, in denen ein ewiges Feuer zu lodern schien, gaben dem Gesicht einen hungrigen Ausdruck, der durch das rabenschwarze Haar noch unterstrichen wurde. Pascale hatte eine knabenhafte Figur mit sehr ausgeprägten Muskeln, die auf ihren früheren Beruf als Tänzerin schließen ließen. Pascale machte sich nichts aus Männern. Sie war lesbisch. Diese Neigung wurde von den beiden anderen akzeptiert.

Candy blickte ihre Kolleginnen an. »Man will uns kaltstellen«, sagte sie. »Die Organisation schickt einen Starkiller.«

»Und warum?« fragte Pascale.

»Wegen meines Mißerfolges in der vergangenen Nacht.«

Yvonne lächelte. »Dieser Starkiller ist auch nicht unsterblich.«

»Wie meinst du das, Yvonne?« fragte Candy lächelnd.

»Wir werden einen kleinen Unfall vortäuschen oder Ähnliches. Ihr versteht.«

Nach Yvonnes Worten war es einen Augenblick lang still.

Dann lachte Pascale plötzlich auf. »Ich bin dafür. Und du, Candy?«

»Ebenfalls.«

»Wunderbar«, sagte Yvonne. »Zu den Einzelheiten.«

»Stopp!« unterbrach Candy die Rothaarige. »Cameron ist vorerst wichtiger. Ich weiß nicht, wann dieser ominöse Starkiller hier eintreffen soll. Le Beau sagte, in den nächsten Tagen. Bis es soweit ist, können wir Cameron längst erledigt haben.«

»Willst du dir noch mal eine Abfuhr holen?« fragte Yvonne ironisch.

Candy schüttelte den Kopf. »Ich nicht mehr. Wenn, dann wir alle.«

»Wir gehen also gemeinsam gegen Cameron vor«, stellte Pascale fest.

»Genau.«

»Und wie, wenn ich fragen darf?«

»Wart's ab. Erst nehme ich mal ein Bad.«

Gewandt schlüpfte Candy aus ihrem Judoanzug. Darunter war sie nackt.

Mit ein paar Schritten erreichte Candy den Pool. Wild warf sie sich in das Wasser.

Yvonne blickte ihr nachdenklich hinterher. »Candy braucht wohl wieder einen Mann«, sagte sie leise.

Pascale, die ihre Worte gehört hatte, lächelte spöttisch. »Du nicht?«

»Doch«, gab Yvonne zu und strich mit beiden Händen über ihren Körper. »Dieser Cameron«, murmelte sie, »sieht er attraktiv aus?«

Pascale zuckte mit den Schultern. »Was weiß ich. Mich interessiert es nicht.«

Yvonne sah Pascale an. Ein seltsamer Glanz hatte sich auf ihre grünen Augen gelegt. »Aber mich, Pascale«, flüsterte sie heiser, »mich interessiert es …«

»Der MG ist zugelassen auf den Namen Candy Carr, wohnhaft Rue de Girot fünfzehn«, sagte der Mann von der Zulassungsstelle.

»Bestens«, sagte John Cameron. Er wandte sich an Sonny. »Endlich ein Fortschritt.«

Der Beamte wurde mißtrauisch. »Droht der Dame durch Sie vielleicht Ärger? Sonst muß ich die Polizei benachrichtigen.«

»Wo denken Sie hin, Monsieur«, entrüstete sich John. »Die Mademoiselle wird sich über unseren Besuch freuen. Au revoir.«

Der Beamte gab keine Antwort.

»Wie gut, daß du dir die Nummer von der Karre gemerkt hast«, sagte Sonny, »sonst hätten wir wer weiß wie lange nach der Kleinen suchen müssen.«

John Cameron winkte ab. »Alles halb so schlimm. Hoffentlich hält die neue Spur, was sie verspricht.«

Die beiden Männer stiegen in einen dunkelroten Porsche, den sich John für seinen Aufenthalt hier in Nizza besorgt hatte.

Sonny gab die Fahrtrichtung an. Er orientierte sich mit Hilfe des Stadtplans.

Schmutziggraue Häuser, teilweise aufgerissenes Kopfsteinpflaster, eine kaum lastwagenbreite Straße, das war die Rue de Girot. Quer über die Straße, von Haus zu Haus, hatten die Bewohner Wäscheleinen gespannt, bepackt mit Tüchern, Unterwäsche, Bettlaken und so weiter. Aus den geöffneten Fenstern der vergammelten Häuser drang Essengeruch nach draußen. Meistens stank es nach Fisch.

Dies alles war die andere Seite der eleganten Stadt Nizza.

John fuhr Schrittempo. Die Menschen blickten feindselig auf den Porsche. Kinder spuckten gegen die Karosserie.

»Verdammt ungemütliche Gegend«, murmelte Sonny. »Erinnert mich immer so an meine Vergangenheit in Manhattan.«

»Sei froh, daß du sie hinter dir hast«, bemerkte John.

Sonny tastete mit den Augen die Hauswände ab. »Scheiße«, fluchte er, »Hausnummern sind hier wohl noch nicht eingeführt worden. Fehlt nur noch, daß sie abends die Bürgersteige hochklappen.«

John stoppte und ließ das Seitenfenster herabsurren. Bei einem Halbwüchsigen erkundigte er sich nach Nummer fünfzehn. Der Junge zuckte mit den Schultern. Eine Geldmünze machte ihn gesprächiger.

»Das übernächste Haus ist es.«

John bedankte sich und fuhr das kurze Stück.

Sofort gab es einen kleinen Menschenauflauf, als die beiden Freunde aus dem Porsche stiegen.

»Schätze, wir schließen die Kiste besonders gut ab. Hab' keinen Nerv, hinterher zu Fuß zurückzugehen. Diese Burschen klauen wie die Raben«, argwöhnte Sonny.

John und Sonny bahnten sich einen Weg durch die Menschenansammlung.

Vor Nummer fünfzehn hockten drei zwielichtige Gestalten und spielten Karten.

»Wo finde ich Candy Carr?« fragte John.

Einer mit Augenklappe schielte hoch. Er deutete mit seinem nikotingelben Daumen in die Luft. »Vielleicht in der letzten Etage. Macht drei Franc.«

John bezahlte.

Im Haus stank es wie in einer Fischbude. An den unverputzten Wänden klebten obszöne Bilder. Frauen und Kinder starrten die beiden Männer feindselig an.

Eine altersschwache Holztreppe führte nach oben.

»Hoffentlich hält sie.« Sonny war mißtrauisch.

Die Treppe hielt.

Je höher John und Sonny stiegen, um so stickiger wurde die Luft. Die heiße Mittagssonne verwandelte das Haus in einen Brutofen. Dazu kam der Gestank.

Sechs Wohnungen zählte John auf dem langen Flur in der letzten Etage. Die Menschen hausten fast aufeinander. Namensschilder gab es keine. Und in diesem Loch sollte ein Girl wie Candy wohnen? Kaum zu glauben.

Hinter der ersten Tür dudelte ein Radio.

»Versuch mal dein Glück«, sagte Sonny.

Mit der Faust schlug John gegen das Holz, um den Lärm des Radios zu übertönen. Die Tür wackelte beträchtlich. »Macht nicht so 'nen Krach, ihr Geier. Ich komm ja schon!« brüllte eine undefinierbare Stimme.

Mit einem Ruck wurde die Tür aufgerissen.

Im ersten Moment wichen John und Sonny wie auf Kommando zurück.

Eine penetrante Wolke aus Fischgeruch schlug ihnen entgegen.

Die dicke Matrone, die diese Wolke verbreitete, paßte dazu wie die Faust aufs Auge.

Sie hatte ihre Speckmassen in einen schmuddeligen Kittel gehüllt, die strähnigen Haare teilweise mit Lockenwicklern verschönt, und zwischen ihren wulstigen Lippen qualmte eine Zigarette.

»Was woll'n Sie denn? Ich dachte, es wär' mein Alter.« Während sie sprach, wippte der Glimmstengel hin und her.

John setzte sein bestes Lächeln auf. »Wir hätten gern eine Auskunft, Madame«, sagte er und ließ einen Geldschein zwischen seinen Fingern knistern.

Die Alte glotzte gierig auf das Papier, sah sich vorsichtig um, ob sie auch niemand beobachtete, und knurrte: »Kommen Sie rein.«

Die Matrone führte die beiden Männer in das Zentrum des Fischgestanks. Die Küche. Mit einer Handbewegung scheuchte sie zwei Kinder vom Tisch. Danach stellte sie endlich das Radio leiser.

»Woll'n Se sich setzen?« Sie deutete auf zwei schmutzige, museumsreife Stühle.

»Nein, danke«, erwiderte John schnell. »Es wird nicht lange dauern.«

»Selbst Schuld. Aber erst den Schein, sonst sag ich nichts.« Die Stimme der Matrone erinnerte an ein Stück Schmirgelpapier.

John gab ihr das Geld.

Der Schein verschwand blitzschnell in einer ihrer Kitteltaschen. »So, was woll'n Se denn nun wissen?«

»Hier im Haus soll eine gewisse Candy Carr wohnen. Wissen Sie wo?«

»Haha«, kicherte die Alte, »den Weg hätten Se sich sparen können. Candy ist schon lange ausgezogen. Sie hat's geschafft. Früher war se ja 'ne miese kleine Nutte. Aber heute? Hat se es nicht mehr nötig, in dieser Dreckbude zu hausen.«

»Wieso?«

»Bei den Kerlen, die Candy anschleppte. Der letzte hatte wohl am meisten Schotter. Da ist sie dann mit abgehauen.« Die Matrone beugte sich vertraulich vor. »Ich hab' gehört, der hat sogar 'ne Villa.«

Aha, endlich schien sich das Dunkel zu lichten. »Wie heißt der Mann denn?« fragte John gespannt.

»Das geht dich einen Scheißdreck an!«

John und Sonny kreiselten herum.

Von ihnen unbemerkt, hatte sich die Tür geöffnet. Die Kartenspieler von unten standen im Raum. Langschneidige Stilette in den Händen. Die Klingen blitzten gefährlich.

Blitzschnell verteilten sich die Männer in der Küche.

›Augenklappe‹ übernahm das Kommando. »Wenn du den Schnüfflern noch ein Wort sagst, wirst du rasiert, Odile.«

Die Matrone verzog sich ängstlich in eine Ecke.

»Du fühlst dich wohl sehr stark«, provozierte John Augenklappe.

Der Kerl grinste. Zwei Zahnstummel wurden sichtbar. Mit der Spitze des Stiletts fuhr er leicht über seinen Daumen. »Du hast hier nichts verloren, Großmaul«, zischte er böse. »Wir werden dir und deinem Klammeraffen da einen Denkzettel verpassen.«

Sonny, der wohl mit dem Wort Klammeraffe gemeint war, mischte sich ein. »Ich glaube wir müssen diesem Triefauge seine letzten beiden Zahnstummel auch noch raushauen«, sagte er, packte blitzschnell einen Stuhl und brach mit kurzem Ruck ein Bein ab.

Sonny schlug damit in seine linke Handfläche.

»Von mir aus kann's losgehen, Leute.«

Augenklappe schielte mit seinem anderen Sehorgan zu den beiden Kumpanen. Mit einem Schrei feuerte er sie an.

Augenklappe selbst hechtete auf John zu. Die Messerspitze zeigte nach oben.

Instinktiv riß John seinen Fuß hoch. Und er traf.

Die Schuhspitze donnerte gegen Augenklappes Handgelenk. Wie ein Torpedo wurde ihm das Messer aus der Hand gewirbelt. Es knallte gegen den morschen Küchenschrank.

John geriet in Form. Mit einigen Schlägen trieb er seinen Gegner quer durch die Küche.

Mit einem knallharten Uppercut beendete John den Kampf. Augenklappe flog wie vom Katapult geschleudert zurück und landete halb im Spülstein. Seufzend glitt er in das Reich der Träume über.

Sofort wirbelte John herum. Gerade noch rechtzeitig, um zu sehen, daß Sonny in Schwierigkeiten steckte. Er hatte sein Stuhlbein verloren.

Ein bärenstarker Kerl mit Baskenmütze preßte ihm von hinten beide Arme zusammen. Ein anderer Mann, mit Milchgesicht und Schnäuzer, wollte Sonny sein Stilett in den Bauch rammen.

John flog heran.

Milchgesicht war völlig überrascht. Mit beiden Händen packte John die Messerhand. Langsam bog er sie zurück.

»Laß das Messer fallen!«

Mit verzerrtem Gesicht schüttelte Milchgesicht den Kopf.

»Ich brech dir das Handgelenk.«

»Leck mich am …«, keuchte Milchgesicht.

Sein gemeiner Tritt traf John in den Unterleib. Zwangsläufig lockerte er den Griff.

Milchgesicht befreite sich mit einer geschmeidigen Bewegung. Er sah Land.

Milchgesicht fintierte, wechselte das Messer in die linke Hand und hechtete vor.

Doch John hatte aufgepaßt.

Mit einer Körperdrehung unterlief er den Messerstoß, packte Milchgesichts Handgelenk, drehte sich um hundertachtzig Grad und katapultierte den Gangster über sich hinweg.

Milchgesicht flog quer durch das Zimmer gegen die Tür, die seinem Gewicht nicht standhielt war und zusammenbrach.

Aus den Augenwinkeln sah John, daß Sonny dabei war, dem dritten Gangster den Rest zu geben. Mit einer gestochenen Geraden beförderte er ihn in die Ecke.

Sonny blies sich über die Handknöchel. »Das wär's dann für heute.«

John grinste. »Glaube ich auch.«

Die Matrone kroch aus ihrer Ecke. »Und wer bezahlt mir den Schaden?« keifte sie. »Die drei Typen besitzen nicht einen lumpigen Centime.«

»Mach's halblang, Mutti«, sagte John und drückte ihr zwanzig Franc in die Hand. »Mehr ist der Krempel bestimmt nicht wert.«

»Das sagen Sie. Die Möbel haben Tradition.«

»Komm, Sonny. Wir gehen.«

Im Flur hatten sich Neugierige versammelt. Aus verkniffenen Gesichtern starrten sie die beiden Freunde an.

»Macht Platz!« befahl John. »Kümmert euch mal um die Messerhelden. Sie werden bestimmt einen Arzt brauchen.«

Langsam wich die Menschenmauer zurück.

Ruhig gingen John und Sonny die Treppe hinunter.

»Ich habe so ein mieses Gefühl«, flüsterte Sonny.

Als hätte er hellsehen können, wandte Sonny plötzlich den Kopf.

»Aufpassen, John!« schrie er.

John ließ sich blitzschnell fallen. Das tödliche Wurfgeschoß zischte an ihm vorbei und …

»Ah«, gequält stöhnte Sonny auf.

John warf sich herum.

Verdammt, das Messer steckte in Sonnys Schulter.

Mit einem Ruck zog John es heraus.

Sonny lehnte sich gegen die Wand. Ein Blutstrom pulste aus seiner Wunde. »Wir müssen hier weg, John«, keuchte er. »Sieh mal hoch.«

John folgte Sonnys Blickrichtung.

Die Menschen setzten sich in Bewegung. Langsam, wie das personifizierte Unheil.

John fluchte. Er bedauerte es immer mehr, seine Pistole nicht eingesteckt zu haben.

Noch sechs Stufen trennte die Freunde von der Menschenmenge.

»Die werden uns totschlagen«, keuchte Sonny. Mühsam stützte er sich an der Wand hoch.

»Geh du schon vor, Sonny. Ich werde versuchen, sie aufzuhalten.«

»Kommt gar nicht in Frage«, erwiderte Sonny. »Ich helfe dir.«

»Nein.«

Noch drei Stufen, dann hatte die Menge sie erreicht. Messer wurden gezogen …

»Wir schneiden euch den Bauch auf«, drohte ein stiernackiger Kerl. John glaubte ihm aufs Wort.

Und oben schrie, eben aus seiner Ohnmacht erwacht, Augenklappe: »Ja, macht sie fertig, die Schweine!«

John packte das blutbeschmierte Messer fester. »Hau ab, Sonny.«

Sonny taumelte die Treppe hinunter. Krampfhaft hielt er sich an dem wackligen Geländer fest.

Die Menge lauerte. Johns entschlossene Haltung hatte sie schockiert. Niemand traute sich, anzufangen.

Oben hetzte Augenklappe weiter. Wann würden seine Worte Erfolg haben?

»Drei von euch nehme ich bestimmt mit«, zischte John. »Also verschwindet.«

»Laßt euch von dem doch nicht bluffen«, geiferte Augenklappe. »Schneidet ihn in Streifen!«

In diesem Augenblick erklang Sonnys Stimme. »Komm runter, John.«

John Cameron zögerte nicht lange. Wenn Sonny so eindringlich rief, mußte er einen Grund haben.

Mit zwei Sprüngen überwand John die Treppenstufen. Ein nachgeworfenes Messer verfehlte ihn nur knapp. Am Ende der Treppe, gegen die Mauer gelehnt, erwartete Sonny ihn. »Die erste Wohnungstür. Sie ist offen.«

Oben geriet die Meute in Bewegung. Sie wollte ihr Opfer.

Sonny taumelte als erster in die Wohnung. John folgte ihm blitzschnell, knallte die Tür zu – und, o Wunder, der Schlüssel steckte von innen. John schloß ab. Eine Minute Galgenfrist.

Sonny war schon am Fenster. Eine Feuerleiter führte in der Nähe vorbei.

»Schaffst du es?« fragte John hastig.

»Mal versuchen.«

Mit zusammengebissenen Zähnen kletterte Sonny auf die brüchige Fensterbank. Sein gesunder Arm konnte die Leiter gerade erreichen.

»Es geht, John.«

»Okay.«

Auf dem Flur donnerten sie gegen die Tür. Wenig später brach sie mitsamt der Füllung zusammen.

Die Männer fielen übereinander. Ein wirres Menschenknäuel bildete sich.

Ehe sich die Meute neu formiert hatte, hockte John schon auf der Fensterbank.

Ein Messer zischte heran.

John zog den Kopf ein.

Zitternd blieb das Wurfgeschoß im Fensterrahmen stecken.

Doch das sah John Cameron schon nicht mehr. Wie ein Artist klebte er an der Feuerleiter.

Ein paar Yards unter ihm rutschte Sonny einem schmutzigen Hinterhof entgegen.

John ließ sich fallen.

Seine Beine knallten gegen die Sprossen, die rostigen Stangen rissen Hautfetzen von seinen Handflächen. Ein paarmal stieß er mit dem Gesicht an die Sprossen.

John verbiß sich den Schmerz. Es kam jetzt wirklich auf jede Sekunde an.

Sonny stand schon unten, als John auf den Boden krachte. Mit dem Finger deutete Sonny auf eine schmale Einfahrt. »Da geht es zur Straße.«

»Los. Ehe uns die Meute den Weg abschneidet.«

Sie schafften es.

Aber zur selben Zeit rannten auch die Verfolger aus dem Haus.

Der Weg zum Wagen war versperrt.

Alle Anstrengungen umsonst?

Es sah so aus.

John blickte Sonny an. Das Gesicht des Freundes war schweißverklebt. Aus der Stichwunde tropfte immer noch Blut, das seinen Hemdsärmel schon durchtränkt hatte.

Blitzschnell kreisten die Männer die beiden ein.

John und Sonny standen mit dem Rücken an der Hauswand. So würde sie wenigstens kein Messer von hinten treffen.

In den Augen dieses Mobs glitzerte Mordlust. Immer dichter rückten sie zusammen.

John sah keine Chance mehr. Neben ihm hielt sich Sonny krampfhaft auf den Beinen.

In diesem Augenblick erklang das Heulen einer Polizeisirene. Es klang wie Sphärenmusik in den Ohren der Freunde.

Die mordgierige Menge stutzte.

Schon sah man die ersten enttäuschten Gesichter.

Ein Mannschaftswagen der Polizei bog um die Ecke.

Dann ging alles wie ein Blitz.

Plötzlich war niemand mehr zu sehen. Die Ratten hatten sich wieder in ihre Löcher verkrochen.

John und Sonny hetzten auf den Porsche zu. Zum Glück war er unbeschädigt.

Hastig schloß John die Tür auf. Nur weg hier.

Der Polizeiwagen schlängelte sich vorbei. Er mußte

bestimmt zu einem anderen Einsatzort fahren und hatte diese Straße ganz zufällig benutzt.

Mit einem Kavaliersstart fegte John los. Im Rückspiegel sah er, daß die Männer wieder auf die Straße traten. Drohend reckten sie ihre Fäuste.

»Ihr mich auch«, murmelte John verbissen.

Sonny hockte halb ohnmächtig auf dem Beifahrersitz. Sein Kopf war ihm auf die Brust gesunken.

»Ich fahr dich zum Krankenhaus«, sagte John.

»Mach, was du willst. Nur schnell. Die Wunde brennt wie Feuer. Nie wieder nach Nizza. Zielscheibe kann ich auch in New York spielen. Da sind die Friedhöfe schöner«, preßte Sonny hervor.

John jagte den Porsche durch die engen Gassen und ließ sich von einem Passanten den Weg zum nächsten Krankenhaus beschreiben.

Mit quietschenden Reifen stoppte John den Porsche vor dem Portal der Klinik. Der Portier alarmierte sofort den Notarzt. Drei Minuten später befand sich Sonny bereits in guter Obhut.

Doch auch John kam an die Reihe. Eine resolute Schwester pinselte seine Hautabschürfungen mit Jod ein und klebte Pflaster darauf.

John bedankte sich, hinterließ seine Adresse, falls bei Sonny irgendwelche Komplikationen auftreten würden, und klemmte sich in den Porsche.

Jetzt rauchte John erst mal in Ruhe eine Zigarette.

Langsam beruhigten sich seine Nerven. Ein Drink würde guttun. Das Krankenhaus lag in einem kleinen Park.

Langsam steuerte John den Porsche über die gepflegten Wege.

Seine Gedanken kreisten um Sonny. Hoffentlich war die Verletzung nicht allzu ernsthaft. Immerhin hatte Sonny viel Blut verloren.

John fuhr den Wagen in die Hotelgarage.

Anschließend nahm er eine Dusche, zog sich andere Sachen an und ging in die Hotelbar, um bei einem Drink weitere Schritte zu überlegen. Hunger spürte er keinen, obwohl es schon auf vierzehn Uhr zuging.

In der Hotelbar war um diese Zeit nichts los. An der halbrunden Bar saß nur ein Mann und las Zeitung. Der hohlwangige Mixer putzte aus lauter Langeweile Gläser. Sein Lehrling, ein kleiner Krauskopf, schnitt Oliven.

John bestellte sich einen Martini dry.

Der Drink tat ihm gut.

Auf einem Bein kann man nicht stehen, dachte John und bestellte sich ein zweites Glas.

Doch dann vergaß er das Trinken.

Ein Girl mit kupferrotem Haar und atemberaubender Figur betrat die Hotelbar.

Der Mixer ließ Gläser Gläser sein, und der Lehrling hörte auf, Oliven zu schneiden. Selbst der Zeitungsleser ließ seine Lektüre sinken.

Die Rote enterte einen Hocker neben John. Dienstbeflissen huschte der Mixer heran.

»Einen Gin-Fizz, bitte«, hauchte die Rothaarige mit Schlafzimmerstimme.

John schätzte sie auf Anfang Zwanzig. Sie hatte ihre ansehnliche Oberweite in eine giftgrüne Polobluse gezwängt und trug dazu einen beigen Wildlederrock. Natürlich supermini.

Aus einer kleinen Basttasche holte die Rote Zigaretten.

John reagierte schneller als der Mixer. Sein Feuerzeug klickte auf.

Die Rote bedankte sich mit einem langen Blick.

John betrachtete das als Aufforderung und rutschte einen Hocker weiter. »Ich darf Ihnen Gesellschaft leisten?« Er lächelte charmant.

»Ich habe nichts dagegen, Monsieur.«

Der Mixer, der die Szene beobachtet hatte, guckte böse. Sicher hätte er gerne mit John getauscht. Aber Dienst ist Dienst.

»Sie gestatten, daß ich mich vorstelle, Mademoiselle. Mein Name ist John Cameron. Meine Freunde nennen mich John.«

Das Girl lächelte. Perlmuttweiße Zähne wurden sichtbar. »Und meine Freunde nennen mich Yvonne …«

Der Bikini paßte fast in einen Fingerhut.

John Cameron war es ein Rätsel, wie Yvonne ihre Proportionen in dem Stückchen Stoff untergebracht hatte.

Augenblicklich stand Yvonne auf dem Sprungturm des Hotel-Swimming-pools, ließ sich von Männeraugen abtasten, winkte John zu, nahm einen kleinen Anlauf und tauchte mit elegantem Kopfsprung in das erfrischende Naß.

John Cameron wurde aus Yvonne nicht schlau. War es wirklich nur eine Zufallsbekanntschaft? Oder steckte mehr dahinter?

Sicher, in den letzten beiden Stunden hatte Yvonne das junge, unbekümmerte Mädchen gespielt, doch John wurde das Gefühl nicht los, daß alles nur Schau war. Egal, er würde schon noch dahinterkommen.

»He, Johnny! Träumst du?«

Yvonne kraulte an den Beckenrand und spritzte John naß.

»Sicher träume ich. Aber von dir.«

»Schmeichler.«

Yvonne stützte sich auf den Beckenrand. Der Bikini verrutschte. Johns Augen boten sich atemberaubende Einblicke.

Yvonne bemerkte seinen Blick und lächelte verstehend. »Zieh mich hoch, John«, bettelte sie.

John tat ihr den Gefallen.

»Es war herrlich«, prustete Yvonne, während sie sich neben John auf die Decke setzte. »Schwimm doch auch ein paar Runden.«

»Später. Ich weiß nicht, ob die Pflaster wasserdicht sind«, sagte John grinsend.

»Feigling.«

Yvonne nahm ihre Badekappe ab. Sie schüttelte den Kopf, und ihr dichtes rotes Haar fiel in weichen Wellen auf die Schultern.

»Hast du mal eine Zigarette, John?«

»Sicher.«

John bestellte zwei alkoholfreie Drinks bei einem der Kellner, die sich laufend am Pool aufhielten, damit es den Gästen an nichts fehlte.

Yvonne nahm einen tiefen Schluck. »Schmeckt ausgezeichnet.«

Das Girl rauchte ziemlich hastig. Sie schien nervös zu sein.

John amüsierte sich darüber. Sollte sie die Initiative ergreifen. Sie kannten sich ja immerhin schon zwei Stunden. Auch zum Du war man schnell übergegangen. In Nizza so üblich.

Yvonne sah John aus ihren grünen Augen lauernd an. »Was ist los mit dir? Du sprichst kaum. Paßt dir meine Gesellschaft nicht? Hast du Sorgen?«

John merkte sofort die gespielte Anteilnahme.

»Ja, so kann man's nennen, Yvonne.«

»Dann raus mit der Sprache. Ich kann dir bestimmt helfen.«

Aber nicht so, wie du es dir vorstellst, dachte John Cameron.

»Ich suche ein Girl«, sagte John.

»Oh …« Yvonne tat pikiert. »Reiche ich dir nicht?«

John schüttelte den Kopf. »So meine ich das nicht. Auch nicht, wie du denkst. Sagen wir, ich habe mit der Dame noch eine alte Rechnung zu begleichen.«

»Alte Rechnung? Bist du deswegen nach Nizza gekommen?«

»Nein, Yvonne. Ich werde dir den Grund vorläufig nicht sagen.«

»Ganz wie du willst. Dann kann ich dir auch nicht helfen.« Yvonne zog einen Schmollmund.

John amüsierte sich im stillen darüber. Trotzdem spielte er weiter mit.

»Ach, Yvonne. Sei doch nicht eingeschnappt.« Johns Fingerspitzen strichen über ihren Rücken.

Yvonne tat einen tiefen Atemzug. »Wie heißt denn dieses Geschöpf?«

»Candy. Mehr weiß ich auch nicht«, log John.

John Cameron beobachtete Yvonne genau. Bei der Nennung des Namens zuckte sie unmerklich zusammen. Doch nur einen winzigen Augenblick. Dann schüttelte sie unbefangen den Kopf, daß die roten Haare nur so flogen.

»Nein, Johnny. Nie gehört den Namen. Außerdem bin ich erst eine Woche in Nizza. Und ich war auch noch auf keiner

Party. Allerdings Männernamen, das muß ich ehrlich zugeben, sind mir geläufiger.«

»Kann ich mir denken«, sagte John.

Yvonne leerte ihr Glas, drückte die Zigarette in einem Standaschenbecher aus und legte sich auf die Decke.

»Komm zu mir, Johnny.«

»Ich bin doch hier.«

»Nein, ganz nah.«

John tat ihr den Gefallen. Bin gespannt, welche Schau sie jetzt wohl abzieht, dachte er.

John Cameron spürte den erregenden Geruch ihres Badeöls, den seidigen Körper, den leichten Druck der Brüste und vergaß plötzlich alle Vorsätze. Er hatte das Verlangen, Yvonne zu küssen.

»Tu's doch«, hauchte Yvonne, als könne sie Gedanken lesen. John ließ sich das nicht zweimal sagen.

Er war bestimmt kein Anfänger, aber verdammt, Yvonne beherrschte auch alle Tricks. John war es auf einmal egal, daß Menschen zusahen. Schließlich befand er sich in Frankreich, dem Land der Liebe.

»Johnny«, flüsterte Yvonne atemlos.

»Was ist denn?«

»Heute abend? Hast du Zeit?« Yvonnes rotlackierte Fingernägel strichen über Johns Brust.

»Das wollte ich dich gerade fragen. Ich habe nämlich überhaupt nichts vor. Ich wollte mich einfach treibenlassen.«

»Wunderbar, John. Dann werde ich dir Nizza zeigen. Und danach machen wir es uns bei dir bequem.« Yvonne preßte ihren Körper eng gegen John.

»Ich bin einverstanden, Yvonne.«

Yvonne löste sich aus Johns Umarmung. Sie ordnete ihr Haar, nahm noch eine Zigarette und sagte lauernd: »Diese dämliche Candy Carr läßt du doch laufen, oder?«

John lachte. »Natürlich, Cherie.«

Yvonne nahm Johns Kopf zwischen beide Hände. Sie hauchte ihm einen Kuß auf die Lippen. »Weißt du, ich bin nämlich ein wenig eifersüchtig.«

Alles was recht war. Dieses Girl spielte ihre Komödie nicht schlecht.

Yvonne erhob sich. »Ich muß leider gehen, Cherie. Bis heute abend.«

John faßte nach ihrem Arm. »Augenblick, ich bring' dich weg.«

»Nein, nein. Mein Hotel liegt in der Nähe. Und heute abend hol ich dich ab.«

Yvonne ging mit wiegenden Hüften zur Umkleidekabine. John blickte ihr nachdenklich hinterher.

Seine Sachen lagen auf der Decke. John zog sich um. Er wollte Yvonne unbedingt auf den Fersen bleiben.

Daß sie falschspielte, war ihm klar. Denn woher sollte Yvonne, die ja Candy angeblich nicht kannte, deren Nachnamen wissen? John jedenfalls hatte ihn nicht erwähnt.

Yvonne betrat die nächste Telefonzelle. Sie lag dem Hotel direkt gegenüber.

Die Nummer kannte sie auswendig.

»Yvonne«, meldete sie sich. »Der Vogel hat angebissen. Er ist noch dümmer, als ich dachte.«

Sie lauschte einen Moment und lachte dann auf. »Natürlich, heute abend. Geht alles klar. Bis gleich dann.«

Yvonne hängte den Hörer auf die Gabel. Dann ging sie zu ihrem Fiat, der in der Nähe parkte, stieg ein und brauste ab.

John Cameron stand nur wenige Yards entfernt in Deckung eines Lieferwagens.

Als Yvonne auf den Fiat zuging, flitzte er blitzschnell zu einem der Taxis, die vor dem Hotel warteten.

»Folgen Sie dem grünen Fiat.«

»Brennt Ihre Puppe durch?« fragte der Fahrer neugierig.

»So ungefähr.«

»Na, dann wollen wir mal.« Der Fahrer gab Gas.

Die Fahrt führte quer durch die Stadt auf eine der Ausfallstraßen nach Westen, in Richtung Cap Antibes.

»Lassen Sie genügend Zwischenraum. Die Dame braucht uns nicht unbedingt zu bemerken«, sagte John.

»Wie Sie wollen, Monsieur.«

Die Fahrt ging in die Berge. John konnte nicht umhin, das herrliche Panorama, das sich ihm bot, zu bewundern.

Auf der linken Seite zog sich das wirklich postkartenblaue Meer wie ein Teppich hin. Bunte Segelschiffe bildeten reizende Kontraste. An den Hängen, die zum Strand führten, lagen die Villen der Prominenz. Traumhäuser und nicht mit Mitteln der Bausparkassen gebaut.

Das linke Blinklicht des Fiat leuchtete auf.

»Fahren Sie langsamer«, ordnete John an.

Der Fiat bog in einen kleinen Seitenweg.

»Anhalten.«

Der Fahrer stoppte.

John stieg aus dem Taxi. »Warten Sie hier auf mich.«

»Oui, Monsieur. Wie wär's denn mit einem kleinen Vorschuß?«

»Genehmigt.« John reichte dem Mann eine Banknote.

Bis zu dem kleinen Seitenweg waren es nur ein paar Schritte.

Johns Blick fiel auf ein Schild. ›Privatweg! Betreten verboten!‹

John betrat den Weg dennoch.

Schon nach wenigen Yards war von der Straße nichts mehr zu sehen. Stark duftende Blumen säumten den Weg, dazwischen leuchteten wie helle Flecke lustig plätschernde Springbrunnen.

Hinter einer Biegung stand die Mauer. Halbhoch etwa. Sie paßte in diese idyllische Landschaft wie eine Nachtigall an den Nordpol.

John ging hinter einem Baum in Deckung.

Hinter der Mauer begann ein gepflegter Park. John konnte das Dach eines Hauses erkennen, mehr jedoch nicht.

Wer mochte hier wohnen?

Ein Schild gab es nicht. Die Prominenz hatte es nicht nötig, auf sich aufmerksam zu machen. Man wußte eben, wo wer wohnte.

John nahm an, daß dieses gesamte Gelände zu dem Grundstück gehören mußte, nicht nur das eingezäunte.

Ihn interessierte das Haus ungemein. Vor allen Dingen, was wollte Yvonne hier? Er würde sie heute abend fragen.

John kehrte zu dem Taxi zurück.

»Dachte schon, Sie wären verschollen«, begrüßte ihn der Fahrer.

»Nee. Unkraut vergeht nicht. Kehren Sie wieder um.«

Der Chauffeur wendete.

»Wissen Sie eigentlich, wem das Haus gehört, zu dem dieser Weg führt?«

Der Taxifahrer lachte. »Keine Angst, Monsieur. Ihre Puppe ist in guten Händen. Das Haus gehört dem heimlichen Herrscher von Nizza.

»Und wie heißt dieser Herrscher?«

»Henri Duval.«

»Nie gehört den Namen.«

»Das kann ich mir denken. Die meisten kennen ihn nur unter seinem Spitznamen Le Beau.«

Der schnittige Bug der kleinen Barkasse zerteilte die Wellen des Ligurischen Meeres.

Die Dämmerung warf bereits ihre ersten Schatten über die See, als sich John Cameron erkundigte: »Wohin geht denn überhaupt die Reise?«

Yvonne lächelte ihn verführerisch an. »Laß dich überraschen.«

Sie trug an diesem Abend einen eleganten Hosenanzug aus schwerer Seide. Das lange Haar hatte sie hochgesteckt.

John schnippte eine Zigarette aus der Packung. Er blickte durch das kleine Glasfenster auf das offene Meer, verglich Fahrzeit mit Entfernung und meinte wie nebenbei: »Die Dreimeilenzone liegt bereits hinter uns.«

»Das muß auch so sein.«

John Cameron ging einiges durch den Kopf. Heute hatte er eine Waffe eingesteckt. Er trug sie in einer Schulterhalfter unter dem weißen Dinnerjackett.

Yvonne plapperte während der Fahrt pausenlos. John hatte das Gefühl, sie wollte ihn von irgend etwas ablenken.

Der Mann am Ruder, ein finsterer Bursche mit kohlschwarzen Haaren, kümmerte sich nicht um sie. Er sagte auch keinen Ton.

In der Ferne tauchte ein kleiner Punkt auf. Eine Insel.

»Unser Ziel«, erklärte Yvonne.

»Aha«, John nickte, »und wie heißt das Fleckchen?«

»Wir nennen es ›Isle de Surprise‹. Insel der Überraschungen.«

»Da bin ich mal gespannt, welche Überraschungen ihr zu bieten habt.«

»Du wirst staunen«, antwortete Yvonne doppelsinnig.

»Sag mal, Yvonne, in welchem Hotel wohnst du eigentlich?« fragte John ganz harmlos.

Das Girl blickte ihn erstaunt an. »Warum willst du das wissen?«

»Nur so. Es fiel mir gerade ein.«

»Schön, ich will deine Neugier befriedigen. Ich wohne im Hotel Royal.«

»Dann ist es gut.« John nickte wieder. Er spürte, wie Yvonne nervös wurde. »Kennst du denn zufällig auch den Besitzer?«

»Nein. Warum sollte ich? Hör mal zu, du gehst mir mit deiner Fragerei langsam auf die Nerven.« Yvonne wurde ärgerlich.

John lächelte spöttisch. »Nicht aufregen, Baby. Ich nahm nur an, dieser Besitzer des Hotels wäre ein gewisser Henri Duval.«

Peng! Das hatte gesessen. Yvonne wurde weiß wie die berühmte Kalkwand. Ihr Gesicht verzerrte sich.

»Spionierst du mir eigentlich nach?« zischte sie böse.

»Ich war so frei. Du hast deine Märchen nicht überzeugend genug erzählt. Ich habe deshalb heute nachmittag gewisse Sicherheitsmaßnahmen getroffen. Man kann nie wissen, was einen erwartet.«

Yvonne rückte ein Stück von John weg und sagte nichts mehr. Ihre Augen hatten sich zu Schlitzen verengt.

Möchte nur wissen, was in ihrem Kopf vorgeht, dachte John.

Die Insel wurde zusehends größer. Geschickt steuerte der Fahrer die Barkasse durch die dem Eiland vorgelagerten Klippen.

Im letzten Licht des Tages erreichten sie den kleinen,

künstlich angelegten Hafen. Einige Motor- und Segelboote dümpelten auf den Wellen.

Ein durch Scheinwerfer angestrahlter Landungssteg zog sich einige Yards in den kleinen Hafen.

Auf dem Steg wurden Yvonne und John von zwei Männern erwartet. Beide trugen Abendanzüge.

»Das ist er«, meldete Yvonne und sprang an Land. Sie warf John noch einen spöttischen Blick zu und ließ ihn mit den beiden Männern allein.

»Monsieur, bitte folgen Sie mir.« Eine einladende Handbewegung unterstrich die Worte des Mannes.

»Ja, warum nicht?« John grinste. »Bin gespannt, was die Insel für Überraschungen zu bieten hat.«

»Sie werden zufrieden sein, Monsieur.«

Die beiden Empfangsknilche nahmen John in die Mitte. Hinter ihnen knatterte der Motor der Barkasse auf. Sie fuhr wieder zum Festland zurück.

John beschlich ein unbehagliches Gefühl.

Der Steg endete vor einem eleganten Bungalow.

Auf ein bestimmtes Klingelzeichen wurde die Mahagonitür geöffnet.

»Treten Sie ein, Monsieur.«

John dankte mit einem hoheitsvollen Kopfnicken. Die auf vornehm getrimmte Komödie amüsierte ihn.

John gelangte in eine kleine Garderobe, in der ein Oben-Ohne-Girl auf Hüte wartete.

»Bon soir, Monsieur«, begrüßte sie John mit dem üblichen stereotypen Lächeln.

Dafür erhielt sie ein Trinkgeld.

Danach fiel das Lächeln persönlicher aus.

Ein grüner Vorhang versperrte den eigentlichen Zugang zum Innern des Bungalows.

Einer von Johns Begleitern hielt ihn einladend offen.

John Cameron gelangte in eine Bar, wie er sie noch nie in seinem Leben gesehen hatte. Und er war viel herumgekommen.

Der Raum war fast quadratisch angelegt. Von John aus gesehen, an der rechten Seite, genau der Bar gegenüber, hatte man ein riesiges Aquarium errichtet. Es nahm die gesamte

Wandfläche ein und reichte bis zur Decke. In dem graugrünen Meerwasser tummelten sich Tigerhaie, angestrahlt von starken Halogenscheinwerfern. Vor dem Aquarium befand sich eine kleine Tanzfläche.

Grün war die dominierende Farbe in dieser Bar. Man saß in tiefen, bequemen Polstersesseln vor ovalen Tischen, und alle Einrichtungsgegenstände standen auf dickem Teppichboden. Die Farbskala reichte vom satten Dunkelgrün bis zum zarten Blaugrün. Kugelleuchten unter der Decke spendeten angenehmes Licht.

John wurde an einen noch freien Tisch geführt, in der Nähe des Aquariums. Seine beiden Begleiter ließen ihn von nun an allein.

Nach der Garderobe des Publikums zu urteilen, waren hier fast nur Vertreter der oberen Fünfhundert versammelt. Männer, die den dritten Frühling schon hinter sich hatten, tranken mit ihren noch nicht mal halb so alten Gespielinnen Champagner der besten Marke. Man unterhielt sich gedämpft, nur ab und zu unterbrochen von dem perlenden Lachen eines der Mädchen. Leise Stereomusik klang aus unsichtbar angebrachten Lautsprechern. Und mitten in dieser schwülen Baratmosphäre die Raubritter der Meere.

Haie!

John mußte zugeben, es war wirklich eine Insel der Überraschungen.

Nur, was sollte er hier?

Ein Serviermädchen im grünen Trikot brachte unaufgefordert eine Flasche Champagner.

John wollte ihr schon einige Fragen stellen, als plötzlich die Beleuchtung erlosch.

Nur noch das fluoreszierende Wasser in dem Aquarium und die Schatten der Haie waren zu sehen.

Eine fast greifbare Spannung schien sich über die Anwesenden zu legen.

Der kreisrunde Kegel eines roten Schweinwerfers strich durch den Raum und verhielt kurz vor der kleinen Tanzfläche.

Langsam wanderte er weiter.

Er ließ zwei nackte Füße in der Dunkelheit sichtbar werden, wanderte höher über erstklassig gewachsene Beine, strich über zwei makellose Schenkel, tastete sich über ein kurzes Kettenhemd, umspielte langes seidiges Haar und verharrte auf einem weißgeschminkten Gesicht, in dem die dunkelroten Lippen wie Blutstropfen leuchteten.

John hielt den Atem an. Er kannte dieses Gesicht. Es gehörte zu der Frau, die ihn gestern nacht hatte umbringen wollen.

Candy Carr.

Die Musik wurde lauter.

Langsam begann sich Candy in ihrem Takt zu wiegen. Das Kettenhemd klirrte leise.

Candy hielt die Augen geschlossen. Sie tanzte wie in Trance.

Schlagartig verstummte die Musik.

Wie ein Pantomime blieb Candy stehen.

Dann drehte sie sich ganz langsam um. Ihre Hände faßten gegen das dicke Glas des Aquariums.

Wieder setzte die Musik ein. Aber diesmal härter, provozierender.

Candys Hüften begannen sich zu drehen. Die Bewegungen pflanzten sich über den ganzen Körper fort.

Die Haie wurden unruhig. Wild peitschten sie das Wasser. Die spitzen Zähne blitzten in den weit aufgerissenen Rachen.

Und Candy tanzte.

Wild, hemmungslos.

Mit einer spielerischen Bewegung griff sie an den Gürtel des Kettenhemdes.

Aufstöhnen im Publikum.

Ruckartig zog Candy den Gürtel auf.

Die untere Hälfte des Kettenhemdes fiel klirrend auf den Boden.

Ein winziges Stückchen Stoff wurde sichtbar, gehalten von zwei Fäden.

Die Musik steigerte sich.

Und Candy tanzte weiter. Sie holte alles aus sich heraus.

Gleichzeitig mit ihrem Tanz steigerte sich auch die Wildheit der Haie. Die Fische rasten aufeinander zu, drehten kurz vorher ab und begannen das Spiel von neuem.

Plötzlich fiel Candy auf die Knie. Sie legte den Kopf nach hinten. Das lange Haar berührte den Boden.

Mit beiden Händen griff sie an das Oberteil des Kettenhemdes. Ein Ruck, und es flog zur Seite.

Darunter trug sie nichts mehr.

Wieder steigerte sich die Musik.

Candy warf sich hoch. Ihr Tanz wurde noch erregender, aufreizender, ja eindeutiger …

Und hinter ihr die Haie.

Etwas Großes, Dunkles wurde in das Aquarium geworfen. Rohes Fleisch. Gierig schossen die Haie auf das Fleisch zu.

Die Musik wurde zu einem Inferno …

Candys Körper zuckte. Sie stieß kleine spitze Schreie aus. Wild warf sie sich herum. Ihre Hände fuhren zu dem Stückchen Stoff. Rissen es herunter …

Die Haie gruben ihre Zähne in das Fleisch. Das Wasser brodelte, kochte …

Dann war alles vorbei.

Schlagartig verlosch der Scheinwerfer.

Langsam flammte die normale Beleuchtung wieder auf. Die kleine Tanzfläche war leer, als hätte hier nie ein Strip stattgefunden. Die Haie schwammen wieder ruhig in dem Aquarium umher.

John atmete tief aus.

Frenetischer Applaus klang auf. Das Publikum verschaffte sich Luft. Candy betrat die Bühne. Diesmal angezogen.

John klatschte unwillkürlich Beifall.

»Na, hat Ihnen die Schau gefallen, Monsieur Cameron?«

Ruckartig wurde John wieder in die Wirklichkeit gerissen.

Neben seinem Tisch stand ein Mann in weinrotem Smoking. Er hatte ein asketisch geschnittenes Gesicht, eine schmalrückige Nase und dichtes weißes, nach hinten gekämmtes Haar. An seinem Ringfinger blitzte ein Brillantring.

»Darf ich Ihnen Gesellschaft leisten, Monsieur Cameron?«

»Sicher.«

Der Mann setzte sich. Eine Flasche Champagner wurde gebracht.

»Es war unhöflich von mir, mich noch nicht vorzustellen, mein Name ist Henri Duval.«

»Oh, der heimliche Herrscher von Nizza«, erwiderte John lächelnd. Den Spitznamen verschwieg er taktvoll.

»So nennt mich der Volksmund, Monsieur Cameron.«

»Dann darf ich wohl annehmen, daß Ihnen diese Insel gehört?«

»Ganz recht.«

»Und Sie haben mich auf diese ungewöhnliche Weise auf die Insel bringen lassen«, folgerte John.

»Ich kann Ihnen nicht widersprechen.«

In diesem Augenblick drängte sich ein jüngerer Mann durch die Tischreihen.

Zufällig ließ John seinen Blick durch das Lokal streifen.

Da riß es ihn fast vom Sessel.

Dieser junge Mann war niemand anders als Jack Melford, einer von Johns verschwundenen Freunden aus dem Golfklub …

Jack Melford sah John Cameron fast im selben Augenblick.

Freudestrahlend steuerte er auf ihn zu. »Mensch, John, ist das denn die Möglichkeit. Du hier!« Jack schlug sich gegen die Stirn. »Stimmt, du bist ja auch eingeladen.«

Überschwenglich schüttelte er John die Hand.

»Ich darf mich doch setzen?«

»Natürlich.«

John verstand gar nichts mehr. Sollte er sich so getäuscht haben? Waren seine ganzen Theorien über das Verschwinden der beiden Klubfreunde Hirngespinste? War alles nur ganz harmlos? Aber der Mordanschlag auf ihn? Nein, da mußte etwas anderes hinterstecken.

Henri Duval tat überrascht. »Pardon, die Herren kennen sich?«

»Und wie«, sagte Jack Melford. »Wir beide sind Mitglieder desselben Golfklubs. Haben schon manches Fest zusammen gefeiert, nicht wahr, John?«

John nickte. Er blickte Jack Melford an. »Sag mal, ist Fred Perkins auch hier?«

Melford kniff ein Auge zu. »Natürlich. Fred ist im Moment sehr beschäftigt. Du verstehst.«

»Das ja. Aber das andere nicht.«

»Welches andere?«

»Ihr werdet in New York vermißt. Man spricht bereits von Kidnapping. Verständlich. Eine Einladung zur Jet-Set-Party, und dann war Schluß. Keine Nachricht mehr, nichts.«

»Erklären Sie es ihm – Monsieur Duval«, sagte Jack Melford.

Duval trank einen Schluck Champagner. »Sie müssen das verstehen, Monsieur Cameron. Hätte ich diese Party groß angekündigt, wären fast die Hälfte der Gäste Reporter gewesen. Und die wollten wir nicht dabeihaben. Wir wollten unter uns sein. Es sind noch einige Leute aus der europäischen Prominenz eingeladen.«

Eine fadenscheinige Erklärung. Das sagte John nicht, sondern dachte es nur. Statt dessen fragte er: »Wo soll denn die Party stattfinden?«

»Hier. Auf der Isle de Surprise. Ich kann Ihnen versichern, Monsieur Cameron, es wird ein Galafest. Ich habe mir einige Überraschungen einfallen lassen.«

»Hoffentlich nicht wieder Killergirls«, murmelte John leise.

»Pardon, sagten Sie etwas, Monsieur Cameron?«

»Sicher, Monsieur Duval. Welche Überraschungen? Hoffentlich harmlose.«

»So wie die Stripteaseshow. Falls Sie das als harmlos bezeichnen.« Duval lachte meckernd.

»Diese Candy ist schon 'ne Wucht, was, John?« sagte Jack Melford grinsend.

»Eine Wucht?« John verzog das Gesicht. »Für dich vielleicht, Jack. Aber mich wollte dieses reizende Geschöpf gestern nacht umbringen.«

»Ich muß doch sehr bitten.« Jack Melford sprang auf. »Kannst du diese ungeheuren Anschuldigungen beweisen?«

»Nein. Doch sollte dir mein Wort genügen, Jack.« John wandte sich an Henri Duval. »Und Ihre Meinung, Monsieur?«

»Sie scheinen eine etwas überspitzte Phantasie zu haben«,

erwiderte Duval spöttisch. »Oder können Sie mir einen plausiblen Grund nennen, weshalb Candy Sie umbringen wollte?«

John beugte sich vor. »Noch nicht, Monsieur Duval. Doch verlassen Sie sich darauf, ich werde es noch herausfinden.«

»Entschuldigen Sie, Monsieur Cameron. Davon bin ich keineswegs überzeugt.«

John Cameron wurde sauer. Er spürte geradezu, daß man ihn hier verschaukeln wollte.

»Und kennen Sie eine gewisse Yvonne, Monsieur Duval?« fragte John lauernd.

»Was soll das?« erregte sich Duval. »Sicher kenne ich Yvonne. Ich war es schließlich, der ihr den Auftrag gab, Sie herzubringen. Ich fand diese Idee originell. Allerdings beginne ich jetzt schon, sie zu bereuen.«

»Ich finde, Monsieur Duval hat recht«, pflichtete ihm Jack Melford bei, »so kenne ich dich gar nicht, John.«

John Cameron sah seinen Freund an. »Ich dich auch nicht, Jack.«

Jack Melford und Henri Duval tauschten einen kurzen Blick. Es entstand eine peinliche Pause. Hatte John, ohne es zu wissen, einen wunden Punkt berührt?

John Cameron lächelte mokant. »Nanu, hat es Ihnen die Sprache verschlagen?«

Duval fing sich als erster. »Stimmt. Aber nicht wegen Ihnen, sondern wegen Candy.«

Ich wandte den Kopf. Duval hatte nicht übertrieben. Bei Candys Anblick konnte einem Mann schon die Spucke wegbleiben.

Das Girl trug ein langes, fast durchsichtiges schwarzes Kleid aus einem Hauch von Tüll. Und darunter, man erkannte es nur bei genauerem Hinsehen, einen winzigen Slip. Das blonde Haar fiel ihr lang auf den Rücken.

»Candy kann selbst zu Ihren Anschuldigungen Stellung nehmen«, äußerte Duval. »Bin gespannt, was sie dazu sagt.«

John Cameron erwartete die Dinge gelassen.

Jack Melford sprang auf. Er lief dem Girl ein Stück entgegen, faßte es an den Schultern und hauchte ihr einen Kuß auf die Wange.

Mit neidischen Blicken verfolgten die anderen Gäste dieses Schauspiel.

Galant reichte Jack Melford Candy den Arm.

Henri Duval und John Cameron erhoben sich, als die beiden an ihren Tisch traten.

»Candy, darf ich dir John Cameron vorstellen? Er ist ein alter Freund von mir.«

»Ich freue mich, Monsieur Cameron«, Candy lächelte und reichte John die Hand.

Mit keinem Blick gab sie zu verstehen, daß sie schon unter anderen Umständen Johns Bekanntschaft gemacht hatte.

John verbeugte sich. »Ich bin entzückt.«

Du falsches Luder, dachte er.

Man nahm wieder Platz. Candy setzte sich neben John. Neuer Champagner wurde gebracht.

»Monsieur Cameron war von deinem Tanz hellauf begeistert, Candy«, schwärmte Henri Duval.

Candy wandte den Kopf. »Wirklich?«

»Ich fand es Spitzenklasse.« Johns Worte waren nicht übertrieben. »Wie machen Sie das nur, Candy?«

»Was – bitte?«

»Daß selbst die Haie verrückt nach Ihnen werden?«

Der Volksmund würde sagen, hier staubt's, so dick trug John auf.

Candy lachte perlend. Kleine Funken tanzten in ihren Pupillen.

»Sie sind herrlich, Monsieur Cameron. Die Haie werden nicht durch meine Anwesenheit wild, sondern durch eine Chemikalie, die dem Wasser zum richtigen Zeitpunkt beigemengt wird.«

»Du darfst dein Licht nicht unter den Scheffel stellen«, fühlte sich Jack Melford veranlaßt zu sagen. »Mein Freund hat recht, du kannst wirklich nicht nur Menschen verrückt machen.«

Junge, Junge, den hat's aber erwischt, dachte John. Klar, daß er alles nur durch eine rosarote Brille sah.

»Da wäre noch etwas«, sagte plötzlich Henri Duval. »Monsieur Cameron gibt an, dich zu kennen Candy.«

»Mich? Woher?« Das Girl blickte erstaunt von einem zum anderen.

»Bitte Monsieur Cameron, wenn Sie ihr das erklären wollen. Weißt du, Candy, die Sache ist nämlich ein wenig delikat.«

Langsam fiel Duval John auf den Zeiger. Er behandelte dieses Killergirl wie eine Diva.

»Also, raus mit der Sprache, Monsieur Cameron. Ich bin nicht prüde«, forderte Candy ihn auf.

Nein, prüde bist du wirklich nicht, dachte John.

John stieg sofort voll ein. »Wo waren Sie in der vergangenen Nacht, Candy?«

Das Girl vereiste. »Muß ich mir das gefallen lassen, Henri?« Ihre Stimme klang schrill.

»Beruhige dich, Cherie. Monsieur Cameron wird sich hinterher für seine Fragen entschuldigen. Nicht wahr?«

»Sie täuschen sich, Duval. Das werde ich nicht.«

»John!« rief Jack Melford.

»Halt du dich da raus. Du bist befangen«, erwiderte John scharf.

Er zündete sich eine Zigarette an.

»Also, Mademoiselle Carr. Wo waren Sie in der vergangenen Nacht?«

»Oh, Sie kennen meinen Zunamen? Allgemein trete ich nur unter Candy auf.«

»Ich will Ihnen gern sagen, woher ich Ihren Nachnamen kenne. Der Beamte in der Zulassungsstelle hat ihn mir gesagt. Denn in der vergangenen Nacht wollte mich eine gewisse Candy Carr zuerst in meinem Hotelzimmer erschießen, und als das mißglückte, mich bei der anschließenden Verfolgungsjagd mit ihrem MG überfahren. So, und nun möchte ich eine Antwort auf meine Frage haben.«

»Das war deutlich genug, Monsieur Cameron. Ich will Sie auch nicht länger im unklaren lassen. Ich lag zu dem fraglichen Zeitpunkt im Bett. Ich hatte gestern meinen freien Tag. Da ruhe ich mich gewöhnlich aus. Zufrieden?«

John schüttelte den Kopf. »Nein, Candy. Sie lügen.«

»Jetzt ist aber Schluß«, zischte Jack Melford. »Candy braucht sich deine Anschuldigungen nicht gefallen zu lassen. Auch wenn du mein Freund bist, John, das geht zu weit.«

»Mein Gott, Jack. Sei doch nicht so dumm.« Johns Stimme klang beschwörend. »Merkst du denn nicht, wie man dich reinlegen will?«

Jack Melford grinste. »Nein, John, mich legt man nicht rein«, antwortete er doppelsinnig.

»Aber, aber«, mischte sich Duval in das Streitgespräch. »Wir wollen uns doch benehmen wie erwachsene Menschen.«

»Das sollte sich besonders Monsieur Cameron merken«, pflichtete Candy ihm bei.

John war wütend. Am meisten über Jack Melford. So kannte er ihn gar nicht. Jack war an sich der Typ, der nie die Nerven verlor. Hatten sie ihn unter Druck gesetzt? Vielleicht mit Rauschgift? Oder hatte Candy ihn wirklich so in ihren Bann gezogen?

John Cameron verspürte einen kleinen Stich im Nacken. Er achtete nicht weiter darauf.

»Ich schlage vor, wir trinken noch eine Flasche Champagner. Sozusagen als Friedenstrunk. Anschließend werden wir zum gemütlichen Teil übergehen.« Henri Duval blickte John an. »Einverstanden, Monsieur Cameron?«

»Einver ... standen.« Das ›standen‹ floß ihm nur schwer über die Lippen.

John merkte plötzlich, daß er in Schweiß gebadet war. Seine Glieder wurden wie Blei.

Schwerfällig wandte er seinen Kopf in Candys Richtung. Ein spöttisches, wissendes Lächeln lag auf ihrem Gesicht. Genau wie bei Henri Duval und Jack Melford.

Da wußte John Cameron, daß er es war, den man reingelegt hatte. Ja, es war ein abgekartetes Spiel gewesen.

»Ist Ihnen nicht gut, Monsieur Cameron?« erkundigte sich Duval schleimig.

»Ich – ich ...«, stöhnte John.

Mehr schaffte er nicht. Seine Zunge lag wie ein Kloß im Hals.

Haltlos kippte er zur Seite.

Wie aus weiter Ferne hörte er die Stimmen.

»Halt ihn fest, Candy.«

»Was wollt ihr mit ihm machen?« fragte das Girl.

Duval lachte häßlich. »Nachher, wenn keiner mehr da ist, verfüttern wir ihn an die Haie. Wir wollen die armen Tierchen doch nicht verhungern lassen.«

»Du bist schon Klasse, Le Beau«, lobte ihn Jack Melford.

Und das genau waren die letzten Worte, die John Cameron noch hörte, bevor er in eine tiefe Ohnmacht glitt.

Tack, tack. Hart schlugen John Camerons Absätze gegen die scharfen Kanten der Eisentreppe.

Ihm selbst war hundeelend. Sein Kopf schien zu platzen, und der Magen rebellierte.

»Scheiße! Der Hund ist schwer«, hörte John eine Stimme.

Vorsichtig öffnete er die verklebten Augenlider.

Über sich sah er das verzerrte Gesicht eines Mannes. Der Mann hielt John unter den Achseln gepackt und zog ihn Stück für Stück die schmale Treppe hoch.

Ein zweiter Mann tauchte auf. »Alles klar, Paul. Wir können anfangen.«

Jetzt erkannte John die beiden. Es waren dieselben Männer, die ihn und Yvonne am Steg empfangen hatten. Duvals letzte Worte fielen ihm ein. Hinterher, wenn keiner mehr da ist, verfüttern wir ihn an die Haie.

Eine eiskalte Hand schien über Johns Rücken zu streifen.

»So, geschafft«, knurrte der Mann, der John festhielt. Mit einem Ruck ließ er den Körper los. John fiel mit dem Hinterkopf auf den Boden. Es dröhnte.

Durch den Fall trat John Cameron für einige Minuten geistig weg.

Als er dann wieder mit schmerzendem Schädel die Augen öffnete, hatte sich die Lage kaum verändert.

»Aha, unser Freund kommt zu sich«, sagte der mit Paul angeredete.

Er lehnte an einem Eisengitter und rauchte.

Sein Kumpan kickte John die Fußspitze in die Hüfte. »Los, aufstehen. Du kannst allein in das Aquarium springen.« Er lachte roh. Ächzend kam John auf die Knie. Sein Blick tastete die Umgebung ab.

Er mußte sich hier auf einer Art Beleuchterbühne befinden. Scheinwerfer standen herum, die alle in einem bestimmten Winkel nach unten zeigten. Der gesamte Aufbau war aus Eisen, leicht verrostet und schmutzig. Eine Wendeltreppe führte noch eine Etage höher.

»Zufrieden mit der Musterung?« fragte ihn Paul.

»Es geht«, antwortete John. »Nur eure beiden Visagen gefallen mir nicht.«

Dafür handelte sich John einen gemeinen Tritt ein, der ihn wieder zurückwarf.

»Hör auf damit, Jean«, knurrte Paul, »die Haie wollen auch noch was von ihm haben.«

Jean murmelte etwas Unverständliches.

An dem hüfthohen Geländer zog John sich hoch. Seine rechte Seite schmerzte. Da hatte ihn der Tritt getroffen.

Jean zog eine Pistole. Unwillkürlich tastete John nach seiner Waffe. Sie war weg, kein Wunder.

Jean grinste. »Deine Kanone habe ich. Du bist sowieso in ein paar Minuten bei den Engeln. Da kannst du höchstens Harfe spielen.« Er selbst lachte am meisten über seinen blöden Witz.

»Paß auf, das er keinen Mist macht«, sagte Paul, ging ein paar Schritte weiter, bückte sich, packte einen Ring und zog mit sichtlicher Anstrengung eine Klappe hoch. Er winkte John zu. »Komm her!«

John stellte sich neben ihn.

»Peil mal da runter, Cameron.«

John riskierte einen Blick.

Was er sah, trug nicht gerade dazu bei, seine Laune zu bessern. Unter ihm kreisten in dem graugrünen Wasser die drei Haie. Ab und zu blitzten ihre scharfen Zähne.

»Die verarbeiten dich zu Tartar«, versicherte Paul.

John schluckte. Er glaubte dem Ganoven aufs Wort.

Jean tippte ihm den Lauf seiner Knarre in den Rücken. »Wir machen es spannend, Bruder. Du könntest ja sofort springen, aber wir geben dir noch Zeit für ein kurzes Gebet, nicht wahr, Paul?«

»Sicher, Jean. Wir sind doch Menschenfreunde.«

»Zu gütig«, gab John kehlig zurück.

»Oder möchtest du lieber eine Kugel haben, Cameron?«

John wandte sich halb um. »Keines von beiden.«

Jean wieherte wie ein alter Gaul.

Paul wurde wütend. »Red nicht so einen Mist. Gib ihm 'ne Unze Blei oder laß ihn springen. Ich hab' keine Zeit mehr. Meine Puppe wartet.«

Jean begann zu zählen. Rückwärts. »Fünf!«

Noch fünf Sekunden zu leben, dachte John.

»Vier!«

John Cameron hatte auf einmal höllische Angst.

»Drei!« Jean grinste zynisch.

Johns Blicke schweiften umher. Paul lehnte an dem Eisengeländer und reinigte seine Fingernägel. Als er Johns Blicke sah, bleckte er die Zähne.

»Zwei!«

John spannte alle Muskeln. Er wußte, einen Yard unter ihm befand sich die Öffnung. Und etwa in der gleichen Entfernung stand Jean vor ihm.

»Eins!«

Hinter John brodelte das Wasser. Die Haie schienen zu spüren, daß es gleich ein Festmahl geben würde.

Paul löste sich vom Geländer. In seinen Augen glitzerte es.

»Spring!« schrie Jean in diesem Augenblick.

John sprang.

Aber nicht so, wie Jean es sich gedacht hatte.

John hechtete über die Öffnung, verwandelte den Sprung in eine Rolle und packte mit der linken Hand instinktiv die Stange eines großen Standscheinwerfers.

Der Scheinwerfer kippte.

Im selben Augenblick schoß Jean. Die Kugel knallte in das Glas. Tausend Splitter flogen umher.

Die Detonation des Schusses und der Knall des zerplatzenden Scheinwerfers ließen die beiden Gangster einen Moment nervös werden.

Das nutzte John aus.

Mit vorgestreckten Fäusten flog er gegen Pauls Magen. Paul kippte über John.

John drehte sich blitzschnell auf den Rücken, krallte den

linken Arm um Pauls Kehle und schrie: »Wenn du schießt, triffst du deinen Freund!«

Fluchend ließ Jean seinen Knaller sinken.

Johns rechte Hand fuhr unter Pauls Jackett.

Leer. Der Gangster besaß noch nicht mal eine Pistole.

Vor ihm lachte Jean auf. »Pech gehabt, Cameron. Paul kann Pistolen nicht ausstehen. Sie sind ihm zu laut.«

Paul wehrte sich verzweifelt. Lange konnte John ihn nicht mehr festhalten, dafür war er noch zu schwach.

Jean setzte sich in Bewegung. »Jetzt schick ich dich doch zur Hölle Cameron«, zischte er.

Mit einem verzweifelten Ruck befreite sich Paul aus Johns Griff.

John reagierte. Er rollte sich ein Stück zur Seite, sprang hoch, bemerkte aus den Augenwinkeln, wie Jean die Waffe hochriß ...

Ein gellender Schrei ließ ihn zusammenfahren.

Er sah, wie Jean taumelte, verzweifelt in die Luft griff, aufschrie und urplötzlich in der Öffnung verschwand.

Der Gangster hatte in seinem Eifer nicht auf den Scheinwerfer geachtet.

Der Standscheinwerfer war halb in die Öffnung gekippt, doch der untere Teil, die schwere Eisenstange, lag noch draußen. Darüber war Jean gestolpert.

Die Geräusche aus dem Aquarium waren grauenhaft. Das Wasser brodelte, kochte wie verrückt. Es dauerte nur Sekunden. Dann war alles vorbei. Die Haie hatten ihr Opfer gehabt.

Paul reagierte als erster. Mit einem Wutschrei warf er sich auf John Cameron.

Der fing Paul mit einem rechten Haken ab.

Der Gangster wurde zurückgeworfen. Mit dem Rücken krachte er gegen das Geländer.

Augenblicklich war John bei ihm. Er schmetterte Paul die rechte Faust in den Magen.

Paul brach zusammen.

John packte ihn am Kragen und schleifte den halb Bewußtlosen zum Rande der Öffnung.

»So, mein Freund«, fauchte John Cameron. »Die Haie haben noch Hunger.«

»Nein, nein«, stöhnte Paul auf. »Bitte nicht!«

»Ach.« John tat erstaunt. »Mich wolltest du gern da unten sehen. Und jetzt verlangt der gute Mann, daß ich Mitleid habe. Eine feine Moral, wirklich.«

Immer näher zog John den Gangster an die Öffnung. Natürlich hätte er ihn nie dort hineingestoßen, aber das wußte der Mann ja nicht.

John drückte Pauls Kopf nach unten. »Sieh da rein. Glaubst du, daß die Tierchen sich freuen werden?«

Paul stöhnte.

John ließ ihn los. Dumpf schlug er auf die Eisenplatten. Pauls Arme baumelten in die Öffnung. Ein Schluchzen schüttelte den Körper des Gangsters. Er war völlig am Ende. Genau in der richtigen Verfassung für ein Verhör.

John Cameron zog Paul wieder von der Öffnung weg. Er steckte zwei Zigaretten an. Eine schob er Paul zwischen die Lippen.

Der Gangster lehnte sich gegen das Eisengeländer. Tief sog er den Rauch ein. In seinen Augen flackerte die Angst.

Langsam beruhigten sich auch Johns Nerven. Mit dem Fuß trat er die Kippe aus.

»So, mein Freund. Jetzt wollen wir uns mal unterhalten.«

Ängstlich starrte der Ganove John an.

»Was wird hier gespielt?« Johns Stimme klang kalt wie Eis.

»Ich weiß nicht.«

»Willst du doch in das Aquarium?«

»Ich weiß es wirklich nicht!« schrie Paul verzweifelt. »Wir waren fast immer nur auf dieser Insel. Glauben Sie mir.«

John hatte genügend Menschenkenntnis, um zu sehen, daß der Mann nicht log. Er mußte es anders anfangen.

»Wie viele Menschen habt ihr hier schon umgebracht?«

Paul druckste herum.

»Wird's bald?«

»Fünf.«

John glaubte, sich verhört zu haben. »Wie viele?« fragte er nochmals.

»Fünf«, wiederholte der Gangster.

John fuhr sich durch das schweißnasse Gesicht. Mein

Gott, fünf Menschen hatten diese Sadisten schon zu den Haien geschickt. Es war unbegreiflich.

»Wer waren die Menschen?« Johns Stimme klang heiser.

»Alles Feinde von Le Beau.«

»Was hat dieser Le Beau alias Duval vor?«

»Keine Ahnung. Aber es muß eine große Sache sein«, antwortete Paul. »In seiner Villa geschehen seltsame Dinge. Le Beau ist einer Erfindung auf der Spur.«

»Wie soll ich das verstehen?«

»Le Beau war früher Arzt. Irgendein Spezialist. Wofür – weiß ich nicht. Aber in seinem Haus hat er ein großes Labor.« Paul hustete trocken. »Mehr weiß ich auch nicht.«

»Schön«, John nickte. »Dann werde ich hier verschwinden.«

»Was wird mit mir?« Pauls Stimme war nur noch ein schwacher Hauch.

John sah den Gangster an. »Man sollte dich ja eigentlich zu den Haien werfen. Aber ich bin kein Mörder. Du bleibst hier.«

Paul atmete erleichtert auf. Doch dann verzerrte sich sein Gesicht. »Wenn Le Beau von dem Mißerfolg erfährt, bringt er mich um.«

»Dein Bier«, erwiderte John kalt. »Habt ihr ein Boot?«

»Ja, es liegt im Hafen.«

»Okay.«

John packte Pauls Hosengürtel, zog ihn aus den Schlaufen und fesselte dem Gangster provisorisch die Hände. Anschließend beförderte er ihn mit einem genau dosierten Handkantenschlag ins Reich der Träume.

Über eine schmale Treppe gelangte John nach unten.

Er schaltete auch hier das Licht ein, orientierte sich kurz und gelangte schließlich in die Bar. Ohne Menschen wirkte der Raum kahl.

Unwillkürlich blickte John zu dem Aquarium. Ein paar Kleidungsfetzen schwammen im Wasser. Die Pistole lag auf dem Grund.

John Cameron schüttelte sich. Den faden Geschmack im Mund spülte er mit einem Kognak weg.

John blickte auf die Uhr. Draußen würde es bald hell werden. Ein leichter Wind war aufgekommen.

Paul hatte nicht gelogen. Ein kleines Motorboot dümpelte verlassen im Hafen.

John schwang sich in die Nußschale. Der Motor sprang sofort an.

John wendete das Boot und fuhr auf die offene See.

Bis zum Festland war es eine ganz schöne Strecke.

Es dämmerte bereits, als John an einem verlassenen Strandabschnitt in Nizza anlegte.

Eine Viertelstunde später betrat er sein Hotel. Der Nachtportier war ja schon einiges von John gewohnt, deshalb enthielt er sich auch eines Kommentars, als John mit seinem verschmutzten Dinnerjackett eintrudelte.

»Geben Sie mir ein Telefonbuch.«

»Jawohl, Monsieur Cameron«, sagte der Portier.

In seinem Zimmer suchte John Duvals Telefonnummer. Das Mädchen in der Hotelvermittlung verstand ihn schnell.

Duval war selbst am Apparat.

»Na, wie geht's, Le Beau«, fragte John Cameron.

»Was fällt Ihnen ein!« schrie Duval zurück. »Wer sind Sie überhaupt?«

»John Cameron. Die Haie haben mich wieder ausgespuckt. Ich war unverdaulich.«

Einen Moment war es am anderen Ende der Leitung totenstill. Dann schnarrte Duval: »Wollen Sie mich auf den Arm nehmen, Mann?«

»Im Gegenteil, Le Beau. Wir beide sind noch nicht fertig miteinander. Wissen Sie, ich habe es nicht so gern, wenn man mich als Fischfutter verwerten will.«

Dann legte John den Hörer auf.

Er stellte den Wecker auf zehn Uhr morgens, zog sich aus, duschte kurz und warf sich ins Bett.

Eine Minute später war er eingeschlafen.

Le Beau war sauer. Stocksauer sogar.

»Dieser verdammte Cameron ist wie eine Katze«, fluchte er, »einfach nicht totzukriegen.«

Candy Carr lachte hell auf. »Reg dich ab«, gurrte sie, »deine angeblich guten Leute taugen eben nichts.«

»Ach. Hast du es denn besser gemacht?«

Candy rekelte sich auf der hellen Wildledercouch. »Ich bin ja nur eine schwache Frau. Schließlich waren sie auf der Insel zu zweit. Wir müssen es eben noch mal versuchen. Bisher hat Cameron Glück gehabt.«

Unruhig lief Le Beau in dem großen Wohnzimmer auf und ab. »Das hat mit Glück nicht mehr viel zu tun. Das ist schon fast Können«, gab er widerwillig zu. »Egal, Cameron muß umgelegt werden. Du weißt, Candy, morgen soll die Aktion starten. Ein nochmaliger Fehlschlag wäre unter Umständen für uns tödlich.«

»Meinst du damit deine blöde Organisation?«

»Spotte nicht, Candy. Die Leute sind gefährlich«, warnte Le Beau. »Noch habe ich sie hinhalten können. Ihr Starkiller wird nicht kommen. Aber ich muß heute abend noch nach Paris.«

»Warum denn das?«

»Befehl der Organisation.«

»Interessant.« Candy zündete sich eine Zigarette an. »Da wir gerade beim Thema sind. Wer und was steckt hinter dieser Organisation?«

Le Beau zuckte mit den Schultern. »Viel ist mir auch nicht bekannt. Ich weiß nur, daß in einem bestimmten Staat die Fäden zusammenlaufen. Den Namen des Staates sage ich dir nicht. Besser, wenn ihn nur einer kennt.« Le Beau vollführte eine umfassende Handbewegung. »Alles was du hier siehst, hat die Organisation finanziert. Und nur ein Ziel im Auge, vor dessen Verwirklichung wir jetzt stehen. Wenn das geschafft ist, beginnt Plan zwei. Ich kann dir nur so viel verraten, daß dabei die hohe Politik eine Rolle spielt.«

Le Beaus Augen glühten bei seinen Worten. Selbst der abgebrühten Candy lief ein Schauer über den Rücken.

Sie trat an das bis zum Boden reichende große Fenster. »Eine Frage, Le Beau. Warum läßt du Cameron eigentlich nicht kurzerhand umlegen? Genug Leute hast du. Eine schnelle Kugel oder ein Messer, und die Sache ist geritzt.«

»Sei nicht kindisch«, erwiderte Le Beau. »Die Methode wäre viel zu auffällig. Die Bullen würden Nachforschungen anstellen. Sie haben mich sowieso schon im Visier. Es muß noch eine andere Möglichkeit geben.«

»Ich wüßte schon was«, sagte Candy leise.

»Los, raus mit der Sprache.«

»Man müßte Cameron hierherlocken.«

Le Beau zuckte wie von der Natter gebissen herum. »Glaubst du, daran habe ich nicht auch schon gedacht?« schrie er plötzlich. »Cameron ist doch kein Trottel. Er fällt darauf nicht mehr herein.«

»Sei doch nicht so nervös«, maulte Candy. »Laß mich erst mal ausreden. Ich habe da eine Idee.«

Mit einigen Sätzen erläuterte Candy ihren Plan.

»Na, einverstanden?«

Le Beau wiegte den Kopf. »Im Prinzip ja. Aber ob das gutgeht?«

»Was heißt gutgeht? Sind wir in einer Klosterschule? Ein Risiko ist überall dabei. Wer nicht wagt, der nicht gewinnt. Außerdem sitzt uns, wie du ja selbst gesagt hast, die Zeit im Nacken.«

Le Beau überlegte noch einen Augenblick. Dann sagte er entschlossen: »Gut, wir machen es so.«

»Na, bitte«, Candy lächelte. »Warum erst das Theater? Ich für meinen Teil gehe jetzt schwimmen.«

Mit einer kaum wahrnehmbaren Bewegung ließ sie ihren Morgenmantel vom Körper gleiten.

Nackt stand sie vor Le Beau.

Candy bemerkte seinen gierigen Blick und sagte spöttisch: »Reiß dich zusammen. Drück lieber auf den Knopf.«

Wie in Trance ging Le Beau zu einem kleinen Schaltpult neben dem offenen Kamin. Er betätigte den unteren Hebel.

Langsam surrte die große Fensterscheibe nach unten. Der Weg zum Pool war frei.

»Bald werde ich dich bekommen, Candy«, flüsterte Le Beau heiser. »Lange hältst du mich nicht mehr zum Narren, das schwöre ich dir.«

Hastig trank Le Beau einen Kognak. Anschließend gab er einige Anordnungen, um Candys Plan in die Tat umzusetzen.

Danach fuhr Le Beau mit dem hauseigenen Lift in den

Keller. Dort war seine Welt. Er hatte sich in den Räumen ein medizinisches Labor eingerichtet.

Die Eisentüren öffneten sich automatisch. Lichtschranken ermöglichten es.

Le Beau betrat einen kleinen Raum.

Eine fahrbare Trage bildete den Mittelpunkt. Darauf lag ein Mann, dessen Kopf bandagiert war. Nur die Augen waren frei. Flaschen mit Lösungsmitteln waren mit Hilfe von Schläuchen an seine Arme geschlossen.

Le Beau nahm ein Stethoskop aus einen kleinen Glasschrank und untersuchte den Mann kurz.

Ein befriedigtes Lächeln huschte über Le Beaus Lippen, als er sich wieder aufrichtete.

Heute abend war es soweit. Dann konnte man sein drittes Meisterwerk bewundern.

Zufrieden verließ Le Beau den Raum.

»Sie wollten mich sprechen, Monsieur Cameron?« sagte der Mann im hellen Anzug.

John wandte den Kopf.

»Inspektor Croix«, stellte sich der Fremde vor.

»Bitte, setzen Sie sich, Inspektor«, sagte John. »Es stört Sie doch nicht, wenn ich weiter frühstücke?«

»Nein, nein. Tun Sie sich keinen Zwang an.«

Der Inspektor ließ sich in den Korbsessel fallen und plazierte seinen Hut auf beide Knie. Sein Blick schweifte über die Hotelterrasse, verweilte kurz bei einigen Bikinischönheiten und glitt über das postkartenblaue Meer mit den vielen Segelschiffen.

»Geld müßte man haben«, sagte der Inspektor.

John winkte ab. »Wissen Sie, das ist alles Ansichtssache. Ich käme auch ohne Geld aus. Nur, man kann sich leicht daran gewöhnen, das gebe ich zu.«

John wischte sich mit einem roten Tuch den Mund ab, faltete es zusammen und legte es neben sein Gedeck. Dann bot er Zigaretten an und bestellte was zu trinken.

»Kommen wir zur Sache«, sagte der Inspektor, »weshalb haben Sie uns angerufen, Monsieur Cameron?«

John sog an seiner Zigarette. »Es geht um einen gewissen Henri Duval alias Le Beau.«

Inspektor Croix wackelte mit seinen Hamsterbacken. »Was haben Sie denn mit dem Mann zu tun?«

»Sehr viel. Er versuchte mich umzubringen.«

»Haben Sie Zeugen, Monsieur Cameron?«

»Das nicht«, gab John ärgerlich zu.

»Sehen Sie«, der Inspektor nickte. »Da kann ich Ihnen nur einen Rat geben. Verschwinden Sie. Am besten noch heute morgen.«

John hätte sich bald an seinem Grapefruitsaft verschluckt. »Und das sagen Sie mir als Polizist.«

»Ja, gerade weil ich Polizist bin«, antwortete Inspektor Croix ernst. »Glauben Sie mir, Monsieur Cameron. Wir versuchen Le Beau schon seit Monaten zu packen. Er ist in Nizzas Unterwelt die Nummer eins. Schon allein seine verdammte Insel ist uns ein Dorn im Auge. Aber finden Sie mal Zeugen. Alle, die so forsch auftraten wie Sie, liegen oben auf dem Friedhof. Sehen Sie sich ihre Gräber mal an. Verstehen Sie nun meine Antwort, Monsieur Cameron?«

»Oui, Inspektor. Von Ihrem Standpunkt aus gesehen haben Sie recht. Ich werde Le Beau schon kleinkriegen. Das sind keine leeren Worte, Inspektor. Ich bin kein grüner Junge mehr.«

»Wollen Sie einen bestimmten Platz haben?« fragte der Beamte.

»Wo?«

»Auf dem Friedhof.«

»Sie Scherzkeks.«

»Das sagen Sie«, erwiderte der griesgrämige Inspektor. »Wollen Sie Anzeige erstatten wegen Mordversuches?«

»Ich glaube, das hat keinen Zweck.«

»Eben.« Der Inspektor stand auf. Er sah John an. »Denken Sie an meine Worte, Monsieur Cameron. Packen Sie Ihre Koffer.«

John stand auf und reichte dem Inspektor die Hand. »Das ist zwar gut gemeint, aber mir gefällt es hier ganz gut. Trotz dieses Le Beau oder gerade deswegen.«

Inspektor Croix warf John noch einen undefinierbaren Blick zu und verschwand.

Er war kaum zwei Minuten weg, als ein Hotelboy John ans Telefon bat.

Der Apparat befand sich in einer schalldichten Box.

»Hallo, John«, hörte er Jack Melfords Stimme.

John Cameron zuckte zusammen. »Sieh einmal an«, sagte er ironisch. »Du traust dich noch, mich anzurufen?«

»Ja, warum nicht?«

»Da fragst du noch?« John verstand die Welt nicht mehr. »Denk mal an gestern nacht.«

»Ach so. Ja, dir ist es schlecht geworden. Ich weiß. Aber dafür kann ich doch nichts.«

John blieb die Spucke weg. »Hör mal gut zu, Jack«, sagte er ernst. »Man wollte mich in der vergangenen Nacht den Haien zum Fraß vorwerfen. Jetzt tu nur nicht so dumm und erzähl mir, daß du davon nichts gewußt hättest.«

Am anderen Ende der Leitung war es einen Moment still. Dann hustete Jack Melford trocken. »Bald glaube ich wirklich, du bist übergeschnappt, John. Man hat dich nur in ein Nebenzimmer auf eine Couch gelegt, das war alles. Nichts mit umbringen, Haien und was weiß ich für einen Quatsch. Du hast schlecht geträumt, mein Freund.«

John faßte sich in Geduld. »Ja, ich gebe dir recht. Trotzdem hätte ich dich gern mal gesprochen, Jack.«

»Wunderbar, John. Deshalb rufe ich an. Fred Perkins möchte dich auch sehen. Wann hast du Zeit?«

»Heute nachmittag. Vorher muß ich noch etwas erledigen.«

»Einverstanden, John. Wir holen dich um fünfzehn Uhr ab. Dann können wir uns in aller Ruhe aussprechen. Okay?«

»Okay.«

Mit gemischten Gefühlen legte John Cameron den Hörer auf.

In jedem Krankenhaus der Welt riecht es wohl gleich unangenehm.

Bei der Schwester an der Information erkundigte sich John nach Sonnys Zimmernummer.

»Zimmer neunzehn. Zweite Etage.«

John bedankte sich und fuhr mit einem altersschwachen Fahrstuhl nach oben.

Sonny lag in einem freundlichen Dreibettzimmer. Er war augenblicklich der einzige Patient. Vom Fenster aus konnte man in den gepflegten Park blicken.

»Dachte schon, du hättest mich vergessen«, knurrte Sonny zur Begrüßung. Seine Schulter zierte ein dicker Verband.

»Wie könnte ich denn?« erwiderte John, griff unter sein Jackett und holte eine Flasche Whisky hervor.

Sonny schnalzte mit der Zunge. »Das ist die richtige Medizin für den Vater.«

»Laß dich nur nicht erwischen«, warnte John.

»Seh ich so aus? Komm, wir genehmigen uns erst mal einen.«

»Nein, Sonny. Ich nicht. Habe heute noch was vor.«

Sonny warf John einen zweifelnden Blick zu. »Du willst doch nicht etwa den Fall allein aufklären?«

»Das hatte ich eigentlich gedacht.«

»Kommt gar nicht in Frage. Da rede ich auch noch ein Wörtchen mit. Aber jetzt erzähl erst mal.«

John wartete, bis Sonny einen doppelten Whisky getrunken hatte, und gab einen genauen Bericht.

Sonny unterbrach ihn mit keiner Frage. Nur hinterher sagte er: »Junge, Junge. Da hast du noch mal Schwein gehabt. Und wie soll's weitergehen? Du willst dich doch nicht etwa wirklich mit Jack Melford treffen? Ist doch klar, daß der Knabe falschspielt.«

John lächelte. »Sicher werde ich die Verabredung einhalten. Schon aus reiner Neugierde. Was bleibt mir auch anderes übrig?«

Sonny richtete sich in seinem Bett auf. »Was dir anderes übrigbleibt? Das will ich dir sagen. Befolge den Rat von diesem Inspektor und hau ab.«

»Nein Sonny. Das ist genau der falsche Weg. Ich weiß, diese Gangster wollen mich mit aller Macht umbringen. Weshalb?« John zuckte mit den Schultern. »Spielt im Moment keine Rolle. Nur, meinst du, ich wäre in den Staaten sicher? Nein, Sonny. Wer so konsequent sein Ziel verfolgt, gibt nicht auf.«

»Ich seh' schon«, stöhnte Sonny, »bei dir ist Hopfen und Malz verloren.«

»Außerdem«, fuhr John Cameron fort, »möchte ich gern erfahren, was mit Jack Melford und Fred Perkins passiert ist. Weshalb sie sich auf die Seite der Gangster geschlagen haben. Vielleicht macht man mir sogar auch den Vorschlag.«

»Dann hätte man dich nicht umbringen wollen«, gab Sonny seinen Kommentar. »Wenn du mich fragst, die Sache ist oberfaul. Sie stinkt direkt zum Himmel. John«, Sonnys Stimme wurde eindringlich, »es muß etwas geben, wovon wir nichts wissen, ja, nicht mal ahnen. Glaube mir, auf mein Gefühl kann ich mich verlassen. Man führt uns hier gehörig an der Nase herum.«

John Cameron wurde nachdenklich. »Ich kann dir nicht widersprechen, Sonny. Trotzdem, ich muß es ausfechten.«

»Du allein, John? Nein, ich komme mit. Der Kratzer an meinem Arm juckt mich nicht.«

»Das lasse ich nicht zu«, erwiderte John bestimmt. »Du bleibst in deinem Bett.«

»Nein.«

John stöhnte auf. Er wußte genau, Sonny hatte einen verdammten Dickschädel. Es würde schwer werden, ihm sein Vorhaben auszureden.

Sonny knöpfte seine geliehene Schlafanzugjacke auf. John legte ihm die Hand auf die Schulter. »Ich mache dir einen Vorschlag, Sonny.«

»So?«

»Du hältst hier die Stellung.«

»Wieder die alte Leier.«

»Laß mich doch erst mal ausreden. Wenn ich mich nicht, sagen wir, bis neunzehn Uhr gemeldet habe, informierst du Inspektor Croix. Du erzählst ihm alles. Anschließend soll er versuchen, einen Durchsuchungsbefehl für Le Beaus Villa zu bekommen.«

»Und bis wir da sind, hast du schon Flügel und schwebst nach oben. Ach, John, das ist doch alles Unsinn.«

»Nein, es ist die einzige Möglichkeit. Sollte ich es nicht schaffen, mußt du eben ran. Was hat es für einen Zweck, wenn sie uns beide erwischen?«

Sonny überlegte. »Gut«, sagte er dann. »Ich bin einverstanden.«

Für John erfolgte sein Stimmungswandel zu schnell. Er traute dem Frieden nicht.

»Sonny, du spielst doch nicht etwa falsch?«

»Wie kommst du denn darauf?« fragte Sonny mit dem harmlosesten Gesicht der Welt. Er deutete auf seinen Verband. »Dadurch bin ich doch praktisch außer Gefecht gesetzt.«

»Bei dir weiß man nie«, erwiderte John skeptisch.

Dann drückte er Sonny die Hand.

Kurze Zeit später saß John in seinem Porsche. Er fuhr in die Innenstadt zurück und erkundigte sich nach einem Waffengeschäft.

Er fand das richtige in einer kleinen Seitenstraße.

John, der selbstverständlich einen Waffenschein besaß, kaufte eine FN-Pistole und noch eine kleine Derringer, die er mit einem Stück Klebestreifen an den Oberschenkel band. Vorher hatte John natürlich beide Waffen geladen. So gerüstet hoffte er, sich einigermaßen zur Wehr setzen zu können.

Jack Melford war pünktlich.

Mit strahlendem Lächeln rauschte er in die Hotelbar.

»Wußte doch, daß ich dich hier finde, John. Trink dein Zeug aus und komm mit. Wir haben ein paar Puppen an Land gezogen. Sagenhaft, sage ich dir.«

Auf die Puppen bin ich gespannt, dachte John.

Er warf dem Mixer ein Geldstück zu und verließ mit dem ununterbrochen redenden Jack Melford die Bar. John hatte das Gefühl, daß Jack mit der Quasselei seine Nervosität überspielen wollte.

Am vorderen Kotflügel eines seegrünen Lincoln Continental lehnte Fred Perkins. Er war ein kleiner, stämmiger Typ mit schwarzen, stechenden Augen und langen Haaren.

Auch Fred Perkins begrüßte John überschwenglich.

»Schmeiß dich hinten in die Polster!« rief Jack Melford und klemmte sich hinter das Steuer. Fred Perkins setzte sich auf den Beifahrersitz.

»Wo sind deine sagenhaften Puppen?« fragte John.

»Laß dich überraschen«, sagte Jack Melford und fädelte sich in den fließenden Verkehr ein.

Sie hatten Nizza schnell hinter sich gelassen.

Die Strecke kennst du doch, dachte Cameron gerade, als sich plötzlich zwischen Vorder- und Hintersitz eine dicke Glasscheibe hochschob.

»Ich hab's geahnt«, murmelte John. Er faßte zum Türgriff. Verriegelt.

Fred Perkins hatte sich halb umgedreht und grinste John höhnisch an. Er griff nach einem kleinen Mikrofon, das in der Halterung am Armaturenbrett hing.

»Falls du eine Knarre hast, laß sie stecken, Cameron. Schießen hat keinen Zweck. Die Scheibe ist aus Panzerglas. Und mach kein Theater, sonst müssen wir dich schon vorher kaltmachen.«

»Das war deutlich genug«, antwortete John grimmig.

So wie es aussah, hatte er tatsächlich nicht viel zu bestellen. Auf jeden Fall hatte er endlich Gewißheit, daß seine Freunde im anderen Lager standen. Aber warum? Diese Frage quälte John ununterbrochen.

Der Weg führte in die Berge. Gleich mußte die kleine Abzweigung kommen, die zu Le Beaus Haus führte.

Richtig. Melford ging vom Gas, betätigte das Blinklicht, ließ den Gegenverkehr passieren und bog in den kleinen Weg.

Er stoppte vor der Mauer. Auf ein bestimmtes Hupsignal schob sich plötzlich ein Stück der Mauer auseinander und gab eine Einfahrt frei.

John Cameron gefiel diese Art von Tor.

Jack Melford steuerte den Lincoln durch einen traumhaft schönen Park zu einem kleinen Garagenkomplex.

John mußte aussteigen, nachdem die Tür vorher wieder entriegelt worden war. Melford und Perkins hielten schwere Waffen in der Hand, während sich John aus dem Wagen wand.

»Flossen hoch«, zischte Perkins.

»Keine Angst. Ich tu euch schon nichts«, gab John grinsend zurück.

Seine beiden Freunde dirigierten ihn über einen gepflegten Kiesweg zu dem prachtvollen Bungalow. Sie gingen um das Haus herum, dessen Prunkstück, ein herzförmiger Swimming-pool, direkt zum Hineinspringen einlud.

Sie wurden bereits erwartet.

Fast freudig erhob sich Le Beau alias Duval aus seiner Hollywoodschaukel. Mit falschem Lächeln ging er den Männern ein Stück entgegen.

»Willkommen, Monsieur Cameron. Mein bescheidenes Haus steht Ihnen in der letzten Stunde Ihres Lebens zur Verfügung.«

»Ach, wie reizend«, höhnte John. »Soviel Ehre, alles wegen meiner Person? Kaum zu fassen.«

Le Beaus Gesicht verzog sich, als hätte er auf eine Zitrone gebissen. Anscheinend gefiel ihm Johns Antwort nicht. Mit scharfer Stimme herrschte er Jack Melford an: »Los, durchsuch ihn nach Waffen!«

Natürlich wurde Johns FN-Pistole gefunden. Allerdings die Derringer nicht.

Le Beau steckte sich Johns Waffe in den Hosenbund. Da er kein Jackett trug, die einfachste Lösung. Er gab seinen beiden Handlangern einen Wink. »Bringt ihn ins Haus.«

Perkins stieß John schmerzhaft die Waffe ins Kreuz. »Mach schon, setz dich in Bewegung.«

Das Wohnzimmer, von der Terrasse aus erreichbar, war mit allen Schikanen ausgestattet. Die Einrichtung mußte ein Vermögen gekostet haben.

Zwei Girls begrüßten John mit kaltem Lächeln. Candy und Yvonne. Die dritte im Bunde kannte er nicht.

»Das ist Pascale«, stellte Le Beau das Girl vor, »sie haßt übrigens Männer. Es wird ihr ein besonderes Vergnügen sein, Sie zu erledigen, Cameron.«

»Aha«, sagte John. »Wie schön für sie.«

Pascale warf ihm einen wütenden Blick zu.

Le Beau lachte. »Angst scheinen Sie nicht zu haben, was, Cameron?«

»Warum sollte ich?«

Doch in Wirklichkeit hatte John Angst. Sehr große sogar. Wie sollte er bloß aus dieser Situation heil herauskommen?

Melford und Perkins hielten ihn mit ihren Waffen in Schach. Und die drei Girls? Gefährlicher als Klapperschlangen.

Johns Augen blickten nach draußen. Es war ein herrlicher Tag. Strahlend blau kräuselte sich das Meer. In der Ferne war Cap Antibes zu sehen..

Und du sollst sterben, dachte John.

Le Beau räusperte sich. »Suchen Sie nach einem Ausweg, Cameron?«

Der Gangsterboß zündete sich eine Zigarette an. Mit der Glutspitze deutete er auf John.

»Ich will Ihnen mal etwas sagen, Cameron. Sie haben mehrere Fehler.«

»Welche, Le Beau?«

»Zum Beispiel den Namen, dann die Stellung …«

John hörte kaum zu.

Er hatte etwas entdeckt.

Seine Pistole, in Le Beaus Hosengürtel.

Der Kerl war nur zwei Yards von ihm entfernt.

John handelte.

Gedankenschnell warf er sich vor, riß mit der rechten Hand die Waffe aus Le Beaus Gürtel, schlang den linken Arm um die Kehle des Mannes und drückte ihm den Lauf der Pistole in die Nieren.

Alles war so schnell gegangen, daß kaum jemand reagiert hatte. Bis auf Pascale. Wie ein Schatten war sie verschwunden.

»Wenn ihr euch bewegt, ist der Boß eine Leiche«, sagte John scharf. »Melford, Perkins. Waffen weg!«

Dumpf polterten die Mordinstrumente auf den Boden.

»Wunderbar«, sagte John gepreßt.

Candy Carr erholte sich als erste. Mit einer gleitenden Bewegung schob sie sich von der Couch.

»Du bluffst, Cameron!«

»Laß es doch darauf ankommen, Candy.«

Le Beau wurde nervös. Kreidebleich und mit Angstschweiß auf der Stirn hing er in Johns Griff. »Bist du wahnsinnig, Candy?« kreischte er. »Bleib ja, wo du bist!«

Candy machte eine abfällige Bemerkung, steckte sich eine Zigarette an und setzte sich wieder.

Yvonne hatte der Szene bisher gleichgültig zugesehen. Jetzt allerdings sagte sie: »In zwei Minuten ist Le Beau wieder frei. Wetten?«

Ihre Worte klangen verdammt selbstsicher.

John schwitzte. Er mußte etwas unternehmen. Diese gespielte Ruhe der Anwesenden war gefährlich.

Ohne den Druck der Waffe zu verringern, befahl er: »Melford und Perkins an die Wand!«

»Die beiden bleiben, wo sie sind«, zischte plötzlich hinter John eine Stimme. Gleichzeitig preßte sich der Lauf einer Waffe in seinen Rücken.

Pascale! Sie hatte es geschafft.

»Cameron, ich halte hier übrigens eine Maschinenpistole in der Hand. Sie ist auf Dauerfeuer eingestellt. Wenn Sie nicht sofort die Kanone fallen lassen, perforiere ich Ihren Körper mit Blei.«

Aus. Vorbei.

Langsam ließ John die Pistole sinken. Wäre ja auch zu schön gewesen. John wußte, diese Frau würde schießen. Woher war sie so plötzlich aufgetaucht? John hatte keine Ahnung.

Als Le Beau den Griff nicht mehr spürte, wand er sich blitzschnell aus Johns Umklammerung.

Haßerfüllt spuckte er John ins Gesicht.

»Du Schwein!« schrie Le Beau und schlug zu.

Zweimal. Unterhalb der Gürtellinie.

John klappte zusammen. Er krümmte sich auf dem Boden. Über sich vernahm er Pascales heiseres Lachen.

Zwei Hände gerieten in sein Blickfeld. Sie gehörten Melford und Perkins. Sie nahmen ihre Waffen wieder an sich.

»Stellt ihn auf die Beine«, befahl Le Beau.

Kräftige Fäuste zogen John hoch.

Langsam lichtete sich der milchige Schleier vor seinen Augen. Mit dem Hemdsärmel wischte sich John den Speichel aus dem Gesicht.

»Mach das nicht noch mal«, drohte Le Beau. »Sonst vergesse ich mich.«

John gab keine Antwort.

Immer noch schien sein Unterleib eine lodernde Hölle zu sein.

Jack Melford und Fred Perkins hielten John gepackt.

»In den Keller!« befahl Le Beau.

Die beiden Männer zogen John Cameron durch das Wohnzimmer zu dem hauseigenen Lift.

Drei Männer quetschten sich in die Kabine. Le Beau, Melford und John. Matt blinkten die schweren Waffen.

Le Beau drückte auf einen Knopf.

Der Lift setzte sich in Bewegung. Abwärts.

Schon nach wenigen Sekunden hielt er an. Lautlos schwangen die Türen auseinander.

Melford trat John in die Kniekehlen. »Raus mit dir.«

John fiel auf den Boden, beziehungsweise in den Kellergang. Eine Neonleuchte spendete Licht.

Der Lift fuhr wieder hoch. Wahrscheinlich, um die anderen zu holen.

»Steh auf, du Memme«, zischte Melford.

An der gekalkten Wand zog sich John hoch.

Sie warteten, bis auch die anderen unten waren. Dann sagte Le Beau: »Ins Labor mit ihm.«

John wurde durch den Kellerflur gestoßen, auf eine Eisentür zu, die automatisch auseinanderglitt.

Er befand sich in einem Raum, der ein Mittelding aus Operationssaal und chemischem Labor darstellte.

Das Zentrum des Raumes bildete ein Operationstisch. Darum gruppierten sich technisch-medizinische Geräte und ein Labortisch.

An den Wänden standen Glasschränke, die mit allerlei Flaschen und Kolben gefüllt waren.

John konnte sich auf den Operationstisch setzen.

Le Beau gab Perkins ein Zeichen. »Hol ihn her.«

John war gespannt, was folgte. Candy und Yvonne lächelten spöttisch. Pascale spielte mit ihrer MPi. Jack Melford kaute auf der Unterlippe und hielt seine Kanone auf John gerichtet. Nur Le Beau sah aus, als würde ihn alles nichts angehen.

Was hatte er mit dem Satz gemeint: Hol ihn her.

John zerbrach sich den Kopf. Doch so sehr er auch grübelte, er gelangte zu keinem Ergebnis.

Die Spannung löste sich, als Perkins zurückkehrte. Vor sich schob er eine fahrbare Trage.

Und auf dieser Trage lag ein Mann, bekleidet mit einem roten Hemd und einer beigen Hose. Nur der Kopf wurde von einem Verband versteckt, der nur die nötigen Öffnungen zum Atmen und Sehen frei ließ.

Le Beau hob die Hand.

Perkins stoppte.

»Passen Sie gut auf, Cameron«, sagte Le Beau leise, »was Sie jetzt sehen werden, ist wohl auf der Welt einmalig.«

Mit der rechten Hand faßte Le Beau das Ende des Verbandes.

Langsam wickelte er ihn ab.

Warum macht er's nur so spannend? dachte John.

Le Beau sah John an. Ein seltsamer Ausdruck stahl sich in seine Augen.

»Sehen Sie genau her, Cameron«, flüsterte er.

Mit einem letzten Ruck riß Le Beau den Verband weg.

Das Gesicht des Mannes lag frei.

John beugte sich vor, um besser sehen zu können.

Doch im nächsten Moment prallte er zurück.

Was er sah, ließ ihn das Blut in den Adern gefrieren.

Nein, um Gottes willen, so etwas gab es nicht. Das durfte nicht sein. Der Mann auf der Trage war er selbst. Niemand anders als John Cameron …

John war wie von den Kopf geschlagen. Gedankenfetzen wirbelten durch sein Gehirn.

Was hatte das alles zu bedeuten?

Le Beaus spöttisches Lachen riß ihn in die Wirklichkeit zurück. »Ihr Gesicht ist Gold wert, Cameron. Ich habe selten jemanden so dämlich dreinschauen sehen wie Sie.«

»Danke für das Kompliment.« John Cameron straffte sich. »Ich verlange eine Erklärung.«

»Sollen Sie haben, Cameron. Einen Moment noch. Candy, die Spritze.«

Le Beau erhielt das Gewünschte. Er rollte dem falschen John Cameron einen Ärmel hoch und stieß ihm die Spritze mit der gelblichen Flüssigkeit in die Vene.

»In ein paar Minuten wird er zu sich kommen«, sagte Le

Beau. Dann wandte er sich an Melford und Perkins. »Verschwindet. Eure Maschine fliegt in einer Stunde.«

Die beiden warfen John noch einen hämischen Blick zu und zogen ab.

Als Aufpasser waren praktisch nur noch die drei Girls in dem Raum, die allerdings jetzt Pistolen in den Händen hielten. Pascale sogar ihre MPi.

Der falsche John Cameron bewegte sich.

Er schlug die Augen auf, bemerkte die Anwesenden, und sein Blick blieb auf Johns Gesicht haften.

Ein Grinsen spielte um seine Mundwinkel. »Ah, mein Vorgänger«, sagte er.

John war entsetzt.

Dieser Typ hatte sogar seine Stimme oder konnte sie wenigstens täuschend ähnlich imitieren.

Der falsche Cameron setzte sich auf. »Wollen Sie mir nicht gratulieren?«

»Wozu?« preßte John heiser hervor.

»Zu meinem Namen, meinem Aussehen und dem vielen Geld natürlich.«

»Danke«, erwiderte John kalt, »noch ist es nicht soweit.«

»Optimist.«

Le Beau mischte sich ein. »Geh zu den anderen. Ihr habt nicht mehr viel Zeit.«

»Okay.« Der falsche Cameron nickte. Er ging auf die Eisentür zu. Kurz davor warf er noch einen Blick zurück. »Bestellen Sie dem Teufel schöne Grüße, John.«

John Cameron gab keine Antwort. Was sollte er auch groß sagen?

»Geben Sie mir eine Zigarette«, sagte John zu Le Beau.

»Aber sicher, Cameron. Wir erfüllen Ihnen doch jeden Wunsch. Fast jeden«, schränkte er ein. »Möchten Sie nicht wissen, wohin die drei fliegen?«

»Ich nehme an, in die Staaten.«

»Sie sind ein kluges Köpfchen.«

John rauchte in langsamen Zügen. Er genoß die Zigarette. Vielleicht die letzte in seinem Leben.

Und auf einmal durchschaute er Le Beaus Spiel. Sicher, Melford und Perkins, die beiden waren genauso Kopien wie sein Doppelgänger. Sogar so gute Kopien, daß er darauf reingefallen war. Folglich würden sich andere Menschen auch täuschen lassen. Eine schreckliche Vorstellung.

Le Beau ahnte wohl, was in Johns Kopf vorging. Er lächelte überlegen. »Ich will Sie nicht, wie es so schön heißt, dumm sterben lassen, Cameron. Deshalb hören Sie gut zu. Es wird interessant.«

Le Beau wanderte langsam in dem Raum hin und her. »Ich werde etwas weiter ausholen, Monsieur Cameron. Mein richtiger Name lautet Dr. Henri Duval. Ich bin von Haus aus Mediziner. Fachrichtung Gesichtschirurgie, oder besser gesagt, Gesichtsmodellierung. Aufgrund meiner Fähigkeiten wurde mir damals die Leitung einer Spezialklinik übertragen, die ich vier Jahre lang inne hatte. Dann entließ man mich wegen einer Lappalie. Ich war erledigt. Gesellschaftlich und auch finanziell. Woanders eine leitende Stellung zu übernehmen, das war nicht mehr drin. Ja, Cameron, ich begann diese Welt zu hassen. Man hatte mir alles genommen. Allerdings etwas nicht: meine Fähigkeiten.«

»Die Sie dann auch noch weiterentwickelten, nehme ich an«, folgerte John.

»Genau. Ich nahm Kontakt mit Leuten auf, die sich unter dem Namen ›Organisation‹ zusammengeschlossen hatten. Diese Leute finanzierten meine Forschungen, bauten mir die Villa, und man gab mir den Namen Le Beau, bald bekannt in ganz Nizza. Die Basis war hiermit geschaffen.«

»Wofür?« wollte John wissen.

»Warten Sie ab.«

John blickte ihn an.

»Es folgte Teil zwei unserer Aktion. Ich brauchte Personen, auf die ich mich verlassen konnte. Ich fand sie in Candy, Yvonne und Pascale. Jede von ihnen ersetzt zwei Männer. Die Mädchen beherrschen fast alle Kampfarten sowie Schießen, Fechten und Reiten. Als dies soweit war, begannen wir mit unserem Einsatz. Melford, Perkins und Sie, Cameron, wurden beobachtet. Monatelang. Ihr Verhalten wurde registriert. Freunde, Bekannte unter die Lupe genommen. Es wurde alles gesammelt, was die Persönlichkeit eines Menschen ausmacht. Ein Computer wertete sämtliche Daten aus, verglich und gelangte zu dem Ergebnis, daß unser Plan durchführbar sei.«

Le Beau legte eine kurze Pause ein und trank ein Glas Mineralwasser.

Dann sprach er weiter. »Die Organisation wurde selbstverständlich über unsere Ergebnisse informiert. Ihre Aufgabe war es jetzt, drei Männer zu besorgen, die eine entfernte Ähnlichkeit mit Melford, Perkins und Ihnen hatten. Die Organisation schaffte es. Nach knapp zwei Wochen standen mir die Männer zur Verfügung. Und nun begann meine Aufgabe als Mediziner. Ich mußte ihnen andere Gesichter geben. Es gelang bei Perkins und Melford ziemlich schnell. Um letzte Korrekturen vornehmen zu können, mußten wir die beiden zu uns locken. Deshalb die Einladungen zur Jet-Set-Party, die natürlich nie stattfinden wird. Wenigstens nicht in meinem Haus. Melford und Perkins kamen. Danach lebten sie noch zehn Stunden. Ihre Leichen liegen irgendwo in einer Unterwasserhöhle. Gut einbetoniert.«

»Sie sind ein Teufel«, zischte John.

»Ihre Meinung interessiert mich nicht, Cameron. Aber hören Sie weiter. Es klappte leider zeitlich nicht ganz mit meinen Operationen. Auf jeden Fall waren der echte Melford und Perkins schon tot, während, sagen wir, die Kopien noch nicht ganz fertig waren.«

»Deshalb wurde ich mißtrauisch«, sagte John. »Die beiden ließen nichts von sich hören, obwohl wir vorher im Golfklub darüber geredet hatten.«

»Ich kann mir vorstellen, wie Ihnen zumute war, Cameron. Wir schickten Ihnen ebenfalls eine Einladung, der Sie auch prompt Folge leisteten. Leider ging unser zweimaliger Mordversuch daneben. Das weitere kennen Sie ja. Noch irgendwelche Fragen, bevor Sie sterben?«

John schluckte. »Sicher, Le Beau. Weshalb das alles? Dieser Aufwand? Diese Investitionen?«

»Können Sie sich das nicht denken?«

»Das schon. Aber ich möchte es von Ihnen hören.«

»Wie Sie wollen, Cameron. Überlegen Sie mal, Melford Chemical, Perkins Steel und Cameron Electronics. Alles in den Händen der Organisation. Und jetzt stellen Sie sich folgendes vor, Cameron«, Le Beaus Stimme wurde leiser, seine Augen nahmen einen wahnsinnigen Glanz an, »Sie und ihre Freunde sind erst der Anfang. Gewissermaßen die Generalprobe. Wir werden Politiker entführen. Egal, wer es ist. Präsidenten, Minister. Und einen Tag später sitzen unsere Leute auf den Plätzen. Na, wie gefällt Ihnen das, Cameron?«

John mußte sich räuspern. Ein dicker Kloß saß in seinem Hals. Was dieser Gangster sagte, klang so ungeheuerlich, daß ein normaler Verstand es gar nicht erfassen konnte. Aber es war Tatsache. Brutale, niederschmetternde Tatsache. Dieser Mann durfte auf keinen Fall an sein Ziel gelangen. Es mußte verhindert werden. Aber wie?

Und du bist der einzige, der dieses Geheimnis außer Le Beaus Kumpanen kennt. Aber was nutzt dir das? Eine Salve aus der MPi, und es gibt keinen echten John Cameron mehr, dachte er.

Ein Kälteschauer jagte über seinen Rücken.

Vier Augenpaare beobachteten ihn. Teils spöttisch, teils haßerfüllt.

John Cameron verlor die Nerven. »Was starrt ihr mich so an?« schrie er. »Glaubt ja nicht, ihr hättet gewonnen!«

»Wieso denn nicht, Cameron?« fragte Le Beau sanft.

»Weil es da noch jemanden gibt, den Sie vergessen haben zu kopieren.«

»Ach, meinen Sie Ihren Freund? Diesen Schwachkopf Sonny?«

»Genau den.«

Le Beau winkte ab. »Wie ich erfahren habe, liegt er im Krankenhaus. Wenn Sie erledigt sind, kann er gleich ein paar Etagen tiefer gefahren werden. In die Leichenhalle. Candy wird ihn abservieren.«

John gewann seine Beherrschung wieder. »Gut, Le Beau. Tun Sie, was Sie nicht lassen können.«

»Auf einmal so heroisch, Cameron? Ich werde Sie doch nicht umlegen. Für solche Sachen habe ich meine kessen Katzen.« Der Gangster lachte. »Tut mir leid, Cameron, aber ich muß Sie leider verlassen. Sterben Sie wohl.« Mit den Worten: »Ihr wißt, was zu tun ist«, verließ er den Raum.

John Cameron war allein. Allerdings mit drei Killergirls.

Der Schuß dröhnte in dem Raum wie eine Explosion.

Haarscharf pfiff die Kugel an Johns Kopf vorbei.

Candy hatte geschossen. »Los, Cameron, setz dich in Bewegung.« Sie deutete mit ihrer Waffe auf die Tür. »Da hinaus.«

John gehorchte. Was blieb ihm auch anderes übrig?

Die Eisentür schob sich automatisch auseinander.

John zögerte.

»Weiter«, drängte Candy und stieß ihm die Waffe ins Kreuz. »Geh den Gang entlang. Bis zur letzten Tür links.«

John setzte sich in Bewegung. Hinter sich hörte er die Schritte der drei Killergirls.

John Cameron stoppte an der befohlenen Stelle.

Diese Tür mußte Candy erst aufschließen.

»Rein in die Grabkammer«, sagte sie.

John gelangte in einen Trainingsraum. Trimmgeräte standen herum, und eine Kampfmatte bildete den Mittelpunkt.

»Zieh dein Jackett aus, Cameron.«

John schlüpfte aus der Jacke.

»Soll ich ihn nicht gleich umlegen?« fragte Pascale.

Candy schüttelte den Kopf. »Erst möchte ich noch prüfen, ob er wirklich so gut ist, wie Le Beau behauptet hat. Danach bist du an der Reihe, Pascale.«

»Nehmen Sie sich da nicht zuviel vor?« spottete John.

»Ich glaube kaum.« Candy warf Yvonne ihre Pistole zu. »Komm auf die Matte, Cameron.«

»Ganz wie Sie wünschen, Mademoiselle.«

Candy griff sofort an. Wild, stürmisch. John geriet ins Hintertreffen. Sie schaffte es, mit zwei Handkantenschlägen Johns Deckung zu zertrümmern. Einem dritten gemeinen Schlag wich er blitzschnell aus.

Candy war für einen Augenblick irritiert.

Eine Chance für John.

Er warf sich vor, packte Candys Arm, drehe ihn herum, bückte sich und schleuderte seine Gegnerin über den Rücken auf die Matte.

Doch Candy fiel wie eine Katze.

Geschickt rollte sie sich ab und war wieder auf den Beinen.

Jedoch nicht schnell genug für John.

Ein Karateschlag trieb Candy wieder auf den Boden.

John geriet in Fahrt. Er hatte alle Gefühle über Bord geworfen. Nur nicht daran denken, daß er eine Frau vor sich hatte.

Candys Gegenwehr wurde schwächer. Sie beschränkte sich nur noch auf reine Abwehrmaßnahmen.

Mit einem letzten verzweifelten Sprung brachte sie sich in Sicherheit.

»Ich glaube, das reicht«, sagte Pascale mit scharfer Stimme.

Schwer atmend blieb John stehen.

Vor ihm lag Candy auf dem Boden. Ihr Gesicht war verzerrt. Langsam stemmte sie sich hoch. »Nun, gut, Cameron«, keuchte sie. »Das war die letzte Runde, die du in deinem Leben gewonnen hast. Pascale, schieß ihn ab!« Die letzten Worte schrie sie voller Haß.

»Umdrehen, Cameron!« befahl Pascale. »Ich will sehen, wenn du krepierst.«

Langsam folgte John ihrem Befehl. Konnte man diese Person überhaupt noch als Mensch bezeichnen? Beim besten Willen nicht. Pascale bestand nur noch aus krankhaftem Haß gegen alles Männliche.

Yvonne, die dritte im Bunde, schluckte nervös. Anscheinend war sie noch nicht so abgebrüht. Mit kalkigem Gesicht starrte sie John an.

John Cameron lächelte verloren. Nach menschlichem Ermessen gab es keine Chance mehr für ihn. Vor ihm Pascale und neben ihm Candy, die sich ihre Pistole wieder geholt hatte.

Was John in diesen Augenblicken fühlte? Eigentlich gar nichts. Nur eine gewisse Gleichgültigkeit hatte ihn übermannt.

Pascale hob die Maschinenpistole. Ihr Gesicht war wie eine Maske, aus der die Augen mordlüstern leuchteten. Ja, dieser Frau bereitete es Freude zu töten.

Pascale korrigierte noch ihre Standposition. Um drei Zoll schob sie das linke Bein vor. Ganz leicht knickte sie in den Hüften ein.

»Nun schieß …«

Die anderen Worte blieben Candy Carr im Halse stecken, denn über der Tür leuchtete in unregelmäßigen Abständen eine Lampe auf. Dazu ertönte ein akustisches Signal.

Pascale zuckte zusammen. »Verdammt, jemand ist im Haus«, zischte sie.

»Und ausgerechnet jetzt«, preßte Candy Carr hervor.

»Soll ich ihn nicht noch schnell umlegen?« fragte Pascale.

Candy winkte ab. »Später. Wir wollen kein unnötiges Aufsehen.« Nervös kaute sie auf ihrer Unterlippe.

Hoffnung für John Cameron?

»Ich kann ja mal nachsehen«, bot sich Yvonne an, wohl froh, den Raum verlassen zu können.

»Gut«, stimmte Candy zu.

Erleichtert stieß John Cameron die Luft aus.

»Aufgeschoben ist nicht aufgehoben«, hetzte Pascale.

Galgenfrist für John Cameron.

Aber wie lange?

Wie ein Schatten huschte Sonny durch das große Wohnzimmer.

Er hatte es in dem Krankenhaus einfach nicht mehr ausgehalten, kurz entschlossen seine Sachen gepackt, in ein Taxi gesetzt und sich hierher fahren lassen.

Nur besaß Sonny keine Waffe. Sie lag in seinem Hotelzimmer, gut versteckt unter den Hemden. Jetzt ärgerte sich Sonny, daß er sich nicht die Zeit genommen hatte, um kurz am Hotel vorbeizufahren.

Ein summendes Geräusch ließ ihn zusammenschrecken.

Blitzschnell ging Sonny hinter der Couch in Deckung.

Der Hauslift verursachte dieses Geräusch.

Sonny peilte hinter seiner Deckung hervor, sah, wie die Kabine anhielt und die Türen auseinanderschwangen.

Ein Girl mit flammendroten Haaren glitt ins Zimmer. In der Hand eine Pistole.

Das mußte Yvonne sein, von der John berichtet hatte, folgerte Sonny.

Er verhielt sich mucksmäuschenstill.

Nach allen Seiten sichernd, durchquerte Yvonne das Wohnzimmer. Sie ging auf die Terrasse und wandte Sonny den Rücken zu.

Johns Freund nutzte die Gelegenheit.

Er schnappte sich einen schweren Aschenbecher und war mit ein paar Sätzen hinter Yvonne.

Doch als hätte das Girl einen siebten Sinn, drehte es sich plötzlich um.

Sonny blickte in die drohende Mündung der Waffe und reagierte instinktiv.

Der Aschenbecher flog gegen Yvonnes Pistolenhand.

Yvonne ließ die Waffe los und schrie auf.

Sonny, immer noch in vollem Lauf, packte zu.

Seine Hand legte sich wie eine Eisenklammer auf Yvonnes Mund, während er seinen anderen Arm um ihre Hüfte klammerte.

»Sei ja ruhig, Baby«, zischte Sonny, »sonst ergeht es dir schlecht.«

Nur hatte Sonny nicht mit Yvonnes Kampfkraft gerechnet.

Sie ließ sich plötzlich fallen. Zwangsläufig lockerte Sonny den Griff.

Darauf hatte Yvonne nur gewartet.

Aus dem Kniegelenk federte sie herum. Ihr Ellenbogen bohrte sich in Sonnys Magen, und ihr linker Fuß knallte gegen sein Schienbein.

Sonny schrie auf. Er mußte Yvonne loslassen.

Da traf ihn schon der nächste Fußtritt. Genau in die Hüfte.

Sonny knickte zusammen.

Yvonne lachte auf und hechtete auf die Pistole zu.

Doch diesmal hatte Sonny aufgepaßt.

Ein gewaltiger Satz brachte ihn in Reichweite der Waffe. Hastig schlossen sich seine Finger um das Metall.

Und dann schrie Sonny auf.

Ein Absatz bohrte sich auf seinen Handrücken. Der heiße Schmerz wanderte in seinem Arm hoch und vereinigte sich mit dem der verletzten Schulter.

»Laß die Waffe los«, keuchte Yvonne.

»Du kannst mich mal.«

Yvonne hob den Fuß.

Sonny wußte, mit einem Tritt würde sie ihm das Handgelenk zerschmettern.

Yvonne trat zu. Ohne Hemmungen.

Und Sonny, dieser Glückspilz, reagierte richtig.

Gedankenschnell zog er die Hand mit der Waffe zurück.

Yvonnes Fuß knallte auf die Betonplatten der Terrasse. Wie in Großaufnahme sah Sonny, daß der Fuß durch diesen Widerstand umknickte.

Yvonne schrie auf.

Ein stechender Schmerz zog durch ihren Knöchel. Sie konnte sich nicht mehr auf den Beinen halten. Wie ein nasser Mehlsack knallte sie auf die Betonplatten.

Sonny sprang auf. Die Mündung seiner Pistole zeigte auf die am Boden liegende Yvonne. »Wo willst du die Kugel hinhaben?«

Angst flackerte in Yvonnes Augen.

»Nun? Erst versuchen, einem das Handgelenk zu brechen, und dann Schiß haben«, hetzte Sonny. »Außerdem, Puppe, ist dein Knöchel wohl hin.«

Haßerfüllt starrte Yvonne ihn an. »Freuen Sie sich nicht zu früh. Ihrem Freund können Sie nicht mehr helfen. Der brät bestimmt schon in der Hölle.«

Sonny schluckte. »Sag das noch mal«, flüsterte er, »los!«

Yvonne sah Sonnys Gesichtsausdruck und wußte, daß sie einen Fehler begangen hatte.

»Wird's bald?« schrie Sonny. Seine Finger krampften sich um die Waffe. Weiß traten die Knöchel hervor.

»Ihr Freund – Ihr Freund … brät vielleicht schon in der Hölle«, stotterte Yvonne.

»Ach. Jetzt auf einmal vielleicht?« Die Pistole in Sonnys Hand ruckte. »Vorwärts, Baby. Am besten, wir sehen uns die Sache gemeinsam an.«

Nur das nicht, dachte Yvonne. »Aber mein Fuß«, klagte sie mit weinerlicher Stimme.

»Ach, auf einmal so wehleidig?« fragte Sonny ironisch. »Ich denke, Karatekämpferinnen kennen keinen Schmerz. Mach keine Faxen, Puppe. Hoch mit dir.«

Stöhnend kam Yvonne auf die Füße. Ihr Knöchel war schon beträchtlich angeschwollen.

Daß mir solche Frauen immer nur unter miesen Umständen begegnen, ärgerte sich Sonny.

Humpelnd setzte sich Yvonne in Bewegung.

Sonny marschierte hinter ihr her, die Pistole im Anschlag.

»Wo ist John Cameron?« fragte er, als sie im Wohnzimmer standen.

»Im Keller.«

Sonny nickte. »Merke dir eines, Mädchen«, sagte er, »wenn du mich reinlegen willst, knall' ich dich ab. Verstanden?«

»Ja.«

»Gut, dann in den Lift.«

Auf einen Knopfdruck schoben sich die Türen auseinander.

Die beiden betraten die enge Kabine.

Langsam schloß sich die Tür.

Yvonne betätigte einen kleinen Hebel. Der Lift setzte sich in Bewegung. Abwärts.

»Denk daran, was ich dir gesagt habe«, warnte Sonny noch einmal.

Yvonne nickte krampfhaft.

Der Lift stoppte.

Sonny atmete tief durch. Er packte die Waffe fester. Jetzt kommt's, dachte er.

Sonny preßte die Pistole gegen Yvonnes Rücken. »Vorwärts«, flüsterte er.

Yvonne ging auf eine offenstehende Tür zu.

Sonny vernahm Frauenstimmen.

»Bist du es, Yvonne?« fragt jemand.

Sonny verstärkte den Druck der Pistole.

»Ja, Candy«, antwortete Yvonne, »alles in Ordnung.«

»Dann können Sie ja Ihres Amtes walten.« Das war Johns Stimme.

Sonny zuckte zusammen.

Noch zwei Schritte, dann hatten sie die Tür erreicht.

Noch ein Schritt …

Und dann …

Wie ein silberner Pfeil hob sich die Caravelle von der Startbahn.

Unter den achtunddreißig Passagieren befanden sich auch drei Männer, die in den Vereinigten Staaten ein anderes Leben aufnehmen sollten.

Der falsche John Cameron, Jack Melford und Fred Perkins. Sie würden nur bis Paris fliegen. Dort hatten sie dann nach zehn Minuten Aufenthalt Anschluß nach New York.

»Wie fühlst du dich, John?« fragte Jack Melford.

»Wenn ich ehrlich sein soll, etwas flau.«

»Was ihr immer habt«, mischte sich Fred Perkins ein, »es ist doch alles lückenlos geplant. Was soll denn schiefgehen?«

Der falsche John Cameron zuckte mit den Schultern. »Was weiß ich? Es ist wirklich nicht einfach, so mir nichts dir nichts in eine andere Rolle zu schlüpfen. Ja, ein ganz anderer Mensch zu werden.«

Fred Perkins winkte ab. »Angsthase. Ohne Nervenkitzel wäre das Leben langweilig. Stell dir nur mal vor, welche Weiber du kriegen kannst.« Er schnalzte genießerisch mit der Zunge. »Und dann das Geld.«

»Erzähl doch nichts«, erwiderte Cameron, »wenn in einem Jahr die Firma pleite ist, habe ich auch nichts mehr davon.«

»Du kannst dir aber was zur Seite legen.«

»Wenn das rauskommt, macht uns die Organisation einen Kopf kürzer.«

»Es darf eben nicht rauskommen. So, und nun laßt mich in Ruhe.« Fred Perkins rekelte sich in seinem Sitz. »Ich will noch eine Mütze voll Schlaf nehmen.«

Nerven hat der Junge, dachte der falsche John Cameron. Trotzdem, seine dunklen Ahnungen blieben.

Sonny übersah die Situation mit einem Blick.

Seine Reaktion spielte sich in Bruchteilen von Sekunden ab.

Er gab Yvonne einen Stoß, so daß sie in den Raum taumelte, riß die Pistole herum und schoß.

Die Kugel traf Pascale in die Brust.

Doch im letzten Augenblick riß sie den Abzug der Maschinenpistole durch.

Die Waffe hämmerte ihr tödliches Stakkato.

John Cameron, der blitzschnell das Geschehen erfaßt hatte, lag längst auf dem Boden.

Der Bleihagel jagte über ihn hinweg und fetzte den Putz von der Wand.

Seine Hand fuhr zwischen Hosengürtel und Hemd, packte die Derringer und riß sie mit einem Ruck hervor.

Haut blieb am Klebestreifen hängen, doch das störte John nicht.

Mehrmals rollte sich John Cameron um die eigene Achse, sah aus den Augenwinkeln, wie Candy Carr sich herumwarf, auf ihn anlegte und zwei Kugeln aus ihrer Waffe jagte.

Die Bleihummeln zirpten dicht neben John in den Betonboden und jaulten als Querschläger durch die Gegend.

John Cameron zögerte nicht länger.

Ein Schuß reichte.

Die Kugel traf Candy, die sich genau in dem Augenblick bewegte, in den Hals.

Sie war sofort tot.

John sprang auf. Mit der Derringer im Anschlag kreiselte er herum. Bereit, sich noch einmal mit allen Mitteln zu verteidigen.

Aber das war nicht mehr nötig.

Der Kampf war vorbei.

John sah, wie Sonny geduckt in der Türöffnung stand und mit seiner Pistole Yvonne in Schach hielt.

Das Girl war mit den Nerven am Ende.

Sie hockte auf dem Boden und schluchzte. Ein Weinkrampf schüttelte sie.

Sonny winkte John zu. »Das wär's wohl, Alter«, sagte er mit kratziger Stimme.

John Cameron senkte die Hand mit der Derringer. Langsam ging er auf Candy Carr zu.

Sie lag in einer großen Blutlache. Ihr konnte niemand mehr helfen. John drückte ihr die Augen zu. Es war das letzte, was er für sie tun konnte.

Dann kniete er sich neben Pascale.

Sie lebte noch. Ihr Atem ging stoßweise. Blut floß aus dem halbgeöffneten Mund.

Pascale mußte einen Lungenschuß haben.

Mit verschleiertem Blick sah Pascale John Cameron an. Ihre Lippen bewegten sich.

John beugte sich über sie, um ihre letzten Worte verstehen zu können.

»Cameron – Cameron«, flüsterte sie mit großer Anstrengung, »ich bereue nichts ... Ich ...« Pascale bäumte sich auf. »Fahr – fahr zum Teufel – Cameron ...« Ein Blutstrom quoll aus ihrem Mund. Ein letztes Zucken, und Pascale war tot. Noch nicht mal bei ihren letzten Atemzügen hatte sie ihre Taten bereut. Was mußte diese Frau gehaßt haben.

John Cameron stand langsam auf. In seinem Magen hatte sich ein Klumpen gebildet. Übelkeit würgte ihn.

Ein Luftzug strich durch den Raum. Wie der Windhauch des Todes, dachte John. Plötzlich begann er zu frieren. Kalter Schweiß bedeckte seinen Oberkörper.

Mit schlurfenden Schritten ging er auf Sonny zu. Er faßte die Hand des Freundes mit festem Druck. »Vielen Dank.«

Sonny wand sich verlegen hin und her. »Schon gut, John«, antwortete er unbehaglich, »beim nächstenmal bist du dran.«

»Sicher, Sonny, sicher.«

Erst jetzt machte sich die Nervenanspannung bemerkbar. Johns Hände begannen wie unter einem Stromstoß zu zittern.

Sonny gab dem Freund eine Zigarette.

Der würzige Rauch tat gut. Langsam erholte sich John Cameron wieder.

Er ging zu der am Boden hockenden Yvonne. Aus verweinten Augen sah das Girl zu ihm hoch.

»Mußte das sein?« Ihre Stimme klang anklagend.

John Cameron zuckte mit den Schultern. »Glauben Sie, ich habe es gern getan, Yvonne? Nein, bestimmt nicht. Aber Ihre Freundinnen wollten es nicht anders haben. Sie kennen doch das Sprichwort. Wer den Wind sät, wird Sturm ernten.«

John bot ihr eine Zigarette an.

»Da, sie wird Ihnen guttun.«

Yvonne dankte ihm mit einem Kopfnicken.

John ließ das Girl vorerst in Ruhe. Er gesellte sich zu Sonny, der bereits dabei war, die Toten in zwei Decken zu wickeln, die er in einer Ecke gefunden hatte.

»Was nun, John? Rufen wir die Polizei?«

»Sicher, Sonny. Allerdings erst später. Zuvor muß ich mich noch um Yvonne kümmern. Sie wird mir bestimmt einiges zu berichten haben.«

»Ganz wie du meinst«, erwiderte Sonny.

Yvonne hatte die Zigarette ausgetreten. Langsam stand sie auf, immer bemüht, die Toten nicht anzublicken.

»Ich nehme an, Sie haben mir etwas zu erzählen, Yvonne«, sagte John Cameron.

Yvonne blickte ihn aus verquollenen Augen an. »Was sollte ich Ihnen schon sagen?«

»Zum Beispiel, wo sich Le Beau befindet.«

»Keine Ahnung.«

John lächelte spöttisch. »Warum lügen Sie, Yvonne? Glauben Sie, es hätte jetzt noch Zweck? Das Spiel ist aus. Die Polizei wird bald hiersein, und dann haben Sie keine Chance mehr. Es sei denn, ich sage gut für sie aus.«

»Sie kennen die Organisation nicht, Monsieur Cameron. Die würden mich abservieren.«

»Wieso? Für diese Leute ist das Unternehmen gestorben. Ein toter Le Beau nutzt Ihnen nichts.«

»Aber Le Beau lebt«, wandte Yvonne ein.

»Nicht mehr lange. Sobald die Organisation von seinem Mißerfolg erfährt, werden sie ihn erledigen. Außerdem hab' ich noch ein Wörtchen mit ihm zu reden.«

Yvonne überlegte.

»Gut«, sagte sie nach einer Weile. »Was wollen Sie wissen?«

»Noch mal von vorn. Wo kann ich Le Beau finden, Yvonne?«

»Er wollte nach Paris fahren. Mit dem Zug. Dort sollte er mit einem Mann der Organisation zusammentreffen.«

»Mit welchem Zug wollte Le Beau fahren?«

»Das weiß ich nicht. Auf jeden Fall noch in dieser Nacht.«

John nickte langsam. »Jetzt etwas anderes, Yvonne. Wo befinden sich die drei Doppelgänger?«

Yvonne atmete tief aus. »Schon auf dem Weg in die Staaten. Der falsche Cameron hat bereits ein Telegramm nach Hause geschickt, daß man ihn am Kennedy Airport abholt.«

John überlegte. Er entschied sich innerhalb von Sekunden. Er wollte vorerst den falschen Cameron sein Spiel weiterspielen lassen. Er lief ihm nicht davon. Zuerst hieß es, Le Beau zu packen. Und das noch in dieser Nacht.

John wandte sich an seinen Freund. Sonny sah ihn mißtrauisch an. »Ich weiß schon, was du vorhast, John. Aber überlaß Le Beau um Himmels willen der Polizei.«

»Nein, Sonny. Der gehört mir.«

»Dann laß mich wenigstens mit.«

John schüttelte den Kopf. »Das bißchen schaffe ich schon allein. Außerdem ist hier genug zu tun. Du mußt der Polizei alles erklären. Rufe am besten Inspektor Croix an.«

Sonny meckerte immer noch. »Du nimmst dir zuviel vor, John. Woher willst du wissen, mit welchem Zug Le Beau gefahren ist?«

John lächelte überlegen. »Abwarten. Wo gibt es hier ein Telefon?« wandte er sich an Yvonne.

»Im Labor.«

»Okay, gehen wir hin.«

John fand auch ein Telefonbuch.

Er wählte die Nummer der Bahnhofsauskunft hier in Nizza. Einer Frau mit piepsiger Stimme trug er sein Anliegen vor.

»Einen Augenblick, Monsieur.«

Der Augenblick dauerte wirklich nur eine halbe Minute. Dann war die Piepsstimme wieder da.

»Monsieur, hören Sie?«

»Ja.« John wurde ungeduldig.

»Es fährt noch ein Zug um 23 Uhr 10 nach Paris. Dann erst wieder morgen früh.«

»Merci, Mademoiselle. Das wollte ich nur wissen.« John legte den Hörer auf.

Er erklärte Sonny kurz die Lage.

»Ich habe noch genug Zeit, um zum Bahnhof zu fahren, Sonny. Und ich wette um tausend Dollar, daß ich Le Beau in diesem Zug finde. Der um 23 Uhr 10.« John hielt Sonny den

Hörer hin. »Alarmiere du die Polizei.« Dann wandte er sich an Yvonne. »Wie steht es mit einem Wagen?«

»Der MG oben. Die Zündschlüssel stecken«, erwiderte Yvonne leise.

»Danke. Alles klar.«

»Hast du eine Waffe?« fragte Sonny besorgt.

»Die hole ich mir noch. Candy Carr hatte meine.«

Sonnys Mundwinkel zuckten. Dann sagte er mit kratziger Stimme: »Paß auf dich auf, John.«

Der Kaffee dampfte, die Croissants waren frisch, die Butter nicht zu süß und der Gelee von der besten Sorte.

Le Beau war mit sich und der Welt zufrieden.

Er saß in seinem Erster-Klasse-Abteil des Fernschnellzuges Nizza-Marseille-Paris-London. Nun konnte nichts mehr schiefgehen.

Herzhaft biß Le Beau in das knusprige Hörnchen. Es war die erste Mahlzeit an diesem Tag, der an Aufregungen nichts zu wünschen übriggelassen hatte .

Irgendwo zwischen Nizza und Marseille würde der Mann von der Organisation zusteigen, ihm den Scheck über eine große Summe aushändigen und neue Anweisungen geben. Dann würde es nicht mehr lange dauern, und sie konnten nach und nach größere Pläne verwirklichen.

Le Beau lachte bei diesem Gedanken hart auf. Ja, diesen Schweinen mußte man es zeigen. Er würde sich rächen. Grausam rächen.

Die Abteiltür wurde zurückgeschoben.

Der Schaffner trat ein. Er tippte an seine Mütze, wünschte einen guten Abend und verlangte die Fahrkarte.

Le Beau ließ sein Ticket abknipsen.

»Merci, Monsieur«, sagte der Schaffner.

»Wann werden wir abfahren?« erkundigte sich Le Beau.

»In acht Minuten, Monsieur.«

»Merci beaucoup.«

Beruhigt widmete sich Le Beau wieder seinem Imbiß.

Auch in den späten Abendstunden herrschte auf dem Bahnhof von Nizza immer noch reger Betrieb.

Touristen hasteten mit schweren Koffern durch die Halle, Gammler saßen in den Ecken und qualmten ihren Joint, neben der Sperre tanzten zwei rassige Zigeunerinnen in ihrer bunten Landestracht, und alternde Nutten warteten mit stereotypem Lächeln auf Kunden.

Ein farbenfrohes, lebendiges Bild.

John Cameron hatte für dieses bunte Treiben keinen Blick.

Er suchte sich einen leeren Schalter und kaufte eine Fahrkarte nach Paris. Vorsichtshalber erster Klasse.

Ein Blick auf die Bahnhofsuhr zeigte ihm noch dreizehn Minuten Zeit.

Das reichte gerade für einen Hamburger im Schnellimbiß.

Der Zug wartete auf Bahnsteig drei.

Die Schaffner schlossen schon die Türen. John sprang in den letzten Wagen.

Geschafft.

»Ihre Fahrkarte, Monsieur.« Ein Schaffner trat auf John Cameron zu.

John zeigte seinen Fahrausweis.

»Pardon, Monsieur, aber die Erster-Klasse-Abteile befinden sich in der Mitte des Zuges.«

»Ich weiß«, gab John höflich zurück. »Trotzdem möchte ich Sie noch etwas fragen.«

»Bitte, Monsieur. Wenn es nicht zu lange dauert.«

»Auf keinen Fall. Ich suche einen Freund. Können Sie mir eventuell sagen, ob er in diesem Zug sitzt?« John gab eine Beschreibung von Le Beau.

Der Schaffner überlegte, fuhr mit dem Finger ein paarmal über den Nasenrücken, und dann erhellte sich sein Gesicht.

»Sicher, Monsieur. Diesen Herrn kenne ich. Er hat bis Paris gelöst und befindet sich in einem Abteil der ersten Klasse. Er fiel mir nur deshalb auf, weil er nachts ein Frühstück bestellte.«

Der Schaffner wollte noch weiterreden, doch John unterbrach ihn mit einem herzlichen »Merci«.

Der lange Zug setzte sich in Bewegung.

John ging durch die Wagen. Verstohlen warf er einen Blick

in jedes Abteil, immer darauf bedacht, nicht aufzufallen. Oft versperrten ihm Vorhänge die Sicht, denn die meisten Reisenden schliefen.

Bald hatte er die Erster-Klasse-Wagen erreicht.

Auf einer Toilette checkte John seine Waffe durch. Er blickte durch das halboffene Fenster.

Der Zug hatte das helle Nizza bereits hinter sich gelassen und jagte durch die Nacht. Ab und zu glühten am Schienenstrang Lichter auf, die jedoch schnell wieder verschwanden.

John ging sehr vorsichtig zu Werk. Le Beau durfte ihn auf keinen Fall zuerst sehen.

Im vierten Wagen fand er ihn dann.

Le Beau hatte es noch nicht mal für nötig befunden, die Vorhänge vorzuziehen, so sicher fühlte er sich.

Ein schneller Blick zeigte John, daß niemand auf dem Gang war. Er zog seine Luger. Kühl und schwer lag sie in seiner Hand.

Mit einem Ruck riß John Cameron die Abteiltür auf.

»Keine Bewegung, Le Beau.«

Der Gangster saß wie vom Donner gerührt. Seine Augen wanderten ungläubig zwischen der Pistolenmündung und Johns Gesicht hin und her.

»Das ist doch unmöglich«, stöhnte Le Beau.

John grinste. Mit der linken Hand zog er die Abteiltür zu. Anschließend die Vorhänge.

»So, jetzt sind wir unter uns. Was ist unmöglich, Le Beau? Daß ich noch lebe? Sie müssen sich Ihre Leute besser aussuchen.«

Der Gangster war immer noch völlig fertig. »Wie haben Sie das nur geschafft, Cameron?«

»Das braucht Sie nicht zu interessieren. Für Sie ist das Spiel aus.«

Le Beau straffte sich. »Noch ist es nicht soweit.«

John lachte. »Sie werden sich wundern. In der nächsten Stadt ist für Sie Endstation.«

»Da müssen Sie bis Marseille warten, Cameron. Vorher hält der Zug nicht an. Schließlich bedeutet diese Fahrtroute ja einen Umweg.«

Das war natürlich ärgerlich.

In Le Beaus Augen blitzte es auf. »Ich habe durch einen kleinen Spalt zwischen den Vorhängen das Jackett eines Kellners gesehen. Es wird wohl ein Mann mit dem Kaffee sein. Mal sehen, wie Sie sich bei dieser ersten Probe verhalten, Cameron.«

Nerven hatte der Bursche, das mußte man ihm lassen.

Le Beau hatte die Worte kaum zu Ende gesprochen, da wurde schon die Abteiltür aufgezogen. Ein Mann in weißem Jackett und schwarzer Hose erkundigte sich nach ihren Wünschen. Auf dem Arm balancierte er ein Tablett mit dampfenden Kaffeebechern.

John Cameron hatte sich im letzten Augenblick neben Le Beau auf die Polster gesetzt. Die Mündung seiner Luger preßte er, gedeckt durch die Armlehne, in Le Beaus Hüfte.

Der Kellner, ein großer blondhaariger Mann mit wasserhellen Augen, fragte mit geschäftsmäßigem Lächeln. »Kaffee?«

Le Beau bestellte sich einen.

»Mit Milch und Zucker?«

»Oui.«

Der Kellner goß aus einer kleinen Tüte Milch in den Kaffee, gab zwei Stücke Zucker hinzu und reichte Le Beau den Becher.

»Macht zwei Franc, Monsieur.«

Le Beau kramte in seiner Hosentasche.

Hatte er einen schmutzigen Trick vor?

John war wachsam wie ein Kettenhund.

Le Beaus Gesicht war auf einmal schweißbedeckt.

Warum nur?

»Nun machen Sie schon«, sagte John leise, »Ihr Kaffee wird sonst …« Kalt wollte John noch sagen.

Doch aus den Augenwinkeln bemerkte er, wie dem Kellner das Tablett aus der Hand rutschte und ihm entgegenfiel.

Im letzten Augenblick warf sich John Cameron zur Seite.

Die Becher mit dem glühend heißen Getränk segelten an ihm vorbei und klatschten auf die Polster.

Ein paar Spritzer landeten in Johns Gesicht.

Instinktiv schloß er die Augen.

Sein Fehler.

Ein brettharter Handkantenschlag fegte ihm die Luger aus der Hand.

Der Kellner hatte geschlagen, das Tablett in die Ecke geworfen und selbst eine Pistole gezogen. Die häßliche Mündung zeigte auf Johns Brust.

»Keine Bewegung«, zischte der Kellner. Dann wandte er sich an Le Beau. »Sie sind ein Idiot.«

»Ich? Warum? Ah, Moment mal, dann sind Sie niemand anders ...?«

»Ja, ich bin der Mann, den Sie hier treffen sollten. Und als ich Cameron im Gang sah, wußte ich, wie der Hase gelaufen war.«

Erleichtert stieß Le Beau die Luft aus. »Dann ist alles gelaufen.«

»Zu Ihrem Glück«, erwiderte der Kellner. »Sie wissen ja, Le Beau, was wir mit Versagern machen. Los, schnappen Sie sich Camerons Waffe.«

Hastig griff Le Beau nach der Luger, die auf dem Teppichboden des Abteils lag.

John richtete sich langsam wieder auf. Er rutschte ein Stück zur Seite, denn die Hälfte des Sitzes war mit Kaffee bespritzt.

Der Kellner sah John Cameron an. »Sie sind also der echte Cameron.«

»Genau. Und Sie sind ein falscher Kellner.«

»Sehr scharfsinnig gedacht, Cameron. Am besten, Sie nennen mich Miller. Ich hatte an sich nur die Aufgabe, mit Le Beau einiges klarzustellen, aber wenn ich alles so recht bedenke, muß ich Sie vorher noch umlegen, Cameron. Le Beau, dieser Idiot, war ja nicht dazu imstande.«

»Wollen Sie ihn erschießen?« fragte Le Beau hastig.

»Nein. Ich habe keinen Schalldämpfer. Ein Schuß würde nur andere Reisende alarmieren. Um diese Zeit sind die Gänge leer. Ich werfe ihn aus dem Zug.«

Le Beau lachte schadenfroh.

John reagierte überhaupt nicht. Er hatte bei diesem Abenteuer schon in so vielen verfluchten Situationen gesteckt, daß ihn eine mehr oder weniger auch nicht aufregen konnte.

»Hoch mit dir!« befahl Miller.

John gehorchte.

Das Abteil war sehr geräumig, so konnte Miller immer ein Stück von John wegbleiben.

»Öffne die Abteiltür, Cameron. Aber laß dir keine Tricks einfallen. Ich schieße sofort.«

John riß die Tür auf. Sie schwang noch etwas zurück und blieb dann in der Halterung.

»Geh zwei Schritte auf den Gang.«

Auch dies tat John.

Miller war blitzschnell bei ihm.

Der Gang war wie leergefegt. Millers Augen leuchteten, als er das sah.

»So, Cameron, und jetzt geh schön bis zur nächsten Tür. Aber denk daran, ich bin immer hinter dir.«

Langsam ging John durch den Gang.

Verdammt, kam ihm denn niemand entgegen?

Als John in Höhe der Tür war, sagte Miller: »Stop!«

John gehorchte.

Miller grinste. »So, Freundchen. Stell dich mit dem Rücken zur Tür. Und die Flossen hoch, wenn ich bitten darf.«

Langsam nahm John Cameron die Position ein, breitbeinig und mit angespannten Muskeln.

»Öffne die Tür!« forderte Miller.

Bedächtig legte John seine Hand auf die rote Sicherheitsklinke. Er horchte auf jedes Geräusch. Vielleicht tauchte im letzten Augenblick doch noch jemand auf. Aber nur das eintönige Rattern der Räder war zu hören.

Dann stieß John Cameron die Tür auf.

Kalter Fahrtwind riß ihn fast aus dem Zug.

John klammerte sich seitlich neben der Tür an einer Aluminiumstange fest.

Etwa einen Yard stand Miller vor ihm. Auch ihn packte der Fahrtwind.

Der Zug legte sich in eine ganz leichte Kurve.

Miller hob die Pistole.

Der Wind zerrte an seinen langen Haaren.

»Spring!« schrie er …

»Dieser verdammte Cameron!« schrie Inspektor Croix. »Alles will er allein tun. Als wenn wir Idioten wären.«

Sonny stand neben ihm und grinste. Croix war mit fast zwanzig Beamten aufgekreuzt, die das Haus von unten bis oben durchstöberten.

»Wann, sagten Sie, fährt dieser verdammte Zug?« blaffte der Inspektor Sonny an.

»Um dreiundzwanzig Uhr.«

»Merde. Der ist schon weg.«

Croix schrie nach seinem Assistenten.

»Brissot!«

Der dünne Brissot eilte herbei. »Was ist, Chef?«

»Sofort eine Verbindung mit den Kollegen in Marseille. Sie sollen sich auf dem Bahnhof versammeln. Der Scheißzug hält ja erst in der Stadt.«

»Brauchen Sie mich noch?« unterbrach Sonny den Inspektor.

»Im Moment nicht. Aber halten Sie sich bloß zu unserer Verfügung, Fitzpatrick.«

Sonny winkte dem Inspektor zu und verschwand.

Im Garten sah er Yvonne. Sie wurde gerade in einen Polizeiwagen gebracht.

Sonny zuckte mit den Schultern, lief zur Straße und versuchte sich als Anhalter.

Er hatte Glück. Schon nach wenigen Minuten nahm ihn ein Amerikaner mit nach Nizza.

Sonny rannte in sein Hotel.

Beim Nachtportier verlangte er eine Verbindung nach New York. Er wollte eine gewisse Diane Jill sprechen ...

John Cameron reagierte instinktiv.

Er ließ sich nach hinten fallen, ohne die Stange loszulassen. Gleichzeitig schoß sein rechtes Bein hoch.

Die harte Schuhspitze knallte gegen Millers Pistolenhand. Die Waffe wirbelte durch die Luft und landete irgendwo im Gang.

John hatte Glück. Während des Falls fand sein linker Fuß auf dem ausfahrbaren Trittbrett der Wagentür Halt.

Durch den höllischen Fahrtwind pendelte die Tür hin und her. John Cameron hing an ihr wie ein Klammeraffe. Vergebens versuchte er sich mit dem rechten Bein abzustützen. Zu sehr schwang die Tür.

Miller hatte den Tritt verdaut.

Mit einem Fluch warf er sich vor. Seine Faust schlug gegen Johns Hand, die immer noch die Stange umklammert hielt.

John spürte den Schmerz schon fast nicht mehr. Es war der reine Selbsterhaltungstrieb, der ihn nicht aufgeben ließ.

Wieder jagte der Zug in eine Kurve.

Und Miller paßte nicht auf.

Durch die Fliehkraft torkelte er vor, suchte einen Halt ...

Die Gelegenheit für John Cameron.

Bevor Miller sich versah, riß John sein Knie hoch.

Miller wurde voll getroffen und ein paar Schritte zurückgeworfen.

Jetzt oder nie, dachte John.

Mit einer letzten verzweifelten Anstrengung hangelte er sich wieder in den Zug.

Miller hatte sich schon wieder erholt. Der Bursche war verdammt zäh.

Seine Pistole! Wie ein Geier stürzte er darauf zu.

John Cameron, noch immer nicht ganz fit, warf sich einfach hinterher.

An den Haaren riß er Miller zurück, gerade in dem Augenblick, als sie die Finger des Gangsters um den Griff der Pistole klammerten.

Miller brüllte auf.

John ließ nicht locker. Nur keine Blöße geben.

Sein Handkantenschlag dröhnte in Millers Nacken.

Wie unter einem Stromstoß zuckte der Verbrecher zusammen. Verzweifelt versuchte er, John, der halb über ihm kniete, abzuschütteln.

»Sind Sie wahnsinnig, Mann?«

Die Stimme eines Schaffners ließ John stocken. Der Mann stand breitbeinig neben ihm. »Das wird Sie teuer zu stehen kommen. Ich werde die Polizei benachrichtigen.«

Miller sah durch dieses Ablenkungsmanöver seine Chance.

Hastig riß er die Kanone an sich.

»Hören Sie auf!« brüllte der Beamte.

Die Worte des Schaffners warnten John. Er warf sich herum, packte Millers Handgelenk und schlug es mehrmals auf den Boden.

Schreiend ließ der Gangster die Waffe los.

Jetzt kannte John Cameron kein Pardon mehr.

Am Kragen des Kellnerjacketts zog er Miller hoch. Ein rechter Haken fegte den Gangster gegen die Tür der kleinen Zugtoilette, die mit Getöse zusammenbrach.

Auf allen vieren kroch Miller aus den Trümmern. »Ich gebe auf, Cameron«, japste er.

John wischte sich mit dem Ärmel den Schweiß von der Stirn. »Okay, Miller«, preßte er atemlos hervor.

Miller rappelte sich langsam auf.

John bückte sich, um die Pistole aufzuheben.

Und da trat Miller zu.

Sein Fuß traf John mit unheimlicher Wucht am Unterkiefer.

Wie von einem Katapult wurde John Cameron zurückgeschleudert, auf die immer noch offenstehende Tür zu.

Dicht vor dem Ausgang blieb er liegen. Sein Kopf schien zu bersten, und im rechten Handgelenk war kaum noch Gefühl.

»Jetzt geb ich dir den Rest!« schrie Miller.

Wieder sah John die Schuhspitze auf sich zurasen. In seinem blinden Haß wollte Miller ihn wie ein Tier aus dem Zug treten.

John reagierte im letzten Augenblick.

Seine Beine schnellten hoch und nahmen Miller in die Schere.

Ein kurzer Ruck, der Gangster kriegte Übergewicht und fiel. Sein letzter verzweifelter Schrei wurde vom Fahrtwind verschluckt, als Miller über John aus dem Zug segelte.

Seinen zerquetschten Körper fand man hinterher an einer Mauer.

Taumelnd stand John auf.

Zuerst schloß er die Tür.

Fußgetrampel drang an seine Ohren.

Der Schaffner hatte Verstärkung geholt. Mit zwei Kollegen tauchte er auf. Einer hielt einen vorsintflutlichen Colt in der Hand. Mochte der Himmel wissen, wo er den aufgetrieben hatte.

»Das ist der Kerl«, hechelte der Schaffner aufgeregt. Miller vermißte er anscheinend gar nicht.

Sein Kollege zielte mit dem Colt auf John. »Keine Bewegung«, schnatterte er aufgeregt. Die Hand mit der Waffe zitterte wie Espenlaub. John hob vorsichtshalber die Hände. Man konnte nie wissen, wie nervös der Bursche war.

Dort, wo ihn Millers Fuß getroffen hatte, bildete sich eine Beule. John spürte direkt, wie sie wuchs.

Die Bahnbeamten standen vor ihm und wußten nicht so recht, was sie tun sollten.

Schließlich hob einer der Schaffner Millers Pistole auf. Er faßte die Waffe so, als würde sie jeden Augenblick explodieren.

Die Beamten hatten Zeit. John aber nicht. Er mußte so schnell wie möglich Le Beau ausschalten.

John Cameron wollte gerade mit einer Erklärung beginnen, als Le Beau auf dem Gang auftauchte. Johns Luger in der Hand.

Le Beau sah sich suchend um, entdeckte John Cameron und stutzte.

Panik verzerrte sein Gesicht.

Le Beau riß die Luger hoch.

Und die drei Beamten hatten nichts bemerkt. Sie wandten Le Beau den Rücken zu.

Wenn er jetzt schießt, gibt es ein Blutbad, dachte John schreckensstarr. Die Schaffner standen genau in der Schußlinie.

»Vorsicht!« schrie John noch, sein Arm schnellte hoch, packte blitzschnell den rotlackierten Griff der Notbremse und riß ihn herunter ...

Die Wirkung war frappierend.

Bremsen kreischten, Räder quietschten, Menschen schrien, und alles flog durcheinander.

Es war ein Höllenspektakel.

John Cameron wurde durch den ungeheuren Ruck erst vor und dann zurückgeworfen.

Er knallte in die Trümmer der Toilettentür. Zwei Sekunden später lag einer der Schaffner über ihm.

Immer noch quietschten die Räder nervenzerfetzend. Ruckartig schob sich der lange Zug vor.

John Cameron rollte den Schaffner von seinem Körper. Es war der, der Millers Waffe an sich genommen hatte. John wand sie ihm aus der Hand.

Schwankend rappelte er sich hoch.

Die beiden anderen Beamten waren übereinandergepurzelt. Einer war mit dem Kopf gegen die Tür geprallt. Er lag in tiefer Ohnmacht.

John stieg über die Beamten weg und sprang auf den Gang.

Dort war nichts passiert.

Aber in den Abteilen. Die Fahrgäste fluchten und schrien immer noch wie verrückt. Einige rannten auf den Gang, doch als sie Johns Waffe sahen, verzogen sie sich wieder in ihre Abteile.

Aber, verdammt noch mal, wo steckte Le Beau?

John rannte bis zum nächsten Wagen.

Und da sah er ihn.

Le Beau riß gerade eine Tür auf.

Mit verzerrtem Gesicht blickte er John an, schrie irgend etwas und sprang aus dem langsam fahrenden Zug.

John Cameron hinterher.

Er landete auf hartem Schotter, überschlug sich mehrmals und blieb kurz vor einem Abhang liegen.

Le Beau hatte schon Vorsprung.

Das Licht aus den einzelnen Wagen reichte gerade aus, um erkennen zu können, daß Le Beau den Abhang hinunterrannte.

John nahm die Verfolgung auf. Seine Waffe hielt er fest umklammert.

Bald fiel die Dunkelheit über John zusammen. Von Le Beau war nichts mehr zu sehen. Weit vor John leuchteten einige Lichter. Wahrscheinlich ein Dorf.

John Cameron stoppte.

Er lauschte konzentriert. Aber außer seinem hastigen Atem war nichts mehr zu hören.

Hatte Le Beau sich versteckt?

Vorsichtig ging John weiter.

Der Abhang war bald zu Ende.

John stand auf einer schmalen Landstraße.

In der Ferne tauchten zwei Lichter auf. Ein Wagen.

Die Lichter wurden größer. Der Fahrer fuhr mit Fernlicht. Noch wenige Sekunden, und er würde die Straße vor John ausleuchten.

Und da!

Der Strahl der Scheinwerfer erfaßte einen Mann.

Le Beau!

Er warf sich herum, sah jetzt auch John Cameron, riß die Luger hoch, gab einen Schuß ab, der John verfehlte, und warf sich seitwärts in ein Gebüsch.

Dann war der Wagen auch schon vorbei.

Wieder umfing sie die Dunkelheit.

Aber diesmal hatte sich John Le Beaus Standort gemerkt.

Im Zickzack rannte er darauf zu.

Doch Le Beau schoß nicht.

John Cameron hörte das Brechen von Zweigen. Ein grimmiges Lächeln umspielte seine Lippen. Diesmal würde er Le Beau erwischen.

Aber der Gangster wehrte sich.

Haarscharf pfiff eine Kugel an John vorbei.

John schoß ebenfalls und warf sich sofort seitlich auf den Grasboden.

Wie ein Dschungelkämpfer robbte er vorwärts. Die Waffe hatte John in den Hosenbund gesteckt.

Langsam gewöhnten sich seine Augen an die Dunkelheit.

John Cameron lauschte.

Hastiges Atmen drang an sein Ohr.

Le Beau konnte nicht weit entfernt sein.

Da! Wie ein Büffel brach der Gangster durch das Gestrüpp. »Komm schon, Cameron!« schrie er. »Komm schon raus, damit ich dich abknallen kann, du Hund!«

Der Mann hatte die Nerven verloren.

John nahm eine gebückte Haltung an.

Vorsichtig schob er sich höher. bog einige Zweige auseinander und sah Le Beau.

Geduckt stand er da. Wie ein sprungbereiter Panther.

»Komm endlich raus, Cameron!« Le Beaus Stimme überschlug sich.

Den Gefallen tu ich dir nicht, dachte John und schob sich noch ein Stückchen vor.

Und da passierte es.

Plötzlich knickte John um. Er mußte in ein Maulwurfloch getreten sein.

John Cameron verlor den Halt und fiel ins Gras.

Le Beau hörte die Fallgeräusche und reagierte blitzartig.

Dreimal spuckte die Luger Feuer.

John hatte es bestimmt nur den schlechten Lichtverhältnissen und Le Beaus Nervosität zu verdanken, daß er nicht getroffen wurde.

Dann schoß Cameron.

Zwei Kugeln verließen den Lauf. Beide bohrten sich in Le Beaus Brust.

Gurgelnd brach der Gangster zusammen. Es klang dumpf, als er auf den Boden schlug.

Langsam ging John zu ihm.

Noch im Tode war Le Beaus Gesicht haßverzerrt. Und immer noch hielt er die Luger fest umklammert. Sie nutzte ihm nun aber nichts mehr.

Erst jetzt merkte John, wie müde er war.

Schräg über ihm ertönten die Stimmen der Reisenden. Aber das interessierte John Cameron nicht.

Müde ließ sich John ins Gras fallen. Noch stand ihm einiges bevor, aber nicht mehr hier in Nizza, sondern in New York.

»Sie sind schon ein Teufelskerl, Cameron«, sagte Inspektor Croix anerkennend. »Die Bande fast im Alleingang ausgehoben.«

John winkte lächelnd ab. »Nun übertreiben Sie mal nicht. Ich hatte einfach Glück.«

Die Männer saßen in Croix' Büro. Der Inspektor, Sonny und John Cameron. Croix' Beamte waren immer noch dabei, Spuren zu sichern und auszuwerten. Allerdings hatten sie nicht viel in der Hand. Von den Hauptbeteiligten lebte nur noch Yvonne. Und die wußte angeblich nichts. Vielleicht wollte sie auch nur gut bei der Gerichtsverhandlung wegkommen. Sogar verständlich.

Aber da war noch dieser Miller. Seine Identifizierung bereitete die größten Schwierigkeiten. In Nizza war er nicht polizeilich gemeldet, und auch bei Interpol wußte man nichts von ihm. Ja, man kannte noch nicht mal seine Nationalität. Die Beamten hatten keine Papiere bei ihm gefunden, die irgendwelche Hinweise hätten geben können. Miller war eben der Typ eines Profikillers gewesen.

Und die Organisation? Diese geheimnisvolle Verbrechergruppe, die hinter allem stand? Niemand kannte etwas, niemand wußte etwas, niemand hatte je etwas davon gehört. Wie ein Phantom, nicht zu packen.

Dennoch glaubte John Cameron an die Existenz dieser Organisation. Er würde bestimmt in Zukunft noch etwas davon hören. John verglich diese Organisation mit der Terroristengruppe Schwarzer September, die für das Massaker in München während der Olympischen Spiele verantwortlich war.

»Und was haben Sie jetzt vor, Monsieur Cameron?« erkundigte sich Inspektor Croix.

»So schnell wie möglich zurück nach New York. Dort wartet jemand auf mich. Aber jetzt etwas anderes, Inspektor. Wie wär's mit einem kräftigen Frühstück?«

Croix sprang auf. »Pardon, wie konnte ich es nur vergessen. Selbstverständlich bekommen Sie ein Frühstück.«

Er rief sogar persönlich in der Kantine an.

»Bestellen Sie doch drei Portionen«, mischte sich Sonny ein.

»Nicht nötig, Monsieur Fitzpatrick. Ich habe schon gegessen.«

»Aber ich nicht«, sagte Sonny grinsend. »Und wenn Sie meinen Appetit kennen würden ...«

Jetzt lachte auch John Cameron. »Wissen Sie was, Inspektor, bestellen Sie gleich vier Portionen.«

Sonny sah John mit treuem Blick an. »Du bist ein wahrer Freund.«

Blond, langbeinig und sexy. Das ist Diane Jill. Eine Privatdetektivin mit Pfiff, Charme und Pistole.

Sonnys Anruf hatte sie regelrecht schockiert.

John Cameron sollte nicht mehr John Cameron sein? Unglaublich. Diane hatte eine Nacht über dieses Problem nachgedacht und den Entschluß gefaßt, sich diesen ominösen Doppelgänger einmal anzusehen.

John Cameron hatte in der fünfundfünfzigsten und letzten Etage des Cameron Building sein Büro.

Der Portier unten am Empfang kannte Diane. »Mr. Cameron ist in seinem Büro«, sagte er. Also hatte niemand von dem Austausch etwas bemerkt.

Diane dankte mit einem Kopfnicken für die Auskunft.

Mit dem Expreßlift fuhr sie in die fünfundfünfzigste Etage.

Hier oben war nichts mehr von der Hektik des großen Verwaltungsgebäudes zu spüren. Es herrschte eine fast unheimliche Ruhe.

Und in dieser kleinen Oase hatte Cameron sein Büro. Daneben lag das Arbeitszimmer seiner Schwester, das jedoch seit ihrem Tod verschlossen war.

Diane Jill war nervös. Kein Wunder.

Sie holte dreimal tief Luft.

Dann klopfte sie gegen die Tür.

»Herein!«

Ohne Zweifel, das war Johns Stimme.

Diane gab sich einen Ruck. Energisch öffnete sie die Tür.

John Cameron saß hinter seinem Schreibtisch. Er lächelte, als er Diane sah.

John erhob sich von seinem Stuhl und ging mit ausgebreiteten Armen auf die Privatdetektivin zu.

»Welch eine Überraschung, Diane. Bitte, setz dich.«

Galant bot John ihr einen Stuhl an.

Diane lächelte etwas verunglückt. »Danke.«

Die Gedanken schossen wie Blitze durch ihren Kopf.

Wenn das John Camerons Doppelgänger sein sollte, dann war die Maske wirklich perfekt. Dieser Mann hatte dieselbe Art zu reden wie John, die gleichen Bewegungen und noch vieles mehr.

Nur eins störte Diane Jill.

Seine Augen.

Sie blickten lauernd, ja, beinahe verschlagen, als wollten sie sagen, na, merkt sie wohl etwas?

John Cameron setzte sich. »Was kann ich für dich tun, Diane? Möchtest du was trinken?«

»Nein, John. Ich wollte nur fragen, ob du heute abend Zeit hast. Wir könnten essen gehen.«

John Cameron verzog das Gesicht. »Das ist schlecht. Ich erwarte nämlich jeden Augenblick ein paar Geschäftsfreunde. Jack Melford und Fred Perkins. Die kann ich nicht warten lassen. Kennst du die beiden?«

Diane schüttelte den Kopf. »Ich hatte noch nicht das Vergnügen. Aber eine solche Verabredung geht natürlich vor.« Diane erhob sich. »Dann will ich nicht länger stören.«

»Tut mir wirklich leid. Warte, ich bring' dich zum Lift.« John sprang aus seinem Stuhl. »Es ist mir ja selbst peinlich. Aber du weißt ja, die leidigen Geschäfte. Wir werden auf jeden Fall das Essen nachholen. Morgen schon.«

»Sicher, John. Du weißt, ich bin die letzte, die für deine Geschäfte kein Verständnis haben würde. Dafür kennst du mich.«

Diane reichte ihm die Hand.

In diesem Augenblick stoppte der Lift. Zwei Männer stiegen aus. Jack Melford und Fred Perkins.

Sie begrüßten John lautstark. Für Diane hatten sie keinen Blick.

Die Privatdetektivin wartete, bis alle drei in Johns Büro verschwunden waren. Dann schlich sie zur Bürotür zurück.

Fest preßte sie ihr Ohr gegen das Holz.

Zuerst hörte Diane gar nichts.

Dann Männerlachen. Ein Sektkorken knallte.

»Auf unseren Coup.« Das war John Camerons Stimme.

Kurze Pause. Wahrscheinlich tranken die Männer.

»Wann will Le Beau denn anrufen?« fragte jemand.

»Sein Anruf ist schon überfällig«, erwiderte Cameron.
»Hoffentlich ist da nichts schiefgelaufen.«

Die Männer schwiegen.

Dann sagte Cameron plötzlich: »Ich rufe Le Beau an.«

»Warte noch einen Moment.«

Schritte näherten sich der Tür.

Diane wollte zurückweichen, sich verstecken …

Zu spät.

Hart wurde die Tür aufgerissen.

Jack Melford stand im Gang. Sein Blick traf Diane, die schon nach einer Ausrede suchte.

»Wen haben wir denn da?« höhnte der Mann. »Eine kleine Lauscherin. Habe ich mir's doch gedacht. John, Fred, kommt mal her.«

Brutal packte Melford zu.

Doch Diane war clever.

Sie wand sich schlangengleich aus Melfords Griff, faßte seinen Arm, setzte einen Judogriff an und hebelte den Kerl über sich hinweg.

Schreiend landete er auf dem Boden.

Diane rannte zum Lift.

Plötzlich traf sie ein Faustschlag im Rücken.

Die Privatdetektivin wurde nach vorn geworfen und prallte gegen die Wand. Sie kriegte kaum noch Luft.

Wie durch einen Nebel hörte sie John Camerons Stimme. »Bringt sie rein.«

Jemand schleifte Diane ins Büro zurück. Dort wurde sie auf einen Stuhl geworfen.

Langsam ebbte der Schmerz ab. Sie sah auch wieder klarer.

Aber was ihre Augen erblickten, war nicht dazu angetan, ruhiger zu werden.

Zynisch lächelnd stand John Cameron vor ihr. Er hielt einen Revolver in der Hand.

»Es ist doch klar, Puppe, daß wir dich abservieren müssen? Schade, ich wäre gern noch mit dir zum Essen gegangen.«

Diane atmete heftig. »Ich habe Ihr Spiel durchschaut, Cameron, oder wie Sie sonst heißen mögen. Und ich bin nicht die einzige, glauben Sie mir.«

»Was soll das heißen?«

»Das überlasse ich Ihrer Phantasie.«

»Leg sie doch um. Sie redet Käse«, mischte sich Melford ein.

Cameron dachte nach. »Natürlich lege ich sie um. Aber nicht hier. Wenigstens jetzt noch nicht«, schränkte er ein. »Wir müssen den Feierabend abwarten. Noch ist zuviel Betrieb. Bis dahin könnten wir ja etwas Spaß mit ihr haben.« Er lachte gemein.

Begeistert nahmen die beiden anderen seinen Vorschlag auf.

»Knobeln wir doch, wer zuerst ran darf«, schlug Melford vor.

»Okay.«

Während die Männer knobelten, hielt einer von ihnen immer Diane in Schach.

Schließlich hatte Melford gewonnen.

Diane hatte die Szene mit Ekel beobachtet. Sie wußte, kampflos würde sie sich nicht ergeben.

Aber da drückte ihr Cameron den Lauf seines Revolvers in den Nacken.

Starr saß Diane in ihrem Stuhl.

Melford kam auf sie zu. »Wenn die Puppe sitzt, habe ich keine Lust. Los, hoch mit dir.«

Wie versteinert stand Diane auf.

Melford leckte sich die Lippen. Seine Pranke schoß vor und grapschte nach ihrer Bluse.

Verzweifelt schloß Diane Jill die Augen …

»Und du willst dich wirklich nicht vorher anmelden?« fragte Sonny zum x-tenmal.

»Nein. Der Überraschungsangriff soll auf unserer Seite sein. Sollten die Gangster von unserer Ankunft Wind bekommen, würden eventuell noch Unschuldige in den Fall verwickelt.« John Cameron drückte seine Zigaretten aus, als das Schild ›No smoking‹ aufleuchtete.

Danach legten er und Sonny die Sicherheitsgurte um.

Die Boeing 727 der Pan American Airline verlor an Höhe.

John peilte aus dem kleinen Fenster. Unten war schon Manhattans Häusermeer zu erkennen. Noch ein paar Minuten, und sie würden wieder New Yorker Boden betreten.

Die Zollformalitäten verliefen reibungslos. Nach Waffen wurden sie nicht durchsucht. John und Sonny sahen auch keine Veranlassung, ihre vorzuzeigen.

John winkte ein Taxi.

Es nieselte leicht, und die beiden waren froh, in dem gelbgestrichenen Wagen sitzen zu können.

»Wohin?« erkundigte sich der Fahrer.

»Cameron Building.«

»Okay.«

Das Cameron Building war in New York ein Begriff. Jedes Kind wußte, wo es lag.

Das Yellow Cab quälte sich durch den dichten Verkehr.

John Cameron sprach während der Fahrt kein Wort. Mit fast maskenhaft starrem Gesicht sah er durch die Scheibe in den trüben Oktobermorgen.

Sonny brach das Schweigen. »Ich mache mir Sorgen, John.«

»Warum?«

»Wegen Diane. Hoffentlich hat sie nach meinem Anruf nichts auf eigene Faust unternommen.«

»Das wäre allerdings schlecht«, stimmte John zu. »Ich habe ja schon in Nizza gesagt, du hättest dir den Anruf sparen können.«

Sonny zuckte mit den Schultern. »Es ist nun mal geschehen.«

»Leider.«

»Wir sind da«, meldete der Driver. »Macht neun Dollar dreißig.«

John gab ihm zehn.

Die beiden Männer sprangen aus dem Taxi und liefen auf den großen Eingang des Cameron Building zu.

Der Portier war völlig durcheinander, als er John sah.

»Aber Mr. Cameron«, stotterte er, »Sie sind doch oben in Ihrem Büro mit Miss Jill und zwei Geschäftsfreunden.«

John ruckte herum. »Wie war das?«

Verschüchtert wiederholte der Portier seinen Satz.

»Jetzt haben wir den Mist«, schimpfte John ärgerlich.

Sonny stand wie ein begossener Pudel neben ihm. Er fühlte sich schuldig und machte sich die bittersten Vorwürfe.

John Cameron wandte sich an den Portier. »Sie sprechen über das, was Sie erlebt haben, mit niemandem. Ist das klar?«

»Yes, Sir.«

»Gut. Vorwärts, Sonny. Wir wollen die Herrschaften mal besuchen.«

Der Portier guckte immer noch geistesabwesend aus der Wäsche. Er verstand die Welt nicht mehr.

»Es gibt also doch Gespenster«, murmelte der gute Mann und ließ sich auf einen Stuhl fallen.

Auf dem Weg durch die Empfangshalle wurde John von einigen Leuten angesprochen. Er kümmerte sich nicht darum.

Im Lift sahen John und Sonny ihre Waffen nach.

Sie behielten sie auch in der Hand, als sie im fünfundfünfzigsten Stockwerk ausstiegen.

Vorsichtig näherten sich die beiden Männer der Bürotür.

Sie lauschten.

Männerlachen drang in ihre Ohren.

John deutete mit dem Zeigefinger auf den Türknauf.

Sonny nickte verstehend. Sprungbereit stand er da. Sein Revolver glänzte matt.

Unendlich vorsichtig drehte John Cameron den Türknauf nach links. Er hatte die Lippen fest zusammengepreßt und konzentrierte sich nur auf diese Arbeit.

Der Druckpunkt war erreicht.

Ganz leicht drückte John mit dem Knie gegen die Tür.

Dem Himmel sei Dank. Sie war nicht abgeschlossen.

Noch hatten die Männer in dem Büro nichts bemerkt.

Eine Frauenstimme schrie auf. Voller Verzweiflung.

Das Startsignal für die beiden Männer.

Gegen die Tür treten und ins Zimmer springen war eins.

Blitzschnell verteilten sich John und Sonny rechts und links neben der Tür.

John übersah die Situation mit einem Blick.

Diane lag mit zerfetzter Bluse auf dem Boden. Jack Melford hatte sich über sie gebeugt.

Der falsche Cameron reagierte als erster.

Mit einem Wutschrei riß er die Waffe herum und feuerte auf John Cameron.

Doch John sah seine Bewegung schon im Ansatz. Er war Sekundenbruchteile schneller.

Die Kugel aus seiner Luger traf den falschen Cameron zwischen die Augen. Sie riß ihm bald den halben Schädel weg.

Der falsche John Cameron war schon tot, als er auf dem Boden aufschlug.

Melford und Perkins hatten die Szene mit schreckgeweiteten Augen beobachtet.

»Wenn sich einer von euch rührt, schieße ich ihm beide Ohren ab«, drohte Sonny.

»Und ich helfe ihm dabei«, sagte Diane Jill und sprang auf die Füße. Mit verzweifelten Griffen versuchte sie ihre Blößen zu bedecken, was jedoch nur halb gelang.

John gestattete sich ein Grinsen.

Er wandte sich an die beiden übriggebliebenen Gangster. »Ihr wißt ja, es gibt für euch noch eine Chance, die Affäre relativ heil zu überstehen. Und die heißt: auspacken. Aber restlos.«

Melford grinste verzerrt. »Negativ, Cameron. Gar nichts werden Sie von uns erfahren. Wir haben gelernt, kämpfend zu leben und ehrenvoll zu sterben. Nach uns werden andere kommen. Bessere. Irgendwann wird die Organisation die Welt beherrschen. Und wir werden dann stolz sein, daran mitgearbeitet zu haben.«

John Cameron schwante Böses. »Was soll das bedeuten, ehrenvoll zu sterben?«

»Daß ich in diesem Moment eine Zyankalikapsel zerbissen ha ...«

Die letzte Silbe konnte Jack Melford nicht mehr aussprechen. Verzweifelt rang er nach Luft. Seine Hand klammerte sich um die Kehle, die Augen traten aus den Höhlen, das Gesicht verfärbte sich, noch ein letztes gieriges Luftholen, dann war Jack Melford tot.

Fred Perkins starb wenige Sekunden später.

John wandte sich ab. Er hatte auf einmal einen pelzigen Geschmack im Mund und im Magen einen Kloß.

Drei Menschen waren in der letzten Minute gestorben. Wofür? Keine Sache, und sei sie auch noch von so großer Bedeutung, rechtfertigt den Tod eines Menschen.

Diane Jill legte John Cameron die Hand auf die Schulter. »Laß uns woanders hingehen«, sagte sie leise. »Der Rest ist Sache des FBI.«

John Cameron nickte. »Sicher, du hast recht, Diane. Wir haben unsere Pflicht getan.«

»Eine verdammt traurige Pflicht«, bemerkte Sonny.

Der Fall wurde nicht hochgespielt. Auch die Presse erfuhr nichts davon. Dafür sorgten die G-men.

Von dieser geheimnisvollen Organisation hörte man nichts mehr. Die FBI-Beamten glaubten nicht daran. Sie hielten sich lieber an Fakten.

Für John Cameron gab es noch viel Arbeit. Er mußte alles zu Protokoll geben. Auch Interpol wurde eingeschaltet.

Zwei Tage später rauschte Diane Jill in sein Büro. »Der falsche John Cameron hatte mich zu einem Essen eingeladen. Wie wär's, willst du das nicht übernehmen?«

John tat, als überlege er. »Eigentlich lasse ich mich nicht erpressen, aber wenn du mir einen guten Nachtisch versprichst, bin ich einverstanden.«

Diane sah ihn kokett an. »Mal sehen«, sagte sie und lächelte.

ENDE DER SIEBTEN STORY

Das unheimliche Auge

aus der Serie
Cliff Corner

Senator Jack McDarren schreckte hoch.

War da nicht eben ein Geräusch?

Schlaftrunken rieb er sich die Augen. Seine Hand tastete zur Nachttischlampe. Doch auf halbem Weg stockte sie wie abgeschnitten.

Der Strahl einer Taschenlampe traf McDarrens Gesicht.

»Stehen Sie auf!« befahl eine Männerstimme. Sie klang hart und gefühllos.

Zitternd wälzte sich der Senator aus dem Bett. Er war kein junger Mann mehr, beileibe nicht. Die Angst fraß sich wie Feuer in seinen Körper.

»Anzuziehen brauchen Sie sich nicht«, sagte die Stimme.

Der Senator gehorchte. Der Mann richtete den Strahl der Lampe gegen den Boden. Flüsternd unterhielt er sich mit einer anderen Person.

Langsam wich das beklemmende Gefühl. Senator Jack McDarren straffte sich. Er war seinem Ruf einiges schuldig. Schließlich war er es gewesen, der im Kongreß für ein härteres Durchgreifen gegen die großen Gangsterorganisationen gestimmt hatte.

»Können Sie mir sagen, was das soll?« fragte er mit scharfer Stimme.

Einen Moment war es ruhig. Dann lachte einer der Männer blechern auf. Die Taschenlampe wurde wieder hochgerissen und warf ihr grelles Licht gegen McDarrens Gesicht.

Der Schlag traf den Senator völlig unvorbereitet. McDarren wurde zurückgeschleudert, stolperte und knallte mit dem Hinterkopf auf den Parkettfußboden. Er war sofort bewußtlos.

»Scheiße«, fluchte einer der Männer. »Jetzt müssen wir uns mit dem Alten auch noch abschleppen.«

Die beiden Männer trugen den bewußtlosen Senator aus dem kleinen Wochenendhaus zu ihrem Wagen, einem 68er Ford. Sie warfen ihre Last auf den Rücksitz.

Greg startete den Motor. »Läuft es so ab wie besprochen, Kirk?«

»Natürlich. Das soll den anderen als Warnung dienen. Gewisse Leute werden dann endlich ihre dämliche Schnauze halten.«

Greg grinste. »Ich seh' schon die Schlagzeilen.«

Er steuerte den Wagen auf einen kleinen Feldweg und verließ diesen nach fünf Minuten Fahrt, um auf eine der zahlreichen Landstraßen einzubiegen, die diese Gegend durchkreuzten.

»Verflucht einsam«, murmelte Greg. »Daß der Alte sich hier wohl gefühlt hat! Na ja, jeder hat seinen Spleen.«

»Der unseren Senator schließlich das Leben kostet«, bemerkte Kirk zynisch.

Danach schwiegen die Männer.

Die Straße führte durch lichten Mischwald, der erst an der Einmündung zum Highway aufhörte.

»Stop!« befahl Kirk.

Greg, der beim Fahren halb geschlafen hatte, würgte vor Schreck den Motor ab.

»Idiot. Los, steig aus und hol den Alten. Ich such' inzwischen schon einen Baum.« Kirk ging die paar Schritte bis zum Highway. Auf der Schnellstraße herrschte so gut wie kein Verkehr.

Der Mann nickte zufrieden. Als er auch noch den passenden Baum fand, wurde sein Gesicht direkt freundlich.

Greg hatte den Senator inzwischen aus dem Wagen geholt. McDarren war wieder bei Bewußtsein. Mit verzerrtem Gesicht lehnte er an der Kühlerhaube des Ford. Kirk öffnete die Kofferraumklappe, holte einen Strick hervor und löschte die Scheinwerfer.

»Was haben Sie vor?« fragte McDarren erstickt.

Kirk grinste. »Wirst schon sehen, Alter.« Mit hartem Griff packte er McDarrens Arm. Dann warf er Greg den Strick zu. »Da, nimm den zweiten Baum links.«

»Okay.«

Es war eine Eiche. Stark und groß gewachsen. Mit einer geschickten Bewegung warf Greg das Seil über einen armdicken vorspringenden Ast.

Der Strick war schon vorbereitet.

An einem Ende befand sich eine Schlinge. Eine Henkersschlinge. Fachmännisch geknotet.

Ein fahler Mond brach durch die Wolken und spendete geisterhaftes Licht.

Senator McDarren sah die Schlinge. Seine Augen wurden weit vor Entsetzen.

»Nein«, flüsterte er tonlos. »Das können Sie doch nicht machen!«

»Und ob«, knurrte Kirk. »Los, Alter, steck die Rübe in die Schlinge.«

»Niemals!« Verzweifelt versuchte sich McDarren aus Kirks Griff zu befreien. Der Gangster lachte nur und schlug dem Senator die Faust in den Rücken.

Der alte Mann brach zusammen.

Kirk mußte ihn zur Hinrichtung schleifen.

Brutal riß er den Senator hoch. Mit geübtem Griff legte er ihm die Schlinge um den Hals.

Dann holte er einen Zettel aus der Tasche. Mit einer Nadel heftete er ihn an McDarrens Schlafanzugjacke.

»So, das wär's«, sagte Kirk und rieb sich die Hände.

In diesem Augenblick richtete sich der Senator auf. Es schien, als schieße auf einmal ein Kraftstrom durch seinen Körper. Mit tonloser Stimme sagte er: »Dafür werdet ihr bezahlen, verlaßt euch drauf. Andere werden ...«

»Ach, halt's Maul!« schrie Kirk unbeherrscht. »Los, Greg, zieh hoch! Ich kann dieses Gequatsche von dem Alten nicht mehr hören.«

Greg spannte die Muskeln.

Dann zog er mit aller Kraft an dem Strick.

McDarrens Todeskampf dauerte fast zwei Minuten. Es war eine der gemeinsten Mordmethoden, die es gibt. Der Senator wurde stranguliert.

Dann, als alles vorbei war, knotete Greg das Seilende an einen anderen Ast, so daß der Leichnam hängenblieb. Zwei Fuß hoch über der Erde schaukelte er im leichten Wind.

Wenig später waren die beiden Männer verschwunden.

Aus einem nahen Gebüsch starrte ihnen ein brennendes Augenpaar nach. Doch davon ahnten die Verbrecher nichts ...

Der Sergeant vom Nachtdienst blickte verschlafen auf, als der Junge in den Raum trat.

»Was willst du denn um diese Zeit hier?« knurrte er unwillig.

»Ich – ich ...« Der Junge war völlig außer Atem. »Sie haben ihn aufgehängt, einfach aufgehängt haben sie ihn. Diese gemeinen Verbrecher.«

Der Sergeant legte sein Comic-Heft zur Seite und sagte: »Nun mal langsam, junger Freund. Was ist los?«

Der Junge holte erst einmal tief Luft und sah sich mit flackernden Augen um.

»Das ist so. Ich bin von zu Hause ausgerissen. Wegen der Schule. Ich habe keine Lust mehr. Und da habe ich mich versteckt. In dem Wald. Drei Meilen von hier. Dann habe ich sie gesehen. Sie haben den alten Mann einfach aufgehängt.«

Der Sergeant zog die Augenbrauen zusammen. »Denkst du dir auch keine Schauermärchen aus?«

Der Junge schüttelte den Kopf. »Nein, ganz bestimmt nicht, Sir. Ich schwöre es Ihnen. Sie müssen mitfahren, schnell!«

Der Sergeant winkte ab. »Langsam, langsam. Wie heißt du überhaupt?«

»Timmy Bradford.«

»Also gut, Timmy. Wir fahren hin. Aber wehe, du hast mich angelogen. Doch vorher benachrichtigen wir deine Eltern. Wo wohnst du?«

»In Chicago. Perry Street, in Maywood.«

»Gut. Haben deine Eltern Telefon?«

»Yes, Sir.«

Der Junge nannte die Nummer.

Der Sergeant rief Timmys Eltern an und teilte ihnen mit, daß sie sich keine Sorgen mehr zu bereiten brauchten. Sie hatten übrigens ihren Sohn noch nicht mal vermißt.

Dann ging der Sergeant ins Nebenzimmer. Er kehrte mit einem noch jungen Cop zurück. »Nimm du meinen Platz ein, bis ich wieder zurück bin, Walter. Dieser Junge hat angeblich einen Erhängten entdeckt.«

»Es stimmt«, sagte Timmy trotzig.

Der Sergeant stieg mit dem Jungen in einen alten Polizei-

Chevy. Hier auf dem Land wurden die ausrangierten Wagen aus den Städten noch weiter gebraucht.

Timmy Bradford hatte sich den Weg genau gemerkt.

Nach zehn Minuten war die Abzweigung in Sicht.

»Da! Dort ist es!« schrie Timmy aufgeregt.

Der Sergeant fuhr langsam und stoppte.

Die Scheinwerfer des Chevy beleuchteten die grauenhafte Szene. Die Leiche schaukelte im leichten Wind. Der Sergeant sah im grellen Licht die aufgerissenen Augen, die fast aus den Höhlen gequollen waren. Die Zunge hing dem Senator weit aus dem Mund.

Timmy hatte seinen Kopf in den Polstern vergraben und schluchzte.

»Au verdammt!« fluchte der Sergeant heiser und sprang aus dem Wagen.

Unbehaglich näherte er sich dem Erhängten. Er hatte einen Zettel entdeckt, der an der Schlafanzugjacke des Toten steckte.

Der Sergeant nahm den Zettel vorsichtig ab, um Fingerabdrücke zu erhalten. Er ging ein paar Schritte zurück, damit er im Licht des Scheinwerfers die Worte besser lesen konnte, die auf dem Papier standen.

So geht es jedem, der gegen uns ist!
Das Auge!

Es war wirklich was los in Myers' Büro.

Außer Susan, Myers und mir hockten noch zwei hohe Tiere aus Washington auf den harten Stühlen. Sie sahen noch vertrockneter und griesgrämiger aus als unser Chef.

»Es ist eine bodenlose Schweinerei«, regte sich Myers auf. »Senator McDarren war einer unserer besten Politiker.«

Die beiden Vertrockneten nickten bestätigend.

Ich klemmte mir eine Zigarette zwischen die Lippen und grinste. »Darf man höflich fragen, um was es geht?«

Statt einer Antwort schob mir Myers einen Zettel zu.

Mit gerunzelter Stirn las ich die Worte.

So geht es jedem, der gegen uns ist!
Das Auge!

Susan, die mitlesen wollte, rückte ein Stück näher und machte mich mit ihrem neuen Parfüm ganz nervös.

Ich räusperte mich und meinte gleichgültig: »Na und? Ein Scherz. Das ›Auge‹ – nie gehört.«

Myers blickte mich strafend an. »Diesen Zettel«, so erklärte er, »fanden wir bei dem erhängten Senator McDarren. Die Mörder hatten ihn an seine Schlafanzugjacke geheftet.«

»Sie sprachen von Mördern«, mischte sich Susan ein. »Woher wollen Sie das wissen?«

»Ein fünfzehnjähriger Junge hat den Mord beobachtet. Dieses ungeheuerliche Verbrechen geschah in einem Wald nahe Bridgetown, einem kleinen Ort etwa dreißig Meilen westlich von Chicago.«

Myers fixierte Susan und mich.

»Finden Sie die Killer. Aber schnell! Washington verlangt sofortige Aufklärung.«

Die beiden Vertrockneten sagten wie auf Kommando: »So ist es.«

»Darf ich fragen, um was es eigentlich genau geht?« erkundigte ich mich.

»Steht zwar in den Akten, aber ich will Ihnen ein paar Stichworte geben«, knurrte Myers.

»Zu gütig.«

Myers hob irritiert den Kopf. »Wie bitte?«

»Schon gut«, sagte ich unschuldig.

»Also, hören Sie zu. Senator McDarren war einer der Männer, die sich für eine härtere Verbrechensbekämpfung einsetzten. Er wollte den großen Syndikaten an den Kragen, die teilweise unsere Wirtschaft beherrschen. Sein besonderes Interesse galt jedoch dem Waffenschmuggel. Und diese Organisation, die sich das ›Auge‹ nennt, befaßt sich damit. Sie verkaufen Waffen in alle Welt. Speziell jedoch an Terrorgruppen, vor allem in den arabischen Staaten. Aber auch unsere Gangster werden prompt beliefert.«

»Gibt es Anhaltspunkte?« wollte Susan wissen.

»Nein. Wir wissen nur, daß diese Organisation besteht. Wo sich ihr Hauptquartier befindet und wer der Chef ist, wissen wir nicht. Das alles sollen Sie eben aufklären.«

»Aber möglichst schnell«, gab einer der Vertrockneten seinen Senf dazu. Dabei fixierte er mich durch seine Brille wie die Schlange das Karnickel.

Ich wollte mich nicht noch länger ärgern und stand deshalb auf.

Susan tat es mir nach.

»Das wär's dann wohl, Gentlemen«, sagte ich ziemlich sauer.

»Nehmen Sie den Hefter mit«, knurrte Myers zum Abschied.

Boris, Myers' einäugiger Leibwächter, verzog sein Gesicht, als er uns sah. »Na, haben euch die Freunde aus Washington gefallen?«

»Wunderbar«, schwärmte Susan, »so wie ein versalzenes Steak.«

Boris lachte. »Beruhigt euch. Ich bin den beiden bis zu ihrem Abflug als Leib- und Magenwächter zugeteilt.«

»Dann gibt es doch noch Gerechtigkeit auf dieser Welt«, sagte ich grinste.

Wieder in unserem Büro, braute Julia Hickson erst mal einen starken Kaffee.

Nach dem zweiten Schluck fragte ich Susan: »Arbeitsteilung?«

»Einverstanden, Großer. Ich fahre nach Bridgetown, und du wälzt Akten.«

Ha, ha, wollte ich sagen, paßte nicht auf und verbrannte mir an dem heißen Kaffee die Lippen.

»Selbst schuld«, sagte Susan und griff nach ihrer Handtasche, einem Ding, das wie ein Känguruhbeutel aussah. Dazu trug Susan an diesem Morgen eine braunbeige Hose mit ausgestellten Beinen und Umschlägen. Ihren wohlproportionierten Oberkörper hatte sie in einen knappen Rippenpulli gezwängt.

In diesem Augenblick betrat Charles Lenoire, unser zweiter Mitarbeiter, das Büro. Auf dem Arm die Morgenzeitungen.

Mein Blick saugte sich direkt an der Überschrift des »Chicago Star« fest. Dort stand in fetten Lettern:

Ein Junge hat den Mord gesehen!

»Verdammt!« preßte ich heraus. »Auch das noch.«

Susan, die ebenfalls mitgelesen hatte, wurde weiß. »Sind diese Reporter denn wahnsinnig!« rief sie.

»Sie gefährden doch das Leben des Jungen. Cliff, ich fahre sofort ab.«

Soll ich nicht lieber mitfahren? wollte ich noch rufen, aber da war Susan schon verschwunden.

Charles Lenoire sah ihr nachdenklich hinterher. »Hoffentlich geht das mit dem Jungen gut. Aber ich verstehe die Reporter nicht. Haben diese Leute denn kein Einfühlungsvermögen? Sie bringen den Jungen mit ihrer Schreiberei doch glatt um.«

»Wem sagst du das! Ach, übrigens, weiß Susan eigentlich den Namen des Jungen?«

»Sicher. Er steht doch in dem Zeitungsartikel«, erwiderte Charles Lenoire.

Bridgetown war eine 2000-Seelen-Gemeinde, umrahmt von Feldern, Wiesen und Wäldern. Als Susan ihren Sunbeam Alpine durch diese idyllische Landschaft steuerte, konnte sie sich kaum vorstellen, daß in dieser Gegend ein Verbrechen geschehen war.

Aber das grauenvolle Ereignis war an dieser kleinen Stadt nicht unberührt vorbeigegangen.

Susan entdeckte in dem Ort die Aufnahmewagen einiger Fernsehgesellschaften. Reporter liefen geschäftig umher.

Bei einer älteren Frau erkundigte sich Susan, wo sie Tim Bradford finden konnte.

»Das zweitletzte Haus hier auf der Main Street. Rechte Seite. Aber da werden Sie kein Glück haben, Miss. Die Schwester des Sergeants, bei der Timmy solange wohnt, läßt keinen in ihr Haus.«

»Ich versuche es trotzdem«, erwiderte Susan freundlich. »Vorerst vielen Dank!«

Die Frau zuckte mit den Schultern und sah dem davonfahrenden Sunbeam skeptisch nach.

Susan fand das Haus schnell. Es war typisch für den Mittelwesten.

Aus Holz gebaut, mit kleinem Vorgarten und gepflegtem Kiesweg. Vor dem Haus parkte ein dunkelgrüner Pontiac.

Auf der Haustür stand der Name »Schreiber«. Als Klingel diente ein altmodischer Klopfer. Susan setzte ihn in Bewegung.

Im Haus rührte sich nichts.

Susan klopfte noch einmal.

Wieder keine Reaktion.

Sollten die Bewohner nicht dasein?

Susan überlegte noch, was sie unternehmen sollte, da ertönte der Schrei.

Eine Sekunde später peitschte der Schuß.

Für Susan gab es kein Halten mehr.

Mit langen Sätzen jagte sie um das Haus herum und entdeckte eine offene Balkontür.

Susan verhielt kurz und lauschte.

Ihr schien es, als höre sie ein Stöhnen.

Entschlossen packte sie ihre Pistole, flankte über das Blumengitter des Balkons und huschte durch die offene Tür. Susan befand sich in einer Küche, modern eingerichtet, mit einer Durchreiche zum Livingroom, die momentan offenstand.

Meine Partnerin sah Hüfte und Beine eines Mannes. Auch die Pistole in seiner Hand konnte sie erkennen.

Eine Frau stöhnte. »Bitte, laßt ihn leben, bitte! Er ist doch noch so jung.«

»Halt die Schnauze, Alte!«

Susan schlich näher an die Durchreiche.

Jetzt konnte sie schon schräg in den Livingroom blicken.

Was sie sah, ließ ihr das Blut in den Adern stocken.

Auf dem Boden lag eine Frau. Sie blutete aus einer Schulterwunde. Und neben ihr der Junge, gefesselt und geknebelt. Mit angstverzerrten Augen starrte er auf einen der Männer.

»Los, Greg. Schieß ihn ab!«

Der mit Greg Angeredete hob die Pistole.

Diese Verbrecher wollten vor Susans Augen einen Mord begehen. Das konnte sie nicht zulassen.

»Wenn Sie schießen, jage ich Ihnen eine Kugel in den Rücken«, sagte Susan rauh.

Der zweite Gangster wirbelte blitzschnell herum.

Susan sah die MPi in seiner Hand ...

Sie warf sich nach hinten und schoß.

Dann spielte die Maschinenpistole ihre tödliche Melodie. Das Holz, mit der die kleine Durchreiche verkleidet war, wurde von den Kugeln regelrecht zerfetzt.

Halb ohnmächtig vor Wut lag Susan auf dem Boden, während die Projektile über ihren Körper zischten.

Dann verstummte das Schießen.

»Abhauen, Greg!«

Türen knallten. Hastige Schritte auf dem Kiesweg. Ein Automotor brummte auf, wahrscheinlich der des Pontiac.

Normalerweise hätte Susan die Gangster verfolgt, aber hier mußte sie sich erst um die Menschen kümmern.

Meine Partnerin kroch einfach durch die Durchreiche.

Ihr Blick blieb sofort an der älteren Frau hängen. Zwei Kugeln hatte sie abbekommen. Aber sie lebte – noch, jedenfalls.

Und Timmy ...?

Susan kniete neben ihm nieder.

Der Junge sah schrecklich aus.

Eine Maschinengewehrsalve hatte seine Brust durchsiebt. fünfzehn Jahre war er alt geworden, dann hatten ihn zwei Tiere umgebracht. Ja, anders konnte man diese Menschen nicht mehr bezeichnen.

Die SGS-Agentin Susan Taylor schämte sich ihrer Tränen nicht.

Mit einer behutsamen Bewegung drückte sie Timmy die immer noch schreckensstarren Augen zu.

Tief atmete Susan durch.

Sie suchte ein Telefon.

Auf einer kleinen Anrichte stand der Apparat, doch die Leitung war mit einem Messer durchgeschnitten.

Eine Polizeisirene heulte auf. Die Schüsse mußten gehört worden sein.

Müde fuhr Susan sich mit der Hand über die Augen. Das waren wieder Minuten, in denen sie ihren Job zum Teufel wünschte.

Dann ging Susan zur Haustür, um die Beamten hereinzulassen.

Er hieß Ilian Kiriakis, war von Geburt Grieche und besaß eine Im- und Export-Firma hier in Chicago.

Aus McDarrens letzten Aufzeichnungen ging hervor, daß dieser Mann angeblich etwas mit Waffenschmuggel zu tun hatte. Wie weit er allerdings drinsteckte, konnte man nicht sagen.

Kurz entschlossen rief ich den Griechen an.

»Mr. Kiriakis ist nicht da«, sagte man mir. »Er speist um diese Zeit im Sirtaki.«

Ich bedankte mich für die Auskunft und fuhr zu dem Restaurant.

Das Sirtaki liegt in Chicagos Balkanviertel, ist ein Lokal mit gutem Namen und vorzüglicher Speisekarte.

Mit Ach und Krach fand ich noch einen Parkplatz.

Im Restaurant herrschte vornehmes Halbdunkel. Ein Geschäftsführer im schwarzen Anzug empfing mich. Er deutete auf einen noch freien Tisch.

Ich winkte ab und hielt nach Kiriakis Ausschau.

Ich entdeckte den Griechen in einer der vielen Nischen.

Kiriakis war ein Mann um die Fünfzig. Sein dickes, aufgeschwemmtes Gesicht und der kurze, gedrungene Hals verliehen ihm das Aussehen einer Bulldogge. Dichte schwarze Augenbrauen verdeckten die dunklen Knopfaugen fast ganz, und die fleischige Nase stach wie ein Erker aus dem Gesicht. Der ganze Mann brachte bestimmt drei Zentner auf die Waage.

Kiriakis zog die Stirn kraus, als er mich sah. »Müßte ich Sie kennen?« fragte er mit tiefer Stimme.

Vielleicht erinnerte sich der Grieche. Als ich noch beim FBI war, hatten wir versucht, ihm wegen Rauschgiftschmuggels an den Kragen zu gehen. Doch er wurde wegen Mangels an Beweisen freigesprochen.

»Nicht unbedingt«, antwortete ich auf seine Frage. »Mein Name ist Corner.«

»Corner, Corner.« Kiriakis überlegte. »Richtig, jetzt fällt's mir ein. Sie wollten mir damals unbedingt etwas anhängen.«

»Richtig, Mr. Kiriakis. Darf ich mich setzen?«

»Bitte. Ich wüßte allerdings nicht, was ich mit dem FBI zu tun haben sollte.«

»Ich bin nicht mehr beim FBI«, erwiderte ich, »sondern arbeite als Privatdetektiv.«

Kiriakis verzog das Gesicht. »Noch schlimmer! Dann lieber ein ehrlicher Bulle. Bei dem weiß man wenigstens, woran man ist.«

Ein Ober in griechischer Landestracht brachte Kiriakis das Essen. Es war ein Eintopf aus Gemüsen, Hammelfleisch und Gewürzen.

Ich bestellte ein Glas Wein.

»Ich freue mich, daß Sie ehrlich sind, Kiriakis«, sagte ich lächelnd. »Deshalb will ich es auch sein. Was wissen Sie über das ›Auge‹?«

Kiriakis ließ vor Schreck das Besteck fallen. Sein dickes Gesicht wurde auf einmal weiß. »Sind Sie wahnsinnig, Corner?« zischte er. »Erwähnen Sie den Namen nie mehr in meinem Beisein.«

»Warum nicht? Haben Sie so große Angst?«

»Jawohl, Corner. Ich habe Angst.« Weit beugte er sich vor. »Das ›Auge‹ sieht und hört alles. Es ist überall«, flüsterte er.

»Machen Sie sich nicht die Hosen voll, Kiriakis«, spottete ich. »Sagen Sie mir lieber, wie ich an diese Bande herankommen kann. Oder hängen Sie etwa selbst mit drin?«

Der Grieche straffte sich. »Kein Wort sage ich. Und jetzt gehen Sie, Corner!«

Der Ober brachte den Wein. »Nein, mir gefällt es ganz gut. Außerdem …«

Ich kam nicht mehr dazu, weiterzusprechen. Hinter mir erklang eine etwas rauchige Stimme: »Oh, störe ich?«

Ich wandte mich um und mußte schlucken.

Ein Girl stand an unserem Tisch. Mit vollendeter Figur,

blauschwarzem langem Haar, das ein nahezu klassisch schönes Gesicht umrahmte. Das Girl trug ein kurzes knallrotes Kleid mit ausgestelltem Rock, der die langen braunen Beine voll zur Geltung brachte. Das Kleid, tief ausgeschnitten, enthüllte den Ansatz von kleinen festen Brüsten.

Ich erhob mich.

»Darf ich vorstellen«, knurrte Kiriakis widerwillig, »Mr. Corner, Miss Marissa Clayton. Die Lady ist meine Sekretärin.«

Während ich mein »Hallo« murmelte, dachte ich: Wie kommt nur solch ein Typ an diese Frau?

»Setzen Sie sich, Marissa. Mr. Corner wollte gerade gehen«, sagte Kiriakis.

Marissa Clayton warf mir einen vielsagenden Blick aus ihren großen dunklen Augen zu. »Wie schade! Leider hatte ich noch nicht das Vergnügen, Sie kennenzulernen, Mr. Corner. Sind Sie ein Geschäftsfreund von Mr. Kiriakis?«

»Nein«, antwortete der Grieche an meiner Stelle. »Corner ist Privatdetektiv.«

»Oh, wie aufregend«, Marissa Clayton strahlte. »Bitte, Mr. Corner, nehmen Sie doch noch für einen Augenblick Platz, ja?« Sie lächelte mich an. »Wissen Sie, ich finde Ihren Beruf wahnsinnig aufregend.«

Dankend nahm ich ihr Angebot an.

Ilian Kiriakis hätte mich mit seinen Blicken am liebsten getötet. Dann hob er wütend sein Besteck auf, schrie nach einem Ober und ließ sich ein anderes geben. Anschließend widmete er sich nur seinem Eintopf.

Marissa Clayton bestellte sich einen Orangensaft. Aus einem Lederetui nahm sie eine Zigarette mit Goldmundstück.

Ich gab ihr Feuer.

Mich interessierte diese Frau. War sie wirklich nur Kiriakis' Sekretärin oder mehr? Ich wollte es auf jeden Fall herausfinden.

Der Grieche wischte sich den fettigen Mund ab, schob seinen noch halbvollen Teller zur Seite und entschuldigte sich für einen Moment.

Für mich die Gelegenheit.

Doch Marissa Clayton kam mir zuvor.

»Ich frage mich schon die ganze Zeit, Mr. Corner, weshalb Sie mit meinem Chef gesprochen haben. Sind die Gründe privater oder beruflicher Natur?«

»Beruflicher, Miss Clayton. Ich interessiere mich für eine Bande, die sich das ›Auge‹ nennt.«

Gespannt wartete ich auf Marissas Reaktion.

Unmerklich zuckte sie zusammen. Ihre großen dunklen Augen wurden schmal.

»Ist das nicht sehr gefährlich?« fragte sie leise.

»Was?« fragte ich erstaunt.

»Man hört so einiges.«

»Können Sie sich nicht genauer äußern, Miss Clayton?«

»Nein, denn ich bin nicht lebensmüde. Ich gebe Ihnen nur einen Rat, Mr. Corner. Lassen Sie die Finger von der Sache. Sie ist zu heiß!«

Ich war überrascht. War es wirklich nur ein Ratschlag oder eine Drohung? Außerdem wußte diese Frau verdammt gut Bescheid.

Ich war sicher, sie nicht zum letztenmal gesehen zu haben.

Kiriakis kehrte zurück. Diesmal sah er mich herausfordernd an.

Ich beschloß, auf der Hut zu sein.

Ich bezahlte meinen Wein und stand auf. »Bis zum nächstenmal, Kiriakis«, sagte ich zum Abschied.

Der Grieche lächelte hintergründig. »Wir sehen uns bestimmt wieder, Corner.«

Ich verbeugte mich leicht vor Marissa und ging endgültig.

Draußen empfing mich ein strahlender Herbsttag.

Ich klemmte mich in meinen Mustang und wartete.

Wartete auf Ilian Kiriakis.

»Scheiße. Die Alte hat mich angekratzt«, fluchte Greg böse.

»Ach, stell dich nicht so an«, gab Kirk mürrisch zurück. Die beiden Männer hockten in einer Highway-Raststätte und aßen Hamburger.

Susans Kugel hatte Greg am Unterarm gestreift. Die

Schramme war mit einem nicht mehr ganz sauberen Taschentuch notdürftig verbunden.

»Kennst du sie?« fragte Greg.

Kirk schüttelte den Kopf. »Nicht direkt.«

»Was heißt das?«

»Ich glaube, ich hab' sie schon mal irgendwo gesehen.«

Greg faßte Kirks Arm. »Los, Mensch, denk nach! Wir müssen die Puppe umlegen. Sie hat uns gesehen.«

»Ja doch. Ich denk' ja schon nach.«

Kirk stützte den Kopf in beide Hände.

Greg rauchte nervös Kette. Verdammt, der Pontiac mußte auch verschwinden. Er war zu auffällig. Gut, daß sich schon der Ford auf einem Schrottplatz befand.

»Ich komm' nicht drauf«, sagte Kirk finster.

»Laß uns abhauen«, knurrte Greg, »sonst finden Sie noch den Pontiac.«

Kirk war einverstanden.

Die beiden Killer zahlten und gingen nach draußen. Bis Chicago waren es nur ein paar Meilen. Dort würden sie dann weitere Befehle entgegennehmen.

Kirk klemmte sich hinter das Lenkrad. Er wollte gerade starten, als ihm etwas einfiel.

»Mensch, Greg. Welcher Wagen stand vor dem Haus, als wir rausliefen?«

»Außer unserem noch so 'n Sportflitzer.«

»Ja, ja. Aber welche Marke?« drängte Kirk.

Greg kratzte sich am Kopf. »Warte mal. Ich glaube, so was mit Sun ...«

»Ich hab's!« rief Kirk. »Ein Sunbeam Alpine. Und weißt du, wer diesen Wagen fährt?«

»Nee.«

»Eine gewisse Susan Taylor. Die Schnüfflerin.«

Greg guckte erstaunt. »Die mit diesem Corner zusammenarbeitet?«

»Genau die.«

»Ein verdammt harter Brocken, die Puppe.«

»Ob hart oder nicht, wir müssen sie umlegen.« Kirk öffnete die Wagentür. »Ich seh' mal im Telefonbuch nach der Adresse.«

»Na, die kann sich auf was gefaßt machen«, murmelte Greg leise.

Die Männer der Spurensicherung stellten das Haus fast auf den Kopf.

Die schwerverletzte Mrs. Schreiber war inzwischen in ein nahe gelegenes Krankenhaus gebracht worden. Sie schwebte noch immer in Lebensgefahr.

Und Timmy Bradford? Sein Leichnam war schon auf dem Weg nach Chicago. Die Eltern hatte man bereits benachrichtigt.

Der Sergeant brachte die Meldung, daß der Pontiac in einem Chicagoer Vorort gefunden worden war. Ein Streifencop hatte ihn entdeckt, weil der Wagen falsch geparkt war. FBI-Beamte untersuchten den Pontiac jetzt auf Fingerabdrücke.

Im Haus selbst fanden die Experten der Spurensicherung keine unbekannten Prints. Die Gangster mußten fleischfarbene Handschuhe getragen haben, denn andere wären Susan aufgefallen. Blieben als Hoffnungsfunken nur der Pontiac und der Name Greg.

»Ich fahre nach Chicago zurück«, gab Susan dem Sergeant zu verstehen. »Vielleicht finde ich die beiden Killer in der FBI-Kartei.«

Der Sergeant war einverstanden. »Viel Glück weiterhin, Miss Taylor.«

Susan verließ die Stätte des grausamen Verbrechens.

Von einer Telefonzelle rief sie unser Büro an.

Julia Hickson meldete sich.

Susan fragte nach mir.

»Cliff ist noch nicht zurück«, antwortete Julia. »Er wollte noch jemanden besuchen.«

»Wen?«

»Ich habe leider keine Ahnung, Susan.«

»Okay, Julia. Ich melde mich wieder.«

Eine Stunde später saß Susan im FBI Building und sah die Verbrecherkartei durch. Es gab weit über zweihundert Männer mit dem Namen Greg. Aber der, den sie suchte, war nicht darunter.

»Bleibt nur noch Washington mit dem Zentralarchiv als letzte Hoffnung«, meinte der G-man, der die Kartei verwaltete.

»Ja«, erwiderte Susan deprimiert. »Da kann man eben nichts machen.«

Sie bedankte sich und fuhr zu unserem Wolkenkratzer zurück.

Susan lenkte ihren Sunbeam in die Tiefgarage. Um diese Zeit war die Halle fast leer, und deshalb fiel Susan der dunkle Chrysler auf.

Er parkte nicht in einer Box, sondern mit der Kühlerschnauze zur Ausfahrt.

Susan fuhr langsam an dem Wagen vorbei.

Er war leer.

Meine Partnerin steuerte ihre Parkbox an und sah gewohnheitsmäßig in den Innenspiegel.

Ein Schatten huschte durch ihr Blickfeld.

Gefahr, signalisierte ihr Gehirn.

Leise klinkte Susan die Wagentür auf, öffnete die Handtasche und nahm ihre Pistole.

Susan spielte ihre Rolle glänzend.

Scheinbar völlig unbefangen verließ sie den Sunbeam, schloß die Wagentür ab und strebte dem Lift zu.

Und die Killer sahen ihre Chance.

Susan entdeckte die Schatten, hervorgerufen durch das Neonlicht, als es fast zu spät war.

Eine Maschinenpistole orgelte los.

Um die berühmten Bruchteile einer Sekunde war Susan schneller.

Ihr zirkusreifer Hechtsprung brachte sie hinter einem Pfeiler in Deckung.

Das tödliche Blei zischte über sie hinweg, fetzte Verputz von den Wänden und jaulte als Querschläger gegen die parkenden Wagen.

Es war ein Höllenspektakel.

Dann Stille. Wie abgehackt.

Susan peilte vorsichtig hinter dem Pfeiler hervor.

»Ich pack' sie von hinten!« schrie jemand.

»Beeil dich, die Bullen sind gleich da!« rief ein anderer zurück.

Hastige Schritte.

Für Susan wurde die Situation kritisch. Einer Eingebung folgend, warf sie sich herum, entdeckte den Killer, riß ihre Pistole hoch und schoß zweimal.

Beide Kugeln trafen.

»Hast du sie erwischt, Greg?«

»Ich … Äh …!« Greg konnte nicht mehr weitersprechen. Hellrotes Blut quoll aus seinem Mund.

Gespannt wie eine Stahlfeder lehnte Susan an dem Pfeiler, bereit, jeden Augenblick ihr Leben zu verteidigen.

Der andere Killer mußte wohl gemerkt haben, daß etwas mit seinem Kumpan nicht stimmte. Er fluchte wild.

»Greg, verdammt!« brüllte er. »Antworte!«

Aber Greg konnte nicht mehr antworten.

Er war tot. In seltsam verkrümmter Haltung lag er auf dem Boden. Die Waffe war ihm aus den Fingern gerutscht.

Polizeisirenen ertönten.

Der andere Gangster verlor die Nerven.

Wie ein Irrer ballerte er gegen Susans Deckung, jede Salve mit gemeinen Flüchen begleitend.

Meine Partnerin stand hinter ihrem Pfeiler. Sie wartete die weiteren Ereignisse ab.

Das Heulen der Sirenen wurde lauter. Die Einfahrt der Tiefgarage verdunkelte sich.

Der Polizeiwagen.

Der zweite Gangster verfiel in Panik.

Er jagte einen Feuerstoß gegen den Wagen.

Kugeln jaulten, Glas splitterte, jemand schrie schmerzerfüllt auf, und die Sirene verstummte mit einem kläglichen Ton.

Doch andere Patrolcars näherten sich.

Der Killer wußte nicht mehr, was er tat. »Ihr Schweine!« schrie er. »Ihr verdammten Scheißbullen. Kommt doch her! Ich lege euch alle um. Alle!« Susan wartete gespannt, was der Gangster jetzt unternehmen würde. Sie wußte nicht genau, wo er steckte. Sie kannte nur seinen ungefähren Standort.

Der Killer drehte durch.

Wie ein Pfeil schoß er hinter einem Ford hervor und rannte auf den Lift zu.

Susan sah seinen Schatten und feuerte.

Daneben.

»Stop! Stehenbleiben!« Diesen Befehl schrie ein Cop.

Der Gangster dachte gar nicht daran.

Er wirbelte auf dem Absatz herum und zwang die Beamten mit einer MPi-Salve in Deckung.

Dann erklang es »Klack«.

Der Gangster hatte sich leergeschossen.

Mit einem Fluch warf er die MPi weg.

Susan reagierte richtig.

Mit gezogener Pistole sprang sie aus ihrer Deckung.

»Hände hoch!« gellte ihre Stimme.

Der Mann sah sie an. Nur eine Zehntelsekunde. Susan erkannte das haßverzerrte Gesicht.

Dann raste die Hand des Killers unter die Jacke ...

Susan und die Cops schossen fast gleichzeitig.

Der Gangster wurde von den Kugeln regelrecht durchgeschüttelt. Schaurig brüllte er auf. Noch ein paar unsichere Bewegungen, dann knickte er fast im Zeitlupentempo zusammen. Neben seiner Maschinenpistole blieb er liegen.

Die Cops rannten auf Susan zu.

»Ist Ihnen etwas passiert, Miss?« erkundigte sich einer besorgt.

»Nein«, erwiderte Susan müde und wischte sich über die Stirn. Ihr war auf einmal schwindelig. Es war doch ein bißchen viel gewesen in den letzten Stunden.

Der kleine Anfall ging schnell vorüber.

Auf einmal war die Tiefgarage voller Menschen. Straßenpassanten und Hausbewohner. Sie alle wollten ihre Neugierde stillen Die Cops hatten Mühe, sie zurückzudrängen.

Immer mehr Patrolcars fuhren in die Halle. Ihre zuckenden Blaulichter gaben der Szenerie einen gespenstischen Anstrich.

Auf einmal stand Charles Lenoire neben Susan. Sacht legte er eine Hand auf ihre Schulter.

»War es schlimm, Susan?«

Meine Partnerin nickte verkrampft. »Drei Tote an diesem Morgen. Und mindestens einen davon habe ich auf dem Gewissen.«

»Komm, denk nicht daran«, tröstete sie Charles Lenoire. »Wer waren denn diese Männer?«

»Es waren Killer. Brutale Killer«, antwortete Susan leise. »Sie haben Timmy Bradford umgebracht.«

Charles nickte schweigend.

Die Mordkommission war inzwischen eingetroffen. Die Männer gingen schweigend an die Arbeit.

Von den Cops war zum Glück keiner ernstlich verletzt. Nur ein junger Beamter hatte durch die zerschossene Windschutzscheibe Glassplitter ins Gesicht bekommen. Ein Doc zog sie ihm bereits heraus.

Der Leiter der Mordkommission trat auf Susan zu. Susan kannte den sympathischen Lieutenant.

»Nun berichten Sie mal, Miss Taylor.«

Susan schilderte den Überfall in knapper Form.

»Und um was es eigentlich genau geht, wissen Sie auch nicht?« fragte der Lieutenant.

»Nein.«

Einer der Kriminalbeamten gab dem Lieutenant einen Zettel.

»Den haben wir in der Tasche eines der Erschossenen gefunden.«

Der Lieutenant drehte den Zettel hin und her. Dann schüttelte er den Kopf.

»Können Sie etwas damit anfangen, Miss Taylor?«

Susan nahm das Stück Papier. Doch die Worte konnte auch sie nicht entziffern. Sie waren in griechischer Sprache abgefaßt.

Susan entschied sich blitzschnell. »Kann ich den Zettel behalten, Lieutenant? Ich kenne jemanden, der Griechisch perfekt beherrscht. Ich fahre sofort zu ihm.«

»Weil Sie es sind«, sagte der junge Beamte. »Aber schicken Sie mir das Papier wieder zu.«

»Natürlich.«

Susan klemmte sich in den Sunbeam und fuhr zu ihrer

früheren Arbeitsstelle, der »Chicago Tribune«. Dort arbeitete ein Reporter, der Spezialist für Balkanfragen war.

Susan hatte Glück. Sie erreichte ihn noch vor der Mittagspause.

»Hör zu, Lem«, sprudelte Susan, »du mußt mir einen Gefallen tun. Übersetz mir die paar Wörter.«

Lem, der kaum wußte, wie ihm geschah, nickte automatisch. Er warf nur einen kurzen Blick auf den Zettel. Dann grinste er.

»Ganz einfach, Susan. Die Worte bedeuten nichts anderes als Kiriakis, Athen und Hafen.«

Zuerst erschien Marissa Clayton.

Sie sah sich nicht um, sondern ging mit zügigen Schritten zu ihrem Wagen, einem blauen MG. Mit röhrendem Auspuff startete das Girl.

Zehn Minuten später trat Ilian Kiriakis aus dem Lokal.

Ich machte mich in meinem Mustang so klein wie möglich und peilte mit einem Auge über die Seitenscheibe.

Der Grieche sprach noch kurz mit dem Geschäftsführer, nickte ein paarmal und sah sich suchend um.

Ein schwerer Cadillac Fleetwood schob sich durch die schmale Straße. Ich erkannte einen jungen krausköpfigen Mann am Steuer.

Kiriakis winkte dem Fahrer zu.

Der Cadillac stoppte, und der Grieche stieg ein.

Dann gab der Fahrer wieder Gas. Ich hatte Pech und befand mich in der entgegengesetzten Fahrtrichtung. Durch ein riskantes Wendemanöver verlor ich kostbare Sekunden. Doch dank meiner Fahrroutine holte ich den Cadillac wieder ein.

Der schwere Wagen wand sich durch die engen Straßen in Richtung City. Er durchquerte den Loop und näherte sich dann dem Hafen.

Ich ließ immer einige Wagen zwischen uns und mußte höllisch aufpassen, daß ich den Cadillac in dem dichten Mittagsverkehr nicht verlor.

Die Gegend wurde ärmlicher, trister.

Jetzt säumten graue Mietskasernen die Straßen. Menschen aller Hautfarben schlenderten über die Bürgersteige, und aus den billigen Kneipen drang laute Musik.

Der Cadillac bog in die 18. Straße ein, die schnurstracks zu den Piers und Lagerhallen führt.

Ich befand mich in einer Zwickmühle. Sollte Kiriakis bis jetzt die Verfolgung noch nicht bemerkt haben, was mir angesichts des minimalen Verkehrs in dieser Gegend unwahrscheinlich erschien, so mußte er mich zwangsläufig auf der 18. Straße entdecken, denn sie wurde fast ausschließlich von Trucks befahren, die die gelöschten Ladungen der Schiffe weiter ins Inland beförderten.

Ich bog nicht in die 18. Straße ein, sondern nahm die Parallelstraße, einige Yards weiter.

Straße war wirklich übertrieben. Gasse wäre das richtige Wort gewesen.

Holpriges und teilweise aufgerissenes Pflaster strapazierte die Federung des Mustang. Rote Backsteingebäude klebten dicht aneinander.

Ab und zu kamen mir Arbeiter entgegen, die meinen Wagen mißtrauisch musterten. Wahrscheinlich hielten sie mich für einen »Kassierer«, denn in dieser Gegend regierten korrupte Gewerkschaften, die den Arbeitern einen Teil ihres Lohnes aus der Tasche holten.

Die Gasse endete auf einem großen Pier. Hier herrschte geschäftiges Treiben.

Schiffe wurden entladen, Kommandos der Vorarbeiter erschallten, und Eisenbahnwaggons rangierten quietschend auf rostigen Gleisen.

Mein Blick tastete den Pier ab.

Ich entdeckte den Cadillac etwa zweihundert Yards weiter an der Ostseite des Piers. Er parkte vor einer Rampe, hinter der sich ein Backsteingebäude anschloß.

Aber noch etwas sah ich.

Eine Autokolonne, bestehend aus drei Wagen, die langsam an mir vorbeirollte.

Auf dem Beifahrersitz des ersten Wagens hockte Ed Ryker. Einer der großen Gangbosse des Hafens. Hinter dem Steuer saß wie ein gedrungener Pavian Tom Krause, Rykers

Leibgorilla. In den anderen beiden Wagen saßen nur jeweils die Fahrer. Ich kannte sie nicht namentlich.

Die Kolonne stoppte neben Kiriakis' Cadillac.

Die Männer schwangen sich aus den Wagen, stiegen die Treppe zur Rampe hoch und verschwanden im Inneren des Backsteinhauses.

Was hatte das nun wieder zu bedeuten?

Ich beschloß, der Sache auf den Grund zu gehen.

Ich fuhr noch ein Stück weiter und parkte meinen Mustang hinter einigen Ölfässern.

Bis zu dem Gebäude waren es meiner Schätzung nach noch etwa hundert Yards.

Dort, am Ostende des großen Piers, war alles menschenleer. Die baufälligen Schuppen, die noch herumstanden, dienten höchstens als Lagerhallen für wertlosen Krempel.

Ich schlug einen Bogen und näherte mich dem Bau von der Seite. Links neben mir klatschte brackiges Hafenwasser gegen den Kai. Es stank nach Öl und Fäulnis.

Bis jetzt hatte ich noch keinen Wächter entdecken können.

Fühlten sich die Gangster denn so sicher?

Anscheinend.

Ich stand jetzt dicht vor dem Backsteinbau.

Einen anderen Eingang als den an der Rampe entdeckte ich nicht.

Mein Pech.

Einen Moment spielte ich mit dem Gedanken, den FBI zu benachrichtigen. Doch dann verwarf ich ihn wieder. Vielleicht stellte sich hinterher alles als ganz harmlos heraus, und ich hatte mich blamiert. Außerdem wollte ich den Lauscher spielen.

Die Rampe lag so verlassen vor mir wie ein Freibad im Winter.

Mit ein paar Sätzen war ich oben und stand vor einer rostigen Eisentür. Darüber hing ein Holzschild. Aus den verwaschenen Buchstaben entzifferte ich die Worte: »Kiriakis – Ex- und Import«.

Die Tür hatte entgegen amerikanischen Verhältnissen eine Klinke.

Vorsichtig legte ich meine Hand darauf und versuchte, die Tür zu öffnen.

Verschlossen. Das hatte mich mir gedacht.

Ich verbiß mir einen Fluch und ließ meinen Blick schweifen.

Gab es denn in dieser verdammten Bude kein Fenster?

Soviel ich sehen konnte, nicht.

Ich mußte es anders versuchen.

Es gibt da einen Trick, durch den man mit primitiven Mitteln einfache Türschlösser knacken kann. Sie werden verstehen, liebe Leser, daß ich diesen Trick nicht beschreiben kann.

Ich probierte ihn aus und hatte Glück. Noch nicht mal der Schlüssel steckte von innen.

Gut geölt schwang die Tür auf.

Dämmriges Halbdunkel empfing mich.

Jetzt sah ich, woher etwas Licht in den Raum fiel. Unter dem Dach zählte ich vier Fenster.

Ich schloß sacht die Tür und packte meine Kugelschreiberlampe.

Ich befand mich in einer großen Lagerhalle. Im Schein der kleinen Lampe entdeckte ich übereinandergestapelte Kisten, Fässer und Säcke. Alle versehen mit Aufschriften in griechischer Sprache.

Vorsichtig schlich ich weiter.

Männerstimmen drangen an mein Ohr.

Ich ging den Stimmen nach und mußte mich zwischen Regalen herwinden, bis ich plötzlich einen hellen Lichtschein sah.

Das Licht fiel durch eine Schiebetür, die einen Spalt breit offenstand.

Langsam glitt ich auf die Tür zu.

Ich steckte die Lampe wieder ein und zog vorsichtshalber meinen Revolver.

Die Männerstimmen waren jetzt deutlich zu hören.

Ich peilte durch den Spalt.

Mein Blick fiel auf einen billigen Holztisch, vor dem zwei Stühle standen. Ilian Kiriakis und Ed Ryker hockten sich gegenüber. Zwischen ihnen stand eine Flasche Whisky. Das

Licht spendete eine nackte Glühbirne, die von der Decke baumelte.

Rykers Leute lehnten an der Wand. Tom Krause bohrte in der Nase.

»Das ist doch Scheiße«, regte sich Ryker gerade auf. »Wenn du schon Leine ziehen willst, dann gib mir wenigstens die Waffen.«

Kiriakis' Gesicht war rot angelaufen. »Die kriegst du ja auch, verdammt noch mal! Ich schreibe dir den Ort auf, wo du sie abholen kannst.«

Ed Ryker spuckte auf den schmutzigen Boden. »So'n Quatsch! Du hättest sie auch hier lagern können.«

»Und sie mir dann von dir klauen lassen, was? So haben wir nicht gewettet.«

»Ich weiß gar nicht, was du willst, Kiriakis. Der andere Kram lagert doch auch hier.«

»Der ist auch nicht so wertvoll. Und denk an unseren Vertrag, Ryker.«

Ryker grinste. Er klemmte sich eine dicke Zigarre in die Visage und ließ sich von Krause Feuer geben. Visage war genau der richtige Ausdruck, denn Ryker hatte wirklich ein Gesicht zum Einschlagen.

Kiriakis war nervös. Er setzte die Schnapsflasche an den Mund und trank hastig einen Schluck. Mit dem Handrücken wischte er sich den Mund ab.

Ryker beobachtete ihn spöttisch. »Warum hast du eigentlich Schiß, Kiriakis?«

»Warum? Weil mir die Bullen auf den Fersen sind.«

»FBI?«

»Fast. Dieser Corner. Privatschnüffler mit blendenden Beziehungen zu dem Verein.«

Ed Ryker lachte auf. »Corner? Das ist doch 'n Turnschuh. Den zerquetsch' ich zwischen Daumen und Zeigefinger.«

Ryker nahm die Klappe ziemlich voll, fand ich. Bei Gelegenheit würde ich ihn an seine Worte erinnern.

Kiriakis schüttelte den Kopf. »Trotzdem, Ryker. Ich verschwinde.«

»Und deine verdammte Firma?«

»Gebe ich auf. Ich habe genug auf die Seite gelegt.«

»Wo willst du denn hin? New York, Frisco …?«

»Keines von beiden. Nach Europa. Griechenland. In meine alte Heimat.«

»Was willst du denn da?«

Kiriakis kniff ein Auge zu. »Ich mache weiter, Ryker. Dort sitz' ich genau an der Quelle.«

»Direkt beim ›Auge‹ persönlich, wie?« Ryker grinste.

Kiriakis zuckte zusammen. »Nimm den Namen nicht in den Mund. Es könnte gefährlich sein«, zischte er.

Ryker stand auf. »Sollte das eine Drohung sein?«

»Nur ein Rat.«

»Dann laß dir eins sagen, Kiriakis.« Ryker paffte wild an seiner Zigarre. »Hier ist Amerika. Und ich habe keine Angst vor deinem ›Auge‹.«

»Das haben schon andere gesagt. Auch Senator McDarren. Sie haben ihn aufgehängt.«

»Pah! McDarren war ein alter Knacker. Das ›Auge‹ soll sich nur nicht aufspielen. Ich kann meine Knarren auch woanders kriegen. So, und jetzt gib mir die Adresse, wo ich die letzte Lieferung abholen kann.«

Kiriakis riß einen Zettel aus seinem Notizbuch und kritzelte einige Worte darauf.

Für mich wurde es Zeit, zu verschwinden. Ich hatte genug gehört. Jetzt galt es, den FBI zu alarmieren. Dann konnten wir zwei Fliegen mit einer Klappe schlagen. Kiriakis und Ryker.

Ich wollte mich gerade in Bewegung setzen, als sich etwas Hartes in meinen Rücken bohrte. Ich spürte sofort, es war eine Pistolenmündung.

»Laß die Waffe fallen und lang zum Himmel«, sagte hinter mir eine Männerstimme mit hartem Akzent.

Ich hätte mich selbst in den Hintern treten können. Natürlich, Kiriakis' Fahrer, wie konnte ich ihn nur vergessen.

Dumpf polterte mein .38er auf den Boden.

Das Geräusch schreckte die Gangster hoch.

Die Schiebetür wurde auseinandergezogen.

Ed Ryker kriegte vor Staunen seine Futterluke nicht mehr zu.

»Corner«, röchelte er, »der Turnschuh Corner. Nein, wie mich das freut. Immer herein in die gute Stube.«

Kiriakis war aufgesprungen. »Ich hab's dir ja gleich gesagt«, schrie er, »dieser Schnüffler ist gefährlich wie ein Bluthund! Ich hau' ab!«

»Ja, zieh endlich Leine, du Hosenscheißer!« grölte Ryker.

Seine drei Leibwächter hatten inzwischen ihre Kanonen gezogen. Die Mündungen zeigten auf meinen Körper. Ein unangenehmes Gefühl.

Der Druck in meinem Rücken verschwand. Kiriakis nahm seinen Fahrer wohl mit.

»Komm nur näher, Corner.« Ryker grinste wölfisch. »Wir werden in der nächsten halben Stunde noch viel Spaß miteinander haben.«

»Kiriakis, Kiriakis«, murmelte Susan, »den Namen habe ich doch schon irgendwo gehört. Kennst du dich da nicht aus, Lem?«

Lem zeigte sein Pferdegebiß. »Nie verzagen, Lemmy fragen. Kiriakis – Ex- und Import. Michigan Avenue.«

Susan pfiff durch die Zähne. »Teufel, da hat sich der Knabe ja ein teures Pflaster ausgesucht.«

»Wer's hat«, sagte der Reporter.

Susan schnappte sich den Zettel. »Lem, du bist der Größte. Bis neulich, dann!«

»Halt, Mädchen! Kostet eine Flasche Gurgelwasser für die Waisenkinder.«

»Ich schick' sie dir bis vorgestern vorbei«, sagte Susan.

»Undankbares Geschöpf.«

Susan setzte sich in ihren Sunbeam und gondelte los. Auf der Michigan Avenue, Chicagos Prachtstraße, war natürlich kein Parkplatz mehr zu finden.

Susan stellte deshalb ihren Flitzer in einer Querstraße ab. Kiriakis' genaue Adresse hatte sie sich vorher aus einem Telefonbuch gesucht.

Die Büro- und Geschäftshäuser der Michigan Avenue waren alt und vornehm.

Kiriakis' Firma befand sich in der sechsten Etage eines sol-

733

chen Hauses, die er sich mit zwei Rechtsanwälten teilte. Der Portier unten am Empfang sah Susan mit hochgezogenen Augenbrauen an. Nicht mal ihr lindgrünes Wildlederkostüm fand sein Interesse. Meine Partnerin war vorher noch bei uns vorbeigefahren und hatte sich umgezogen.

»Sie wünschen, bitte?« näselte der Empfangsmensch.

Susan wedelte mit den Autohandschuhen vor seiner Nase und lächelte freundlich.

»Ich möchte zu Mr. Kiriakis.« Ehe der Portier etwas erwidern konnte, schnitt sie ihm mit dem Satz: »Ich finde mich schon zurecht« das Wort ab.

Ein mit Teakholz getäfelter Lift brachte meine Partnerin in die sechste Etage.

Was Susan allerdings nicht wissen konnte, war, daß sich in dem nach unten fahrenden Lift Ilian Kiriakis mit zwei prall gefüllten Koffern aus dem Staub machte. Draußen warf er sich aufatmend in seinen Cadillac. Der krausköpfige Chauffeur wußte, wohin er zu fahren hatte.

Der Portier sah dem Griechen nach und gestattete sich ein Grinsen. Die Puppe würde bestimmt dumm gucken, wenn sie niemanden vorfand.

Im sechsten Stockwerk herrschte die vornehme Ruhe eines exklusiven Geschäftshauses. Der Gang war mit dicken Teppichen ausgelegt und die Wände mit schalldämpfenden Tapeten verkleidet. Wandleuchten aus poliertem Messing spendeten gedämpftes Licht.

Der Name »Kiriakis« war, ebenfalls mit Messingbuchstaben, auf eine Mahagonitür geschlagen.

Susan klopfte gegen das edle Holz.

Keine Reaktion.

Probehalber drehte sie an dem Türknauf.

Und siehe da, es war nicht abgeschlossen.

Diese Gelegenheit ließ Susan sich natürlich nicht entgehen.

Meine Partnerin gelangte in ein kleines Wartezimmer, in dem einige Sessel sowie zwei Tische, bepackt mit Zeitschriften, standen.

Aber keine Menschenseele hielt sich in diesem Zimmer auf.

Eine Tür mit Milchglasscheibe und der Aufschrift »Sekretariat« erregte Susans Aufmerksamkeit.

Auch diese Tür war nicht abgeschlossen.

Hinter ihr lag der Raum, in dem sich wohl die Stenotypistinnen aufhielten. Susan zählte drei Schreibtische, auf denen abgedeckte elektrische Schreibmaschinen standen. Alles wirkte sehr aufgeräumt.

Susan krauste die Stirn. Was ging hier eigentlich vor? Hatten die Angestellten vielleicht Mittagspause? Kaum. Erstens war die Zeit schon vorbei, und zweitens, wer deckte seine Schreibmaschine groß ab, wenn er nur mal für eine Stunde weggeht.

Die Tür zum Chefzimmer stand offen.

Susan konnte nicht widerstehen.

Sie gelangte in einen Raum, den wohl ein Innenarchitekt ausgestattet haben mußte. Das Büro glich eher einem eleganten Wohnzimmer.

Der große Schreibtisch erregte Susans Aufmerksamkeit.

Die Schubladen waren teilweise herausgezogen. Blätter und Briefe lagen wahllos verstreut auf dem dicken Teppichboden.

Hier mußte jemand überstürzt sein Domizil verlassen haben. Aber warum?

Susan durchsuchte die Schubladen, darauf hoffend, etwas Verdächtiges zu finden.

»Kann ich Ihnen behilflich sein, Miss?« hörte Susan plötzlich eine spöttische Frauenstimme.

Meine Partnerin zuckte zusammen.

Ein Girl mit langen blauschwarzen Haaren hatte das Zimmer betreten. In ihren Augen las Susan höchste Wachsamkeit und Mißtrauen.

»Ich wollte zu Mr. Kiriakis«, sagte Susan forsch.

»Ach«, sagte die Unbekannte erstaunt. »Einfach so, ohne vorherige Anmeldung?«

»Moment mal, Miss …«

»Clayton, Marissa Clayton. Ich bin Mr. Kiriakis' Sekretärin. Und mit wem habe ich das zweifelhafte Vergnügen?«

»Also gut, Miss Clayton. Mein Name ist Susan Taylor. Um auf Ihre Frage zurückzukommen, wo hätte ich mich denn anmelden sollen? Es war ja niemand hier. Telefonisch habe ich es auch versucht«, log Susan.

»Die Angestellten haben heute frei«, erklärte Marissa Clayton. »Finden Sie es trotzdem nicht ungewöhnlich, sich hier so mir nichts, dir nichts Eintritt zu verschaffen? Außerdem noch in Geschäftsunterlagen zu schnüffeln. Es ist, wenn ich richtig informiert bin, Hausfriedensbruch. Ich könnte die Polizei benachrichtigen.«

»Dem steht nichts im Wege«, sagte Susan. »Bitte.«

Meine Partnerin war sicher, daß Marissa Clayton die Polizei nicht anrufen würde. Die Beamten würden Fragen stellen, und Susan glaubte, daß Marissa Clayton gerade so etwas unangenehm war.

»Was ist, Miss Clayton?«

Kiriakis' Sekretärin nagte an ihrer Unterlippe. »Nein, Miss Taylor, ich werde die Polizei nicht benachrichtigen. Sie sagen mir jetzt, was Sie hier zu suchen haben, und die Sache ist erledigt.«

Susan schüttelte den Kopf. »Den Gefallen werde ich Ihnen nicht tun. Ich spreche nur mit Mr. Kiriakis.«

»Da haben Sie Pech, Miss Taylor. Mein Chef wird in der nächsten Zeit nicht zu sprechen sein.«

»So?« Susan setzte sich demonstrativ in einen Sessel. »Ich kann warten.«

Meine Partnerin wollte Marissa Clayton provozieren. Sie war gespannt, wie weit die Frau gehen würde.

»Das werden Sie nicht, Miss Taylor.« Marissa Claytons Stimme klang bestimmt.

»Und warum nicht?«

»Das dürfte Sie wohl kaum interessieren, Miss Taylor. Gehen Sie jetzt!«

Susan spürte, daß etwas faul war. Marissa Clayton wollte sie unbedingt loswerden.

Susan beschloß, die Frau noch mehr zu reizen.

»Wissen Sie, Miss Clayton, ich bin beruflich hier. Ich arbeite als Privatdetektivin.«

Marissa Clayton zuckte zusammen. »Schon wieder!« zischte sie.

»Was soll das heißen?« fragte Susan scharf.

»Vor einigen Stunden hat uns schon mal einer Ihrer Kollegen besucht. Corner, hieß er, glaube ich.«

In Susans Gehirn schrillten die Alarmglocken. Cliff bei Kariakis. Das schnelle Verschwinden des Griechen. Hatte es etwas mit Cliffs Besuch zu tun?

»Cliff Corner ist mein Partner«, sagte Susan.

Marissas Augen wurden schmal. »Wenn einer nicht mehr weiter weiß, erhält er Schützenhilfe. Oder wie sehe ich das?«

»Kaum, Miss Clayton. Wir haben den Fall von zwei Seiten angepackt. Und daß ausgerechnet der Name Kiriakis uns wieder zusammenführt, ist doch seltsam, finden Sie nicht auch? Man muß zwangsläufig annehmen, Mr. Kiriakis hat Dreck am Stecken.«

Marissa Clayton hatte Mühe, sich zu beherrschen. »Verschwinden Sie auf der Stelle! Sie können meinen Chef nicht beleidigen. In Ihrem Beruf sind Sie es ja gewöhnt, andere Leute zu diffamieren.«

»Beruhigen Sie sich, Miss Clayton. Ich werde gehen. Allerdings möchte ich doch noch gern wissen, wo ich Ihren sauberen Chef finden kann. Sonst bin ich leider gezwungen, den FBI einzuschalten. Denn wenn ich alles so betrachte, sieht es nach einer überstürzten Flucht aus.«

Marissa Clayton sagte nichts. Sie sah Susan lange an. Dann flüsterte sie: »Kümmern Sie sich nicht um meinen Chef. Den guten Rat gebe ich Ihnen.«

»Oh, wie rücksichtsvoll«, spottete Susan. »Auf das ›Auge‹ werden Sie sich nicht mehr lange verlassen können. Es beginnt bald zu tränen, Miss Clayton.«

»Das ›Auge‹? Was ist das denn schon wieder?«

Susan erhob sich. An der Tür wandte sich meine Partnerin noch einmal um. »Ich an Ihrer Stelle würde mich so schnell wie möglich zurückziehen. Wissen Sie, das unschuldige Getue nimmt Ihnen kein normaler Mensch ab.«

Marissa Clayton gab keine Antwort. Wütend warf sie die Tür hinter Susan zu.

Der Portier am Empfang grinste, als er Susan sah. »Na, haben Sie Mr. Kiriakis erreicht?«

»Nein, warum fragen Sie?«

»Ach, nur so.«

»Los, raus mit der Sprache.« Susan griff in ihre Handtasche, einem Halbmond aus Wildleder, und holte einen Zehndollarschein hervor.

Auch der ach so vornehme Portier wurde schwach, als er den Geldschein sah. »Mr. Kiriakis ist kurz nach Ihnen gegangen. Mit zwei Koffern. Er wird wohl für längere Zeit verreisen, nehme ich an.«

Susan schluckte. Das paßte ihr gar nicht in den Kram. Was sollte sie jetzt unternehmen? Sie konnte nicht auf einen bloßen Verdacht hin den Flugplatz oder den Bahnhof überwachen lassen. Wenn ich doch nur Cliff erreichen könnte, dachte sie und legte dem Portier den Geldschein in die geöffnete Hand.

Freunde, mir war verdammt unwohl nach Rykers Worten.

»Der Superschnüffler ist in die Falle gelaufen.« Ryker freute sich diebisch. »Denkst du denn, Kiriakis hätte nichts von deiner Verfolgung bemerkt? So blöde ist er auch wieder nicht. Zwar ging ihm der Arsch auf Grundeis, aber wir konnten den Griechen beruhigen. Wir taten einfach, als wäre nichts gewesen. Ich habe ja schon immer gesagt, Corner, du bist ein Turnschuh.«

»Deine dauernden Wiederholungen fallen mir auf den Wecker, Ryker«, stellte ich trocken fest.

Ed Ryker lief rot an. »Ach, auch noch große Schnauze riskieren, Corner, was? Los, Tom, stopf sie ihm!«

Tom Krause, wegen seiner Hasenscharte sowieso mit Minderwertigkeitskomplexen behaftet, freute sich, endlich mal wieder Mittelpunkt sein zu dürfen.

Er steckte seine Kanone ein und zog statt dessen einen Schlagring aus der Tasche. Genüßlich streifte er ihn über die rechte Hand.

Ryker hatte eine Pistole gezogen und stieß mir den Lauf gegen die Seite. »Geh ein Stück vor, Corner. Dann braucht Tom nicht soweit auszuholen. Die kurzen, trockenen Schläge sind immer noch die besten.«

Seine beiden anderen Gorillas wieherten wie Gäule über den angeblichen Witz.

Okay, ich ging also vor. Mit angezogenen Muskeln. So ein Schlagring ist eine verdammt üble Sache. Damit kann man einen Menschen mit einem Schlag töten.

Tom Krause schlug zu. Blitzschnell, ohne Ansatz.

Ich konnte nur noch instinktiv den Kopf zurücknehmen.

Trotzdem streifte mich das mörderische Instrument an der Wange.

Haut ging in Fetzen. Ein glühender Schmerz fraß sich durch mein Gesicht. Blut rann mir in den Hemdkragen.

Ich wurde zurückgeschleudert, genau in Rykers gemeinen Tritt, der mich wieder nach vorn warf.

»Jetzt hau' ich dich zu Brei«, nuschelte Krause und zog aus der Hüfte einen zweiten Schlag hoch.

Wenn der dich trifft, dachte ich nur noch und ließ mich einfach auf den Boden fallen.

Krauses Hieb pfiff über mich hinweg.

Er selbst geriet etwas ins Taumeln. Ich nutzte seine momentane Unsicherheit und pflanzte ihm die Handkante in die Kniekehle.

Es dröhnte, als der Schläger auf den Boden knallte.

»Verdammtes Schwein«, zischte Ryker und wollte mir seinen Absatz an den Schädel rammen.

Nicht mit mir, dachte ich, packte sein Bein, ein kurzer Ruck …

Ryker quiekte wie eine Ratte. Mit Vehemenz landete er auf Tom Krause.

»Ich glaube, die Vorstellung reicht, Corner«, mischte sich ein anderer Gorilla ein. Es war ein sommersprossiger Typ mit roten verfilzten Haaren. »Los, hoch mit dir!«

Ryker, Krause und ich standen gleichzeitig wieder auf.

Der Gangsterchef atmete keuchend. »Gib dem dreckigen Schnüffler 'ne Kugel, Mel.«

Mit diesem Befehl hatte der Sommersprossige nicht gerechnet. Er schaute seinen Boß verdutzt an. Nur einen Augenblick.

Doch der genügte mir.

Ich riß meine Faust hoch und schlug mit Wucht gegen die trübe Glühbirne.

Sie schwang hoch, knallte gegen die Decke, wo sie mit lautem Knall zerplatzte.

Das alles hatte vielleicht eine Sekunde gedauert, in der ich schon auf Tauchstation war und meinen Kopf in den Magen des Sommersprossigen rammte.

Die Dunkelheit traf die Gangster wie ein Schock.

Ich war darauf vorbereitet, merkte, wie der Sommersprossige gurgelnd nach hinten kippte, und robbte in Richtung Schiebetür.

Die Gangster fluchten wild durcheinander. Der Tisch fiel um, die Flasche zersplitterte.

Einer verlor die Nerven und ballerte los. Ein Aufschrei bewies, daß er auch getroffen hatte. Nur eben nicht mich, den er gern treffen wollte.

»Hört auf, ihr Idioten!« brüllte Ryker. »Zur Tür! Sonst ist Corner weg!«

Ryker hatte Pech. Ich war schon weg und befand mich in dem großen Lager. Hinter mir schlossen die Gangster die Schiebetür.

Trotz der miesen Lage mußte ich grinsen.

Plötzlich brüllte Ryker: »Verdammt, das Schwein ist uns entwischt. Los, Jungens. Heizt diesem Drecksack ein. Er kann noch nicht weit sein.«

Die Schiebetür wurde wieder aufgerissen.

In diesem Moment fanden meine Finger etwas Hartes, Metallisches. Meinen .38er. Kiriakis' Chauffeur hatte ihn liegenlassen.

Ich warf mich auf den Rücken und zog durch.

Die Kugel setzte ich dicht über die Köpfe der Verfolger.

Meine Augen hatten sich inzwischen gut an die Dunkelheit gewöhnt, und ich konnte erkennen, wie sich die Kerle zurückwarfen.

Für mich wurde es Zeit, meinen Standort zu wechseln.

Ich hatte die Richtung der prall gefüllten Säcke noch in Erinnerung. Geduckt lief ich darauf zu und stieß mir prompt unterwegs meine Knochen an irgendwelchen harten Gegenständen.

Ich war jetzt allerdings so weit von der Schiebetür entfernt, daß ich nicht mehr sehen konnte, was die Gangster unternahmen. Das Licht, das oben durch die Fenster fiel, war zu trübe.

Meine Gegner verhielten sich ziemlich ruhig. Nur ab und zu auftretendes Flüstern verriet mir ihre Anwesenheit. Ich konnte nicht mal mit Bestimmtheit sagen, ob sie sich noch in dem kleinen Raum befanden.

Dann flammte eine Taschenlampe auf.

Der Mann, der sie hielt, mußte hinter der dicken Schiebetür stehen und nur die Hand mit der Lampe vorgeschoben haben.

Den Gefallen, auf die Lampe zu schießen, tat ich ihm nicht. Meinen Standort wollte ich nicht verraten. Ich schloß aus dieser Taktik, daß die Gangster – bis auf den Beleuchter – den Raum verlassen haben mußten.

Hastige Schritte klangen auf. In Richtung Ausgang.

Die Taschenlampe erlosch.

Was hatten die Halunken vor?

Die Eisentür wurde aufgezogen.

Für einen Moment strömte helles Tageslicht in die Halle.

Im Türausschnitt erkannte ich Mel, den Gangster, dem ich den Kopf in den Magen gerammt hatte.

Natürlich hätte ich schießen können. Aber in den Rücken? Nein, Freunde, das ist nicht meine Art.

So wartete ich ab, wie sich die Dinge weiter entwickeln würden.

Doch vorerst tat sich gar nichts.

Wir belauerten uns in diesem Halbdunkel wie hungrige Wölfe.

Bestimmt gab es hier in der Halle auch Licht. Fragte sich nur, wo?

Vom langen Hocken taten mir schon die Beine weh. Meine Augen begannen durch das angestrengte Starren zu tränen, und meine rechte Wange brannte immer noch wie Feuer.

Und dann ging es auf einmal rund.

Plötzlich klirrte oben an der Decke eine Scheibe.

Im nächsten Moment flammte kaltes Neonlicht auf. Ich schloß geblendet die Augen. Eine Tommy Gun harkte los.

Der Schütze war Mel. Er hockte oben auf dem Dach und feuerte durch das zerschlagene Fenster.

Dann hatte er mich entdeckt.

»Ich hab' ihn, Boß!« brüllte er. »Zwischen den Säcken!«

Wieder orgelte die Maschinenpistole los. Die Bleihummeln lagen verdammt nahe.

Ich machte mich platt und rutschte zurück.

Jetzt nahmen mich auch die anderen Gangster unter Feuer. Doch ihre Kugeln klatschten nur in die prallen Säcke.

Durch die Kugellöcher rieselte der Inhalt heraus. Und was für ein Inhalt. Ein Balkangewürz.

Sofort reizte das Zeug meine Schleimhäute. Es wirkte wie Niespulver.

Nur weg hier!

Wie ein Pfeil schoß ich aus meiner Deckung, genau auf Tom Krause zu.

Ich drückte zweimal ab.

Aus den Augenwinkeln sah ich, wie Krause zusammenbrach. Eine Zehntelsekunde später, dann hätte ich da gelegen.

»Der Schnüffler hat Tom umgelegt!« schrie Mel von oben.

Er gab seiner MPi wieder die Sporen.

Ich sah, wie die Salven auf mich zutanzten, stieß mich mit aller Macht vom Boden ab und landete zwischen morschen Holzkisten.

Hier lag ich sogar in einem relativ guten Winkel.

»Er liegt zwischen den Kisten, Boß!« grölte Mel.

»Dann schieß ihn doch ab, du Stümper!«

»Geht nicht, der tote Winkel.«

»Idiot!«

Ryker wollte selbst nicht so recht ran. Außerdem hatte ihm Tom Krauses Tod wohl einen Schock versetzt. Er befahl seinem anderen Gorilla, mich zu suchen.

Doch ich verlegte mein Interesse auf den MPi-Schützen.

Er fuhrwerkte auf dem Dach rum, um in eine bessere Schußposition zu gelangen. Dabei vergaß er, auf seine Sicherheit zu achten.

Mit einem raschen Blick überzeugte ich mich, daß sich Rykers zweiter Gorilla passiv verhielt. Er war jedenfalls nicht zu sehen.

Ich ging in die Hocke, hob den rechten Arm mit meinem .38er und zielte.

Ein Schuß genügte.

Meine Kugel riß den MPi-Schützen vom Dach.

Mit einem Aufschrei fiel er in die Tiefe und landete zwischen den Gewürzsäcken. »Corner, du verdammter Hund«, gurgelte Ed Ryker haßerfüllt. Verbissen feuerte er in meine Richtung. Doch seine Bleihummeln fegten alle über mich hinweg.

In einer Feuerpause robbte ich vor und griff mir die Maschinenpistole. Sie war ebenfalls auf den Säcken gelandet und deshalb noch in Ordnung.

Ich kannte Ed Rykers ungefähren Standpunkt. Der Gangsterboß befand sich mir schräg gegenüber.

Um in seine Nähe zu gelangen, mußte ich den kleinen Gang in der Mitte überqueren. Das war schlecht, da es dort keinerlei Deckungsmöglichkeiten gab.

Ich suchte noch nach einer guten Lösung, als Ryker plötzlich aufsprang. Mit langen Sätzen hetzte er in Richtung Tür.

Der Kerl wollte verschwinden.

Und dann pfiffen wieder die Kugeln. Rykers übriggebliebener Gorilla nahm mich unter Beschuß.

Mit einer Salve aus der Tommy Gun verschaffte ich mir Respekt.

Plötzlich ertönte es bei meinem Gegner »Klick«.

Der Kerl hatte sich verschossen.

»Ich gebe auf, Corner!« rief er. »Nicht schießen!«

Hinter einigen Fässern tauchte er auf. Mit erhobenen Händen.

Und Ryker hatte seine Chance genutzt. Er war verschwunden.

Wütend rannte ich auf Rykers Gorilla zu. Der Mann sah mir ängstlich entgegen.

»Tut mir leid, mein Freund«, sagte ich und schlug ihm den Kolben der MPi gegen die Schläfe. Dann warf ich die Maschinenpistole weg.

Draußen sprang ein Automotor an.

Ryker suchte das Weite.

Als ich draußen auf die Rampe sprang, hatte Ryker schon einigen Vorsprung.

Ich schoß in die Reifen.

Vorbei!

Dann nahm ich, wie man so schön sagt, die Beine in die Hand. Mein Mustang, er war die einzige Rettung.

Ich verlor kostbare Zeit, bis ich den Wagen erreichte, mich hineinschwang und startete.

Inzwischen raste Ryker schon in seinem Dodge über den Pier. Es war klar. Er wollte in dem engen Gewirr der Straßen und Gassen verschwinden.

Ich gab meinem Mustang Zunder. Die Beschleunigung preßte mich fest in den Schalensitz. Vielleicht gelang es mir, Ryker den Weg abzuschneiden.

Die Hafenarbeiter auf dem Pier waren aufmerksam geworden. Sie verfolgten gespannt die Jagd.

Verflucht noch mal, ich schaffte es nicht. Der Halunke hatte einen zu großen Vorsprung.

Ryker riß den Wagen nach links, um in die 18. Straße einzubiegen. Genau in diesem Moment tauchte in der Straßenmündung die Schnauze eines Trucks auf.

Jetzt ging alles blitzschnell. Bremsen kreischten, Reifen radierten über den Asphalt.

Der Dodge wurde wie von einer Riesenfaust herumgerissen, drehte sich um die eigene Achse und prallte krachend mit dem Heck gegen eine Mauer. Aufröhrend erstarb der Motor.

Die Tür des Wagens flog auf. Ryker hechtete ins Freie. Anscheinend unverletzt.

Mit einem gewagten Schlenker brachte ich meinen Mustang zum Stehen.

Ed Ryker sah sich um wie ein gehetztes Tier. In der rechten Hand hielt er eine Kanone.

Der Truckfahrer sprang schimpfend aus seinem Führerhaus. Als er Rykers Waffe sah, wurde er blaß und hielt den Mund.

Vom Pier her rannten die Arbeiter herüber.

An der Beifahrerseite ließ ich mich aus dem Mustang rollen. Dann ging ich hinter der langen Kühlerschnauze in Deckung. Der .38er lag kühl in meiner Hand.

»Gib auf, Ryker!« schrie ich.

Rykers Antwort bestand aus einer Kugel. Sie zirpte dicht an meinem Kopf vorbei.

Der Truckfahrer stand immer noch da wie angewachsen.

»Gehen Sie in Deckung!« brüllte ich ihn an.

Leider kam meine Warnung zu spät.

Ryker nutzte seine Chance. Er flitzte hinter dem Dodge hervor und rannte auf den Fahrer zu.

Ich schoß.

Ryker zuckte zusammen, lief aber weiter.

Endlich bewegte sich der Fahrer.

Er sprang auf die Stufen zum Führerhaus, riß die Tür auf ...

Da hatte der Gangster ihn erreicht.

An den Beinen zog er den Mann zurück.

Der Fahrer schrie auf und schlug unkontrolliert um sich. Ryker packte mit der linken Hand die Haare des Mannes.

Mir war klar, was der Gangster vorhatte. Er wollte den Fahrer zwingen, mit ihm wegzufahren.

Immer noch wehrte sich der Mann.

Ich ergriff die Initiative.

Ich war während des Kampfes hinter meinem Mustang hervorgesprungen und lief auf die beiden zu.

In diesem Augenblick riß sich der Fahrer los.

Rykers Hand mit der Waffe zuckte hoch.

»Ryker!« Mein Schrei riß ihn herum.

Ich drückte ab.

Ed Ryker erhielt die Kugel ins Bein. Schreiend brach er zusammen.

Und plötzlich fiel mir ein, daß dies mein letzter Schuß gewesen war. Ich hatte vergessen, die Waffe nachzuladen.

Der Truckfahrer kletterte schnell in sein Führerhaus. Anscheinend traute er dem Braten noch nicht ganz.

Ryker blickte mich haßerfüllt an. Er hockte auf dem Boden und umklammerte mit beiden Händen seine Wunde am Oberschenkel.

Ich nahm Rykers Waffe und steckte sie mir in den Hosenbund. Dann durchsuchte ich blitzschnell seine Taschen. Den Zettel, den Kiriakis ihm gegeben hatte, fand ich sofort. Grinsend las ich die Adresse, die das Versteck der Waffen preisgab. Der FBI würde sich damit beschäftigen.

»Dafür lege ich dich irgendwann um, Corner«, flüsterte Ryker heiser.

»Hau nicht so auf den Putz. Bis du wieder rauskommst, sind längst unsere Enkel an der Macht.«

Ryker schluckte und sagte nichts mehr.

Die Arbeiter umringten uns. Es waren bestimmt dreißig Männer. Sie hielten schlagkräftige Gegenstände in den Händen.

»Hängt das Schwein auf!« schrie einer, als er Ryker sah. »Der hat uns mit seinen Schutzgebühren ausgepreßt.«

Johlend stimmte ihm die Meute zu.

Ich hob beide Hände. »Seid vernünftig, Männer. Wollt ihr zu Mördern werden? Jetzt, wo er wehrlos ist, habt ihr den großen Mund. Doch vorher wart ihr zu feige, gegen ihn aufzumucken. Nette Helden!«

»Was mischst du dich überhaupt ein?« grölte der Schreier von vorhin. »Halt deine Schnauze, sonst hängen wir dich daneben.«

Begeistertes Brüllen.

Ich zog beide Waffen. Daß meine leergeschossen war, wußten die Männer ja nicht.

»Wer will die erste Kugel haben?« fragte ich ruhig.

Betretenes Schweigen.

Und in die Stille erklang das Jaulen von Polizeisirenen. Ich atmete auf.

Die Arbeiter zogen sich murrend zurück.

»Das war knapp«, stöhnte Ed Ryker.

»Stimmt«, bestätigte ich.

Drei Patrolcars rasten auf den Pier. Mit gezogenen Revolvern sprangen die Cops aus den Wagen.

Sicherheitshalber ließ ich meine Waffen verschwinden und hob die Hände.

Zum Glück kannte ich den Sergeant, der den Einsatz leitete.

»Rufen Sie die Ambulanz an und die Mordkommission«, sagte ich und erklärte in kurzen Worten die Lage.

»Soll ich nicht den FBI verständigen, Mr. Corner? Sie waren an sich hinter den Hafengangstern her.«

»Sicher«, sagte ich. »Ich muß gleich auch noch mit den G-men sprechen.«

Endlich traute sich der Truckfahrer wieder vor. Er gab sofort seine Aussage zu Protokoll.

Ryker hatte sich hingesetzt. Mit dem Rücken lehnte er an dem großen Vorderrad des Trucks. Der Gangsterchef wimmerte leise vor sich hin.

Ich ging zu ihm. »Vorschlag von mir, Ryker. Spuck aus, was du weißt. Die Gerichte werden das bestimmt honorieren.«

»Ich weiß gar nichts, Corner.«

Ich lachte. »Für so dumm hätte ich dich nicht gehalten, Ryker. Kiriakis hat den Segen, und du sitzt im Knast.«

»Gar nichts hat Kiriakis«, regte sich der Gangster auf. »Ich habe mit ihm doch kaum zu tun gehabt. Wenn ich Kanonen brauchte, hat er sie besorgt. Das war alles. Mit anderen Sachen habe ich nichts zu tun. Da weiß ich nichts von. Mein Gebiet ist der Hafen.«

»War der Hafen, Ryker«, verbesserte ich ihn.

»Verarschen kann ich mich alleine, Corner.«

Ich überlegte. Ed Ryker konnte recht haben. Er war nur ein kleiner Ganove im Sumpf des Verbrechens. Die Großen, die mußten wir kriegen. Und das ging vielleicht über Kiriakis.

Wenn er nicht schon entwischt war. Siedendheiß fielen mir seine Worte ein. Er wollte ja nach Athen.

Während die Mordkommission eintraf, ließ ich mir eine Verbindung zum FBI Building geben.

Ben Sudden, der Einsatzleiter, war sofort an der Strippe. Ich erklärte ihm in wenigen Sätzen die Lage. »Und laß Flugplätze und Bahnhöfe überwachen«, fügte ich noch hinzu.

»Hast du wenigstens ein Bild von diesem Kiriakis, Cliff?«

»Verdammt, nein. Woher denn?«

»Dann wird es schwer sein, fürchte ich«, erwiderte Ben. »Vielleicht begeht er den Fehler und fliegt unter seinem richtigen Namen. Welche Maschine er nehmen wollte, ist dir auch nicht bekannt, Cliff?«

»Leider nicht. Versuche es aber trotzdem, Ben«, sagte ich hastig zum Abschied.

Die Cops hatten den Pier inzwischen abgesperrt. Trotzdem drängten sich die Neugierigen. Rykers Niederlage mußte sich in Windeseile herumgesprochen haben. Der Gangster selbst lag schon in dem Krankenwagen und wurde behandelt.

»Jetzt ist der Weg für Smitty Galengo frei«, sagte ein Mann in der Menge. Seine Stimme klang gallig.

Tja, Freunde, der gute Mann hatte recht. Rykers Nachfolger stand schon bereit. Es würde alles beim alten bleiben, hier im Hafen.

Erst jetzt kam ich dazu, mir eine Zigarette anzustecken. Sie schmeckte irgendwie bitter.

Der Doc der Mordkommission gesellte sich zu mir. »Saubere Arbeit, Corner. Ein Toter, ein Schwer- und zwei Leichtverletzte.« Der Doc blickte mich skeptisch an. »Haben Sie nichts abgekriegt?«

»Glück gehabt.«

»Fragt sich nur, wie lange noch«, philosophierte er.

Ich zuckte mit den Schultern. »Fragen Sie mal die Sterne, Doc.«

Ich hatte auf einmal keine Lust mehr. Wollte nach Hause, zu Susan. Mir stank der ganze Laden einfach.

Na ja, auch dieser Tiefpunkt ging vorüber.

Ich besann mich wieder auf meine Pflichten. Den Zettel mit Kiriakis' Angaben gab ich dem Sergeant. »Setzen Sie sich mit dem FBI in Verbindung. Sie werden ein hübsches Waffenlager finden.«

Der Sergeant tippte an seine Mütze.

Ich sagte ihm noch, wo er mich finden konnte, dann ging ich zum Mustang. Der Wagen hatte die Auseinandersetzung ohne Schäden überstanden. Gespannt war ich ja auf Susans Bericht. Ob sie wohl etwas erreicht hatte?

Ich startete und fuhr in Richtung Heimat.

Der Kaffee tat gut. Aber mit einem Schuß Kognak gemixt schmeckte er mir noch besser.

»Tja, großer Cliff«, Susan lächelte auf ihre unnachahmliche Art, »da stehst du nun, du armer Tor, und bist so klug als wie zuvor.«

Im Prinzip mußte ich meiner Partnerin recht geben. Was hatten wir bisher erreicht? Gut, Greg und Kirk, zwei gefährliche Killer, kaltgestellt, eine Racketbande ausgehoben, gewissermaßen dem FBI die Arbeit abgenommen, aber unserem eigentlichen Ziel, der Zerschlagung einer gefährlichen Waffenschieberbande, waren wir kaum näher gerückt.

Gedankenverloren nippte ich an dem heißen Getränk.

»Schlürf nicht so«, bemerkte Susan.

»Das Zeug ist verdammt heiß«, verteidigte ich mich.

»Kalt kann ich nicht kochen.«

Ich gab auf. Gegen Susans Mundwerk kommt man sowieso nicht an.

Susan stand auf und reckte sich so gekonnt, daß ihre Proportionen bald das taillenlange Minikleid zu sprengen drohten.

Daraufhin machte sich bei mir wieder das gewisse Kribbeln bemerkbar.

»Denk nicht ans Bett, sondern überlege lieber, was wir weiter unternehmen sollen, du Lüstling«, fauchte Susan. »Ich kriege mich hinterher wieder mit Myers in die Haare.«

Ich riß mich zusammen, wenn's auch schwerfiel. »Warten wir ab, was die G-men am O'Hare Airport erreichen.«

»Du meine Güte«, stöhnte Susan und ließ sich in gespielter Verzweiflung wieder auf den Stuhl fallen, »es gibt ja noch andere Spuren.«

»Und die wären?«

Susan beugte sich vor. »Hast du heute ein besonders starkes Brett vor dem Kopf, Cliff? Diese Marissa Clayton, zum Beispiel.«

Ich zuckte mit den Schultern. »Sie ist doch nur Kiriakis' Sekretärin.«

»Ha, ha!« Susan verzog ihr Gesicht. »Früher hieß es Cousine, heute eben Sekretärin. Laß dir gesagt sein, Cliff, die Frau weiß mehr. Viel mehr sogar. Ich habe ein Gefühl dafür.«

»Ist schon gut«, beruhigte ich meine Partnerin. »Ich werde mit Marissa Clayton reden.«

»Nichts da.« Susan wedelte mit der Hand. »Wir beide gehen. Du bist mir zu befangen.«

»Deine Eifersucht ist heute wieder sagenhaft«, sagte ich.

»Von wegen Eifersucht! Das hättest du wohl gern. Ich werde schließlich für diesen Job bezahlt und will folglich für mein Geld was tun.«

»Hört, hört!« erwiderte ich und schnappte mir das Telefonbuch.

Ich rief Kiriakis' Firma an. Es meldete sich niemand.

»Wäre auch zu schön gewesen«, murmelte ich und suchte in dem dicken Wälzer Marissa Claytons Telefonnummer.

Nach fünf Minuten gab ich die Suche auf. »Die hat gar kein Telefon.«

»Da ist was faul«, schnappte Susan. »Jeder normale Durchschnittsbürger besitzt einen Rappelkasten und ausgerechnet Marissa Clayton nicht? Nee, Cliff, die Sache stinkt.«

»Ich kann ja noch mal im Adreßbuch nachsehen.«

»Wird kaum Zweck haben. Wenn sie schon kein Telefon hat, wird sie ihre Anschrift auch nicht preisgeben.«

Susans Pessimismus war verständlich. Es gibt nämlich, liebe Leser, bei uns in den Staaten keine Meldepflicht. Deshalb ist es für die Polizei oft schwierig, die Adressen gewisser Kunden herauszufinden.

Natürlich hatten auch wir keinen Erfolg.

Susan sah mich spöttisch an. »Na, was ist mit deiner harmlosen Sekretärin?«

»Noch ist nichts bewiesen. Vielleicht …?«

Das Schrillen des Telefons unterbrach mich.

Ben Sudden war der Anrufer.

»Hör zu, Cliff. Völliger Fehlschlag. Von Kiriakis keine Spur. Wir haben die Passagierlisten durchgesehen, aber sein Name war nirgends zu finden.«

»Scheiße«, knurrte ich.

Daraufhin schüttelte Susan nur den Kopf.

Ben Sudden lachte. »Ganz ohne gute Nachricht rufe ich auch nicht an. Hank Devlin und Jack Spencer haben sich mal in der Firma des Griechen umgesehen. Dabei ist ihnen ein komischer Typ in die Arme gelaufen. Die beiden kommen auf der Fahrt zum FBI Building auf einen Sprung bei euch vorbei. Dann kannst du dir den Kerl mal ansehen. Das wär's, Cliff. Grüß Susan.«

»Werd' ich tun, Ben.«

»Na, was war?« fragte Susan gespannt.

»Erst mal schönen Gruß von Ben Sudden.«

»Wenigstens einer, der an mich denkt. Und sonst?«

»Pleite auf der ganzen Linie.«

»Das wird Myers aber freuen.«

»Was können wir denn dafür?«

»Das sagst du. War sonst noch was?«

»Ja.«

Ich erzählte ihr von dem Burschen, den die beiden G-men festgenommen hatten.

»Wenigstens ein Hoffnungsfunke«, meinte Susan.

»Eher ein Fünkchen«, dämpfte ich ihren Optimismus.

Ungefähr fünf Minuten später waren die FBI-Agenten da. Charles Lenoire führte sie in unser Büro.

Ich wäre bald vom Stuhl gefallen, als ich ihren Gefangenen sah. Zwischen den G-men ging, gefesselt mit Handschellen, Ilian Kiriakis' krausköpfiger Chauffeur.

»Das ist aber eine Überraschung«, sagte ich grinsend.

Der Bursche gab keine Antwort. Er sah mich nur finster an.

»Wieso? Kennst du ihn?« fragte Hank Devlin erstaunt.

»Und ob. Dieser Mensch gehört zu Kiriakis' Gefolge. Er war gewissermaßen der Fahrer vom Dienst. Außerdem hat er mich noch in eine verdammt unangenehme Situation gebracht.« Ich ging auf den Mann zu. »Sieht gar nicht gut aus für dich.«

Der Bursche schwieg.

»Er hat bisher noch kein Wort gesprochen«, sagte Hank Devlin, »nur als wir ihm die Handschellen anlegten, wurde er frech.«

Erst jetzt kamen die beiden G-men dazu, Susan zu begrüßen.

Ich sah den Krauskopf genau an. »Jetzt hör mal gut zu.« Meine Stimme klang eindringlich. »Es liegt an dir, wie du dich aus der Affäre ziehst. Wenn du redest, legen wir ein gutes Wort für dich ein. Im anderen Falle aber …« Ich machte eine kleine Pause. »Unsere Gefängnisse sind nicht gerade komfortabel.«

Hastig schüttelte der Mann den Kopf. In seinen Augen flackerte es.

»Er hat Angst«, sagte Susan, »unbeschreibliche Angst. Das ›Auge‹ muß viel Macht haben.«

Bei der Nennung dieses Begriffes zuckte der Mann wie unter einem Peitschenhieb zusammen.

»Am besten, wir überlassen ihn unseren Verhörexperten«, schlug Jack Spencer vor. »Die kennen sich da besser aus.«

»Er wird trotzdem nicht reden«, meinte Susan.

Ich machte die Probe aufs Exempel und stellte ihm einige Fragen, die Kiriakis' Geschäfte betrafen. Ich erhielt keine Antwort. Nur seinen Namen nannte er. Konos.

Ich wandte mich an die beiden G-men. »Von mir aus könnt ihr ihn mitnehmen.«

»Hab' ich ja gleich gesagt«, erwiderte Jack Spencer.

Es klopfte.

Auf mein »Herein!« betrat wieder Charles Lenoire unser Büro.

»Ein Bote des ›Chicago Express‹ hat ein Päckchen für Sie abgegeben, Cliff«, meldete er.

Ich hob erstaunt die Augenbrauen. »Für mich? Ich habe nichts bestellt.«

»Vorsicht. Kann eine Bombe sein«, warnte Hank Devlin.

»Dann geben Sie mal her, Charles.«

Vorsichtig überreichte mir unser Mitarbeiter das kleine Paket. Ich stellte es auf den Schreibtisch.

Es war ungefähr so lang wie ein Zigarrenkasten, aber wesentlich höher. Auf braunem Packpapier standen mit dicken Buchstaben mein Name und meine Adresse geschrieben. Sonst nichts. Auch kein Absender.

»Sollen wir nicht doch die Spezialisten vom FBI holen lassen?« Susans Stimme klang besorgt.

»Nein. Ich glaube nicht, daß man uns eine Bombe geschickt hat.«

»Was macht dich so sicher?«

»Die Gangster hätten es einfacher haben können.« Ehrlich gesagt, ganz wohl war mir auch nicht bei der Antwort.

Ich legte mein Ohr an das Päckchen. Kein Ticken, kein Brummen, nichts.

»Es gibt auch Knetsprengstoff, Cliff«, sagte Hank Devlin. »Und gerade bei Waffenschmugglern, mit denen wir es zu tun haben, müssen wir auf solche Überraschungen gefaßt sein.«

Ich zog scharf die Luft ein. »Susan, gib mir doch bitte mal einen Brieföffner.«

»Hier!«

»Danke!«

Vorsichtig drehte ich das Päckchen um. Das Packpapier war mit diesen durchsichtigen Klebestreifen zusammengeklebt worden.

Mit spitzen Fingern riß ich den Streifen ab.

Nichts geschah.

Dann schob ich unendlich langsam die Spitze des Brieföffners unter den Randstreifen des Packpapiers.

Eine fast greifbare Spannung lag in der Luft. Mit angehaltenem Atem sahen mir alle zu.

Ich spürte, wie ein dicker Schweißfilm mein Gesicht bedeckte.

Schließlich hatte ich es geschafft. Das Papier fiel knisternd auseinander.

Befreites Aufatmen.

Ein kleiner hellgrauer Pappkarton kam zum Vorschein. Seinen Deckel, ebenfalls aus dem gleichen Material, konnte man ohne weiteres abheben.

Ich faßte ihn an.

»Paß auf, Cliff!« flüsterte Susan.

Ich lächelte ihr verzerrt zu.

Stückchen für Stückchen liftete ich den Deckel. Dann lag der Karton offen vor mir.

Wie sah sein Inhalt aus?

Alle beugten sich gespannt vor.

Zu sehen war jedoch nichts. Vielmehr nur kratziger Zellstoff, in dem man normalerweise irgendwelche Glassachen einwickelt.

Ich hatte Mühe, den Zellstoff aus dem Karton zu ziehen. Er war dicht gepreßt.

Endlich lag auch das Zeug auf meinem Schreibtisch.

Nun kam der große Augenblick. In dem Karton befand sich ein Glas mit einem normalen Schraubverschluß.

Mit zwei Finger zog ich das Glas aus dem Karton. Und hätte es vor Schreck bald fallen lassen.

Fast ruckartig stellte ich es auf den Schreibtisch.

Jetzt sahen es alle.

In dem Glas befand sich eine geleeartige Flüssigkeit. Und in dieser Flüssigkeit schwammen – zwei Augen ...

Ein irrer Schrei riß uns herum.

Konos hatte ihn ausgestoßen. Mit seinen gefesselten Händen deutete er auf das Glas. »Das ›Auge‹«, röchelte er heiser. »Es hat Ihren Tod beschlossen, Corner. Niemand, der diese letzte Warnung erhalten hat, hat bisher überlebt. Niemand.« Zum Schluß klang seine Stimme düster und drohend.

Mir lief ein leichter Schauer über den Rücken. »Quatsch«, sagte ich bissig. »Man hat mir schon so oft den Tod angedroht, daß ich es gar nicht mehr zähle.«

Konos sagte nichts. Er sah mich nur starr an. Rote Flecken tanzten auf seinem Gesicht.

Susan, ziemlich blaß geworden, meinte leise: »Sei nur vorsichtig, Cliff. Nimm die Warnung nicht auf die leichte Schulter.«

Ich hob die Schultern. »Wir werden sehen.«

Ich faßte das Glas vorsichtig oben am Deckel, um eventuell vorhandene Fingerabdrücke nicht zu zerstören. Interessiert traten die beiden G-men näher. »Menschenaugen sind es nicht«, meinte Hank Devlin.

»Das glaube ich auch, Hank. Ich tippe eher auf Hundeoder Katzenaugen.« Sacht stellte ich das Glas wieder in den Karton. »Nehmt es mit ins Labor.«

»Okay.«

Konos sagte immer noch nichts. Er starrte unverwandt auf den Boden. Für ihn war ich schon so gut wie tot.

»Ich werde mal versuchen, herauszufinden, wer das Päckchen aufgegeben hat«, schlug Charles Lenoire vor.

Ich war einverstanden, obwohl die Chance mehr als minimal war. Aber wir wollten auch dem kleinsten Hinweis nachgehen.

Hank Devlin und Jack Spencer verabschiedeten sich. Konos nahmen sie in ihre Mitte.

Wieder allein, gönnten Susan und ich uns erst mal eine Zigarette. Nach ein paar Zügen meinte Susan: »Willst du nicht lieber für einige Tage verreisen, Cliff?«

Ich sah meine Partnerin erstaunt an. »Warum denn das? Sonst hast du über solche Drohungen doch nur gelacht. Und jetzt hast du auf einmal Angst? Verstehe ich nicht.«

»Ich ja selbst nicht, Cliff. Ich weiß auch nicht genau, wie ich es nennen soll. Vielleicht Intuition oder so ähnlich. Ich habe das Gefühl, daß uns dieser Fall zum Verhängnis werden kann.«

»Alles kalter Kaffee, Susan. Dich haben nur die hübschen Augen durcheinander gebracht. Wo kämen wir denn hin, wenn wir jeden Fall so angehen würden.«

»Es ist aber nicht jeder Fall«, beharrte Susan eigensinnig.

Das Aufflackern der Lampe auf unserem Schreibtisch beendete die Diskussion. Myers wollte etwas.

Auf dem Weg zu Myers' Büro meinte Susan: »Laß dir schon mal eine gute Ausrede einfallen, Großer.«

»Alles halb so wild.«

Boris empfing uns mit saurem Gesicht und den Worten: »Dicke Luft.«

Myers' Gesicht nach zu urteilen hatte er recht.

»Das war höchst blamabel«, knurrte unser Chef zur Begrüßung. »Ich habe mir aus Washington einiges anhören müssen. Kiriakis hätte euch nicht entwischen dürfen.«

Susan, die sich unaufgefordert setzte, platzte der Kragen. »Dann sollen die Eierköpfe in Washington doch selbst mal an die Front gehen. Wenn ich nur noch an die beiden vertrockneten Schnarchsäcke denke, die hier hockten, wird mir ganz schlecht.«

»Das zu beurteilen überlassen Sie lieber uns, Miss Taylor«,

erwiderte Myers eisig. »Sie, Cliff, verfolgen den Fall in Athen weiter. Allerdings können wir Ihnen keine große Rückendeckung geben. Die Regierung dort in Griechenland wünscht keine fremden Agenten in ihrem Land. Trotzdem gibt es in Athen einen Kontaktmann. Er wird mit Ihnen Verbindung aufnehmen. Ihr Ticket liegt bereit. Sie werden noch heute fliegen. Fragen?«

»Einige«, antwortete ich grimmig. »Zum Beispiel, warum fliegt Susan nicht mit?«

»Einer reicht«, sagte Myers knapp. »Susan kann sich hier nützlich machen. Vielleicht eröffnen sich neue Perspektiven.«

Peng, das hatte gesessen. Susan wurde rot vor Ärger. Und auch ich schluckte meine Wut verbissen runter.

Myers übergab mir das Ticket.

Meine Partnerin stand auf. »Dann dürfen wir jetzt wohl gehen?«

Unser Chef nickte.

An der Tür rief er uns noch einmal an. Ein verstecktes Lächeln spielte um seine Mundwinkel. »Passen Sie auf sich auf, Cliff.«

»Wird schon schiefgehen.«

Siehe da, der alte Brummbär, dachte ich. Rauhe Schale, guter Kern.

Auch Boris wünschte mir viel Glück.

»Paß du auf Susan auf, wenn ich weg bin, daß sie keine Dummheiten anstellt«, sagte ich grinsend.

»Wird erledigt, Cliff. Ich wüßte nicht, was ich lieber täte. Du kannst dich voll auf mich verlassen.«

Susan tippte mit dem Finger gegen die Stirn.

»Und was willst du unternehmen?« fragte ich meine Partnerin, als wir wieder in unserem Büro waren.

Susan schürzte die Lippen. »Am liebsten gar nichts. Man hat mich ja sehr elegant auf ein Abstellgleis geschoben. Ich werde erst mal sämtliche Handtaschengeschäfte in unserer schönen Stadt durchstöbern. Aber Spaß beiseite. Ich muß mich mal um Marissa Clayton kümmern. Ich werde diese Person schon auftreiben.«

»Falls sie noch hier ist«, gab ich zu bedenken.

»Das hoffe ich. Hast du dir übrigens schon mal Gedanken gemacht, wer uns das Paket geschickt haben könnte?«

»Ich denke da an Marissa Clayton«, entgegnete ich.

»Genau, Partner.«

Das Telefon schrillte. Charles Lenoire war der Anrufer.

»Fehlschlag, Cliff«, meldete er. »Ich habe in der Zentrale des ›Chicago Express‹ nachgefragt. Dort wußte man auch nicht, wer das Päckchen aufgegeben hat. Man konnte mir noch nicht mal sagen, ob es ein Mann oder eine Frau gewesen war.«

»Ist gut, Charles. Ich hatte auch nicht damit gerechnet.«

Ich legte auf und wandte mich an Susan. »Charles hat auch nichts erreicht. Werde schon mal meine Koffer packen und mich umziehen.«

»Warte, Großer. Ich helfe dir dabei.«

»Wobei?« tat ich erstaunt.

»Beim Kofferpacken natürlich.«

»Ach so«, erwiderte ich enttäuscht.

»Dachtest du etwa, beim Umziehen?«

Ich grinste. »Wenn ich ehrlich sein soll ...«

Susan stemmte ihre Fäuste in die Hüften. »Das könnte dir so passen. Nee, kommt gar nicht in die Tüte. Erst die Arbeit und dann das Vergnügen, du Lustmolch.«

Tja, Freunde, da war eben nichts zu machen.

Über dem europäischen Festland hing eine Nebelwolke.

Nach einer Zwischenlandung in Paris nahm die Boeing Kurs auf Athen.

Über Italien wurde das Wetter besser. Im Gegensatz zu meiner Laune.

Ich ärgerte mich über den Auftrag. Nicht nur, weil Susan nicht dabei war, sondern ohne große Rückendeckung in einem fremden Land zu operieren, dazu noch gegen eine internationale Gangsterbande, nein, Freunde, das ging mir gegen die Hutschnur. Selbst die hübsche Stewardeß konnte meine Laune nicht bessern.

Wir landeten mit einer Verspätung von zehn Minuten in Athen.

Und dann ging das Theater los. Wegen der arabischen Terrorgruppen umstellten bewaffnete Beamte der griechischen Polizei das Flugzeug. Die Passagiere wurden untersucht und geröntgt. Das gleiche geschah mit dem Gepäck.

Sie fragen, wo ich meine Waffe gelassen hatte. Die lag in Chicago. Unser Kontaktmann sollte mir eine neue besorgen. Sie sehen selbst, die ganze Sache lief verdammt ungünstig an.

Schließlich, nach einer Stunde, hatten wir die Prozedur hinter uns.

Ich suchte mir ein Taxi. In einem Hotel mit dem sinnigen Namen Olympia war für mich ein Zimmer reserviert worden.

Das Taxi kurvte mit halsbrecherischer Geschwindigkeit durch die Innenstadt, und ich war wirklich froh, meine vorläufige Bleibe heil erreicht zu haben.

Das Olympia entpuppte sich als moderner Bau mit allem Komfort. Ein Page in hellblauer Uniform übernahm mein Gepäck. Er stellte die Sachen auf Zimmer fünfundzwanzig ab und hielt diskret die Hand auf. Da ich noch kein Geld gewechselt hatte, gab ich ihm einen Dollar. Der Page strahlte und verschwand. Anscheinend stand der Dollar bei ihm noch hoch im Kurs.

Ich war gespannt, wann der Kontaktmann mit mir Verbindung aufnehmen würde.

Es war früher Nachmittag, als ich unter die Dusche stieg und mich in Schwung brachte. Ausgerechnet da klingelte das Telefon.

Patschnaß lief ich über den dicken Teppichboden und hob ab. Der Mann von der Rezeption war dran und sagte mir, daß ich in der Hotelbar erwartet würde. Ich hauchte mein »Danke« in den Hörer und legte auf.

Ich wußte von unserem Kontaktmann nur, daß er Basil Ruby hieß. Sonst nichts.

Ich zog mir einen leichten Rollkragenpullover über, glitt in die helle, frisch gereinigte Hose, warf den dunkelbraunen Blazer um meinen Alabasterkörper, stieg in die Schuhe, klemmte mir eine Zigarette zwischen die Lippen und fuhr mit dem geräuscharmen Lift nach unten. Freunde, die Hotelbar war klasse, da gibt es nichts. Die Gäste saßen auf bequemen roten Lederhockern vor einer riesigen Theke. Und dahinter wurde gekocht, gebraten, gemixt, eben einfach alles.

Der lange Tresen war gut besucht, man aß, trank und flirtete.

Ich enterte einen der freien Hocker. Neben mir rührte eine füllige Blondine versonnen in ihrem Cocktailglas. Als sie mich sah, begannen ihre trüben Augen zu glänzen.

»Oh, ein neues Gesicht«, bemerkte sie.

»So neu auch wieder nicht«, gab ich grinsend zurück.

Wir sprachen übrigens Französisch.

Die Blondine lachte. »Pardon, Monsieur. Aber so habe ich es nicht gemeint. Ich wollte nur wissen, Monsieur, sind Sie neu in dem Hotel?«

»Sie haben richtig geraten, Mademoiselle.«

Wenn Susan mich gehört hätte, o Gott. Drei blaue Flecken hätten bestimmt mein Schienbein geziert.

Die Blondine reckte sich und schob dabei ihren gutgefüllten Pullover in meinen Blickwinkel. »Wissen Sie, Monsieur, wenn man allein ist, macht es keinen Spaß. Ich kenne Athen. Und wenn Sie wollen, kann ich Ihnen einige Sehenswürdigkeiten zeigen. Diese Stadt ist sehr interessant.« Aus ihren angeklebten Augenwimpern blinkerte sie mich verheißungsvoll an.

Ehrlich gesagt, die Perle war nicht mein Typ. Ich suchte gerade nach einer passenden Ausrede, als mir jemand auf die Schulter klopfte.

»Mr. Corner?« Ich wandte mich um. Ein Hotelboy deutete auf einen der kleinen Tische an der anderen Seite der Bar. »Der Herr in dem hellen Anzug möchte Sie sprechen.«

Ich grinste die Blondine an. »Die Geschäfte«, entschuldigte ich mich. »Aber vielleicht komme ich auf Ihr Angebot zurück.«

»Ich würde mich sehr freuen, Monsieur.«

»Ich mich nicht«, murmelte ich leise und steuerte den besagten Tisch an.

Der Mann, der mich erwartete, sah aus, wie man sich einen Agenten nicht vorstellt: klein, dick, mit Halbglatze, tief liegenden Augen und Himmelfahrtsnase. Das Hemd war schmuddelig, und sein Anzug hatte auch schon bessere Tage erlebt. Vor sich hatte er ein Glas mit einer öligen Flüssigkeit stehen. Dem Geruch nach zu urteilen war es Ouzo, der griechische Nationalschnaps.

»Ich bin Basil Ruby«, stellte er sich mit erstaunlich tiefer Stimme vor.

»Meinen Namen kennen Sie ja.« Ich setzte mich auf den gepolsterten Stuhl und bestellte bei dem herbeieilenden Kellner für mich Whisky und für Ruby Ouzo.

Als die Getränke vor uns standen, fragte Ruby: »Um was geht es genau, Corner?«

»Das ›Auge‹«, sagte ich leise.

Basil Ruby trank erst mal einen Schluck. »Verdammt riskante Sache«, nuschelte er.

»Wieso?«

»Das ›Auge‹ stellt im Augenblick die gefährlichste Bande Griechenlands dar. Sie sind die größten Waffenschmuggler auf dem europäischen Kontinent. Sie beliefern praktisch den Orient. Vor allen Dingen gewisse Geheimorganisationen. Es wird schwer für Sie sein, Corner, an die Leute heranzukommen.«

»Das glaube ich Ihnen gern, Ruby. Aber soviel mir bekannt ist, wissen Sie mehr. Geben Sie mir Tips.«

Basil Ruby kaute auf seiner dicken Unterlippe. Ich merkte, er wollte wohl nicht so recht. Hoffentlich hatte sich der SGS mit diesem Mann nicht in die Nessel gesetzt.

»Was ist?« drängte ich ihn.

Ruby trank mit einem Zug sein Glas leer. Mit dem Jackenärmel wischte er sich über den Mund. »Okay, Corner. Kommen Sie mit.«

Ich wurde mißtrauisch. »Wohin?«

»Das werden sie schon sehen.«

Ich zahlte die gesamte Zeche und folgte Ruby nach draußen. Er ging auf einen klapprigen 2 CV zu, schloß auf, öffnete die Beifahrertür und sagte: »Steigen Sie ein.«

Ich tat ihm den Gefallen.

Doch bevor er startete, legte ich ihm die Hand auf den Arm. »Augenblick noch, Ruby. Ich brauche eine Waffe.«

»Ich habe selbst keine«, knurrte er.

»Sie wollen doch damit nicht sagen …?«

»Genau«, unterbrach er mich. »Ich laufe nackt herum. Werde ich mit einer Knarre erwischt, lande ich im Knast. Bei uns sind sie verdammt scharf.«

Und dann sitzt hier der größte Waffenhändlerring Europas. Das war genauso paradox wie der Mann, der einen leeren Eimer Wasser auskippt.

Ruby startete den Wagen.

»Darf ich nun wissen, wohin die Fahrt geht?« erkundigte ich mich.

»Ins Hymettos-Gebirge.«

»Aha.«

Jetzt war ich genauso schlau wie vorher.

Ich suchte nach Verfolgern. Aber bei dem Verkehr eine fast aussichtslose Sache. Ich mußte warten, bis wir Athen verlassen hatten.

Soviel ich wußte, ging die Fahrt nach Südosten. Wir erreichten bald eine der Ausfallstraßen und sahen in der Ferne schon die Ausläufer des Hymettos-Gebirge.

»Schafft Ihre Nuckelpinne denn überhaupt die Serpentinen?«

Ruby sah mich böse an. »So hoch brauchen wir nicht. Außerdem ist dieser Wagen besser als mancher amerikanische Luxusschlitten.«

»Ich laß mich überraschen.«

Einmal hielten wir an einer Tankstelle. Ich vertrat mir die Beine. Noch immer hatte ich keinen Verfolger bemerkt.

Einigermaßen beruhigt, setzte ich mich wieder in den Wagen.

Nach einer halben Stunde bogen wir von der belebten Ausfallstraße ab und gondelten über eine Landstraße weiter. Es ging schon merklich bergauf, und der 2 CV ächzte.

Ich wurde langsam sauer. »Jetzt sagen Sie mir endlich, wohin wir fahren, Ruby«, knurrte ich.

»Zu einer alten Kirche«, preßte er hervor.

»Soll ich was für mein Seelenheil tun?«

»Das nicht. Aber Sie wollen doch etwas über das ›Auge‹ wissen.«

»Natürlich.«

»Dann fragen Sie auch nicht weiter.«

Solch einen komischen Kauz hatte ich selten erlebt. Ich hatte auf einmal das Gefühl, der Kerl spielte nicht echt. Als ich ihn von der Seite ansah, bemerkte ich dicke Schweißperlen auf seinem Gesicht.

Die Gegend wurde immer öder.

Verwaschene Felsbrocken säumten die schlecht ausgebaute Straße, und vereinzelt fristeten kahle Bäume ihr kümmerliches Dasein.

Einmal kam uns ein Mann mit einem Eselgespann entgegen. Sonst schien es hier keine Menschen zu geben.

»Gleich sind wir da«, brummte Basil und verließ die Landstraße.

Er fuhr jetzt quer durch das Gelände über einen mit Steinbrocken besäten Hang. Die Federung des Wagens wurde bis aufs äußerste beansprucht.

»Muß das sein?« fragte ich unwillig.

»Ja.«

Am Ende des Hanges gerieten wir auf einen schmalen Feldweg. Er zog sich serpentinenartig in die Höhe.

Basil Ruby deutete mit dem Finger nach vorn. »Sehen Sie dahinten das alte Gemäuer, am Ende des Weges?«

»Ja.«

»Das ist die Kirche.«

Ruby gab wieder Gas.

Wir fuhren noch eine halbe Stunde. Mittlerweile hatten wir schon späten Nachmittag.

Aber noch immer schien die Sonne. Zwar nicht so stark, aber es reichte für Oktober.

Der Feldweg mündete in einen kleinen Platz.

Wir stiegen aus.

Ich reckte meine Knochen und sah mich um.

Von der besagten Kirche war nur noch die Hälfte vorhanden. Sie erinnerte mich in ihrer Größe auch mehr an eine Kapelle. Durch das kaputte Dach pfiff der Wind, und der Teil eines Seitenflügels war eingestürzt.

Hier oben herrschte wirklich eine Totenstille. Man hatte das Gefühl, ganz allein auf der Welt zu sein. Mein Blick schweifte über massive Felsen, bis hinauf zu den Berggipfeln.

»Kommen Sie, Corner.« Ruby faßte meinen Arm.

Mit angespannten Muskeln ging ich auf den noch heil gebliebenen Eingang der Kirche zu.

Drinnen war es dunkel. Jedenfalls kam es mir so vor, da sich meine Augen noch nicht angepaßt hatten.

Spinnweben strichen über mein Gesicht, und eine Fledermaus wurde aufgeschreckt. Fehlt nur noch Dracula, dachte ich, dann ist der Gruselfilm perfekt.

Es erschien zwar nicht Dracula, aber dafür ein Mönch.

Er stand plötzlich vor uns. Ich schreckte regelrecht zusammen. Der Mönch hatte die Hände in die weiten Ärmel seiner Kutte geschoben und sah uns an.

»Was hat das zu bedeuten?« fragte ich flüsternd und blieb stehen.

»Seien Sie doch nicht so voreilig«, zischte Ruby.

Der Mönch, das Gesicht fast durch seine Kapuze verdeckt, machte eine Kopfbewegung. Wir sollten ihm wohl folgen.

Der Mönch wandte sich um und ging auf einen Durchbruch im Mauerwerk zu.

Da sich meine Augen inzwischen gut an das Dämmerlicht gewöhnt hatten, konnte ich erkennen, daß sich hinter dem Durchbruch ein Raum befand, in dem einige Möbelstücke standen.

Ich mußte den Kopf einziehen, als ich den Raum betrat.

Der Mönch stand neben einem alten Tisch und wandte mir den Rücken zu.

Langsam zog er die Hände aus den weiten Ärmeln.

Plötzlich hatte ich das Gefühl, reingelegt worden zu sein.

Aber dann war es auch schon zu spät.

Der Mönch wirbelte blitzschnell herum, und ich starrte in die Mündungen von zwei Pistolen …

»So ist das also«, sagte ich heiser. »Unser Basil Ruby mischt mit. Fein, wirklich!«

Jemand drückte mir eine Waffenmündung ins Kreuz.

Der Mönch mit den beiden Pistolen grinste. »Hätte nicht

gedacht, daß Sie so naiv sind, Corner.« Er sprach fast akzentfreies Englisch.

»Was heißt naiv?« erwiderte ich. »Meine Sicherheitsvorkehrungen habe ich schon getroffen, darauf können Sie sich verlassen.«

Mein Bluff zog wohl nicht, denn der Pistolenheld lachte. »Ich freue mich, daß Sie sich selbst Mut einreden, Corner. Deshalb wird Ihnen das Sterben nicht so schwerfallen. Nico, filz ihn.«

Reizende Aussichten, die mir der Bursche offenbarte.

Der Druck aus meinem Rücken verschwand, und geschickte Hände tasteten mich ab.

Der Mann hinter mir sagte etwas in seiner Landessprache. Daraufhin schüttelte der Pistolenmönch nur den Kopf. »Ohne Waffe, Corner, kaum zu glauben. Und das sind nun die bewährten amerikanischen Agenten. Daß ich nicht lache.«

Ich erwiderte darauf nichts. Zigarettenrauch kitzelte meine Nase. Basil Ruby, dieser Verräter, hatte sich ein Stäbchen angesteckt. Ich sah es aus den Augenwinkeln.

Dann trat Ruby vor und wechselte ein paar Worte mit dem Mönch. Er sprach hastig und erregt. Der Mönch schrie ihn daraufhin an. Leider wurde die aufschlußreiche Diskussion in Griechisch geführt. Ich hätte zu gern Mäuschen gespielt.

Ruby beherrschte sich nur mühsam. Plötzlich spuckte er auf den Boden, bedachte mich mit einem giftigen Blick und verschwand. Wenig später brummte ein Automotor auf.

Ich wollte mich schon entspannen, da traf mich der Schlag gegen den Hinterkopf. Daraufhin schaltete ich erst mal für eine Weile ab.

Als ich wieder zu mir kam, lag ich, an Händen und Füßen mit dünnen Nylonseilen gefesselt, in einer schmutzigen Ecke. Ich hatte rasende Kopfschmerzen und einen sagenhaften Brand.

Es war inzwischen dunkel geworden, und auf dem Tisch brannte eine trübe Petroleumfunzel. Ihr geisterhafter Schein warf bizarre Muster gegen die Steinwand der Kapelle.

Der Mönch hatte sich umgezogen. Er trug jetzt genau wie

jener Nico, der mich niedergeschlagen hatte, die derbe Kleidung der Landbewohner. Der bärtige Nico hatte vor sich auf dem Tisch die Teile einer Maschinenpistole, Marke UZI, liegen. Er reinigte seine Knarre mit Hingabe.

Sein Kumpan lehnte an der Wand und rauchte. Der Qualm stank nach alten Socken.

Der Zigarettenraucher sah mich aus halbgesenkten Augenlidern an. »Wieder wach, Corner?«

»Einigermaßen«, erwiderte ich erstickt. »Habt ihr was zu trinken?«

»Nein.«

»Verdammt miese Gastgeber«, murmelte ich.

Der Raucher lachte blechern. »Immer noch Humor, Corner, das freut mich. Es ist auch viel netter für die anderen, wenn man lachend stirbt. Finde ich jedenfalls. Ich heiße übrigens Ramos.«

»Dafür kann ich mir nichts kaufen«, gab ich mürrisch zurück. »Sagen Sie mir lieber, was hier überhaupt gespielt wird. Sollen wir uns hier für längere Zeit häuslich niederlassen?«

»Das alles werden Sie schon früh genug erfahren«, antwortete Ramos knapp.

Er warf die Kippe weg und ging nach draußen.

Nico, der Bärtige, hatte seine MPi inzwischen zusammengesetzt, geladen und grinste nun zufrieden. Er sah auf seine Uhr.

»Wie spät ist es denn?« fragte ich.

Da man mir die Hände auf dem Rücken gefesselt hatte, konnte ich nicht selbst auf mein Zifferblatt sehen.

»Es ist einundzwanzig Uhr«, lautete die Antwort.

Innerlich stöhnte ich auf. Um diese Zeit wollte ich Susan meinen ersten Kurzbericht telefonisch durchgeben. Wie es jedoch im Moment aussah, war es fraglich, ob ich jemals wieder telefonieren konnte.

Ramos kehrte zurück. Er sagte etwas zu Nico. Dann wandte er sich an mich. »Nicht mehr lange, Corner, und wir werden wieder unterwegs sein.«

»Wie schön«, sagte ich sarkastisch.

Ramos trat auf mich zu und schnitt meine Fußfesseln

durch. Während dieser Aktion hielt mich Nico mit seiner Bleispritze in Schach.

Wie tausend spitze Nadeln strömte das Blut durch meine Adern.

Ramos zog mich hoch. »Los, an die frische Luft mit dir.«

Mehr taumelnd als gehend stolperte ich nach draußen. Nico hielt sich mit seiner MPi dicht hinter mir.

Es war verdammt kalt geworden. Die Dunkelheit lag wie ein Wattebausch über dem Land. Die Luft roch rein und klar. Vereinzelt blinkten Sterne am Himmel.

In der Kapelle löschte Ramos die Petroleumfunzel, trat nach draußen und knipste eine Taschenlampe an.

»Weiter«, sagte er nur.

Der Schein der Lampe wies uns den Weg.

Wir umrundeten die Kapelle und gingen auf eine Gruppe von mannshohen Felsbrocken zu. Dahinter stand, mit einer Plane abgedeckt, ein Jeep.

»Einsteigen, Corner!« befahl Ramos. »Aber auf den Beifahrersitz.«

Ich gehorchte.

Ramos klemmte sich hinters Steuer, und Nico hockte sich nach hinten, die MPi schußbereit, wie er mir versicherte.

Er unterstrich seine Worte, indem er mir die Mündung gegen den Hals drückte.

Wohin die Fahrt ging, wußte ich nicht. Die Richtung konnte ich nicht feststellen.

Meistens fuhr Ramos ohne Licht. Er mußte die Gegend wie seine Westentasche kennen.

Ob ich nicht an Flucht gedacht habe, fragen Sie? Sicher, aber die Chancen waren zu gering. Gesetzt den Fall, ich hätte es geschafft, mich aus dem Jeep fallen zu lassen, ohne von einer MPi-Salve durchlöchert zu werden. Und dann? Mit gefesselten Händen in einer unwegsamen Berggegend, gehetzt von zwei bewaffneten Gangstern …

Nein, Freunde, ich wollte auf eine bessere Gelegenheit warten.

Die beiden Männer sprachen während der Fahrt kaum ein Wort. Sie wirkten voll konzentriert.

In der Ferne tauchte eine Lichterglocke auf. Das mußte

Athen sein. Wollten mich die Männer wieder in die Stadt bringen? Ich konnte es kaum glauben. Dann hätten sie mich direkt im Hotel abfangen können.

Wir verließen die Hügelgegend und gelangten auf eine Landstraße. Dort fuhren wir eine kurze Strecke und bogen dann in einen schmalen Weg ab.

Wenig später stoppte der Jeep vor einem alten Haus.

Mit der Taschenlampe blinkte Ramos ein bestimmtes Signal.

Danach wurde eine Tür quietschend geöffnet.

Ramos fuhr den Wagen in einen kleinen Hof.

Schemenhaft erkannte ich einen Mann. Er sprach ein paar Worte mit Ramos. Dann konnte ich aussteigen.

Nico dirigierte mich durch eine schmale Tür in ein kleines Zimmer. Drei Kerzen verbreiteten flackerndes Licht. Ich erkannte einen alten Schrank, einen roh zusammengezimmerten Tisch und zwei klobige Stühle.

Dieses Haus mußte ein Stützpunkt der Waffenschieber sein.

Der Mann, mit dem Ramos vorhin gesprochen hatte, entpuppte sich als ein Greis von etwa siebzig Jahren.

Der Alte verschwand und holte etwas zu trinken. Kühlen, herben Landwein.

Ramos setzte mir ein Tongefäß an die Lippen. »Trink, Corner. Du siehst, wir sind keine Unmenschen.«

Der Wein erfrischte. Die Hälfte rann mir zwar in den Kragen, aber das machte nichts.

Unsere Pause dauerte nicht lange.

Der Alte brachte uns durch einen Seiteneingang nach draußen zu einem anderen Wagen. Es war ein älterer Mercedes.

Ramos leuchtete den Wagen mit seiner Taschenlampe ab, nickte zufrieden und sagte dann: »Einsteigen!«

Wir nahmen wieder die gewohnte Sitzordnung ein. In meinen Händen hatte ich schon kein Gefühl mehr. Auch die Knochen waren mir vom langen Sitzen steif geworden.

Ramos gab Gas. Diesmal fuhr er mit Licht.

Wir gondelten weiter die Landstraße entlang. Gegenverkehr herrschte so gut wie gar nicht.

»Wollt ihr mir nicht endlich sagen, wohin die Reise geht?« knurrte ich unwillig.

Ramos sah mich kurz an. »Erst in unser Hauptquartier und für dich weiter in die Hölle.«

Er sagte das so bestimmt, daß ich seinen Worten fast Glauben schenkte.

Um es kurz zu machen, wir fuhren zur Küste.

Den Mercedes stellten wir vorher ab. Bis zum Strand mußten wir laufen, über felsiges, unwegsames Gelände. Ich mußte höllisch aufpassen, um die Balance nicht zu verlieren.

Dann hatten wir es geschafft.

Wild schäumte das Meer gegen die Klippen.

»Hol das Boot«, zischte Ramos.

Nico sah seinen Kumpan zweifelnd an. »Wirst du denn mit ihm allein fertig?«

»Dämliche Frage! Hau schon ab!«

Nico zuckte mit den Schultern und trollte sich.

Ramos zog beide Pistolen. »Halt dich ruhig, Corner«, sagte er.

Ich grinste. »Keine Angst. Ich tue dir schon nichts.«

Nico kehrte nach etwa fünf Minuten zurück, unter dem Arm ein zusammengefaltetes Schlauchboot. Mit einer Luftpumpe pumpte er es auf.

»Eine Seefahrt, die ist lustig, Corner. Steig in das Boot«, knurrte Ramos.

Nico hatte das Schlauchboot inzwischen ins seichte Wasser geschoben.

»Mit Vergnügen«, erwiderte ich.

Ehrlich gesagt, ich rechnete mir einige Chancen aus. Ein schwankendes Schlauchboot ist unberechenbar.

Ramos enterte als letzter das Boot.

Dann man los, dachte ich.

Ich hatte kaum ausgedacht, da war es schon vorbei mit der Herrlichkeit. Ramos' brettharter, blitzschnell geführter Handkantenschlag schickte mich zum zweitenmal an diesem Tag ins Reich der Träume.

Irgend jemand flößte mir ein sehr scharfes Getränk ein. Zwangsläufig mußte ich schlucken. Und dieses Schlucken brachte mich wieder in die Wirklichkeit, die für mich trostlos aussah.

Noch ziemlich benommen öffnete ich die Augen.

»Der Ouzo erweckt auch Tote wieder zum Leben«, hörte ich eine Stimme.

Die Stimme gehörte Nico. Er hockte vor mir und grinste.

Ich fragte krächzend: »Wohin habt ihr mich denn jetzt verfrachtet?«

Nico konnte sich die Antwort sparen. Ich sah es selbst.

Ich saß, mit dem Rücken an eine Taurolle gelehnt, auf einem alten Fischkutter. Der Kahn schwankte in der langen Dünung, die mir den Magen hochholte.

Schemenhaft erkannte ich einige Männer, die über das Deck huschten. Alles ging fast lautlos vor sich.

Freunde, ich muß ehrlich gestehen, meine Chancen hatten sich verschlechtert.

Soviel ich schätzen konnte, kamen wir flott voran. Über mir vernahm ich das Knattern der großen Segel. Die Takelage knarrte, und ich kam mir vor wie auf einem mittelalterlichen Piratenschiff. Positionslichter hatte der Kahn nicht gesetzt. Dafür huschte ab und zu ein Strahl einer Taschenlampe über das Deck.

Ich war noch immer gefesselt. Auch wieder an den Beinen. Die Kerle hatten wohl Angst, ich könnte ins Meer springen und wegschwimmen.

»Gib mir mal 'ne Zigarette«, sagte ich zu Nico.

»Nichts da, Corner. Nachher brennst du dir noch die Handfesseln durch.«

Ich stöhnte auf. »Du kannst ja dabeibleiben.«

»Dazu fehlt mir der Nerv.«

Nico zog Leine.

Ich dachte nach. In ein paar Stunden würde ich garantiert dem Gangsterboß, der sich das »Auge« nannte, gegenüberstehen. Ich tippte auf Kiriakis.

Wind kam auf. Unser Kahn lief noch mehr Fahrt. Was würde unser Ziel sein?

Ich mußte an Susan denken. Garantiert sorgte sie sich um

mich. Und nicht zu Unrecht. Wie hatte sie noch so schön gesagt? »Ich habe das Gefühl, daß uns dieser Fall zum Verhängnis werden kann.« Im Moment sah es jedenfalls so aus, als sollte Susan in meinem Fall recht behalten.

Wenn nur diese verdammten Handfesseln nicht gewesen wären! Meine Hände schienen nur noch aus gefühllosen Klumpen zu bestehen.

Jemand gab einen halblauten Befehl. Kurz danach tuckerte ein Motor. Die Segel wurden eingeholt. Alles war mit möglichst wenig Geräuschen verbunden.

Eine Taschenlampe blitzte auf. Im bestimmten Rhythmus. Irgendwo auf dem Meer wurde das Signal beantwortet.

Die Besatzung verschwand unter Deck. Als sie wieder erschienen, schleppten sie schwere Holzkisten.

»Darin sind Waffen, Corner«, sagte Ramos. Er stand plötzlich neben mir. Ich hatte ihn gar nicht gehört. »Die Mafia braucht mal wieder Nachschub«, meinte er noch.

»Das hatte ich mir fast gedacht«, antwortete ich. »Für Osterhasen ist jetzt keine Saison.«

Der stark abgeblendete Strahl eines Scheinwerfers erhellte ein wenig das Deck. Die Männer arbeiteten fieberhaft. Soviel ich erkennen konnte, wurde jede Kiste in eine Hülle gepackt.

»Die Hüllen bestehen aus einem Spezialkunststoff«, klärte Ramos mich auf. »Sobald das Zeug mit Wasser in Berührung kommt, dehnt es sich aus. Und da der Kunststoff noch leichter als Kork ist, schwimmen die Kisten mit den Waffen auf der Wasseroberfläche. Ein Boot wird die Ware rausfischen. Aber dann sind wir schon weg.«

»Warum ladet ihr die Dinger denn nicht direkt um?« wollte ich wissen.

»Unser Kunde will anonym blieben. Da er gut bezahlt, ist uns das egal.«

»Ich denke, die Waffen sind für die Mafia.«

Ramos lachte auf. »Das ist die offizielle Erklärung. In Wirklichkeit erhalten die Waffen andere.«

»Und wer, zum Beispiel?«

»Das juckt mich nicht, Corner. Es wäre unter Umständen für mich tödlich.«

Ich war immer noch neugierig. »Weshalb segeln wir eigentlich nicht mehr? Ein Motor ist doch viel auffälliger.«

»Das schon. Aber die gefährlichen Küstengewässer liegen hinter uns. Hier treibt sich kaum noch Polizei herum. Außerdem sind wir bald am Ziel unserer Reise.«

»Und das wäre?« Ich war ziemlich gespannt.

»Eine Insel, Corner. Zufrieden?«

»Im Augenblick ja.«

An eine Insel hatte ich auch schon gedacht. Hier, im Golf von Ägina, gibt es diese kleinen Eilande ja zu Hunderten.

Die Männer waren mit ihren Vorbereitungen fertig. Jetzt kippten sie die Kisten über Bord. Ich zählte zehn Stück.

Dann drehte unser Kahn ab und nahm volle Fahrt auf.

»Wie finden eure Kunden die Kisten?« fragte ich Ramos.

»Wir haben eine Chemikalie mit ins Wasser gegeben, die, wird sie durch UV-Licht angestrahlt, sichtbar wird. Aber wir wenden dieses Verfahren nur bei ganz wenigen Kunden an.«

Raffiniert ausgedacht, das mußte ich zugeben.

Nach meiner Schätzung schipperten wir etwa noch zwei Stunden, ehe wir unser Ziel erreicht hatten. Im Osten kündigte sich bereits der neue Tag an.

Die Insel tauchte aus dem Dunst auf. Vorsichtig umrundete unser Boot gefährliche Klippen und tuckerte in einen künstlich angelegten, hinter Felsen versteckten Hafen. In dem Hafen gab es sogar einen kleinen Kai. Ich zählte zwei seetüchtige Motorboote, die auf dem Wasser dümpelten.

Bevor das Schiff anlegte, nahm man mir die Handfesseln ab. Ich kann überhaupt nicht beschreiben, was das für ein Gefühl war, als das Blut wieder in meine erstarrten Hände schoß. Ich hätte am liebsten Twist und Rock 'n' Roll gleichzeitig getanzt. Aber das vereitelten meine Fußfesseln.

Zwei bis an die Zähne bewaffnete Männer erwarteten uns. Sie sahen verwegen aus und steckten in Uniformhosen und alten Militärjacken.

Endlich schnitt Nico mir auch die Fußfesseln durch.

Ich konnte das Boot verlassen.

Über ein Brett betrat ich stolpernd den Kai.

Leichter Morgennebel verhüllte die Insel. Es war kühl,

und ich fror. Vor mir ragten scharfzackige Felsen in die Höhe. Möwen kreischten.

Ein schmaler Weg führte in das Innere der Insel. Die Bewaffneten nahmen mich in die Mitte. Da ich ihnen wohl zu langsam ging, stieß mir einer seinen Gewehrkolben in den Rücken.

Natürlich legte ich mich lang. Ein gemeiner Tritt gegen die Hüfte ließ mich aufstöhnen. Über mir fluchte jemand wütend.

Als der Fuß sich noch einmal in meinen Körper bohrte, sah ich rot. Ich warf mich blitzschnell herum, packte den Knöchel und zog.

Der Treter vollführte einen halben Salto. Schreiend knallte er auf den felsigen Boden.

Instinktiv rollte ich mich zur Seite und entging so einem Gewehrkolbenstoß, der meinen Schädel zerschmettert hätte.

Eine Rolle vorwärts brachte mich wieder auf die Beine.

Vor mir stand der Mann, der mir den Schädel zerschmettern wollte. Er riß gerade sein Gewehr rum. Seine Augen blitzten haßerfüllt.

Dann griff Ramos ein. Mit einem Tritt beförderte er den Kerl zu seinem Kumpan auf den Boden. Wütende Beschimpfungen begleiteten diese Aktion.

»Sie müssen schon entschuldigen, Corner. Aber sterben sollen Sie erst später.« Ramos winkte mit seiner Pistole. »Wir beide gehen jetzt. Und denken Sie an eins: Flucht hat keinen Zweck. Nico deckt mir den Rücken.«

»Keine Angst, Ramos. Wir werden uns schon vertragen«, sagte ich grinsend.

»Das hoffe ich für Sie, Corner.«

Wir gingen etwa zehn Minuten bergauf. Und dann standen wir auf einmal vor einer Festung. Sie klebte wie ein uneinnehmbares Bollwerk an einer Felswand. Ein mit Eisenplatten beschlagenes Tor verwehrte uns den Eintritt.

»Unser Fort«, sagte Ramos stolz. »Es stammt zwar aus dem ersten Weltkrieg, ist aber noch erstklassig in Schuß. Hier ist noch kein Gefangener geflohen.«

Das glaubte ich ihm aufs Wort.

Wie auf Kommando wurde das Tor zur Seite geschoben. Es quietschte jämmerlich.

Wir gelangten in einen Innenhof, der durch die hohen Mauern wie der Todestrakt eines Zuchthauses aussah.

Wir gingen auf eine einstöckige Steinbaracke zu. Hier stand die Tür offen.

Durch einen schlauchartigen Gang gelangten wir zu einer Holztür.

Ramos klopfte. Hinter mir stand Nico und pfiff leise vor sich hin.

»Herein!« tönte eine Stimme.

Grinsend hielt Ramos mir die Tür auf.

Zögernd trat ich über die Schwelle.

Der Raum war richtig gemütlich eingerichtet, mit einer Ledergarnitur, Marmortisch, Schrank und Hausbar. Ein großes Fenster gestattete einen herrlichen Blick über das Meer.

Und vor dem Fenster stand ein Mann. Breit, massig. Ich hatte ihm schon in Chicago gegenübergesessen.

Es war Ilian Kiriakis.

Das »Auge«?

»Willkommen, Mr. Corner.« Er lächelte falsch. »Ich habe auf Sie gewartet. Möchten Sie etwas trinken? Whisky, Kognak, Wodka? Es ist alles da.«

Ich nahm Whisky.

Kiriakis genehmigte sich ebenfalls einen. »Dann auf den letzten Tag in Ihrem Leben, Mr. Corner! Cheerio!«

Glauben Sie mir, liebe Leser, bei diesem Trinkspruch lief mir der Whisky quer durch die Kehle.

Mein Lächeln fiel wohl etwas verzerrt aus, als ich das Glas absetzte. Kiriakis amüsierte sich darüber.

Mit einer Handbewegung scheuchte er Ramos aus dem Raum. Dann bot mir der Grieche einen Platz an.

»Danke. Ich bleibe lieber stehen.«

»Ganz wie Sie wünschen, Corner.« Kiriakis deutete mit der Hand auf das große Fenster. »Kommen Sie, ich möchte Ihnen etwas zeigen.«

Gespannt trat ich näher.

Kiriakis stand neben mir. Ich roch sein süßliches Parfüm.

Auf seiner Stirn glitzerten kleine Schweißperlen. Er hob die Hand und deutete nach draußen.

»Haben Sie ihn schon gesehen?« fragte er.

»Wen gesehen?«

»Den Galgen natürlich, Corner. Extra für Sie in Schuß gehalten. Da, schauen Sie mal nach rechts rüber, auf dem Podest.«

Ich blickte in die angegebene Richtung.

Kiriakis hatte nicht gelogen. Tatsächlich, dort stand ein Galgen. Die Schlinge schwang leicht im Wind.

Ein Schauer rann mir über den Rücken. Unwillkürlich mußte ich schlucken.

»Ja, ein Galgen für Cliff Corner«, höhnte Kiriakis. »In genau vierundzwanzig Stunden werden Sie dort unten hängen ...«

»Nein, da gibt's nichts! Ich fliege nach Athen«, sagte Susan bestimmt. »Cliff ist seit vierundzwanzig Stunden überfällig. Wer weiß, ob er überhaupt noch lebt. Und wenn Sie mir keinen offiziellen Auftrag geben, dann nehme ich eben Urlaub. Mich interessieren keine politischen Verhältnisse in dem Lande. Außerdem ist Griechenland schließlich einer unserer Bündnispartner.«

So, das hatte gesessen. Susan wischte sich erregt eine vorwitzige Haarlocke aus der Stirn und funkelte Myers wütend an.

Keine Miene rührte sich in dem Gesicht unseres Chefs. Er überlegte. Ziemlich lange sogar. Susan wurde schon ungeduldig.

Dann sagte Myers plötzlich: »Fliegen Sie, Susan. Ich werde mich mit den zuständigen Stellen der Regierung in Verbindung setzen. Sie haben volle Rückendeckung. Und noch etwas. Boris wird Sie begleiten.«

Susan Taylor zog erstaunt ihre Augenbrauen hoch. »Oh, wie komme ich denn zu dieser Ehre?«

»Boris kennt Athen einigermaßen aus seiner aktiven Zeit. Er wird Ihnen so manchen Tip geben können.« Myers erhob sich. »Viel Glück, Susan.«

»Danke.«

An dieses Gespräch mußte meine Partnerin denken, als die Boeing ihre Landerunden über Athen kreiste. Neben ihr saß Boris und rieb sich das Auge. Er hatte ein paar Stündchen geschlafen.

Die Landung verlief ohne Zwischenfälle.

Susan und Boris wurden schon auf dem Rollfeld von einem Mann des griechischen Sicherheitsdienstes erwartet.

»Mein Name ist Ladis«, stellte er sich vor. »Ich darf Sie bitten, mitzukommen.«

»Wenn's sein muß«, knurrte Boris. »Komische Sitten haben die neuerdings hier. Schon an der Gangway die Leute abfangen. Unglaublich.«

Die drei Personen stiegen in einen Citroen und kurvten auf einen Anbau am Rande der Rollbahnen zu.

Ladis sprach während der Fahrt kein Wort. Er war ein drahtiger Typ mit kantigem Gesicht und stechenden Augen.

Susan und Boris wurden in ein nüchtern eingerichtetes Büro geführt.

»Bitte, setzen Sie sich«, sagte Ladis und wies auf zwei harte Stühle. Er selbst nahm hinter einem peinlich aufgeräumten Schreibtisch Platz.

Susan wurde leicht sauer. »Können Sie mal erklären, was das alles bedeuten soll, Mr. Ladis?«

Der Sicherheitsbeamte lächelte verzerrt. »Natürlich, Miss Taylor, wir möchten Ihnen unsere Zusammenarbeit anbieten.«

»Das klingt mir mehr nach bespitzeln«, erklärte Susan.

Ladis spielte mit einem Bleistift. »So nennen Sie es, Miss Taylor. Aber Sie werden auch verstehen, niemand hat es gern, wenn fremde Agenten in seinem Land herumschnüffeln.«

»Wieso herumschnüffeln? Wir suchen lediglich einen verschwundenen Kollegen. Und nun hören Sie mir mal gut zu, Mr. Ladis.« Susan beugte sich vor. »Da es schließlich so gut wie feststeht, daß sich das Hauptquartier einer internationalen Waffenschieberbande in Ihrem Land befindet, Sie aber bisher nicht in der Lage waren, diese Bande zu zerschlagen, ist es doch ganz natürlich, daß sich andere Leute um dieses Problem kümmern.«

Susans Worte trafen den Griechen wie Keulenschläge. Sein Gesicht nahm die Färbung einer Tomate an.

»Nun?« fragte Susan spöttisch.

Ladis schluckte. »Wissen Sie, Miss Taylor, hätte man uns vorher informiert, brauchten sie Ihren Kollegen bestimmt nicht zu suchen. Nach den Gründen, warum dies nicht getan worden ist, möchte ich nicht fragen. Das zu Ihrer Kenntnisnahme. Weiter habe ich Order vom Innenministerium, Sie nach allen Kräften zu unterstützen.«

»Warum haben Sie das nicht gleich gesagt.« Jetzt lächelte Susan in ihrer charmanten Art. »Wir hätten uns bestimmt viel besser verstanden.«

»Möglich, Miss Taylor.«

»Wir dürfen dann wohl gehen?«

»Dem steht nichts im Wege, Miss Taylor. Hier meine Telefonnummer.« Ladis übergab Susan eine Karte. »Ein Wagen wird Sie in Ihr Hotel bringen.«

»Danke.«

»Dem haben Sie's aber gegeben«, sagte Boris, als sie wieder draußen waren.

»Ja, mein Lieber, man muß eben die Fronten klären.«

Susan und Boris wohnten ebenfalls im Olympia. Die beiden Agenten gingen auf ihre Zimmer, um sich frisch zu machen. Sie hatten sich in einer Stunde an der Hotelbar verabredet.

»Oh, gehen Sie zur Modenschau?« fragte Boris, als sich Susan neben ihn an den langen Tresen setzte.

»Nein. Warum?«

»Ein karminroter Hosenanzug, eine halbierte Lampenkugel als Handtasche, knallgelbe Polobluse, elegante …«

»Hören Sie auf, Boris«, sagte Susan, »sonst glaub' ich es selbst noch.«

Susans linker Nachbar, ein Typ mit Bauch, Glatze und dicker Brieftasche, kriegte den Mund nicht mehr zu und peilte unentwegt auf Susans Oberweite.

Susan wurde es zu dumm.

Von einem Glasteller gabelte sie sich eine Olive und

steckte sie dem Starrer zwischen die Zähne. »Kauen beruhigt, mein Herr!«

Boris, der diesen Vorfall mitbekommen hatte, konnte sich das Lachen nicht verbeißen. »Sie sind einmalig, Susan«, prustete er. »Wirklich!«

Doch sehr schnell wurden die beiden Agenten wieder ernst.

»Zuerst rücken wir diesem Basil Ruby auf die Bude«, sagte Boris. »Ich weiß, wo er wohnt.«

»Dann nichts wie hin.« Susan trank ihren Martini aus und rutschte vom Hocker.

Lüsterne Männeraugen sahen ihr nach, als sie mit Boris zum Ausgang ging.

Vor dem Hotel warteten genug Taxen.

Boris winkte einem Wagen.

Als er dem Fahrer Rubys Adresse nannte, zuckte dieser herum.

»Dahin ich nicht fahren«, radebrechte er in schlechtem Englisch. »Zu gefährlich. Ich nicht lebensmüde.«

Boris zog als Antwort einen größeren Schein aus der Tasche. Der Fahrer schluckte.

»Aber nur in die Nähe«, lenkte er ein.

»Okay.«

»Scheint ja das richtige Rattenloch zu sein, wo dieser Kerl wohnt«, bemerkte Susan. »Daß wir solche Typen wie Ruby überhaupt beim SGS haben.«

»Du bist auf dem falschen Dampfer, Susan. Ruby ist nicht Mitglied des SGS. Er leistet nur Spitzeldienste. Mal für uns, mal für den CIA.«

»Und für die andere Seite«, fügte Susan noch hinzu.

»Möglich.«

Das Taxi verließ die City und fuhr in Richtung des legendären Hafens Piräus.

Die Häuser wurden niedriger und schmutziger und klebten wie Fliegen zusammen. Durch das geöffnete Fenster drang das Geschnatter der Menschen und der Geruch von Fisch.

Auf einem größeren Platz stoppte das Taxi.

»Hier Sie müssen raus«, sagte der Fahrer.

»Da kann man nichts machen.« Boris grinste und öffnete Susan die Tür.

Dann brauste das Taxi in Windeseile davon.

Die beiden SGS-Agenten wurden angestarrt wie Fremdkörper. Feindselig von den Frauen, Susan von den Männern gierig.

»Halten Sie sich dicht bei mir«, sagte Boris mit zusammengekniffenen Lippen.

Etliche kleine Gassen mündeten sternförmig auf dem Platz. Boris deutete mit dem Finger auf eine der Gassen. »Da müßte Ruby wohnen.«

Die Gasse war nicht viel breiter als ein Handtuch. Pflaster gab es nicht, dafür um so mehr Abfall. Es stank bestialisch.

Rubys Wohnung lag in der Mitte der Gasse. Irgend jemand hatte die Hausnummer mit Kreide auf die Wand gemalt. Bestimmt mußte sie nach jedem Regen erneuert werden.

Einen Eingang konnten die beiden Agenten nicht entdecken. Dafür aber eine Einfahrt.

»Versuchen wir's mal da«, schlug Boris vor.

Eine Menschenmenge hatte sich inzwischen um die beiden versammelt. Sie folgte Susan und Boris auch in die Einfahrt, wo es fast stockfinster war.

»Wenn mich nicht alles täuscht, kriegen wir hier noch Ärger«, flüsterte Susan.

»Das Gefühl habe ich auch«, erwiderte Boris. »Ah, da ist ja auch die Tür.«

Drei Steinstufen führten hinauf. Und auf diesen Stufen standen zwei Männer. Sie trugen knappsitzende Hosen und Hemden, die am Hals offenstanden.

Einer griff grinsend nach Susans Arm.

Susan machte nicht viel Federlesens. Sie packte das Handgelenk des Kerls und zog. Wie ein Torpedo segelte er von den Stufen. Die Menschenmauer fing ihn auf.

Sein Kumpel wollte ihm zu Hilfe eilen, doch Boris kickte ihm mit einem schnellen Tritt das Standbein weg. Die Bruchlandung war perfekt. Doch nun griffen die anderen ein.

Schreiend feuerten sie sich gegenseitig an.

Susan hatte es plötzlich mit drei Gegnern zu tun. Dem

ersten schlug sie mit einem Karateschlag den Arm kaputt, während der zweite in ihrem Nacken hing.

Gierige Hände griffen nach Susans Brust.

Meine Partnerin packte den Kerl, drehte sich und knallte ihn mit dem Gesicht voll gegen die Hauswand, während sie sich gleichzeitig bückte und den Mann in ihrem Rücken über sich hinwegschleuderte.

Aus den Augenwinkeln sah Susan, daß sich Boris auch mit drei Gegnern herumschlug. Er steckte in arger Bedrängnis.

Plötzlich blitzten Messer.

Der Mann, den Susan von den Stufen geholt hatte, war der erste.

Wie ein Tiger sprang er meine Partnerin an.

Susan tauchte weg, packte den Messerarm, drehte ihn herum und trat gegen die Kniekehlen des Mannes.

Ein gellender Schrei hallte durch die Einfahrt. Susan hatte ihrem Gegner den Arm ausgekugelt.

Irgend jemand zog sie an den Beinen.

Hart landete Susan auf dem Boden. Neben ihr lag Boris. Er wurde mit Fußtritten bearbeitet.

Dreck geriet in Susans Mund.

Zwei, drei, vier Männer warfen sich auf sie.

Meine Partnerin wurde herumgerissen. Eine Hand riß ihre Bluse auf.

Susans halb entblößte Brust ließ die Männer zu Tieren werden. Gleich zwei griffen danach.

Einem stieß Susan beide Finger in die Augen. Der Mann brüllte wie am Spieß.

Das ließ die anderen noch rasender werden.

Susans Arme wurden auf dem Boden festgenagelt. Ein dreckiger Bursche legte seine Pranken um ihren Hals.

Meiner Partnerin wurde die Luft knapp. Verzweifelt versuchte sie sich aus dem Griff zu befreien.

Ein anderer riß an Susans Büstenhalter. Ratschend ging er in Fetzen.

Tosendes Geschrei brandete auf.

Vor Susans Augen tanzten rote Nebel. Lange würde sie das nicht mehr aushalten.

Zitternde Finger rissen an Susans Hose. Eine tastende Hand fuhr über ihre Schenkel ...

Der Schuß peitschte wie ein Donnerschlag.

Plötzlich konnte Susan wieder durchatmen. Der Kerl über ihr fiel mit einem Grunzlaut zur Seite.

Männer schrien, Frauen kreischten. Es war ein Höllenspektakel in der Gasse.

Langsam richtete sich meine Partnerin auf.

In der Einfahrt stand Ladis, flankiert von zwei Männern in Uniform. In der Hand hielt der Sicherheitsbeamte eine schwere Armeepistole.

Die Menschen waren wie ein Spuk verschwunden. Nur der Mann, der Susan erwürgen wollte, lag auf dem Boden. Tot. Eine Kugel hatte ihm den Schädel zerschmettert.

Zwei Knöpfe hingen noch an dem Oberteil des Hosenanzuges. Susan bedeckte ihre Blöße, so gut es ging. Ihr Büstenhalter lag im Dreck.

»Manchmal ist es doch gut, wenn man sich bespitzeln läßt«, sagte Ladis etwas spöttisch. »Nicht wahr, Miss Taylor?«

»Ich nehme alles zurück und behaupte das Gegenteil«, keuchte Susan. »Wenn Sie nicht gekommen wären ...«

»Eben, Miss Taylor. Aber lassen wir das. Schließen wir Frieden. In Ordnung?«

»Okay.«

»Was ist mit Ihrem Kollegen, Miss Taylor?«

»Dem geht's den Umständen entsprechend«, sagte Boris in diesem Augenblick und zog sich an der Hauswand hoch.

Sein Gesicht war verschwollen, die Augenklappe verrutscht. Von seiner Kleidung waren nur noch Fetzen übrig.

Auch Boris bedankte sich bei Ladis.

»Jetzt verraten Sie mir mal, was Sie hier wollten«, sagte der Sicherheitsbeamte.

Boris erklärte es ihm.

»Na, dann gehen wir doch gemeinsam zu diesem Ruby«, schlug Ladis vor.

In dem Haus war es dunkel wie in einem Kuhmagen. Licht gab es nicht.

Zum Glück hatte Susan ihre Handtasche wiedergefunden, in der sich auch eine kleine Taschenlampe befand.

Bei einem Halbwüchsigen erkundigte sich Ladis nach Rubys Wohnung.

»Ganz oben.«

Eine Steintreppe ohne Geländer führte da hinauf. Susan hatte das Gefühl, als würden tausend Augen sie beobachten.

Die Tür zu Rubys Wohnung war offen.

Leise betraten Susan, Boris und Ladis die Behausung.

Was sie sahen, ließ ihnen den Atem stocken.

In dem Zimmer stand ein offener Sarg. Umrahmt von sechs großen Kerzen. In dem Sarg lag eine Frau. Sie hatte die Hände auf der Brust gefaltet und sah aus wie ein Engel.

Und vor dem Sarg kniete Basil Ruby. Er flüsterte immer nur: »Sie haben sie umgebracht ... Sie haben sie umgebracht ...«

Susan Taylor lief ein Schauer über den Rücken ...

Bei dem flackernden Kerzenschein wirkte die Szene noch gespenstischer. Er warf bizarre Muster gegen die dicken Wände. Im Augenblick kamen sie Susan wie Wesen aus einer anderen Welt vor. Unwillkürlich faßte sie nach Boris' Hand.

Basil Ruby schien die Eintretenden noch nicht bemerkt zu haben. Immer wieder flüsterte er die schaurigen Sätze. Dabei strich seine Hand wie beschützend über das Gesicht der Toten.

Ladis räusperte sich.

Ruby zuckte erschreckt zusammen. Aus verquollenen Augen musterte er die Agenten.

»Was wollt ihr hier?« schrie der Mann plötzlich. »Reicht es nicht, daß ihr Helena umgebracht habt, ihr Schweine?«

Seine Hand fuhr unter die Jacke und holte eine Waffe hervor.

Ehe er damit Unheil anrichten konnte, trat Susan sie ihm aus der Hand.

Ruby brach zusammen. »Ich kann nicht mehr«, schluchzte er. »Ich kann nicht mehr!«

Susan Taylor tat dieser Mann leid. Er mußte mit den Nerven am Ende sein.

»Mr. Ruby«, sagte meine Partnerin leise. »Hören Sie. Wir haben mit dem Tod Ihrer Frau nichts zu tun. Wir wollen Ihnen nur helfen.«

»Helfen? Mir?« Basil Ruby lachte erbittert. »Mir kann keiner helfen.« Schwankend stand er auf die. »Lassen Sie mich jetzt allein.«

»Das geht leider nicht, Mr. Ruby«, antwortete Susan. »Sie müssen mit uns kommen.«

»Nein. Ich muß bei Helena bleiben. Sie braucht mich. Auch noch im Tod. Sehen Sie denn nicht, wie sie mich anschaut? Wie verzweifelt? Als wolle sie sagen, warum hast du mir nicht geholfen, Basil?« Wieder schüttelte ein Weinkrampf den Körper des Mannes. Ruby mußte sehr an seiner Frau gehangen haben. Ladis zog scharf die Luft ein. Seine Geduld war bereits am Ende.

Susan bemerkte es und hob die Hand. »Warten Sie, Mr. Ladis. Ich versuche es noch einmal.«

Mit sehr viel Einfühlungsvermögen schaffte es meine Partnerin, Basil Ruby zu überreden, mitzukommen.

Ladis' Begleiter warteten unten am Wagen. Da nicht alle Personen hineinpaßten, mußten die beiden dem Wagen zu Fuß folgen.

Immer noch standen Gaffer herum. Anscheinend erhofften sie sich neue Sensationen.

Basil Ruby hing als gebrochener Mann in den Polstern. Er bat um eine Zigarette, die er schweigend rauchte.

Der Wagen hielt vor Ladis' Dienststelle. Es war ein altes Gebäude mit viel Verzierungen und Stuck. In den Büros gab es keine Klimaanlage. Es roch muffig.

Basil Ruby erhielt eine Beruhigungsspritze.

Nach einer halben Stunde war er so weit fit, daß eine Vernehmung riskiert werden konnte.

Ladis bestellte kalten Tee und schaltete ein Tonbandgerät ein.

Das Verhör wollten Susan und Boris übernehmen.

»Erzählen Sie, Mr. Ruby«, forderte Susan den Spitzel auf. »Was ist mit Cliff Corner geschehen?«

»Ich weiß es nicht«, antwortete Ruby leise. »Ich habe nur einen Auftrag ausgeführt.«

»Welchen?«

Basil Ruby stöhnte auf. »Das ›Auge‹ weiß alles. Sie wissen genau, für wen ich arbeite. Sie haben mich erpreßt. Ich konnte nicht anders. Helena, meine Frau, diese Schweine haben sie entführt. Deshalb lockte ich Corner in eine Falle. Und dann haben sie Helena umgebracht. Erdrosselt wie ein Stück Vieh. Ich – ich kann bald nicht mehr.«

Susan atmete tief durch. »Mr. Ruby, Sie wollen doch, daß die Mörder Ihrer Frau zur Rechenschaft gezogen werden.«

Basil Ruby nickte verkrampft.

»Dann erzählen Sie uns bitte alles genau.«

»Ich will es versuchen«, sagte Basil Ruby leise. »Ich mußte Corner zu einer alten Kapelle in den Bergen locken. Dort warteten sie schon. Es waren zwei.«

»Kennen Sie die Namen?« wollte Boris wissen.

»Nein.«

»Was geschah in der Kapelle?« fragte Susan gespannt.

»Sie haben Corner überwältigt«, flüsterte Ruby stockend. »Ich bin dann gefahren. Ich wollte doch zu Helena. Man hatte mir gesagt, ich würde sie in meiner Wohnung finden. Ich fand sie auch. Tot.«

»In der Kapelle sind sie bestimmt nicht mehr«, meinte Ladis. »Fragt sich nur, was danach passierte.« Er wandte sich an Ruby. »Kennen Sie den Schlupfwinkel der Gangster nicht? Sie kommen doch rum in der Unterwelt.«

»Ich kann nichts sagen. Die Leute haben alle Angst vor dem ›Auge‹.«

Ladis beugte sich vor. »Mann, Ruby, überlegen Sie genau. Sie werden doch Namen kennen. Raus mit der Sprache. Wer hat Kontakt zu der Bande?«

Basil Ruby sah verzweifelt aus. »Warum quälen Sie mich so? Ich würde Ihnen alles sagen, wirklich. Aber ich kenne keine Namen.«

»Gut, Ruby«, Ladis nickte. »Dann werden Sie sich mal die Verbrecherkartei durchsehen. Vielleicht sind die beiden Burschen, die Corner überfallen haben, dabei.«

Susan sah Boris an. Sie las in seinen Augen Resignation.

Auch Ladis wirkte deprimiert. »Da kann man nichts machen. Aber es bleibt uns ja noch die Kartei.«

Ruby wurde von einem Beamten abgeholt. In diesem Moment betrat ein anderer Mann das Büro. Er grüßte kurz und sprach mit Ladis. Seine Stimme klang sehr erregt.

Der Sicherheitschef sprang auf. Er wandte sich an Susan und Boris. »Ich glaube, wir haben eine Spur.«

»Machen Sie es nicht so spannend, erzählen Sie«, forderte Susan.

Hastig steckte sich Ladis eine Zigarette an. »Hören Sie zu. Ein Patrouillenboot unserer Küstenwache hat einen Fischerkahn aufgebracht. Bei der Durchsuchung wurden Waffen entdeckt. Handgranaten und Maschinengewehre. Unsere Leute haben den Kapitän verhört. Und der hat ausgepackt. Das Boot kam von einer Insel, und wenn wir den Worten des Mannes glauben können, befindet sich auf dieser Insel das Hauptquartier der Gangster.«

»Na, das ist ein Glückstreffer«, sagte Susan. »Damit besteht die Chance, daß wir Cliff Corner auf der Insel finden.«

»Genau, Miss Taylor.«

»Wie heißt denn die Insel?« fragte Boris.

»Klytenos.«

»Okay.« Susan war auf einmal voller Tatendrang. »Wann können wir starten?«

»Abwarten, Miss Taylor«, sagte der Sicherheitsbeamte. »Wir werden erst mit unserem Einsatzchef alles besprechen.«

»Auf was warten wir dann noch?«

Der gleißende Strahl der Scheinwerfer traf mich wie ein Peitschenschlag.

Es ging also wieder von vorn los. Immer die gleichen Fragen. »Was wissen Sie über das ›Auge‹? Wieviel ist den Geheimdiensten überhaupt bekannt?« Und so weiter.

Sie erhielten immer die gleichen Antworten von mir. »Keine Ahnung. Auch wenn ich es wüßte, würde ich es euch nicht unter die Nase binden.«

Dann kamen die Schläger. Ihre Fäuste bohrten sich in meinen Magen und jagten mir Übelkeitswellen durch den Körper. Sie schlugen so lange, bis ich ohnmächtig wurde.

Wo ich mich befand? In einem Verlies. Angekettet wie ein Galeerensträfling. Die Haken für die Ketten waren in Schulterhöhe in die Wand gemauert. Dadurch hing ich in einer Schräglage.

Einer trat mir die Beine weg. Ich hatte das Gefühl, meine Arme würden mir ausgerissen. O nein, ich fiel nicht auf den Boden. Die Ketten hielten mich fest. Und gerade das war schlimm.

Durch den beißenden Schmerz kam ich wieder zu mir.

Der Scheinwerfer erlosch.

Wieder diese nervenzerfetzende Dunkelheit.

»Bis zum nächstenmal, Corner.« Das war Kiriakis' Stimme.

Eine Tür schlug zu.

Ich war wieder allein. Oder fast allein. Ratten wieselten pfeifend um meine Füße. Eine hatte ich schon zertreten. Sie war dann von den anderen gefressen worden. Die Geräusche klangen mir jetzt noch in den Ohren.

Wie viele Stunden ich schon dahindämmerte, wußte ich nicht. Immerhin waren mein Peiniger schon viermal dagewesen. Jedesmal hatten sie sich gesteigert. Kiriakis schien es eine sadistische Freude zu bereiten, mich zu quälen.

An Flucht war überhaupt nicht zu denken. Erstens hielten mich die Eisenketten fest, und zweitens, wie sollte ich das Verlies verlassen?

Die dicken und rostigen Schellen hatten meine Handgelenke schon aufgescheuert. Blut rann über meine Hände und trocknete an den Fingern ein. Bis jetzt hatten meine Peiniger wenigstens mein Gesicht verschont. Aber wie lange noch?

Totschlagen würden sie mich nicht. Ich sollte ja hängen. Allein der Gedanke daran ließ mich erschauern.

Der Hoffnungsfunke, gerettet zu werden, verlosch immer mehr.

Ob Susan schon etwas unternommen hatte? Bestimmt. Aber wie sollte sie diese Insel finden?

Harte Schritte schreckten mich aus meinen trüben Gedanken.

Sie kehrten zurück. Diesmal nach viel kürzerer Zeit.

Ich stöhnte auf. Mein geschundener Körper krampfte sich unwillkürlich zusammen.

Die Tür wurde aufgestoßen. Hart knallte sie gegen die Wand.

Eine Taschenlampe flammte auf. Jemand befreite mich von den Ketten.

Wie der berühmte nasse Sack kippte ich auf den Steinboden. Den Stiefeltritt in die Hüfte spürte ich kaum noch.

»Go on«, zischte eine Stimme.

Buchstäblich auf Händen und Füßen kroch ich zur Tür. Erst da zog ich mich hoch.

Ich erlitt einen Schwindelanfall. Krampfhaft hielt ich mich an der rissigen Wand fest.

Ich wurde direkt angeleuchtet. Jetzt merkte ich es. Es waren zwei Männer.

Sie stießen mich in einen feuchten Gang. Eine Steintreppe führte nach oben. Spinnweben streichelten mein Gesicht.

Die Tür am Ende der Treppe stand offen. Die plötzliche Helligkeit blendete mich.

Oben standen noch zwei Männer. Spöttisch sahen sie mich an. Die beiden schleiften mich zu Kiriakis' Zimmer.

Der Grieche saß in einem Sessel und blickte mich kalt lächelnd an. Vor ihm, auf dem Marmortisch, dampfte ein Steak, dazu Pommes frites und grüne Bohnen.

»Setzen Sie sich doch, Corner. Dort steht Ihre Henkersmahlzeit. Ich hoffe, Sie lieben Filetsteak. Es ist nicht ganz durchgebraten, so wie es in den Staaten gern gegessen wird. Bitte! Ich wünsche Ihnen guten Appetit.«

Seine Worte waren blanker Hohn. Ich wußte das. Trotzdem nahm ich – schmutzig, wie ich war – Platz. Wenn Sie annehmen, liebe Leser, mir wäre der Appetit vergangen, so irren Sie sich. Vielleicht brauchte ich diese Stärkung noch.

Ich aß. Langsam, fast genußvoll. Mein lädierter Magen mußte sich erst an die Speisen gewöhnen.

Kiriakis schaute ziemlich verdutzt, als er sah, daß es mir schmeckte.

»Den meisten bleibt die Henkersmahlzeit im Halse stecken«, knurrte er.

Ich kaute langsam. »Vielleicht kriegten die nur Eintopf. Außerdem lebe ich ja noch.«

Kiriakis lachte feist. »Aber nicht mehr lange.«

»Möglich«, gab ich zu. »Sie könnten allerdings noch vor mir sterben.«

»Witzbold.«

»Was würden Sie davon halten, wenn ich jetzt aufspringe und Ihnen meine Gabel in die Kehle ramme?«

Kiriakis wurde weiß. »Wenn Sie das wagen, Corner, schießen Sie meine Leute in Fetzen.«

Ich aß das letzte Stück Fleisch. »Allerdings wären Sie vor mir dran, Kiriakis.«

»Nerven haben Sie, Corner.«

Ich schob das Gedeck zur Seite. »Kompliment an den Koch. Es hat mir geschmeckt.« Das hatte es mir wirklich, Freunde. Ich spürte, wie ich mich erholte.

»Ich werde es dem Küchenmeister ausrichten.« Kiriakis grinste. »Doch nun zum Nachtisch.«

Aus seiner Brieftasche holte der Grieche einige Fotos. Mit Schwung warf er sie auf den Tisch.

»Sehen Sie sich die Bilderchen genau an, Corner. Das geschieht mit den Leuten, die nicht reden wollen. Was Sie bis jetzt erlebt haben, war gar nichts.«

Ich sah mir die Aufnahmen an. Sie waren in Color und gestochen scharf.

Ersparen Sie mir eine Beschreibung. Es würde die Grenzen des guten Geschmacks überschreiten.

»Orientalische Foltermethoden«, erklärte mir Kiriakis. »Nett, finden Sie nicht auch?«

Angewidert warf ich die Bilder zurück. »Tut mir leid, daß ich Ihre Ansicht nicht teilen kann, Kiriakis. Aber ich zähle mich noch zu den zivilisierten Menschen. Im Gegensatz zu Ihnen.«

Der Grieche lachte. »Sie können mich nicht beleidigen. Nicht in Ihrer Situation.«

»Weshalb haben Sie mir die Bilder gezeigt?« fragte ich. »Wollen Sie mit mir das gleiche anstellen?«

»Das entscheide ich nicht, Corner.«

»Wer denn?«

»Das ›Auge‹.«

»Was?« Ich ruckte herum. »Sie sind nicht das ›Auge‹?«

Kiriakis freute sich über meine Verblüffung. »Nein.«

»Wer ist es denn, zum Teufel?«

Kiriakis weidete sich noch immer an meiner Überraschung. »Drehen Sie sich um, Corner. Das ›Auge‹ steht hinter Ihnen.«

Ich tat es.

Unhörbar war die Tür aufgegangen. Mir fielen vor Überraschung fast die Augen aus dem Kopf.

Hinter mir im Zimmer stand eine Frau. Schwarzhaarig, bildhübsch und sehr sexy.

Ich kannte diese Frau. In Chicago hatte sie schon mit mir an einem Tisch gesessen. Das »Auge« war niemand anderes als Marissa Clayton …

»Damit haben Sie nicht gerechnet, Corner, was?« Marissa Claytons Stimme klang spöttisch.

»Ehrlich gesagt, nein«, entgegnete ich. »Aber mein Kompliment, Sie haben es verstanden, sich gut im Hintergrund zu halten.«

Marissa Clayton sah überhaupt nicht aus wie eine Gangsterchefin. Wenigstens nicht wie die Klischeefiguren in den Filmen.

Sie trug einen engen schwarzen Pullover und eine grasgrüne Hose mit ausgestellten Beinen. Über ihren Schultern hing ein Parka.

Mit einer lässigen Geste warf Marissa Clayton den Mantel in die Ecke. Sie wandte sich an Kiriakis. »Hat er schon gesungen?«

»Nein«, antwortete ich an Stelle des Griechen.

Marissa Clayton ruckte herum. »War die Behandlung nicht hart genug?«

»Angeblich wußte er nichts«, sagte Kiriakis.

Die Frau wurde wütend. »Ich glaube, den müssen erst die Ratten anfressen, bis er quatscht«, zischte sie. Dann wechselte sie fast sprunghaft das Thema. »Ist das Schiff mit der neuen Ladung pünktlich ausgelaufen?«

»Ja«, erwiderte Kiriakis knapp.

Marissa Clayton nickte zufrieden. Sie zündete zwei Zigaretten an. Eine warf sie mir zu. Der Glimmstengel prallte gegen mein Knie und fiel auf den Boden.

»Da, Corner. Sie sollen auch nicht leben wie ein Hund.«

»Auch ein Hund kann sich wehren«, erwiderte ich gelassen, hob meinen Absatz und drückte damit die Glut in den Teppich. Ein kleines Loch blieb zurück.

»Oh, immer noch stolz?« Marissa Clayton blies mir den Rauch ihrer Zigarette ins Gesicht. »Aber der Stolz hört am Galgen auf. Sie werden noch wimmern, Corner.«

»Vielleicht«, gab ich rauh zu.

»Wann knüpft ihr ihn auf?« wandte sich Marissa Clayton an Kiriakis.

»Morgen früh.«

»Schön. Dann bin ich noch hier. Anschließend fliege ich wieder in die Staaten. Ich muß die Organisation neu aufziehen. Du hast ja alles Hals über Kopf im Stich gelassen.«

»Was sollte ich denn tun?« quengelte Kiriakis.

»Ach, schon gut. Du wirst eben älter.«

Marissa Clayton lächelte mich kalt an.

»Scheiß-Gefühl, wenn man nur noch eine Nacht zu leben hat, oder?«

»Ich kann's aushalten.«

»Schön. Und damit Ihnen die Zeit nicht zu lang wird, erzählen Sie mir mal etwas. Vor allen Dingen über Senator McDarren. Was wußte er?«

Na, wenn du es nicht anders haben willst, dachte ich, werde ich mal anfangen.

»McDarren wußte alles über Ihre Organisation«, log ich. »Der Senator hat seine Nachforschungen schriftlich niedergelegt. Und diese Aufzeichnungen liegen bei unseren Geheimdiensten. Die ersten Aktionen gegen die Organisation ›Auge‹ laufen bereits. Sie sind hier in Europa auch nicht sicher.«

»Alles Lüge!«, kreischte Kiriakis. »Corner weiß überhaupt nichts. Den ganzen Kram saugt er sich aus den Fingern.«

»Sie vergessen den guten Ruby«, bluffte ich.

»Der wird sich gehütet haben, was zu sagen. Außerdem hat er keine Ahnung.«

Marissa Clayton schlug mit der Faust auf den Marmortisch. »Sie wollen Ihren Kopf wohl retten, Corner. Denn in Wirklichkeit wissen Sie gar nichts. Und du bist auch blöde«, fauchte sie Kiriakis an, »dich so provozieren zu lassen. Ich habe das Gefühl, nur noch mit Waschlappen zu arbeiten. Hau ab und laß mich mit Corner allein.«

Wie ein geprügelter Hund schlich der Grieche weg.

Ich lächelte spöttisch. »Ist das nicht gefährlich für Sie?«

Marissa Clayton winkte ab. »Kaum. Ein kurzer Ruf von mir, und die Wachen sind da.«

»Was wollen Sie denn mit unserem trauten Beisammensein bezwecken?« fragte ich.

»Ich könnte zum Beispiel versuchen, Sie anzuwerben. Gewissermaßen als Ersatz für Kiriakis.«

»Ich werde mir Ihr Angebot überlegen.«

»Und zu welchem Entschluß würden Sie kommen, Corner?«

»Eventuell annehmen.«

Marissa Clayton lachte auf. »Ein verdammt schneller Entschluß. Mir ist natürlich klar, daß man Ihnen nicht trauen kann. Dafür sind Sie viel zu sehr mit Ihrem Beruf verwurzelt. Aber es gibt da eine Möglichkeit.«

»Und die wäre?«

»Sie erschießen Kiriakis«, sagte Marissa Clayton hart. »Sofort!«

Da hatte ich mein Fett. Mir war natürlich klar, daß ich so etwas nie tun würde. Trotzdem, ich gab mir den Anschein, als würde mich die Sache reizen.

»Ich warte, Corner.«

»Woher bekomme ich die Waffe?« wich ich einer direkten Antwort aus.

Marissa Clayton schwang sich auf eine Sessellehne. »Wissen Sie, Corner, wer so dumm fragt, will nur Zeit schinden und sich herauswinden. Außerdem war das Ganze nur ein Test. In Chicago habe ich genug über Sie gehört. Unter anderem, daß Sie unbestechlich sind. Ich wollte es nur mal ausprobieren. So, und jetzt möchte ich etwas zu trinken. Sie finden alles in der Hausbar.«

Ich tat ihr den Gefallen und mixte einen Manhattan.

»Wollen Sie nicht, Corner?«

»Nein, Miss Clayton. Ich möchte nüchtern sterben. Bitte, Ihr Manhattan.«

Marissa Clayton verschluckte sich fast an dem Drink. »Sagen Sie mal, Corner, ist das Galgenhumor?«

»Veranlagung.«

»Dann trinke ich auf Ihren Tod, Mr. Corner.«

»Ich kann Sie nicht daran hindern.«

Freunde, ich war in Wirklichkeit gar nicht so abgebrüht. Mir war verdammt flau in der Kehle. Aber ich wollte vor dieser Frau keine Schwäche zeigen.

»Ich hätte da noch eine Frage, Miss Clayton«, sagte ich.

»Bitte.«

»Haben Sie mir die beiden Augen ins Büro geschickt?«

»In der Tat. Ich war so frei. Das sollte das Zeichen dafür sein, daß wir Ihren Tod beschlossen hatten.« Marissa Clayton stellte ihr Glas weg. »Noch etwas?«

»Ja«, ich nickte. »Woher empfangen Sie die Waffen?«

»Das ist doch heute leicht. Wir kaufen die Dinger ganz offiziell. Die Staaten haben Geldsorgen und freuen sich, daß sie Abnehmer finden. Wir beliefern nämlich nicht nur Terrorgruppen und Gangstersyndikate, sondern auch Zwergstaaten, die ja immer wieder Kriege führen. Zuletzt haben wir übrigens in Uganda große Geschäfte gemacht. Nun, zufrieden?«

»Nicht ganz«, antwortete ich lächelnd. »Ich sähe sie lieber hinter Gittern.«

Marissa Clayton blickte mich an. »Das wird Ihnen nicht gelingen, Mr. Corner.« Die Frau sah auf ihre Uhr. »Wir haben jetzt schon Nachmittag. Ihr Verlies wartet. Wir sehen uns dann morgen früh bei der Hinrichtung.«

Der Zynismus dieser Frau war wirklich nicht mehr zu übertreffen.

Marissa stieß einen Pfiff aus. Sekunden später stürmten zwei schwerbewaffnete Männer ins Zimmer.

»Bringt Corner wieder runter.«

Brutal rissen sie an meinen Armen.

Ich wurde ärgerlich und befreite mich mit einem Judogriff.

Ehe sich die beiden wieder auf mich stürzen konnten, hob Marissa Clayton die Hand.

»Ist noch etwas, Corner?«

»Ja.« Meine Stimme klang wie geschliffener Stahl. »Sie haben jemanden vergessen, Miss Clayton.«

»Und wen, wenn ich fragen darf?«

»Meine Partnerin – Susan Taylor.«

Marissa Clayton lachte auf. »Die wird mir bestimmt nicht gefährlich. Ich hätte gern mit Ihnen gewettet, Corner.«

»Ich halte trotzdem die Wette. Denken Sie an meine Worte, Marissa Clayton«, sagte ich.

Das Gesicht der Frau verzerrte sich. »Schafft ihn endlich weg!« schrie sie.

Diesmal ließ ich die Männer gewähren.

Fünf Minuten später hing ich wieder angekettet in meinem Verlies. Vor mir lagen endlose Stunden. Stunden, in denen man grübeln, toben oder weinen konnte. Aber etwas kam auf jeden Fall.

Die Todesangst …

Die drei Schnellboote der Küstenpolizei fuhren mit einer Geschwindigkeit von fünfzehn Knoten pro Stunde. Die Kompaßnadel zeigte Südsüdwest.

Außer der normalen Besatzung befanden sich auf jedem Schiff noch fünf voll ausgebildete Kampfschwimmer der griechischen Marine. Diese Männer gehörten zu den Elitetruppen und beherrschten alle modernen Kampfmethoden.

Susan Taylor befand sich auf der Brücke des Schnellbootes und rauchte, obwohl es verboten war. Aber der Steuermann kniff ein Auge zu, und die anderen beiden Besatzungsmitglieder taten auch, als hätten sie nichts gesehen.

Durch die dicke Scheibe blickte Susan in die tintige Nacht. Ein leichter Wind war aufgekommen, und die Oberfläche der See war in Bewegung.

Auf der Brücke herrschte eine gespannte Konzentration. Das Dunkel, nur erhellt durch die Skalen der Instrumente, wurde plötzlich durch einen Scheinwerferstrahl unterbrochen.

Ladis, der Sicherheitsbeamte, betrat die Brücke. »Nicht mehr lange, dann haben wir es geschafft«, sagte er lächelnd und schaltete die Lampe aus. »Das Wetter ist für unser Vorhaben doch ideal. Was meinen Sie, Miss Taylor?«

»Sagen Sie dem Chef dieser Schnellboote, daß ich mit von der Partie sein werde, Mr. Ladis.«

Ladis schluckte. »Das ist unmöglich, Miss Taylor«, erregte er sich. »Wer soll denn die Verantwortung übernehmen?«

»Die Verantwortung?« Susan schüttelte den Kopf. »Was denken Sie eigentlich, wer ich bin, Mr. Ladis? Sie haben eine voll ausgebildete Agentin vor sich, die schon in verzwickteren Situationen gesteckt hat. Verlassen Sie sich drauf, ich werde schon meinen Mann stehen.«

»So war das nicht gemeint«, beschwichtigte Ladis meine Partnerin, »meinetwegen können Sie mitmachen. Es soll hinterher nicht heißen, wir hätten Ihnen im Wege gestanden.«

Eingeschnappt verließ der Grieche die Brücke.

Susan fand eine Blechdose und drückte ihre Zigarette aus. Noch vielleicht eine halbe Stunde, dann würden sie die Insel erreicht haben. Aus den Vernehmungen des gefangenen Kapitäns ging hervor, daß die Insel am besten an der Westseite anzulaufen sei. Dort lagen der Hafen und der direkte Weg zum Fort. O ja, dieser Kapitän hatte gründlich ausgepackt. Susan sah die Insel schon vor ihrem geistigen Auge.

Boris betrat die Brücke.

Der Mann am Ruder blickte erstaunt, als er den einäugigen Boris bemerkte. Bei den hier oben herrschenden Lichtverhältnissen sah Myers' Leib- und Magenwächter furchteinflößend aus.

»Ladis sagte mir, Sie wollen mit, Susan?«

»Es stimmt, Boris.«

»Dann hat es wohl keinen Zweck, Ihnen das Vorhaben auszureden. Oder?«

»Genau.« Susan nickte. »Ich kann nicht hierbleiben, Boris. Diese Ungewißheit macht mich verrückt. Ich muß irgend etwas tun. Und Cliff befindet sich ja auf der Insel, wie dieser Kapitän berichtete. Er selbst hat ihn mit seinem Kahn dort hingefahren.«

»Ich kann Sie verstehen, Susan. Glauben Sie, daß Cliff noch lebt?«

»Ich hoffe es wenigstens«, antwortete Susan leise. »Und wenn nicht ...«

Susan wurde unterbrochen, denn der Chef betrat mit Ladis die Brücke.

»Ist diese Wahnsinnsidee Ihrem Hirn entsprungen?« schnauzte er Susan an.

»Ich verstehe Sie nicht.«

»Na, daß Sie da mittauchen wollen. Habe ich noch nie erlebt.«

»Dann erleben Sie es eben jetzt«, entgegnete Susan eiskalt. »Im übrigen bin ich einen anderen Ton gewohnt. Mit Ihren Untergebenen können Sie meinetwegen so umspringen. Das wär's.«

Der Chef drehte sich abrupt um und schnauzte seinen Steuermann an.

Ladis winkte Susan zu. »Kommen Sie bitte mit, Miss Taylor. Sie müssen sich umziehen.«

Der Grieche führte Susan über einige Eisentreppen nach unten in den Bauch des Schnellbootes. In einer Kabine, kaum größer als ein Handtuch, lagen die Sachen. Gummianzug. Sauerstoffgerät, Mundstück, Schnorchel und Taucherbrille.

Ladis nickte Susan zu und verließ die Kabine.

Meine Partnerin zog die Sachen an. Mit viel Geduld zwängte sie sich in den Gummianzug. Dann schnappte sie sich ihre Sachen und ging an Deck, wo die anderen schon warteten.

Die Gesichter der fünf Kampfschwimmer leuchteten in der Dunkelheit. Sie grinsten Susan zu. Die Männer waren alle durchtrainiert. Zwei rauchten schweigend eine Zigarette. Die anderen unterhielten sich leise. Das Schnellboot hatte seine Fahrt gestoppt. Es schaukelte in der langen Dünung. Jetzt sah Susan auch die beiden anderen Boote, die in einiger Entfernung schwammen.

Der Chef gab letzte Instruktionen. Dann wurden die Waffen verteilt.

Jeder erhielt eine leichte Maschinenpistole und genügend Munition. Alles verpackt in wasserdichten Beuteln. Außerdem gab es noch ein schweres Kappmesser, das sich die Schwimmer in den Gürtel steckten.

Boris trat auf Susan zu. »Alles klar?«

»Alles«, gab Susan etwas heiser zurück.

»Warten Sie, ich helfe Ihnen«, sagte Boris, als Susan die Sauerstoffflaschen auf ihren Rücken wuchten wollte.

»Danke, Boris.«

Der Chef sah auf seine Uhr. Dann schnarrte er: »Los.«

Wie Frösche hüpften die fünf Kampfschwimmer und Susan ins Wasser.

Sofort zogen die Waffen Susan in die Tiefe. Sie mußte sich schon anstrengen, mit den anderen auf gleicher Höhe zu bleiben.

Die zehn anderen Kampfschwimmer folgten ihnen. Es war vorher alles abgesprochen worden.

Einer übernahm die Führung. Die Männer schwammen in lockerer Formation, dicht beieinander. Susan hielt einen Mittelplatz. Sie wußte, bis zur Insel waren es noch etwa fünf Meilen, eine verdammt lange Strecke unter den widrigen Umständen.

Die ersten Klippen tauchten nun auf. Sie mußten vorsichtig umschwommen werden, denn die Ränder waren teilweise scharf wie ein Messer.

Tausende von Fischen kreuzten ihren Weg. Aus ihren dicken Augen glotzten sie die Fremdlinge stumpf an.

Mit einer Unterwasserlampe gab der Anführer ein bestimmtes Signal.

Sie schwammen jetzt langsamer.

Das Wasser wurde seichter. Die Fische verschwanden. Land kündigte sich an.

Plötzlich war es soweit. Sie konnten auftauchen.

Fast in Zeitlupe steckten die Kampfschwimmer den Kopf aus dem Wasser.

Susan war froh, diese Schwimmerei hinter sich zu haben.

Der Anführer hob die Hand.

Vorsichtig wateten Susan und die Männer auf den Strand zu. Der Kapitän des angeblichen Fischdampfers hatte etwas von Wachen erzählt. Bisher waren noch keine zu entdecken.

Bald mußte die Morgendämmerung einsetzen. Und während der Morgendämmerung wollten sie angreifen oder vielmehr die Gangster überwältigen.

Nun hatten alle den Strand erreicht. Hinter kleineren Felsen fand jeder eine notdürftige Deckung.

Die Waffen wurden ausgepackt.

Der Anführer kroch zu Susan. Er flüsterte ihr einige Worte ins Ohr. Auf Englisch. Susan nickte ein paarmal. Dann verschwand der Mann wieder.

Sie warteten noch etwa zehn Minuten. Lauerten, tasteten mit ihren Augen die Umgebung ab. Doch nicht die Spur eines Wächters zeigte sich.

Es war soweit. Die Männer lösten sich aus ihren Deckungen. Jeder hatte eine bestimmte Richtung. Auch Susan. Sternförmig wollten sie sich dem Fort nähern.

Geduckt huschte Susan von Felsen zu Felsen. In ihrem schwarzen Gummianzug verschmolz sie fast mit der Dunkelheit. Die hinderlichen Sauerstoffflaschen hatte sie abgelegt. Man konnte nur hoffen, daß sie nicht vorzeitig gefunden wurden.

Nach etwa fünf Minuten hatte Susan den Strandabschnitt überwunden. Einmal nur sah sie ganz kurz den Schatten eines ihrer Gefährten.

Das Gelände stieg an. Das Gehen wurde mühseliger, denn Susan mußte ihre Maschinenpistole immer schußbereit halten. Außerdem wog die Munition auch nicht gerade wenig.

Meine Partnerin merkte, daß sie sich am Fuße eines kleinen Hügels befand. Fast auf allen vieren kroch sie den Hang hinauf. Er war mit Gebüsch bewachsen.

Vorsichtig schob meine Partnerin einige Zweige zur Seite. Sie hatte einen prächtigen Ausblick, oder vielmehr hätte sie einen prächtigen Ausblick gehabt, falls es Tag gewesen wäre. So sah sie nur im Osten einen neuen Tag heraufziehen. Bald würde es hell sein.

Aber noch etwas anderes sah meine Partnerin.

Einen Aufpasser.

Dicht neben ihr schob sich seine Silhouette in die Höhe.

Susan hielt den Atem an. Sie wußte, ungesehen konnte sie den Mann nicht passieren.

Vorsichtig stand Susan auf. Sie mußte den Kerl mit einem

gezielten Karateschlag ausschalten. Einen Schuß konnte sie nicht riskieren.

Der Mann wandte meiner Partnerin den Rücken zu. Zum Glück!

Noch wenige Schritte, dann konnte Susan ihren Schlag ansetzen.

Unendlich langsam schob sie sich vor.

Der Mann räusperte sich.

Susan schreckte zusammen, paßte einen Moment nicht auf, und ein kleiner Stein knirschte unter ihrem Fuß.

Auch der Wächter hatte dieses Geräusch gehört. Er wirbelte blitzschnell herum, sah Susan Taylor ...

Jetzt ist alles aus, dachte Susan. Mit einem verzweifelten Satz warf sie sich dem Mann entgegen, der gerade den Mund zu einem Warnschrei aufriß ...

Die Nacht wurde zum Alptraum. Meine Nerven spielten auf einmal nicht mehr mit. Wie ein Irrer riß ich an den Ketten. Der Erfolg? Noch blutigere Handgelenke.

Am schlimmsten traf mich die Dunkelheit. Sie machte mich seelisch fertig, gaukelte mir Gesichter vor, Traumbilder, die dann wieder zerflossen.

Irgendwann fiel ich in einen Dämmerzustand, der in leichten Schlaf überging. Ich schreckte hoch, als etwas an meinem rechten Bein krabbelte.

Ratten!

Angeekelt trat ich mit dem anderen Fuß voll zu. Das Tier quiekte und klatschte zu Boden.

Von nun an blieb ich wach. Die Ratten merkten wohl meine Angespanntheit, denn sie kamen nicht wieder.

Immer quälender wurden die Minuten. Ich war in Schweiß gebadet. Wann würde all dies ein Ende haben? Fast sehnte ich meine Hinrichtung herbei ...

Ich erschrak vor meinen eigenen Gedanken. Noch ist nichts verloren, sagte mir eine innere Stimme. Solange man noch lebt, besteht eine Chance.

Ich fror auf einmal ganz erbärmlich. War es schon die Kälte des Todes?

Und dann holten sie mich.

Wieder zerschnitt der gnadenlose Strahl der Taschenlampe die Dunkelheit.

»Sieht nicht gut aus, der Junge.« Das war Kiriakis' Stimme.

»Ich möchte nicht in seiner Haut stecken«, gab Ramos seinen Senf dazu. Er war es auch, der mich von den Ketten befreite.

»Es ist soweit, Corner! Sprich dein letztes Gebet«, sagte der Gangster.

»Danke, aber du hast es nötiger«, erwiderte ich.

»Corner hat recht, das muß man ihm lassen«, prustete Nico, der dritte im Bunde, vor Lachen. »Ramos sollte wirklich mal was für seine schwarze Seele tun.« Ich entdeckte eine Maschinenpistole in seinen Händen.

»Laßt den Quatsch, und bringt Corner nach oben«, befahl Kiriakis sauer.

An der rauhen Steinwand stützte ich mich ab. »Sollen wir dich zum Galgen schleifen?« höhnte Kiriakis.

»Das hätten Sie wohl gern«, quetschte ich mühsam hervor. »Danke, ich kann allein gehen.«

»Immer noch der große Held«, spottete der Grieche.

Gehen war wirklich übertrieben. Ich torkelte gerahmt aus dem Verlies.

Dann kam die Steintreppe. Keuchend überwand ich auch dieses Hindernis. Hinter mir amüsierten sich die Männer über meine Bemühungen und rissen Witze.

Oben erwartete mich Marissa Clayton. Sie trug jetzt wieder ihren Parka. In einem Gürtel sah ich den Griff einer schweren Armeepistole.

Marissa Clayton steckte zwei Zigaretten an. Eine schob sie mir zwischen die Lippen. »Ihre letzte, Corner.«

Diesmal trat ich die Zigarette nicht aus. Ich rauchte. Als ich den Glimmstengel aus dem Mund nahm, sah ich, daß meine Hände wie Espenlaub zitterten.

Marissa Clayton sah es. »Das ist die Todesangst, Corner. Sie überfällt jeden.«

Kiriakis drängte sich an mir vorbei. »Du bist verdammt human, Marissa. Dem Schnüffler noch eine Zigarette zu geben.«

»Halt die Schnauze«, zischte die Clayton. »Ich befehle hier. Schreib dir das hinter deine Löffel.«

Kiriakis warf mir einen wütenden Blick zu und schwieg.

Die Hälfte der Zigarette hatte ich schon aufgeraucht.

Marissa Clayton musterte mich spöttisch. »Schade um Sie, Corner. Aber Sie haben es sich selbst eingebrockt. Sie könnten zum Beispiel jetzt mit mir woanders sein. Rom oder Paris. In einem eleganten Lokal mit entsprechender Garderobe. Sie hätten sich mit mir arrangieren sollen.«

»Tut mir leid, aber ich habe meinen Job«, sagte ich.

»Sicher, Corner. Aber ein verdammt mieser Job. Den Erfolg sehen Sie.«

»Damit muß man rechnen«, erwiderte ich bissig.

Dann zog ich noch einmal an der Zigarette. Anschließend ließ ich sie langsam zu Boden fallen. Mit der Fußspitze zertrat ich die Glut.

Marissa Clayton nickte ihren Leuten zu.

Nico rammte mir die MPi ins Kreuz. »Setz dich in Bewegung, Corner. Den Weg kennst du ja.«

Draußen, auf dem Innenhof des Forts, empfing uns die Morgendämmerung. Ein paar Sonnenstrahlen wagten sich vorwitzig durch dünne Nebelschleier. Die Luft roch feucht und rein. Die ersten Vögel zwitscherten. Ein neuer Tag kündigte sich an. Neues Leben ...

Und ich mußte sterben.

Der Gedanke raubte mir fast den Verstand.

»Träum nicht, Corner.« Nicos Stimme klang gefühllos.

Wir wandten uns nach rechts. Flankiert wurde ich von Ramos und Kiriakis, während Nico mich ab und zu mit dem MPi-Lauf anstieß. Marissa Clayton hielt sich etwas zurück.

Ich ging steif wie ein Brett. Zählte unbewußt die Schritte. zwanzig bis zum Ende der Steinbaracke.

Dann wieder rechts.

Und da sah ich ihn schon.

Der Galgen!

Tau glitzerte wie Silberperlen auf dem Holzgestell. Der Strick war fachmännisch geknotet und schwang leicht im Morgenwind.

»Ein schöner Galgen, nicht wahr, Corner?« höhnte Kiriakis.

Ich gab keine Antwort.

Unbewußt zögerte ich.

»Weiter, weiter!« drängte Nico.

Eine Leiter führte zur Plattform des Galgens. Ich zählte sechs Sprossen.

Meine Aufpasser blieben zurück. Ganz allein ging ich auf den Galgen zu. Wie eine Kerzenflamme verlosch der letzte Hoffnungsschimmer.

Am Fuß der Leiter wandte ich mich noch einmal um.

»Ist noch was, Corner?« rief Marissa Clayton.

Ich versuchte, meiner Stimme einen festen Klang zu geben. »Mein Tod ist der Anfang von Ihrem Ende. Man wird Sie jagen, Marissa Clayton, bis ans Ende der Welt.«

Brüllendes Gelächter.

Ich setzte meinen Fuß auf die erste Sprosse. Das Holz bog sich etwas unter meinem Gewicht.

Die zweite Sprosse ...

Ein Schüttelfrost überfiel meinen Körper.

Ich weiß nicht mehr, was ich dachte. Auf jeden Fall stand ich plötzlich auf der Plattform. Dicht vor meinen Augen baumelte die Schlinge.

Ich entdeckte die Klappe, auf die ich mich stellen mußte. Auch den Hebel, der betätigt werden mußte, damit die Klappe nach unten fiel.

Der Hebel hatte schon Rost angesetzt, doch ich war sicher, daß er funktionieren würde.

Ramos war mir gefolgt. Mit ein paar Sprüngen hatte er die Treppe hinter sich gebracht und stand jetzt neben mir.

»Ich bin dein Henker, Corner. Und jetzt steck den Kopf in die Schlinge. Ich will dir das letzte Vergnügen nicht nehmen.« Seine Stimme triefte vor Zynismus.

Aus den Augenwinkeln sah ich, wie sich Nico näherte und seine Maschinenpistole hob.

Ich hatte zwei Möglichkeiten. Einmal, mich aufknüpfen zu lassen. Oder Ramos anzugreifen. Unter seiner braunen Kordjacke lugte der Griff einer Waffe hervor.

»Tu's nicht, Corner«, warnte mich Nico, als könne er

Gedanken lesen. »Ich würde dich in den Bauch schießen, und das ist schlimmer als Hängen.«

»Knüpf den Scheißkerl doch endlich auf!« brüllte Kiriakis.

»Du hast gehört, was er gesagt hat, Corner«, zischte Ramos. Blitzschnell zog er seine Waffe.

Ich griff mit zitternden Händen nach der Schlinge, steckte meinen Kopf hindurch ...

»Sehr vernünftig«, lobte mich Ramos.

Er trat hinter mich, prüfte noch mal den Knoten und korrigierte den Sitz der Schlinge.

Das Seil war rauh und feucht. Es scheuerte an meinem Hals. Schon jetzt wurde mir die Luft knapp. Ramos hatte verdammt fest zugezogen.

»Und laß ja deine Pfoten unten«, warnte mich mein Henker.

Ich schluckte. Mein Blick glitt über den Innenhof des Forts. Dort standen sie und amüsierten sich. Marissa Clayton, die genußvoll eine Zigarette rauchte. Dann Ilian Kiriakis. Der feiste Grieche hatte die Hände in die Hüften gestemmt und lutschte an einer Zigarre. Und Nico? Er stand wie ein sprungbereiter Panther. Bereit, bei dem geringsten Rettungsversuch meinerseits zu schießen.

Ein langer Sonnenstrahl verzauberte den tristen Innenhof. Sonne. Das bedeutete Leben, existieren ...

Mein Gott, ich wollte nicht sterben, wollte leben – leben – leben.

Ein heißes Würgen stieg in meine Kehle. Ich dachte an Susan, Myers ...

Etwas lief naß meine Wangen hinunter.

Tränen. Der Angst, der Verzweiflung, der Hoffnungslosigkeit.

Wie durch einen milchigen Schleier erkannte ich, daß Marissa Clayton die Hand hob.

Das Zeichen!

Jetzt würde Ramos den Hebel betätigen.

»Also dann, Corner«, hörte ich seine Stimme ...

Etwas zischte durch die Luft und bohrte sich mit dumpfem Laut in den Rücken des Wächters.

Ein Messer!

Der Getroffene starrte Susan ungläubig an. Sein Schrei erstickte auf den Lippen. Dann fiel der Mann steif wie ein Brett zu Boden.

Aus dem Hintergrund tauchte der Anführer der Froschmänner auf. »Es ging nicht anders«, entschuldigte er seine Aktion, »dieser Bursche hätte uns verraten.«

»Sicher«, erwiderte Susan leise. Sie hätte wohl nicht anders gehandelt.

Nach zehn Minuten trafen sich alle Kampfschwimmer an einem vorher festgelegten Punkt. Es stellte sich heraus, daß noch vier weitere Wächter ausgeschaltet werden mußten.

»Getötet?« fragte Susan.

»Nur aus dem Verkehr gezogen«, sagte einer der Männer. »Sie sind wohl zart besaitet?«

»Nein. Nur eben menschlich.«

»Die Eigenschaft ist bei unserem Job ein Fremdwort.«

»Keine Diskussionen«, zischte der Anführer, »wir müssen weiter.«

Bis zu dem besagten Fort hatte die Gruppe noch eine beschwerliche Strecke zurückzulegen. Die Männer liefen in einem breiten Fächer und achteten auf jedes verdächtige Geräusch. Susan war den anderen immer einige Schritte voran. Eine unerklärliche Unruhe hatte sie gepackt.

Die Morgendämmerung verschwand immer mehr. Schon blitzten die ersten Sonnenstrahlen durch leichte Nebelschleier.

Schließlich standen sie vor dem Fort. Es sah wuchtig aus. Das Eisentor war verschlossen, und eine dicke, hohe Mauer versperrte den weiteren bequemen Weg.

Jenseits der Mauer erklangen Stimmen.

Auch meine vernahm Susan.

Danach Gelächter.

»Ich muß auf die Mauer«, flüsterte Susan erregt. »Sofort. Es geht um Sekunden.«

Die Männer handelten.

Ihr Anführer faltete die Hände zusammen.

Susan hängte sich die Tommy Gun um, trat mit dem rechten Fuß auf die offenen Handflächen des Mannes und ... konnte den Rand der Mauer nicht erreichen. Es fehlten nur ein paar Inch.

»Ich muß höher«, keuchte Susan.

»Steigen Sie auf meine Schultern«, preßte der Anführer hervor und hob Susan ein Stück an.

Es klappte. Wie ein Wackelpudding stand Susan auf den Schultern des Mannes. Zum Glück konnte meine Partnerin mit den Händen die Mauerkrone erreichen. Sie war Gott sei Dank nicht mit Glasscherben bestückt. »Passen Sie jetzt auf, Miss Taylor.«

Der Mann unter ihr umfaßte Susans Fußknöchel und stemmte meine Partnerin hoch.

Das Manöver gelang. Susan konnte ihre Arme auf die Mauer legen und den Körper nachziehen.

Noch ehe sie festen Halt hatte, übersah Susan die Situation.

Auf dem Innenhof standen drei Personen. Zwei Männer und eine Frau. Einer der Männer hielt etwas in der Hand. Meine Partnerin konnte nicht genau erkennen, was.

Die Personen wandten Susan den Rücken zu. Sie starrten auf einen Galgen, auf dem – Susan traute ihren Augen nicht – Cliff Corner, ihr Partner, stand. Noch war die tödliche Klappe nicht gefallen.

Ein weiterer Mann stand auf dem Podest des Galgens und wollte soeben die Hand um einen Hebel legen.

»Cliff!« Susan schrie meinen Namen.

Noch während sich das Echo des Schreies an den Felsen brach, handelte Susan Taylor ...

Die Ereignisse überstürzten sich.

Eine Frau schrie meinen Namen. Die Stimme klang nach Susan. Träumte ich?

Dann harkte eine Maschinenpistole los.

Fast hautnah strichen die Kugeln an mir vorbei und fanden doch ihr Ziel.

Hinter mir brüllte Ramos plötzlich auf und fiel dumpf auf die Plattform. Die MPi-Salve mußte ihn voll getroffen haben.

Während ich verzweifelt versuchte, mir die Schlinge vom Hals zu zerren, lief vor meinen Augen das Geschehen ab.

Susan Taylor hockte auf der Mauer. Sie war es, die geschossen hatte.

Nico reagierte als erster. Blitzschnell kreiselte er herum. Noch in der Drehung spuckte seine MPi Feuer.

Im selben Moment sprang Susan von der Mauerkrone. Nicos Bleihagel pfiff über sie hinweg und riß Steine aus der Mauer.

Susan feuerte im Liegen. Ihre MPi-Salve riß Nico wie eine Strohpuppe herum. Der Gangster verlor seine Waffe, schrie verzweifelt auf und starb noch im Fallen.

Endlich konnte ich die verdammte Schlinge von meinem Hals lösen und über den Kopf ziehen.

Ich warf mich sofort auf die Holzplanken. Zum Glück.

Denn Marissa Clayton jagte zwei heiße Bleigrüße in meine Richtung, während sie mit Kiriakis im Zickzack auf die Steinbaracke zurannte.

Ich sprang von der Plattform und stürzte auf die MPi zu, die dem toten Nico gehört hatte.

Meine Partnerin lief mir auf halbem Weg entgegen.

»Susan!« rief ich, und in diesem Wort lag alles, was ich augenblicklich empfand.

In Susans Augen schimmerte es feucht. »Großer«, sagte sie nur und schluckte.

Zwei Kugeln flogen uns um die Ohren. Sie mußten von dem Gangsterpärchen in der Baracke stammen. Wir vergaßen unseren sentimentalen Anfall und waren wieder voll da.

»Du rechts, ich links!« schrie ich und rannte hakenschlagend wie ein Hase auf die Steinbaracke zu. Aber keine Kugel wurde abgefeuert.

Mit keuchendem Atem preßte ich mich in den toten Winkel gegen die Wand.

Susan tat es mir nach.

Auf der Mauerkrone tauchten plötzlich Männer auf, die die gleichen Taucheranzüge trugen wie Susan.

»Kampfschwimmer!« rief mir meine Partnerin zu.

Die Männer sprangen federnd von der Mauer und verteilten sich blitzschnell im Innenhof.

»Bleibt zurück!« schrie ich. »Wir holen uns die beiden allein.«

»Versuch es nur, Corner!« brüllte Kiriakis im Innern der Baracke haßerfüllt. »Versuch es nur! Ich schicke dich stückweise zur Hölle. Und deine Alte hinterher.«

»Ganz schön mutig, der Mann«, meinte Susan.

Ich grinste. Kiriakis schien nervös zu werden. Um so besser.

Eng an die Wand gepreßt, schlich ich zur Eingangstür. Unter jedem Fenster duckte ich mich, um ja kein Ziel zu bieten.

Hastige Schritte erklangen im Haus. Dann Stille.

Unangefochten erreichte ich mein Ziel.

Die Tür stand einen Spalt offen. Ich machte Susan ein Zeichen, zu bleiben, wo sie war, und trat wuchtig gegen das Holz.

Laut knallte die Tür gegen die Flurwand.

Nichts geschah.

Mit einem Auge peilte ich um den Türrahmen.

Der Flur lag verlassen vor mir.

Ich packte die MPi fester und sprang in den Gang, bereit, jeden Moment mein Leben zu verteidigen.

»Scheint niemand dazusein«, hörte ich Susans Stimme. »Möchte nur wissen, wo sie sich verkrochen haben.«

Ich überlegte.

Das Verlies! Wie ein Blitz zuckte in mir der Gedanke auf.

Susan faßte meinen Arm. »Was ist, Cliff?«

»Sie müssen unten im Keller sein«, flüsterte ich. »Ich schaue nach. Gib du mir Feuerschutz.«

Langsam näherte ich mich der Treppe. Schritt für Schritt stieg ich nach unten.

Es wurde dunkler. Mir fiel ein, daß ich eine prächtige Zielscheibe abgeben würde.

Ich hatte das Ende der Treppe erreicht.

Der düstere Kellergang lag vor mir.

Eng preßte ich mich gegen die rauhe Wand. Ich atmete nur mit offenem Mund.

Ein Schaben ließ mich aufhorchen. Dann polterte etwas zu Boden.

»Beeil dich«, hörte ich Marissa Claytons Stimme.

Der Richtung nach zu urteilen drangen die Stimmen und Geräusche aus meinem Verlies.

Jetzt sah ich es auch. Ein fahler Lichtschein fiel aus dem Raum.

Ich atmete noch einmal tief durch. Meine Augen hatten sich inzwischen gut an die herrschenden Lichtverhältnisse gewöhnt.

Plötzlich wurde die Tür zum Verlies aufgerissen. Ein unförmiger Schatten zeichnete sich auf dem Gang ab.

Kiriakis!

Er sah mich auch.

»Corner, du Hund!« schrie der Gangster.

Er schoß.

Ich lag schon auf dem Boden und zog nur ganz kurz durch.

Während seine Kugeln über mich hinwegflogen, traf ich. Ich hatte auf die Beine gehalten.

Kiriakis brüllte wie am Spieß. Ich hörte, wie er zu Boden krachte.

Mit ein paar Schritten war ich an der Eisentür. Mit angeschlagener Waffe peilte ich in den Raum.

Von Marissa Clayton keine Spur. Nur eine trübe Kerze brannte flackernd.

»Wenn ich jetzt schieße, sind Sie tot, Corner.« Marissa Claytons Stimme klang eiskalt.

Die Frau stand hinter der Tür und drückte mir ihre schwere Armeepistole in den Rücken.

»Waffe fallen lassen.«

Dumpf polterte meine MPi auf den Boden. Ich hätte mich selbst ohrfeigen können.

»So, nun gehen wir den gleichen Weg zurück, Corner. Sie bringen mich von der Insel. Eine bessere Geisel konnte ich mir gar nicht wünschen.«

Ich ging. Was sollte ich auch anderes tun?

Kiriakis lag immer noch auf dem Gang und wimmerte vor sich hin. Er nahm es gar nicht zur Kenntnis, daß wir über ihn hinwegstiegen.

Die Steintreppe.

»Immer schön langsam, Corner.«

Marissa Clayton ging jetzt zwei Stufen hinter mir. Sie hatte dadurch eine bessere Schußposition.

Die Lichtverhältnisse wurden besser. Wir hatten bald das Ende der Treppe erreicht.

»Hoffentlich sind Ihre Freunde vernünftig, Corner.«

»Abwarten«, erwiderte ich.

Jetzt standen wir wieder in dem Flur. »Gehen Sie nach draußen, Corner.«

Ich gehorchte.

Und plötzlich hörte ich hinter mir einen Aufschrei.

Gedankenschnell wirbelte ich herum.

Susan! Sie hatte zum richtigen Zeitpunkt eingegriffen. Ihr Handkantenschlag hatte Marissa Clayton die Waffe aus der Hand gefegt.

Was nun folgte, war sehenswert. Die beiden Damen prügelten sich.

Marissa Clayton griff an wie eine Wildkatze. Mit ihren spitzen Fingernägeln versuchte sie, Susan das Gesicht zu zerkratzen.

Doch meine Partnerin paßte auf.

Sie ergriff Marissas Handgelenke, drehte sich um die eigene Achse und warf ihre Gegnerin mit elegantem Hüftschwung auf den Boden.

Marissa Clayton war sofort wieder hoch, um sich erneut auf Susan zu werfen. Und abermals lag sie nach zwei Sekunden flach.

Dieses Spiel wiederholte sich noch viermal. Dann war Susan es leid. Mit einem Ruck drehte sie Marissa Claytons Arme auf den Rücken. Es war der altbewährte Polizeigriff.

»Noch eine Bewegung, und sie brechen sich den Arm«, zischte meine Partnerin.

»Ach, geh zur Hölle!« fauchte die Clayton.

»Nach Ihnen!«

Die Kampfschwimmer, die in der Nähe standen und die Szene beobachtet hatten, klatschten Beifall. Auch ich konnte mir ein Lachen nicht verbeißen.

»Würde mir einer der Gentlemen die Last vielleicht abnehmen?« fragte Susan.

Nicht nur einer, sondern gleich fünf Männer erklärten sich

bereit. Sie waren auch nötig, um die sich wild sträubende Marissa Clayton zu bändigen.

»Das ist also das Ende des ›Auges‹«, sagte ich ironisch.

Marissa Clayton gab keine Antwort. Mit einem Ruck warf sie den Kopf in den Nacken.

»Dann wollen wir das ›Auge‹ mal wegbringen«, sagte einer der Männer grinsend. »Komm schon, du Inselperle, auf dich wartet 'ne feine Zelle.«

Die Männer durchsuchten das Fort. Kiriakis lebte. Ich hatte ihn in die Beine getroffen.

Ramos und Nico waren tot.

Für uns gab es auf dieser Insel nichts mehr zu tun. Der Fall lag jetzt in den Händen des griechischen Sicherheitsdienstes. Wenn Marissa Clayton auspackte, würde noch eine Verhaftungswelle folgen.

Ach so, fast hätte ich es vergessen. Natürlich blieben wir noch auf der Insel. Allerdings in Kiriakis' Zimmer. Wie Sie wissen, stand dort eine Couchgarnitur …

Wie ich mich bei Susan bedankt habe?

Fragen Sie Boris, der hat uns hinterher geweckt. Diskret natürlich. Wie es sich eben für einen Leibwächter gehört.

ENDE DES BUCHES

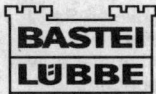

Band 73 908

Jason Dark
**Gegen Tod und
Teufel**

Erleben Sie in acht spannungsgeladenen Grusel-Abenteuer, wie Will Mallmann im Horror-Schloß im Spessart zum erstenmal dem Schwarzen Tod begegnet, wie das Sinclair-Team mit einem blutenden Teppich und einem Drachen konfrontiert wird, wie Octupus, der Vampir, im Sumpf versinkt, wie der Schwarze Tod die riesigen Skelett-Vampire mit seiner Sense vernichtet, wie der Irre mit der Teufelsgeige John Sinclair lebendig begräbt und dieser ins Land der toten Götter verschlagen wird, wie Bill Conolly in den Bann des Totenkopf-Rouletts gerät und wie Glenda Perkins in die Klauen des schwarzen Henkers fällt...

Band 73 907

Jason Dark
**Geister, Zombies
und Vampire**

Mit den nächsten acht Grusel-Abenteuern setzt Jason Dark die
Reihe seiner SINCLAIR-Sonderausgaben fort. Begleiten sie John
Sinclair und seine Freunde, wenn sie – dem untoten Monster im
Keller der Mrs. Longford den Garaus machen – dem Kreuzritter
Alexander von Rochas begegnen, der einen Pakt mit dem Teufel
geschlossen hat – in die Klauen der drei Vampirschwestern
geraten, die in ihrem Club in Soho ihre Blutfeste feiern – dem
untoten Captain des Seglers ›Cornwall Love‹ gegenüberstehen, der
eine neue Crew für sein Schiff sucht – gegen einen Totengräber
kämpfen müssen, auf dessen Friedhof ein Rummelplatz entstehen
soll – mit ansehen müssen, wie Jane Collins von der Hexe Damona
gezwungen wird, John Sinclair zu ermorden – dem Dämon Janus
mit dem tödlichen Blick Paroli bieten – und in den Bann eines
Schachspiels geraten, das sich als magische Bombe entpuppt . . .

**Sie erhalten diesen Band
im Buchhandel, bei Ihrem
Zeitschriftenhändler sowie
im Bahnhofsbuchhandel.**

Band 73 906

Jason Dark

**Kämpfer gegen
die Hölle**

In diesem Sonderband erscheinen unter anderem die Romane, in denen John Sinclair seinen späteren Freund Suko, den deutschen BKA-Kommissar Will Mallmann und seine Sekretärin Glenda Perkins kennenlernt.

Band 73 905

Jason Dark

Dämonenbrut

Erlobon Sie in weiteren acht spannungsgeladenen Grusel-Abenteuern, wie sich John Sinclair, Suko, Bill Conolly und Will Mallmann gegen die Dämonenbrut stemmen, die sich die Erde und die Menschen untertan machen will. Begleiten Sie den Oberinspektor von Scotland Yard bei seinen Kämpfen gegen den Dämon Bakuur, der Leichen auferstehen läßt – gegen den Schwarzen Würger, der durch die Magie eines Schrumpfkopfes zum Leben erweckt wird – gegen die Hexe Florence Barkley, die ein ganzes Hochhaus mit ihren Bewohnern vernichten will – gegen Belphégor, den Hexer mit der Flammenpeitsche – gegen Madame Wu, die Spinnen-Königin – gegen Chandra, den Flammenmann – gegen die schwarze Hand des Teufelssohns Ritchie Parson – und gegen Padma Lahore, den riesigen Flugvampir . . .

Sie erhalten diesen Band
im Buchhandel, bei Ihrem
Zeitschriftenhändler sowie
im Bahnhofsbuchhandel.

Band 73 184

Jason Dark
Das Höllenbild
Deutsche
Erstveröffentlichung

Auf einer menschenleeren Insel entwischte Arlene Shannon, die Terroristin, ihren Jägern. Sie geriet in die Unterwelt der Insel, wo seit Jahrtausenden ein Gemälde im Fels der Höhle verborgen war.
Zehn Jahre später entdeckten Wissenschaftler das Bild. Mit einer Frau darin, die zu dem frühgeschichtlichen Motiv einfach nicht passen wollte. Aber sie wurde als gesuchte Terroristin erkannt.
Suko und ich sollten das Rätsel lösen. Sehr bald mußten wir erleben, daß Arlene Shannon das kleinere Problem war, denn das Gemälde war mehr als ein Bild. Es war der Zugang zum Reich der Riesen und zu Avalon...

Sie erhalten diesen Band im Buchhandel, bei Ihrem Zeitschriftenhändler sowie im Bahnhofsbuchhandel.

Band 74 008

Christopher Pike
Todesmelodie

Deutsche
Erstveröffentlichung

Die Pianistin Sharon und die bildhübsche Ann sind
Freundinnen. Sie gehen durch dick und dünn – bis zu
dem Tag, an dem Anns jüngerer Bruder Selbstmord
begeht. Ann gibt Sharon die Schuld daran, und aus
Freundschaft wird Haß. Doch Sharon, die nichts davon
ahnt, vertraut ihrer Todfeindin blind.
Eines Tages machen die beiden eine Fahrt ins Blaue,
und wenig später steht Sharon vor Gericht: angeklagt
des Mordes an ihrer Freundin Ann. Was fehlt, ist die
Leiche, doch dafür gibt es drei Zeugen, die Sharon
belasten. . .

**Sie erhalten diesen Band
im Buchhandel, bei Ihrem
Zeitschriftenhändler sowie
im Bahnhofsbuchhandel.**

Band 31 904

Jerry Cotton
Jubiläum
Deutsche
Erstveröffentlichung

Blutspur im Schnee.
In New York war die Hölle los. Die Süchtigen spielten verrückt, denn der Nachschub an Stoff blieb aus, weil das Land im Schnee erstickte . . .
Der Schreckensflug.
Um Lisa Franklin zu retten, übernahm ich die Rolle ihres toten Freundes, der eine Riesenladung Rohopium in die Staaten schmuggeln sollte . . .
Die Raubkatzen.
Wir hatten den Auftrag, einen illegalen Tierhändlerring zu zerschlagen. Nun saß ich in der Falle und war Freiwild für die Raubtiergang . . .